源氏物語

㊤

全译彩插珍藏版

[日]紫式部/著
康景成/译

天津出版传媒集团
天津人民出版社

图书在版编目（CIP）数据

源氏物语：全译彩插珍藏版：全2册 /（日）紫式部著；康景成译. -- 天津：天津人民出版社，2018.7（2021.2重印）
ISBN 978-7-201-13416-1

Ⅰ.①源… Ⅱ.①紫… ②康… Ⅲ.①长篇小说－日本－中世纪 Ⅳ.①I313.43

中国版本图书馆CIP数据核字(2018)第092985号

源氏物语：全译彩插珍藏版：全2册
YUANSHI WUYU:QUANYI CAICHA ZHENCANGBAN:QUAN 2 CE

出　　版　天津人民出版社
出 版 人　刘　庆
地　　址　天津市和平区西康路35号康岳大厦
邮政编码　300051
邮购电话　（022）23332469
电子信箱　reader@tjrmcbs.com

责任编辑　玮丽斯
监　　制　黄　利　万　夏
特约编辑　曹莉丽
营销支持　曹莉丽
装帧设计　紫图装帧

制版印刷　天津联城印刷有限公司
经　　销　新华书店
开　　本　710毫米×1000毫米　1/16
印　　张　68.5
字　　数　880千字
版次印次　2018年7月第1版　2021年2月第5次印刷
定　　价　199.00元（全2册）

柏木 三 《源氏物语》第三十五回

三月，柏木与三公主所生的儿子薰五十日庆典那天，源氏去了已经出家的三公主那里。抱着不是自己亲生的婴儿薰。

国宝 · 源氏物语绘卷
平安时代（约 12 世纪）
德川美术馆藏

《源氏物语绘卷》复原图

国宝·源氏物语绘卷
平安时代（约 12 世纪）
德川美术馆藏

横笛 《源氏物语》第三十六回

一天晚上，柏木出现在夕雾梦中，告诉他那只笛子不是给他的，而是要传给自己后代的。此时，婴儿突然大哭起来。夕雾的妻子云居雁埋怨说，一定是有什么不干净的东西进了屋。于是一边叫乳母撒米收拾，一边给孩子喂奶。

《源氏物语绘卷》复原图

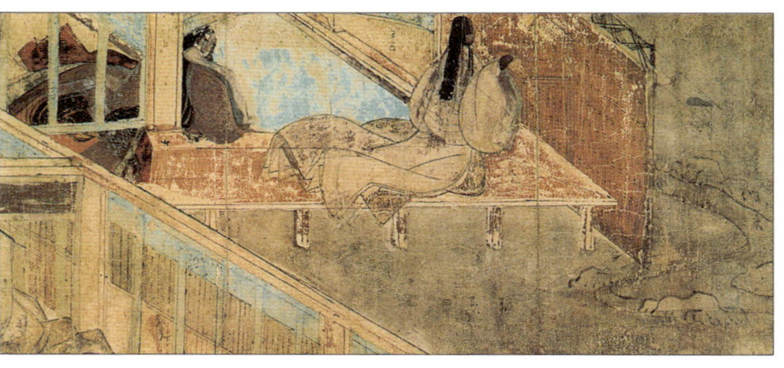

国宝 · 源氏物语绘卷
平安时代（约 12 世纪）
五岛美术馆藏

铃虫 —《源氏物语》第三十七回

中秋之夜的黄昏，已经出家的三公主口中吟诵佛经，观望着庭院里的流水、风和花草。屋檐下的佛坛前，一位女侍正在为供奉的鲜花浇水。铃虫的鸣叫伴着佛音，恬淡而悠长地回荡着。

《源氏物语绘卷》复原图

国宝 · 源氏物语绘卷
平安时代（约 12 世纪）
五岛美术馆藏

铃虫 二 《源氏物语》第三十七回

和着夕雾的笛声，冷泉帝与源氏、萤兵部卿亲王等贵族们闲适地消遣着夏日的漫漫长夜，雅趣盎然。沐浴在一轮明月的光辉下，冷泉帝与源氏对面而坐，彼此的血脉关系心知肚明，却又无法言说。

《源氏物语绘卷》复原图

国宝 · 源氏物语绘卷
平安时代（约 12 世纪）
五岛美术馆藏

夕雾 《源氏物语》第三十八回

落叶公主的母亲以为夕雾始乱终弃，寄信质询。信件被夕雾的妻子云居雁发现，以为是情书，妒火中烧，伸手将夕雾手中的信夺去。纠缠之下，夕雾耽误了回信的时间，使得落叶公主的母亲坐实了他的无情，怨恨而死。

《源氏物语绘卷》复原图

国宝 · 源氏物语绘卷
平安时代（约 12 世纪）
五岛美术馆藏

法事 《源氏物语》第三十九回

秋风吹乱庭中秋草的时节，源氏和明石皇后前来探望紫姬。望着秋风里摇曳不定的胡枝子和眼前如春花般的明石皇后，紫姬深感自己时日无多，咏了一首告别的和歌。光源氏心中也如那风中之草般，在痛苦和不舍间摇摆不已。

《源氏物语绘卷》复原图

国宝 · 源氏物语绘卷
平安时代（约 12 世纪）
德川美术馆藏

竹河 —— 《源氏物语》第四十四回

正月初的一天黄昏，已经长成翩翩少年的薰君来到玉鬘家门前。年轻的侍女们都被坐在门前的薰吸引，对他的端庄、优雅赞不绝口。庭院中黄莺飞过，一株梅树已结出花蕾。宰相君以梅花为喻，向他咏出一首风流而挑逗的和歌。

《源氏物语绘卷》复原图

国宝 · 源氏物语绘卷
平安时代（约 12 世纪）
德川美术馆藏

竹河 二 《源氏物语》第四十四回

春意浓浓的三月黄昏，玉鬘家的两位女公子正在樱花飘落的庭院里下围棋。她们用庭院中樱花树的所有权为注，争斗正酣。女仆们围坐在各自支持的一方身边，好一幅华丽热闹的场面！完全没有注意竹帘后的人影。那是爱慕大女公子的藏人少将正在窥看佳人，心中爱慕更浓。

《源氏物语绘卷》复原图

国宝 · 源氏物语绘卷
平安时代（约 12 世纪）
德川美术馆藏

桥姬 《源氏物语》第四十五回

晚秋的一天，本意是来拜访宇治八亲王学佛的薰君，被一阵悦耳的音乐吸引。在青纱帐一样的晚霞下，透过竹屏，他看到八亲王的两个女儿弹着琵琶与琴，惬意地说笑着。她们那温柔妩媚的姿态，令薰君爱慕不已。

国宝 · 源氏物语绘卷
平安时代（约 12 世纪）
德川美术馆藏

早蕨 《源氏物语》第四十八回

父亲与姐姐相继死去，二女公子在悲伤中迎来了春天。她就要被匂亲王接到二条院居住了。侍女们兴高采烈地整理着衣物布料，为移居京城做准备。难以割舍与父亲姐姐共同生活过的山庄，二女公子只有与出家的老侍女弁君相对而泣。

《源氏物语绘卷》复原图

国宝 · 源氏物语绘卷
平安时代（约 12 世纪）
德川美术馆藏

寄生 — 《源氏物语》第四十九回

在一个深秋的雨后黄昏，帝召见薰君并与他下围棋，言语间有意要将二公主许给薰君。心怀大女公子的薰君吟诵一首和歌，并未显示出即刻从命之意。屏风后好奇的侍女们聚精会神地倾听着两人的对话。

《源氏物语绘卷》复原图

国宝 · 源氏物语绘卷
平安时代（约 12 世纪）
德川美术馆藏

寄生 二 《源氏物语》第四十九回

抵挡不住新妇的美貌诱惑，匂亲王在妻子二女公子怀孕之时入赘夕雾家，成为其六女公子的夫婿。结婚第三天的晨曦照进室内，华丽的女侍们簇拥着的新妇如此美丽，令匂亲王更加倾心，流连忘返。

国宝 · 源氏物语绘卷
平安时代（约 12 世纪）
德川美术馆藏

寄生 三 《源氏物语》第四十九回

一个秋天的傍晚，已入赘夕雾家的匂亲王难得回来看望已有身孕的二女公子。为了抚慰她的忧伤，匂亲王为她弹奏琵琶。听着哀伤的琴声，望着庭外在秋风中寂寞摇摆的草木，二女公子不禁悄然落泪，咏了一首悲秋的和歌。

《源氏物语绘卷》复原图

国宝·源氏物语绘卷
平安时代（约 12 世纪）
德川美术馆藏

东屋 一 《源氏物语》第五十回

受到匂亲王骚扰而惊恐不已的浮舟，在异母姐姐二女公子的房间，一边听侍女读故事，一边观看着绘本，心情逐渐平静。她的模样隐约有几分八亲王的影子。旁边，侍女正在为二女公子梳理刚洗过的长发。

《源氏物语绘卷》复原图

国宝 · 源氏物语绘卷
平安时代（约 12 世纪）
德川美术馆藏

东屋 二 《源氏物语》第五十回

下着小雨的秋日黄昏，在寂静的三条庭院中，八重葎生长得很茂盛，颇有些凄凉之意。薰君听说浮舟与他日夜思念的大女公子长得很像，于是求弁君从中牵线，前来拜访。他坐在简陋的台阶上，淋着细雨咏了一首和歌。房间里，乳母与弁君正催促着羞涩的浮舟快快作答。

目次

上卷

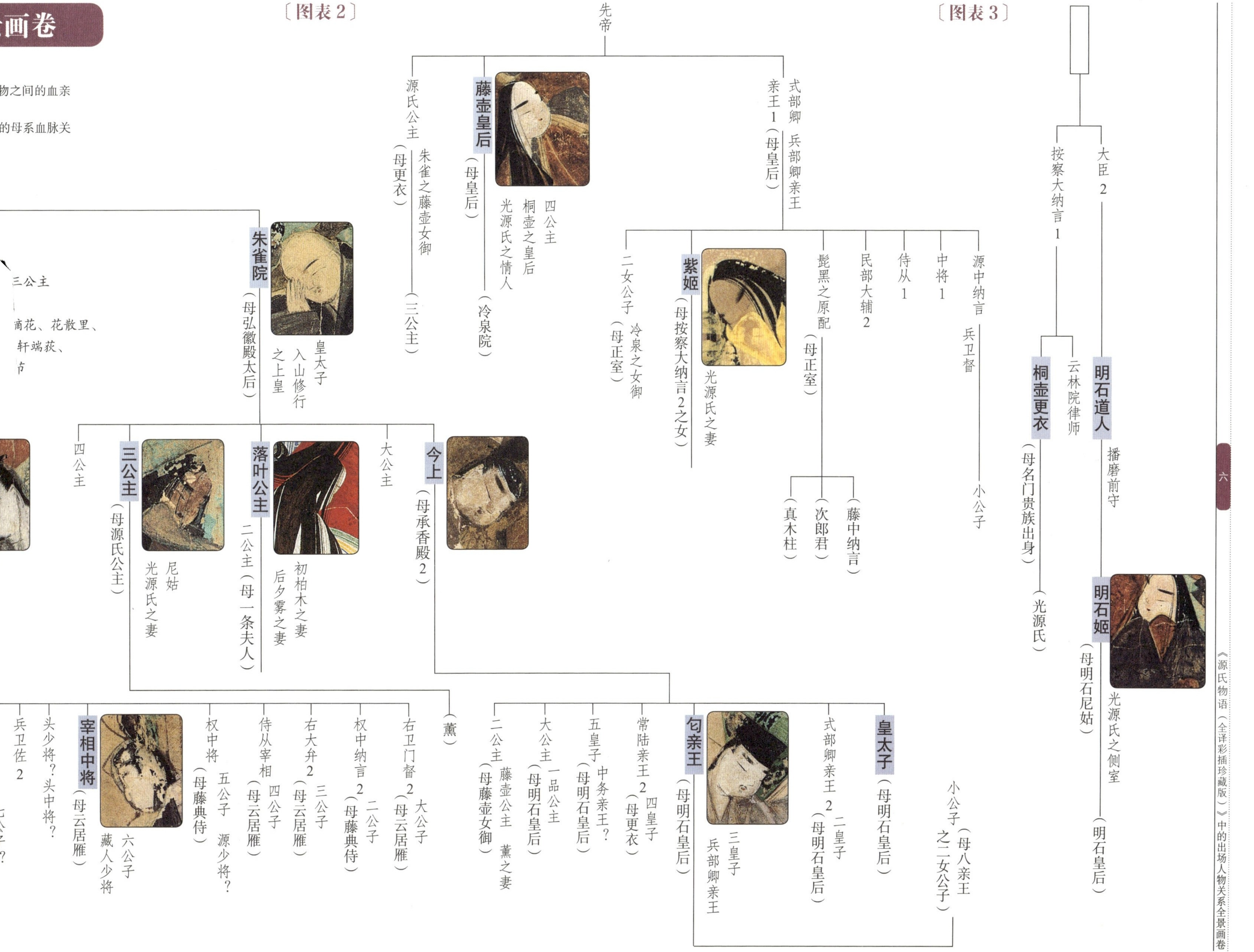
〔图表3〕
大臣 2
明石道人 播磨前守
明石姬 光源氏之侧室（母明石尼姑）
（明石皇后）
按察大纳言 1
云林院律师
桐壶更衣（母名门贵族出身）
（光源氏）
〔图表2〕
先帝
式部卿亲王 1 兵部卿亲王（母皇后）
源中纳言 兵卫督
小公子
中将 1
侍从 1
民部大辅 2
髭黑之原配（母正室）
（藤中纳言）
（次郎君）
（真木柱）
紫姬 光源氏之妻（母按察大纳言 2 之女）
二女公子 冷泉之女御（母正室）
藤壶皇后 四公主 桐壶之皇后 光源氏之情人（母皇后）
（冷泉院）
源氏公主 朱雀之藤壶女御（母更衣）
（三公主）
朱雀院 皇太子 入山修行之上皇（母弘徽殿太后）
今上（母承香殿 2）
大公主
落叶公主 初柏木之妻 后夕雾之妻
二公主（母一条夫人）
三公主 尼姑 光源氏之妻（母源氏公主）
四公主
皇太子（母明石皇后）
式部卿亲王 2 二皇子（母明石皇后）
匂亲王 三皇子 兵部卿亲王（母明石皇后）
小公子（母八亲王之二女公子）
常陆亲王 2 四皇子（母更衣）
五皇子 中务亲王？（母明石皇后）
大公主 一品公主（母明石皇后）
二公主 藤壶公主 薰之妻（母藤壶女御）
（薰）
右卫门督 2 大公子（母云居雁）
权中纳言 2 二公子（母藤典侍）
右大弁 2 三公子（母云居雁）
侍从宰相 四公子（母云居雁）
权中将 五公子 源少将？（母藤典侍）
宰相中将 六公子 藏人少将（母云居雁）
头少将？头中将？
兵卫佐 2
七公子？
景画卷
人物之间的血亲
物的母系血脉关
三公主
摘花、花散里、
轩端荻、

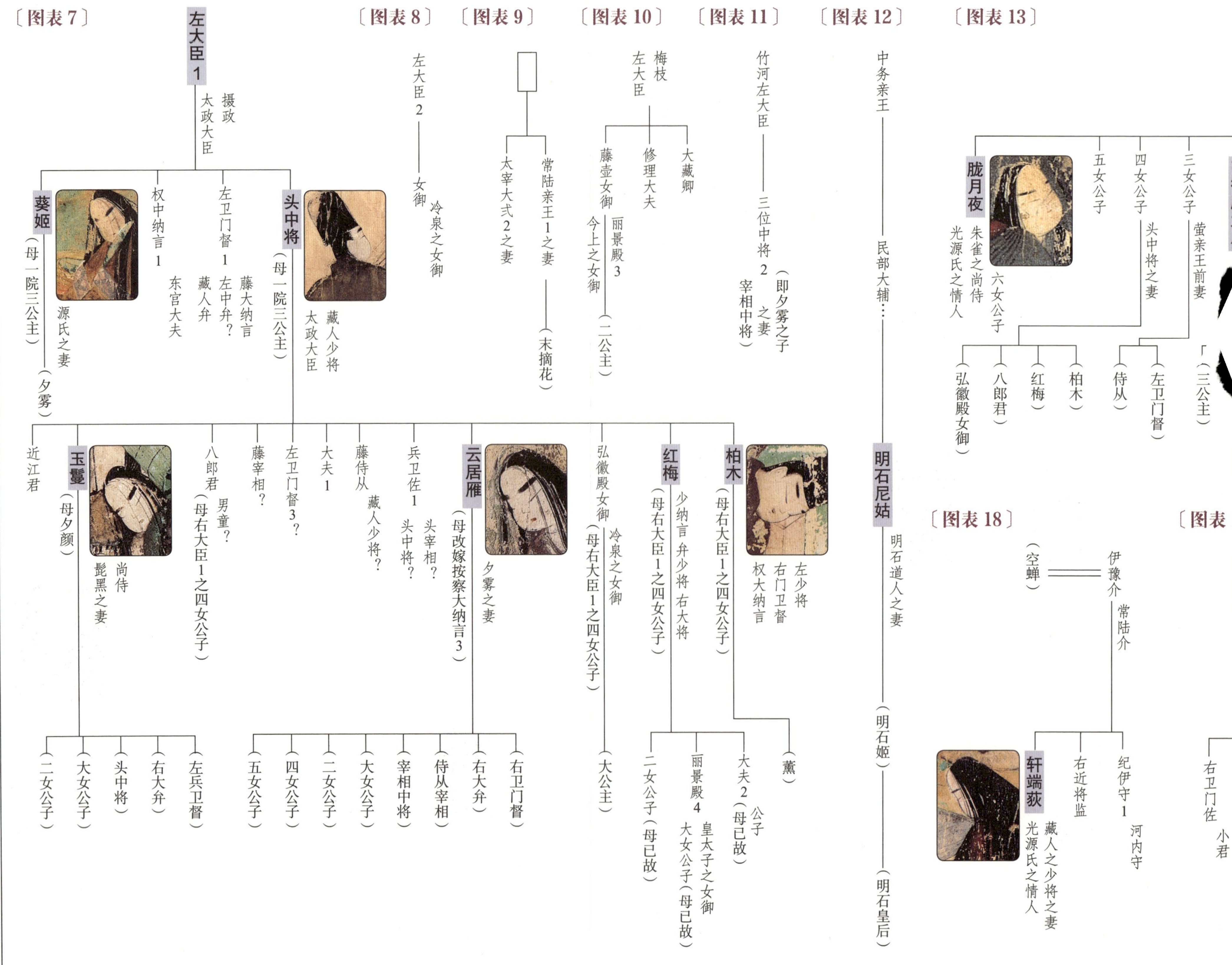
〔图表 7〕
左大臣 1
摄政
太政大臣
葵姬
（母一院三公主）
源氏之妻
（夕雾）
权中纳言 1
东宫大夫
左卫门督 1
藏人弁
左中弁？
藤大纳言
头中将
（母一院三公主）
藏人少将
太政大臣
近江君
玉鬘
（母夕颜）
尚侍
髭黑之妻
（二女公子）
（大女公子）
（头中将）
（右大弁）
（左兵卫督）
八郎君
男童？
（母右大臣1之四女公子）
藤宰相？
左卫门督 3？
大夫 1
藤侍从
藏人少将？
兵卫佐 1
头宰相？
头中将？
云居雁
（母改嫁按察大纳言3）
夕雾之妻
（五女公子）
（四女公子）
（二女公子）
（大女公子）
（宰相中将）
（侍从宰相）
（右大弁）
（右卫门督）
弘徽殿女御
冷泉之女御
（母右大臣1之四女公子）
（大公主）
红梅
少纳言
弁少将
右大将
（母右大臣1之四女公子）
二女公子（母已故）
丽景殿 4
皇太子之女御
大女公子（母已故）
大夫 2
公子
（母已故）
柏木
左少将
右门卫督
权大纳言
（母右大臣1之四女公子）
（薰）
〔图表 8〕
左大臣 2
女御
冷泉之女御
〔图表 9〕
太宰大弍 2 之妻
常陆亲王 1 之妻
（末摘花）
〔图表 10〕
梅枝
左大臣
藤壶女御
丽景殿 3
今上之女御
（二公主）
修理大夫
大藏卿
〔图表 11〕
竹河左大臣
三位中将 2
（即夕雾之子
之妻
宰相中将）
〔图表 12〕
中务亲王
民部大辅
明石尼姑
明石道人之妻
（明石姬）
（明石皇后）
〔图表 13〕
胧月夜
朱雀之尚侍
光源氏之情人
六女公子
（弘徽殿女御）
（八郎君）
（红梅）
（柏木）
五女公子
四女公子
头中将之妻
（侍从）
（左卫门督）
三女公子
萤亲王前妻
（三公主）
弘徽殿太后
〔图表 18〕
（空蝉）
伊豫介
常陆介
轩端荻
藏人之少将之妻
光源氏之情人
右近将监
纪伊守 1
河内守
〔图表 1
右卫门督 1
中纳言
右卫门佐
小君

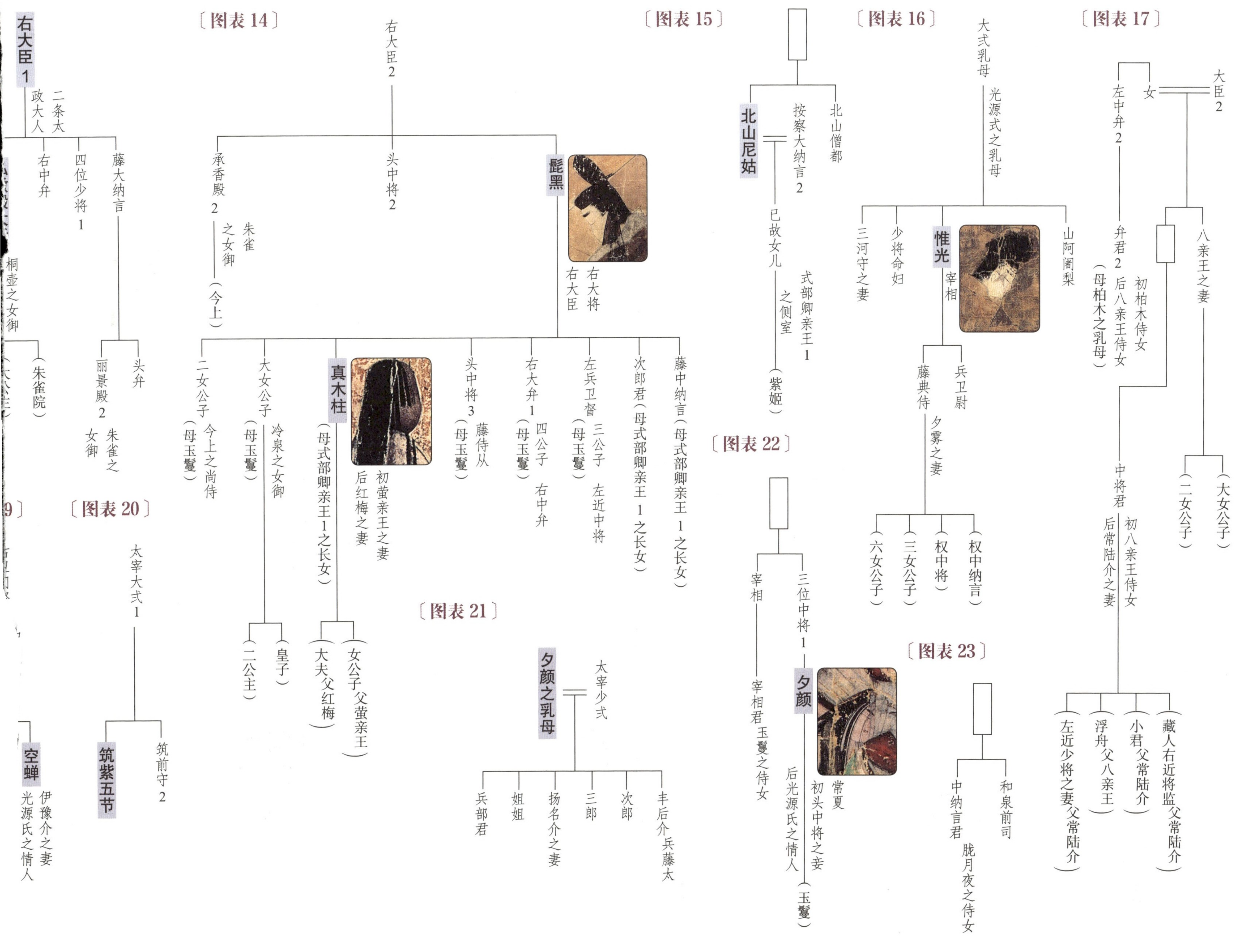

〔图表 9〕（partially cut）

- **右大臣 1**（二条太政大人）
  - 藤大纳言
    - 头弁
    - 丽景殿 2（朱雀之女御）
  - 四位少将 1
  - 右中弁
  - 桐壶之女御
    - （朱雀院）
    - （大公主）
- **空蝉**（伊豫介之妻，光源氏之情人）

〔图表 14〕

- 右大臣 2
  - 承香殿 2（朱雀之女御）
    - （今上）
  - 头中将 2
  - **髭黑**（右大将，右大臣）
    - 藤中纳言（母式部卿亲王 1 之长女）
    - 次郎君（母式部卿亲王 1 之长女）
    - 左兵卫督 三公子 左近中将（母玉鬘）
    - 右大弁 1 四公子 右中弁（母玉鬘）
    - 头中将 3 藤侍从（母玉鬘）
    - **真木柱**（母式部卿亲王 1 之长女）初萤亲王之妻，后红梅之妻
      - （女公子 父萤亲王）
      - （大夫 父红梅）
    - 大女公子 冷泉之女御（母玉鬘）
      - （皇子）
      - （二公主）
    - 二女公子 今上之尚侍（母玉鬘）

〔图表 15〕

- ［ ］
  - 北山僧都
  - 按察大纳言 2 ＝ **北山尼姑**
    - 已故女儿（式部卿亲王 1 之侧室）
      - （紫姬）

〔图表 16〕

- 大式乳母（光源式之乳母）
  - 山阿阇梨
  - **惟光** 宰相
    - 兵卫尉
    - 藤典侍（夕雾之妻）
      - （权中纳言）
      - （权中将）
      - （三女公子）
      - （六女公子）
  - 少将命妇
  - 三河守之妻

〔图表 17〕

- 大臣 2 ＝ 女
  - 八亲王之妻
    - （大女公子）
    - （二女公子）
  - ［ ］
    - 中将君（初八亲王侍女，后常陆介之妻）
      - （藏人右近将监 父常陆介）
      - （小君 父常陆介）
      - （浮舟 父八亲王）
      - （左近少将之妻 父常陆介）
- 女——左中弁 2
  - 弁君 2（初柏木侍女，后八亲王侍女）（母柏木之乳母）

〔图表 20〕

- 太宰大式 1
  - 筑前守 2
  - **筑紫五节**

〔图表 21〕

- 太宰少式 ＝ **夕颜之乳母**
  - 丰后介 兵藤太
  - 次郎
  - 三郎
  - 扬名介之妻
  - 姐姐
  - 兵部君

〔图表 22〕

- ［ ］
  - 三位中将 1
    - **夕颜** 常夏（初头中将之妾，后光源氏之情人）
      - （玉鬘）
  - 宰相
    - 宰相君（玉鬘之侍女）

〔图表 23〕

- ［ ］
  - 和泉前司
  - 中纳言君（胧月夜之侍女）

《源氏物语》中的出场人物关系全

凡例：

1. 本关系图共有图表23个，主要以父系关系结构为主，表现文中出场
   关系，其中重要人物名字用色块突出表示，并多附有头像。
2. 竖线左右文字，表示人物的身份或职位；括号内文字，表示上下级人
   系，如母子、母女关系。问号（？），表示文中推测或难以考证的关系
3. 与重要人物有隐藏的情人、私生等关系的特别标识。

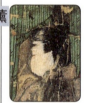

〔图表1〕

- 一院
  - 五公主
  - **三公主**（母皇后） 左大臣之妻
    - （葵姬）
    - （头中将）
  - 桃园亲王
    - 式部卿亲王
      - **槿姬** 斋院
  - 前皇太子
    - **秋好皇后**（母六条妃子） 冷泉之皇后 斋宫
  - **桐壶院**（母皇后）
    - 三公主（母藤壶皇后） 斋院
    - 大公主（母弘徽殿太后） 一品公主
    - **冷泉院**（母藤壶皇后） 实父光源氏 十皇子
      - 皇子（母玉鬘之大女公子）
      - 大公主（母弘徽殿女御）
      - 二公主（母玉鬘之大女公子）
    - **八亲王**（母大臣家女御） 在俗圣僧
      - **浮舟**（母中将君）
      - **二女公子**（母大臣2之女） 匂亲王之妻
      - **大女公子**（母大臣2之女）
    - 蜻蛉亲王
      - 式部卿亲王
        - 宫君（母前妻）
        - 侍从3（母前妻）
    - 帅亲王（母更衣）
    - 四皇子（母承香殿1）
    - **萤亲王** 兵部卿亲王 帅皇子
      - 女公子（母真木柱） 东厅女公子
      - 王孙二人
      - 侍从2（母右大臣1之三女公子）
      - 左卫门督2（母右大臣1之三女公子）
    - **光源氏**（母桐壶更衣） 六条院 太上天皇
      - 正妻 葵姬、紫
      - 妻子 明石姬
      - 情人 藤壶皇后、
      - 六条妃子、胧月
      - 空蝉、夕颜、筑
      - **明石皇后**（母明石姬） 今上之皇后
        - （皇太子）
        - （式部卿亲王）
        - （匂亲王）
        - （五皇子）
        - （大公主）
      - **薰**（母朱雀院三公主 实父柏木） 源侍从 右大将 今上驸马 源中将 中纳言
      - 冷泉院（母藤壶皇后）
      - **夕雾**（母葵姬） 入大学寮 左大臣
        - 大女公子（母云居雁） 皇太子之女御
        - 二女公子（母云居雁） 今上二皇子之妻
        - 三女公子（母藤典侍）
        - 四女公子（母云居雁）
        - 五女公子（母云居雁）
        - **六女公子**（母藤典侍） 匂亲王之妻
        - 将2

〔图表4〕

- 常陆亲王1
  - **末摘花** 光源氏之情人
  - 醍醐阿阇梨 律师

〔图表5〕

- □
  - **花散里** 光源氏之情人
  - 丽景殿1 桐壶之女御

〔图表6〕

- 大臣1
  - **六条妃子** 前皇太子妃 光源氏之情人
    - （秋好皇后）

下卷

图版目次

插图目录

图解目录

编者序

流传千年的爱之物语

世界上最早的小说，当数1000年前的《源氏物语》。

日本历史上最有影响力的小说，当数历经千年而不衰的《源氏物语》。

“物语”一词源自日本平安时代，意为故事。《源氏物语》这部诞生于1000年前平安时代的小说，以一种贵族化的华丽、唯美的“物哀”，以及史学家般的恢宏，向我们讲述千年前的日本风情和流传千年的爱恋故事。1010年《源氏物语》成书，此后300年方有《神曲》，600年有《哈姆雷特》，700年有《红楼梦》。它的超前和宏大，让日本民族整整骄傲了10个世纪。同时，在日本史上，也没有哪一部作品像《源氏物语》这样，历经千年仍家喻户晓，甚至影响到整个日本民族的文化根源，称之为“文化之母”“民族之魂”也不为过。

《源氏物语》诞生的平安时代是贵族的时代，也是女性文学——物语的时代，这就使它既有贵族的优雅华贵，又有女性的细腻婉约。同时，作者紫式部对日本史的熟稔，也使得作品带有史诗般的宏大和纪实般的深刻。《源氏物语》向我们讲述了平安时代背景下，以源氏为主的上下四代人的爱情悲剧：源氏一生追求完美的女性，先后与后母藤壶、六条妃子、葵姬、夕颜、紫姬、明石姬、三公主等不同身份、地位的女子结合或者交往，最终在他最钟情的紫姬去世后，感悟到人生的无常、幻灭，从而出家隐遁。围绕在源氏等男子身边的众多女子，她们的嫉妒与怨恨、生死悲欢，也令人潸然泪下。

爱情故事发展的同时，也展开了一幅平安时代的社会风貌和贵族们华丽而奢靡的生活画卷：恢宏如天皇行幸的仪仗，源氏出行的排场，优雅如贵族娱乐中的音乐、书法、绘画、下棋、和歌等；风俗如蹴鞠、竞射、踏歌、祓禊、偷窥式的恋爱、走婚式的婚姻，以及男女的成人礼“冠礼”“着裳”仪式等；时政上展现了以左大臣、源氏为首的一派，和以右大臣、弘徽殿女御为首的一派的政治争斗，宫闱政治、政治联姻层出不穷；同时，对京都、须磨、明石、宇治等地的四季景观描写，也在诗文和故事情节的交相辉映下令人陶醉，感叹日本民族的“物哀”之美——触景生情、情景交融，伤感樱花之早凋、秋色之渐浓如人生之幻灭。

这种包含了“同情、感伤、悲叹、爱怜”等情绪在内的“物哀”，在《源氏物语》中表现得淋漓尽致。“物哀”不仅浸透了随后的众多文学作品，而且支配了日本人精神生活的诸多层面，可以说，《源氏物语》奠定了日本民族千年来的“物哀”审美观。

本书首次以图文书的形式展现《源氏物语》之美，保留其古朴典雅的文字风格的同时，无论是在插图、版式上，还是在图解手法的运用上，都力求能够完美展现日本民族的“物哀”之美。可以说，只有图文并茂才能展示《源氏物语》那如画卷般的唯美。

首先，本书使用了各种日本国宝级绘画作品，从图片到版式，设计唯美。国宝级阵容的插图包括：平安时代“绘卷双璧”的《源氏物语绘卷》《信贵山缘起绘卷》、安土桃山时代的巅峰之作《洛中洛外图》和《洛外名所游乐图》、江户时代的植物画至宝《花木真写》《源氏香之图》和众多歌川派浮世绘风景，以及1999年轰动日本的文化修复工程“《源氏物语绘卷》复原图”。这些绘画时间跨越800多年，风格包括了大和绘、屏风画、花鸟绘、浮世绘，直至现代日本的绘卷复原手法。通过版式上对这些唯美的图画巧妙搭配，向读者系统地展现出日本千年来的“物哀”审美历史。

其次，运用现代图解手法，生动展现了千年前平安时代的生活风貌和不为人知的细节。对于遥远千年前的平安日本政治、文化、婚姻、风俗，以及平安时代美女的标准、“偷窥”式的恋爱方式，我们使用浅显易懂的文字和图表，结合丰富精彩的日本国宝级绘画，给读者以简明扼要的解析。同时，很多隐藏的、游离的细节，我们也挖掘出来，如日本假名文字的由来、唐朝文化对日本的多方面影响，以及对人物和情节发展的深层次解析，使读者能够从细微处着眼，更深入地了解一个与现在不同的日本。

现在，就让我们翻开本书，去品味平安时代的日本那华丽、唯美而感伤的“物哀”画卷吧！

导读

1 一部小说塑造了日本的民族性格？

创作于 1000 年前的《源氏物语》，是日本和世界文学史上第一部小说，被誉为日本文学的巅峰之作。它对日本文学、艺术等领域的影响延续千年。其“物哀”的审美观已经成为日本民族风格的核心。堪称日本当之无愧的国宝，无出其右。

地位

在日本，《源氏物语》享有和中国《红楼梦》、西方《圣经》一样的地位，称其为日本文化之母也不为过。无数专家学者倾心钻研这部作品，相关注释书、词典、事典、图鉴、散文、评论和翻案小说等层出不穷，许多电影、电视剧、动漫和舞台剧等也常常以此书为蓝本。

文学影响

《源氏物语》被誉为“让日本民族整整骄傲了 10 个世纪的文学名著”，在平安时代已经妇孺皆知、竞相传诵，其后更是影响了江户时代至今的几代作家。

井原西鹤
江户时代
（1642—1693）

作品《好色一代男》

在结构上模仿了《源氏物语》，将主角世之介自 7 岁至 60 岁的经历写成 54 帖短篇，各篇既独立又连贯，被誉为江户时代的《源氏物语》。

图为江户时代小说《好色一代男》的封面。

谷崎润一郎
（1886—1965）

作品《细雪》

唯美派大师的这部作品深受《源氏物语》的影响，将悠然舒缓的叙事节奏与登场人物的心理活动相重叠，生动地展现了日本的风土人情。而主人公的生活场景，也同《源氏物语》中晚年光源氏所住的六条院颇为神似。

川端康成
（1899—1972）

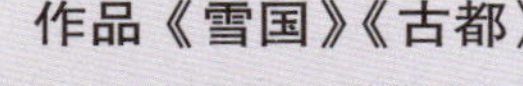

作品《雪国》《古都》

作为诺贝尔文学奖得主，川端康成承认其虚无主题与《源氏物语》的物哀思想一脉相承。另一部代表作《古都》也带有浓重的《源氏物语》色彩。

村上春树
（1949— ）

作品《海边的卡夫卡》

这部村上最具代表性的长篇小说也尽染《源氏物语》色彩，不仅以“变奏”的方式演绎了六条妃子借生魂显灵、将葵姬折磨至死这一《源氏物语》的著名情节，而且卡夫卡还读起了《源氏物语》。两部时隔近千年的著作实际上有着相同的构造。

濑户内寂听
（1922— ）

译作新日语版《源氏物语》

花费十几年时间把《源氏物语》翻译成现代小说，译作销量近 300 万册。她说：“如果要找一本浓缩日本文化精华的书，《源氏物语》是唯一的选择。”“也许这本书出版形式不同，但它的经典永恒。”

美学影响

《源氏物语》艺术上最大的成功之处，是通过塑造源氏及众多女性形象，反映出“物哀”、幽情等审美意向。这种“物哀”，奠定了日本文学的审美基调，也成为日本一种民族意识，随着一代又一代的诗人、散文家、物语作者流传了下来。

物哀

就是人心接触外部世界时的“真情流露”，触景生情，感物生情，情景互相吻合一致的时候产生的和谐美感，优美、细腻、沉静、直观。如“杨桐”一回中：“月色如洗，雪光夺目，庭前景色十分凄清……顾盼夜色，沉思往事，心中十分悲恸。”

触景生情的“物哀”。

艺术影响

在日本人生活中，《源氏物语》作为一种文化暗示与关联的源头，不但体现了日本过去的文化，也包含着很多文化的共通点，因此全面进入艺术领域，成为和歌、绘画、装饰艺术文化背景。

和歌

平安后期的藤原俊成，在他编撰的著名的《千载和歌集》中指出，“有些歌人居然没有读过《源氏物语》，这真是一个大耻辱。”从这一时代开始，所有以和歌自负的人，都必须是读过《源氏物语》的人。

绘画

随着《源氏物语》的传诵，也出现了根据其情节绘制而成的绘卷、绘帖等，其中《源氏物语绘卷》是日本国宝级的绘画作品，现存19幅。同时代及以后产生的绘画作品更是不计其数。

下图为《源氏物语绘卷》之桥姬卷。

日本纸币的背后

日本纸币上的头像和图案，首先反映的是其国家进步史上的重要人物，更准确地说，反映了日本民族的评判标准和价值观。这些人得到全社会的尊重，值得全日本人民的崇敬和怀念。而新版日元纸币二千元，其背面印的是紫式部和《源氏物语绘卷》。

日本纸币

2 日本历史上最华美的时代

《源氏物语》诞生在日本历史上最华丽的平安时代中期。这一时期的日本受唐朝的影响，无论文化、政治，还是宗教都有明显的唐风。同时，身为统治阶层的贵族们尽显奢华之风。雍容的唐风加上奢华的贵族风，逐渐形成了平安时代独有的和风文化。

政治

平安时代的日本深受唐朝影响，尊崇儒家学说。平安中期，以藤原道长为首的藤原氏总揽朝政，称“摄关”时期，同时也是以皇族、公卿、大名为首的贵族时期。在贵族生活华丽奢靡的同时，天皇大权旁落，婚配都不自由，权势争斗蔓延到了后宫，形成了宫闱政治。

图为与紫式部同时代的摄政关白藤原道长。

宗教

随着佛教的传入，与日本本土的泛神崇拜“神道”相融合，形成了既有神又有佛，神即是佛、佛即是神的宗教局面。同时，由于众多异象的产生、怨灵的传说，使得平安时代也是传说中妖魔盛行的时代。出家修行、诵经伏魔、祓禊祈祷等，也同时集中在当时的佛教和著名的阴阳寮身上。

婚姻

平安时代的婚姻制度为“婿入婚”，也称入赘婚，即结婚后女方仍住娘家而男方往来宿夜，天明即走。这种看似双方自由选择的婚配方式，与当时“一夫多妻”的婚姻制度相结合，逐渐演变成女方在家中苦等，而男方四处寻欢的局面。

审美

平安时代女性美的标准，在于乌黑的长发、敷白粉的面容、黑齿，以及穿着十二单衣（十二件衣服的重叠）等。而随着《源氏物语》的传诵，触景生情的“物哀”审美观逐渐风行，并延续至今，成为日本整个民族的审美观。

图为平安时代的美女小野小町。

文化

平安贵族们除了奢靡享乐外，也肩负着传承文化的责任。通过唐文化的引入，日本逐渐诞生了自己的假名文字，也因此诞生了以《源氏物语》为主的众多物语文学。同时，在绘画、音乐、诗歌等方面也开创出特有的文化来。

文字

在研习汉文字的同时，逐渐产生了取其形来帮助解读的片假名，和用来书写和歌、物语的平假名。专用于文书、书籍的汉文字，和多用于和歌、物语的平假名，以其使用者的不同，分别被称为男文字、女文字。

书法

平安时代也是书法的黄金时期。初期最著名的“三笔”空海、嵯峨天皇、橘逸势尊奉晋唐书风。随着假名文字的诞生，中后期的“三迹”小野道风、藤原佐理和藤原行成励精求变，逐渐形成自己的和风风格。由此，书法大昌其道，称为“书道”。

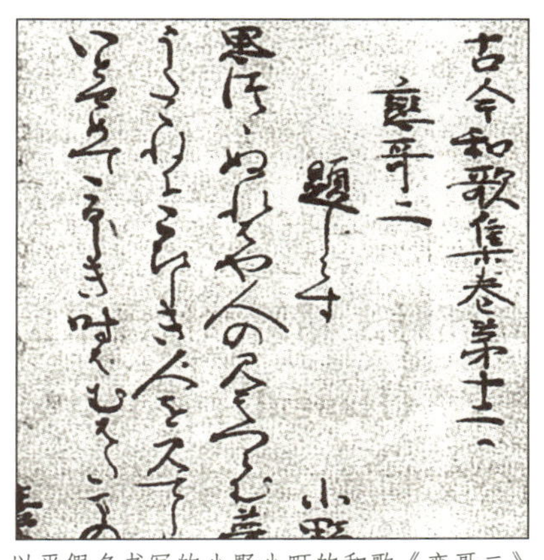

以平假名书写的小野小町的和歌《恋哥二》。

和歌

平安时代受唐朝诗歌，尤其是白居易诗歌影响的同时，也逐渐搜集整理出本土的诗歌集，即《万叶集》《古今集》《新古今集》，并称三大歌集。

国宝级的《源氏物语绘卷》。

文学

平安时代是物语文学和女性文学的高峰期，出现了由平假名创作的《源氏物语》《伊势物语》《竹取物语》《平家物语》等众多物语文学，和三大随笔《枕草子》《方丈记》《徒然草》。

绘画

平安时代的日本绘画，从起初的借鉴、模拟唐朝绘画，逐渐形成自己独特的“大和绘”。而随着物语文学的风行，以贵族女子为主的绘师们，开始创作出表现物语作品的绘卷，称为“女绘”，其中著名的即是《源氏物语绘卷》。

音乐

受到唐乐、高丽乐的影响，日本平安时代出现了雅乐这种宫廷音乐形式，另外还有用于神社的神乐，以及民间音乐东游、久米和催马乐歌谣等曲式。

雅乐之舞乐——青海波。

建筑

平安时代的建筑在历史上也独具特色。经历了从唐风向和风文化演变的过程后，由藤原赖通建造的平等院凤凰堂可以看作这一时期最具代表性的建筑物，并成为贵族住宅的主要建筑方式，即寝殿造。

3 作为“大和民族之魂”的紫式部

平安时代是贵族文化的黄金时期，此时的日本逐渐由崇尚唐风向带有本土特色的和风文化转变，用假名书写的和歌集、物语相继出现。紫式部凭一部《源氏物语》，成为当时家喻户晓的人物，千年来更被尊为“大和民族之魂”。

姓名由来

紫式部，本姓藤原，原名不可考。因其父兄皆曾任式部丞，故称为藤式部，这是宫里女官的一种时尚，往往以父兄的官衔为名，以示身份；名字中的“紫”则来源于其作品《源氏物语》中，女主人公紫姬为世人传诵，遂又称作紫式部。

其他作品

《紫式部集》

是作者从少女时代至晚年的一部自选和歌集，共选入 128 首和歌，多是与友人的赠答歌。这些和歌是了解紫式部思想、和歌风格及生平的珍贵资料。

《紫式部日记》

记录了 1008 年至 1010 年间，宫廷日常活动及紫式部的感受。宫廷妇女的服装、容貌、礼节及宫廷的各种礼仪活动等都有详尽记述。此外，对宫廷女官如和泉式部、清少纳言等人的言行颇多批评。同时，认为自己似乎是一个有些羞涩保守甚至是对己对人要求严格的人。

影响与地位

《源氏物语》在日本文学史乃至世界文学史上地位都很显赫，确立了不可动摇的声誉。作者紫式部被日本人誉为“大和民族之魂”。1964年联合国教科文组织将其选为“世界五大伟人”之一。

人生经历

有名的中国文学学者，任地方官。

父亲藤原为时

在紫式部年幼时去世。

母亲藤原为信

约生于978年

自幼从父亲学习中国诗文和和歌，熟读中国典籍，并擅乐器和绘画。年幼时已能看懂古汉语作品，有才女之称。信仰佛教。

紫式部

996年，父亲就任越前太守，她随父前往，饱尝离乡背井之苦。

998年，20岁出头的她，与有家世并比自己年长20多岁的藤原宣孝结婚。

历史学家考证，他们的婚姻虽然短暂，但很幸福。宣孝赏识她的才能，她也把他引为知己。

999年，得一女儿藤原贤子。

1001年夏，丈夫藤原宣孝去世。

1002年秋，她开始在寡居生活中创作《源氏物语》，部分篇章流传于世，受到藤原道长等高官显贵的好评与器重。

1005年12月29日入宫，担任后宫皇后藤原彰子（藤原道长之女）的女官，为她讲授《日本书纪》，以及《白氏文集》等汉籍古书。

一条天皇对其赞不绝口：“她精通《日本书纪》，真有才华！”宫廷里尊称她为“日本纪局”。

约1005年或1006年，《源氏物语》全书的大量篇章在皇后彰子身边时写就。

1010年夏，《源氏物语》完成。

约1013年，离开后宫。

晚年生活充满谜团，可能逝于1016年。

《源氏物语》的作者紫式部

4 800年前的国宝级《源氏物语绘卷》

本书所用插图大多来源于日本国宝级绘卷《源氏物语绘卷》，及现代日本对其修复后的复原图。《源氏物语绘卷》是日本绘画史上灿烂辉煌的名作。创作时期大约在公元1140年前后，由当时的贵族女子根据《源氏物语》的情节，每卷中选择一到三个场面绘制而成。全套《源氏物语绘卷》应该是一部超过百幅的鸿篇巨制，但流传至今仅存19幅，分别藏于日本德川美术馆和五岛美术馆。

独具特色的《源氏物语绘卷》

作为平安时代“女绘”中最具代表性的作品和《源氏物语》最早的绘画作品，《源氏物语绘卷》以其精致纤细的笔法、华丽的色彩、巧妙的画面构成、象征与寓意的故事表现手法，将故事与人物的心情隐藏在美丽的图画中，在物语的表意与深意之间徘徊。同时，从造型、构图、勾勒到填色等各个方面都体现出不同于中国绘画的特点，展现出平安时代日本女性文化的成熟与12世纪物语绘画艺术的最高境界。

吹拔屋台

在《源氏物语绘卷》中，全都没有画出房屋的屋顶和墙壁，画面的视角是从房屋的斜上方俯瞰，这种极富特色的绘画方式叫作“吹拔屋台”，可以使读者一览无遗地看到室内的情景，营造出空间的纵深感。

对人物的微观视角，是这一技法的特色。画面只包括室内的一部分，室外的景色也只画出了主人公视线所及的范围。

《源氏物语·寄生一》中，没有屋顶的场景让读者从斜上方如偷窥般看到室内。

此后的绘卷作品，其俯瞰的角度变高，视点变远。对故事叙述者的视点更加重视，而与故事人物的共鸣逐渐倒退。

在13世纪绘制的《紫式部日记绘卷》中，视点后退，俯瞰的角度变高，描绘的情景具体而客观。

水平和斜线构图

《源氏物语绘卷》在描绘室内情景时，除了“吹拔屋台”手法外，所使用的构图方式分为两种：一种是将门面放在水平的位置，用斜线来表示房屋进深的水平构图。另外一种是门面、进深在画面上都用斜线来表示的斜线构图。

❶ 两种构图的差别

一般来说，水平构图使人产生稳定感，而斜线构图更能够表现出结构比较复杂的建筑物，可以创造出更富变化、更有趣的画面。

《源氏物语绘卷·寄生三》，即是门面、进深都采用斜线构图。宽大的折角式房屋构图中，其斜线交叉构成的尖锐感，与庭中秋草和门窗的卷帘营造出的柔美形成完美的对比，房屋突出的折角构图也让人印象深刻。

《源氏物语绘卷·柏木三》虽使用了水平构图，但分割室内外的房梁与栏杆采用大角度斜线，十分恰当地表现出源氏怀抱着薰时苦恼不已的故事情节。

❷ 从构图看出时代的审美

在《源氏物语绘卷》中，水平构图与斜线构图的比例是 11 ∶ 7。在其后的绘卷作品中，斜线构图的比例逐渐增大。可见从 12 世纪中期开始，斜线构图逐渐成为主流。而《源氏物语绘卷》正处于这种构图的转换期，反映出时代审美观的转变。

填色

《源氏物语绘卷》也是一幅幅十分精致的工笔画。仔细观察画面上华丽的色彩、鲜明的轮廓、衣饰与家具的装饰花纹，可以看到其作画是有顺序的。首先用淡墨描出草图，接着用以矿物颜料为主的彩色颜料在草稿上细细染色、描绘花样（着色），最后用浓墨描出轮廓（勾边）。这种绘画技法叫作“填色法”，其特色就是画中的轮廓线粗细均匀，画面显得静穆而严整。

《柏木二》从女仆的面颊到下颏，还有眼睛的部分，都能看到草图线条。由此可见从草图到最终定稿，一些细节和头部倾斜的方向都经过了修正。

绘制的步骤

从绘卷中部画面上残留的，或者颜料剥落后显露的痕迹推测，可能当时绘画的步骤是：先决定构图，将每幅画的中心结构用淡墨粗略地勾出大概，再实施上色工作，之后对彩色的细节部分进行一些修改，最后来勾画“定稿”的轮廓线。

在《源氏物语绘卷·铃虫一》的画面中，随着岁月的推移，颜料逐渐剥落，显露出最初的草图上标识的“榻榻米”“帷幔”“流水”“庭院”“草木”“铃虫”等文字。

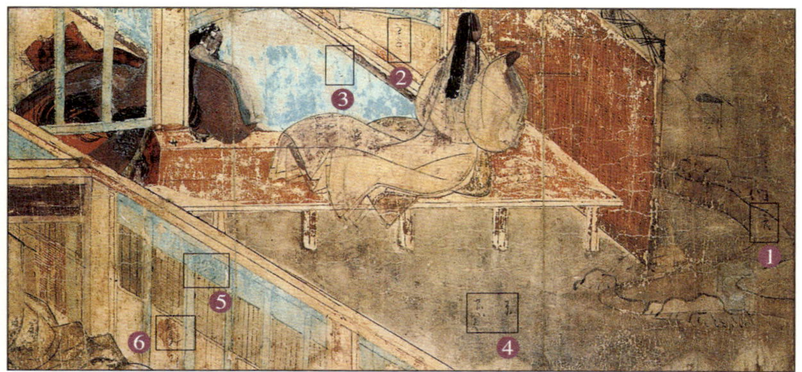

“流水”字样　角门　榻榻米　庭院 草木 铃虫　横梁的帽檐　内缘

引目勾鼻手法

《源氏物语绘卷》中，人物的面部不论男女，都是蚕豆般的脸型。鼻子用“く”字形勾出，细笔一线的眼睛，目上匀出墨眉，鼻下点出朱唇。这种引目钩鼻的面部描绘，与同时代的《信贵山缘起物语》《伴大纳言物语》等其他物语绘卷中那些表情夸张的戏剧性面孔，有很大的不同。乍一看这种绘画技巧略显简单，但其实运用了十分高超的技术。看上去像一条线似的眼睛，实际由几条细线重叠而成，甚至还有点睛与墨色浓淡的变化。

铜铃眼、朝天鼻、高颧骨、大龅牙……《信贵山缘起绘卷》中的人物表情夸张丰富而有戏剧性。

《信贵山缘起绘卷》山崎长者之卷

云居雁的眼睛能看出是用多条细线画成。还点出了黑瞳，表现出因为丈夫的花心而妒火中烧的感情。

在夕雾目光的焦点处点出了黑瞳，而且鬓角与胡须等毛发部位的描绘细密惊人。

《源氏物语绘卷·夕雾》

画中人的面部只有大约拇指大小。考虑到这一点，就不得不赞叹画家高超的技术了。画家使用了肉眼几乎难以辨别的技巧，微妙地表现出了人物的内心世界。

从绘卷的料纸使用金银装饰，以及画面显示出的精湛技艺、优美的书法等方面看，《源氏物语绘卷》是一部以宫廷贵族的奢华为背景，规模宏大的巨著，展现了平安时代物语绘画的最高水平。而就物语文学传达的气氛而言，《源氏物语绘卷》画出了平安贵族的人生无常，道尽情欲世界的离合悲欢。浓艳的色彩、静止的画面更增小说的悲剧效果，强调了没落贵族绚烂已去的伤感，整体上展示出平安时代的华丽与物语所蕴含的物哀之美。

5 轰动日本的《源氏物语绘卷》复原图

对现存的国宝级《源氏物语绘卷》进行无损复原，这一工程当时曾轰动日本，其规模和技术在日本古典美术研究史上也可谓空前绝后。所有的人都希望通过这项工程，能将国宝绘卷这份宝贵的文化遗产作为人类的财富传承下去，让更多的人欣赏到它的魅力。

缘起

无论多么精心地保存，现存的19幅国宝级《源氏物语绘卷》的真实面目还是随着时间的流逝而日渐模糊。1998年，日本德川美术馆时任馆长德川义宣，决定与东京国立文化遗产研究所合作，组成绘卷复原研究小组，希望运用最先进的科学手段，无损伤地将绘卷的风采真实地传承下去。整个复原过程从1999年开始，历时6年，于2005年10月完成。

小组中心成员

东京文化遗产研究所	岛尾新、早川泰弘、城野诚治
画家	林功（未完即去世，弟子马场弥生、宫崎泉美继续）、加藤纯子、富泽千砂子
德川美术馆	德川义崇、四辻秀纪
五岛美术馆	名儿耶明

技术

国宝《源氏物语绘卷》的复原研究，从规模、手法等方面都是前所未有的。使用X射线、红外线照片、荧光X射线分析、荧光摄影法等多种技术分析方法，收集到现存19幅绘卷的大量信息。

便携式荧光X射线分析器

东京文化遗产研究所的早川泰弘研发出便携式荧光X射线分析器。这是一种不用接触绘卷表面，就能分析出画面上残留颜料化学成分的装置。

便携式荧光X射线分析器可以发现绘卷的色差和元素成分。

荧光摄影法

美术摄影家城野诚治将“荧光摄影法”这种新技术应用到绘卷的复原研究中。这是一种将犯罪现场调查时检测指纹使用的技术运用到艺术品上的做法。

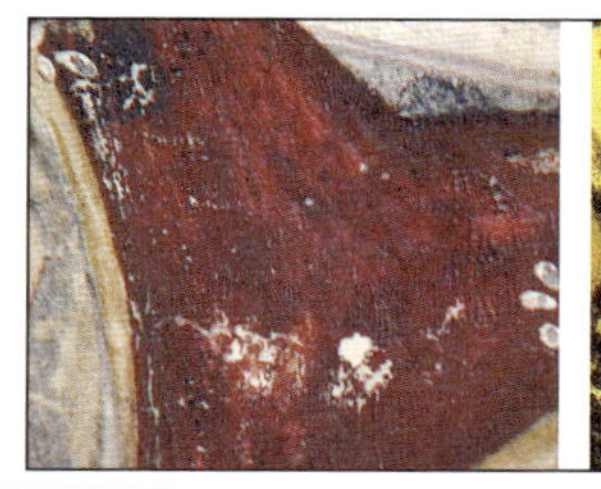
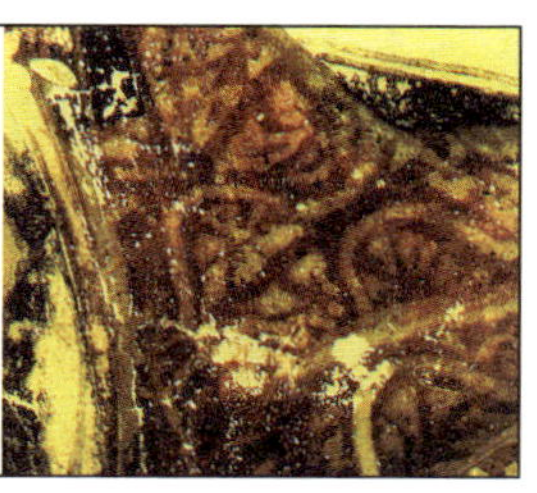

通过荧光摄影法，发现肉眼看不到的“云立涌纹”。

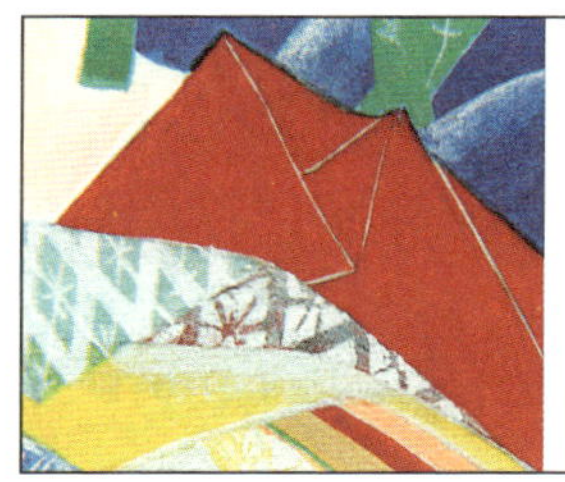

相同素材、相同技法

古典美术复原临摹的权威、日本画家林功先生，对颜料在紫外线照射下的变色现象等科学研究十分感兴趣，并致力于运用“相同素材、相同技法”来复原美术作品。

通过相同的手法，表现衣裾的层次、纹理等复杂结构。

计算机技术

现任德川美术馆馆长德川义崇的计算机经验，以及在文化遗产保存方法等领域的造诣，使他成为肩负绘卷传承这一重任的关键人物。

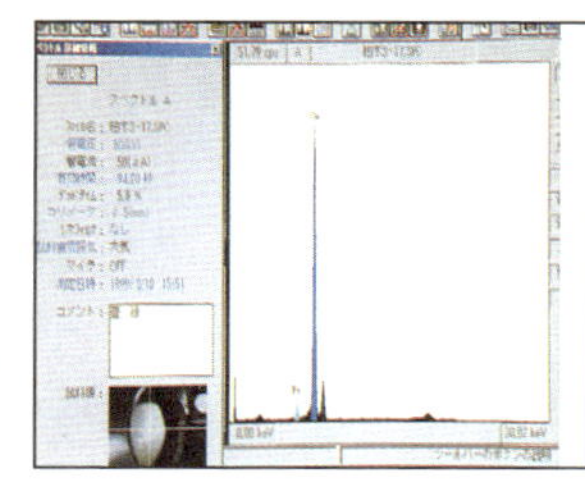

绘卷《柏木三》中的绿色，通过荧光X射线和电脑分析出其成分主要是铜、孔雀石。

发现

复原工作使绘卷中令人惊异的色彩世界得以展现在人们眼前。研究人员分析颜料的化学元素，发现了平安时代画师们惯常使用的各种色彩。并且，通过特殊的成像技术，使人们肉眼看不见的服饰花纹显现出来。科学数据加上日本画家的复原临摹，让平安时代的绘卷跨越了九个世纪的时空，展现在人们面前。绘卷中色彩运用之丰富，颠覆了传统观念，其精湛的绘画技巧让现代的画家为之咋舌。

通过复原工程，我们得以追寻到现代人已经遗忘的、纤细的感性世界。从中可以看到，平安时代的人们非常喜爱身边的大自然，并将大自然的风情融入了生活。《源氏物语绘卷》中的丰富色彩，就是平安时代感性丰富的人们留下的财产。

复原的意义

关于《绘卷》复原工程的意义，原德川美术馆馆长德川义宣所言简明而透彻：“想要了解《源氏物语》的那个时代，依靠仅存的、已经剥落的画卷是不行的。确实有必要去复原它，而且不是靠单纯的主观想象，而是运用自然科学的方法进行复原，这实在是一件了不起的事情……经过八九百年的时间，虽然绘卷的颜料已经剥落、变色，但依然十分美丽。所以欣赏《源氏物语绘卷》，最好从两个角度：一是欣赏复原后的画面所展现的王朝贵族当时的审美情趣；二是欣赏经过漫长岁月后画面上所表现出的美感。据此，我们可以欣赏到双重的美。”

6 堪为国宝的其他插图

书中所用的其他插图，还包括与《源氏物语绘卷》齐名的《信贵山缘起绘卷》、安土桃山时代的巅峰之作《洛中洛外图屏风》，江户时代植物画至宝的《花木真写》，以及浮世绘风格的《源氏香之图》、歌川一派的众多风景浮世绘等。这些国宝级的绘画作品组成了本书堪称绝版的大师级插图阵容。

绘卷双璧之《信贵山缘起绘卷》

《信贵山缘起绘卷》在日本绘画史上与《源氏物语绘卷》并称“绘卷双璧”，也是国宝级绘画作品。平安末期（12世纪末），随着武士势力逐渐掌权，平安王朝艺术从此崩溃，绘卷风格也产生了微妙的变化。藏于奈良朝护孙子寺的《信贵山缘起绘卷》就是与《源氏物语》恰成对比的例子。

特点

《信贵山缘起绘卷》描绘的是9世纪末僧人明莲隐居信贵山的传奇故事。在绘画风格上，它一反《源氏物语绘卷》的静态描写，充分夸张气势的跃动，并把舞台由宫廷搬到乡野，让大量民众登场现形。舍浓墨就线条，摒弃梦幻重视现实，画得充满世俗味，表现出迥异于《源氏物语绘卷》、展现下层民众的粗犷风格。

图为《信贵山缘起绘卷》中追逐飞钵的画面。

区别

《源氏物语绘卷》以浓丽的色彩和“引目钩鼻”的程式化人物造型、“吹拔屋台”的室内绘画风格，显现出强烈的装饰趣味和幻想的气氛。

《信贵山缘起绘卷》则是以活泼传神的线条，加之淡彩点缀，描绘出山白水淡、鸟语花香的自然美景，和表情逼真、姿态活泼的各种人物，充满盎然生气和生动诙谐的色彩。

源氏香之图

源氏香为后世以《源氏物语》为本，衍生出来的香道上的组合香。江户时代的浮世绘画师歌川丰国（歌川派三代丰国，原名国贞）根据“源氏香”及对应的物语各帖内容，创作出表现物语情节的源氏绘作品《源氏香之图》，共54帖。

以浮世绘“锦绘”技术创作的《源氏香之图》，与平安时代“大和绘”风格的《源氏物语绘卷》明显不同，其风格艳丽精细，笔法纤秀，透露出明显的世俗化气息。

图为第五回《紫儿》的《源氏香之图》。

桃山美术的巅峰之作

安土桃山时代的绘画主要以绘于屏风、拉窗、隔扇上的障壁画为主，最著名的画派是狩野派，而狩野永德则是这一流派以及整个桃山时代最伟大的画师。其描画京都内外名所和市民生活的《洛中洛外图屏风》，宏大豪迈而又富丽堂皇，使当时统治者织田信长、丰臣秀吉先后为之倾倒。

《洛外名所游乐图屏风》

这是最新发现的狩野永德早期作品，相比于《洛中洛外图屏风》的气势磅礴，这两幅屏风画则显得细腻而鲜丽，颇有工笔画的风格。

图为《洛外名所游乐图屏风》中天龙寺附近渡月桥的风景。

《洛中洛外图屏风》

这对屏风是扣人心弦的细密浓绘，右边屏风画面中央以二条城为主，左边屏风描绘的是方广寺大佛殿，京都市街洛中及洛外的名胜古迹，加上四季节令的活动皆一览无遗。画中人物多达两千，充满装饰性、动感、现实感。在金云暮霭的掩映下，生动地彩描出京都市街繁荣的景象，其气魄之宏大在日本绘画史上史无前例，堪称绝代名作。

图为《洛中洛外图屏风》中二条城的繁华景象。

风格特点

狩野永德的作品体现出狩野派粗犷、线条明快的画风，喜爱用金箔为底色，大面积使用浓厚艳丽的色彩。其画面显得富丽堂皇，把幕府时期武家大气魄、大精神的豪迈和野心充分呈现。这种世称桃山美术的屏风艺术，引导日本美术达三百年之久。

《花木真写》

这是江户时代“五摄家”中“近卫家”的近卫豫乐院（家熙）的名作，收藏于日本《阳明文库》。近卫豫乐院曾担任摄政，雅好书法、绘画，史称“江户时代第一级文人”。其所绘的《花木真写》笔致精细、优雅，展现出日本春、夏、秋三季繁花盛开的美丽，被称为“植物画至宝”。

图为近卫豫乐院的《花木真写》中的秋海棠画作。

7 “《源氏物语》千年纪”活动

1000 年前，紫式部创作出的世界上第一部长篇小说《源氏物语》，在日本京都争相传阅。1000 年后，堪称日本文化之母的《源氏物语》迎来隆重的千年纪念。2008 年 11 月 1 日，“《源氏物语》千年纪”典礼在日本京都市的国立京都国际会馆举行，包括日本天皇和皇后在内的约 2400 人出席了盛大的典礼，同时宣布将 11 月 1 日定为“古典日”。

2008 年可以称为“《源氏物语》年”。与《源氏物语》有着千丝万缕联系的京都府、京都市、宇治市等联合组成了“《源氏物语》千年纪委员会”，该会由日本著名作家濑户内寂听、文化界名人梅原猛、美国哥伦比亚大学名誉教授唐纳德·基恩等 8 人组成，在 2007 年 1 月 30 日就已成立，先后于 2008 年 3 月在法国巴黎举办了《源氏物语》国际学术研讨会，4 月在京都文化博物馆举行了《源氏物语》特别纪念展，展品包括紫式部的日记绘卷等 40 件国宝级文物，并陆续举办论坛、纪念仪式、研讨会等 280 多项相关活动。另外，2008 全年还要举办大约六个不同的关于“《源氏物语》千年纪”的展览。

图为现存的《紫式部日记绘卷》残卷之一。

此外，以京都为中心，右至石山寺，上至北山，左至嵯峨野清凉寺，右下至宇治，左下至明石、须磨，足迹跨越京都府、大阪府、奈良县、兵库县和滋贺县，全都是《源氏物语》小说的场景，据此形成各种探访《源氏物语》遗迹的新旅行路线，如“《源氏物语》历史一日游”“《源氏物语》千年纪展鉴赏游览”等。当地观光产业还推出了各种活动盛典，并颁发“《源氏物语》千年纪特别观光护照”，设计出以《源氏物语》为主题的各种纪念、文化商品等，并举办电影上映会、平安衣装试穿会等活动。

京都府的活动最多，大多以博物馆、图书馆为主轴，包含讲座、文化展、能面展、茶陶器展、绘卷展、室内乐、朗读、舞蹈剧，还有将《源氏物语》比较西欧宫廷文学中的王妃之恋演讲，邀请专家解说紫式部笔下所描绘的典雅日本女性、和歌、日式庭园等。“《源氏物语》千年纪”典礼上，日本雅乐团体“平安雅乐会”还在特设的舞台上演奏了《源氏物语》第七回《红叶贺》中，源氏和头中将共同起舞的舞乐《青海波》等乐曲。

图为《源氏物语》第七回中，源氏和头中将共舞《青海波》的情景。

京都文化博物馆于4月底至6月初，举办了“《源氏物语》千年纪”展，副题是“爱恋跨越千年时空”，除了展示绘画、墨笔、工艺等，还特别展出国宝级的《紫式部日记绘卷》及《源氏物语绘卷》，这些美轮美奂，并散发着传统文化气息的作品，都是日本美术史上的杰作。

图为《源氏物语绘卷》中的《夕雾》卷。

位于京都南方的宇治，也是寻访这部经典作品不可错过的重要据点，源氏去世后的“宇治十帖”就是发生在这里的故事。

1 6月初，宇治公园主办“源氏放萤”活动，让大家在植物公园内倾听流水声，幻想源氏萤穿梭飞舞的世界。

2 8月10日，宇治观光协会在宇治川上主办花火大会，七千发的烟火照亮夏日夜空，仿佛一千年的华丽约定。

3 9月3日，《源氏物语》博物馆周年后重新开馆，从这天起一直到11月3日，将公开“五摄家”中“近卫家”珍贵的《阳明文库》，源氏迷可以在博物馆的贵重数据企画展示室看到。

4 10月16日到23日除灯会外，宇治上神社开放夜间参拜，博物馆、宇治桥边、散步道都会点燃夜灯。

5 11月下旬到次年1月上旬，举办有“宇治帖”古迹健行，全程完成者还可以得到纪念徽章。

图为石山寺的紫式部雕像。

远在另外一头琵琶湖畔的“《源氏物语》千年纪 in 湖都大津”也不落人后。石山寺相传是紫式部当年构思《源氏物语》的地方。这里特别设置了“源氏梦回廊”，一整年都可以在石山寺不同殿堂中，参观和紫式部有关的展览，包括展出刺绣、“千年之恋”电影戏服、田边圣子《源氏物语》白话版的原稿等。

第一回　桐壶

话说从前某朝天皇，后宫妃嫔众多，其中有一位更衣[①]，出身不算高贵，皇上却特别宠爱。有几位出身高贵的妃子一进宫就颇自命不凡，以为恩宠一定在自己身上，看见这更衣走了红运，便诽谤她，妒忌她。和她同样地位或者出身比她更低微的更衣，知道无法竞争，更是满腹怨恨。这更衣日日夜夜服侍皇上，其他的妃子不由得妒火中烧。大约是众怨聚集所致，这更衣突然患病，心情郁结，时常要回娘家休养。皇上愈发舍不得，愈发怜爱她，竟不顾众人非难，一味偏护，如此的专宠一定会成为后世的话柄。就连朝中的高官也都不以为然，大家侧目而视，互相议论道："这样的专宠，真正让人吃惊！唐朝就因为有这样的事，才弄得天下大乱。"这等闲言碎语渐渐传遍全国，民间亦有不满，以为确是十分令人担忧之事，以后难免闯出杨贵妃那样的祸事来。这更衣有此遭际，十分痛苦，全凭主上的深恩加被，才战战兢兢地在宫中度日。

更衣的父亲官居大纳言[②]，这时早已去世。母亲也是名门贵族出身，看见别人的女儿双亲俱全，尊荣富贵，就希望自己女儿也是如此，每次参与庆祝或吊唁的仪式，老夫人总是尽心竭力，百般调度，在人前撑体面。可惜女儿还是缺乏有力的保护者，一旦发生意外，必定孤立无援，心中不免有些凄凉。

也许是宿世因缘吧，这更衣生下了一个容貌如玉、举世无双的皇子。皇上急迫地想看这婴儿，赶快让人抱进宫来[③]。这一看，果然是一个异常清秀可爱的孩子。

皇上的大皇子是右大臣之女弘徽殿女御所生，有如此有力的外戚做后盾，毫无疑问，必然是人人爱戴的东宫太子。但一谈到容貌，总比不上这小皇子的清秀。因此皇上对大皇子只是一般的喜爱，却把这小皇子看作私人秘宝一般，加以无限恩宠。

小皇子之母既是更衣，按照身份，本来不必像低级女官那样服侍皇上日常生活。她的地位并不普通，品格也颇高贵。但皇上对她过分宠爱，根本不讲情理，一味要她留在身边，几乎片刻不能离开。每逢开宴作乐或者其他盛会，总是要先宣召这更衣。有时皇上起身较迟，这天就一直把更衣留在身边，不放她回宫。如此日夜服侍，依照更衣身份而言，倒似乎反而轻率了。自从小皇子诞生之后，皇上对这位更衣更加重视，使得大皇子之母弘徽殿女御心怀疑忌。她想：这小皇子可能会被皇上立为太子。

弘徽殿女御最早入宫，皇上对她的重视决非普通妃子可比。而且她已生儿育女，因此唯有弘徽殿女御的疑忌，让皇上感到烦闷，心中不安。

---

① 更衣，妃嫔中地位由高至低分别是女御、更衣，皆可侍寝。再为尚侍（亦可侍寝）、典侍、掌侍、女官等。尚侍为内侍司（后宫十二司之一）的长官，典侍为二等官，掌侍为三等官，女官再次。

② 大纳言，当时的中央官厅为太政官。左大臣是太政官之长官，右大臣地位仅次于左大臣。太政大臣又在左右大臣之上，是朝廷中最高的官。左右大臣之下又设有大纳言、中纳言、宰相（即参议）。太政官下设有少纳言局、左弁官局、右弁官局。少纳言局所属的官员则有少纳言三人，及外记，外记下设有左右大少各一人。弁官下设有左右大中少弁各一人。左弁官局统辖中务、式部、治部、民部四省，右弁官局统辖兵部、刑部、大藏、宫内四省，统称八省。省下又设有各职和各寮，均归省管。各省的长官称卿，辅官称大辅、少辅，三等官称大丞、少丞。各职的长官称大夫，辅官称亮，三等官称大进、少进。各守的长官称头，辅官称助，三等官称大允、少允等。

③ 按那时的制度，坐月子一般是在娘家里。

这更衣虽然身受皇上深恩重爱，但厌恶她、诽谤她的人亦不在少数。她身体颇弱，又没有外戚作为后援，因此皇上愈是宠爱，她心中愈是忧惧。她住的宫院叫桐壶，从桐壶院前往皇上常住的清凉殿，必须经过许多妃嫔的宫室。她时常地来来往往，其他妃嫔看在眼里极不舒服也是在所难免。有时这桐壶更衣来往得过于频繁，她们就恶意地戏弄她，在板桥[1]上或过廊里放些龌龊的东西，令迎送桐壶更衣的宫女们裙裾肮脏不堪。有时她们又彼此约定，封闭桐壶更衣必须经过的走廊两头，给她添麻烦，使她感到困窘。诸如此类的事层出不穷，更使得桐壶更衣痛苦万状。皇上看到这种情况，更加怜惜她，就让清凉殿后面凉殿里的一个更衣搬到别处去，腾出房间来给桐壶更衣作值宿时的小休息室。那个迁到外面去的更衣对这更衣自然怀恨无穷。

小皇子三岁那一年，皇上为其举行穿裙仪式[2]，排场之宏大绝不亚于大皇子当年。内藏寮[3]和纳殿[4]的物资都被拿出来使用，仪式非常隆重，这也引起了世人种种非议。等见到这小皇子容貌漂亮，仪态优雅，竟是个盖世无双的人儿，倒谁也不忍妒忌他了。见多识广的人见了这小皇子都感吃惊，瞠目而视，不禁叹道："这种神仙似的人也会降临到尘世间来！"

这年夏天，小皇子之母桐壶更衣觉得身子不好，想乞请假期回娘家休养一阵，但是皇上不允许。这更衣近几年来经常生病，皇上已经习惯，他说："不妨暂且在这里休养，看情形再说吧。"但在此期间，更衣的病日重一日，只过了五六天，身体已经虚弱得厉害了。更衣之母老夫人哭哭啼啼向皇上乞请假期，这才许她出宫。纵使在这种时候，桐壶更衣也不得不提防发生意外、吃惊受辱之事。因此决定让小皇子留在宫中，更衣自己悄悄退出。形势所迫，皇上也不好一味挽留，只因身份关系，不能亲自送她出宫，心中有几分难言之痛。桐壶更衣本来是个花容月貌的美人儿，但这时已经芳容消减，心中百感交集，却没有力气说话，只剩得奄奄一息了。皇上看到此情此景，茫然失措，一面啼哭，一面反复陈述前情。但是桐壶更衣已经不能答话，双目失神，四肢无力，昏昏沉沉地躺着。皇上十分狼狈，束手无策，只得匆匆走出，让左右准备辇车离开。但始终舍不得她，再走进桐壶更衣室中来，又不许她出宫了。他对桐壶更衣说："我曾和你立下盟誓：大限到时也得一起同行。想来你不会就这样舍我而去吧！"桐壶更衣也深感隆情，断断续续地吟道：

"面临大限悲长别，
留恋残生叹命穷。

---

① 板桥，两幢房子之间连接的桥。

② 穿裙仪式，旧时日本的装束，男子是要穿裙子的，而现在仅用于礼服。穿裙仪式在男童初次穿裙时举行，古时在三岁，后来也有在五岁或六岁时举行的。女子亦举行这种仪式。

③ 内藏寮，管理金银珠宝、绫罗绸缎以及服装等物品的机构，属中务省。

④ 纳殿，收藏皇宫中历代之物的场所。

早知今日……”说到这里又已气息奄奄，想再说下去，却只觉痛苦不堪了。皇上想将她留住在此，亲自守视。但左右奏道：“那边祈祷今日就要开始，高僧都已请到，定于今日启忏……”他们催促皇上尽快动身。皇上没有办法，只得允许桐壶更衣出宫回娘家去。

桐壶更衣出宫之后，皇上满怀悲痛，不能入睡，唯觉长夜如年，忧心如焚。派往问候的使者迟迟不回，皇上不断唉声叹气。使者到达更衣处，只听见里面号啕大哭，家人哭诉说：“半夜就去世了！”使者垂头丧气而回，据实奏闻。皇上一听此言，心如刀割，神志恍惚，把自己关在室内，枯坐凝思。

小皇子的母亲既已死去，皇上颇想留他在身边。但是丧服中的皇子留在御前，从无前例，只得让他居住在宫外。小皇子幼小无知，看见宫女们啼啼哭哭、父皇流泪不止，心中只觉得奇怪。父母子女别离，已是悲哀之事，何况死别又加生离呢！

悲伤终要有个限度，只得按照丧礼，为更衣举行火葬。老夫人恋恋不舍，哭泣哀号：“让我跟女儿一起化作灰尘吧！”她挤上前去，坐着送葬的众女侍

专宠的悲哀　《源氏物语绘卷·寄生二》复原图（局部）　近代

如图中的男子宠爱心爱的女子般，桐壶帝过分宠爱这位桐壶更衣，常与她日夜相伴，而冷落了其他嫔妃，自然使一些人十分妒恨。平安时代的政治与后宫表里一体，每位嫔妃的背后都有强势的外戚支持，即使天皇也不能随心所欲地专爱一位更衣，这样只会让对方遭受憎恨与忌妒，痛苦万分。

杜若花谢

近卫豫乐院　花木真写　江户时代（17世纪）

杜若，生于空林，芬芳幽静。桐壶更衣就如同生长在空寂的林中般，芬芳，没有争宠之心。但深受宠爱的事实令她倍感忧惧，在倾轧的宫廷争斗中孤寂无援，注定了凋谢的命运。她的死与桐壶帝无法遏止的宠爱、没有外戚支持直接相关。可以说，更衣是帝王爱情的悲剧产物，也是宫廷政治的牺牲品。

的车子，一起来到爱女的火葬处，那里正在举行庄严的仪式。老夫人到达这样的地方，心情如何能不悲伤！她还算通情达理："亲眼看着遗骸，总想当她还活着，不肯相信她已死了；除非看见她变成灰烬，才能确信她不是这世间的人了。"老夫人哭得几乎从车子上掉下来。众女侍忙来扶持，殷勤劝解，她们说："早就担心会到这地步的。"

宫中派来钦差，宣读圣旨：追赠三位①。这宣读又带来了新的悲哀。皇上回想桐壶更衣在世时不曾升为女御，觉得异常难过。现在要让她晋升一级，所以追加封诰。这追封又引起许多人的怨恨。但通情达理的人都认为这桐壶更衣风采优雅可爱，性情和蔼可亲，的确无可指责。只因过去皇上对她太过宠爱，以致受人忌恨。如今她既已不幸死去，皇上身边的女官们回想她人品优越、心地慈祥，大家不胜怜惜。"生前诚可恨，死后皆可爱。"这首古歌想必就是为这种情境而发的吧。

光阴荏苒，桐壶更衣死后，每次举

① 位，是日本朝廷中大臣爵位高低的标志，从一位到八位（最低位）共三十级，各有正、从之分，四位以下又有上、下之分。女御的爵位是三位，更衣是四位。追赠三位，即追封为女御。

行法事，皇上必定会派人吊唁，抚慰十分优厚。虽然时过境迁，但皇上悲伤不减，且无法排遣。他绝不宣召其他妃子侍寝，只是日日夜夜以泪洗面。皇上身边的人见此情景，也都忧愁叹息。唯有弘徽殿女御等人至今还不肯原谅桐壶更衣，说道："做了鬼还让人不得安宁，这样的宠爱可真不得了啊！"皇上虽然有大皇子伴在身边，但心中老是记挂着小皇子，不时派遣亲信的女官及乳母等到宫外探问小皇子的情况。

深秋的一个傍晚，寒风乍起，皇上顿感寒气侵肤，追想往事，更觉伤心，便派韧负[①]女官[②]赴更衣家中问候。女官于明月高悬之夜登车前往。皇上则徘徊望月，缅怀前尘：往日每逢如此月夜，定有丝竹管弦之兴。那时桐壶更衣有时弹琴，琴音沁人肺腑；有时吟诗，婉转悠扬，迥非常人。她的音容笑貌现在化成幻影，依稀出现在眼前。但幻影纵使浓重，也抵不过一瞬间的现实呀！

韧负女官到达外家，车子一进门，只觉景象异常萧条。这处宅子原是寡妇居处，以前为了教养这珍爱的女儿，略加装饰，维持一定的体面。现在寡妇天天为了亡女悲伤，无心打理，因此庭院荒芜，花木凋零。再加上正值寒风萧瑟，更显得冷落凄凉。唯有一轮秋月，繁茂的杂草也无法遮住，只是明朗地照着。

女官在正殿[③]南面下车。老夫人接见，一时悲从中来，哽咽得不能言语，好容易开口说道："妾身苟延残喘，不过是薄命之人。承蒙圣眷，劳您冒霜犯露，驾临蓬门，让人不胜愧感！"说罢，泪下如雨。女官答道："前日典侍到此，回宫奏明，论及这里光景，伤心惨目，让人肝肠断绝。我虽是个冥顽无知之人，今日看到此情此景，也觉得不胜悲戚！"她犹豫了一会儿，传达圣旨："皇上说：'当时我只以为是做梦，一直神魂颠倒。后来虽然安静下来，却无法让梦清醒，真是痛苦不堪。不知道怎样解除这种烦恼。拟请老夫人悄悄到此一行，不知可否？我又记挂小皇子，让他在哭泣之中度日，实在也太可怜。务请早日带他一起到此。'皇上说这番话时，断断续续，饮泣吞声；又担心旁人笑他软弱，不敢高声。神情让人看了实在难当。因此我不等他说完，便退出来了。"说罢，就将皇上的手书呈上，老夫人说："流泪过多，双目昏花，今蒙宠赐信函，眼前顿增光辉。"便打开书信拜读：

"一直以为日月推迁，悲伤就会渐减，哪里知道历时越久，悲伤越增。真是无可奈何之事！小儿近来怎样？时时挂念。不能与老夫人共同抚养，深为憾事。今请视这孩子为亡人的遗念，偕同入宫。"

此外还写着种种详情。函末附诗一首：

---

① 韧负，京中的武官设有左右近卫、左右卫门、左右兵卫，共称六卫府。近卫府负责警戒皇宫门内，左右近卫府的长官称为大将，辅官称为中将、少将，三等官称为将监，四等官称为将曹。左右近卫大将、中将等，略称为左近大将、右近中将、右大将、左中将等。中将、少将也称为佐、助等。卫门府负责警卫皇宫门外，左右卫门府的长官称为督，辅官称为佐、权佐，三等官称为大尉、少尉。卫门府又特称为韧负司，其佐、尉称为韧负佐、韧负尉。兵卫府负责警卫皇宫之门外，并巡检京中。其官名与卫门府相同。

② 韧负女官，当时宫中较低级的女官或贵族家的女侍，一律以其父或其夫之官名来称呼。

③ 正殿，当时贵族的宫殿式住宅中的正屋称为正殿。

“冷露凄风夜，深宫泪满襟。
遥怜荒渚上，小草太孤零。”

老夫人未及读完，已经泣不成声了。后来答道：“妾身老而不死，实是苦命之人。仅仅面对松树[1]，尚且觉得羞愧；何况九重宫阙，怎敢仰望？屡蒙圣恩抚慰，不胜铭感于心。但老身却不便冒昧入宫。唯窃有所感：小皇子年岁尚幼，不知为什么如此聪明，近日时刻想念父皇，急切想要入宫。此确实是人间的至情啊——这件事望请代为启奏。老身薄命，这里又是不祥之地，不宜留小皇子久居……”

① 松树，长寿的象征，故有此说。

繁华与悲凉

狩野永德　洛中洛外图屏风

安土桃山时代（16世纪后期）

女官受天皇派遣，来到桐壶更衣家中，向更衣的母亲表示问候。丧女之痛让更衣的母亲无心打理庭院，与京都的富丽繁华相比，这里显得十分冷落悲凉。图为平安时代京都的繁华景象。

这时小皇子已经入睡。女官禀道："本应拜见小皇子，将详情回奏。但皇上专候回音，不敢迟归。"急欲告辞。老夫人道："近来悼念女儿，心情郁结，苦不堪言；颇想对知己之人畅谈衷曲，才能略展愁怀，公务之余，务请经常惠临，不胜感激。想起从前每次相见，都只为欢庆之事。这次却为传递这样悲伤的书柬而相见，实在没有想到啊！都是老身命薄，所以才遭受这种苦厄。亡女诞生时，愚夫妇曾寄予厚望，但愿此女能为门户增光。亡夫大纳言弥留之际，还反复叮嘱道：'此女入宫之愿，务必实现，切勿因我死而丧失信心。'我也曾想：家中没有有力的后援，入宫后一定会遭受种种不幸。只是不忍违反遗嘱，令其入宫。岂料入侍之后，竟蒙主上过分宠幸，百般怜惜。亡女周旋于群妃之间，也不敢不忍受他人不近人情的侮辱。不料那些人的妒恨之心，日积月累；痛心之事，难以述说。忧能伤人，终于惨遭夭死。昔日与皇上的深恩重爱，反成了怨恨之由。唉，这原不过是我这伤心寡母的胡言乱语而已。"老夫人话未说完，一阵心酸，泣不成声。这时已至深夜。

女官答道："并非胡言乱语，皇上也这样想。他说：'我确是真心爱她，但又何必如此过分，以致使他人如此震惊？这就注定恩爱不能长久了。现在回想，我和她的盟约原来竟是一段恶因缘！我一向未曾招人怨恨，但为了此人，却无端地招来许多怨恨，结果又被抛撇得形单影只，只落得个自慰乏术，人怨交加，竟成了一名愚夫笨伯。这或许也是前世冤孽吧。’他反复申述，眼中泪水始终不干。”

后来女官又含泪禀告道：“夜已很深。今晚之内必须回宫复奏。”便急忙准备动身回返。其时月色西沉，寒风拂面，顿生凄凉之感；草虫乱鸣，催人堕泪。女官对此情景，留恋着不忍马上离开，吟诗道：

“纵然伴着秋虫泣，
　哭尽长宵泪未干。”

吟毕，还是不想登车离开。老夫人答诗，命女侍传告：

“哭声多似虫鸣处，
　添得宫人泪万行。

这几句怨恨之词，亦请代为奏闻。”这次犒赏女官，不宜用风趣的礼物，老夫人便将已故桐壶更衣的遗物，一套衣衫、几件梳具，赠予女官，留作纪念。这些东西仿佛是专为这种用途而遗留着的。

伴随小皇子到此的年轻女侍，人人悲伤，更不必说。她们在宫中看惯繁华景象，更觉得这里异常凄凉。她们想到皇上悲痛的情状，很是同情，便劝告老夫人，早日送小皇子返宫。老夫人以为自己乃不洁之身，如果随伴小皇子入宫，外间定会生出许多非议。但若不见小皇子，纵使暂时之间，也觉心头不安。因此小皇子入宫的事，一时未能马上实行。女官回宫，见皇上仍未就寝，觉得十分可怜。这时清凉殿庭院中的秋花秋草，正值繁茂。皇上假作观赏，带着四五个性情温和的女官，悄悄地闲谈消遣。近来皇上日夜披览的，只是《长恨歌》的画册。这是以前宇多天皇命画家所绘，其中有著名诗人伊势[1]和贯之[2]所做的和歌[3]及汉诗。日常与众人的谈话也都是这一类的话题。

看见女官回宫，便追问桐壶更衣娘家的情状。女官将见到的悲惨景象悄悄奏闻。皇上展读老夫人复书，只见其中写道：“辱承天问，诚惶诚恐，几无置身之地。拜读圣谕，百感交集，心迷目眩矣。

嘉荫凋残风力猛，
剧怜小草不胜悲。”

诗中虽有失言之处[4]，想必也是老夫人悲哀之极，方寸尽乱所致，皇上并不怪罪。皇上不欲令人看到伤心的神色，努力隐忍，但终究隐忍不了。他时时回想初见桐壶更

① 伊势，姓藤原，是十世纪中著名的女歌人，乃三十六歌仙之一，著有《伊势集》。

② 贯之，姓纪，十世纪中著名歌人，曾与纪友则、凡河内躬恒、壬生忠岑编撰《古今和歌集》。

③ 和歌，即日本诗歌。

④ 嘉荫，比喻死去的更衣，小草比喻小皇子。意思是：遮风的树木已经枯死，树下的小草失去了有力的保护者。这里疑有蔑视小皇子的父亲皇上之意，故曰失言。

衣时的千种风流、万般恩爱。那时节两人一刻也不舍分离。如今形单影只，孤苦伶仃，自己也觉得实在可怜。他说：“老夫人不欲违背故去大纳言的遗嘱，遣女入宫，我为了答谢这番美意，本应加以优遇，却终于未能实行。如今人琴具杳，再说什么也是无益了！”他觉得异常内疚。接着又说，“虽然如此，桐壶更衣已经生下小皇子，待他长大成人，老夫人定有享福之日。愿她健康长寿。”

女官便将老夫人所赐礼物呈请御览。皇上看后，想：“这要是临邛道士探得了亡人居处而带回来的证物，又该怎样呢……”[①]但作此空想也是无益。便吟诗道：

“愿君化作鸿都客，
探得香魂住处来。”

皇上反复观看《长恨歌》画册，觉得画中的杨贵妃虽然由名家所绘，但笔力终有未逮，缺乏几分生趣。诗中说贵妃的面庞和眉毛有如“太液芙蓉未央柳”[②]，比喻得虽然准确，唐朝的装束也固然端丽雅致，但是，每当回想起桐壶更衣的妩媚温柔，便觉得任何花鸟的颜色与声音都比不上。以前朝夕相处，总是说起“在天愿作比翼鸟，在地愿为连理枝”[③]，互定盟誓，如今都变成泡影。天命如此，遗恨无穷！秋夜的风啸虫鸣听在耳中，觉得尽是催人哀思。而弘徽殿女御很久不曾参谒帝居，偏偏却在这时玩赏月色，奏起丝竹管弦来。皇上听了，深为不快，觉得刺耳难闻。目睹皇上近日悲戚情状的殿上人[④]和女官们，听到这奏乐之声，也都代为不平。弘徽殿女御的个性非常顽强冷酷，全不把皇上之苦放在心上，所以有此举动。正值月色西沉。皇上即景口占：

“欲望宫墙月，啼多泪眼昏。
遥怜荒邸里，哪得见光明！”

他想象桐壶更衣娘家的情状，挑尽残灯，长夜枯坐。又听见巡夜的右近卫官唱名[⑤]，知道已经是丑时了。因恐长时枯坐过于惹人注目，便起身进内就寝，却难于入睡。第二天晨起之后，回想从前“珠帘锦帐不觉晓”[⑥]之情景，不胜悲痛，就有些懒得处理朝政了。皇上不思饮食：早膳勉强举箸，应景而已；正式的御餐，更是早已废止。服侍御膳的人看到这种光景，都为之忧愁叹息。近身侍臣，无论男女，都很焦急，叹息道：“这真是没有办法呀！”他们私下议论：“皇上和桐壶更衣一定有前世的宿缘。桐壶更衣在世之时，人人讥诮怨恨，皇上一概不顾。所有有关她的事，一味徇情，根本不讲道理。如今桐壶更衣已死，又是日日悲叹，不思朝政。这真是太荒唐了！”他们又引证唐玄宗等的

① 参看白居易《长恨歌》。
②③ 出自白居易《长恨歌》。
④ 殿上人，是日本被允许上殿的贵族。
⑤ 唱名，宫中巡夜的惯例，亥时（十点钟）起由左近卫官值班，丑时（两点钟）起由右近卫官值班。值班时各自唱名。
⑥ 见《伊势集·诵亭子院长恨歌屏风》。下句是“长恨绵绵谁梦知”。

例子，低声议论。

过了一些时日，小皇子回宫了。这孩子长得愈发秀美，竟不像是尘世间的凡人，因此父皇十分宠爱。第二年春天，该是立太子的时候了，皇上心中颇想立这小皇子为太子。但这小皇子缺少高贵的外戚作后援；而废长立幼，世人也不能赞同，皇上担心反而不利于小皇子。因此终于打消了念头，立了大皇子为太子。于是世人说："如此宠爱的小皇子，终于不立为太子，世事毕竟是还有原则的啊！"大皇子之母弘徽殿女御也放了心。

再说老夫人自从女儿死后，一直伤痛无以自慰。她向佛祈求，希望早日往生女儿前往之地。不久果蒙佛祖接引她向西天去了。皇上为此又感到无限悲痛。这时小皇子刚

小皇子之相

住吉具庆　源氏物语画帖

江户时代（17世纪）

源氏伪装成右大弁的儿子，来到鸿胪馆让朝鲜相士看相。相士大为吃惊，认为他既有帝王之相，也有重臣之相。这份预言暗示了源氏的未来，即他将介于帝王与臣下之间的地位，具备半帝半臣的身份。图为鸿胪馆内相士为源氏相面，阶下众人议论纷纷，仿佛吃惊于相士对源氏未来的矛盾预测。

刚六岁，已经懂得人情，伤心外祖母之死，哭泣不止。外祖母多年来和这外孙一直亲密，舍不得和他诀别，弥留时反复提起，不胜悲哀。再以后小皇子便常住宫中了。

小皇子七岁那年开始读书，聪明颖悟，举世无双。皇上见他过分机敏，反而有些担心。他说："现在应该不会有人怨恨他了吧。他母亲已死，就为这一点，大家也应该怜爱他。"皇上驾临弘徽殿的时候，经常带他同去，还让他走进帘内。这小皇子长得极为可爱，纵使赳赳武夫或仇人，一见他的姿态，也不得不面露微笑。因此弘徽殿女御也不愿再厌恶他了。弘徽殿女御除了大皇子以外，又生有两位皇女，但容貌都不及小皇子秀美。其他女御和更衣见了小皇子，也都毫不避嫌。人人都觉得：小小年纪就有这般风韵娴雅的姿态，真是个可亲而又必须谨慎对待的玩伴。规定学习的种种学问，不必一一复述，就是琴和笛也都颇为精通，清音响彻云霄。这小皇子的多才多艺要是一一列举起来，简直让人不能相信。

这时朝鲜派使臣来朝觐，其中有一个高明的相士。皇上听到这个消息，很想召见这相士，让他为小皇子看相。但宇多天皇曾定下禁例：外国人不得进入皇宫。他只得悄悄地让小皇子到款待外宾的鸿胪馆去访问这名相士。一位官居右大弁的朝臣被任命为小皇子的保护人，皇上教小皇子装作右大弁的儿子，一起前往。相士一见小皇子的容貌，极为吃惊，几次侧过头仔细端详，非常诧异。后来对右大弁说道："依公子的容貌来看，要成为一国之主，登至尊之位。如果真是如此，恐怕国家会发生变乱，要遭逢忧患。若是成为朝廷柱石，辅佐天下政治，又与他的容貌有几分不合。"右大弁原是个富有才艺的博学之士，与这相士一起高谈阔论，颇感畅快。两人吟诗作对，相互赠答。相士几天后就要告辞返国。他这次见到如此容貌不凡之人物，深感幸运；即将离别之际，又觉有些悲伤。他作了许多优美的诗文，赠予小皇子。小皇子也吟成可爱的诗篇，作为回报。相士读了小皇子的诗，极为赞赏，奉上种种珍贵礼品作为礼物。朝廷也重重赏赐了这位相士。这件事虽然秘而不宣，但世人早已传闻。太子的外祖父右大臣等听说这件事，担心皇上有改立太子之心，顿生疑心。

皇上十分贤明。他相信日本的相术，再看小皇子的容貌，便已胸有成竹，所以一直未曾封他为亲王。现在他见这朝鲜相士的见解和他自己的相互吻合，觉得此人实在很是高明，便下定决心："我不能让他做个没有外戚支援的无品亲王[①]，免得他以后坎坷终身。我能在位几年，也是难以断言的，还不如让他做个臣子，让他学着辅佐朝廷。为他以后打算，才是得策的。"从此就让他研究成为良臣的种种学问。小皇子研究学问以后，更加显露出才华。让这样的人屈为臣子，实在可惜。但封他为亲王，又必然招致世人的疑忌，反而不好。皇上再教精通命理的人推算了一下，见解相同。于是皇上下旨将小皇子降为臣籍，赐姓源氏。

岁月如梭，但皇上怀念已故桐壶更衣，从未停歇。有时为了消除愁闷，也曾召见一些知名的美人，但都不满意，觉得像桐壶更衣那样的人，世间再难寻得。他从此疏远女

① 亲王，等级从一品到四品，四品以下则为无品亲王。皇子童年获封亲王，规定只能是无品亲王，地位甚低。

人，一概无心看顾了。一天，一位伺候皇上的典侍，说起先帝[①]的四公主，容貌姣美，气质高贵；其母宠爱之深，从未曾见。这位典侍曾经服侍先帝，对公主的母亲也颇亲近，时常出入宫邸，眼见这四公主成人；现在也常隐约见其容姿。这典侍奏道：“妾身入宫已历三代，却从未见过与桐壶娘娘相似之人。唯有这位四公主长成以来，酷似桐壶娘娘，真是倾国倾城之貌。”皇上听到此处，想道：“莫非真有这样的人？”未免留心，便卑辞厚礼，劝请四公主进宫。

四公主的母亲知道后说：“哎呀，这真太可怕了！弘徽殿女御心肠狠辣，桐壶更衣分明是被她折磨而死。前车之鉴，真正让人寒心！”她左思右想，始终不能下定决心，这件事也不曾顺利进行。不料这期间四公主的母后患病死去，四公主成了孤苦伶仃之人。皇上诚恳地遣人致问，对其家人说：“让她入宫，我会把她当作子女一般看待。”四公主的女侍们、保护人和其兄长兵部卿亲王都觉得：“与其自己孤苦度日，不如让她入宫，心情也可以放开一些。”便送这位四公主入宫。她入住藤壶院，故此称为藤壶女御。

皇上召见藤壶女御，觉得这人容貌风采与已故桐壶更衣极为肖似。而且身份高贵，为世人所仰慕，其他妃嫔对她亦无可挑剔。因此女御入宫之后，一切称心如意。已故桐壶更衣身份低微，受人轻贱，而所受恩宠偏偏极为深重。皇上对她的思恋虽不消减，但爱情自然移向藤壶女御身上，觉得心情十分欢畅。这也是世间常态，让人感慨。

源氏公子时刻不离皇上身边，日常侍奉皇上的妃嫔对他都不避讳。她们个个自以为美貌不逊他人，也的确妩媚风流，各具风采。但她们都年岁渐长，仪态老成；唯有这位藤壶女御年龄最小，容貌又最美，见了源氏公子总是含羞躲避。但公子天天出入宫闱，自然经常窥见姿色。桐壶更衣去世时，公子仅有三岁，当然连模样也记不得了。但听那位典侍说，藤壶女御的容貌酷似母亲，这幼年公子便深为爱慕，因此经常亲近这位继母。皇上对这二人极为宠爱，经常对藤壶女御说：“不要疏远这孩子。你和他母亲极为肖似，他喜爱你，你不要误以为无礼，多多怜爱他一些吧。他母亲的声音容貌，和你颇为相像，他自然也和你有些相像。你们两人成为一对母子，也并不觉得不相称呢。”源氏公子听到这番话，深感喜悦，每逢春花秋月、良辰美景，经常亲近藤壶女御，对她表示爱慕之情。弘徽殿女御不喜欢藤壶女御，因此这又勾起她对源氏公子的旧恨，对他也再度看不顺眼了。

皇上常说藤壶女御名重天下，把她看作举世无双的美人。但源氏公子的容貌，比她更加光彩焕发，世人因此称他为“光华公子”（光君）。藤壶女御和源氏公子同样受到皇上宠爱，因此世人称她为“昭阳妃子”。源氏公子作童子装束时，十分娇艳可爱，改装实在可惜。但到了十二岁时，照例一定要举行冠礼[②]，改穿成人的装束。为了这一仪式，皇上亲自负责指挥。在例行的制度之外，又增加种种排场，规模十分宏大。从前皇太子的冠礼在紫宸殿[③]举行，极为隆重；这次源氏公子的冠礼，也务求不能亚于那一次。各处宴会向来

① 这位先帝与皇上的关系不明。有学者说是皇上的堂兄弟或伯叔父，那么这位四公主应是皇上的侄女或堂姐妹。

② 冠礼，当时男子十一岁至十六岁时，为表示已长大成人，要举行改装、结发、加冠的仪式。

③ 紫宸殿，是当时皇宫的正殿，又称南殿。

加冠仪式　土佐光则　源氏物语画帖　江户时代（17世纪初）

桐壶帝对源氏的加冠仪式非常重视，要求其隆重程度不亚于皇太子那次。图中加冠仪式上，左下还留着总角的白衣少年就是源氏。少年装的源氏俊美无匹，被称为“光华公子”。改为成人装后，他出乎意料地愈发俊美可爱。

由内藏寮及谷仓院[1]以公事处理。但皇上担心他们不够周到，因此特别颁布旨意，务必办得尽善尽美。在皇上居住的清凉殿东厢里，朝东摆放皇上的玉座，玉座前面设置加冠者源氏及加冠大臣的座位。

源氏公子在申时上殿去。他的头发梳成“总角”，左右分开，耳旁挽成双髻，十分娇艳可爱。现在要他改穿成人装束，真是可惜！剪发之事由大藏卿负责执行。将这样的青丝美发剪短，实在下不了手。这时皇上又想起他母亲桐壶更衣来。他想：如果桐壶更衣见此光景，不知有何感想。一阵心酸，几乎掉泪，好容易才隐忍下去。

源氏公子加冠结束后，前往休息室，换上成人装束，再走上殿来，向皇上拜谢。观者见此情景，无不赞叹。皇上看了，感慨更深，难于承受。过去的悲哀，近来虽有时得以忘怀，今日重又涌上心头。这次加冠，他非常担心，生怕源氏公子天真烂漫的风姿会由于改装而减色。哪里知道改装之后，愈发俊美可爱了。

加冠由左大臣执行。左大臣的夫人是位公主，所生女儿唯有一人，称为葵姬[2]。皇太子爱慕葵姬，曾欲聘娶，左大臣借故迁延，只因早就想将此女嫁与源氏公子。他曾将这个打算奏闻皇上。皇上想道：“这孩子加冠之后，缺少外戚后援人。左大臣既有此心，我就成其好事，让她侍寝[3]吧。”皇上催促左大臣早做准备。左大臣也深愿此事早日成就。礼毕，众人退出，转赴侍所[4]，大开筵宴。源氏公子在诸亲王末座就座。左大臣在席上隐约提起葵姬之事。公子年龄尚幼，有些腼腆，默默不答。不久内侍宣旨，召左大臣参见。左大臣入内见驾。御前诸女官将加冠犒赏品赐给左大臣：照例是一件白色大褂，一套衣衫。又赐酒一杯。皇上吟道：

“童发今承亲手束，
合欢双带绾成无？”

诗中暗表结缡之意。左大臣极为惊喜，立即和道：

“朱丝已绾同心结，
但愿深红永不消。”

他走下长阶，来到庭中，拜谢皇上。皇上又赏赐左大臣一匹左马寮[5]御马、一头藏人所[6]鹰。其他公卿王侯也都阶前列队，各自拜领赏赐。这一天冠者呈献的各种点心，有的装匣，有的装筐，一律由右大弁调配。此外赐予众人的屯食[7]，以及犒赏各位官员的

① 谷仓院是负责保管京畿诸国贡品和无主官田、没收官田等事务的官库。

② 葵姬，本书原文中人物大都无专名，后人为方便阅读，根据各回题名或诗文内容给某些人物取名。葵姬即为其一。

③ 此时宫中惯例，皇太子、皇子加冠之夜由公卿之女侍寝，行婚礼。

④ 侍所，帝王公卿家中掌管家务之所。

⑤ 左马寮，宫中设左右马寮，掌管有关马匹的事务。

⑥ 藏人所，负责供奉天皇起居，掌管任命仪式、节会等宫中大小杂事的衙门。

⑦ 屯食，是古代宫中飨宴时赏赐臣子的糯米饭团。

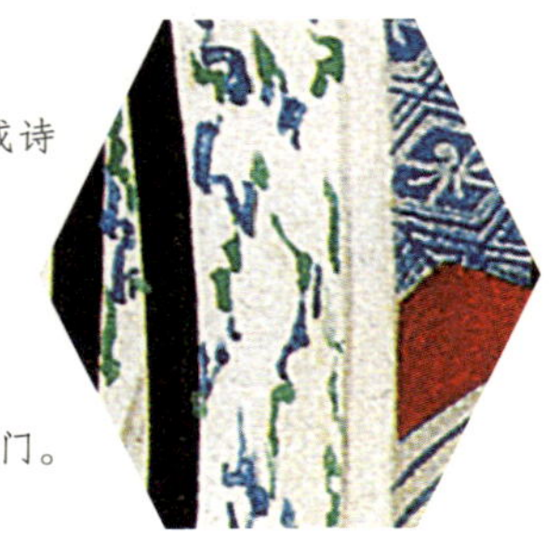

源氏的人生规划

贵族婚姻与政治的结合

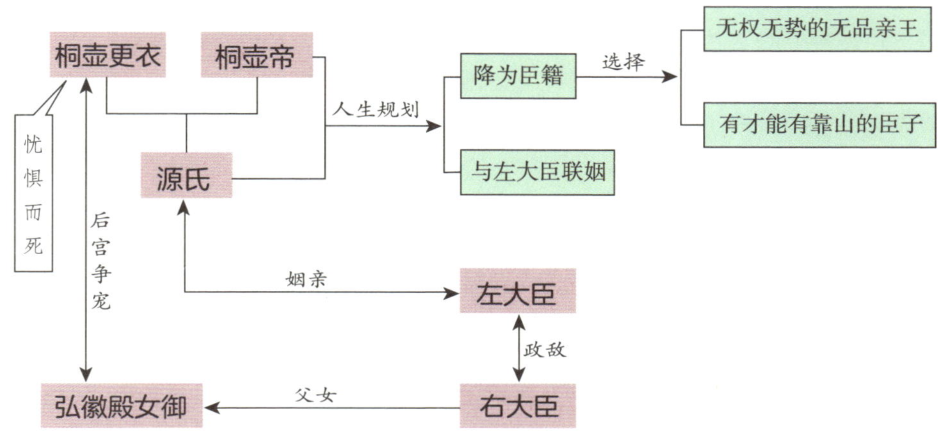

平安时代的皇室婚姻与政治是表里一体的，后宫的争宠与其外戚的强弱息息相关。源氏的母亲桐壶更衣就是因为没有外戚支持，为宫中弘徽殿女御等人所忌恨，忧惧而死。

虽然源氏深受桐壶帝宠爱，但是母亲地位低微，又没有外戚支持，使得他前途堪忧。桐壶帝将他降为臣籍，教以辅助朝政之能，并与左大臣联姻，就是安排他成为有才能、有靠山的臣子，而不是空有亲王头衔而无所凭依的无品亲王。

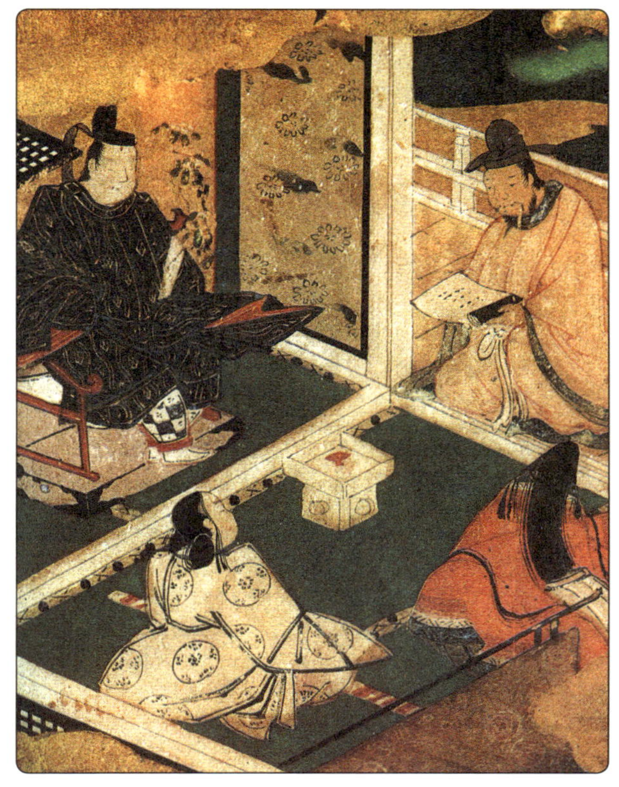

装在古式柜子里的礼品，陈列满前，几乎把道路都堵塞了，比皇太子加冠时更为繁富。这仪式真是宏大之极！

这天晚上源氏公子即赴左大臣宅邸招亲[①]。结婚仪式之隆重宏大又是世间难比的。左大臣看这女婿，的确极为俊秀可爱。葵姬比新郎年龄略长，心中觉得不太相称，有些难为情。

左大臣是皇上信任之人，他的夫人是与皇上同胞的妹妹，任何方面都已高贵无比。现在又招了源氏公子为婿，声势更加显赫。右大臣是皇太子的外祖父，未来有可能独揽朝纲。但现在却有些相形见绌，势难匹敌了。左大臣门中姬妾众多，子女成群。正夫人所生还有一位公子，现任藏人少将之职，容貌非常秀美，是个英俊少年。右大臣本来与左大臣有些不睦，但看中这位藏人少将，竟把自己宠爱的第四位女公子嫁给了他。右大臣重视藏人少将，丝毫不亚于左大臣重视源氏公子，倒真是世间无独有偶的两对翁婿！

源氏公子常受皇上宣召，不离身旁，总是无暇去妻子家里。他心中以为藤壶女御美貌无双，他想："要是我能和这样的一个人结婚多好。这才是世间少有的美人！"葵姬是左大臣的掌上明珠，也颇娇艳可爱，但总是与源氏公子性情不合。少年人的热情是一心一意的，源氏公子这秘密之爱真是苦不堪言。他加冠成人之后，不能再像童时那样穿堂入幕，只能在作乐之时隔帘吹笛，和着帘内的琴声，借以传达爱慕之情。有时隐约听到帘内藤壶妃子的声音，聊觉安慰。因此，源氏公子一味住在宫中。大约每在宫中住五六日，才到左大臣宅邸住两三日，断断续续，不即不离。左大臣体谅他年纪还小，未免有些任性，并不怪罪，还是真心怜爱他。源氏公子和葵姬身边的女侍，都挑选世间少有的美人，又经常举行公子心爱的游艺，千方百计地逗他高兴。

宫中把以前桐壶更衣所住的淑景舍（即桐壶院）设为源氏公子的居所。以前服侍桐壶更衣的女侍都未遣散，就叫她们服侍源氏公子。此外，桐壶更衣娘家的宅院，也由修理职、内匠寮[②]奉旨改造。这里本来就有林木假山，风景十分优美；现在再扩充池塘，重兴土木，装点得非常美观。这就是源氏公子的二条[③]院私邸。源氏公子想："这个地方让我和我所爱慕的人同住才好。"心中不免有些郁悒。

世人纷纷传说："光华公子"这个名字，是那个朝鲜相士为了赞扬源氏公子的美貌给取的。

① 按当时习俗，除天皇、皇太子外，男子结婚一般都去女家。婚后女子仍住在娘家，而男子前往住宿。过一段时间后，新夫妇才另居他处，或将妻子接至丈夫邸内。

② 修理职和内匠寮，掌管宫中修缮和营造的机构。

③ 二条，京城地区，以条划分，从一条到九条。

第二回　帚木①

“光华公子源氏”（光源氏），只有这个名字是好听的；其实此人一生受世间讥评的缺陷甚多。尤其是那些好色的行为，他自己担心传于后世，得个轻佻浮薄之名，因而竭力掩饰，却偏偏众口流传。这真是人言可畏。

话虽如此，其实源氏公子处世也颇谨慎，凡事小心翼翼，并无耸人听闻的香艳事件。交野少将[2]倘知道了，大概会笑他迂腐吧。

当源氏公子职位还是近卫中将[3]的时候，经常在宫中服侍皇上，难得回左大臣宅邸。左大臣家的人都有些疑虑：莫非他另有新欢？其实源氏公子并不喜欢世间常见的一时冲动的感情；却有一种癖好，偶尔发作起来，便违背本意，不顾后果，做出不该有的行为来。

梅雨连绵不绝，总不放晴；其时宫中正值斋戒，不宜出门，人人幽闭室内，以躲避不祥之事。源氏公子因此长居宫中。左大臣家盼待的日子既久，不免有些怨恨。但还是竭力备办各种服饰及珍贵物品，送入宫来。左大臣家的那位藏人少将，现已升任头中将[4]，此人和源氏公子特别亲近，每遇游戏作乐之事，此人总是最可亲、熟悉的对手。右大臣重视他，招他为婿，但他却是个好色之徒，不喜欢去正夫人家中，反而把自己家中的房间装饰得富丽无比。源氏公子每次前来，他就在此室中招待他；离开了，他也陪他同行，两人片刻不离。无论昼夜，无论学问或游艺，两人都共同研习。他的本事竟也不亚于源氏公子。无论到什么地方，两人一定一同偕往。这样，两人的关系自然非常亲爱，相互不拘礼节。心中所想，也无所不谈了。

一日，下了整日的雨，傍晚犹自不停。雨夜异常寂寞，殿上服侍的人不多；淑景舍比平日更为安静。两人移灯近案，正在披阅图书。“这里面有些是不能看的，我拿些无关紧要的给你看吧。”头中将听了很不高兴，回答说：“我正想看些特别的呢。一般的情书，像我们这种无名之人也能收到许多。我要看的是怨恨男子薄情的词句，或者密约幽会的书信。这些才有看的价值呢。”源氏公子也就允许他看了。其实，特别重要而必须秘藏的情书，不会随便放在这个显眼的书橱里，一定会深藏在秘密地方。放在这里的，都是些无足轻重的东西。头中将一一观看这些情书，说：“有这么多形式啊！”就在一旁猜度：这是谁写的，那是谁写的。有的猜得很对，有的却猜错了路数。源氏公子暗自好笑，并不多作解释，只是一味敷衍，随后把信收藏起来。说道：“这种东西，你那里一定很多。我倒想看一些。如果你给我看的话，我情愿把整个书橱打开来给你

① 本回所写为源氏公子十六岁夏天之事。

② 交野少将，是现已失传的一部古代小说的主角。

③ 中将，负责警卫皇宫门内的近卫府武官，其左右长官称为大将，辅官称为中、少将，三等官称为将监，四等官称为将曹。

④ 头中将，藏人所的长官称为别当，由左大臣兼任。下设“头”二人：一人由弁官兼任，称为头弁；另一人由中将兼任，称为头中将。再下则是五位藏人三人，六位藏人四人。

看。”头中将说：“我的那些，恐怕你看不上眼呢。”说过之后，他就发表他的感想：

“我现在才知道：世间的女子，尽善尽美、没有缺点可供人指摘的，实在不多见啊！仅仅是表面上的风雅，信写得漂亮，交际应酬也很能干——这样的人不计其数。但如果真要在这些方面选拔优秀人物，不落选的却实在不多。

“有的女子，父母双全，爱如珍宝，养在深闺之中，未来期望甚大；男子从传闻中听到这女子的才艺，便倾心爱慕，这也是常有的事。这种女子，容貌姣美，性情温顺，正值青春年华，闲来无事，便模仿他人，专心学习琴棋书画，作为娱乐，自然学得一技之长。媒人总是隐瞒了她的短处而赞扬她的长处。听者纵使怀疑，总不能全凭推测而断定其说谎。但如果相信了媒人之言，和这女子相见，终于相处，结果很少有不让人失望的！”

头中将说到这里，装出一副老气横秋的模样，叹了口气。源氏公子并不完全赞同他的话，但觉也有几分符合自己的意见，便笑道：“全无半点才艺的女人，世上有没有呢？”头中将又发表他的议论：

“一无所长的女人，谁会受骗而向她求爱呢？一无可取的与无可指摘的，怕

品评女子

狩野永德　花鸟图押绘贴屏风

安土桃山时代（16世纪后期）

源氏与头中将、左马头等四人围坐品评当世女子的品级、优劣。认为优秀的女子无不出身于高贵之家，只有经济充足的家庭才能教养出才貌双全的美人。如同图中象征着“富贵”的牡丹花一样，雍容华贵，非他花可比。

是同样地少见吧。有些女子出身高贵，宠爱者众多，缺点多被掩饰；闻者见者自然都以为是个绝代佳人。而中等人家的女子，性情怎样，有什么长处，外人都看得到，倒容易辨别优劣。至于下等人家的女子，不惹人注意，不足道了。”

他说得头头是道，源氏公子听了很感兴趣，便追问说：“什么等级呢？分上中下三等，又以什么为标准呢？比如有一个女子，本来门第高贵，后来家道衰落，地位降低了。另有一个女子，生于平常人家，但后来父亲升官发财，自命不凡，扩充门第，处处力求不落人后，这女子就成了名媛。这两人的等级怎样判别呢？”正当提问之际，左马头与藤式部丞两人也进来值宿。左马头是个好色之徒，见闻广博，能言善辩。头中将就拉他入座，和他争论女子上中下三等的分别，说了许多不堪入耳的话。

左马头议论说：“无论怎样升官发财，如果本来门第并不高贵，世人对她们的期望总是不一样的。还有，从前门第高贵，但现在家道衰微，再加上时势转变，人望衰落，心中虽然还是好高骛远，但是事与愿违，有时反而会做出不体面的事来。像这两种人，各有原因，都应该评为中等。还有一种人，身为诸国长官[①]，掌握地方行政，等级虽已确定。其中又有上中下之别，选拔其中等的女子，正是现时的时尚。还有一种人，地位比不上公卿，家中也没有人当过与公卿同列的宰相，只有四位的爵位。但世间的声望不错，本来的出身也不低贱，自由自在过着安乐的日子。这倒真是可喜的。这种家庭财产充足，颇可自由挥霍，不必节约；教养女儿，郑重其事，无微不至。这样成长起来的女子之中，倒有不少才貌双全的美人呢！这种女子一旦入宫，一旦获得恩宠，便享受莫大幸福，例子不胜枚举。”

源氏公子笑道：“依你说来，评定等级只是以贫富作为标准了。”头中将也指责他：“这可不像是你说的话！”

左马头只管继续说：“过去家世高贵，现在声望也很隆重，这自然是两全其美；但在这种环境中成长起来的女子，倘若教养不良，容貌丑恶，全无可取。人们看见了，一定会想：怎么会教养成这个模样呢？这是不足道的。反之，家世高贵、声望隆重之家，教养出来的女儿才貌双全，是当然的事。人们看见了也觉得理应如此。总之，最上品的人物，像我这样的人是无法接触的，现在姑且不谈。但世间还有这样的事：默默无闻、蔓草荒烟的蓬门之中，有时埋没着聪慧可喜的女儿，令人觉得非常珍奇。如此人物怎么会生在这样的地方，真个出人意料，让人永远不能忘记。

“有的人家，父亲年迈笨拙，兄长面目可憎。由此推察，这家女儿必不足道；哪里知道闺中竟有绰约之人，举止行动亦颇有风韵，虽然只是小有才艺，实在出人意料，使人深感兴味。这种人比起绝色无疵的美人来，虽然望尘莫及。但这种环境之中有这样的人，真让人舍不得啊！”

他说到这里，回头向藤式部丞看了一眼。藤式部丞有几个妹妹，声望颇佳。他想：左马头这话莫非为我的妹妹而说？便默默不语。

---

①诸国长官，掌管地方政治的行政机构为国司厅，其长官称为国守，辅官称为介，三等官称为掾，四等官称为目。

好友倾谈　歌川丰国　源氏香之图·幻　江户时代（约1844—1847年）

在宁静的雨夜，头中将翻看源氏的来往情书，对女子的优劣说得头头是道。这位头中将与源氏兴味相投，关系亲密，无论学问或游艺，两人都共同研习，其本事也不亚于源氏，是一位可亲近的朋友兼对手。图为源氏和他妻舅兼好友头中将一同在淑景舍值宿。

源氏公子心中想：就算在上品女子中，称心的美人也不多见，世事真不可解释啊！这时他穿着一身柔软的白衬衣，外面随意披着一件常礼服，也不系带子。灯火影中，姿态非常秀丽，几令人误以为是一名美女。为这样的美貌公子择配，纵使选得上品中之上品的女子，似乎还及不上他呢。

四人继续谈论世间的女子。左马头说：“作为世间一般女子看待，自然没有什么缺陷，但如果要选择终身伴侣，世间女子虽多，倒也不容易选择。辅佐朝廷，能成为天下柱石、安民治国之人虽然很多，但真能称职的人才，实在也很少见。无论如何贤明之人，一二个人总不能执行天下一切之事；必须另有下属，上位者由下位者协助，下位者服从上位者，然后才能使教化广行，政通人和。但一个家庭之中，主妇唯有一人。如果细细考量其资格，必须具备的条件有很多。一般主妇总是长于此，短于彼；优于此，劣于彼。明知她有缺陷而勉强迁就的人，世间很少有这样的吧。这并不是像好色之徒那样的玩弄女性，想招致许多女子来比较。而是终身大事，想要一起白头偕老，所以应该郑重选定，务求其不必由丈夫费心矫正缺陷，如意称心。因此选择起来，总是难于决定。

“更有一种人，选择的对象不一定符合理想：只因当初一见倾心，两情难于舍弃，故而决意成全。这种男子真可谓忠厚之至，而被爱的女子也定有可取之处，此亦可想而知。但纵观世间种种姻缘的配合，大多庸庸碌碌，很少见到出乎意外之美满姻缘。我等并无奢望，尚且不能称心如意；何况你们这些要求极高的人，什么样的女子才及格呢？

“有些女子，容貌不恶，正值青春，洁身自好，一尘不染；措辞温雅，字迹的墨色浓淡适宜。收信的男子被她弄得魂牵梦萦，于是再度写信去，希望见到她。等得直至心焦，好容易会面。隔着帘子，遥寄相思，但也只是稍稍听闻娇音而已。这种女子，最善于隐藏缺点。但在男子看来，却真是个窈窕淑女，就一味钟情，热烈求爱，却不知道其实是个轻薄女子！此是择偶的第一难关。

“主妇的职责之中，最主要的是忠实勤勉，为丈夫做贤内助。照这样看来，其人不必过分风雅；闲情逸趣之事，不懂亦无妨碍。但如果她一味重利，蓬首垢面，不修边幅，是一个毫无风趣的管家婆，只知柴米油盐等杂务，则又怎样？男子早出晚归，日间所闻，或国家大事，或私人细节，总想向人谈论，但岂可随便找人就发议论？他自然希望有个亲爱的妻子，情投意合，心领神会，深谈阔论。有时他满心都是可笑可泣之事，或者与自己无关而引人公愤之事，很想对妻子谈论。但这妻子木头木脑，对她说了又有什么用处。于是只得默默回思，独笑独叹。这时妻子便对他瞠目而视，大骇问道：‘您究竟怎么啦？’这种夫妇才真是天可怜见！

“与其如此，还不如找一个同孩子一般驯良的女子，由丈夫尽力教导，培养其美好品质。这种女子虽然不一定尽可信赖，但教养起来总有效果。和她相处之时，眼见其可爱的情状，唯觉所有缺陷都可宽恕。但一旦丈夫远离，吩咐她要做之事，以及别离期间意外发生之事，无论玩乐还是正事，女子处理之时总不能别出心裁，不能妥帖，实在也属遗憾。这种不可信赖的缺陷，也是让人为难的。更有一种女子，平时冥顽不灵，毫无可爱之处，而遇到意外之事，倒会显示出高明手段，真是意想不到。”

左马头高谈阔论，终无定见，不禁颇为感慨。过后又说：“这样看来，还不如不讲门第，更不管容貌美丑，只要这个人性情不甚乖僻，为人诚实，且稳重温和，便值得选为终身伴侣。此外如果能再添些精彩的才艺、高尚的趣味，就更是可喜的额外收获了。纵使稍有不如人意之处，也不会强求完美吧。只要是个忠诚可靠的贤内助，外表的风情后来自会慢慢增添。

“世间更有一种女子：我儿时听女侍们诵读小说，听到这种故事总觉得异常难过，这种可歌可泣之事总使我不禁掉下泪来。但是现在回想一下，又觉得这种人也过于轻率，不免有些矫揉造作。眼前虽有痛苦之事，但抛却了深恩重爱的丈夫，不体谅他的真心而隐身远方，令人困惑不已。由此试探人心，这种行为正是一失足成千古恨，真可谓无聊至极了。只因听见旁人赞扬道：‘真有志气啊！’伤感之余，便毅然决然地削发出家。开始虽然心怀澄澈，对世间毫无留恋。后来相知之人来访，见面时说：‘唉，可怜啊！真没想到你竟有这样的决心！’丈夫余情未断，听到她出家的消息，不免流泪。老妈子们见此情状，便对她说：‘老爷真心疼爱您，出家为尼，实在太可惜了。’这时她伸手摸摸削短的额发，自觉意气消沉，怅惘无聊，不禁双眉紧锁。纵然竭力隐忍，但一旦落泪，往往触景生情，不能自制。于是悔恨之心日渐滋长。佛祖见此情景，定当斥之为秽浊凡胎。这样不彻底的出家，将来反会堕入恶道，还不如从前存身于浊世的好呢。

理想的伴侣

《源氏物语绘卷·铃木二》复原图　近代

就理想的伴侣而言，众人认为不讲门第，更不论容貌的美丑，只要这个人性情不甚乖僻，为人诚实，且稳重温和，便值得选为终身伴侣。可以说，恭顺忠诚是伴侣人选的主要指标。图中女子为佛前供花的姿态娴静而优雅，正符合他们对理想伴侣的要求。

有的因为前世因缘较深，尚未削发之时，即被丈夫找到，相偕归家，幸未为尼；但事后回思，总是感到不快，这种举动就变成家中怨恨的源泉！不管好坏，既然已经成为夫妻，无论何时，必须互相谅解，这才不失为宿世的因缘。

“更有一种女子，见到丈夫略有爱情移向他人，就怀恨在心，公然和丈夫分离，这也是愚蠢的做法。男子纵使稍稍移爱他人，但回想相知时的热爱，总是还眷恋旧情。这种心情可能终使两人重新言归于好；如今怀恨离开，眷恋的心情便会动摇，终于消失，从此情缘断绝了。总之，无论何事总应该沉着应付：丈夫这一面若有可怨之事，应该向他暗示我已知道；纵使有可恨之事，亦应该在言语中隐约表示。这样，丈夫对她的爱情便可挽回。多数情况下，男子的负心是要靠女子的态度来治疗的。女子如果全不介意，听其放任，虽然丈夫感谢妻子的宽大，但女子采取这种态度，亦未免过于轻率。那时这男子就像一叶不系之舟，随波逐流，漫无归宿，这才真是危险的。你说是不是？”

头中将听了，点头称是，接着说：“如今有这样的事，女子真心爱慕男子，但男子有不可信赖的嫌疑，这就成了一个问题。这时女子以为只要自己没有过失，只要宽恕丈夫的轻薄，不久丈夫自然会回心转意。但事实并不如此，那么唯有这样：纵使丈夫有违心的行为，女子也要忍气吞声，此外没有其他的办法了。”说到这里，他想起妹妹葵姬恰恰符合这种情况；只见源氏公子闭目假寐，并不作声，自觉无味，心中好不怏怏。

于是左马头当了裁判，大发议论。头中将极想听到这优劣评判的结果，不断地怂恿他讲。他就说：

“且拿其他的事情来比拟吧：比如细木工人，凭自己的心意造出各种器物来。如果只是临时用的玩赏之物，式样没有定规，那么随你造成各种奇形怪状，看见的人都以为这是一种风尚，故意改变式样以符合流行风尚，是颇富趣味的。但如果是重要高贵的器物，是庄严的装饰设备，有一定的规格，那么如果造得尽善尽美，就一定要请教真正高明的巨匠不可，他们的作品，式样毕竟和普通工人大不相同。

“又如：宫廷画院里有许多著名画家。挑出他们的水墨画稿来，互相比较研究，孰优孰劣一时之间实难区别。但是有个道理：画的如果是人所不曾见过的蓬莱山，或是大海中的怪鱼姿态，或是中国深山猛兽的模样，又或是亲眼不能见的鬼神容貌等等，这都是荒唐无稽的捏造之物，尽可全凭作者的想象，只求惊心骇目，不必肖似实物，则观者亦没有可说。但如果画的是世间常见的山水、普通的巷陌，附加以熟悉可亲的景致；或者是平淡的远山之景，树木葱茏，峰峦重叠，前景中还有竹篱花卉的巧妙配合。这种时候，名家之笔自然显得特别优秀，普通画师就望尘莫及了。

“又如写字，没有深厚修养的人，只管挥毫泼墨，装点得锋芒毕露，神气活现；粗略看来，真是才气横溢、风韵潇洒的墨宝。而具有真才实学的书法家，尽管着墨不多，外表并不触目；但如果将两者共同陈列，再度比较，则后者优胜之处尽显。

“雕虫小技，尚且如此；何况对于人心的鉴定。依我的判断，凡一时的卖弄风情、表面的温柔，都是不足信赖的。现在我想说说我的往事，也要请你们听上一听。”

他说着，移身向前，坐得又近一些。这时源氏公子也睁开眼睛，不再假寐养神。头中将很感兴趣，两手支着面颊，正对着左马头，洗耳恭听。这光景仿佛法师正要登坛宣讲人世大道，让人看了发笑。但在这时，几人都发表肺腑之言，再不隐讳了。左马头就开始讲：

“很久以前，我的职位还很低微的时候，有一个我钟情的女子。这女子，就像刚才说的那样，容貌并不特别漂亮。少年人重视外貌，我并不想把此人作为终身伴侣。我一面与她交往，一面又不能满意，只管向别处寻花问柳，这女子就有些嫉妒起来。我心中很不高兴，心想：你要气量宽大些，如此斤斤计较地怀疑我，实在让人厌烦！有时又想：我身份如此微贱，而这女子从不看轻于我，如此重视我也真是难为她了！于是我自然略加检点起来，不再浮踪浪迹。

“她倒真是有些本事呢：纵使是她所不擅长的事，为了我就不辞辛苦地去做。纵使是她所不擅长的才艺，也努力地下功夫。凡事都尽心竭力地照拂我，从不违背我的心愿。我虽以为她是个好强的人，但她总顺从我，态度也日益柔和。她唯恐自己其貌不扬，失却我的欢心，便勉力修饰，又恐被人评论，有伤夫君的体面，便处处留心，随时躲避。总之，她无时无刻地刻意讲究自己的打扮。我渐渐习惯，觉得她的心地不坏。只有嫉妒一事，使我不能忍受。

“当时我想：‘这个人如此顺从我，战战兢兢地防止失掉我的欢心。我如果惩戒她一番，恐吓一下，她嫉妒的脾气也许就会改去，不再啰唆了。’实际上我确实忍无可忍

山水画与女人 葛饰北斋 诸国名桥奇览·足利行道山 江户时代（18世纪末）

左马头形象地对女子的等级进行了评判，以名家所画的常见山水画精巧生动、错落有致，普通画师望尘莫及，来比喻一时的风情与内敛的优美之不同。图中奇峰峻岭、烟云亭台之间，一座小桥横架两峰，画面所体现的优雅从容，犹如婀娜高贵的女子，令人神往。

了。于是又想：‘如果我向她提出：从此断交，如果她真心对我，一定可以改掉她的恶癖吧。’我就装出冷酷的模样来。她照例生起气来，满腹怨恨。我对她说：‘你如此固执己见，纵使宿缘如何深厚，也只得从此断交，永不再见；如果你情愿和我诀别，就只管吃你的无名之醋吧。但如果要做长久夫妻，那么纵使我有不是之处，你也应该略加忍耐，不可认真；只要你改去了你的嫉妒心，我便真心爱你。今后我自会升官晋爵，飞黄腾达。那时你做了家中的第一夫人，也不同凡响了。’我自以为这番话十分高明，便得意忘形，只管信口开河起来。哪知这女子微微一笑，回答道：‘你现在一事无成，身微名贱，要我耐心等待你的发迹，我绝无痛苦。但如果要我忍受你的薄幸，静候你的悔改，则日月悠长，希望渺茫，却是我最感到痛苦的！那么现在就是诀别之时了。’她的语气异常强硬。我不免愤怒起来，大声说了许多绝情的话。这女子却并不让步，拉过我的手，猛力咬了一下，竟咬伤了我一根手指。我大声叫痛，吓唬她道：‘我的身体受了伤残，以后不能交际，我的前程都被你断送了。还有什么面目见人？唯有入山削发为僧！那么今天就和你永别吧。’我握着受伤的手指走出去，临行吟道：

‘屈指年来相契日，
瑕疵岂止妒心深？

今后你不要再怨恨我吧。’那女子听了，哭了起来，答道：

‘胸中数尽无情恨，
此是与君撒手时。’

“虽然如此赠答，其实大家并不想分开，只是随后的一段时期，我不再寄信给她，只管在他处游荡。

“有一天，正值临时祭①预演音乐的那天，夜深之时，雨雪纷飞。众人从宫中退出，各自回家。我左思右想，除了那女子之处，无处可去。在宫中借宿一宵，实在也太乏味；到另外那个装腔作势的女子那里去，又觉得不尽如人意。于是想起那个女子，不知道她后来做何感想，不妨前去探视。便掸掸衣袖，信步前往。到了她家门口，又蹑手蹑脚，不好意思进去。转念一想，这样的寒夜来访，大约可解除往日的怨恨了吧，便决心走入。一看，屋中灯火微明，熏笼上烘着些厚厚的日常衣服，帷屏②高高拉起，仿佛正在专候某人。我觉得很舒服，心中得意起来。但她本人不在家中，只留几个女侍看家。她们告诉我：‘小姐今晚留在她父亲那里。’原来自从那件事发生之后，她从未吟过香艳的诗歌，也没有写过情书，只是默默地幽闭在家。我觉得有些扫兴，心想：难道她是有意疏远我才表现得那样嫉妒，但又无确实证据，也许是由于心情不快而胡乱猜测吧。我向四周看去，替我准备的那些衣服，染色和手工都比以前更加讲究，式样也比以前更让

① 临时祭，是传统节日之一，又称贺茂临时祭，于十一月内第二个酉日举行，几天前预先演习音乐。
② 帷屏，是置于贵妇人座侧用以障隔内外的用具：在台座上竖立两根高约一米的细柱，柱上架一条横木，在这横木上挂五幅垂布（冬天用熟绢，夏天用生绢或斜纹织物等）。

人称心。足见分手之后，她还是一如既往地为我服务。现在她人虽不在家，却并非是要和我绝交的意思。这天晚上我最终没能见到她。但是后来我多次向她表明心迹，她并不疏远我，也不让我没处寻找。只管温和地对待我，从不使我难堪。有一次她说：‘你如果还像从前一样薄情，我恐怕无法忍受。但你若能改过自新，安分守己，我便和你相好。’我想：她虽然如此说，又怎会和我决绝，我再来惩治一下她吧。我不答复她今后改不改，只用盛气凌人的态度对付她。不料这女子极为悲伤，终于郁郁地死去了。我深深领悟，此类无心的戏弄是千万不能做的！

“我现在回想起来，她真是一个可以信赖的贤妻，无论琐屑或重大之事，和她商量，她总有高明的见解。此外，说到洗染，她的本领绝不亚于装点秋林的立田姬[①]；讲到缝纫，她的妙手亦不劣于银河岸边的织女姬，在这些方面她可说是全才。”

他说到这里，陷入往事的回忆，无限伤感。头中将接口说：

“织女姬的技术，姑且不论，最好能像她和牛郎那样永结良缘。但你那个本领不亚于立田姬的人，实在不多见啊！就像变幻无常的春花秋叶，如果色彩与季节不合，渲染不够得当，也不值得欣赏，只能白白枯死。又何况才艺兼备的女性，在这世间实在很难见到。”受他这样怂恿，左马头就继续说了下去：

“那时，我还有一个相好的女子。这女子人品不错，心地也颇诚实，看来很有意思。诗歌也会作，字也会写，琴也会弹，手艺很妙，伶牙俐齿。容貌也说得过去。我常宿在那嫉妒女子家里，偶尔悄悄地到这个女子家中过夜，觉得颇可留恋。那嫉妒女子死后，我心中茫然若失，悲哀痛苦，觉得也是终属枉然，便时常亲近这女子。日子一久，就发现这个人略有轻薄之处，让人看不惯。我觉得她不可靠，就逐渐疏远她。这期间她似乎已另有情夫。

“十月里的一天，月色皎洁之夜，我正要退出宫中，有一位殿上人唤我，要搭我的车子同行。这时我正想到大纳言[②]家去过夜，这贵族说：‘今晚有一个女子在等我，要是不去，我心里觉得有些难过。’我就和他一起出发，那个女子的家正好在我们经过的路上。车子到了她家门口，我从土墙坍塌之处向内望去，只见庭中一池碧水，映着月色，十分清幽。过门不入，岂不大煞风景？哪知这殿上人就在这里下车，于是我悄悄地跟下去。他大概是和这女子有约，得意扬扬地走了进去，在门旁廊沿上坐下，暂且赏玩月色。庭中残菊经过霜露，颜色斑驳，夜风习习，红叶飘舞，景色极具情趣。这贵族从怀中拿出一支短笛，吹奏了一会儿，又唱起催马乐来：‘树影可爱，池水清澄……’[③]这时室内传出美妙的和琴[④]，应该是预先调好了弦音吧，和着歌声，流畅地传出，手法的确不错！这曲调在女子手中巧妙地弹奏，隔帘听来，与眼前的月夜景色十分调和。这殿上人大为心动，走到帘前，说了一些让人不快的话：‘庭院中满地红叶，全无来人足迹

---

① 立田姬，是日本的司秋女神，秋林红叶是她染成的。

② 此大纳言是否左马头之父，不详。

③ 催马乐是一种民谣。《飞鸟井》云：“投宿飞鸟井，万事皆称心。树影既可爱，池水亦清澄。饲料多且好，我马亦知情。”

④ 和琴，是日本固有的琴，状似筝，但唯有六弦。

啊！’然后折了一枝菊花，吟道：

‘琴清菊艳香闺里，
不是情郎不肯留。

打搅了。’接着又说：‘再三听赏琴声而不厌倦的人来了，请你尽情地弹奏吧。’那女子见他如此，便装腔作势地唱道：

‘笛声怒似西风吼，
如此狂夫不要留！’

他俩这么说着情话，那女子不知我听得很生气，又弹奏起筝来了。她用南吕调奏出流行的乐曲，虽然手法灵敏，我听着却不免有些刺耳。

“我有时遇见一些极度轻狂的宫女，也和她们谈笑取乐。尽管她们如此，偶尔交往，亦有几分趣味。但和这个女子，虽然只是偶尔见面，但要我把她当作意中的恋人，到底觉得很不可靠。因为这个人过分风流，不能让人安心。于是我就拿这天晚上的事件为理由，和她分手了。

“把这两件事合在一起想想，我那时只是个少不更事的青年，也知道轻狂女子不通情理，不足信赖。何况今后年齿日增，当然更加确信这个道理了。你们尚在青春年少，

忌妒的女子
佚名 屏风画
明治时代（19 世纪末）

左马头和头中将相继讲述了自己交往过的几位女子，她们或执着地渴望专一的爱情，或轻浮地移爱他人，或温顺地承受、默默地消失，表现出因所爱之人用情不专而忌妒的不同态度。图中是平安时代为消弭正妻的忌妒，而被允许的“打妻”风俗，后娶的新妇恭顺地向正妻献茶，以表示尊敬。正妻在被迫接受丈夫又有新欢的同时，可以持杖“打妻”，但不能表现出过分的忌妒。

一定任情恣意，贪爱一碰即落的草上露那样的香艳旖旎、潇洒不拘的风流韵事吧。诸君眼前虽然如此，但再过几年，定能领悟我这道理。请务必谅解鄙人这番愚诚的谏告，小心轻狂浮薄的女子。这种女子会做出丑事，损伤你的名誉！”他这样告诫。

头中将点头称是。源氏公子露出微笑，心想这话的确不错。后来他说道：“这些都是见不得人的话啊！”说着笑起来。头中将说道：“现在让我来讲点发痴的人的话儿吧。”他就说下去：

“我曾经秘密地和一个女子来往。当初并未想到长远。但是熟悉之后，却觉得此人十分可爱。虽然不常常相聚，总把她当作难忘的意中人。那女子和我熟悉之后，也有想要依靠我的意思。有时我心想：她若想依靠我，一定会恨我太过疏远吧？便觉得有些对不起她。但这女子从无怨言，纵使我久不到访，也不把我当作难得见面的人，还是随时表示殷勤的态度。我心中觉得她颇为可怜，也就表示出希望长聚的意思。这女子父母皆已故去，孤苦伶仃，每有伤感，便表示出想依靠我的模样，怪可怜的。我看见这女子娴静可靠，便觉很放心，有一段时间久不到访。这期间，我家里那个人[①]吃起醋来，找个机会，让人把一些凶狠的话传给她听。我后来才知道这件事。起初我想不到会发生后

① 指他的正夫人，右大臣家的四女公子。

来的事，虽然心中经常惦记，却并未写信给她，也长时不曾到访。这期间她意气消沉，更倍感孤单。我俩之间已经有了一个孩子。她左思右想，折了一枝抚子花[①]让人送来给我。”头中将说到这里，流下泪来。

源氏公子追问道：“信中怎么说呢？”

头中将说：“并没有什么特别的，只这样一首诗：

败壁荒山里，频年寂寂春。
愿君怜抚子，叨沐雨露恩。

“我收到信后，有些惦念，便去访问。她照常殷勤接待，只是脸上略带愁容。我望望那霜露交加的萧条庭院，觉得情景颇有些凄凉，不亚于不断悲鸣的虫声，让人联想起古昔的哀情小说来。我就回赠她一首诗：

群花历乱开，烂漫多姿色。
独怜常夏花[②]，秀美真无匹。

“我不提那比拟孩子的抚子花，却想起古歌中‘夫妇之床不积尘’的句子，不免怀念起夫妇之情来，就用常夏花来比拟这个做母亲的人，略给她些安慰。这女子又吟道：

哀此拂尘袖，频年泪不干。
秋来风色厉，常夏早摧残。[③]

“她低声吟唱，并无痛恨之色。虽然流着泪水，还是羞涩地小心掩饰。可知她心中虽然恨我薄幸，但是形诸颜色，又觉得十分痛苦。我看到这样的情景，又很安心了。此后又有一段时间不去看她。哪知在此期间她已经销声匿迹，不知去向了！

“如果这女子还活在世上，想必一定十分潦倒！如果她知道我爱她，经常向我申诉怨恨，表露出缠绵悱恻的神色，那么我也不至于让她见弃漂泊吧。那时我对她就不会长久地丢在一旁，我一定把她看作一个难舍的妻子，永远爱护着她。那孩子长得很可爱，我曾设法寻找，但至今毫无音信。这正如刚才左马头所说的那种不可信赖的女子。这女子表面上不动声色，而心中异常恨我薄幸。我却毫不知情，只觉此人可怜，这也是一种徒劳无益的单相思吧。现在我已渐渐忘却，但她恐怕还是记挂着我，更深人静之夜，也不免流泪悲叹吧。这是一个不能白头偕老、不足信赖的女子。如此看来，刚才说的那个生性嫉妒的女子，想起她尽心服侍的好处，也觉得难以忘怀。但若要和她对面共处，则又觉得啰唆可厌，甚至可以决绝地分离了。又如，纵使是长于弹琴、伶俐的才女，但其轻浮的缺点总是罪不可恕的。就如刚才我所说的那个女子，其不露声色，也

① 抚子花，即瞿麦花，此处用来比喻那小孩。
② 常夏花，是野生抚子花的别名。后文中也称这个女子为常夏。
③ 秋来风色厉，暗指四女公子吃醋之事。

会让人怀疑。究竟怎样是好，终于不能决定。人世之事，大多如此吧。像我们这样举出一个一个的人儿来，互相比较着，也不容易决定优劣。具备各种优点而全无半点缺陷的女子，哪里找得到呢？那么唯有向吉祥天女[①]求爱。但佛法气味太重，让人害怕，毕竟是难以亲近的啊！”说得大家不由得笑起来。

头中将看着藤式部丞，说道：“你一定有好听的故事，讲一点儿给大家听吧。”式部丞答道：“像我这样微不足道的人，有什么故事可讲给你们听呢？”头中将严肃起来，连声催促：“快讲，快讲！”式部丞说：“让我讲些什么呢？”他想了一想，说道：

“我还在读书的时候，看到过一个贤女。这个人就像刚才左马头讲的那样，国家大事也懂得，私人生活、处世之道方面也有高明的见解。说到才学，真教那些滥竽充数的博士们惭愧无地。不论谈论什么事，总会让对方不得开口。我怎么会认识她呢？那时我到一位文章博士[②]家里去，请他教授汉文。听说这位博士膝下有好几个女儿，我便寻个机会，向其中一个女儿求爱。父母知道后，办起酒宴来举杯庆祝，那位文章博士即座高吟‘听我歌两途’[③]。我与这个女子的感情并不十分融洽，但却不忍辜负父母的好意，也就勉强和她厮混着。在这期间，这女子对我的诸般杂事照料得极为周到：枕上私语也都是关于我求学之事，以及今后为官做宰的经验。各种人生大事她都教我。她的文章也写得极好：一个假名[④]也不用，全用汉字，措辞潇洒不俗。这样，我自然渐渐和她亲近起来，把她当作老师，学到一些歪诗拙文。我到现在也不忘记她的师恩。但是，我不能把她看作一个恩爱而可靠的妻子，因为像我这样不学无术的人，有时举止不端，在她面前现丑很让人觉得可耻。而像你们这样的贵公子，更不喜爱这种机巧泼辣的内助。我明知这种人不宜为妻，但为了宿世因缘，也就一直迁就。总之，男子实在是无情的啊！”说到这里，他暂时停了下来。头中将催促他快讲下去，说：“这倒真是一个有趣的女子！”藤式部丞明知是捧场，有些得意，就继续讲下去：

“后来有一段时间，我很久不到她家去。有一天我顺便又去拜访，一看，她已变了模样：不像从前那样让我进内室去畅谈，而且设了帷屏，教我在外面谈话。我心中很不高兴，以为她是为我的疏远而生气，觉得有些生气。又想：既然如此，不如乘此机会一刀两断。可是这个贤女从不轻易显露醋意，她通情达理，并不怨恨我。只听她高声说道：‘妾身近日患上重感冒，服用了极热的草药[⑤]，身有恶臭，不便与夫君接近。此时虽然隔着帷屏，但若有要我做的杂事，只管吩咐。’口气非常诚恳。我没有什么话可说，只说了一声‘知道了’，便想离开。大概这女子觉得有些不周之处吧，又高声说：‘日后妾身上恶臭消散之后，请夫君再来。’我想：要是不回答呢，对她不起；暂时留下呢，

① 吉祥天女，是帝释天中的仙女，容貌端丽无比。帝释天是佛经中的神名。

② 文章博士，是平安时代的官名。

③ 白居易《秦中吟》十首之一《议婚》：“主人会良媒，置酒满玉壶。四座且勿饮，听我歌两途。富家女易嫁，嫁早轻其夫。贫家女难嫁，嫁晚孝于姑。”

④ 假名，即日本字母。

⑤ 即大蒜。

我又不愿意，因为那股恶臭竟已飘了过来，实在叫人难当。我匆匆地念了两句诗：

‘蟢子朝飞良夜永，[①]
　缘何约我改天来？

你这借口真是让人出乎意料呢。’话没有说完就急忙离开了。这女子遣人追上来，赠我两句诗：

‘使君若是频来客，
　此夕承恩也不羞。’

到底是个才女，答诗也这么快。”他不急不忙地侃侃而谈。源氏公子等都觉得惊奇，对他说道：“你撒谎！”大家笑了起来。有的故作嫌恶地说：“哪有这等女子？还不如和鬼做伴吧。真令人作呕！”有的怪罪他：“这简直不像话！”有的责备他：“再讲些好听一点的故事吧！”藤式部丞说：“没有更好听的了。”说完就溜走了。

左马头便接着说：“无论男女，下品之人，略有一知半解，便一味在人前夸耀，真是惹人讨厌。女子若是潜心钻研三史、五经[②]等深奥的学问，反而失掉了情趣。我并不是说女子不应该懂得世间公私一切事情。我是指女子实在不必特地钻研学问，略有才能的人，仅靠耳闻目见也会学到许多知识。比如有的女子，汉字写得十分端丽。写给女友的信，其实不必如此，她却一定要写许多的汉字，让人看了想道：‘令人厌烦啊！这个人没有这样炫耀的毛病才好！’写的人自己或许不觉得，但在别人读来，发音佶屈聱牙，真是太过矫揉造作。这种人在上流社会中也很常见。

“还有，有的人自以为是诗人，便变成诗痴。在诗的一开头就引用典故。也不管对方感不感兴趣，装模作样地念给别人听。这真是太无聊。得到赠诗而不唱和，便显得没有礼貌。于是那些不擅此道的人就很为难。特别是在节日，例如端阳节，急于入朝参贺，忙得不可开交之时，便千篇一律地拿菖蒲的根为题，作些无趣的诗歌。又如在重阳节的宴席上，制作艰深的汉诗。心无余暇之时，匆忙地拿菊花的露珠来比拟诗人的泪水，作诗赠送他人，要人唱和，实在是不恰当的行径。这些诗要不是在那天发表，过后从容地看，倒是颇有几分情趣的。只因不合时宜，不顾读者所处的情况，贸然向人发表，就反而被人看轻了。不论何事，如果不了解为什么必须如此，不明白当时的情状，那么还是不要装模作样卖弄风情的好，这反倒可以平安无事。无论何事，纵使心中知道，还是装作不知的好；纵使想讲话，十句之中还是要留着一两句不讲才对。”

这时源氏公子心中只管挂怀着一个人。他想：“此人没有一点不足，也没有一点过分之处，真是十全十美。”不胜爱慕之情，简直使他胸怀为之郁结。

---

① 唐诗人权德舆所作《玉团体》：“昨夜裙带解，今朝蟢子飞。铅华不可弃，莫是藁砧归？”蟢子是蜘蛛之一种，藁砧是丈夫。《古今集》中亦有和歌云：“乐见今朝蟢子飞，想是夜晚我郎来。”

② 三史指《史记》《汉书》《后汉书》；五经指《诗经》《书经》《易经》《春秋》《礼记》。

雨夜品评的结局，终于没有定论。最后只是些散漫的杂谈，几人一直谈到天明。

好容易天色放晴了。源氏公子久居宫中，担心岳父左大臣心中不悦，今日就回左大臣府邸。走进葵姬房里一看，布置得秩序井然，想到这个人气质高雅，绝无半点缺陷。他想："这正是左马头所推重的忠实可靠的贤妻吧。"但又觉得她过于端严庄重，难于亲近，不免有些美中不足，实为遗憾。他就同几个姿色出众的青年女侍，如中纳言君、中务君等随意调笑起来。这时天气甚热，公子缓带披襟，姿态潇洒，女侍们看了，心中艳羡不已。左大臣也来了。他看见源氏公子随意不拘的模样，觉得不便入内，便坐在帷屏之外，想要和公子隔着屏障说话。公子说："天气这么热……"说着，皱了下眉头。女侍们都笑起来。公子说："安静些儿！"把手臂靠在矮几上，态度煞是闲适。

傍晚时分，女侍们禀道："今晚从禁中到这里，中神当道，方向不利[①]。"源氏公子说："怪不得，宫中也经常回避这方向。二条院也在这个方向。那又教我到哪里去回避才好呢？真是烦人啊！"他躺下来就想睡了。女侍们一齐说："这可不行！"有人回报道："侍臣中有一名亲随，是纪伊国守，他家住在中川附近，最近宅中开辟池塘，引入川水，实在很是凉爽。"公子说："那太好了。我心里烦恼，不愿远走，最好是牛车可去的地方……"实际上，他有许多恋人，要回避中神，有许多地方可去。只恐葵姬生疑：你久不到此，今天又故意选了一个回避中神的日子，一到就转赴他处，这可有些对她不起。他就告知纪伊守，说要到他家去避凶；纪伊守自然遵命。但他一退下来就对旁边的人说："我父亲伊豫介家里近来斋戒，女眷们都寄居在我家里，屋里嘈杂不堪，恐怕得罪了公子呢。"说着很担心。但源氏公子已经听到，就说："人多的地方才好呢。在没有女人的屋子里过夜，夜里让人有些害怕。我就想在她们的帷屏后面过夜呢。"大家笑道："那么，这地方真是再好不过了。"便叫人去通知纪伊守家里。源氏公子心中想道：不要太过声张，悄悄地离开吧。便匆忙动身，连左大臣那里也没有告知，只带了几个亲近的随从前往。

纪伊守说："太匆忙了。"心中不免着急。但人们也不理他。他只得把正殿以东的房间收拾干净，准备了相应设备，供公子暂时居住。此处池塘的景色颇有趣味，四周围着柴垣，略有田家风味，庭中花木应有尽有。微风凉爽，处处飘来虫声，流萤乱飞，真是一片良宵美景！随从们在廊下泉水旁边坐着，一起饮酒。主人纪伊守忙着四处奔走，张罗众人的饮食。源氏公子从容眺望四周，忆起前日的雨夜品评，想："左马头所谓的中等人家，大概就是这种人家了。"他以前听人说过，纪伊守的继母[②]做姑娘时十分矜持自重，常思一见，便竖耳倾听，只听西面的房间里传来人声：裙声窸窣，语声娇柔，极为悦耳。只为这边有客人，故意放低声音，轻言窃笑，显然是装腔作势的。

那房间的格子窗本来是敞开着的。纪伊守担心她们不恭敬，就叫人关上了。室内点着油灯，女人们的影子映在纸隔扇[③]上。源氏公子走过去，想偷看室内情景，但纸隔扇

① 中神又名天一神。当时的风俗认为：此神游行的方向是不利的，出门必须回避。

② 作者没有说出女子的名字，根据下一回的题名和回末两首和歌，后人称她为空蝉。

③ 隔扇，是日本的一种室内装置，用木料形成骨架，两面再糊上纸或布。

并无隙缝，他只能静心倾听。只听她们正在靠近这边的正屋里，窃窃私语。再仔细一听，正是在谈论他。有一人说："真是一位有尊严的公子啊！这么早就娶了一位不称心的夫人，也真可惜。听说他有心爱的情人，经常偷偷来往。"公子听了，想起自己的心事，不免有些担忧。他想："她们在这种场合，说不定会把我和藤壶妃子的事泄露出来，让我自己听到了，怎样才好呢？"

但她们并没有谈到特别的事。源氏公子便不再听下去。他听见她们说起他送式部卿家的女儿[①]牵牛花时所附的诗，其中略有不符事实之处。他想："这些女人在谈话中毫无顾忌地乱来，不成样子。恐怕见了面也不过如此吧。"

这时纪伊守来了。他又加了灯笼，剔亮了灯烛，摆出一些点心来。源氏公子引用催马乐，搭讪着说："你家'翠幙张'[②]好了吗？如果招待得不周到，你这主人可会没面子呢！"纪伊守笑道："真是'肴馔何所有，此事费商量'了。"样子很是惶恐。源氏公子就在一旁歇下。随从者也都入睡了。

纪伊守家中有好几个可爱的小童。其中有几个在殿上当侍童的，源氏公子看着面熟，有几个是伊豫介的儿子。在这许多小童中，有一个仪态特别优雅、年纪仅有十二三的男孩。源氏公子问："这是谁家的小孩？"纪伊守答道："这是已故卫门督的幼子，名叫小君。他父亲在日很怜爱他。小时候死了父亲，就跟着他姐姐到这里了。他人很聪明，也是个老老实实的孩子。想当个殿上侍童，只因无人提拔，还未成事呢。"源氏公子说："很可怜的孩子。那么他姐姐就是你的继母吧？"纪伊守说："正是。"源氏公子说："你有这个继母，很不相称呢。皇上也知道这个女子，他还曾经问起：'卫门督曾有过密奏，想把女儿送入宫中。现在这个人如何了？'想不到她最后嫁给了你父亲。人世间的因缘真是渺茫无定啊！"他说时装出老成的模样。纪伊守接口道："她嫁过来，是让人有些意外。男女之间的因缘，自古以来就难以捉摸。女人的命运更是渺茫难知，真可怜啊！"源氏公子说："听说伊豫介很宠爱她，把她看作主人一般，是这样的么？"纪伊守说："不必说了。简直把她当作秘藏的美人呢。我们全家人都看不惯这样子，这老人实在太好色了。"源氏公子说："所以他不愿把这女子让给像你这样相称的时髦小伙子呀。你父亲年纪虽老，却是个风流男子呢。"说了一会儿，他又问："这女子现在住在哪里？"纪伊守答道："我让她们都迁到后面的小屋里居住。但是时间仓促，她还来不及迁走。"这时随从们酒力发作，都在廊上睡得肃静无声了。

源氏公子不能安然入睡，觉得独眠很是无趣。举目四顾，想道："这朝北的纸隔扇那边有女人住。刚才说起的女子大概就躲在这里吧，真是可怜的人儿啊！"他心驰神往，便站起身来，走到纸隔扇旁，侧耳倾听，只听到刚才看到的那个小君在说："喂，你在哪里？"声音带些沙哑，却很悦耳。一个女声回答道："我睡在这儿呢。客人睡了吧？我怕相隔太近，有些不好意思，其实隔得还算远。"仿佛是躺在床上说的，语气随

① 式部卿是皇上的兄弟，他的女儿槿姬是源氏的堂妹，后来称为槿斋院。

② 催马乐《我家》全文，"我家翠幙张，布置好洞房。亲王早光临，请来做东床。肴馔何所有，此事费商量。鲍鱼与蝾螺，还是海胆羹？"源氏引用此歌，意在空蝉。

贵族眼中的佳人

从源氏等四人品评女子的优劣品级来看，女子要在出身、家世、美貌、情趣、性情和才艺等方面比较出众和优越，才算得上值得追求的佳人。他们对女子的品评以及对伴侣的选择，也代表了平安时代贵族阶层的审美观。

女子的品级

上品的女子具备全面的优越，譬如紫姬，父亲为兵部卿亲王，出身高贵，家世显赫，容颜娇美，自小由源氏培养，具备优雅的情趣和温顺的性情，并且精通音律、书画等才艺。

中品的女子在某些方面略有不如，譬如明石姬，身为国守之女，出身、家世不如紫姬，但具备美貌、情趣和温顺的性情，以及多才多艺。

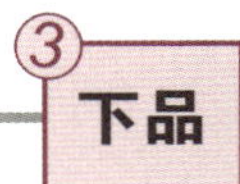

下品的女子则只在某些方面比较突出，譬如末摘花，亲王之女，但家世没落，容貌并不算美，毫无情趣，唯有坚贞的性情深得源氏看重。

贵族的择偶观

在源氏等人的评价里，女子又可以分为情人、妻子和正妻，所侧重的品性也有所不同。同时，平安时代贵族的“一夫多妻”制中，正妻的地位高于其他妻子。

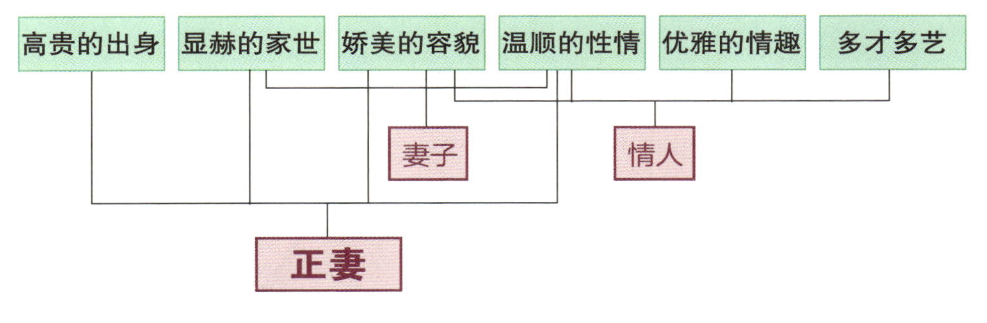

意不拘，很像那孩子的声音，听得出这两人是姐弟。又听见那孩子悄悄地说道："客人睡在厢房里，我听说源氏公子很俊秀，今天第一次看到，果然是个美男子。"他姐姐说："如果是白天，我也要偷看一下。"声音带着几分睡意，是躺在被窝里说的。源氏公子觉得她态度冷淡，且并没有向她弟弟详细探问他的情状，心中略觉不快。接着弟弟又说："我睡在这里吧。唉，太暗了。"只听见他挑灯的声音。那女子所睡的地方，似乎就在这纸隔扇的斜对面。她说："中将[①]哪里去了？我这里离人远，倒有些害怕呢。"睡在门外的女侍们回答道："她到后面洗澡去了，马上就回来。"

不久大家睡熟了。源氏公子试着打开纸隔扇上的钩子，觉得那面好像没有上钩。他悄悄地拉开纸隔扇，只见入口处立着帷屏，灯光昏暗，室中零乱地放着些柜子。他就从这些陈设之间走进室内，走到这女子入睡的地方，只见她独自睡着，身材小巧。他觉得有些不好意思，但终于伸手拉开她盖着的衣服。这空蝉以为是她刚才叫的那个女侍中将回来了，却听见源氏公子说："刚才你叫中将，我就是近卫中将[②]，想来你知道我私下爱慕你的一片心吧……"空蝉吓了一大跳，不知怎样才好，怀疑自己着了梦魔，惊慌地叫了一声，用衣袖遮着脸，慌张得说不出话来。

源氏公子说："太唐突了，你以为我是轻浮浪子的一时冲动，倒也难怪。其实我私下倾慕你已历多年。常想和你吐露衷曲，却苦于没有任何机会。今夜幸得邂逅，因缘不浅。还望曲谅愚诚，赐予青睐！"说得婉转温柔，恐怕魔鬼听了也会软化，更何况他是个容貌秀丽、光彩焕发的美男子。那空蝉神魂恍惚，想大喊"这里来了陌生人"，怎么也喊不出口。只觉得心慌意乱，想起这件非礼之事，更是万分惊恐，她喘着气低声说道："你大概认错人了吧？"她那恹恹欲绝的神情，让人又是可怜，又是喜爱。源氏公子道："并没有认错人，情之所钟，自然认识。请不要佯装不知。我绝不是一个轻薄少年，只是想向你谈谈我的心事。"这人身材小巧，公子便抱起她，向纸隔扇走去。恰巧这时，刚才她叫的那个女侍中将回来了。源氏公子叫道："喂，喂！"这中将有些莫名其妙，暗中摸过来，只闻一阵阵的香气直扑到她脸上，便知怕是源氏公子。中将大吃一惊，不清楚这是怎么一回事，完全说不出话来。她想："要是别人，我便叫喊起来，把人抢回来。但这势必弄得尽人皆知，也不是办法。何况又是源氏公子。如何是好呢？"她心中犹豫难决，只管跟着走过来。源氏公子却行若无事，一直走回自己房间。拉上纸隔扇时，他对中将说："天亮的时候你来接她吧！"

空蝉听了这话，心想：不知中将有何感想？只此一念，已使她觉得生不如死，流了一身冷汗，心中十分懊恼。源氏公子看她可怜，照例用他那一套情话来安慰，想要感动她的心。空蝉却愈发痛苦了，她说："我觉得这怕不是事实，竟是做梦。你看我出身卑贱，所以这样作践我，教我怎能不恨你？我是一个有夫之妇，身份既定，已是无可奈何的了。"她痛恨源氏公子的无理，说得他自觉有些惭愧。公子答道："我年幼无知，不知什么叫作身份。你把我看作世间一般的轻薄少年，我很伤心。我从来不曾有过一味强求

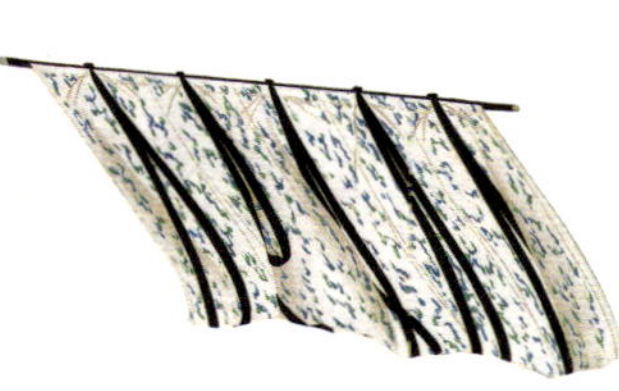

① 中将，是一个女侍的称呼。

② 这时源氏的官位是近卫中将，正好和那女侍的称呼相同。

隔扇后的爱慕 歌川丰国 源氏香之图·帚木 江户时代（约1844—1847年）

源氏公子来到纪伊守家暂住，他的俊美光华引得侍女们隔着纸隔扇偷看，并议论纷纷。在她们爱慕源氏的时候，源氏也在惦记这一家的后母空蝉，图为源氏侧耳倾听纸隔扇里面侍女们的谈话。趁着黑夜，他大胆地进入房间，向空蝉表诉衷肠，并与之发生了关系。

的行为，你素来一定也是知道的。今天与你见面，大概是前世的宿缘。你这样疏远我，我也不能怪你。今天的事，我自己也觉得有些不可思议。”他一本正经地说了许多情话。但空蝉对这位盖世无双的美男子，却越发不愿亲近了。她想：“我不依从他，或许他会把我看作不解风情的蠢女。那我就扮成一个不值得恋爱的愚妇吧。”于是一直冷淡对他。空蝉这个人的性情，温柔中带着几分刚强，好似一根细竹，看似马上要折断的样子，却终是不断。此刻她心情愤慨，痛恨源氏公子的非礼，一味低声饮泣，模样煞是可怜。源氏公子虽然觉得对她不起，但是白白放过机会，又觉可惜。他看见空蝉始终不肯回心转意，便恨恨地说：“你为什么把我看作如此厌烦的人呢？请你想想：无意相逢，定有前生宿缘。你装作不解风情的样子，真教我痛苦万分。”空蝉答道：“我这不幸之人，如果在未嫁时和你相逢，结得露水姻缘，或许还可凭仗分外的自豪，希望与你有永久承宠之机会。如今我已是有夫之妇，和你结了这露水的因缘，真教我心中迷乱。但事已如此，只望你切勿将这件事泄露于人！”她那忧心忡忡的神情，令人觉得这真是合理之言。源氏公子郑重地向她保证，说了许多安慰的话。

晨鸡报晓了。随从们都起来了，互相说道：“昨夜睡得太好了。赶快把车子收拾一下吧。”纪伊守也走出来，说：“又不是女眷出门避凶。公子回宫，用不着这么着急地在天色未明时动身！”源氏公子想：“这种机会，不易再得。今后特地相访，还怎么能够？传书通信也极为困难！”

想到这里，他非常痛心。女侍中将也从内室走出来，见源氏公子还不放回女主人，心中极为焦灼。公子已经允空蝉回去，但又拉住了她，对她说：“我今后怎么和你互通音信呢？昨夜之事，你那痛苦的神情，以及我对你的爱慕之心，今后便成了回忆之源。世间哪有如此奇异的事呢？”说罢，泪如雨下，这场景真是动人。晨鸡接连地啼叫，源氏公子心中慌张，匆匆吟道：

“恨君冷酷心犹痛，
何事晨鸡太早鸣？”

空蝉回想自己的身份，觉得和源氏公子太不相称，心中不免有些惭愧。源氏公子对她这般热爱，她并不觉得高兴，只是想着平日厌烦的丈夫伊豫介：“他会不会梦见我昨夜之事？”心中不胜惶恐。吟道：

“忧身未已鸡先唱，
和着啼声哭到明。”

天色渐渐明亮，源氏公子送空蝉回到纸隔扇边。这时内外人声嘈杂，他告别空蝉，拉上纸隔扇，回到室内，心情异常寂寥，觉得这一层纸隔扇真不啻千山万水啊！

源氏公子身着便服，走到南面栏杆旁，眺望庭中的景色。西厢房里的妇女们连忙打开格子窗，偷看源氏公子。廊下设有屏风，她们只能从屏风上端大概窥见公子的音容。其中有几个轻狂的女子，看见这样的美男子，简直有些激动不已。下弦的残月发出淡淡的光辉，然而轮廓还是很清楚，这样的晨景别有风趣。风景本无成见，但因观者心情不同，有的觉得优美，有的觉得凄凉。心中暗藏恋情的源氏公子，看了这样的景色只觉得痛心。他想："今后恐怕连通信的机会也没有了！"终于难分难舍地离开了这里。

源氏公子回到宅邸内，不能马上入睡。他想："再次相逢是绝无可能了，但不知此人现在有何感想？"便觉心中懊恼。又想起那天的雨夜品评，觉得这个人虽并不特别优越，却也风韵优雅，无疵可指，应该是属于中品的。那个见多识广的左马头的话，确有几分道理。

此后有一段时间，源氏公子一直住在左大臣家中。他每一想起今后和空蝉音信断绝，心中就痛苦不堪，便招来纪伊守，对他说："能不能把前回看到的卫门督的小君交给我呢？我觉得这孩子十分可爱，想让他到我身边来，由我推荐给皇上当殿上侍童。"纪伊守答道："多蒙照拂，实在感激不尽，我会把您的意思转告他姐姐。"源氏公子听到姐姐两字。心中突的一跳。便问："这姐姐有没有生下一男半女？""没有。她嫁给我父亲还不到两年，她父亲卫门督想让她入宫，她违背了父亲的遗言，不免有些后悔。听说对如今的境遇颇不满意。""那是很可怜了。传说她是个才貌双全的美人，实际上怎样？"纪伊守答道："容貌并不坏。不过我同她关系疏远，知道得并不详尽。照世间的常规，对继母是不便亲近的。"

又过了五六天，纪伊守把这孩子带来了。源氏公子用眼一看，容貌虽然算不得十全，却也秀美可爱，是个上品的孩子。便叫他进入帘内，万分地宠爱他。这孩子心里自然不胜荣幸。源氏公子详细询问他姐姐的情况。一些无关紧要的事，小君都回答了，只是有时显得有些羞涩，源氏公子也不便追问。但说了许多话，让这孩子知道他是熟悉他姐姐的。小君心中隐约地想："原来两人之间竟有这等关系！"觉得出乎意料。但小小心灵中也并不深加考虑。一天，源氏公子叫他送一封信给他姐姐。空蝉极为吃惊，不禁流下泪来。又怕引起这孩子的怀疑，心中却又颇想看这封信，便拿起信来，用袖遮住了脸，从头阅读。这信很长，信末附诗一首：

"重温旧梦知何日，
睡眼常开直到今。

我夜夜为你失眠呢。"字写得秀美夺目。空蝉满眼热泪，看不清楚。想起自己生不逢辰，现在又添了这样一件痛心之事，自叹命薄，心中悲伤不已，便躺下了。

第二天，源氏公子叫人召唤小君前去，小君即将离开，便向姐姐要回信。空蝉说："你对他说：这里没有可拜读此信的人。"小君笑道："但是他说并没弄错，我怎么好对他这样说呢？"空蝉心中忧惧，想道："他大概已经全部告诉这孩子了！"便觉心中无限痛苦，骂道："小孩子家不应该学大人说这种话！既然如此，你就不要去了。"小君说："他派人叫我，我怎么可以不去呢？"自管自去了。

纪伊守其实也是个轻薄之徒，艳羡这继母的姿色，常想接近，因此也在巴结这个小君，经常陪他一起来去。源氏公子叫小君进去，生气地对他说："昨天我等了你整整一天！可见你是完全不把我放在心上的。"小君红了脸。公子又问："有没有回信？"小君只得一五一十地把空蝉的话学给他听。公子说："你这个人不可靠。哪会有这样的事！"就叫他再送一封信去，对他说："你这孩子不知道，你姐姐认识伊豫介这个老头之前，就先和我相识了。那时，她嫌我文弱不够可靠，才嫁了那个硬朗的老头，这真是对我的欺侮！以后你做我的儿子吧。你姐姐依靠的那个老头，大概寿命不长了。”小君听了，心想：“原来如此！姐姐不肯理睬他，实在太狠心了。”源氏公子便怜爱这孩子，时刻不离地要陪在他身边，也经常带他进宫。又命宫中裁缝替他缝制新衣，待他真同亲生儿子一般。此后源氏公子还是经常要他送信。但空蝉想：这毕竟是个孩子，一旦走漏消息，又将给自己增添一个轻薄的恶名。公子的多情她虽然也很感谢，但无论如何恩宠，一想起自己的身份不配，便决心不受，因此始终不曾给公子写过一封恳切的回信。她也经常想起：那天晚上相逢的那个人的风采，的确俊秀丰丽、非同凡响。但每一想起便马上逼自己打消念头。她想：我如今身份已定，再向他表示殷勤，又有何用处呢？源氏公子则无时无刻不在思量她。一想起她，总觉又是可怜，又是可爱。想起那天晚上她那忧伤悲痛的模样，不胜怜爱，始终无法放弃。但轻率地偷偷拜访，耳目众多，又担心暴露了自己的妄为，对那女子也是不利的，因此犹豫不决。

源氏公子照例在宫中住宿了几日。有一次，他选了一个应向中川方面避凶的禁忌日，装作从宫中返邸时突然想起的模样，中途转到纪伊守家去了。纪伊守大吃一惊，还以为家中池塘的美景逗引得公子再度光临，不胜荣幸。源氏公子已提前将他的计划告知小君，和他约定了会面的办法。小君本来早晚随从公子，今晚当然同去。空蝉也收到了消息。她想：“源氏公子计划此事，足见对我的情爱决非一般。但若不顾身份，偷偷招待他，也是不行，势必重尝那夜的痛苦。”她心乱纷纷，觉得在此等候公子的光临，实在太过羞耻。便趁小君被源氏公子叫去之时对女侍们说：“这里和源氏公子住宿的房间太接近了，很不方便。而且我今天身上不舒服，想让人捶捶肩背，还是搬到远些的地方吧。”就移居到廊下女侍中将所住的房间里，以此来躲避公子。

源氏公子满怀心事，吩咐随从早早就寝。至于空蝉，他已派小君去探消息，但小君找不着姐姐。他到处找遍，直到走进廊下的房间，这才找到。他觉得姐姐太过无情，不高兴地说：“人家会说我太无能了！”姐姐骂道：“你这孩子怎么干这样无聊的事？真是可恶！”又断然地说：“你去对他说：我今晚身上不舒服，要众女侍都在身边服侍我。你这样赶来赶去，让人见了怀疑。”但她心中这样想：“如果我没有出嫁，住在深闺，偶尔等待公子来访，那倒是风流韵事。但是现在……我装作无情，一味拒绝，不知公子把我当成是怎样一种不识风趣的女人？”想到这里，心中伤感起来，乱了几分方寸。但她终于下定决心：“无论如何，现在我已经是微不足道的薄命人了，我就做个不识风趣的蠢女吧！”

源氏公子正在想：“小君这事办得如何了？”他毕竟只是孩子，公子有些不放心，便横着身子，静候回音。哪知小君带来这么一个消息。公子只觉这女子冷酷无情，真是世间少有，便极度丧气，叹道：“我真是好羞耻啊！”一时默默无言。后来长叹数声，陷入沉思，吟道：

“不知帚木奇离相，
空作园原失路人。”[①]

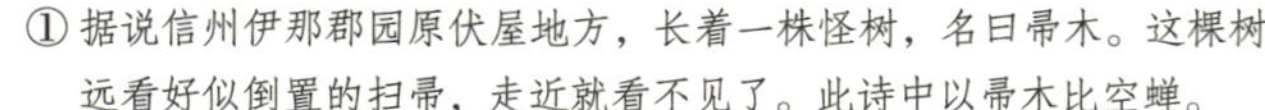

① 据说信州伊那郡园原伏屋地方，长着一株怪树，名曰帚木。这棵树远看好似倒置的扫帚，走近就看不见了。此诗中以帚木比空蝉。

自己也不知道自己说了些什么。”小君将公子所吟的诗转告空蝉。空蝉也难以入睡，便答诗道：

> “寄身伏屋荒原上，
> 虚幻原同帚木形。”

小君因见公子伤心的样子，也不肯去睡，只管在两边往来奔走。空蝉担心别人起疑，很是忧心。

随从人等照例都入睡了。源氏公子无所事事，只管左思右想：“这女子这样无情，但我对她眷恋未消，不免心火中烧。而且愈是无情，愈是牵动我心。”一方面这样想，一方面又恨此人的冷淡叫人吃惊，就此罢休吧。但终于不能放弃，便对小君说：“你带我到她躲藏的地方去。”小君答道：“她那里房门紧闭，女侍众多，恐怕去不得。”他只觉得公子非常可怜。源氏公子便道：“那算了吧，只要你不抛开我就好。”他叫小君睡在身旁。小君挨着这秀美的公子睡觉，心中十分高兴。源氏公子也觉得那姐姐还不如这孩子可爱。

被拒绝的萧索

狩野永德　洛外名所游乐图屏风　安土桃山时代（16世纪后期）

源氏自命风流，广受爱慕和尊崇，却在空蝉处遭到拒绝，让他十分郁闷。眺望着庭中景色，感觉与他此刻的心情一样萧索。图中庭院的一角，绿树掩映中可以看到稀疏的樱花，颇有零落冷寂之感。

第三回　空蝉①

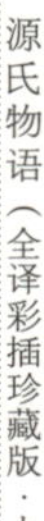

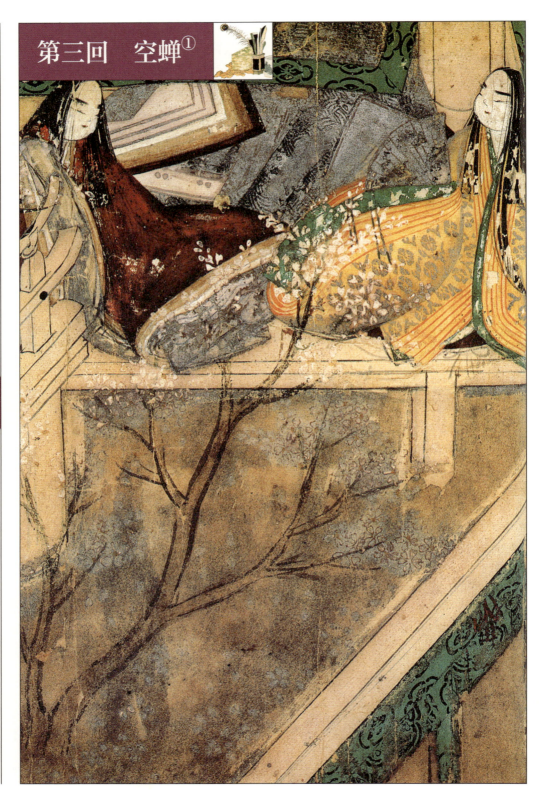

话说源氏公子这晚在纪伊守家，翻来覆去不能成眠，说道："我从来不曾受人如此嫌恶，今晚方知人世的痛苦，仔细想来，真是羞愧万分！我简直不想再活下去了！"小君默默无语，流下泪来，蜷伏在公子身边。源氏公子觉得他的模样非常可爱。他想："那天晚上我暗中摸索到的空蝉的小巧身材和不太长的头发，正和这小君相似。这或许是心理作用，总之，确实十分可爱。我对她这样无理强求，实在有些过分；但她这般的冷酷也真可怕！"想来想去，又到天明。也不像往日那样从容离开，就在天色未亮之时匆匆离去，使小君觉得很是伤心。

空蝉也觉得有些抱歉，但公子音信全无。她想："怕是吃了苦头，有了戒心了？"又想："如果就此决绝，实在让人觉得悲哀。但任其缠绕不清，却也叫人难堪。所以还是适可而止吧。"虽然这样想，心中总是不安，经常陷入沉思。而源氏公子呢，尽管痛恨空蝉无情，但又不能就此放弃，心中焦躁不安。他常对小君说："我觉得此人实在太无情，太可恨了。我想要忘记她，但总是不能如愿，真是痛苦！你设法找个机会，让我和她再见一次。"小君觉得这事太难，但公子对他如此信赖，又觉得十分荣幸。

小君虽然年纪不大，却很懂得用心窥探，等待良机。恰巧这时纪伊守上任去了，家中只留女眷。一天傍晚，天色朦胧之时，小君赶了他自己的车子前来，请源氏公子上车前往。源氏公子心念此人毕竟是个孩子，不知是否可以信赖。但也来不及仔细考虑，便换上一套便服，趁纪伊守家尚未关门之时急忙赶去。小君挑了一个不起眼的边门驱车进去，请源氏公子下车。值宿的人等看见驾车的只是个小孩，谁也不曾在意，也没有来迎候。小君请源氏公子在东侧的边门等候，自己打开南面角上的一个房间的格子门，走进室内。女侍们说："你这样子，外面望进来就看得见了。"小君说："这么热的天气，为什么要把格子门关上？"女侍答道："西厢小姐[②]白天就到这里来了，正在和夫人下棋呢。"源氏公子想："我倒正想看看她们对面下棋呢。"便悄悄地从边门走过来，钻进帘子和格子门之间的狭缝里。小君打开的那扇格子门还未关上，其中缝隙可供窥探。公子朝西一看，设在格子门旁边的屏风的一端正好没有打开。因为天气太热，遮阳的帷屏的垂布也都挂起来了，源氏公子可以清楚地看见室内的光景。

座位旁点着灯火。源氏公子想："靠着正屋中柱向西打横坐着的，就是我的意中人吧。"便仔细看了几眼。只见这人穿着一件深紫色的花绸衫，上面罩的衣服看不大清楚，面容纤细，身材小巧，姿态十分优雅。两手瘦削，不时藏进衣袖中。另一人向东而坐，正面向着公子这边，所以看得颇为清楚。这人穿着一件白色绢衫，上面随便地披着一件紫红色礼服，腰间束着红色裙带，裙带以上的胸脯完全露出，模样落拓不拘。肤色洁白可爱，体态圆润，身材修长，鬓髻齐整，额发分明，口角眼梢流露出无限娇憨之态，姿色十分艳丽。她的头发虽不太长，却极为浓密，垂肩的部分柔顺可爱，竟是一个很可爱的美人儿。源氏公子很感兴趣地欣赏她，想道："怪不得她父亲把她当作举世无双的宝

① 本回紧接上回，也是写源氏公子十七岁夏天之事。

② 西厢小姐，住在西厢的小姐，名叫轩端荻，是伊豫介前妻所生的女儿。

下棋女子的不同姿态　土佐光吉　源氏物语画帖·空蝉　安土桃山时代（16世纪）

源氏在空蝉弟弟小君的引领下，来到空蝉的住处。轩端荻的容颜明媚鲜妍，衣着随意不拘，其轻狂艳丽与空蝉的端庄淡雅相得益彰，使源氏颇感兴趣。图为源氏从门外窥看到空蝉与轩端荻下棋的情景。

贝！”又想：“要是能再稍稍稳重些就更好了。”

这女子看来颇有才气。围棋下毕，填空眼[①]时，看来非常敏捷。一面伶俐地说着话，一面结束了棋局。空蝉的态度则十分沉静，对她说：“请等一下！这里是双活[②]呢。那里的劫[③]……”轩端荻说：“唉呀，这一局我要输了！我且把这个角上数一数！”就屈指计算起来：“十，二十，三十，四十……”机敏迅速，仿佛天上的繁星也不怕数不完似的。只是品格有些不够端庄。空蝉就不一样：经常用袖掩口，不肯让人分明看到她的容貌。但仔细注视，也可以看到她的侧影。眼睛略微有些肿，鼻梁也不很挺，外观并不起眼，没有娇艳之色。就五官而言，这容貌简直是不美的。但姿态异常端严，比较起美艳的轩端荻来，更具深远的情趣，确有惹人心动之处。轩端荻秀美明媚，也是个可爱的人儿。她不时任情嬉笑，打趣撒娇，因此美艳之相更加引人注目，是个讨人喜欢的女孩。源氏公子想：“这一定是个轻狂的女子。”但在他的多情的心中，又不肯就此抹杀了她。源氏公子过去见到的女子，大都冷静严肃，连容貌都不肯给人看一看，从来不曾见过女子不拘形迹的模样。今天这个轩端荻不曾在意，被他看到了真性情，他觉得有些对她不起，又想看一个饱，不肯离开，但觉得小君好像要走过来了，只得悄悄退出。

源氏公子走回边门的过廊里，在那里站着。小君觉得要公子在这里等候，实在太委屈了，走过来对他说：“今晚来了一个难得来的客人，我不便到姐姐那里去。”源氏公子道：“这样看来，今晚我又只得空手而回了，这也让人太难堪了。”小君答道：“哪里的话！客人回去之后，我马上想办法。”源氏公子想：“如此看来，他会叫他姐姐顺从我的。小君虽然年纪不大，但见乖识巧，懂得人情，是个可靠的孩子。”

棋局已毕，只听衣服窸窣之声，看来是要散场了。一个女侍叫道：“少爷哪里去了？我把这格子门关上了？”接着听见关格子门的声音。过了一会儿，源氏公子对小君说：“都已睡了。你就到她那里去，帮我好好地把事办成吧！”小君心想：“姐姐的脾气是坚定不移的，我肯定无法说服她。还不如先不告诉她，等人少的时候只管把公子带进她房间里去吧。”源氏公子说：“纪伊守的妹妹也在这么？让我去探视一下吧。”小君答道：“这怎么行？格子门里面还遮着帷屏呢。”源氏公子想：“果然不错，但我早已看见了。”心中暗觉好笑，又想：“我还是不告诉他吧。告诉了他，有些对不起那个女子。”只是反复地说：“要我等到夜深，实在让人心焦！”

小君敲了敲边门，一个小女侍来开了门，他就走进去。只见众女侍都睡了。他说：“我就睡在这纸隔扇口吧，这里通风，还凉快些。”他就摊开席子，躺了下去。众女侍都睡在东厢房里，刚才替他开门的那小女侍也进去睡了。小君假装入睡，过了一会儿，他用屏风遮住灯光，悄悄地引公子到了暗影之中。源氏公子想：“不知究竟怎样？可不要再碰钉子啊！”心中很有怯意。终于由小君引着，掀起了帷屏上的垂布，钻进正房里去。这时更深人静，可以清楚地听到他的衣服的窸窣声。

空蝉近来见源氏公子已经将她遗忘，心中虽然高兴，但那一晚的回忆始终没有离开心头，使她不能安眠。她白天神思恍惚，夜间悲伤哀叹，不能安稳入睡，今晚也是如

---

①②③：填空眼、双活、劫，是围棋里的名称。

此。那个下棋的对手说："今晚我也睡在这里吧。"兴高采烈地说了许多话，便睡下了。这年轻人心中无牵无挂，一躺下便睡着了。这时空蝉只觉得有人走过来，闻到一股浓烈的香气，就知道有些蹊跷，抬起头来察看。虽然灯光昏暗，但从那挂着衣服的帷屏的缝隙里，分明看到有个人在走过来。事出意外，她很是吃惊，一时不知怎样才好，终于迅速坐起身来，披上一件生绢衣衫，悄悄地溜出房去了。

源氏公子走近，看见有一个人睡着，心中觉得很是称心。隔壁厢房地形较低，有两个女侍睡着。源氏公子掀开盖在这人身上的衣服，挨近身去，觉得这人身材高大，但也还未介意，只是这个人睡得很沉，显然不是空蝉，不由得有些奇怪。这时他才知道认错了人，吃惊之余，不免懊丧。他想："让这女子知道我认错了人，实在太傻气了，她也会觉得奇怪。如果丢开她，出去找我的那个意中人，只是她既然如此坚决地逃避我，只怕也没有什么效果，也只能受她奚落罢了。"接着又想："睡在这里的人，要是傍晚时分灯光之下看见的那个美人，那么不得已也就将就了吧。"这真是轻薄少年的不良之心啊！

轩端荻这时已醒，她觉得事出意外，大吃一惊，茫然不知应对。既不深加考虑，也不表示亲昵。这情窦初开而不知人情世故的处女，生性风流，脸上并未露出羞耻或狼狈之色。源氏公子曾想不把姓名告诉给她，但又一想，如果这女子事后寻思，察出实情，则对他自己虽无大碍，但那无情的意中人一定深惧流言，哀伤悲痛，倒会给她带来麻烦。因此他捏造理由，花言巧语地告诉身边的女子说："前两次我以避凶为借口，到此宿夜，都是为了向你求欢。"若是深明事理的人，一定能看破他的谎言。但轩端荻虽然伶俐，毕竟年纪还小，不能辨识真伪。源氏公子觉得这女子并无可厌之处，但也不怎么让人动心。他心中还是爱慕那个冷酷无情的空蝉。他想："她现在一定藏在什么地方，正在暗自笑我愚蠢呢。这样冷酷的人真是世间少有。"他愈是这么想，偏生愈是想念空蝉。但是现在这个轩端荻，态度毫无禁忌，年纪又正值青春，倒也有几分可爱之处。他终于装作多情的样子，与她订立盟誓。他说："有道是'洞房花烛虽然好，不及私通趣味浓'，请你相信这句话。我不得不顾虑外间的流言，不能随意行动，你家的父兄恐怕也不容许你这种行为，那么今后一定有诸多痛苦。但请你不要忘记我，安静地等待重逢的机会。"说得头头是道，若有其事。轩端荻毫不怀疑对方，直率地说道："让别人知道了，太难为情了，我可不能写信给你。"源氏公子道："千万不能让别人知道，但让这里的殿上侍童小君送信，却是不妨。你只装作若无其事就好。"他说罢起身要走，看见一件单衫，知道是空蝉之物，便拿着溜出房去了。

小君睡在附近，源氏公子便催他赶快起来。他因心中有事，不曾睡熟，马上醒了。起来把门打开，忽听见一个老女侍高声问道："是谁？"小君厌恶她，答道："是我。"老女侍说："您半夜三更到哪里去？"她跟着走出来。小君愈发厌烦她了，回答说："不到哪里去，就在这里走动一下。"连忙推源氏公子出去。这时将近天亮，月光犹自明朗，照遍各处。那老女侍忽然看见另一个人影，又问："还有一位是谁？"马上自己回答道："是民部姑娘吧，身材好高大呀！"民部是一个女侍。这人个子很高，经常被人取笑。这老女侍以为是民部陪着小君出去。"过不了多久，小少爷也就长得这么高了。"她说着，自己走出门去。源氏公子狼狈不堪，又不能叫这老女侍回去，就在过廊门口阴暗处站住。老女侍走过来，向他诉苦："你是今天来值班吗？我前天肚子痛得非常厉

如封似闭的男女之事

在平安时代，内眷女子是不能随意和男子见面的，即使面对亲属中的男子也要以袖子或纸扇遮掩面容，男女之防可谓严谨。然而贵族享有风流的特权，可以通过内线带领，登堂入室，强行非礼或一夜风流，只会落下风流浮薄之名，最多惹人非议而已。

源氏

客居下属家中时，与女主人空蝉发生关系。

偷入房间，与这家的未婚女儿将错就错发生关系。

空蝉

被源氏非礼，处于自感不配和顾虑人言的忧惧中，除此之外并不拒绝源氏的爱慕。

小君

为源氏接近姐姐空蝉牵线搭桥。空蝉冷落源氏时，认为姐姐太过分，同情源氏。

轩端荻

并不拒绝这一夜风流，羞涩并惦念着源氏。

害，就去休息了；但是上头说人太少，一定要我来伺候，昨天只好又来了，身体还是有些吃不消。”不等对方回答，又叫道：“我的肚子好痛啊！再见吧。”便回屋子里去了。源氏公子好容易才脱身而去，他心想：“这种行径，毕竟是有些轻率，实在太危险了。”从今以后便更加警惕了。

源氏公子上车后，小君就坐在后面陪着，回到了二条院。两人细谈昨夜之事，公子说：“你毕竟是个孩子，哪里找出这样的办法来！”又说起空蝉的狠心，怨恨不已。小君觉得对不起公子，默默无语。公子又说：“她对我这么痛恨，让我自己也厌烦我这个身体了。纵使她疏远我，不肯和我见面，写一封亲切些的回信来总是可以吧。我简直连伊豫介那个老头子也不如了！”对她的态度极为不满。但还是把拿来的那件单衫放在衣服底下，然后睡下了。他让小君睡在身旁，对他述说种种怨恨的话，最后板着脸说：“你这个人虽然不错，但你是那个负心人的弟弟，我怕不愿意永久照顾你呢！”小君听了自然十分害怕。公子躺了一会儿，总是不能入睡，便又起来，让小君拿过笔砚，在一张怀纸[①]上奋笔疾书，不像是有意赠人的模样：

“蝉衣一袭余香在，
睹物怀人亦可怜。”

写好之后，放在小君怀中，让他明天送去。他又想起那个轩端荻，不知她有何感想，觉得很是可怜。但左思右想了一会儿，终于决定不给她写信。那件单衫，因为染着那可爱的人儿的香气，他始终放在身边，时时拿出来观赏。

第二天，小君来到中川的家中。他姐姐正在等他，见了他便痛骂一顿：“昨夜你真够荒唐！我好不容易才逃脱，但外人的怀疑终是难免的，真是可恶！公子怎么会差遣你这样的无知小儿？”小君无以为对。在他看来，公子和姐姐两人心中都很痛苦，但这时也只得拿出那张字迹潦草的怀纸送上。空蝉虽有恼怒，还是接过来读了一遍，想道：“我脱下的那件单衫怎么办呢？早已穿旧了的。”觉得很难为情。她心绪不宁，只管胡思乱想起来。

轩端荻昨夜遇此意外，羞答答地回到自己房中。这件事无人知道，因此也无处倾诉，只得独自沉思。她看见小君走来，心中激动，却不是给她送信来的。但她并不怨恨源氏公子的非礼之举[②]，只是她生性爱好风流，思来想去，未免有些寂寞无聊。至于那个无情人呢，虽然心如古井之水，此时也深知源氏公子对她的爱绝非一时的冲动。如果自己还是当年的未嫁之身，又当怎样？但如今早已追悔莫及了。心中十分痛苦，就在那张怀纸上题诗一首：

“蝉衣凝露重，树密少人知。
似我衫常湿，愁思可告谁？”

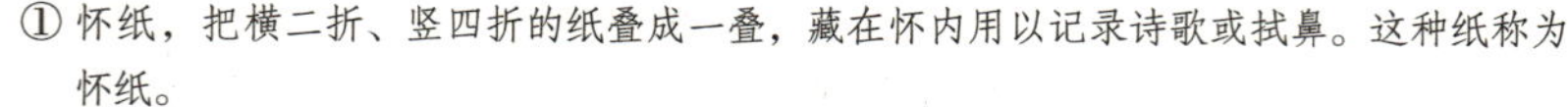

① 怀纸，把横二折、竖四折的纸叠成一叠，藏在怀内用以记录诗歌或拭鼻。这种纸称为怀纸。

② 按当时的风俗，男女共寝后，第二天早晨男的必写信作诗去慰问，女的必写回信或答诗。第二天晚上男的要再到女的那里宿夜，才合乎礼貌。

第四回　夕颜①

源氏公子经常悄悄到六条[②]去访问。有一次他从宫中到六条去，中途休息时，想起住在五条的大式乳母[③]曾患了一场大病，为了祈愿康复，就削发为尼了，源氏公子想前去探望。到了那里，看见大门关着，便派人叫乳母的儿子惟光大夫出来，把大门打开。源氏公子坐在车里看着这条肮脏的大街上的景象，忽见乳母家隔壁有一户人家，新装着丝柏薄板条编成的板垣，板垣上面高高地开着吊窗，共有四五架[④]。窗内挂的帘子也颇洁白，让人看了觉得很凉爽。从帘影之间可以看见室内有几位留着美丽额发的女人，正在向这边窥望。这些女人不停走动，看上去个子都很高。源氏公子觉得很奇怪，不知道里面住的是什么人。

因为是微服出行，他的车马都很简陋，也没有让人在前开道，他想："反正也没人知道我的身份。"就很自在。他坐在车中看过去，见那户人家的门也由薄板编成，敞开着，室内很浅，是相当简陋的住房。他觉得颇为可怜，想起古人"人生到处即为家"[⑤]的诗句。又想：琼楼玉宇还不是一样吗？这里的板垣旁长着郁郁葱葱的蔓草，草中开着许多白花，露着笑颜。源氏公子独自吟道："花不知名分外娇！"随从对他说："这些白花叫夕颜[⑥]，花的名字就像人的名字。这种花都是开在这些肮脏的墙根的。"这一带的确都是些简陋小屋，破破烂烂，东倒西歪，不能入目，这种花就开在这些屋子的旁边。源氏公子说："可怜啊！这是薄命的花呀，给我摘一朵来吧！"随从便走到那户人家敞开的门里去，摘了一朵花。想不到从里面一扇雅致的拉门里走出一个身着黄色生绢长裙的小女孩来，向随从招手。她手里握着一把香气扑鼻的白纸扇，说道："请放在这上面呈上去吧，因为这花的枝条很软，不便用手拿的。"就把扇子交给他。正好这时惟光出来开门，随从就把盛着花的扇子交给惟光，由他呈献给源氏公子。惟光惶恐地说："不知钥匙放在什么地方，一时忘记了，到现在才来开门，真是太失礼了，有劳公子在这纷乱的街上等候，实在……"便让人把车子赶进去，源氏公子下车，走进室内。

惟光的哥哥阿阇梨[⑦]、妹夫三河守和妹妹此刻都在这里。他们见源氏公子到此，都以为莫大的光荣，大家惶恐万分。做了尼姑的乳母也站起来对公子说："我已死不足惜，只是眷恋着削发之后没有见公子一面，实在叫人遗憾。今幸蒙佛祖怜惜，去病延年，还能拜见公子，心愿已足，今后便可看开一切，静候阿弥陀佛的召唤了。"说罢，不免伤心，流下泪来。源氏公子说："前日听说妈妈身子不好，我心中一直记挂。现在又听说

---

① 本回与前回同年，是源氏公子十七岁夏天至十月之事。

② 已故皇太子的妃子（源氏公子的婶母）因寡居在六条，人称六条妃子。源氏公子和她有私通之事。

③ 大式，对外关系而设置在筑前（九州的一国）的行政机构称为太宰府，其长官称为帅，辅官称为大式、少式；这里是乳母的丈夫的官职名称。

④ 架，房屋两柱之距离称为一架。

⑤ 此句出自《古今和歌集》："陋室如同金玉屋，人生到处即为家。"

⑥ 夕颜，瓠花或葫芦花，日本称为夕颜。

⑦ 僧官的最高级为僧正（其中大僧正最高，僧正次之，权僧正又次之），其次为僧都（分大僧都、权大僧都、少僧都、权少僧都四级），再往下则是律师（分正、权二级），阿阇梨在律师之下。

已削发为尼，遁入空门，更是心中悲叹。但愿妈妈今后长生不老，看着我升官晋爵，然后无牵无挂地往生九品净土。若是对世间稍有执着，便成恶业，不利于修行，如是我闻。”说着，也流下泪来。

凡是乳母，总是偏爱她自己喂养大的孩子，纵使这孩子有缺点，她也觉得他完美无缺。何况这乳母喂养大的是源氏公子这样高贵的美男子，她当然更觉得体面，想到自己曾经朝夕服侍他，也感自己身份高贵，竟是前世修来的福气，因此眼泪流个不停。乳母的子女们看见母亲这样，都很不高兴。他们想：“做了尼姑还要留恋俗世，哭哭啼啼的，让源氏公子看了多么难过！”便互相使眼色，交头接耳，表露出不满的神色。源氏公子深知乳母的心情，对她说：“我幼小时候怜爱我的人，像我的母亲和外祖母，早已去世了。后来抚养我的人虽多，但我所最亲爱的，除了妈妈你之外就再没有别人了。我成人之后，由于身份所限，不能经常和你会面，又不能随心所欲地来拜访你，但久不相见，便觉心中不安。正如古人所说：‘但愿人间无死别！’”他恳切地安慰她，不知不觉地流了许多眼泪，举袖拭泪时，衣香洋溢室中。乳母的子女们先前埋怨母亲哭哭啼啼，现在也都被感动得掉泪，心想：“做这个人的乳母，的确有些与众不同，真是前世修来的福气啊！”

源氏公子吩咐，再请僧众来做法事，祈求佛祖保佑。告别之前，让惟光点上纸烛[①]，仔细看了看人家送他的那把扇子，只觉用这把扇子的人的衣香芬芳扑鼻，让人怜爱。扇面上潇洒地写着两句诗

“夕颜凝露容光艳，
料是伊人驻马来。”

随手挥写，不拘形迹，却颇具优雅之趣。源氏公子觉得出乎意料，很感兴趣，便对惟光说：“这里的西邻是谁家，你问过吗？”惟光心里想：“我这主子的老毛病又犯了。”但并不点破，只是淡淡地回答道：“我到这里只住了五六天，因家里有病人，要用心看护，并没有探听过邻居的情况。”公子说：“你当我要存心不良吗？你错了，我只想问问这把扇子的事。你去找一个知道那家情况的人，打听一下吧。”惟光到那人家去向看门的人打听了一下，回报道：“邻家的主人是扬名介[②]。听他们的仆人说：‘主人日前到乡下去了，主母年纪不大，喜欢交际。她的姐妹们都是宫人，经常来这里走动。’详细的情况仆人们就知道得不是很清楚了。”源氏公子想：“那么这把扇子大概是那些宫人用的。这首诗大约是平日操习熟练的得意之笔吧。”又想：“这些人的身份都不见得高贵，但特地赋诗相赠，用心却很可取，我不能就此丢开手。”他本来对这些事就很容易动心，便

① 纸烛，是古代宫中使用的一种照明工具，长约 0.3 米的松木条，上端用炭火烧焦，涂油，供点火用，下端卷纸。

② 扬名介，是唯有官名而没有职务、没有俸禄的一种官职。这人是夕颜（即第二回中头中将提到的常夏）的乳母的女婿。

在一张怀纸上用一种陌生的笔迹写道：

“苍茫暮色蓬山隔，
遥望安知是夕颜？”

写好后，让刚才摘花的那个随从给送去。那家的女子从未见过源氏公子，但公子的容貌秀美，一看侧影便可推想而知，所以在扇上写诗送给他，过了一会儿等不到回音，正觉扫兴，忽然看见公子派了使者送诗来，大为高兴，大家就一起讨论该怎样答诗，踌躇不决。随从觉得很不耐烦，空手回去了。

源氏公子让人把车前的火把遮暗些，不要惹人注目，悄悄离开了乳母家。邻家的吊窗已经关上，窗缝里漏出几点灯光，比萤火还更幽暗，看了很是可怜。来到了目的地六条宅院里，看见树木花草与众不同，安排得优雅静谧。六条妃子品貌端秀，远非一般女子可比。公子一到此处，便把墙根夕颜的事忘怀了。第二天起身略迟，到了日上三竿，方始离开。他那风姿映着晨光，异常美丽，人们对他的称誉确是名副其实。归途中又经过那夕颜花的窗前。平日赴六条时，常常经过此地，却一向不曾留意。但扇上题诗这件小事，从此牵惹了公子的心，他想：“这里面住的究竟是怎样的人呢？”此后每次到六条去，往返经过这里时，必然留意一下。

过了几日，惟光大夫来拜见。他说：“母亲的病始终不见好转，四处求医，至今才能抽身前来，很是失礼。”谢罪之后，走到公子身边，悄悄地回报：“前日受命后，我就悄悄地叫家人找个熟悉邻家情况的人，向他探问。但那人知道得也不详细，只说‘五月间曾有一女子秘密来到此处，身份怎样，连家里的人也不让详细知道’。我有时向壁缝中窥探，看到几个女侍模样的年轻人，都穿着罩裙，可见这屋子里有主人住着，要她们伺候。昨天下午，夕阳照进屋子时，光线很亮，我又窥探了一下，看见一个女人坐在屋里写信，容貌实在漂亮！她似乎陷入了沉思。旁边的女侍在偷偷地哭泣，我看得清清楚楚。”源氏公子微微一笑，想道：“要打听得更详细一点才好。”惟光心想：“我的主子身份高贵，地位尊严，但年方青春，风姿俊秀，天下女子谁能拒绝他？要是没有半点情事，才是缺少风流，美中不足。世间凡夫俗子，看见了这等美人尚且舍不得呢。”他又告诉公子：“我想或许可以再探得一些消息，有一次找了个机会，送了一封信去，马上就有人用熟练的笔体写了一封回信，看来里面确有不错的青年美女呢。”源氏公子说：“那么，你再去求爱吧。不知道底细，总觉得不放心。”他心中想：“这夕颜花之家，大约就是那天雨夜品评中所谓下等的下等，是左马头认为不足道的吧，但其中或许可以意外地看到优越的女子。”他觉得这倒是格外有趣呢。

却说那空蝉态度极为冷淡，竟不像是这世间的人，源氏公子每次想起，心中便想：“如果她的态度再温顺些，那么就算我那夜犯了过失，也不妨从此分手。但她态度那么强硬，倒教我就此撒手很不甘心。”因此他始终没有忘记她。源氏公子之前对于像空蝉那样的平凡女子从不关心。但自从那次听了雨夜品评之后，他很想尝试一下各种等级的女子，便更加广泛地用心思了。轩端荻大概也还在天真地等待着他的回音吧，他有时想起虽然觉得可怜，但如果被空蝉知道了此事，他又觉得有几分可耻。因此他想先探明了空蝉的心情再说。正当这时，那伊豫介从任职地返京了。他先来参见源氏公子。他是乘

陋巷里的夕颜花　歌川丰国　源氏香之图·夕颜　江户时代（约1844—1847年）

源氏在街巷的墙角看到孤芳自赏般开放的夕颜花，十分怜爱。图为侍从惟光为他摘取时，一扇门里出来的女童请求用纸扇盛放这脆弱的花朵。夕颜花黄昏时悄然开放，清晨凋落，其短暂和脆弱之美，犹如美丽女子的命运。

坐海船来的，一路风霜，不免脸色有些黝黑，形容也很憔悴，让人看了不快。但此人出身并不微贱，虽然年老，还是眉清目秀，仪容清朗，迥非凡夫俗子可比。谈起他的任地伊豫国，源氏公子本想向他询问当地的情况，例如浴槽究竟有多少[①]等事务，但似乎无心对他讲这些，因为心中过意不去。他正在回忆种种事情，他想："我对着这忠厚长者，胸中怀着这种念头，真是荒唐！这种恋爱真不应该！"又想起那天左马头的劝谏，正是为他现在这种行为而发的，便觉得对不起伊豫守。后来又想："那空蝉对我冷酷无情，实属可恨；但对丈夫伊豫守，她却是个忠贞多情的女子，让人佩服。"

后来伊豫守说起：这次晋京，为的是要操办女儿轩端荻的婚事，并且带妻子同赴任地。源氏公子听到这话，心中非常焦虑。伊豫守离开后，他和小君商议："我想再和你姐姐见一次面，行不行？"小君心里想：纵使对方是真心的，也不便轻易相会，何况姐姐以为这姻缘与身份不相称，是件丑事，不愿留恋。至于空蝉，觉得源氏公子如果真正和她断绝，到底让人扫兴。因此每次写回信时，她总是措辞婉转，或者用些风雅诗句，或者加些美妙动人的文字，使源氏公子尚有几分动心。她采取这样的态度，因此源氏公子虽然恨她冷酷，但还是不能把她忘记，至于另外一个女子呢，虽然有了丈夫，但看她的态度，还是倾向自己这边，可以放心。所以听到她结婚的消息，也并不十分在意。

转眼秋天就到了。源氏公子满怀心事，方寸大乱，很长时间不去左大臣的宅邸，葵姬自然满怀愤恨。那六条妃子起初回绝了公子的求爱，好容易被他说服，哪知被说服之后，公子的态度忽然对她疏远了。六条妃子真是伤心！她现在常常考虑：未曾相好以前他那种一往情深的爱情，怎么不见了呢？这妃子是个思虑深远、明察事理的人。她想起两人年龄相距甚远[②]，担心世人谣言，眼见两人为此疏远，更觉伤心。每当源氏公子不至、孤衾独寝之时，总是左思右想，悲愤叹息，不能入睡。

有一天，朝雾弥漫，源氏公子被女侍催促起身，睡眼蒙眬，唉声叹气地要走出六条宅邸。女侍中将打开一架格子窗，又将帷屏掀起，以便女主人目送。六条妃子抬起头来向外观看。源氏公子欣赏着庭中花草，徘徊不忍离去，风姿真是曼妙无比。他走到廊下，中将送着出来。这女侍身着一件淡紫色面子蓝色里子的罗裙，腰身纤细，体态轻盈。源氏公子向她回顾，唤她在庭畔的栏杆边小坐，欣赏她那温柔的风度和垂肩的黑发，觉得这真是个妙人，便随口道：

"名花褪色终难弃，
爱煞朝颜欲折难！[③]

怎样是好呢？"吟罢，拉住了中将的手。这个中将原是善于吟诗的，便答道：

"朝雾未晴催驾发，
莫非心不在名花？"

① 伊豫地方多浴槽。古语"伊豫浴槽"，是形容数目很多。
② 她当时二十四岁，源氏公子只有十七岁。
③ 朝颜，即牵牛花，比喻女侍中将。名花比喻六条妃子。

“爱煞朝颜”的风流　近卫豫乐院　花木真写　江户时代（17世纪）

源氏告别情人六条妃子，欣赏着送行的侍女中将君那温柔的风度和垂肩的黑发。“名花难弃，爱煞朝颜”的风流，是当时的风气使然。朝颜即牵牛花，以其平凡喻指侍女中将君，又以其盛开时的短暂，喻指平安时代贵族风流之短暂。

她措辞工整，且将公子的诗意巧妙地推在女主人身上。这时有一个眉清目秀的男童，像是为这场面特设的人物，分花拂柳地走进朝雾之中，听凭露水染湿衣裾，摘了一朵朝颜花，回来呈给源氏公子。这幅情景简直可以入画。纵使是偶尔拜见一面的人，对源氏公子的容貌无不倾心。不解情趣的山野之人，休息时也会选择动人的花木荫下。同理，凡是见过源氏公子风采的人，都衡量各人身份，想让自己的爱女替公子服务。或者，家有姿色不错的妹妹的人，也都想把妹妹送到公子身边来当女侍，也不觉得身份卑贱。何况这位中将，今日得蒙公子亲口赠诗，目睹公子温柔风姿，只要是稍有情趣的女子，怎么会轻易错过呢？她很担心公子不肯经常光临。这件事暂且不提。

却说惟光大夫奉公子之命查探邻家情状，颇有收获，特来回禀。他说："那家女主人是什么样的人，竟不可查知。我看此人行事十分隐秘，不肯让人知道来历。但闻生活寂寞，因此迁居到这向南开吊窗的简陋宅子里来。每逢大街上响起车轮声，青年女侍们便出来查看。一个主妇模样的女子有时也悄悄跟着出来。远远望去，这人容颜十分俊俏。有一天，一辆车子在大街上远远而来。一个女童看见了，急忙走进屋子里叫道：'右近大姐！快来，中将大人经过这里呢！'就有一个身份较高的女侍走出来，朝她摆手，说道：'安静些！'又说：'你怎么知道那是中将大人？且让我来看看。'便要走过来查看。通往这屋子的路上有一座板桥，这女侍匆匆忙忙地赶出来，衣裾被桥板绊住，险些跌了一跤，几乎掉到桥下。她骂道：'该死的葛城神仙[①]！架的桥太危险了！'窥看的兴致就消减了。车子里那位头中将[②]身着便服，带着几位随从。那女侍便指着这些人说，这是谁，那是谁。她说出来的正是头中将随从们的名字。"源氏公子问："车里的人的确是头中将吗？"他心想："那么，这女子难道就是那天晚上头中将说的那个让他恋恋不舍的常夏吗？"惟光见公子想知道得再详细些，又说道："不瞒您说：我已搭上了那里的一个女侍，亲昵得很，因此他家情况我都知道了。其中有个年轻女子，装作女侍的模样，说话也用同辈口气，其实就是女主人。我假装不知，在他家出出进进。那些女人都严守秘密，但是有几个女童，有时不小心，称呼她时不免露些口风。那时她们就匆匆掩饰，装作这里并无主人的模样。"说着笑起来。源氏公子说："哪一天我去探望奶妈，顺便让我也查看一下吧。"他心中想："就算是暂住，但看家中的排场，是左马头所看不起的下等女子呢，但这等级中或许也有意想不到的乐趣。"惟光一向不肯违背主人的意愿，再加上自己也是一个好色者，便使尽心机，东奔西走，终于让源氏公子和这家女主人幽会了。其中经过，不免琐碎，照例省略了。

源氏公子查不到这女子来历，自己也不便把姓名告诉她。他穿上一身简陋服装，以免惹人注目，也不像平常那样乘车，只是徒步前来。惟光心中想："主子对这个人的喜爱，可不太寻常了。"就将他自己的马让给公子，自己步行随从。一面心中烦恼，他想："我也是个情人，这么寒酸地步行，教我那人看见太丢脸了！"源氏公子深恐被人认出，身边只带两个人，一个就是那天替他摘夕颜花的随从，另一个是别人完全不认识的小

---

① 葛城神仙，按照日本古代传说：葛城山的神仙在葛城山与金峰山之间架了座石桥，他发誓要一夜竣工，结果并未完成。后人就戏称桥或架桥者为葛城神仙。

② 即左大臣的儿子，源氏的妻兄。

隐秘的幽会　佚名　信贵山缘起绘卷　平安时代（12世纪）

为了不引人非议，源氏微服简行，带着几个随从偷偷地与夕颜幽会，并且像狐狸般隐藏踪迹。这种隐秘如偷窃般的行径让源氏十分着迷。图为平安时代贵族带着随从微服出行的情形，前方持扇者显露的优雅，表示了他贵族的身份。

童。他还怕女家有线索可寻，连大式乳母家也不敢去拜访了。

那女子也觉得有些奇怪，百思不得其解。因此每逢使者送回信时，便派人跟踪。破晓时公子离开时，也叫人查看他的去向，找寻他的住处。但公子行踪诡秘，总不给她抓住任何线索。虽然如此辛苦，但公子对她总是眷恋不舍，非经常见面不可。纵使有时反省，觉此是不应有的轻率行为，暗自悔恨，但还是控制不住地屡屡前去幽会。关于男女之事，纵使谨严之人有时也会迷失。源氏公子虽一向谨慎，不做受人讥讽之事，但这次奇怪至极：早晨分手才不久，便已想念不已；晚间会面之前，一早就焦灼不堪。一面心中又强自镇定，以为这不过是一时着魔，并非真心相爱。他想："这个人风度异常温柔，缺少稳重之趣，更具活泼之态，却又不是未经人事的处女。出身也不怎么高贵。她到底有什么好处，能如此牵惹我心呢？"反复思虑，自己也觉得难以明白。他非常小心：穿上一身简陋的便服，模样完全改变，连面孔也尽量遮蔽，不让人看清。

夜深人静之时，偷偷出入这人家，竟如旧小说中的狐狸精。因此夕颜心中起疑，不免恐惧悲叹。但他那优越的品貌，纵使暗中摸索，也可觉察分明。夕颜想道："这究竟是什么样的人呢？多半是邻家那个好色鬼带来的吧。"她怀疑那个惟光。惟光却故作不知，仿佛完全没有留意到这件事，照旧兴高采烈地在此进进出出。夕颜真是莫名其妙，只得暗自反复思量，其间的烦闷与一般的恋爱是不一样的。

源氏公子也在思虑："这女子假装对我如此信任，使我解除心防，如果有朝一日乘我不备，悄悄地逃走了，叫我到哪里去寻她呢？况且这里原是暂住，哪一天迁居到别处，我也不得而知。"万一找不到她，倘能就此放手，当作一场春梦，原是一件好事。但是源氏公子不肯就此罢休，有时顾虑流言，不便前去幽会，孤衾独寝之夜，他总是提心吊胆，痛苦不堪，深怕这女子于这夜里就逃走了。于是他想："一不做，二不休，我还是不管她是什么人，将她接回二条院吧。如果世人得知，引起非议，这也是命中之事，无可奈何。虽说这件事取决于我，但我从不曾对哪个人如此牵挂，这次可真个是宿世姻缘了。"他便对夕颜说："我想带你到一个地方去，那里要舒服得多，我们可以从容谈话。"夕颜道："您虽这么说，但您的行径带着几分古怪，我有些害怕。"她的语调天真烂漫。源氏公子想："倒也有理。"便微笑着说："你我两人中，总有一个是狐狸精，你就把我当成是狐狸精，让我来迷一下吧。"这话说得多么亲昵！于是夕颜放心了，觉得跟他走也无妨。源氏公子以为这虽然是世间少有的乖戾行为，但这女子死心塌地地依从我，这点心意确是可怜可爱的。但他总是怀疑她就是头中将所说的常夏，不断回想当时头中将所描述的女人的性情。他又以为她自有隐瞒身份的理由，所以并不追根究底，他看这女子并无突然逃走的意向。如果疏远她，或许她会变心，但如今就可以放心。于是他想象："如果我略微把心移向其他女子，看她怎么样，倒是很有趣呢。"

八月十五那天晚上，明月当空，板屋多缝，处处射入月光。源氏公子看见这不曾见惯的光景，倒觉富有奇趣。将近天明之时，邻家的人都起身了。只听见几个庸碌的男子在谈话，有一人说："唉，天气真冷！今年生意又不大好。乡下市面也不成样子，真有些担心。喂，北邻大哥，你听我说！……"这班贫民为了生活，天不亮就起来劳作，嘈杂之声就在耳旁不断传来，夕颜觉得很难为情。如果她是个虚荣女子，住在这种地方真是难以为继。但这个人气度宏大，纵有痛苦、悲哀之事、旁人以为可耻之事，她也不十分介意。她的风度高超而天真，邻近地方极度嘈杂，她听了也不很觉厌烦。与其羞愤嫌恶，面红耳赤，倒还真不如这态度自然可爱。那舂米的碓臼，传来比雷霆更响的砰砰之声，仿佛就在枕边震动似的。源氏公子心想："唉，真是杂乱！"但他不知道这是什么声音，只觉得让人不快。此外杂乱之声甚多。捣衣的砧声从各处传来，忽重忽轻。其中夹着寒雁的叫声，哀愁之气让人难堪。

源氏公子住的地方是靠边的一个房间。他亲自开门，和夕颜一起出去欣赏外面的景色。在这狭小的庭院之中，种着几支萧疏的绿竹，花木上的露珠同宫中的一样，映着明月，闪闪发光。秋虫唧唧乱鸣。源氏公子在宫中时，屋宇宽广，纵使是墙壁中的蟋蟀声，听来也仿佛传自远处。现在这虫声竟像是从耳边响出，他觉得微有异样之感，只因对夕颜的爱情十分深重，一切缺点都被原谅了。夕颜身着白色夹衫，外罩一件柔软的淡紫色外衣。她的装束并不华丽，却有娇艳风姿。她并无特别突出的优点，但体态轻盈袅

幽会的月色　歌川广重　玉川秋月　江户时代（19世纪初）

夕颜的住所附近白天是嘈杂的市井，夜晚则是虫鸣唧唧的月夜。画面中月色皎洁，行舟垂钓的人们寂寂无声，让人感受到月夜的恬静。幽会之余，源氏欣赏着迥异于宫中的月色，感觉身边的夕颜异常可爱。

娜，极为动人；一言一语，都使人觉得可爱。源氏公子觉得她若能再稍稍添加些刚强之心就更好了。他想和她畅谈一番，就对她说："我们现在就到附近一个地方去，在那里自由自在地谈到明天吧。一直在这里住，真让人苦闷。"夕颜不慌不忙地回答道："为什么要这样呢？太匆促一些了吧！"源氏公子与她山盟海誓，订了来世之约，夕颜便全心全意地信任他，其态度异常天真，不像一个已婚的女子。这时源氏公子顾不得他人的流言，召唤女侍右近出来，吩咐她去叫随从把车子赶进来。住在这里的其他女侍知道源氏公子的爱情非比寻常，虽然不明公子身份，但还是非常信赖他，随他把女主人带走。

天色已近黎明，雄鸡尚未晨啼，只听得几个山僧之类的老人诵经之声，他们是在为朝山进香预先修行[①]。想到他们起伏跪拜，极为辛苦，让人怜惜。源氏公子自问："人世无常，有如朝露，又何必这样贪婪地为自己祈祷呢？"正在想时，听见"南无当来导师弥勒菩萨"的跪拜之声[②]。公子非常感动，对夕颜说："你听！这些老人不但为此生，又

① 要到吉野金峰山进香，必须预先修行一千日。

② 当来，即来世。佛说：释尊入灭后五十六亿七千万年，弥勒菩萨出世。

为来生修行呢！”便道：

“请君效此优婆塞[1]，
莫忘来生誓愿深。”

长生殿的故事不太吉祥，所以不用“比翼鸟”的典故[2]，而发誓愿同生在五十六亿七千万年之后弥勒菩萨出世之时。这盟约是多么语重心长啊！夕颜答道：

“此身不积前生福，
怎敢希求后世缘？”

这样的答诗实在让人有些不快。月亮即将西沉，夕颜不愿突然到不可确知的地方，一时犹豫不决。源氏公子反复劝导，催促她快些动身。这时月亮忽然隐入云中，天色微明，景色迷人。源氏公子如往常一样想赶在天色大亮之前上路，便轻轻地将夕颜抱上车子，命右近同车，匆匆离开。

不久到了离夕颜家不远的一所宅院[3]前，随从唤守院人开门。只见三径就荒，蔓草过肩，古木阴森，昏暗不可名状。晨雾弥漫，侵入车帘，将衣袂润湿。源氏公子对夕颜说：“我从未有过这种经验，这景象真让人心寒啊！正是：

戴月披星事，我今阅历初。
古来游冶客，亦解此情无？

你可曾有过这种经验？”夕颜含羞吟道：

“落月随山隐，山名不可知。
会当穷碧落，蓦地隐芳姿。[4]

我有些害怕呢。”源氏公子觉得周围景象凄凉可怕，推想这大概是向来和许多人聚居之故，这样的变化倒也有趣。车子驱入院内，停在西厢，解下牛来，把车辕放在栏杆上。源氏公子就坐在车中等候打扫房间。女侍右近看这光景，心中惊异，不由想起女主人以前和头中将私通时的情景。守院人四处奔走，殷勤服侍。右近此时已看出源氏公子的身份了。

天色微明之时，源氏公子方才下车。室中经过临时打扫，倒也清清爽爽。守院人说：“当差的人都不在这里，怕缺人服侍。”这人是公子信任的家臣，曾在左大臣邸内伺候。他走近请示：“要不要叫几个熟手来？”源氏公子说：“我是特别选了这没有人来的地方的，只你一人知道，不许向外泄露。”再三吩咐他保密。这人马上去备办早餐，但人手不够，张皇失措。源氏公子从来不曾住过这么荒凉的地方，而现在除了和夕颜谈情之外，似乎也没有其他的事可做。

---

① 优婆塞，是佛语，即在家修行的男子。

② 白居易《长恨歌》：“七月七日长生殿，夜半无人私语时。在天愿作比翼鸟，在地愿为连理枝。”

③ 称为河原院。

④ 月比喻她自己，山比喻源氏。

二人暂时歇息下来，到了时近中午，这才重又起身。源氏公子打开格子窗一看，庭院中荒芜至极，树木丛生，一望无际，附近的花卉草木也都不值一看，只是一片深秋时分的原野。池塘上覆着杂乱的水草，很是可怕。不远的屋子里似乎有人居住，但相隔甚远。源氏公子说："这地方全无人迹，阴风阵阵，但是纵使有鬼，怕对我也无可奈何吧。"这时他的脸还是隐蔽着，夕颜似乎微有怨恨。源氏公子想："已经如此亲昵，还要遮掩真面目，确是有些不合情理。"便吟道：

"夕颜①带露开颜笑，
只为当时邂逅缘。

这是那天你写在扇子上送我的诗，有'夕颜凝露容光艳'之句。现在我要露出真面目了，你看如何？"夕颜向他看了一眼，低声答道：

"当时漫道容光艳，
只为黄昏看不清。"

虽是诗句并不上佳，但源氏公子也觉得有趣。这时他与夕颜畅叙衷曲，再无隐饰，其风姿之优美真是举世无双，再和这环境一对比，竟生出几分乖戾之感。他对夕颜说："你一向对我有所隐瞒，我很不快，所以也不让你见真面目。现在我已经向你公开，你总该把姓名告诉我了。总是这样，让人纳闷。"夕颜答道："我是个无家可归的流浪儿②！"这尚未完全融洽的模样倒显得格外娇艳。源氏公子说："这真是无可奈何了！原是我自己做的榜样，也怪不得你。"两人有时互相埋怨，有时又互述衷情，这样度过了这一天。

惟光找到了这里，送来一些食物。但他担心右近怪他，所以不敢到里面来。他见公子为了这女子躲到这样的地方，暗自觉得好笑，想这女子的美貌一定极为出众。他想："本来我可以抓到手的，现在让给公子，我的气量也算大了。"心中有些后悔。

黄昏时分，源氏公子眺望着鸦雀无声的灰色天空。夕颜觉得室内光线太暗，阴沉可怕，便走到回廊上，卷起帘子，在公子身旁躺下，两人互相注视着被夕阳映红了的脸。夕颜觉得这种奇特的情景，让人出乎意料，便忘却了一切忧愁，显出亲密信任的神态，模样煞是可爱。她看到周围景色，觉得极为胆怯，因此整日依在公子身边，像一个天真烂漫的孩子。源氏公子早早就把格子门关上，让人点起灯来。他怨恨地说："我们已经是这样亲密的伴侣了，你还是心怀顾忌，不肯把姓名告诉我，真叫我伤心。"这时他又想起："父皇一定在四处找我吧，又叫使者们到哪儿去找我呢？"接着又想："我如此溺爱这女子，叫我自己也觉得奇怪。我长久不去访问六条妃子，她一定在恨我了。被人怨恨是痛苦的，但也怪不得她。"他怀念其他恋人时，总是先想起六条妃子。但眼前这个天真烂漫、依恋不舍的人，实在可爱。六条妃子那种忧虑苦闷的神情，此时便觉稍稍有些减色了。他暗自在心中把两人加以比较。

---

①"夕颜"比喻源氏公子。

②和歌："惊涛拍岸荒渚上，无家可归流浪儿。"见《和汉朗咏集》。

将近半夜时分，源氏公子昏昏入睡，恍惚见到枕畔坐着一个绝色美女，说："我对你倾心爱慕，哪知你对我全不体谅，却陪着这个微不足道的女人到这里来，万般宠爱，如此无情，真真气死我了！"说着，便要把睡在他身旁的夕颜拉走。源氏公子心知遇上梦魔，睁眼一看，灯火已熄。他觉得四周阴气逼人，便拔出佩刀，又把右近也叫醒。右近也颇害怕，凑到源氏公子身边来。公子说："你去叫醒过廊里的值宿人，让他们点些纸烛进来。"右近说："这么黑暗，叫我怎么出去呢？"公子笑道："哈哈，你真像个小孩子。"便拍起手来①。四壁发出回声，景象异常凄惨。值宿人却不曾听见，一个人也不来。夕颜浑身发抖，默默无语，极为痛苦。出了一身冷汗之后，竟只剩奄奄一息了。右近说："小姐生来胆小，平日略有小事，便受莫大惊吓，现在不知她心里多么难过呢！"源氏公子想："她的确很胆小，就算白天也常望着天空发呆，真可怜啊！"就对右近说："那么我自己去叫人吧，拍手有回声，惹人讨厌，你暂且坐在她身边。"右近便挨近夕颜身边。源氏公子从西边门走出去，打开过廊的门一看，灯火也已熄灭了。外边传来微凉的夜风，值宿的人不多，都睡着了。一共只有三人，其中一个是这里守院人的儿子，源氏公子经常使唤的一个年轻人；一个是值殿男童；另外一个便是那个随从。那年轻人答应一声，便爬起来。公子对他说："拿纸烛过来。你对随从说，叫他赶快鸣弦，一定要不断地发出弦声。②在这人迹稀少的地方，你们怎么可以放心睡觉呢？听说惟光来过，他现在人在哪里？"年轻人回答："他来过了，因为公子没有特别的吩咐，他就又回去了，说明天早上再来迎接公子。"这年轻人是宫中禁卫中的武士，善于鸣弦，便一面拉弓，一面喊"火烛小心"，向守院人的屋子那边走过去。

源氏公子听到弦声，便想象宫中的情景："此刻巡夜的人大概已经唱过名了。禁卫武士鸣弦，大概正在这时。"照此推想，夜还没深。他回到房间里，暗中摸索一下，夕颜仍旧躺着，右近伏在她身旁。源氏公子说："你怎么啦？不要这么胆小！这种荒野地方可能会有狐狸精之类的东西出来吓人，但是我在这里，你不要怕！"说着，便用力把右近拉起来。右近说："太可怕了，我心里觉得很不舒服，所以伏在地上。小姐不知怎么样了？"公子说："唉，这到底是怎么一回事！"伸手把夕颜抚摸一下，仿佛气息都没了，再摇动一下她的身体，但觉四肢松懈，全无自主之力。源氏公子想："她真是个孩子啊，大概被妖魔迷住了吧。"此时束手无策，心中焦灼万状。那个禁卫武士拿来纸烛，右近已经吓得动弹不得。源氏公子拉过旁边的帷屏，遮住夕颜的身体，对武士说："把纸烛再拿过来些！"但武士遵守规矩，不敢向前，在门槛边就站住了。源氏公子说："再拿过来些！守规矩也要看看情况！"拿过纸烛一照，隐约见到梦中那个美女就坐在夕颜枕边，一下便消失了。

源氏公子想："这样的事只在小说中读过，现在竟亲眼看到，真是太可怕了。要紧的是这个人到底怎么样了？"心中纷乱如麻，几乎连自己的安危也忘记了。他躺到夕颜身旁，连声呼唤。怎知夕颜的身体渐渐冷却，已断气了！这时公子吓得说不出话，不知怎样才好，旁边并无一个可以商议的人。若有一个能驱除恶魔的法师，这时正可用上。但哪里有法师呢？他自己虽然逞强，毕竟年纪不大，阅历不多，眼看夕颜暴死，心中悲

① 日本风俗，拍手是表示叫人来。

② 当时认为弓弦的声音可以驱妖除魔。

夕颜薄命花

夕颜花语

夕颜即葫芦花，色白，黄昏时盛，次日清晨凋谢。

盛开于街边墙角之处，却绽放洁白的花朵，如同平民人家的美丽女子。

悄然含英，又阒然零落的特性，多喻指突然香销玉殒的薄命女子。

夕颜的性情

对源氏隐瞒身份，不愿透露过往的种种辛酸，具有隐忍谨慎的性格。

对源氏十分信任，有天真烂漫、孩子般可爱的性情。

夕颜的命运

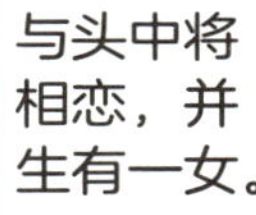

与头中将相恋，并生有一女。→ 被头中将妻子恐吓，隐居西京，生活艰难。→ 与源氏相逢，依恋不舍。→ 幽会于空寂的私宅时意外身亡。

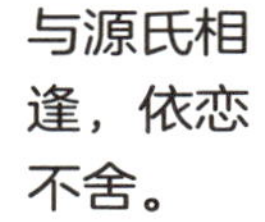

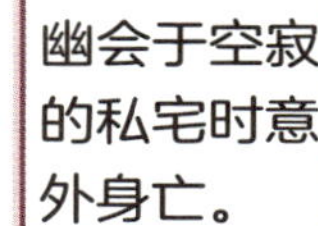

痛万分，却全无办法，只得紧紧抱住她，叫她："我的爱人，你快活过来吧！不要叫我悲痛啊！"但夕颜的身体已经冷却，渐渐不成人样了。右近早已吓昏过去，这时突然醒过来，便号啕大哭。源氏公子想起了从前某大臣在南殿驱鬼的故事[①]，就振作起精神，对右近说："她现在虽然好像断气了，但是不会就此死去的。夜里哭声会惊动人，你安静些吧。"他制止了右近哭泣。但这件事太突然了，他自己也茫然不知应对。

源氏公子叫了那个武士上来，对他说："这里出了怪事：妖魔把人迷住，十分痛苦。你赶快派人到惟光大夫那里去，叫他马上过来。再偷偷地告诉他：他哥哥阿阇梨如果在，叫他带他一同过来。他母亲知道了或许会责问他，所以不要大声说话。因为尼姑是不赞许这种行为的。"他嘴上说得虽然平静，其实胸中满是悲痛。夕颜的死实在可哀，再加上这环境的凄惨难以言喻。

此时已过半夜，夜风渐渐紧起来。松林发出凄惨的怪声。鸟儿叫唤着，这大概就是猫头鹰吧。源氏公子思来想去，四周全无声息。"我为什么要到这种荒僻地方来投宿呢？"他心中极为后悔，但已无法挽救了。右近已经吓得不省人事，紧紧地挨在源氏公子身旁，浑身发抖，竟像要发抖而死了。源氏公子想："难道这个人也要死去了？"他只好茫然地把右近紧紧抱住。这时这屋子里唯有他一个人还像人的样子，但一点办法也想不出来。灯光忽明忽暗，仿佛是谁在眨动眼睛，凄凉地照映着屋内的屏风和各个角落。背后仿佛有细碎的脚步声，有人正在走过来，源氏公子想："但愿惟光早点来才好。"但这惟光向来宿无定所，使者四处寻找，一直找到天亮。这一段时间在源氏公子看来仿佛过了一千个夜晚。好容易听见远方鸡叫。源氏公子千回百转地反复思量："我前世做了什么孽，要承担这样性命攸关的忧患呢？罪由心生，大概是我在情字上犯了无可辩解的罪过才得到这样的报应吧，所以才会发生这听都不曾听说的惨事吧。无论怎样隐秘，此事终难藏匿。宫中自不必说，世人知道了，亦必指责我，我就要成为这世间最受指摘的轻薄少年了。想不到我今天竟博得这样一个愚痴的恶名！"

好容易等到惟光大夫赶来。此人一向日夜在身边侍候，偏偏今夜不来，而且四处都找不到，源氏公子觉得实在可恶。但见了面，又觉得没有勇气说话，一时默默无语。右近看惟光的模样，知道他是最初的拉拢人，便大哭起来。源氏公子也忍耐不住了，他昨夜自诩为这里唯一健全的人，所以一直抱着右近，现在见惟光来到，松了一口气，悲痛之情顿时涌上心来，便放声大哭，一时难于自制。后来他平静下来，对惟光说："这里出了怪事！不是用惊吓等字眼所能表达的恐怖。听说遇到这种怪事时，诵经可以驱魔，我想赶快照做，祈求佛祖保佑，让她重生。我要阿阇梨也一起来，究竟怎么样了？"惟光答道："阿阇梨昨天回比叡山去了……这件事真是太奇怪了，小姐近来身上是否有病？"源氏公子哭道："一向并没有病。"他这哭泣的姿态哀怨动人，惟光看了心中不忍，也跟着呜呜地哭了起来。

归根到底，唯有年龄较长、见多识广的人，遇到紧急关头才有办法。源氏公子和惟

① 太政大臣藤原忠平夜晚在紫宸殿（即南殿）的御帐后面走过时，有鬼握住了他的佩刀，他就拔刀斩鬼，鬼向丑寅方向逃走了。此事可见历史故事《大镜》。

光大夫都是年轻人，这时全无主意了。但还是惟光强些，他说：“这事若给这宅院里的人知道了，可了不得。这个守院人虽然可靠，他的家眷如果知道了，一定会泄露出去。所以我们应该先离开这里。”源氏公子说：“但是，哪里还有比这里人更少的地方呢？”惟光说：“不错，如果回小姐的住所，那些女侍一定要哭，那里人太多，一定许多邻人责问，这样就把消息传播出去了。不如到山中找个寺院，那里经常有人举行殡葬，我们夹在其中，不会惹人注目。”他想了一下，又说：“从前我认识一个女侍，后来做了尼姑，住在东山那边。她是我父亲的乳母，现在衰老了，还一直住在那里。东山来往的人虽多，但她那里却非常清静。”这时天色将明，惟光便吩咐赶快准备车子。

源氏公子已经没有气力抱住夕颜了。惟光便用褥子把她裹好，抱到车子里。这个人身材小巧，尸体并不吓人，却让人觉得可怜。褥子短小包不住全身，乌黑的头发还露在外面，源氏公子看了，伤心欲绝。他一定要跟随前去，亲眼看她化作灰尘。惟光大夫劝道：“公子得赶快回二条院去，趁现在行人稀少的时候，快走！”他就叫右近上车陪伴遗骸，又把自己的马让给源氏公子骑，自己撩起衣裾，徒步跟在车后，离开了这院子。惟光觉得这真是让人意想不到的送殡。但是一见到公子的悲戚神色，就顾不得考虑自身，径直向东山出发了。源氏公子仿佛失去了任何知觉，茫茫然地回到了二条院。

二条院里的人议论纷纷：“不知公子从哪里回来，看模样懊恼得很。”源氏公子一直走进寝台的帐幕[①]里，抚胸回想，愈想愈是悲恸。“我怎会不坚持搭上那车子一起前往呢？如果她醒过来，将有何感想？她若知道我抛开她而径自离去，一定会恨我无情吧。”他心绪纷乱，始终不能忘记这件事，自觉胸中堵塞，气结难言。他觉得头痛，身体发烧，极其痛苦。他想：“如此病痛，倒不如死了算了！”到了日上三竿之时，他仍未起身，众女侍都觉得惊讶，劝用早膳，亦不举箸，只是一味唉声叹气、愁眉不展。这时皇上派使者来了。原来皇上昨日一早就派使者四处找寻公子行踪，不知下落，皇上心甚记挂，所以今天特意叫左大臣的公子们前来探视。源氏公子吩咐只请头中将一人“到此隔帘立谈”[②]。公子在帘内对他说：“我的乳母于五月间身患重病，削发为尼。幸赖佛祖保佑，恢复健康。不料最近她旧病复发，虚弱不堪，盼我前去探问，再见一面。她是我幼时极亲近的人，又当临终之际，若不去拜访，于心不忍，因此前去探病。不料她家有一名仆役也正在患病，突然之间病势转重，不及送出，即在她家死去。家人不敢告诉我，直到日暮我离开后，才将尸体送出。过后我才得知这件事。现在将近斋月[③]，宫中正在准备佛事，我身上不洁，不敢造次入宫参见。而我今晨又受风寒，头痛体热，十分痛苦，隔帘谈话，实在无礼。”头中将答道：“既然如此，我自然会将此事回复皇上。昨夜曾有管弦之兴，当时皇上派人四处找你都找不见，圣心很是不快。”说罢辞别，过了一会儿又再折回[④]，问道：“您到底碰到了怎样的死人？刚才您所说的，恐怕不是真话吧？”源氏公子心中惊讶，勉强答道：“并无什么隐情，只请你把刚才所说的奏闻皇上

① 寝台帐幕，平安时代殿内主屋中设有比地面略高的寝台，四周悬挂帐幕，为贵人坐卧之处。
② 当时风俗，接触过死人的人，身上不洁，不可请来客就座，只能与他隔帘立谈。
③ 九月是斋戒之月，宫中举行种种佛事。夕颜是八月十六日死的，这时宫中正准备佛事。
④ 头中将是以钦差身份来访的，所以谈毕公事后出去再折回来谈私事。

凄惨处境 佚名 信贵山缘起绘卷 平安时代（12世纪）

夜风吹动松林，发出凄惨的怪声。让因为夕颜意外身亡而惊慌失措的源氏更觉恐惧，深感这是自己的过错导致的报应。图中荒凉的郊野、零落的松树以及弥漫的雾色，整体上显露出一种凄凉的氛围，仿佛源氏此刻的处境。

即可。怠慢之罪，还请宽宥。”他装作一副若无其事的样子，但心中满是无可奈何的哀伤，情绪恶劣到极点，因此不愿和别人多说，只是唤藏人弁[①]入内，叫他将身蒙不洁之事如实奏达皇上。另外写了一封信送到左大臣邸中，信中说明因有上述之事，暂时不能拜谒。

黄昏时分，惟光从东山返回。这里因为公子宣称身蒙不洁，访客立谈片刻随即退出，所以室内并无外人。公子马上召他入内，问道：“怎么样了，终于不行了吗？”说着，举袖掩面大哭起来。惟光也哭着说：“毫无办法，但若长期在寺中停放尸体，也不方便，明日正好宜于殡葬。我在那里有一个相识的高僧，已将有关葬仪一切事情拜托他了。”源氏公子问：“同去的那个女人怎么样了？”惟光答道：“这个人似乎也不想活着了，她吵嚷着说：‘让我跟小姐一起去吧！’哭得死去活来的。早上她似乎想跳崖自尽，还说要将这事通知五条屋里的人。我百般抚慰她，对她说：‘你暂且安静下来，把事情前前后后考虑一下。’现在总算还没事。”源氏公子听了，极为悲伤，叹道：“我心里也痛苦得很！此身不知怎样处置才好！”惟光劝道：“何必如此伤感！一切都是前缘注定的。这件事绝不能泄露出去，万事有我惟光一人担当，请公子放心。”公子说：“这话虽然不错，我也相信世事皆属前定。但是，只因我轻举妄动，害死了一条性命，身负此等恶名，实在让我痛心！你切切不要将这事告诉你的妹妹少将女官，更不可让你家中那位老尼姑知道。她从前屡次劝我不可浮踪浪迹，如果让她知道了，我可真是羞惭无地啊！”他再三嘱咐惟光保密。惟光说：“仆人自不必说，就是那个执行葬仪的法师，我也没有将真实情况告诉他。”公子觉得此人很可靠，便稍稍安下心来。众女侍看见这种情状，都有些莫名其妙，她们私下议论说：“真奇怪，为了什么事呢？说是身蒙不洁，宫中也不拜谒；为什么又在这里窃窃私语，唉声叹气呢？”关于丧仪法事，源氏公子叮嘱惟光道：“万事不可过于随意。”惟光说：“哪里会呢！不过也不能过分铺张。”说着便欲辞去。但公子忽然伤心起来，便对惟光说：“我有一句话，怕是你要反对：我若不再见她一面，心中总有不甘。还是让我骑马前去吧。”惟光一想，这样做实在不好，但也无法相阻，答道：“公子既不能放心，那也没有办法。那就请趁早出门，天黑之前务须转回。”源氏公子便换上最近常穿的便服，准备出门。这时源氏公子心情纠结，十分痛苦，又想起要走荒山夜路，恐怕遭遇危险，心中一时犹豫不决。但不去又无法排遣心中的悲哀，他想：“这时若再不见一见遗骸，今后哪一世才能再见呢？”便不顾危险，带了惟光和那个随从，出门而去。

走到贺茂川畔时，月亮已经升上来，前面的火把暗淡无光。再遥望鸟边野[②]方面，景象异常凄凉。但今夜公子因有心事，并不觉得可怕，一路上只是胡思乱想，好容易赶到东山。这冷寂的空山中有一所小屋，屋旁建着一座佛堂，老尼姑在此修行，度过凄凉的余生！佛前的灯火从屋内漏出微光，小屋里有一个女人正在哀哀哭泣。外室里坐着两三位法师，有时谈话，有时放低声音念佛。山中寺院的初夜诵经都已结束，四周静寂无声。唯有清水寺那边还望得见许多灯光，参拜者还很多。这老尼姑有一个儿子，也已

① 藏人弁，为官名。此人是左大臣之子，头中将之弟。

② 鸟边野，是平安时代京都附近的火葬场。

出家修行，成为高僧，这时正用悲戚之声虔诵经文。源氏公子听了，悲从中来，泪如雨下。走进室内，只见右近背对着灯火，与夕颜的遗骸隔着屏风，俯伏在地悲泣。源氏公子推想她心情如何哀伤！夕颜的遗骸并不让人害怕，依然非常可爱，较之生前毫无变化。源氏公子握住她的手说："让我再听听你的声音！你我两人前生结下怎样一段宿缘，今生的欢会之期如此短暂，而我对你却又如此倾心？你匆匆舍我而去，留我孤单在这世上，悲恸无穷，真是太残酷了！"他号啕大哭，不能自已。众僧不认识这是何人，只觉非常感动，大家陪着流泪。源氏公子哭罢，对右近说："你跟我到二条院去吧。"右近说："我自小服侍小姐，片刻不离，至今已历多年。如今这样诀别，叫我回到哪里去呢？别人问我小姐下落，我又怎么回答呢？我心中悲伤，自不必说，若外人纷纷议论，将这件事归罪于我，更加使我痛心！"说罢，大哭起来。后来又说："让我和小姐一起化作灰尘吧！"源氏公子说："这事怪不得你，但此乃人世常态，凡是离别，无不悲哀，但无论怎样，都属前生命定。你且放宽心，再信任我一次吧。"他一面安慰右近，一面又叹道："我虽然这样说，其实我才真觉得活不下去了！"这话听着真是好凄凉啊！这时惟光催促道："天快亮了，请公子早些归去！"公子留恋不忍离开，屡屡回头，但终于还是硬着心肠去了。

夜露载道，晨雾弥漫，让人不辨方向，如入迷途。源氏公子一面赶路，一面想象夕颜那和生前一样美好的姿态，那天晚上将她那件红衣盖在遗骸上的模样，觉得这真是奇特的宿命！他全身无力，骑在马上摇摇欲坠，全靠惟光在旁扶持，百般鼓励，方能向前。走到贺茂川堤上时，源氏公子竟从马上滑了下来，心情更加恶劣，叹道："我也倒毙在这路上算了吧！看来回不去了！"惟光不知怎样才好，心中想道："我要是再坚决些，纵使他命令我，也不带他来走这条路，但现后悔也晚了。"他觉得狼狈至极，也只得用贺茂川水将两手洗净，合掌祈求观音菩萨保佑，此外再无办法。源氏公子自己也勉强振作了一下，暗自在心中念佛祈愿，再靠惟光帮助，好容易才回到二条院。

二条院里的人见他深夜出游，都觉得奇怪，互相议论道："真让人受不了，近来比往常愈发奇怪了，公子经常偷偷出门。特别是昨天，那神情看着真苦恼啊！为什么要这样呢？"说罢大家叹息。源氏公子回到家，身体实在吃不消，就此生起病来，十分痛苦。两三天之后，身体显得异常虚弱。皇上听说后，非常关心，便下旨在寺院里举行法事祛病祈祷，各种阴阳道的平安忏、恶魔祓禊、密教的念咒祈祷，无不举行。天下人纷纷议论，都说："源氏公子这举世无双、过于妖艳的美男子，大概不会长生在这尘世的。"

源氏公子患病期间并未忘记那个右近，召她到二条院来，赐她一个房间，叫她以后在此服侍。惟光见公子病重，心绪不宁，但也强自振作，用心照顾这个孤苦的右近，安排她职务。源氏公子略有好转时，便叫来右近，命她服侍。不久右近便交了些朋友，做了这二条院的人。她身着深黑色的丧服[①]，容貌虽不特别俊美，却也是个无可指摘的青年女子。源氏公子对她说："我不幸遇到这段异常短促的姻缘，担心自己也活不长了。你失去了多年来相依为命的主人，自然也颇伤心。我很想宽慰你，如果我活在世上，自然有我照顾。只怕不久我也会跟着她去，那真是让人遗憾了。"他的声音异常虚弱，说

---

① 深黑色丧服，与死者关系愈亲、哀思愈深的人，丧服的黑色也愈深。

与死亡意外相逢

源氏和夕颜在荒宅幽会时，夕颜意外身亡，让源氏真切面对了死亡。对此，他既有直面死亡的惊恐，也有失去爱人的悲痛。从他的举动可以看到平安时代与死亡有关的一些风俗习惯。

驱魔：源氏于荒宅中着了梦魔，让随从赶紧鸣弦，传说弓弦的声音可以驱除妖魔。

招魂：察觉夕颜僵死，源氏催促侍从惟光去请僧人来诵经除魔，祈求佛祖让夕颜复活。

不洁：源氏因夕颜身死而悲伤不已，郁结成疾。友人来探访时，因感接近死者而身染不洁，只能隔着屏风回复问候。

祓禊：源氏念念不忘夕颜，因而病倒。通过寺院的祛病祈祷，阴阳道的平安忏、恶魔祓禊等，以达到祛病驱魔、身体康复的效果。

安葬：夕颜的尸体先是暂存寺院，后经僧众诵经，然后送往鸟边野火葬。

法事：夕颜死后的四十九日，源氏为她举行法事，布施供养，念经祈愿，排场宏大。

打结：源氏亲手在夕颜衣服的裙带上打了一个结，这种习惯意味着相约再会之前各不恋爱别人。

伊势物语图纸笺·祓禊图

罢，又气喘吁吁地吞声饮泣。这时右近不得不把心中的悲哀暂时丢开。她担心公子的病况，不胜忧虑。

二条院内的人也都担心公子，大家狼狈不堪，坐立不安。宫中不断派来问病的使者，穿梭似的来往不绝。源氏公子听说父皇如此为他操心，更加觉得惶恐，只得勉强振作。左大臣也非常关切，每日到二条院来问病，照顾得无微不至。大约是各方眷顾周到的缘故，公子重病了二十几天，渐渐康复，也没有留下什么毛病。到了满三十天的时候，公子已经起床，禁忌也已解除，知道父皇为自己忧心，便在这天入宫拜见，又到宫中值宿处淑景舍略加休息。回邸时左大臣用自己的车子送回，并详细叮嘱病后种种注意事项。源氏公子觉得仿佛如梦初醒，好像竟重生在一个新世界里了。到了九月二十日，身体已经痊愈，面容虽然消瘦了许多，风姿却反而更加艳丽了。他还是经常陷入沉思，有时呜咽哭泣。看见的人不禁觉得诧异，有的人说："莫非鬼魂附体了？"

有一个幽静的傍晚，源氏公子叫右近坐到身边，和她谈话。他说："我到现在还觉得惊奇：为什么她要隐瞒自己的身份呢？纵使真像她自己所说，是个无家可归的孤儿，但我如此爱她，她却不体谅我的真心，始终和我存着隔膜，这真叫我伤心啊！"右近答道："她并不想隐瞒到底，总以为以后会有机会将真实姓名奉告给您。只因你俩相逢之时便是让人意想不到的奇怪姻缘，她总以为自己是在做梦，她猜想您之所以隐名，大概是为了身份高贵，名誉攸关之故。您也并非真心爱她，不过是逢场作戏。她很伤心，所以也对您隐瞒不说。"源氏公子说："互相欺瞒，本是无聊，但我的隐瞒，不是出于本心，只因这种世人所不许的偷情行为，我一向不曾做过。首先是父皇有过训诫，此外又对各方面有种种顾忌。偶尔略有戏言，即被人们四处夸张传扬，肆意批评，因此我平日小心翼翼，不敢胡言妄为。哪知那天傍晚，只为一朵夕颜花，对那人一见倾心，结下这不解之缘，现在想来，这可不正是恩爱不能长久的兆头，多么可悲呀！可再想想，又觉得真是可恨：既然姻缘如此短促，又何必倾心相爱？现在已无隐瞒的必要，你不妨详细告诉我吧。七七之内，我要让人描绘佛像送到寺中供养，为死者祝福。若不知姓名，则念佛诵经之时，心中对谁回向[①]呢？"右近说："我何必对您隐瞒？只因小姐自己隐瞒到底，我若在她死后将实情说出，担心有些冒失而已。小姐幼年父母双亡，她的父亲是三位中将，对女儿十分怜爱，只因身份低微，无力提拔女儿，让她发迹，故而郁结不欢，早早逝去。后来小姐借由偶然的机会，认识了那位头中将，那时他还是一位少将。两人一见倾心，情深如海，三年以来，恩爱不绝。直到去年秋天，右大臣家[②]派人前来问罪，我家小姐生性胆小，受此打击，便逃往西京她的乳母家躲藏起来。但那里的生涯艰苦，实在难以久居。因此，她想迁居山中，但是今年这个方向不吉。为了避凶，就在五条的那所陋屋里暂住，不料在那里又见到了公子，小姐曾为此叹息。她的性情与一般人不同，非常谨慎，善于隐忍，纵使忧思满腹，也不表露出来，总以为被人见到是羞耻的。在您面前，她也总是装作若无其事。"源氏公子想："果然如此，竟然真就是头中将

① 回向，是佛教用语，即转让之意。即将念佛诵经的功德转让给别人。此处是指转让给死者，为她祝福。

② 右大臣家的四女公子，是头中将的正妻。

夕颜的隐秘 狩野永德 洛外名所游乐图屏风 安土桃山时代（16世纪后期）

侍女右近将夕颜避居五条陋巷的隐情和盘托出，证实了源氏的猜测：夕颜就是头中将那位失踪的恋人。图中楼台庭院、松林的景观，显露出一种静谧的氛围，而弥漫的雾霭就仿佛夕颜的往事般透着隐秘的味道。

讲的那个常夏。”他愈发可怜她了。便问：“头中将曾经叹息，说那小孩不知去向了，是否有个小孩？”右近答道：“有的，是前年春天生的，是个女孩，非常可爱。”源氏公子说：“那么这孩子现在何处呢？你不要让别人知道，悄悄地把她带来吧。那人死得离奇，很是可怜。如今有了这个遗孤，我心中略有些安慰。”接着又说：“我想将这事告诉头中将，但是被他抱怨反而无趣，暂且不告诉他吧。总之，这孩子由我养育，也没有什么不当之处[1]。你找些借口搪塞她的乳母，叫她一起搬到此处吧。”右近说：“若能如此，实在感恩不尽。让她在西京成长，真是迫不得已。只因当时再无可托之人，才权且寄养在那里的。”

这时暮色沉沉，天色渐黑。阶前乱草，昏黄欲萎。四壁传来虫声。满庭的红叶，艳丽得仿佛锦画。右近环顾四周，觉得自身忽然处此境中，真是出乎意外。再回想夕颜五条的陋屋，不免难过。竹林中有几只鸽子，咕噜之声粗鲁刺耳。源氏公子听了，想起那

① 这孩子是源氏心爱情人的遗孤，又是他妻子的侄女，故如此说。

体面的法事 狩野永德 洛外名所游乐图屏风 安土桃山时代（16世纪后期）

夕颜的法事虽然是秘密举行，但是源氏备办得十分体面，念佛、诵经、书写法事祈愿文等都安排得很周到。图为嵯峨的释迦堂与源氏举行法事的比叡山法华堂同为寺院法堂。

天和夕颜在某院夜宿时，夕颜听到这种鸟声非常害怕的模样，觉得很可怜惜。他对右近说：“她究竟几岁了？这个人和一般人不同，身体异常纤弱，所以不能长寿。”右近答道：“十九岁吧。我母亲——小姐的乳母[①]——抛开我早早死去。小姐的父亲中将大人可怜我，把我留在小姐身边，两人形影不离，一起长大。现在小姐已死，我怎么还活在这世间呢？后悔不该与她过分亲近，教这场分别这般痛苦。这位柔弱的小姐，可是多年来和我相依为命的主人哪。”源氏公子说：“柔弱的气质，就女子而言是可爱的。自作聪明、不信人言的人，才让人不快。我自己生性柔弱，没有决断，所以喜欢柔弱的人。这种人虽然容易受到男子欺骗，但是本性谦恭，善于体贴丈夫，所以讨人喜欢。如果能正确地加以教养，正是最可爱的性格。”右近说：“公子喜欢这种性格，小姐正是最适合的人物，可惜短命而死。”说罢又掩面而泣。

① 此处是另一个乳母，不是西京的乳母。

天色晦冥，寒风袭人，源氏公子满腹愁思，仰望天色，独自吟道：

“闲云倘是尸灰化，
遥望暮天亦可亲。”

右近不能作答，只想：“这时小姐若能随伴公子身旁……”想到这里，不由哀思满胸。源氏公子现在想起五条地方那刺耳的砧声，也觉得异常可爱，信口吟诵“八月九月正长夜，千声万声无了时”的诗句[①]，便睡下了。

却说伊豫介家的那个小君，有时也去拜谒源氏公子，但公子不再像从前那样托他带书信回去，因此空蝉想公子大概怨她无情，与她决绝了，不免有些怅惘；这时听说公子患病，自然也有些忧虑。又因不久即将随丈夫离开京城赴任地伊豫国，心中更觉寂寞。她想试探公子是否已经将她遗忘，便写了一封信去，信中说：“听闻玉体违和，心窃记挂，但不敢出口。

我不通音君不问，
悠悠岁月使人悲。

古诗云：‘此身生意尽’，确实如此呀。”源氏公子接到来信，很是珍爱。他对这人还是眷恋不忘。便回信道：“叹‘此身生意尽’者，应是何人？

已知浮世如蝉蜕，
忽接来书命又存。

世事真是变幻无常！”他久病新愈，手指颤抖，只是随便挥写，但笔迹反而更加秀美可爱。空蝉看到公子至今不忘那“蝉蜕”[②]，觉得很对不起他，又觉得比喻得很有趣。她喜爱这种富有情味的通信，却不愿和他直接会面。她只希望能维持着冷淡矜持的风度，

① 白居易《闻衣砧》：“谁家思妇秋捣帛，月苦风凄砧杵悲。八月九月正长夜，千声万声无了时。应到天明头尽白，一声添得一茎丝。”

② 此处指公子取去的那件单衫。

却又不被公子看作不解情趣的蠢妇。

另一人轩端荻，已与藏人少将结婚。源氏公子听说这个消息，想道："真是不可思议，少将若看破情况，不知作何感想。"他推察少将之心，觉得有些对他不起，又很想知道轩端荻的近况，便叫小君送一封信去，信中说："思君忆君，几乎欲死。君知我此心否？"附诗句云：

"一度春风归泡影，
何由诉说别离情？"

他将此信缚在一枝很长的荻花上，口头上吩咐小君"偷偷地送去"，心中却想道："如果小君不小心被藏人少将看到了，只要他知道轩端荻的情人是我，就会赦免她的罪过。"这种骄矜之心，实在让人厌烦！小君趁少将不在家时把信送到，轩端荻看了，虽然恨他是个无情之人，但既蒙他想念，也可略表感谢，便以时间匆促为借口，草草地写了两句答诗，交给小君：

"荻上佳音多美意，
寸心半喜半般忧。"

书法拙劣，尽管故意用挥洒的笔法来文饰，但品格毕竟不高。源氏公子想起那天晚上下棋时灯光中的容貌来。他想："和她对弈的那个正襟危坐的人，实在让人留恋。至于这个人呢，也另有一种风度：豁达不拘，口没遮拦。"他想到这里，觉得这个人也还不让人厌烦。这时他忘记了所吃的苦头，又想惹起风流之事。

却说夕颜死后，七七四十九日的法事，在比叡山的法华堂秘密举行。排场非常体面：僧众的装束、布施、供养等等，都备办得十分周到。经卷、佛堂的装饰也都特别讲究，念佛、诵经都十分虔诚。惟光的哥哥阿阇梨是个道行高深的僧人，法事由他主持，无比庄严。源氏公子请他亲近的老师来写法事的祈愿文。他自己起草稿，但并不写出死者姓名，只说"今有可爱之人，因病身亡，伏愿阿弥陀佛，慈悲接引……"写得缠绵悱恻，情深意挚。他的老师看了说："如此甚好，不必再改动了。"源氏公子虽然竭力忍耐，也不禁悲从中来，流出泪水。他的老师睹此光景，颇为关切："这究竟是怎样的一个人？怎么并未听说有人亡故呢。公子如此悲伤，和此人的宿缘一定甚深！"源氏公子秘密备办了焚化给死者的服装，这时叫人将裙子拿来，亲手在裙带上打了一个结①，吟道：

"含泪亲将裙带结，
何时重解叙欢情？"

他想象死者的来世："这四十九日之内，亡魂漂泊在中阴②之中，此后不知投生于

① 当时风俗：男女别离时，相约再会之前各不爱上别人，女的在内裙带、男的在兜裆布带上打一个结，表示立誓。

② 中阴，是佛家用语。人死后七七四十九天之内，投生何处，尚未决定，叫作中阴，又称中有。

六道[1]中哪一世界？”他严肃地诵念经文。此后源氏公子每次会见头中将时，不免胸中动荡。他想告诉他那抚子[2]安全地生长着，又怕被他谴责，始终不曾出口。

却说夕颜在五条住过的地方，众人不知道女主人到哪里去了，都很担心，但又无处寻找。右近也全无音信，更是奇怪之极，大家悲叹起来。她们虽然不敢确定，但按模样推想这男子定是源氏公子，便去问惟光。但惟光故作不知，一味搪塞，并照旧和这家女侍通情。众人更觉此事迷离如梦，她们猜想：或许是某位国守的儿子，怕被头中将追究，就突然将她带往任地去了吧。这屋子的主人，是西京那个乳母的女儿，这乳母有三个女儿，右近则是另一个已死的乳母的女儿。因此这三个女儿猜想右近因是外人，和她们有些隔阂，所以不来告知女主人的情况。大家便哭泣起来，非常想念女主人。右近呢，担心告知了她们，会引起骚乱，又因源氏公子现在对此事更加隐讳，所以连那孤儿也不敢去找，一直将这事隐瞒下去，自己躲在宫中度日。源氏公子常想在梦中与夕颜相见。到了四十九日法事圆满的前夜，他果然做了一个梦，恍惚梦见那夜坐在夕颜枕边的美女，全和那天一模一样。他醒来后想：“这大约是在那荒凉屋子里的妖魔，想迷住我，就将那人害死了。”他回想当时情形，不觉有些心惊胆战。

却说伊豫介于十月初离京远赴任地。这次是带家眷去的，所以源氏公子的饯别特别隆重。他暗中为空蝉置办特别的赠品：精致可爱的梳子和不计其数的扇子，连烧给守路神的纸币也特别定制。又把那件单衫还给了她，并附有诗句：

“痴心藏此重逢证，
　岂料啼多袖已朽。”

又写信一封，再述衷曲。为避免叨絮，此处略去不谈。源氏公子的使者已经归去，空蝉特派小君又传送了一次答诗：

“蝉翼单衫今见弃，
　寒冬重抚哭声哀。”

源氏公子读后想：“我虽然很想念她，但这个人心肠如此强硬，竟远非他人可比，如今终于要远离了。”今日适逢立冬，老天似要向人明示，降了一番缠绵的雨，景象清幽寂静。源氏公子镇日沉思，独自吟道：

“秋尽冬初人寂寂，
　生离死别雨茫茫！”

他这时才似乎深深地体悟到：“这种不可告人的恋爱，毕竟让人痛苦！”

这种琐碎之事，源氏公子本人曾努力隐讳，故作者也想略去不谈。只怕读者以为“此乃帝王之子，故目击其事的作者，亦一味隐恶扬善”，便将此文视为虚构，因此不得不如实记载。若有刻薄之罪，亦在所难免了。

---

① 六道，是佛家用语，即天道、人道、阿修罗道、畜生道、饿鬼道、地狱道。

② 抚子，指夕颜与头中将所生的女孩（名玉鬘），事见第二回。

第五回　紫儿[1]

源氏公子患上疟疾，千方百计找人念咒，画符，祈祷，总不见效，还是经常发作。有人劝道："北山寺中有一个高明的僧人。去年夏天疟疾流行，别人念咒都无效果，唯有此人最灵，医好的人不计其数。若任此病缠绵下去，难以治疗，还是早日去试一试罢。"源氏公子听了，便派使者到北山去请这僧人。那僧人说："年老体衰，步履艰难，不能走出室外。"使者复命，源氏公子说："那么，没有办法，只好让我自己前去吧。"便带了四五个随从，在天色未明时向北山出发了。

这寺院位于北山深处。时值三月下旬，京中花事已经阑珊，但山中樱花仍在盛开。入山渐深，只见春云叆叇，十分可爱。源氏公子生长深宫，难得看到这种景色，又因身份高贵，不便步行远出，所以更加觉得稀罕。这寺院所在之地，景色十分优胜：背后高峰耸立，四周怪石环峙，那老和尚就住在这里。源氏公子走入寺内，并不说出姓名，其装束也非常简朴，但他的高贵风采瞒不了人，那老和尚一见，就惊讶地说："这一定是昨天传唤我的那位公子，有劳大驾，真不敢当！贫僧今已远离尘世，符咒祈祷一类事务，早已遗忘，怎么敢劳您屈尊远临？"说着，笑容满面地看着源氏公子，这真是一位道行极高的圣僧。他便画了一道符，请公子饮下，又为他诵经祈祷。这时太阳已经升起，源氏公子走出寺外，遥望四周景色。这寺院的地势很高，俯瞰别处僧寺，历历在目。附近一条曲折的坡道下面，有一座小屋，也同这里一样围着茅垣，但十分清洁，内有齐整的房屋和回廊，庭中树木也颇富风趣。源氏公子便问："那是谁住的屋子？"随从答道："公子认识的那位僧都，就住在这里，已经住了两年了。"公子说："原来是高僧居住之处，我这装束太不成模样，或许他已经知道我到此了。"只见屋子里走出几个清秀的童男童女来，有的汲净水[②]，有的采花，可看得清清楚楚。随从相互闲谈："那里还有女人呢，僧都不会养着女人吧。这些到底是什么人？"有的走下去查探，回来说："屋子里面有漂亮的年轻女人和女童。"

源氏公子转身回寺，诵了一会儿经，其时已近正午，担心今天疟疾是否会发作。随从说："公子不如到外边去散散心，不要总惦记着那病。"他就走出门，登上后山，向京城方向眺望。只见云霞弥漫，一望无际，树木葱茏，如烟如云。他说："这真像一幅图画呢。住在这里的人，定然是心旷神怡，除却忧虑的了。"随从中有人答道："这风景还不算最好呢。公子倘到远方去，看看那些高山大海，一定更加高兴，那才真像美丽的图画。就东部而言，比如富士山，某某岳……"也有人将西部的某浦、某矶的风景描绘给公子听。他们谈东论西，只想让公子忘了疟疾一事。

其中有一个随从，名叫良清，他告诉公子："京城附近播磨国地方有个明石浦，风景极美。那地方并无深幽之趣，只是眺望海面，气象独特，与别处全不相同，那真是海阔天空啊！这地方的前国守现在已入佛门，他家有个女儿，非常珍爱。那宅第宏壮之极！这个人原是大臣的后裔，出身高贵，本应发迹，但是脾气太过古怪，不肯合群，把好好的一个近卫中将之职辞去，要到这里来当国守。哪知播磨国的人不喜欢他，还有点看不起他。他便叹道：'叫我有何面目再回京城！'就此削发为僧了。既然遁入空门，他就应迁居到山上才

---

① 本回写源氏十八岁暮春至初冬之事。

② 净水，供在佛前的清水。

是，他却偏要住在海岸边，真个有些儿乖僻。其实在播磨，宜于静修的深山多得很。大概他考虑到深山中人迹稀少，景象萧条，年轻妻女在那里害怕；又因为他有那所称心如意的宅院，所以不肯进山吧。前些时候我回乡省亲，曾经去察看他家的光景。他在京城虽不如意，在当地却有大片土地，又建造了一座那么壮丽的宅院。虽说郡人看不起他，但这些家产毕竟都是靠国守的职位而置办起来的。所以他的晚年倒也可以富足安乐地度过，不必操心了。他为后世修福，也颇热心。这个人当了法师反而是对了。"

源氏公子问道："那么他那个女儿如何？"良清说："容貌和品质都不坏，每一任国守都特别在意她，郑重地向她父亲求婚。这父亲概不允诺，他经常提起他的遗言，说：'我一事无成，只好从此沉沦了。只此一个女儿，但愿她以后发迹。万一此志不遂，我先身死了，而她盼不到发迹的机缘，那还不如投身入海呢。'"源氏公子听了很觉有趣。随从笑道："这个女儿真是个宝贝儿，她父亲要她当海龙王的王后，未免也志气太高了！"报告这件事的良清，是现任播磨守的儿子，今年已由六位藏人晋为五位了。他的朋友议论道："良清是个好色之徒，大概他想破坏那和尚的遗言，把这女儿娶走，所以常去查探那家的情况。"有一人说："哼，说得这么好，恐怕不过是个乡下姑娘吧！从小生长在这种小地方，又由这么古板的父母教养长大，可想而知了！"良清说："哪里！她母亲是个有来历的人，交游极广，从京城富贵之家雇来许多容貌姣美的青年女侍和女童，教女儿学习各种礼仪，排场十分阔绰呢。"也有人说："不过，如果双亲死去，变成孤儿，怕不能再这样享福了吧。"源氏公子说："究竟有什么打算，竟想到海底去呢？海底长着水藻，风景可不算好看呢。"看来他对这件事很感兴趣。随从便体察到公子的心意，他们想："虽然只是个乡下姑娘，但我们这位公子偏好这类事情，所以都听进耳朵里了。"

回进寺里，随从禀告："天色不早了，看来疟疾已经痊愈，还是早早返京罢。"但那僧人劝道："恐怕有妖魔正缠附贵体，今晚最好在此诵经祈祷一番，明天再返回，怎样？"随从都说："这倒也是。"源氏公子自己也觉得这种旅宿是难得的经验，颇感兴味，便说："那么明早再动身吧。"

春天白日很长，源氏公子闲来无事，便乘暮色沉沉之时，走到坡下那所屋宇的茅垣旁边。他叫其他随从都回寺里去，只带着惟光一人。向屋内窥看一下，正好看见向西的房间里供着佛像，一个修行的尼姑卷起帘子，正在佛前供花。后来她靠着室内的柱子坐下，把佛经放在矮几上，辛苦地念起经来。看她的模样，实在不是一个平凡的人。她的年纪约有四十左右，肤色白皙，仪态高贵，身体虽瘦，但面庞饱满，眉清目秀。头发虽已剪短①，反比长发美丽得多，源氏公子看了觉得很愉快。尼姑身旁有两个容貌清秀的中年女侍，又有几个女孩走进走出，正在玩耍。其中有一个女孩②，大约十岁光景，白色衬衣上罩着一件棣棠色外衣，正向这边跑来。这女孩的模样，和以前看到的许多孩子完全不同，极其可爱，设想长大以后，定是一个绝色美人。她扇形的头发披在肩上，随着脚步来回摆动。

① 当时尼姑并不剃光头，只把头发剪短。

② 此女孩即紫儿，后称紫姬。

她由于哭泣，脸都揉红了。她走到尼姑面前，尼姑抬起头来，问道："你怎么了？和别的孩子吵架了吗？"两人的相貌略有相似之处。源氏公子想："难道是这尼姑的女儿？"只见这女孩诉说道："犬君[①]把小麻雀放走了，我本来好好地关在熏笼里的。"说时显出很可惜的模样。旁边一个女侍道："这个粗手粗脚的丫头，又是她闯祸，真该骂她一顿。真可惜呢！那只小麻雀不知飞到哪里去了，近来越养越可爱。可不要被乌鸦看见才好。"说着便走出去。她的头发又黑又长，体态十分轻盈。人们称她"少纳言乳母"，大概是这女孩的保姆。尼姑说："唉！不懂事的孩子！只管说这些无聊的话！我这条性命有今天就没有明天，你全然不顾，只知道玩麻雀。玩弄生物是有罪的，我不是经常对你说的吗？"接着又对她说："过来这里！"那女孩便在尼姑身边坐下。女孩的容貌非常可爱，眉梢流露出清秀之气，额如敷粉，披在脑后的短发秀美动人。源氏公子想道："这个人长大以后，将是多么娇艳啊！"便目不转睛地望着她。继而又想："原来这孩子的容貌，非常肖似我所爱慕的那人[②]，所以如此才让我动心。"想到这里，不禁流下泪来。

那尼姑伸手摸摸女孩的头发，说："梳也懒得梳，却长了一头好头发！只是你还是这样孩子气，真叫我担心。像你这样的年纪，应该懂事了。你那死了的妈妈十二岁上失去父亲，那时她可什么都懂得了。像你这样，我死之后你怎样过日子呢？"说罢，伤心地哭泣起来。源氏公子在一旁看着，也觉得有些伤心。女孩虽然年幼无知，这时也抬起头来，悲哀地注视尼姑。后来她垂下眼睛，低头默默坐着。额上的头发光彩艳丽，极其可爱。尼姑吟诗道：

"剧怜细草生难保，
　薤露将消未忍消。"[③]

站在一旁的女侍听了深受感动，挥泪答诗：

"嫩草青青犹未长，
　珍珠薤露岂能消？"

这时僧都从别处走来，对尼姑说："你在这屋里，外边都看得见。今天你为什么偏偏要坐在这里呢？我告诉你：山上老和尚那里，源氏中将来祈病，我此刻才知道。他此行非常隐秘，我之前全不知道。我住在这里，却不曾过去向他请安。"尼姑说："哎呀，怎么好呢！我们这里的简陋模样，怕已被他的随从看见了！"便把帘子放下。只听僧都说："这位天下闻名的光源氏，你想去拜见一下吗？他的风采真美丽啊！像我这样看破了红尘的和尚，见了之后也觉得忘掉忧愁，却病延年呢。且让我送个信去吧。"便听见他的脚步渐渐远去。源氏公子担心被他看见，急忙回寺。他心中想："今天竟看到这样可爱的人儿。世间还有这等奇遇，怪不得那些好色之徒要东钻西钻，四处去找寻意想不到的美人。像我这样难得出门的人，也会碰到这种意外之事。"他对这件事颇感兴趣。

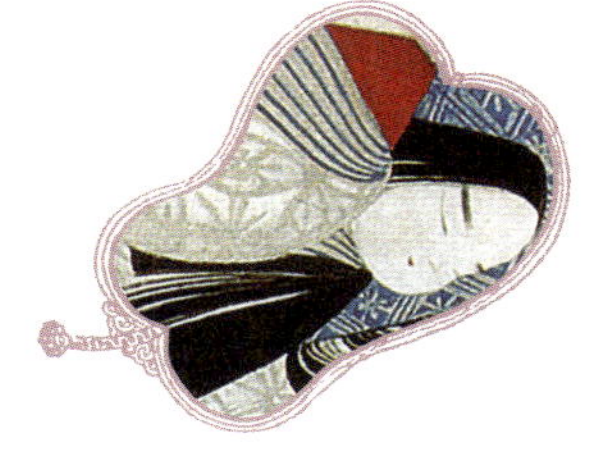

① 犬君，是一个小丫鬟的名字。
② 指藤壶妃子。
③ 细草比喻紫姬，薤露比喻尼姑自己。薤露即草上之露。

初见 歌川丰国 源氏香之图·若紫 江户时代（约1844—1847年）

图为在暮色昏沉的春日傍晚时分，源氏公子窥见山寺坡下的屋宇里一位长发披肩的女孩，正为所养的麻雀飞走而哭泣。她的容颜非常肖似他所爱慕的藤壶妃子，让他不禁潸然泪下。

接着又想："那个女孩容貌实在俊美，不知道是什么样的人。我很想把她带在身边，代替那个人[①]，日日夜夜看着她，以此求得安慰。"这个想法非常迫切。

源氏公子刚躺下休息，僧都的徒弟走来把惟光叫了出去，向他传达僧都的口信。因地方狭小，不等惟光转达，源氏公子已经听到。只听那徒弟说："源氏公子大驾到此，贫僧此刻方才听说，本应前来请安。但念贫僧在此修行，公子早已知晓，今日公子微行，深恐不便相扰，因此不敢前来。今夜住宿之事，应由敝处供奉，乞恕简慢。"源氏公子命惟光答复道："我于数日前忽患疟疾，不时发作，不堪其苦，经人指示，匆匆到此求治。因念这是德隆望重的高僧，不比普通僧众，一旦治病不验，消息外传，实在对他不起，有此顾虑，所以才秘密前来，我即刻就将到尊处访问。"徒弟去后，僧都马上来了。这僧都虽然是个和尚，但人品甚高，世人皆所敬仰。源氏公子行色简陋，被他看见反觉得不好意思。僧都便向公子叙述了入山修行种种情况。随后说道："敝处也是一所草庵，与这里无异；只是略有水池，或可聊供清赏。"他恳切地邀请。源氏公子想起这僧都曾经对那尼姑夸奖自己容貌之美，觉得不好意思。但他很想了解那可爱的女孩的情况，便决心前去投宿。

正如僧都所言：这里草木与山上并没什么不同，但布置得很巧妙，另有一般趣味。这夜没有月亮，庭中各处池塘上点起篝火，吊灯也点亮了。朝南的室中，陈设十分雅致。不知从哪里飘来的香气[②]沁人心脾，佛前的名香也四处弥漫，源氏公子的衣香则另有一种风趣。内室中的妇女因此都很兴奋。僧都与公子谈论人世无常之理，以及来世的果报。源氏公子想起自己的种种罪过，不觉深为恐惧。他只觉得心中充满了卑鄙无聊之事，此生将永远为此忧愁恨苦。又何况来世，更不知将受到怎样残酷的果报！想到这里，他也恨不得随这僧都入山修行了。但傍晚所见那女孩的容貌，念念不忘。便问道："住在这里的是什么人？我曾经做过一个奇怪的梦，梦中向你探问这件事，想不到今天应验了。"

僧都笑道："这个梦做得倒很蹊跷！既然公子下问，不妨如实奉答，但只怕公子听了扫兴。那位按察大纳言已经故世多年了，公子怕不认识他吧，他的夫人是我妹妹。大纳言故世之后，她便出家为尼。近来她身患重病，因我不在京城而闲居在此，她便来投靠，也在这里修行。"公子又试探着问："听说这位按察大纳言有个女儿，她现在……啊，我并非出于好奇，倒是正经地请问呢。"僧都答道："他唯有一个女儿，死了也有十来年了吧。大纳言想让这女儿入宫，所以悉心教养，无微不至。可惜事与愿违，大纳言去世后，这女儿便由做尼姑的母亲独自抚养长大。其间不知何人拉拢，这女儿竟和那位兵部卿亲王[③]私通了。但兵部卿的正夫人出身高贵，且嫉妒成性，屡次谴责，百般恐吓，使这女儿不得安宁，郁郁不乐，终于病死了。'忧能伤人'这句话，倒真是不错呢。"

源氏公子又猜："那么，那女孩是这女儿所生的了。"又想："如此看来，这女孩是兵

① 此处指藤壶妃子。

② 中古时代贵族人家有客时，于别的房间之内焚香，或将香炉藏在他处，使来客只闻香气，不见香源。

③ 这位兵部卿亲王是藤壶妃子的兄长。兵部卿和藤壶妃子同是后妃所生，故称为亲王。

部卿亲王的血统，是我那意中人的侄女，所以面貌如此相像。”他觉得更加可亲了。接着又想：“这女孩出身这样高贵，品貌又如此端丽，毫无妒忌之心，与人容易投合，我大可教养她成人。”他想确定这女孩的来历，又追问道：“太不幸了！这位小姐有没有生育呢？”僧都答道：“病死之前生了一个女孩，现在由外婆抚养。但这老尼姑身体多病，照料这外孙女又很辛劳，经常叹苦呢。”源氏公子想：果然如我所料！便进一步说：“我有一个不情之请：可否烦您向老师姑商议，把这女孩交付给我抚养？我虽有妻室，但因我与这妻子不能融洽，经常独居一室。只怕你也要将我看作寻常之人，年龄又太不相称，会觉得这件事不甚妥当吧？”

僧都答道：“公子此言令人感激！但这孩子年纪太小，并不懂事，恐怕让她做公子的游戏伴侣也还不配呢。世上女子须受人爱抚方能成人，但贫僧乃方外之人，这种事情不能详谈，且待我与其外祖母商议之后，再行回复。”这僧都态度古板，源氏公子听了这话觉得很难为情，便不再说下去。僧都说道：“这里安设了佛堂，须做功德。我今天初夜诵经尚未结束。待结束之后，再当前来奉陪。”说罢，便到佛堂去了。

源氏公子正在烦恼，忽然降下小雨，山风吹来，寒气袭人，瀑布的声音也随之响了起来，其中夹着时断时续的诵经声，听上去含糊而凄凉。纵使是冥顽不灵之人，处此境地亦不免伤感，何况多情的源氏公子。他左思右想，愁绪满怀，不能入睡。僧都虽说初夜诵经，其实夜已很深。内屋里的妇女也尚未就寝，她们虽然行动小心，但是念珠碰触矮几的声音①隐约可闻，听到衣衫窸窣之声，更觉得优雅可亲。房间相隔不远，源氏公子就悄悄地走到房门前，稍稍推开围在外面的屏风，拍响扇子作为招呼。里面的人意想不到，但也不便装作没有听见，便有一个女侍膝行②而来。刚到门口，又退后两步，惊诧地说：“咦！怪了，不是我听错了吧。”源氏公子说：“有佛菩萨引导，纵使暗中也不会走错。”

这声音如此温柔优雅！那女侍觉得相形见绌，不敢再回话了。可是终于答道：“请问公子想见何人，还请指示。”源氏公子说：“今日之事，过分唐突，也难怪你如此惊诧。须知：

自窥细草芳姿后，
游子青衫泪不干。

可否通报一声？”女侍答道：“公子明知这里并无可接受此诗之人，叫我向谁通报呢？”公子说：“我呈此诗，自有其理，还请谅解！”女侍不得已，为他通报了。老尼姑想：“这源氏公子真是个风流种子。难道他以为我家这孩子已经知情懂事了吗？但是那‘细草’之句他怎么会知道呢？”她怀着种种疑虑，心情纷乱。但不答诗总是失礼的，便吟道：

“游人一夜青衫湿，
怎比山人衲裰寒？

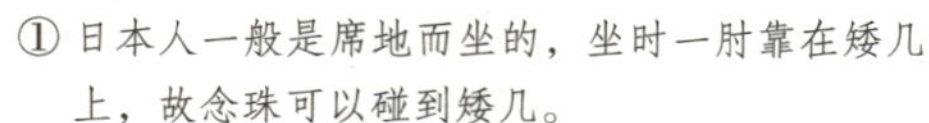

① 日本人一般是席地而坐的，坐时一肘靠在矮几上，故念珠可以碰到矮几。

② 日本女人坐时双膝下跪，坐在脚跟上。所以膝行很方便，与中国人的膝行意义完全不同。

我的眼泪永远不会干呢。”

女侍便将答诗转达给源氏公子。公子说：“如此辗转传言通问，我颇感不惯。不如乘此良机，拜见一面，郑重申诉，不胜惶恐待命之至。”女侍回报，老尼姑说：“公子想必误解了，我自觉很难为情，面对这位高贵人物，叫我如何回答呢？”众女侍说：“若不会面，恐要见怪。”老尼姑说：“不错。我若是年轻人，或有不便之处，老身又何必回避？既然来意如此郑重，倒有些不敢当。”便走到公子身旁。源氏公子说道：“唐突拜访，实在过于轻率！但我全无恶意。我佛慈悲，定蒙鉴察。”他见这老尼姑气度高雅，心中不免有些畏缩，要说的话，急切间竟不能出口。老尼姑答道：“大驾光临，真是意外之极。又蒙如此不吝赐教，岂非福缘深厚！”源氏公子说：“听闻尊处有一位无母之女，我愿代其母悉心教养，不知能否惠许？小生幼年之时，即失母亲，孤苦度日，直至今日。我俩同病相怜，定会视之为天生良伴。今日得仰尊颜，此实属难得的良机。因此不揣冒昧，还望成全。”老尼姑答道：“公子所请，老身不胜感激。但恐传闻失实，让人遗憾。这里虽有一无母之女，全赖老身艰辛度日。但此女年齿尚幼，全不解事，纵使公子气度宽宏，亦决难容忍。为此不敢奉命。”源氏公子说：“此事小生早已知悉，师姑不必担心。我爱慕小姐，用心非常人可比，务求允诺。”老尼姑以为公子不知两人年龄太不相称，故出此言。因此并不诚心答复。这时僧都即将回来，源氏公子说：“也罢，小生已将心事说明，心里就踏实了。”便又拉回屏风，返身回到室内。其时已近破晓，佛堂里朗诵“法华忏法”[①]的声音，和山风的呼啸之声相互呼应，更觉庄严。其中又混着流水之声。源氏公子一见僧都，便赋诗道：

“浩荡山风吹梦醒，
　静听瀑布泪双流。”

僧都答诗道：

“君闻风水频垂泪，
　我老山林不动心。

大概听惯了的缘故吧？”天色微明，朝霞艳丽，山鸟乱鸣。那不知名的草木花卉，五彩斑斓，有如铺锦。麋鹿出游，或行或立。源氏公子见了这般景色，全然忘却了心中烦恼。那老僧年迈力衰，行动困难，但也勉为其难，走到山下来替公子祈祷。他口诵陀罗尼[②]经文，嘶哑的声音从零落的齿隙中发出，只觉异常微妙而庄严。

此时京中派人来接，祝贺公子痊愈。宫中的使者也赶到了。僧都备办了俗世中罕见的果品，又罗致种种珍品，为公子饯行。他说：“贫僧曾立下誓愿，今年不出此山，故此不能远送。这次匆匆拜见，反而徒增离思。”便向公子敬酒。公子答道：“这里山水秀美，使我眷恋不舍。只因父皇挂念，心中惶恐，不得不早日归去。山樱未谢之时，我当再前来拜访。

①《法华经》是佛经之一。演诵《法华经》的仪式作法，叫作“法华忏法”。

②陀罗尼，佛语，意思是总持，即具足众德。

归告宫人山景好，
樱花未落约重游。”

这时公子仪态优雅，声音也异常清朗，使观者目眩神往。僧都答诗道：

“专心盼待优昙华[①]，
山野樱花不足观。”

源氏公子笑道：“这花是难得开的，大概不容易盼待吧。”老僧接受了源氏公子赏赐的杯子，仰望着公子吟道：

“松下岩扉今始启，
平生初度识英姿。”

这老僧赠给公子一件金刚杵[②]，作为护身之用。僧都则奉赠公子一串金刚子数珠[③]，是圣德太子[④]从百济国取得的，装在一只百济来的中国盒子里，盒外套着镂空花纹袋子，结着五叶松枝。又赠给种种药品，装在绀色的琉璃瓶中，结着藤花枝和樱花枝，都是些与僧都身份相称的礼物。

源氏公子派人到京中取来各种物品，自老僧以至诵经法师，各有赏赐。连当地一切仆夫都收到公子的布施。正在准备回驾时，僧都走入内室，将源氏公子昨夜委托之事详细告知老尼姑。老尼姑说：“无论如何，眼下不宜草草答复。就算公子真有此意，也要过四五年再作道理。”僧都如实转告，公子郁郁不乐，便派僧都身边的侍童送诗给老尼姑：

“昨宵隐约窥花貌，
今日游云不忍归。”

老尼姑答诗云：

“怜花是否真心语？
且看游云幻变无。”

趣致高雅，却故作随意之笔。

源氏公子正欲启程，左大臣家众人簇拥着诸公子也前来迎接。众人说：“公子没有说到什么地方去了，原来竟在此处！”公子特别亲近的头中将及左中弁，以及其他诸公子，先后来到。他们恨恨地对源氏公子说道：“这样好去处，你也不约我们同来取乐，真太无情了！”源氏公子道：“这里花荫景色甚美，不如稍稍休憩再归去。”便在岩石荫

① 优昙华，是佛经中一种想象出来的花，每隔三千年，佛出世时，开花一次。此处用以比喻源氏。

② 金刚杵，是密教的佛具之一，用金属制成，状似匕首，两端尖锐。

③ 金刚子是印度产的一种乔木，果实的核可制成数珠。

④ 圣德太子（574—622）是推古天皇的太子，曾努力输入外国文化，提倡佛教。

恋母情结与替代

恋母情结

桐壶更衣：源氏还小时就因后宫争宠忧惧而亡

藤壶妃子：因容貌肖似桐壶更衣，而被纳入后宫

生母去世后，源氏就常与肖似母亲的藤壶妃子相处，她有母亲的容貌，却没有可顾忌的血缘，加上长久的相处，引发了源氏对藤壶妃子的“恋母情结”。

替代

藤壶妃子　紫儿

血统上，紫儿是藤壶妃子的侄女。血脉的接近，让源氏更觉可亲。

容貌上，紫儿的娇美，举止的端丽，无不肖似藤壶妃子。

藤壶妃子后母的身份，使得源氏与她除了短暂的聚合，无法长久地在一起。

收养紫儿，让她代替藤壶妃子，陪伴在身边。

下的青苔地上环坐着，举杯共饮。一旁山泉泻下，形成瀑布，饶有趣味。头中将取出短笛来，吹出一支澄澈的曲调。左中弁用扇子打拍子，唱出催马乐“闻道葛城寺，位在丰浦境……”之歌[①]。这两人都是卓尔不群的贵公子。而源氏公子病后清减，倚在岩石上，其风姿之秀美，举世无双，众人注视着他，几乎目不转睛。一个随从吹奏筚篥，又有一风流少年吹起笙来。僧都抱来一张七弦琴，对公子说：“务请操演一曲，如蒙弹奏佳音，山鸟定当惊飞。”他再三恳切地请求。源氏公子说：“心绪纷乱，怕是不能成声。”但也随众弹了一曲，然后偕众人一起上路。

公子去后，这里僧众及童孺伤离惜别，叹息流泪，更何况寺中老尼姑等人，她们从来不曾见过如此俊秀的男子，一起赞叹道：“这简直不像尘世间的人。”僧都也说：“唉，如此天仙般的人物，却生在这秽浊的末世，不知是如何宿缘！想起了反而令人伤心啊！”便举袖拭泪。那女孩心中，也恋慕源氏公子的美貌。她说：“这个人比爸爸还好看呢！”女侍们说：“那么，姑娘做了他的女儿吧！”她点点头，仿佛在想：“若得如此，我很高兴！”此后每逢玩弄娃娃或者画画，总是假定一个源氏公子，给他穿上美丽的衣服，真心地爱护他。

却说源氏公子回京，先入宫拜见父皇，将入山的缘由禀告。皇上见公子消瘦了许多，很是担心，便探问老僧怎样祈祷、治病，怎样奏效等情况。公子一一详细奏明。皇上说：“如此看来，此人可当阿阇梨了。他的修行功夫如此之深，而朝廷竟全然不知。”对这老僧十分器重。这时左大臣入宫觐见，他见了源氏公子，对他说道：“本来我也想到山中接你，但听说公子是微行的，恐有不便，因此未能成行。公子应当静静地休息一两天。”接着又说：“现在我就送你回去吧。”源氏公子不想到葵姬那里去，但不好推却，只得随同前往。左大臣将自己的车子让给源氏公子乘坐，自己坐在车后。源氏公子体察左大臣的一片苦心，心中深感抱歉。

左大臣家知道源氏公子即将回来，早就提前准备。源氏公子久不到此，只见室内布置得犹如金屋，所有用品，无不齐备。但葵姬照例回避，并不马上出来迎接。左大臣百般劝诱，好容易才出来相见，但只是正襟危坐，身体一动不动。端正严肃，犹如画中的仙女。公子想道：“我想畅谈胸中所想，或复述山中见闻，只想有人答应，共同谈论才好。但是这个人不肯开诚布公，一味冷淡。相处年月越久，彼此隔阂越深，真让人苦闷！”便开言道：“我希望你偶尔也能有家常夫妇亲密的一面，但至今也未能如愿。我近日患病，痛苦难忍。你对我不理不睬，原是一向如此，也不奇怪，但我心中仍是不免怨恨。”葵姬过了一会才答道：“你也知道不被理睬是痛苦的吗？”说着，注视着他，眼色中竟含有无限娇羞，面容中显出高贵之美。公子说：“你难得说话，一开口就让人吃惊。‘不被理睬是痛苦的’，是情妇才会说的话，我们这样的正式夫妻是不该说的。你一向对我冷淡，我总盼你回心转意，也用尽了种种方法，但是你越来越嫌恶我了。也罢，只要我不死，你且耐心等候吧。”说罢，便走进卧室去了，葵姬并不马上进去。公子已

① 催马乐《葛城》全文：“闻道葛城寺，位在丰浦境。寺前西角上，有个榎叶井。白玉沉井中，水底深深隐。此玉倘出世，国荣家富盛。”见《续日本纪》。

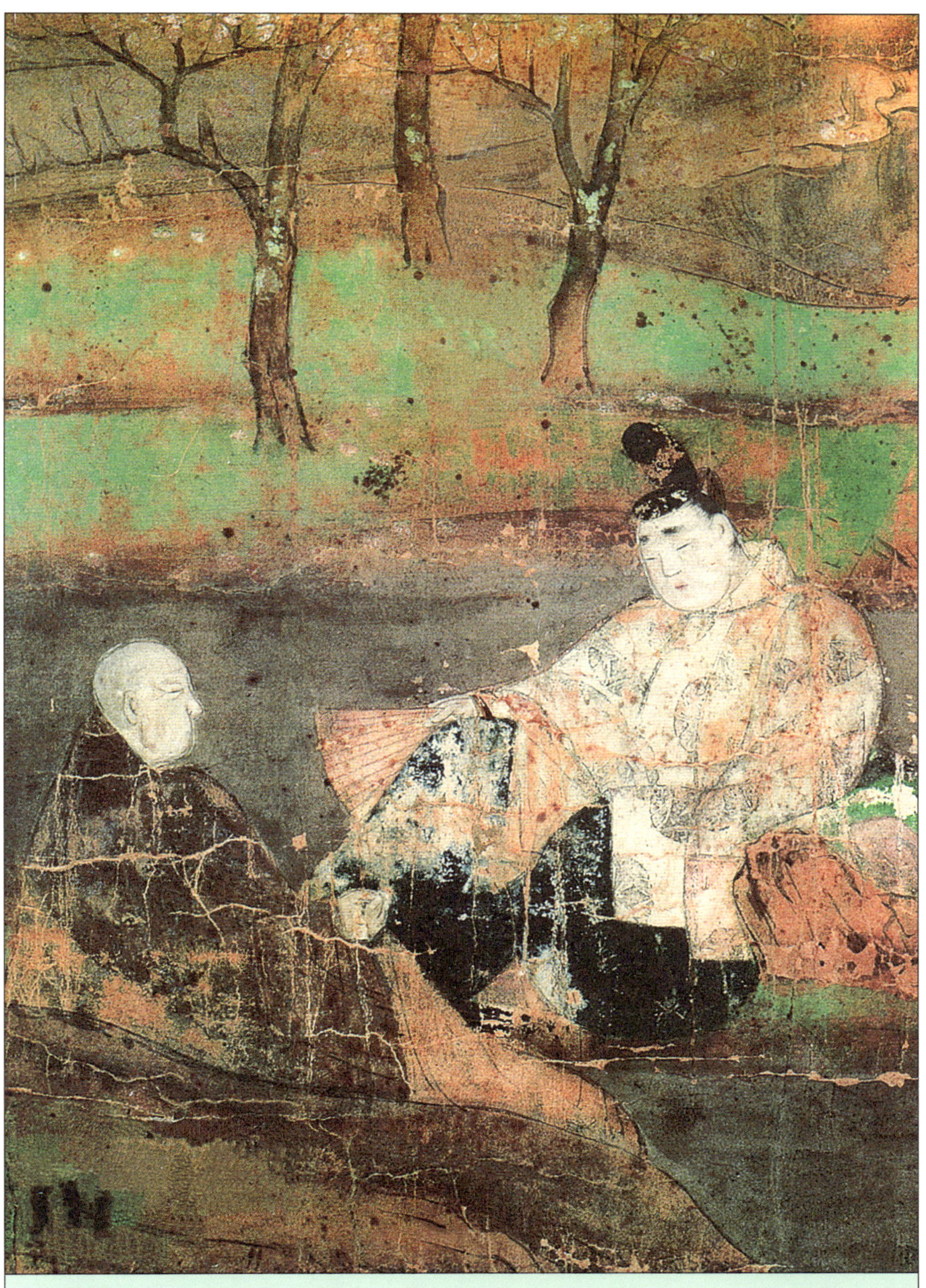

拜别僧都　佚名　源氏若紫北山图　室町时代（约14—16世纪）

俊美优雅的源氏向僧都拜别，他的风姿令僧都折服，寺中尼姑及紫儿等也都留恋不已。但僧都向老尼姑转达源氏欲收养紫儿的愿望时，还是被拒绝了。图为源氏与僧都依依惜别的场景。

经不想再谈，叹了数声，便解衣就寝。心中不快，不愿再与葵姬交谈，便装作想睡的模样，却在心中寻思其他事情。

他想：“那个小草似的女孩，长大起来一定异常可爱。但老尼姑觉得年龄不相称，也有她的道理。现在向她求爱，倒真是一件难事。我总得想个办法，将她迎接到这里来，才可日日夜夜安慰我心。她的父亲兵部卿亲王，品貌的确高尚优美，但并不艳丽。为什么此人生得如此艳丽，令人一望而知是藤壶妃子的同族呢？想是同一母后血统的缘故吧？”更觉眷恋不舍，便反复地思量考虑办法。

第二天，源氏公子写信给北山的老尼姑。另有一信转交僧都，也约略谈及这件事。给老尼姑的信中说道：“前日的请求，未蒙惠允。因心下惶恐，不敢详诉衷情，实属遗憾。今日专函问候。我此番心意实非常人可比。还请俯察下怀，则乃三生幸甚。”另附一张打结的小纸条，上面写道：

“山樱倩影萦魂梦，
无限深情属此花。

深恐夜风将花吹散呢。”笔迹之秀美，更不必说。就说那小巧的包封，在老年人看来也觉得令人目眩。老尼姑收到了这样一封信，大为狼狈，不知怎样答复才好。勉强写了回信：“前日偶尔谈及之事，我等皆以为是一时戏言。蒙您再次赐书，让人无可答复。外孙女年龄幼稚，连《难波津之歌》[①]也还写不端正，实难奉命。况且：

山风多厉樱易散，
片刻留情不足凭。

这真让人担心。”僧都的回信，意思与老尼姑大略相同。源氏公子大感不快。

过了两三天，公子传唤惟光，吩咐道：“那边有一个人，叫作少纳言乳母的，你去找她，同她好好谈谈。”惟光心想：“我这主子在女人身上的用心，真是无孔不入！连这样的黄毛丫头也不放过。”他想起那天傍晚隐约看到的女孩的模样，心里暗自好笑。便带了公子的信去拜见僧都。僧都蒙公子特意赐书，很是感激。惟光便要求和少纳言乳母会面。见面之时，他把公子的打算，以及自己所看到的情况，详详细细地告诉了这乳母。惟光原是个善辩之人，把这一番话说得头头是道。但是老尼姑那儿的人都觉得：姑娘还是个毫不懂事的小孩，源氏公子为什么对她如此用心呢？大家觉得太奇怪了。可源氏公子的信写得非常诚恳，其中说：“连她那稚拙的习字，我也想看看。”照例另附一张打结的小纸条，上面写道：

“相思情海深千尺，
却恨蓬山隔万重。”

老尼姑的答诗是：

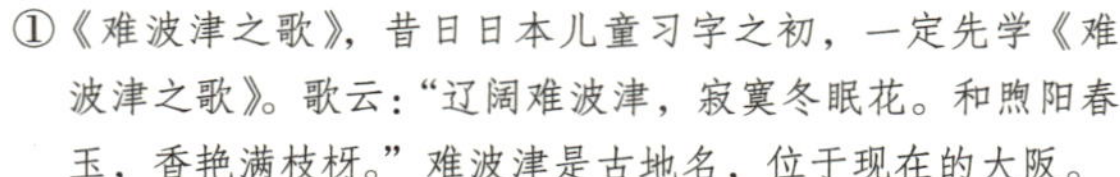

①《难波津之歌》，昔日日本儿童习字之初，一定先学《难波津之歌》。歌云：“辽阔难波津，寂寞冬眠花。和煦阳春至，香艳满枝桠。”难波津是古地名，位于现在的大阪。

“明知他日终须悔，
不惜今朝再三辞。”

惟光带了回信，如实回复源氏公子：“不如等老尼姑病愈，迁回京都之后，再做打算。”源氏公子心中惆怅不已。

却说那藤壶妃子身患微恙，暂时出宫回三条娘家休养。源氏公子见父皇为此忧愁叹息，心中不安。但又想乘此良机，与藤壶妃子相会。他因此神思恍惚，各处都无心去访。无论在宫中或在二条院私邸，总是昼间闷闷不乐，夜间则再三催促王女官[①]，要她代为想法。王女官用尽千方百计，竟不顾一切地把两人拉拢成事。这次幽会真同做梦一样，心情好生凄楚！

藤壶妃子回想那桩伤心之事，觉得抱恨终身，早已决心不再犯错，岂料如今又有此厄难，回想起来，真是好不愁闷！但此人生性温柔腼腆。虽然伤心，但高贵之相终非常人可比。源氏公子想：“这人身上为什么就毫无缺陷呢？”他觉得这一点反而让人难以忍受了。两人纵然相逢，仓促之间岂能畅谈？唯愿永远同宿于这夜晚之中。但春宵苦短，转眼已

执着的收养愿望

上村松园　雪月花（局部）　明治时代（1937年）

对于樱花般娇美的紫儿，源氏一直没有放弃收养的念头，频繁地向抚养紫儿的老尼姑表达收养之念。然而老尼姑担忧他只是一时的心思，不能长久，故而一再拒绝。图中仰头观看樱花的女孩，有如紫儿般娇美天真。

①从后文看，王女官以前曾经拉拢源氏与藤壶妃子幽会过。

近黎明。依依惜别，真有“相见争如不见”之感。公子吟道：

“相逢即别梦难继，
 但愿融身入梦中。”

藤壶妃子看见他饮泣吞声的样子，深为感动，便答诗云：

“纵使梦长终不醒，
 声名狼藉令人忧。”

她那忧心悄悄之状，实在引人同情，让人怜惜。这时王女官已送来公子的衣服，再三催着他回去了。

源氏公子回到二条院私邸，又写了慰问信送去，王女官回来说妃子照例是不看的。此事虽属意料之中，但公子心中更添烦恼。他只是茫然地沉思苦想，连宫中也不去，在私邸幽闭了两三天。想起父皇或许又会担心，心中不免惶恐。藤壶妃子悲叹自己命苦，病势更加重了。皇上屡次催她早日回宫，但她全无回去的打算。她觉得这次的病与往常不同，私下寻思：难道是怀孕了？心中更觉苦闷，不知今后怎样是好，方寸缭乱了。

到了夏天，藤壶妃子已不能起床了。她怀孕已有三月，外表已可分明看出，众女侍也都谈起，但妃子对此意外之事，只觉得痛心难过。别人不知底细，都惊诧道：“有喜三个月了，为什么还不奏闻皇上？”这件事藤壶妃子自己心中清楚。此外唯有妃子乳母的女儿弁君，因经常服侍入浴，妃子的一切情况她都详细知道，还有牵线的王女官知道。她们都觉得这件事不比寻常，但也不敢互相议论。王女官一想起自己造成了这样的后果，觉得怕是不可避免的前世宿缘，人的命运真不可预知啊！只好向宫中奏闻，只说因有妖魔侵扰，未能马上看出怀孕征候，所以迟报，别人都信以为真。皇上知道妃子有孕，更加怜爱她了。问讯的使者络绎不绝，但藤壶妃子只是忧虑惶恐，镇日耽于沉思。

却说中将源氏公子做了一个古怪的梦，便召唤占梦人来，叫他解梦。哪知判语是公子意想不到的怪事[①]。那占梦人说：“这福缘中含有凶相，必须小心提防。”源氏公子觉得这事不妙，便对占梦人说：“这不是我做的梦，而是别人做的梦。在判语尚未应验之前，你决不可向别人宣扬！”他心中却想：“这到底是怎么一回事？”从此心绪不宁。及至听到藤壶妃子怀孕的消息，这才悟道：“原来那梦暗示的是这件事！”他觉得更加眷恋不舍，便千言万语地嘱托王女官，要和妃子再见一面。但王女官想起了以往的事，心中异常恐惧。而且今后行事更加困难，竟全无办法。以前源氏公子还可偶尔得到妃子片言只语的回音，此后竟完全音信断绝了。

到了七月里，藤壶妃子回宫。久别重逢，皇上见了她只觉异常可爱，对她恩宠有加。她的腹部稍稍膨大，且因怀孕呕吐而消瘦不少，但另成一种无法言说的娇艳之相。皇上照旧日日夜夜住在她的宫中。时值早秋，宫中的管弦丝竹之兴渐渐浓厚起来，便不时宣召源氏公子前来操琴。源氏公子虽努力隐忍，但不可遏制的热情仍不免时时显露出来。藤壶妃子体察他的心事，不免好生怜惜。

① 指源氏应做天子之父。

毫无瑕疵的优雅　上村松园　雪月花（局部）　明治时代（1937年）

在源氏眼中，藤壶妃子如同图中卷帘女子般姿态优雅，毫无瑕疵。他炙热的追求让身为继母的藤壶妃子也沉溺其间，两厢好合。迷失于这悖逆爱恋中的藤壶妃子，虽背负着恐为人知的担忧和悔恨，但高贵之相终非常人可比。

却说北山僧寺里的老尼姑，病情逐渐好转，回转京城。源氏公子查知她的住处，常常写信问候，但老尼姑的回信总是回绝，这也是再自然不过的。这几个月来，为了藤壶妃子之事，源氏公子满怀心事，更无暇他顾，所以平安无事地度过了。到了暮秋时节，源氏公子百无聊赖，经常忧愁叹息。一个月色清朗之夜，他难得心情好转，便出门去访问情妇。天空忽然降下一阵大雨，他要去的地方是六条京极，从宫中到那里，路程似乎很远。途中看见一所荒芜的宅院，其中古木参天，阴气袭人。一向不离身旁的惟光说道："这就是已故按察大纳言[①]的宅子。前些日子我曾经过此地，顺便进去访问，听那少纳言乳母说：那老尼姑身体虚弱，毫无生还希望了。"源氏公子说："真可怜啊！如此我该去慰问一下，你为什么不早些告诉我呢？现在就叫人去通报吧。"惟光便派了一个随从前去通报，并且吩咐他：一定说明公子是专程来访的。随从走进去，对应门的女侍说："源氏公子专程来拜访师姑。"女侍吃惊地答道："这怎么好呢！师姑近日病势沉重，不能见客呀！"但她又想：就这样打发他回去，未免失礼。便让出一间朝南的厢房来，请公子进来休憩。

女侍禀告公子："此间异常秽陋，公子大驾光临，太委屈了！仓促之间不及准备，只得就在此陋室安坐，乞恕简慢之罪！"源氏公子觉得这里的确异乎寻常。便答道："我时常想来问候，只因所请之事，师姑总是拒绝，故而不敢前来相扰。师姑玉体违和，我亦未能及时探访，实在抱歉。"老尼姑命女侍传言道："老身一向疾病缠身，如今大限将至，蒙公子亲临慰问，不能亲自迎候。之前公子所请，倘公子并不变心，且待她年龄稍长，定当令其服侍公子。老身舍下这个伶仃弱女，即便往生西方，亦不能瞑目而去呢。"老尼姑的病房离此处很近，源氏公子断断续续地听到她那凄凉的声音。只听见她继续说："真不敢当啊！要是这孩子到了适当的年龄就好了。"源氏公子听后，颇为感动，便说："若非一片真心，我岂肯在师姑面前作此轻狂之态？我也不知有何宿缘，只是偶尔一见，便倾心相慕。这真是不可思议，定是前生早已注定的。"接着又说："今日特地前来拜访，如果就此离去，未免扫兴。不知可否一闻小姐天真烂漫之娇音？"女侍答道："这事实难奉命，姑娘无知无识，眼下正在酣睡呢。"

这时只听邻室传来说话的声音："外婆，前些日子到寺里来的那个源氏公子来了！您为什么不去见他？"众女侍有些发窘，急忙阻止她："安静些儿！"紫儿却说："咦？外婆说过的：'见了源氏公子，病就好起来了。'所以我告诉她呀！"她这样说，自以为学会了一句聪明话。源氏公子听了觉得很有意思，但恐众女侍不好意思，只装作没听见。他郑重地说了一番问候的话，便即告辞。心想："她果然还是个不懂事的孩子，但以后尽可以好好地教养起来。"

第二天，源氏公子写了一封恳切的信去。照例附着一张打结的小纸条，上面写道：

"自闻雏鹤清音唳，
苇里行舟进退难。

我所思的只此一人而已。"他故意模仿孩子的笔迹，却颇富意趣。众女侍说："这可正好给姑

① 此处是紫姬的外祖父，老尼姑的丈夫。

根通紫草

近卫豫乐院 花木真写 江户时代（17世纪）

紫儿与藤壶妃子之间有血脉关系，容颜上也肖似藤壶妃子的娇美，两人就像根茎相通的紫草般，几乎无分彼此。源氏将紫儿当作藤壶妃子的替代品，在她身上寄托了对藤壶妃子的无限爱恋，这也是他热切希望收养紫儿的主要原因。

娘当习字帖呢。”少纳言乳母代为回信道：“承蒙慰问，不胜感激。师姑病势沉重，安危难测，现已迁居山寺。眷顾之恩，恐怕只能来世再报了！”源氏公子看了回信后不胜惆怅。这时正值晚秋，源氏公子近来为了藤壶妃子，心绪纷乱。紫儿与藤壶妃子之间有血统关系，因此他的心更加热切了。他想起老尼姑吟“薤露将消未忍消”那天傍晚的情况，觉得这紫儿很让人怜爱。转念一想，不知求得之后，她是否会令人失望，心中又感不安。便独吟道：

“野草生根通紫草，
何时摘取手中看？”①

转眼到了十月，皇上即将行幸朱雀院。当天舞乐中的舞人，只选用侯门子弟、公卿及殿上人中长于此道之人。因此自亲王、大臣以下，人人忙于演习，目不暇给。源氏公子也忙于此事，但忽然想起迁居北山僧寺的老尼姑，许久不曾通信，便特地派使者前去问候。使者带回来的唯有僧都的回信，信中说：“舍妹于上月二十日辞世。生者必灭，此乃人世常情。然亦足可悲悼。”源氏公子看了此信，深感人生无常。老尼姑所悬念的那个女孩，

① 野草比喻紫儿，紫草比喻藤壶妃子。两人有血缘关系，故曰“根通”。紫儿这个名字，便是根据这首诗来的。

不知怎么样了。她孤苦无依，定然非常恋念这已故的外祖母吧。他和自己的母亲桐壶更衣诀别时的情状，虽然记不清楚，但还可以隐约回想。因此他对紫儿十分同情，诚恳地派使者前往吊唁。少纳言乳母一一答谢。

紫儿忌期过后[①]，从北山迁回京都。源氏公子听到这个消息，便择了一个闲暇的傍晚，亲自前去访问。只见宅邸内荒凉沉寂，那可怜的幼女住在这里不知有多么胆怯啊！少纳言乳母引导公子到朝南的厢房里安坐，哭哭啼啼地向公子详述姑娘孤苦伶仃的情状，使得公子也不禁流下泪来。少纳言乳母说："本应送姑娘到她父亲兵部卿大人那里去，但是已故的老太太说：'她妈妈生前认为兵部卿的正妻冷酷无情，现在这孩子尚且不通人情世故，将她送去，教她夹在许多孩子之间，能不受人欺侮？'老太太直到临死还为这事忧愁叹息呢。现在想来，让人忧虑之事的确很多。因此，承蒙公子不弃，有此打算，我等也顾不得公子今后是否变心，但觉在现在的境况之下的确值得感谢。只是我家姑娘性情娇憨，竟不像那么大年纪的孩子懂事，唯有这一点让人放心不下。"源氏公子答道："我三番五次表白我的诚意，决非一时兴起，你又何必如此担心呢？小姐的天真烂漫，在我看来非常可怜可爱。我确信这是特殊的宿缘。现在也不劳你传达，让我和小姐直接面谈，怎样？

弱柳纤纤难拜舞，
春风岂肯等闲回？

我若就此归去，岂不扫兴？"少纳言乳母说："既蒙盛情，不胜惶恐。"便吟道：

"未识春风真面目，
低头拜舞太轻狂。

这是公子的不情之请了！"源氏公子看见这乳母应答如流，心情颇觉畅快。便吟出"犹不许相逢"的古歌[②]。歌声清澈，众青年女侍听了深感肺腑。

这时紫儿为怀念外祖母，正倒在床上哭泣。陪伴她玩耍的女童对她说："一个穿官袍的人来了，怕是你爸爸呢。"紫儿就走出去看。她叫着乳母问道："少纳言妈妈！穿官袍的人在哪里？是爸爸来了吗？"她一边问，一边走到乳母身边，声音非常可爱。源氏公子对她说："不是爸爸，是我，我也不是外人。来，到这里来！"紫儿听出这就是上次来的那个源氏公子。她认错了人，很难为情，便依偎到乳母身边，说："走吧，我想睡觉。"源氏公子说："你不要再躲避我了，就在我膝上睡吧。来，走近来些！"少纳言乳母说："您看，真是一点也不懂事。"便将这小姑娘推到源氏公子身边。但紫儿只是呆呆地隔着帷屏坐着。源氏公子把手伸进帷屏，抚摸她的头发。那长发披在柔软的衣服上，感觉异常美好。他便握住了她的手。紫姬看见这个不认识的人如此亲近她，有些畏缩，又对乳母说："我想睡觉去呀！"用力把身子缩进去。源氏公子便乘势钻进帷屏里来，一面说："现在我就是爱护你的人了，你不要厌烦我！"少纳言乳母困窘地说："啊呀，这太不像样了！您无论对她怎样

① 外祖母的丧服一般为三个月，忌期为三旬。

② 此古歌载于《后撰集》，歌云："焦急心如焚，无人问苦衷。经年盼待久，犹不许相逢。"

初次关爱 土佐光则 源氏物语画帖 江户时代（17世纪初）

源氏公子温柔的表白和亲近，让天真幼稚的紫儿有些畏缩，只是困倦得想睡。源氏公子将她抱入寝帐的行为让众人感觉怪异、担心，却不过是哄小孩入睡一样的温存。图为紫儿以源氏公子膝盖为枕而眠的场景。

说，都没有用的啊。”源氏公子对乳母说：“像她这样年幼的人，我还能把她怎样呢？只是想表白我的一片真心。”

天上下起雪来，风也变得猛烈，夜色十分凄凉。源氏公子说：“如此荒凉寂寞的地方，让她怎样住得下去！”说着，流下泪来，竟不忍抛舍她离去，他对女侍们说：“把窗子关起来！今晚天气可怕，让我也来值夜吧。大家都到这来陪伴姑娘！”便像熟人一般抱了这小姑娘走进寝台的帐幕里去了。众女侍看了都发起呆来，觉得这简直是意想不到的怪事！特别是那个少纳言乳母，她觉得情形不对，非常担心。但又不好声张，唯有唉声叹气。这小姑娘心里十分害怕，不知怎样才好，浑身发抖，柔嫩的肌肤有些发凉。源氏公子看到这样子，觉得也颇可爱。他紧紧地抱住这个仅穿一件夹衫的小姑娘，自己心中却有一种异乎寻常的感觉，便温柔地对她说：“你到我那里去住吧，我那里有许多美丽的图画和玩偶。”他讲的都是孩子们爱听的话，态度非常温存。因此紫儿渐渐地不感到害怕了，但是总觉得很难为情。她不能安心入睡，只是局促不安地躺着。

狂风整夜不停。众女侍悄悄地互相说道：“如果源氏公子今晚不来，我们这里会多么害怕！要是姑娘年纪和公子相称，那有多好呢！”少纳言乳母替姑娘担心，紧挨在她身旁。后来风渐渐停了，源氏公子要赶在天亮之前回去，这时他心中觉得仿佛是和情人幽会一夜一般，便对乳母说：“我看了姑娘的模样，觉得非常可怜。特别是现在，我觉得片刻也舍不得她了。我想让她搬到二条院里来，好天天看到她。这种地方怎么可以让她常住呢？你们真是大胆！”乳母答道：“兵部卿大人也说要来接她回去，且过了老太太断七①之后再说吧。”公子说：“兵部卿虽然是她父亲，但是一向分居，全同陌生人一样生分吧。我一定要做她的保护人，我对她的爱，比她父亲真心得多呢。”他说完之后，摸摸紫儿的头发，起身告辞，但还是不时回头，依依不忍离去。

门外晨雾弥漫，天景幽奇，满地浓霜，一望无际。源氏公子暗自寻思：此刻如果是真的幽会归来，这才别有一番趣味，现在终觉美中不足。他想起了一个秘密的情妇，她家就在这归途之上。便在那里停车，叫人去敲门，但里面无人听见。没有办法，他便叫一个嗓子好听些儿的随从在门外唱起歌来：

“朝寒雾重香闺近，
岂有过门不入人？”

连唱了两遍，从里面走出一个伶牙俐齿的女侍，回答道：

“雾重朝寒行不得，
蓬门不锁任君开。”

吟罢就进去了，也不再有人出来。源氏公子觉得就此回转，不免乏味。但天色渐明，让人见了不好，就不进门去，匆匆返回二条院了。

源氏公子回来之后，躺在床上想那个可爱的人儿，觉得非常眷恋，便暗自微笑。直

① 断七，即人死后七七四十九日。

睡到日高三丈，这才醒来。决定写信问候紫儿。但这信与寻常书信不同，他时时执笔寻思，好不容易才把信写成，又附赠了几幅美丽的图画。

却说这一天，紫儿的父亲兵部卿亲王也来探望她。这宅院比往年更加荒芜，年久失修，阴气逼人。那父亲用眼环顾四周，感慨地说："像这种地方，小孩一刻也不能住的，还是到我那里去吧。那里凡事都很方便：乳母有专用的房间，可以放心服侍；姑娘有许多孩子做伴，也不至于寂寞。一切比此处好些。"他叫紫儿到身边来。源氏公子身上的衣香沾在紫儿身上，非常馥郁。父亲闻到这香气，说："好香啊！可惜衣服太旧了。"他觉得这女孩可怜。接着又说："她一直和患病的老太太住在一起，我常劝老太太把她送到我那里去，也好和那边的人熟悉些，但是老太太异常讨厌我家，始终不肯答应。弄得我家中那个人心中也不高兴。到这时才送去，其实并不体面呢。"少纳言乳母说："请大人放心。眼前虽然寂寞，只是暂时之事，不必记挂。不如等姑娘年龄稍长，略通人情世故，再搬到府上，更为妥善。"又叹一口气说："姑娘现在日夜想念老太太，饮食也吃得少了。"紫儿的确消瘦了不少，但容貌反而更加清秀艳丽了。兵部卿对她说："你又何必这样想念外祖母？现在她已经离开这世间，就算悲伤又有什么用处呢？有我在这儿，你大可放心。"天色渐晚，兵部卿要回去了。紫儿哭哭啼啼，眷恋不舍。做父亲的也流下同情之泪，再三地安慰她："不要这么想不开！我过一阵子就来接你！"然后回去了。

父亲走后，紫儿深感寂寞，时常哭泣。她还不知道考虑自己的身世，只是一味想念外婆多年来时刻不离左右，而今后永远不能再见，让人想起来好不伤心！她虽然还是个孩子，也不免满怀愁绪，连日常的游戏都舍弃了。白昼还可四处散心，暂时解忧，到了晚上，便哀哀哭泣。少纳言乳母无法安慰，只得陪着她一起哭，悲叹着说："照这样看，日子怎么过得下去！"

源氏公子再次派惟光前来问候。惟光转述公子的话说："我本应亲自来问候，只因父皇宣召我入宫，未能如愿。但每逢想起此间凄凉之状，万分痛心。"公子又命惟光带了几个人来值宿。少纳言乳母说："这太不成话了！虽然他们在一起睡只是形式而已，但是一开始就如此怠慢，也太荒唐。要是被兵部卿大人得知，一定要责备我们看护得太不周到呢！姑娘啊，你要当心！在你爸爸面前切勿谈起源氏公子的事！"但紫儿全然不懂这话的意思，真是天可怜见！少纳言乳母便把紫儿的悲苦身世讲给惟光听，后来又说："再过些时日，如果真有宿缘，定当成就好事。只是眼前实在太不相称，公子这样想念她，真不知为了什么，让我百思不得其解，心中好生苦恼！今天兵部卿大人又来过了，他对我说：'你要好好地照顾她，千万不可随意妄为！'经他这么嘱咐，我对源氏公子这种想入非非的行径，就更加觉得为难了。"说到这里，她忽然想起：若说得太过分了，恐怕惟光反会疑心公子和姑娘之间已经有了关系，这倒是使不得的。因此她不再一味哀叹了。惟光听得莫名其妙，不知二人之间究竟是怎么回事。

惟光回二条院，将情况回禀公子，公子觉得十分可怜。但他又想：我自己若常去问候，到底并不合适，而且外人知道了也将怪我轻率。思来想去，唯有接她到这里来最好。此后他经常送信去慰问。

有一天傍晚，公子又派那个惟光送信去。信中说："今晚我本应亲自前来探望，因有要事，未能如愿。你们会怪我疏远吗？"少纳言乳母对惟光说："兵部卿大人突然派人来说：明天就要接姑娘到那边去，因此我心中烦乱得很。这住惯的破屋，一朝就要离开，到底也有点不舍，众女侍也都心慌意乱了。”她草草地应对了几句，并没有热心地招待他。惟光见她们手忙脚乱地整理物件，觉得不便久留，便匆匆回去复命。这时源氏公子正住在左大臣家中，葵姬并未出来相迎，源氏公子心中不快，姑且在弹奏琴乐，吟唱“我在常陆勤耕田……”的风俗歌①，歌声优美。正在这时，惟光来了，他便唤他走近，查问那边的情况。惟光回话“如此如此”，源氏公子心中着急。他想：“搬到兵部卿家之后，我若特地前去求婚，并且要迎接她到此处，这种行径未免太轻薄了。若不告诉他，径自把她接到此处，则不过是一个盗取小孩的恶评。也罢，我就暂时让乳母等保密，把她接到我那里去吧！”便吩咐惟光：“天亮以前，我要亲自到那边去。车子的装备就照我到这里来时一样，随身带一两人就够了。”惟光奉命而去。

源氏公子暗自寻思：“如何是好？外人知道了，一定会批评我轻薄吧。如果对方年龄相当，已懂男女之情，外人自会推想那女的和我同心，就变成世间常有之事，不足为怪了。但是现在并非如此，怎么办呢？况且如被她父亲寻着了，也不好意思，有什么话可说呢？”他心中纷乱如麻。但想错过这机会，便会后悔莫及，便决心在天亮之前出发。葵姬照旧沉默寡言，没有一句知心的话。源氏公子便对她说；“我想起二条院那边有一件要紧的事，今天必须办好，我去一去马上回来。”便走了出来，连女侍们都没有察觉。他走回自己房间里，换上便服，叫惟光一人骑马跟着，向六条出发了。

到了那里，敲敲大门，一个全不知情的仆人打开门。车子悄悄地赶进院里。惟光敲敲房间的门，咳嗽了几声。少纳言乳母听出是他的声音，便起来开门。惟光对她说：“源氏公子来了。”乳母说：“姑娘还在睡呢，怎么深夜到这里来？”她猜想公子是顺路到此的。源氏公子说：“我知道她明天要搬到她父亲那里去，在她动身以前有一句话要对她说。”少纳言乳母笑道：“有什么事情呢？想必她一定会给您一个干脆的回答的！”源氏公子径直走进内室去。少纳言乳母着急了，说道：“姑娘身边有几个老婆子正放肆地睡着呢！”公子只管向里走去，一面说：“姑娘还没睡醒吗？我去叫她醒来吧！晨雾中景致很好，为什么不起来看看？”众女侍十分慌张，连“呀”字都喊不出来。

紫儿睡得正香，源氏公子将她抱起。她醒过来，睡眼蒙眬地想：大概是父亲来接我了。源氏公子摸摸她的头发，说：“去吧，爸爸派我来接你了。”紫儿知道不是父亲，慌张起来，模样非常惊骇。源氏公子对她说：“不要怕！我也是像爸爸一样的人呀！”便抱着她走出来。惟光和少纳言乳母等都大大地吃惊，叫道：“啊呀！这是做什么呀？”源氏公子回答道：“我不能经常到此探望，很不放心，所以想接她到一个可靠的地方去。我这番用意屡遭拒绝，如果她搬到她父亲那边去，今后就更加不容易去见面了，快来一个人陪她同行吧。”少纳言乳母狼狈地说：“今天的确不便，她父亲明天来时，叫我怎么答复呢？再过些时光，只要有缘，此事自然成功。现在突如其来，教我们这些做侍从的人也为难！”源氏公子说：“好，算了，服侍的人以后再说吧。”便命人把车子赶到廊下来。众女侍都惊慌地大叫：“怎么办呢！”紫儿也哭了起来。少纳言乳母无法挽留，只

① 风俗歌《常陆》云：“我在常陆勤耕田，胸无杂念心自专。你却疑我有外遇，超山过岭雨夜来。”

得带了昨夜替姑娘缝好的衣衫，自己换了一件衣服，匆匆上车跟去。

这里离二条院很近，天色未亮就已到达，车子赶到西殿前停下。源氏公子轻松地抱着紫儿下车。少纳言乳母说：“我心里还像做梦一样，怎么办呢？”她犹豫着不肯下车。源氏公子说：“随你便吧，姑娘本人既然已经来了，你若要回去，就让人送你回去吧。”少纳言乳母无法，只得下车。这件事太突如其来，她不由心头乱跳。她想：“她父亲知道了将作何感想，该怎么说呢？姑娘的前途会怎样呢？总而言之，死了母亲和外祖母，她的命就苦了。”想到这里，眼泪流了下来。又想今天是第一天到此，哭泣总是不祥的，便竭力忍住。

这西殿是平时不用的屋子，所以设备并不周全。源氏公子唤惟光叫人取了帐幕和屏风来，布置一番。只要把帷屏的垂布放下，铺好席位，把应用器皿一一安置，便可住人。公子又命人把东殿的被褥取来，准备睡下。紫儿心中十分害怕，浑身发抖，不知源氏公子要拿自己怎样。总算还不曾放声啼哭，只是说：“我要跟少纳言妈妈睡！”神态真如小孩一样！源氏公子便开导她：“今后不能再跟乳母睡了。”紫儿十分伤心，哭哭啼啼地睡了。少纳言乳母也睡不着，只是坐着茫然地掉眼泪。此时天色渐亮，她环顾四周，只见宫殿的构造和装饰无限富丽，连庭中的铺石都像宝玉一般，让她目眩神迷。她身上服饰简陋，不觉有些自惭形秽，幸而这里没有女侍。西殿原是招待不大亲近的客人偶尔住宿用的，唯有几个男仆站在帘外伺候。他们知道昨夜公子迎接女客到此住宿，便悄悄地谈论：“不知来的是什么样的人？一定是公子特别宠爱的了。”

盥洗用具和早膳都送到西殿来。源氏公子起身时太阳已经升得很高，他吩咐道：“这里没有女侍，太不方便。今天晚上选几个适当的人到此伺候。”又命人到东殿去唤几个女童来和紫儿做伴：“只拣年纪小的来！”马上就来了四个非常可爱的女孩。

紫儿裹着源氏公子的衣服睡着。公子把她唤醒，对她说道：“你不要那样厌烦我，我如果是个浮薄少年，哪会这样关怀你呢？女孩儿家最可贵的是心地柔顺。”他已经开始在教养她了。紫儿的容貌，仔细端详起来，比远看时更加清丽动人。源氏公子和她亲切地谈话，叫人到东殿去拿许多美丽的图画和玩具来给她玩，又做她喜爱的种种游戏。紫儿心中渐渐高兴起来。好容易起来了，她穿着家常的深灰色丧服，一味地憨笑着，姿态异常美丽。源氏公子看了，自己也不觉地跟着微笑了。源氏公子到东殿去了一下，这期间紫儿走到帘前，隔帘欣赏庭中的花木池塘。只见经霜变色了的草木花卉，像图画一样美丽，以前不曾见过的四位、五位的官员，穿着紫袍、红袍在花木之间不绝地来来回回，她觉得这地方实在有趣。还有室内屏风上的图画，也都画得很有意思。她看了很高兴，暂时忘记了一切忧愁。

源氏公子此后两三天都不进宫，专心和紫儿做伴，和她熟悉起来。他写了许多字，又画了许多画给她看，还拿这些给她当作习字帖和画帖。他写的、画的都很精美。其中一张写的是一首古歌：“不识武藏野，闻名亦可爱。只因生紫草，常把我心牵。”[①]写在紫色纸上，字体特别秀丽。紫儿拿起来仔细看着，只见旁边又用稍小的字题着一首诗：

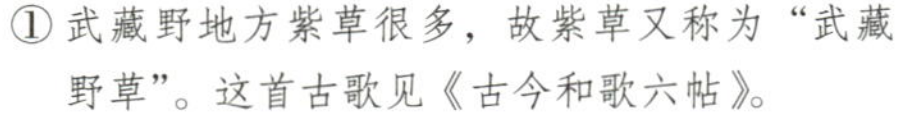

① 武藏野地方紫草很多，故紫草又称为“武藏野草”。这首古歌见《古今和歌六帖》。

“渴慕武藏野，露多不可行。
有心怜紫草，稚子亦堪亲。”[①]

源氏公子对她说：“你也写一张给我看。”紫儿望着源氏公子说：“我还写不好呢！”态度天真烂漫，极其可爱。源氏公子不由得堆上笑容，答道：“写不好就不写，这可不好，我会教你的。”她就转到一旁去写了。举手的姿势和运笔的方法，都很孩子气，但也让人觉得可爱，使源氏公子感到不可思议。紫儿说：“写坏了！”含羞把纸藏起来。源氏公子抢过来一看，只见写着一首诗：

“渴慕武藏野，缘何怜紫草？
原由未分明，怀疑终不了。”[②]

笔体的确很幼稚，但运墨饱满，显然值得培养。很像她已故的外祖母的笔迹。源氏公子看了，觉得让她临现今世风的字帖，一定进步很快。书画之外，源氏公子又特地为她造了许多玩偶住的屋子，和她一起玩耍，他觉得这真是世上最好的消遣。

却说留在紫儿宅里的众女侍，担心兵部卿亲王来追问时无话可答，大家很是忧惧。源氏公子临走时，曾叮嘱她们“暂时不要告诉他人”，少纳言乳母也这么说。因此众女侍都严守秘密。兵部卿问时，她们只说“少纳言乳母带她逃出去躲避了，不明去向”。兵部卿无法，心中猜想：“已故的老尼姑竭力反对送她到我那里去，少纳言乳母顾念老太太的心愿，因此做出这越分的行为。她不好意思公开说明姑娘不便去父亲那里，便自作主张悄悄地带她逃了出去。”他只得流着眼泪回去。临行前吩咐众人：“倘知道了姑娘的去处，马上来报告我。”众女侍都觉得为难。

兵部卿到北山的僧都那里去探问紫儿的消息，也毫无所得。他想起这女孩秀丽的容貌，心中又记挂，又悲伤。他的夫人本来妒恨紫儿之母，但现在早已释然，颇想将紫儿接来，按自己的愿望教养她。如今不能如愿，也觉颇为遗憾。

却说二条院西殿里，女侍渐渐地多了起来。陪伴紫儿游戏的童女和幼孩，看见这一对主人如此漂亮时髦，都很高兴，无心无思地在那里游戏。源氏公子不在之时，紫儿想起了外婆，不免哭泣。但她并不特别想念父亲，她从小跟父亲并不亲近，所以无可留恋。现在她只是亲近这个后父似的源氏公子，整日缠着他。每逢源氏公子从外面回来，她总是先跑出去迎接，向他问长问短，投在他怀里，毫无顾忌，全不识羞。这真是一种不同寻常的爱情！

如果这女孩子年龄再大些，懂得嫉妒，那么两人之间一旦有所不快，男的便会担心女的是否会因误解而心怀醋意，因而产生隔膜。女的也会对男的怀有怨恨，从而引起疏远、离异等意外之事。但是现在这两人之间无须这种顾忌，竟是一对快乐的游戏伴侣。再说，如果这孩子是亲生女儿，到了这个年龄，做父亲的就不便如此亲近，和她同床共寝。但是紫儿又并非亲生女儿，无须这种顾忌。源氏公子竟把她当作一个秘藏的女儿来看。

① 武藏野和紫草比喻难见的藤壶妃子。稚子指与藤壶有血缘关系的紫儿。
② 这首诗暗指紫儿不知道源氏与藤壶的关系。

养成型妻子

源氏将紫儿带回家后，着力开始对她进行培养和教导，使她成为符合他要求的妻子。在源氏看来，爱慕的藤壶妃子无法接近，妻子葵姬又过于冷漠隔阂，只有通过抚养、教导紫儿，使她按照他的意志、要求长大，才能令她成为他满意的妻子。

孩童 —转变→ 妻子

进行的教导

紫儿：
- 告诫她不能再跟乳母睡
- 教导她“女孩儿家最可贵的是心地柔顺”
- 让她学习字帖和画帖

源氏：
- 做她喜爱的种种游戏
- 优美的环境，让她忘记了一切忧愁
- 众多童女陪伴紫儿游戏

提供的环境

结果：仿佛一对快乐的游戏伴侣

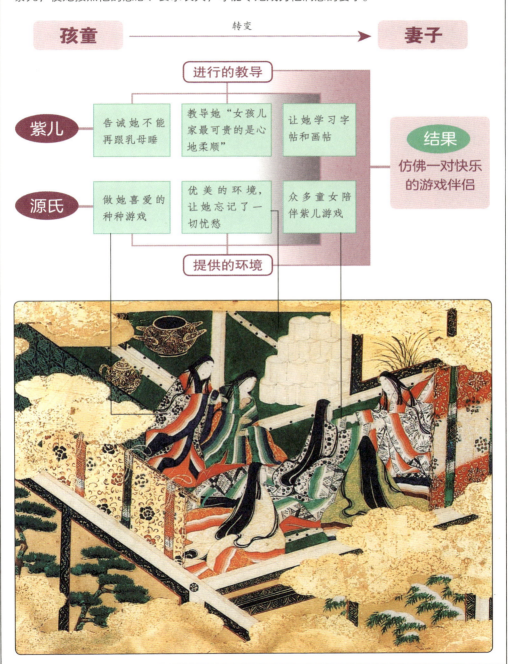

第六回　末摘花①

话说那夕颜短命而亡后，源氏公子十分悲恸，左思右想，实在无法自慰。虽然过了半载，始终不能忘怀。其他女人，像葵姬或六条妃子，都骄矜成性，城府甚深，不肯对公子让步。唯有这夕颜温柔驯良，和蔼可亲，与他人全不相同，实在很可爱慕。他虽遭此挫折，终不自省，总想再找一个身份不高而品貌端妍，又无须顾忌的情人。因此凡略有声誉的女子，没有一个不留在源氏公子的心中。其中但凡稍具姿色、差强人意的人，他也总要送封三言两语的信去暗示情愫，收到了信而置若罔闻的人，几乎一个也没有，这也未免太平淡无奇了。

有的女子，冷酷顽强，异常缺乏情趣，过分一本正经，但这态度终于行不通，后来只得放弃志向，嫁了一个平凡的丈夫。所以，对这种女子，源氏公子起初与之交往而后来断绝的，为数并不少，他有时想起那个无情的空蝉，心中不免有些怨恨。一遇适当的机会，他有时也写信给轩端荻。那天晚上在灯光之下看到她那种娇痴妩媚的神态，他至今不能忘怀，很想再看一看。总而言之，只要接触过的人，源氏公子始终不忘。

却说源氏公子还有一个乳母，叫作左卫门，他对她的信任仅次于做尼姑的大式乳母。这左卫门乳母有一个女儿，叫作大辅女官的，正在禁中供职。她的父亲是皇族出身，叫作兵部大辅。这大辅女官是个风流女子，源氏公子入宫时也经常要她伺候。她母亲左卫门乳母后来和兵部大辅离婚，改嫁筑前守，跟着他赴任地去了。因此大辅女官依父亲而居，天天到宫中供职。

有一天，这大辅女官和源氏公子闲谈，偶然说起一个人：已故的常陆亲王晚年所生的一个女儿，生前对她非常怜爱，悉心教养。现在这女儿父亲已逝，生活十分孤寂。源氏公子说："那倒是怪可怜的！"便向她查探详情。大辅女官说："品性、容貌怎样，我也知道得不详细。但觉这个人生性喜好安静，与人疏远。有时晚上我去看望她，她和我谈话竟也隔着帷屏，唯有七弦琴是她的知己。"源氏公子说："琴是三友之一[②]，只是最后一个对女子无缘。"接着又说："我想听听她弹奏的琴声呢，她父亲常陆亲王是此中能手，她的手法一定也不平凡。"大辅女官说："那也不值得您特地去听吧。"公子说："不要搭架子！这几天月色朦胧，不如让我悄悄地去吧，你陪我去！"大辅女官觉得麻烦，但近日宫中无事，春日寂寞，也就随口答应了。她的父亲兵部大辅在外面另有一所宅院，也经常到常陆亲王的旧宅里来探望这个小姐。大辅女官不爱和继母同住，却和这个小姐关系不错，经常到这里来住宿。

源氏公子于十六日月色清朗之夜来到了这宅院里。大辅女官说："真不巧啊！这种朦胧的春夜，弹起琴来声音可不够清朗。"公子说："不妨，你去劝她弹奏一曲吧，哪怕略弹几声也好。既然来了，白白回去多让人扫兴啊！"大辅女官想起自己的房间太简陋，不好意思要公子躲在里面等候，有些对他不起。但也顾不得了，便独自到常陆亲王小姐住的正殿去了。一看，格子窗还开着，小姐正在欣赏庭中月下的梅花。她觉得机

---

① 本回的事发生在与前回相仿之时，即从源氏十八岁春天至十九岁春天。

② 三友，指琴、诗、酒。白居易诗："今日北窗下，自问何所为。欣然得三友，三友者为谁？琴罢辄举酒，酒罢辄吟诗。三友递相引，循环无已时。"

会不错，便说道：“我想起您的琴弹得极好，就乘这良夜到此，想饱饱耳福。平时公务繁忙，来去匆匆，不能静心聆听，实在太遗憾了。”这小姐说：“琴要弹给像你这样的知己才好。不过你是出入宫闱的人，我的琴怕不能入耳吧。”就取过琴来。大辅女官担心，不知源氏公子听了有何感想？她心中忐忑不安。

小姐约略弹了一会儿。琴声虽然悦耳动人，但也并不特别高明。七弦琴音色本来甚好，与别的乐器不同，所以源氏公子并不觉得难听。他心中正在感怀：“在这荒芜所在，当年常陆亲王曾经遵照古风，尽心教养这位小姐，但是现在已经踪迹不见，空留这小姐住在这里，真是好生凄凉啊！小说中描写的凄凉情景，就是发生在这种地方吧！”他想向这小姐求爱，又觉得太过唐突，难以为情，心中犹豫不决。

大辅女官是个乖巧的人，她觉得这琴弹得并不好，不想教公子多听，便说道：“月亮昏暗起来了，我想起今晚我有客人来，不在屋里，怕会见怪，不如以后再从容地听吧。我把格子窗关上了，好吗？”她并不劝她再弹，径自回自己房里去了。源氏公子对她说：“我正想听下去，怎么不弹了？还没听出弹得怎么样，真太可惜了。”看来这里的气氛使他产生了兴趣，接着他又说：“反正是听了，不如让我再靠近一点听，好吗？”大辅女官希望他适可而止，便回答道：“算了吧，她这里这种萧条的光景，您走近去听岂不败兴？”源氏公子想：“这话也说得是。男人和女人第一次交往就情投意合，并不合我的身份。”他对这女子有怜惜之意。便答道：“那么，你以后把我这点心愿先告诉她。”他好像另有密约，轻手轻脚地准备返回。大辅女官便嘲笑他：“皇上经常说你这个人一本正经，为你担心。我每次听到这话，心里总觉得好笑。你这种偷偷摸摸的模样，教皇上看见了，不知道他老人家怎么想呢！”源氏公子回转身来，笑道：“你不是外人，不要这样挖苦我！你嫌我这种模样难看，你们女人的轻佻样子才真正难看呢！”源氏公子一向以为这大辅女官是个风骚女子，时常这样说她，大辅女官很难为情，就不作声了。

源氏公子正要回去，忽然又想起：要是走到正殿那边，或许可以窥看这小姐的情况，便偷偷走过去。四周篱笆大部分已经坍塌，只剩下一点，他便走到有遮隐的地方，哪知早有一个男子站在那里。他想：“这会是谁？一定是追求这位小姐的一个多情人了。”他便躲在月光照不到的昏暗之处。这个人竟是头中将。这天傍晚，源氏公子和头中将一起从宫中退出。源氏公子不去左大臣邸，也不去二条院私邸，在中途和头中将分手。头中将觉得纳闷，心想：“他这是到哪里去呢？”他自己本是要去幽会，也暂且不去，跟在源氏公子身后，查看他的行踪。头中将骑着一匹驽马，穿着便服，源氏公子全然不曾注意他。他看到源氏公子走进了这个意外的地方，更觉得奇怪。忽然里面传出琴声，他便站在篱笆外倾听。他想源氏公子不久一定会出来的，所以只管站在那里等候。

源氏公子没有看出此人是谁，但他不愿被人认出，就踮着脚尖悄悄走开。头中将却向他走来，抱怨道：“你半途上扔下我，叫我好恨！我这不就亲自送你到这来了。

共见东山明月上，[①]
不知今晚落谁家？”

①东山比喻宫中，明月比喻源氏。

屋外听琴　歌川丰国　源氏香之图·末摘花　江户时代（约1844—1847年）

对每一个有独特情趣的女子，源氏公子都很留意。这位常陆亲王家的小姐虽不知容貌和品性如何，但因为她善于弹琴的雅趣，引得源氏公子深夜造访，听得一曲后便产生了求爱的念头。图为源氏趁着月色，偷偷地在屋外聆听常陆亲王家的小姐弹琴的情景。

源氏公子听了这话不高兴，但认出这人是头中将，不觉有些好笑。厌恶地回答道：“你这把戏倒玩得不错。

月明到处清光照，
试问今夜落哪边？”

头中将说：“以后我经常这样地跟着你走，你看如何？”接着又说：“我老实对你说，做这样的事，全靠随身的人能干，才得成功。以后我经常跟着你吧。你一人改装偷偷出门，难免会发生意外呢。”他再三劝谏。源氏公子的勾当过去经常被头中将看破，一向心中很懊恼，但每当想起夕颜所生的那个抚子，头中将却找不到，心中便暗自引以为快。

这天晚上两人都有秘密的约会，但互相嘲笑了一阵之后，两人都不去赴约了。他们并未分手，共乘了一辆大车回左大臣的宅邸。月亮也颇解人意，故意藏入云中。两人在车中一边吹着笛，一边沿着幽暗的夜路迤逦前行。到了家门口，叫前驱者不要声张，悄悄地回到屋里。在无人的廊下脱下便衣，换上日常的礼服，假作刚从宫中退出的模样，拿出箫笛吹奏。左大臣像往常一样不肯放过这种机会，拿了一支高丽笛来与他们合奏。他精于此道，吹得极为动听。葵姬也在帘内命女侍拿出琴来，叫会弹的人演奏。其中有一个女侍叫作中务君的，最擅长弹琵琶，头中将曾经看中她，但她并不理睬，却对于这个难得一见的源氏公子念念不忘。两人的关系自然不能瞒人，左大臣夫人知道了很不高兴。因此这中务君闷闷不乐，不便上前，没精打采地在角落里坐着。离开很远，全然看不到源氏公子，她只觉得寂寞无聊，心中苦恼。

源氏公子和头中将想起了刚才听到的琴声，觉得那所荒凉宅院实在古怪，便饶有兴味地联想种种情状。头中将陷入空想：“这个可爱的人儿在那里度过了悠长的年月，假如我先发现了她，依依地爱慕她，那时世人一定妄加议论，而我也不胜相思之苦了。”又想：“源氏公子早就留心，特地去拜访她，他决不会就此罢休。”想到这里，不免妒火炙烈，心情不宁。

此后源氏公子和头中将都曾写信给这位小姐，但都收不到回信。两人都等得心烦，头中将尤其按捺不住，他想：“此人太不解人意了。这样闲居寂处之人，本应富有雅趣。看到草木、风雨之变，随时都可以寄托情怀，再抒发为诗歌，让听到之人体察其心境，寄予同情。无论身份如何高贵，如此过分避讳，令人不快，却是不好。”两人本来无话不谈，头中将便问源氏公子：“你收到那人的回信吗？实不相瞒，我也写了一封信给她，但是至今音信全无，这女人真太无礼了！”

他满腹牢骚。源氏公子想：“果然不出所料，他也向她求爱了。”便微微一笑，答道：“唉，这个人，我本来也没寄望她的回音，有没有收到，都记不清了。”头中将想公子怕是已经收到回信，便恨那个女子不肯理他。源氏公子呢，本来对这女子并无真情，再加上此人态度冷淡，早已兴味索然。现在听说头中将也向她求爱，想：“头中将能言善辩，他只管写信去，这女人若爱上了他，摆起架子来，将我这个先去求爱的人一脚踢开，这倒有些可悲。”他便再三地嘱托大辅女官：“小姐如此拒人于千里之外，实在让人难堪！大约她怀疑我是个轻浮之人吧。我其实决不是个薄幸的人，唯有女的没长心，另抱琵琶，把我抛开，却反而归罪于我。这位小姐独居一处，没有父母兄弟来管束。这

样无须多加顾虑的人，实在是我最喜爱的。”大辅女官答道：“这倒不见得。你把她那里看作一处温柔乡，毕竟与你不相称。这人腼腆羞怯，谦虚沉静，倒是人世间少见的美德。”她把自己知道的情况一一讲给公子。公子说：“那么，她大概不是一个机敏之人。但如果像小孩那样天真烂漫，落落大方，反而更加可爱。”他说这话时心中想起夕颜。她死后不久源氏公子患上了疟疾，又为了藤壶妃子的事，心怀忧愁，眼看一春已尽，夏天也过去了。

到了秋天，源氏公子回想前事，愁思萦绕。想起去年这时在夕颜家听到的嘈杂的砧声，也觉得很可留恋。又想起常陆亲王家那位小姐很像夕颜，便常常写信去求爱。但对方依然不理不睬。难道这女子竟是铁石心肠吗？源氏公

篱笆外的风流

土佐光则 源氏物语画帖

江户时代（17世纪初）

源氏公子偷听常陆亲王家小姐弹琴，却在篱笆外与跟踪而至的头中将碰面。两人互相嘲讽一番后，同时开始追求起亲王小姐来。图为源氏与头中将在亲王家的篱笆旁相遇的场景。头中将的言语里，也点明了平安时代贵族们的风流韵事，大多通过双方身边的仆从牵线搭桥，才能成功。

子不胜气恼，愈发不肯就此罢手。他便反复催促大辅女官，恨恨地对她说："这到底是怎么回事？我从来不曾碰过这样的钉子！"大辅女官也觉得不好意思，答道："我决不相信这段姻缘不相称，只是这位小姐太过怯懦怕羞，什么事也不敢自己决定。"源氏公子说："这是她不懂得人情世故的缘故，如果是无知无识的幼儿，或者有人管束、自己不能做主的人，那么还有理由可说。如今这位小姐无拘无束，凡事都可自主，所以我才写信给她。现在我如此寂寞难当，只要她能体谅我的心情，给我一封回信，我就心满意足了。我并不像世间一般男子那么贪色，只要能够站在她那荒芜宅院的廊上就可以了。老是这样下去，叫我狐疑满腹，莫名其妙，纵使她本人不允许，总要请你想个办法，帮我做成这件事。我决不会行止不端，让你为难的。"

原来源氏公子每逢听人谈起世间女子，看似只当作寻常的家常话儿来听，实际上他都一一牢记在心，永远不忘。大辅女官不知道他的脾气，所以一天晚上，闲谈中偶逢机缘，随便地对他说起"有这样的一个人"。不料源氏公子这样认真，一直与她纠缠不清，她为此觉得有些困窘。她想："这小姐容貌并不特别漂亮，和源氏公子不大相配，如果硬拉拢在一起，以后小姐发生什么不测，岂不是太对不起她吗？"但是她又一转念头，想道："源氏公子如此认真地托付我，我要是置之不理，也未免太顽固了。"

小姐的父亲常陆亲王在世之日，由于时运不济，宫邸里一向少人来访。他身故之后，这庭草荒芜的宅院愈发无人上门了。如今这个身份高贵、举世无双的源氏公子的芳讯经常飘进这里来，年轻的女侍们都欢天喜地，大家劝小姐："总得给公子写封回信才是。"但小姐惶恐不知所措，只是怕羞，连源氏公子的信也不肯看。大辅女官暗自盘算："那么，我就找个机会，叫两人隔帘见上一面吧。如果源氏公子不喜欢她，就此放手最好；如果真有缘分，就让他们暂且来往，总不会有什么人责怪的。"她原是个风骚女子，就擅自做主，也并不将这件事告知她父亲。

八月二十过后，一天傍晚，夜色深沉，明月尚未露出天空，唯有星光闪烁。夜风掠过松树的树梢，那声音引人哀思。常陆亲王家的小姐想起父亲在世时的情景，不禁流下泪来。大辅女官觉得这是个好机会，大概是她通知的源氏公子吧，他偷偷摸摸地来到院中。月亮渐渐升起，照亮了荒宅里的残垣败壁，小姐看了不免有些伤心。大辅女官便劝她弹琴，琴声幽幽，颇具佳趣，但是这个轻佻的女官觉得还不够劲儿，她想："弹得再时髦些才好。"

源氏公子知道这里没人看见，便大模大样地走了进去，呼喊大辅女官。大辅女官装作刚刚知道而吃惊的模样，对小姐说："如何是好呀？那个源氏公子来了！他经常埋怨我不替他向你讨要回信，我一直回绝他说：'这不是我能做到的事。'他总是说：'那么让我亲自去向小姐诉说吧！'现在怎样打发他呢？……他不是一般的薄幸少年，毫不理睬是不好意思的。不如您隔着帘子听他说说吧。"小姐害羞起来，狼狈地说："可我不会应酬客人的呀！"只管向里退去，举止竟像个小孩。大辅女官笑了起来，劝她："您可不能这样孩子气！不管身份如何高贵，在由父母教养的期间，孩子气还有情可原。如今您孤苦一身，还是这么不懂世故，畏手畏脚，可太不成模样了。"小姐不愿拒绝她的劝告，便答道：若是不要我回答，只听他说说，那么把格子窗关上，隔着窗子见面吧。"大辅女官说："让他站在廊上，太不成体统了。他不会轻举妄动，您就放心吧。"她花言巧语地说服了小姐，便亲自把内室和客室之间的纸隔扇关上，又在客室铺设了客人的座位。

小姐十分困窘，要她应酬一个男客，她简直连做梦也没有想过。但大辅女官既然如此劝告，她想大约的确是应该这样，便听从她的摆布。像乳母这样的老年女侍，天一黑早就回房去睡了。这时唯有两三个年轻女侍伺候着。她们都想拜见这个举世闻名的源氏公子，不免动心，手忙脚乱了。她们替小姐换上新衣，帮她装饰打扮，但小姐本人似乎全不在意。大辅女官看到这情况，心中想道："这个男子的容貌非常漂亮，现在为避人耳目而改装打扮，姿态更显得优美了，要知情识趣的人才能赏识。现在这个人全然不懂情趣，实在配不上源氏公子。"一方面又想："只要她端端正正地坐着，我就可以放心。这样反倒不至于冒失地显露缺点。"接着又想："源氏公子再三要我拉拢，我为了推卸责任，做了这样的安排，将来会不会让这个可怜的人受苦呢？"她心中又觉得有些不安。

源氏公子正在猜想小姐人品，以为她的性格比起过分俏皮而爱出风头的人来，实在高雅得多。这时小姐被众女侍怂恿，膝行而前。隔着纸隔扇，公子只觉得她沉静温雅，仪态万方，衣香袭人，气度好生悠闲！他想："果然如我所料。"心中非常满意。他便花言巧语地向她陈述年来的相思。但是两人相隔如此之近，而对方全无一句回答。公子想：可真是无法。便叹一口气吟道：

"千呼万唤终无语，
幸不禁声且续陈。

与其如此，小姐还不如干脆回绝了我。这个样子，让人好苦闷也！"有一个女侍是小姐乳母的女儿，口齿伶俐，善于应对，看见小姐这般模样，心中着急，觉得太不礼貌，便走到小姐身旁，代她答复道：

"岂可禁声君且说，
缘何无语我难知。"

她故意把声音放低，说得柔媚婉转，装作小姐亲自说的模样。源氏公子觉得这声音比起她的性格来要亲昵一些。但因第一次听到，也觉得非常可爱。便又说道："如此说来，我倒反而无话可说了。

原知无语强于语，
如哑如聋闷煞人。"

他又说了一些无关紧要的闲话，时而诙谐，时而庄严，但对方始终不置可否。源氏公子想："这样的人真奇怪，莫非她心中另有打算吗？"想就此告退，又不甘心，他便悄悄地拉开纸隔扇，钻进内室。大辅女官大吃一惊，她想："这公子让人掉以轻心，然后乘人不备……"她觉得很对不起小姐，便佯装没有看见，退回房里去了。

这里的青年女侍一直仰慕源氏公子的美貌，都原谅他这行为，并不见怪。只觉得这件事有些突如其来，小姐不曾提防，一定十分困窘。至于小姐本人，只是神思恍惚，羞答答地躲躲闪闪。源氏公子想："这时这样的态度，倒是可爱的。可见她是个从小娇生惯养、没见过世面的人。"便原谅她的缺点。但是总觉得有一种莫名其妙的异样之感，并无让人动心的地方。失望之余，他就在深夜起身离去了。大辅女官一直担心，不能安稳入睡，一直睁着眼睛躺着，她想自己还是装作不知道的好。因此听见源氏公子离开，她也没有起来送客。源氏公子偷偷摸摸地离开宅院走了。

回到二条院，源氏公子独自躺下想："要在这世间找一个称心合意的人，真不容易啊！"他想对方身份高贵，就此抛开，实在不好意思。他胡思乱想，心中苦恼。

这时头中将来了，看见源氏公子还在躺着，笑道："太贪睡了！到这时候还没起来？昨夜一定又做什么勾当了。"源氏公子只得起来，一面答道："你又说什么胡话！独自睡觉很是舒畅，醒得迟了些。你是从宫中出来吗？"头中将说："正是，我刚从宫中回来。皇上要行幸朱雀院，听说今日就要选定乐人和舞人呢。我想去通知父亲一声，所以从宫中赶出来，顺便也来告诉你一声，我马上就要进宫了。"看他似乎匆忙，源氏公子便说："那么，我跟你一起去吧。"便命拿早粥和糯米饭来，和客人一起吃。门前停着两辆车子，但他们两人共乘了一辆。一路上头中将总是有些疑心，看看他的脸说："瞧你的模样，还是睡眼蒙眬呢。"接着又恨恨地说："你瞒着我做了多少事啊！"

宫中为了皇上行幸朱雀院之事，今天要议定种种仪规。因此源氏公子一整天都留在宫中。他想起常陆亲王家那位小姐，觉得很是可怜，便写了封信去慰问。这信直到傍晚才派人送去。这时天下雨了，道路难行，源氏公子也就懒得再到那里去宿夜了。小姐呢，早上就在等候来信。左等右等，只是不来。连大辅女官也颇气愤，怨恨源氏公子无情。小姐本人想起昨夜之事只觉得羞愧无比。那封应该早上来的信，到了傍晚才来，倒让她们手足无措了。只见信上说：

"夕雾迷离[1]犹未散，
更逢夜雨倍添愁。

我想等天晴了再出门，枯坐等待，让人好心焦呢。"这样看来，源氏公子今晚一定不来了。众女侍大失所望，但还是劝小姐写封回信。小姐心中烦乱，连一封客套的信也写不出来。看看夜色渐浓，不宜再迟，那个乳母的女儿便代替小姐作诗：

"雨中待月荒园里，
纵不同心亦解怜。"

众女侍口口声声劝小姐亲笔写这回信，小姐只得写了。信笺是紫色的，但因年头过久，色泽早已褪损。笔迹倒很有力，品格只能勉强算作中等，上下句齐头写下来。源氏公子收到这封枯燥无味的回信，觉得连阅读的勇气也没有，随手便丢在一旁。他猜想小姐的心情，不知她此时有何感想，心中非常不安，所谓"后悔莫及"，大概就是指这种情形而言的吧！但事已如此，还有什么办法？便下定决心：从今以后，要永远照顾这小姐的生活。这小姐却无法知道源氏公子的心意，徒自悲叹自己的命运。左大臣于夜间从宫中退出，源氏公子被他说动，跟着他回到葵姬那里。

① 夕雾迷离，暗示小姐沉默不语。

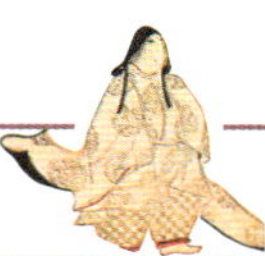

平安时代的恋爱

①探听

贵族的男女罕有正面接触的机会，男人通常凭借传言、侍女侍从的小道消息，得知某女子容貌、性情等方面的信息。如果对女方感兴趣，便可以展开追求。

②追求

男子追求的方式主要是送书信、和歌给女方，表达爱慕之情。女方从中可以看出男子的才学与性情，无论心动与否，都会给男方回复。

③窥看

平安式恋爱最独特的要数“窥看”。为了知晓女方的容貌，男子从篱笆、竹帘、帷帐、隔窗等向内窥看，以求得见真容。而女子则用袖子、纸扇、屏风等进行遮挡。

④交谈

在内线的接引下，男方有机会与女子隔着门窗、屏风等阻隔进行交谈，这是双方互相了解的最直接的方法。

⑤入室

如果男方够大胆，或者女方首肯，男子可以进入女方内室，成为入幕之宾。但即使如此，男方也不见得能见到女方的容貌。

⑥来信与回信

一夜缠绵后，男方若有意继续交往，就会马上送情书给女方，表达心意。而女方也会在回信中同意或拒绝这份恋情。

⑦正式情侣

平安式恋爱的“窥看”

图中一男子躲藏在山坡上，窥看着庭院内女子的容姿。

为了朱雀院行幸之事，贵公子们兴致勃勃，天天聚集一处，整日练习舞蹈和奏乐。乐器之声，比往日嘈杂了许多。贵公子们互相竞技，比往日更加起劲。他们吹奏响亮的大筚篥和尺八箫[①]。鼓本来放在下面，现在也搬到栏杆里来用，由贵公子们亲自演奏，真是热闹非常！源氏公子也颇忙碌，几个时常来往的恋人家里，他还是偷闲去拜访，但常陆亲王家的这位小姐那儿，他一直不肯再去。光阴如逝，转眼已是深秋，小姐家里只是空候佳音。

皇上行幸的日期渐渐临近，舞乐正在试演，这时大辅女官来了。源氏公子看见她，想起有些对不住那位小姐，便问："她怎么样了？"大辅女官将小姐的近况告诉他，最后说："你这样毫不把人放在心上，我们看了心里也觉难过！"她说这话时几乎哭了出来。源氏公子想："这女官原叫我适可而止，而我竟做了这样的事，恐怕她心中会怪我轻举妄为吧！"觉得在她面前无以为对。又想象小姐本人那默默无语而悲伤万分的模样，觉得很是可怜。便叹口气说："近来不得空闲，没有办法呀。"又微笑着说："这个人太不解风情了，我想稍稍惩戒她一下，也不为过吧。"看到他那年轻英俊的样子，大辅女官也不由得微笑起来。她想："像他那样青春年少，难免被女人们怨恨的。他思虑疏忽，如此任性，原也是不奇怪的。"

行幸的准备完成之后，源氏公子偶尔也去拜访常陆亲王家的小姐。但他自从接来与藤壶妃子容貌相仿的紫姬到二条院之后，便沉溺于这小姑娘的天真美貌，连六条妃子那里也难得去了，更何况常陆亲王那座荒邸。他虽始终不忘她可怜的处境，但总是懒得去拜访，真是无可奈何啊。

常陆亲王家的小姐生性怕羞，一味躲躲藏藏，面貌也不肯给人看。源氏公子也一向无心细看。但他想："细看一下，或许会发现她的意外之美。往常总是模模糊糊地看到，所以才觉得她的模样奇怪，莫名其妙，我总得找机会细看一看。"但用灯火去照她的脸，却是不好意思的。于是有一天晚上，当小姐独居晏处之时，他偷偷走进去，从格子门的缝隙里窥探，却看不见小姐本人。那帷屏虽然十分破旧，但多年来还是依照原来的样子整整齐齐地摆着，因此不大能看得清楚，只见四五个女侍正在吃饭。桌上放着几只来自中国的青瓷碗盏，由于经济并不宽裕，饭菜十分简单，很是可怜。她们显是伺候了小姐，又回到这里来吃饭。

在角上的一个房间里，另有几个女侍，穿着肮脏不堪的白衣服，外面罩着脏兮兮的罩裙，模样真是难看。她们在垂下的额发上插一支梳子，表示她们是陪膳的女侍[②]，模样很像内教坊里练习音乐的老妇人，或者内侍所里的老巫女，让人看了就觉得好笑。如今贵族人家还有这种古风的女侍[③]，是源氏公子意想不到的。其中一个女侍说："唉，今年天气好冷！想不到我活了这么大年纪，竟沦落到这种境况！"说着流下泪来。另一个人说："回想从前千岁爷在世的时候，我们真不该抱怨，像现在这种凄惨的日子，我们不也得过

① 尺八箫，是日本管乐器中的一种。

② 古代宫中制度，陪膳的女侍必须将额发掠起，上面插个梳子，才是正式打扮。在垂下的额发上插梳子是不伦不类的。

③ 插梳子的陪膳女侍，那时一般已经不用。唯有顽固守旧的人家还用。

后悔莫及的求爱 《源氏物语绘卷·铃木二》复原图 近代

在平安时代，男女同居后，男方要于次日写信给女方，以示慰问，女方照例要回信表示感谢。源氏这封迟迟不来、傍晚方至的慰问信，让常陆亲王家主仆深感气愤与悲哀，同时也透露出源氏对这份情缘的淡漠和追悔。图为多年后源氏的儿子夕雾在阅读书信的情景。

下去吗！”这人冻得浑身发抖，好像马上要跳起来。她们这样那样地互相安慰，源氏公子听了心里着实难过，便离开这里，装作刚刚来到的模样，敲了敲那扇格子门。只听里面的女侍惊慌地说：“来了，来了！”便挑亮灯火，开了门，让源氏公子进来。

那个乳母的女儿，由于在斋院[①]里兼职，这一天不在家中。这里只有几个粗蠢的女侍，模样怪难看的。天下着雪，女侍们正在发愁。这雪偏偏越下越大，天色阴森可怕，寒风怒吼。厅上的灯火熄灭了，也没有人去再点亮。源氏公子想起那年中秋和夕颜在那荒凉的宅院中遇鬼。现在这屋子的荒凉，并不亚于那里。只是地方略小，身边又有几个人，倒可宽心。只是四周景象凄凉，让人无法入睡。这样的晚上，本也有一种特殊的风味与乐趣，可以让人心动。但那人全无声响，并无一丝情趣，不免叫人遗憾。

好容易盼到天亮，源氏公子起来，亲自打开格子门，玩赏庭前的花木雪景。雪地望无际，不见行人足迹，景色实在有些凄凉。就此离去，又不好意思。他就恨恨地说：“出来看看早上天空的美景吧！老是冷冰冰地不言不语，让人难堪得很！”天色还没有大亮，源氏公子映着雪光，姿态异常秀美，老女侍们看了笑逐颜开。她们劝小姐：“快快出去吧，不去可不好意思，女人家最要紧的是温柔顺从。”小姐从不愿拒绝别人的劝告，便整理一下衣饰，膝行而出。

---

① 斋院，未婚的皇女或贵女到贺茂神社修行的，称为斋院；到伊势神官修行的，称为斋官。

源氏公子装作没有看她，依旧向外遥望。实际上，他用眼梢也看得清楚。他想："不知究竟是怎样一个人，如果尚有些可爱之处，我多么高兴！"但这全是妄想。首先，她坐着身体很高，可知这个人上身很长。源氏公子想："果然如我所料。"他心头突的一跳。其次，最难看的是那鼻子。这鼻子首先映入眼帘，倒像普贤菩萨骑的白象的鼻子[①]。这鼻子又高又长，尖端略略下垂，带着一点红色，特别让人扫兴。脸色比雪还白，白得甚至有些发青，额骨宽得可怕，再加下半边是个长脸，这整个面孔就长得古怪了。身体很瘦弱，筋骨暴露，肩部的骨骼尤为突出，从衣服外面也看得出，让人看了觉得可怜。

源氏公子想："我何必如此细看呢？"但模样太古怪了，他总忍不住要看。唯有头的形状和垂下的头发很美丽，比起以美发闻名的人来，也并不逊色。那头发垂到褂子的裾边，还有一尺来长铺在席地上。现在如果再来描写她穿的衣服，似乎太刻薄了，但古代的小说中，总是先来描写人的服装，这里也不妨模仿一下：这位小姐身着一件淡红夹衫，但颜色已经褪得发白。上面罩一件紫色褂子，旧得近于黑色。外面又披一件黑貂皮袄，衣香扑鼻，倒很讨人喜欢。这原是古风的上品服装，但作为青年女子的装束，却不大相称，非常惹眼，令人觉得别扭。不过若不披这件皮袄的话，一定抵不过这寒冷的天气。源氏公子看看她那瑟缩的脸色，觉得十分可怜。

小姐照例不说一句话，源氏公子觉得自己几乎也说不出话来了。但他总想再试试看，是否能够打破她的沉默，便对她说各种各样的话。但是小姐非常害羞，只管将衣袖遮住了口。但这姿态也表现得十分笨拙，不合时尚，两肘高高抬起，好像司仪官威风凛凛列队行走时的架势，脸上又带着微笑，显得更加不调和。源氏公子心中不快，很想早点离开，就对她说："我看你孤单一人，所以一见之后便想怜爱你。你不要把我当作外人，应该与我亲近些，我才愿意照顾你。如今你对我一味疏远，叫我好生不快！"便以此为借口，即景吟诗道：

"朝日当轩冰著解，
缘何地冻不消融？"[②]

小姐只是憨笑，一个字也说不出来。源氏公子索然无味，竟不等她答诗就离开了。

车子停在中门内，这中门已经歪得厉害，眼见就要倒塌了。源氏公子睹此情景，心中想道："夜里看时，已经觉得够寒酸了，但尚能遮蔽一些。今早在太阳下一看，更感荒凉，让人好不伤心！唯有青松上的白雪，沉沉欲下，倒有温暖之趣，让人联想到山乡风味，略有凄清岑寂之感。那天雨夜品评时左马头所说的"蔓草荒烟的蓬门茅舍"，就是指这种地方吧。如果有个可爱的人儿住在这儿，会让人多么眷恋不舍！我那悖伦之恋[③]的忧思，或者也可借此得到慰藉。但现在这个人的模样，与这理想的环境全不相称，真让人毫无办法。要不是我，换了别人，决不会耐着性子照拂这位小姐。我之所以如此体谅她，大概是她的父

①《观普贤经》云："普贤菩萨乘大白象，鼻如红莲花色。"
② 意思是说：身体已经和我结合，为何心还不向我坦诚？
③ 指对藤壶妃子的恋爱。

丑陋的真相　土佐光则　源氏物语画帖　江户时代（17世纪初）

源氏从格子窗的缝隙向内窥视，看到亲王小姐处境的寒酸，以及难看的鼻子，让他十分失望。图为源氏偷偷向内窥看的情景。亲王小姐无趣的性情、笨拙的姿态、沉默的应对，让源氏巴望早点离开。这一番接触，让源氏看到了亲王小姐无趣的本性和丑陋的容貌，后悔不及。

亲常陆亲王记挂女儿，让阴魂来指使我的吧。”

院子里的橘子树上堆满了雪，源氏公子让随从将雪除去。那松树仿佛羡慕这橘子树似的，一根枝条自己翘了起来，白雪纷纷落下，正有古歌中“天天白浪飞”①之趣。源氏公子在一旁看着，想：“也不必特别深解风情的人，只要是一般程度的对象，也就让人满意了。”

车子的门没有打开，随从叫来保管钥匙的人，来的是一个异常虚弱的老人，还有一个妙龄少女，分不清是他的女儿还是孙女。这女子的衣服映着雪光，更显得褴褛破旧。看他的模样非常怕冷，用衣袖包着一个奇怪的器物，里面盛着些许炭火。老人没有气力打开门，那少女走过去帮他，模样十分笨拙。源氏公子的随从便去帮忙，把门打开了。公子看到此情此景，便口占道：

“白首老翁衣积雪，

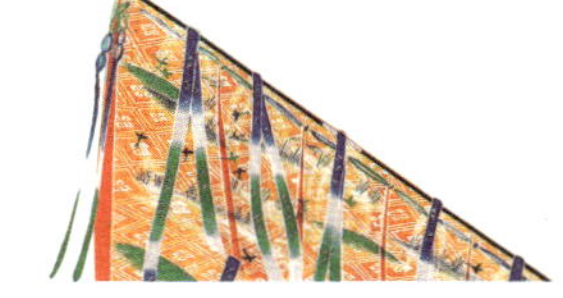

① 这首古歌可见《后撰集》，歌云：“好比末松之名山，我袖天天白浪飞。”

雪景幽思　歌川广重　东海道五十三次　江户时代（1832—1833年）

白雪压青松，岑寂的蓬门茅舍，以及老翁和衣着褴褛的女子开门的场景，略显出凄清岑寂的感觉。无趣的亲王小姐这份寒酸的处境，以及容貌上独特的红色，反倒让源氏不忍心抛弃她。这份怜悯成为他与亲王小姐的感情纽带。

晨游公子泪沾襟。”

他又吟诵白居易的“幼者形不蔽”的诗[①]，这时他忽然想起了那个瑟缩怕冷、鼻尖发红的小姐的面庞，不禁微笑。他想：“头中将要是看见了这个人的容貌，不知将怎样形容。他经常来这里窥探，或许已经知道我的行为了？”想到这里，不免有些懊恼。

这小姐的容貌如果同世间普通一般女子一样而并无特殊之处，那么其他男子自会爱上她，源氏公子不妨将她丢开。现在源氏公子既然看见了那丑陋的容貌，反而觉得非常可怜，不忍抛弃了。于是他真心诚意地周济她，常常遣使问候，馈赠物品。馈赠的虽然不是黑貂皮袄，却也是绸、绫和织锦等高贵之物。小姐自不必说，就连老女侍等所穿的衣服，连管门的那个老人所用的物品，自上至下一切人的需要，全都照顾周到。小姐受到这种经济上的周济，也并不以为羞耻，源氏公子这才安心。此后他只管源源不绝地供给，有时不拘形式，失了体统，彼此亦不以为意。

这段时间源氏公子经常想起空蝉：“那天晚上灯下对弈时所见的侧影，其实并不漂亮。但她那窈窕的体态遮掩了她的丑处，并不觉得难看。这位小姐呢，若说身份，并

① 白居易《秦中吟》中《重赋》一篇中说：“夜深烟火尽，霰雪白纷纷。幼者形不蔽，老者体无温。悲端与寒气，并入鼻中辛。”

不亚于空蝉。可见女子的优劣，和家世全然无关。那空蝉顽强固执，令人可恨，我今日算是终于让步了。”

年末快到了。一天源氏公子正值宿宫中，大辅女官进见。源氏公子对这女官并无恋爱，只因经常使唤她，相熟之后无所顾忌。每当她来替公子梳头时，两人总是恣意调笑。因此即使源氏公子不召唤时，她有了事自己也来进见。这时女官说道：“有一桩很可笑的事情，不对您说，怕说我坏心眼；对您说呢……我弄得没主意了。”她羞答答地微笑，不肯说出来。源氏公子说：“什么事情？你对我不是从不隐瞒吗？”女官吞吞吐吐地说：“我哪里曾隐瞒过你？如果是我自己的事情，纵使冒昧，我也早就对您说了。但是这件事有点说不出口。”源氏公子厌烦她，骂道：“你又在这里撒娇！”女官只得说出来：“常陆亲王家的小姐给您一封信。”便拿出信来。源氏公子说：“原来如此！这有什么不好说的？”便接了信，拆开来看。女官心里忐忑地跳动，不知公子看了会怎么说。只见信纸是很厚的陆奥纸[①]，香气倒十分浓烈，文字写得颇为工整，诗句是：

“冶游公子情可薄，
锦绣春衣袖不干。”

公子看了“锦绣春衣”等语，不知其意，侧着头猜想。这时大辅女官抱过一个沉重的包袱，打开一看，里面包着一只古风的衣箱。女官说道：“您看！这不是笑煞人呢？她说是送给您元旦那天穿的，特地派我送来。我不便退回，但擅自把它搁在一边，又辜负了她的一片心意，因此只得送来给您。”源氏公子说：“搁在一边，就太对不起人了。我这个哭湿了衣袖没人给烘干的人，蒙她送衣服，我很感激！”此外就不再说些什么。他想：“唉，这两句诗真不算高明，大概用了她不少心血吧。那个乳母的女儿若在她身边，一定会替她修改修改。除了这个人之外，再没有能教她的老师了。”想到这里，不免有些泄气。他猜想这一定是小姐用尽心血做出来的，便觉得世间所谓可贵的诗歌，大概就是这样吧。于是脸上露出笑容。大辅女官看到这情景，不知道他有何感想，不由得脸上泛起红晕。

小姐送他的，是一件贵族用的常礼服。颜色是当时流行的红色，式样古板，全无光彩，不堪入目。里子的颜色和面子一样深红。从袖口、下襟缝拢来的地方可以看出，手工平凡拙劣。源氏公子提不起兴致来，随手在那张展开的信纸的空白处题诗一首。大辅女官在一旁看见，只见随随便便地写着：

“明知此色无人爱，
何必栽培末摘花？[②]

我看见的是深红色的花，但是……”大辅女官见他厌烦红色的花，猜想他定有用意。便

① 陆奥纸，陆奥地方所产的纸，厚而白，有皱纹。

② 末摘花，即红花，摘下来可作红色染料，花生在茎的末端，故称为末摘花。前文说过，小姐的鼻尖有一点红色，所以源氏公子把她比作末摘花。本回的题目即根据此诗而来。

末摘花

近卫豫乐院　花木真写　江户时代（17世纪）

亲王小姐所送的衣服，对源氏公子而言，样式老旧，红颜色也不堪入目，与亲王小姐本身那难看的红色鼻头相映成趣。源氏公子不禁以“末摘花”之红色借以嘲讽。末摘花即红花，开放于花茎的末端，色红，可作为红色染料。

想起了自己曾借着月光看到小姐鼻尖的红色[①]。虽然心中也可怜她，但觉得这首诗倒实在应景。她便自言自语地吟道：

“纵然情比春纱薄，
莫为他人树恶名！

人世真是令人痛苦啊！”源氏公子听了，心中想道：“女官的诗虽并不特别优秀，但那位小姐如能有这样一点才能，也就让人心满意足了。我越想越是为她可惜。但她毕竟身份高贵，我又怎能替她散播恶名呢。”这时众女侍即将进来伺候，公子便对女官说：“收起来吧，这种事情，让人看见不免当作笑柄。”他脸上显出不悦之色，叹一口气。大辅女官有些懊悔：“我为什么把这个给他看呢？连我也被他当成傻子了。”她很不好意思，急忙告退。

第二天，大辅女官上殿服侍，源氏公子到清凉殿西厢宫女值事房来找她，扔给她一封信，说道：“这是昨天的回信，写这种回信，真让人费尽心思。”宫女们不知道是怎么回事，都觉得奇怪。公子一边向外走，一边吟道：“颜色更比红梅强，爱着红衣裳耶紫衣裳？……抛开了

①“花”和“鼻”，日本人都读作hana，此处指花说鼻，意思是双关的。

三笠山的好姑娘。”[①]女官会意，暗自窃笑。别的宫女莫名其妙，盘问说：“你为什么一个人在那里笑？”女官答道：“没有什么，大约公子在这冷清的早上，看见一个穿红衣裳的人鼻子冻得发红，所以把那风俗歌中的句子凑合起来唱，我这才觉得好笑。”有一个宫女不知缘由，胡乱答道：“公子也太挖苦人了，这里哪有红鼻子的人呢，红鼻子的左近女官和肥后采女难道在这里吗？”

大辅女官将公子的回信送交小姐，众女侍都兴奋地围拢来看。只见两句诗：

“相逢常恨衣衫隔，
又隔新添一袭衣。”

这诗写在一张白纸上，随意挥洒，反而更具风趣。

到了除夕那天傍晚，源氏公子把一套别人送他的衣服，再加上一件淡紫色花绫衫子，以及棣棠色衫子等衣服，装在前日小姐送来的衣箱里，让大辅女官拿去送给她。女官看了这些衣服，猜想公子不喜爱小姐送他的衣服的颜色。但那些年老的女侍却在那里议论：“小姐送他的衣服，那红色很稳重，并不见得比这些衣服差呢。”大家又说：“说到诗，小姐送他的也很不错，他的答诗不过偏胜于技巧而已。”小姐自己也觉得自己吟成这首诗煞费苦心，因此把它写在一个地方，一直保留着。

元旦的仪式结束之后，今年的游艺是表演男踏歌[②]。年轻的贵公子们照旧四处奔走，各处熙熙攘攘，热闹非凡。源氏公子也忙乱了一阵，但他记挂那寂寥的末摘花，觉得她很可怜。初七日的节会[③]结束之后，到了夜晚，他从宫中离开，假装要回到宫中值宿所（桐壶院）去宿夜，趁夜深时分去拜访常陆亲王的小姐。

宅院里的气象与往常不同，渐渐有了生气，与一般宅邸差不多了。那位小姐的姿态也比从前稍稍活泼了一些。源氏公子一直暗自沉思：“如果这个人在新年之后完全改了模样，变得美丽了，不知是如何模样？”

第二天清晨，日出之后，源氏公子才留恋不舍地起身。他推开东面的边门一看，正对这门的走廊已经坍塌，连顶棚也没了。阳光直射进屋里。地上积着薄薄的一层雪，雪光反射进来，屋里显得更加明亮了。源氏公子身着常礼服，小姐望着他，向前膝行数步，假装半坐半卧的姿势，头的形状十分端正。长长的头发堆在席地上，也还美观。源氏公子希望看到她的容貌也变得同头发一样美丽，便把格子窗掀开。他想起上次在积雪的微光中看到了她的缺陷，结果大煞风景，因此也不把格子窗全部掀开，只掀开了一点，又把矮几拉过来架住窗扇，然后拢拢自己的两鬓。女侍们端过一架古旧的镜台，又奉上中国式的化妆箱和梳具箱。源氏公子一看，里面除了女子用品外，还夹着几件男子用的梳具，倒觉得有几分别致。今天小姐的装束颇合时宜，原来她已把公子所赠的那箱衣服全穿上了。源氏公子

① 这是日本的风俗歌。红梅暗指末摘花的鼻尖。爱着红衣，借以隐蔽鼻尖的红色。下句“抛开了……”并非和上句相续，大约是这首风俗歌的最末一句。所以下文说“凑合起来”。

② 男踏歌，是男子表演的踏步歌舞，唱的词是唐诗或日本诗歌。

③ 五月初七从左右马寮牵出白马二十一匹，供天皇御赏后，在宫中游行，称为“白马节会”。当时的人相信新年见到白马可以驱邪。

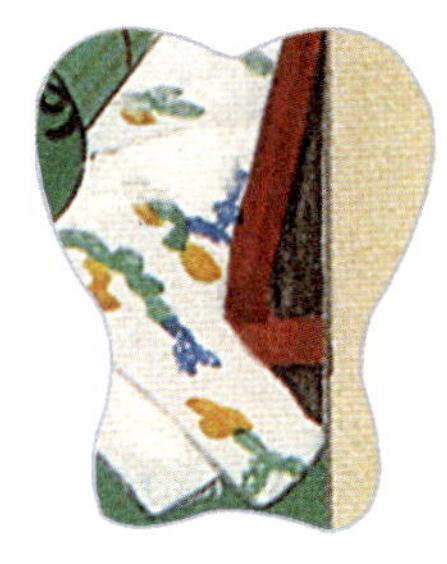

起先没有注意，看到那件纹样新颖的衫子后，才想起都是他赠送的，便对她说：“新春到了，我很想听一听你的声音。主要倒不是为了听你的莺声，而是希望你改变对我的态度。”良久，小姐才颤抖着含羞答道：“百鸟争鸣万物春……”[①]源氏公子笑道：“好了，好了，这便是一年来进步的证据了。”他便告辞离开，口中吟唱着古歌“依稀恍惚还疑梦……”[②]小姐半坐半卧地目送他。源氏公子回头一望，只见她的侧影，然而掩口的衣袖上面，那鼻尖上的末摘花依然十分突出。他想：“真难看啊！”

却说源氏公子回到二条院私邸，看见正当青春年华的紫姬，异常美好，她脸上也有红晕，但和末摘花的迥然不同，很是娇艳。她身着一件深紫色夹里无纹白地童式女衫，潇洒多姿，天真烂漫，极为可爱。她的外祖母遵从古风，不把她的牙齿染黑[③]。最近才给她染黑了，并且加以整饬。眉毛也拔净涂黑，容貌十分清秀。源氏公子想道：“我真是自作自受！何必到外面去找那些女人，自寻苦恼？为什么不在家里守着这个可爱的人儿呢？”他就像往常一样和她一起玩弄玩偶。紫姬画了些画，着了颜色，又随意画了各种有趣的形象。源氏公子也和她一起画。他画了一个头发很长的女子，在她的鼻尖上点一点红。即使是在画中，这容貌也颇难看。

源氏公子在镜台前照了照自己的容貌，觉得很漂亮。他就拿起笔来，在自己的鼻尖上点一点红。这样漂亮的容貌，加上了这一点红，也显难看。紫姬看见了，笑个不停。公子问她：“假如我有了这个毛病，你会怎么样？”紫姬说：“我不喜欢你了。”她怕那红颜料就此染在脸上，揩拭不掉，非常担心。源氏公子假装揩拭了一会儿，认真地说：“哎呀，一点也揩不掉，玩出祸来了！让父皇看见了可怎么办呢？”紫姬吓坏了，急忙拿纸片在水盂里蘸了些水，替他揩拭。源氏公子笑道：“你不要像平仲[④]那样误蘸了墨水！红鼻子还勉强看得过去，黑鼻子可就太糟糕了。”两人如此玩耍，真是一对有趣的小夫妻。

此时正值早春，风和日丽，春花待开，然而让人等候花开，好不心焦！其中梅花得春最早，枝头已露笑容，惹人注目。门廊前一树红梅，竞相开放，已经有了几分颜色。源氏公子不禁慨然长叹，吟道：

“梅枝挺秀人欣赏，
　底事红花[⑤]不可怜？

此真是让人无可奈何！”

这种女子结局怎样，不得而知了！

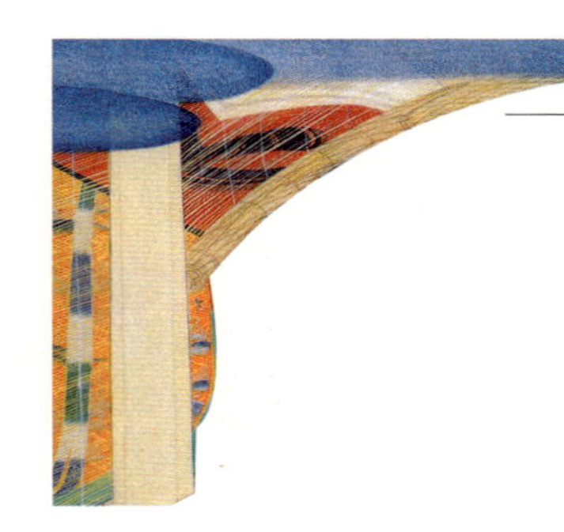

① 这首古歌下一句为“独怜我已老蓬门”。可见《古今和歌集》。

② 这首古歌下一句为“大雪飞时得见君”。可见《古今和歌集》。

③ 将铁浸入醋中，使之酸化。用这种液体将牙齿染成黑色，是当时一种风尚。

④ 平仲，是一个有名的好色男子。他要在女人面前装假哭，蘸些水涂在眼睛上，误蘸了墨水。可见《今昔物语》。

⑤ 暗指末摘花的鼻子。

第七回　红叶贺[1]

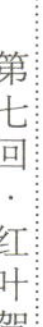

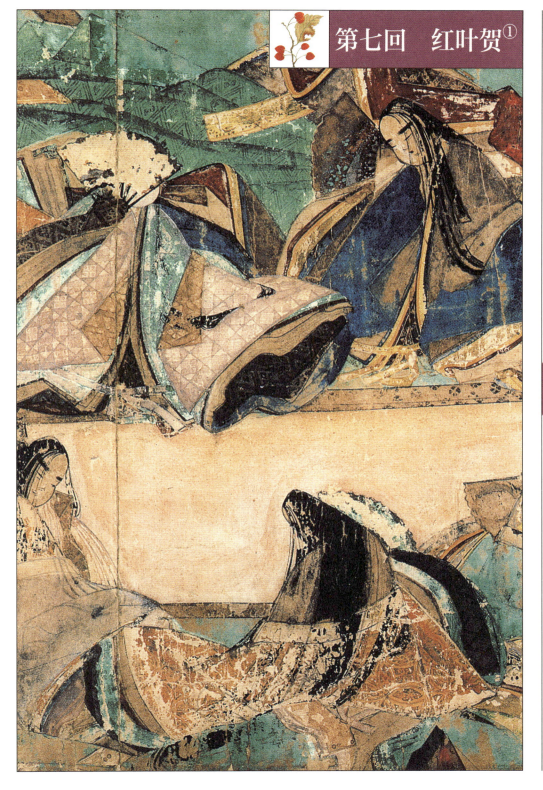

朱雀院行幸[②]日期，定在十月初十之后。这次行幸，规模特别宏大，比以往更加有趣。但舞乐都在外面表演，妃嫔们不能看到，很是遗憾。皇上因为他宠爱的藤壶妃子不能看到舞乐，总觉美中不足，便命众人先在清凉殿前试演一番。

源氏中将表演舞蹈双人舞《青海波》，搭档是左大臣的公子头中将。这位头中将的风姿与人品均极优雅，迥异凡人，但和源氏中将站在一起，就好比樱花树旁边的一株山木，显然有些逊色。

红日渐渐西斜，阳光射人，热烈如火，乐声沸腾，舞兴正酣。这时两人共舞，步态与表情异常美丽，世无其右。源氏中将的歌咏[③]极为动听，简直像佛国仙鸟迦陵频伽[④]的鸣声。美妙之极，皇上感动得流下眼泪，公卿和亲王们也都流泪。歌咏结束后，两人重整舞袖，另演新姿。这时乐声大作，响彻云霄，源氏中将比平常更加焕发神采，皇太子之母弘徽殿女御看了源氏公子如此美丽的姿态，心中愤恨不平，说道："一定是鬼神看上他了，真让人毛骨悚然呢！"众青年女侍听了这话，都怪她冷酷无情，藤壶妃子看到这情景，想道："此人心中若不负疚，一定更加让人喜爱。"回思往事，如入梦境。

这天晚上藤壶妃子值宿宫中。皇上对她说："看了今天试演中的《青海波》，真是叹为观止。你看怎样？"藤壶妃子心中暗藏隐痛，不便畅所欲言，只答了一句"真好极了"。皇上又说："那个搭档也舞得不差呢，说到舞蹈的姿态与手法，良家子弟毕竟与众不同。世间有名的舞蹈家，技术虽然熟练，但总是缺乏高雅的风度。今天的试演如此完美，等到在红叶荫下正式表演时，只怕再看就没有多大兴趣了，这就是为了要给你欣赏，我才如此安排的。"

第二天早晨，源氏中将写一封信给藤壶妃子："昨承雅赏，不知有何感想？我起舞时，心绪纷乱，且之前从未如此，不知该如何对你倾述。

心多愁恨身难舞，
扇袖传情知不知？

诚惶诚恐！"源氏中将那种光艳夺目的风度，藤壶妃子终是难以忘怀，她便写回信：

"唐人扇袖谁能解？
 绰约仙姿我独怜。

我只把它当作普通的清歌妙舞来欣赏。"源氏中将收到回信，如获至宝。他想："她懂得这《青海波》的来历，知道它是唐人舞乐，足见她对外国朝廷也颇关心。这首诗正符合皇后的口吻。"不禁满面带笑，像诵经一般郑重地读这回信。

---

① 本回写源氏十八岁秋天至十九岁秋天之事。

② 朱雀院，是历代天皇退位后栖隐之处。行幸朱雀院表示对先皇的祝贺。

③ 歌咏词："桂殿迎初岁，桐楼媚早年。剪花梅冈下，舞燕画梁边。"

④《正法念处经》："山谷旷野，多有迦陵频伽，出妙声音。"

青海波　佚名　源氏物语绘色纸帖　安土桃山时代（16世纪后期）

"青海波"是日本平安时代的男子舞蹈，由唐朝传入，于盛大宴会、祭祀时不可缺少。"青海波"不仅要求姿态优美，动作更要高度协调、整齐划一，舞者为两人，皆为当时第一的贵公子。图为源氏与头中将合作舞蹈"青海波"的情景。此次舞蹈，源氏公子在红叶纷飞中尽显其俊美和优雅，事后写信传情，藤壶妃子也难于忘怀。

朱雀院行幸那一天，亲王公卿等所有的人都跟随着，皇太子也参加了。管弦的画船照例在庭中的池塘里来回旋游。唐人舞乐，高丽舞乐，种种歌舞依次上演，种类繁多。只听乐声震耳，鼓声更是惊天动地。皇上想起前日试演时映着夕阳的源氏公子，风采异常美丽，心头反有几分不安，便命令各处寺院诵经礼忏，替他消魔除障。闻者无不称善，以为此乃理之当然。唯有皇太子之母弘徽殿女御心中不悦，以为这是过分的宠爱。

围成圆阵吹笛的人，无论王侯公卿或平民，都选用精通此道的专家。宰相二人与左卫门督、右卫门督各自指挥左右乐（唐乐与高丽乐）。舞者也都选择世间最优秀的能手，预先藏在宅邸中各自练习，然后一起参与表演。

在满是红叶的林荫下，四十名乐人围成圆阵。笛声嘹亮，响彻云霄，美不胜收。伴着松风之声，有如深山中狂飙的咆哮。红叶纷飞，随风飘舞。源氏中将跳着《青海波》舞的辉煌姿态出现，姿态美丽之极，令人心惊！插在源氏中将发上的红叶，尽行散落，仿佛是因源氏中将的美貌而退避三舍似的。左大将[①]在庭中采了些菊花，插在他冠上。其时日色已近黄昏，天公颇解人意，洒下一阵极细的小雨来。源氏中将的秀美姿态中，又添加了经霜的菊花的美饰，今日大显身手，舞罢退出后重又折回，再演新姿，使观者深深感动，几乎要怀疑这不是人世间出现的景象。无知的平民，也都聚集在树旁、岩下，踩着山木落叶，欣赏舞乐；其中略解风情之人，也都感动流泪。承香殿女御所生的第四皇子，年龄尚幼，身着盛装，这时也来表演《秋风乐》舞，这是《青海波》以后的节目。这两种舞乐，真可谓尽善尽美。人们看了这两种表演之后，便不想再看其他舞乐，看时反而败兴。

这天晚上源氏中将有晋爵之事，由从三位升为正三位。头中将也升为正四位下。其他公卿，各得升官之庆，皆托源氏公子之福。源氏公子能以妙技惊人，以风姿悦人，福慧双全，不知几世才修得如此之福。

却说藤壶妃子这时归宁，住在宫外。源氏公子照例到处钻营，在各处寻求幽会的机缘。左大臣家嫌他总是如此疏远，很是怨恨。又因得了那株细草，别人将二条院新近迎来一个女子的消息告诉左大臣，葵姬也因此更加生气了。源氏公子想："紫姬还只是个孩子，葵姬不知这里的详情，因而生气，倒也难怪。但她如果干干脆脆，像一般女子那样向我倾诉，我也一定不隐瞒她，将实情告知，并且安慰她。可是此人与我并不亲密，且总是往坏里猜测，所想的净是一些我难以想象之事。我也只得弃之不理，去干那些不该干的事了。但看这个人的模样，并无任何缺陷，也没有明显的瑕疵。而且是我结缡的发妻，所以我真心爱她，也很重视她。只是她若不能理解我的真心，我也无可奈何。只希望她终于能谅解我而改变这种态度。"葵姬素来稳重自持，毫无轻率之举，源氏公子对她的信任，自然也与众不同。

却说那个年幼的紫姬，到了二条院后，日渐驯顺，性情温和，风姿端雅，只管天真烂漫地喜欢源氏公子。源氏公子对殿内的人，暂不说明她是什么人，他一直让她住在西殿之中，陈设了高贵无比的种种用具，他自己也朝夕到访，亲自教她各种技艺，比如写了范本教她习字等等，仿佛将一个一向寄居在外的亲生女儿接回家里似的。他吩咐上下人等，要特别用心服侍，务求让她毫无缺憾。因此除了惟光之外，所有的人都莫名其妙，不知道这女孩是什么来历。紫姬的父亲兵部卿亲王也不知道紫姬下落。紫姬至今还常常回忆往昔，追慕已故的尼姑外祖母。源氏公子在家之时，她心有所系，全然忘了忧愁。但一到晚上，虽然公子有时也在家里，可是忙于各处幽会，不免常去夜游。每逢公子夜里出门，紫姬总是依依不舍，公子觉得十分可怜。有时公子入宫侍驾，二三日不能回来，紧接着又往左大臣家去待上几日。紫姬连日独处，就有些闷闷不乐。这时公子只感不胜怜惜，仿佛家里添了一个无母的孤儿，幽会也不得安心了。北山的僧都听说这种情状，心念紫姬不过是个孩子，竟然如此受宠，心中颇觉诧异，但也为之欣喜。每逢僧都追悼尼姑，举行法事时，源氏公子一定派人吊唁，奉上厚赠。

却说藤壶妃子归宁，住在三条的宫邸中。源氏公子想知道她的近况，就前去拜访。女侍王女官、中纳言君、中务君等出来迎接。源氏公子想："她们这是把我当作客人了。"心

① 左大将，一说即左大臣。

里极不舒服。但也不动声色，和她们寒暄了一阵。这时妃子的哥哥兵部卿亲王正好也到了，听见源氏公子来访，便来与他相见。源氏公子看眼前这人，清秀俊逸，风流潇洒，心中暗想：此人要是个女子，将如何姣美！因想到与此人有双重关系[①]，倍感亲切，就和他促膝谈心，畅谈了一阵。兵部卿亲王也觉得公子格外亲昵，情深意挚，讨人喜欢。他全然没有想到要招公子为婿，而倒是动了别的心思，觉得这个人该变作女子才好。

天色渐晚，兵部卿亲王走回帘内去了。源氏公子不胜羡慕。往昔他因受到父皇的庇护，也可随意进入帘内，与藤壶妃子亲近，和她对面谈话。但现在已经彻底疏远，想起来好不伤心！这只是源氏公子的妄想。他只好起身辞去，一本正经地对女侍们说："我理应常来请安，因无特别要事，所以素来有些怠慢了。今后若有吩咐，定当随时效劳，不胜荣幸。"说过便辞去了。这次王女官也无法可施。藤壶妃子怀孕已近半载，心情比以前更加纠结，一直默默无语。王女官看到这样一幕，既觉羞耻，又觉可怜。源氏公子让她办的事全无进展。源氏公子和藤壶妃子都不时在心中愁叹："真是前世作孽啊！"这件事暂且不提。

却说紫姬的乳母少纳言到了二条院以后，心中常想："这真是一跤跌进蜜缸里！多半是已故的尼姑老太太挂念小姐的终身大事，修行中常替她祈祷，因此佛祖保佑，得此福报吧。"但她又想：公子的正妻葵姬身份如此高贵，公子又另有许多情妇，以后紫姬成人，婚嫁之后，也难免遭逢不幸吧。但公子对她如此宠爱，以后想必也可确保无忧。

按一般风俗，外祖母的丧服是三个月。到了除日，紫姬可以改装了。但她没有母亲，全由外祖母一手抚养长大，因此应该加重服丧之事：因此金碧辉煌的衣服，一概不穿，只穿红色、紫色、棣棠色等没有花纹的衫子。她穿上后淡雅入时，非常可爱。

元旦这天清晨，源氏公子入朝朝贺新年，先到紫姬房里，笑着对她说："从今天起，你也算是大人了吧？"他的态度非常和蔼。紫姬一早就起来玩弄玩偶，正在忙碌。她在一对三尺高的橱子里，陈设各种物品，又搭了许多小屋。房间里处处都是玩具，塞得满满当当。她一本正经地对公子说："昨夜犬君说要打鬼[②]，把这个弄坏了，我正在修理呢。"好像在报告一件大事。源氏公子答道："哎呀，这个人太不小心了，你赶快修理吧。今天是元旦，说话要当心，不可以讲不吉利的话，也不要哭。"说过之后便出门去了。他今天服饰非常华丽，女侍们走出廊下来送行，紫姬也出来送他。回进屋里，她马上替玩偶中的源氏公子穿上华丽的衣服，模仿入朝朝贺新年的模样。

少纳言对她说："今年您总得稍稍有些大人模样些才好。过了十岁的人，再摆弄玩偶可不像样。您已经有了丈夫，见到丈夫时总得像个夫人那样斯文些才是。可您现在连梳头发也不耐烦……"这时紫姬正热心于弄玩偶，少纳言对她说的这话，正想使她知道难为情。紫姬听了，心中想道："如此说来，我已经有了丈夫了。少纳言她们的丈夫，模样都很难看，我却有这么漂亮的一个丈夫。"这时她才知道她和公子的关系，虽然还很孩子气，但毕竟总是年龄渐长的表示。紫姬这种孩子气的模样，处处显露出来。殿内的人也都看到，大家觉得这对夫妻奇怪得很，但谁也没有想到他们只是有名无实的夫妻。

① 兵部卿亲王，是藤壶之兄，紫姬之父。

② 当时风俗，除夕之夜要举行打鬼仪式，即把鬼赶出去。

樱花的短暂 佚名 源氏物语绘卷 平安时代（约12世纪）

当年那个如樱花般灿烂的紫儿，如今成为源氏亦女亦妻的人，教授技艺，用心供养，十分受宠。但最美的也最短暂，众人担忧她婚后难免遭逢不幸。图中粉白色的樱花与美貌的女子相映成趣，然而有花开必有花谢，女子的幸福亦然。

却说源氏公子退朝后回到左大臣邸中，只见葵姬依旧端庄冷静，没有半点亲昵。他觉得很是苦闷，便对她说：“新的一年了，要是你能改变心情，变得随和一些，我该如何欣幸！”葵姬自从听到公子接来一个女子倍加宠爱的消息后，猜想此人如此受到重视，以后可能扶正，心中便有了几分隔阂，对公子比以前更加疏远冷淡。但她勉强装作不知，对于源氏公子随意不拘的态度，虽然不能热心应对，但也有适当的酬答，这涵养功夫毕竟是与众不同。她比源氏公子虚长四岁，略感迟暮，心中有些难为情，但也算正当花信年华，容颜自是艳丽非凡。源氏公子见了，不免反省：“此人实在并无半点缺陷，只因我这人过分轻浮，致使她对我如此怨恨。”她的父亲左大臣在诸大臣中，圣眷特别深重。她的母亲是皇上的亲妹，对这唯一的掌上明珠，悉心教养，无微不至。葵姬自然高傲成性，自命不凡，别人对她略有简慢，便视为不能容忍之事。但在源氏公子这个天之骄子看来，却不值得稀罕，一向视为平常。因此夫妇之间总是存着隔阂。左大臣对于公子的浮薄行径，也很不满。只是见面之后，怨恨顿消，依旧热心招待。

第二天，源氏公子出门时，左大臣特来看望。公子正在穿衣，左大臣亲自拿着一条名贵的玉带来给他，又亲手替他整理官袍。照顾得如此周到，只差没有亲手替他穿靴。父母爱子之心，让人深为感动。源氏公子辞谢道：“这么名贵的玉带，还是哪一天家宴我在旁侍奉时，再受尊长惠赐吧。”左大臣答道：“以后还有更好的，这也算不得什么，只不过式样有些新奇罢了。”就硬把玉带系在他身上。如此无微不至地爱护，左大臣一向视之为乐事。能眼看如此俊美之人物在家中出入，他以为真是无上之幸福。

虽说拜年，但源氏公子所到的地方并不多：除了清凉殿（父皇）、东宫（皇兄）、一院（太上皇）之外，只到三条院参拜了藤壶妃子。三条的众女侍看见他都赞叹着说：“公子今天特别漂亮呢！真奇怪，这个人一年比一年更加标致了！”藤壶妃子隔帘隐约看见，心中无限思量！

藤壶妃子分娩之日，本应是去年十二月中。但十二月毫无动静地过去了，大家有些担心。到了新年，三条众女侍都等得心焦，大家想：“无论怎样，这个正月里一定会生产的。”宫中也如此预料。但正月又这样过去了，众人议论纷纷：这么迟生产，难道是着了妖魔？藤壶妃子忧心忡忡，恐怕隐事因此泄露，以致身败名裂，心中痛苦不堪。源氏中将推算日期，愈发确信这件事与自己有关，便找个借口，在各个寺院举行法事，祈祷生产顺利。他想：世事难知，安危莫测。我和她结了这露水姻缘，难道就此诀别？左思右想，不胜慨叹。幸而过了二月初十之后，藤壶妃子平安地诞下一个男孩。于是众人忧虑全消，诸人皆大欢喜。皇上企望藤壶妃子长生不老。藤壶妃子想起了心中那件隐事，只觉无限痛苦。但她听说弘徽殿女御等人正在诅咒她，希望她难产而死，假如真的死了，倒教她们畅快。想到这里，精神振奋起来，身体也渐渐康复了。

皇上急着看新生的小皇子，十分心焦。而源氏公子心中怀着不可告人的隐秘，也渴望见一见自己的亲生儿子，便找个机会，到三条院问候，令人传言：“皇上急着知道小皇子状况，我今先来看一看，以便回宫奏闻。”藤壶妃子派人答道：“婴儿初生，尚不足观……”如此谢绝，亦自有理。其实，这婴儿的容貌与源氏公子肖似，简直一模一样，一望即知。藤壶妃子饱受良心苛责，痛苦万分。她想：“别人只看这小皇子的容貌，定会察知我那荒诞不经的过失，岂能不加谴责？莫说这种大事，纵使是小小的过失，世人总是吹毛求疵。何况我这样的

藤壶的痛苦 佚名 紫式部日记绘图本 平安时代（约11世纪）

对与源氏的不伦之恋本就内疚痛苦的藤壶妃子，现在又生下酷似源氏的孩子，害怕被发现其中隐情的她忧心忡忡，痛苦万分。源氏这边也深知这孩子是自己的，却无法坦然相见。图中抱着婴儿的妇人与帷屏外站立等待的男子表情各不相同。

事，不知将怎样遗臭万年呢！”反复思量，只觉自己真是这世间最不幸的人。

此后源氏公子偶尔遇见王女官，总是竭力说服，要她设法引导见面，但绝无成效。公子思念婴儿，时刻不忘，对王女官说一定要见一见。王女官答道：“您怎么说这种没道理的话！以后自会看见的呀！”她嘴上虽然严词拒绝，脸上却表示出无限同情与苦恼。源氏公子正像哑巴吃黄连，心中说不出的苦。只能暗自心想：“不知哪生哪世，才能与妃子对面晤谈？”那悲叹欲哭的样子，叫人看了心中也颇难过。公子吟道：

“前生多少冤仇债，
此世离愁如许深？

如此悭惜一面之缘，令人费解！”王女官亲眼见到藤壶妃子为源氏公子而日夜愁叹，听到这诗，不能无动于衷，便悄悄答道：

“人生多恨事，思子倍伤心。
相见犹悲戚，何况不见人。

你们两人两地伤心，终日愁怀不展，真可怜哪！”源氏公子每次纠缠王女官，总是不能遂得心愿，空手而回。藤壶妃子担心他来的次数太多，让人怀疑，因此对王女官也不再像从前那样亲近了。她恐怕引人注意，并不明显疏远她。但有时想起她的拉拢，心中也不免对她怀恨。王女官被她疏远，似觉出乎意料，心中大为没趣。

四月，小皇子入宫。这孩子发育得快，不像是两个月的婴儿，这时已经慢慢地会翻身了。容貌极像源氏公子，一眼就看得出来，但皇上并不介意，他只以为都属同一无上高贵的血统，容貌当然相似。皇上对这小皇子极度宠爱。源氏公子小时，他也曾加以同样的无限宠爱，只因公子是桐壶更衣所生，为世人所不容，不曾立为太子，至今犹感遗憾。把他降为臣籍，实在太委屈他。皇上看到他成人后的风采，常觉不胜惋惜。现在这小皇子是身份高贵的女御所生，容貌又生得和源氏公子一样光彩焕发，皇上便把他看作无瑕的宝玉，加以无限的恩宠。但藤壶妃子看到这孩子的容貌，再看到皇上对他的宠爱，都深感不安，心中不时隐隐作痛。

源氏中将这天来到藤壶院参与管弦表演，皇上抱了小皇子出来。他对源氏中将说："我有许多儿子，唯有你一人，从小就和我朝夕相对，就像这个孩子一样。我看见他便想起你小时候的样子，他实在很像你呢，难道孩子们小时都是这样的吗？"他这话本是想说对这两人同样的爱怜。但源氏中将听了这话，脸上不禁变色，心中又惊恐又抱歉，同时又有几分欢喜，百感交集，几乎掉下泪来。这时小皇子正值咿呀学语，笑逐颜开，让人爱煞！源氏中将想："我既然像他，可知也曾是这般美丽的。"便觉自身甚可矜贵，这也未免太过分了。藤壶妃子听到皇上这番话，十分痛心，流出一身冷汗。源氏中将见了这小皇子，心情反而不能宁静，不久告辞退出。

源氏公子回到二条院私邸，在自己房中休息。满腹愁恨，无法排遣，打算独自静坐一会儿，再到左大臣那里去。庭中草木葱茂，满目绿色，抚子花正在盛开。公子便折了一枝，写一封信，将花枝附在信上，送给王女官。信中千言万语，并附诗句：

"将花比作心头肉，
难慰愁肠泪转多。

将这盛开的花比作我的孩子，相见毕竟是渺茫无期啊！"信送到时，正好左右无人，王女官便交给藤壶妃子，并劝道："给他写封回信吧，就在这花瓣上写几个字也好。"藤壶妃子心中也觉悲伤，便拿起笔来题了两句诗：

"为花洒泪襟常湿，
犹自爱花不忍疏。"

只此两句而已，着墨不多，笔迹断断续续。王女官大喜过望，急忙把这答诗送给源氏公子。源氏公子以为一定是等不到回音，正在愁闷。见到回信，不禁喜出望外，兴奋得流下泪来。

源氏公子看了答诗，躺着出了一会儿神，但觉心情纠结，无法排遣。于是，走到西殿去看紫姬。这时公子头发蓬松，衣冠不整，只随意披着一件褂子，拿着一支短笛，一面吹着可爱的曲调，一面走进紫姬房里。只见紫姬歪着身子躺着，正像适才摘的那枝抚子花，非常美丽可爱。她做出一副撒娇的模样，因为公子回来后没有马上来看她，所以在生气。她不像平日那样起来迎接他，却背转了脸。源氏公子在她身旁坐下，叫她："到我这

抚子花的悲伤

近卫豫乐院 花木真写 江户时代（17世纪）

对于生产时辰的不合，以及小皇子酷似源氏的种种，桐壶帝并未起疑，而且对小皇子十分疼爱。但是，这份慈爱却让源氏与藤壶妃子十分惊恐和内疚。源氏将抚子花比作小皇子，寄托了他对这孩子难以割舍的亲情和不能相见的悲哀。

里来！”她也只当听不见，低声唱着古歌“春潮淹没矶头草”[①]，用袖子遮住了嘴，模样可爱而又妩媚。源氏公子说：“唉，烦人，你怎么也唱这种东西！要知道‘但愿天天常见面’[②]是不好的呀！”便命女侍取过筝来，教紫姬弹奏。对她说：“筝的三根细弦之中，中央的一根最容易断[③]，弹奏时要特别小心。”把琴弦重校一下，使之降低为平调[④]，自己先调定了弦，再把筝交给紫姬弹奏。紫姬不好意思一味撒娇，便起来弹筝，弹得非常美妙。她的身量还小，不得不伸长左手去按弦，姿态可爱。源氏公子看了十分怜爱，便吹起短笛来配合她。紫姬聪明之极，无论怎样困难的曲调，只要教过一遍，她便会弹了。多才多艺，伶俐可爱，完全符合源氏公子的期望，他觉得十分庆幸。《保曾吕俱世利》这个乐曲，名称虽不高雅，但是曲调却朗朗动人。源氏公子便用笛子吹奏这个乐曲，让紫姬弹筝相和。她弹得虽然比较生硬，但拍子半点也不错，真是高手！

---

① 这首古歌下一句是“相见稀时相忆多”。见《万叶集》。

② 这首古歌下一句为“犹如朝夕弄潮儿”。见《古今和歌集》。

③ 筝形似七弦琴，但有十三弦。最靠近弹者的三根，即第十一、十二、十三弦，都是细弦，称为“斗”“为”“巾”。中央一根细弦，是指“为”弦。

④ 平调是十二律中最低的调子。

天黑了，女侍们点上灯火，源氏公子便和紫姬在灯下看画。之前说过今晚要到左大臣那里，这时随从便在门外咳嗽，并提醒说："要下雨了。"催促源氏公子早些动身。紫姬听见，又不高兴起来，双眉紧锁。她画也不看了，低头不语，模样实在可爱。她的头发浓重艳丽，源氏公子用手拢拢她垂下的长发，问："我出门了你会想念我吗？"紫姬点点头。公子说："我一日不看见你便不会快乐的。不过我想，你现在年纪尚小，我可以无所顾虑。我先要顾到那几个脾气固执、善于嫉妒的人，不愿伤害她们的感情，所以暂且到她们那里走走。以后你长大了，我决不再经常出门。我不要让人恨我，为的是想长命安乐，称心如意地和你过日子呀。"这番话说得十分体贴，紫姬听了不免有些难为情。她也不回答，径自靠在源氏公子的膝上睡了。源氏公子觉得很可怜爱，便吩咐随从："今晚不出门了。"随从就各自散去。女侍们将公子的膳食送到这里来。公子唤醒紫姬，对她说："我不出门了！"紫姬听了，心中高兴，便起来了。两人一起用晚饭。紫姬吃得很少，略略举箸而已。饭后紫姬对公子说："那么您就早点睡吧。"她还是不放心，恐怕公子出门。源氏公子想：这般可爱的人儿，我纵使是到阴司去，怕也难于舍她独行呢。

这样的挽留，时常发生。日子一久，消息自然传到左大臣邸中。葵姬的女侍们纷纷议论："这女人到底是谁呀？真让人莫名其妙！从来不曾听说过。如此善于撒娇撒痴，把公子迷住，一定不是个身份高贵的女子。想是他在宫中不知什么地方看到一个女侍，便宠爱了她，恐怕外人非难，所以一向隐藏在家，假装她还是一个不懂事的孩子。"

皇上也听说源氏公子养着这样的一个女子，觉得对左大臣很抱歉。一天他对源氏公子说："难怪左大臣会不高兴。当年你尚年幼之时，他尽心竭力地照顾你。你现在已经长大，不是小孩子了，怎么如此忘恩负义呢？"公子只是恭恭敬敬，一句话也不说。皇上猜想他大概和葵姬感情不睦，觉得很可怜，又说："我看你也不是一个品行不端的好色之徒，从来不曾听说你对这里的宫女们或者别处的女人发生什么。你到底在哪里偷偷摸摸，使得你的岳父和妻子都这么不快呢？"

皇上虽然年事已高，在女人面上却并不疏懒。宫女之中，采女和女藏人①，只要是姿色美好而聪明伶俐的，都蒙皇上另眼相待，因此当时宫中美女如云。源氏公子如果肯对这些人略假辞色，恐怕没有一人不愿意奉承他的。但他大约是早已看惯这些，对她们似乎冷淡。有些女人试着用风情话来挑拨他，他也只是勉强敷衍，因此宫女们都嫌他这人冷酷无情。

却说其中有一个年纪较大的宫女，叫作源内侍，出身高贵，才艺优越，人望也颇高。只是生性风流，在情事上全然不知自重。源氏公子觉得奇怪：年纪这么老了，为什么如此放荡？试着用几句戏言挑拨她一下，哪知她马上有反应，且绝不感觉不相称。源氏公子虽然觉得无聊，猜想这种老女人或许另有风味，便偷偷地和她私通。但恐怕外人得知，笑他结交这样的老货，因此表面上对她很疏远，这女子便有些怀恨。

一天，内侍替皇上梳发。梳完之后，皇上召唤掌管衣服的宫女，进内更衣去了。这时室内再无他人。源氏公子看见内侍这天打扮得比往日更加漂亮：身材俊俏，脂粉合宜，装

---

① 采女是服侍御膳的宫女，女藏人是身份较低的打杂宫女。

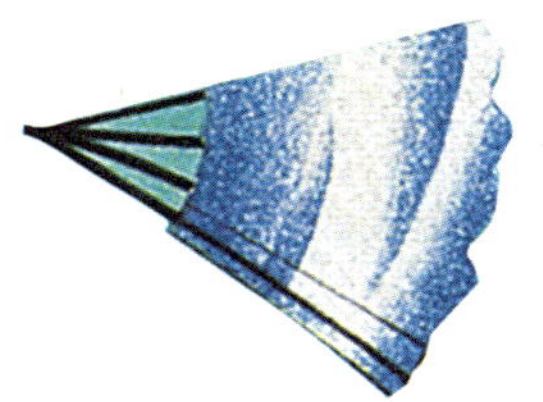

饰很是华美，模样异常风骚。他想：“老女人还要装年轻！”觉得很不顺眼。但又不肯就此罢手，想道：“不知她自己心里有何感想。”便伸手拉住她的衣裾。只见她拿起一把色彩鲜丽的纸扇来遮住了嘴，回头向公子送一个异常娇媚的秋波。但是眼睑已经深深地凹进，颜色发黑，头发蓬乱。公子看到这般模样，心想：“这色彩鲜丽的扇子和这一把年纪，真不相称哪！”便将手里的扇子和她交换，把她的扇子拿过来一看，只见鲜艳夺目的深红色调之上，用泥金画着繁茂的树木，一旁草草地题着一首古歌：“林下衰草何憔悴，驹不食兮人不刈。”[①]笔迹虽然苍老，但也有些风趣。源氏公子看了觉得很是可笑，想道：“尽可题些别的诗句，何必用这煞风景的词呢？”便对她说：“不应该这样说呀。有道是‘试听杜宇正飞鸣，夏日都来宿此林’[②]。”源氏公子觉得和这个人讲这些风流之语，有点不相宜，担心被人听见，心绪不宁。但这老女人却全不在乎，吟道：

“请看过盛林荫草，
　盼待君来好饲驹。”

吟时态度极为风骚。源氏公子答道：

“林荫常有群驹集，
　我马安能涉足来？

你那里人多口杂，叫我怎能常到？”说完便想离开，内侍拉住他，说道：“我从来不曾碰过这种钉子，想不到一把年纪还要受辱！”说罢掩面大哭。源氏公子安抚她说：“很快就会给你消息，我心中经常想念你，只是机会难得呀！”说着转身就走。内侍拼命追上，恨恨地说：“难道‘犹如津国桥梁断’[③]吗？”这时皇上已经换完衣服，隔帘望见这般光景，觉得十分可笑，想道：“这毕竟是不相称的啊。”自言自语地笑着说：“大家都说源氏公子古板，替他担心，原来并非如此。你看他连这个老货也不肯放过呢。”内侍虽然觉得难为情，但世间原有“为了心爱者，情愿穿湿衣”[④]的人，所以她并不试图替自己分辩。

别人听说这件事，也都意想不到，大家议论纷纷。头中将听到后，心想：“我在情字上也算是无微不至了，但这老货的门路却不曾想到。”他很想看看那老女人春心不减的模样，便和这内侍私通。这头中将也是一个卓然不群的美男子，内侍由他来代替那个薄情的源氏公子，倒也可聊以自慰。但她心中怕是也觉得如意郎唯有源氏公子一人吧？欲壑之难填，何至于此乎！

内侍与头中将的私情非常隐秘，源氏公子并不知道。内侍每次与公子相会，必先倾诉相思。源氏公子念她年纪已老，很是可怜，也想加以慰藉，但又不愿意这样做，所以很久都不理睬她。有一天，傍晚下起雨来，雨后清新宜人。源氏公子欲排遣这良宵美

① 这首古歌载于《古今和歌集》，这老女人自比衰草。
② 这首古歌载于《信明集》，杜宇比情夫，林比情妇。
③ 这首古歌据《细流抄》所引，下一句为“衰朽残年最可悲”。
④ 这首古歌载于《后撰集》。

源氏的无所忌讳　歌川丰国　源氏香之图　江户时代（约1844—1847年）

即使是像内侍这样的风流老妇，源氏好奇之下也和她私通。俊美与年老色衰的强烈反差，令人感叹源氏的轻浮和无所顾忌。这种无所忌讳由来已久，图为当年源氏窥看臣属之妻女空蝉、轩端荻下棋的情景，并先后与之发生关系。

景，在内侍所住的温明殿附近徘徊闲步。内侍正在弹琵琶，声音极为悦耳。这名年长内侍每逢御前管弦演奏，经常与男人一起弹琵琶，于此道十分擅长。再加上这时满怀离绪，无处发泄，所以弹得更加动听。她正在唱催马乐《山城》之歌："……好个种瓜郎，要我做妻房。……想来又想去，嫁与也何妨……"嗓音非常美妙，但略觉不大相称。源氏公子侧耳倾听，心想："从前白居易在鄂州听到那个人的歌声①，想必不能有这般美妙吧。"

内侍的琵琶忽然停止，想必她正在悲伤愁叹。源氏公子靠在柱子上，低声吟唱催马乐《东屋》之歌②："我在东屋檐下立……"内侍便接着唱下一段："……请你自己推开

① 白居易诗《夜闻歌者宿鄂州》："夜泊鹦鹉州，秋江月澄沏。邻船有歌者，发调堪愁绝。歌罢继以泣，泣声通复咽。寻声见其人，有妇颜如雪。独倚帆樯立，娉婷十七八。夜泪似珍珠，双双堕明月。借问谁家妇，歌泣何凄切？一问一沾襟，低眉终不说。"

② 催马乐《东屋》之歌全文："（男唱）我在东屋檐下立，斜风细雨湿我裳。多谢我的好姐姐，快快开门接情郎。（女唱）此门无锁又无闩，一推便开无阻挡。请你自己推开门，我是你的好妻房。"

门……”源氏公子觉得她的歌声的确出众。内侍吟诗道：

“檐前岂有湿衣者？
唯见泪珠似雨淋。”

吟罢长叹数声。源氏公子想：“你情人众多，这牢骚何以发给我一个人听呢？你有什么心事，如此悲叹？真是让人厌烦！”便答吟道：

“窥人妻女多烦累，
不惯屋檐立等门。”

他想就此走开，又想这未免太冷酷了，便走进门去。对手是个老货，因此两人搭讪不免轻薄，但也觉得别有趣味。

却说头中将近来讨厌源氏公子，因为源氏公子过于假正经，经常责备他的轻薄行为，而自己却满不在乎地东偷西摸，有了不少情妇。他经常想找出他的破绽，以便报复。这一天正好头中将也来会这内侍，看见源氏公子先走了进去，心中极是高兴。他想乘此机会稍稍吓他一下，让他吃点苦头，再问他：“你今后可知改悔了吗？”他暂不作声，站在门外听着动静。这时风声渐紧，夜色已深，室内全无声息，二人大概已经入睡。头中将悄悄地走进室内。而源氏公子心中有事，不能安心入睡，马上听见脚步声。他想不到是头中将，只以为是以前和内侍私通的那个修理大夫，又来探访。他想：我这种不伦不类的行为，被这样一个人看到，该多难为情！便对内侍说：“哎呀，不好了，让我回去吧。你早已看见了蟢子飞，却瞒着我，真可怕呀！”便起身拿了一件常礼服，躲到屏风背后去了。

头中将心中暗笑，但假作不知，走到源氏公子躲着的屏风旁，把屏风折起来，发出噼噼啪啪的声音。内侍虽然年纪已长，却是一个善于逢迎的风骚女子。两个男子争风吃醋的事件，她经历得并不少。虽然早已见惯，这回她却也非常狼狈，恐怕新来的那个男子对源氏公子不利，很是担心。急忙起身，战战兢兢地拉住了这个男子。

源氏公子想马上溜出去，不让对方认出他来。但顾念自己衣衫不整，帽子歪斜，这仓皇出逃的背影实在可笑，便有些犹豫不决。头中将不想让源氏公子知道他是谁，就默不作声，只是装作非常愤怒的样子，把佩刀拔了出来。内侍急了，连声喊道：“喂，好人！我的好人！”走上前去向他求情。头中将觉得太滑稽了，差一点忍不住笑了出来。内侍虽然假装娇艳的少女，粗看倒也像模像样，但实际上却是个五十七八岁的老太婆。这时她忘记了一切，夹在两个美貌无比的二十来岁的贵公子之间，狼狈地调停排解，这模样实在滑稽之极！

头中将假装成他人，一味恐吓，反被源氏公子看出马脚。源氏公子心想：“他明知是我，故意如此，真是可恶。”公子觉得好笑，抓住了他那持佩刀的手臂，使劲地拧了一下。头中将知道已被看破，惋惜之余，忍不住大笑起来。源氏公子对他说：“你是当真还是玩笑？玩笑也得有个分寸啊！快让我把衣服穿好吧。”头中将抢走了他的衣服，死也不给他穿。源氏公子说：“那么咱们两人一样。”便伸手扯下了他的腰带，想脱他的衣服。头中将不让他脱，用力抵抗。两人扭作一团，你争我夺。只听裂帛一声，源氏公子的衣服竟被撕破了。头中将即景吟道：

“直须扯得衣裳破，
隐秘真情露出来。

你不如把这破衣穿在外面，让大家看看吧。”源氏公子答道：

“明知隐秘终难守，
故意行凶心太狠！”

两人唱和之后，相互之间的怨恨全消失了，就这样衣冠零乱地一起出门去了。

源氏公子回到二条院，想到这次竟被头中将捉住，心中不免恨恼，没精打彩地躺下来。却说内侍遭逢了这意外之事，很觉无聊。第二天便将昨晚两人遗落的一条男裙和一根腰带送还源氏公子，并附诗道：

“两度浪潮来又去，
矶头空剩寂寥春。

我如今是‘泪若悬河’了！”源氏公子看了想道：“这个人真是厚颜无耻。”很厌烦她。但想起她昨晚那般困窘，又觉得可怜，便答诗道：

“骇浪惊涛何足惧？
我心但恨此矶头！”[①]

回信就只两句诗。他看送回来的腰带，知道是头中将的，因为腰带的颜色比他自己的常礼服要深些[②]。但察看自己的常礼服，发观假袖[③]已被撕掉。他想：“太不成模样了！可见好色之人，丢脸的事也一定很多。”越这样想越暗自警惕了一些。

这时头中将在宫中值宿所，将昨晚撕下来的假袖包好了送还源氏公子，并附言道：“快些缝上吧。”源氏公子心想：“怎么竟被他拿了去？”心中很不高兴。又想：“若是我没有拿到这根腰带，可就便宜了他。”便使用同样颜色的纸张将腰带包好，送还头中将，并附诗道：

“怜君失带恩情绝，[④]
原物今朝即奉还。”

头中将收到了腰带和诗，马上吟道：

“恨君盗我天蓝带，
此是与君割席时。

① 以上两诗，皆以浪花比喻二位少年，以矶头比内侍。

② 常礼服的腰带一定会用同样色彩的织物。

③ 假袖是接在衣袖上，使衣袖加长的。

④ 催马乐《石川》云：“石川高丽人，取了我的带。我心甚后悔，可恨又可叹。取的什么带？取的淡蓝带。担心失此带，恩情中途断。”当时的人相信男女幽会时如腰带被人取去，则恩情中绝。

你可不能怪我恨你啊！”

正午时分，两人各自上殿见驾。源氏公子装出一副端庄严肃、若无其事的模样。头中将却在心中暗笑。这一天正值公事忙碌，各种政务奏请敕裁。两人侃侃而谈，神气活现。有时不免视线相接，便各自低头微笑。找个无人在旁的机会，头中将走近源氏公子，白了他一眼，恨恨地说：“你总是如此死守秘密，如今看你再敢不敢？”源氏公子答道：“哪里的话！特地来了，却又空手归去的人，才是最倒霉的！我老实告诉你：人言可畏，我也是情非得已呀。”两人聊了一会儿，相互约定要像古歌中“若有人问答不知”[①]一样，大家严守秘密。

这以后头中将每逢机会，便将这件事作为嘲笑源氏公子的话柄。源氏公子想：“都是这讨人厌的老婆娘害人！”心中更加后悔了。但那个内侍还是假娇撒痴地怨恨公子薄情，公子越想越懊悔。头中将对妹妹葵姬也不透露这件事，只是放在心里，心想：今后如有必要，就用它作为恐吓源氏公子的手段。

出身高贵的皇家子弟，看见皇上如此宠爱源氏公子，都对他有些忌惮，敬而远之。唯有头中将从不怕他，一点儿小事也都要跟他争个胜负。与葵姬同母所生的，唯有头中将一人。他想：源氏公子不过是皇上的儿子而已，而他自己呢，父亲在大臣中是圣眷最厚的贵人，母亲是皇上的同胞妹妹。他从小受到父母无限宠爱，有哪一点儿比不上源氏公子呢？在实际上，他的人品确也十全其美。这两人在情事上的竞争，真是无奇不有。为免烦冗，这里就不尽数了。

却说藤壶妃子将被册立为皇后，仪式定在七月举行。源氏公子则由中将升任了宰相。皇上准备在近年之内让位于弘徽殿女御所生的太子，再立藤壶妃子所生之子为太子。但这新太子没有后援，几位舅父都是皇子，都已降为臣下。当时是藤原氏的天下，让源氏的人摄行朝政有些不便，所以不得不将新太子之母册立为皇后，借以加强新太子的势力。弘徽殿女御听说这件事，大为不快，这自是理所当然。皇上对她说：“你的儿子不久便即位了，那时你就安居皇太后的尊位，放心吧。”世人不免暗自忧虑，议论道：“这女御是太子之母，入宫已有二十余年，倘要册立藤壶妃子为皇后而压倒她，恐怕不容易吧。”

藤壶妃子册立皇后的仪式结束了。这天晚上入宫，由源氏宰相相奉。藤壶妃子是前皇的皇后所生，在众后妃中出身特别高贵，而且新近又生了一位粉妆玉琢、光彩焕发的小皇子。因此皇上对她宠爱有加，别人对她也另眼看待。源氏公子奉陪入宫时，心情纠结，想象辇车中妃子的风姿，不胜恋慕。又想今后相隔更远，再无见面的机会，不觉心灰意冷，神思恍惚。便自言自语地吟道：

“纵能仰望云端相，
幽恨绵绵无绝期。”

吟罢，只觉心情异常寂寞。

小皇子日渐长大，容貌愈发肖似源氏公子，竟然难于分辨。藤壶妃子看着非常痛苦，但别人并不注意此事。世人都以为，无论什么人，无论如何改头换面，都及不上源氏公子的美貌。而小皇子与源氏公子同出一父，自然相像，这正像日月行空，光辉自然相似。

---

① 古歌：“若有人问答不知，切勿泄露我姓氏！”可见《古今和歌集》。

平安时代的宫廷舞乐——《青海波》

平安时代兴盛的宫廷音乐，是以大规模合奏形态演奏的雅乐，伴随音乐舞蹈的是舞乐。舞乐分为两种，“左派”的舞姿柔慢舒缓，“右派”的舞姿则相对幽默活泼。《青海波》就是左派的一种。它不仅要求姿态优美，动作更要求高度协调、整齐划一。

青海波

- 1 舞者：多为两名表演者，皆是当时最为优秀的贵族公子。
- 2 舞台：设在户外，台前台后有阶梯，台面以绿色的丝绸铺垫，台阶漆成黑色，栏杆和柱子则漆成红色。
- 3 舞种：柔慢舒缓的“左派”。
- 4 舞具：身着绚丽的舞蹈服饰。
- 5 舞蹈功用：多为宫廷活动、神社祭祀时所用。

第八回　花宴①

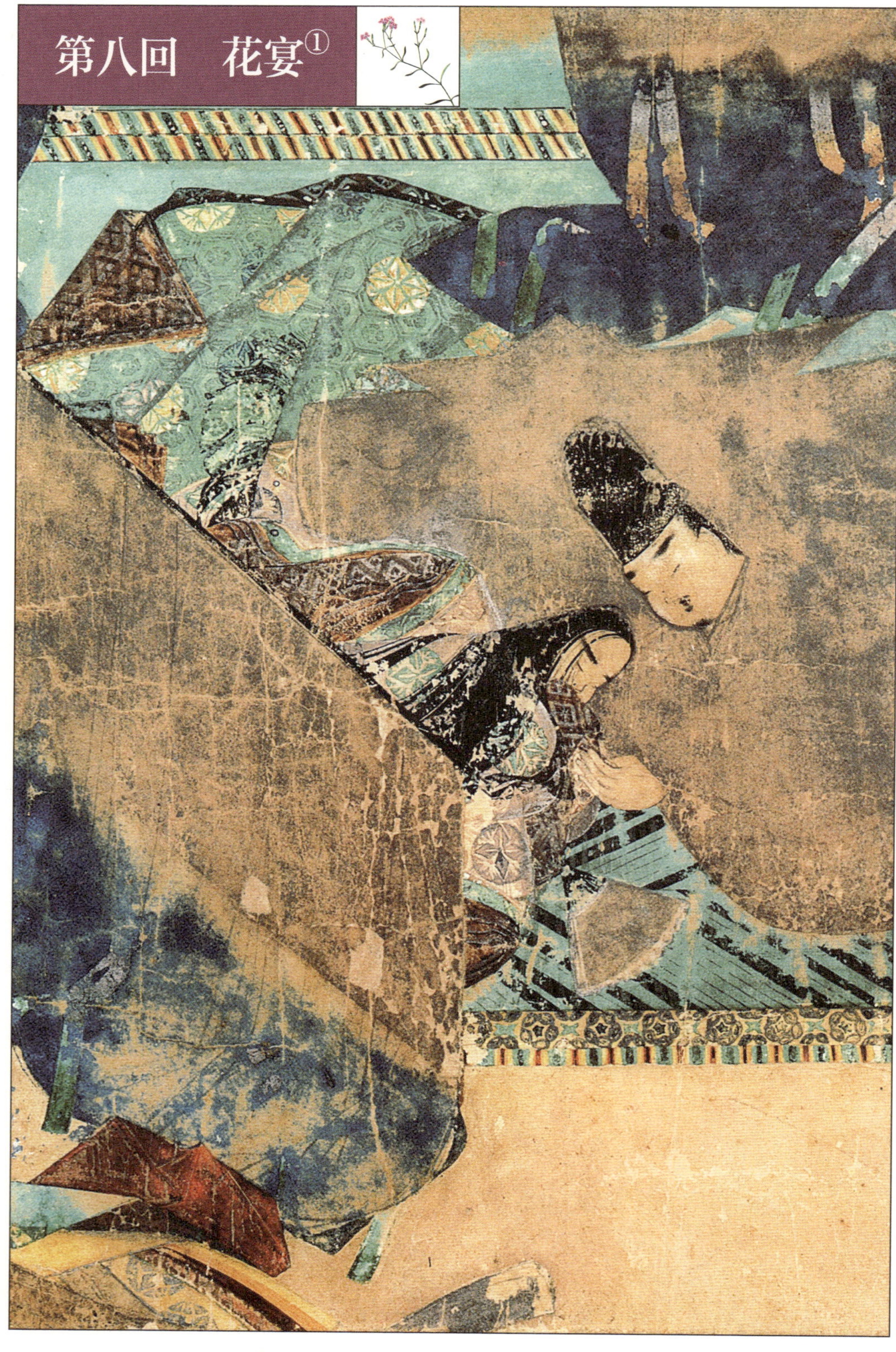

第二年春，二月二十过后，皇上在南殿举行樱花会。藤壶皇后及朱雀院皇太子的御座，设在皇上玉座的两旁，皇后及皇太子都去赴席。弘徽殿女御因为被藤壶皇后占据上风，心中常感不快，总是避免同席。但这一次欣赏美景，却不便一人向隅，只得也来赴席。

这一天，天气清朗，景色宜人。百鸟齐鸣，音色悦耳。从亲王、公卿至擅长诗道诸人，全都出席，取韵[②]吟诗。源氏宰相取了一韵，大声报道："臣谨得'春'字韵！"声音清朗，非同凡响。随后轮到头中将，众人对他也另眼相看。只见他态度从容，落落大方，报韵声调亦恭谨郑重，与众不同。其余诸人，则相形见绌，畏缩不前。阶下不能上殿的诸文人，见皇上及皇太子皆才华出众，又值文运昌隆、人才辈出之际，大家自惭形秽。在此大庭广众之中举步上前取韵作诗，虽然并不困难，竟都感到畏惧恐缩，手足无措。几个年老的文章博士，虽然衣服异常寒酸，反却因惯于这种情景，态度从容自若。皇上看到这一情状，颇感有趣。

舞乐之事，更不必说，早已准备妥帖。红日西斜之时，开始表演《春莺啭》[③]，歌声舞态，无不十分曼妙。皇太子记起去年红叶贺时源氏公子所演的《青海波》，便赏赐他一枝樱花插于冠上，再三劝他表演。盛情难却，源氏公子便起立出场，从容举袖，表演了一节。姿态之美妙，无可比拟。左大臣看了，全然忘了对他的怨恨，感动得流下泪来。便问："头中将在哪儿？快快上来！"头中将也就挺身站出，表演了一出《柳花苑》舞。时间较长，技法精湛。想是早就料知这种情况，提早做了准备，姿态十分动人。皇上立即颁赐一袭御衣。众人皆以为这真是特殊的恩典。此后诸公卿不按顺次出场献舞，但天色已晚，灯光之下难辨优劣。

舞罢，宣读众人的诗篇。源氏公子之作精深渊博，宣读师亦不能轻易读诵。每读一句，座中赞叹之声四起，各文章博士亦皆真心敬佩。以前每逢这种机会，皇上一定先让源氏公子表演，为四座增光。今日见他赛诗得胜，圣心自然更加喜悦。

藤壶皇后见源氏公子技艺超群，心想："太子之母弘徽殿女御如此憎恨源氏公子，真不可理解。但我自己如此爱他，亦不免抱愧于心。"她深自反省。

"若能看作寻常舞，
 贪赏风姿不疚心。"

她只在心中默诵此诗，后来却不知如何泄露于世间。

御宴至深夜才散，各公卿纷纷告退，藤壶皇后及皇太子也各自回宫。四周寂静，月色转明，一片大好的清夜美景！源氏公子兴致方浓，觉得如此良宵，不可虚度。他想："殿上值宿人都已经睡了，此时无人注意，或有机会可以见见藤壶皇后。"便悄悄地走向

① 本回写源氏二十岁春天的事。

② 取韵，在庭中放一书台，台上罗列许多韵字纸，背面向上。作诗者各取一纸，以此纸上所书的字为韵而作诗。所作皆汉诗。

③ 唐高宗命白明达仿照莺声作此曲，文武天皇年间（697—707年）传到日本。

藤壶院，窥看情状。只见可通消息的王女官等人的房门都紧闭着，只得暗自叹息。但仍不肯就此归去，便转向弘徽殿廊下走去，只见第三道门尚未关闭。弘徽殿女御宴后已赴宫中值宿，留守的人不多。源氏公子向门内查看，见里面的小门也还开着，人声全无。源氏公子想道："世间女子犯了过失，都是由于门禁不严的缘故。"他便迈进门去，向内查探，众女侍似乎都已睡着了。

忽然听见廊下一个非常娇嫩美妙的女声，正在吟唱古歌："不似明灯照，又非暗幕张。朦胧春月夜，美景世无双。"[①]这女子一面吟唱，一面向这边走过来。源氏公子大喜，待她走近，便闯出门去，一把拉住她的衣袖。女子好像很害怕的模样，叫道："呀，吓死我啦！是谁呀？"源氏公子答道："你何必这样厌烦我呢？"便吟诗道：

"你我皆知深夜好，
良缘恰似月团圆。"

他抱她入房，关上门。那女子因为事出意外，一时失魂落魄，倒不失一种温柔甘美之趣。她浑身发抖，喊道："这里有一个陌生人！"源氏公子对她说："我是大家都容许的，你喊人来，有什么用处呢？还是安静一些吧。"女子听了声音，知道他是源氏公子，心中略感安慰。她觉得这件事十分尴尬，但又不愿做出冷酷无情的模样。源氏公子这一天饮酒极多，醉得比往常更加厉害，岂肯白白放过。那女子年轻幼稚，性情温柔，也无力反抗。两人就此成其好事。源氏公子只觉这女子十分可爱，只可惜天色渐亮，心中万般惆怅。那女子更是忧心忡忡，春心纷乱。

源氏公子便对她说："我要请教你的芳名，以后又怎样才可通信呢？你大概也不愿就此分手吧。"女的便吟诗道：

"妾如不幸归泉壤，
料汝无缘扫墓来。"

她吟时姿态十分娇艳。源氏公子答道："说的也有道理，我不该这样问你，应该自去用心探查。不过

东寻西探芳名字，
谣诼纷传似竹风。

你要是不怕损坏名誉，我又有什么好忌惮的？我一定查探出来，难道你想从此瞒住我吗？"正在交谈，天色已亮，众女侍纷纷起身，往宫中迎接女御，廊上众人来往频繁。源氏公子无可奈何，只得和那女子交换了一把扇子，作为凭证，然后匆匆出门，回二条院去。

源氏公子住的宫邸桐壶院内，女侍甚多，这时有几人已经睡醒。她们看见公子清晨归来，便交头接耳地互相告道："多么辛苦！日日夜夜地东偷西摸！"她们假装睡着。

① 这首古歌可见《千里集》。

源氏公子走进内室，虽然躺下，但不能马上入睡。心中暗思："这个人儿真是可爱！大约是弘徽殿女御姐妹中的一人吧。她还是处女，那想必是五女公子或六女公子了。帅皇子[①]的夫人三女公子和头中将所不爱的夫人四女公子，听说都是美人。要是这两个人，那才更加有味。六女公子已经许给皇太子，如果是她，倒有些对她不起。她们姐妹众多，难于辨别，我倒真有些弄不清楚。看她那副模样，似乎不想就此绝交。那么为什么又不肯告诉我通信之法呢？"他左思右想，一颗心儿全被这女子绊住了。弘徽殿如此帷幕不修，而藤壶院如此门禁森严，两相比较之下，他觉得藤壶皇后的人品确可钦敬！

第二日再开小宴，又忙忙碌碌了一天，源氏公子在宴中弹筝，今日的小宴比昨日的大宴更加富有雅趣。时近破晓，藤壶皇后进宫侍驾去了。源氏公子意兴阑珊，想起昨夜朦胧月色之下邂逅的那个女子，此刻大概也要出宫了，心中不胜惆怅。就叫他那两个能干的侍臣良清和惟光前去查探情状。公子辞别皇上，出宫之时，两人便来报告："以前停在隐蔽处的车子，现在从北门出去了。只见许多女御及更衣的娘家人中，右大臣家的两个儿子少将及右中弁匆匆忙忙地赶出来相送，可知弘徽殿女御也退出去了。我们看得清楚：其中有不少美貌女子。车子唯有三辆。"源氏公子听了这话，想那女子一定就在车中，心中不免激动。他想："有什么办法可以知道那女子排行第几呢？索性将这件事告知她父亲右大臣，正式做了他的女婿，这样使得吗？但此人人品怎样，尚不能确知，仓促求婚，未免太孟浪了些吧。但就此罢手，永远不知那人是谁，也太可惜，怎样才好呢？"他心中苦恼，茫然地躺着。

这里忽然想起紫姬："她一定很寂寞吧，这几天我整日待在宫中，一直没回二条院，她大概要闷闷不乐了。"他觉得很可怜。拿出那把作为证物的扇子来看，只见两根外骨上各装着三片樱花状的饰物，扎着五色丝线。浓色的一面用泥金画着一轮朦胧的淡月，月影映在水中。式样并不特别新颖，但这是美人用惯之物，自有亲切之感。那个吟唱"料汝无缘扫墓来"的人的面容，始终不曾离开他的心头，他便在扇头添了两句诗：

"朦胧残月归何处？
 刻骨相思恼杀人。"

写好之后他把扇子收藏了起来。

却说源氏公子想起又有很久未去左大臣那里，但又可怜那个幼小的紫姬，便决定先去安慰她一下。他走出宫邸，回二条院去。

源氏公子每次看见紫姬，总觉得她长得愈发美丽娇媚，她的聪明伶俐更是与众不同。源氏公子觉得此人毫无缺陷，完全可以按照他自己的愿望教养成人。只是担心一点：仅由男子教养，以后性情会不会缺少一点温柔？

他把这些日子宫中宴会的情形讲给紫姬听，又教她弹琴，相伴了一天。到了晚上，公子准备出门，紫姬噘嘴说："又要去了。"但近来她已习惯，不再任性阻挠。

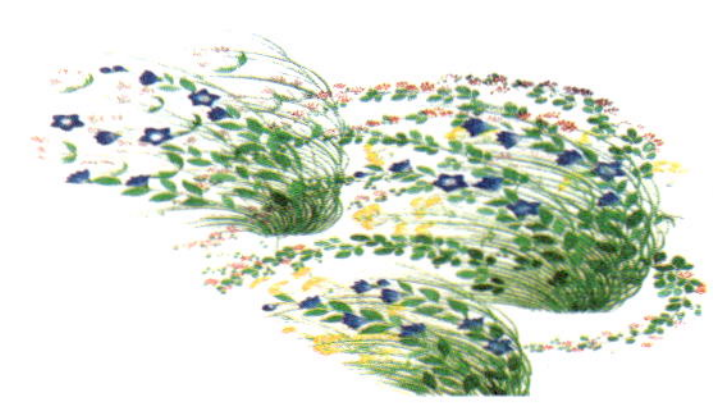

① 帅皇子，源氏之弟，后来称为萤兵部卿。

月下好事　歌川丰国　源氏香之图·花宴　江户时代（约1844—1847年）

樱花宴后，酒醉的源氏无意间走进政敌弘徽皇太后的宫殿，月色朦胧中与一位女子成就好事。女子得知他是光华公子源氏后，并不抗拒。而对源氏来说，那女子是谁、可能惹来什么麻烦并不重要，重要的是当时她那温柔甘美的情趣。图为源氏和那女子交换纸扇作为定情信物的情景。

源氏公子来到左大臣邸内，葵姬依然不立刻出来相迎。公子觉得寂寞无聊，只得独自想着各种事情。后来取过筝来弹奏，吟唱催马乐《贯川》：“……没有一夜好安眠……”[①]左大臣来了，与他谈论前日宴中趣事：“老夫活了这把年纪，历仕四朝明主，也算有阅历的了，却从来不曾见过如此清新警策的诗文、完美无瑕的舞乐，更从来不曾感到这样陶情适性，却病延年的快乐。如今正是文运昌隆、人才辈出之时，再加上你精通诸项才艺，善于调度贤才，才能有此番盛景。老夫虽然年迈，也有闻鸡起舞之兴呢！”

源氏公子答道：“岂敢！小婿并不善于调度，只是多方搜求贤才，勉尽职责而已。纵观万般技艺，只有头中将的《柳花苑》才能称得上尽善尽美，真是后世的表率。大人要是肯借此春景，欣然起舞，那就更能为天下增光了。”这时左中弁和头中将走进来，三人倚在栏前，各自取了所爱的乐器，合奏一曲，声音悠扬悦耳。

却说那个朦胧月夜的小姐，想着那晚迷离的春梦，不胜悲叹，心中怀着无限思量。她已与皇太子订下婚约，大概四月就要入宫成亲，为此更添烦恼。男的这边呢，虽然也有办法探寻底细，但因不知她是第几位女公子，又与弘徽殿女御一向疏远，仓促求婚，有失体面，为此不胜苦闷。三月二十日过后，右大臣家举行赛箭会，邀请众公卿及亲王参与，接着便是欣赏藤花的宴会。其时樱花已经零落，但是有两株迟开的樱花树，仿佛懂得古歌“山樱僻处无人见，着意留春独后开”[②]的趣味，开得极其茂盛。最近新建的一所宫室，为准备弘徽殿女御所生的公主的着裳仪式[③]，装饰得华丽非凡。右大臣讲究排场，一切陈设都称得上新颖时髦。今日赛箭赏花，右大臣前几天在宫中遇见源氏公子时，曾当面邀请他参加。但担心公子不到，致使盛会减色，为此又派儿子少将前来迎接，并赠诗道：

“我屋藤花如拙陋，
何须特地待君来？”

这时源氏公子正在宫中，便将这件事奏闻。皇上看了诗笑道：“他这个人真得意扬扬呢！”又说：“他特地派人来接你，快些去吧。公主们都在他家长大，他不会把你当作外人的。”

源氏公子用心打扮，直至天色渐晚才到，右大臣等得有些心焦。源氏公子身着一件白地彩纹中国薄绸常礼服，里面衬一件紫色衬袍，拖着极长的后裾，夹在许多身着大礼服的王公中间，显得风流潇洒，大家对他肃然起敬。公子从容就座，风采实在不凡。花朵之美也被他遮蔽，反而令人看了扫兴。

这一天的管弦演奏极为出色。夜色渐浓，源氏公子饮得酩酊大醉，做出苦闷之状，

① 催马乐《贯川》全文：“（女唱）莎草生在贯川边，做个枕头软如绵。郎君失却父母欢，没有一夜好安眠。（女唱）郎君失却父母欢，为此分外可爱怜。（男唱）姐姐如此把我爱，我心感激不可言。明天我上矢蚓市，一定替你买双鞋。（女唱）你倘买鞋给我穿，要买绸面狭底鞋。穿上鞋子着好衣，走上官路迎郎来。”源氏欲以这个多情女子来与冷淡的葵姬对比。

② 这首古歌见《古今和歌集》。

③ 女子十二至十四岁之间，举行着裳仪式，表示成人，同时垂髫改为结发。

起身离座。正殿里住着大公主[1]和三公主。源氏公子便走到东面的边门旁，倚门远望。

正殿檐前，藤花正值盛开。为了看花，格子窗都开着，众女侍聚在帘前。她们故意把衣袖裙裾露在帘外，像举行新年踏歌会似的。这态度和今天的内宴很不相称。源氏公子想起藤壶院的斯文优雅，觉得那里毕竟与众不同。

“我心情不好，他们偏偏一味劝酒，喝多了真难过！对不起了，既然有缘来到此地，让我在这里歇一下吧。”他这样说着便掀起了门帘，把上半身探进帘子里来。只听有一个女子说：“咦！这话真可笑！下贱的人才肯攀缘，像你这样高贵的身份，何必说‘有缘’呢？”源氏公子一看，这个人模样虽不十分庄重，但也并非普通青年女侍，分明具有高贵的品质。

室中弥漫着不知从哪里飘来的香味。诸女聚集在一起，钗钿交错，裙影蹁跹，人人举止婀娜，柔美动人。可是缺乏端庄娴雅的风情，这显然是热爱时髦、崇尚富丽的家风所致。这些身份高贵的女子，为了观看射箭并赏花，都从深闺之中来到这门前。在这些女子面前，源氏公子本应恭谨一些，但他为眼前情景所感染，一时兴起，不由想到：“不知朦胧月下邂逅的是哪一位。”胸中突突地跳。他便将头靠在门边，把催马乐《石川》加以改动，用诙谐的语调唱道：

“石川高丽人，取了我的扇。
我心甚后悔，可恨又可叹。
……”

一个女子答道：“奇怪！来了一个高丽人呢！”可知此人不知底细。帷屏后另有一女子，默默不答，只是连声轻叹。源氏公子便走近她，隔着帷屏握住她的手，吟道：

“暂赏朦胧月，还能再见无？
山头凝望处，忧思入迷途。

何故入迷途呢？”他用不太肯定的口气说。那女的忍不住了，答吟道：

“但得心相许，非关月有无。
山头云漠漠，安得入迷途？”[2]

听这声音，此人确是那天偶遇的女子。源氏公子大喜过望，只是……

① 大公主，即前页所述举行着裳仪式的那位，三公主后来成为贺茂斋院。
② 以上两诗，都用月亮比喻那女子，用山头比喻这宫室。

扇子的故事

扇子，是平安时代贵族们的时尚亮点，由唐代以团扇的样式传入日本，后演变为纸扇，其扇骨一般用丝柏或杉树的薄木片连缀而成，所以也叫作柏扇，是非常隆重的一种装饰品。

扇子的功用

1 扇风乘凉。

2 姿态上可以遮挡面容。

3 写上和歌送人，展示扇子主人的人品和风格。

4 谈情说爱场面中必不可少的物件或信物。

扇面的审美

当时的人们认为，扇子反映了主人的人品和审美情趣。所以贵族男女们在扇子的图案和配色上可说是费尽心机。

扇面上的花鸟图案运笔舒展自如。

从侍女手中的柏扇上可以看到松林与远山的图案。

从侍女手中的纸扇上可见紫红的底色上画着银色平缓的山丘和花草。

第九回　葵姬[1]

自从朝代更换后，源氏公子对万事皆无热情。又因升任大将，身份更加尊崇，不便轻举妄动。幽会之事，也不得不稍加收敛，因此各处情人，都等他等得心焦，不免怨恨悲叹。这大概就是报应吧，他自己爱慕的那个藤壶皇后，心中也有无穷的悲伤悔恨。

藤壶皇后自从皇上让位之后，便如普通宫人一般日夜服侍。弘徽殿太后愈发妒忌，索性只住在儿子朱雀帝宫中，藤壶皇后对此倒很安心。每逢天气晴朗，桐壶院[②]必定举办宏大的管弦之会。让位以来，日子倒也悠闲自得，很是幸福。唯有一事不能称心：冷泉院皇太子居住宫中，不得时常见面，未免有些挂念。这太子没有后援，桐壶院很是担心，便命源氏大将做他的保护者。源氏大将受命之时，既惧且喜。

却说已故皇太子与六条妃子所生的女儿，就要到伊势神宫当斋宫[③]了。六条妃子早就谋划：源氏大将的爱极不可靠，让这幼女独自前往，也不能放心，不如借照顾幼女，跟她同赴伊势去吧。桐壶院听到这个消息，对源氏公子说："我那弟弟在世之日，最宠爱这位妃子，你对她倘有轻率之举，便是对不起她。这个斋宫，我也视同自己的子女一般。无论从任何一方面说，你都该尊重这位妃子。像你这般任情恣意，轻薄好色，将来势必受人讥评。"说时脸色很是不悦。源氏公子心中也觉父皇所说有理，只得恭恭敬敬地听着。父皇又说："你不要让对方蒙受耻辱，无论何人，必须彬彬有礼，切莫让女人们对你怀恨。"源氏公子心想："我那大逆不道的行为，要是被他知道，那可不得了！"心中惶恐不安，急忙肃然告退了。

他和六条妃子的关系，桐壶院早已知道，因此才有这番训话。这事有伤六条妃子的名誉，就源氏公子的行为而言，也实在太轻薄了。源氏公子很想今后更重视她一些，但又不便公然表示。六条妃子呢，自觉年纪比他大一些，很不相称，觉得羞愧，因此对他态度也很冷淡。源氏公子估量她的心意，对她也不十分亲热。但桐壶院早已知道，世间也已无人不晓。虽然如此，六条妃子还是怨恨源氏公子的薄幸，不时愁叹。

槿姬听世间传说源氏公子是个薄情之人，于是打定主意，绝不像别人那样受他诱惑。公子给她写信，她多半置之不理，不过偶尔回他一封短书，也不表示嫌恶，让他难堪。因此源氏公子始终以为这个人品格优异。

葵姬对于源氏公子的轻薄行为，当然极不满意，但可能是她觉得激烈反对也于事无补吧，也并不十分妒忌。这时她已怀孕，精神不爽，心中更是闷闷不乐。源氏公子听说她已怀孕，心中庆幸，父母亦皆大欢喜。然而不免担心，便举行各种法事，祈求安产。这段时间源氏公子自然更加忙碌，对六条妃子等人虽然并未忘情，但却长久不去拜访了。

这时贺茂神社的那位斋院，修行期已满，继任之人，请卜确定为弘徽殿太后所生的三公主。桐壶帝与弘徽殿太后特别爱这公主，不舍得让她去过那清苦的修行生活。但此外再没有适当之人，也只得忍痛割爱。斋院入社的仪式，本是寻常之事，但这次特别隆重。贺茂神社祝祭，除了规定的仪式之外，又添加了许多节目，设计得十分新颖。这原是按照斋院的身份高低而有差别的。

---

① 本回写两年以后即源氏二十二岁至二十三岁正月之事。

② 天皇让位后将移居后院，即以该院为名，称让位之帝为某某院。

③ 斋宫，也称斋王。每次天皇即位，定斋宫及斋院。修行有一定期限。

桐壶院的训斥　歌川丰国　源氏香之图·桐壶　江户时代（约1844—1847年）

源氏与六条妃子的私情已是众人皆知，因此，桐壶院对源氏冷落六条的凉薄十分不满，告诫他不要辜负六条妃子，免遭世人讥评。图为桐壶帝就六条妃子一事训斥源氏。虽然以两人的身份，有此私情于伦理不合，但平安时代性爱、恋爱皆自由，六条妃子又是寡居，也就默认了。但被女人怀恨，在当时是十分失礼、没有面子的事情。

入社前几日举行祓禊[①]，执事的公卿人数本来有确定的人数。但这次特别讲究，只选声望高贵、容貌优秀的人。连他们衬衣的色彩、外裙的纹样以至马和鞍镫，也都筹划得齐齐整整。桐壶院又下特旨，命源氏大将参与行事。女眷乘坐的车子，都提前准备，装饰得灿烂辉煌。祓禊行列将要通过一条大路，一路上车水马龙，拥挤不堪。各处临时搭建起来的看台，装饰得各具特色。女人们的衣衫裙裾在帘下露出，鲜艳夺目，真是好一派良辰美景！

葵姬一向不爱热闹，且怀孕之后精神不振，这次更不想出门，但是众青年女侍劝道："好没意思呀！我们几人自己悄悄地去看，太乏味了。这样的盛会谁不想看，连山村野老也都想拜见源氏大将的风采，从遥远的地方带了妻子上京城来，夫人反而不去，真太可惜了。"葵姬的母亲听到这话，便劝她："你今天精神还好，不如去看看吧。你不去，这些侍从人都觉得没趣。"葵姬遵命。母夫人急忙命人备车。

时光已经不早，葵姬的装束并未特地显露阔气。一行华美的车子来到一条，只见无

① 祓禊，是一种仪式，祓除不祥之意。

数车子排列得密密麻麻，竟无插足之地。侍从车中有许多身份高贵的宫女，她们便选了一个闲杂人等的地方，叫停在那里的车子都退避一下。其中有两辆牛车，挂的帘幕极其精致，但外面的竹席已经有些陈旧，模样很不整洁。车中妇女靠后坐着，衣袖、裙裾及汗衫[①]等都自帘下稍稍露出，颜色都很素雅，显然是为了避人耳目而特意安排的。车旁侍从见别人要他们退避，便走过来昂然说："这两辆车子不同一般，不能退避！"不许葵夫人的侍从动手。两方都是年轻人，而且都喝了酒，便争吵起来，无法制止。葵夫人这边几个年长的侍从出来说："不得争吵！"但全无效用。

原来这两辆车子是伊势斋宫的母亲六条妃子的，她想是因为心情不快，只想悄悄出门游览一下。她虽想保守秘密，但却被葵夫人的侍从识破。他们便对六条妃子的侍从们骂道："你们是什么来头，这么强硬？也是仰仗源氏大将的势力吗？"葵夫人的侍从中有几个是源氏大将的家人，他们觉得这样对不起六条妃子，但也不便去照顾她，只管假作不知。争吵的结果，葵夫人的车子终于赶了过来，六条妃子的车子被挤在葵夫人女侍的车后，向外望去什么也看不见。六条妃子觉得这还在其次，她微服出行被人认出，又被人辱骂驱赶，真是无限痛心！

六条妃子车上的驾辕台被打折了，只好将辕放在别人的破烂车子的毂上，才能站稳，模样实在寒酸。她很懊悔："我又何必到此呢？"但已悔之晚矣！她想还是不要看了，马上回去吧，但被其他车子挡住，无路可走！正在烦恼之际，只听众人喊道："来了，来了！"可知源氏大将的行列就要到了。六条妃子听见了，觉得这样可恨之人，却不得不在这里恭候他的驾临，实在让人委屈！她虽想见一见源氏大将，但这里又不是"竹丛林荫处"[②]，源氏大将不知道她来，更没有回头看她一眼，就这样扬长而去。六条妃子觉得简直比完全不见更加可恨。

这天许多游览车装饰得比往常更加华丽，许多如花似玉的女眷挤在车中，衫袖裙裾都露在帘外，源氏大将漠然经过，并不特别加以注意，但有时偶尔也能认出这是他的某某情人的车子，便向它微笑顾盼。葵夫人的车子特别惹眼，源氏大将经过时，态度十分郑重，侍从也都肃然敬立。相形之下，六条妃子全被压倒，伤心之余，便吟道：

"仅能窥见狂童影，
　徒自悲伤薄命身。"

不觉流下泪水。她担心被人看见，努力忍耐，但又想到源氏公子那秀美的容貌，在光天化日之下一定更加艳丽。倘若未曾看到，岂不可惜！

源氏大将的行列中，各色人等的装束和随从都根据各人身份，秩序井然。诸公卿打扮得特别潇洒，但与源氏大将相衬，就都有些相形见绌。大将的临时随从选用殿上的将监，不是一般的人。唯有皇上偶尔行幸之时，大将才用殿上将监为随从。今日也特别隆

① 汗衫，原来是男女贴身吸汗用的衣服，但童女用的一种汉服亦称汗衫。

② 和歌："竹丛林荫处，驻马小河边。不得见君面，窥影也心甘。"可见《古今和歌集》。

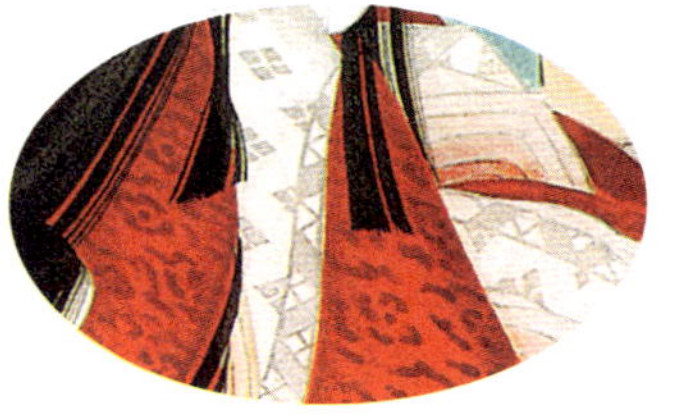

重：源氏大将的临时随从是右近兼藏人的殿上将监，即伊豫介的儿子。其他随从，也都选用容貌端正、风度儒雅的人，这一行列真是炫目无比。看到这举世无双的源氏大将的风姿，纵使是无情草木，也没有不为之倾倒的。

众人之中，有些中等人家的女子，将衣服披在头上，戴上女笠，扎起衣裾，边走边看。还有看破红尘、出家修行的尼姑，也一起出来看热闹。要是平时，看见的人一定嫌她们多事："你们这种人何苦还来呢！"但在今日，大家都以为理所当然。更有形状古怪的老太婆，牙齿脱落，两颊深陷，把垂在背后的头发藏在衣服里，弯腰驼背，以手加额，仰望源氏大将的风姿，也不禁目瞪口呆，竟像发痴一样；其中那些无知无识的平民，浑然忘记了自己容貌的丑陋，开心地笑着。还有不足道的地方官的女儿，源氏大将不屑注目的，也坐着竭力装饰得华丽的车子，装出娇媚之态，希望能得到大将的青睐。形形色色的人，实在难以尽述。就中有几个曾与大将私通的女子，看到他今天的雄姿，自惭形秽，暗自叹息。

桃园式部卿亲王坐在看台上欣赏。他看到源氏公子的风姿，想道："这个人年龄愈长，容貌愈是光彩焕发，竟像有鬼神附身似的。"他不禁觉得有些毛骨悚然。他的女儿槿姬想：一年来源氏公子向她求爱的恳切，确非寻常。纵使那是个普通男子，女的也会动心，何况是他呢？这个人为什么如此多情呢？她不免动心，但并不想亲近他。只听见她的青年女侍们同声赞誉源氏公子，让她听得厌烦极了。

祓禊过后，三公主将到贺茂神社修行，当天举行正式的贺茂祭。这一日葵姬不去游览。已有人将祓禊日争夺车位的事告诉了源氏大将。源氏大将觉得对不起六条妃子，他想："葵姬为人一向稳重，只可惜行事不周，有时更不免冷酷无情。她自己并不想欺辱他人，但她没有想到两女共事一夫，理应互相顾怜。她的下属自然顺随她的作风，结果做出那样的事来。六条妃子气度娴雅，谦恭知耻，人品很是高尚，现在受此凌辱，一定不胜愤慨。"他觉得很抱歉，便亲自去拜访。这时六条妃子的女儿还未到禁中左卫门府入初斋院[①]，留在邸内洁身斋戒。六条妃子就借口不可亵渎神明，说不能会面，回绝了他。源氏大将只得独自发牢骚："为什么如此呢？总得和好才是！"

今天他懒得去见葵姬，先回了二条院，又出门看贺茂祭。他一到紫姬住的西殿里，就命惟光去准备车辆，对那些年轻的女侍说："你们也一起去看，好不好？"这一天紫姬打扮得异常美丽，源氏公子笑容满面地对她说："过来！我和你一起去看。"紫姬今天把头发梳得特别光滑，源氏公子用手摸一摸，对她说："你的头发好久不剪了，今天大概是好日子吧？"便传唤占卜时日吉凶的博士，让他占定一个吉时。又对小女侍们说："你们先去吧。"他看这些女童美丽的衣饰，只见每人的头发都很可爱，修理得很整齐，垂在有浮纹的罗裙上，给人娇小玲珑之感。

他说："让我来替小姐剪发。"他拿起剪刀，又说："真浓密啊！以后不知要长多长呢！"他觉得无从下手。又说："无论头发怎样长的人，额上的总是短些；但如果都是短的，没有长些的拢到后边，便太乏味了。"剪好之后他又祝道："郁郁青青，长过千

① 凡斋宫受任命后，先行祓禊，再到禁中左卫门府斋戒几日，这时称为入初斋院。然后举行第二次祓禊，移居京都西北角的嵯峨野宫修行一年，再到伊势去。

寻！”紫姬的乳母少纳言听了这样的祝词，深感欣喜。公子吟诗道：

“千寻海水深难测，
荇藻延绵我独知。”

紫姬答道：

“安知海水千寻底？
潮落潮生无定时！”①

将诗写在纸上。执笔挥毫，模样十分优雅，但又有几分孩子气，天真可爱，源氏公子深感欣慰。

今天游车异常簇拥，几乎没有半点空隙，源氏公子想停在马场殿旁边，但没有恰当的地方。他说：“这地方都是公卿家的车子，太嘈杂了。”正在犹豫之际，突然看见旁边停着一辆很漂亮的女车，里面坐着许多女子，衣袖和裙裾都露在帘外。其中一人从车中伸出一把扇子来，向公子的随从招呼道：“停在这里如何？我们让出一些地方来吧。”源氏公子心想：“真是轻狂的女子啊！”但那地方的确不错，便下令驱车过去，对那车中的人说：“你们怎么会找到这么好的地方？让人羡慕呢！”又接过了那把扇子，打开一看，上面写着诗句：

“拟托神灵逢好侣，
人皆鹣鲽我孤单。

只因君在禁地中。”墨迹尚未干透，显然是内侍的笔迹。源氏公子想：“真是岂有此理！她还想永远不老，一辈子这样撒娇撒痴呢。”他很厌烦，随便地写两句答诗，把扇子还她：

“早已知君多好侣，
专诚待我是空言！”

这老女人看了，觉得很难为情，又写道：

“神灵本是无灵物，
轻信空名懊悔迟。”

源氏公子因有女伴同车，也不卷起帘子，便有许多人心中妒恨。他们想：“前天祓禊时，他的态度那么威严，今天却是随意游览，和他同车的人到底是谁？想必不是一般的人。”大家胡乱猜测，源氏公子觉得刚才和不相称的人相互唱和，很不合适。但若送诗给不像内侍那样厚颜的人，又怕她们顾虑到他有女伴同车，怕是连寥寥数字的回音也不肯送给他吧。这事暂且不表。

① 以上两诗，以海水比喻爱情，以潮水比喻源氏公子之心，以荇藻比喻头发。

争车位受辱　佚名　源氏物语绘色纸帖　安土桃山时代（16世纪后期）

新斋院仪式当天，六条妃子微服出游，其乘坐的牛车被后至的葵姬的仆从蛮横地驱赶。图为葵姬的随从正驱赶六条妃子的游览车。作为源氏的情人而被其正妻折辱，这丢面子的事情使六条妃子十分痛心和懊恼。与葵姬的冲突直接导致此后魂游时对葵姬的纠缠。

却说六条妃子此次懊恼之深，为近年从未经历。她恨源氏公子无情，对他已经不再留恋，但要和他绝交，毅然决然地到伊势定居，则又担心无聊，且被天下人笑话。但若留在京城，又如此受人侮辱，实在难堪。正如古歌中："心如钓者之浮标，动荡不定逐海潮。"①她心中犹豫不定。想是日夜烦忧的缘故，她的心仿佛摆脱了身体而飘游在空中，极为痛苦。

源氏大将对于六条妃子前往伊势一事，并不十分反对，只是对她说："我这人微不足道，被你舍弃，也是情理之中。不过既结了缘分，纵无可取之取，总希望能长久延续下去，有始有终。"只管说些不着边际的话，因此六条妃子难于决定去留。祓禊那天想要散心，却受到了无情的打击，从此她对万事不再留恋，心中无限忧思。

正当此时，葵姬被鬼怪迷住，病得很厉害。家中上下一切人等，都担心叹息。源氏公子这时不便再四处鬼混，也极少回二条院去。他平时虽对葵姬不甚热爱，但毕竟是身份高贵的结发之妻，对她总是另眼相看。特别是她身上本已有喜，又添患病，因此源氏公子特别忧心。便请来高僧高道，在自己房内做各种法事。由于佛法之力，关亡法师说出了许多鬼魂与生灵②的名字。其中有一个魂灵，始终不肯附在替身童子③身上，只管附在病人身上，虽然并未带来更大的痛苦，但是却片刻不离，再请法力精深的僧人来驱除，也不见效。这个顽强的魂灵，看来绝非一般。左大臣邸内的人尽数源氏公子的情妇，这个那个地猜来猜去。有几个人悄悄地说："六条妃子和二条院的紫姬等，公子特别宠爱，她们的嫉妒自然最深，不会是她们的生魂吧？"请易者占卜一下，也没有结论。虽说是鬼怪魔人，但葵姬从未与人结下深仇。想来想去，唯有她已故的乳母，或者世世代代与他家结怨的鬼魂，或者此时乘人之危，隐约出现罢了。

葵姬终日低声啜泣，又常常抚胸咳嗽，十分痛苦，让人看了难过之极。家人全无办法，眼见得病象不吉，人人忧愁叹息。桐壶院也颇关切，问病的使者来往络绎不绝，又为她做各种法事，祈祷平安。如此深蒙恩宠，倘若再有不测，实在太可惜了。人人都极为关心葵夫人的病状。六条妃子听说这种情况，更加嫉妒，她素来并无如此嫉妒之心，可是为了争夺车位那件小事，她却异常激动，甚至游离恍惚起来，左大臣家的人却想不到如此小事竟然这般严重。

六条妃子妒恨愈深，身心亦异常困乏，她想请僧人作法，祈祷健康，但因女儿斋宫尚未离去，不便在邸内举行，便暂时搬到其他地方，诵经礼忏。源氏大将听到这个消息，很是记挂，不知妃子身体怎样，便下决心，前去拜访。这时妃子已借居他处，源氏大将只得微服前往。他首先说明：近来疏于问候，实属不得已；怠慢之罪，务请宽宥。然后诉说葵姬之病，说道："我虽并不十分操心，但她的父母非常着急，又痛苦不堪，我不便坐视不理，在她病重期间，只得在旁照料。你若能宽宏大量，原谅她得罪之处，我就万分欣喜了。"他看见妃子神情憔悴，觉得难为了她，颇感同情。

① 这首古歌见《古今和歌集》。

② 当时的人相信死鬼和生人的灵魂都能附在病人身上作怪。

③ 替身童子，做法事时，唤一童子，使魂灵移附在童子身上，亦有使用草人的。

两人虽然如此交谈，但隔阂未消，天明时公子离开。六条妃子看到他那俊美的模样，觉得还是无法抛开他而独自远行。但又想："他的正夫人素来被他重视，如今又将生男育女，他的爱情终将集中于她一人身上，而我在这里对他的翘首期盼，只能是自讨苦吃。"暂时忘却的愁思，一下子又重新涌上心头。这时天色已晚，只收到源氏公子一封信。信上写道："近日病势稍减，今又忽然加重，故我不便抽身……"六条妃子猜想他又是托词，便回他一封信：

"身投情网襟常湿，
足陷泥田恨日深！

古歌中曾有：'悔汲山井水，其浅仅濡袖。'[①]君心正如此井。"

源氏公子看了回信，觉得在众多交往的女子之中，此人的笔迹最为出色。他想："人生之事，浑不可解！我所宠爱的诸人，性情容貌，各具其美。我恨不能集中爱情于一人，怎样是好？"心中闷闷不乐。这时天色已晚，急忙再写一信："来书所说'其浅仅濡袖'，不知何故？怕是卿心不深，反而借故恨我吧！

卿居浅濑但濡袖，
我立深渊已没身。

若非病人的缘故，我一定亲手将此信送上。"

却说葵姬被魂灵附体，病势加重，十分痛苦。世人传说：此是六条妃子的生灵及其已故父亲的鬼魂在作怪。六条妃子听说这件事，满腹忧虑，她猜想："我只痛悔自身，并未怨恨他人，但听说人若过于忧郁，灵魂自会脱却身体而飘浮外出作怪。或许真有其事？"近年来她不断为诸事烦恼，但从未像这次心碎神伤。自从祓禊那天为争夺车位之事身受奇耻大辱以来，在忧伤悔恨之余，心灵总是浮游飘荡，不能静止。每逢迷离入梦之时，自己便神游于某处，仿佛正是葵姬之家，就同此人纠缠不清。这时她的举止与醒时全然不同：凶猛暴戾，只管向她袭击，这事近来经常发生。她常想："唉，惭愧！难道我的灵魂真会出窍，径自到葵姬那里去吗？"她觉得并非出自本心，很是奇怪。她又想："些许小事，世人都要说短道长，何况像我这种行径，正是让人宣扬恶名的把柄了。"她爱惜声誉，反复思量："如果是已死之人，冤魂不散，为人作祟，乃世间常有。但纵使他人有这样的事，我也以为罪过深重，可憎可恶。何况我现在还活着，被人如此到处宣扬，真是前世作孽！这都是我爱上了那个薄情之人的缘故。自今以往，我决不再想他了。"虽然如此，正如古语所说："想不想时已是想，何不连不想也不想？"

却说六条妃子的女儿斋宫原本定于去年到禁中左卫门府斋戒，但因各种原因，延至今年秋天入左卫门府。九月间即将移居嵯峨野宫修行，眼下正在准备第二次祓禊。六条妃子忽然失常，整日迷离恍惚，只是似睡非睡地躺着。她的女侍大为惊怕，举行各种法事，为她祈祷安康。但她并不是患了重病，只是每日郁郁寡欢，消沉终日。源氏公子常

① 这首古歌见《古今和歌六帖》。

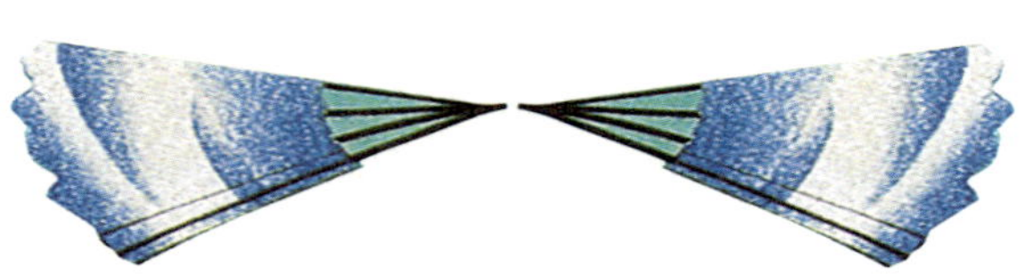

来拜访，但因为葵姬病重，也没有关怀他事的余暇了。

葵姬虽然怀孕，还因没到临盆时期，大家也不介意，哪知这日忽然阵痛频发，显见即将分娩了。各处法会便加紧祈祷，但最顽强的那个魂灵，一直附在她身上，片刻不离。道行高深的法师都以为此怪少有，难于制伏，费了很大法力，好容易镇住了。那怪便借葵姬之口说道："请法师略宽缓些，我有话要对大将说！"众女侍说："对，其中定有详情。"便把源氏大将推进帷屏里去。左大臣夫妇想："看来她大限已到，想是有遗言要对公子说。"便略加回避。祈祷的僧众放低声音，诵读《法华经》，气象极其庄严。

源氏公子撩起帷屏的垂布走进去，只见葵姬的容颜依旧美丽，腹部高高隆起，那躺着的姿势，纵使旁人见了，也觉痛惜，何况源氏公子。又觉可怜，又觉可悲，自是理所当然。葵姬身着白色衣服，映着乌黑的头发，色彩非常鲜明。她的头发浓密修长，束着带子放在枕上。源氏公子看了，想道："她平日太过端庄，此刻的打扮，倒是非常可爱，实在美丽之极！"便握住她的手，说道："哎呀，你受了多少苦啊！叫我多么伤心！"说时泪如雨下。只见葵姬的眼睛，本来非常严肃而含羞，现在带着倦容望着源氏公子，凝视一会儿后，滚滚地流出眼泪来。源氏公子见此情景，怎能不肝肠寸断？葵姬哭得厉害，源氏公子猜想她大约是舍不得慈爱的双亲，又担心现在与丈夫见面竟成永别，因此悲伤。便安慰她说："什么事都不要想得太严重了，眼下虽然痛苦，但我看你脸色还好，一定不会有事的。若真有意外，我俩既有夫妇之缘，自能生生世世相见；岳父母与你也有宿世深缘，生死轮回，永无断绝，定能相见，万勿悲伤！"

附在葵姬身上的生灵答道："错了，错了，我不是为了这个。我全身极为痛苦，请法师稍稍宽恕而已。我并非故意到此，只因愁思郁结，魂不守身，四处浮游飘荡，偶尔至此。"语调温和可亲，又吟诗道：

"郎君快把前裾结，
系我游魂返本身！"[①]

声音态度，完全不像葵姬，竟是另一个人。源氏公子大吃一惊，仔细回想，这才想起此人怕是六条妃子罢。真是奇怪呀！以前众人尽皆谣传，他总以为是胡言乱语，听了极不高兴，加以驳斥。今天亲眼看到这不可思议之事，觉得人生实在让人厌倦，心中不胜慨叹。便问："你说的是，但你究竟是谁？务请明确告知！"哪知回答时态度和口音竟完全是六条妃子！此情此景，奇怪两字已经全然不够形容。葵姬的众女侍就在一旁，不知她们是否看出，源氏公子十分狼狈。

那个生灵的声音渐渐安静下去。葵姬的母亲想葵姬现在身体大概好些了，便送来一碗汤药。女侍们扶她起来服药，哪知婴儿马上诞生了，全家皆大欢喜。但移附在替身童子身上的生灵却嫉妒她的安产，大声叫嚷起来，因此大家又担心落胞之事。想必是左大臣夫妇及源氏公子大修法事、立下宏愿的缘故，落胞之事终于平安度过。于是修法事的

① 当时的人相信：若魂灵脱体游离，只要看见的人将衣服前裾打一个结，魂灵便回归本体。故吉备公有《见人魂歌》："我见一人魂，不知属谁人。快快结前裾，使魂返其身。"

比叡山住持及各高僧心头欢慰，拭去头上的汗，匆匆告退。家中上下人等连日费心看护，都感困倦，这时方才稍得休息。左大臣夫妇及源氏公子想今后应无事了，为感谢佛祖，又重新开始法事，但上下人等尽皆悉心照料那可爱的婴儿，对病人不免有些疏忽。

自桐壶院以至诸亲王及公卿，都派人送来礼物，馈赠各种珍贵物品。庆贺之夜，看到这些礼物，家人欢天喜地，场面热闹非常[①]。因为诞生的是个男孩，所以各项礼仪格外隆重。

却说六条妃子听说葵姬安产，心中极不平静。她想："早已病势危急，为什么现在又平安无事了？"她仔细回想自己的魂灵出游时的各种情状，发觉自己的衣衫熏透了葵姬枕边所焚的芥子香[②]。她很奇怪，便净洗头发，更换衣服，试看是否真有其事。哪知洗头换衣之后，香气依旧不散！她想："这种行径，连我自己也觉得荒唐，何况别人知道了，还有不肆意宣扬的道理？"但这件事不能告人，只能闷在心中，暗自悲叹。她的性情愈发变得乖僻了。

源氏公子见葵姬顺利分娩，大小平安，心中稍感安宁。但想起那活人魂灵不问自招的怪事，很是懊恼。他很久不曾拜访六条妃子，觉得对不起她。但想就算和她见了面，有什么话说呢？心情一定不快。去见她是为她着想，也反而使她为难。左思右想，终于没有去探访，只写了一封信去。

葵姬生了一场大病，身体自然十分虚弱，大家极为担心，以为千万不能疏忽。源氏公子也以为理应如此，守着病人，每天足不出户。葵姬身上仍不舒服，不能像平日那样和源氏公子谈话。新生的婴儿容貌极为端正，源氏公子对他的宠爱，自非寻常可比。左大臣觉得万事称心，十分欢喜，只是葵姬尚未痊愈，不免有些担心。但想这次病势如此沉重，当然不会马上康复，因此也并不十分着急。

新生的婴儿眉清目秀，酷似东宫太子。源氏公子看了，马上想起太子，极其思念，不能再忍，便想进宫去看看他。他在帘外对葵姬抱怨道："我这么长时间不进宫，心甚记挂，今日颇想去走一趟，但有话想和你面谈，这样隔帘传话，不嫌太疏远吗？"女侍们劝葵夫人："夫妇之间，不必这样拘谨小节。夫人虽然病体虚弱，不施膏沐，但和公子见面，又何必隔帘？"便在夫人旁边设一座位，请源氏公子进来，两人对面谈话。葵姬如往日一般对答，但因病后虚弱，有些吃力。源氏公子想起前日她濒于死亡时那种模样，只觉仿佛身在梦境，便说起病势沉重时的种种情况。忽然想起那天这气息奄奄之人身上有魂灵附体、侃侃而谈时那种怪样子，心中害怕起来。对她说："唉，要说的话实在很多，不过你现在身体还很虚弱，应该多多静养。"便劝她服汤药。众女侍睹此情景，都为之高兴，心想："不知他什么时候也学会了看护病人。"葵姬这个绝色佳人，现在受病魔所困，容色消减，精神恍惚，那模样实在非常可怜！浓艳的头发一丝不乱，如云彩一般堆在枕上，美丽之极！源氏公子异常心动，凝眸注视，心想："这么多年我是为了什么对她感到不满呢？"便对她说："我要进宫去，参见了父皇，马上回来。我们能够这样促膝谈心，我真高兴！近来岳母经常

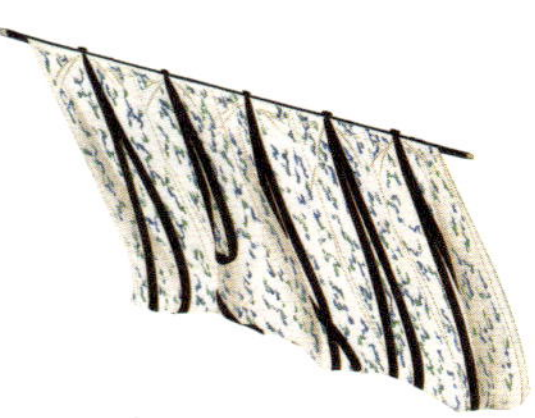

① 当时的风俗，产后三、五、七日晚上亲朋都来贺喜，馈赠食品、婴儿服装等礼品。

② 当时的人相信，焚芥子香可以驱除邪恶。

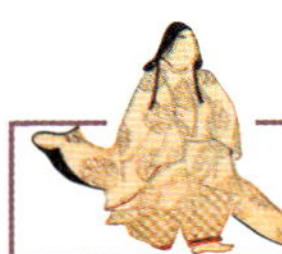

鬼怪与驱魔

传说中，平安时代鬼怪盛行，很多无法解释的事情被认为是鬼怪作祟所致。同时，也就产生了用来驱魔的仪式和职业，如替身童子、诵经的僧人等。

生灵的诞生

平安时代传说，忌妒的女子由于长期执着于某件事，而现实中又无法实现，其灵魂就会脱离肉体，成为生灵去完成这件事，而肉体处于昏迷或者恍惚状态。

牛车争斗受辱

对源氏妻子葵姬的忌妒

常恍惚离魂，仿佛处在葵姬身边一样，暴戾地攻击她

生灵

生灵的降服

关亡法师  说出鬼魂或生灵的名字

替身童子  使作祟的魂灵移附在童子身上

祈祷的僧众  诵读《法华经》，驱除妖魔

芥子香  传说焚烧芥子香可驱除邪恶

葵姬之死的阴霾　狩野永德　洛外名所游乐图屏风　安土桃山时代（16世纪后期）

葵姬的突然病逝令人悲痛，纷纷前来吊唁。先后经历六条妃子生灵事件、葵姬病逝，源氏的心情晦暗而沉重，开始觉得人生实在无聊。图中华丽的楼阁被重重绿树浓荫遮掩，犹如此刻源氏消沉、阴霾的心情。

陪伴你，我若来得太勤，担心她怪我不体谅病人，因此我不便时常亲近你，心中很痛苦。但愿你身体慢慢好转，我们便可以回到自己的房间里同居。多半是岳父母太宠爱你，像小孩一般疼你，因此你的病不容易那么快就好。”说罢便起身离开。这时公子服装极为鲜丽，葵姬躺着目送，目光比平常更加热情。

这时正是秋季“司召”[①]之期，京官任免之事，必须在这时决定。左大臣也必须入宫参与会议。诸公子希望升官，时刻不离左右，大家跟着左大臣入宫，邸内人少，顿觉添了几分岑寂。正在这时，葵姬的病忽然加重，喘咳不停，痛苦难当。来不及向宫中通报，就断气了！

噩耗传来，左大臣及源氏公子等大吃一惊，匆忙退出，几乎足不点地。原定于这天晚上办理的“司召”，现在既发生了这意外的故障，只得中止了。

回到邸内，耳边只听哭声震天。时值半夜，想请比叡山住持及僧众来做功德，一时也难于施行。葵姬安产后虽然病体尚未康复，但是看来全无危险，因此大家放下心来。谁知冷不防突然逝世，仿佛晴天霹雳，将邸内诸人都吓破了胆。这时各处吊唁之人络绎

① 秋季决定京官任免，曰“司召”。春季决定地方官任免，曰“县召”。

到来，家人无法应付，手忙脚乱，忙作一团。亲人哀哀哭泣，旁人听了也觉肝肠断裂！葵姬过去屡次被鬼怪所迷而昏死，但总能渐渐苏醒。家人疑心这次也会复苏，因此枕头也不移动，静候了两三天。但她的容颜逐渐变样，证明确已逝去。绝望之余，家人不免痛心疾首！源氏公子除了痛惜葵姬之死，又为六条妃子伤心，觉得人生于世，实在痛苦。诸亲友的殷勤吊慰，也并不能让他安慰。

桐壶院也颇悲伤，郑重地遣使吊唁。家中虽遇不幸，但又因此增加光彩，悲哀之中平添了欢喜，左大臣铭感五内，流泪不止。他听从劝告，为祈求女儿复活而举行庄严的法事，又施行各种救活的办法。但眼见得尸体已近腐烂，父母纵然痴心妄想，终究是毫无希望。到了无可奈何之时，只得将遗骸送往鸟边野火葬场去。

鸟边野的原野之上，挤满了各处送葬的人和寺院中念佛的僧众。桐壶院自不必说，藤壶皇后及东宫太子等的使者，以及其他公卿的使者，都来郑重地慰问。左大臣悲伤之极，双脚都站不起来，感慨己身不幸，哭哭啼啼地说："老夫如此年纪，遭逢此事，以致匍匐难行，命运为什么待我如此苛刻哪！"众人无不为之叹息。这葬仪隆重宏大，直喧扰了整整一夜，到了将近天明，大家才告别了那骨灰而去。

生死人生常事，但源氏公子只见过夕颜一人之死，或者因所见不多，他心中的哀伤，实在异乎寻常。时值八月二十过后，残月当空，无限凄凉。左大臣在归途上思念女儿，心情纠结，愁眉不展。源氏公子看了，十分同情，更增悲痛，双目只管眺望天空，吟道：

"丽质化青烟，和云上碧天。
夜空凝望处，处处教人怜。"

源氏公子回到左大臣那里后，辗转不能成寐。他思忆葵姬生前模样，想："为什么我一直以为总有一天能得到她的谅解，总是满不在乎地任性而为，让她心怀怨恨呢？她把我看作一个冷酷无情的薄情之人，就这样抱恨而死了！"他一件接着一件地推想，后悔之事太多了，但如今后悔太晚了！他穿上了浅黑色的丧服，有如身在梦境，不免想入非非："如果我比她早死，她一定会穿上深黑色的丧服[①]吧。"又吟道：

"丧衣色淡因遵制，
袖泪成渊痛哭多。"

吟罢又亲自为之念佛，态度异常优美。然后低声诵经："法界三昧普贤大士……"其庄严胜于勤修梵行的法师。

源氏公子再看那新生婴儿，想起古歌中"若非剩有遗孤在，何以追怀逝世人"，[②]更加泪如泉涌了。他想："这话说得甚是，要是连这个孩子也没有，更加让人伤心了。"总算可以聊以自慰罢。

① 黑色的深浅，表示丧服的轻重。男女不平等的封建社会里，夫为妻的丧服轻，妻为夫的丧服重。

② 这首古歌见《后撰集》。

老夫人难抑悲哀，竟致不能起床，光景很是危险。家人便请高僧高道，大修法事，以祈祷健康，一时四处奔忙。光阴如逝，眼看过了七七，每次超度亡魂之时，老夫人总不肯相信女儿真个已死，只管悲伤哭泣。做父母的，纵使子女庸碌蠢笨，也总觉得可爱。何况像葵姬那样聪明伶俐的女儿，父母痛惜自是理所当然。他们唯有一个女儿，已觉美中不足。现在早亡了，真比失去一颗掌上明珠更加让人痛心。

源氏大将连二条院也不去，真心地悲伤，日日夜夜为亡妻诵经念佛，对诸情人也只写了几封信去。六条妃子跟随女儿斋宫到禁中左卫门府斋戒，以清洁身心为由，不写信给源氏公子。源氏公子早已深感人世苦厄，如今又遇新亡，只觉世间一切都可抛弃。要不是那个新生婴儿的羁绊，几乎想削发为僧，遁入空门。但又想起西殿里那个人，若没有了他一定孤苦伶仃，心中不免挂念。他夜夜独宿，虽有宫女在旁伺候，总是倍感无聊，经常想起古歌中“秋日生离犹恋恋，何况死别两茫茫”[①]的句子。他就寝后常是半睡半醒，便选了几个嗓音优美的僧人，让他们夜间在旁诵经。天明时闻到其声，更觉不胜凄凉。在这深秋之夜，风声越来越凄凉，沁入肺腑。像他这样不惯独眠的人，只觉长夜漫漫，不能安眠。有一天清晨，晨雾弥漫之时，有一个人送了一封深蓝色的信来，系在一枝绽放的菊花上，使者转交了信即便回去。源氏公子觉得此物很是潇洒，一看，是六条妃子的笔迹。信上写道：“久未问候，此心想蒙谅鉴。

侧闻辞世常堕泪，
遥想孤身袖不干。

只因今晨风景迷离，无以遣怀，谨呈短柬。”

源氏公子看了，觉得这信写得比往日更加优美，让人不忍释手。接着又想：她害死了人，佯装不知，写信来吊慰，真是可恨！但要就此和她决绝，不通音信，似乎又觉得太过残忍。这样对待她，岂不毁了她的名誉？心中犹豫不定。终于想：“死者已矣，这自是前世宿命所定，但我又为何要清清楚楚看到那生魂作祟的情形呢？”后悔之余，不由得回心转意，对六条妃子的爱终于不忍断绝。他想写封回信，但念这时妃子正陪伴斋宫清洁身心，不便阅读丧家来信，更加犹豫。又想：她诚心来信问候，我若置之不理，未免太过无情，便在一张紫灰色的信笺上写道：“久疏问候，但思慕之心，无时稍减。只因身在丧服中，不便致信。此情想蒙谅鉴。

先凋后死皆朝露，
执念深时枉费心。

难怪你对我怀恨，但务请忘记令人伤心之事。你正于斋戒之中，怕不宜阅读此信，我正值居丧，也不便多通音信。”

这时六条妃子已从左卫门府回到私邸，便悄悄地展信阅读。只因心怀鬼胎，读了源氏公子信中的隐约暗示，马上觉察。她想：“原来他全都知道了！”心中非常懊悔。又想：“我的不幸，实在无可限量！得到了‘生魂祟人’这个恶名，不知桐壶帝听到会做何感想。亡

① 这首古歌见《古今和歌集》。

夫前皇太子与桐壶帝是同胞兄弟，情谊自是十分深厚。亡夫弥留之时，曾将女儿斋宫恳切托孤于桐壶帝。桐壶帝平常总是说‘我一定代弟弟照拂此女’，又屡屡劝我留居宫中。我因守寡，不便沾染红尘，因此出宫独居。不料遇此狂童，堕入迷离春梦，平添这许多忧愁苦恨，终于传此恶名，我真是太命苦了！”她心思纷乱，精神颓丧。

虽然如此，但六条妃子对世间万事，均有高尚优雅的趣味，昔日曾以才女著称于世。这次斋宫从左卫门府迁至嵯峨野宫，也举办了各种饶有风情的仪式。她陪着女儿来到野宫后，几个风流的殿上公卿不惜披星戴月，常到嵯峨野宫附近来游玩。源氏公子听后，不由想道：“这也难怪，妃子多才多艺，品貌十全十美；如果看破红尘，出家修行，自然会寂寞的。”

葵姬七七佛事都做完了。这七七四十九天之内，源氏公子一直幽闭在左大臣邸内。头中将现已升任三位中将，知道他不惯幽居，很是同情，经常陪伴他，为他讲述世间各种见闻，以此安慰。也有重大严肃的事情，也有像往日那样轻薄好色的事情。特别是那个内侍的事，经常用作笑柄。源氏公子每次听他谈到内侍，总是劝诫：“罪过啊！不要总拿这老祖母来开玩笑！”但每逢谈起，也觉得可笑。他们无所顾虑，互相谈论各种偷香窃玉的事情。比如那年春天某月十六之夜在常陆亲王邸内相遇，以及秋天源氏公子与末摘花幽会后回宫的早晨被头中将嘲笑等等。结果总是是慨叹人世之无常，一起流下泪来。

一天傍晚，乌云密布，降下大雨，中将脱去深色丧服，改穿淡色，风姿飒爽，见者不由自惭形秽，他翩翩然地来找源氏公子。公子靠在西面边门旁的栏杆上，正在眺望庭前的花木。这时夜风凄厉，冷雨缠绵，公子心怀悲戚，那泪珠几欲与雨滴争多。他两手托颐，独自吟唱着“为雨为云今不知”之诗[①]，风度非常潇洒。中将为之心动，注视良久，想道：“一个女人要是抛开了这男人死去，那阴魂一定长驻世间，不愿离开他呢。”便走上前去，相对坐下。源氏公子衣衫不整，便随手把衣服上的带子系上。他穿的丧服比中将的颜色稍深，里面衬着鲜红色的衬衣，简单朴素，但异常美观，让人百看不厌。中将凄凉地仰望天空，自言自语地吟道：

“为雨为云皆漠漠，
　不知何处是芳魂。[②]

她已去向不明了！”源氏公子便吟道：

“芳魂化作潇潇雨，
　漠漠长空也泪淋。”

---

① 唐人刘禹锡《有所嗟》诗云：“庾令楼中初见时，武昌春柳似腰支。相逢相失两如梦，为雨为云今不知。”

② 此诗及刘禹锡诗，都是根据宋王《高唐赋》中：“昔者，先王尝游高唐，怠而昼寝，梦见一妇人，曰：‘妾巫山之女也，为高唐之客，闻君游高唐，愿荐枕席。’王因幸之。去而辞曰：‘妾在巫山之阳，高丘之阻。旦为初云，暮为行雨。朝朝暮暮，阳台之下。’旦朝视之，如言。”

残秋的龙胆花

近卫豫乐院　花木真写　江户时代（17世纪）

源氏虽然自身悲伤不已，但还是在给岳母的信中夹杂以秋日开放的龙胆花、抚子花，以秋花比喻葵姬所生的小公子，希望老人节哀。然而紫色的龙胆花象征着忧郁，更增加了老人对唯一女儿的缅怀和悲伤。

中将看见源氏公子愁容满面，哀思萦怀，暗想："原来我错了，我以为源氏公子这些年来对妹妹并无深恩重爱，只因桐壶帝屡次训他，父亲也一片苦心怜爱他，再加上他和母亲有姑侄之谊，有这种种关系，所以他不便抛弃妹妹，只是勉强敷衍，心中不免遗憾。哪里知道我这看法全是误解，原来他对这正夫人是这般怜爱又重视的！"他恍然大悟后，便觉葵姬之死愈发可惜，仿佛家里失去了光彩，真是不幸！

中将走后，源氏公子见枯草之中有龙胆花与抚子花正在盛开，便命女侍折取一枝，又写了一封信，叫小公子的乳母宰相君将花和信呈给老夫人。信中写的是：

"草枯篱畔鲜花小，
　好作残秋遗物看。①

老夫人若以花比残秋，花大概要逊色得多吧？"小公子那天真烂漫的笑颜，的确美丽可爱。老夫人的眼泪，却比风中的枯叶更加容易落下。她看了这信，马上流下泪来，情不自禁，勉强吟道：

"草枯篱畔花虽美，
　看后反教袖不干。"

源氏公子幽闭邸内，极为无聊。忽然想起槿姬平时虽然冷淡，但依她的性情推

① 花比喻小公子，残秋比喻已死的葵姬。

量，定然能理解公子今日悼亡的悲哀，便写了一封信给她。信送到时，天色已晚，虽然已久不通信，但槿姬的女侍们知道以前曾偶尔来信，并不惊奇，将信呈阅槿姬。槿姬见一张天蓝色的中国纸上写道：

“饱尝岁岁悲秋味，
此日黄昏泪独多。

真是‘年年十月愁霖雨’[①]了。”众女侍说：“这信写得特别用心，比以前更具风趣，似乎不便置之不理呢。”槿姬也这样想，便答道：“闻君深宫孤寂，不胜同情。但正如古歌中说：‘恋情倘染色，虽浓亦可观。我今无色相，安得请君看？’[②]因此不能吊慰。

秋雾生时悲永诀，
满天风雨惹人愁！”

此信用淡墨色写成，想是心理作用吧，源氏公子觉得非常可爱。

世间无论何事，都是现实不及想象之美，源氏公子的脾气也正是如此。他对于那些顽强不屈的人，爱慕特别深切。他想：“槿姬不许我求爱，但每有机会，也不惜向我显示风趣，这证明对她还是可以略通真情的。倘过分牵扯，引人注目，且会暴露更多的缺陷，我不想把西殿里那个人教养成这种性情。”他猜想紫姬近日一定寂寞，思念之心，愈来愈炽。但也只觉得是关怀一个无母的孤儿，并不担心她像情人一样会因长久别离而怀恨，这真是一件称心之事。

天色全黑下来，源氏公子让人把灯火移近，叫几个亲近的女侍坐在身旁，互相闲谈。其中有一个名叫中纳言君的，早就与公子暗中有染，但公子现正居丧，全不涉及这种关系。众女侍看着他，都在心中夸赞：“真是个有气节的人！”公子便和她们闲谈世间各种事情。后来公子说：“近来大家都摒除了外间的一切事务，集聚在此，倒比夫人在世之时更加亲近了。但想起以后不能经常如此，怎不让人眷恋？死别之恸暂且不说，仅仅想起这件事，也就够让人伤心难堪了。”众女侍听了这话都呜咽起来。有一人说道：“说起那桩令人惋惜之事，只觉黯然销魂，但这是无可奈何之事！再想起公子今后将离开这里，赴往他处，不复回顾，真叫我们……”她说到这里，喉头哽咽，再也说不下去了。源氏公子看看众女侍，觉得她们很可怜，便答道：“岂有不复回顾的道理？你们不要把我看作如此无情之人！眼光长远的人，一定能了解我的真心。不过我的寿命也是无常的啊！”他注视着灯火，泪盈于睫，神情十分凄美。

女侍之中，有一个葵姬特别怜爱的女童，名叫贵君，父母早亡，身世凄苦。源氏公子以为此人的确可怜可爱，就对她说：“贵君，今后由我来做你的保护人吧。”贵君便嘤嘤地哭起来。她身着一件短衫，染得比别人更黑，外面罩着黑色上衣和萱草色裙子，姿态十分柔美。公子又对众女侍说：“不忘旧情的人，暂且忍耐眼前的寂寥，一定不要

① 这首古歌按《河海抄》所引，下一句为“不及今年落泪多”。

② 这首古歌见《后撰集》。暗示槿姬与源氏并无沾染。

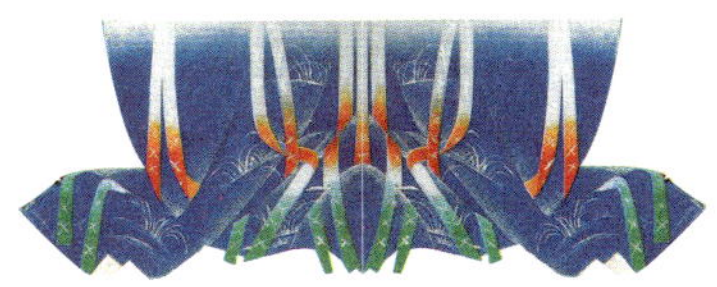

抛开这个婴儿，大家依旧在此服务吧。已经凤去台空，若再故人离散，那不更加冷落吗？”他劝大家耐心相处。但众女侍都想：“哪有这样的事！自今以后，恐怕再盼不到你的光临了！”大家心中不禁升起寂寥之感。

左大臣按照各人身份，将各种日用品，以及纪念死者的遗物，分赠给众女侍。他只是随意为之，并不过分张扬。

源氏公子总是如此闭居一室，沉思冥想，实在有所不宜，便要入宫参见桐壶院。车驾都已备好，侍从也聚集起来。天公降下一阵急雨，仿佛也在为这别离抛洒同情之泪。那摧残木叶的寒风猛地变得剧烈起来，在旁服侍的诸女侍，尽皆垂头丧气。稍干的衣袖，今日又湿透了。源氏公子预定出宫之后，今晚即在二条院私邸泊宿。各侍从便提前准备，先到二条院去等候。公子今日并非一去不回，但左大臣邸内诸人都十分悲伤，左大臣夫妇见此情景，心中又添新愁。

源氏公子写了一封信给老夫人，说道：“只因父皇盼候已久，今日打算入宫参谒。虽是暂别，但一想到此次惨遭巨厄，便觉心乱如麻，不胜悲恸。本应亲来面辞，只怕反添苦恼，故暂不拜见。”老夫人流泪过多，双目昏花，展读来书，难辨字迹，只是一味悲恸，不能作书答复。

左大臣出来相送，同样悲伤不堪，只管以袖掩面。左右侍从看到此情此景，无不感动泣下。源氏大将追思此前种种，不禁悲从中来，热泪盈眶，但仍举止安详，仪态优雅。左大臣迟疑良久，对公子说道：“老夫年迈，不任忧心。纵使小有失意，也会伤心坠泪。何况遭此大恸，两袖不干，方寸尽乱，不能自制，举止失常，羞于见人。担心颓丧之余，失了礼仪，因此不敢拜谒上皇。你今入宫，便将此处情状奏闻，代为说辞，我这衰朽之人，来日无多，岂料遭此伤心之事，真是命运多舛！”他强自镇静，好容易才说出了这一番话，模样实在可怜。

源氏公子几次举袖掩面，又安慰他说：“寿夭无常，这是人世常态，但亲逢其事，痛苦实不堪言！小婿自当将此间情状向父皇奏明，父皇定能鉴察。”左大臣便催促着说：“阴雨连绵，恐怕一时停不下来，你不如乘天色未黑，早早动身吧。”

源氏公子抬头一看，只见帷屏后面，纸隔扇旁边，以及各处地方，聚集着女侍约三十人。她们穿着黑色丧服，有的深黑，有的浅黑，个个满面愁容，神情沮丧，模样非常可怜。左大臣看了，对源氏公子说：“我女儿虽然死了，但你所舍不得的小公子留在这里，今后你决不会不来看视，我们都以此自慰。但这些无知女侍，都以为你将从此抛弃这个家，今后不再回来。她们现在倒不是因死别而伤心，却是为了今后不得再像从前那样常常侍奉在你的左右而悲叹，这也是理所当然。往日你俩不能融洽相处，我却经常指望你们言归于好，不料却成了空花泡影！唉，今天的暮色真是凄凉呵！”说完又流下泪来。

源氏公子答道：“这是那些浅见之人过虑了，我往日曾等待双方谅解，虽然有时不免疏于问候，但现在还有什么理由不来探访呢？今后我心当蒙谅解了。”说罢，告辞离开。

左大臣目送源氏公子离开后，回到公子旧日居住的房间里，只见室中自装饰以至一切陈设，全同葵姬生前一样，不曾有丝毫更改。但空空洞洞，仿佛虫儿蜕去后的蝉壳。案上散放着笔砚等物，又有公子丢下的墨稿，左大臣便拿来观看，泪眼昏花，辨识不清，只得努力眨眼，将泪水挤出。众青年女侍看到这模样，觉得滑稽，虽在悲哀之中，却不禁微笑起来。这些墨稿中，有缠绵悱恻的古诗，有汉文的，也有日文的。无论汉字或假名，都有各种体裁，新颖优美。左大臣叹道："真是心灵手巧！"他仰望天空，陷入沉思。心念如此才俊，今后将成为外人，岂不可惜！只见源氏公子在"旧枕故衾谁与共"①这句诗旁写着：

"爱此合欢榻，依依不忍离。
芳魂泉壤下，忆此更伤悲。"

又见另一张纸上在"霜华白"②一句旁边写着：

"抚子多朝露，孤眠泪亦多。
空床尘已积，夜夜对愁魔。"

又见其间夹着一枝已枯的抚子花，想是前天送老夫人信时摘来的。左大臣便将此花送给老夫人，并对她说道："这件不能挽回之事，如今已无可奈何了。仔细想来，如此的可悲之事，世间也并非没有，多半是与女儿宿缘不深，致使我等遭此痛苦。如此想来，我反倒只管怨恨前世冤孽，连悼念之心也断绝了。哪知日月推迁，眷恋愈深，实实让我痛苦难堪。而且这大将今后将成为外人，岂不可惜？叫我好伤心啊！从前一二日不见，或踪迹稍远，我便怅然若有所失，心中闷闷不乐。今后缘断义绝，我家便似失却了日月光华，叫我怎样活下去呢？"伤心之余，不禁放声大哭。左右几个年纪较大的女侍看到此情此景，不胜悲痛，也跟着同声号哭起来。这夕暮的场景好不凄凉！

许多青年女侍三三两两地在各处聚谈，诉说悲痛的心事。有人说："公子说，只要我们并不离散，大家在此服侍小公子，便不会寂寞，但这遗孤年纪也太小了。"也有人说："我且回老家去，以后再来吧。"准备离去的女侍便各自惜别，诉说衷情。伤心之事，不再尽述。

却说源氏公子入宫参见，桐壶上皇见了他便说："你近来消瘦了许多！想是素食太久的缘故吧？"很怜惜他，在御前赐膳。又问他各种情况，无微不至地关怀他。情感之深挚，让源氏公子铭感五内。告退之后，他又去藤壶院参谒母后。宫女们许久不见源氏公子，个个兴奋，都来向他慰问。藤壶皇后命王女官传言："公子近遭不幸，深为同情！但日月推迁，不知如今哀思是否稍减？"源氏公子答道："虽知人生无常，是世间不变之理，但亲逢其事，仍多痛苦，不免心情纷乱。幸蒙母后屡次慰问，心中感慰，才得延命至今。"纵使平日，源氏公子拜访藤壶皇后时也总是满怀愁绪，何况这时又添了丧妻之恸，自然更加悲伤。他身着无纹大礼服，内衬淡墨色衬袍，冠缨卷起③。这般的朴素打扮，反倒比华丽的装束更有风韵。他许久不见东宫太子，便查问近况，表示关切。两人又谈了许多话，直到夜深才告退，回二条院去。

---

① 白居易《长恨歌》中有："鸳鸯瓦冷霜华重，翡翠衾寒谁与共？"今作"旧枕故衾"，想是根据别本。
② "霜华白"是"霜华重"的误写。见上项注。
③ 冠缨，即帽子上的带子，丧服的冠缨卷起。

侍女的哀愁　佚名　源氏物语绘卷　平安时代（约12世纪）

失去女主人的侍女们，向源氏诉说主人离去的黯然，同时也有对源氏将不再回顾的担忧。图为侍女们聚在一起，诉说哀思的情景。能侍奉俊美光华的源氏，是侍女们最欣慰的愿望。所以即使源氏多番地安慰，也改变不了她们对失去源氏光临的失望与寂寥。

二条院里处处打扫得十分干净，男女侍从都在恭候公子回府。几个高级女侍都换上新装，打扮得花枝招展。源氏公子看了，想起左大臣邸内众女侍垂头丧气之状，觉得十分可怜。

源氏公子换好衣服后，便到西殿去看紫姬。只见室内已改成冬季装饰，气象焕然一新，华丽耀眼。几个美貌的青年女侍和女童，都打扮得十分齐整。这都是由紫姬的乳母少纳言调度布置，万事周到妥帖，精致可喜。紫姬长得十分美丽可爱，源氏公子说："许久不见，竟变成一个大姑娘了！"把帷屏的垂布撩起，仔细一看，只见她头侧向一旁，含羞坐着，姿态之美，全无半点可以挑剔。源氏公子在灯光之下看她的侧影，心想："她长得和我魂思梦绕的那个人毫无两样呢！"他心中异常欢喜，便走到紫姬身边，对她畅谈别离时的相思。他说："这期间各种详情，待以后徐徐细说。我刚从丧家出来，身上带着不祥之气，暂且到那边去休息一阵，再来看你。今后我将长住在此，天天和你做伴，你会厌烦我吗？”语调和蔼可亲。少纳言乳母听了心中欢喜，但还是有些担心，她想：“公子有许多身份高贵的情人，恐怕其中有一个不相干的人，会出来代替葵姬当正夫人，那该如何是好？”心中不免烦恼。

源氏公子回到自己房中，叫一个称为中将的女侍来替他捏脚，便睡下了。第二天早晨，他写了一封信去慰问新生的小公子。老夫人也写了一封感伤的信送回。源氏公子看了，又引起无限愁绪。

此后源氏公子悠闲度日，常常陷入沉思，生活颇为寂寥，而寻花问柳，又觉毫无意义，所以每天足不出户，但想起紫姬已完全发育，轻盈袅娜，已届摽梅之年①。源氏公子屡次以言语挑逗，但紫姬浑然不觉。公子寂寞无事，天天在西殿与紫姬下棋，或做汉字偏旁的游戏②，借以消磨时光。紫姬心灵手巧，妩媚可爱，即便在小小的游戏之中，也显示出优越的智识来。过去数年之间，源氏公子只当她是个可爱的孩子，并无他心，现在却难于忍耐了，虽觉可怜，也不免对她有所侵犯。但两人一向亲密，同起同卧，从无猜忌，因此外人也分辨不出。只是一天早晨，男的早已起床，女的却迟迟不起。

众女侍觉得奇怪：“难道是身体不舒服吗？”大家都很担心。源氏公子要先回东殿去，将笔砚盒拿进去放在寝台的帐幕中，就离开了。紫姬知道室内无人，抬起头来，向四周一看，只见枕边放着一封打结的信。随手打开来一看，见里面写着两句诗：

> “却怪年来常共枕，
> 缘何不解石榴裙？”

像是游戏之笔。紫姬做梦也没想到源氏公子竟有如此存心，不由得十分懊恼，想道：“这个人如此狠心，我为什么一向诚恳地信任他呢？”

大约上午时分，源氏公子来到西殿，对她说道：“看你的模样这般懊恼，到底心情怎样？今天棋也不下了，真寂寞呵！”向帐中张望，见她将衣服当作被头，连头也一起盖住，一动不动地躺着。女侍们知道有些不便，都退了出去。公子走近她，对她说道：“你为什么如此不快？想不到你这样不通情理！让众女侍看见了，都觉得诧异呢！”把衣服扯开，只见她满身是汗，连额发也湿了。叹道：“啊呀，这真是不得了！”便编出千言万语来哄骗她。但紫姬痛恨源氏公子，一句话也不肯回答。源氏公子恨恨地说：“完了完了！你如此顽固，我从此再不见你，真让我羞死了！”他打开笔砚盒，见里面并无答诗。他想：“她全然不懂事，真是个小孩子！”再看看她，觉得非常可爱。这一天他整天陪着她，说各种安慰的话。但紫姬还是不能解怀，源氏公子觉得她更加可爱了。

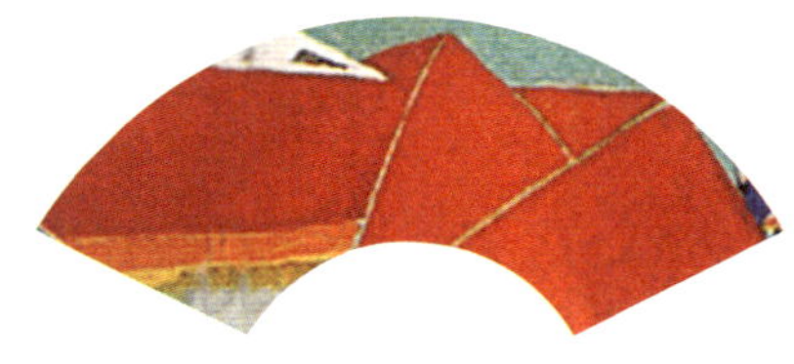

① 紫姬年已十四。摽梅，喻女子当嫁之时。

② 汉字偏旁游戏，即仅出示字的偏旁，让人猜测这是什么字。或出示一些字的偏旁，让人补凑成字，造成一句。不通者输。

这一天正是十月初的第一个亥日，宫中照俗例要吃“亥儿饼”[①]。因公子尚在丧服中，这件事并不大事张扬，只是在一只漂亮的桧木食盒里装了各色的饼，送给紫姬。源氏公子看见，便走到南面的外殿，召唤惟光，对他说：“明日再替我做这样的饼，不必太多，只要一色的[②]就好，黄昏时送到西殿来。今天日子不好，所以明天再做。”说时面露微笑。惟光是个机灵人，马上会意，并不详细追问，一本正经地答道：“这个自然！定情之始的祝贺，当然要选日子。明天是子日，那么这‘子儿饼’要做多少呢？”源氏公子说：“今天的三分之一就好。”暗示明天是新婚第三日。惟光心照，领命而去。源氏公子心想：“这个人真能干！”惟光不对别人去说，自在家里替主子做饼，而且几乎全是自己动手。

源氏公子想博紫姬欢心，多方哄骗，也觉疲倦，他仿佛是今天新抢了一个人来，自己也觉好笑，回想以往几年间对她的情意，真不及今天的万分之一。人心奇怪极了：现在让他别离一夜，也再不能忍受了。

源氏公子所命制的饼，于第三日深夜悄悄送来。惟光很用心，想：“少纳言乳母是个年长的人，叫她送去，怕紫姬会难为情。”便把少纳言的女儿——一个名叫弁君的小姑娘叫出来，对她说：“你悄悄地把这个送给小姐。”便把一个香盒交给她，又说：“这是祝贺的礼物，你好好地放在小姐枕边。千万谨慎小心，不可失误！”弁君听了觉得稀奇，答道：“我从来不曾失误过。”便接了香盒。惟光说：“要特别当心，像‘失误’这种不吉利的话，今天是不能说的！”弁君道：“我难道会到小姐面前去说这种话？”这弁君还是个孩子，不大懂得这东西的意义，把手伸进帐去，将香盒放在紫姬枕边。源氏公子自会将这饼的意义教给紫姬。

众女侍全不知情，看见第二天早晨拿出香盒去，几个亲近女侍才恍然大悟。香盒中盛饼的盘子，不知惟光是在什么时候准备好的。盘脚上的雕刻非常精美，饼的样式也极别致，调度得十分讲究。少纳言乳母想不到公子如此郑重，心中非常高兴。再想到公子这无微不至的宠幸，不禁感激涕零。但女侍们私下议论：“这种事情，应该悄悄地和我们商议才好，现在托付这惟光，不知此人心中做何感想？”

自此以后，源氏公子即便暂赴宫中参谒父皇，亦必心挂两边，眼前常常出现紫姬那可爱的面容，自己也觉不可思议。以前来往的许多情人，这时都写信来申诉怨恨，其中也有公子极爱怜的人。但现在他有了新欢，真所谓：“豆蔻年华新共枕，岂宜一夜不同衾？”[③]让他怎肯离开呢？因此他回绝所有的人，只装作居丧的模样，信中说：“身逢不幸，厌恶世事，且待忧思稍减，再当拜访。”只与紫姬片刻不离，悠悠度日。

却说今上母后的妹妹栉笥姬[④]自从那天在朦胧月夜与源氏公子邂逅后，一直对他非常思念。她的父亲右大臣说：“这也不错，他新近丧失了那位高贵的夫人，我就把这女

① 当时风俗，阴历十月内第一个亥日，大家做饼，名曰“亥儿饼”。饼有各种的色彩。当时认为吃了这种饼可以消灾却病，子孙繁昌。至今有的地方还保存着这种风俗。

② 当时习惯，新婚第三日，必须在新郎新娘的枕边供饼，饼是一色的。

③ 这首古歌载于《万叶集》。

④ 栉笥姬，又称胧月夜，是右大臣的女儿，弘徽殿女御的六妹。今上即弘徽殿女御（今为太后）之子，称朱雀帝。

平安时代贵族的婚姻习俗

平安时代的贵族主要采用访妻制，即男方到女方家过夜，次日或几日后离开，女方则常住自家，等候男方的再次来访。主要特点是夫妇别居。少数例外的是嫁入婚，即女方嫁到男方家中，共同生活。

贵族结婚的典型仪式

① 结婚当日，男方派媒人做使者，向女方递送和歌。——一般女方都不作答诗。

② 当晚，男方秉烛乘车到女方家。——女方家也手持蜡烛，引领新郎到寝殿。两方的蜡烛在当晚合二为一，第三天才能熄灭。

③ 新郎脱鞋进入殿中。——新娘的父母只脱一只鞋放在怀里，当晚抱着入睡。

④ 新郎进入帐内后新娘随之进入，称为“衾覆”，正式结为夫妻。

⑤ 次日，新郎要在黎明前回到自家，并向新娘赠以后朝之文。——后朝之文是双方爱情的证明。

⑥ 连续访妻三天。

⑦ 第三天行三日糕之仪，在银盘中放入特制的糕点，让新婚夫妻吃。——寓意今后子孙繁昌。

⑧ 新郎穿戴上女家准备的衣帽，走到帐前，进行供膳仪式。

⑨ 男方父亲访问新娘家，赠送赠品，并宣布结婚、举行婚宴等。

作为丈夫，源氏在与幼稚无知的紫儿行房后，指派惟光在第三天送来糕点，这一举动其实是贵族结婚仪式的一部分。源氏此举是向众人表明，他和紫儿已经成为正式的夫妻。

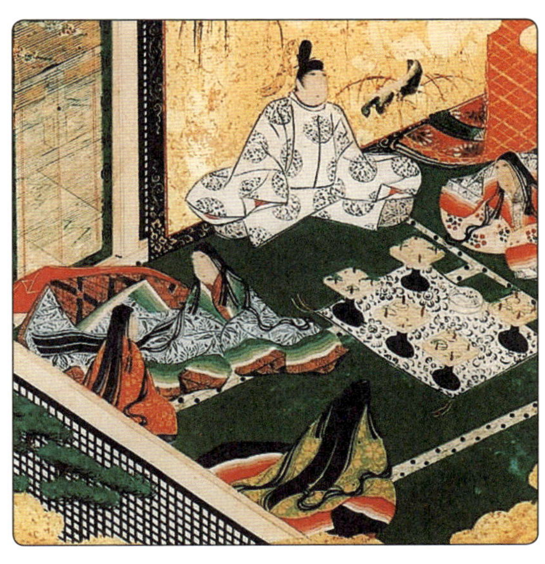

儿嫁给他，有何不好？”但太后不以为然，她说：“送她入宫，地位可以更高，岂不更好？”便竭力劝她入朱雀帝的后宫。

源氏公子对胧月夜原是另眼相看的，听说她要入朱雀帝的后宫，心中自然可惜。但眼下他的爱集中于紫姬一身，无暇分给别人。他想：“人生苦短，何必东钻西营，我就死心塌地地爱这一个人吧。四处拈花惹草，还不是徒然惹人怨恨？”他想起过去种种苦厄，深自为戒。他又想起六条妃子：“这个人也颇可怜，但正式娶她为夫人，又有各种不便。还不如像这样不即不离，每逢兴会，可以和她纵谈风月，添助雅兴，岂不更好？”从前虽然为了生魂之事，略有嫌隙，但对她并不忘怀。

关于紫姬，源氏公子也有所考虑：“这个人是什么身份，别人至今尚未知道，担心有人看轻于她。不如乘这个机会，正式通知她的父亲兵部卿亲王吧。”便替紫姬举行着裳仪式。虽不大事张扬，但排场也十分体面，这真是一片诚心。但紫姬竟从此嫌恶源氏公子。她想：“多年来我事事信赖于他，放心地依附他，想不到此人如此卑鄙！”她心中颇感后悔，正眼也不看他一眼。源氏公子对她调笑，她总是板起面孔，表示厌烦之意。从前那种天真烂漫的神情，现在完全没有了。源氏公子觉得又是可爱，又是可怜。他说：“多年来我真心怜爱你，现在你如此厌倦我，叫我好不伤心！”岁月匆匆，这一年又过完了。

元旦清晨，源氏公子照例先向桐壶上皇拜年，然后到今上朱雀帝及东宫太子处，最后来到左大臣邸。左大臣顾不得忌讳，还在和家人谈葵姬在世时的往事。正在这时，源氏公子来了。左大臣隐忍再三，终难抑制，不禁悲从中来。源氏公子长了一岁，比以前愈发漂亮了。他从左大臣室中退出，来到葵姬旧居的屋中，众女侍热切欢迎，忍不住掉下泪来。他看看小公子夕雾，只见这婴儿已经长大许多，常常向人微笑，非常可爱。口角眼梢，肖似东宫太子。源氏公子看了，心中痛苦，他想：“外人见了怎能不怀疑呢？”房间里的一切布置，都与葵姬生前毫无二致。衣架上和往年一样挂着新装，只是没有女装，不免有些美中不足。

老夫人命女侍传言：“今日元旦，也曾抑制哀思。公子驾临，反倒让我难于忍耐了。”又说：“小女在世时，每逢元旦，一定会为公子缝新春服，今年亦当如此。只是近来泪眼昏花，色泽难辨，担心不敷雅望。但当此吉日，请务必不嫌简陋，换上这些新装。”除了精心裁制的衣服之外，又派女侍送来了一件新袍。这是希望源氏公子在元旦那天穿的，所以色彩异常鲜艳，织工也特别讲究。如此诚意，怎可辜负？公子马上换上新衣。他心想：“如果我今天不来，两老将多么失望！”对他们十分同情。便答谢道：“春到人间，自当先来道贺。只是哀思填胸，难于陈辞。

年年今日新装艳，
唯此春衫有泪痕。

这种悲哀实难抑制！”老夫人答吟道：

“不管新年春色好，
昏花老眼泪频流。”

两人的悲叹都非同寻常。

第十回　杨桐①

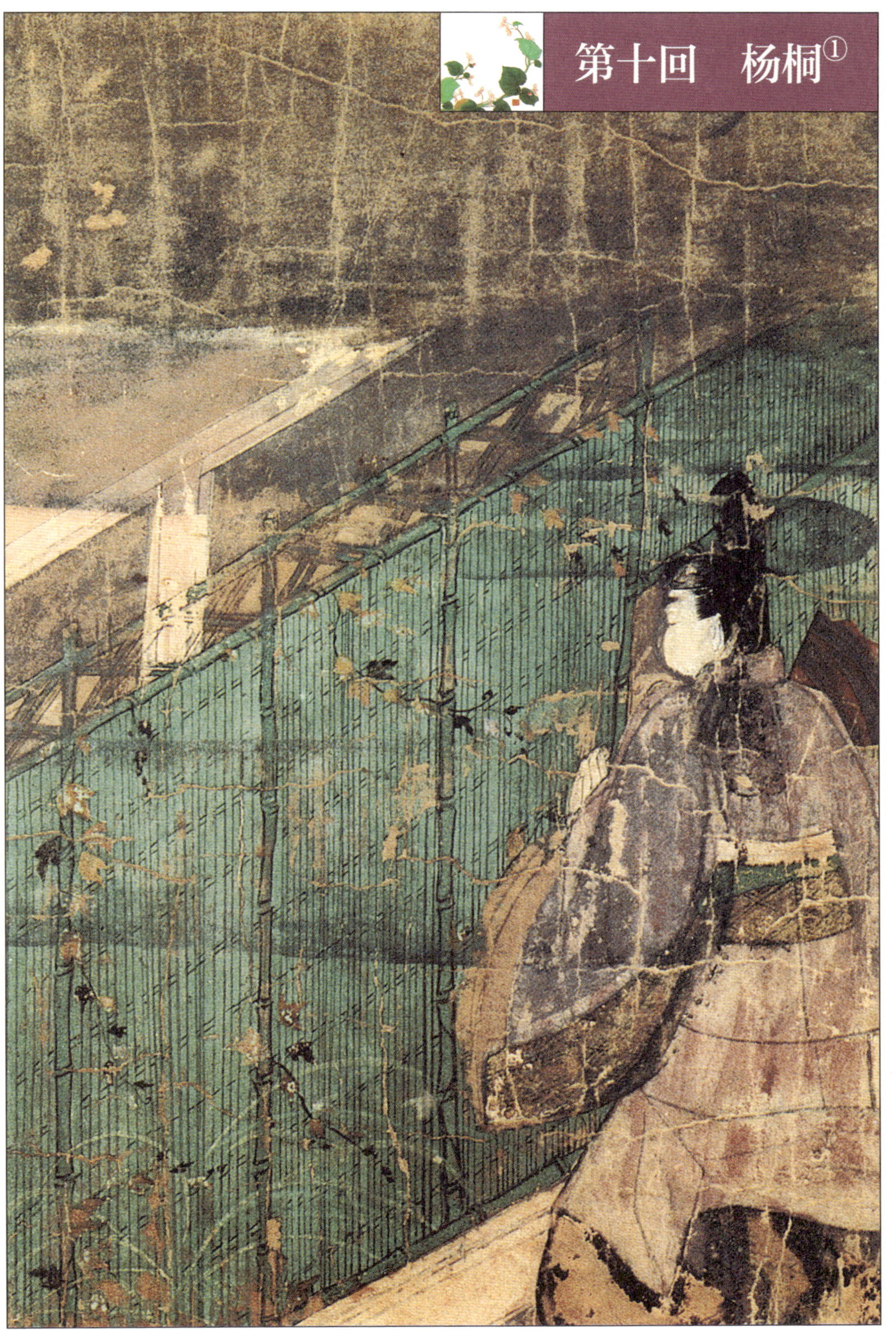

斋宫前往伊势的日子近了，六条妃子心中闷闷不乐。自从左大臣家那位身份高贵的葵姬病死后，众口谣传，说源氏大将的继室将是六条妃子。妃子宫邸内的人也都如此猜想，大家不免有些动心。哪里知道此后大将反而疏远，几乎再不上门了。六条妃子失望之余，心想："为了那生魂事件，他已嫌弃我了。"她看透了源氏大将的心，便一刀斩断情丝，专心一意地准备前往伊势。斋宫与母亲一起到伊势修行，自古鲜有其例。但六条妃子以女儿年幼不便独行为由，决心离开这让人生厌的京城。源氏大将听到这个消息，挂念妃子这次离京远去，深可惋惜。但也只是写了几封缠绵的情书派人送去，以此慰问。六条妃子知道今后再无与大将相会的机缘。她想：别人既已嫌恶我，我若再和他相会，不过是徒增痛苦。因此她硬着心肠，决意和他分别。

六条妃子有时也暂回六条私邸，但一向行踪隐秘，源氏大将全然不知。野宫是斋戒之地，不便随意前去拜访。源氏大将因而有咫尺天涯之感，但也只得蹉跎度日。正在这时，桐壶院患病了，虽不严重，却也常常发作，不胜其苦。源氏大将为此心乱如麻，但还是记挂六条妃子："让她恨我薄幸，毕竟对她不起，而且外人知道，亦将说我太过无情。"于是下了决心，前往野宫拜访。

日子定在九月初七。斋宫前往伊势的行期近在眼前了，行色匆匆，六条妃子很是忙乱。但源氏大将屡次来信说："纵使只是立谈也好。"六条妃子犹豫起来。继而想道："我过分回避，也太过沉闷，不如和他隔帘相见吧。"决定后，便悄悄地等候他前来。

源氏大将走进广漠的旷野，只见景象十分萧条。秋花早已枯萎，草虫和着凄厉的松风，合成一种不可言说的音调。远处飘来断断续续的乐声，清丽动人。大将只带十几个亲信者，随身侍从也很简单，并不招摇。大将只穿便服，但也颇为讲究，姿态十分优雅。随伴大将的几个风流人物，都觉得这打扮与这时地极为相宜，心中感动。源氏大将也想："我从前为什么不常到这种好地方来玩玩呢？"辜负美景，很是后悔。

野宫之外围着一道柴垣，里面建造着许多板屋，都颇简陋。门前那个用原木建造的牌坊，形式倒是非常庄严，让人肃然起敬。那些神官三三五五，散在各处交谈，其间夹着咳嗽之声，这情景和外面截然不同。神橱里发出幽暗的火光，人影稀少，气象萧条。源氏大将暗想那多愁善感的人，要在这荒凉的地方度过漫长的岁月，将是如何凄凉孤苦！心中不胜同情。

源氏大将藏身在北厢人迹稍少的地方，提出面晤的要求。一时乐声尽歇，室内似乎传来从容不迫的行动声。几个女侍出来接见，却不见六条妃子。源氏大将心中不快，便郑重请求道："这种微服之行，其实并不合我今日的身份。这次是破例前来，若蒙妃子体谅我的心情，不要把我挡在门外，使得畅谈衷曲，则幸之大矣。"女侍们便劝请妃子："如此对待他，旁人看了也觉抱歉！让他狼狈地站在那里，实在对他不起。"六条妃子心想："我该怎样才好？这里耳目众多，女儿斋宫知道了，也将怪我老而无德，举动轻率。如今再和他会面，怎么使得呢？"她实在下不了决心，但又不能铁面无情地断然拒绝。左思右想地懊恼了一阵，终于回心转意，膝行向前。这时她的姿态十分优美。

---

① 杨桐是一种常青树，其叶甚香。日本名"贤木"。本回写源氏二十二岁九月至二十五岁夏天之事。

源氏大将说："这里虽是神圣之地，但只在廊下，想必无妨？"便跨上廊去坐下。这时月光清澈，照见源氏大将优雅的态度与动作，难以描述。源氏大将和她很久不曾见面，要把这几月来积压在胸中的情感悉数说出，一时似觉无从说起。便把手中折得的一小枝杨桐塞进帘内，说道："我心不变，正似杨桐之常青。全因有此毅力，今日不顾禁忌，擅越神垣[①]，特来拜访，不料仍遭冷遇……"六条妃子吟道：

"神垣门外无杉树，
香木何须折得来？"[②]

源氏大将答道：

"闻道此中神女聚，
故将香叶访仙居。"[③]

四周气象森严，令人难于亲近。源氏大将觉得隔帘太不自然，将上半身探入帘内，靠在横木之上。想起从前，两人随时可以自由见面，六条妃子对源氏的爱慕颇深。在这些岁月中，源氏心情倦怠，并不觉得此人特别可爱。后来发生了那生魂附体的事，源氏常思此人为何有此缺陷，爱情更加消减，终于渐渐疏远。今日久别重逢，再回思往日情怀，便觉心绪纷乱，懊悔无穷。源氏大将追思前事，不免意气消沉，潸然泣下。六条妃子本来不欲露出真情，再三抑制，但终于忍耐不住，泪盈于睫。源氏大将见此情景，更加伤心，便劝她不要到伊势去。这时月亮已渐西沉，源氏大将一面仰望惨淡的天空，一面向妃子诉说心中遗恨。六条妃子听到他这些温存的话语，多年来聚集的怨恨完全消释了。她好不容易才剪断情丝，今日这次会面，又害她心动神摇，只觉苦恼之极。

庭中景色优美动人，难怪平日贵公子们相邀前来时，都流连忘返。这两个满怀愁绪的恋人之间的娓娓情话，笔墨不能尽述。渐次亮起来的天空，仿佛也是特意为此情景而添加的背景。源氏大将吟道：

"从来晓别催人泪，
今日秋空特地愁。"

他拉住六条妃子的手，依依不舍，那模样真是多情！这时凉风忽起，秋虫乱鸣，声音哀怨，似乎代人惜别。纵使无忧无虑之人，听到这声音也难忍受，何况这两个肝肠寸断的恋人，哪里有心情从容赋诗呢？六条妃子勉强答道：

"寻常秋别愁无限，
添得虫声愁更浓。"

---

① 古歌："擅越此神垣，犯禁罪孽深。只为情所钟，今我不惜身。"可见《拾遗集》。

② 古歌："妾在三轮山下住，茅庵一室常独处。君若恋我请光临，记取门前有杉树。"可见《古今和歌集》。

③ 古歌："杨桐之叶发幽香，我今特地来寻芳。只见神女缥缈姿，共奏神乐聚一堂。"可见《拾遗集》。

源氏大将回思往事，尽皆后悔之事，但现在已无可奈何。天明后离开，有所不便，只得匆匆辞别，回途之上晨露甚重。六条妃子别后似若有所失，只是茫然地仰望天空。众青年女侍回想源氏大将那映着月光的姿态，闻到仍未消散的衣香，都心驰神往，竟忘记了野宫的神圣，大家极口称赞。她们说："如此俊美之人，纵使为了天大的事，也不舍得离开他的！"竟都无端地哭起来。

第二天源氏大将送来的信，比往日更加诚恳，六条妃子看了不免牵挂。但现在大局已定，不能再有变化，也只得徒唤奈何。源氏这个人一旦涉及情爱之事，纵使只是泛泛之交，也一定说得甜甜蜜蜜，何况他和六条妃子交情极深，远非寻常可比。今将久别，他心中又是惋惜，又是抱歉，懊悔万状。

为了饯别，源氏大将赠送了丰盛的礼物：妃子的服饰，对随从的赏赐，各种应用品，都非常讲究。但六条妃子并不在意。她觉得她的一生如今有了定论：在世间流传了无情的恶名，又变成了一个弃妇而远去。启程日渐渐临近，她只是愁叹不已。

斋宫年齿尚幼，她只觉得一向行期难定，如今确定了日子，非常高兴。由母亲陪伴前往伊势神宫修行，史无前例。因此世人有讥评的，也有同情的，议论纷纷。世间身份低微的人，事事任意作为，无人在意，倒是自在得很。而超群脱俗之人，受人瞩目，行动反不自由，更多顾虑。

九月十六日，在桂川举行祓禊。仪式比前次更加隆重：长途护送的使者以及参加仪式的公卿，都选用地位高贵且圣眷隆重的人，这都是桐壶院特别关心的缘故。即将离开野宫时，源氏大将又送信来。另附一封短信，开头写道："献给斋宫。亵渎神明，诚惶诚恐。"信挂在白布上，白布系在杨桐枝上[①]。下面写道："自古有言：'奔驰天庭之雷神，亦不拆散有情人。'[②]可知：

护国天神[③]如解爱，
应知情侣别离难。

左思右想，此别实在难堪。"这时行色匆匆，但回信不能不写。斋宫的答诗由女侍长代作：

"若教天神知此事，
应先质问负心人。"

斋宫与六条妃子即将入宫辞别，源氏大将也很想进宫去见见两人，但想到自己乃是被离弃的人，亲去送别，太不体面，便打消了念头，只是一味茫然地沉思。他看着斋宫的答诗，觉得有几分像大人口吻，不禁暗自微笑，想道："她年方十四，照这年龄看来，这人也是很风流的。"不免动心。原来源氏这个人有一种怪癖性：愈是难于办到之事，

① 对神明献词，挂在白布上。
② 这首古歌载于《古今和歌集》。
③ 护国天神，指斋宫。

杨桐传情 歌川丰国 源氏香之图·杨桐 江户时代（约1844—1847年）

乘着月光，源氏与六条妃子在野宫的廊间再次见面。无比优雅的源氏将手中的杨桐枝隔帘递给六条妃子，甜言蜜语地说着“我心似这杨桐枝一样常青”，让斩断情丝的六条妃子又心摇神动起来。图为源氏揭起帘子，向六条妃子递出了诱惑的杨桐枝的情景。

他愈是念念不忘。他想："她幼年时，我本来随时都可见到，却始终没有见过，实在可惜。但世事变化无常，以后总有和她相见的机会。①"

斋宫与六条妃子都是风姿优美、多才多艺的人，这一天便有许多车子来观瞻她们的行列。两人于申时入宫，六条妃子乘轿。她想起已故的父亲当年对自己悉心教养，指望她入宫后身登皇后之位，但后来遭逢不幸，事与愿违，今日再度入宫，但所见所闻，无不令人感慨：她十六岁即入宫，成为已故皇太子的妃子；二十岁时与皇太子死别；今年三十岁，又再次见到这九重宫阙。感慨之余，便赋诗道：

"我今不想当年事，
其奈悲哀涌上心。"

斋宫今年十四岁，天生丽质，加上今日盛妆，娇艳妩媚，令人吃惊。朱雀帝看了，不禁为之动心。临别加栉②的时候，只觉实在怜惜，不由流下泪来。斋宫退出时，八省院③前停着许多女侍乘坐的华丽的车子，正在等候。帘子下方露出的衣袖，五彩缤纷，新颖夺目，许多殿上人正在各自与相好的女侍依依惜别。黄昏时分，整个行列从宫中出发，前往伊势。由二条大街转入洞院路时，正好经过二条院门前。源氏大将正在无聊，便写了一封信，附在一枝杨桐上，送给六条妃子。信中诗云：

"今朝舍我翩然去，
珠泪当如铃鹿④波。"

这时天色已晚，再加上路上骚扰忙乱，当天不便回信。第二天车子经过逢坂的关口后，六条妃子方始回复：

"铃鹿泪珠君莫问，
谁怜伊势远行人？"

虽然只寥寥数字，笔迹却十分高超优美。源氏大将心想："若能稍加些哀愁之趣，便更动人了。"这时晨雾弥漫，景色异常优美。源氏大将仰望天空，自言自语地吟道：

"痴心欲望人归处，
秋雾莫将逢坂迷！"⑤

① 每逢天皇易代，斋宫、斋院都回来，另行卜定新的斋宫、斋院前去修行。

② 斋宫告别时，天皇亲手取栉附在她的额发上，叮嘱她"勿再回京"。因为她若回京，必是天皇易代。梳头时唯有去（向下梳），而无回（从发梢向上梳），故以栉加额也。

③ 八省见第1页注②。八省百官行政的地方称为八省院。其正殿为大极殿，即朱雀帝为斋宫加栉之处。

④ 铃鹿，是一条河的名称，此行必须经过。

⑤ 这里用地名暗寓再相"逢"之意。

这一天他连西殿也不去，只是闭门幽坐，远眺沉思，寂寞地过了一日。那六条妃子前途漫漫，怅望长空，更不知如何伤心了！

却说桐壶院的病，到了十月渐转沉重，臣民无不记挂。朱雀帝也极忧心，便亲往慰问。桐壶院御体已很虚弱，但还是反复叮嘱他好好照顾皇太子。又提到源氏大将，他说："我死之后，你务须照我在世时一样，事无大小，都同他商议。此人年龄虽不大，但老成持重，颇能左右政局。你看他的容貌，确是治国平天下的人才。因此，我为避免诸亲王妒忌，不肯封他为亲王，将他降为臣下，使他当朝廷的后援，你千万不可辜负我这一片苦心。"此外遗言甚多。作者为一女流，不宜高谈国事，仅记此一件，亦不免越俎之罪。

朱雀帝听了这些遗言，不胜伤痛，再三表示决不违反父命。桐壶院见朱雀帝长得丰姿清整，仪态优雅，心中极是欣慰。朱雀帝因身份所限，不便久留，只得匆匆回宫，临别不胜唏嘘。皇太子本欲随皇上同来，但担心人多嘈杂，故另外选定日期。皇太子虽然年幼，却长得大人一般的模样，而且风姿秀美。他许久看不到上皇，常常怀念在心。今日得见，童心极感喜悦，亲切地仰望，模样极是可爱。藤壶皇后满面泪痕，上皇看了心中百感交集，伤心无限。他对皇太子嘱咐了许多事情，只因太子年纪太小，不免担心，心中伤痛。他也反复叮嘱源氏大将，让他勤理朝政，善视太子。太子到了夜深这才辞别，所有殿上人皆陪着同行，隆重的程度不减于前日朱雀帝行幸。上皇还想留他一会儿，但时间所限，也只得让他回去，临别不胜惆怅。

弘徽殿太后也想前来问候，但因藤壶皇后在侧，有所顾忌，犹豫不决。正在这时，桐壶院病势虽未转剧，竟忽然驾崩，噩耗传出，朝野震惊。诸王侯公卿暗自思忖："桐壶院虽已让位退居，其实依旧在统治朝政，与在位时无异。今一旦晏驾，新帝年龄尚幼，其外祖父右大臣性情急躁，刚愎用事。今后若任其妄为，世事真不堪设想。"大家心中略感不安。至于藤壶皇后与源氏大将，当然更加悲痛，哭得几乎不省人事。七七四十九日的佛事供养，源氏大将比其他诸皇子更加虔诚郑重。世人以为此是理所应当，大家极为同情他的悲哀。他身着葛布①的丧服，形容憔悴，却反而现出朴素之美，见者无不怜悯。源氏大将去岁刚刚悼亡，今年继又丧父，接连遭逢不幸，顿感人世无常，很想乘此机会，抛舍红尘，遁入空门。但羁绊甚多，怎能撒手而去？

四十九日之内，众妃嫔一齐在桐壶院举哀，过后各自回宫。断七之日，正是十二月二十。岁暮天寒，乌云暗淡，藤壶皇后心中更为惨恻，全无晴朗。她深知弘徽殿太后的德行，心想活在此人弄权的世间，一定诸多痛苦。但这还在其次，最使她悲伤难抑的，是素来亲近的桐壶院的面容，时刻不能离开她的心头，再加上一向聚集在这宫中的诸侍从，不能再留居在此，只得听任其纷纷散去。

藤壶皇后决定迁居三条私邸，前来接她的是其兄长兵部卿亲王。这时大雪纷飞，寒风凛冽，宫中人影日渐稀少，景象异常萧条。源氏大将特来相陪，聊着桐壶院在世时情状。兵部卿亲王看见庭中的五叶松已经凋零，叶子枯萎，便吟诗道：

"嘉荫难凭松已槁，
枝头叶散岁华终。"

① 丧服用葛布，如同中国的麻衣。

此诗没有什么特别优秀之处，但即景抒情，启人哀思，使源氏大将襟袖尽湿。他见池面冰封，就此吟道：

“冰封池面平如镜，
不照慈容使我悲。”

此诗稚气不脱。藤壶皇后的女侍王女官赋诗云：

“岁暮天寒岩井冻，
斯人面容渐依稀。”

此外诸多诗篇，也不必一一尽述。藤壶皇后迁居三条的仪式，依照旧例，并无变化，但似觉特别凄凉，怕是心情所致。她回到旧日居住的家中，却觉得仿佛是旅居他乡，一味回想离家后多年的情状。

新年已经，但谅闇[①]中世间全无欢庆之事，就这样寂寥地过了新年。源氏大将倦于俗事，只管幽闭家中。正月是地方官任免的季节，往年每逢此时，源氏家必然车马盈门。桐壶院在位时自不必说，退位之后也还是照旧，但今年门前十分冷落。带了铺盖前来值宿的人，竟一个也没有，唯有几个老管家闲闲地坐着。源氏大将看到这情景，想今后气数已尽，心中不胜凄凉。

却说弘徽殿太后的六妹栉笥姬，也就是那个胧月夜，已入朱雀帝后宫，二月里升任尚侍。因为原来的尚侍遭逢桐壶院之丧，追慕旧情，遁入空门做了尼姑，栉笥姬就取代了她。这栉笥姬自来身份高贵，仪态优美，且又长得十分娇美，在后宫佳丽之中，特别受到朱雀帝的宠爱。弘徽殿太后常居私邸，入宫时就住在梅壶院，她的旧居弘徽殿此时已让与这位尚侍居住。栉笥姬本来住在登花殿，较为冷僻，现在搬入弘徽殿，顿觉气象明朗得多，女侍也添了无数，生涯忽然繁华富丽了，但她始终不忘那次朦胧月夜的邂逅，心中经常悲叹，私下也依旧与源氏通信。源氏虽然顾虑到：“一旦走漏消息，被右大臣知道，如何是好！”但前文也说过他有这样一种怪癖：愈是难得，愈是渴慕。因此栉笥姬入宫之后，他对她的爱慕愈发深切了。弘徽殿太后生性刚强，桐壶院在世之时，她还略有顾忌，稍作隐忍，如今她自然要对耿耿于怀的几桩仇恨设法报复。近来源氏经常遭逢失意，知道是太

---

①谅闇，是居天子之丧。源氏当时二十四岁。

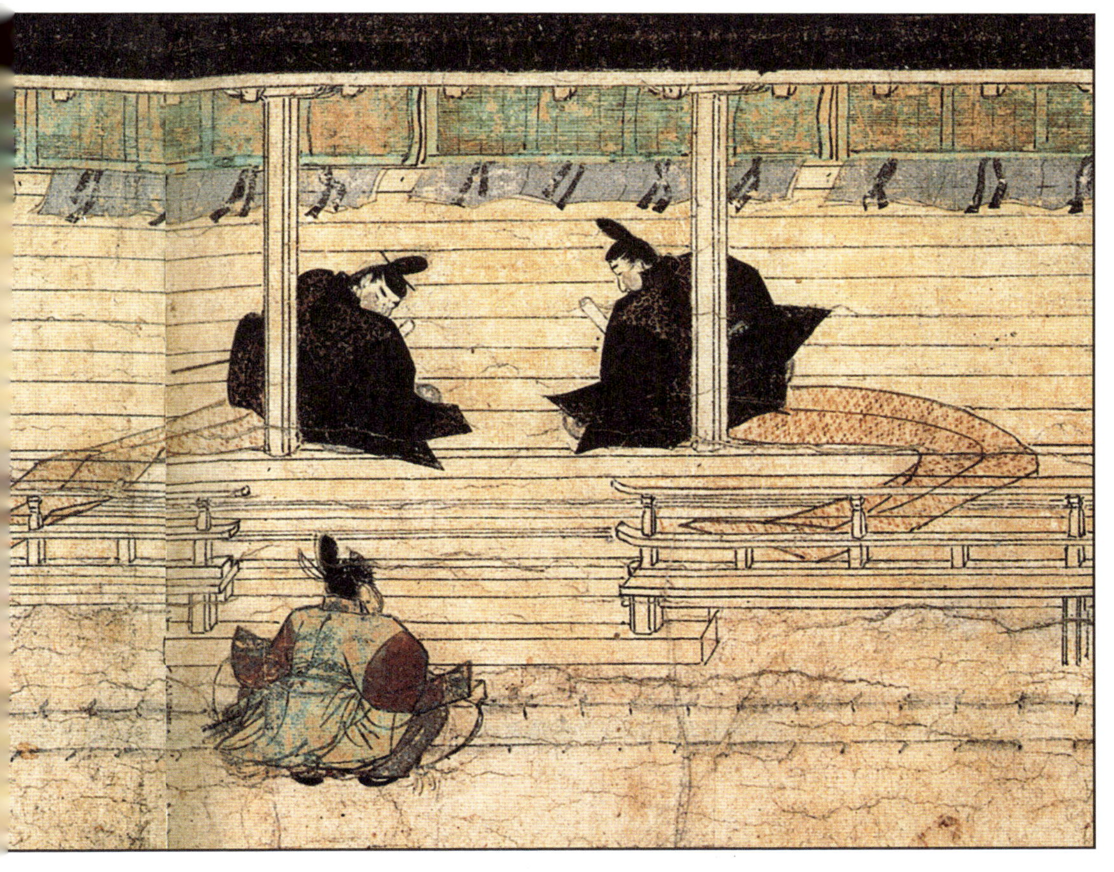

桐壶院的托付　佚名　年中行事绘卷　平安时代（12世纪后期）

桐壶院病重，朱雀帝、源氏、皇太子等皆去探看。桐壶院嘱咐朱雀帝政事上要重视源氏，又将皇太子托付于源氏，要他善视之。他清楚皇太后与源氏的政敌关系和源氏与皇太子的依赖关系，对自己身死后，源氏、皇太子的处境考虑和安排得十分周详。

后作梗，这也原在意料之中。但他不知世路艰辛，更不会交际应酬，又能如何！

左大臣也日渐消沉，难得入宫一次。往年朱雀帝当太子时，曾经要娶葵姬，但左大臣回绝了他，将葵姬嫁与源氏。弘徽殿母后至今不忘这件事，怀恨在心。而且左大臣与右大臣一向疏远，再加上桐壶院在世之时，左大臣独揽朝政，任意行事。如今时世变迁，右大臣成了皇上的外祖父，自然得意扬扬。左大臣意气消沉，也是再自然不过。

源氏大将依旧常到左大臣那里问候，他对于旧日众女侍，关怀比以往更加周到。对小公子夕雾，也无微不至地关切。左大臣见他心地如此敦厚，不胜安慰，诚恳地招待他，也同当年一模一样。

当年源氏被桐壶院宠爱，有恃无恐，不免有些嚣张。现在时移势变，不得不稍稍收敛，以前私通的许多女人，渐渐断绝了交往。而他对于偷香窃玉的行为，也早已毫无兴致，不肯用心了。他近来态度沉静稳重，真有仁人之风。世人都艳羡西殿那位小夫人的幸福。紫姬的乳母少纳言看到这种情景，暗自思忖：此大概真的是已故师姑老太太勤修佛法的善报吧。紫姬的父亲兵部卿亲王，现在也可和女儿自由互访了。兵部卿亲王正妻所生的几个女儿，虽然也十分珍爱，但结局并不美满。因此大家艳羡紫姬，正夫人当然心情不愉。这倒仿佛是小说里才能捏造出来的情节。

却说贺茂斋院[①]因遇父丧，要回宫守孝，斋院之职便由槿姬继任。贺茂斋院向来必须由公主担当，亲王的女儿当斋院，极其罕见。这次因无合适的公主选派，所以就派了槿姬。源氏爱慕槿姬，虽然多年不能如愿，还是始终不能忘情，现在听说她当了斋院，相隔更远，心中不免叹惜。但还是与从前一样，只托槿姬的女侍中将传递消息，并不断绝。他对于自己的失势，并未特别关心，只管做些无聊之事，借以消愁解闷。

朱雀帝谨守上皇遗言，对源氏多方爱护。但他年龄尚轻，再加上性情柔顺，毫无强硬气概，万事听由母后与外祖父右大臣做主，从不违背。这样，他对朝廷政治自然不再多问，因此源氏此时每多失意。但那位尚侍胧月夜依旧爱慕源氏，两人虽极不容易，但偶尔也暗中幽会。一次，五坛法会[②]开始，朱雀帝洁身斋戒。两人便乘此良机，重温鸳梦。由尚侍的女侍中纳言君巧妙布置，避人耳目，将源氏大将带入一间厢房，正像那年初次会面时弘徽殿里的廊房一样。法会期间，来往的人既多，这个房间又靠近廊下，因而中纳言君每日提心吊胆。源氏的美貌，纵使是见惯的人，也百看不厌，何况胧月夜难得一见，不觉已神魂颠倒！这女子容貌也颇艳丽，又正值青春年华，虽然略有轻狂之感，但也自有温柔烂漫之趣，源氏也觉对她百看不厌。

良宵苦短，不久黎明已近。只听值夜的近卫武官高声唱道：“奉旨巡夜！”声音仿佛就在近旁。源氏大将想道：“不知是否另有一近卫武官躲在这里幽会，他的朋友妒恨他，告诉了这值夜武官，让他来恐吓一番。”他想起自己也是近卫大将，不禁觉得好笑，但又觉得可厌。这值夜武官巡视了一会儿，又高声报道：“寅时一刻！”胧月夜便吟道：

“报晓声中知夜尽，
　却疑情尽泪双流。”

那依依不舍的模样，实在让人可怜。源氏大将答道：

“夜已尽时情不尽，
　空劳愁叹度今生！”

他觉得心情不宁，便仓皇钻出房间走了。

这时天色尚未大亮明，残月当空，雾气弥漫，源氏大将简服便装，举止畏缩，却也另有一番风韵。正巧承香殿女御的哥哥头中将[③]从藤壶院出来，站在月光照不到的屏障之后。源氏大将没有留意他，却被他看见了，真是遗憾！这头中将一定要设法毁谤他了。

源氏大将见这尚侍这般容易接近，不由得怀念起和她性情相反的藤壶皇后来。藤壶

① 贺茂斋院，弘徽殿太后所生三公主。

② 五坛法会，是供养五大明王的佛事。中央不动尊，东坛降三世，西坛大威德，南坛军荼利夜叉，北坛金刚夜叉。

③ 承香殿女御，是朱雀帝的妃子，她的哥哥官居头中将之职。

失势的冷清　歌川广重　太鼓桥　江户时代（1856—1858年）

桐壶院去世后的冬日，景象萧条。弘徽殿太后专权，藤壶皇后迁居三条旧家躲避，而源氏门前也忽然冷清了起来。源氏深知自己失势，虽然有桐壶院的嘱托，但事实上他的政治气数已尽，心中不免凄凉。图中冬日的萧索寂寥，正是此时源氏政治生涯的写照。

皇后冷面无情，拒人于千里之外，但他觉得可敬可佩。从他自己的愿望说来，又不免觉得这个人心肠太硬，有些可恨。

藤壶皇后觉得进宫去太过乏味，又没有面子，所以很久不曾入宫。但见不到皇太子，心中又经常记挂。皇太子别无后援，万事全赖源氏大将照顾，但他那种不良的企图还不曾消除，常使藤壶皇后痛心疾首。她想："幸而桐壶院到死也不知道我们那件暧昧之事，我现在想起，还是惶恐不堪。这事如果泄露出去，我自身姑且不论，对皇太子定然十分不利。"她恐惧流言，竟然为此修荐法事，想仰仗佛力来斩断情丝，又想尽方法逃出情网。不料有一天，源氏大将竟偷偷混进藤壶皇后的房里来了！

源氏大将素来行动十分小心，谁也不曾惊动。藤壶皇后看见他，几乎疑心是在做梦。他隔着屏风对皇后说了一篇花言巧语，作者之笔无法尽述。但皇后心中泰然，完全不为所动，后来痛心之极，竟致昏迷不省人事。贴身女侍王女官和弁君等大为吃惊，竭力看护扶持。源氏大将大失所望，忧恨不已，更浑然忘却前前后后，变得呆若木鸡。这时天色渐亮，他竟不想离开，众女侍听说皇后患病，纷纷前来看望。源氏大将又吓得失去知觉，王女官等便把他推进壁橱里，让他暂且躲避。偷偷给源氏大将送衣服来的女侍也十分狼狈！

藤壶皇后受的刺激太大，肝火上升，脑中充血，越来越感痛苦。她的哥哥兵部卿亲王及中宫大夫等前来看望，马上吩咐召请僧人举行法事，一时纷忙混乱。源氏大将躲在壁橱里倾听外间情状，心中不断叫苦。到了黄昏时分，藤壶皇后好不容易才渐渐苏醒，她没想到源氏大将躲在壁橱之中，女侍们怕她烦恼，也不把这件事告诉她。她觉得身体略微好些，便膝行到御座上来坐定。兵部卿亲王等看见她已康复，便各自散去。室中人少了，平日皇后身边的女侍也不多，其他女侍退避在各处隔障物后面。王女官便和弁君悄悄地商议："怎么打发公子出去呢？留他在此，万一今晚娘娘再次发作，可不得了！"

却说源氏大将躲在壁橱之内，见那扇门没有关紧，留着一条细缝。他便把门推开，悄悄钻出来，沿着屏风走到了藤壶皇后的居室。他很久不曾见到皇后的姿态，如今看见，不禁悲喜交集，竟流下了眼泪。只见她脸向着外侧，娇声地说："我现在心里还很难过，看来活不长了！"那侧影之优美，无法描述。女侍们拿了些水果来劝她服用，都盛在一个形似盒盖的盘子里，式样非常雅致。但藤壶皇后看也不看，只管悲叹尘世的艰辛，陷入沉思，那模样实在可怜。源氏大将心想："她那头发秀美艳丽，长长地披散下来，竟和西殿里那个人一模一样。年来我有了那个人，对她的爱慕之心稍稍忘怀。现在一看，二人果然肖似之极。"他确信紫姬可以略慰他对藤壶的相思。又想："气度之高雅与神情之矜持，两人也一模一样。但或许是心情所致吧，这个自往日便倾心爱慕的人儿，更有盛年的娇艳。"想到这里，兴奋至极，竟不顾前后，悄悄钻进帐中，拉住了藤壶皇后的衣裾。

藤壶皇后闻到源氏身上特有的香味，突如其来地吓了一跳，整个身子都俯伏在地上。源氏大将怨她不转过脸来看他，心中恼恨，一味拉住她的衣服。藤壶皇后急忙卸去外衣，想借此脱身，但源氏大将无意中已把她的头发与衣服一起握住，皇后无法逃走。她怨恨之极，觉得这真是前世冤孽，十分悲伤。男方也曾努力抑制，但是现在再难隐忍，心绪纷乱，如醉如痴，只管哭哭啼啼地诉说心中的千愁万恨。藤壶皇后心中不快，不愿作答，只是勉强说道："我今天心情特别恶劣，且待今后略好一些，再与你相见吧。"源氏大将还是只管滔滔不绝地陈诉衷情。其中也有些令藤壶皇后深深感动的话。她以前已经有过过失，如今若是再犯，实在说不过去。因此她这时虽然可怜源氏，但依然婉言拒绝。这一晚就此度过。源氏大将这一方呢，也觉得对这样的人不好意思作过分要求，只是斯文地说："能够如此，我已心满意足。今后若能常常相见，慰我这刻骨之相思，岂敢更有其他的奢望？"藤壶皇后听了也就安心。这样的一男一女，纵然是普通情侣，这时也一定会增添离别之恸，何况这两个多愁善感的人，其痛苦自不必细述。

天已大亮。王女官和弁君劝源氏大将尽早退出，这时藤壶皇后几已半死。源氏大将看了非常难过，便说："让你知道我这个人还活在世间，实在惭愧。不如让我就此死去吧！但抱恨而死，将为来世造孽，又该如何是好？"他说这话时，态度十分严肃。继而又吟道：

"相逢长是难如此，
世世生生别恨多。

我将永远拖累你了！"藤壶皇后也叹息着答道：

"我身世世怀长恨，
只为君心越礼多。"

她漫不经心地说出这话，源氏大将听了只觉无限依恋。但若再不退出，不但令她伤心，于己亦徒增痛苦，只

得身不由己地辞去了。

源氏大将回去之后想："我还有什么面目再见那个人儿呢？在她没有体谅我的苦心之前，我决不再见她。"因此连别后的慰问信也不写。他也不进宫去，也不去看皇太子，只是幽闭一室，日夜悲叹藤壶皇后的无情，那愁眉苦脸的样子，直叫旁人看了也觉伤心。想是神魂不宁的缘故吧，竟变得四肢乏力，有如患病。只觉得人世无可留恋，真如古人所说："沉浮尘世间，徒自添苦恼。何当入深山，从此出世表。"[①]就此动了出家之念。只是这个紫姬实在可爱，一心一意地依赖着源氏，使他难于舍弃。

藤壶皇后自从那天昏死过去之后，心情一直不好。王女官等听说源氏大将幽闭一室，音信全无，体察他的心情，颇觉对他不起。藤壶皇后为皇太子着想，要是这个后援心中存了隔阂，对皇太子很是不利。如果他由此厌世，毅然出家，毕竟也是不幸之事。她反复考虑："如果他那种妄念不能止歇，我的恶名早晚泄露于世间，弘徽殿太后也一向怪我僭越，现在我为何不干脆退出皇后之位呢。"她想起桐壶院在世时对她无微不至的宠爱以及关切的遗言，觉得如今时世大变，万物面目全非。我纵使不遭到戚夫人[②]的命运，也一定会成为天下人的笑柄。她觉得人世令人生厌，日子格外难过，决心遁入空门。但不见皇太子一面，就此改装，又不忍心，便微服入宫去见皇太子。

源氏大将向来对藤壶皇后细心照拂，纵使是些许小事，也极关心。但这次藤壶皇后入宫，他以心情不佳为由，不肯前来送她。一般的照顾，虽然与先前无异，但明白底细的女侍们都悄悄地传告说："源氏大将心情极是沉闷呢。"她们觉得对他不起。

皇太子年仅六岁，长得非常可爱。他许久不见母亲，这时不免异常兴奋，无限欢喜，偎依在母亲膝下，十分亲昵。藤壶皇后看了心生怜爱，出家之念顿时消减。但环顾宫中，已完全改变模样，显然是右大臣家的天下了。弘徽殿太后性情极其刻毒，藤壶皇后每次出入宫禁，均感乏味，动辄得咎。她觉得长此下去，对皇太子很是不利。想起各种事情，心中都有不吉之感。便问皇太子道："今后我再隔更长时间不和你见面，见时我的模样要是变得难看了，你会怎么样呢？"皇太子注视母亲的脸，笑着答道："变得同式部[③]一样吗？怎么会呢？"他的模样十分天真可爱。藤壶皇后哭着说："式部是因为年纪老了，所以难看。我和她不一样。我要把头发剪得比式部更短，穿上黑色的衣服，像守夜僧[④]一样。这以后，再和你见面的时候就更少了。"皇太子认真地说："像以前那样长时间不见，我已舍不得，怎么可以还更少呢？"说着，流下眼泪，但也已知道难为情，把头转向另一侧。那头发摇摇晃晃的，非常讨人喜爱。他渐渐长大了，声音笑貌愈发酷似源氏，竟像是一个模子印出来的。他略有些蛀齿，口中有一点黑，笑的时候却异常美观，几乎同女孩一般秀丽。藤壶皇后看见他与源氏如此肖似，很是伤心，觉得这才是白璧微瑕呢。她深恐世人看出隐情，流传恶名。

---

① 这首古歌可见《古今和歌集》。

② 戚夫人是汉高祖的宠姬。高祖死后，吕后断其手足，去眼，熏耳，饮以瘖药，使居厕中，号为"人彘"。

③ 式部，指一个容貌难看的老女侍。

④ 守夜僧，在帝王或王后的寝室外面连夜诵经以保平安的和尚。贵族人家也用守夜僧。

源氏大将极其爱慕藤壶皇后，这时为了惩戒她的冷酷，故意不去理睬她，闭门隐忍度日，但担心外人看了不成样子，自己也感寂寞无聊，因此想到云林院佛寺去游览，顺便欣赏秋野的景色。他死去的母亲桐壶更衣的哥哥是个律师，就在寺中修行。大将在这里诵经礼佛，流连了两三天，倒也颇有趣味。此次树叶渐次变红，秋景清丽可爱，令人看了浑然忘忧。源氏大将召集有学问的法师，请他们说法，向他们问道。由于地点使然，令人倍感人生的无常，直到天明。但正如古歌所云："破晓望残月，恋慕负心人。"[①]不免使他想念起那意中人来。天色将明，法师在月光下插花供水，杯盘发出叮当之声。菊花和浓淡不同的红叶，散放各处，这景象倒也别致。源氏大将念念不忘："如此修行，即使现世不致寂寞，又使后世得到善报，这无常的一生还会有什么苦恼呢？"律师以尊严的声音朗诵"念佛众生摄取不舍"[②]。源氏公子听了极为羡慕，想道："我自己为什么不决心出家呢？"一动这个念头，首先便记挂紫姬，真是道心不坚！他觉得自己从来不曾如此长久地离开紫姬，便频频写信去慰问。其中有一封信说："我想尝试一下，是否可能脱离尘世？不但不能慰我寂寥，反而更觉乏味。但眼下还有一些听讲之事，一时不能返家。你近况如何？念念。"随意写在一张陆奥纸上，非常美观。又附诗道：

"君居尘世如晨露，
听到山岚悬念深。"

信中详叙各种细情，紫姬读了掩面泣下，便在一张白纸上写诗答他：

"我似蛛丝荣露草，
风吹丝断任飘零！"

源氏大将看了，自言自语地说："她的字越愈发好了。"微笑着拿在手中欣赏。他们常有书信来往，所以她的笔迹与源氏大将很像，近年来愈发秀丽，且笔锋更添了几分妩媚。源氏大将觉得这个人被教育得一点缺陷也没有，心中非常欣慰。

云林院离贺茂神社很近，源氏大将便就近寄信给斋院槿姬。信是向槿姬的女侍中将君倾诉怨恨的："我现今旅居古寺，怅望长空，思慕故人，不知能否蒙斋院俯察下情？"另有一首诗赠予斋院：

"含情窃慕当年乐，
恐渎禅心不敢言。

古歌云：'安得年光如轮转，夙昔之日今再来。'[③]明知多说无益，但极其渴望她能再来。"言词亲昵，仿佛两人早有深交。诗用一张浅绿色的中国纸写着，挂在白布上，又将白布系在杨桐枝上，表示是供神的。中将写了回信："离群索居，寂寞无聊，回思往事，遐想无限，却是无可奈何。"写得比往日更加精心。斋院则在白布上题诗一首：

---

① 这首古歌可见《古今和歌集》。

②《观无量寿经》云："光明遍照十方世界，念佛众生摄取不舍。"

③ 这首古歌可见《伊势物语》。

平安时代的伦理

关于血缘

在平安时代的一夫多妻制度下，人们认为只有女方一边的家庭成员才有亲缘关系，这就导致相当程度的近亲结婚。《源氏物语》中，朱雀院与源氏分属异母兄弟，双方近亲血缘的结合即是如此。

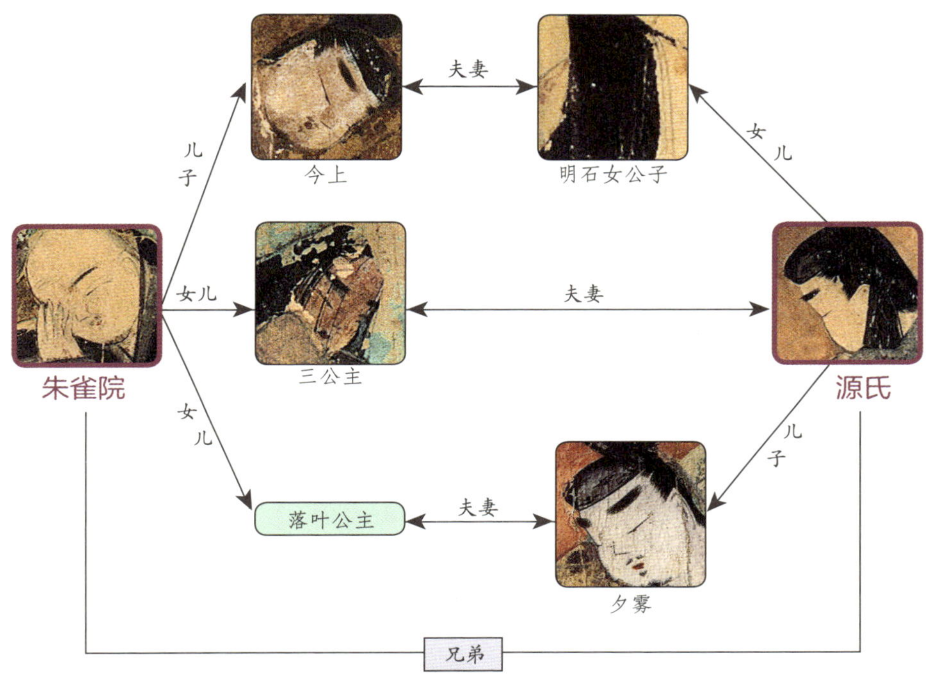

关于身份

平安时代的贵族，尤其是皇室的婚姻，并不排斥一些特殊身份的结合，譬如与自己的侄女、姨母或者兄嫂等的亲戚关系。源氏和身为婶母的六条妃子的恋情，桐壶帝就表示默许，训斥源氏不要让对方怀恨。

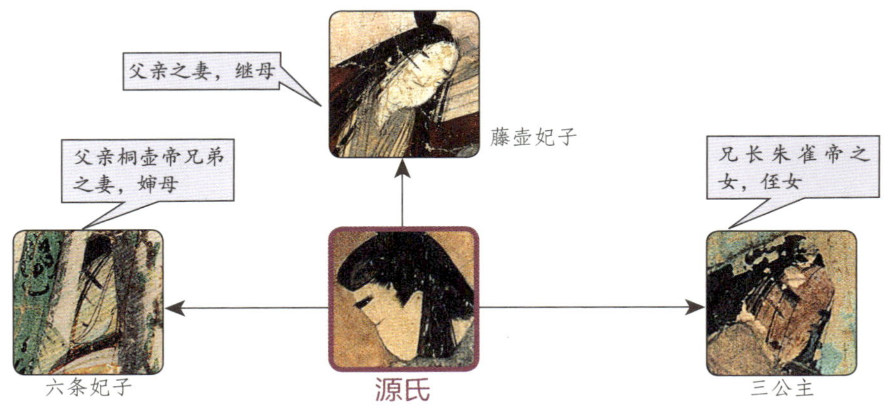

“当年未有萦心事，

何用含情慕往时？

今世大约无缘了。”如此而已。源氏大将看了，心想：“她的笔迹并不纤丽，但功夫很深，草书尤其可爱。料想她年纪渐长，容颜也必定更增艳丽吧。”心念一动，已知亵渎神明，不免暗自惶恐。他回想起在野宫拜访六条妃子的那个感伤秋夜，正是去年今日，不料今秋又有此类之事，倒也奇妙。他怨恨神明妨碍他的爱情，这种癖好实在恶劣。他又想起：当年如果执意追求，也未必不能到手，但那时随意放过，现在却极为后悔。这种想法，也实在怪诞。斋院知道源氏有这种怪癖，所以偶尔给他回信，并不严厉拒绝。这也有些让人不可思议呢。

源氏大将诵读《天台六十卷》[①]，每逢不懂之处，即请法师解释。法师说：“这山寺平素积累不少的修行功德，这次才有此盛会，佛面上也添光彩。”下级的法师也甚欢喜。源氏大将在寺中悠闲度日，再想起俗世中的各种纠纷扰攘，竟懒得回家去了。但每次想到紫姬，总觉得是心中的一个羁绊，就不愿久居山寺了。辞别之时，酬劳极为丰盛，上下僧众，均得到了一份赏赐，连附近的平民也都获得布施。大大地做了一番功德。临去之时，山村老幼聚集在路旁送行。众人仰望车驾，心中均甚感激。源氏大将身着黑色丧服，乘坐黑色牛车，全无华丽的装饰，但众人隔帘隐约看见尊容，都叹为举世无双。

多日不见紫姬，只觉她长得更加美丽，举止更加端庄了。她忧心自己的命运，忧形于色，源氏大将看了觉得甚是怜爱。他近来经常为了不应有之事而烦恼，紫姬定然已经心中有数，因此她近来诗中常有“变色”之语。源氏大将觉得对不起她，回家之后，对她比从前更加热爱。他见从山寺中带回来的红叶，比庭中红叶色彩更浓，又想起了与藤壶皇后久不通信，觉得不好意思，便将山寺带来的红叶送了过去，并附了一封信给王女官，信中说：“听说娘娘入宫探望太子，深感欣慰。我疏于问候，但两宫之事，常挂怀中，只因日前在山寺礼佛，日期已有限定，若中途退出，佛祖将谓我不够诚心，故此延至今日方始回府。此枝红叶，色泽艳丽，仅我一人独赏，‘好似美锦在暗中’[②]，很是可惜，故此送上。若有机会，还望呈请娘娘御览。”

这枝红叶的确十分美丽，藤壶皇后看了也很喜欢，又见枝上系着一封小小的打结的信，一如往日的风格。藤壶皇后担心被女侍们看见，脸色大变。想道：“他终是不死心，实在让人苦恼。让人可惜的是，这人虽然思虑周到，有时却做出这般大胆妄为的事来，外人见了能不怀疑？”便把红叶插在瓶中，供在檐下柱旁了。

藤壶皇后给源氏大将回信，所写的只是日常事务，以及皇太子有所请托之事，是一封端正的答谢信。源氏大将看了心想：“她如此小心谨慎，多么顽强！”不免心中暗恨。但想起自己过去对皇太子无微不至，如果忽然疏远，担心外人怀疑，责怪他反复无常。便在藤壶皇后出宫的那天进宫去看望皇太子。

源氏大将入宫，先去参见皇上，朱雀帝这时正空闲无事，便和他闲话今昔的沧桑。

① 《天台六十卷》，佛经名，内含玄义、文句、止观、尺签、疏记、弘决各十卷。

② 古歌：“深山红叶无人见，好似美锦在暗中。”可见《古今和歌集》。

佛寺观景　狩野永德　洛中洛外图　安土桃山时代（16世纪后期）

源氏在佛寺中欣赏秋野的树叶渐次变红的景色，听律僧朗诵佛经，感悟人生的无常，不禁起了出家的念头。但是立即又挂念紫姬，无法割舍。图为树叶逐渐变红的山景中，源氏深受佛法感动，犹豫于出家和挂念尘世之间。

朱雀帝的容貌与桐壶院非常相像，又比他略艳丽些，神情优雅而温和。两人相对，互诉丧父之恸。源氏大将与尚侍胧月夜的关系，朱雀帝也曾听说，有时从胧月夜的举止中也看得出来。但他想："这种事又有何不可！如果是尚侍入宫后开始的，确是有些不成体统。但他们早有关系，那么互相神交，也并无不相宜之处。"因此并不责怪源氏大将。两人谈论各类事情，朱雀帝又拿学问上的疑义请源氏大将讲解，又一起谈论恋爱的诗歌，顺便说到六条妃子的女儿斋宫远赴伊势那天的事，赞叹斋宫那美丽的容貌。源氏大将也不加顾忌，对他谈到那天在野宫拜访六条妃子时的黎明景致。

二十日夜晚的月亮迟迟升起，清幽动人。朱雀帝说："这是饮酒作乐之时呀！"但源氏大将起身辞别，奏道："藤壶母后今晚出宫，臣想前往东宫探视太子。父皇曾有遗命，叮嘱臣对太子多加看顾。太子没有别的保护人，臣理应竭力照拂。由于与太子的情分，对母后亦当多加体恤。"朱雀帝答道："父皇曾有遗嘱，命朕视太子如己子，因此朕也极为关心。大肆张扬，未必对太子有利，故此也只放在心中。太子年龄虽小，而笔迹异常清秀。朕诸事平庸，有这样聪颖的太子，真觉得面目增光呢。"源氏大将又奏："大体来看，太子的确很聪颖，竟有大人的模样。但年仅六龄，尚未成器远矣。"便将太子日常的情况详细奏闻皇上，然后退朝。

弘徽殿太后的哥哥藤大纳言的儿子头弁，自从祖父右大臣专权以来，变成了朝中红人，目空一切。这时这头弁正要去探望妹妹丽景殿女御[1]，刚巧源氏大将的仆人低声喊着，从后面追上来。头弁的车子暂时站住，头弁在车中朗诵："白虹贯日，太子畏之！"[2]意思是源氏对朱雀帝不利，源氏大将听了十分难堪，但又不便和他争执。弘徽殿太后素来痛恨源氏大将，对他十分冷酷，因此太后的亲信经常嘲弄源氏大将。源氏大将不胜烦恼，但也只能假装不曾听见，默默走开。

他来到东宫时，藤壶皇后尚未离开。他就叫女侍转达："刚才去参见了陛下，因此到夜深时才来请安。"这时月色甚好。藤壶皇后听说源氏大将到来，不由想起桐壶院在世时的情状：当时每逢如此月夜，定会举行丝竹管弦之会，多么繁荣热闹！如今宫殿依旧，而人事已非，真让人叹惜呀！便随口吟诗，命王女官转告源氏大将：

"重重夜雾遮明月，
遥慕清辉饮恨多。"[3]

源氏大将隔帘听到藤壶皇后的声音，觉得异常可亲可爱，马上忘记了对她的怨恨，流下泪来。答道：

"清辉不改前秋色，
夜雾迷离惹恨多。

昔人不是也痛恨'霞亦似人心，故意与人妒'[4]吗？"

藤壶皇后即将出宫，但舍不得与太子分离，对他反复叮咛陈说。但太子毕竟年幼，不能深切领会，皇后心中不免惆怅。太子一向睡得很早，今天因为皇后在，到这时还未入睡。皇后出宫之时，他虽然也伤心流泪，但并未拉着衣服顿足大哭，皇后更觉得他十分可怜。

源氏大将想起了头弁吟诵的句子，更深感过去种种应多加警惕，便觉世路险恶，与尚侍胧月夜也很久不敢通信了。有一天，落了一阵秋雨，气象萧条。不知胧月夜做何感想，竟忽然写了一首诗送来：

"秋风已厉音书绝，
寂寞无聊岁月经。"

这正是引人哀思的时节，这位尚侍想必是心情激荡，因此不顾一切，偷偷派人送来这首诗，这番心意深可怜爱。源氏大将便教使者略加等待，让女侍打开放中国纸的书橱，挑了一张上等贡纸，又仔细选取精致的笔墨，郑重其事地回信，神情很是高雅。左右女侍见了，互相使眼色，悄悄地问："到底是写给谁的？"源氏大将写道："即使叠上芜函，终是无补于事。为此暗自惩戒，竟觉心灰意懒。正欲独任共愁，未料竟有来书。

① 这位丽景殿女御是朱雀帝的妃子，在亲戚关系上是朱雀帝的表妹。

② 战国时，燕太子丹派荆轲刺秦王，看见白虹贯日，知道是失败之兆，心中恐惧。

③ 重重夜雾比喻右大臣派来的人，明月比喻朱雀帝。

④ 古歌："欲往看山樱，朝霞迷山路。霞亦似人心，故意与人妒。"可见《后拾遗集》。

失势被嘲弄　狩野永德　洛中洛外图屏风　安土桃山时代（16世纪后期）

随着弘徽殿太后的痛恨与打压，源氏风光不再。牛车偶遇政敌中的头弁，被其言语嘲讽，这种失势前后强烈的反差，让源氏感到屈辱、烦恼。图为平安京街上先后而行的牛车。

莫将惜别伤离泪，
看作寻常秋雨霖！

只要两心相通，纵使眼望长空，亦可以忘忧抒怀。”信中细诉衷情，不可详述。

诸如此类来信申诉怨恨的女子，实在不计其数，但源氏大将只报以缠绵悱恻的回信，并不十分动心。

却说藤壶皇后要在桐壶院周年忌日举办一次法会，请高僧演讲《法华经》八卷，眼下正操心着各种准备。国忌是十一月初一，这日天上降下大雪。源氏大将作诗寄赠藤壶皇后：

“诀别于今周岁月，
何时再见眼中人？”

今日是万民举哀的日子啊！藤壶皇后马上答诗一首：

“苟延残命多愁苦，
今日痴心慕往年。”

只是随意之作，但源氏大将只觉得异常高雅优美，大概是心理作用所致吧。她的书体并无特别，也并不时髦，但自有一种与众不同的优点。源氏大将这天抛却了一切其他的念头，只随着飞落的雪不断流泪，专心诵经礼佛。

十一月十日过后，藤壶皇后的《法华经》八卷开讲。这场法会异常肃穆，法会共分四日讲演，每日所用经卷都装潢得无比精美：玉轴、绫裱都十分讲究，连包经卷的竹席都加以极其精致的装饰。藤壶皇后纵使对日常细小之物，亦一定装饰得异常华美。像今天如此大事，当然更加郑重其事。佛像上的装饰以及香桌上的桌布等，让人看了几乎误以为此处即是西方极乐世界。第一天追荐先帝[①]，第二天是为母后祈求冥福，第三天是追荐桐壶院。这一天所讲的是《法华经》第五卷，是最为重要的一节。公卿大夫不顾右大臣嫌忌，一齐参与听讲。这一天的讲师，也邀请了道行特别精深的高僧。开讲之时，诵唱：“采薪及果蔬，汲水供佛勤。我因此功德，知解《法华经》。”[②]虽然每次同样是这几句，今天听来却觉得特别庄严。诸亲王奉献了各种供养物，其中源氏大将的供养特别精致，非他人可比。作者屡次用这些赞词来褒扬源氏大将，实在是因为每次拜见此人，总觉比上一次更加优越，不得不如此啊。

最后一天，是藤壶皇后自己发愿。她在佛前盟誓，决心出家为尼，四座无不震惊。她的兄长兵部卿亲王及源氏大将都大惊失色，觉得事出意外。兵部卿亲王起身走入帘内，苦劝收回成命，但皇后声明其决心的坚强，终于无法挽回。皇后发愿结束之后，宣召比叡山住持为其受戒，皇后的伯父横川僧都[③]为皇后落发。这时满殿人心激动，一齐放声大哭。

即便是毫不起眼的老人，在削发出家之际，也不免方寸大乱，悲从中来。何况藤壶皇后青春正好，突然遁世而去，兵部卿亲王怎能不放声大哭！其他参与法会的人，看见这悲切而庄严的气象，也无不泪满襟袖。桐壶院的众多皇子，想起藤壶皇后昔日如何荣耀，大家一起感慨叹息，都走来慰问。唯有源氏大将，散会后依旧呆坐席中，一言不发，心中若有所失。只担心旁人疑心他为何如此悲伤，就等兵部卿亲王退出后前往慰问。这时众人渐渐散去，四周寂静无声。众女侍擦着眼泪，聚集在一起。月色如洗，雪光夺目，庭前景色十分凄清。源氏大将顾盼夜色，沉思往事，心中十分悲恸，只好强自镇静，命女侍传言问道：“为什么如此突然地下了决心？”皇后照例让王女官答道：“我早有此愿，并非今日才下决心。之所以不早说，就是担心人言骚扰，使我心乱。”这时帘内女侍云集，行动起居、衣衫窸窣之声，清晰可闻；悲叹之声，亦不时传至帘外。源氏大将想道：不可早说，倒的确有理，只觉无限悲伤。

门外北风号叫，雪花纷飞；帘内兰麝氤氲，名香缭绕。再加上源氏大将身上衣香扑鼻，这般夜景有如极乐净土。皇太子的使者也到了。藤壶皇后想起前日辞别时太子

① 这位先帝是藤壶的父亲，是桐壶院前一代天皇。

② 这首古歌是大僧正行基所作，见《拾遗集》。

③ 横川是比叡山三塔之一。

秋海棠的凋谢

近卫豫乐院 花木真写 江户时代（17世纪）

藤壶皇后的出家，犹如盛开的秋海棠却突然凋谢般，令人震惊不解。其实，在她看来，秋海棠的凋谢是为了结出果实和躲避冬天；而她的出家，也是在躲避弘徽殿太后的政治争斗，以及源氏感情上的纠缠，并为与源氏的不伦之恋深深忏悔。

依依不舍的样子，纵然心志坚强，亦难免心中悲伤，一时不能作答。源氏大将在一旁代为补充，答谢来使。这时殿内之人，尽皆垂头丧气。源氏大将无法畅所欲言，只好吟道：

“清光似月君堪羡，
世累羁身我独悲。①

我有这样的想法，真是怯懦不堪；君之毅然决然，真让我惭愧之至，羡慕之极！”这时众女侍围在藤壶皇后身旁，源氏大将心中纵有千言万语，却不能发泄，只觉异常苦闷，藤壶皇后答道：

“一例红尘都看破，
何时全断世间缘。

但心中尚留一点浊念，如何是好？”这答词怕是女侍擅改的吧。源氏大将心中无限悲伤，痛心之余，匆匆告退。

源氏大将回到二条院私邸，不到西殿，径自回到自己室中，躺下后辗转不能入睡，深感人世无常，唯有皇太子之事，让人悬念。他想：“父皇在世之时，特地封藤壶妃子为皇后，让她做皇太子的保护人。不料

①“世累羁身”，暗指有皇太子的牵累，不能随同一起出家。藤壶答诗中“何时全断世间缘”，亦暗示一切都已看破，唯对皇太子不能断念。

皇后不能承受这尘世之苦，出家为尼。今后怕是不能再居皇后之位了。我要是也丢下皇太子，这便……”一直想到天明。忽然想起今后必须为这出家之人准备用品，便命令从人急忙调度，务必于年内完成。王女官伴皇后一起出家，对此人也必须恳切慰问才可。详细记录这种事情，不免烦冗，故请从略。此际颇有一些富有风韵的诗篇，此处也一概从略，不免有些遗憾。藤壶皇后出家后，源氏将拜访时反倒可少有顾虑，甚至有时便与皇后面谈。他对皇后的感情，至今尚未忘怀，但值此情此景，当然是无可奈何了。

不久又到了新的一年。国忌已过，宫中又呈现出繁华的景象，宴会及踏歌会等相继举行。藤壶皇后听了，只觉心中哀伤。她只管勤修梵行，一心一意地为后世修福，远离现世。原有的经堂依旧保留着，另外又在距正殿稍远之处，西殿之南，建造一所经堂，天天在那里虔修。

源氏大将来拜年，只见四周全无新年气象，人影稀少，肃静无声。唯有几个亲近的宫女低头坐着，想是心情使然，似乎不胜委屈。唯有正月初七的白马节会，白马照旧到这宫邸中来，女侍们可以观赏。往年每逢新春佳年，总有无数王侯公卿到这三条宫邸来拜年，门庭若市。但今年这些人过门不入，大家都聚集在右大臣府中了。世态炎凉，令人悲叹。正当这时，源氏大将专程来访，真可以一当千，邸内诸人不禁感激涕零。

源氏大将看了这凄凉景象，一时不知说什么才好。室内情景异乎简陋：帘子与帷屏的垂布都是深蓝色的，到处都能看见淡墨色或赭黄色的衣袖，却反而有一种清丽优雅之感。唯有池面解冻的薄冰和岸边转绿的垂柳，似乎没有忘记春天的来临。源氏大将向四周看看，心中不胜感慨，低声吟唱古歌“久仰松浦岛，今日始得见。中有渔女居，其心甚可恋”[①]。神情无比潇洒，又吟道：

“知是伤心渔女室，
我来松浦泪先流。”

皇后的居室中几乎全是供佛的用具，但佛座的设处不算深远，因此两人相距倒似较近。皇后答诗道：

“浦岛已非当日景，
漂来浪蕊倍堪珍。”[②]

虽然是隔帘传语，但本人声音隐约可闻。源氏大将努力隐忍，但终于不能控制，簌簌地流下泪来。他担心这儿女柔情被六根清净的尼姑看见，颇让人难为情，只说了几句话便要告辞。

源氏大将走后，几个老年宫女流着眼泪称赞他：公子年龄愈长，态度愈是优美了。当年权势鼎盛、万事称心之时，真有天下唯我独尊的气概。我等那时还在猜度：这样

---

① 这首古歌载于《后撰集》。日文“渔人”（或“渔女”）与“尼姑”发音相同，都为ama。故此处的渔女暗指尼姑。松浦岛是渔人所居之处。

② 浦岛比喻宫邸，浪蕊比喻源氏。

的人，怎么会懂得人情世故呢？哪里知道他现在竟已变得如此温良恭谨，纵使些些小事，也都体贴入微，郑重其事。让人看了不知不觉地怜惜他呢。”藤壶皇后听了，不由想起种种往事来。

这年春季举行的官吏任免，与皇后亲近的人都不曾得到应得的官职。按照一般情理或皇后地位说来是应有的升官晋爵，今年也完全没有，许多人都为此悲愤不已。皇后虽已出家，但不应立即让位停俸。但这次朝廷竟以出家为由，对皇后的待遇大加变更。藤壶皇后对世间固然毫无留恋，但众宫人却从此失去依靠，大家只能悲叹命苦。皇后看到如此情景，有时也不免愤慨。她自身虽已置之度外，仍希望皇太子能平安即位，因此不懈地勤修佛道。这皇太子身上有不可告人[①]的隐情，所以她常向佛祖祈愿：“一切罪恶皆源于我，请恕太子无辜。”万般烦恼，皆借此自慰。源氏大将体会到藤壶皇后的用心，认为真是一片苦心。他自己这边庇护的人员，与皇后宫中的人一样，也都被排挤在外。他觉得这世间无可留恋，天天幽闭在家。

左大臣于公私两方也都不得意，心中不愉，便上表请辞。朱雀帝想起桐壶院在世时一向重用这位大臣，将之视为重要的后援，并有遗嘱，希望他长为天下柱石，因此不准他辞职。屡次上表，屡次退回，但左大臣心意已决，终于辞官回家。从此右大臣一派独断朝纲，荣华无可限量。一代重臣，今已远去，朱雀帝不胜怅惘，通情达理之人，亦无不为之叹息。

左大臣家的诸公子，个个忠厚诚实，可堪重用。过去他们无忧无虑，现在却意气消沉。与源氏大将最亲近的三位中将[②]，在政界更受冷落。三位中将过去常到四女公子那里留宿，但他对妻子一向冷淡，此时右大臣也不把他视为爱婿，以示报复。大约三位中将早有心知肚明，所以这次未能升官晋爵，也并不十分介意。他见源氏大将幽闭在家，心知大势已不可回转，自己的失利自然是当然之事。他经常会晤源氏大将，与他共研学问，或者合奏弦管，以前这两人在一起经常狂热地竞争，现在还是如此，些许小事也一定要互相较量，借此消磨时光。

春秋二季的诵经自不必说，此外源氏大将又常临时举行法会。他还召集文章博士，与他们一起吟诗作文，或作掩韵[③]游戏，借以忘忧，一向懒赴宫中。他如此放任游乐，不问政事，又渐渐引起了世人的讥评。

夏雨连绵之时，有一天中将让人拿了许多名贵的诗文集，到二条院来访。源氏大将也命人打开书库，从以前未曾打开过的书橱里选出世间罕有的珍本。虽不大肆张扬，却请来了一些精通此道的人物。其中也有殿上公卿，也有大学寮的博士，会聚一堂，分为左右二列，相对而坐，比赛掩韵。而奖品之精美，罕有匹敌，诸人都想获奖。比赛逐渐进行下去，其中困难的韵字非常多，著名的博士也常感狼狈，源氏大将不时加以指点，足见其才学精深。诸人啧啧称赞，互相传告：“大将为什么如此全才？前世定然是福慧双

① 如果被发觉太子非桐壶帝之子，势必被废。

② 三位中将，即以前的头中将，现已晋升。

③ 掩韵，将古诗中压韵之字掩没，让人猜度补充，以优劣定胜负。

修，所以今世万事胜于常人。”竞赛的结果，左方（源氏大将一方）得胜，右方（三位中将一方）认输。两天之后，中将举办宴会，排场并不铺张，但食物极其精致，盛食物的桧木箱优美可爱，也设有各种各样的奖品。这一天照旧聚集许多文士，大家作文吟诗。

这时阶前蔷薇初绽，景象比春秋花时更为幽雅。大家随意地调弄管弦，中将的儿子名叫红梅的，大概仅有八九岁的样子，今年开始上殿。这小童出席唱歌，嗓音非常动听，又吹奏笙笛，也很悠扬悦耳。源氏大将很喜爱他，自愿当他的游戏伴侣。这小童是右大臣家四女公子的次子，因有外祖父作为后援，世人对他期望甚高，大家对他另眼看待。此人心性聪颖，容貌端丽。到了众人酒酣兴阑之时，这小童唱起催马乐《高砂》[①]的歌曲来，声音非常动听，源氏大将解下自己的衣服赏赐给他。这时源氏大将喝得大醉，脸色艳丽无比，他身上穿着薄罗常礼服和单衫，露出肌肤，色泽异常动人。几个老年博士遥遥望去，不禁流下泪来。唱到“貌比初开百合花更强”之句时，三位中将敬了源氏大将一杯酒，吟道：

“闻歌瞻望君侯貌，
胜似蔷薇初发花。”

源氏大将微笑着接过酒杯，答道：

“花开今日乖时运，
转瞬凋零夏雨中。

我这一生就此衰朽了！”他醉意醺醺，故意开玩笑。中将要他干杯方可赎罪。众人歌咏诗歌颇多，但都是贯之曾劝诫过的“欠考虑”的乘兴之作，一一记载，也未免有些无聊，一概从略。

众人极力称赞源氏大将，或作和歌，或作汉诗。源氏大将十分得意，露出骄矜的神色，朗诵出“我文王之子，武王之弟……”的句子来[②]。这种自比其实很确当，但他是成王的什么人，没有继续吟诵下去，因为这一点他是怀疚于心的。

藤壶皇后的兄长兵部卿亲王也常来访晤源氏大将，这位亲王最擅长吹弹与歌舞，风流潇洒，与大将志同道合。

却说那位尚侍胧月夜最近回了娘家右大臣邸。因为她患上疟疾，回娘家来，念咒祈祷等事较宫中更为方便。做了法事之后，尚侍病体康愈，大家十分欢喜。尚侍以为这是难得的良机，便与源氏大将密约，用尽心计，夜夜幽会。这尚侍正值青春年华，妩媚动人，近来因病略微清减，却反而更加让人怜爱。这时她的大姐弘徽殿太后也回娘家来，一起住在邸内。四周人目众多，行动颇多危险，但源氏大将一向有个习癖：愈是困难，愈是不舍，因此夜夜偷渡，几无虚夕。这自然要被人看破，但众人都有顾虑，所以无人

① 催马乐《高砂》大意：“高砂峰上花柳香，好似贵家两女郎。我要两人作妻房，好似两件绣罗裳。不可性急徐徐图，定可会见两姑娘，貌比初开百合花更强。”

②《史记·鲁周公世家》中周公曾告诫子伯禽说：“我文王之子，武王之弟，成王之叔父。我于天下，亦不贱矣。”源氏以桐壶上皇比文王，以朱雀帝比武王，自比周公旦。倘以皇太子比成王，则源氏是叔父，触及他的隐事，所以不吟诵下去。

贵族的政治争斗

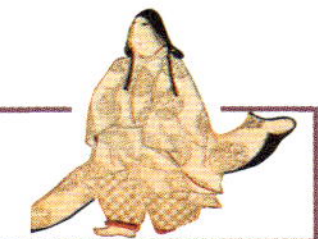

平安时代的贵族争斗，包含着朝堂上政敌双方的攻讦和后宫嫔妃的争宠。以左大臣为首的一派，通过联姻桐壶帝最宠爱的源氏而壮大。以右大臣为首的一派，通过稳固弘徽殿女御的地位，其子继位为朱雀天皇，得以强势，并通过官吏任免之机打压对方。

朝堂上的争斗

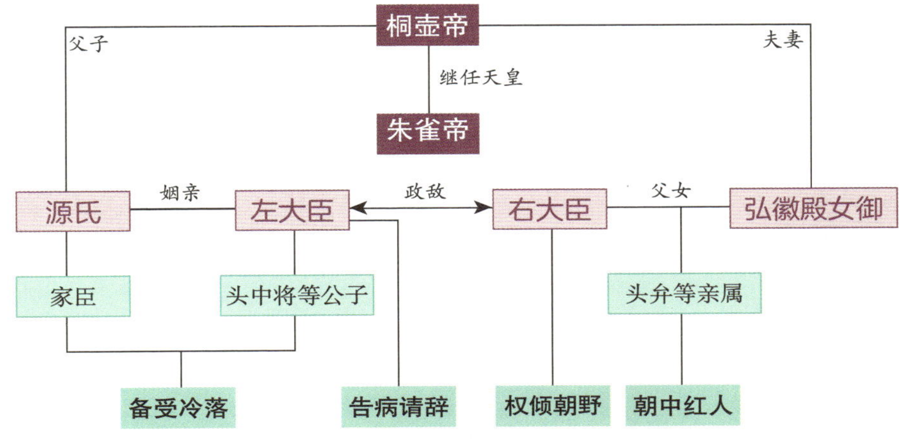

后宫的争宠

皇室后宫的争斗，体现在嫔妃是否受到皇上的宠爱，以及皇太子的确立。弘徽殿女御一派以其子继位为朱雀帝，在与桐壶更衣和藤壶妃子的争宠中获胜。但藤壶之子为后任皇太子，争斗还将继续。

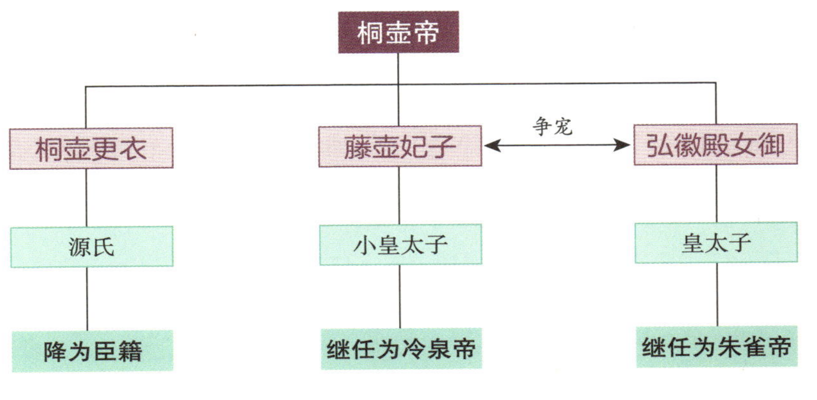

将这件事启奏太后，右大臣当然没有想到。

有一晚，骤雨突至，雷电交加。第二天黎明时分，众公子及太后的侍从都起来看，人声嘈杂，耳目众多。众女侍惧怕雷雨，也都集中到一起。源氏大将十分狼狈，但无法逃出，只得等到天明，胧月夜寝台的帐幕外面，众女侍都聚集着，一对男女觉得心惊胆战。女侍中唯有两人知道这件事，但也无可奈何。

后来雷声渐歇，雨势变小。右大臣走到这边来查看，先到弘徽殿太后室中。大雨之声淹没了他的行动，源氏大将和胧月夜并未听到。哪知右大臣突然走进室内来。他掀起帘子，开口便问："你怎么样？昨夜的雷雨好厉害，我很担心，但未能来看你，你哥哥和太后的侍臣有没有来探望你呀？"他快嘴快舌，粗声粗气，全然不像个贵人。源氏大将虽然困窘，也不免想起左大臣的威仪，再和这右大臣比较一下，不禁微笑起来。不要在帘外伸头探脑，规规矩矩走进室内以后再开口说话才是。

胧月夜十分狼狈，只得膝行到寝台外面，右大臣看见她满脸红晕，还以为她患病发烧，便对她说："怎么你的气色还这样不正常？怕是妖魔作祟吧，法事应该再延些日子呢。"这时他看见一条紫红色的男用衣带缠在女儿身上，觉得奇怪。又看见一张写着诗歌的怀纸落在帷屏之旁，心想这是什么，大吃一惊，便问："这是谁的？这东西很奇怪。拿过来让我看看。"胧月夜回头一看，这才发现，但这时已无法抵赖，吓得魂不附体。身份高贵的人，此时应该体谅做女儿的一定怕羞，有所顾忌才是，但这位大臣性情急躁，毫不留情。他并不思前想后，愤愤然走上前来，拾起那张怀纸，趁机向帷屏后面望了一下。只见一个体态优美的男子，躺在女儿旁边，这时才慢慢拉过衣服遮住颜面，算是躲避了。右大臣惊得呆住，一时不免怒火中烧，但毕竟不便当面揭穿，气得头昏，只得拿着那张怀纸回房去了。胧月夜呆若木鸡，差点儿没被吓死。源氏大将懊悔之余，心想："恶贯满盈，这次终于要受世人的非难了！"但看这女人的可怜之状，只得先胡乱安慰她一番。

右大臣的性格是万事想到就说，绝不能隐藏在心。再加上老年之人，都有过于直率的毛病。因此他毫不踌躇，把这件事一五一十地向弘徽殿太后说了。他说："竟有这样的事情。这怀纸正是大将的手笔，以前早有暧昧之事。当时我看重他的人品，未曾向他问罪，还曾说过愿将女儿嫁给他。当时他毫不在意，态度冷淡，我极为愤慨。但想到此或许也是前世的因缘，也就原谅了他。我想女儿虽已失身，朱雀帝或可宽宏大量，并不嫌弃。后来果然如我如想，居然容许入宫，得遂我志。因负疚在心，从不敢奢望女御的名号，屈居尚侍之位，对我而言已是一大遗憾。如今女儿已经入宫，她又做出这种放荡的行为，真是让我痛心疾首。寻花问柳固然是男子常有之事，但这大将实在岂有此理！

"槿姬身为斋院，他也不顾亵渎神明，常偷偷寄送情书，百般追求，世人已有谣传。如此渎神之事，不但有伤世道，且亦不利自身。我猜想他总不至于冒天下之大不韪吧。他又是有识之士，超群不俗，所以我一向不怀疑他的用心，哪里知道……"

弘徽殿太后性情比右大臣更为狠辣，听了父亲的话，几乎怒不可遏，答道："我儿子空有皇上虚名，实际上一向受众人奚落。那个退职的左大臣，以前不肯把葵姬嫁给做兄长的皇太子，偏偏把她嫁给臣籍的弟弟源氏，同衾之时源氏还只有十二岁呢。我早就有意将六妹送入宫中，却先遭受了源氏的侮辱。但谁也不加怪罪，大家袒护源氏。如今六妹不能受女御之尊，屈居尚侍，我常怀恨于心，多次设法使其升迁，成为后宫第一，

偷情败露　住吉具庆　源氏物语画帖　江户时代（17世纪）

源氏怀着越是困难，越是不舍的执着，趁胧月夜回娘家治病之际，频繁入室偷情。图中描绘了源氏向胧月夜内室窥看的情景。然而终于被其父右大臣撞破，恼怒的弘徽殿太后新仇旧恨一起算，准备趁机惩办一下源氏。此次偷情败露是其随后被流放的导火索。

借以清雪耻辱。怎奈六妹不知好歹，一味倾心于自己所爱之人。六妹尚且如此，他追求槿姬的谣传也一定是真的了。总之，源氏处处对皇上不满，只偏袒皇太子一人，希望他早日即位，此事可想而知。”她侃侃而言，决不留情，反使右大臣对源氏深感抱歉，自悔多言。他想：“我何必一定要把这件事告诉她呢？”便出言调解：

“你说的自然不错，但这事切勿泄露！你也不要告诉皇上。这妮子上次犯了过失，皇上并不嫌弃，依旧爱她，大概因此才有恃无恐，做出这样的事情来。你先悄悄地训斥她一番，如果她再不听，由我一人承当罪过好了。”弘徽殿太后听了，怒气还是不能稍减。她想：“六妹和我住在一起，耳目众多，也应算是无隙可乘了。但这源氏竟无丝毫忌惮，钻门入户，简直是蔑视我们，侮辱我们！”愈想愈是愤怒。忽然想到应该趁此机会惩办一下那个源氏，就用心考虑起各种手段来。

第十一回　花散里①

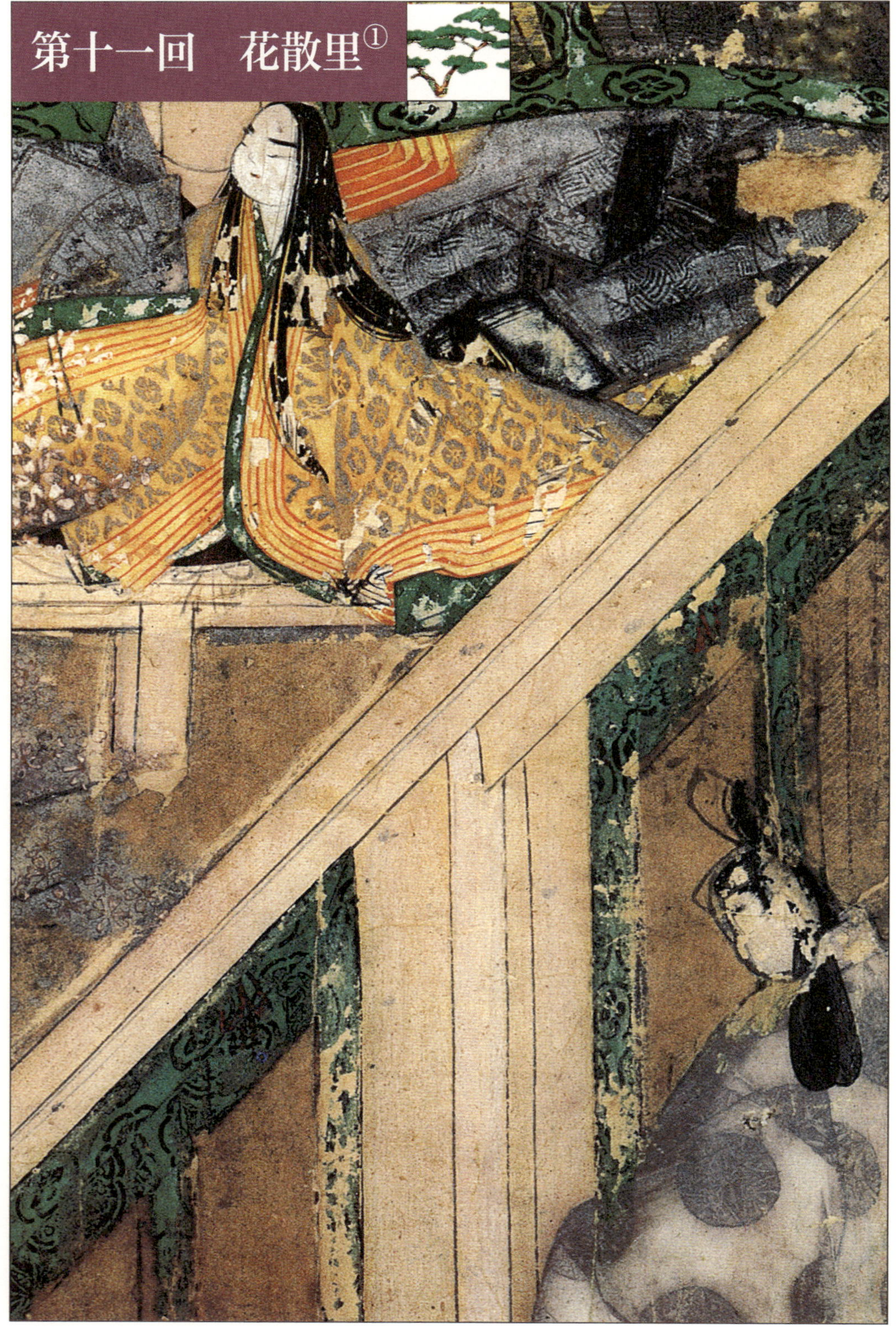

自作自受而无人得知的悔恨，在源氏公子是永无停息的。但如今时移世变，连平常的一举一动，也无端增人忧恼。这使得源氏公子更加心灰意懒，萌生了厌世之念，无奈眷恋不舍之事颇多。

桐壶院有个妃子，称为丽景殿女御[②]，并未生养男女。自桐壶院驾崩后，境况日渐冷落，全靠源氏大将照拂，孤苦度日。她的三妹花散里，曾在宫中与源氏公子有过一段露水姻缘。源氏公子一向多情，一度会面，便永不相忘，但也不特别宠爱。这便使得女子情思焦灼，耽于梦想。近来源氏公子倍感忧恼，想起了这个孤寂的情人，便再也忍耐不住，于五月梅雨中难得放晴的一天，他便悄悄地去拜访这花散里了。

源氏公子排场并不宏大，服装也颇朴素，连前驱的仆人也不用，微服前往。经过中川近旁，看见一座小小的宅邸，庭中树木颇具雅趣。里面传出筝与和琴合奏之声，弹得幽艳动人，源氏公子驻足听赏了一会。车子离大门很近，他从车中探出头，向门内张望。院中高大的桂花树顺风飘过香气来，令人想起贺茂祭时节[③]。看到四周的风景，他回想起这正是以前曾经欢度一宵的人家，不禁怦然心动。他想："阔别多时，不知那人还记得我吗？"便觉有些气馁，但不能过门不入，一时有些踌躇。正在这时，忽然听见杜鹃的叫声，似乎在挽留行人，便命回车，照例派惟光先进去，传达一首诗：

"杜鹃苦挽行人住，
追忆绿窗私语时。"

一间形似正殿的屋子的西侧，有许多女侍住着。惟光听见有几个女侍的声音很熟悉，便清清嗓子，一本正经地传达源氏公子的诗句。青年女侍甚多，她们似乎并不知道赠诗者是谁。只听答诗道：

"啼鹃确似当年调，
梅雨声中不辨人。"

惟光猜想她们是故意假装不知，答道："好呀，这叫作'绿与篱垣两不分'[④]。"说着便走出门去。女主人嘴上虽然不说，心中却觉得遗憾，想必她已经有了定情的男子，因而有所顾忌吧。此乃理所当然，惟光也不便说明。这种情况之下，源氏公子马上想起筑紫的那个善舞的五节[⑤]，觉得在这等身份的女子之中，五节倒是可爱的。他在恋爱上，无论对哪一个人，都不断操心，极是辛苦。凡是与他有过往来的女人，纵使经过多年，他依然不能忘怀，这反而成了许多女人怨恨的根源。

① 本回写源氏二十五岁夏天的事。
② 非前回所述朱雀帝的妃子丽景殿女御。
③ 贺茂祭时节，帘子上和帽子上都要插葵花和桂花。
④ 古歌："树头花落变浓阴，绿与篱垣两不分。"可见《细流抄》所引。
⑤ 筑紫，是九州的别名。五节是筑紫守的女儿，详见下回。

却说源氏公子走进他要拜访的邸内，果然不出所料：人影寂寥，庭阶寂寂，这情景让人看了十分可怜。他先去拜访丽景殿女御，和她谈谈当年各种旧事，不觉夜色已近微阑。二十日的缺月升上天空，庭前高大的树木暗影沉沉，橘子树飘送可爱的芬芳。女御虽然年纪已长，但仪态端庄，容貌清丽。虽然不复有桐壶院的宠幸，样子还是亲切可爱。源氏公子回想起往事，当年情景历历在目，不禁流下泪水。这时杜鹃又叫起来，或者就是适才篱垣边的那只鸟吧，鸣叫声一模一样。此鸟追人而来，源氏公子觉得极为有趣，便低声口诵古歌："候鸟也知人忆昔，啼时故作昔年声。"[①]又吟诗道：

"杜鹃也爱芬芳树，
飞向橘花散处来。

追忆往昔，不胜愁叹。唯有访晤故人，方得安慰我心。只是旧恨虽消，新愁又生。趋炎附势，乃世间常态。可共话往昔之人，寥若晨星。何况冷冷清清，无法消遣愁怀，怎生是好？"女御听了这番话，也深感世态无常，人生多苦，那沉思冥想的神情异常悲哀。大约是人品优越的缘故吧，模样特别可怜。女御吟道：

"荒园寂寂无人到，
檐外橘花引客来。"[②]

她回答的只这两句诗。源氏公子将她和别人比较一下，觉得此人的品格毕竟高人一等。

辞别女御之后，装着顺便拜访的模样，源氏公子走到花散里居住的西厅前，向室内张望了一下。花散里许久不见源氏公子，相见之后，再加上他的无双美貌，便把过去的怨恨尽皆忘却。源氏公子照例情深意重地和她谈话，想来并不是口是心非的话吧。但凡源氏公子结交的女子，不仅花散里一人，都不是普通的人，都有各自独到的优点。因此相见之下，两情相悦，双方互相怜爱不尽。虽然也有因公子久疏问候而伤心变节的女子，但公子以为这也是人之常情，刚才中川途中篱内的那个女子，便是因此而变节的一位。

① 这首古歌可见《古今和歌六帖》。

② 橘花比拟花散里，暗指源氏乃为花散里而来。

第十二回　须磨①

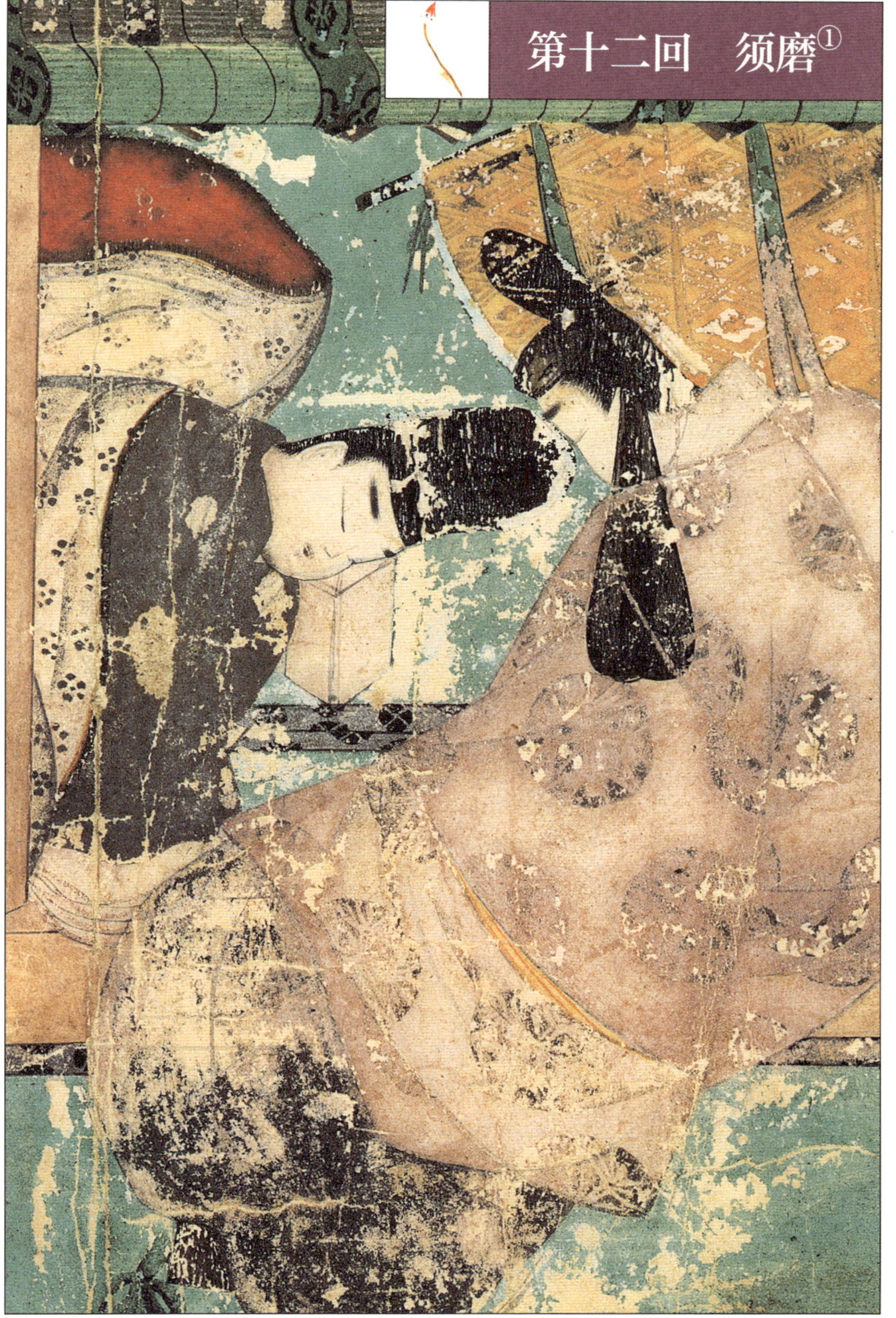

源氏公子渐觉世态艰辛，不如意之事愈来愈多，如装作无动于衷，隐忍度日，担心以后遭际更惨。他想离开京都，避居须磨。那地方在很久以前曾有名人居住，但听说现今十分荒凉，连渔家也颇为稀少。住在繁华之地，似乎不合乎避世的本意，离开京都到遥远的地方去，又难免怀念故乡，牵挂在京都的那些人。因此犹豫不决，心乱如麻。

反复思量一切之事，源氏公子只觉可悲之事不胜枚举。京都已足可厌弃，但一旦想起了今将离去，难于抛舍之事，又实在很多。特别是紫姬，她那惜别伤离、愁眉不展的模样，越来越是显露，这比任何事情更使源氏公子痛心。以前每逢分别，纵使明知必可重逢，纵使暂时离居一二日，他也总是心中牵挂，紫姬也不胜寂寞。何况此度分手，期限难定。正如古歌中“离情别绪无穷尽，日夜翘盼再见时”②。如今一旦离去，世事无常，或许就成永诀，亦未可知。如此一想，只觉肝肠寸断。因此有时心中思量：“索性悄悄地带她同去，那又怎样？”但在那荒凉的海边，除了惊风骇浪之外无人来访，带着这纤纤弱质的女子同行，实在很不相宜，反而会使我处处为难。——如此一想，便打消了念头。紫姬却说：“纵使是赴黄泉，我也要跟你一起去。”她心中怨恨源氏公子的犹豫不决。

花散里虽然和源氏公子相会甚少，但因她的生涯全靠公子照拂，所以她为之悲叹也是理所当然。此外，那些与源氏公子偶有一面之缘或者曾有往来的女子，暗中伤心的人不可胜数。

出家为尼的藤壶皇后，虽然担心世人说长道短，于自己不利，万事谨慎小心，但也经常悄悄地寄信给源氏公子。源氏公子心想：“她往日若能如此相思，如此多情，我该多么欢喜！”又怨恨地想：“我为她受了这无尽的煎熬，都是前生孽缘！”

源氏公子定于三月二十后离开京都。他对外人并不宣布行期，只带平素可靠的七八个侍从，秘密地出发了。出发以前，只写了几封信向几个知心人告别，毫不声张，悄悄地送去。但每一封信都写得缠绵悱恻，语重心长，其中亦定有动人的文字。可惜作者那时也心情混乱，无意仔细探访，未能记述。

出发前二三日，源氏公子秘密地拜访左大臣邸。他乘一辆简陋的竹席车，形似女侍所用的车子，偷偷地前往。别人睹此情景，恍若身入梦幻。他走进葵姬住过的室中，但觉景象好不凄凉！小公子的乳母以及几个尚未散去的旧日女侍，与源氏公子久别重逢，十分欢喜，亲切地前来拜见。但看了他那消沉的姿态，连无知无识的青年女侍也都倍感人生无常，流下了眼泪。小公子夕雾长得十分秀美，听说父亲来了，欢天喜地地跑过来。源氏公子看了，说道：“许久不见，他还认得父亲，真是乖巧得很！”便抱着他坐在膝上，不胜怜惜。左大臣也来了，与源氏公子会面。

他说：“听说你近来寂寞无聊，幽闭家中，本想前去访晤，聊聊旧日的琐事。但老夫既已以多病为由，辞去官职，不问政事。若由于私人之事，以龙钟老态频频出入，担

① 本回写源氏二十六岁三月至二十七岁三月之事。须磨位于神户西面的南海岸。这时大约已有革职流放的消息，故被迫自动离去。

② 这首古歌可见《古今和歌集》。

心外间谣传流言，说我因私废公。虽然我已是隐遁之人，于世事无须顾虑，但如今权势专横，深可忌惮，因此闭门不出。又听说你即将离京，我目睹这些横逆之事，很是伤心。世路艰险，真是可叹！即使天翻地覆，也万想不到会发生这种令人气愤之事。身逢此世，真觉万事都了无意趣！”

源氏公子说道：“这皆是前世果报。推究根源，亦属咎由自取。身无官爵之人，即使稍犯过失，也当受朝廷处分。若不自惩，而与常人一样共处世中，在外国亦是非法之举。而像我这样身居高位之人，听说还有流放军州的定例，服罪自然更重。虽自以为问心无愧，却担心后患很多，或将受到更大羞辱，亦不可知。我为防患未然，故先行离京。”他把离京赴须磨之事详细禀告了左大臣。

左大臣谈及往事，以及桐壶院对源氏公子的关怀，衣袖始终不离泪眼，源氏公子亦不免陪着流泪。小公子天真烂漫地走来走去，有时偎在外祖父身旁，有时亲近父亲。左大臣看了只觉伤心，又说：“死去之人，我时刻不忘，至今尚有余悲。但如果她还活着，亲眼看见这种惨事，不知要怎样伤心。短命而死，免得做此噩梦，我反而觉得欣慰。但这个小小孩童，一直依附老人膝下，不能亲近父母，却是最可悲伤之事。古人纵使真犯下罪过，亦不致受到如此重罚。你蒙受了不白之冤，或是前世孽障所致。这种冤狱在外国朝廷亦不乏其例，但一定会举出其明确可指的罪状。这次之事让人百思不得其解，实在可恨！”话语甚长，不能尽述。

那个三位中将也来了，陪源氏公子饮酒，直到夜深。这天晚上公子留宿于此，旧日女侍都来伺候，共述往事。其中有一个中纳言君，素来暗中得到公子宠爱，胜于其他女侍。此人嘴上虽然不便说出，而心中不免暗自悲叹。源氏公子看到她的样子，也在心中偷偷地可怜她。夜色渐浓，众人都睡熟了，独留这中纳言君陪伴公子谈话。他今晚留宿于此，大约是为了此人吧。

将近黎明，天色尚黑，源氏公子便起身准备出门。这时残月当空，景色幽静，庭中樱花已过极盛之期，枝头犹有几分残红，凄艳可爱。晨雾弥漫，远近融成一片，这景色实在比秋夜美丽得多。源氏公子靠在屋角的栏杆上，欣赏这般美景。中纳言君大约是要亲自送别，开了边门，坐在门口。源氏公子对她说：“再会之期，不知是何年何月了。以前不曾料到会有这样的剧变，因而才会把随时可以畅聚的年月轻易放过，想起来实在令人可惜！”中纳言君默默不答，只是饮泣。

老夫人派小公子的乳母宰相君对源氏公子说：“老身本想亲自与公子晤谈，只因心中悲愤，本想待心情稍定，再与你相见。谁知公子天色未亮就要离去，这可怜的孩子尚未醒来，是不是等他醒来再来相送？”源氏公子听了，涌上泪来，便吟诗道：

“远浦渔夫盐灶上，
烟云可似鸟边山？①”

① 远浦指须磨海边。鸟边山即鸟边野火葬场葵姬化作烟云之处。

庭中樱花 佚名 镰仓时代（约14世纪初）

源氏至左大臣家告别时，庭中樱花犹有残红，颇为凄美。残月当空，源氏欣赏着还未凋落的樱花，痛悔往昔荒废岁月。这种将对未知的担忧融入残留樱花之美，情景交融，体现了日本“物哀”之美。

听上去不像是答诗。他对宰相君说：“破晓的别离，并非都是如此伤心。但今日的伤心，想必你能理解。”宰相君答道：“别离两字，让人听了总是不快。而今日的别离，特别令人伤心。”说时声泪俱下，可知异常悲恸。源氏公子便请她向老夫人传话：“我亦有种种话语欲向岳母大人禀告，无奈悲愤填胸，难于启口，还望谅鉴。孩子既正熟睡，若是见面，反而使我依恋不舍，难于遁世，就这样硬着心肠，匆匆告辞了吧。”

源氏公子出门之时，众女侍都来送别。这时月落西山，天色转明。源氏公子映着月光，愁眉不展，神情异常凄艳。纵使是虎狼之人，看见了也会流泪，何况这些女侍都是从小与他亲近的人。她们看到他那优美的容貌，心中都十分激动。老夫人的答诗云：

“烟云不到须磨浦，
从此幽魂远别离！”

哀思愈来愈多，源氏公子离去后，满堂之人都泣不成声。

源氏公子返回二条院私邸。只见殿内的众女侍似乎昨晚都没有睡觉，聚集在各处，悲叹时势的变迁。侍从室里全无人影，那些平素亲近的人，因为想跟随公子远赴须磨，都去与亲友道别了。而与公子交情不深的人，唯恐来了将受右大臣谴责，所以本来车马

云集的门前，如今冷冷清清，几乎无人上门了。这时源氏公子方才感悟到世态炎凉与人情淡泊，深为感慨。厅里的饭桌尘埃堆积，铺地的软席都折叠起来。源氏公子心想："我在家时尚且如此，以后我走了，更不知如何荒凉呢！"

来到西殿，只见格子窗还未曾关上，大概紫姬通宵守望，不曾就寝。众青年女侍及女童都在廊下假寐，见公子来了，大家起身迎接。她们都穿着值宿的衣服，来来往往。源氏公子见了，又不免伤心，他想："再经一些年月，这些人不耐寂寞，一定会纷纷散去。"平日从不曾在意的事，现在看来都触目惊心。他对紫姬说："昨夜因有这些事，所以直到破晓才能回家，你不会疑心我在胡为吧。至少在我还居住在京都时，我是舍不得离开你的。但是现在远行在即，牵怀之事，实在很多，又怎能闭门不出呢？在这无常的现世，被人视为薄情而遭唾弃，毕竟也是很痛心的。"紫姬回答道："除了这次之事，世间哪还会有更大的飞来横祸呢？"她那种伤心苦思，于他人迥然不同，自是理所当然。因为与父亲兵部卿亲王一向疏远，她自小依附源氏。何况父亲近来惧怕权势，对公子疏于来往，这次亦绝不肯前来慰问。旁人见到这般情形，必会讪笑不已，紫姬深以为耻。她想：当时如果不让父亲知道她的下落，此刻反而干净。

兵部卿亲王的正夫人——紫姬的继母——等人说："这妮子突然交上好运，跟着又马上倒霉，可见是命运不好。凡是关怀她的人，母亲、外祖母、丈夫，一个个都抛弃她了。"这些话传了出来，被紫姬听到，她非常痛心，从此再也不和娘家走动了。此外她全无依靠，身世好不孤伶！

源氏公子循循开导她说："我离京之后，如果朝廷并不赦罪，将我多年流放在外，那时即使住在岩穴之中，我也一定接你去同居。但现在若是与你同行，担心外人指责。身为钦犯，日月光明也不得见，倘任情任性，罪孽更加深重。我虽未犯下过失，但前世定有恶业，才有此报应。何况流放之人携带家眷，古无前例。在这样无法无天的世间，更可能遭受重大的祸殃呢。"第二日清晨，直到日上三竿，公子这才起身。

帅皇子及三位中将[1]来访，源氏公子更换衣服，准备见面。他说："我已是无官位的人了！"就穿了一件无纹的便服，模样反而优雅。容貌虽然清减了，但反而更加俊美。为了整理鬓发，源氏公子走近镜台，看见消瘦的面容，自己也觉得清秀可爱，便道："我已如此衰老了！难道真像镜中那样消瘦么，可怜！"紫姬眼泪汪汪地望着公子，十分难过。公子吟道：

"此身远戍须磨浦，
　镜影随君永不离。"

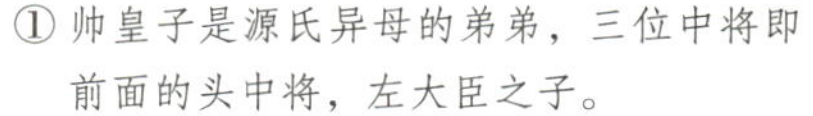

① 帅皇子是源氏异母的弟弟，三位中将即前面的头中将，左大臣之子。

紫姬答道：

“镜中倩影若长在，
对此菱花即慰心。”

她这般吟唱之时，把身子躲在柱后，借以掩饰脸上的泪痕。源氏公子见她的模样异常可爱，觉得平生所见无数美人，没有一个比得过她。

帅皇子对源氏公子说了许多伤心的话，到了日暮才辞去。

花散里为了源氏公子无限悲伤，经常寄书慰问，这原是理所当然。源氏公子想：“如果不与她再见一面，她一定要恨我无情。”便决心在这天晚间前去拜访。但又舍不得紫姬，所以直到深夜才出门。丽景殿女御大喜过望，说道：“寒舍亦得蒙大驾亲临！”其欢欣雀跃之状，不必赘述。这姐妹两人生活极为清寒，近年全仗源氏公子庇护，才得孤苦度日。当前邸内景况已够凄凉，以后势必更加困苦。这时月色朦胧，源氏公子惆怅地望着庭中的池塘、假山、茂林，想象今后流放中的岩穴生涯。

住在西厅的花散里以为公子行期已近，不会再来了，正在哀伤之中。岂料当添愁的月光悄悄地照射的时候，忽然听见一阵足音，随即飘来无比芬芳的衣香，不久源氏公子就进来了。她向前膝行几步，与公子月下相会。两人情话绵绵，不知不觉中夜色已近黎明。源氏公子叹道：“这一夜何其之短！这样匆匆的会面，不知今后能否再有了？每次想到这里，便觉以前疏于问候，空度了岁月，让人追悔莫及。如今我又成了古往今来的话柄，一想起来便觉心如刀割！”两人又谈到了许多往事，只听鸡声不断报晓。公子忌惮人言，急忙起身告辞。

这时月已西沉，花散里过去常将此景比作源氏公子别去，这时又见此景，倍感悲伤。月光照在花散里深红色的衣袖上，正如古歌所云：“袖上明月光，亦似带泪颜。”①她就吟诗：

“月中衣袖虽孤陋，
愿得清光再照临。”②

源氏公子听到如此哀怨的词句，不胜怜惜，想安慰她，便答诗道：

“后日终当重见月，
云天暂暗不须忧。

可是遥望前程，渺茫难知。流尽了忧伤之泪，只觉心绪黯然。”说罢，便在黎明的微光中离开了。

源氏公子回到二条院，开始准备行装。他召集一向亲近而不依附权势的忠仆，叮嘱他们管理好今后邸内一切事务。又选出数人，与他一起远赴须磨。客中所需的物件，仅选日常必需之品，不加装潢，力求朴素。又带了一些必要的汉文书籍，将白居易文集等装了一书箱，与一张琴一起带走。其余的铺设用具和华美服装，一概不带。竟把自己扮成一个山野平民的模样。

① 古歌：“相逢诉苦时，我袖常不干。袖上明月光，亦似带泪颜。”可见《古今和歌集》。

② 月比喻源氏。袖比喻自己。

离别 佚名 《源氏物语绘卷·东屋》复原图局部 近代

即将离别之际，面对众人的哀怨与悲伤，源氏也满怀黯然一一告别。离别与秋色有同样的哀伤，就像图中的男子，在秋雨中观望庭院里摇曳的荻花秋草，深感秋日“物哀”之萧瑟悲凉。

侍从的安排以至邸中各种事务，都托付给紫姬掌管。领地内庄园、牧场以及各处领地的契券，也都交与紫姬保管。无数仓库和储藏室，则由向来信任的少纳言乳母及几个亲信的家臣管理，吩咐紫姬适当支配。源氏公子房里的中务君、中将君等宠幸的女侍，过去虽然常恨公子薄幸，但能常常相见，亦可聊以自慰；今后群花无主，还能有何乐趣？大家垂头丧气。源氏公子对她们说：“我总有保全性命而平安归来的一天，愿意等候的人，都到西殿去伺候。”命上下人等都迁往西殿。源氏公子按照各人身份，赐予各种物品，作为临别之念。小公子夕雾的乳母及花散里，当然也都得到极富情趣的赠品。此外诸人日常生计，无不考虑周到。

源氏公子不顾一切，写一封信送交尚侍胧月夜。信中写道：“日来芳讯沉沉，情理自可谅解。今我即将远去，苦恨不可言喻。正是：

空流往日相思泪，
变作今朝祸水源。[①]

但这有名无实之事，确是我不可逃避之罪。”他担心信在途中时有被人拆看的危险，所以并不细写。

① 流放须磨，主要原因是胧月夜之事。“空流”是故意掩饰之词，因此下文又说“有名无实”。

胧月夜收到信后，十分悲恸。她虽然勉强忍耐，但双袖掩不住滚滚而来的热泪。她哭哭啼啼地写道：

“身似泪河浮水泡，
未逢后会已先消。”

笔迹散乱，却颇具趣味。源氏公子离去之前不能与此人再会一面，觉得异常可惜。但又想：那边都是弘徽殿太后一派的人，十分痛恨源氏公子，而胧月夜也有所顾忌。再会之念，就此打消。

行期就在明天，这天夜里，源氏公子要去拜别桐壶院之墓，便向北山出发。这时将近天明，月色当空。拜墓尚早，他便先去拜谒师姑藤壶皇后。皇后在帘前设下源氏公子的座位，亲自和他谈话。皇后首先提起皇太子，对他的未来尚有深切的关怀。这两人藏着共同的心事，此刻的谈话自然含有无限深情。皇后容貌之美，不减当年。源氏公子过去曾受她冷遇，今日颇想对她申诉一下怨恨之情。转念一想今日如果重提往事，未免使她伤心，自己也更增苦恼，便隐忍不言，但说：“我蒙此意外之罪，确实有一件背叛良心之事，不胜惶恐。我的未来毫不足惜，只希望太子能顺利即位，我愿足矣。”

藤壶皇后见源氏公子的话十分中肯，一时心绪纷乱，无言可答。源氏公子回想过去未来千头万绪之事，极为伤心，掩面而泣，神情凄艳无比。后来他止住眼泪问道：“我即将前往拜墓，不知母后有何要代为传言的吗？”藤壶皇后悲伤过甚，一时不能答话，但仍努力做出镇静的模样。后来吟道：

“死者长离生者去，
梵修无益哭残生。”

她心绪纷乱，已不能把心头的感想发为优美的诗歌了。源氏公子答道：

“死别悲伤犹未尽，
生离愁恨叹新增。”

源氏公子等到晓月出山之时，才去拜谒桐壶院的陵墓。随从仅五六人，仆役亦只用亲信，不用车驾，骑马前往。回想当年仪仗之盛，不可同日而语，这就不必多说了。随从尽皆悲叹，其中有一个兼藏人职的右近将监，即伊豫介之子，纪伊守的弟弟，贺茂祓禊时曾担任公子的临时随从。今年本应获得晋升，却被除名简册，剥夺了官爵，成为失意之人，只得跟随公子远赴须磨。这时在谒陵途中，看见贺茂神社的下院，这人想起了祓禊那天的盛况，便翻身下马，拉住源氏公子的马头，吟诗道：

“当时同辇葵花艳，
今日重来恨社神。”

源氏公子觉得这人的感慨也有道理。当时他多么风流潇洒，卓然不群啊！便觉得十分内疚。他自己也跳下马，对着神社膜拜，向神明告别，又吟诗道：

“身离浊世浮名在，
　一任神明判是非。”

这右近将监是一个多情善感的人，听了这诗，感触更深，更觉得公子实在可敬可爱。

源氏公子拜谒皇陵，心中觉得父皇在世时各种情状仿佛仍历历在目。这位无上尊荣的明主，已成了与世长辞之人，伤怀之情，不可言喻。他在墓前哭哭啼啼，诉说了千言万语。但现已再不能聆听父皇的教诲，不仅如此，当时谆谆嘱托的遗言，现在也不知消失在何方了！伤心之事，也不必再多说了。

墓道上杂草繁茂，踏草而行，露水尽皆沾在衣上。云遮月暗，树影阴森，颇有凄凉惨栗之感。源氏公子正欲辞去，却一时不能辨明方向，便又稽首下拜。只觉父皇身影，赫然在目，不禁毛骨悚然。即吟诗云：

“皇灵见我应悲叹，
　明月怜人隐入云。”

回到二条院，天色已经大亮。皇太子那里也应该致信辞别。这时王女官正代藤壶皇后在宫中看护太子，源氏公子便命将信送交王女官。信中写道：“今日即将离京，不能再度造访。伤心之事，莫过于此。还望多加体谅，善为致意。正是：

时运不济归隐遁，
何时花发返春都？”

这信系在一枝凋零大半的樱花之上。王女官即将信交与皇太子，并把信中所陈之情告诉他。皇太子年齿幼稚，但也郑重地阅读。王女官问他：“怎么回信呢？”皇太子答道，“对他说：暂时不见，也很想念，何况远别，让人如何忍受呢？”王女官想：“这答复未免太简略了。”便觉这孩子十分可怜。她回思源氏公子为了与藤壶皇后荒唐的恋爱而伤心落魄的诸多往事，以及当时众人痛苦的情状，想道：“这两人本来都可以无忧无虑度日，只因自寻苦恼，以致陷身于苦海。但也是由于我一念之差，从中牵线，如今回想起来，好不让人后悔！”她答复公子的信上说：“拜读来书，但觉无言可复。已将尊意启奏太子。其伤心之状，让人无限感慨……”这信写得不着边际，想是心情烦乱所致。又附诗道：

“花事匆匆开又谢，
　愿春早日返京华。

静待时机来到，必可如愿以偿。”之后她又讲了许多悲痛的话，使得满殿宫人潸然泣下。

凡是见过源氏公子的人，看到他如今那副愁闷的模样，没有一个不为之惋惜的，更何况那些平日伺候他的人。公子连认也不认识的做粗工的老婆子和洗刷马桶的人，只因一向深蒙公子照顾，也都因为今后暂时见不到公子为恨。朝中百官，谁不重视这件事，公子从七岁起就不离父皇左右，凡有奏请，无不照准。百官中曾仰仗公子鼎力相助之人，谁不感恩在心？身份高贵的公卿、弁官之中，受恩者也颇多。等而下之，更是不可胜数。有些人并非全然不知恩德，但只为眼前权臣专横，不得不有所顾忌，不敢亲近源氏公子。总之，世人无不痛惜源氏公子的离去。他们私下议论并怨恨当朝行事不公，但

托付家事　佚名　《信贵山缘起绘卷》之《延喜加持卷》　12世纪

即将远避须磨的源氏，将二条院中各种事务都托付给紫姬掌管。这种托付，等于确认了紫姬在二条院的女主人地位。图中贵族在仆从的跟随下催马欲行，表现出平安时代贵族出行的场面。

又想：如果不顾自身利害而前去慰问，对源氏公子又有何好处？于是只管装作不知。源氏公子正值失意，更感人情冷淡，世态炎凉。

出发之日，源氏公子与紫姬谈心直至日暮，于夜深时分启程。公子身着便服，装束极其简陋。他对紫姬说："月亮出来了，你也走出来，目送我出门吧。今后长分离，想说的话堆积满胸。过去偶尔离别一二日，也觉心中异常郁结呢！"便把帘子卷起，让她到廊下来。紫姬正在伤心哭泣，只得勉强振作，膝行向前，在公子身旁坐下，月光之下，姿态极其优美。源氏公子想："要是我就此长辞这无常之世，此人的生涯将何等苦楚！"便觉依依难舍，不胜悲痛。但想到紫姬的心情已十分颓丧，如果再说这些话，必然使她更加伤心，便装出泰然自若的模样，吟道：

“但教坚守终身誓，
偶尔生离不足论。

这次离别必定是短暂的。”紫姬答道：

“痴心欲舍微躯命，
换得行人片刻留。”

源氏公子见她如此痴心相对，更觉难于抛舍。但天亮后在众人面前多有不便，只得硬着心肠出发了。

一路行去，紫姬的面容常在眼前晃来晃去，他终于怀着离愁乘上行舟。晚春的白日很长，这天又刚好遇上顺风，申时左右就已到达须磨浦。旅途虽然短暂，但因从无经验，觉得又是可悲，又是可喜，略有新奇之感。途中一个地方，名叫大江殿，异常荒凉，遗址上只剩几株松树。源氏公子即景吟诗：

“屈原名字留千古，
逐客去向叹渺茫。”

他见海浪来来去去，便吟唱古歌：“行行渐觉离愁重，却羡波臣去复回。”①这古歌虽是妇孺皆知，但配合着眼前的情景，只觉异常动人，众随从听了无不悲伤。回顾远方，只见云雾弥漫，群山隐约，正如白居易诗中所云“三千里外远行人”②了。眼泪就像桨水③一般流了下来，难于抑制。源氏公子又吟道：

“故乡虽有云山隔，
仰望长空共此天。”

触景生情的人，心中无不辛酸。

源氏公子在须磨的住所，就在从前流放于此而吟出“寂寞度残生”的行平中纳言④的住所附近。这里离海岸稍远，在幽静荒凉的山中。自墙垣以至各种建设，颇为别致，与京中绝不相同。有茅草小屋及芦苇编的亭子，建筑别有雅趣，与环境颇为调和。源氏公子想：“此地与京中完全不同，如果我不是因流放而到此，倒很有趣味呢。”便想起以前各种的浪漫行为来。

源氏公子召集附近领地里的官员，令他们从事修建的工程；同来的良清被当作亲信的家臣，遵奉公子意旨而指挥各级官员。对于这样的安排，公子心中又不胜感慨。过了不久，修建府邸的工程已大致结束。又命人将池塘加深，增添林木，心绪

① 这首古歌可见《伊势物语》。

② 白居易《冬至宿杨梅馆》诗中有：“十一月中长至夜，三千里外远行人。若为独宿杨梅馆，冷枕单床一病身。”

③ 古歌：“今夕牛女会，快桨银河渡。桨水落我身，点滴如凝露。”可见《古今和歌集》。

④ 行平，姓在原，中纳言是官名。其诗云：“若有人寻我，请君代答云：离居须磨浦，寂寞度残生。”可见《古今和歌集》。

渐渐安定下来，但还是像在做梦一般。这摄津国的国守，也是以前亲信的从臣。这人不忘旧日的情分，常常暗中照拂，于是这住所便不再像一个旅舍，而是有许多人出入了。但源氏公子苦于没有情投意合之人可以谈话，仍有远居他乡之感，心情不免郁闷，常担心今后的岁月不知该怎样排遣。

待到渐渐安定下来，梅雨时节已至。遥想京华往事，可挂恋的人很多：紫姬定然心中愁苦；太子近况怎样；小公子夕雾想必依旧无知，整天嬉戏度日吧？此外这边那边，心中记挂的人太多了，便写了许多信派人送入京都。其中寄给二条院紫姬的及师姑藤壶皇后的信，写时常因泪眼昏花而多次搁笔。给藤壶皇后的信中，有诗文如下：

“须磨迁客愁无限，
 松岛渔女意若何？

无休无止的愁叹哪！今日瞻前顾后，眼前尽是黑暗，正是‘忆君别泪如潮涌，将比汀边水位高’！”①

给尚侍胧月夜的信，依照常例先寄给中纳言君，假装是给这女侍的私信。其中有：“寂寞无聊之时，唯有追想往事。试问：

我无顾忌思重叙，
卿有柔情怀我无？”

此外尚有各种话语，读者当可想象。左大臣及乳母宰相君处，也都寄了信，托他们多多照顾小公子。

京中诸人收到了源氏公子的来信，不免为之伤魂动魄。二条院的紫姬读了信后，就倒在枕上，不能起身，悲叹不已。众女侍无法安慰，也都愁眉不展。每次一看到公子往日用惯的器物、常弹的琴筝，闻到遗留在公子衣服上的香气，总觉得公子现已成为逝世之人。少纳言乳母觉得不吉利，便请北山的僧都举行法事，以祈求旅人的平安。僧都向佛祈愿两件事：其一，愿公子早日返回京都；其二，愿紫姬消除愁苦，早享幸福。在紫姬愁苦之中，僧都勤修佛事。

紫姬为源氏公子备办所需的衣物，无纹硬绸的常礼服和裙子，做工异乎寻常，看了使人悲叹。源氏公子临别吟唱“镜影随君永不离”时的样子，始终留在紫姬眼前，但空花泡影，有何裨益？她看到公子往时出入的门户、经常倚靠的罗汉松木柱，心情总是十分郁结。阅世已深而惯于劳作的老年人，见此情景也不免悲伤，更何况紫姬从小与公子亲近，视之如同父母，且全靠他抚养成人。一旦匆匆别去，其爱慕之殷切，自属理所当然。假令这人索性死了，已属无法挽回，这是不言而喻，过后自然也就渐渐遗忘。但如今并不是死，而是流放，虽然离京不远，但离别之期难定，渺茫不知何日方能归来。如此一想，心中便更添无穷悲愤。

师姑藤壶皇后挂念皇太子的前程，其忧伤深重，更不必说。她和源氏公子既有前缘，自然亦不能漠不关心。只是多年以来，她担心受世人非议，所以处处小心谨慎。如

① 这首古歌可见《古今和歌六帖》。

果对公子显示情爱，外人一定会加以抨击，因此只是隐藏在心中。每次公子求爱，多半只当不知，冷淡应对。所以世人虽然爱管闲事，好议论他人是非，但关于这件事，终于没有片言只语。之所以能够太平无事，一半是由于公子不敢任情而动，一半是由于皇后能巧妙避人耳目，努力隐藏的缘故。如今忧惧已去，但想起当年，怎能不又伤心，又思念。因此她的回信，写得比以前稍稍关切了一些，其中有这样的话：“近来只是

身证菩提心积恨，
经年红泪湿袈裟。”

尚侍胧月夜的回信中说：

“为防世上千人目，
闷煞心中万斛愁。

其余的事，可想而知，恕不详述。”寥寥数语，写在一张小纸片上，附在中纳言君的回信中。中纳言君的回信中则详细讲述尚侍忧伤的情况，写得十分可怜。处处动人哀思，使源氏公子读了不禁流泪。

紫姬的回信，由于源氏公子去信时写得特别周详，所以也写了许多伤心的话。附诗一首：

“海客潮侵袖，居人泪湿襟。
请将襟比袖，谁重复谁轻？”

紫姬送来的衣服，色彩与式样都极其雅观。源氏公子想：“这个人事事擅长，使我称心如意。若没有遭逢这次事件，我正可以摒除一切苦恼，断绝一切牵累，与她共度安闲的岁月。”但想到眼前的境遇，又不胜惋惜，于是紫姬的面容常在眼前，片刻不离。相思到不能忍耐之时，便决心偷偷地将她迎到此处，但马上又想：生不逢时，在这样的浊世之中，首先应该除去前生罪障，怎么能胡思乱想呢？于是马上斋戒沐浴，日日夜夜勤修佛事。

左大臣的回信中写到小公子夕雾的近况，写得十分可怜。但源氏公子以为自有与小公子见面之日，又有外祖父母照拂，因此对小公子并不特别记挂。想来他爱子之心不如思妻之念那样苦恼迫切吧！

只因头绪纷繁，不觉中竟遗漏了一个人。伊势斋宫那里，源氏公子也曾派人送信去，六条妃子也特地让人送来回信。她的回信情意绵绵，措辞妥帖，笔致优秀，与众不同，确有极其高雅的风度。其中写道：“足下居住之处，似乎并非现实的世间。我等听到这样的消息，几乎疑心身在梦中。思量起来，你总不至于长年离京远居客乡吧。而我前世罪孽深重，再见之日，恐怕遥遥无期了。

但愿须磨流放客，
垂怜伊势隐居人。

这个面目全非的世间，真不知以后怎样结果啊？”另有一诗云：

“君有佳期重返里，

须磨风景　歌川丰国　源氏香之图·须磨　江户时代（约1844—1847年）

源氏避居须磨的地方，景色与京都不同，茅草小屋及芦苇编的亭子都别有雅趣，与环境颇为调和。望着远处的海景，源氏回想往事、思念紫姬，独自吟哦着悲伤的诗句。如此境遇虽算不上困苦，但在习惯了京都奢华的源氏看来，无异于苦难。

我无生趣永飘零。”

六条夫人一向多情善感，写这封信时，几度搁笔叹息，才终于完成。用白色中国纸四五张不拘一格，笔情墨趣异常优美。

源氏公子想道：她本是一个可爱的人儿。为了那生灵作祟的事件，我不该那样怨她，使她心灰意懒，飘然远去。现在想起，但觉万分抱歉。收到她的来信，觉得连这个使者也颇可爱，便留他住了两三天，听他陈述伊势的情况。这使者是个年轻伶俐的侍从。源氏公子此处的旅邸萧索，使者可以近身面禀。他看见源氏公子的容貌，心中赞叹不已，竟至感激涕零。源氏公子写给六条妃子的回信，其中措辞亲切，可想而知。其中有一节说道：“寂寞无聊之时，常作非分之想：如果早知我有流放之事，不如当初随君同赴伊势矣。但愿：

摆脱离忧伊势去，
小舟破浪度今生。①

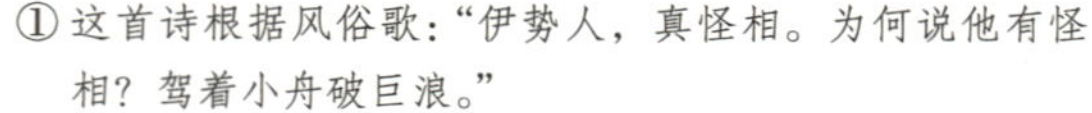

①这首诗根据风俗歌：“伊势人，真怪相。为何说他有怪相？驾着小舟破巨浪。”

只怕：

今生永伴愁和泪，
怅望须磨浦上云。

再会之期，渺茫难期。思想起来，真是让人愁闷哪！”诸如此类，源氏公子对每个情人，都这般殷勤，无微不至。

花散里收到了源氏公子的回信，伤心之余，也写了回信来，还附有丽景殿女御的信，源氏公子看了，觉得颇具风趣，很是难得。他反复阅读二人的来信，觉得足可慰藉，但又觉得增加了别离的悔恨。花散里作诗云：

“愁看蔓草封阶砌，
泪涌如泉袖不干。”

源氏公子看了这诗，想象她那邸中一定长满了蔓草，没有人照顾她们，生活一定十分困窘。又见她信中说：“梅雨连绵，处处土墙倒塌。”便命令京中的家臣，派附近领地内的人前去修筑。

却说那个尚侍胧月夜，与源氏公子的私情被人察破，成了世间的笑柄，羞愤之余，心情异常郁闷。右大臣一向特别怜爱她，便屡次向弘徽殿太后说情，又上奏朱雀帝。朱雀帝以为她并不是有身份的女御或更衣，只是个女官，就饶恕了她。这尚侍苦恋源氏公子，这才闯下滔天大祸，幸而获赦，依旧入宫侍奉，但她还是一往情深地倾慕着源氏公子。

胧月夜于七月回宫。朱雀帝一向特别宠爱她，也顾不得外人非议，照旧要她在身旁伺候。有时对她申诉怨恨，有时与她订立盟誓，其态度与容貌，都非常温柔优美。但胧月夜的心只管恋慕源氏公子，实在对他不起。一天，宫中正举行管弦之会，朱雀帝对胧月夜说：“源氏公子不在这里，真是美中不足。但比我思念他更深切的人，又不知有多少呢。一切事物似乎都暗淡无光了。”后来他垂泪叹息道：“我毕竟还是违背了父皇的遗命！罪无可赦！”胧月夜也不禁流下泪来。朱雀帝又说：“我虽活着，但毕竟觉得毫无意趣，更不希望长生。假如我就此死了，不知你做何感想。要是你觉得我的死别尚不及对须磨那人生离的可悲，我的灵魂可真要吃醋呢！古歌云：‘相思到死有何益，生前欢会胜黄金。’[①]这是不解来世因缘的浅薄之人才说的话吧。”他深感人世无常，但说时态度异常温柔，胧月夜的珠泪也不禁滚滚而下。朱雀帝便道：“你这眼泪是为谁流的呢？”

后来他又说：“你至今不曾为我生下个皇子，真是遗憾。我想遵父皇遗命，让皇太子即位，但是阻碍太多，让人好生苦恼！”当时权臣满朝，朱雀帝也不能随意执行政令。他年纪还轻，性情又很柔弱，因此心中痛苦之事非常多。

却说须磨浦上吹来了萧瑟的秋风。源氏公子的住所虽然离海岸稍远，但行平中纳言所谓“越关来”的“须磨浦风”[②]吹来的波涛之声，夜夜在耳边回荡，凄凉无比。这便是此地的秋

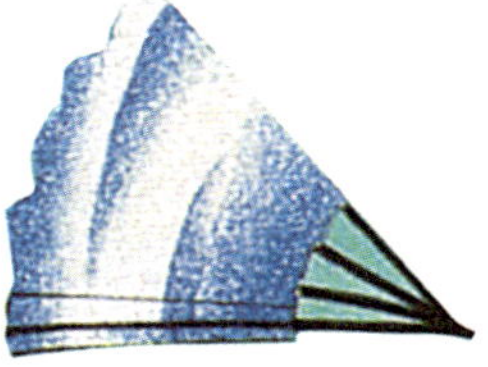

① 这首古歌载于《拾遗集》。

② 行平中纳言的歌：“须磨浦风越关来，吹得行人双袖寒。”可见《续古今和歌集》。

色。源氏公子身边的人不多，且都已入睡，唯有公子一人醒着。他从枕上抬起头来，只听四面秋风凛冽，波涛声越来越响，仿佛就在枕边。他的眼泪不知不觉地涌出，几乎教枕头浮了起来。他便坐起身来，弹了一会儿琴，自己听了也有不胜凄楚之感。便停止弹琴，吟诗道：

“涛声哀似离人泣，
疑有风从故国来。”

随从者都被惊醒，大家心中感动，哀思难忍，不觉坐起身来，偷偷地擦眼泪，擤鼻涕。源氏公子听见了，想道：“不知他们心中有何感想，都为了我一个人的缘故，他们才抛开了片刻不忍与之分离的骨肉，漂泊到此，忍受这种苦楚。”他觉得很对他们不起，但想今后如果就这样日日愁叹，他们看了一定更加伤心。于是勉强振作起来，白天和他们讲各种笑话，借以消愁遣怀。寂寞无聊时，将各种色彩的纸黏合起来，做游戏的书法；又在珍贵的中国绢上作画，再贴于屏风上，画得非常美妙。以前他身居京都，只是听人描述高山大海的景色，遥遥想象而已。而今亲眼看见，觉得真山真水之美绝非想象能及，便画了许多优秀无比的图画。随从看了都说：“应该召请当今有名的画家千枝和常则来，让他们给这些画着色才对。”大家觉得十分遗憾。他们接近这个亲切可爱之人，常常忘却尘世中的苦闷。因此有四五个人整日随侍在侧，认为亲近公子乃一大乐事。

有一天，院中花木盛开，暮色清丽。源氏公子走到望海的回廊上，在栏前眺望四周景色，神情风流潇洒。由于环境岑寂，让人疑心如此景象并非人世间所有。公子身着一件柔软的白绸衬衣，上罩淡紫面、蓝里子的衬袍，外穿一件深紫色常礼服，松松地系着带子，作随意不拘的打扮。念着“释迦牟尼佛弟子某某”的诵经之声，也优美无比。这时从海上传来渔人划小船的声音。隐约望去，这些小船仿佛浮在海面的小鸟，颇有寂寥之感。空中一行大雁，飞鸣而过，其鸣声与桨声几乎不能分辨。公子见此情景，不禁感慨泣下。举手拭泪，玉腕与黑檀念珠相照映，十分艳丽。思恋故乡女子的随从看见他这姿色，亦可聊以自慰。源氏公子即景吟诗：

“客中早雁声哀怨，
恐是伊人遣送来。”

良清接着吟道：

“征鸿不是当年友，
何故闻声忆往时？”

民部大辅惟光也吟道：

“向来不管长征雁，
今日闻声忽自伤。”

前述的右近将监也吟道：

“离乡背井长征雁，
幸有同群可慰情。

我要不是有这些同行的伴侣，可真是不堪孤寂了。”他的父亲伊豫守已迁任常陆守。他不随父亲到新任地常陆去，跟随源氏公子来到这流放之地。其心中虽有牵挂，但外表仍假装若无其事，精神抖擞地殷勤服侍。

这时一轮明月升上夜空。源氏公子想起今天正是十五，无穷往事立即涌上心头。遥想此刻清凉殿上，正在饮酒作乐，令人不胜艳羡；而南宫北馆，必定有无数惆怅之人，对月长叹。于是凝望月色，想象京都各人情状。继而口吟“二千里外故人心”①，听见的人无不感动流泪。又吟诵以前藤壶皇后送他的诗：“重重夜雾遮明月……”皱眉长叹，不胜恋慕。他历历回思往事，不禁轻轻地哭出声来。左右之人劝道：“夜深了，公子安息去罢。”但公子不肯返回室中，吟诗道：

“神京遥隔归期远，
 共仰清光亦慰情。”

又想起那夜朱雀帝与他谈论旧日之事时，容貌酷似桐壶上皇，爱慕之余，又吟诵“恩赐御衣今在此”②的诗句，然后入室就寝。以前蒙赐的御衣，几乎从不曾离身，一向放在座旁。又吟诗云：

“命穷不恨人间世，
 回首前尘泪湿衣。”

却说太宰大弍出守筑紫，任期已满，于这时返京，随行亲族有大队人马。女儿很多，不便陆行，因此自夫人以下，女眷一概乘船，一路逍遥游览。听说须磨风光优美，大家都很向往。听说源氏大将谪居于此，那些多情的青年女郎尽管幽闭在船中，也都红晕满颊，装模作样起来。特别是曾与源氏公子有缘的那位五节小姐，看见纤夫无情地将船拉过须磨浦，心中好生遗憾。忽然听到有琴声远远地飘来，四周风景之清丽、弹者风姿之优美，以及琴声之凄凉哀怨，并作一团，使得有心之人都流下泪来。

太宰大弍派人向源氏公子问候：“下官远从外省晋京，本欲先去拜谒，仰承指教，哪知公子栖隐在此，今日途经尊寓，但觉心中惶恐，不胜悲叹。亟欲亲来问安，但京中亲朋，早已到此迎候，人员杂乱，应酬纷繁，担心有所不便，故暂不前来，改日当再奉谒。”使者是大弍的儿子筑前守。此人曾蒙源氏公子推荐为藏人，曾见过源氏公子。如今看到公子贬居在此，心中颇有一些感伤，又不胜愤慨。但眼前人多，不便详谈，也就匆匆告辞。临别源氏公子对他说：“我自离京以来，往日亲友，都未会面，难得你特地来访。”对太宰大弍的答词亦大概如此。

① 白居易《八月十五夜禁中独直对月忆元九》诗中有：“银台金阙夕沉沉，独宿相思在翰林。三五夜中新月色，二千里外故人心。诸宫东面烟波冷，浴殿西头缝漏深。犹恐清光不同见，江陵卑湿足秋阴。”

② 这首诗是菅公所作。菅公即菅原道真，著名汉学家。生年比本书作者略早。其诗中有：“去年今晚侍清凉，秋思诗篇独断肠。恩赐御衣今在此，捧持每日拜余香。”可见《菅家后集》。这里是照抄的汉诗，并非译文。

筑前守挥泪辞别，将公子近况回禀父亲。太宰大式以及前来迎接的人听了他这番话，都深为遗憾，一齐流下泪来。那五节小姐多方设法，派人送了信去：

“闻琴心似船停纤，
进退两难知不知？

冒失之处，务‘请曲谅’[①]！”源氏公子看到信，脸上露出微笑。那神态美丽可爱，动人心弦。公子的回信是：

“若教心似船停纤，
永泊须磨浦上波！

我这‘远浦渔樵’[②]的生涯，真是始料不及。”从前菅公行过此处，也曾赠诗与驿长[③]。驿长尚如此伤心别离，何况这情人五节小姐，她竟然想一人独自留在须磨呢。

却说京中自从源氏公子远去，经过一些时日，自朱雀帝以下，不少人都十分记挂他。特别是皇太子，经常想念他，偷偷哭泣。乳母看了很可怜他，详悉底蕴的王女官则更加伤心。师姑藤壶皇后一向担心皇太子的前程，源氏公子被放逐以后，更加忧心，终日愁叹。源氏公子兄弟辈的诸皇子，以及向来与公子关系亲善的诸公卿，最初常有书信寄往须磨慰问，用富于情味的诗文互相赠答。但因源氏公子素以诗文著称，弘徽殿太后听到此事后，很不高兴，骂道：“获罪于朝廷的人，不得任意行动，饮食之事也不得自由。现在源氏竟在流放地造起风雅的宅邸来，又作诗诽谤朝政，竟然也有人附和他，像跟着赵高指鹿为马[④]一样。”世间便有各种流言。皇子们听到了，害怕起来，就不再有人敢和源氏公子互通音信了。

二条院的紫姬自从与源氏公子离别以来，岁月悠悠，时时刻刻都在牵挂。东殿里的女侍都已转到西殿来服侍紫姬。她们刚来的时候，觉得这位夫人并不特别优越，渐渐熟悉之后，才知此人容貌态度，亲切可爱，待人接物，诚恳周到，便没有一个人想离开了。身份较高的女侍，紫姬有时也和她们会面。她们都想：“在诸人之中，公子特别宠爱她，确有道理。”

话分两头，却说源氏公子在须磨，时日渐久，思恋紫姬之心无可再忍，极想接她到此处同居。但总想自身为了宿世的业障，流离至此，怎能再拉这可爱的人儿落水？终觉不妥，便打消了这个念头。在这天涯海角，诸事皆与京都不同。源氏公子看了平日从未见过的平民百姓的生活，因为看不惯，不胜惊奇，觉得自己的境遇实在委屈。附近经常有烟雾吹进屋里来，源氏公子以为是渔夫烧盐的烟雾，其实只是寓所后面的山上有人在烧柴。源氏公子看了觉得稀罕，便吟诗云：

---

① 古歌：“当时心似舟逢浪，动摇不定请曲谅。”可见《古今和歌集》。

② 古歌：“当年岂料成潦倒，远浦渔樵度此生。”可见《古今和歌集》。

③ 菅公流放播磨，在明石驿（须磨附近）夜宿，驿长同情他的不幸。菅公赠诗驿长道：“驿长莫惊时变改，一荣一落是春秋。”见《大镜》卷二。此处为照抄的汉诗，并非译文。

④《史记·秦始皇本纪》：“赵高欲为乱，恐群臣不听，乃先设验。持鹿献于二世曰：‘马也。’二世笑曰：‘丞相误耶，谓鹿为马？’问左右，左右或默，或言‘马’以阿顺赵高。”

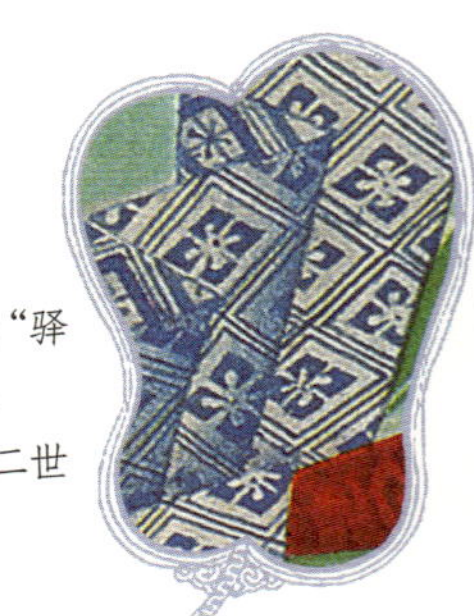

美丽的料纸

料纸，是指专门用来写字绘画的纸张。在平安时代，染成各种颜色、饰以金银箔的高级料纸很受人们的喜爱。源氏谪居须磨时，就有“百无聊赖中，将各种色彩的纸黏合起来，练习书法”的描述。其中色彩的交替变化，透露出日本独特的纤细柔和之美。

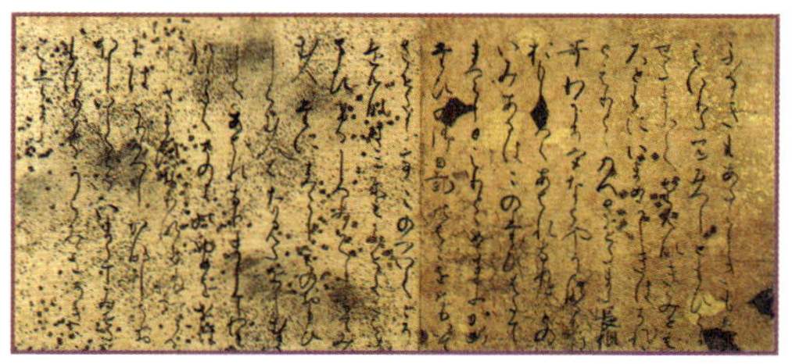

两种颜色的料纸连接在一起，第一页为淡红色，大胆运用了大片金银箔。素色的第二页，从银沙到小片银箔，全部统一为银色。

料纸装饰技法

有些料纸上还饰有撒落的金银箔，梅花、水松、蝴蝶等装饰花纹，还有远山、垂柳等小装饰画穿插其中。可见，平安时代的料纸，使用了染、撒、画、印等所有的料纸装饰技法。

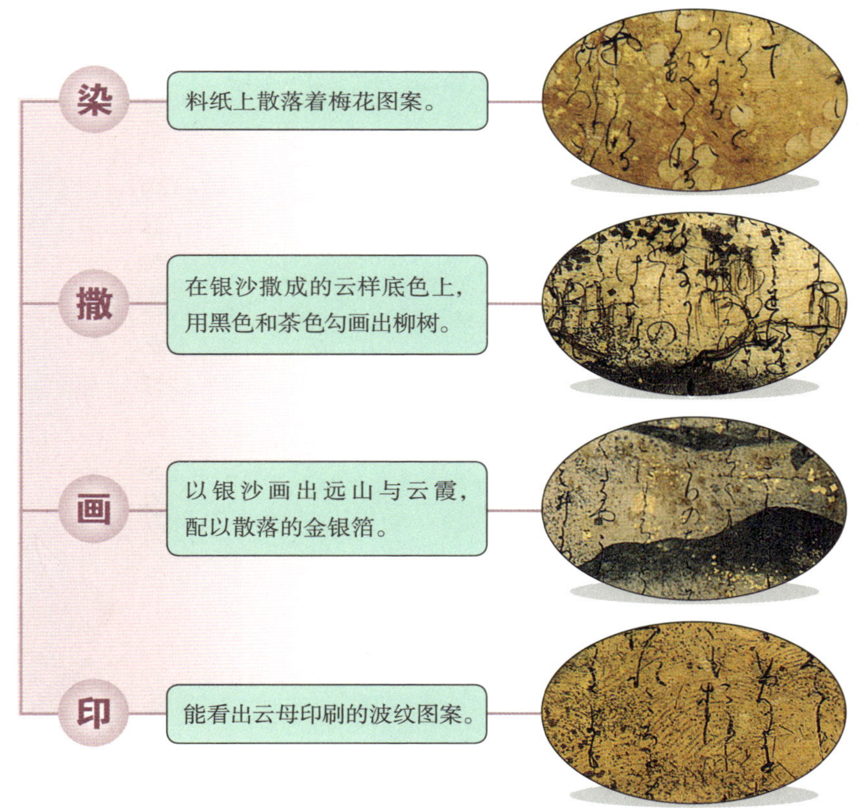

染
料纸上散落着梅花图案。
撒
在银沙撒成的云样底色上，用黑色和茶色勾画出柳树。
画
以银沙画出远山与云霞，配以散落的金银箔。
印
能看出云母印刷的波纹图案。

“但愿故乡诸好友，
佳音多似此柴烟。”

到了冬天，雪大得让人害怕。源氏公子望着长空，心中不胜凄凉，便取琴来弹，让良清唱歌，惟光吹横笛和奏。弹到得心应手、凄艳动人之处，歌声和笛声全都停止，大家举手拭泪。源氏公子想起古时被汉皇远嫁胡国的王昭君，设想这女子如果是我自己所爱之人，我将如何悲伤！要是这世间我所爱的人被遣放外国，又将怎样呢？想到这里，觉得仿佛真会发生这样的事。便口诵古人“胡角一声霜后梦”①的诗句。

这时月色如洗，旅舍狭小，月光照亮了全屋，躺着就可以看见深夜的天空，真可谓“终宵床底见青天”②也。看了西沉之月，有凄凉之感，源氏公子便自言自语地吟唱菅公“只是西行不左迁”③的诗句，又独自吟道：

“我身漂泊迷前途，
羞见月明自向西。”

这一晚依旧无法入睡。天色渐亮之时，只听百鸟齐鸣，声音和谐可爱。于是又念诗道：

“晓鸟齐鸣增友爱，
愁人无寐慰离情。”

这时随从一个也不曾起身。源氏公子独自躺着反复吟咏。天未大亮，即起身洗手，念佛诵经。随从看了，想起公子以前从未如此，便觉深可敬爱，没有一个人肯离开他，也不想回京中的私宅去。

却说那明石浦，离须磨浦非常近，几乎爬也爬得过去。良清住在须磨，想起明石道人的女儿，便写信去求爱。女儿没有回信，父亲却写一封信来，说“有事相商，请劳驾到此”。良清想道：“女的不答应我，老父反而要我上门去，怕是要叫我空手回来，讨个没趣。”心中懊恼，置之不理。

这位明石道人生性高傲，世间少有。按播磨地方的风俗，国守一族最为高贵，受人尊敬。但明石道人为人乖僻，不把国守放在眼中。良清是前任国守的儿子，曾经求婚，明石道人却拒绝了他，要另找乘龙快婿，已经寻找了好几年了。这时听说源氏公子客居须磨，便对他夫人说：“桐壶更衣所生的源氏公子，因为得罪朝廷，迁居到这里来了。我们的女儿想是前世积德，碰到这种意外的幸运，我们不如把女儿嫁给他吧。”

夫人答道：“千万使不得！我听京中人说，这个人身边身份高贵的夫人不知有多少。

---

① 大江朝纲《王昭君》诗中云：“翠黛红颜锦绣妆，泣寻沙塞出家乡。边风吹断秋心绪，陇水流添夜泪行。胡角一声霜后梦，汉宫万里月前肠。昭君若赠黄金赂，定是终身奉帝王。”可见《和汉朗咏集》卷下。此处是照抄的汉诗，并非译文。

② 三善宰相《故宫》诗为：“向晚帘头生白露，终宵床底见青天。”同上，亦属汉诗，并非译文。

③ 菅原道真流放中有诗：“莫发桂芳半具圆，三千世界一周天。天迥玄鉴云将霁，只是西行不左迁。”可见《菅家后集》。此为汉诗，并非译文。末句之意：月亮只是自东向西，并非像我那样被流放。以下源氏诗即取此意。

观景遣怀　葛饰北斋　观月　江户时代（18世纪末）

源氏闲眺海景，海面上倒映着西沉的圆月，渔人边说边唱地划着小船，声音颇有空旷寂寥之感。对此情景，源氏冥想此时京都情状，吟诵诸多离愁别绪的诗句，不禁感慨泣下。这就是日本“物哀”之美的典型场景。

并且时常东偷西摸，连皇上的妃子都不放过，还为此闹得天翻地覆。这种人哪会把我们这种乡下姑娘放在心上呢？”明石道人发起火来，说道：“你不懂事！我自有主张，你快准备起来吧，先要找个机会，请他到这里来。”他一意孤行，就把屋子装饰得富丽堂皇，关切地替女儿操心起这件事来。

夫人又说：“何必这样？他有多么了不起？我的女儿初次结婚，难道就要嫁个流放犯不成？要是对方爱她，还有情可原。但他根本就不会爱我女儿。”明石道人更加生气，驳斥道：“柱石之臣获罪谪戍，在中国，在我国，都是常有之事。英明俊杰，或迥异凡俗的人，必然难免谪戍。你知道源氏公子是什么样的人？他已故的母后桐壶妃子，是我已故叔父按察大纳言的女儿。这位妃子的美貌，举世闻名，入宫之后，蒙桐壶帝特别宠爱，为后宫第一。只因为众人嫉妒，以致忧恼成疾，短命而死。但能留下这位公子，亦属不幸中之大幸。为女子的，志气一定要高。我虽然只是个乡下人，但既和公子有上述的因缘，想他也决不会唾弃我。”

他家中这位小姐呢，虽然并非一个绝色美女，但性情温顺优雅，聪明伶俐，并不亚于身份高贵的女子。她常自伤境遇，想：“身份高贵的男子呢，只怕觉得我微不足道；身份相当的人呢，我又绝不肯嫁他。如果我寿命过长，父母先我而死，那时我就削发为尼，或者投海自尽吧。”她父亲关怀女儿，无微不至，每年两度带她去向住吉明神[①]参拜。女儿也私下祷告，祈求明神保佑。这件事暂且不提。

须磨浦的新年来到了。春日迟迟，荒居寂寂。去年新种的樱花树开花了，当风和日丽之

① 住吉明神，即护海保安赐福之神，其神社在今大阪市住吉区。

时，源氏公子追想往事，总是黯然泣下。二月二十已过，去年离京，正是这个时候。亲友惜别时的面容，历历在目，令人怀念。南殿樱花想必正值盛开。当年花宴上桐壶院的声音笑貌，朱雀帝的清秀之姿，以及公子自己作诗朗诵时的情形，都活跃在眼前，便吟诗道：

“无日不思春殿乐，
插花时节又来临。”

正在寂寞之时，左大臣家的三位中将到访。他现已升任宰相，人品优越，声望隆重。但常感世间枯燥无聊，经常惦念源氏公子，便顾不得为此要被排挤，毅然赶赴须磨来了。两人久别重逢，悲喜交集，真可谓“一样泪流两不分”[①]了。宰相看了看源氏公子的住所，觉得很像中国的式样。四周景致，清幽如画。真是“石阶桂柱竹编墙”[②]，一切简单朴素，别有风味。源氏公子打扮得像个山野农人，穿着淡红透黄的衬衣，罩着深蓝色便服和裙子，模样很是寒酸。虽然像个乡下人，但是别有风味，让人看了含笑，只觉非常清雅。日常器具也都很粗陋。房室很浅，远处望去，一目了然。棋盘、双六盘、弹棋盘，都是乡下出产的粗笨货。看到念珠等供佛之物，可以想见他日常勤修佛法。所吃食物，都是田家风味，却也颇有趣味。

渔夫打鱼回来，送些海贝类与公子佐膳。公子与宰相便唤他进来，问他长年海边生活的情状。渔夫便向两位贵客申诉身世之苦，虽然语无伦次，声如鸟啭，但就为生活操心这一点，却都是一样的。公子与宰相听了，深感可怜，便拿些衣服送与他，渔夫受赐，不胜荣幸。

喂饲马匹的场所，就在附近。那边有一所形似谷仓的小屋，其中的草秣可取来喂马，宰相看了亦觉稀罕。看到喂马，想起了催马乐《飞鸟井》[③]，两人便齐声哼唱起来。继而谈起别后年月中的种种，时而悲泣，时而欢笑。再谈到小公子夕雾嬉笑玩耍的样子，以及左大臣日夜替外孙操心等事，源氏公子又感悲伤无限。凡此种种，难于尽述。

这晚两人彻夜不眠，吟诗唱和，直至天明。宰相担心遭人物议，急着返回。匆匆一见，反而更增悲伤。源氏公子命人取酒来饯别，共吟白居易“醉悲洒泪春杯里”[④]的诗句。左右随从，听后无不流泪。他们也各自与素日相熟的人道别，天空中飞过几行大雁，主人触景赋诗云：

“何时再见春都友，
羡煞南归雁数行。”

---

① 古歌：“或喜或悲同此心，一样泪流两不分。”可见《后撰集》。

② 引自白居易《香炉峰下新卜山居草堂初成偶题东壁五首》第一首：“五架三间新草堂，石阶桂柱竹编墙。南檐纳日冬天暖，北户迎风夏月凉。”

③《飞鸟井》：“投宿飞鸟井，万事皆称心。树影既可爱，池水亦清澄。饲料多且好，我马亦知情。”

④ 白居易别元微之的诗句：“往事渺茫都似梦，旧游零落半归泉。醉悲洒泪春杯里，吟苦支颐晓烛前。”

樱花树下旧访客　狩野永德　洛外名所游乐图屏风　安土桃山时代（16世纪后期）

春日虽迟，源氏流放到须磨种下的樱花树，现在也已经开出小花。当年的旧友头中将已升任宰相，不顾被处罚的风险来看望他，两人在这樱花树下叙旧，悲喜交加。图中散漫的樱花在头中将看来，犹如此时的源氏，虽然粗陋，但仍别具清雅。

宰相依依不忍别去，也赋诗道：

“离情未罄辞仙浦，
此去花都路途迷。”

宰相带来的京中土产，颇富风趣，源氏公子回赠一匹黑驹，对他说：“罪人之物，恐有不祥，本来不敢奉赠，但‘胡马依北风’[①]而嘶，这匹马亦眷恋故乡呢。”这是一匹世间难得的良马。宰相便把一支名贵的短笛留赠公子，说是“临别的纪念”。赠答止于如此，怕外人非议，两人都不敢过分铺张。

红日渐渐高升，宰相临行前心情纷乱，频频回头。源氏公子静立凝望，依依不舍，反使这别离更增痛苦。宰相说：“此去不知何日再见？难道要就此诀别吗？”主人答道：

“鹤上九霄回首看，
我身明净似春阳。

虽然我也盼望昭雪那一天，但身经流放，纵使是古之贤人，亦难照旧与他人为伍。我是什么人，怎敢妄想再见京华？”宰相答道：

“孤鹤翔空云路杳，
追寻旧侣唳声哀。

一向蒙你至诚相爱，不胜感激。但回思‘交游过分亲’[②]，不免心中悔恨。”屡次回头，良久才辞别归去。宰相去后，源氏公子更加难过，日夜忧愁叹息。

三月初一适逢巳日[③]，随从中略有见识的人劝道：“今天是上巳，身逢忧患的人，不妨前往修禊。”源氏公子听了，就到海边去修禊了。他命人在海边支起简单的帐子，请几位路过的阴阳师来举行祓禊。阴阳师把一个大型的刍灵放在纸船里，送入海中，任它漂浮而去[④]。源氏公子看了，觉得自己正像这个飘零过海的刍灵，便吟诗道：

“我似刍灵浮大海。
随波漂泊命堪悲。”

他坐在海边天光云影之下赋诗，神态极其优美。这时风和日丽，海不扬波；水天辽阔，一望无际。过去未来之种种，渐渐涌上心头。又赋诗云：

---

①《古诗十九首》第一首云：“行行重行行，与君生别离。相去万余里，各在天一涯。道路阻且长，会面安可知。胡马依北风，越鸟巢南枝。……”是指马与鸟都留恋着故乡。

② 古歌：“对景即思人，交游过分亲。只缘相处惯，暂别亦伤心。”可见《拾遗集》。

③ 阴历三月上旬之巳日，谓“上巳”，中国古时也有修禊的风俗。临水祓除不祥，谓修禊。

④ 刍灵即草人，将草人在人身上摩擦一下，表示让灾祸转移到草人身上。然后将草人放入船中使之漂洋过海而去，即谓祓除不祥。

征雁送别　歌川广重　江左近郊八景之内　江户时代（1837—1838年）

头中将的造访也怕遭人非议，匆匆告别。图中打鱼归来的渔夫、几行南归的征雁的秋景，让源氏不禁触景生情，依依惜别之情溢于言表。面对头中将“何时再见”的询问，源氏不敢奢望回京，失意悲叹不已。

“原知我罪莫须有，
　天地神明应解怜。”

忽然大风突起，天昏地暗，此时祓禊尚未完成，不由得人人惊慌。大雨突如其来，声势异常惊人。大家想逃回去，却根本来不及取斗笠。刚才还风平浪静，这时忽起暴风，飞沙走石，波涛汹涌起来。诸人向回狂奔，几乎足不履地。此时海面仿佛盖了一床棉被，膨胀起来。电光闪闪，雷声轰隆，仿佛雷电即将打在头上。众人好容易飞奔进了居所，都惊诧地说：“这样的暴风雨，从来不曾见过。以前也曾起风，但总有预兆。这样突如其来，实在可惊可怪！”雷声还是阵阵传来。雨点落地的声音几乎像要穿透阶石一般。众人心慌，叹道：“照这情景，世界要毁灭了！”唯有源氏公子从容不迫地静坐诵经。

日近黄昏，雷电稍稍止歇，但大风到半夜犹不停止。雷雨停息，想是诵经礼佛愿力深宏的缘故吧。大家互相议论着说：“雷雨要是再不停息，我等都会被浪涛卷去吧。这便是所谓的海啸，能在顷刻之间伤人。以前只是听闻，却未见过这种骇人之事，这次才亲眼看到了。”

将近破晓之时，诸人均已睡熟，源氏公子亦稍稍入睡。梦见一个素不相识的人，走进室内，叫道：“刚才大王召唤，为何不到？”便在各处寻找源氏公子。公子惊醒，想道：“听说海龙王最爱美貌之人，想必是看中我了。”这使得他更加恐惧，觉得这海边愈发不堪久居了。

第十三回　明石①

风雨依然不止，雷电亦不停息，一连多日。忧愁之事，不可尽数，源氏公子沉湎于悲伤与忧惧之中，无法振作精神。他想："怎么办呢？要说为了天变而逃回京都，但我尚未被赦，岂不受人耻笑。不如就在这儿找处深山，隐藏起来。"接着又想："要是这样，世人怕又要说我被风暴驱入深山，传之后世，笑我轻率，永成笑柄。"为此十分犹豫。每夜梦中所见，那个怪人总是缠绕不休。

天空中乌云密布，似乎永远不会消散似的。京中全无消息，更觉深可悬念。源氏公子感伤之余，想道："莫非是我离别人世，就此毁身灭迹吗？"但这时大雨倾盆，头也不能伸出户外，因此京中绝无来使。唯有二条院的紫姬不顾一切，派来一个使者，这人浑身湿透，形态怪异。要是在路上遇见，定要疑心他是鬼怪。这样丑陋的一个下仆，以前必然赶快把他赶走，但现在源氏公子觉得非常可亲。他亲自接见下仆，也觉得有几分委屈，可知近日来的心情已今非昔比了。这人带来了紫姬的信，信中写道："连日大雨，片刻不停。乌云密布，天空锁闭。遥望须磨，方向莫辨。

闺中热泪随波涌，
浦上狂风肆虐无？"

此外，诸多可悲可叹之事，一一写到，不胜记述。源氏公子拆阅来信，泪水便像"汀水骤增"②，双目昏花了。

使者告道："这次的暴风雨，京都也怀疑是不祥之兆，宫中曾举办仁王法会③。骤风暴雨，百官都不能上朝，政事已告停顿。"这人口齿笨拙，言语支吾。但源氏公子为了了解京中近况，唤他走近身边，仔细盘问。使者又说："大雨连日不停，狂风不时发作，也已连续多时。如此骇人的天气，京中从未有过。大块冰雹落下，几乎打入地底。雷声惊天动地，永不停息，这都是从来没有的事。"说时脸上显出恐怖之状，让人看了更加忧惧。

源氏公子想："这场天灾若再延续下去，世界恐将毁灭了吧！"到了第二天，破晓即刮起飓风，海啸奔腾而来，巨浪扑岸，轰声震天，似有排山倒海之势。雷鸣电闪，竟像落在头上。恐怖之状难于言喻。随从诸人，没有一个不惊慌失措的，互相叹息着说："我们前生犯了什么罪，以致今世遭受这种苦难！父母和亲爱的妻子儿女也见不着，难道就这样死去了吗？"唯有源氏公子一人还算镇静，他想："我到底有什么罪过？莫非竟要客死在这海边不成？"便强自振作。但周围的人惊疑不安，只得让人备办各种祭品，向神祈祷："住吉大神呵，请守护此境！神灵显赫，定能拯救我等无罪之人！"为此立下了宏誓大愿。

左右见此情景，也都把自己的性命置之不顾，同情源氏公子的不幸。像他这种身份高贵的人物，又遭逢如此深重的灾厄，他们觉得异常可悲。凡是能稍微振奋精神的人，

① 本回写源氏二十七岁三月至二十八岁八月的事。
② 古歌："居人行客皆流泪，川上汀边水骤增。"可见《土佐日记》。
③ 仁王法会是请僧众诵《仁王经》，以祈"七难即灭，七福即生"。

都真心为之感动，愿意舍去自身性命，以救公子脱离苦难。他们一齐向神佛祈祷：“谨告十方神灵：我公子生长深宫，自幼享惯游乐。秉性仁慈，德泽遍及万民；扶穷救弱，拯灾济危，善举不可尽数。但不知前生有何罪孽，竟将溺死于这险恶的风波之中吗？恳请天地神佛，判断是非曲直。无辜而获罪，剥夺官爵，背井离乡，日夜愁叹。如今又遭遇这般可怕的天灾，性命垂危。不知这是前生的孽报，还是今世的罪罚？若蒙神佛明鉴，务请消灾降福！”他们向着住吉明神神社的方向，立下各种誓愿。源氏公子也向海龙王及诸神佛许愿。

谁知雷声愈来愈响，“霹雳”一声，正落在与公子居室相连的廊上，引发大火，竟把这廊子都烧毁了。屋内的人吓得魂飞魄散。慌乱之中，只得请公子移到像厨房的一间屋室之中。不拘身份高低，许多人挤在一起，处处皆是呼号哭泣之声，骚扰不让于雷声。此时，天空竟像涂了一层墨水，直到日暮不变。

后来风势渐渐减弱，雨滴稀疏，空中微露星光。静心一看，这居室实在太过简陋，对公子来说真太委屈了。左右之人想请公子搬回正屋，但已被雷火烧毁，形状可怕；再加上众人往来践踏，凌乱不堪。帘子又被狂风吹去，只得等到天亮后再作计较。当诸人狼狈之时，源氏公子虽只管专心念佛诵经，但一想到今后事宜，心情也颇不安。

不久月亮露出来了。源氏公子打开柴门，向外眺望，只见附近潮水袭击之处，痕迹森然，且还有余波来来去去。附近一带的村民之中，知情达理而懂得天变原因的人，一个也没有。唯有一群毫无知识的渔夫，他们知道这里是贵人的住所，聚集在垣外，只管说些听不懂的土话，模样很是奇特，但也不便驱散。只听渔夫们说：“这大风若再不停息，海啸就会涌上来，这一带将被完全淹没！全靠菩萨保佑，功德无量！”如果认为源氏公子听了渔夫这番话提心吊胆，那样未免太愚蠢了。源氏公子便吟诗：

“不是海神呵护力，
碧波深处葬微躯。”

大风呼号了一昼夜，源氏公子虽然强自振作，毕竟有些疲劳，不知不觉地睡着了。这住所如此简陋，没有帐幕，公子只能靠在墙边打瞌睡。忽然梦见已故的桐壶上皇站在眼前，神态全同生前一样，对公子说道：“你怎么住在这么肮脏的地方？”握住他的手，拉他起来，又说：“你必须依照住吉明神的指引，火速乘船，离开这里！”源氏公子不胜惊喜，回奏道：“父皇，自从诀别慈颜以来，儿子不知身受了多少苦难！此刻正想舍身投海呢！”桐壶上皇的阴魂答道：“岂有此理！你这次受难，不过是小小罪过的报应而已。我在位时，并无大罪，但无意之中，难免犯下小过。我为了赎罪，近来极为忙碌，无暇顾及阳世之事。但听说你近日遭逢大难，我坐立不安，故特由冥府穿过大海，来到这里，非常疲劳。我还必须乘此机会，到宫中见一见皇上，有所叮嘱。现在必须即刻动身入京了。”说罢便走。

源氏公子依依难舍，哭道：“我跟父皇同去！”抬头一看，早已不见人影，唯有一轮明月照耀天空，并不像是做梦。但觉父皇面容隐约依在眼前，天空飘曳的云彩可亲可爱。多年来思恋慈容，却一次也不曾入梦。今晚虽然只有短短一刹，但是看得分明，现在还在眼前闪现。我遭逢如此苦厄，几濒死亡，父皇在天之灵特地飞翔到此，前来救助，这样想来，倒是托了这暴风雨之福。希望在前，不胜欣喜。对父皇的思慕之情充塞

不祥的暴风雨　歌川广重　躲雨　江户时代（1834—1842年）

暴雨、海啸席卷而来，众人皆惶恐不安。源氏担惊受怕之余，接到紫姬传来的消息，京都那边也是暴雨连连，大雨、狂风、冰雹等异象纷呈。作为沿海国家，日本常有暴雨、海啸等灾害，图为大雨倾盆，众人尽皆躲避的情景。

心中，反倒觉得心情忐忑不安。他便忘却了现世的悲哀，而惋惜梦中不曾与父皇细谈。他想或许可以再见，便闭上眼睛，希望续梦，但心智清醒，直到天明。

只见一只小船驶近岸边，有两三个人上岸，向着源氏公子的住所走来。侍从问他们是谁，回答是前任播磨守明石道人从明石浦乘船到此相访。使者说："源少纳言[①]如果在此，敝主人欲求一见，有话面谈。"良清吃了一惊，对源氏公子说："这道人是我在播磨国时的旧友，虽然交游多年，但因略有嫌隙，一直音信不通。现在忽然在暴风雨中来访，不知有什么要紧的事？"他觉得十分诧异。源氏公子心中明白这件事与父皇托梦有关，使命他马上来见。

良清莫名其妙，心想："在这猛烈的风雨之中，他怎么会乘船来访呢？"便上船与明石道人相见。道人说："从前，上巳日之夜，我曾梦见一个异样的人，叮嘱我到此相访。起初我不敢相信，后来又再度梦见此人，对我说：'到了本月十三日，你自会看到验证。快些准备船只！那天风雨一停，你必须前往须磨。'于是我准备船只，静候日期来到。后来果然风雨大作，雷电交加。在外国，相信灵梦而赖以治国的例子很多[②]。因此，纵使不相信，我也必须遵守梦中指示的日期，乘船前来。哪知今天果然刮起一股怪风，安全抵达此浦，与梦中神灵指示的完全相符。我想您这里或许也早有预兆，敢烦转

① 源少纳言，良清。

② 灵梦治国，指殷王武丁。武丁三年不言，政治决于冢宰。后以梦求得傅说，以为相。

达公子，唐突之处，不胜惶恐。”

良清回来后，将道人的话悄悄禀告源氏公子。公子左思右想，觉得真是不可思议，显然都是神谕。他把过去未来之事详加考虑之后，心想：“我若一味顾虑世人非议，而辜负神明真心的佑护，则世人对我的讥笑，恐怕会更厉害呢。辜负现世之人的好意，尚且于心不安，何况神意。我已身受各种悲惨教训，现在应当听从这个年长位尊、德隆望重的人，遵照他的指示。古人有言‘退则无咎’，我实在已被逼得濒于死亡，身受了万般苦楚。今后纵使不顾忌身后浮名，也没有什么大碍了。而且梦中亦曾得到父皇的教谕，命我离开此处，我还有什么疑虑呢？”他下了决心之后，便命人答复明石道人：“我漂泊到此异乡，身受莫大苦楚，而京都无一人前来慰问，唯有仰望日月光华，视之为故乡的亲友，今天意想不到‘好风吹送钓舟来’[①]。你那明石浦上有容我隐遁的地方吗？”明石道人欢喜不尽。

随从劝公子说：“无论如何，请在天明以前上船吧。”源氏公子照旧只带了四五个亲信，登舟出发。和来时一样又是一阵怪风，轻舟飞也似的抵达了明石浦。须磨与明石近在咫尺，本来就片时可到，但今天特别迅速，竟像神风吹将过去似的。

明石的海边，的确与别处不同。只是往来的行人太多，源氏公子不太喜欢。明石道人的领地颇多，有的在海边，有的在山脚。海岸各处都建有茅屋，可助四时游览佳兴。在适于冥想来世的山脚水畔，建有庄严的佛堂，可供修行三昧[②]。而为今世生活，则有良田沃土，收获稻谷。为晚年安乐，则有无数仓廪，积蓄丰富。一年四季，都有各种设备，足以安乐度日。为了防避近日的海啸，女眷们均已迁居山边的内宅，源氏公子尽可在这海滨的本邸中从容歇息。

源氏公子弃舟登岸，改乘车子时，正值太阳初升。明石道人在阳光下看见源氏公子的神态，竟忘记了自身的老态，觉得寿命仿佛被延长了，不禁笑容满面，只管合掌礼拜住吉明神。他仿佛得到了一颗夜明珠，当然更加尽心竭力地照顾源氏公子了。

此地风景之优美，不必详说。宅邸的构造也颇有趣致：庭院中的花木和假山，海里导入的泉水，布置得都十分巧妙。如果要画下来，缺乏足够修养的画家还画不像呢。与数月来须磨浦的住所相比，这里要明爽可爱得多。室内装饰也尽善尽美，富丽堂皇之状，与京中高贵之家几近一致；而其绚丽灿烂，竟胜于京中宅邸。

源氏公子在这里静歇了一会儿，就写信给京中诸人。紫姬派来的使者，在途中受尽了狂风暴雨的折磨，到此又逢暴风雨袭击，满心忧虑地留在须磨。源氏公子唤他来到此处，赏赐他格外丰富的物品，让他回京。托他带了回信去，把近来情状详细告知亲信的祈祷师及一切知己。对师姑藤壶皇后，又讲述了最近因梦而免于危难的奇迹。但对紫姬那封哀怨来书的回信，他无法顺利地写下去，写了几行，便搁笔拭泪。见他这般模样，可知对紫姬与对他人毕竟不同。信中说：“我历尽了各种艰辛，常想弃世

① 古歌：“泪眼未晴逢喜讯，好风吹送钓舟来。”可见《后撰集》。

② 三昧，是佛教用语，意思是使心神平静，杂念止息，是佛教的重要修行方法。

出家为僧。但因临别时你吟咏‘对此菱花即慰心’时的面容，经常闪现在我眼前，永无消失，我又怎能决然舍去？每次想到此处，便觉种种苦痛都不足道了。正是：

渐行渐远皆荒渚，
从此思君路更遥。

一切都像做梦，永无醒来之时。我茫然执笔，心中愁恨真不知有多少！”信写得很零乱，但在旁人看来依旧非常美观。他们都看出公子对紫姬特别宠爱。随从诸人也各自写信托使者带去，向故乡亲友诉说须磨生活的凄凉。

片刻不停的风雨现在已经踪迹全无，天空澄净如水。渔夫出海捕鱼，神态也颇得意。须磨那地方实在太荒凉了，连渔人的石屋也寥若晨星。明石这地方虽然人太多，稍感繁杂，但自有异于他方的佳趣，处处皆可令人欣慰。

主人明石道人勤修佛法，极为专心，只是为了女儿的前途，不免操心，常在人前显露忧愁。源氏公子久闻这美人的名声，心中觉得这次不期而遇，倒似有前世的宿缘。但又想到在沉沦期间，除了勤修佛法而外，不应再起妄念。而紫姬若是知道了，亦将怪他言行不符，而不再相信他以前信上的情话，因此觉得不好意思，并不向明

明石来访

歌川广重　雨中渡舟　江户时代（1852 年）

风雨之中，源氏昏睡中梦到桐壶帝托梦，告诫他速离须磨。此时，明石道人冒着雷雨天气来访，言称如有神差般来此相邀。源氏所梦与明石道人所言暗自符合，使源氏深信命运的安排，立即跟随明石乘舟离去。图为冒雨而行的舟船。

石道人表示心意，但屡次听说这位小姐品质与容貌都极出色，又难隐对她的思慕。

明石道人尊敬源氏公子，不敢接近他，住在稍远的一间边屋之中。但他心中希望能时常亲近，觉得如此疏远很不畅快。他总想找个机会向源氏公子提出心中的夙愿，因此更加虔诚地向神佛祈祷。这位道人年已六十，但身体仍很清健。他朝夕勤修佛法，形容略见消瘦。虽然有时不免顽固昏聩，但想是出身高贵的缘故吧，见闻广博，通晓许多古代典故，并且态度大方，毫无猥琐之相。有时源氏公子召见，他便向公子讲述古代的逸事，亦可稍稍安慰公子心中寂寞。源氏公子多年来于公于私都很忙碌，从无闲暇听这些世间典故，如今明石道人娓娓道来，颇感兴趣，他想："我要是不到这里，不遇见这个人，倒很可惜。"明石道人虽然渐渐与源氏公子熟悉起来，但因公子气宇庄严，令人望而生畏，所以心中纵有无数打算，见了面却全无勇气，不敢随心所欲地将愿望说出。因此他心中经常焦虑，但只能与夫人谈论此事，相对叹息。小姐本人呢，身在这穷乡僻壤，纵使要找一个身份普通的夫婿也没有看得上眼的。如今看见世间竟有这样高贵英俊的美男子，更觉得自己身份微贱，没有高攀的资格。她听见父母有此打算，以为这真是妄想，反比没有这件事之前更加悲伤了。

到了四月间，明石道人为源氏公子置办各种夏衣，以及夏用的帐幕垂布，都极具雅趣。明石道人照料源氏公子十分诚恳周到，公子觉得有些不好意思，但想这位道人人品优越，身份高贵，也就老实不客气地接受了。京中也经常有人送物品来。

有一天寂静的月夜，源氏公子遥望着一望无际的海面，觉得很像从前二条院庭中的池塘，心中便涌起无限乡愁。但寂寞寡欢，无以自慰，眼前看见的只是一个淡路岛。便吟唱古歌："昔居淡路岛，遥遥望月宫。今夜月近身，莫非境不同。"[①]又赋诗道：

"无边月色溶溶夜，
疑是身居淡路山。"

起了兴致，便把久未染指的七弦琴从囊中拿出，随意地弹奏了一曲。左右诸人听了，都心有所感，悲不自胜。源氏公子又用尽平生秘技，弹了一曲《广陵散》[②]。山边内宅中多情善感的青年女子，听见琴声合着松声飘来，都被深深地感动。不仅如此，连各处无知无识的乡民，也都走到海边来倾听，因而伤风咳嗽。明石道人听到琴声，也忍不住了，便丢下了三宝供养，走近聆听。

他说："我听见这琴声，不由得重新想念起被抛弃的尘世来了。我所愿望的极乐净土，大概就是今夜这样吧。"说着流下泪来，赞赏感叹。源氏公子也想起往事，宫中一年四季的管弦游乐会、此人的琴与那人的笛、美妙的歌声、世人对自己的赞叹、父皇以下一切人等对自己的重视——别人之事、自己之事，一时都想了起来，恍如身入梦境，感叹之余，抚琴再奏一曲，声音异常凄凉。

---

① 这首古歌可见《凡河内躬恒集》。

② 三国时嵇康游洛西，暮宿华阳亭，引琴而弹。忽有客来，索琴弹《广陵散》以授嵇康，声调绝伦，殊不传人，此事可见《晋书·嵇康传》。

明石风景　歌川广重　东都名所之港口　江户时代（1831—1832年）

与须磨的荒凉不同，明石浦较为繁华和富足。风雨骤歇，天色澄明，风景优美之外，所居的宅邸布局巧妙，装饰华美，让刚逢雷击惊魂的源氏恍如梦里。与须磨的荒凉相比，明石浦风景如画，显得更为安静、祥和。

明石道人眼泪流个不停，命人到山边内宅中把琵琶和筝取来，自己做了琵琶法师[①]，弹出一两个稀有的乐曲，手法美妙动人。然后他请求源氏公子弹筝。公子也略微弹了一阵，听者又受到深刻的感动。音乐本就不在于手法是否十分精湛，只要环境优美，则曲趣自然增益。这里水天一望无际的海边，树木繁茂，苍翠可爱，比春天的樱花与秋天的红叶更加优美。这时秧鸡像敲门一般叫唤着，令人想起古歌中“黄昏秧鸡来叩门，谁肯关门不放行”[②]的情景。

这时明石道人弹起筝来，技法非常高明，源氏公子深为感动。他说：“筝这种乐器，让女子从容不迫、自由自在地弹奏，才真好听呢。”明石道人不觉莞尔，答道：“听了公子的演奏之后，哪里还有女子能弹得更好听呢？实不相瞒，弹筝之技，我家得到延喜帝[③]嫡传，至今已历三代。我命运不济，早已忘记世俗之事，但偶遇心情不快时，也会弹筝遣怀。不料小女也来模仿，任其自习，弹得竟与已故亲王殿下的手法相似呢。——呀，我失言了，想是我这‘山僧’耳钝，把琴声当作‘松风音’[④]，故而胡言乱语。不过我总想找个机会，请公子听一听小女所弹之筝呢。”他说到这里，激动得全身发抖，几乎流出眼泪来。

① 平安时代里巷间弹琵琶的盲僧，称为琵琶法师。后世将以弹琵琶说《平家物语》为业的盲人，也称为琵琶法师。

② 这首古歌可见《河海抄》。

③ 延喜是醍醐天皇的年号。

④ 古歌：“山僧听惯松风音，闻琴不知是琴声。”可见《花鸟余情》。

源氏公子道：“原来有高手在此，我真是所谓‘闻琴不知是琴声’，惭愧死了！”他把筝推开，又说：“奇怪得很，筝这个东西，自古以来只有女子弹得最好。嵯峨天皇的第五位公主，得天皇嫡传，是世间最高明的弹筝者，此后这技法就失传了。如今号称专家的人，都只是些皮毛功夫，浦上却隐藏着此道的高手，真是意想不到的快事！但不知可否让我听一听令爱的妙技？”

明石道人说：“岂敢岂敢！公子要听，只管吩咐就是，我叫她到尊前来弹奏。在古代，‘商人妇’[①]弹的琵琶也曾感动贵人呢。说到弹琵琶，弹出真正妙音的人在古代也不易寻觅。我那女儿却一上手就十分流畅，高深的曲调也能巧妙地演奏，不知道她是怎样学会的。让她待在这涛声咆哮的地方，实在可怜，不过每当心中郁结的时候，有这样一个女儿也可聊以自慰。”话中含有风趣，源氏公子很感兴趣，便把筝推过去请明石道人弹奏。明石道人果然弹得出色，迥异凡响。如今失传的技法，他都相当熟悉，手法也都依照古风。左手摇弦而发的声音，弹得更加清澄可听。这里虽不是伊势，源氏公子却命嗓子较好的随从歌唱催马乐《伊势海》。其词为：“伊势渚清海潮退，摘海藻及拾海贝？”自己也按着拍子，与他们一齐合唱。明石道人停止弹筝而拍掌赞赏。他让人备办各种茶点果品，都极其珍贵，又殷勤劝请随从们饮酒，大家几乎忘记了人世间的忧患，欢度了这一宵。

夜色越来越晚，海风袭来，明月西沉，天空澄净如水，人间肃静无声。明石道人与源氏公子开怀畅叙，先谈起刚住在这浦上时的心情，接着又说到多年为来世修福的功德。琐琐碎碎，娓娓不倦，最后连女儿的情况也都全盘托出了。源氏公子觉得好笑，但其言语之中也有深可同情之处。明石道人说：“实在不好意思开口，公子到这梦想不到的穷乡僻壤来，虽然为期短暂，想是我这老道人多年来修行积福，蒙神佛垂怜，才暂时屈您尊驾到此受苦的。我有一件心愿，向住吉明神祈愿，至今已十八年了。我那女儿，自年幼时我就寄予厚望，每年两次，带她到住吉神社去参拜明神。我每天六时[②]诵经礼佛，把我自己往生极乐的愿望放在其次，首先求神保佑我这女儿，使她嫁得贵婿，得遂心愿。想我前世作孽，今生只是个可怜的乡村贱民，但我父亲也曾身居大臣之列。我这一代却已经是田舍平民了。长此下去，势必一代不如一代，永远沉沦，每当想起让人好不悲伤！但小女自落地之后，我就对她寄予厚望，愿她以后能嫁给京中的达官贵人。因此，我不惜得罪了许多身份相当的求婚者，对我自身自亦不利，但并不引以为苦。只要我一息尚存，虽然势力薄弱，对这女儿誓必爱护到底。万一未得良缘，而我先死去，则我早已有所遗命：与其嫁与庸碌之人，不如投身海底，长与波涛为伍。”他说时声泪俱下，种种伤心之言，难于尽述。

源氏公子值此心事重重、耽于愁思之时，听了这些话也感悲伤，不时以手拭泪。回答说：“我蒙不实之罪，被贬到这个意想不到的地方，也不知前生犯了什么罪孽，百思不得其解。今晚听了你这番话，才悟此是前世注定的一大因缘！你既有这样的宏誓大愿，为什么不早些告诉我？我自离京以来，常感人世无常，心灰意懒。除了勤修佛法之外，一概不作他想，空度岁月，意气消沉。你家有此如花美眷，我早已有所听闻，但想自身不过是一

① 白居易《琵琶行》中有：“老大嫁作商人妇。”

② 昼夜六时，即晨朝、日中、日没、初夜、中夜、后夜。

琴声忆往昔　住吉如庆　源氏物语画帖　江户时代（17世纪）

别有乡愁的源氏临海眺望，竟觉得这海景很像二条院庭中的池塘，不由得思乡情切。借着优美的景色抚琴一曲后，明石道人等听得感动，赞赏不已。图为源氏观景抚琴，同时回想起种种旧事，恍如梦境的情景。这种淡淡乡愁辅以切切琴声，尽显哀愁之美。

名罪犯，怎敢生出冒昧的妄想？因此断了念头，自甘寂寞。尊意既然如此，但请红丝引导，不胜感激。好事成就，亦可慰我孤寂。”明石道人听后，欢喜无限，答道：

“谙尽孤眠滋味者，
　应怜荒浦独居人。

务必请你体谅父母长年的苦心。”说时全身战栗，但并不失体统。源氏公子说：“你那住惯荒浦的人，又怎能如我这般心中寂寥。”吟道：

“离居长夜如年永，
　旅枕孤单梦不成。”

此时他推心置腹的模样，异常优雅，美不可言。明石道人又发了许多牢骚，为免烦冗，恕不尽述。又恐笔者记载失当，过分显露了道人性情中的乖僻与顽固。

却说明石道人既已达成夙愿，心中如释重负。第二天近午，源氏公子派人送信到山边内宅之中。按道人的话来看，这大概是个性情腼腆的姑娘，源氏公子心想：这种偏僻地方，或许藏着格外优秀的佳人，不禁悠然神往，在一张胡桃色的高丽纸上用心地写道：

“怅望长空迷远近，
渔人指点访仙源。

本应‘暗藏相思情’，但终于‘欲抑不能抑’[①]了！”信上写的似乎只这几个字。明石道人静候源氏公子的消息，他走到山边内宅来一看，果然送信的使者到了。他就竭诚招待，殷勤劝酒，灌得他满面通红，但小姐的回信并未送出。

明石道人走进女儿房间里，催她快写回信，但女儿还是不听。她见了这封让人受之有愧的情书，羞得连手也伸不出来。她将双方的身份比较了一下，觉得毕竟相去太远，不敢高攀。便推说“心情不好”，横靠着躺下了。明石道人无可奈何，只得代她回信：“承赐华函，不胜感激，但小女长于蓬门，少见世面，想是‘今夜大喜袖难容’[②]的缘故吧，竟惶恐得不能拜读来书。老朽猜度其心，正是：

双方怅望同天宇，
两地相思共此心。

这未免说得太过香艳了吧？”写在一张陆奥纸上，笔迹十分古雅，饶有趣致。源氏公子看了，觉得极其风流，很是吃惊。明石道人犒赏使者的是一件别致的女衫。

第二天，源氏公子又送了一封信去。先说：“代笔的情书，我生平从未见过。”又说：

“未闻亲笔佳音至，
只索垂头独自伤。

正是‘未曾相识难言恋’[③]了。”这回写在一张极柔软的薄纸上，书法格外优美。明石姬[④]看了，想自己尚是个少女，见了这般优美的情书若不动心，未免也太畏缩了。源氏公子虽然俊俏可爱，但身份相距太远，纵使动心也是枉然。如今竟蒙他的青眼，特地寄书前来，不禁泪盈于睫。她又不肯写回信，经父亲多方劝慰，才拿起笔来回复。这回写在一张被浓香熏透的紫色纸上，墨色忽浓忽淡，似乎有些故意做作。诗云：

“试问君恋我，情缘几许深？
闻名未见面，安得恼君心？”

笔迹与书法都十分出色，丝毫不逊京中的贵族女子。源氏公子看了这封书柬，想起京中的情况，觉得和此人通信颇有风味，但往复太勤，担心引人注目，散布流言，于是每隔两三天通信一次。在寂寞无聊的傍晚，多愁多感的黎明，便作书寄去。或者猜想女的亦有同感时，便写信慰问。明石姬每次回信，并无不当之语。源氏公子想象这女子的娴雅风韵，觉得不见一面无法罢休。但良清每次说起这女子，总显示出“此人属我”的神情，让人不

① 古歌：“暗藏相思情，勿使露声色。岂知心如焚，欲抑不能抑。”可见《古今和歌集》。
② 古歌：“昔日有喜藏袖中，今夜大喜袖难容。”可见《新敕撰集》。
③ 古歌：“未曾相识难言恋，唯有芳心暗自伤。”可见《孟津抄》。
④ 以下称明石道人的女儿为明石姬。

快。而且他已经苦心追求了多年，如今当面夺取，不免使他失望，又觉对他不起。左思右想，最好是对方主动，而自己不得已地接受，如此才最为妥当。但那女的比故作姿态的贵族女子更为高傲，绝不肯毛遂自荐，让人无可奈何，于是双方竞赛耐性，如此度日。

源氏公子忽然想起京中的紫姬，如今西出阳关，相距更远，那思慕之心愈发迫切了。有时情绪不佳，想道："怎么办呢？这真是古歌中'方知戏不得'[①]了。不如悄悄地把她接到这里来吧。"接着又想："无论怎样，总不会长年累月地离别，如今怎么能再做那些引人非议的事？"便镇静下来。

这一年，宫中经常发生不祥之兆，异变接连而起。三月十三日，正值雷电交加、风雨狂暴之夜，朱雀帝做了一个梦，看见桐壶上皇站在清凉殿正面的阶下，脸色非常不悦，两眼注视朱雀帝。朱雀帝默不作声，肃立听命。桐壶上皇叮咛的话很多，主要的似乎是关于源氏公子之事。朱雀帝醒来，非常恐惧，又很痛苦，便把这梦向弘徽殿太后禀告。太后说："风雨交加、天气险恶的夜里，白天的所思所想，很容易就会入梦。此乃寻常之事，你不必太担心。"大约是梦中与父皇四目相交的缘故，朱雀帝忽然患了眼疾，十分痛苦。宫中及弘徽殿内便大办法事，祈祷眼疾早日痊愈。

正在这时，太政大臣[②]亡故了。依年龄而论，此人之死原不奇怪。但除了此人之外，死亡疾病等事接踵而起，各处人口不宁。弘徽殿太后不想也生起病来，身体日渐虚弱。朱雀帝不胜忧愁，他想："源氏公子蒙受无实之罪，受沉沦之苦。这种种天灾一定是政令不公的报应。"便屡次向母后恳请："如今赐还源氏的官爵罢。"太后答道："现在就恢复他的官爵，世间必然认为过于轻率。但凡获罪离京之人，不满三年即便赦罪，一定会遭到世人的非议。"她一味坚决谏阻。但在这顾虑不安的期间，她的病势变得日渐深重。

却说明石浦上，每至秋季，海风就变得格外凄厉。源氏公子一人孤眠，深感寂寥之苦，便常向明石道人催促："好歹想个办法，请你家小姐到这里来吧。"他自己不肯求见，而明石姬亦绝不愿亲自来访。她想："身份卑下的姑娘，才会受来自京都的男子的诱惑，轻率地委身求爱，我岂是这样的人？像源氏公子那样的人，本来就不把我们放在眼里。我若与他苟合，以后一定痛苦。父母怀着高不可攀的心愿，在我深闺待字之年，也不管是否门当户对，一味好高骛远，希图以后幸福。但倘真成事实，一定反而悲哀，追悔莫及。"又想："我所希望的，只是在他客居此处之时，互通音信，也算得上是风流韵事。多年来听闻源氏公子大名，常想是否有缘遥见一面，谁知他竟会意外地来此海滨。我虽然远隔，亦得遥遥仰望容颜。他那举世无双的琴声，亦得凭风听赏。他的晨夕起居，我也确实知道。像我这样微不足道之人，也能得他不耻下问。如此这般，在我这个置身渔樵之间，将与草木同朽的人看来，已是莫大的幸福了。"这样一想，更加觉得自己的身份低微可耻，绝不奢望进一步亲近源氏公子了。

她的父母呢，迎接公子到此之后，就觉得多年来的祈愿已经达成。但若是贸然将女儿嫁出，而公子竟看她不起，这时做父母的将多么悲伤！如此一想，又觉得让人担心。

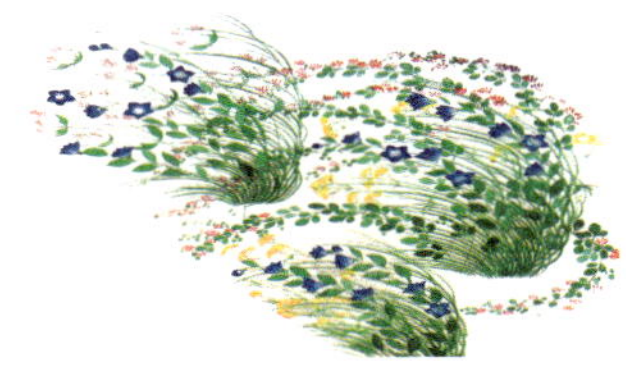

① 古歌："欲试忍耐心，戏作小离别。暂别心如焚，方知戏不得。"可见《古今和歌集》。

② 即前右大臣，弘徽殿太后的父亲。

对方虽是杰出人物，但女儿若是做了弃妇，又是如何悲痛，如何不幸！要是盲目信仰眼睛看不见的神佛，而不考虑对方的性情与女儿的命运，那也真是孟浪之举！——如此反复思虑，但觉心烦意乱。

源氏公子常对明石道人说：“我听了涛声，便更想赏玩令爱的琴音。若不是这个季节，琴音再妙，也让人索然乏味。”明石道人听了，忽然下了决心。他悄悄地择了个吉日，也不管夫人的犹豫不决，也不让众徒弟知道，独自用心，把屋子装饰得灿烂辉煌。在十三日那夜皓月初升时，他吟着古歌“良宵花月真堪惜，只合多情慧眼看”[①]，请公子移驾到山边内宅。源氏公子觉得他有些风流自得，但仍更换上常礼服，修饰了一番，于夜深时前往。道人早已备好华丽的车子，但公子嫌过于招摇，只是乘马而行。随从的唯有惟光等几人。前往内宅必须绕道海边，再转入山路，行程颇远。源氏公子一路上赏玩各处夜色，眺望应与情人共看的海中月影，首先想起了紫姬，恨不得就此驱马直入京都。便吟诗：

“我马应随秋夜月，
　暂游玉宇见嫦娥。”

明石道人山边的内宅之中，花木繁茂，陈设富有雅趣，是一处很漂亮的住所。海滨的本邸富丽堂皇，而这山边的内宅则精致幽静。源氏公子猜想这位小姐住在这里，每逢风雨晦明心中一定诸多感慨，不禁深为同情。附近建着一所“三昧堂”，是居士修行的地方，钟声随着松风飘来，让人顿生哀怨之感。岩石上的松树，姿态优美，庭前的苍草丛中，秋虫唧唧而鸣，源氏公子各处都看了看。

小姐的住所建造得特别讲究，一旁的板门略开一条小缝，以便月光射入。源氏公子便走进去，对她说了一些话。明石姬不愿意如此匆匆接见，顿感狼狈，只管唉声叹气而毫无亲近之色。源氏公子想：“架子真大啊！一向以来再难说服的千金小姐，一旦我如此恳切地求爱，没有不软下来的道理。如今我倒了霉，倒要受女人侮辱了。”心中好生难过！但想若是蛮不讲理，强要求欢，违背了自己的本意；但若是说不动她，认输退却，又会被人取笑。这时他那慌乱愁恨的模样，真是明石道人所谓的“只合多情慧眼看”了。

此时帷屏上的带子无意中触碰了筝弦，铮铮作响。可以想见小姐刚才随意弹筝时室内零乱的样子。源氏公子觉得有趣，便隔帘对小姐说道：“久闻小姐弹筝的手法极其高超，但愿一饱耳福，不知能否惠赐金诺？”接着又说了许多话，并吟诗：

“痴心欲得多情侣，
　慰我浮生若梦身。”

明石姬答道：

“侬心幽暗如长夜，
　是梦是真辨不清。”

① 这首古歌载于《后撰集》。

历史与物语的巧合——政治与异象

在日本历史上，与源氏的被流放、召回命运相似的，要数平安时代初期的早良亲王被迫害致死一事。

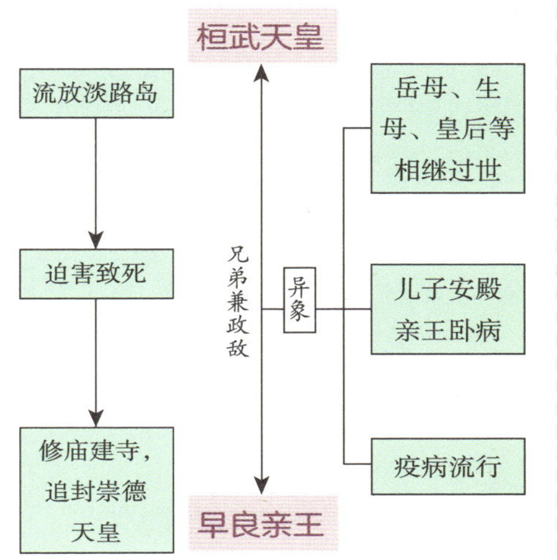

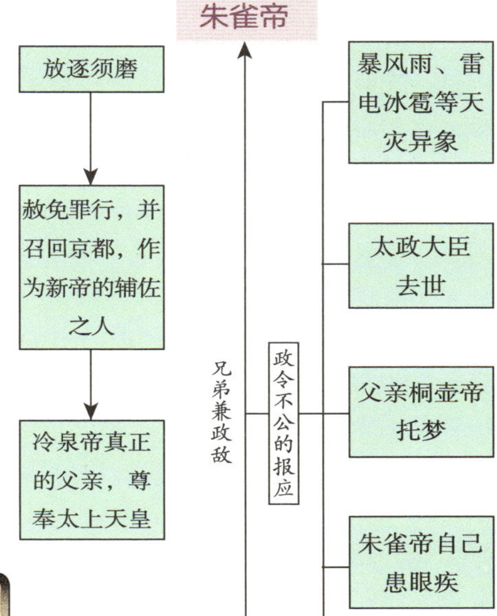

被追奉为崇德天皇的早良亲王的幽灵

妖魔传说盛行的平安时代，通过众多天灾、异象，以及天皇身边之人相继患病或死去，使得桓武天皇不得不在舆论和异象、妖魔之说的压力下，为早良亲王洗雪冤屈。物语之中源氏的遭遇与早良亲王如出一辙，映射出平安时代妖魔化的政治形势。

那安静娴雅的音调，与伊势的六条妃子非常肖似。她正在毫无防备、随意不拘的时候，源氏公子突然走进内室，令她非常狼狈。她便从附近的一扇门逃进更靠内的房间，不知怎么一来，把门也紧闭上了。源氏公子并未用力推门，但这种局面怎能持久？不久自然与小姐直接会面。他见这位小姐仪容秀美，体态苗条，让人一见倾心。这段意外的因缘，源氏公子本不敢奢望成就，但今日居然能成为事实，便觉此人更加可爱。大概对于女人，他只要一经接近，爱情便会油然而生吧。平日总恨长夜漫漫，今日却觉得春宵苦短。但他又担心外人得知，有所顾忌，便对她立下山盟海誓，于黎明前匆匆离开。

这一天源氏公子派人送来慰问的书信，行动更加秘密。大约是由于心中负疚吧，明石道人也担心这件事泄露，因此对使者的招待，排场并不体面，可是心中觉得有些对他不起。此后源氏公子经常偷偷来内宅与明石姬幽会。两处相距颇远，频频来往，自然要防备被那些爱管闲事的渔夫撞见，因此足迹不能过勤。这时明石姬便悲叹："果然如我所料！"明石道人也担心源氏公子变心，他忘记了对西方极乐世界的誓愿，一心等候源氏公子的光临。本已看破红尘，今又堕入尘世，实在也颇可怜！

源氏公子心中寻思：如果风声泄露，这件事被紫姬知道，我虽然不过是逢场作戏，但她一定恨我欺骗她，因而疏远我，这倒是对她不起，并且在我而言也是可耻的。由此可知他对紫姬的爱情特别深厚。他不禁想起过去："那时我行为不端，使得这位宽宏大量的夫人常常为我懊恼。我为什么要作这种无聊的消遣，使她如此生气呢？"后悔之余，虽然面对明石姬清丽的芳姿，也不能慰藉对紫姬的爱慕。便写了一封更加详细的信给她，信中说："我真无颜启齿：素日疏狂成性，做下各种不端行为，屡屡令君忧烦。如今想起来，只觉痛心难堪，哪知今日在此，又做了这个无聊的噩梦！如今我不问自招，先将这件事奉告于你，还请体察我这点诚实以待的决心，委屈原谅！正如古歌中说：'我心倘背白头誓，天地神明请共诛。'[①]"后面又写道："总之，我是：

远浦寻花柳，逢场作戏看。
思君肠欲断，夜夜泪汍澜。"

紫姬的回信写得语气非常和蔼。末了写道："承蒙你对我诚实以待，以梦情见告，闻讯之后，心中顿起无限思念。须知

山盟海誓如磐石，
海水安能漫过山？[②]"

语气大体和缓，但字里行间，显然另有言外之意。源氏公子读了信后，心中深为感动，一时不忍释手。为了表示对紫姬的忠诚，许久不曾与明石姬幽会。

明石姬见源氏公子许久不至，以为果然不出所料，心中十分悲伤，真恨不得投海了事。以前单靠风烛残年的父母照顾，不知何时始能像别人那样享受幸福，但这般春花秋

① 这首古歌可见《河海抄》所引。

② 这首诗引用古歌："我生倘作负心汉，海水亦应漫松山。"可见《古今和歌集》。

月的等闲虚度，倒也并不感觉如何痛苦。当时虽然也曾猜度结婚生活中难免各种忧恼，但料不到如此可悲。但她在源氏公子面前，并不泄露，依旧和颜悦色。源氏公子与明石姬相处渐久，爱情日深。但每一想起家中紫姬独守空房，为丈夫的薄情而伤心，便觉十分惭愧，因此独眠的日子也很多。

源氏公子画了许多画，又把日常感想题在画上，如若寄给紫姬，一定会得到她的回信。这些画情思缠绵，看见的人无不感动。说也奇怪，大约是两人灵犀相通的缘故吧，紫姬在寂寞无聊之时，也画了许多画，也将日常生活状况写在画上，集成一册。想象这两种书画，必定非常富有意趣吧。

年关匆匆而过。这年春天，今上朱雀帝患病，传位的事，引起了世间各种议论。朱雀帝的后宫，即右大臣[①]的女儿承香殿女御，曾经产下一位皇子，但年仅两岁，未免太幼稚了，因此皇位应该传给藤壶皇后所生的皇太子。在选定新帝的辅佐之人时，朱雀帝算来算去，唯有源氏公子最为适当。但此人现正经流放，实在可惜，实是朝廷一大损失，因此他就不顾弘徽殿太后的反对，决心赦免源氏。

自去年以来，弘徽殿太后妖魔缠身，常常患病。宫中又出现各种不祥之兆，人心惶惶。朱雀帝的眼疾，虽曾因斋戒祈祷而一度好转，但这时又严重起来。圣心烦乱，便于七月二十后再度降旨，催促源氏尽快返京。

源氏公子虽知道今后终有返京之日。但人世无常，结局怎样，谁能预料？因此经常愁叹。正在这时，突然接到了催促回京的圣旨。他一面心中喜慰，另一面想起了要告别此处，又不免恋恋惜别。明石道人呢，明知源氏公子注定将会返京，但听到这个消息，不免心中郁结，不胜悲伤。他既而又转念一想："公子若能青云得意，我便可如愿以偿。"

在这段时间，源氏公子与明石姬夜夜欢聚。从六月起，明石姬怀了孕，身体常感不舒服。源氏公子到了即将与明石姬分手之时，对她的爱情竟更加深厚了。他想："真奇怪呵！看来我是命中注定必须受苦的。"便觉心中纷乱如麻。明石姬呢，悲伤更不消说，这原是理所当然。源氏公子前年曾从京都出发走上可悲的旅途，当时只想终有一日返京。全靠这种想法，心中方得自慰。而这次启程返京，虽应欢欣鼓舞，但是一想起不知何年方得重游此处，心中便不胜感慨。

随从们听说将要返京，与父母妻子团聚，各自欢欣雀跃。京中来迎接的人此刻也到了，人人喜形于色，唯有主人明石道人泪流不止。转眼到了仲秋八月，天地也带了愁色。源氏公子望着长空，方寸尽乱，心想："我为什么总是自寻苦恼，以致常为无聊之事而折磨自己？"几个知心的随从看到这般情景，叹道："怎么办呢？他的老毛病又发作了。"又私下议论："这几个月以来，绝不引人注目，偶尔才悄悄前去，关系本来淡漠。谁知近来竟不顾一切，频繁往来，这反而教那女的受苦呢。"他们又谈到这件事的起因，都怪少纳言良清昔年在北山提起这个女子，良清听了心中好生不乐。

启程之期就在眼前了。今日和平常不同，不到夜深，源氏公子便去访明石姬。往日因夜色深沉，不曾细看明石姬的容貌。今天仔细端详，更觉得这女子品貌妍丽，气度高雅，竟是一个让人意外的美人，就此抛开，实在可惜！总得想些办法，接她入京才

① 这位右大臣并非弘徽殿太后之父，而是另外一人。

是，他便这样安慰明石姬。在明石姬看来，这个男子容貌之美，自然不必多说。虽然由于长期斋戒修行，面庞稍稍有些消瘦，但反而显得更加清秀，不是言语所能形容。现在这位郎君愁容满面，热泪盈眶，怀着无限柔情而伤惜离别，我这女子觉得仅仅享受这点情爱，已经十分幸福，哪敢再有奢望？但想起此人如此身份优越，而我又如此卑贱，又觉无限伤心。秋风送来的波涛之声，听了异常凄惨。渔夫们烧盐的灶上青烟袅袅升上空中，也带哀愁之相。源氏公子吟道：

“此度分携暂，他年必相逢。
正如盐灶上，烟缕方向同。”

明石姬答诗云：

“惜别愁无限，心如灶火烧。
今生悲命薄，怨恨亦徒劳。”

吟罢嘤嘤哭泣。她这时言语很少，但应有的回答也尽情倾诉。

源氏公子过去倾慕明石姬的琴艺，却一次也不曾听到过，常常引为恨事。这时便对她说：“分手在即，可否为我弹奏一曲，以为临别的纪念？”便派人取来从京中带来的七弦琴，自己先轻轻地弹了一个趣味幽深的曲调。深夜静谧，琴音优美。明石道人听了，不能自制，也拿着筝走进女儿房中。明石姬听了琴筝之色，竟泪如雨下，无法抑制。感动之余，不免也取过琴来，轻轻地弹出一曲，曲趣极为高雅。源氏公子曾听藤壶皇后弹琴，以为当世独一无二。她的手法华丽入时，引人心动，听者闻音即可想象弹者的美貌，真是高雅的妙技。而现在这位明石姬呢，风流含蓄，典雅清幽，让人听了心生羡慕。她弹的乐曲素来少有人知，长于此道的源氏公子，也从来不曾听过如此优美可爱、沁人心脾的曲调。弹到动人之处，明石姬忽然停手。源氏公子尚未尽兴，心中后悔：“这些日子以来，为什么始终不曾请她弹奏呢？”于是一心一意地向她述说永不相忘的誓愿。又对她说：“谨将此琴奉赠予你，在我俩合奏以前，请视此为纪念。”明石姬不加修饰地吟道：

“信口开河说，我姑记在心。
从今琴韵里，和泪苦思君。”

源氏公子抱怨地答道：

“临别留遗念，宫弦[1]不变音。
愿卿心似此，永不忘前情。

在琴弦尚未变音以前，我俩必定重逢。”他以此向明石姬做出保证。但明石姬顾不得以后，只管为眼前的别离而伤心痛苦，这原也是人之常情。

动身那天清晨，天还未大亮，源氏公子就准备出发。京中派来的人都来了，人声嘈杂。源氏公子心情惘然，找了个人少的机会，赋诗赠予明石姬：

---

①宫弦，是七弦琴中央的一弦。

源氏的到访　歌川丰国　源氏香之图·明石　江户时代（约1844—1847年）

应明石道人的邀请，源氏与明石姬终成连理。这是源氏乘着马带着随从奔赴明石内宅路上，赏玩浦上各处景色的场景。此番风流虽然达成了明石道人攀附的愿望，然而两人身份的悬殊、源氏不时地冷落和即将返京的现状，让明石姬担忧这份感情能否长久。

“别卿离此浦，对景感伤多。
知我东行后，余波复如何！”

明石姬答诗云：

“君行经岁月，茅舍亦荒芜。
不惯离忧苦，纵身投逝波。”

源氏公子见她如此坦率，不禁悲从中来。虽然尽力忍耐，终于泪如雨下。不知底细的人猜想：“此处虽然是穷乡僻壤，二三年来住惯了，一旦匆匆别离，自然不免悲伤。”唯有良清心中不乐，想道：“一定是同那女的打得火热了。”随从们都欢喜雀跃，但一想起今天就要离开这明石浦，又不免伤感起来，但这些也毋庸细说了。

明石道人今日的送别，实在极为体面！凡随从等人，即使最低等的仆役，都赠送珍贵的旅行服装。这样体面的赠品，不知道他是什么时候准备好的。源氏公子的旅行服装更不必说，此外又抬了几只衣箱来，一并奉赠。给他带回京都去的正式礼物，更加丰富，并且考虑十分周到。明石姬在公子今天所穿的旅行服装上附了一首诗：

“旅衫亲手制，热泪未曾干。
只恐襟太湿，郎君不要穿。”

源氏公子读了这诗，便在众声嘈杂中匆匆答道：

“屈指重逢日，相思苦不禁。
从今披此服，睹物怀斯人。”

他想这是明石姬的一片心意，便换上了这旅装，并将平常穿的那件派人送给明石姬。这又为她添了一种引起悲伤的纪念物，衣服上浓香不散，怎能不让人刻骨相思呢？

明石道人对公子说：“我这遁世之身，今日就不能远送了！”他那愁眉苦脸的模样，十分可怜。年轻女子看了他的脸，不免抿嘴暗笑。道人吟诗道：

“遁世长年栖海角，
痴心犹不舍红尘。

只因爱子心切，以致心思纷乱，竟不能亲送公子出境了！”又向公子请了一个安，恳求道：“请恕我一味顾及儿女私情：公子倘有思念小女之时，请务必惠赐佳音！”公子听了十分伤心，两颊都哭红了，风姿美不可言。答道：“这不解之缘怎能忘怀？不久你自会明白我的心意。只是这个住所，便使我难于舍弃，如之奈何！”便吟诗道：

“久居此浦悲秋别，
一似前春去国时。”

吟时频频拭泪。明石道人听了，更加懊丧，几近不省人事。自从源氏公子去后，他竟变得行走困难，步履蹒跚了。

明石姬本人的悲伤，更加不可言喻，她不愿被人看出心事，努力镇静。觉得自己身份低微，是这悲伤的主因。公子返京原是不得已之事，但自己竟就此被遗弃，心中愁恨难以自慰。再加上公子的面容常在眼前闪现，永不能忘，因此除哭泣之外，别无他法。母夫人无法安慰她，只好埋怨丈夫："都是你想出这种倒霉的法子！总而言之，怪我太过疏忽，轻信了你的话，以致铸成大错！"明石道人答道："不要啰唆了！公子不会抛弃她，如今这样其中自有缘故[①]。眼前虽然离去，将来定会设法，你只叫她放心，吃点补药吧。哭哭啼啼可是不祥的啊！"说罢，靠在屋角里不动了。母亲和乳母仍继续议论明石道人的失策，她们说："几年来一直盼她嫁个如意郎君，这次以为总算如愿以偿了，哪知才刚开始，就已遭逢不幸！"明石道人听了这些话，更加怜爱这女儿，心情愈发烦乱了。白天，他昏昏沉沉地入睡，到了夜间，一骨碌爬起来，说着："念珠也不知放到哪里去了。"就合掌拜佛。徒弟们怪他懈怠功课，他就在夜间出门，想到佛堂里去做功课。哪知途中一个失误，掉进池塘里，被棱角突兀的假山石撞伤了腰。他卧病期间，稍稍忘了女儿的伤心之事。

却说源氏公子辞别之后，道经难波浦，在此处举行祓禊。又派人到住吉明神神社参拜，说明这次因旅途仓促，未能拜谒，待诸事停当以后，即当专程前来还愿，酬谢神恩。这次返京之事，确是突如其来，以致仓促万分，不能亲往拜神。途中也不游览，急急返回。

到了二条院，留在京都的人与从明石浦回来的随从久别重逢，恍若梦中，心中欢喜，相对而哭，声音极其杂乱。紫姬久被遗弃家中，自伤薄命，今日又得团圆，心中欢乐可想而知。她在阔别之后，长得愈发标致了。但因长期愁苦，本来浓密的头发稍薄了些，反而更加美丽可爱了。源氏公子心想："从今以后，我永远都陪伴着这个人儿。"觉得心满意足。但明石浦上那个人儿的可爱面容，又不时痛苦地浮现。总之，为了爱情，源氏公子一生一世不得安宁。

他把明石姬之事一五一十地讲给紫姬。他谈到她时神情十分激动，紫姬听了心中有些不快。但她假装若无其事，随口吟诵古歌："我身被遗忘，区区不足惜。却怜弃我者，背誓受天殛。"[②]聊以借此自慰。源氏公子听了，觉得十分可爱，又十分可怜。"这样看不厌的一个美人，我怎么竟然与她离别了如此长久的岁月？"这样一想，自己也感诧异，更加痛恨这个冷酷的世间了。

源氏公子不久即恢复了官爵，又升任权大纳言[③]。以前因公子而被贬斥的人，也都恢复了官位；欣欣向荣之状，正如枯木逢春。有一天，朱雀帝召见，源氏公子入宫朝觐，朱雀帝于玉座前赐座。左右宫女，特别是自桐壶帝时代以来侍奉至今的老宫女们，看见了源氏公子，都觉得他的容貌更加堂皇。想起了他这些年来久居在荒凉的海边，大家不胜感叹，不免大哭了一番，并赞叹公子的美貌。朱雀帝对公子心中有愧，这次隆重召见，服饰特别讲究。他近来心情不愉，身体十分虚弱，但近两日略觉好些，便与源氏公子谈论各种事务，直至夜深。

这一天正值八月十五，月色皎洁，夜色幽静。朱雀帝回思往事，不尽感慨，不禁潸然泪下。对公子说道："宫中已许久不曾有管弦之兴，昔日常闻皇弟雅奏，多年不得再

① 指明石姬已怀孕。

② 这首古歌可见《拾遗集》。

③ 权大纳言，大纳言人数，各时代都有定额。额外增封者，叫"权大纳言"。

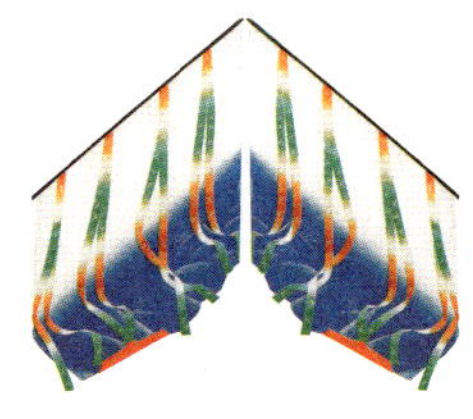

听赏了。”源氏公子即赋诗道：

“落魄彷徨穷海角，
倏经蛭子跛瘫年。”①

朱雀帝听了这首诗，又是怜悯，又是惭愧，便答吟道：

“二神绕柱终相会，
莫忆前春去国悲。”

吟时神采焕发，风姿十分优美。

源氏公子恢复官职以后，第一件事便是准备举办《法华八讲》法事，追荐桐壶上皇。他先去参谒皇太子冷泉院，皇太子此时仅有十岁，长得异常秀美，见到源氏公子回来，既兴奋又欢喜，源氏公子见了他也感无限怜爱。皇太子才华非常出众，且为人贤明正直，今后君临天下，的确可以担当重任。源氏公子心情稍定之后，又去拜见了出家的藤壶皇后。久别重逢，心中感慨自然更深。

作者在此处应补叙一笔：明石浦上护送公子返京的人返回之时，公子曾托其带一封信给明石姬。这封信是瞒过紫姬偷偷写的，写得缠绵悱恻。信中说：“夜夜涛声，不知愁绪如何排遣，

遥知浦上无眠夜，
叹息应如晨雾升。”

还有那个太宰大弍的女儿五节小姐，偷偷爱慕源氏公子，也曾经寄信到明石浦。现在公子离浦返京，她的恋情也消逝了，就派了一个使者送信到二条院。吩咐他只需使个眼色，不必说明是谁的信。信中有诗云：

“一自须磨通信后，
罗襟常湿盼君看。”

源氏公子看见这笔迹异常优美，猜想必是五节的信，便答诗道：

“自闻音信襟常湿，
我欲向卿诉怨情。”

他以前曾经热爱五节小姐，现在收到她的来信，只觉这个人愈发可爱了。但这时他已经循规蹈矩，谨慎处世，不复有那些浪漫的举动了。对于花散里等人，也只写信问候，并不到访。她们虽收到公子来信，反而对他增添了怨恨。

---

①这首诗根据日本神话：伊奘诺、伊奘冉是日本创造天地的夫妇二神。所生第一子名叫“蛭子”，长到三岁，两足瘫痪，不能起立。故“倏经蛭子跛瘫年”，即“倏经三年”之意。蛭子曾乘苇船泛海，故源氏以此自喻。这夫妇二神在天上时本是兄妹，后来下凡，在一岛上绕柱相会，互相求爱，遂成为夫妇。下面的诗中亦提起这件事。

贵族与官阶

平安时代文化被称为“贵族王朝文化”，正因为这个时代的文化都滋生于贵族阶层。贵族的官位从“正一位”“从一位”到“少初位上”“少初位下”，总计 30 阶级。除皇族外，官位在三位以上的公卿与“殿上人”是上流贵族阶层。四、五位的官员是中等贵族，六位以下是下等贵族。

平安时代阶层表

以统管朝廷的最高机关，相当于现在的内阁的太政官为例：

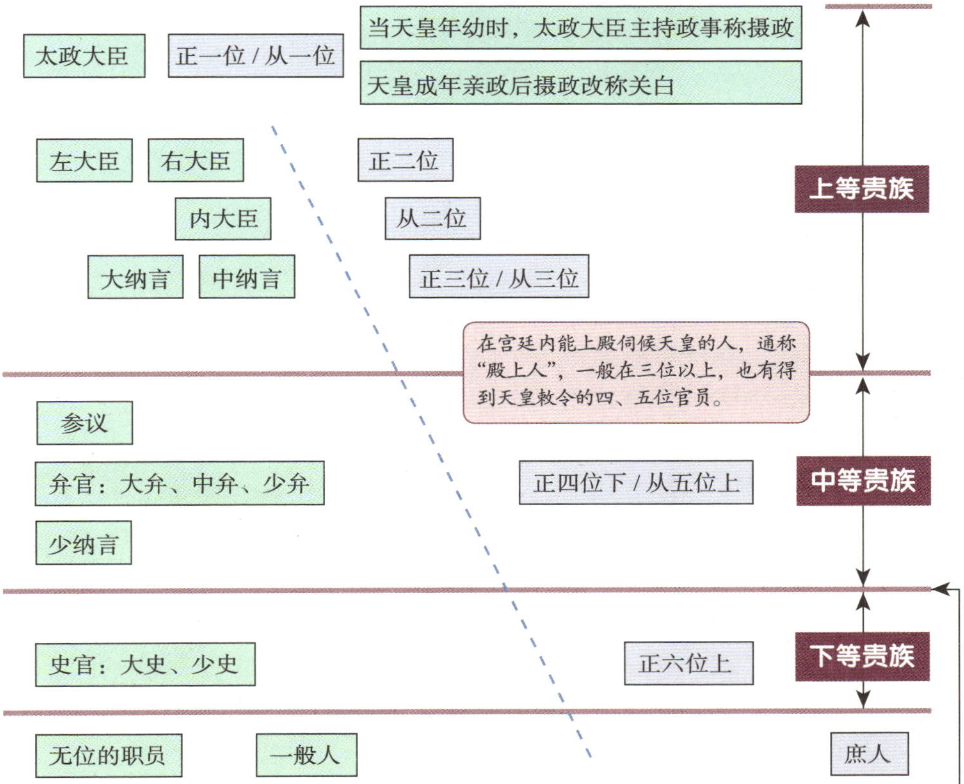

太政大臣	正一位 / 从一位	当天皇年幼时，太政大臣主持政事称摄政；天皇成年亲政后摄政改称关白	上等贵族
左大臣、右大臣	正二位		上等贵族
内大臣	从二位		上等贵族
大纳言、中纳言	正三位 / 从三位		上等贵族
参议；弁官：大弁、中弁、少弁；少纳言	正四位下 / 从五位上		中等贵族
史官：大史、少史	正六位上		下等贵族
无位的职员、一般人			庶人

在宫廷内能上殿伺候天皇的人，通称“殿上人”，一般在三位以上，也有得到天皇敕令的四、五位官员。

平安时代的官僚机构设有中务省、式部省、民部省、治部省、兵部省、刑部省、大藏省、宫内省 8 个省部，其下设有职、坊、寮、司等部门，官位自正四位上至正八位上。另有监、署、台、府、卫等部门，其官位自从四位至从八位上。

这些官僚与公卿、“殿上人”共约 1 万人，加上家族顶多 4 万人。这 4 万人便是广义的贵族阶层。

第十四回　航标[1]

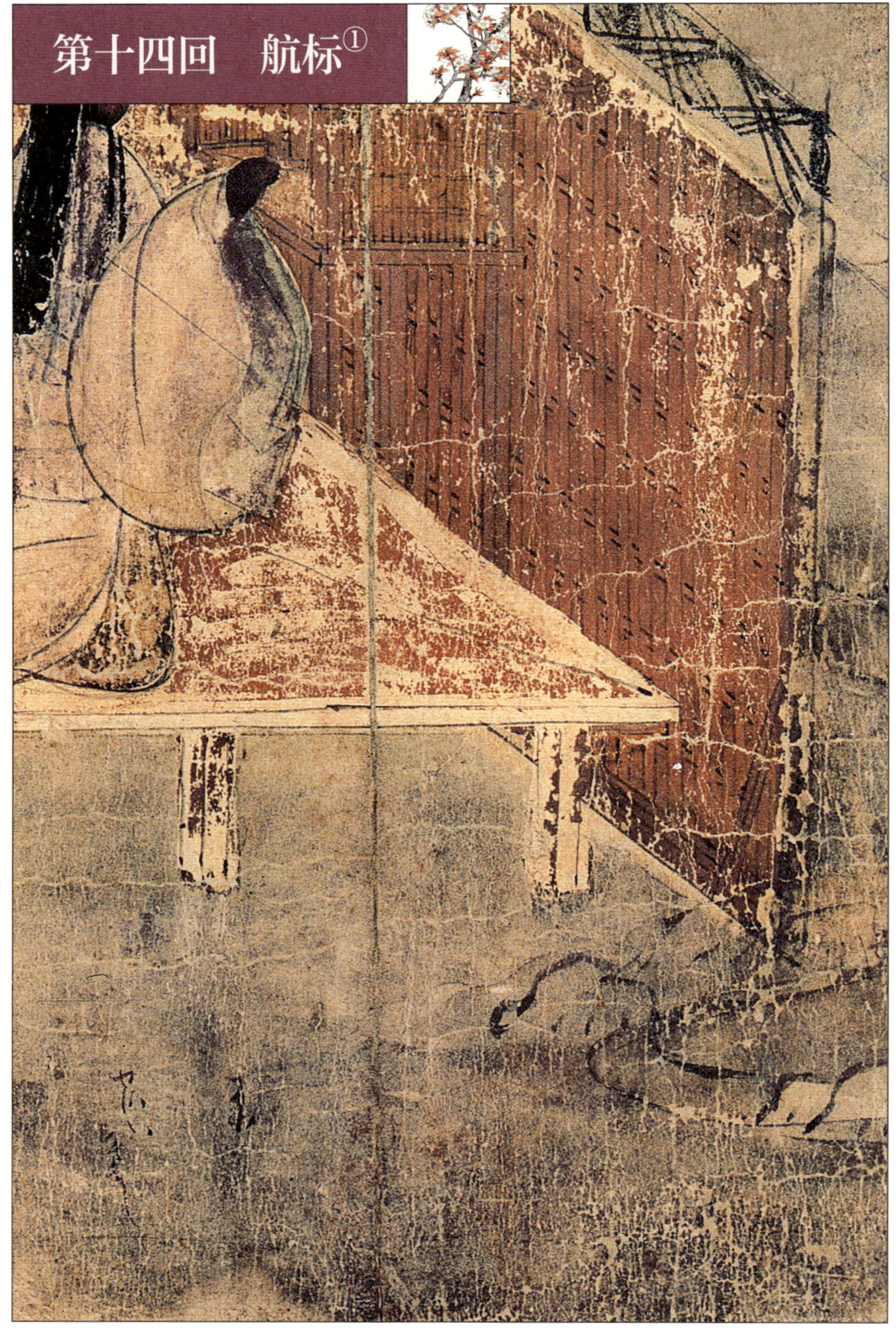

源氏公子被贬须磨时，自从做了那个怪梦之后，心中十分记挂已故的桐壶上皇，屡屡忧叹，总想做些佛事，以拯救父皇在阴世所受之苦。现在他已返京，便即刻准备超荐，在十月中举办《法华八讲》。世人对源氏公子的倾慕之心，全同从前一样。太后病势沉重，她无法压制源氏公子，心中很是不愉。朱雀帝呢，以前曾违背父皇遗命，常忧心身受恶报，如今既已遵命召回源氏，心中便觉快慰。他的眼疾以前频频发作，如今却痊愈了。但他总担心自己不能长生，皇位无法久居，因此经常宣召源氏公子入宫，同他商议国事。他心中毫无顾虑，一切政务都向源氏公子咨询，现今他可以依照自己的意思发号施令了，世间一切臣民，也都为此欢喜赞善。

朱雀帝让位之心渐渐成熟，而尚侍胧月夜经常愁叹今后身世，朱雀帝心中很可怜她，对她说道："你的父亲太政大臣已经逝世，你的大姐皇太后又病势沉重，几无希望，我也觉得自己在世之日不会长久，以后你孤苦一人留在世上，确是怪可怜的啊！你以前爱我不如爱别人那样深重，但我向来专一，只钟情于你一人。我死之后，自有比我优秀的人再来爱你，但他的爱情绝不及我深。我只想到这一点，就觉得伤心不已。"说到这里，掩面哭泣。胧月夜满颊红晕，娇羞的脸上流着眼泪。朱雀帝看了，忘记了她一切罪过，只觉得此人可爱可怜。又说："你为什么不给我生个皇子呢？真是让人遗憾哪！恐怕你以后会与你宿缘深厚的那个人生吧！想到这里，我更觉得遗憾。因为那人的儿子，有身份的限定，只是一个臣子啊。"他竟在设想身后之事，因而说出这些话。胧月夜听了，心中羞惭，又觉得十分伤心。

胧月夜本也知道，朱雀帝相貌堂皇清秀，对她的爱情深不可量。而源氏公子呢，容貌固然漂亮，但态度与感情都不及朱雀帝的真挚。因此她回想当初，心中时常痛悔："为什么我年幼无知，任情而动，以致惹出滔天大祸。自己声名狼藉自不必说，又连累那个人受尽折磨……"觉得自己真是一个不祥之人！

第二年二月中，皇太子冷泉院举行加冠礼。皇太子年方十一，但长得似比实际的年龄更大，举止端庄，容貌清丽，酷似源氏大纳言旧日的样子，竟如一个模子里印出来的。这对人物互相映照，光彩夺人，世人皆以为一件美谈。但藤壶皇后听了很是忧心，只觉得心中隐痛。朱雀帝看了皇太子的风姿，也深为喜爱，便把让位之事对他说了。到了这月二十之后，让位的旨意突然颁下。皇太后大吃一惊。朱雀帝安慰她说："我虽让位，但以后正可安心孝养母后，务请您放心。"皇太子即位之后，承香殿女御所生的皇子被立为皇太子。

时代改换，万象更新，繁华热闹之事极多。源氏权大纳言升任了内大臣。这是因为左右大臣人数有限定，而眼前又没有空位，所以用内大臣的名称，作为额外的大臣。源氏内大臣本应兼任摄政，但他说："如果繁重之职，我恐不能胜任。"要把摄政之职让给早已告老的左大臣，即他的岳父。左大臣不肯答应，他说："我因病告退，且如今年老力衰，不能当此重任。"但朝中百官和世间臣民都以为国外也曾有此先例，每当时势变更，纷乱不定之时，纵使是遁迹深山、不问政治之人，一旦天下升平，亦必不顾白发高

① 本回写源氏二十八岁十月至二十九岁岁暮的事。

龄，毅然出山从政[①]。如此方是令人尊敬的圣贤。左大臣过去曾因病告退，但今时势迁移，恢复旧职，有何不可？且在日本，也曾有此先例。左大臣不便坚辞，便复职当了太政大臣，这时他的高龄已六十三岁。他过去因时局不利而辞职，幽闭在家，今日又恢复了往日的荣华。他家中的各位公子以前宦海沉沦，如今也都升官晋爵。特别是宰相中将升任权中纳言[②]。他的正夫人——已故右大臣家的四女公子——所生的女儿，年仅十二，准备送她入宫当新帝的女御，故而倍加爱惜。他的儿子，以前在二条院曾吟唱催马乐《高砂》的红梅，也已行过加冠礼。真可谓万事称心了。此外他的众多如夫人接连地生育，子女成群，家中热闹非常。源氏内大臣看了不胜羡慕。

源氏内大臣家中唯有正夫人葵姬所生的儿子夕雾，长得比别人格外俊美，特许在御前和东宫上殿[③]。葵姬短命而死，太政大臣和老夫人至今心有余哀。但葵姬逝世之后，如今全靠源氏内大臣方能重振家声，多年来的愁苦一时尽行消除，万事欣欣向荣。源氏内大臣和从前一样，每逢有事，必亲自拜谒太政大臣私邸。而对于小公子夕雾的乳母及其他女侍，凡这几年来不曾离散的人，也都加意照顾。因此得其恩惠的人很多。二条院方面也是如此：凡是忍受苦难等待公子返京的人，都更受公子优待。中将、中务君等曾蒙宠幸的女侍，也适当地加以怜爱，以慰多年孤寂之苦。内务繁忙，也无暇外出游逛了。二条院东面的宫殿，原是桐壶上皇的遗产。这次大加改建，壮丽无比。源氏公子想迁花散里等境况不佳之人住在这里，因而动工修缮。

还有一个人不可忘记：那明石姬已有孕在身，不知近况怎样？源氏公子常常记挂。只因回京以来，公私之事忙碌不堪，以致不能时常问候。到了三月初，推算起来明石姬已届产期。公子心中怜爱，便派使者前去探查。使者很快回报，说："已于三月十六日分娩，诞下一女婴，大小平安。"源氏公子第一次生女儿，心中怜爱，更加重视明石姬了。他觉得很后悔：为什么不接她到京中来生产呢？以前有个算命先生曾断定："所生子女三人，其中必兼有天子与皇后。最低者太政大臣，亦位极人臣。"又说："夫人中身份最低者，产的是女孩。"现在这句话已经应验。以前有许多高明的相面先生说："源氏公子必然身登皇位，统治天下。"这几年来因时运不济，这句话似乎落了空。但这次冷泉帝即位，源氏公子已偿夙愿，心中欣喜。他原是与帝位无缘的，也从不有此妄想。以前桐壶父皇在许多皇子中特别爱他，却偏偏又把他降为臣下，想起父皇的用心，应知自己并无登位的宿缘。但他暗自寻思：这次冷泉帝即位，外人不知真相，但相面先生那句话毕竟证实了。——他反复思量未来的情况，确信"这次明石浦之行，定是住吉明神的引导。那明石姬一定有生育皇后的宿缘，所以她那乖僻的父亲才敢向我高攀这段身份不称的姻缘。如此说来，这个身份高贵的皇后，竟让她诞生在穷乡僻壤，实在委屈了她！眼前暂且让她住在那里，以后一定接她入京。"想好之后，马上派人催促修筑东院的人

① 暗指汉高祖时的商山四皓。

② 宰相中将即以前的头中将，葵姬之兄。权中纳言，即额外的中纳言。

③ 为使公卿的儿子自幼学会宫中规矩，特许其上殿服务。

源氏一派的兴盛　住吉如庆　源氏物语画帖　江户时代（17世纪）

自源氏被招回京都起，他这一派逐渐成为朝政的主掌者。源氏为新帝的辅助之人，隐退的岳父左大臣也受邀就任太政大臣一职，总揽朝政，当年与源氏交好的人纷纷受重用和升迁。图中跟随源氏出行的众多随从中，黑衣者为四位以上官员，绯红衣者为五位官员，由此可见源氏的强势。

加速竣工。

源氏公子又想：明石浦那种地方，一定不容易找到好的乳母。忽然想起已故的桐壶父皇有一个叫作宣旨[①]的女官，有一个女儿。这女儿的父亲是宫内卿兼任宰相，现已亡故。母亲宣旨不久前也已死去，现在这女儿孤苦无依，她搭上了一个没有前途的人，产下一个婴儿，和这女儿相熟的人曾将这件小事告诉源氏公子。源氏公子就唤这个人前来，托他设法请这女儿来做明石姬婴儿的乳母。

这人便把源氏公子的意思转达给宣旨的女儿。宣旨的女儿年纪还小，是个无心思的人。她住在一所简陋的小屋里，生涯孤苦寂寥。她听了这话，并不仔细考虑自己的前程，只觉得源氏公子交代的事情总是好的，便答应了。源氏公子可怜女子的身世，决定

① 此女在帝王身旁掌管宣旨，这里将职衔用作人名。如此用法，本书颇多。

打发她前往明石浦。他想事先看看这个人，便找了个机会，秘密地前去拜访。这女子虽然已经应承，却不知前途如何，心中不免乱作一团。但顾念公子的一片好意，便放下一切，说道："但凭您差遣吧。"这一天刚好是黄道吉日，便准备出发。公子对她说："我让你远赴他乡，你或许会怨恨我太忍心吧。但其中自有重大缘由，以后你自然知道。而且这地方我也去过，曾在那里度过长年的沉寂生涯。请你以我为例，暂且忍耐。"便把明石浦上的情况详细告诉她。

宣旨这个女儿，曾在桐壶上皇御前伺候，源氏公子见过几面。这次重见，只觉得她消瘦得多了。那住所也荒芜不堪，只是还似旧时那般广大。庭中古木参天，阴气袭人，不知她是怎样过日子的。但这个人的模样可爱，又正值花信年华，源氏公子看了难于舍弃。便与她说笑："我有些舍不得你远行，想接你到我那里去，不知你怎么想？"这女子想道："要是能在这个人身边服侍，我该多有福啊。"她默默仰望源氏公子。公子便赠诗道：

"往日交情虽泛泛，
今朝惜别亦依依。

我倒很想跟你同行呢。"那女的嫣然一笑，答道：

"惜别何妨当口实，
同车共访意中人。"

吟得很流畅，但毕竟有些锋芒太露。

乳母乘车出发了，随行的唯有她素日亲信的一个女侍。公子再三叮嘱乳母不可泄露这件事，然后打发她上路。托乳母带去的守护婴儿的佩刀，以及其他应有之物，无法计数，考虑得无微不至。赠送乳母的礼物，也颇讲究而周到。源氏公子想象明石道人对这婴儿的重视与怜爱，脸上常常露出微笑。同时又想起这生在偏僻地方的婴儿，觉得很可怜，对她念念不忘，可知前生宿缘不浅！他在信中也再三叮嘱他们悉心照料婴儿。附诗一首：

"朝朝祝福长生女，
早早相逢入我怀。"

乳母离京之后，弃车改乘船舶，来到摄津国的难波，又改乘马匹，到达了明石浦。明石道人见到乳母如获至宝。对源氏公子的美意，更加感谢不尽。他对着公子所在的京都方向，合掌礼拜。看见公子如此关心这婴儿，便觉更加可爱，更觉委屈她了。这女婴生得极为美丽，真是世间少有。乳母看了心想：公子如此重视她，再三叮嘱要悉心抚育，确有道理。这么一想，一路上荒山野水所引起的噩梦般的哀愁，便立即消失了。她觉得这婴儿实在美丽可爱，便用心地抚育她。

做了母亲的明石姬，自与公子分手之后，一直悲伤愁叹，身体日渐虚弱，几乎不想再活下去了。现在看到公子对女儿如此关心爱护，略感欣慰，便在病床上抬起身来，殷勤犒赏来使。使者想早日回京，急着告辞。明石姬便托他呈诗一首，借以略表心迹：

"单身抚幼女，袖狭不周身。
欲蒙朝衣荫，朝朝待使君。"

源氏公子得了回音，更加想念这个婴儿，只想早日见面。

明石姬怀孕的事，源氏公子一向没对紫姬明言。但唯恐她从别处听到，反而不好，因此抢先向她告白了：“实不相瞒，确有这件事，天公作怪：希望生育的，偏偏不生；而无心于此的，反而生了，真是一大遗憾！再加上是个女孩，微不足道。纵使放弃不管，本也可行。但这毕竟不是办法。过一阵子，我想接她到这里来，给你看看。希望你不要嫉妒！”紫姬听后红了脸，说道：“奇怪呀！你经常说我嫉妒。我若真是嫉妒，自己想想也觉得厌烦。我什么时候学会了嫉妒呢？正是你教给我的呀！”她此时满腹怨恨。源氏公子莞尔一笑，说道：“看，你又嫉妒了！是谁教你的，我不得而知。我只觉得你这态度完全出我意料。你胡乱猜测，又因而怨恨我，叫我每一想起好不悲伤呵！”说着流下眼泪。紫姬想起多年来这丈夫的关切怜爱之心，以及屡次收到的情书，疑心渐释，觉得他的行为的确都是逢场作戏，怨恨也就消失了。

源氏公子又说：“我之所以记挂那个人，又和她通信，其中自有缘故。但若是现在对你说了，怕引起误会，所以暂且不说。”说着，便把话题转开：“此人之所以可爱，全是环境所致。在那样偏僻的地方，这样的人自然让人觉得稀有难得。”接着又告诉她那天在海边对着暮烟唱和的诗句，那天晚上约略看到的那人的容貌，以及她弹琴的高明技法。语气之中，流露出几分念念不忘来。紫姬听了想道：“那时候我独守空房，十分凄凉。虽说逢场作戏，可他毕竟在别处寻欢作乐！”心中非常不乐，便把身子一转，茫然地看着别处，后来自言自语地叹道：“人生在世，真好苦啊！”接着占诗一首：

“爱侣如烟缕，方向尽相同。
我独先消散，似梦一场空。”[①]

源氏公子答道：“你说这话叫我好伤心啊！你可知道：

海角天涯客，浮沉身世哀。
青衫终岁湿，毕竟为谁来？

罢了罢了，我总想有一日教你看我的真心，但只怕我的寿命不长！我常想不再做这些无聊之事，以免遭人怨恨，这还不是为了你一人！”说着，拿过筝来，调整琴弦，弹奏了一曲。弹毕，捧过筝劝紫姬也弹奏一曲。但紫姬碰也不碰，大概是听说明石姬善于弹筝引起心中的妒恨吧。紫姬原本是一个温柔的美人，但每次看到源氏公子放荡的样子时，也不免心中怨恨，这反而使她的神情愈发娇艳。源氏公子觉得紫姬生气时极为可爱，最宜欣赏。

源氏公子偷偷计算，到五月初五日，明石姬所生的女孩就该过五十朝[②]了。他想起这孩子可爱的模样，愈发想早日见她。他想：“她若是生在京中，事事都可随意安排，那该是如何欢乐啊！可惜她生在穷乡僻壤，也算命苦！要是个男孩，倒不必担心，但她

① 这首诗是根据上回《明石》中源氏与明石姬唱和之诗而作的。

② 按当时习俗，婴儿生后五十日，要将米糕含其口中，举办庆贺之事。

既是个前程远大的女孩，真是委屈她了！我这次的颠沛流离，大约正是为了这女孩的诞生而命中注定吧。”他就派人前往明石浦，叮嘱他必须在过五十朝那天赶到。使者果然于初五到达。

使者送去的礼物，都是公子着意置办的珍品，也有实用的物件。写给明石姬的信中说：

“可惜名花生涧底，
虽逢佳节也凄凉。

我如今身在京都，却日日神往明石。长此分离，令人难堪。务望你早下决心，到此相聚。这里万事妥帖，一切无须顾虑。”明石道人看了信后，喜极而泣。他对源氏公子感激太甚，难怪要哭的。他家里也正在为那女婴庆祝五十朝，十分体面，但若是京中使者没有看到，便好似锦衣夜行，太可惜了。

那乳母见明石姬为人亲切可爱，就做了她的女伴，忘却了一切辛劳，欢笑度日。此前明石道人也曾物色了几个身份不低的女人来，但她们都是年老体衰的老宫人，或者因想入山为尼而偶尔到此。这京中来的乳母比起她们来，人品实在优越得多。她把世间奇异的传说讲给她们听，又从女子的角度，描绘源氏内大臣的优越人品，以及世人对他的真诚崇敬。明石姬听了，便觉她能替他产下这个女儿，自身也颇可骄傲。与明石姬一起看了源氏公子的来信，乳母心想：“天啊！她交了这样意想不到的好运，吃苦的只有我一人罢了！”后来见信中写着“乳母近况怎样”等殷勤记挂的话，自己也觉得欣慰。明石姬的回信中写道：

“可怜仙鹤栖荒岛，
佳节无人过访来。

闲愁无可排遣之时，公子忽然来使慰问，心甚感激，务必请早日善为处置，以图日后安身。”措辞十分恳切。

源氏公子接到回信，反复阅读，长叹一声，自言自语地说：“真可怜呵！”紫姬瞟了他一眼，也自言自语地唱起古歌来：“人似孤舟离浦岸，渐行渐远渐生疏。”[①]唱罢陷入沉思。源氏公子恨恨地说：“你的误解太深了，我说她可怜，不过是顺口说说。我每一想起那地方的情状时，总是觉得往事难忘，不免自言自语，你却句句都记在心里。”他将明石姬来信的封面拿给紫姬看。紫姬见笔迹十分优美，即便贵族女子也有所不及，心中不免自愧，怨恨地想道：“原来如此呵！怪不得……”

源氏公子回京以来，专心在二条院陪伴紫姬，竟不曾去拜访花散里，觉得对她不起。他公事既忙，身份又高，不免有所顾忌。再加上这花散里并无如何动人之处，因此并不十分在意。五月里阴雨连绵，于公于私都很空闲，正值寂寞无聊，一天他忽然想起了她，便出门去拜访。源氏公子虽然向来疏远花散里，但关心她的一切日常生活，花散里亦全靠他的照顾才能度日。因此久别重逢，花散里的态度仍很亲切，并无半分怨恨，源氏公子很觉安心。她的住所变得更加荒芜了，住在那里显见凄凉，源氏公子先和她的

① 这首古歌可见《古今和歌六帖》。紫姬暗伤自己失宠。

谁教会的忌妒 《源氏物语绘卷·法事》复原图（局部） 近代

源氏将明石姬生育一女的事情告诉了紫姬，希望她不要忌妒。然而紫姬反驳道：“正是你教会了我忌妒啊！”一语中的，点明平安女子忌妒的根源，正是像源氏这种男子的风流本性。图为掩面伤心的紫姬。

姐姐丽景殿女御谈话，夜深时分，才去西厅拜访花散里。这时天空偶然放晴，朦胧的月色照进室内，把源氏公子的姿态映衬得十分艳丽，俊美无比。花散里不觉肃然起敬。她原来正坐在窗前欣赏月色，也就从容地在那里接待公子，模样很是端详。听见附近秧鸡的叫声像敲门一样，花散里便吟诗道：

“听得秧鸡叫，开门月上廊。
不然荒邸里，哪得见清光？”

她吟时脉脉含情，无限娇羞。源氏公子想道：“世间女子个个可爱，叫我难于舍弃。这便少不了吃苦头了！”答道：

“听得秧鸡叫，蓬门立刻开。
窃疑香闺里，夜夜月光来。[①]

倒叫我不放心了。”这是与她开个玩笑，并非真疑心花散里另有情人。花散里几年来独守空闺，其情之坚贞，源氏公子从未轻视。她说起前年临别时公子所吟的“后日终当重见月，云天暂暗不须忧”的诗句，与她约定必要重逢时的情景。接着又说：“那时惜别又何必悲伤？你重返京城也一样不来看我，我这薄命之身，到现在也还是一样悲伤。”

① 戏言她另有情夫。

那娇嗔之相很是可爱。源氏公子依旧用一大套甜言蜜语来安慰她，也不知道他是从哪里学来的这些话。

这时，他又想起那位五节小姐来。他始终不能忘记这个人，总想再见她一面，但相见机会难得，又不能偷偷地去拜访。女的也始终不曾忘记源氏公子，父母多次劝她结婚，她却从不动心。源氏公子想建造几座舒适的宅邸，把五节之类的人接过来。如果真要教养明石那个前程远大的女儿，可请这些人作为她的保姆。东院的建筑，比二条院更加讲究，全是新式风格。他挑选了几个相熟的国守，叫他们分担这些建筑工事，要尽快完成。

对于尚侍胧月夜，他依然没有断念。过去为她闯了大祸，犹不慎戒，还想和她再见一次。但女方自从遭此忧患之后，深自警戒，不愿像从前那样与他交往了。源氏公子一筹莫展，觉得这世间未免太不自由。

却说朱雀帝自让位以后，身心安逸，每逢春秋佳节，定有管弦之乐，生涯很是风雅悠闲。以前的女御与更衣，照旧伺候他。其中皇太子之母承香殿女御，以前并不得宠，一向被尚侍胧月夜压倒。现在儿子被立为太子，她就走了红运，今非昔比了。她不与众女御共处，却陪伴皇太子住在别殿。源氏内大臣的宫中值宿所，依旧是淑景舍，即桐壶院。皇太子则住在梨壶院，两院相邻，来往非常方便，万事可以互相沟通，因此源氏内大臣自然地又成了皇太子的保护者。

藤壶皇后是今上之母，但因已经出家，不能出任皇太后。于是依照上皇的标准赐予封赠[①]，又任命了她的专职侍卫，宫中规模之宏大，远非昔日可比。皇后每日诵经礼佛，勤修法事。长久以来，她因为忌惮弘徽殿太后，不便出入宫中，不能经常看到冷泉帝，时常引以为恨。现在她可以随意进出，毫无顾虑，很是快意。而弘徽殿太后却在悲叹时运不济了。源氏内大臣一有机会，必关怀弘徽殿太后，对她表示敬意。世人觉得不平，都以为这太后不该受这善报。

紫姬的父亲兵部卿亲王过去几年并不关切源氏公子的流放之苦，一味趋炎附势，因此现在源氏内大臣与他依旧交往不密。他对一般人广施恩惠，有求必应，唯有对于兵部卿亲王一家漠不关心。藤壶皇后可怜这位哥哥，以为这是一大憾事。这时天下大权，一分为二，由太政大臣与内大臣翁婿二人同心协力，共同管领。

权中纳言的女儿于这年八月入宫，为冷泉帝的女御。其祖父太政大臣亲自打点一切，仪式十分宏大。兵部卿亲王家的二女公子[②]亦有入宫之愿，父母一向悉心教养，美名广播天下，但源氏内大臣却不相信这二女公子比别人更加优胜，亲王亦无可奈何。

这年秋天，源氏内大臣前往参拜住吉明神神社。他此行是为还愿，仪仗非常华丽，世间盛传，轰动一时。满朝公卿及殿上人都来参加。正在这时，明石姬也到神社去参拜。她素来每年都去参拜一次。去年因为怀孕，今年则为生育，都未曾去，现在便将两次并作一次。她是乘船去的，船靠岸时，只见岸上异常热闹，挤满了参拜的人，珍贵的供品络绎不绝地运来。乐人和十个舞手的装束十分华丽，而且一概选用容貌漂亮的人。明石姬船上的人向岸上人问：“请问，是哪位贵人来此参拜？”岸上人答道：“是源氏内大臣来还愿！竟

① 上皇的封赠是二千户。

② 紫姬的异母姐妹。

难于割舍的欲望 佚名 信贵山缘起绘卷 平安时代（12世纪）

对于源氏来说，无论明石姬、花散里，还是久未谋面的五节小姐等，每一个女子都有独特的情趣，令他难于割舍，吃尽顾此失彼的苦头，然而他又乐此不疲。这种欲望仿佛空中的未知，引得像源氏这样的平安男子状若疯狂。

还有不知道这事的人呢。”说罢，连那些身份极低的仆人也都得意地笑起来。明石姬心想：“真不凑巧，我为何偏偏拣这个时候来！此刻遥望他的风姿，倒愈发显得我身世不幸了。我和他虽有姻缘之分，但连那些下贱之人都能兴高采烈地追随在他左右，得意扬扬。唯有我这个人，不知是否前世作孽，一向关怀他的行动，却偏偏不知道今天这件大事，贸贸然地来到这里。”想到这里，心中十分悲伤，偷偷流下泪来。

源氏内大臣的队列走进松林之中，其间不乏穿着各色艳丽官袍的人，好像撒了满地樱花与红叶。六位的官员中，藏人的青袍特别显眼。前年流放时在途中做作怨恨贺茂社神的那个右近将监，如今已升任卫门佐，俨然是位前拥后随的藏人大员了。[①]良清也升任了卫门佐，比别人更加神气，身着红袍，姿态十分俊俏。凡在明石浦相熟的人，此时模样都全然改变，穿着红红绿绿的官袍，喜气洋洋地走在队列当中。年轻的公卿和殿上人，尤其争俏竞艳，连马鞍也装饰得绚丽灿烂。从明石浦来的乡下人看了，真是吃惊！

源氏内大臣的车子远远地驶过来了。明石姬见了，更加伤心，竟不能抬起头来眺望这意中人。朱雀帝按照河原左大臣的先例，赐给源氏内大臣一队随身童子。这十个童子装束十分华丽，头发在耳旁结成两环。结发的紫色带子浓淡配合，十分优美。身材高低

① 卫门佐、藏人，都是在天皇御前供职的，爵位是六位或五位。六位者穿青袍，五位者穿红袍。

一致，容貌都很漂亮，姿态极其可爱。葵姬所生的小公子夕雾，由大队人马簇拥而来，随马的小童个个一样打扮，服饰亦与众不同。明石姬见夕雾如此高贵尊严，想起自己的女儿全不足道，更加悲伤，便向住吉神社合掌礼拜，为女儿祝福。

摄津国的国守也来迎接了，其郑重的招待，远非其他大臣参拜神社时可比。明石姬心中困窘：如果随着一起参拜，则我这微贱之身所献的菲薄供品，一定不能入眼。但就此折回，又不成体统。考虑再三，不如先在难波浦停泊一夜，至少举行一下祓禊也好，便命人将船开向难波浦。

源氏公子做梦也未曾想到明石姬也来此参拜。这晚通宵开宴歌舞，举行各种仪式，以取悦神明，其隆重的程度大大超过了以前所许的愿。神前奏乐规模宏大，直至天明，惟光等曾一起患难的人，深深感谢神明的恩德。源氏公子偶尔外出，惟光便上前求见，献奉诗篇：

“答谢神恩还愿毕，
回思往事感伤多。”

源氏公子亦有同感，便答诗道：

“回思浪险风狂日，
感谢神恩永不忘。

果然灵验！”说时满脸喜形于色。惟光便把明石姬也到了这里，却被眼前盛况吓退的事告诉了公子。公子吃惊地说：“这事我全然不知呀！”十分可怜她。他想起神明引他到明石浦的往事，便觉得这明石姬极为可爱。料想她这时心中必然悲伤，总要给她送个信去，略示安慰。

源氏公子辞别住吉神社后，在各处逍遥游览。他在难波浦举行祓禊，在七濑举行得特别庄严宏大。他眺望难波的堀江一带，不知不觉地口吟古歌：“刻骨相思苦，至今已不胜。誓当图相见，纵使舍身命。”①流露出思念明石姬的心事。车旁的惟光听了他的吟诵，马上会意，便从怀中拿出旅途中备用的短管毛笔来，在停车时呈上。源氏公子接过了笔，心想这惟光真是机灵，便在一张便条纸上写道：

“但得图相见，不惜舍身命。
赖此宿缘深，今日得相近。”

写好之后，把纸条交给惟光，惟光便叫一个知道根底的仆人把这诗送与明石姬。

---

① 这首古歌可见《拾遗集》。“舍身”与“航标”，日语读音相同，都读作 miotsukushi。难波地方海中航标特别有名。这首古歌乃就眼前所见“航标”而咏为恋爱“舍身”之意。犹如中国诗“东边日出西边雨，道是无晴却有晴”，亦因“晴”与“情”同音而指东说西也。以下源氏与明石姬唱和的诗，也都根据这首古歌。

明石姬看见源氏公子等人纵马而过，心中悲伤。正在这时，忽然接到公子的来书。虽然不过寥寥数语，亦觉心中喜慰，感激之余，流下泪来。便答诗云：

“我身无足道，万事不随心。
哪得通情愫，为君舍此身？”

把诗附在她在田蓑岛上祓禊时当作供品用的布条上，交给使者转呈公子。

天色渐晚，潮水上涨。海湾里的鹤引颈长鸣，声音清厉，引人哀思。源氏公子感伤之余，几乎想抛开一切顾虑，去与明石姬相会了。便作诗道：

“青衫常湿透，犹似旅中情。
闻道田蓑好，此蓑不掩身。”

他于回京的路上一路逍遥游览，但心中对明石姬念念不忘。地方上的妓女都来逢迎，那些虽为公卿而年轻好事之人，对这些妓女很感兴趣。但源氏公子心想：“风月之事，也要对方人品可敬可爱，方有趣味。纵使逢场作戏，若是对方略显轻薄之态，也就失掉那种牵惹人心的价值了。”因此妓女们装模作样，撒娇撒痴，而源氏公子看了只觉得厌烦。

明石姬待源氏公子走后，第二天恰逢吉日，便前往住吉神社奉献供品，完成了与她身份相称的祈愿。但此行反而增加了她的悲哀，此后日日夜夜叹息自身的不幸。有一天，算来是公子抵京后不久，就有一位使者来到明石浦，带来公子的信，信中说即将要迎接明石姬入京。明石姬想道：“这确是他的一片诚意，对我也算重视了。但这样使不得吧，我离开这里，到了京中，如果环境不佳，弄得进退两难，那时该怎么办呢？”她心中顾虑颇多。明石道人也觉得把女儿和外孙女接走让人担心。但如果就此让她们埋没在乡间，又觉得比未认识源氏公子以前更感辛酸。父女二人顾虑重重，就请使者回复公子：入京之事一时不能决定。

话分两头，却说朱雀院让位之后，朝代改变，派赴伊势修行的斋宫依照旧例也必须换人，因此六条妃子和女儿斋宫都回京了。源氏公子对这母女二人依然事事照拂，情谊十分深厚。但六条妃子想：“他对我爱情早已冷淡，如今我决不能再讨没趣。”她对公子已经断了念头，公子也不特别地去拜访。他想：“我若是勉强与她重圆旧梦，此情能否持久，自己也不得而知，而且东奔西走、怜香惜玉之事，于我现在的身份亦极不便。”因此他并不刻意亲近六条妃子。只是每当想起她那女儿前斋宫，不知现在长得如何美丽了，倒很想去看一看。

六条妃子回京之后，还住在六条的旧宫邸之中。屋宇又重加修饰，焕然一新，生活悠闲风雅。她那温柔雅致的风姿依旧不变，且邸内用了许多美貌女侍，自然变成了风流男子聚集之所。她自身虽然孤寂，但有各种趣事可以慰怀。岂料在此期间，忽然患上重病，心情异常忧虑。她猜想这大概是因为几年来在伊势神宫未能勤修佛法，以至罪孽深重的缘故。悔恨之余，竟然落发做了尼姑。源氏内大臣听到这个消息，心念我与此人的情缘虽已断绝，但每逢相会，她总是一个谈话的良伴。如今她毅然遁入空门，实在可惜。吃惊之余，便亲赴六条宫邸拜访，殷勤慰问，深情款款。

六条妃子在枕畔设下源氏公子的座位，坐起身来靠在矮几上，隔着帷屏与公子谈话。源氏公子见她身体十分虚弱，想道："我始终对她十分怜爱，这份心意尚未向她表白，难道就要从此诀别了吗？"痛惜之下，不由伤心地哭泣起来。六条妃子见公子如此多情，心中十分感动，便把女儿前斋宫托付给他，说："我死之后，这孩子孤苦伶仃，请务必将她放在心上，每遇事故，勿忘照拂。她没有别的保护人，身世不幸，我虽一介女流，但只要一息尚存，总想悉心抚育，直到她通情达理之年……"说到这里，泣不成声，仿佛命在须臾了。源氏公子答道："纵使你不特别叮嘱，我也绝不会遗忘此事。今后自当尽心竭力，多方照顾。你千万不要为此事挂怀。"六条妃子说："如此说来，那就多多有劳了！纵使她有一个确实可靠的父亲悉心照顾，无母之女，也总是最可怜的。不过，你若是过分爱怜，将她列入情侣之列，我担心遭人妒忌，反致意外的祸殃。我虽或许过分忧虑，但请决不要动此心念。我的亲身经历，让我深感女子身陷情网，必多意外之苦，所以决心要她摒绝情思。"源氏公子听了，心想这话说得好直率！便答道："这些年来我已备尝酸楚，深通世故。你还以为我像昔年一样吗？这真是出乎我的意料！罢了罢了，我今日不必多说，日久自见人心。"

这时天色已黑，室内点着幽暗的灯火。隔着帷屏，隐约可看见其内的情状。源氏公子想或可略微窥见其姿色，便从帷屏的缝隙间向内窥视。只见六条妃子坐在半明半暗的灯火旁边，一手靠在矮几之上，那剪短了的头发看起来非常雅致。这情景竟像一幅图画，实在美丽可爱！一起躺在寝台东边的，想必就是她的女儿前斋宫了。源氏公子从帷屏上找了一个缝隙较大的地方，仔细张望，只见前斋宫手托香腮，脸色十分悲戚。虽然只是约略可见，也觉异常美丽。那亮泽的鬓发、端正的面容，以及全身姿态，都十分高尚雅致。娇小玲珑、天真烂漫之趣，亦历历可观。源氏公子不禁心驰神往，极想接近她，但想起了妃子刚才的话，也就回心转意，不再生出妄想。六条妃子说："哎呀，我好难过呀！恕我失礼，请大驾回转吧。"众女侍便扶她躺下了。源氏公子说："我今日特地前来慰问，贵体若得好转，则心中倍感欢喜。如今见此模样，叫我好生担心！你现在好过些吗？"他想伸进头来探视，六条妃子便对他说："我已虚弱得可怕了，临此病势垂危之际，得蒙大驾枉顾，真是宿缘不浅。我平生忧心之事，今已全盘奉告，若蒙鼎力照拂，我便是死也瞑目了。"源氏公子答道："我虽一向浪荡无状，但得亲聆遗言，心中实在感激！已故父皇所生皇子皇女很多，但与我关系亲密的，却一个都没有。父皇一向视斋宫为女，我也将视斋宫为妹，尽力抚养。况我已到了做父亲的年龄，眼前并无可抚养的子女，生活也不免枯寂呢。"说罢，告辞离开。

自此之后，源氏公子不断派人来慰问。不料别后不过七八日，六条妃子就逝世了。源氏公子遭逢此变，深感人世无常，顿觉心灰意懒。他不去上朝，只管专心安排妃子的葬仪与佛事。六条宫邸中并无特别可信赖的人，唯有前斋宫身边几个年老的女官，在勉强地料理事务。源氏公子亲自来到六条宫邸，向前斋宫慰问。前斋宫命女侍长代致答词："惨遭变故，方寸尽乱，不知所答了！"源氏公子说："我对夫人曾经许诺，太夫人对我也有遗命，今后若蒙坦诚相待，则万事尽可托付于我。"于是，他召集邸内所有人员，安排一切事宜。用心之周到，足以抵偿近年来与妃子疏远之罪了。六条妃子的葬仪十分隆重，二条院内所有人员，亦都前来协助准备。

源氏公子郁郁寡欢，戒荤茹素，幽闭一室，终日不卷珠帘，一心诵经念佛。他经常

车前诗传情　歌川丰国　源氏香之图·航标　江户时代（约1844—1847年）

面对源氏参拜住吉明神神社的恢宏仪仗，自感身份低微的明石姬刻意回避，让源氏深感怜惜。在平安时代，这种身份高低的差异，时时刻刻影响着人们的言行心态，即使夫妻也不例外。图为惟光在车前给源氏递上笔墨，由他给明石姬写下慰问信的情景。

派人去慰问前斋宫。前斋宫心情渐渐安静，也常亲自回信。她起初害羞，但乳母等人劝导她，说让人代为回信是失礼的，她只得自己亲自动笔了。

冬季中的一天，雨雪纷飞，寒风凛冽。源氏公子想象前斋宫模样，不知她这时何等悲伤，便派人前去慰问。送去的信中说："对此天色，不知卿心做何感想？

雨雪纷飞荒邸上，
亡灵萦绕我心悲。"

写在像阴天一般灰色的纸上，为欲吸引这少年女子的注意，字迹写得特别优美，让人看了赏心悦目。前斋宫读了信后不敢回复，极为狼狈。旁人都催促她，说他人代笔是不成体统的。便用一张灰色纸，熏透了香，又把墨色调得浓淡恰好，然后写上答诗一首：

"泪如雨雪身如梦，
饮恨偷生自可悲。"

笔迹虽然略显拘谨，却沉静而大方，算不得卓越之作，倒也高雅可爱。

这位前斋宫早年前往伊势修行之时，源氏公子早已对她留心，以为这般如花如玉的人，长年修行岂不可惜！现在她已回京，而且刚刚失却慈母，正可设法向她求爱。但这念头刚一萌生，马上又回心转意，觉得这是对她不起的，他想："六条妃子临终前因担心我与前斋宫今后的关系而再三谆谆告诫，确是有道理的。世人一定以为我爱上了这女孩，我却偏偏相反，要清清白白地照顾她一辈子。等今上年龄稍长，略解人事之后，我便送她进宫去当女御。我膝下子女不多，生涯倍感寂寥，就把她当作一个养女来抚育，岂不更好？"如此决定之后，他便更加真心诚意地照顾这位前斋宫。一有机会就亲自到六条宫邸去探望。并且经常对她说："恕我太不客气，你应该把我当作你的父母来看待，事事毫无顾忌地同我商议，这才符合我的本意。"但这前斋宫生性腼腆，万事退缩不前，因此不敢回答，自己的声音略被源氏公子听到一点，便认为是稀世怪事。众女侍百般劝她与公子答话，总是毫无效果，大家都为她这习性十分担心。

前斋宫身边的人，女侍长、斋宫寮的女官之类的人，或者关系较深的亲王家的女儿等，都是极富教养的人。因此源氏公子心想："她有这样优良的环境，那么以后进入后宫，一定不会比其他妃嫔逊色。但她的容貌怎样，我总想看个清楚才好。"这恐怕就不见得纯粹是清白的父母爱子之心了？源氏公子也知道自己的心一向变化不定，因此送她入后宫当女御的打算，暂且秘而不宣。他现在只管全力打理六条妃子的后事，伺候前斋宫的人对他这种深情厚谊都很赞赏。

光阴易逝，岁月虚度，六条宫邸内的光景日渐冷落萧条，众女侍也都逐渐散去。再加上这地方偏近东郊的京畿一带，可听见各处山寺的晚钟。前斋宫住在这里，听到钟声响起，时常嘤嘤哭泣。同样是母女关系，而这前斋宫则与母亲特别亲热：母亲在世之时，她几乎片刻不离，两人相依为命。斋宫带母亲同行，是史无前例的，但她不顾破例，定要与母亲同赴伊势，唯有这次母亲独赴幽冥，她终于不能跟随！因此她日夜悲伤，泪水始终不停。假手女侍而向前斋宫求爱的人，或贵或贱，不可尽数。源氏内大臣告诫乳母等人："你们切切不可自作主张，做出有失体统的事来！"竟是用身为父母的

贵族女子的命运

平安时代的贵族女子，其婚姻往往与政治和权势挂钩。高贵出身的家庭，多想方设法让女儿入宫，成为天皇的妻子，其次的选择是嫁给亲王、朝廷重臣为妻。在感情上，由于平安时代的一夫多妻制，女子往往难于留住丈夫、情人的心，面对他的风流多情，只有无限的忌妒与怨恨，或者彻底失望而出家为尼。年老或者夫丧之后，又因为无所依靠而处境凄凉。

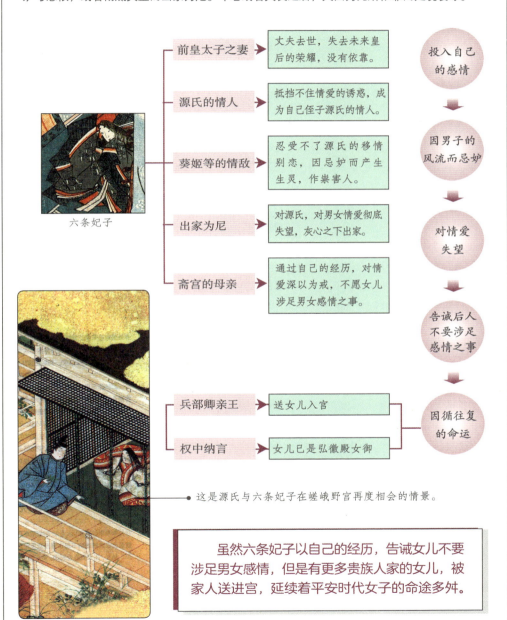

六条妃子

- 前皇太子之妻 → 丈夫去世，失去未来皇后的荣耀，没有依靠。
- 源氏的情人 → 抵挡不住情爱的诱惑，成为自己侄子源氏的情人。
- 葵姬等的情敌 → 忍受不了源氏的移情别恋，因忌妒而产生生灵，作祟害人。
- 出家为尼 → 对源氏，对男女情爱彻底失望，灰心之下出家。
- 斋宫的母亲 → 通过自己的经历，对情爱深以为戒，不愿女儿涉足男女感情之事。

投入自己的感情 → 因男子的风流而忌妒 → 对情爱失望 → 告诫后人不要涉足感情之事 → 因循往复的命运

- 兵部卿亲王 → 送女儿入宫
- 权中纳言 → 女儿已是弘徽殿女御

这是源氏与六条妃子在嵯峨野宫再度相会的情景。

虽然六条妃子以自己的经历，告诫女儿不要涉足男女感情，但是有更多贵族人家的女儿，被家人送进宫，延续着平安时代女子的命途多舛。

口吻。乳母等人敬畏源氏内大臣的尊严，互相告诫：千万不可让内大臣听到不快之事。她们便绝不牵丝引线。

朱雀院自从斋宫下伊势那天在太极殿看到她的美貌之后，至今不能忘怀。后来斋宫回京，他曾对六条妃子说："让她进宫来，和斋院[1]等姐妹们住在一起吧。"但六条妃子不敢应承，她想："宫中身份高贵的妃嫔那么多，而我这边又没有忠诚的保护人，怎么去得？"并且她还有如下的顾虑："朱雀院身体很不好，也是让人担心的。若真有些许意外，岂不叫我女儿和我一样守寡吗？"因此心中迟疑不决。但现在六条妃子死了，众女侍都替前斋宫的前途担忧：现在更加没有保护人了。正在这时，朱雀院又提出了他的愿望。源氏内大臣听到这个消息，心想如果违背朱雀院的愿望而夺取这女子，是不对的；而放弃这个绝色美人，又太可惜。他就去和师姑藤壶皇后商议。

对她说道："朱雀院想纳前斋宫一事，叫我极难处理。她母亲为人端庄，用心深远，只因我任情任性，害得她一生苦恼忧愁，抱恨而终。回想起来，真是追悔莫及！她在世期间，我终于不能消解她心头之恨；而在她弥留之际，蒙她以女儿之事相托，可知她毕竟对我颇为信任，因此才以心事相告，这真叫我不胜感激！纵使是萍水相逢的人，若遭遇不幸，我也不忍心弃之不理，何况是她呢！所以我一定尽心竭力，希望她虽在九泉之下，亦能宽恕我往日的罪过。我考虑今上虽已长成，年龄毕竟尚小，若是有一位年龄稍长而略解事理的女御随身伺候，不是更好？这想法是否恰当，还请母后裁定。"藤壶皇后答道："你这想法甚好，拒绝朱雀院的要求，虽然委屈了他，也很对他不起，但不妨以亡母遗言为由，只当不知道朱雀院的事，径自将前斋宫送入宫中。朱雀院现在专心于诵经礼佛，对这样的事也已不太执着，纵使听说这件事，我想也不至于责怪于你。"源氏内大臣说："那么，对外就说母后您要她入宫为女御，我只从旁参助就是了。我左思右想，只是把愚见尽情禀告而已，不知世人会有何评议，甚为担心呢。"他心想："我只装作全不知情，再过几天，先接她到二条院去，然后送她入宫吧。"

源氏内大臣回到二条院，便将这件事告诉紫姬："我想把前斋宫接到这里来，你和她两人共话，倒是一对很好的伴侣。"紫姬很高兴，急忙准备迎接。

却说藤壶皇后的哥哥兵部卿亲王费尽心机教养女儿，盼望她早日入宫，但因源氏内大臣与他素有嫌隙，至今未能如愿。藤壶皇后设法调解，费尽苦心。权中纳言的女儿现已成为弘徽殿女御，她的祖父太政大臣把她当作女儿一般爱护有加。冷泉帝也把这女御当作最亲昵的伴侣。藤壶皇后想道："兵部卿亲王的女儿与冷泉帝年龄相仿，以后纵使入宫，也不过是多了个玩弄玩偶的游伴而已。若有一个年纪稍长的人来照管宫闱，那真是可喜之事。"她这么想，就把这个想法告知冷泉帝。源氏内大臣对冷泉帝的关怀无微不至，辅助朝廷政治，自不必说；连冷泉帝朝夕起居等各种细事，也都极为用心。藤壶皇后见此情景，颇为放心。她近来体弱多病，纵使入宫，也难安心地照料皇上。因此，物色一位年纪稍长的女御随侍帝旁，确是极为必要。

①这里的斋院即朱雀帝之妹，桐壶帝的三公主。

第十五回　蓬生①

在源氏公子谪居须磨期间，京都有不少女人惦念着他，为他忧伤愁叹。境况优裕的人，别无其他痛苦，尽可专为恋情而愁恨苦恼。比如二条院的紫姬，生活富足，不时与旅居的公子互通音信，替他置办失官后暂用的无纹服装，按时节派人送去，聊以慰藉相思。但还有许多人，别人并不知道她们是公子的情侣，公子离京之时她们也只能像陌路人一般旁观，心中却极为痛苦。

常陆亲王家的小姐末摘花正是这样的一个人。自从父王死后，她就无依无靠地孤苦度日，生涯很是凄凉。后来意想不到地结识源氏公子，蒙他源源不绝地周济照顾。在尊荣富贵的公子看来，这算不得什么，只是小小的情意罢了。但在贫困的末摘花看来，就好比繁星映在水盆之中，只觉光彩夺目，从此之后尽可安心度日了。不料正在这时，公子遭逢大难，心绪纷乱，除了情缘特别深厚之人，他人一概忘却。他远赴须磨之后，更是音信全无。末摘花受恩多年，暂时之间还可哭哭啼啼地苦度光阴，但年月一久，生活便几近潦倒。几个老年女侍心中愁叹，互相告慰道："真可怜呵，真是前世不修今世苦！不久之前忽然交运，竟有如神佛出现，承蒙大慈大悲源氏公子的照顾，我等正庆幸她有此福报呢。为官的含冤受罪，原是常有之事，但我们这位小姐除了他别无依靠，真可悲啊！"在从前孤苦伶仃的日子里，虽然无比寒酸，过惯了也便因循度日，但在略尝幸福滋味之后再遭贫困，反而觉得痛苦不堪了，因此女侍等人尽皆悲叹。当年多少有所用心围聚在她身边的女侍，这时也都渐渐离去；而无家可归的女侍，有的患病而死，时日一久，上下人数竟寥若晨星了。

本已荒芜不堪的宫邸，现在日渐成为狐狸的住所。阴沉可怕的老树上，不时传来鸱鸮的啼声，大家都已听惯。往年热闹之时，如此不祥之物大都销声匿迹，而现在树精等怪异之物得其所哉，逐渐现形。可惊可怖之事，不可尽数。残留在此的寥寥无几的侍仆，也都觉得此处不堪久居。

有些地方官之类的人，想在京中物色饶有风趣的宅邸，看中了这宫邸内的参天树木，便央人介绍，来问此间宅邸是否出卖。女侍们听到了，都劝小姐说："据我们来看，不如就此卖掉，迁居他处。这宅子如此可怕，长此下去，真让我们这些留下来伺候您的人也难以忍受了。"末摘花流着泪答道："哎呀，你们这话真忍心呵！出卖祖居，让人听见了还不笑话？只要我还活着，怎么能做这离根忘本的行径呢？这处宅子虽然荒凉可怕，但想起这是父母曾经长时居住的旧居，也可慰我心中孤苦。"她不加考虑，断然拒绝。

邸内的器具什物，都是上一代用的，古色古香，精致华丽。几个一知半解的暴发户，垂涎这些器物，探听出某物为某名匠所制，某物为某专家所造，就到处托人介绍，想要求购。这自然是看不起这贫困人家，才敢这样肆意侮辱。那些女侍就说："无可奈何了！出卖器物，也是世间常有之事。"就想胡乱成就一些交易，以救燃眉之急。但末摘花说："这些器具是父亲留给我的，怎能拿去作为下等人家的饰物？违背先人本意，是有罪的！"

① 本回与前回同一时期，是写源氏二十八岁至二十九岁四月的事。

末摘花的蓬居 《源氏物语绘卷·蓬生》复原图 近代

图中残破的走廊、栏杆，庭院中丛生的杂草，无不显示出这宅邸的荒芜，以及宅邸主人处境的困苦。曾经困苦的生活一旦略微品尝过幸福的滋味，便再难忍受——源氏为末摘花带来了希望，也带来了绝望；突然离开和接济中断，让侍女们希望破灭，纷纷离去。只剩下末摘花固执地守着空宅作无望的等待。

她决不肯让她们卖。

这位小姐极其孤独，纵使略微相助的人也没有。唯有她的哥哥，是个禅师，难得从醍醐回京时，还能顺便到这宫邸里来看看她。但这位禅师是个世间少有的守旧派，僧人固然大都清贫，但他这位法师穷得全无依靠，竟像个脱离尘世的仙人。所以他来宫邸拜访时，见庭中蓬蒿丛生[①]，亦全不介意。这宫邸里的杂草异常繁盛，埋没了整个庭院，蓬蒿到处乱生，几近与屋檐争高。那些猪殃殃长得极其茂密，封锁住东西两头的门，门户倒颇谨严。四周围墙处处倒塌，牛马都可寻路而入。春夏时分，牧童竟然赶着牲口进来放牧，真是太放肆了！一年的八月，秋风特别猛厉，把走廊都吹倒了。仆役所住的板屋，被吹得仅存房

① 本回题名“蓬生”，根据此意。

架，仆役无处容身，都离开了。炊烟断绝，炉灶生尘，可悲之事，多不胜数。凶暴的盗贼，见这宅院如此荒凉沉寂，认为里面必然是一些无用之物，因此竟过门不入。虽然已如荒山野处，正厅里的陈设仍同从前一样，毫无变更，只是无人打扫，到处堆积着灰尘。但大致看来，仍是一所秩序井然的住屋，末摘花就在这里独数晨夕。

如此生涯，不妨读读简易的古歌，看看小说故事，以资取乐，倒可排除寂寞，慰藉孤独。但末摘花对这样的事不感兴趣。闲来无事之时，其实不妨与志同道合的朋友互通书信，虽并不一定有益，但青年女子寄怀春花秋月，也可陶冶性情。但末摘花素来恪守父母遗训，对世间戒备森严，略有几个她以为不妨通信的女友，对她们也是交淡如水。她只是偶尔打开那个古旧的木橱，拿出旧藏的《唐守》《藐姑射老妪》《辉夜姬的故事》[①]等的插图本来，于闲时翻阅，聊作消遣。要读古歌，也该用精选善本，于书中标明歌题及作者姓名的，这才有趣。但末摘花所用只是用纸屋纸[②]或陆奥纸印的通俗版本，刊载的也都是些尽人皆知的陈腐古歌，真是太煞风景了。末摘花百无聊赖之时，也会翻开来念念。当时的人都喜诵经礼佛，末摘花却怕难为情，因为无人替她置备，她的手也不曾接触过念珠。总之，她的生涯十分枯燥无味。

却说末摘花有一个女侍，是她乳母的女儿，叫作侍从。这些年来，这侍从始终服侍着她，不曾离去。侍从供职期间，经常到一位斋院那里走动。现在这斋院故去了，侍从失去了一处依靠，很是伤心。末摘花母亲的妹妹，由于家道衰落，嫁给一个地方官，有好几个女儿，珍爱有加，正在寻找良好的青年女侍。侍从之母曾经和这人家来往，侍从觉得这人家比不相识的人家要亲近些，便也常去走动。末摘花则因性情乖僻，一向疏远这位姨母，与她不相往来。姨母便对侍从说了一些气话："我姐姐因为我只是个地方官的太太，看我不起，说是丢了她的脸。现在她的女儿境况尽管穷困，我也无心照顾她。"话虽如此，但也经常来信慰问。

本来出身低微的普通人，总是刻意模仿身份高贵的人而自尊自大。末摘花的这位姨母，虽然出身高贵，但前生既注定沦落为地方官的太太，性情也难免有些卑鄙。她想："姐姐过去侮辱我身份低微，现在她自己家里弄得这么困窘，也是该有此报。我倒要趁机叫她的女儿来替我的女儿当女侍呢。这妮子性情古板，却是个很可靠的管家。"便命人转达，说："请你常到我家来玩，这里的姑娘们很想听你弹琴呢。"又时常催促侍从，要她陪同小姐一起过来。末摘花呢，并非有意疏远，只是过于怕羞，终于不曾去亲近这位姨母，姨母很怨恨她。

在此期间，姨父升任了太宰大弍，夫妻两人安排了女儿的婚嫁事宜后，便要到筑紫的太宰府去就任。他们还是希望邀末摘花同去，叫人对她说："我们即将离京远行了。

①《唐守》与《藐姑射老妪》都是古代小说，现已失传。辉夜姬是《竹取物语》中的女主角的名字。《竹取物语》是日本最古老的故事小说，作于平安朝初期（9世纪）。作者不详。大意：竹取老翁劈竹，发现竹筒中有一三寸长美女，不久长大，取名辉夜姬。阿部御主人、车持皇子等五人向她求婚，她都出难题拒绝。皇帝要娶她，她亦不允。终于八月十五之夜升入月宫。

②纸屋纸，是京都北郊纸屋川畔一个官办的造纸厂所产的纸。

你多年独处，我等很是记挂。这些年来我们虽然不曾经常往来，只因近在咫尺，也就放心。但如今即将远赴他乡，实在怜惜你，放心不下，所以……”措辞十分巧妙。但末摘花仍不动心。姨母生气了，骂道：“哼，真可恶，这般大的架子！任凭你多么自傲，住在这蓬蒿丛中的人，源氏大将也不会在意的吧！”

正在此时，源氏大将得赦，回返京都了。普天之下，欢呼之声遍及山野；无论男女，都争先恐后地要向大将表明心迹。大将细察这高高下下许多男女的用心，但觉人情厚薄各自不同，不禁无限感慨。由于事务繁忙，他竟不曾想起末摘花来，不觉过了许多时日。末摘花想道：“现在我还有什么指望呢？两三年来，我一直为公子的不幸悲伤，日夜祈祝他像枯木逢春一般地复兴。但他返京之后，如瓦砾一般的下贱之人都欣欣向荣，共祝公子升官晋爵，而我只得远远听闻而已。他当年获罪流放，伤心离京，我只当作‘恐是我身命独乖’[①]的缘故呢。唉，天道无知啊！”她怨天怨地，肝肠寸断，只管偷偷地哭泣。

她的姨母大弍夫人听说了这件事，心想：“果然如我所料！那样孤苦而不体面的人，有谁肯去爱她？佛菩萨也要挑罪孽较轻的人才肯接引呢。境况如此穷困，神气却如此十足，竟同父母在世之时一样看不起人，真可恨啊！”她更觉得末摘花太傻了，让人对她说道：“还是打定主意跟我走吧！须知身受‘世间苦’的人，‘窜入深山’[②]都不辞辛劳呢。你是怕乡间生活不舒服吗？我一定不让你吃苦头呢。”话说得很好听。几个女侍都已垂头丧气，私下愤愤地议论：“听这位姨母的话多么好呢！她这一生是不会交运的了，这么顽固，不知道是什么意思。”

这时那个侍从已经嫁给大弍的一个亲戚，好像是外甥的样子。丈夫是要去筑紫的，当然不肯让她留在京都；她虽不情愿，也只得随丈夫离京。她对末摘花说：“叫我抛开小姐，多么伤心呵！”想劝小姐一同前往。但末摘花还是把希望寄托在源氏公子身上。她心中一直这样想：“今日虽沦落如此，但再过一些时日，他总有一天会想起我吧？他对我曾有过真心诚意的誓约，只因我命运不济，才一时被他遗忘。倘若有好风吹送消息，他听说了我的窘况，一定会来找我。”她的住所比从前愈发荒凉，简直不成模样了，但她竭力忍耐，所有器物，连一草一木也不变卖，其坚贞之志，始终如一。但终日哭哭啼啼，悲伤愁叹，弄得容颜极其憔悴，好比山中的樵夫脸上粘住了一粒红果实，其侧影的古怪模样，纵使普通人看了也觉难受。哎呀，不该再详细描述了！真对不起这位小姐，笔者的口孽也太重了。不久秋尽冬来，生活更加无依无靠，末摘花在悲叹声中茫然度日。

这时在源氏公子的官邸内，正在举行追荐桐壶院的《法华八讲》，规模之宏大，轰动一时。选聘法师时，普通的僧人都不要，专选那些学识丰富、道行高深的圣僧，末摘花的哥哥禅师也参与其中。功德圆满之后，禅师即将回山时，顺便到常陆宫邸来拜访妹妹，对她说道：“为了追荐桐壶院，我被请去参与源氏权大纳言的《法华八讲》。这法会好宏大啊！那庄严妙相，几乎疑心就是现世的极乐净土。音乐舞蹈等等，无不尽善尽美。源氏公子简直是佛菩萨的化身！在这五浊[③]根深的婆娑世界中，怎么会有这样端庄

① 古歌：“莫非人世古来苦，恐是我身命独乖？”可见《古今和歌集》。

② 古歌：“欲窜入深山，脱却世间苦。只困恋斯人，此行受挠阻。”可见《古今和歌集》。

③ 五浊，是佛教用语，指劫浊、见浊、命浊、烦恼浊、众生浊。

美好的人物呢？”略谈片刻，即刻辞去。这两人不像世间普通的兄妹，相见时无话可说，连拉拉杂杂的闲话也不说半句。

末摘花听了哥哥的话，心想：“抛弃了如此困穷的情人而置之不理，他是个无情的佛菩萨吧！”她觉得可恶可恨，渐渐有些灰心，眼见这份情缘已经断绝了，正在这时，太宰大弍的夫人忽然到访。

这夫人平素同她并不亲密，但这次为了劝诱她同去筑紫，置办了几件衣服来送给她。她乘坐一辆华丽的牛车，满面春风，突如其来地上门了。她叫开门，一看，四周荒芜冷落，十分凄凉。左右两扇门都已坍塌，夫人的车夫帮着那仆人，忙乱了一阵，好容易才把门打开。这住所虽然荒凉，想来总有落足的三径[1]。但这里杂草丛生，难于寻找路径，好容易找到一处向南开窗的屋子，便把车子靠到廊前。末摘花听了，心想这种行为太不礼貌了，只得把被煤烟熏得污秽不堪的帷屏张起，自己坐在帷屏后面，叫侍从出去应对。

侍从近来容貌也变老了，由于长年辛苦，身体很是消瘦，但风韵还算清雅。说句不客气的话：小姐应该和她互换容貌才是。姨母对末摘花说道：“我们马上就要动身了，你孤单地独居在此，叫我难于抛舍。今天我是来接侍从的，你厌烦我，不肯亲近我，从来也不肯到我家来，但这个人请你允许我带走吧。可是你住在这里，这凄凉的日子该怎么过呢？”说到这里，似乎应该落下几滴眼泪了，但她正在畅想前途的光荣，心中极为欢欣，哪里挤得出眼泪呢？她又说：“常陆亲王在世之时，嫌我丢脸，从不让我上门，因此我们疏远起来，但我一向并不介意。后来呢，因为你身份高贵，宿命又好，认识了源氏大将。我这身份低贱的人有所顾忌，不敢前来亲近，直到今天。不过人世之事，原本无常，我这微不足道的人，现在反而生活安乐，而你这高不可攀的府邸，如今却落得这般悲惨荒凉。一向我们近在咫尺，虽然不常往来，对你亦可放心。现在即将远去，将你一人抛弃在此，心中很是记挂呢！”

她说了一大番话，但末摘花对她并没有真心的答词，只是勉强应付道：“承蒙关切，不胜欣幸。小女渺不足道，岂能随驾远行？今后唯有与草木同朽耳。”姨母又说：“你这样想，倒也难怪，但把一个年轻的身体埋没在此，苦度岁月，恐是世人所不愿见的吧。如果源氏大将愿替你修理装潢，这宅邸自能变成琼楼玉宇，但现在他除了兵部卿亲王的女儿紫姬之外，再无分心相爱之人。以前由于生性风流，为求一时慰藉而私通的女人们，他现在也都与之绝交了。何况像你这样褴褛地住在这荒草丛中的人。要他体谅你坚

① 陶渊明《归去来辞》中说：“三径就荒，松菊犹存。”三径指通门、通井、通厕的道路。

源氏的遗忘　狩野永德　洛中洛外图　安土桃山时代（16世纪后期）

与末摘花荒芜凄凉的处境相反，回到京都的源氏声威日盛，气势宏大。恢复荣华的源氏对众多情人尽皆抚慰，唯独把末摘花给遗忘了。这种遗忘让矢志等待的末摘花悲苦万分，其姨母的挖苦嘲讽也更为尖酸刻薄。图中车马相拥的平安京情景，与源氏返京时众人载道相迎时相比，仍嫌稍逊。

贞守节而惠然来访，怕是难乎其难了。”末摘花听了，觉得确有道理，悲从中来，便哭个不止。但她的决心绝不动摇。姨母说尽好话，终于劝她不动，只得说道：“那么侍从总得让我带走。”看看天色已晚，急欲辞别动身。侍从哭哭啼啼，悄悄地向小姐说道：“夫人如此诚恳，我暂且去送个行吧。夫人的话，确有道理；小姐犹豫不决，亦非无因。倒叫我这中间人心烦意乱了！”

末摘花想起连侍从都要离开，心中很是懊恼，又觉十分可惜。但也无法挽留，唯有大发悲声。想送她一件衣裳作为纪念，但衣裳都污旧不堪，拿不出手。但仍想送她一点东西，以报长年服侍之谊，但苦于无物可送。她自头上掉下来的头发，一直攒在一起，整理成一束，长达九尺以上，非常美观。就把它装在一只精致的盒子里，送给侍从。此外又送了一瓶熏衣香，是家中旧藏之物，香气非常浓郁。临别又赠诗云：

“发绺常随青鬓在，
谁知今日也离身！[①]

你妈妈曾留下遗言。要你照顾我，我虽如此穷困，但总以为你会一直陪着我的。如今你舍我而去，自是理所当然。但是你去之后，还有谁能像你这般伴我？叫我怎能不伤心！”说到这里，哭得更伤心了。侍从也泣不成声，勉强答道：“就别再提妈妈的遗命了。多年来，我与小姐一同尝尽千辛万苦，相依为命。如今突然要我自己到远方流浪，真叫我……”又答诗道：

“发绺虽离终不绝，
每逢关塞誓神明。

但教我一息尚存，决不相忘。”这时那位大弍夫人已在埋怨了：“你在哪儿呀？天快黑了呢！”侍从心绪纷乱，只得匆匆上车，又不住回头凝望。多年以来，纵使在忧患之时，侍从亦不离开小姐。如今匆匆离去，小姐不免感到孤寂。侍从走后，连几个不中用的老女侍也发起牢骚来：“对啊，早该走了。年纪轻轻的，怎么可以留在这里呢？连我们这些老太婆也忍受不下去了！”便各自考虑亲眷友朋，准备另觅去处。末摘花只得闷闷不乐地听着。

转眼到了十一月，连日雨雪交加。别人家的积雪很快消融，但这里蓬蒿及猪殃殃等杂草长得又高又密，遮住阳光，因此积雪难于消退，竟如越国的白山[②]。也没有进进出出的仆役。末摘花只得坐望雪景，终日沉思。侍从在的时候，还能说东道西，以资取乐；或哭或笑，以解烦忧。如今连这个人也去了。一到晚上，她唯有钻进满是灰尘的寝台之中，独尝孤眠滋味，暗自悲伤而已。

这时在二条院内，源氏公子由于好不容易重返京都，格外怜爱紫姬，这里那里的正忙个不停。凡是他不甚重视的人，都不曾特意去访。末摘花就更不必说了。公子有时虽记起她，也只猜想此人大约无恙，并不急于前去。转瞬之间，这一年又结束了。

第二年四月间，源氏公子想起花散里，便向紫姬打了一声招呼，悄悄前去拜访。因连日下雨，至今犹有余滴。但天色渐晴，云间露出一轮明月。源氏公子想起过去夜行时的情景，便在这清艳的月夜一路上追想往事。忽然经过一处宅邸，已经荒芜不堪，庭中树木繁茂，竟像一片森林。一株高大的松树上挂着藤花，衬着月光，飘过一阵幽香，引人留恋。这香气与橘花并不相同，另有一种情趣。公子从车中探头一望，只见那些杨柳挂着长条，坍塌的垣墙遮挡它不住，由它自由自在地披在上面。他觉得眼前情景似曾相识，原来这便是末摘花的住所。源氏公子深觉可怜，便命停车。他每次微行，总少不了

① 用发绺比喻侍从。
② 越国（北陆道的古称）的白山，以积雪著称。

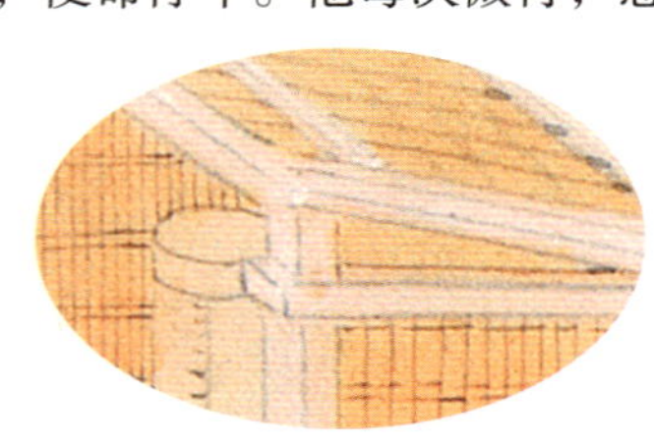

惟光，这次这个人也在身边。公子便问他："这是已故常陆亲王的官邸吗？"惟光答道："正是。"公子说："他家那个人，想必仍旧寂寞地住在里面吧？我想去探访一下。特地前来，也太麻烦。今日倒是顺便，你且替我通报一下吧。要先问清楚了，再说出我的名字来！要是弄错了人家，就太冒失了。"

却说住在这里面的末摘花，只因近来阴雨连绵，心情愈发不好，整日垂头丧气地枯坐着，今天白天睡时做了一个梦，梦见已故的父亲常陆亲王，醒后自然更加悲伤了。她叫老女侍将漏湿的檐前揩拭干净，整理了一下各处的坐具，暂时放下平日的忧思，悠然地在檐前坐了一会儿，独自吟诗道：

"亡人时入梦，红泪浸衣罗。
漏滴荒檐下，青衫湿更多。"

这模样实在可怜！正在这时，惟光走进来了。他东寻西绕，四处找寻有人声的地方，却人影不见一个。他想："我以前路过的时候，向里面张望，总不见有人。现在进来一看，果然没有人住。"正想返回，忽然月光亮了起来，照见一所屋子，两架的格子窗都开着，帘子正在飘动。找了许久突然发现有人，心中反而觉得有几分恐怖。但他还是走过去，高声叫问。只听里面的人用非常衰老的声音，咳嗽了几声，接着问道："谁来了？是哪一位？"惟光说了自己的姓名，喊道："找一位名叫侍从的姐姐，我想拜见一下。"里面答道："她已经到别处去了。但这里倒有一个与她不分彼此的人[①]呢。"说这话的人分明年纪已经很衰老，但这声音却仿佛以前曾经听过。

里面的人突然看见一个穿便服的男子一派斯文地出现在眼前，只因一向少见，竟疑心他是狐狸化身。只见这男人走近，开口说道："我奉命来探听你家小姐的情况。如果小姐未曾变心，则我家公子至今也还有心来看望她。今夜不忍空过，车驾就停在门前。应该怎样回禀，务请明示。我非狐鬼化身，你们不必恐惧！"女侍们都笑起来。那老女侍答道："我家小姐如若变心，早已迁居别处，不会住在如许荒草之中了。请你善为回禀。我们活了一把年纪的人，也不曾见过如此可怜的生涯！"便不问自答，将其困苦情状一五一十地告诉惟光。惟光觉得十分厌烦，说道："好了好了。我马上将情况回禀公子就是了。"说着，便出去回话。

源氏公子见惟光出来，怪道："你为何去了这么半天？那个人到底怎么样了？荒草长得如此繁茂，从前的迹象完全看不出了！"惟光答道：只因如此如此，好容易才找到人。又说："说话的老女侍，是侍从的叔母，叫作少将。我从前听到过她的声音，是熟悉的人。"又把末摘花的近况一一禀告。源氏公子听了，心想："真可怜呵！在这荒草中度日，多么悲惨！为什么我不早点来拜访呢？"他责怪自己无情，说道："那怎么办呢？我这样夜行出门，并不容易。今晚要不是顺路，还不会来呢。小姐矢志不移，可以猜想她的性情多么坚贞。"但立刻进去，又觉得有些唐突，总得先派人送首诗去才像样。又想如果她像以前那样总是默不作声，要使者长久等候她的答诗，又有些对不起使者。

① 指老女侍，侍从的叔母。

便决定先不送诗，立即进去。

惟光拦阻道："里面荒草遍地，露水极多，插不进脚。必须先把露水扫除一下，才好进去。"公子自言自语地吟着：

"不辞涉足蓬蒿路，
来访坚贞不拔人。"

跨下车来。惟光用马鞭拂去草上的露水，在前面替公子引路。但树木上的雨点纷纷落下，像秋天的霖雨一般，随从便替公子撑起纸伞。惟光说："真如'东歌'所谓'敬告贵人请加笠，树下水点比雨密'[①]了。"源氏公子的裙裾全被露水打湿。那中门之前就已破损得不成模样，现在竟已形迹全无。再走进里面一看，更是大煞风景。这时源氏公子的狼狈样子，幸而没有外人看见，还可令人放心。

末摘花一直痴心等候源氏公子，如今果然等着了，自然不胜欣喜。但打扮得如此寒碜，怎么见得人？日前大弍夫人送她的衣服，她因为厌恶这个人，看也不曾看一眼，女侍们便拿去收藏在一只熏香的衣柜里。现在她们把衣服拿出来，香气馥郁，便让小姐快穿。末摘花心里厌烦，但又无可奈何，只得换上了。然后移来那被煤烟熏黑的帷屏，她坐在帷屏后接待公子。

源氏公子走进来，对她说道："别离多年，我心始终不变，经常思念着你。但你并不理睬我，令我心中怨恨。为了试探你的心，一直挨到今天。你家门前的树木虽非杉树[②]，但我看见了也不能过门不入。我拗你不过，算是认输了。"他把帷屏上的垂布略微拉开，向里张望，只见末摘花斯文地坐着，并不马上答话。但她想到公子不怕冒霜犯露，亲来荒邸拜访，觉得这番盛情深可感激，便勉强振作，回答了几句话。源氏公子说："你住在这荒草丛中，度过长年的辛酸生涯，我能体谅你这点苦心。我自己一向未曾变心，因此也不问你心是否变更，贸然而来，不知你对我这番心意做何感想？这几年来，我对世人一概疏远，想必你也一定能原谅我吧。今后如果再有辜负你的地方，我宁愿背负背誓之罪。"这些情深意密的话，恐怕有些言过其实。至于留宿，因邸内过于简陋，实不能留，只得胡乱找些借口，起身辞别。

庭院中的松树，虽非源氏公子亲手种植[③]，只见已比昔年高大许多，不免深感年月流逝，此生沉浮如梦。便对末摘花吟道：

"藤花密密留人住，
松树青青待我来。"[④]

吟罢又说："屈指算来，一别至今，已经数年。京中变迁很多，处处令人感慨。今后我若稍得闲暇，自当将多年来颠沛流离的情形，向你详细诉说。你在这里，几年来的

① 这首古歌可见《古今和歌集》。东歌是东国的风俗歌。

② 古歌："妾在三轮山下住，茅庵一室常独处。君若恋我请光临，记取门前有杉树。"

③ 古歌："莫怪种松人渐老，手植之松已合抱。"可见《后撰集》。

④ 日语"松"与"待"同音，皆读作 matsu。故此句有双关之意。

拔草寻踪 《源氏物语绘卷·蓬生》复原图 近代

庭院中蒿草丛生，荒废如此，可见末摘花处境的艰苦，以及守望的坚贞。虽然与末摘花的感情未必是爱情，但源氏仍十分感动。这是惟光在前拂除杂草上的露水，后面的源氏准备进屋拜访末摘花的情景。画面上撑着伞的源氏上方缠着藤蔓的松树，象征着末摘花青松般的坚贞性情。

春花秋月，如何等闲度送，怕除我之外亦无人可告。我作此猜想，不知是否属实？”末摘花便答诗道：

“经年盼待无音信，
　只为看花乘便来？”

源氏公子细察她吟诗时的神情，又闻到随风飘来的衣香，觉得此人处世比从前老练得多了。

明月即将西沉。西面边门外的过廊业已坍塌，屋檐亦已无影无踪，毫无遮蔽。月光明晃晃地照了进来，把室内照得洞然如昼。只见其中一切陈设，与往年毫无变化，比起那蓬蒿丛生的外貌来，另有一种优雅的趣味。源氏公子想起古代故事中，有用帷屏上的垂布做成衣服的贫女[1]。末摘花大约曾与这贫女同样度过多年的痛苦生涯，实在可悲可悯。这个人向来谦让，人品也尚属优雅可喜。源氏公子一直未能忘记她，只是近年忧患频频，以致心绪纷乱，与她音信隔绝，猜想她必然也很怨恨自己，便十分可怜她。源氏公子又去拜访了花散里，她也并无迎合时世的娇艳模样，两相比较，并无太大差异，因而末摘花的短处便不太显著了。

到了贺茂祭及斋院祓禊的时节，朝中上下人等，借此名义，馈赠源氏公子各种礼品，为数极其众多。公子便将这些物品分送一切心中牵挂的人。其中对末摘花格外体贴，嘱咐几个心腹人员，派遣仆役去割除庭中杂草。因住所四周太不雅观，又命他们建筑一道板垣，将宅子围起来。又怕外间谣传，说源氏公子找到这样一个女人，反而有伤体面，因此自己并不去拜访，送去的信倒写得非常详细周到。信中说："我正在二条院附近修缮房屋，日后会接你到此居住。暂且先物色几个优秀的女童供你使唤。"竟连女侍之事也都操心关怀。因此那住在荒草丛中的人，不胜欣喜，众女侍也都仰望长空，向二条院方向合掌礼拜。

大家都以为：源氏公子对世间普通的女子，纵使一时逢场作戏，亦不屑一顾，不肯一问；必定是在世间素有好评而确有动人之处的女子，他才肯追求。而今恰恰相反，把这样一个毫不足取的末摘花看作了不起的人物，究竟是何缘故？这想必是前世的宿缘了。常陆宫邸之内，以前有不少人以为小姐永无翻身之日，看她不起，各自纷纷散去。现在却又争先恐后地回来了。这位小姐谦虚恭谨，是个好主人，替她当女侍真好安乐。她们后来到暴发的地方官家里去当女侍，只觉处处看不顺眼，万事都不称心，因此虽然显得有些趋炎附势，也都选择回来服侍。源氏公子的权势比从前更加宏盛，待人接物也比从前更加成熟老到了。末摘花家中，诸事都由公子亲自安排调度，那宫邸自然就焕发出光彩，其间人手也渐渐众多了。庭院中本来树木芜杂，杂草丛生，满眼荒凉，阴沉可怕。现在池塘都打捞干净，树木修剪齐整，气象焕然一新。那些不被源氏公子重用的仆人们，都希图借此露一露脸。他们看见主人如此看重末摘花，都来讨好她，伺候她。

此后末摘花在这里又住了两年，随后迁居至二条院的东院。源氏公子虽然极少与她攀谈，但因近在咫尺，故借出入之机，也常去探望，待她并不简慢。她的姨母大式夫人返京，听说这件事，大吃一惊。侍从庆幸小姐得宠，又自愧当时不耐心等待，眼光短浅可耻——凡此种种，笔者本应不问自告，但因今日头痛，心绪不宁，懒于执笔。且待另有机会，再行追忆详情，奉告列位看官。

① 此句诸本不一，今据河内本，指《桂中纳言物语》中所述名叫小大辅的贫女。

丑女的爱情

与源氏其他的情人不同，末摘花长着红色的鼻头，可谓无貌；性情呆板守旧，可谓无趣。像这样的丑女，怎么会赢得俊美高贵的源氏的青睐呢？

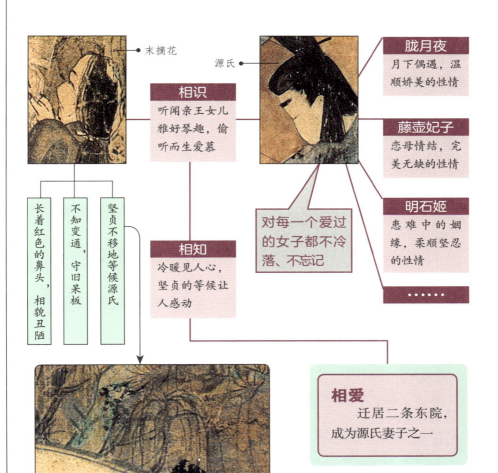

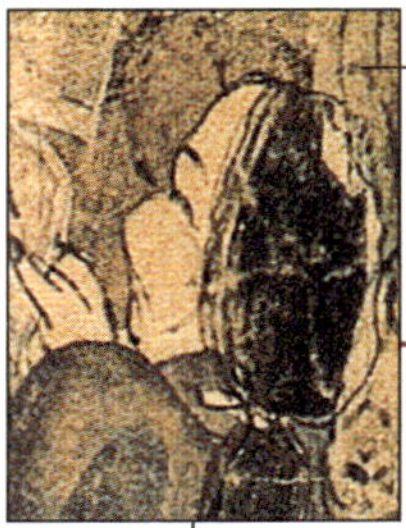

末摘花

源氏

相识
听闻亲王女儿雅好琴趣，偷听而生爱慕

胧月夜
月下偶遇，温顺娇美的性情

藤壶妃子
恋母情结，完美无缺的性情

明石姬
患难中的姻缘，柔顺坚忍的性情

……

长着红色的鼻头，相貌丑陋

不知变通，守旧呆板

坚贞不移地等候源氏

对每一个爱过的女子都不冷落、不忘记

相知
冷暖见人心，坚贞的等候让人感动

相爱
迁居二条东院，成为源氏妻子之一

绘卷中源氏撑着伞的上面，可以看到缠着藤蔓的松树。此景与源氏再见末摘花时吟诵的“眼望庭中藤绕树，心知伊人候我情”契合对应。

在刚恢复荣华，见惯人情冷暖的源氏看来，末摘花虽然相貌、性情并无可取，但其患难与共、坚贞不移而毫不抱怨的个性赢得了源氏的尊重和认同。与其他女子的娇美、柔顺、情趣等不同，末摘花以自己的坚贞，争取到了属于丑女的爱情。

第十六回　关屋[1]

前文曾提到的伊豫介，在桐壶帝驾崩后之后的第二年，改任常陆守，前往常陆国就任。他的夫人，即咏“帚木”之诗的空蝉，随夫前往任地。空蝉住在常陆，听说源氏公子流放须磨，心中也不免暗自惋惜。欲寄相思，却无机会。从筑波山到京都，并非没有便人，但总觉得不够稳便。因此多年以来，一点消息也不通。源氏公子谪居须磨，本无定期。后来忽然获赦，返回京都。第二年秋天，常陆介任满返京。他带领眷属在逢坂入关那一天，正值源氏公子到石山寺去还愿。他的儿子纪伊守从京中到关上来接他，将此消息告诉了他。常陆守闻讯，心想如在路上相逢，未免嘈杂混乱，因此在天色未亮前就提早动身。但女眷们所乘的车子太多，迤逦前行，不觉已日上三竿了。

到打出[②]海边时，听说源氏公子一行已经越过粟田山。尚且来不及避让，公子的前驱已经蜂拥而至了。于是常陆守一行只得在关山地方下车，把车子赶进杉木林中，卸了牛，支起车辕，人都躲在杉木底下，等候源氏公子一行经过。伊豫介一行的车子，有的还在后面，有的已经先行。但眷属为数众多，仅是这里也还有十辆车子，各色各样的女衫襟袖，都自车帘底下露出，一望而知车里的并非乡下女子。源氏公子见了，觉得很像斋宫下伊势时出来看热闹的游览车。源氏公子重获世所罕有的尊荣，前驱之人数不胜数。他们都注意着这十辆女车。

这一天正是九月底，红叶满山，浓淡相宜，秋草经霜，斑驳多彩，好一片清秋美景！源氏公子一行从关口[③]而出，随从穿着各式各样的服装，式样与花纹各尽其美。这群人物出现在这片秋景中，显得分外美观。源氏公子的车上挂着帘子，他召唤常陆介一行中的小君——现已任右卫门佐——前来，叫他向其姐空蝉传话：“我今特来关口相迎，这份心意能否得蒙谅解？”公子回思往事，无限感慨。但耳目众多，不便详说，心甚不快。空蝉也未曾忘记那件隐秘的往事，暗思前情，独自悲伤。她在心中吟道：

“去日泪如雨，来时泪若川。
行人见此泪，错认是清泉。”

但这份情思无法让公子得知，独吟也是枉然。

源氏公子在石山寺礼佛完毕之后，在即将离寺时，右卫门佐又从京中赶往此处迎接，并且向公子谢罪，说那天不曾随公子同赴石山寺，很是惭愧。这小君在小童时，曾经深得公子怜爱，官居五位，颇受恩宠。但当公子突遭横祸，流放须磨时，他因忌惮权势，未敢随公子赴须磨，却跟姐夫到了常陆。因此近几年来，公子对他不甚心喜，但亦未形于色。虽然不及往年那样亲信重视，但也将他归入心腹之列。常陆介的儿子纪伊守，虽已调任，但仍是个河内守。其弟右近将监，当时曾被削去官职，随公子流放须磨，现在则走了红运。小君和纪伊守等人看了，都很眼热，痛悔当时不该那般趋炎附势。

源氏公子召唤右卫门佐前来，叫他送信给空蝉。右卫门佐心想：“事隔多年，我以

① 本回写源氏二十九岁秋天的事。

② 打出，地名，即今大津附近、琵琶湖沿岸。

③ 原文是“关屋”，本回用作题名。关口有屋，犹如城楼，供守关人居住。

多年后的再相逢 《源氏物语绘卷·蓬生》复原图 近代

当年追逐空蝉的源氏还太年轻，冲动、充满激情，现在的源氏历经挫折后已位极人臣，成熟稳重得多。但仍按捺不住旧情萌发，通过当年的小君传信给空蝉。图为还愿途中的源氏与空蝉一行相遇的情景。

为他早已忘记了。真好长心啊！”公子在寄给空蝉的信上写道：“前日关口相逢，足证你我宿缘非浅。不知你是否亦有同感？只是

地名逢坂虽堪喜，
不得相逢也枉然。

你家那个守关人[①]，真叫我又羡又妒呢！”又对右卫门佐说：“我和她隔绝消息多年，现在竟好像是初相识一般。只因时刻不忘，我总惯于把过去的旧情看作今日的新欢。说到风情，只怕她又该生气了。”说罢将信交付给他。右卫门佐深感荣幸，急忙拿去送与姐姐，又对她

① 戏指其夫常陆守。

说："你还是应该写封回信的。我原以为公子对你会更加疏远，谁知他的心全同旧年一样亲切，盛情真可感激。充当这种送信的使者，倒也自觉有些无聊，多此一举。但感于公子盛情，难以断然拒绝。何况你是女人，感于盛情而屈节回复，也算不得什么罪孽。"空蝉却比以前更加怕羞了，总觉得有些难为情。但念公子赐信，实在难得。想是心中感动至极，终于取笔回复：

"关名逢坂知何用？
人叹生离永不逢！

往事犹如一梦。"源氏公子觉得空蝉的可爱与可恨都让人无法忘怀，因此以后时常写信去试探她的心。

却说那常陆介想必是身体衰老的缘故，这时正疾病缠身。他自知性命垂危，记挂这年轻的妻子，时常向几个儿子谆谆托嘱："我死之后，诸事皆由她自己做主。你们要对她多加照顾，同我生前一样。"日夜反复说这一番话。空蝉想起自身本就命苦，如今若再丧夫，孤苦伶仃，日子该何等凄凉！因此愁叹不止。常陆介看了十分难过。但人之寿命有限，留恋亦是枉然。他担心身后之事，常作不可能的妄想："我的儿子心地究竟怎样，不得而知。为了照顾此人，我须设法把灵魂留在这世间才好。"他心中这样想，嘴上也说了出来。但大限到时，终于无法挽留，一命呜呼了。

常陆介初死期间，儿子们因父亲遗命言犹在耳，对继母毕恭毕敬。但也不过是表面做个样子，实际上使空蝉伤心之事颇多。她明知世间人情冷暖，因此并不怨天尤人，只是悲叹自己的命运。诸子中唯有河内守，因往昔曾经爱慕过她，对她比别人稍微亲切一些。他对继母说："父亲谆谆叮嘱，我怎敢违背遗命？我虽微不足道，且请随时使唤，不要存着疏远之心。"貌似亲近孝顺，实际上却是存心不良。空蝉想道："我前世作孽，今世做了寡妇。如此下去，恐怕那儿子要对我说出世间罕有的惹人厌的话来。"她感叹命运，也不告诉他人，径自削发做了尼姑。她的随身女侍悲叹这不可挽回之事。河内守闻讯，恨恨地说："她嫌恶我，因此出家。来日方长，看她怎样生活。这种贤良之举未免也太乏味了！"

第十七回　赛画①

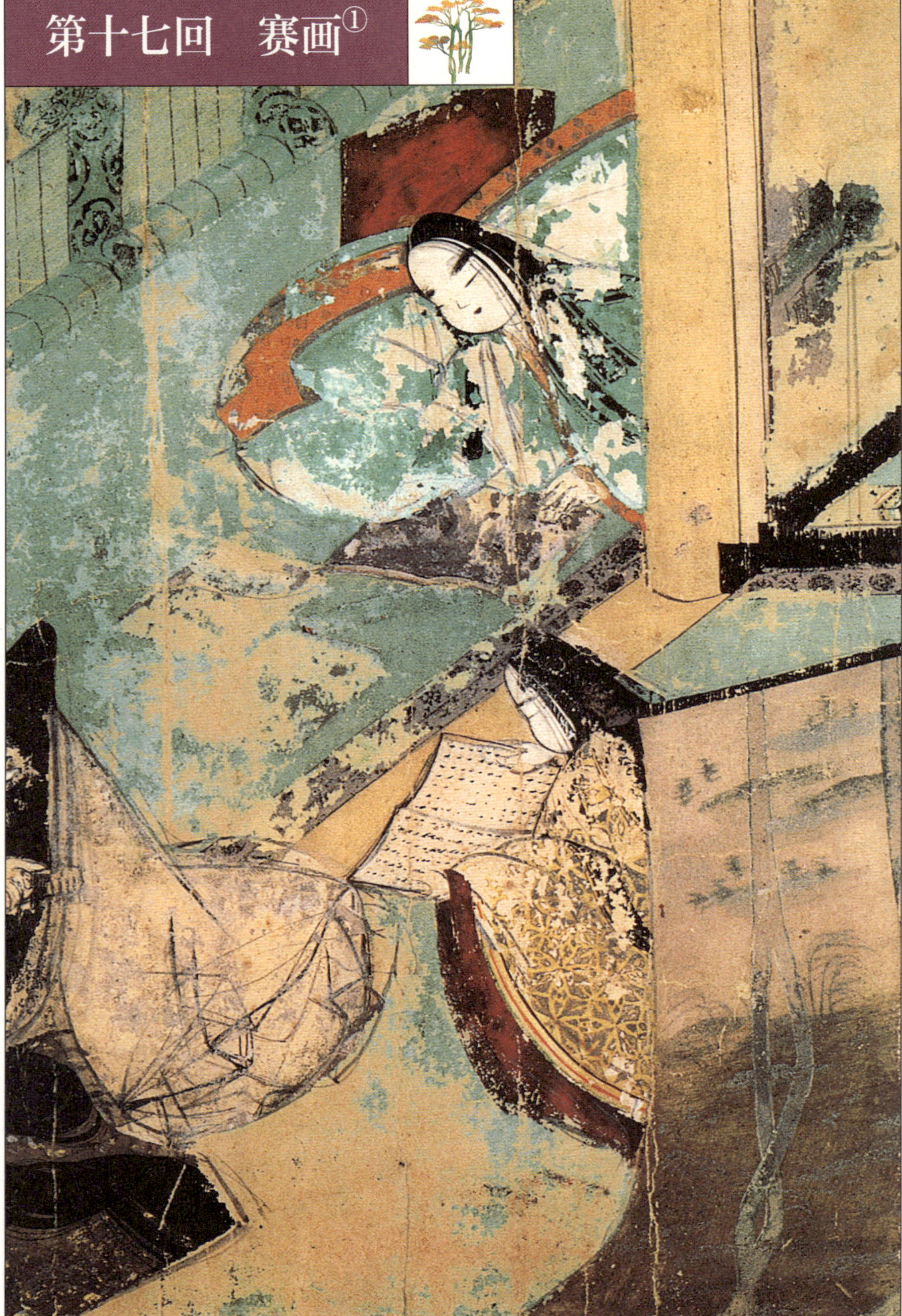

六条妃子的女儿前斋宫入宫之事，藤壶皇后甚为关切，时常催促，盼望早日成就。源氏内大臣呢，因为前斋宫没有体贴入微的保护人，不免替她担心。之前本想先接她到二条院，又担心被朱雀院见怪，就打消了这念头。他表面上假作不知，实际上却亲自安排入宫等一切事宜，如同父母一样操心。

朱雀院听说前斋宫将入宫为冷泉帝女御，心中十分惋惜。但怕外人说长道短，所以绝不和她通信。只是在入宫那一天，派人送了许多名贵的礼品到六条院去。其中既有华丽无比的衣服，世间罕见的梳具箱、假发箱、香壶箱，也有各种名香，其中熏衣香尤为罕有，是精工调制的珍品，百步之外也能闻到香气。他预料源氏内大臣会看到这些礼品，所以特别用心准备，装潢得极为触目。正好源氏内大臣来到六条院，女侍长就将这件事禀告，并请他观看礼品。源氏内大臣一见梳具箱的箱盖，便觉精美绝伦，心知必是名贵物品。在一个装栉[②]的小盒的盒盖上装饰着沉香木雕成的花朵，只见那上面题诗一首：

“昔年加栉送君时，曾祝君行勿再回。
岂是神明闻此语，故教聚首永无期？”

源氏内大臣看了这首诗，心中颇为感动，觉得这件事实在对不起朱雀院。他想起自己在情场上一味固执的性情，愈发觉得深可怜悯。心想：“朱雀院自从斋宫下伊势那天起，即许以相思。好容易挨过这么多年，盼到斋宫回京，以为可以遂得心愿，谁知又有这些变化，其伤心可以想见。何况他现已让位，于静处闲居，未免羡妒世事。若换成是我身处其境，定然心情郁结。”这样想来，便觉得十分惭愧。深悔自己又何必多此一举，害得别人悲伤烦恼。他对朱雀院，以前虽一度觉得可恨，但同时又觉得可亲。因此心绪混乱，一时间茫然若失。

后来他教女侍长传话给前斋宫：“这首诗该怎样回答呢？大概还有回信吧，写的是什么？”前斋宫觉得有所不便，没有把回信给他看。她心中烦恼，很不高兴回信。众女侍劝道：“若不回复，太不近情理，而且对不起朱雀爷。”源氏内大臣听见了，也说：“不回复的确不好。略微表示一下心意也就算了。”前斋宫觉得难为情。她想起昔年下伊势时情景，仍记得朱雀院的容貌十分清秀，还为了惜别而伤心哭泣。那时她年纪还小，童心中只是无端地觉得眷恋不舍。往事如在眼前，深为感慨，不禁想起亡母六条妃子在世时的各种情状来，她只答复了一首短诗：

“当年告别亲聆旨，
今日回思特地悲。”

她重重犒赏了来使。

源氏内大臣本极想看看这封回信，但又觉不便启口。他想：“朱雀院容貌姣美，宛若处

① 本回写源氏三十一岁春天的事。

② 装栉，原文为“插栉”，插在头上作装饰品用的一种梳子。

焦灼的窥视欲 《源氏物语绘卷·竹河二》复原图 近代

源氏一方面将前斋宫当作女儿来重视，安排她成为儿子冷泉帝的女御；一方面又从朱雀帝难耐的思慕中，将前斋宫看作可以恋爱的女子，萌发出窥视前斋宫容貌的欲望来。而“窥视”正是平安时代男女阻隔下的产物。

女；前斋宫也娇美多姿，与他不相上下。这真是一对天生佳偶。冷泉帝的年纪就太小了①。我这样乱点鸳鸯谱，恐怕她心中怨恨我呢。”他想到这些细微之处，不觉心中异常懊丧。但时至今日，早已无可挽回，只得让人仔细筹备入宫之事，务必齐全周到。他吩咐一向信任的那位修理大夫兼宰相，叫他关照一切，不得有误。自己就先进宫去了。他担心朱雀院见怪，自然不能流露出代替前斋宫父母打点一切的样子，只表示请安的态度。

六条宫邸内本来有许多优秀的女侍。六条妃子死后，有几个暂时回了娘家，但现在又都聚集在一起了。邸内景象无比繁荣，源氏内大臣心想如果六条妃子尚在人世，自会觉得抚养这女儿成人的心血毕竟没有白费，兴高采烈地料理这一切。他想起六条妃子的优雅性情，觉得她在这世间，实在是不易多得的人物。普通人绝不可能有她那样的品质。就风雅而论，她也特别优越，所以每逢机缘，必然会回想起她。

藤壶皇后也入宫来了。前斋宫入宫这天晚上，冷泉帝听说有个新女御要来，很觉有趣，便打起精神等候着。就年龄而论，冷泉帝是个非常老成的人。不过藤壶皇后还是告诫他说：

① 这时冷泉帝十三岁，前斋宫二十二岁。

"有一个优秀的女御要来陪伴你，你必须要好好对待她啊！"冷泉帝想："和大人做伴，或许很难为情吧？"夜深时分新女御才进宫来。冷泉帝一看，这个人身材小巧，容貌温雅，举止端庄，实在极为可爱。他和弘徽殿女御①已经相熟，觉得这个人可亲可爱，无可顾忌。现在这个新女御呢，态度庄重，令人起敬。再加上源氏内大臣对她十分重视，因此冷泉帝觉得对她不可怠慢。晚上侍寝，由两位女御轮流值班。但他白天若想随意不拘地玩耍，大都会到弘徽殿女御那里去。权中纳言将女儿送入宫去，原是希望她被立为皇后的。现在又来了这前斋宫和他女儿相互竞争，他心中便觉十分不安。

却说朱雀院看了前斋宫对栉盒盖上的诗的答诗之后，对她的爱慕之情始终不减。这时源氏内大臣前来拜见，与他闲话种种往事，又谈到当年斋宫下伊势时的情景。他们以前也经常谈起这件事，今日重又提起。但朱雀院并不明显表示自己的心愿。源氏内大臣也假装不知道他的心思，只是想试探他对此女爱恋的深浅，于是从各方面说了前斋宫的一些事。看朱雀帝的神情，相思之心不浅，便对他十分同情。他想："朱雀院如此恋恋不舍，可见此人一定生得极为美丽，但不知究竟怎样。"他很想与她见上一面，但这是办不到的②，因此心中焦灼不安。前斋宫生性异常稳重，倘若她略有轻佻之举，自然有机会给人看见颜面。但她年纪愈是长大，性情愈是端庄。所以源氏内大臣只能在隔着帘帷相见之时，想象她是个温良恭顺的淑女而已。

冷泉帝身边有两个女御在左右紧紧夹侍，兵部卿亲王自然不能顺利地将女儿送进宫来。他相信皇上长大之后，即使有了这样两个女御，也不会丢弃他的女儿的，便静心地等候着时机。那两位女御便各尽所能以争取宠幸。

冷泉帝在一切技艺中，最感兴趣的是绘画。想是由于爱好的缘故，他自己也画得一手好画。梅壶女御③最擅长于绘画，因此帝心更器重于她，经常到她院中去，与她一起作画。殿上的青年人里，凡是学画的，皇上必然青眼有加，何况这个美人。她作画时神情雅致，不拘主题，随意挥洒。有时斜倚在案上，持笔凝思，姿态十分美好，皇上见了深觉可爱，便更加常去梅壶院，比之前愈发宠幸她了。权中纳言是个逞强好胜的人，听说了这消息，大感不平，不愿自己女儿输于他人，便召集了众多优秀的画家，郑重嘱托。并选取各种画材，准备最上等的纸张，叫他们分头作画。他以为故事画最富趣味，最宜欣赏，便尽量选取美妙动人的题材来让他们画。此外还有描写一年内每月的节日、活动和景物的绘画，另加上特别新颖的题词。他把这些画拿给皇上看了。

这些画都特别富有趣味，因此皇上又到弘徽殿来看画。但权中纳言不肯轻易让他拿到外面去看。他特别不愿让皇上拿去给梅壶女御看，因此藏得很好。源氏内大臣听说之后，笑道："权中纳言这种孩子脾气还是不改！"又向冷泉帝奏请道："他一味藏着这些画，不肯爽快地呈请御览，以致令圣心烦乱，实在不该！臣家中藏着些许古画，此刻即可取来奉献。"便回到二条院，把保藏新旧绘画的橱子打开，与紫姬二人一起选择。凡

① 弘徽殿女御，权中纳言（即以前的头中将）的女儿。

② 当时习惯，普通男女相会必隔帷屏，不易见面。

③ 梅壶女御，前斋宫住在梅壶院，故称梅壶女御。

新颖可喜的各种作品，尽行拿出。只有那些描写长恨歌与王昭君的画，虽然别有趣味，未免有些不祥，故这次决定不予选用。源氏内大臣乘此机会，把保藏须磨、明石旅中图画日记的箱子也打开，好让紫姬也看看这些画。

这些画实在动人。看画的人纵使不知根由，初次看到，只要这人略解情趣，也会深受感动而流下泪水。何况这夫妇二人曾亲身体会苦难，永远难忘当年之事，心中的旧梦不时重温。他们看到这些画，痛定思痛，怎能不感伤心？紫姬埋怨他不早些给她看这些画，吟道：

“图写渔樵乐，离人可忘忧。

岂知空闺里，独抱影儿愁。

你尽可以借此自慰呀！”源氏内大臣听了她这诗，万分同情，便答道：

“抚今思昔虽堪泣，

胜似当年蒙难时。”

忽然想起：这些画不妨也拿给藤壶皇后看一看。便从中选出几幅，准备送给她看。当选到分明刻画出须磨、明石等地风物的画作时，心中便浮现出明石姬家中的情景来，一时间难以舍弃。权中纳言听说源氏内大臣正在到处搜集画幅，便更加聚精会神，把画轴、裱纸、带子等装潢得愈发精美了。

三月初十左右，正是风光明媚的季节。宫中这时没有重大的节会，大家都很空闲，每日只是竞相搜集欣赏书画，以为消遣。源氏内大臣心想：“这种竞赛，为什么不再扩大规模，让陛下再多欣赏一些？”便特别用心搜集佳作，全数送入梅壶女御宫中。于是两女御都拥有各式各样的杰出画作。因为故事画的内容最为丰富，构图亦最吸引人，所以梅壶女御选的都是些古代故事的名画杰作。而弘徽殿女御所选绘的，则是当世的珍奇情景及趣味丰富的题材。说到表面的新颖与华丽，要数弘徽殿略胜一筹。这时皇上身边的宫女们，凡略有修养的，每日品短评长，皆以绘画鉴赏为事。

藤壶皇后此时也入宫来了。她向来酷爱绘画，因难以舍弃，竟连诵经礼佛也懈怠了几分。她看见宫女们各抒己见，便把她们分为左右两方：梅壶女御的左方，有平典侍、侍从内侍、少将女官等人；弘徽殿女御的右方，有大弍典侍、中将女官、兵卫女官等人。这些人都是当今有名的才女家。她们互相辩论，各持己见，藤壶皇后听了更加兴起。她出了一个主意：先将左方拿出的物语鼻祖《竹取物语》中的老翁和右方拿出的《空穗物语》中的俊荫①这两卷画并列起来，由两方辩论品其优劣。

左方的人说：“这古代故事与辉夜姬本人一样不朽。情节虽然并不十分风趣，但主角辉夜姬不染浊世尘垢，怀抱清高之志，终于升入月宫，足见宿缘非浅。这原是神明治世时节的故事，我们这些世俗女子，当真是望尘莫及。”

①《空穗物语》又名《宇津保物语》，作于平安朝中期。作者不详。大意：俊荫乘舟访中国，途遇暴风，漂泊到波斯国，遇到七位仙人，教其弹琴。归国后将琴技传授外孙仲忠。仲忠爱恋美女贵官。后来贵官当了东宫妃子，在朝争权，等等。

右方的人驳道："辉夜姬升入月宫，乃天上之事，下界无法探究，故其结局怎样，谁也不能断定。照她在这世间的缘分而言，投胎在竹筒之中，可知其身份低微。她的光辉虽然照耀了竹取老翁一家，但毕竟未能入宫为妃，照耀九重宫阙。那安部多[①]为了娶她，不惜千金买了一件火鼠裘[②]，但忽然烧掉了，真是乏味之至。那车持皇子明知蓬莱山不可抵达，假造一根玉枝来骗她，结果自己受辱，也可谓无聊至极了。"这《竹取物语》画卷是著名画家巨势相览所绘，由名诗人纪贯之题字。用的纸是纸屋纸，用中国薄绫镶边。裱纸是紫红色的，轴是紫檀的。不过是最普通的装潢。

右方的人又称赞起自己的《空穗物语》画卷来："俊荫远游中国，旅途之中遇到风波，漂泊到人地生疏的波斯国。但不屈不挠，定要达成愿望。终于学到了旷世无比的琴技，名声远扬于日本国内及国外，更又传之后世。真可谓远大之才！此画的笔法也兼具中国、日本两国风格，趣味之丰富无可比拟。"这画卷用白色纸，裱纸是青色的，轴用黄玉。画是当代名人飞鸟部常则所绘，字是大书法家小野道风所题。整体新颖多趣，光彩耀目。左方无法反驳，于是右方得胜。

接下来比赛的是左方的《伊势物语》[③]画卷和右方的《正三位物语》[④]画卷。两者优劣也颇难判定。但一般人都以为《正三位物语》的画卷华丽有趣，自宫中情景以至近世的各种风俗，都描绘得美妙动人。左方的平典侍辩护道：

"不知伊势千寻海，
岂可胡言是浅滩？

怎能以庸俗虚饰的作品，来贬低业平的盛名？"右方的大弍典侍反驳道：

"身登云汉低头望，
海水虽深实甚卑。"

藤壶皇后为左方辩解道："兵卫大君[⑤]气度之高，虽然不可轻视；但是在五中将的盛名也绝不可侮辱。"又吟诗道：

"一朝初见虽疑旧，
自古芳名岂可轻？"

---

① 安部多，疑即阿部御主人。

② 火鼠裘，火鼠毛长寸许，其皮为裘，入火不焚。见中国《古今注》。

③《伊势物语》，是以诗歌为中心的歌物语，作于平安时代。内容约一百二十五则，大都叙述男女爱情。据说是以在原业平所作歌稿为中心而编成的。在原业平是平安初期的歌者，六歌仙之一，又是三十六歌仙之一。别称"在五中将"。因此《伊势物语》又名《在五物语》《在五中将日记》。此书对后世日本文学影响甚大。

④《正三位物语》，早已失传。

⑤ 兵卫大君，想是《正三位物语》中女主角之名。

殿前赛画　歌川丰国　源氏香之图·赛画　江户时代（约1844—1847年）

这是一场有趣的品画比赛，双方各拿出一幅画来比较优劣，一争长短。参与的人包括竞争者、评判者、主持者、参观者等都兴致勃勃。最终，源氏一方以源氏亲手所绘的须磨画卷，以画中“孤栖独处之状，伤心落魄之情”感动全场而获胜。

众女子争辩不休，终于不能断定两幅画卷孰优孰劣，学识较浅的宫女拼命想知道比赛的结果。但这件事非常隐秘，连皇上的宫女与母后的宫女也都一点不让看。正在这时，源氏内大臣进宫来了。他见她们争论得如此激烈，很感兴趣，便说道："既然要做辩论，不如就在陛下御前决定胜负吧。"他早就预料会有大规模的比赛，因此特别卓越的作品尚未拿出来。此刻他计上心头，将须磨、明石二卷加入其中，一并拿了出来。权中纳言的用心也丝毫不让于源氏内大臣。因此这时，世间之人皆热衷于此，纷纷以制作美妙的画卷为当务之急。源氏内大臣言明："特地新作的绘画，没有什么意味；这次赛画，应当仅限于旧藏。"原来权中纳言特设了一间密室，让人在内作画，不让人看见。朱雀院也听说这件事，便将其所藏佳作送给梅壶女御。

朱雀院送来的各种作品中，有一件描写宫中一年内各种仪式的画作，是前代众多优秀画家所绘，画得非常精美而富有意趣，上有延喜帝的亲笔题词。又有描写朱雀院治世的画卷，其中亦有当年斋宫下伊势时在太极殿举行加栉仪式的情景。这是朱雀院心中最关切的事，因此曾将当时各种情状详细告知著名画家巨势公茂，让他用心描绘，画得格外出色。这些画装在一只非常华丽的透雕沉香木箱之中，箱盖上也装饰着用沉香木雕成的花朵，极为新颖。朱雀院并未写信，只是命使者传达口信，那使者是在禁中兼职的左近卫中将，画卷中描绘了太极殿前前斋宫即将上轿出发时的情景，且题诗一首：

"身居禁外无由见，
　不忘当年加栉时。"

此外更无书信。梅壶女御收到了这些画，觉得不作复太不礼貌。她沉思片刻，将当年所用的那把栉子折断一端，在这一端上题了一首诗：

"禁中情景全非昔，
　却恋当年奉神时。"

用宝蓝色中国纸包着这栉端，交给使者呈与朱雀院，又用各种优美的礼品犒赏使者。

朱雀院读了栉端上的诗，心中无限感慨，恨不得让时光倒流，重回当年在位的时候。他心中不免怨恨源氏内大臣不替他成就斋宫之事。但这恐怕正是旧年放逐源氏的报应了。朱雀院所藏的画卷，经过前太后[①]之手而转入弘徽殿女御宫中的，亦不在少数。还有尚侍胧月夜，也是热爱书画的风雅之人，所藏精品极多。

赛画的日子定了下来。时间虽然仓促，却布置得十分精致风雅。左右两方的画都呈了上来。在清凉殿旁宫女们的值事房中临时设下玉座，玉座北侧为左方，南侧为右方；其余被许可上殿的人，都坐在后凉殿的廊上，各自支持一方。左方的画放在一只紫檀箱中，摆在一个苏枋木的雕花台座上。铺着紫底的中国织锦，下面又铺红褐色中国绫绸。当差童女共六人，身着红色上衣和白色汗衫，里面衬的衫子是红色的，有的人是紫色

① 此前太后指朱雀院之母，即早先的弘徽殿女御。现在的弘徽殿女御是她四妹的女儿。

的。容貌与神情都卓然不群。右方的画放在一只沉香木箱中，摆在一只嫩沉香木的桌子上，下铺蓝底的高丽织锦台布。桌台脚上扎台布的丝绦及桌脚上的雕刻，都非常新颖别致。童女身着蓝色上衣和柳色汗衫，里面衬的是棣棠色的衫子。双方童女各把画箱抬至皇上面前。皇上身边的宫女，属左方的在前，属右方的在后，服装颜色各不相同。

皇上宣召源氏内大臣及权中纳言上殿。这一天源氏的皇弟帅皇子也来觐见。这位皇子生性风雅，对绘画更是极感兴趣。大概源氏内大臣提前劝他来此，故并无正式宣召，他恰巧在这时入觐。皇上便召他上殿，命他作为评判。

左右两方所呈的画作全都无比精妙，一时之间难以判定优劣。朱雀院送给梅壶女御的那些四季风景画，都是由古代画家精选的优美题材，笔致流畅，全无滞涩，其美妙无可比拟。只是由于是单张纸画，幅面有限，不能尽情描绘出山水绵延浩瀚的趣味。而右方新作的画，虽然只是勉尽笔力，恣意粉饰，因而气质浅薄，但是华丽热闹，令人初见时不觉赞叹，似乎并不逊于古画。多方争论不休，更显今日的赛画丰富多彩、趣味无穷。

藤壶皇后也打开了御膳堂的纸隔扇，在一旁欣赏。这位皇后深通画道，她今日出席，源氏内大臣极感欣慰。帅皇子每逢难以判断之时，便常常向她请教，得益不浅。

评判尚未结束，天色已近黑夜。赛画到最后一轮时，左方捧出了须磨画卷，权中纳言看了，不觉心中发怔。右方也已煞费苦心，精选出最优秀的画作作为最后一卷。怎知源氏公子画技极其高明，且是在蛰居时专心一志、从容不迫地画成的，故其优秀之处无可比拟；自帅皇子以下，都被感动得流下泪来。众人看了这画卷，但觉其中孤栖独处、伤心落魄之情，历历如在眼前，比当年感念他流放须磨的苦楚，为他怜惜悲伤时感动更加深切。那地方的风景以及见所未见的各浦各矶，历历无遗地被仔细画出。各处都写着变体的草书汉字和假名[1]的题词。并非是用汉文写的正式的日记，而是在记叙中夹着风趣的诗歌，让人百看不厌。看了这幅画作，谁也没有考虑他事的余暇了。适才过目的所有画卷都觉索然无味，众人的注意力全都集中于这幅须磨画卷，深感兴味无穷。结果这幅画压倒一切，左方得胜。

将近黎明之时，四周沉寂，气象幽深。赛画既已结束，正宜开筵共饮。源氏内大臣一面把盏，一面畅谈往事，对帅皇子说道："我自幼耽好学问。大概父皇预料我的才能在以后略能伸展，所以有一次训诫我说：'才能与学问，世人过分尊重。恐是因此之故，才学高深的人能兼具寿命与福分的，实在少有。你生长于富贵之家，纵使无才无学，亦不逊于他人，所以不必深入此道。'因此父皇不叫我修习学问，只叫我玩弄技艺。我在技艺这方面虽然不算笨拙，但也并不特别专长。只有绘画一道，虽然只是雕虫小技，我却常设法习练，务求能画得称心如意。想不到后来做了渔樵之人，亲眼见到海边的真情实景，历历无遗地观察了各种风物。但笔力有限，不能随心所欲地表达其间深奥的情趣。因此若未逢机缘，亦不敢拿出示人。今日贸然取出请教，担心世人将讥讽我是个好事之徒呢。"

帅皇子答道："无论哪一种技艺，若不专心研究，总不能有所成就。但各种技艺均有大师出现，均有各自的法则。若能跟从大师如法研习，深浅姑置不论，总可模仿大

---

① 假名，日本字母。用变体的草书汉字代替假名，称为"变体假名"。

师，多少有所成就。唯有书画之道与围棋之事，极为奇特，全取决于天才。常有一些庸碌之人，也未见他曾深刻钻研，只是富有天才，便能擅长精通。富贵子弟之中，亦有如此超凡脱俗之人，诸般技艺皆能通晓。父皇膝下的这些皇子、皇女，无不研习各种技艺。只有吾兄你最受父皇重视，又最善于承受教益。因而文才丰富，自不必说。其他技艺之中，弹琴向属最佳，其次横笛、琵琶、筝，无不擅长。父皇亦曾如此评论。世人也皆赞同。至于绘画，大家都以为并非吾兄专长，不过是偶尔兴至之时游戏一番而已。谁知竟又如此高明，竟使古代名家也为之退避三舍，简直让人不敢置信！”说到这里时，已经语无伦次。大约是酒后好哭吧，又说起桐壶院的往事，他便流着泪，颓丧不堪了。

这时已过了二十日，月亮才刚出来，月光虽然无法照到室内，但天色清幽明媚。便命人取来由书司[①]保管的乐器，将和琴交给权中纳言。源氏内大臣向来是此间能手，而权中纳言也弹得比别人高明。于是由帅皇子弹筝，源氏内大臣操七弦琴，少将女官弹琵琶，又在殿上人中选定一个才能特别优越的，叫他打拍子，这合奏实在饶有风趣。天色近晓，庭前花色与樽前人影都渐渐清晰起来。鸟声清脆，朝气焕发。这时便分赏众人，一概由藤壶皇后颁赐。帅皇子作为评判，又另赐一袭御衣。

此后数日之中，宫中上下皆以品评须磨画卷为事。源氏内大臣说：“这幅须磨画卷便请留存在母后这里罢。”藤壶皇后也很想从头至尾仔细赏玩，便接受了，说：“正好让我慢慢地欣赏。”源氏内大臣见冷泉帝对这次赛画十分满意，心中欢喜。权中纳言见源氏内大臣在赛画这种小事上也如此偏袒梅壶女御，担心女儿弘徽殿女御就此失宠，不免担心。但想皇上一向亲近弘徽殿，又详察情况，看见皇上对她还是体谅周至，便觉得纵使源氏偏袒梅壶，也不足多虑。

源氏内大臣一心要在朝廷的重要仪式中增加新例，好让后世之人传言，此为冷泉帝时代始创。因此纵使仅是赛画这种非正式的娱乐，也极为用心设计，务求尽善尽美。此时真可说是全盛之世了！但源氏内大臣依旧深感人世无常，闲时经常思虑：待冷泉帝年龄稍长之后，自己定当撒手遁世。他想：“试看古人前例，举凡年华鼎盛、官位尊荣、出人头地的人，大都不能长享富贵。我在今世，尊荣已属过分。全靠中间曾惨遭灾祸，沦落多时，才能长生至今。今后若再眷恋高位，恐怕寿数将尽。还不如早日入寺掩关，勤修佛法，既可为后世增福，又于今生消灾延寿。”便在郊外嵯峨山乡选好地址，建造佛堂。同时命人雕塑佛像，备办经卷。但他又想按照自己的意愿抚育夕雾及明石姬所生的女孩，看着他们长成。因此出家之事，一时难以实现。他心中究竟作何打算，那就难以猜测预言了。

① 书司，为后宫十二司之一，掌管后宫的书籍、文具、乐器等。

贵族娱乐之赛画

平安时代的贵族不仅是富贵奢华的享受者，还是当时文化的传承者。他们被要求在琴棋书画等方面有所涉猎或专长，其中绘画方面，在这场赛画中体现出包括源氏、冷泉帝、藤壶皇后在内的上层贵族，以及众多内侍、典侍等中下层贵族对绘画的喜爱和专精。日本现存国宝级的《源氏物语绘卷》，就是由平安时代宫内精通绘画的才女们所绘。

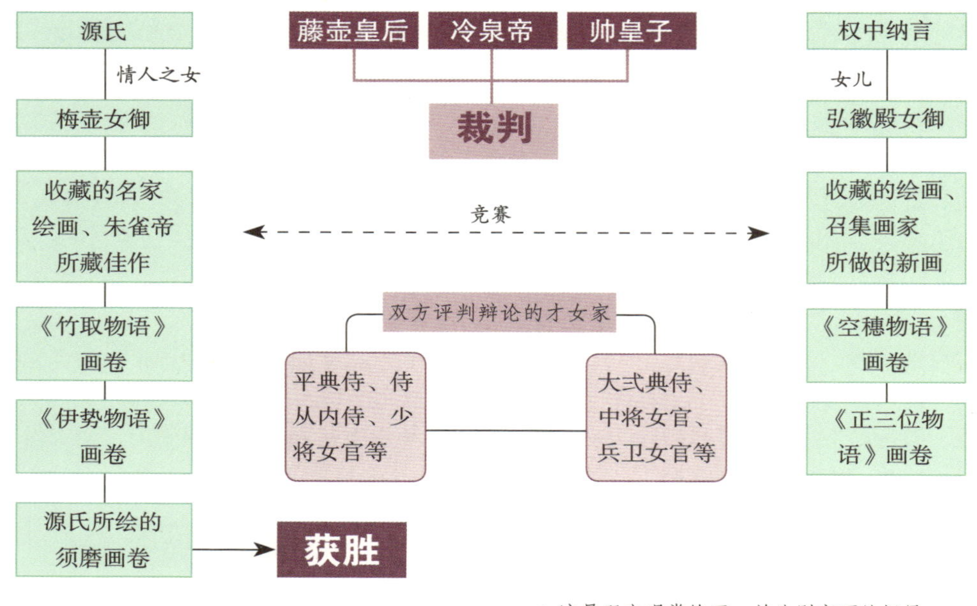

这是双方观赏绘画，并分别高下的场景。

平安时代物语绘卷的特点

① 吹拔屋台的表现手法

在《源氏物语绘卷》中，画面的视角是从房屋的斜上方俯瞰，而没有房屋的屋顶和墙壁阻隔，这种极富特色的绘画方式叫作“吹拔屋台”。这种方式使我们能够一览无遗地看到室内的情景，方便物语情节的展示。

没有屋顶的场景中，让读者从斜上方如偷窥一般看到室内。

② 水平构图与斜线构图

代表平安时代绘卷风格的《源氏物语绘卷》，其构图方式分为两种：水平构图和斜线构图。画中的门面使用水平构图，使人产生稳定感；而房屋进深采用斜线构图，可以创造出更富变化、更有趣的画面。

绘卷使用了整体水平构图，而分割室内外的房梁与栏杆则采用了大角度斜线构图。

③ 面部的表现

《源氏物语绘卷》中，不论男女，人物的面部都是蚕豆般的脸型、浓眉、细眼、钩鼻、樱桃小口、面无表情，这种蚕豆脸、细目钩鼻的面部描绘，简单中蕴含着高超的技术。

人物的眼睛用多条细线画成，还点出了黑瞳，表现出惊人的细致。

第十八回　松风[①]

一条院的东院修建已经结束，源氏内大臣请花散里搬到这东院的西殿和廊房中。家务办事处及家臣住所，也都做了相应的安排。东殿打算供明石姬居住。北殿特别宽广，过去曾一时结缘而许以终身赡养的女人，他准备让她们集中住在这北殿里，因此分隔出许多房间。但各种陈设设置得也非常周到，处处精致可爱。正殿空着，作为自己偶尔来住时的休息场所，也有各种适当的设备。

他时常写信给明石姬，劝她早日入京。但明石姬总感身份低微，不敢冒昧前往。她想："听说京中许多身份高贵之人，公子对她们也不即不离，似爱非爱，反而让她们更增痛苦。我究竟能有多少恩宠，竟敢入京参与其中呢？我若入京，不过是显示我身份的低贱，让这孩子丢脸而已。恐怕他一定难得出现，而我尽在那里专诚等候，让人耻笑，不免弄得老大没趣。"她心中十分苦恼。但转念又想：如果让她从此做个乡下女子，不能与别人一样享受尊荣富贵，也太委屈她了。因此她又不敢断然拒绝此事。

她的父母也觉她的顾虑确有道理，唯有互相悲叹，一筹莫展。明石道人忽然想起：他夫人已故的祖父中务亲王，在京郊嵯峨地方大堰河附近有一处宫邸。这亲王的后裔早已凋零，没有一个继承人，因此这处宫邸荒芜已久。有一个祖辈传下来的管家模样的人，现在正在代管着。明石道人便叫了这个人来，与他商谈："我已看破红尘，决心就此隐居在这乡下了。哪知到了晚年，又遇到一件意外之事，想在京中再找一所住宅。要是立即迁往繁华热闹的地点，觉得不太合适。住惯乡村的人在那种地方毕竟心中不安。因此想起了你所代管的那处宫邸。一切费用我自当奉上，如果修理出来还可住人，就请你找人动工，不知可否？"那人答道："这所宅子多年来无人管理，如今已荒芜得像草原一般了。我只是把其中几间旁屋略加修理，随便暂住在里头。今年春天，源氏内大臣老爷在那里建造佛堂，附近一带便有许多人夫来往，十分嘈杂。这佛堂造得十分讲究，工人也异常众多。要是想找清静的地方，那里恐怕不太合适。"明石道人说："这倒不妨。实不相瞒，我们素与内大臣有缘，正想托他的荫庇。房屋内部的装饰，我们自会慢慢安排。但要先把房屋大体加以修缮。"那人答道："这不是我的宅子，亲王家又没有继承之人。我过惯了乡间安静的生活，长年隐居在那里。领内的田地早已荒芜不堪。我曾向已故的民部大辅[②]请求，蒙他将这宅子赏赐给我，但也为此送了他不少礼物。我便一起作为自己的产业耕作着。"他恐怕田地中的产物就此被没收，所以那张毛发蓬松的脸变了颜色，鼻子红起来，连嘴巴也噘了起来。明石道人急忙说："你大可放心，那些田地我们一概不管，依旧由你代管就是。那些地契房契还存在我的手里，只因我早已不问世事，土地房产也多年不曾勘查。这件事且待以后细细清理。"这管家听出他与源氏内大臣有些关系，知道不易对付，便向明石道人拿了一大笔修缮费用，加紧修理那处宅邸了。

源氏内大臣并不知道明石道人有这番打算，只是不知道明石姬为何迟迟不肯入京。又挂念着让小女公子孤苦伶仃地在乡下长大，担心世人议论纷纷，成为她一生的缺陷。大堰宅邸修理完毕之后，明石道人把发现此屋的经过告知源氏内大臣，这时他才恍然

① 本回与前回同年，写源氏三十一岁秋天的事，其内容与第十三回"明石"相连接。

② 民部大辅，想是明石姬的外祖父。

大悟：明石姬一直不肯迁到东院来和众人同居，原来是有此打算。他觉得这件事用心良苦，心中十分喜慰。那个惟光朝臣一向是所有隐秘行径都少不了他的人。这回也就派他到大堰河去，命他用心协助办理邸内各处应有之物。惟光回报说："那地方风景不错，与明石浦海边相仿。"源氏内大臣心想：这样的地方给这个人住倒挺不错。源氏公子建造的佛堂，就在嵯峨大觉寺之南，面对瀑布，风趣极雅，竟不亚于大觉寺。而大堰的明石宅邸面临河流，处于一片青葱美妙的松林中。正殿简单朴素，却别有山乡风味。内部的装饰布置均由源氏内大臣亲自设计。

源氏内大臣派了几个亲信，偷偷到明石浦迎接明石姬。此时明石姬已无可推托，只得下定决心动身。但要离开这多年住惯的家乡，又觉依依难舍。想到父亲今后将凄凉寂寞地独居浦上，更觉心绪纷乱，悲伤不已。她自怜为什么此生如此多愁多恨，羡慕那些未曾接受源氏爱情的人。她的父母呢，多年来日夜盼望源氏内大臣迎接女儿入京，如今如愿以偿，自然无限欢喜。但想到夫人要随女儿入京，今后老夫妇不能相见，则又悲痛难忍。明石道人整日茫然若失，嘴里翻来覆去地说着同一句话："那么我以后不能再见这小宝贝了吗？"此外没有其他的言语。夫人也极为悲伤，她想："我俩出家修行，多年来不曾同室而居。如今让他独留浦上，有谁能悉心照顾他呢？纵使是一时邂逅、暂叙露情的人，但在'彼此已熟识'[①]之后忽然离别，也不免伤心难过；何况我俩是正式夫妇。我丈夫虽然性格顽固，难以亲近，但这又另当别论。既已结缡，又选定这里作为终老之地，总以为可在'修短不可知'[②]的在世期间共享余年。如今突然分手，怎不让人肝肠寸断？"那些青年女侍，住在这乡间总嫌寂寞，现在即将迁居京都，大家十分欢喜。但一想到今后不能再见这海边美景，又觉依依难舍，看看那来来去去的波浪，不觉泪湿襟袖。

这时适逢秋季，正多哀怨愁思。出发的那天早晨，秋风萧瑟，虫声齐鸣，明石姬向海那边望去，只见明石道人比平日后夜诵经时刻起得还早，于暗夜起来，啜着鼻子诵经拜佛。这是喜庆之事，不应有不吉利的言行，但谁都忍不住流下泪来。小女公子长得极为可爱，外公素来把她看作夜明珠一般，抱着不肯放手。小外孙女也就喜爱他，时常缠着他。他总想起自己是出家人，应该有所顾忌，不可过分亲昵。但片刻不见她，便觉过不下去，难以忍受。便吟诗道：

"遥祝前程多幸福，
　临歧老泪苦难禁。

哎呀，这话太不吉祥了！"于是急忙把眼泪擦干。

他的尼姑夫人接着吟道：

"当年联袂辞京阙，

① 古歌："彼此已熟识，蓦地生离别。试问此别离，可惜不可惜？"可见《河海抄》所引。

② 古歌："我命本无常，修短不可知。但愿在世时，忧患莫频催。"可见《古今和歌集》。

今日独行路途迷。”

吟罢不禁哭泣起来。这也是难怪的。她想起多年来夫妇之谊，觉得今朝一旦抛开，依凭这段不甚可靠的姻缘而重回曾遭厌弃的京都，实在并非妥善之计。明石姬也吟诗道：

“此去何时重拜见，
无常世事渺难知。

据女儿的意思，父亲最好陪送我们一同进京。”她恳切劝请。但明石道人说：“我有各种原因，不便离去。”但他想起女眷一路上不便之处，又非常担心。

他说：“我以前离开京都而退居乡间，都是为了你。实在是指望在此处做个国守，可以早晚随心所欲地教养你。哪知就任之后，时运不济，身逢种种磨难。如果再回京都，我只是一个潦倒的老国守，无法改善蓬门陋室的贫苦生涯，于公于私都将成为一个笨伯，辱及先人名声，更加让人痛心。我离开京都时，人人都猜想我将出家。我自己也觉得世间种种都已不惜放弃。但见你年龄渐长，知识渐开，又觉得我怎能将这块美锦藏在暗中。为子女而悲痛的父母之心，永无晴朗之日。于是求神拜佛，自身虽然不幸，只求切勿连累子女，任其在山乡沦落。我心中长怀此志，果然意外地与源氏公子结了良缘，真是可喜可庆。但因身份相距太远，我每一念及你将来的前程，又不免顾虑再三，悲叹不已。后来生下这小宝贝，方始确信姻缘前定，宿缘不浅。让她在这海边生长，太委屈她了。据我想这孩子的命运一定非凡。我今后不能见她虽然有些可悲，但我既已决心辞世，也就顾不得这许多了。我这小外孙女有荣华富贵的福相。她生在乡间，暂且惑乱我这村夫的求道之心，怕也是前世因缘吧。我正如天上神仙偶尔堕入三途恶道①，要暂时忍受一番痛苦，今日便要与你们诀别了。以后你们即使听到我的死讯，也不必为我追荐。古语云：‘大限不可逃’②，无须为此伤心！”他说得十分坚决。后来又说：“我在化为灰烟之前，在昼夜六时的祈祷中，还是要附带着为我这小宝贝祝福，这点尘心尚未断绝。”说到小外孙女，他又要哭出来了。

若走陆路，车辆太多，过于招摇。若是分为水陆两路，又太麻烦。京中来使也格外注意避免引人注目，于是决定全部乘船，悄悄进京。

辰时出发，一行船舶于古人所咏叹的“浦上晨雾”③中渐渐远去。明石道人目送着，心中异常悲伤，久久不能释怀，终至茫然若失。船里的尼姑夫人离开了这长年居住的地方而重返京都，也有无限感慨，泪流满面，对女儿吟道：

“欲登彼岸④心如矢，
船到中流又折回。”

---

① 三恶道，据佛教观点：天人果报尽时，暂堕三恶道，即地狱道、饿鬼道、畜生道。经此苦恼，再生天界。

② 古歌：“大限不可逃，人人欲永生。子女慕父母，为亲祝千春。”可见《伊势物语》。

③ 古歌：“天色渐向晓，浦上多晨雾。行舟向岛阴，不知往何处。”可见《古今和歌集》。

④ 彼岸，是佛教用语，指阴司，即所谓西方极乐世界。

惜别明石 川口正藏 满月 明治时代（1831—1832年）

正值人多哀愁的秋天，源氏派遣亲信来接明石姬赴京。遽然离开居住多年的明石浦而去向陌生的京都，独留老人于浦上，让明石姬十分悲伤。图中秋雁纷飞的景色，给人以秋天的萧瑟和离别的愁苦之感，衬托出明石姬此刻的复杂心情。

明石姬答诗云：

“浦滨几度春秋更，
忽上浮槎入帝京。”

这一天顺风顺水。舍舟登陆，乘车到达京都，不曾延误时日。为免外人议论，一路上谨慎小心。

大堰的宅邸也颇具意趣，很像那多年住惯的浦上，令人几乎不能察觉出改变了住所。只是回思往事，感慨极多。新筑的廊房式样十分新颖，庭中的池塘也雅致可爱。室内的陈设虽然并非十分周全，但也并无特别的不便。源氏内大臣吩咐几个亲信，到邸内举办平安

的贺宴。他自己何时来访，只因有所不便，尚须详加考虑安排。不知不觉中匆匆过了几天。明石姬不见源氏内大臣来到，心中一直伤感。她思恋离别了的故乡，整日寂寞无聊，便拿出公子当年作为纪念品送她的那张琴来，独自弹奏。时值金秋，景物凄凉。独居一室，随意弹奏。略弹片刻，便觉松风吹至，与琴声相和。那尼姑母夫人正自忧伤悲叹，听见琴声，便坐起身来，乘兴吟道：

"祝发独寻山里静，
松风[①]犹是旧时音。"

明石姬和诗云：

"拟托琴心怀故友，
他乡何处觅知音？"

明石姬如此蹉跎光阴，又过了几日。源氏内大臣心中不安，便顾不得引人注目，决心到大堰去拜访。他之前并不曾将这件事告知紫姬，但担心她从别人那里听到，反而不好，因此就如实地告诉了她。又对她说："桂院[②]有些事，我必须亲自前往料理，已搁置了许久。另外还有约定来京拜访我的人，正在那附近等我，不去也不好意思。况且嵯峨佛堂里的佛像，装饰尚未完成，也得去察看一下。这次大概要在那里耽搁两三天。"紫姬曾听人说起他突然营造桂院，料想是要给明石姬住，心中很不高兴，说道："你去那边两三天，怕连斧头柄也要烂光[③]吧？教人等杀呢！"脸上露出不愉之色。源氏内大臣说："你又多心！大家都说我和从前完全不同了，唯有你……"花言巧语地安慰了她一番，这时太阳已经升得很高了。

这一次是微服出行，前驱只用几个心腹，悄悄前行，到达大堰已是黄昏时分。从前住在明石浦时，身着旅装便服，明石姬便已赞叹他的风姿之美从所未见。而现在身着官袍，又格外用心打扮，其神情之艳丽竟是举世无双，她见了不免心惊目眩，心头愁云忽然消散，不觉喜形于色。源氏公子到了邸内，只觉一切都可喜可爱。看见了小女公子，更加感动，深悔以前长久隔绝，多么可惜！他想："葵姬所生的夕雾，世人皆赞其为美男子，那不过是因为他是太政大臣的外孙，权势相关，不得不赞扬罢了。这小女孩年仅

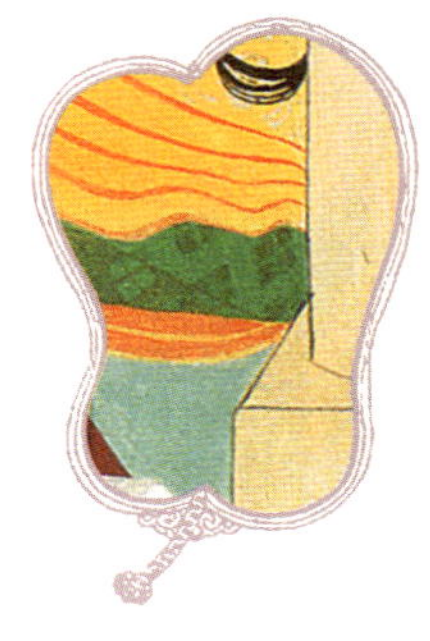

① 本回题名即据此而定。

② 桂院，是源氏在嵯峨的别墅。

③《述异记》中载："晋王质入山樵采，见二童子对弈，童子与质一物如枣核，食之不饥。局终，童子指示曰：'汝柯烂矣。'质归乡里，已及百岁。"世称此山为"烂柯山"。柯即斧柄。

三岁，便长得如此美丽，以后更可想而知了。”只见她天真烂漫的微笑，那种娇痴模样实在让人爱杀！乳母下乡之时，形容很是憔悴，现已保养得十分丰丽了。她絮絮叨叨地把近年来小女公子的事告诉源氏公子。公子想象她的村居生活，甚觉可怜，便好言抚慰。又对明石姬说：“这地方也很偏僻，我来去极不方便。不如还是迁居到我原定的东院去吧。”明石姬答道：“现在刚到，还感生疏，且过些时日再作道理。”此言亦有道理。这一晚两人娓娓互述衷曲，直至天明。

邸内还有些地方尚须修理，源氏公子叫来本来留在这里的及最近增添的人员，叮嘱他们分别办理。在附近当差的人听说公子要来桂院，都已聚集在院内等候，现在都赶到邸内来参拜了。公子命他们修整庭院中损坏的树木。他说：“这院子里好些装饰的石头都不见了。若能整理得整洁雅观，倒也是个富有意趣的庭院。不过这种地方过分讲究，也是枉然。毕竟不是久居之地，修得太好了，离去时难以割舍，反而增添许多痛苦。”他就回忆谪居明石浦时的往事，时而欢笑，时而流泪，恣意畅谈，神情极其潇洒。那尼姑看见他的风采，老也忘了，忧也解了，不禁笑逐颜开起来。

源氏公子命工人重新疏导自东边廊房下流出来的泉水，而自己脱下官袍，仅穿内衣，亲自指示，姿态十分优美。那尼姑看了不由得欢喜赞叹。源氏公子见一旁放着佛前供净水的器物，想起了那尼姑，说道：“师姑老太太也住在这里吗？太不恭敬了。”便命人取来官袍穿上，走到尼姑住所的帷屏旁边，说道：“小女能长得如此美好而全无缺陷，全是老夫人修行积德的缘故。老夫人为了我们，舍弃了心爱的静修之地而重返尘世，此恩非浅。老大人独居浦上，对这里定然诸多悬念。各种照拂真让我感谢不尽！”这番话说得情意缠绵。尼姑答道：“承蒙公子体谅我重返尘世的苦心，老身苟延残命，也就不算虚度光阴了。”说到这里，不由得哭了起来。后来又说：“这棵小小青松，如若让它生长在荒矶之上，实在可怜。如今移植丰壤，定能欣欣向荣，可庆可喜，但只恨托根太浅①，不知是否会受阻碍，令人挂心。”说得很有风度。公子便和她叙旧，追忆尼姑的祖父中务亲王住在这宅邸里时的情况。这时泉水已经修好，水声淙淙，仿佛泣诉旧情。尼姑便吟诗道：

“故主重来人不识，
泉声絮语旧时情。”

源氏公子听了，觉得她这诗毫不做作，且语气谦逊，诗情甚为雅致。便答道：

“泉声不忘当年事，
故主音容异昔时②。

往事实在很可追忆！”他一面回思往事，一面站起身来，姿态十分优雅。尼姑觉得这真是个举世无双的美男子。

源氏公子来到嵯峨佛堂。他规定这里的佛事，每月十四日普贤讲，十五日阿弥陀讲，月底释迦讲。这是应有的，不必多说。此外他又增加了其他的佛事。佛堂装饰及各

① 指自家身份低微。
② 指明石姬之母已出家为尼。

微行探望　佚名　信贵山缘起绘卷　平安时代（12世纪）

明石姬入住京都大堰宅邸已经多日，然源氏身居高位，又有紫姬在身边吃醋，故而一直未能去探望。明石姬虽然有些恼恨源氏，待见到身着官袍、打扮艳丽的源氏，却又愁云消散、欣喜不已。图为平安贵族出行时仆从簇拥着的情景。

种法器，亦各有相应指示。直至月色当空，才从佛堂返回大堰邸。这时他想起了明石浦上的月夜。明石姬猜到他的心事，便乘机拿出那张作为纪念品的琴来，放在他面前。这时源氏公子心中无来由地感到凄怆，难以忍受，便弹奏一曲。琴弦的调子还同从前一样，并无改变。弹奏之时，从前的情景仿佛就在眼前闪现。于是公子吟诗道：

“弦音不负当年誓，
始信恩情无绝时。”

明石姬答道：

“弦音誓不变，聊慰相思情。
一曲舒愁绪，松风带泣声。”

与源氏公子对答吟唱，并无不相称之处，明石姬为此感到十分欣幸。

明石姬的花容月貌叫源氏公子难以抛舍。小女公子的娇姿更让他百看不厌。他想：“这孩子我该怎样安排呢？让她在暗处成长，委屈了她，多么可惜！不如带她到二条院去，给紫姬当女儿，才能尽心竭力地教养她。以后送她入宫，也免得世人评论。”但又怕明石姬不肯，不便出口，只是对着这小娃娃流泪。小女公子起初见父亲还有些怕生，后来渐渐熟了，也跟他说话，对着他笑，与他亲近。源氏公子看了，愈发觉得她娇美可爱。他抱着她，这父女二人的姿态真漂亮！可知他们原有宿世因缘。

第二天，原定要返回京都，由于惜别，这一天早上源氏公子起身略迟。他准备从这里直接返京。但京中赶来许多达官贵人，聚集在这里。又有许多殿上人到这邸内来接他。源氏公子一面打点行装，一面懊恼地说："真让人不好意思！这里并不容易找到，他们怎么会来的？"外面人声嘈杂，他不得不走出去。临别无限伤心，脸上无精打采。他走到明石姬房门前，停下脚步，正好乳母抱着小女公子出来了。源氏公子见这孩子十分可爱，伸手摸摸她的头发，说道："我一时看不见她，心中便觉难过，实在爱得太过分了。这该怎样才好呢？这地方真是'君家何太远'①。"乳母答道："从前住在乡下，想念得好痛苦！如今到了京中，若是再不得父亲的照顾，那真是比从前更加痛苦了！"小女公子伸出双手，扑向站着的父亲，要他抱。源氏公子便坐下来抱住她，说道："奇怪啊，我这一生忧愁之事竟无穷无尽！一刻不见这孩子便觉痛苦。夫人在哪里？为什么不与小女公子一起出来送别？再见一面，亦可聊以自慰啊。"乳母笑着，进去对明石姬讲了。明石姬这时芳心纷乱，倒在床上，一时不得起身。源氏公子觉得未免太高贵了。众女侍都劝她赶快出去，不要让公子久候，她才勉强起身，膝行向前，半身隐在帷屏之后，姿态优美高雅。如此娇艳模样，即便说她是个皇女，也并无不相称的地方。源氏公子便撩起帷屏的垂布，与她细说离情。

终于要起身告别了。源氏内大臣走了几步，回头一看，只见这个一向羞涩的人居然走出门来送别了。明石姬抬头一看，觉得这真是一个相貌堂堂的美男子！他的身材本来瘦长，现在略胖了一些，显得更加匀称了。服装也都合身称体，具有内大臣的风度，连裙裾上也溢出风流高雅的气息来。这怕未免有点情人眼里出西施吧。

当年削职去官的那个右近将监，如今早已恢复藏人的官位，并兼任卫门尉之职，今年又晋了爵。他的模样与当年流寓明石浦时大不相同，威武堂皇，十分神气。此刻他拿过源氏内大臣的佩刀，走过来侍立在他身旁。右近将监看见这里有一个相熟的女侍，便话里有话地说："我决不忘记昔年浦上的厚意。这次多多失礼了。我早上醒来，觉得此地很像明石浦，却无法给你写信问安。"那女侍答道："这里地处山乡僻壤，荒凉不减于晨雾弥漫的明石浦。而且亲友凋零，连苍松也已非故人②了。承蒙你这不忘旧情的人来问候，不胜欣喜。"右近将监觉得这个女侍误会了。原来他以前曾经属意明石姬，所以说这番话来暗示心事。这女侍却误以为他看中了自己。右近将监觉得出乎意料，便淡然地告别："改日再来拜访吧。"就跟着公子走出去了。

源氏内大臣打扮得整整齐齐，走出门去时，前驱高声喝道。头中将与兵卫督坐在车子后面奉陪。源氏内大臣对他们说："这样一个简陋不堪的隐蔽地也被你们找到了，真让人遗憾！"看上去很不高兴。头中将答道："昨晚月色极好，我们不曾来奉陪，惭愧之至。因此今天冒着晨雾前来接您。山中的红叶尚早，山野秋花倒还茂盛。昨天一同来的某某朝臣，在途中放鹰猎取鸟兽，落在后面，现在不知怎么样了呢。"

源氏内大臣决定今日去桂院游玩，即命车驾转桂院。桂院的管理人匆忙备办筵席，四处奔走，手忙脚乱。源氏内大臣唤来鸬鹚船③上的渔夫。他听到这些渔夫的口音，想

① 古歌："君家何太远，欲见苦无由。暂见也难得，教人怎不愁？"可见《元真集》。

② 古歌："谁与话当年？亲友尽凋零。苍松虽长寿，亦已非故人。"可见《古今和歌集》。

③ 这附近桂川上的鸬鹚船自古著名。

起须磨浦上的渔夫的土话。昨夜在嵯峨野中放鹰打猎的某某朝臣，送上用荻枝穿好的一串小鸟，作为礼物，以证明其确实曾经狩猎。传杯劝酒，不知不觉间便已酒醉。河边散步，有失足之虞。但兴致浓重，就在河边盘桓了一日。诸人皆赋诗句。到了晚上月色皎洁之时，大开音乐之会，热闹非常。弦乐只用琵琶与和琴，笛子则命长于此道之人吹奏。所吹的都是适合秋天时令的曲调。水面吹来微风，与曲调相和，更觉极具雅趣。这时月亮高升，乐音响彻云霄。

夜色渐浓之时，京中来了四五个殿上人。这些人皆在御前服侍，宫中举行管弦会时，皇上曾说："六天斋戒，今已圆满，源氏内大臣本应来参与奏乐，为什么不见他来？"有人启奏：大臣正游览嵯峨桂院。皇上便派人前来询问。同来的钦差是藏人弁，带来冷泉帝的信中云：

"院居接近蟾宫桂，
料得清光分外明。

我好羡慕呵！"源氏内大臣对使者再三申述未能参与宫中奏乐的歉意。但他觉得这里奏乐，因环境不同，略有凄清之感，反比宫中更有意趣。洗盏更酌，又添了几分醉意。

这里不曾准备犒赏之物，源氏内大臣便派人到大堰邸内去取，叮嘱明石姬：不必特别丰盛。明石姬便将手头现成之物交给使者呈上，共有衣箱两担。钦差藏人弁急欲回宫，源氏大臣便从衣箱中拿出一袭女装，赠予钦差，并答诗云：

"空有嘉名称月桂，
朝朝苦雾满山乡。"

言外之意是盼望日光照临此地，即盼望冷泉帝行幸之意。钦差去后，源氏内大臣在席中闲吟古歌："我乡名桂里，桂是蟾宫生。为此盼明月，惠然来照临。"[①]因此想到淡路岛，便谈到躬恒怀疑"莫非境不同"那曲古歌，席上便有人不胜感慨，带着醉意大哭。源氏公子吟诗道：

"否去泰来日，月华在手旁。
当年窜淡路，遥望此清光。"

头中将接着吟道：

"月明暂被浮云掩，
此夜清光普万方。"

右大弁年纪较长，桐壶帝时代就已在朝，圣眷深厚。这时他追怀故主，便吟诗道：

① 这首古歌可见《古今和歌集》。

"月明遽舍天宫去，
落入深山何处边？"

席上诸人皆赋诗句，为免烦冗，恕不尽述。源氏内大臣恣意谈笑，众人皆想听他千年，看他万载，怕真是斧头柄都要烂光了。但在此间逗留已有四天，今日必须返京。便将衣服分赐众人。他们把衣服搭在肩上，在雾中忽隐忽现，色彩缤纷，望去几乎令人疑心是庭中花草，景象异常美妙。近卫府中擅长神乐、催马乐或东游等歌曲的随从，恰有几个也随侍在旁。这些人游兴大发，唱着神乐歌《此马》的章节[①]，跳起舞来。自源氏内大臣以下，许多人从身上脱下衣服来赏赐他们，那些衣服披在肩上，红紫错综，正如秋风中翻飞的红叶。大队人马喧嚣，纷纷攘攘地返回京都，大堰邸中的人远远听着，颇有落寞之感，大家怅然若失。源氏内大臣不曾再度向明石姬告别，亦觉于心不安。

源氏内大臣回到二条院，休息片刻，便将嵯峨山中诸事说给紫姬听。他说："我回家晚了一天，心里很觉烦恼。都怪那些好事者来找我，硬把我留住了。今天感觉真疲劳呢。"就进去睡了。

紫姬心中很不高兴，但源氏内大臣假作不知，开导她说："你与她身份如此悬殊，不该同她比较。你应该想：她是她，我是我。不要同她计较才是。"原定这天晚上要入宫，这时他转向一旁，忙着写信，大概是写给明石姬的。从旁边看着，只见写得十分详细。又对使者耳语多时。众女侍看了都感不快。晚上本来想留宿宫中，但恐怕紫姬心绪不佳，终于深夜回家了。明石姬的回信早已送到。源氏内大臣并不隐瞒，就在紫姬面前拆阅。信中并无特别让她懊恼的言语，源氏内大臣便对紫姬说："你把这信撕了吧！这种东西很让人厌烦，放在这里，和我的年纪太不相称。"说着，便靠在矮几上，心中却一直记挂着明石姬，只管望着灯火出神，别无话说。

那封信摊开放在桌子上，但紫姬装作并不想看的模样。源氏内大臣说："你装作不要看，却又想偷看。那种眼色才叫我不安呢。"说着莞尔而笑，娇憨之色尽显。他靠近紫姬身旁，对她说道："实不相瞒，她已经生下一个极其可爱的女孩，可见我与她前世宿缘不浅。但这母亲身份太低，我若公然把这孩子当作女儿抚养，恐怕要惹人议论。因此我很苦恼。请你体谅我，为我想个办法，一切由你做主。你觉得怎样才好？接她到这里来由你抚育，好不好？现在已是蛭子之年，这无辜的孩子，我不忍抛开她。我想给她那小小的腰身上穿一条裙子，如果你不嫌弃，由你来替她打结，好吗？"紫姬答道："你这样不了解我，真让我出乎意料。你要再这样，我也只得不管你的事了。你早该知道，我最喜欢天真烂漫的孩子。这孩子正当这个年龄，该是多么可爱呵！"她脸上露出笑容。原来紫姬生性喜欢小孩，她很希望将这女孩抱在手里抚育她。但源氏内大臣心中迟疑不决：究竟怎样才好？真的要接她来这里吗？

大堰邸内，他不便经常前往。唯有到嵯峨佛堂念佛之时，才能顺便去访，每月不过欢会两次而已。比较起牛郎织女来，稍胜一筹。明石姬虽然不敢再有奢望，但心中又怎能不伤怨别离？

---

① 神乐歌《此马》全文："吁嗟此马，向我求草。卸其衔辔，饲以草料。亦取水来，自彼池沼。"

弹唱回想　歌川丰国　源氏香之图·松风　江户时代（约1844—1847年）

源氏在明石姬的居所大堰邸，与明石姬弹琴相和，触景生情地想起当年明石浦上的月夜，无端地感觉凄凉。这种伤怀的情景，与之后众朝臣奏乐吟诗的热闹形成反差，让人更觉刻骨。图为源氏与明石姬相对而坐，弹琴吟唱，回想往昔的情景。

第十九回　薄云①

转眼之间，秋尽冬来，大堰河畔的宅邸愈发冷落萧条。明石姬母女寂寞无聊，虚度岁月。源氏公子劝道："在这里怎么过得下去，不如迁居到我那里去吧。"但明石姬想："迁居到那边去，恐怕'辘轲多苦辛'[②]。要是在那边彻底看透了他的薄情，我不免大失所望。那时真所谓'再来哭诉有何言'[③]了。"因此犹豫不决。源氏公子便和她多方商议："既然如此，这孩子终不能长久住在此地。我正在为她安排前程，如果任她埋没于此，岂不太委屈了她？那边紫夫人听说你有这孩子，常想见见她。让她暂时住到那边去，和紫夫人略熟一些，我就想公开替她举行穿裙仪式呢。"明石姬早就担心公子有这样的打算，如今听他这样说，更感痛心，答道："她虽然成了贵人的女儿，身份抬高，但知道实情的人若泄露了风声，事情反而不妙。"她绝不肯放开这孩子。源氏公子说："你也说得有理。但紫夫人此人你大可放心。她出嫁多年，不曾生得一男半女，常感身边寂寞。她生性喜欢小孩。像前斋宫那种年纪的女孩，她也强要当作女儿一般地怜爱她。何况你这个如此讨人喜爱的小宝贝，她必然关爱有加。"便向她再三叙述紫姬的品性。明石姬听了，心想："以前约略听说，源氏公子四处钻营，拈花惹草，不知要遇到怎样的人才能安定下来。原来这人就是这位紫姬，他死心塌地地奉她为正夫人，可见他们的宿缘不浅。而她的人品比他人优越，自然也可想而知。像我这样微不足道的人，必然无法和她争宠。如果贸然迁居东院，参与其中，岂不被她耻笑？我自身的利害，倒可以暂且不必计较，这孩子来日方长，恐怕今后仍须靠她照顾。如此说来，还不如趁这无知无识的童稚之年让给了她吧。"接着又想："要是这孩子离开了我，我不知要怎样记挂她。寂寞无聊之时无以慰怀，叫我怎生度日？这孩子一去，还有什么可以逗引公子偶尔降临呢？"她左思右想，方寸尽乱，只觉未来忧患无穷。

尼姑母夫人是个深谋远虑的人，对女儿说道："你的顾虑全无道理！你见不到这孩子，或许痛苦很多，但你理应为这孩子着想。公子必定是再三考虑之后才对你说明此事。你还是信任他，将孩子送过去吧。你看，皇帝的儿子，也因母亲的身份而有高下之别。就像这位源氏内大臣，人品固然举世无双，但终于被降为臣籍，不得成为亲王，只能当个朝廷命官。为什么呢？只因他的外公——已故的按察大纳言——官位比其他女御的父亲低一级，所以他母亲只能当个更衣，而他就被称为更衣所生的皇子。差别就在于此啊！皇帝的儿子尚且如此，一般臣下，更不可相提并论了。再就一般的家庭而言，同样是亲王或大臣的女儿，但如果这亲王或大臣官位较低，这女儿又非正夫人，她所生的子女就受人轻视，父亲对这子女的待遇也就不同。何况我们这种人家，如果公子其他夫人中有一个身份高于我们的人生了子女，那么我们这孩子就全被压倒了。再说，女子无论身份高下，能得到双亲重视，才能受人尊敬。这孩子的穿裙仪式，要是由我们举行，纵使尽心竭力，在这深山僻处有何体面？不如完全交给他们，看他们怎样安排。"她把女儿训斥了一番，又与见解高明之人商议，再请算命先生卜筮，都说送与二条院大吉。

① 本回写源氏三十一岁冬天至三十二岁秋天的事。

② 古歌："地僻君难到，迁地以待君。待君君不来，辘轲多苦辛。"可见《后撰集》。

③ 古歌："痛数薄情终不改，再来哭诉有何言？"可见《拾遗集》。

明石姬的心也就软了下来。

源氏内大臣虽然作此打算，但也担心明石姬因此不爽，所以并不强求。他写信去问："穿裙仪式之事，该怎样举行？"明石姬回信中写道："想来想去，让她在我这一无可取的人身边，对她的前程终是不利的。但让她参与贵人之列，又深恐被人耻笑……"源氏内大臣看了这回信，很可怜她，但也无可奈何。

选定了一个黄道吉日，悄悄地命人准备相应的事宜。明石姬虽舍不得这孩子，但顾念孩子的前程，也只得暂且忍受痛苦。不但孩子，乳母也一定要同去方可。多年以来，她与这乳母日夜相伴，忧愁之日，寂寞之时，全靠她婉言慰藉。如今乳母也要离开，她更感孤单，怎能不伤心痛哭？乳母安慰她说："这也是前生注定。我因意外的缘分，侍奉于左右。多年来，常感盛情，念念不忘，怎料竟有分手之日？虽然今后会面的机会还多，但此刻即将离开，前往逢迎素不相识之人，心中好生不安呵！"说着也大哭起来。

此时已是严冬腊月，大雪纷飞。明石姬更觉孤寂。她想起未来的忧患，不禁伤心叹息。她比往日更加怜爱这女儿。有一天大雪下了整整一天，第二天早晨，四处堆满了积雪。她平常难得在檐前闲坐，这一天回思今昔，偶尔来到檐前，眺望池面冰雪。她身上穿着几层柔软的白色衣衫，对景沉思，姿态娴雅。试看那发髻和背影，身份如何高贵的女子，其美貌也不过如此。她举起手来揩拭泪水，叹息着说："今后再遇到这样的天气，更不知会如何凄凉呢！"便嘤嘤哭泣起来。继而吟道：

"深山雪满无晴日，
鱼雁盼随足迹来。"

乳母哭着安慰她道：

"深山雪满人孤寂，
意气相投信自通。"

当积雪渐渐消融之时，源氏公子来了。往日每逢公子驾临，邸中不胜欢迎。但他今天为带走小女公子而来，不免令人觉得心如刀割。明石姬虽然知道这件事并非别人强迫，全是出于自愿。自己若是断然拒绝，别人决不会勉强。她深悔自己做错了事。但今天再来拒绝，未免太轻率了。源氏公子见这孩子娇痴可爱地坐在母亲旁边，更觉得自己与明石姬之间宿缘非浅！这孩子今年春天开始蓄发，长得有如尼姑一般的短发，茸茸地挂到肩上，非常美丽。容貌端正，眉目清秀，更不必说了。源氏公子设想做母亲的把这孩子送给别人之后悲伤悬念的心情，觉得非常对不起明石姬，便对她反复说明自己的深意，百般安慰。明石姬答道："但愿您不把她看作微贱之人的女儿，好好地教养她……"说到这里，忍不住流下泪水。

小女公子此时还不识忧愁，只管催促着要快些上车。母亲亲自抱她来到车旁，她拉住母亲的衣袖，娇声喊道："妈妈也上来！"明石姬肝肠寸断，吟道：

"小松自有参天日，
别后何时见丽姿？"

未曾吟罢，早已泣不成声。源氏公子对她深感同情，觉得这件事确使她太过痛苦，便安慰她道：

“翠叶柔条根根柢，
　千秋永伴武隈松。[①]

且请耐心等待。”明石姬也觉得此言有理，心中稍安，但悲伤依然难忍。乳母和一个叫作少将的高级女侍，拿着佩刀和天儿[②]与小女公子同车。其他几个容貌娇好的青年女侍和女童，乘坐另一辆车子护送。源氏公子一路上都在挂念邸内的明石姬，深感自身犯了深重的罪恶！

到达二条院时，天色已晚。车子赶到殿前，那些来自乡村的女侍们，看见灯烛辉煌，繁华热闹，气象不凡，觉得到这里来当差有些不惯。源氏公子指定向西的一间屋室为小女公子的居室，其间有特殊的陈设，各种小型器具布置得异常美观。西边廊房靠北的一间，是乳母的居室。小女公子在途中睡着了，抱她下车时并不哭泣。女侍们带她到紫夫人房中，给她吃些东西。她渐渐发觉四周景象不同，又找不见母亲，便向各处寻找，脸上显出要哭的样子。紫夫人便叫乳母过来安慰她。

源氏公子想起大堰邸内的明石姬，失去孩子之后该如何寂寞，觉得很对不起她。但看到紫姬日夜爱抚这孩子，又觉称心如意。唯独可惜的是，这孩子并非是她亲生。如果是亲生的，外人便无可非议。这真是美中不足了。小女公子刚来的几天之中，有时哭哭啼啼，要找素来熟悉的人。但这孩子性情温和驯良，与紫姬十分亲昵，因此紫姬很怜爱她，仿佛获得了一件至宝。她终日抱她，逗着她玩。那乳母也便自然地和夫人熟悉起来。他们又另外物色了一个身份高贵而有乳的人，帮忙哺育这孩子。

小女公子的穿裙仪式，虽未特别加以筹备，但也十分讲究。按照小女公子身材做的服装和用具，小巧玲珑，竟像玩偶的游戏之物，非常可爱。当天前来祝贺的宾客很多，但因平日亦车马盈门，所以并不特别引人注目。小女公子的裙带，像背带那样通过双肩在胸前打了一个结，模样似乎比以前更加美丽了。

大堰邸内的人，朝夕都在怀念小女公子。明石姬愈发痛悔自己的决定了。尼姑夫人那天虽然教训了女儿一番，现在也不免时时流泪。但听说那边如此爱惜这小女公子，心中也自安慰。小女公子一应需要，那边供奉得十分周到，这里不必操心。于是备办了许多色彩华美的衣服，送给乳母以及小女公子贴身的众女侍。源氏公子想：若许久不去拜访，明石姬定会心疑：果如所料，从今我要抛开她了，定然更加恨我，这倒对她不起。于是在年内某日悄悄前往拜访了一次。邸内本已非常岑寂，再加失去了那可爱的孩子，其伤心可想而知。源氏公子每一想到这里，也觉得十分痛苦，因此不断地写信去慰问。紫姬如今也不太妒恨明石姬了。看这可爱的孩子面上，原谅了她的母亲。

① 武隈地方，以产夫妇松（双松并生者）著称。此诗以夫妇松喻自己及明石姬，并说明不久即将迎接她去同居。

② 天儿，是一种布娃娃，小儿带在身边，可以避灾。

身份高贵的代价 住吉具庆 源氏物语画帖 江户时代（17世纪）

为了女儿能有一个高贵的出身，万千思量，明石姬还是同意将女儿交由紫姬抚养。她将来的人生必然荣华富贵，然而代价也是惨痛的。这是源氏准备带孩子离别时的场景，孩子的懵懂、母亲的痛苦，以及源氏的自责，勾勒出一场送女的悲情剧。

不久新年来到。天空晴朗，二条院内诸事如意，百福呈祥。四处殿宇，装饰得格外华丽。拜年的客人络绎不绝。年纪较长的人，都在初七吃七菜粥[①]的日子赶来祝贺。门前车马众多。青年贵公子个个无忧无虑，喜气盈盈。身份较低的人，心中虽有忧虑，脸上仍怡然自得。这种情景，真可谓是太平盛世。住在东院西殿里的花散里，日子过得很舒服。众女侍及女童的服装，也照顾得十分周到，生涯安闲优裕。住在源氏公子临近，自然方便得多。公子每逢闲来无事，经常散步过来和她会面。至于特地到此留宿，则属难得一见。但花散里性情素来谦恭温顺，以为自己命中注定，与公子的缘分止于如此，所以心满意足地悠闲度日。源氏公子也很放心，每逢佳节，对她的待遇之丰厚，并不亚于紫姬。上下诸人，都不敢看轻了她。愿意伺候她的女侍也不少于紫姬。家臣也不敢怠慢于她。诸般境况，都无可指摘了。

源氏公子挂念着大堰邸内明石姬的寂寞无聊，待正月里公私事务忙完之后，就立即前往

---

① 七菜，是指春天的七种菜，即芹菜、荠菜、鼠曲草、繁缕、佛座、芜菁、萝卜。正月初七把这七种菜剁碎后放入粥里，叫作七菜粥。当时认为吃了能治百病。

拜访。这一天他打扮得特别讲究：身着表白里红的常礼服，里面是色泽艳丽的衬衣，衣香熏得十分浓烈，与紫姬告别时，映着绯红的夕阳，全身光彩盈盈。紫姬目送他出门时，不觉目眩神迷。小女公子无知无识，拉住父亲的裙裾，要跟他一同前往，竟想走出室外来。源氏公子站住了脚，心中觉得可怜。又说了一番安慰她的话，然后随口唱着催马乐中“明朝一定可回来”[①]的词句，出门而去。紫姬便叫女侍中将到廊房前守候，等他出来时赠诗一首：

“若无人系行舟住，
明日翘盼荡子归。”

中将吟时，语调十分流畅，源氏公子满面笑容地答道：

“匆匆一泊明朝返，
不为伊人片刻留。”

小女公子听到他们唱和，却全然不懂，只管蹦蹦跳跳地戏耍。紫姬觉得非常可爱，对明石姬的恨意也消减了。她猜想明石姬一定极为想念这孩子。要是换了她自己，该是如何伤心呵！她对这孩子凝视了一会儿，抱她入怀，摸出自己那个莹白可爱的乳房，给她含在口中，以为戏耍。旁人看了觉得这情景真是有趣！女侍们互相告道：“夫人为什么没有生育？这孩子如果是自己生的，多好呢！”

大堰邸内，情景十分优裕。房屋形式也与众不同，别饶雅趣。再加上明石姬的容颜举止，每次看见，都比上次优越。比较起身份高贵的女子来，实在并不逊色。源氏公子想：“她的品行倘若同别人一样，并无特别优越之处，我不会如此怜爱她。她父亲性行乖僻，确是一大憾事。至于女儿身份低下，又有何妨？”源氏公子每次来访，都只是匆匆一叙，常感不满。这次又是急忙归去，他觉得虽然相会，仍是痛苦，心中一直慨叹“好似梦中渡鹊桥”[②]。身边正好有筝，源氏公子取了过来。想起了那年在明石浦上深夜和奏之事，便劝明石姬弹琵琶。明石姬同他合奏了一会儿。源氏公子深深赞叹她技巧的高明，觉得无瑕可指。奏罢之后，他就把小女公子的近况详细告诉她。

大堰邸原是个寂寞的住所，但源氏公子常常到此泊宿，有时也就在这里吃些点心或便饭。他到这时，对外总是借口赴佛堂或桂院，并不明言专程来访。他对明石姬虽非过度迷恋，但也没有轻蔑之色，绝不把她当作一般人看待，足见对她的宠爱是与众不同的。明石姬也深知公子对她异常宠爱，所以她对公子并不作僭越的要求，但也不过分自卑，凡事不违背公子的意愿，真可谓不卑不亢、恰到好处。明石姬早就听人说：源氏公子在身份高贵的女人家里，从来不如此开诚相待，总是趾高气扬的。因此她想：“我倘

① 催马乐《樱人》全文：“（男唱）樱人樱人快停船，载我前往看岛田。我种岛田共十区，察看一遍就回来。明朝一定可回来。（女唱）口头说话是空言，明朝回来难上难。你在那边有妻房，明朝一定不回来，明朝一定不回来。”樱人是摇船的本地人。

② 古歌：“世间情爱本飘摇，好似梦中渡鹊桥。渡过鹊桥相见日，心头忧恨也难消。”可见《河海抄》。

忍痛割爱的补偿　歌川丰国　源氏香之图·薄云　江户时代（约1844—1847年）

对于将女儿交付紫姬抚养，明石姬明知正确却仍痛悔不已。理解她用心及处境寂寥的源氏不由得时时挂念，常来探望留宿作为补偿。这是明石姬母女与源氏在一起时的场景。

若迁居东院，住在太接近公子的地方，倒反而与她们同化，难免受人各种侮辱。现在住在这里，虽然他来的次数不多，但总是特地为我而来，在我更有面子。”明石道人送女儿入京时虽然言语决绝，但毕竟也颇记挂，不知公子对她们待遇怎样，经常派使者来探问。听到了消息，有时忧伤叹息；但感到光荣、欢欣鼓舞之时亦复不少。

正在这时，太政大臣逝世了，这老大臣是天下之柱石，一旦殂落，皇上亦不胜悲叹。昔年暂时隐退，幽闭邸内，尚且引起朝中骚扰；何况今日与世长辞，悲伤之人自然很多。源氏内大臣亦非常惋惜。以前一切政务均可依赖太政大臣主裁，内大臣很是安闲。今后势必独任其艰，因此更增愁叹。冷泉帝年仅十四，但稳重老成，似乎远在这年龄之上，躬亲政务，圣明善断，源氏内大臣颇可放心。但太政大臣逝世之后，除了他自己以外，别无可托之后援人。谁能代他负此重任，而让他遂了出家修行之夙愿呢？想到这里，便觉太政大臣之早逝甚可痛心。因此大办追荐佛事，比太政大臣的子孙们办得更加隆重。又殷勤吊慰，多方照顾。

这年世间疫疠流行，禁中屡次发生异兆，上下人心不安。天空也多怪变：日月星辰，常见异光；云霞运行，亦示凶兆。世间惊人之事很多。各地天文、卜易专家纷纷上书申报，其中记载着各种让人吃惊的怪事。唯有源氏内大臣心中特别苦恼，以为此乃自身罪恶深重所致。

出家的藤壶皇后于今年春初患病，到了三月里，病势十分沉重。冷泉帝行幸三条院，向母后问病。桐壶帝驾崩之时，冷泉帝还只五岁，尚未深解世事。如今母亲病重，帝心异常忧虑，愁容满面。藤壶皇后也很悲伤，对他言道：“我预知今年大限难逃，但也并不觉得特别痛苦。倘明言自知死期，担心外人笑我故意装腔，所以并不额外多做功德。我早想入宫，从容地对你谈谈当年往事。但少有精神舒畅的日子，以致因循蹉跎，迄未如愿，实在遗憾。”说时声音十分微弱。她今年三十七岁，但还是青春盛年的模样，冷泉帝觉得非常可惜，心中更加悲伤了。便答道：“今年是母后应当万事谨慎小心的厄年[①]，孩儿听说母后近数月来玉体违和，很是担心。但并未特别多作法事，实在后悔。”他心中异常痛苦，只得在此危急之际，大规模举行法事，以祈祷母后复健。源氏内大臣以前也只当作她所患的是普通小病，不甚介意。现在也深为担忧了。冷泉帝因身份关系，不便勾留，不久告辞返宫，心中无限悲伤。

藤壶皇后非常痛苦，说话也颇困难，只是心中寻思：“此身因有宿世深缘，故在这世间享尽尊荣富贵，人莫能及。但我心中无限痛苦，亦复世间少有！冷泉帝做梦也不曾想到这种秘密，实在对他不起。唯有此恨，使我死不瞑目。海枯石烂，永无消解之一日了！”源氏内大臣为朝廷着想，太政大臣新丧，藤壶皇后垂危，连遭不幸，实在可悲。而想起了自己与藤壶皇后的秘密私情，又觉无限伤心。于是尽心竭力，大办佛事，祈祷皇后早日恢复健康。他对藤壶皇后的恋情，年来久已断绝。想起了今生永无再续鸾胶之一日，心中非常悲痛。便走近病床前的帷屏旁边，向知情的女侍探询皇后病状。皇后身边的女侍，都是亲信之人，察知源氏内大臣衷情，便将皇后近状详细奉告。又道：“这几月来，纵使身体不适，礼佛诵经之事亦不间断。积劳既久，身体更形虚弱。近日橘子汁也绝不进口，看来已

① 古时迷信：女子十九、三十三、三十七岁为“厄年”，必遭灾难。

樱花应尽墨　《源氏物语绘卷·竹河二》复原图　近代

图中的樱花是日本的国花，具有纯洁、高尚的象征。日本人认为人生短暂，活着就要像樱花一样灿烂．凋落时，也该果断离去，不污不染。除了与源氏的不伦之恋外，藤壶皇后的品性有如樱花般纯洁高尚，因此才有源氏“今岁应开墨色花”的吟唱，以示悼念。

无希望了。”众女侍无不掩面而泣。藤壶皇后命女侍传言道：“你恪守父皇遗命，为今上效忠，不遗余力。年来受惠很多，我常思待有良机，向你表达感谢之情。静候至今，岂料病势沉重至此，遗憾在心，夫复何言！”源氏内大臣在帷屏外微闻声息，伤心至极，不能作答，只是吞声痛哭。自念心情为什么如此脆弱，应该顾忌他人注目，振作起来。但又想起藤壶皇后从前的美貌，世间一般人见了也不胜怜惜。岂料如今即将香消玉殒，无法挽留，真是抱恨终天之事！终于收泪答道：“驽钝之材，诚不足道。唯受命以来，竭力效忠，不敢怠慢。月前太政大臣遽尔逝世，此后身荷政务重任，益增惶恐。岂料母后今又患病，更觉心乱如麻。担心此身亦不能久居人世也。”在此期间，藤壶皇后就像油干火绝一般悄悄地断气了。源氏内大臣的悲伤不可言喻。

藤壶皇后在一切贵人之中，心肠最为慈悲，对世人普遍爱护。从来豪门贵族，总不免倚仗势力，欺压平民，藤壶皇后则绝无这种行为。四方有所贡献，凡劳师动众之事，一概谢绝。在佛法功德方面，她也十分撙节。从来富贵之人，经人劝请，总是穷极豪华地大做功德，即在圣明天子时代，亦不乏其例。唯有藤壶皇后绝不做如此的奢侈之事，她只用上代传下来的财宝，以及应得的年俸爵禄，在不妨碍其他用项的限度内，尽量普遍地斋僧供佛。因此无知无识的山僧，也都悼惜她的逝世。葬仪的消息，轰动全国，闻者无不悲伤。凡殿上官员，一律身着黑色丧服，使得这莺花三月暗淡无光。

源氏公子看了二条院庭中的樱花，想起当年花宴的情状，自言自语地吟唱古歌中

“今岁应开墨色花”之句[①]。担心惹人议论，只得幽闭在佛堂中，天天背人偷泣。夕阳如火，山间树梢毕露。而横亘在岭上的薄云，映成灰色。值此百无聊赖之时，这灰色的薄云分外惹人哀思。源氏公子吟道：

“岭上薄云含夕照，
也同丧服色深黝。”[②]

无人见知，独吟也是枉然。

七七佛事渐渐圆满之后，暂无举动。宫中闲静，皇上顿感寂寞无聊。却说有一个僧都，藤壶皇后的母后[③]在世时就入宫供职，一直当祈祷师。藤壶皇后也颇尊敬他，当他亲信人。皇上亦重视他，经常让他举办隆重的法事。这确是一个道行高深的圣僧，世间少有。他今年约七十岁，近年来幽闭山中，勤修佛法，为自己晚年积福。这次专为藤壶皇后祈病，来到京都，被召入宫，常侍奉皇上左右。源氏内大臣也劝他：“今后你就同过去一样，常住宫中，为皇上供职。”僧都答道：“贫僧年老，本已不堪夜课。唯大臣有命，岂敢违反。况长年身蒙厚恩，理应报答。”便留住宫中了。

有一天，沉静的黎明时分，伺候人都不在身旁，值宿人员也都退去了，这僧都一面用老人特有的稳静声音咳嗽，一面为冷泉帝讲述人世无常之理。乘机言道：“贫僧有言，欲启奏陛下。因恐反获谎报之罪，故犹豫不决者久矣。但陛下若不知这件事，罪孽甚大，贫僧恐受天罚。贫僧若将这件事隐藏心中，直至命终，则又有何益？佛菩萨亦将呵斥贫僧之不忠。”他讲到这里，说不出口了。冷泉帝想：“到底是什么事情？莫非他死后在这世间犹有余恨吗？做和尚的，无论如何清高，总是贪馋嫉妒，实在厌烦。”便对他说：“我从幼年时候就亲信你，你却有事隐忍不说，叫我好恨啊！”僧都续说道：“阿弥陀佛！佛菩萨所严禁泄露的真言秘诀，贫僧均已绝不保留地传授陛下。贫僧自身，尚有何事隐忍在心？唯有这一件，乃牵连过去未来之大事，如果隐瞒，只恐反而以恶名传闻于世，于已故桐壶院和藤壶皇后，以及当今执政之源氏内大臣，皆多不利。贫僧此老朽之身，毫不足惜，纵使获罪，决不后悔。今当仰承神佛之意，向陛下奏闻：陛下尚在胎内之时，皇后便已悲伤忧恼，曾密嘱贫僧多方祈祷。其中详情，出家之人当然不得而知。后来内大臣身蒙无实之罪，谪戍海隅，皇后更加恐惧，又嘱贫僧举行祈祷。内大臣听说这件事，亦曾命贫僧向佛忏悔。陛下即位以前，贫僧不绝地为陛下祈求安泰也。据贫僧所知……”便将事实详细奏闻。冷泉帝听了他的话，如闻晴天霹雳，恐惧悲伤，方寸缭乱，一时不能作答。僧都自念唐突启奏，恼乱圣心，担心获罪，便想悄悄退出。冷泉帝留住了他，言道：“我倘不知这件事而度送一生，担心来世亦当受罪。唯你隐忍至今方始告我，反叫我怨你不忠了。我且问你：除你以外，有否别人知道这件事而泄露于外？”僧都答道：“除贫僧及王女官之外，并无他人知此情由。贫僧今日奏闻，心中实在恐惧。近来天变频仍，疫疠流行，其原因即在于此。陛下年幼之时，尚未通达世事，故神佛亦不计较。今陛下年龄渐长，万事已能明辨是非，神佛

① 古歌：“山樱若是多情种，今岁应开墨色花。”可见《古今和歌集》。

② 本回题名“薄云”即据此诗。因此藤壶又名“薄云皇后”。

③ 此乃桐壶帝前代的皇后。

即降灾殃，以示惩罚不孝之罪也。世间万事吉凶，其起因皆与父母有关。陛下若不自知其罪，贫僧不胜忧惧。因此敢将深藏心底之事宣之于口。”说时嘘唏不已。这时天色已明，僧都即便告退。

冷泉帝闻此惊人消息，如在梦中。左思右想，心绪恼乱。他觉得这件事对不起桐壶院在天之灵。而使生父屈居臣下之位，实在不孝。多方考虑，直到日晏之时，仍未起身。源氏内大臣听说圣躬不豫，很是吃惊，便前来探视。冷泉帝一见其面，悲伤更难忍受，簌簌地掉下泪来。源氏内大臣以为他悼念母后，泪眼至今未干也。

这一天，桃园式部卿亲王[①]逝世了。噩耗传来，冷泉帝又吃一惊，觉得这世间凶灾接踵而生，愈发可忧了。源氏内大臣看见皇上如此忧伤，便不返二条院去，常住宫中，与皇上亲密谈心。皇上对他言道：“我恐寿命不永了，为什么近来心情如此颓丧，天下又如此不太平。万方多难，叫我不胜忧惧。我颇想引退，母后在世之时，我恐使她伤心，不敢提起。今已无所顾虑，我欲及早让位，以便安心度日。”源氏内大臣骇然答道：“这件事怎样使得！天下之太平与否，不一定由于政治之长短。自古圣代明时，亦难免有凶恶之事。圣明天子时代发生意外变乱，在中国也有其例，在我国亦复如是。何况最近逝世之人，多半是高龄长寿，享尽天年者。陛下不必忧惧也。”便列举各种事例，多方劝慰。作者女流之辈，不敢侈谈天下大事。略举一端，亦不免越俎之嫌。

冷泉帝常穿墨色丧服，其清秀之风姿，与源氏内大臣毫无差异。他以前揽镜自照，亦常有此感想。自从听了僧都的话以后，再行细看源氏内大臣的容貌，愈发深切地感到父子之爱了。他总想找个机会，向他隐约提到这件事，但又恐源氏内大臣难为情，幼小的心中便鼓不起勇气。因此这期间他们只谈些普通闲话，不过比以前更加亲昵了。冷泉帝对他态度异常恭敬，与从前迥然不同，源氏内大臣眼明心慧，早已看出，暗中觉得惊异，但料不到他已经详悉底蕴了。

冷泉帝想向王女官探问详情，但他又不愿教王女官知道他母后严守秘密之事已经被他得悉。他只想设法将这件事隐约告知源氏内大臣，问他古来有否这种前例。但终无适当机会。于是他更加勤修学问，浏览各种书籍。他在书中发现：帝王血统混乱之事，在中国实例很多，有公开者，有秘密者；但在日本则史无前例。纵使亦有实例，但如此秘密，怎能见之史传？当然不会传之后世了。他只在史传中发现：皇子降为臣籍，身任纳言或大臣之后，又恢复为亲王，并即帝位者，则其例很多。于是他想援用这种前例，以源氏内大臣贤能为理由，让位于他。便作各种考虑。

这时正值秋季京官任免之期，朝廷决定任命源氏为太政大臣。冷泉帝预先将这件事告知源氏内大臣，顺便向他说起最近所考虑的让位之事。源氏内大臣闻言，诚惶诚恐，以为这件事万不可行，坚决反对。奏道：“桐壶父皇在世之时，于众多皇子之中，特别宠爱小臣，但绝不考虑传位之事。今日岂可违背父皇遗志，贸然身登帝位？小臣但愿恪守遗命，为朝廷尽辅相之责。直待年龄渐老之时，出家离俗，闭关修行，静度残生而已。”他照常用臣下的口气奏闻，冷泉帝听了深感歉憾。至于太政大臣之职，源氏内大臣亦谓尚须考虑，暂不受命。结果只是晋升官位，特许乘牛车出入宫禁。冷泉帝深感不满，还要恢复源氏内

---

① 桐壶院之弟，槿姬之父。

大臣为亲王。但按定例，亲王不得兼太政大臣，源氏倘恢复为亲王，则别无适当人物可当太政大臣而为朝廷后援人，故这件事又未能实行。于是晋封权中纳言[①]为大纳言兼大将。源氏内大臣想："等待此人再升一级，成为内大臣以后，万事皆可委任此人，我多少总安闲些。"但回思冷泉帝这次言行，又甚担心。万一他已知道这秘密，则对不起藤壶皇后之灵。而使冷泉帝如此忧恼，又万分惭愧。他很诧异：究竟是谁泄露这秘密的？

王女官已迁任栉笥殿[②]职务，在那里有她的房室。源氏内大臣便去访晤，探问她："那桩事情，皇后在世之时是否曾向皇上泄露口风？"王女官答道："哪有这件事！皇后非常恐惧，恐怕皇上听到风声。一方面她又替皇上担心，担心他不识亲父，蒙不孝之罪，而受神佛惩罚。"源氏内大臣听了这话，回思藤壶皇后那温厚周谨、深谋远虑的模样，私心爱慕不已。

却说梅壶女御在宫中，果如源氏内大臣所指望，照料冷泉帝异常周到，身受无上的宠爱。这位女御的性情与容貌，十全其美，无瑕可指。故源氏内大臣对她十分重视，用心照顾。时值秋季，梅壶女御暂回二条院歇息。源氏内大臣为欢迎女御，把正殿装饰得辉煌耀目。现在他用父母一般的纯洁心肠来爱护她了。

有一天，秋雨霏霏，庭前花草色彩斑斓，露满绿叶。源氏内大臣想起梅壶之母六条妃子在世时各种往事，泪下沾襟，便走到女御的居室里来探望。他身着墨色常礼服，借口时势不太平，故而洁身斋戒，实则为藤壶母后祈祷冥福也。他把念珠藏入袖中，走进帘内来，姿态异常优雅。梅壶女御隔着帷屏亲口和他谈话。源氏内大臣说："庭前秋花盛开了。今年年头不佳，而草木无知，依旧及时开颜发艳，真可怜啊！"说着，把身子靠在柱上，映着夕照，神采焕发。接着谈到昔年往事，谈到那天赴野宫拜访六条妃子后黎明时依依惜别之状，言下不胜感慨。梅壶女御正如古歌所咏"回思往事袖更湿"[③]，也嘤嘤地哭泣起来，模样很是可怜。源氏内大臣在帷屏外听她因哭泣而颤动的声音，推想她是个非常温柔优雅的美人。可惜不能见面，心中焦灼难堪。这种恶癖实在厌烦！

源氏内大臣又开言道："想起当年，并无如何可悲可恼之事，理应安闲度日。只因我耽好风流，以致终年忧患不绝。有许多女子，我和她发生了不应该的恋爱，使我至今犹觉痛苦。其中至死不能谅解而抱恨长终者，计有二人，其一便是你家已过世的母夫人。她怨我薄幸，直至最后仍不谅解，此乃我终身一大恨事。我竭诚照顾你这遗孤，指望借此聊慰寸心。无奈'旧恨余烬犹未消'[④]，看来这是永世的业障了。"至于另一人姑置不谈[⑤]。话头转向他处："中间我惨遭谪戍，常思回京之后，应做之事很多。现在总算逐渐如愿以偿了。住在东院的那人[⑥]，以前孤苦伶仃，现在安居纳福，无所顾虑了。这个人性情温和，我与她互相谅解，亲密无间。我回京以后，复官晋爵，身为帝室屏藩，

① 葵姬之兄，即以前之头中将。

② 栉笥殿，掌管御衣之所。

③ 古歌："罗袖本来无干日，回思往事袖更湿。"可见《拾遗集》。

④ 古歌："旧恨余烬犹未消，唯有与汝永缔交。"可见《源氏物语注释》所引。

⑤ 另一人显然是藤壶。

⑥ 指花散里。

冷泉帝的孝 《源氏物语绘卷·铃虫二》复原图 近代

从僧都口中知晓自己身世的冷泉帝大为吃惊，又逢藤壶皇后、左大臣相继病逝，种种异相和灾难，让冷泉帝惶恐于自己的不孝——生父屈居臣子，遂有让位于源氏的意向。图中冷泉帝与源氏相对而坐，右侧冷泉帝清秀的容姿，与左侧的源氏内大臣毫无差异。

但我对富贵并不深感兴趣，唯有风月情怀，始终难以抑制。当你入宫之际，我努力抑制对你的恋情而当了你的保护人，不知你能谅解我此心否？如果你不寄给同情，我真是枉费苦心了！”梅壶女御觉得厌烦，默默不答。源氏内大臣说：“你不回答，可见不同情我，我好伤心啊！”

急忙岔开话头，继续言道：“自今以后，我总想永不再做疚心之事，静掩禅关，专心修持，为来世积福。只是回思过去，我毫无勋业值得一生怀念，不免遗憾耳。唯膝下有小女一人，现仅四岁，成长之日尚远。我今不揣冒昧，欲以此女奉托，指望靠她光大门第。我死之后，务请多多栽培。”梅壶女御态度异常文雅，只是隐隐约约地回答了一言两语。源氏内大臣听了觉得十分可亲，便静静地坐在那里，直到日暮。又继续言道：“光大门第之望，姑且不谈。眼前我所企望的，一年四时流转之中，春花秋叶，风雨晦明，应有赏心悦目之景。春日林花烂漫，秋天郊野绮丽，孰优孰劣，古人各持一说，争论已久。毕竟何者最可赏心悦目，未有定论。在中国，诗人都说春花如锦，其美无比，而在日本的和歌中，则又谓‘春天只见群花放，不及清秋逸兴长。’[①]我等面对四时景色，但觉神移目眩。至于花色鸟声，孰优孰劣，实难分辨。我想在这狭小的庭院内，广栽春花，移植秋草，并养些不知名的鸣虫，以点缀四时景色，供你等欣赏。但不知你对于春和秋，喜爱哪一季节？”梅壶女御觉得难以奉复。但闭口不答，又觉太不知趣，只得勉强答道：“这件事古人都难以判别，何况我等。诚如尊见：四时景色，皆有可观。但昔人有云：‘秋夜相思特地深’[②]；我每当秋夜，便思念如晨露般消失的我母，故我觉得秋天更为可爱[③]。”这话似乎没有多少理由，信口道来，但源氏内大臣觉得非常可爱。他情不自禁，赠诗一绝：

“君怜秋景好，我爱秋宵清。
既是同心侣，请君谅我心。

我常有相思难禁之时呢。”梅壶女御对此岂能作答？她只觉得莫名其妙。源氏内大臣颇想乘此机会，发泄心中关闭不住的怨恨。或竟更进一步，做非礼之事。但念梅壶女御如此嫌恶他，亦属

① 可见《拾遗集》。
② 古歌：“无时不念意中人，秋夜相思特地深。”可见《古今和歌集》。
③ 梅壶女御后来被称为“秋好皇后”，即根据她这段话。

有理。而自己如此轻佻，也太不成模样。于是回心转意，只是长叹数声。这时他的姿态异常优美，但女御只觉得厌烦。她渐渐向后退却，想躲进内室里去。源氏内大臣对她说："想不到你如此厌烦我！真正深解情趣的人，不应该如此呢。罢了罢了，今后请你勿再恨我。你若恨我，我很伤心啊！"便告辞退出。他起身退出后，衣香留在室中，梅壶女御觉得连这香气也颇厌烦。女侍们一面关窗，一面互相言道："这坐垫上留着的香气，香得好厉害啊！这个人怎么会长得这样漂亮？竟是，'樱花兼有梅花香，开在杨柳柔条上'[①]呢。真正让人爱杀呵！"

源氏内大臣回到西殿，暂不走进内室去，却在窗前躺下，陷入沉思。他让人把灯笼挂在远处，命几个女侍在旁服侍，和她们闲谈。他自己也感觉到："我作乱伦之恋而自寻苦恼的老毛病，还是照旧呢。"又想："向梅壶女御求爱，实在太不应该！从前那桩事，讲到罪过，比这件事深重得多。但那时年幼无知，神佛亦原谅我，但现在岂可再犯？"想到这里，又觉得自己于此道已可放心，毕竟修养加深，不会再蹈覆辙了。

梅壶女御做出深知秋天风趣的模样，回答源氏内大臣说爱好秋景，过后想起，懊悔莫及，深觉可耻。颓丧之余，竟成忧恼。但源氏内大臣斩断了这一缕情丝，比以前更加亲切地照顾她了。他走进内室，对紫姬说道："梅壶女御爱好秋夜，也很可喜；而你喜欢春晨，更是有理。今后赏玩四时花草之时，亦当按照你的欢心而安排。我身为公私事务所羁绊，不能任情游乐。常想依照夙愿，遁入禅门。但不忍教你独守孤寂，不免怅惘耳。"

源氏内大臣时刻记挂嵯峨山中大堰邸内那个人。但因身份高贵，不便轻易去访。他想："明石姬为了自己出身低微，所以嫌恶人世，避免交游，其实何必如此自卑呢？但她不肯轻易迁居东院，低头与众人共处，则又未免太高傲了。"推察她的心情，实在可怜。于是照例借口嵯峨佛堂必须不断念佛，赴大堰邸拜访了。

明石姬在这大堰邸内，愈是住得长久，愈是觉得凄凉。平居无事，也频添忧恼。何况与难得降临的源氏内大臣结了痛苦的不解之缘，见面时只是匆匆一叙，反而徒增悲叹。因此源氏内大臣只得尽心竭力地抚慰她。透过异常繁茂的树木，远远看见大堰河鸬鹚船的篝灯明灭，火光反映在池塘里，好像点点流萤。源氏内大臣说："这种住宅的情景，若非在明石浦看惯，看了定然觉得稀奇。"明石姬便吟道：

"篝灯映水如渔火，
伴着愁人到此乡。

我的愁思也与住在渔火之乡时一样。"源氏内大臣答道：

"只缘不解余怀抱，
心似篝灯影动摇。

正如古歌所咏：'谁教君心似此愁？'[②]"意思是反而恨明石姬不谅解他的心。这时公私各方均甚闲暇，源氏内大臣为欲专心修习庄严佛法，经常到嵯峨佛堂来做长期滞留。想是因此的缘故，明石姬的愁怀也稍得宽解。

---

① 这首古歌可见《后拾遗集》。

② 古歌："情如泡沫原堪恨，谁教君心似此愁？"可见《古今和歌六帖》。

痛苦的藤壶

既处于与原弘徽殿女御后宫争宠的烦恼中，又处于与源氏悖逆的私情困扰以及对桐壶帝的愧疚之中，藤壶的命运注定痛苦。随着私生子继位为帝，她的愧疚与忏悔也让她毅然削发为尼，直至最终病死解脱。

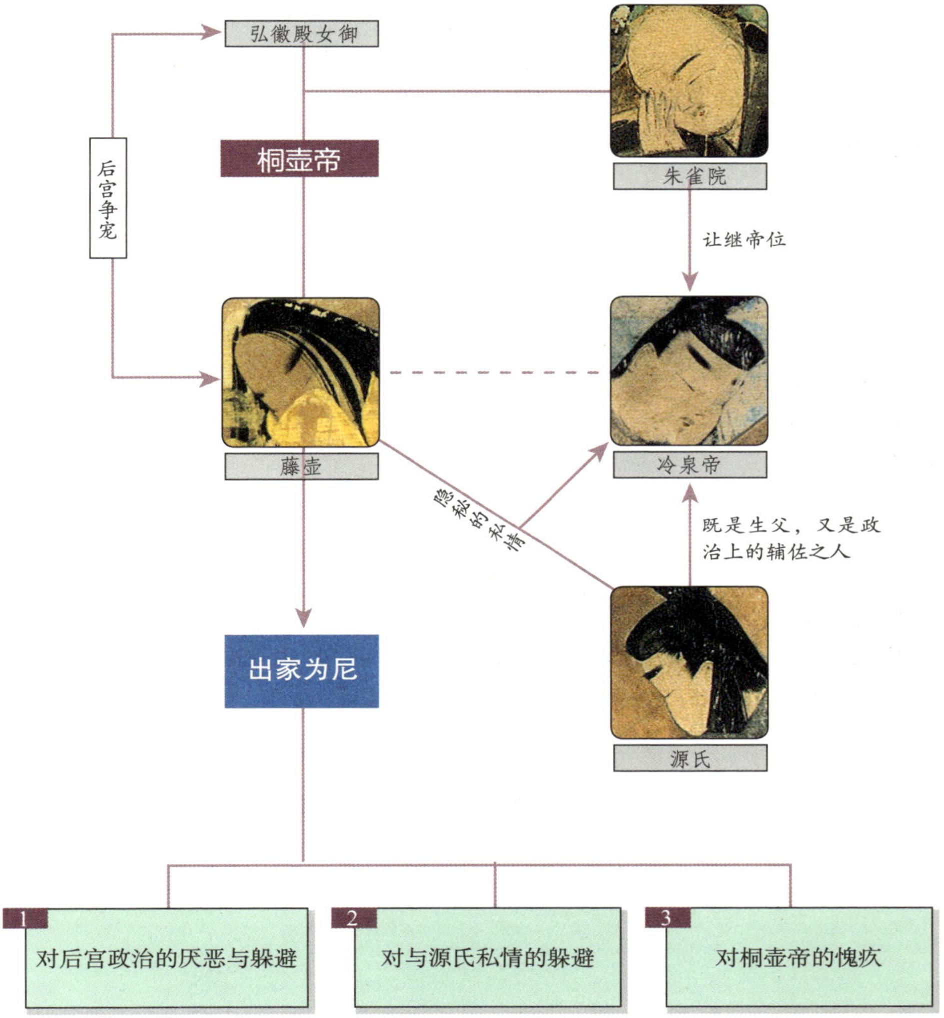

弘徽殿女御

桐壶帝

朱雀院

后宫争宠

让继帝位

藤壶

冷泉帝

隐秘的私情

既是生父，又是政治上的辅佐之人

出家为尼

源氏

1 对后宫政治的厌恶与躲避

2 对与源氏私情的躲避

3 对桐壶帝的愧疚

作为源氏最初也是最深的爱慕对象，藤壶无论容貌、性情都完美无缺，但身为其后母的身份，让她对这份悖逆的恋情既感动又痛苦。她的病逝，既结束了自己愧疚、痛苦的命运，也为源氏的恋母情结画上了句号。

第二十回　槿姬①

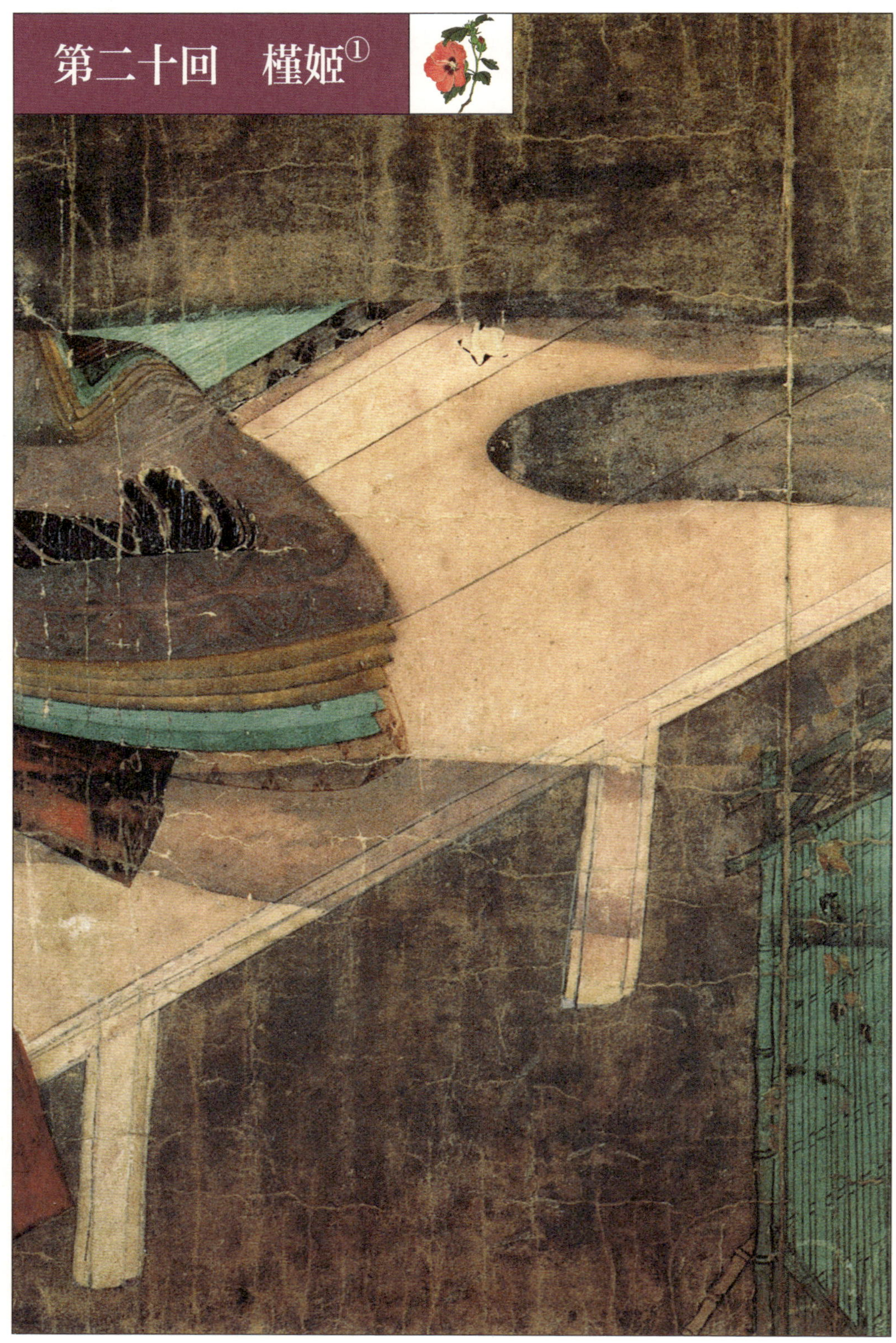

却说在贺茂神社当斋院的槿姬，因为父亲桃园式部卿亲王逝世，辞职移居他处守孝。源氏内大臣一向有一旦钟情、永不忘怀之癖，因此自闻讯后多次写信去吊慰。槿姬想起以前被他爱慕，受他烦扰，并不诚恳地复信，源氏内大臣深为遗憾。到了九月间，槿姬迁居旧宅桃园宫邸。源氏内大臣听到这个消息，想到姑母五公主[②]也住在桃园宫邸，便以探望五公主为借口，前去拜访。

桐壶院在世时，特别重视这位五公主，所以直到现在，源氏内大臣还与这位姑母十分亲近，经常有书信往来。五公主与槿姬分居在正殿东西两侧。亲王逝世未久，邸内已略显荒凉，情景异常岑寂。五公主亲自接见源氏内大臣，和他对面谈话。她的样子十分衰老，经常咳嗽。三公主，即已故太政大臣的夫人[③]是她的姐姐，却全无老相，至今还很清健。五公主和她姐姐不同，声音嘶哑，有些老态龙钟了。这也是各自的境遇使然。她对源氏内大臣说："桐壶院驾崩之后，我便觉世间万事意兴索然，再加上年迈体衰，家居不时落泪。如今这位兄长也舍我而去，更觉得我这个人在这世间虽生犹死了。幸而有你这个侄儿还来慰问，使我忘记了一些痛苦。"源氏内大臣觉得这个人老得厉害，便对她表示尊敬，答道："父皇驾崩以后，世间万事全非。前年侄儿又蒙罪流离他方。未想又获赦免，重归朝廷，略理政务。只是公事繁忙，少有闲暇。这些年来很想常来请安，以便共话往事，多多向你请教。但一直未能如愿，实在遗憾。"五公主说："啊呀呀，这世间真是变化多端！我阅尽沧桑，老而不死，常觉得此身可恨可厌。今天看到你重返京都，荣登高位，又觉得当年我若是只见你惨遭横祸，那时便轗轲而死，才真是不幸呢！"她的声音颤抖着。接着又说："你长得真漂亮啊！你童年时候，我见了你总是觉得惊讶：世间怎么会有这样光彩夺目的人？以后每次看到你，只觉得越长越美，让人疑心是神仙下凡，反而有些恐惧呢。世人都说今上容貌与你十分肖似。但据我猜想，无论怎样也赶不上你吧。"便滔滔不绝地讲下去。源氏内大臣想：哪有当着人家的面，这样赞誉美貌的呢。他觉得好笑，答道："哪里的话！侄儿这几年流落风尘，身经苦患，已经衰老得多了。今上风姿之美，历代帝王无人能及，真是举世无双。姑母这种猜想未免太奇怪了。"五公主说："不管怎样，我要是能经常看见你，残命也会延长一些。今天我把老迈也都忘记，忧患尽皆消释，心情真畅快呵！"说过之后又哭了起来，继续说道："三姐真有福气，招了你这样一个女婿，经常和你亲近，我真羡慕呵！这里已过世的亲王，也经常懊悔不曾把女儿许配给你呢。"源氏内大臣觉得这话很中听，答道："若能如此，大家经常亲近，我该多么幸福呵！可惜他们一向都疏远我呀！"他恨恨地说，露出自己的心事来。他望向槿姬所住的地方，见庭前草木虽已枯黄，却别有风趣。想象槿姬闲眺这景色时的风姿，一定十分优美。他心痒难忍，便说道："侄儿今天前来拜访，也应该顺便去那边望望槿姐，否则太不礼貌了。"便辞别五公主，顺着廊檐走到那一侧去。

① 本回写源氏三十二岁秋天至冬天的事。

② 桐壶院与桃园式部卿亲王的妹妹，亦即葵姬之母三公主之妹。

③ 太政大臣夫人，即葵姬之母。

这时天色已晚。透过灰色包边的帘子，可隐约看见槿姬室内张着黑色的帷屏①，令人略感凄凉。微风送出迷人的衣香，芬芳扑鼻，只觉眼前景象美不可言。女侍们觉得在廊檐上招待大臣，未免太不像样，便把他请进南厢，由一位叫作宣旨的女侍代小姐应对。源氏内大臣心中不满，说道："难道现在还把我当作年轻小伙子，叫我坐在帘外吗？我仰慕姐姐，已积年累月。我以为有了这点功劳，就可获准出入帘帷了呢。"槿姬叫女侍传言道："往日之事，全同一梦。如今虽已梦醒，但这世间是否真实，至今我还模糊难辨。你到底有没有功劳，且容我仔细考虑。"源氏内大臣觉得人世真是无常，细微之事，也足以发人深省。便赠诗道：

"偷待神明容汝返，
甘心首疾已经年。

如今神明已容许你返回京都，还有什么借口要回避我呢？我自惨遭谪戍，历尽艰辛之后，各种忧恼，积聚心中，真想向你倾诉一二呢。"那种殷勤恳切的样子，比以前更加优美潇洒了。他年纪虽然大了些，但就内大臣这一职位来说，颇不相称，未免过于年轻。槿姬答诗云：

"寻常一句风情话，
背誓神前获罪多。"

源氏内大臣说："还说这誓约做什么？过去的罪孽，早已被天风吹散了。"说时神态风流潇洒。宣旨同情他，打趣地说道："如此说来，'此誓神明不要听'②了！"一本正经的槿姬听了很不高兴。她的性情一向古板，年纪愈大，愈加谨慎小心，索性连答话也不多说。众女侍看了都有些着急。源氏内大臣扫兴地说："想不到我这趟来竟成了调戏！"叹息一声，便起身告辞。一面向外走，一面说道："唉，年纪一大，便受人冷落。我为了小姐，憔悴至今。小姐待我却如此冷淡，使我连'请君出看憔悴身'③也吟不出来呢！"如同往日一样，这里的众女侍也极口称赞源氏内大臣的美貌。秋夜澄碧如水，她们听到风吹落叶的声音，不免想起以前住在贺茂神社时饶有风趣的情景。那时源氏公子写信来求爱，有时可喜，有时可叹，她们历历回思往事，一起共话。

源氏内大臣回到家中，满腹恼恨，一整夜不能入睡，只管胡思乱想。早晨起来，叫人把格子窗都打开，坐在窗前闲看晨时的雾景。只见枯败的秋草之中，许多槿花到处攀缠。这些花都已形容枯萎，颜色衰退了。他就叫人折了一枝，送给槿姬，并附信说："昨日受了冷遇，叫我颜面无存。你看我狼狈归去的背影，可曾暗笑于我？我好恨呀！不过我且问你：

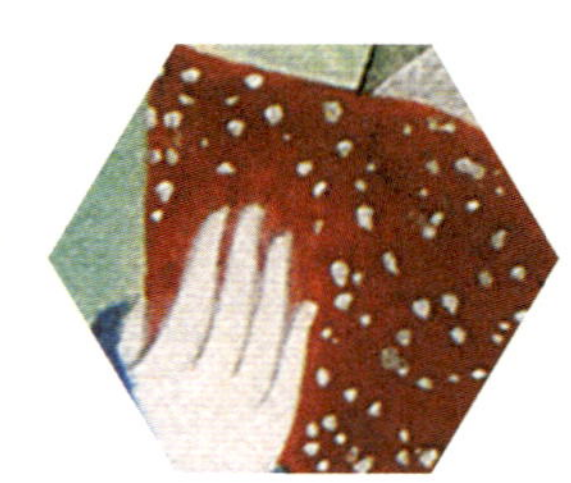

① 因有丧事，故用灰色、黑色。

② 古歌："立誓永不谈恋情，此誓神明不要听。"可见《伊势物语》。

③ 古歌："我今行过君家门，请君出看憔悴身。"可见《住吉物语》。

坚韧的木槿

近卫豫乐院　花木真写　江户时代（17世纪）

槿，即木槿，其花语为“坚韧、质朴、美丽”。以“槿”为名的槿姬，在对待源氏的态度上，表现出了木槿般的坚韧。面对众多劝说和俊美、风流的源氏的追求，她很有主见地坚持自己的矜持，对源氏既不冷漠也不热情，礼数周到而又让源氏无隙可乘。

昔年曾赠槿[1]，永不忘当初！
久别无由见，花容减色无？

但我尚存有一丝指望：我长年的相思，至少请你体谅！”槿姬觉得这封信措辞如此谦恭可怜，倘若置之不理，未免太无情趣。众女侍便取过笔砚来，请她回信。信上写道：

“秋深篱落畔，苦雾降临初。
槿色凋伤甚，花容有若无。

将我比作此花，确实肖似，使我不禁落下泪来。”书中仅此寥寥数语，并无深情。但源氏内大臣不知为了什么，只管拿着品味，以至不忍放手。信纸是青灰色的，笔致柔嫩，非常美观。凡赠答的诗歌信函，因人物的品格及笔墨的风趣可略得遮丑，在当时似乎并无缺陷，但后来一经照样传抄，有的就令人看了皱眉。作者自作聪明地引用的诗歌函牍，想必很多都会如此，有伤大雅。

源氏公子自觉：再像青年时代那样写情书，已不相称。但一想起槿姬不即不离的态度，至今不曾成其好事，又觉得绝不能就此罢手。便恢复勇气，再度向她热烈求爱。他独自住在东殿，唤宣旨前来，和

① 日文的“槿”亦可解释为牵牛花。槿姬之名即由此而来。

她商议办法。槿姬身边的女侍个个多情，看见一般的男子都要为之倾心，更何况对源氏公子。看那极口赞誉的模样，简直要铸成大错呢。至于槿姬自己，年轻时尚且凛然不可侵犯，如今双方年龄增长，地位也更高了，又怎肯再做那种风流韵事？她只怕偶尔在信中的吟风弄月，都要被世人视为轻薄。源氏公子觉得这位小姐的性情同以前一模一样，全无改变。这真是又少见，又可恨！

这件事终于泄露了出去。世人议论纷纷："源氏内大臣爱上前斋院了。五公主也说这二人是天生的一对。这真是一段门当户对的姻缘呵！"这些话传入紫姬耳中，起初她想："如果真有这件事，他一定不会瞒我。"后来细心察看，果见公子神情大变，经常若有所思，神不守舍。她这才有些担心："原来他已相思刻骨，在我面前却一直假装若无其事，说起时也用言语蒙混过去。"又想："槿姬与我同样是亲王的血统，她的声望一向特别高，受人重视。如果公子的心向着她，于我很是不利呢。我多年来备受公子宠爱，无人能比，已经享惯了这种幸福。如今若被别人压倒，岂不伤心死了！"她暗自叹息。接着又想："那时纵使他不完全忘却旧情，也一定很看轻我。他那种自愿爱护我、照顾我的深情厚谊，一定会变得无足轻重，可有可无了。"她左思右想，心中烦恼。如果是些许小事，自不妨向他发泄几句怨言。但这事关系重大，不便形之于色。源氏公子只管在窗前枯坐冥想，又经常在宫中住宿。一有空闲，便埋头写信，好像这就是他的公务。紫姬想："外面的传言果然不假！他的心事也该多少透露一点给我。"为此一直不能安宁。

这年冬天，因在尼姑藤壶皇后丧服之中，宫中神事一概停歇。源氏公子寂寞之极，便出门去拜访五公主。这时瑞雪纷飞，暮景异常优美。他日常穿惯的衣服上，衣香熏得特别浓重，周身打扮也极其讲究。略为脆弱的女子见了，怎能不爱慕他呢？他毕竟还要向紫夫人告别，对她说道："五姑母身上不好，我想去看望一下。"他略坐了一会儿，但紫姬看也不看他一眼。她只管和小女公子玩耍，那侧影的神情与往常迥然不同。源氏公子对她说："最近你的神情很古怪。我又没得罪你。只是想起'彼此不宜太亲昵'[1]这句古话，所以经常离家往宫中住宿。你又多心了。"紫姬只回答一声"太亲昵了的确多痛苦"，便转过身去躺下了。源氏公子虽不忍心丢下她，但已经提前通知了五公主，只得出去了。紫姬躺着寻思："我一向信任他，想不到竟会发生这种事情。"源氏公子穿的虽然只是灰色的丧服，但是色彩调和，式样合体，非常美观。映着雪光，更是艳丽非凡。紫姬目送他的背影，心想今后这个人要是真个舍我而去，该有多么可悲呵！便觉忧伤难忍。

源氏公子仅用几个不太引人注目的家臣作为前驱。他对左右说："我到了这把年纪，除了宫中以外，他处竟都懒得走动了。只有桃园邸内的五公主，近年来境遇孤寂。式部卿亲王在世之时，嘱托我照顾她。现在她自己也求我常去探视。这也没有办法了。"左右之人私下议论说："天哪！他那多情多爱的老毛病还没改呢。真是白璧微瑕了！但愿不要闯祸啊！"

桃园官司邸的北门，杂人进出频仍。公子如果也走这道门，似乎太轻率了些。他想走西门进去，但西门一向紧闭。便派人进去通报五公主，请她打开西门。五公主以为源氏公子今天不会到访，吃了一惊，马上叫人去开门。管门的人冻得缩手缩脚，慌慌张张地来开门。可是那门偏偏打不开。这里没有其他男用人，他只好独自用力推拉，嘴里发

① 古歌："彼此不宜太亲昵，太亲昵时反疏阔。"可见《源氏物语注释》所引。

着牢骚："这个锁锈得好厉害！怎么也打不开！"源氏公子听了，心中不胜感慨。他想："亲王逝世，只在眼前，却仿佛已历三年之久似的。眼看世事变化如此无常，但我终究难以舍弃，留恋着四时风物之美，人生实在可哀！"便即景吟道：

"曾几何时荒草长，
蓬门积雪断垣倾。"

过了许久，门才打开，公子便进去拜访。

照例先拜访五公主，和她闲话往事。五公主从无聊的往事讲起，噜哩噜苏。源氏公子只觉毫无兴趣，昏昏欲睡。五公主也打了个呵欠，说道："上了年纪，晚上只想睡，话也不会说了。"才刚说完，便发出一种奇怪的声音，大概是打鼾了。源氏公子求之不得，急忙起身告辞。正欲出门，只见一个年纪很大的老婆婆一边咳嗽着一边走进来，说道："说句对不起您的话。我想您是知道我在这里的，我还等着您来看我呢。原来您已经不把我放在心上了！桐壶帝经常喊着'老祖母'和我说笑呢！"她说起自家姓名，源氏公子也想起来了。这个人以前称为源内侍，公子听说她后来做了尼姑，是五公主的徒弟，在这里修行，却没想到她还活着。源氏公子一向想不起这个人，今天突然看到，真是出乎意料，便答道："父皇在世时的事，都已经变成往事了；我一想起当年，总是不胜感慨。今天能听到你的声音，我很高兴。就请你把我看作'没有父母亲而饿倒的旅人'①，多照顾我一些吧。"便走到她身旁来坐下。源内侍看着他的风姿，愈发恋念往昔，装出一副撒娇撒痴的姿态来。她口中牙齿零落，讲话已很吃力，但声音还是娇滴滴的，态度也还是嬉皮笑脸；她对着公子唱起古歌："惯说他人老可憎，今知老已到我身。"②公子觉得可厌，苦笑着想："这个人自以为以前一直不曾老，而是现在忽然老起来的。"但转念一想，又觉得此人很可怜。他回想往事：在这老婆婆的青春时代，宫中那些相互争宠的女御和更衣，现在有的早已亡故，有的零落漂泊，全无生趣了。像藤壶妃子那样的盛年夭逝，更是意料不到之事。像五公主和这源内侍之类的人，残年所余无几，人品微不足道，却可长生世间，悠然自得地诵经念佛。可知世事难料，天道无知！他想到这里，脸上显出几分感慨的神色。源内侍以为他在怀念对她的旧情，便兴致勃然地吟道：

"经年不忘当时谊，
犹忆一言'亲之亲'。"③

源氏公子觉得无聊，勉强答道：

---

① 古歌："片冈山上有旅人，又饥又渴倒地昏，可怜的旅人！你是否没有父母亲？你是否没有好主人？可怜的旅人，又饥又渴倒地昏。"可见《拾遗集》，是圣德太子所作。

② 这首古歌可见《源氏物语注释》。

③ 古歌："若念亲之亲，应即来探视。若不来探视，非我子之子。"可见《拾遗集》。"亲"在日文中是指父母亲。亲之亲，即祖母，指前文桐壶帝戏称她为"老祖母"。

“长忆亲恩深如海，
生生世世不能忘。

我与你情谊确是很深啊！我们以后再聊吧。”便起身告辞。

西边槿姬的屋子，已将格子窗关上，但做出不欢迎源氏公子来访的模样，毕竟也不礼貌，所以只留下一两处开着。这时月亮初升，照着薄薄的积雪，夜景非常动人。源氏公子想起刚才那老婆婆的娇态，觉得正如俗语所说：“何物最难当？老太婆化妆，冬天的月亮。”一想起她那模样，只觉得实在可笑。

这天晚上源氏公子态度十分认真，他强迫槿姬答复：“只求你不用女侍传达，亲口回答我一句话。纵使你说厌烦我，我也就从此死了这条心。”槿姬想道：“从前，我和他都还年轻，一时做错了事，世人也会原谅。再加上父亲也看重他。那时我尚且以为此事不当，觉得可耻，之后也一直坚决拒绝。何况现在事隔多年，也早已不是那种岁数了，怎能亲自和他答话？”她的心坚定不移。源氏公子大为失望，满怀怨恨。槿姬也不愿过分强硬，以至失礼，她照例叫女侍在中间传言。但这反而更使源氏公子焦急烦恼。这时夜色已深，寒风凛冽，情景十分凄凉。源氏公子心中感伤，泪水夺眶而出。他举袖拭泪，姿态优美动人，吟诗道：

“昔日伤心心不死，
今朝失意意添愁。

真是‘愁苦无时不缠身’[①]啊！”他的语气很激烈。女侍们苦劝小姐，说不答复过于失礼。槿姬只得叫宣旨传言：

“闻人改节心犹恨，
岂有今朝自变心？

我绝不能改变初衷。”源氏公子无可奈何，更加怨恨槿姬；但倘就此怀着满腹怨恨离去，又觉得像个渔色的青年，未免太不成模样。便对宣旨等人说：“我如此受人奚落，外人知道了定然当作笑柄，你们切不可将这件事泄露出去！正像古歌中所说：‘若有人问答不知，切勿透露我姓氏！’[②]我就不客气地拜托你们了。”又同她们交头接耳，不知道说些什么。只听女侍们互相谈论：“啊呀，太对不起人了！小姐如此薄情，真想不到呵！他并没有显露半分轻佻浮薄之相，真是冤枉了他。”

槿姬并非不知源氏公子的优美风度与丰富情感。但她以为：如果向他示好，势必被他看作与世间一般夸赞他的女子同样，我这轻飘的内心也一定会被他看穿，未免可耻。所以对他不可表示爱慕。她只在收到来信时做些无关紧要的回复，保持不即不离的关系，或者当他来访时叫女侍传言答话，但又不失礼貌。她自觉近年来佛事倦怠，常想出家修行，以赎自身之罪。但若在这时马上出家，和他决绝，则又近乎情场失意的行径，

① 古歌：“相思若从心中起，愁苦无时不缠身。”可见《河海抄》。
② 这首古歌可见《古今和歌集》。

平安女子的感情选择

平安时代的贵族女子基于政治需要，以及对对方家世、容貌、性情等的考量，在选择对方成为自己的丈夫或情人时，不同的女子对同一个男子表现出不同的态度来。有完全依附的，有爱恋但满腹怨言的，也有像槿姬这样拒绝了源氏的爱慕的。

源氏：俊美，高贵，有权势，但生情风流

冷漠拒绝

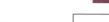

槿姬：对源氏的追求无动于衷，对其若即若离，无心结缘。

葵姬：身为正妻，却不满源氏臣子的身份，对他的风流痛恨而又冷漠。

梅壶女御：身为天皇的妻子，对身为母亲情人的源氏的追求十分厌恶，冷漠拒绝。

空蝉：以人妻的身份被源氏所恋慕，基于家世、身份地位的考虑，拒绝了源氏的追求。

爱恋，然后断绝

藤壶皇后：抵挡不住源氏的俊美和炙热的追求，生下私生子，出于对儿子政治利益的考虑，对源氏若即若离，出家后终于斩断这份孽缘。

六条妃子：抵挡不住源氏的俊美和追求，并引发离奇的忌妒。后以出家来断绝这份无望的爱恋。

胧月夜：月夜风流后，对源氏十分迷恋，但对朱雀院的愧疚让她最后断绝了与源氏的恋情。

完全依附

紫姬：被从小教养长大，完全的依附关系，对其风流抱怨而又无奈。

夕颜：平民家女子，偶然相逢后，完全信任并依附于源氏。

末摘花：没落的亲王之女，一夕风流后，完全信任并依附于源氏。

花散里：没落的贵族女子，与源氏堪称知己，完全信任并依附于源氏。

明石姬：在其父的安排下与源氏成亲，依附于源氏，基于身份地位的低微，十分隐忍和温顺。

只怕要惹起世人的议论。她深知人言可畏，所以非常谨慎，对身边的女侍也不泄露半点真情，只在自己心中秘密打算，准备修行之事。她有许多兄弟，但都非同母所生，一向疏远，近来他们这宫邸里境况也日渐萧条。正值此时，有源氏公子这样的红人诚恳地上门求爱，邸内的人都很希望成功，几乎都与源氏公子心思一样。

其实，源氏公子也并非魂梦颠倒地相爱，只因槿姬的冷淡让人出乎意料，就此罢休，令他不甘心罢了。而他的人品与威望异常优越，世情又颇通达，自己也觉得如今阅世比从前更深。到了这种年龄，东钻西营地求爱，已经应该顾忌世间非议了。但要是再一无所得，岂不更被世人当作笑柄？他心绪混乱，不知怎样才好，许多天不曾回二条院过夜。因此紫姬正如古歌所咏的："暂别心如焚，方知戏不得。"她虽竭力忍耐，但有时仍禁不住流出眼泪来。源氏公子对她说："你的神情和往常不同，是什么缘故？叫我想不通。"他伸手抚摸她的头发，加意温存。这一对恩爱夫妻的姿态，真是画也画不出来。源氏公子又说："皇后弃世之后，皇上一直悲伤忧愁，我看他的样子十分可怜。再加上太政大臣逝世，政务乏人代理，事务纷繁，我不得不常留宫中，因此好多天没有回家。你觉得不习惯，怨恨我，这也难怪。但现在我决不像以前那样轻薄了，你尽可放心。你已是大人，却还像小孩一样不能体谅人，不能了解我的心情，真是令人遗憾！"一面说着，一面替她整理额发。紫姬愈发撒娇，背转过头去，默不作答。源氏公子说："你这种孩子脾气，不知道是怎么来的。"心中却想："世事无常，人生几何！连这个人也和我两样心肠，真叫我伤心呵！"思来想去，良久都闷闷不乐。后来又对她说："近来我与槿姬偶有来往，大概你又在疑心我了。那些传言全是瞎猜，不久你自会明白真相。这人脾气向来孤傲，不喜结交他人。我只是在无聊之时，偶尔写封信去和她开开玩笑，让她懊恼一下而已。她在家里闲着无事，难得回我一信。这哪里算得上认真的恋爱，所以也不值得向你细讲。你应该回心转意，切勿为这事懊恼。"这一天他整日在家抚慰她。

一天，瑞雪纷飞。雪在地上已积得很厚了，直至晚间犹自不停。苍松翠竹，于雪中各显风姿，夜景极为清幽。两人映着雪光，姿态更加艳丽。源氏公子说："四季风物之中，春天的樱花，秋天的红叶，都令人赏心悦目。而明月洒照积雪之景，虽无色彩，却反而更加沁人心脾，令人神游。意味之浓厚与情趣之隽永，从未有胜于此时者。古人说冬月毫无味道，真是浅薄之见。"便命女侍将帘子卷起。只见月光朗照，洁白无际。庭前树木尽脱绿色，满目萧条；溪水冻结，池面冰封如镜，景色十分凄美！源氏公子让女童们走到院中去滚雪球。这许多娇小玲珑的女孩映着月光，景象异常妩媚。其中年龄略大而一向熟悉的几个女孩，身上随意地披着衫子，带子也胡乱系着，这身值宿的打扮倒也颇为娇媚。最是那长长的垂发，映着庭中的白雪，分外引人注目，美丽无比。几个幼年的女童，兴高采烈，东奔西走，连扇子[①]都扔了，那天真烂漫的姿态非常有趣。雪球已经滚得很大，女孩们仍不肯罢休，还想推动，但是气力不够了。不曾下廊去的几个女童，挤在东面的边门口看着，笑着替她们着急。

源氏公子对紫姬说："前年藤壶皇后在庭院中堆了一座雪山。这原是世间寻常的游戏，但出自于她之手，便成了一件风流韵事。我每逢四时佳兴，想起了她的夭逝，便觉得

①这扇子是装饰的，因此冬天也用。

遗恨无穷，不胜惋惜。这位皇后对我总是异常疏远，因此，我也不便接近她，详问细情。然而每次在宫中谒见，她总觉我足以信赖。我也仰仗于她，凡事必定向她请教。她这人虽不能言善辩，但言必有中。纵使些许细事，也能安排妥帖。如此英明之人，世间哪里还再能找得到！她性情温柔沉着，敦厚周谨与风韵娴雅的气质，无人可与比肩。你和她血缘最近，颇有几分相似。但有时有点嫉妒的模样，略有些儿固执，做人不太圆通，这真是美中不足了。前斋院槿姬呢，又另是一种特色。无聊之时，倒可互通音信，谈些无关紧要的话。但我也随时留心，不敢太过放肆。如此高雅之人，世上恐怕只剩她一个了。”紫姬说：“那我倒要问你，那位尚侍胧月夜，做事周到，人品也颇高雅，绝不像一个轻佻之人，怎么和你也有了风言风语的传闻？我真想不通了。”源氏公子说道：“你说得对。说到容颜美丽，她是数一数二的人。至于那件事，我对她不起，每次想起，不免追悔莫及。大凡风流之人，年纪越大，懊悔之事越多。我自问比别人稳重些儿，也尚且如此。”说起胧月夜，源氏公子掉了几滴眼泪。接着又谈到明石姬，源氏公子说：“这个乡下人，微不足道，一向被人看轻。不过她出身虽然不高，却很识得道理。只是由于出身不如他人，气度有些过分高傲，也终是美中不足。我还没有与身份十分低微的人打过交道。十分优越的女子，在这世间毕竟难得。东院里那个独处的人，心情始终不变，可赞可佩。这也是很难做到的事情。我当初欣赏她那谦虚恭谨的美德，这才与她结识。自此以后，她一直是那样谦虚恭谨地安度岁月呢。到了现在，我愈发欣赏她的厚道，绝不会中途抛弃她。”两人一起谈论过去现在各种事情，直到夜深。

月色更加澄净了，万籁寂静，深沉可爱。紫姬即景吟道：

“塘水冰封凝石隙，
碧天凉月自西沉。”

她的头略微倾斜，向帘外眺望，姿态可爱无比。她的发髻和容貌都酷似源氏公子所爱慕的藤壶皇后，十分妩媚动人。源氏公子对槿姬的爱慕之情便收了几分回来。这时忽然听到传来鸳鸯的叫声。源氏公子即兴吟道：

“雪夜话沧桑，惺惺惜逝光。
鸳鸯栖不稳，噪噪恼人肠。”

睡下之后，他还是念念不忘藤壶皇后。就在似梦非梦、似醒非醒之间，恍惚看见藤壶皇后在眼前出现。她满面愁容，恨恨地说道：“你说绝不泄露秘密，但我们的恶名终于不能遮掩，叫我在阴间又是羞耻，又是痛苦，我好恨啊！”源氏公子想回答，但好像着了梦魇，说不出话，只管呻吟。紫姬惊讶地喊道：“哎呀，你怎么了？怎么样了？”源氏公子醒来后，不见了藤壶皇后，非常惋惜。心绪纷乱，不知所措。努力隐忍，不觉泪水夺眶而出，竟致濡湿枕袖。紫姬莫名其妙，百般询问，源氏公子却只是一动不动地躺着，后来吟道：

“冬夜愁多眠不稳，
梦迢人去渺难寻。”

冬日赏雪　歌川丰国　源氏香之图·槿姬　江户时代（约1844—1847年）

图为明月照雪的冬夜里，源氏与紫姬卷帘观看年轻的侍女们在庭前滚雪球。然而这其乐融融的欢乐场景里，却隐藏着两人的感情危机。对源氏的风流成性伤透了心的紫姬，以及努力辩解的源氏，两人的心思都不在这美丽的雪景上。

无法续梦，心中倍感悲伤。第二天一早起身，不说缘由，只管吩咐各处寺院诵经礼忏。他想：“梦见她恨我，说‘叫我在阴间痛苦’，想来必是如此。她生前勤修佛法，其他的罪孽想都已消除，唯有这一件事，使她在这世间染上了尘污，无法洗刷干净。”他想象藤壶皇后于来世受苦的情状，心中更觉悲伤，便认真考虑：有什么办法可到渺茫的冥界中去找她而代她受罪？公然为藤壶皇后举办法事，他担心引起世人议论。冷泉帝正在苦恼，听说这件事又怎能不怀疑？于是只得专心祷祝阿弥陀佛，祈求往生极乐世界，与藤壶皇后同坐莲台。只是：

“渴慕亡人寻逝迹，
迷离冥途影无踪。”

这恐怕又是在迷恋俗缘了。

第二十一回　少女①

岁历更新，匆匆已至三月，藤壶皇后周年忌辰已过，朝野都除去丧服，改穿常装。到了四月一日的更衣节上，上上下下的衣冠都如花团锦簇一般了。四月中旬酉日，举行贺茂祭时，天色晴朗鲜丽，唯有前斋院槿姬依旧独居寂处，郁郁寡欢。庭前的桂树迎着初夏的熏风，欣欣向荣，青葱可爱。青年女侍们见了，都回想起小姐担任斋院那年举行贺茂祭时的情景，不胜眷恋[②]。源氏内大臣来信问候："今年斋院的丧期已满，该除服了。贺茂祭祓禊之时，心情已然舒畅了吧。"又赠诗云：

"君当斋院日，祓禊在山溪。
岂意今年禊，是君除服期。"

这诗写在紫色纸上，封成严密的"立文"式[③]，系在一枝藤花上送去。形式颇合时宜，优美可爱，让人不忍释手。槿姬的回信写的是：

"临丧成服日，犹是眼前情。
转瞬忽除服，流光殊可惊！

真是无常啊。"如此而已，源氏也依旧仔细欣赏。槿姬除服之日，他送去了许多礼物，交由宣旨转达。槿姬看了反而不太高兴，说要退还给他。宣旨想道：若是这礼物中附有情书，倒不妨退还给他。但现在他一无所求，而且小姐当斋院期间，他也经常送礼物来。这确是他的一片诚心，有什么理由要退还呢？她觉得左右为难。

五公主那里，源氏每逢时节也一定要送礼。五公主心中感激，便极口夸赞他："这位公子，不多几天之前我看见他还是个孩子呢。谁知一眨眼，已经变成大人，礼数这么周到。容貌也长得漂亮之极，心地比谁都善良呢！"青年女侍听了都掩口而笑。

五公主与槿姬见面时，经常劝她："这位大臣心意如此恳切，你还疑心什么呢？他爱慕你，并不是从今天才开始的。你爸爸在世之日，因为你当了斋院，不能和他结婚，经常为此愁叹呢。他说：'我早已打定主意，这孩子偏偏不听。'每次说起来，都很伤心。过去左大臣家的葵姬在世时，我怕得罪三姐[④]，并不曾劝说你。现在呢，这位身份高贵、地位不可动摇的正夫人已经故去了。据我看来，由你取而代之，真是再恰当不过。源氏大臣也恢复了从前的模样，诚恳地向你求婚。我觉得这真是天作之合呢。"她这一套说辞，槿姬听了很不高兴，答道："父亲在时，我一向倔强，到他逝世也没有改变。现在突然回心转意，与人结婚，这简直太荒唐了！"她的模样显得很难为情，五公主也就不再勉强了。槿姬见这宫邸之中上下人等都如此袒护源氏，更觉今后定要处处小

① 本回写源氏三十三岁夏天至三十五岁秋天的事。
② 贺茂祭时节，将桂和葵插在衣冠上。因此见到桂树会想起贺茂祭。
③ "立文"是日本书信形式之一种，把信纸卷作筒形，用白纸包起来，上下端折好。
④ 三姐，葵姬之母。

更衣节　《源氏物语绘卷·寄生二》复原图　近代

借着更衣节槿姬除服之际，源氏再次向槿姬表示爱慕，然而槿姬仍不为所动。日本从平安时代直到现代，宫廷和民间都有固定的“更衣节”，宫廷里是四月一日及十月一日。这一天，不仅每个人的装束，连所有的家具与室内装饰都要更换。图为平安时代贵族家庭中衣着华美的女仆。

心。而源氏本人，只管一味竭诚尽心，静候槿姬回心转意，却并不无理强求而伤害她。

却说葵姬所生的小公子夕雾，今年已十二岁，源氏想尽早为他举行冠礼，地点原定在二条院之中。但夕雾的外祖母老夫人很想亲眼看这仪式，想在自邸举行。老夫人这要求自然合乎情理，不可违背。于是就决定在已故太政大臣邸内举行。右大将[①]以及诸位母舅，都是公卿贵官，朝廷特别信任的重臣。他们就自命为主人，各自奉上隆重优厚的贺礼。此外一般的臣民，也都重视这场仪式，因此举办得特别隆重。源氏本想封夕雾四位官爵，世人也都这样预想。但夕雾还很幼稚。源氏虽独揽大权，可以随意行事，但若让儿子一跃便登四位，反而变成权臣所为，授人以柄，故此打消这个念头，决定封他为六位，赐穿淡绿官袍，特许上殿[②]。

老夫人听到这个消息后，大为不满，与源氏会面时，提起这件事。源氏便向她说明：“启禀老夫人：夕雾年龄尚幼，本不该举行冠礼，让他硬装成人。之所以要举行，其实另有深意：我想让他入大学寮，先研习二三年学问[③]。在此期间，只当他没有成人。以后学业有成，便有才能为朝廷效劳了。我回想自身年幼时，生长在九重宫殿之中，不知世事深浅。日夜侍

① 右大将，以前的头中将，夕雾的母舅。

② 夕雾本是殿上童子。封六位后，反而不得上殿。故需特许。

③ 大学寮的入学年龄是九岁到十三岁，九年毕业。夕雾学二三年，是例外。

奉父皇，所知所学实在有限。虽然得蒙父皇亲自传授，但因修养浅薄，年幼无知，故无论任何学问皆缺乏一定的功底，不及他人之处很多。聪明儿子胜过愚笨父母，此乃世间罕见。而且世代相传，总是一代不如一代，相去愈远。只因我心中有这样的顾虑，所以才想让这孩子入学。高贵人家的子弟，升官晋爵尽可以随心所欲，素来骄奢成习，视研习学问为苦工，不屑从事。这样的人只知耽好游戏，官爵又随意晋升。趋炎附势之人，在表面阿谀奉承，博其欢心，腹中却难免蔑视讥笑。这些人俨然以为自己是伟大人物，尊荣无比。而一旦时移势变，父母死亡，家运便告衰落，这样的人定被世人轻侮而无依无靠了。如此看来，为人总须以学问为本，再具备大和智慧[①]而见用于世，方是强者。如今看来，这样入仕似乎耗费时日，让人心急，但以后学优登仕，身为天下柱石，则父母纵使死去，亦无后顾之忧。目前虽未能大加提拔，在家长照顾之下，想他也不致被人讥笑为穷书生吧。”

老夫人长叹一声，说道：“你这样深谋远虑，自有你的道理。但这里的右大将等人都以为要封夕雾四位，结果却出乎预料，不免诧异呢。夕雾这孩子也不高兴。他一向看不起右大将和左卫门督[②]家的表兄弟，以为他们都赶不上他。哪里知道他们都升了官，成了大员，而他自己还穿着淡绿色的袍子，心中很委屈，真可怜呢。”源氏笑道：“小孩子家也知道怨恨我了？真了不得！不过照他这年龄，自也难怪。”他觉得儿子很可爱，接着又说：“多读点书，稍稍懂得一些人情世故之后，这怨恨自然就会消解。”

源氏命夕雾入大学寮研习汉学，必须给他取个字号[③]。这仪式在二条院附近的东院里举行，会场即选在东院的东殿。朝中的官员及殿上人，以为这仪式很罕见，大家都来参与。那些儒学博士上殿后，看到眼前富丽堂皇的场面，不免觉得畏缩。源氏对众人说：“大家不要觉得这里是宫邸而有所顾忌。应该依照儒学家家中的惯例[④]，不加变通，严格执行！”儒学博士们便竭力镇静，做出一副泰然自若的样子。有几个人穿着借来的衣服，与身体不太相称，姿态奇怪，也不以为耻。他们的相貌神气十足，说话慢条斯理，缓缓地鱼贯入座，这种情景真是从所未见。青年贵公子们看了，都忍不住笑出来。

在这会上款待的仆从，选用老成持重、不会轻率嬉笑的人。他们拿着壶四处敬酒。但因儒家的礼仪过分别致，右大将和民部卿等人虽然小心地捧着酒爵，终不能合乎规矩，经常被儒学博士严厉指责。有一位儒学博士骂道：“你不过是一个陪客之人，怎么这样无礼！我乃著名的儒者，尔等在朝为官而不知，无乃太蠢乎！”众人听了这番腔调，都禁不住扑哧地笑出来。博士又骂：“不准喧哗！此乃非礼之极，应即离座退去！”如此威吓，又很可笑。不曾见惯这种仪式之人，看了觉得稀奇，心中纳闷。但大学出身的公卿们，懂得

---

① 原文为“大和魂”。“大和”是日本国的异称。当时所说的学问，专指汉学。以汉学为基础而产生的处理日本实际政务的知识、能力，时人谓之“大和魂”，即日本式的智慧。

② 右卫门督为右大将之弟，夕雾的母舅，即早先的藏人弁。

③ 中国《曲礼》云：“男子二十，冠而字。”大学生入学时，依照中国儒家习惯，每人取个字号。当时的办法是：从姓上取一个字，另外再找一个字。如本书中数次讲到的菅原道真，字号菅三。又如，纪长谷雄，字号纪宽；文屋康秀，字号文琳。

④ 这种仪式通常皆在儒学家家中举行。

其中规矩，都点着头微笑。他们见源氏内大臣崇尚学问，以此教子，十分赞赏，对他表现出无限的尊敬。

在座诸人偶有窃窃私语，儒学博士们马上制止，责备他们无礼。他们对人动辄呵斥。天色渐晚，灯火微明。他们的脸在灯光之下，竟像戏剧中的小丑，憔悴而丑陋，却又各自不同。源氏内大臣说："哎呀，了不得了！像我这样顽劣的人，只怕要大受呵斥了！"便躲进帘内，隔帘观看。有些大学生来得晚了，座位已满，便想离开。源氏知道了，把他们宣召到钓殿[1]来，加意犒赏他们各种物品。

仪式结束之后，源氏召集在座的儒学博士及学者，请他们赋诗。其他擅长此道的公卿与殿上人，也都被留住，参与盛会。博士们作律诗，源氏内大臣以下诸人，都作绝句。由儒学博士选择富有趣味的题目。夏夜苦短，赋诗完毕时已近翌日黎明，这时开始讲解诗篇。任命左中弁为讲师。此人容貌清秀，声音洪亮，庄严地朗诵诗篇，那态度极为风趣。他是个声望很高而修养颇深的儒学博士。

夕雾出身高贵，自可尽享世间荣华，但他写出的诗句却表现出刻苦求学的高大志向，而且每句都隐有深意。诗中援引了晋人车胤在萤光下读书及孙康映着雪光读书等典故。在座的人无不赞誉，以为此诗纵使传入中国，也不失为上佳之作。至于源氏内大臣的大作，精美自不待言。其中热诚地歌颂了父母爱子之心，读者无不为之感动。此诗在世人之中盛传，人人争相阅读。作者女流之辈，才疏学浅，不宜谈论汉诗。为免烦琐，一概从略。

此后源氏内大臣又继续为夕雾入学之事做准备。他在东院为夕雾单设一室，请了一位学识渊博的师傅来，在这里让他研习学问。夕雾自行过冠礼之后，外祖母处也很少去。因为外祖母过去溺爱外孙，朝夕照顾，只当他婴儿一般，他住在那边不能用功。所以要他在东院幽闭一室，只许他每月到外祖母那里三次。夕雾幽闭在东院内，颇感沉闷。他想："父亲太严厉了。我不必如此苦学，也可晋升高位，受到重用呢。"心中不免怨恨。但这个人毕竟性情严谨，并无轻浮之气，因此尚能忍受。他打算将应读之书尽皆读完，早日加入群臣之列，立身于世。果然不过四五个月后，已经读完《史记》等书。

夕雾现已可参加大学寮的考试了。源氏内大臣叫他先在自己面前预试一下。照例请右大将、左大弁、式部大辅及左中弁等人来品评。又请出那位师傅大内记来，叫他指出《史记》较困难的各卷中考试时儒学博士可能提到的地方，让夕雾通读一遍。只见他朗声诵读，毫无滞碍；各处义理，融会贯通；种种难解之处，也无不了如指掌。其聪慧实在惊人。前来品评的诸人，都赞叹他的天才，大家为之感动。特别是他的大母舅右中将，他叹息道："太政大臣若仍在人世，该多么欢喜啊！"说着，哭了起来。源氏内大臣也情不自禁，叹道："儿子日渐长大，父母随之而日渐衰老，这是世间常态。我们看他人如此变化时，还觉可笑，总以为自己年龄还不很老，谁知现今也是如此了。"说着也举手拭泪。师傅大内记见此情景，以为自己教导有方，心中欢喜，自觉面上光彩。右大将敬了他一杯酒。大内记这日喝得大醉，脸色十分黄瘦。这大内记脾气怪僻，学识渊博，怀才不遇，一向孤贫度日。源氏赏识他的才学，特聘他为西席。他受到如此优遇，便觉得源氏内大臣的恩德已使

① 钓殿，临水建造的殿宇。

他脱胎换骨了。而且以后夕雾发迹，他还可受到无上的信任呢。

大学考试之日，王侯贵族的车马在大学寮门前云集一处，数不胜数。满朝公卿几乎全都来了。冠者夕雾公子由无数随从簇拥而入，其仪容之俊美，一般考生实不堪与之为伍。之前参与起字仪式的那一群儒者也来了，但让夕雾列席末座，难怪他心中委屈。这里也像起字仪式中一样，监考的儒学博士不时对人大声斥骂，很是讨厌。但夕雾并不慌忙，从容诵读。这时大学颇为繁荣，并不亚于昔日全盛之时。上中下各级官员的子弟，都崇尚此道，热衷于学术研究。因此世间多才多艺的人，日益增多。夕雾这次应考，文章生、拟文章生[①]等考试全都及第。今后师徒二人便更加用心治学了。源氏又在邸内举办诗会，博士、学者等均来参加，扬扬得意。这真是学术繁荣、文运昌隆的时代。

这时宫中正在商议立后之事。源氏内大臣推荐梅壶女御，因为藤壶皇后曾有遗命叫她照顾皇上。但世人以为藤壶与梅壶都是亲王之女，两代皇后都出自亲王家是不相宜的，因此都不赞同。世人主张："弘徽殿女御入宫最早，理应册立为后。"于是两方的庇护人暗中竞争，各自设法。此外还有兵部卿亲王[②]，他现已改任式部卿，为本朝国舅，深得皇上信任。他的女儿早已入宫，和梅壶一样当了女御。袒护他的人以为："如要立亲王之女为后，则式部卿家的女儿与梅壶身份同等，且又是藤壶皇后的侄女，更为亲近。由她来代替去世的藤壶皇后照顾皇上，最为恰当。"三方各有理由，互相竞争。但结果终于册立梅壶女御为皇后，世称秋好皇后。当时的人听到这个消息，无不惊叹，以为梅壶女御真是好大福分，和她母亲六条妃子完全相反。

同时，源氏内大臣升任为太政大臣，右大将升任为内大臣。源氏太政大臣便将政务移交给新内大臣执掌[③]。新内大臣为人一向正直，举止大方，心地贤明。他精通学问，从前玩"掩韵"游戏时虽然不如源氏，但办理公事极为能干。他家中有许多位夫人，生了十几个儿子，都已渐渐成人，各有官职，身份显赫，全家荣耀。女儿除弘徽殿女御以外，尚有一人，称为云居雁，仅有十四，与弘徽殿女御是不同的母亲所生。其生母是亲王之女，门第高贵，并不逊于弘徽殿女御之母。但这生母后来改嫁给一位按察大纳言。这按察大纳言又和她生了许多子女。云居雁由母亲带去，杂在这许多子女中由后父抚养，内大臣以为有失体面，便把云居雁接了回来，寄养在祖母老夫人膝下。内大臣对云居雁，远不如对弘徽殿女御那般重视。但云居雁的人品和容貌都非常优美。

夕雾与云居雁一同在老夫人膝下长大，十岁之后，两人才分居两室。内大臣对云居雁说："夕雾表弟和你虽是近亲，但作为女子，与男子不可过分接近。"两人分开以后，夕雾的童心也仍旧爱慕云居雁，每逢欣赏樱花、红叶之时，或一起戏耍玩偶之时，夕雾必然紧紧追随她，对她显露出好感。云居雁自然也爱慕夕雾，直到如今，两人相见还是两小无猜，不知回避。服侍他们的女侍、乳母等相互议论："有什么关系呢？两人都还是孩子，而且多年相伴，一块儿长大起来。突然把他们拆开，未免太狠心了吧。"云居

①"文章生"亦称"进士"，"拟文章生"亦称"拟进士"，式部省省试及第后赐予的称号。

②紫姬之父，藤壶之兄，故下文称本朝国舅。

③依照惯例，太政大臣不管琐细政务。

大学寮

公元八世纪，日本仿效唐朝的国子监，在京都设立了专门的教育机构——大学寮。其教学内容主要是儒学经典，以“道”相称，分明经、明法、纪传、算（包含音、书）四道。除了传播儒学，同时它也是日本平安时代培养官员的主要机构。

异同	唐国子监	日本大学寮
所设科目	国子、太学、四门、律、书、算六学	明经、明法、纪传、算四道
长官名	祭酒	大学头
人员	教官 26 人，学生定员 2210 人	教官 9 人，学生满员时不过 460 人
教育对象	四门、律、书、算四学对庶民开放	原则上不接纳庶民入学，具有更明显的贵族学校性质
共同教材	《周易》《尚书》《周礼》《仪礼》《礼记》《诗经》《春秋左氏传》《孝经》《论语》九经，唐国子监另有《老子》《春秋公羊传》和《春秋谷梁传》《尔雅》四经	
必修	以《老子》为必修经典之一	以《孝经》和《论语》为必修

相比较而言，日本的大学寮较唐六学更注重儒学传授，这与其职责——培养天皇制国家所需的行政与技术官僚有关。但同时，大学寮毕业生所授官位并不高，与贵族之子荫庇所授官位相差无几。因而大学寮不过是培养中级行政与技术官僚之处。

平安时代大学寮图

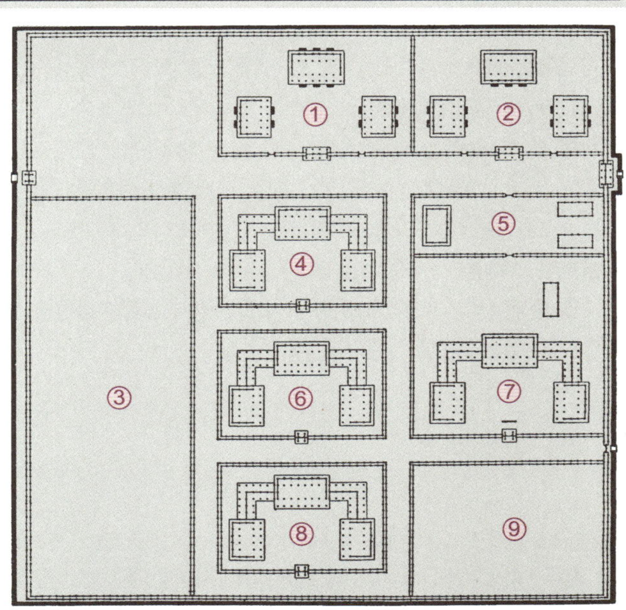

雁无心无思，一味天真烂漫。夕雾虽然也还是个幼稚的孩童，情窦未开，但自从和她离居以来，一直忧愁叹息，坐立不宁。他们的书法还略显生硬，但也颇美观，以后显然是会很出色的。他们便互通书信。但孩子粗心大意，不免四处散落。女侍们捡到了，大略知道了他们的关系。但谁会告诉别人呢？她们都只假装未曾看见。

庆祝升官的大飨宴之后，朝中更无要紧的公事。无聊之时，降下一日秋雨。在一个“荻上冷风吹”的秋夕[①]，内大臣前来拜见老夫人，就把女儿云居雁叫来，命她弹琴。大君精通乐器，其技法都已传授给孙女云居雁。内大臣说：“琵琶这乐器，女子弹奏时虽不很雅观，但声音却是悦耳动听的。如今世间，得之三昧的人恐怕没有。算来唯有某亲王，某源氏……”数了几个人之后，又说：“女子之中，源氏太政大臣养在大堰山乡的明石姬，据说手法十分高明。这个人祖上都是音乐名家，她父亲长年隐居山乡，不知怎的她竟也能弹得如此高明。源氏太政大臣经常称赞这女子琵琶弹得特别动听。音乐的才能，与其他技艺不同，必须与大众合奏，多加磨炼，才能进步。这女子独自一人，技法也会进步，倒是很难得的。”说罢，劝请老夫人演奏一曲。老夫人说：“我拂柱的手，已经太生硬了。”试弹一曲，音色甚美。弹罢说道：“那个明石姬真好福气！听说人品也不错。源氏太政大臣身边没有女儿，她倒替他生了一个。大臣又怕这女儿住在山乡不宜，把她带到自己身边，交给那位高贵的紫夫人抚养。人们都称赞他想得周到呢。”

内大臣说：“女子只要性格好，便能专宠得势。”他这般谈论别人，心中却想起了自己的女儿，接着说道：“我教养弘徽殿女御时，力求使其完美无缺，万事不逊于人，想不到竟被那梅壶压倒。我真是深感人世之事不可预料啊！这个云居雁，我总要设法让她当上皇后。皇太子[②]的冠礼，是近几年的事了。我正在私下考虑，指望成就此事，却没想到这个幸运的明石姬生了一个可配太子的女儿，又来和云居雁竞争。这个女儿倘进了宫，恐怕没有人争得过她吧！”说着连声叹息。老夫人说道：“岂有此理！你父亲生前曾说：我们家里不会不出皇后。弘徽殿女御的事，他也十分用心出力。要是他还在世间，怎么会有这种乖谬之事。”为了弘徽殿女御不能立后之事，老夫人对源氏太政大臣不免心中怨恨。

云居雁生得娇小玲珑，天真烂漫。她弹筝时鬓发长垂，楚楚可怜，风度异常高雅优美。见父亲目不转睛地注视着她，觉得难为情起来，把头略略转向一旁，那侧影又很动人。左手按弦的姿态非常优雅，竟像一个玩偶。祖母见了也觉得十分可爱。云居雁随意地弹了一会儿，就把筝推开了。内大臣便取过和琴，用他那纯熟而随意不拘的手法，弹奏出一个时髦的短调，非常动听。庭前秋叶尽行散落。年老的女侍们感动得流下热泪，挤在帷屏之后倾听。内大臣朗诵“风之力盖寡……”[③]的词句。接着说道：“并非琴音撩人，只因这晚秋之景异常凄凉。请老夫人再弹一曲吧。”大君弹时，内大臣唱着《秋风

① 古歌：“何时最凄凉？无如秋之夕。荻上冷风吹，荻下寒露滴。”可见《藤原义孝集》。

② 这是朱雀院的儿子，已立为皇太子，现年五岁。冷泉帝在位十八年后即让位于他。

③ 陆士衡《豪士赋序》中有这样的诗句：“落叶俟微飙以陨，而风之力盖寡。孟尝遭雍门而泣，而琴之感以末。何者，欲陨之叶，无所假烈风；将坠之泣，不足繁哀响也。”可见《昭明文选》第四十六卷。

弦外之音　《源氏物语绘卷·桥姬》复原图　近代

在或弹或歌的融洽氛围里，内大臣命人用帷屏将云居雁隔开的小插曲并无人注意，却可看出他有意将云居雁和夕雾隔开的端倪。由琵琶音律至夕雾的婚事，将内大臣与源氏的矛盾依次展示。图中所绘的便是平安时代贵族女子抚琴、弹琵琶的情景。

乐》之歌，与她相和，歌声十分优美。老夫人对人人都很慈爱，觉得这儿子内大臣也讨人喜欢。这时夕雾也来了，更增乐趣。内大臣命人张起帷屏，隔开云居雁，叫夕雾坐在自己这边，对他说道："我好久不见你了。你又何必这样埋头读书呢？你父亲太政大臣也知道，学问过多，人品反而乏味，却一味叫你如此钻研，究竟是为什么呢？整日幽闭一室，你也太苦了罢。"又说："有时也该做些学问之外之事。比如吹笛，这也是古代传下来的韵事。"便拿了一支短笛给他。夕雾吹得满室生春，极为悦耳。内大臣暂时停止弹琴，轻轻地替他打拍子，自己唱起"满身染上荻花斑"①的催马乐。唱罢言道："太政大臣一向也喜欢音乐，政务繁忙之时也经常借此消遣呢。生在这乏味的世间，就应该做些喜爱的事情，高高兴兴地度过岁月才是。"便命人斟酒。这时天色渐黑，室内点起灯来，大家一起吃饭。不久内大臣命云居雁回自己房间去了。内大臣想让两人疏远些，而现在有了入宫的打算，更是连云居雁的琴音也不让夕雾听到，严厉地隔绝他们。老夫人身边的几个老年女侍悄悄地议论："这样下去，只怕他们之间要发生不幸的事呢！"

内大臣声明即将离开。走出房间，却偷偷钻进他素来宠爱的一个女侍房中，和她密

① 催马乐："诸公听我言，我欲换衣衫。行过竹林与野原，满身染上荻花斑。"

谈了一会儿，又缩了身子悄悄地溜出去。半路上听见有人在窃窃私语，觉得奇怪，侧耳一听，原来是女侍们正在议论他。只听其中一人说："他自以为英明，但世上的父母总是糊涂的。你瞧着吧，不久就会出事了，常言道：'知子莫若父'，这句话其实是胡说八道。"她们在讥讽他。内大臣心想："原来真有这种丑事，果然如我所料！我以前并非不曾提防，但只以为他们两个都还是孩子，就疏忽了。世事真难预料啊！"他这才明白过来。但也并不声张，悄悄地去了。前驱者簇拥着他登车后，高声喝道。女侍们互相说道："咦，老爷这时才动身呢。不知道他躲在什么地方。到了这把年纪还要偷偷摸摸。"刚才议论他的两个女侍说道："飘来的那阵衣香，只道是夕雾少爷走过，原来是老爷！啊呀，糟糕！我们说的话恐怕被他听到了吧！这位老爷脾气暴躁得很呢。"大家不免担心。

内大臣一路上想道："让他们结婚，也并不是一件坏事。但姑表姐弟成亲，这样的姻缘太平凡了。外人也难免议论。源氏强把我女儿弘徽殿女御压倒，我正很气愤，指望这云居雁入宫伺候太子，或许她能压倒他人，为我争一口气。真可恨啊！"源氏和这内大臣的交情，大体上一直很和睦。但在权势方面，两人略有争执。内大臣想起过去吃的亏，不免心中愤懑。因此这天晚上不能入睡，直到天明。他猜想老夫人一定知悉两人之事，因过分溺爱这孙女与外孙，故一切听之任之。想起两个女侍的议论，觉得实在可恶，弄得他心中不宁。这个人性情刚强，处事每多锋芒，因此一旦有了心事，便不能自制。两天之后，他又前去拜谒老夫人。老夫人见儿子常来请安，觉得值得嘉许，心中倒很高兴。她的头发像尼姑一般剪短，身着一件崭新的礼服。虽然是儿子，但终是一位朝中重臣，多少也得客气些，因此老夫人坐在帷屏里面接待他。内大臣心情不愉，对母亲说："儿子今天到此，心中很不自在。想到这里的女侍们这么看不起我，心下畏缩。儿子虽然不肖，但只要活在这世上，始终不曾离开母亲左右，也绝不违背您的心意。但小女为非作歹之事，我却不得不怨恨母亲。本来不必如此愤恨，但我终于忍耐不住。"说着，举手拭泪。老夫人吃了一惊，那张很漂亮的脸忽然变色，眼睛也睁大了，问道："究竟为了什么事，我活到这么大年纪，还要被你怨恨？"

内大臣也觉得自己太唐突了，急忙说明："儿子将这孩子托付老夫人抚养，一向不曾为她稍稍尽力。全心全意为长女争取女御地位，使她登位为后，用尽苦心，谁知竟致失败。虽未抚育幼女，但儿子深信老夫人教养有方，一向放心。谁知会发生意外之事，实在教人遗憾！夕雾虽然学识渊博，名满天下，但倘马马虎虎，就近攀上这姑表之亲，外人也将讥笑我们举止轻率。纵使是微贱之人，亦不屑为之。这件事对夕雾也很不利。为夕雾着想，不如另择高贵而非近亲的家庭，做个乘龙快婿，才能为他带来尊荣。这样就近结亲，源氏太政大臣也一定不会喜欢。老夫人纵使想让他们二人结婚，不妨先向大家说明，也好多做准备，排场亦可稍稍体面。如今任由这些孩子为所欲为，不加管束，实在令人痛心啊！"老夫人做梦也不曾想到，觉得这件事大出意外，答道："你这番话，说得很有道理。但我全然不知这两人的打算。如果真有其事，我比你更加痛心呢。你要我与他们共担此责，我心不甘。自从你将云居雁交给我抚养之后，我特别怜爱她。你不曾注意之事，我也都一一仔细考虑，一心将她教养成优秀之人。二人如此年幼，做长辈的因为溺爱而任其苟且结合，哪有这样的道理！我且问你：你是听谁说的？轻信人言而肆意指责他人，这可万万不行！若无事实根据，不是败坏别人的名誉吗？"内大臣答道："不敢，决非无凭无据。您这里的女侍们都在背后评议讥笑呢。这件事实在让人遗憾，且又深可担心。"说罢，辞别而去。

知道实情的人，对此深为同情。那天晚上悄悄议论的两个女侍，心中更是懊悔，大家唉声叹气，不该私议这种隐秘的事情，以致徒惹口舌。云居雁本人则全然不知，依旧天真烂漫。父亲到她房中探查了一下，见她的样子非常可爱，又觉得此人甚是可怜。他埋怨乳母等人说："我常说她年纪尚小，却想不到她竟是如此不通世务。还一味希望她早日成人呢！我实在太糊涂了！"乳母们无言可对，只是私下说："这种事情，其实并不罕见。尊贵无比的帝王之女，也难免会犯这种过失。旧小说里常有这种例子。这怕是知道两人心意的人在暗中拉拢的。但我们这里的这两个人，多年来朝夕共处，年龄又这么幼小，再加上老太太一手照顾，我们怎么可以越俎代庖，出来要求隔离他们呢？因此我们便都疏忽了。但从前年起，老太太对他们的态度也突然变化，并不让他们黏在一处了。有的孩子品行不端，也会搜寻机会，偷偷地干些大人的勾当。但夕雾少爷为人正直，我们做梦也想不到他会有此乱为，如今竟闹出这样的事，真是大出意料。"说罢暗自叹息。

内大臣又对乳母和女侍们说："好了，不必再说了。你们切不可将这件事泄露出去。虽然对外终究是瞒不过的，但你们听到时务必竭力辩解，只说绝无此事。我即刻就要把小姐迁回我的私邸。对老太太，我不免怨恨。你们几个人呢，想来总不会希望有这种事情出现吧。"女侍们知道他不责怪她们，烦恼之中又感到欣喜，便讨好他："我们当然不希望有这种事情发生！我们还担心被老爷知道呢。夕雾少爷虽然品貌俱佳，但不过是一个臣子，有什么可贵之处呢？"

云居雁的心完全还是一个孩子。父亲对她说了千言万语，她却听也不听，弄得父亲哭了起来。他只能私下和几个可信赖的女侍商议："有什么办法才能让小姐不致埋没一生呢？"他只管抱怨老夫人。老夫人对孙女和外孙都很怜爱，而对夕雾大概更加怜爱一些，见他这点年纪已经懂得爱情，觉得为他高兴，暗自埋怨内大臣的话不通情理。她想："何必这样大惊小怪！内大臣对云居雁本来不太在意，并不想用心地教养她，以后送入宫去。大约后来看见我对她特别重视，才发心要她入宫当皇太子妃吧。这希望如果落了空，命里注定要嫁给大臣，那么除了夕雾之外，哪里去找更好的人呢？无论从容貌、姿态或者任一方面说来，有谁赶得上夕雾呢？照我看来，他娶云居雁才是委屈的，应该和身份更高的人攀亲才是。"想是对夕雾怜爱太过的缘故吧，她也在心中埋怨内大臣了。内大臣如果知道了她的心思，一定会更加恼她。

夕雾不知道别人正为了他的事闹得天翻地覆，前来探望老夫人。前夜他到此处时，因为人多杂乱，未能与云居雁密谈，更感相思之苦，便在晚上又来拜访。老夫人平日看见外孙来了，总是欢天喜地，满脸堆笑，今天却忽然板起面孔来说话了。她对夕雾说："为了你的事，你舅舅恨死了我，我好为难啊！你胡思乱想，让别人为你恼恨，真不应该！我本来不想谈这种事情，可不谈又怕你不明白。"夕雾心中怀着鬼胎，马上就明白了，红着脸答道："究竟为了什么事？我近来幽闭一室，只管静心读书，绝无机会出来走动，并未得罪过舅舅呢。"他说时满脸羞涩。大君很可怜他，说道："不必说了，总之你以后要小心谨慎就是了。"说到这里为止，以后便谈些其他事情。

夕雾料想今后与云居雁通信必然更加困难，心中很是悲伤。老夫人劝他吃些东西，他一点也吃不下，好像已经睡着了。其实他心中一直忐忑，夜深人静之后，他偷偷地去拉通向云居雁房间的纸隔扇。这纸隔扇一向不锁，今天却锁住了，房间里一点动静也没有。他觉得没趣，便靠着纸隔扇坐下来。云居雁也还不曾入睡，她躺在那里倾听夜风吹竹的萧萧之声，又听见远远传来群雁飞鸣之声，小小的心里也感到哀愁，便独自吟唱古歌："雾浓深锁云中雁，底事鸣声似我愁？"[①]那娇滴滴的童声非常悦耳。夕雾听了心中着急起来，便在门边低声叫道："把这门开开！小侍从在这里吗？"但无人回答。小侍从，即乳母的女儿。云居雁听见夕雾叫门，知道刚才吟唱的古歌，已被他听到了，觉得很不好意思，只管把脸躲进被窝里去。她隐约地感到心中情思蠢动，自己觉得厌烦。乳母等人就睡在身边，担心惊醒她们，一动也不敢动。两人隔着纸隔扇，均自默默无言。夕雾独自吟道：

"夜半呼朋啼雁苦，
风吹芦荻更增愁。"

只觉这愁思深深地沁入肺腑。他回到老夫人房中，担心叹息之声惊醒了她，只得躺下，一夜心中不宁。

第二天早上醒来，夕雾不自觉地感到羞耻，他回到自己房中，写了一封信要交给云居雁。但小侍从四处都找不到，云居雁房中当然不能亲自前去，心中异常苦闷。云居雁呢，只觉得被父亲责怪是丢脸的。至于自身以后怎样，别人对她如何看法，一概不加深思。她依然天真可爱。别人议论他们两人，她听了既不觉得异常厌烦，也不想与夕雾分开。她以为不必如此大惊小怪。只是服侍她的乳母和女侍们如此严厉地劝诫她，今后未免不便再和夕雾通信了。如果是大人，当此困境自能找寻机会。但夕雾年龄尚幼，毫无办法，只是闷闷不乐而已。

内大臣此后一直不再到访，他深深怨恨老夫人。内大臣夫人[②]听说这件事后，也只装作不知。她因为弘徽殿女御不能被册立为皇后一事，对万事都感兴味索然。内大臣对她说："梅壶女御行过宏大的仪式，册封为后了，而我们家的那个弘徽殿女御正在伤心呢。我可怜她，心中异常痛苦。我想叫她乞假回家，舒舒服服地休养一下。虽然未能立后，皇上对她也是十分宠爱。她昼夜服侍，片刻不得休息，连身边的宫女们也时刻不宁，都在叹苦呢。"便马上向皇上乞假。冷泉帝起初不允。但内大臣坚持己见，冷泉帝也只好勉强答应，由他把女御接回家去。内大臣对她说："你在这里怕是有些寂寞，不如叫你妹妹云居雁也到这里来，和你一起玩耍吧。她住在老夫人那里，本可放心，但那个男孩子常在那边进进出出。这个人年纪虽小，心却不小。照你妹妹的年龄，自然不该再和男人接近了。"就突然到老夫人那边接云居雁回邸。

老夫人大感不快，对内大臣说："我唯有一个女儿，不幸夭折，我很寂寞。幸喜来了这个孩子，我简直如获至宝。实指望她陪在身边，给我暮年带来些安慰呢。不料你不信任我，叫我好伤心啊！"内大臣心中惭愧，急忙答道："母亲息怒！儿子不满的，就只是那一件事，并非不信任母亲。况且宫中那位女御，近来心情不佳，正乞假在家。我

---

① 这首古歌可见《河海抄》所引。此人被称为云居雁，即根据这首古歌。日文"云居"即"云中"之意。
② 内大臣的正妻，即前右大臣家的四女公子，前弘徽殿女御之妹。

失意的夕雾　歌川丰国　源氏香之图·少女　江户时代（约1844—1847年）

图为夕雾拜访老妇人，希图与云居雁相见的场景。然而内大臣因为与源氏有隙，更兼夕雾才是六位的低阶官员，因此看他不起，不愿意将女儿嫁给他。于是处处阻挠，并有意将云居雁从老妇人处带回，不让他们相见。

看她寂寞无聊，很是可怜，为此想叫云居雁去陪伴一下，以慰其心。这不过是暂时的事罢了。”接着又说：“云居雁蒙老夫人抚育，这才得以长大成人，此恩绝不敢忘。”这内大臣秉性固执，凡事一经决定，纵使多人劝阻，决不更改。因此老夫人很不高兴，叹道：“人心难测，令人忧惧。这两个孩子这么小的年纪，就心生隔阂，弃我如遗！他们年幼无知，姑且不论。大臣你深明事理，怎么也对我心怀怨恨，来夺取这个孩子呢？我看她在你那边，未见得比在我这里安全吧！”说着大哭起来。

正在这时，夕雾也来了。他近日经常到这里来，希图与云居雁相见。他见门前停着内大臣的车子，心中羞怯，便悄悄地躲进自己房间里。内大臣的公子左少将、少纳言[①]、兵卫佐、侍从、大夫等人，也都聚集在这里，但老夫人不许他们进入帘内。内大臣的兄弟左卫门督与权中纳言等，虽非老夫人所生，但他们还是遵照前太政大臣在世之时的规矩，时常来参谒老夫人，竭尽孝敬。他们的儿子也不时到此，但人品都比不上夕雾。老夫人对夕雾比谁都怜爱。自从夕雾迁回东院后，这云居雁便成了老夫人身边的宝贝，老夫人悉心教养她，时刻不离。如今将被内大臣带了去，老夫人心中十分悲伤，内大臣说：“现在我要进宫，傍晚再来迎接她。”说罢，辞别而去。

内大臣心想：“这件事难办了。倒不如妥为安排，成就好事吧。”但终于觉得不够尽意，又想：“总得先让夕雾登上较高的官位，也不致让我们失了体面。再察看他对云居雁的爱情深浅，再作道理不迟。纵使允许他们成婚，也得郑重举行婚礼。像以前那样让两人住在一起，即便多加劝诫，只怕这些年幼无知之人，会做出不好看的事来。老夫人怕是不能制止他们的。”他就以陪伴弘徽殿女御为名，向老夫人邸内及私邸内的人解释，终于把云居雁接了回去。

云居雁走后，老夫人写一封信给她，信中说：“你父亲恐怕在怨恨我，但你总了解我的心情，盼你立即到此相见。”云居雁果然就打扮得花枝招展地来了。她今年十四岁，看着并不像是大人，娇憨温柔，容颜十分妩媚动人。祖母对她说：“我一向与你朝夕相伴，你走了，我的日子好冷清啊！我已风烛残年，经常担心：不知道命里能否看见你坐享荣华富贵的那天。如今你又离我而去，我真伤心啊！”说到这里，大哭起来。云居雁想起最近那件让人难为情的事，头也抬不起来，只是嘤嘤哭泣。这时夕雾的乳母宰相君来了，她悄悄地对云居雁说：“我真希望小姐做我的女主人呢。小姐搬回那边去了，实在可惜啊。舅老爷要将小姐许配给别人，小姐你切不可听从啊！”云居雁愈发怕羞，一句话也说不出来。老夫人对宰相君说：“罢了！这种自讨没趣的话不必说了。人的命运都是前世注定的啊！”宰相君怒气冲冲地说：“话不是这么说的！舅老爷怕是看不起我家少爷，觉得他微不足道吧！我倒要请他去打听一下：我家少爷哪一点不如别人？”

这时夕雾躲在一旁偷看。若在平时，他这种行为恐怕要遭讥评。但这时恋情正苦，他也顾不得许多了，只管站在那里流泪。乳母十分可怜他，便与老夫人商议，趁傍晚众人杂乱，让两人在另一间房中会面了。两人一见面，只觉无限羞涩，心头乱跳，一句话也说不出来，只是相对落泪。后来夕雾说道：“舅舅真狠心啊！我原本想，他要带走你，就由他带走吧，我不妨死了这条心。但今后我若见不到你，这份相思必定更苦了！想想

① 左少将又称柏木。少纳言又称红梅，即之前提到的唱催马乐《高砂》嗓音美好的人。

过去见面机会较多的时候，我们为什么不经常相聚呢？”说这话时，他的神情天真烂漫，极为可爱。云居雁答道：“我也这样想呢。”夕雾接着问：“你想念我吗？”云居雁微微地点点头，竟是一副孩子的模样。

各处都已点上灯烛。内大臣退朝后，顺便来接云居雁回邸。前驱者高声喝道。邸内的人都说：“老爷来了！”各自忙乱了一阵。云居雁非常害怕，全身发抖。而夕雾任众人骚乱，不顾一切，绝不肯放走云居雁。云居雁的乳母来找小姐，看见了这番情景，心中只是叫苦，想道：“哎呀，这还了得？看来老太太果然是早就知情的。”便愤愤地说：“天哪！世事怎会这样！老爷知道了要发脾气的，更不用说那位按察大纳言老爷知道了会怎么样哩？就算你再怎么才貌双全，初婚嫁个六位的小京官[①]，也太不体面了。”说着，一直走到屏风之后，大声埋怨这一对情人。夕雾听到她的话，才知因自己官位太低，被乳母轻视，不免心中怨恨，热情也略略削减了。便对云居雁说：“听你乳母的话罢！我现在是

美他血泪沾双袖，
浅绿何年得变红？

真丢人啊！”云居雁答道：

“妾身薄命多忧患，
你我因缘不可知！”

他尚未说完，内大臣已进邸内来了。云居雁无法，只好逃回自己房中去。夕雾留在这里，觉得很不像样，有些狼狈，便也退回自己房中躺下。他听见内大臣喊云居雁快上车，三辆车子悄悄地赶了出去，心中不胜惆怅。老夫人派人来叫他，但他假装睡着，一动也不动。他的眼泪流个不止，一直哭到天明，趁着清晨急急忙忙回了东院。因为他的双眼已经哭肿，怕被人看见难为情；又怕老夫人派人来叫他，还不如独自幽闭在书房里来得安心，所以急忙赶了回去。归途中独自思量，这并非别人故意害我，全怪自己自寻烦恼。天色阴沉，四周还很昏暗。夕雾即景吟道：

“冰霜凛冽天难曙，
泪眼昏蒙暗更浓。”

却说今年十一月间的五节舞会[②]，源氏太政大臣家要选派舞姬一名。这件事并不十分要紧，只是日子近了，跟随舞姬的童女等人的服装，必须加紧置备。住在东院的花散里，负责舞姬入宫时随从等所穿的服装。源氏自己总揽各种事务，新立的秋好皇后也帮忙置办了许多服饰，连童女和下级差役的衣衫也都一一备齐。去年因有藤壶皇后之丧，五节舞会未能举行。为了补偿去年的虚度，今年各人心中特别兴奋。在选送舞姬时，公

---

① 六位京官地位低，穿浅绿袍；五位较高，穿红袍。

② 五节舞会，于每年十一月间的丑、寅、卯、辰四日举行。舞姬共五人，从朝臣及地方官家中选出。每位舞姬，带保姆八人、童女二人、其他差役七人。

卿贵族之家竭力竞争，一切务求尽善尽美。云居雁的后父按察大纳言和内大臣之弟左卫门督，都把女儿送去担当舞姬。至于地方官方面，现任近江守兼左中弁的良清也送了一个女儿来。今年特定规定：舞姬在会后都要留在宫中，充当女官。因此大家都愿意遣送自己的女儿。

源氏太政大臣家所遣送的，正是现任摄津守兼左京大夫惟光的女儿，这女儿容貌生得极美，素有美人之名。惟光觉得身份不够，有些难为情。旁人却责怪他说："按察大纳言遣送的竟是侧室生的女儿，你把正妻生的爱女送去，有什么可难为情的呢？"惟光听了心中犹豫。但一想当过舞姬之后便可在宫中担任女官，便打定了主意。先让她在家中练习舞蹈。随身的女侍，都经过严格的挑选。到了规定的日期，便把女儿送入二条院。源氏太政大臣把各院中的女童和女侍都叫了出来，一一仔细挑选，指定舞姬的随从。入选的人，无不感到荣幸。源氏太政大臣决定在皇上御前表演之前要先在他面前试演一次。他见所选定的童女，容貌风度个个优美，因为人数过多，想从中剔除几个，竟无法割爱。他笑着说："看来应该再遣送一个舞姬才好呢。"最终只得根据她们的仪态和神情又复选了一次。

夕雾近来一直心中苦闷，饭也吃不下去，心情纠结，书也不能读，每天只是忧心地躺着。这时他想出门散心，便顺便走到二条院，在各处游玩。他的容貌异常秀丽，仪态又极优雅，青年女侍们看见了都赞叹不已。但他走到紫姬的住所前时，连帘前也不敢走近。这是因为源氏自己已有切身体会，担心有意外发生，所以从不让他和紫姬接近。紫姬的女侍们自然也要避嫌。但今天为了迎接舞姬，各处忙乱，夕雾就趁机混入了紫姬的西殿。舞姬由众女侍扶下车子之后，在边门前临时设立的屏风后暂且休息了一会儿。夕雾便走过去，向屏风内查看，只见这舞姬仿佛有些疲倦，把身子横着。看她的年纪，和云居雁大约相仿，个子略高些。那种神采焕发，风流娴雅之相，竟比云居雁更胜一筹。这时天色已晚，无法看得清楚，只觉大体上十分肖似云居雁。虽然夕雾的爱情并非移注在她身上，但又觉仅见这一面，不能让人满足，便伸手去拉她的衣裾。舞姬不知何事，心中极为惊诧。夕雾赠诗道：

"相逢已绾同心结，
寄语天人莫忘情。

我思念你已经很久了。"这种行径真是太唐突了！他的声音很柔美，但舞姬并不认识他，只觉得害怕。正在这时，女侍们急急忙忙地赶来为小姐添妆。许多人大声喧哗地走近，夕雾不便停留，只得悻悻地走开了。

夕雾嫌恶淡绿色官袍不够体面，所以平时不肯进宫，外面也极少出去。但今天是五

夕雾与舞姬　狩野永德　洛中洛外图屏风　安土桃山时代（16世纪后期）

与云居雁的恋情受到内大臣的阻挠后，夕雾愁苦不已。在五节舞会上遇到一位肖似云居雁的舞姬，就想通过移情的方法忘掉那让他痛苦的云居雁。图为五节舞会时的热闹场景。

节舞会，宫中特许穿便袍，颜色也不必依照官位，他便进了宫。他年纪尚轻，容貌清秀。但看上去比实际年龄老成，走起路来神气十足。自皇上以下，公卿王侯都对他格外怜爱。真是世上少有的备受恩宠的人。

五位舞姬入宫觐见的仪式十分隆重。各人的服饰都别出心裁，华美无比。讲到容貌，大家都说源氏太政大臣家的和按察大纳言家的最为美丽。两人果然都十分可爱。但讲到天真与娇艳，大纳言家的毕竟比不上源氏家惟光的女儿。她打扮得既雅致又时髦，模样比她的身份高贵许多，其美丽无可比拟，所以大家都大加称赞。今年选出的舞姬，年龄比往年稍长，因此给人特殊的美感。源氏太政大臣入宫欣赏五节舞时，想起过去五节舞会中的那个筑紫少女[①]，便在第四天正式舞会的辰日，写了一封信送给她。信中的措辞可想而知，所附的诗是：

“当年少女知非昔，
昔日檀郎今老矣。”

他想起多年前的往事，以及那人的可爱之处，情不自禁，只好写一封信去。筑紫的五节舞姬收到信，也不胜追忆，深感人世无常。她的答诗是：

“当年舞袖传情愫，
往事重提在眼前。”

用的是绿色带花纹的信纸，与这日子倒相贴合[②]。墨色或浓或淡，交互错综。字体采用草书，笔法随意不羁。源氏觉得信中风雅与筑紫五节舞姬的人品相称，更有兴味。

夕雾看中了惟光的女儿，总想偷偷地走近她。但那女子的神态凛然不可侵犯，接近不得。小孩子胆怯怕羞，也唯有自叹而已。他想：“这女子的容貌十分称我的心。云居雁既然与我无缘，我不如去结识这个女子吧。”

原定舞会结束后，各舞女即留在宫中，担任女官，但这次各人都先回家去。近江守良清的女儿到辛崎举行祓禊，摄津守惟光的女儿到难波祓禊，争先恐后地都离开了。按察大纳言也暂把女儿接回，奏明改日再送她进宫。左卫门督所遣送的舞姬，不是亲生女儿，虽然受到非难，但终于也允她入宫。

惟光恳求源氏太政大臣：“宫中典侍正有空额，请赐小女为典侍。”源氏答应设法让他如愿。夕雾听说之后，大失所望。他想：“如果我的年龄不是这样小，官位不是这样低，我倒可与这女子结缘。但现在连我的心事也无法让她知道，真伤心啊！”他对这五节舞姬的相思并不深，但再添上对云居雁的相思，不免常常流泪。这五节舞姬的哥哥，是一位殿上童子，经常到夕雾这里来服侍。有一次，夕雾特别亲昵地与他谈话，问道：“你家那个五节舞姬什么时候进宫？”小童答道：“听说年前要进宫的。”夕雾说：“她的容貌真美丽，我很爱她呢。你能经常见她，我真羡慕你啊！能否设法让我再见她一次？”小童答道：“这怎么行！我也无法随便见她，父亲说兄弟是男子，不能与女子接近。何况你们，怎么能见她呢！”夕雾说：“那么，你给我送一封信去吧。”便写了一封信交给他，小童因为父亲早有训诫：不许干这种事情，所以面露难色。但夕雾硬要让他接受。他无法坚拒，只得拿了信回家。那五节舞姬年纪虽小，但情窦已开，见到信很高兴。只见用的是精美的绿色双重笺[③]，笔迹虽然稚气，显见大有前途。那书法十分可爱。信中有诗：

“爱煞翩跹少女舞，
恋情正苦诉君知。”

① 这位五节舞姬是筑紫太宰大式的女儿，曾与源氏有私。本回题名“少女”，即根据此诗和下面夕雾赠惟光女儿的诗。

② 当时习俗，舞姬辰日穿绿衣。

③ 在信笺中附加一二张空白的纸，表示敬意。

两人正在一起看信，父亲惟光突然进来。两人大吃一惊，想把信藏起来，已经来不及了。父亲问道："什么信？"便拿起来看。两人都面红耳赤。父亲看了信骂道："你们做的好事！"哥哥急忙逃走，父亲喊住了他，追问道："这封信是谁写来的？"哥哥答道："太政大臣家的夕雾公子一定要我送来……"惟光听了，怒气尽消，笑逐颜开，说道："公子已解风情，真有趣啊！你们与他同样年纪，却还是不懂事的孩子呢。"他称赞了一会儿，便把信拿去给夫人看，对她说道："像公子那样的人，若是能看得起我们这女儿而宠爱她，那么我与其叫她去当个普通的宫女，还不如把她嫁给公子。我素来知道大臣的脾气：他一旦看中了一个人，便永远不忘记她，是很可靠的。公子必然与父亲性情相近。如今我可做明石道人了！"但别人都忙乱着准备舞姬入宫之事。

夕雾无法与云居雁通信。他以为云居雁毕竟远胜于惟光的女儿，心中经常记挂她。别离愈久，相思之情愈发难耐。天天叹息不能再见上一面。外祖母那里，也无心去拜访。想起云居雁住过的房间，以及多年来相处时的游钓之地，愈发觉得对她深深爱慕。就连这从小住惯的老夫人的宫邸，也不时勾起他的相思之苦。因此他又把自己幽闭在东院的书房里了。

源氏请住在东院西殿里的花散里当夕雾的保护人，对她说道："老夫人年纪老迈，在世之日恐怕不多了。我把这孩子托付给你，让他从小亲近你。那么老夫人百年之后，也有你照顾他。"花散里对源氏，向来唯命是从，便一口答应，从此加倍怜爱夕雾，用心照顾他。夕雾经常能隐约看见花散里的容颜。他想："这位继母的容貌真难看啊！这样的人，父亲也舍不得她。"又想："我贪图容貌标致而苦恋这个见不到面的云居雁，太无味了。还不如找一个像花散里这样性情柔顺可亲的人吧。"但转念又想："与一个容貌难看的人对面相处，也太过乏味。父亲虽然多年来一直照顾这个花散里，但他早知这人的容貌与性情，对她不即不离，恰到好处。正如古歌中'犹如密叶重重隔'[①]。这的确是有道理的。"他觉得这些想法有些可耻。他的外祖母老夫人虽然做尼姑打扮，但容貌很清秀。此外他在各处见到的，也都是容貌美丽的人。唯有这花散里，本来其貌不扬，年纪又渐渐老了，身体消瘦，头发稀少，所以更让人看不上眼。

到了年底，老夫人专心致志地为夕雾准备新年的服装，其他一切都不管了。她替外孙做了许多漂亮的衣服，但夕雾看也不要看。他说："元旦我决不到宫中贺年，外婆您何必忙着替我做衣服呢？"老夫人说："你怎么能不入宫贺年！这像是老人病夫才说的话。"夕雾自言自语地说："年纪虽没有老，我却真像个病夫了。"说着流下泪来。老夫人知道他是为云居雁的事伤心，觉得很可怜，几乎也要陪他哭了。她对他说道："作为男子，纵使身份低微，也要气宇轩昂。你身份高贵，更不应该如此垂头丧气。你心中有什么忧虑？这样于身体不好啊。"夕雾说："没有什么忧愁。只因我还是区区一个六位小官，被别人轻贱。虽然知道这六位只不过是暂时的，总觉得没有面子。要是外公还在世，别人怕是开玩笑也不敢轻侮我哩。父亲虽然是我的亲爹，却把我当外人看待，连他的房间也不许我随便进出。我只能在东院的西殿里接近他。那位继母倒很怜爱我，但如果我亲生的母亲还在世，我还更可无忧无虑呢。"说着流下眼泪，便把头扭了过去。老夫人更觉可怜，纷纷落泪。说道："母亲早死的人，无论身份高低，都是可怜的人。但

① 古歌："犹如密叶重重隔，爱而不见我心悲。"可见《拾遗集》。

不同的观感 《源氏物语绘卷·铃虫二》复原图 近代

内大臣看到的，是夕雾六位的低位官爵。而身为源氏家臣的惟光所想，是夕雾会同其父一样，一旦看中永不忘怀的真挚。所以，与内大臣不同，惟光宁愿女儿不进宫也要嫁给夕雾。两者所看重的东西不同，观感不同，导致做出不一样的决定来。图为平安时代的贵族及其家臣。

各人都有自己的命运，不久你成人立业之后，就无人敢看轻你了。你绝不可这样伤心。你外公要是再能多活几年就好了。你父亲是和外公一样竭力照顾你的，我也一样要依靠他。但世上不称心的事真多呢。外人都称赞你舅舅是个贤能的人，但他对我，比从前越来越差了。我纵使长寿，也很痛苦。像你这样前程远大，也不免遭受一些忧患，虽然这忧患是极小的。可见人生在世苦多乐少啊。”说着流下泪来。

到了元旦，源氏因是太政大臣，不必入朝贺岁，在家很是安闲。正月初七日白马节会，按照自古藤原良房大臣的先例，把白马牵入太政大臣邸内，仪式仿效宫中，比古时更为庄严凝重。二月二十日，冷泉帝行幸朱雀院。这时春花尚未开放。因三月是藤壶皇后的忌月，所以提前行幸。早樱已经绽放，色彩十分动人。这天朱雀院内的布置陈设，特别讲究，万事尽善尽美。随驾行幸的公卿亲王等人，也都各自打扮得齐齐整整。他们都穿绿袍，罩在白面红里的衬袍之上。冷泉帝则穿红袍。有旨宣召太政大臣同行，因此源氏也来到朱雀院。他也穿着红袍，两人一样光辉灿烂，几乎让人不能分辨。这次行幸，各人的装束及各种陈设，都比以往更为讲究。已经退位的朱雀院，身体比前更加清健，容貌姿态十分优美。

今日盛会，未请专门的诗人，只宣召了十位才能突出的大学学生。依照式部省文章生考试办法，由皇上赐予诗题。这场考试想必是专为太政大臣家的公子夕雾而设。几个胆怯的学生，每人乘坐湖中一只不系之舟，模样十分周章狼狈[①]。红日渐渐西斜，乐船在

①这种考试办法，叫作“放岛”，即每人乘坐一舟，放在湖中，朝着岛的方向漂去，各人在舟中作诗文，不能与他人交谈。

池塘中四处巡回，歌舞大作。山风吹送乐声，极为悠扬悦耳。夕雾独坐舟中作诗，不胜其苦，心想：“我其实不必如此苦学勤修，也可与众人一起交游取乐。”心中愤愤不平。

舞曲《春莺啭》奏响了。朱雀院听了，想起当年桐壶帝举行花宴时的情景，慨然说道：“那时的盛况，恐怕难再见到了！”源氏也回忆起当日之事。舞曲奏罢，源氏向朱雀院敬酒，献诗一首：

“莺啭春光犹似昔，
赏花旧侣已全非。”

朱雀院和道：

“遥隔九重居别院，
报春莺啭也能闻。”

源氏之弟，称为帅亲王的，现任兵部卿，向冷泉帝敬酒，亦献诗一首：

“笛声嘹亮今犹昔，
莺啭悠扬不改音。”[①]

吟时声音清晰洪亮，显见用心诚恳，令人欣喜。冷泉帝答道：

“林莺飞啭如怀旧，
恐是春花色已衰？”[②]

这次吟诗，不是朝廷公式，而是家庭之事，因此唱和的人并不多。但也或许是作者当时忘记记录了。

奏乐之处距坐席很远，不易听得清楚。皇上便命人取过各种乐器来。于是兵部卿亲王弹琵琶，内大臣弹和琴，将筝呈给朱雀院。七弦琴照例赐予太政大臣。诸人都是举世无双的名家乐手，各尽所能，合奏妙曲，美不胜收。许多善于歌唱的殿上人随侍在旁，他们便唱起催马乐《安名尊》[③]，其次又唱了《樱人》。月亮朦胧地现于半空，中岛一带点起了篝火。这场行幸的游乐宣告结束了。

夜色已深，冷泉帝回宫途中经过前弘徽殿太后[④]宫邸时，觉得不便过门不入，便进去拜访。源氏太政大臣相陪。太后大喜，马上出来相见。源氏看见太后老得厉害，便回忆起已故的藤壶皇后。他想：“世间竟有这等长寿之人，藤壶皇后早死真太可惜了！”太后对冷泉帝说：“我年纪这么老了，万事都已忘记。今天御驾光临，感激之余，我才又想起了桐壶帝当年的往事。”冷泉帝答道：“自从父皇母后先后退位，我对春花秋月，一向无心欣赏。

---

① 意思是说现代的隆盛并不亚于前代。是颂扬之语。

② 意思是说现代不及前代。是谦逊之语。

③ 催马乐《安名尊》词中有：“猗欤美哉，今日尊贵！古之今日，未有其例。猗欤美哉，今日尊贵！”这是宴会赞歌。“安名”是赞叹之词。

④ 朱雀院之母。

冷泉帝行幸朱雀院 狩野永德 洛中洛外图 安土桃山时代（16世纪后期）

冷泉帝行幸朱雀院，一路公卿随行，装束及各种布置都非常讲究，更有乐船歌舞，以及学生“放岛”的考试活动，展示出平安时代天皇出行的辉煌仪仗和平安时代一派歌舞升平的景象。图为天皇乘辇行幸的盛大场景。

今天见了太后，心中始觉欣慰。改日再来问候。”源氏太政大臣也应酬了几句，最后说：“以后再来请安。”太后看见源氏匆匆回驾时仪仗之宏大，心中不免警惕。她想：“他回想起往日之事[1]，不知做何感想。原来他命中注定要独揽朝纲，这是无法改变的啊！”她深悔过去之事。她的妹妹尚侍胧月夜，闲暇之时也常追想往事，感慨极深。她直到现在，每逢适当机会，还与源氏通信。太后经常向冷泉帝鸣不平，对朝廷颁赐年俸、年爵有诸多不满，每当这时她就痛恨自己老而不死，以致晚景如此凄凉，又希望回复从前全盛之时，对万事都感厌烦。这太后年纪越大，牢骚越多。朱雀院也难以应付，不胜其苦。

夕雾这一天所写的诗文采甚好，考取了进士。这次考试，出的题目极难。十个学生虽然都是出类拔萃的贤才，但及第者唯有三人。当秋天京官任免之时，夕雾晋升为五位，当了侍从。他对云居雁始终不能忘情。但内大臣家中防范极严，他一筹莫展，难以见面。其实他于会面并不强求，只想找到恰当机会，与心上人互通音信而已。这真是一对可怜的情人啊！

却说源氏太政大臣发愿要营造一处清静的宅院。他的想法是：既然要造，不如造得大些，讲究些，好让散居各处而难得一见的人，特别是隐身山乡的明石姬等人，大家聚在一起。于是在六条附近，即六条妃子旧邸一带，选定一块地皮，划分成四个区域，大

①这太后曾妒恨源氏之母桐壶更衣，又曾迫使源氏流寓须磨。

兴土木。明年是紫姬的父亲式部卿亲王五十大寿，紫姬忙着筹备祝寿之事。源氏也以为这件事不可简慢，应该及早筹办。既然要祝寿，那不如在新邸举行，更加体面。便命人赶紧动工，务求尽早完成。

春日重回大地之时，营造及祝寿的准备更加紧张。法会后的贺宴，选定乐人与舞手等事，皆由源氏一手操办。经卷与佛像、法会时所需装束以及犒赏品等，则由紫姬用心准备。住在东院的花散里也分担了一部分工作。紫姬与花散里交情亲密，两人和睦共处，时时欢笑。

如此大规模的筹备，轰动全国，式部卿亲王也听说了。他想："近年来源氏对世人多加照顾，对我家却漠不关心，万事无情。我的下属，也都不施恩惠。想是为了他流寓须磨时我不曾向他寄予同情，因而怀恨在心吧。"他觉得惭愧，又觉得可恨。但一想到源氏在众多妻妾之中，唯独宠爱他的女儿，使他得到众人妒羡的幸运，虽然家中并未直接受到恩惠，也觉得很有面子。现在为了替他祝寿，又安排了如此宏大的排场，震动全国，真是晚年意外的荣幸，他心中十分高兴。但他的夫人心怀怨恨，只是闷闷不乐。想是她的亲生女儿当年想入宫当女御，而源氏未予提拔，因而着恼吧。

到了八月，这座六条院终于完工了，大家准备乔迁之事。四区之中，未申[①]向一区，即西南一区，原是六条妃子的旧邸，现在仍由她的女儿秋好皇后居住。辰巳向一区，即东南一区，由源氏与紫姬居住。丑寅向一区，即东北一区，由原住东院的花散里居住。戌亥向一区，即西北一区，预备留给明石姬居住。各处的池塘与假山，凡不尽如人意的，均拆了重筑。流水的趣味与假山的姿态，给人耳目一新之感。各区中一切景物，都依照不同主人的喜好而布置。比如紫姬所居的东南区，假山垒得很高，池塘筑得很美。栽植了无数春花，窗前种了五叶松、红梅、樱花、紫藤、棣棠、踯躅等花木，布置精巧，赏心悦目。其中又疏疏落落地杂植了各种秋花。

秋好皇后所住的西南区内，在原有的假山上栽种浓色的红叶，从远处导入清澈的泉水。因想增大水流声，便建立许多岩石，使流水形成瀑布——这就开辟成了一片广大的秋野。这时正值秋天，花木绽放，秋景之美，远胜于嵯峨大堰一带山野。

花散里所住的东北区中，亦引入清凉的泉水，种了一些绿树浓阴的夏木。窗前栽种淡竹，其下凉风习习。树木都很高大，有如森林一般。四周围着水晶花篱垣，有如山间乡野。院内种着"今我思畴昔"[②]的橘花、瞿麦花、蔷薇花、牡丹花等各种夏天开放的花朵，其间又夹杂春秋的花木。该区东部是马场殿，院内建有跑马场，围着栅栏，以供五月赛马之用。水边种着茂密的菖蒲。对面筑着马厩，其中饲养着许多骏马。

明石姬所住的西北区中，北部隔了出来，建成仓库。隔垣旁种着苦竹和茂盛的苍松。一切布置都适宜于欣赏雪景。当秋尽冬初之时，篱菊傲霜，色彩斑斓，枫林红艳艳的，仿佛傲然独步。此外又移植了各种不知名称的深山乔木，葱茏可爱。

---

① 堪舆家（看风水者）以十二支代表方向。其方法是：画一圆圈，从圆心放射出十二条直线，使之与圆周相交。从上方一交点起，向右顺次注明子丑寅卯辰巳午未申酉戌亥十二支。则正东为卯，正南为午，正西为酉，正北为子。其余：东南为辰巳，西南为未申，东北为丑寅，西北为戌亥。

② 古歌："橘花开五月，到处散芬芳。今我思畴昔，伊人怀袖香。"可见《古今和歌集》。

源氏定于在秋分节那天乔迁。原本想大家一起迁入，但秋好皇后嫌其纷扰，些略延期。一向随和的花散里，则于当天与紫姬一起迁入。紫姬喜爱的春院，与当时季节不合，但也饶有趣味。紫姬乔迁用的车子，共十五台。前驱者大都是四位、五位的京官。也有六位的殿上人，都选用亲信之人。这种排场算不上体面。为免世人讥评，因此一切从简，并无奢华宏大之举。花散里的排场亦不亚于紫姬。大公子夕雾侍从奉陪，从旁照料一切。人们都以为理应如此。女侍等各有分开专用的房室，这新院中的设备设想十分周到。过了五六日，秋好皇后从宫中回来，也迁入院中。其虽然着意简朴，排场亦很宏大。这位皇后命运之佳，自不待言。其仪态中的优美与大方，亦与众人迥然相异，最为世人所尊敬。这六条院中各区之间有曲廊相通，可以互相往来，因此诸女子常得会面，乐趣多多。

到了九月，处处红叶竞艳，秋好皇后院内的秋景之美，不可言喻。一天秋风瑟瑟的黄昏，皇后用砚盒盛了各种红叶，派一个女童送给紫姬。这女童年龄较长，身着浓紫色衫子，上罩淡紫面蓝里的外衣，外披红黄色罗汗衫，模样异常姣美。她穿过回廊，走过拱桥，来到紫姬院中。这是一种极为风雅的仪式，一般都派年长的女侍来致送。但秋好皇后因为这女童十分可爱，因此特地派了她去。这女童极擅伺候贵人，举止落落大方，仪态从容优雅，为他人所不及。皇后赠紫姬诗云：

“闻君最爱是春天，盼待春光到小园。
请看我家秋院里，舞风红叶影蹁跹。”

众青年女侍争来招待这女童，这情景也很有趣。紫姬的答礼，是在那砚盒内铺上青苔，布置成岩石模样。又在一枝五叶松枝上附一首诗：

“舞风红叶影蹁跹，剩有空枝太可怜。
争似岩前松一树，青青春色向人间？”

这岩前的松树，仔细鉴赏，确是精妙无比。秋好皇后看了复诗，觉得紫姬极擅长这种即兴拈题，可赞可佩。源氏对紫姬说：“皇后送你这红叶与诗，有点让人不快。等到春花盛开，那时你便可报复她了。现在贬斥红叶，对不起立田姬①，你就暂且忍耐了吧。以后站在樱花荫下，便可逞强了。”夫妇嬉笑闲谈的情景，真有无限生趣，让人不胜欣羡。这六条院确是世上最理想的住所，诸位夫人和谐相处，不时互通问候。

住在大堰邸内的明石姬，自觉身份微贱，不愿与他人同时迁入。直到十月间，别人都已住下之后，才开始悄悄地搬迁。迁居时的仪仗，以及各种排场，也不逊于其他人。源氏关心明石姬所生小女公子的未来，所以明石姬迁入六条院后所受的各种待遇，与紫姬等人并没有什么差别，非常优厚周到。

① 立田姬，是司秋的女神，传说秋林红叶是她染成的。

平安时代的贵族建筑

平安时代贵族的建筑形式称为“寝殿造”，它的建筑结构是，宽阔的宅院中，居住空间由坐北朝南的寝殿和对屋构成，通过长廊、渡廊、厢房、廊台进行开放式连接，宅院南边是有池塘或小岛的宽敞的庭院。这种室内外并不完全隔绝的特点，或者说这种建筑与自然的一体感，可说是寝殿造最大的特色。

六条院春之御殿设想平面图

渡殿用于连接寝殿和对屋

最外侧还有开放式的廊台

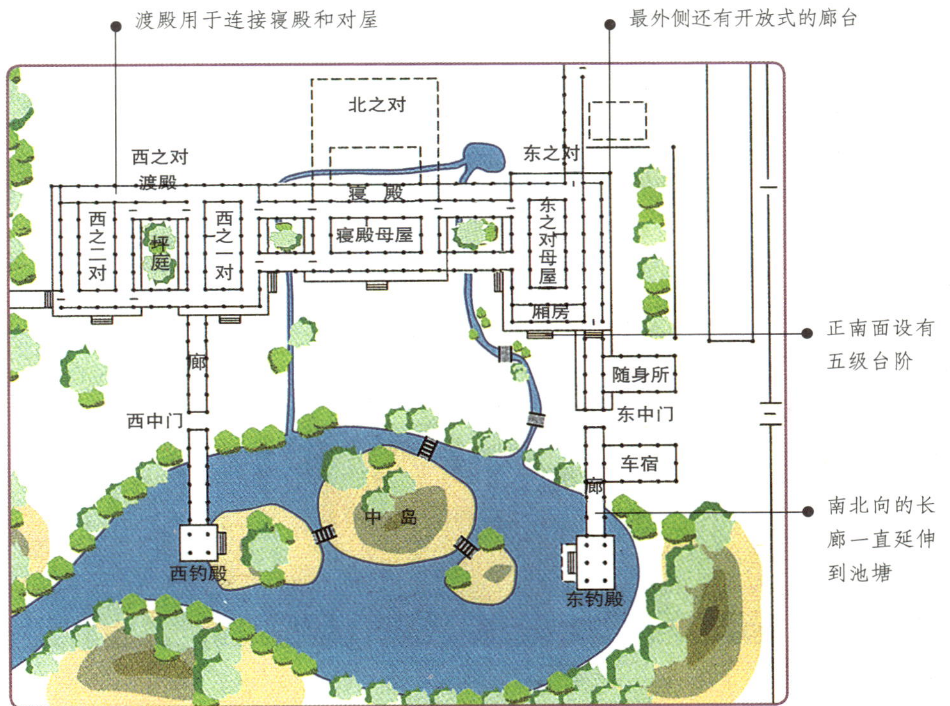

正南面设有五级台阶

南北向的长廊一直延伸到池塘

在《驹竞行幸绘卷》中，描绘了在藤原赖通的宅邸高阳院里举行的迎接后一条天皇的盛大宴会场面。贵族豪宅中的寝殿、长廊、池塘等等都能看到。

第二十二回　玉鬘①

虽然事隔十六年，源氏公子从不曾忘记那个百看不厌的夕颜。他阅尽了世间袅娜娉婷的各种女子，但是每一想起这个夕颜，总觉得可恋可惜，但愿她还活在人间。夕颜的女侍右近，虽然不是十分优秀的女子，但他把她看作夕颜的旧友，一向特别优待她，让她和侍女们一起在邸内供职。他流寓须磨之时，曾将所有女侍移交紫姬，右近便也改在西殿供职了。紫姬觉得这个人本性善良，行为谨慎，因而对她十分看重。但右近心想：我家小姐如果活着，公子对她的宠爱应该不亚于明石夫人吧。爱情并不深厚的女子，公子尚且不肯遗弃，用心照顾，何况我家小姐。纵使不能与高贵的紫夫人同列，至少也能加入六条院诸人之中。一想起此事便悲伤不已。再加上夕颜所生女孩玉鬘②寄养在西京夕颜的乳母家中，现在仍不通消息。这是因为右近素来不敢把夕颜暴死之事公之于众，再加上源氏公子曾经再三叮嘱她不可泄露他的姓名，因而有所顾忌，不便到西京去探访。在此期间，乳母的丈夫升任了太宰少弐，到筑紫赴任，乳母随夫迁居当地，这时玉鬘仅有四岁。

这乳母想寻找夕颜的下落，到处求神拜佛，日夜哭泣思念，向所有相识之人打听，但终于全无消息。她想："既然如此，我也无可奈何了。我只得好好抚养这个孩子，当作夫人的遗念吧。但叫她跟着我们这种身份低微之人，远赴边地，真是可悲可叹。我先设法通知她的父亲吧。"但找不到恰当的机会。她同家人商议，觉得如果通知她父亲，他若问起孩子的母亲，又该怎样回答呢？而且这孩子不会很亲近父亲的，把她丢在她父亲那里，也不能放心。再说，如果父亲知道了这个孩子还在，一定不会允许我们带她远走他乡。与家人商议的结果，决定不通知父亲，而带她一起前往筑紫。玉鬘长得非常端美，小小年纪已露高贵优雅之相。太宰少弐的船上并无特殊设备，草草带她上船，远赴他乡，实在让人可怜。

玉鬘的心中没有忘记母亲，上船之后，经常问："到妈妈那里去吗？"乳母听了，眼泪流个不住。乳母的两个女儿也怀念夕颜，陪着一起流泪。旁人便劝道："在船上哭泣是不祥的！"乳母看到一路上的美景，心想："夫人生性娇痴爱玩，要是能看到这一路的美景，该有多么高兴！但如果她还在，我们也不会远赴筑紫的。"她眷恋京都，正如古歌中所云："行行渐觉离愁重，却羡使臣去复回。"不免有些黯然销魂。这时船上的艄公粗声粗气地唱起船歌："迢迢到远方，我心好悲伤！"两个女儿听了，更增愁思，相对而泣。船所行之处是筑前大岛浦，两人便吟诗唱和：

"舟经大岛船歌咽，
想是艄公也怀人？"

"茫茫大海舟迷路，
苦恋斯人何处寻？"

---

① 本回与前回时间相仿，写源氏三十四岁九月至三十五岁末的事。

② 这女孩是夕颜在认识源氏之前，与源氏妻舅头中将所生。

她们互相诉说远赴他乡的愁肠。经过了风波险恶的筑前金御崎海岬之后，她们想起一曲古歌，便不断地吟唱其中“我心终不忘”[①]的词句。不久即到筑紫，进了太宰府。现在离京都更远，乳母等人怀念在京失踪的夕颜，经常伤心哭泣。只得悉心教养玉鬘，聊以自慰。日子一天天过去。乳母有时偶尔在梦中见到夕颜，总是看见夕颜身旁有一个与她肖似的女子，梦醒之后心绪恶劣，身体不适。于是她想：“大约夫人已经不在人世了。”从此更加悲伤。

五年之后，太宰少弍任期已满，计划回京。但路途遥远，旅费浩繁；而本人权势不大，囊中羞涩。因此一味迁延。不料这期间忽染重病，自知死期将近。这时玉鬘年仅十岁，容貌之美，见者无不心惊。少弍看了，对家人说：“看来连我也要弃她而去了！她的前途真不幸啊！让她生长在这僻静的乡间，实在太委屈她了。我总想设法送她回京，通知她的生身父母，然后听凭她的命运做主。京都地广人多，才有发迹的希望。谁知我这一夙愿尚未成就，就已客死他乡……”他记挂玉鬘的前途。他有三个儿子，这时便向三人立下遗嘱：“我死之后，其他的事不必你们操心，但必须尽快将此女送往京都。至于我身后的法事，不必着急。”不久他就死了。

这玉鬘是谁的女儿，一向连官邸里的人也未能得知。对人只说这是外孙女儿，是身份高贵的人。多年来生长深闺，不见外人。如今少弍突然故去，乳母等异常悲伤，无依无靠，只得按其遗嘱，设法回到京都。但在筑紫，少弍有许多仇家。乳母担心这些人将用各种计谋来阻碍他们归京，因此又迁延下来，不知不觉地又虚度了几年光阴。玉鬘渐渐长成，容貌之美远胜过母亲夕颜。再加上承续父亲[②]血统，人品高尚优雅，性情又温良贤淑，真是个绝代佳人。当地好色的田舍儿听到这个消息，都仰慕她，许多人寄来情书求婚，但乳母以为荒唐可恶，一概置之不理。为避免烦扰，她对外宣扬说：“这妮子容貌虽然生得好，可惜身上患着残疾，所以不能成亲，只能让她当个尼姑。我活着的时候，先让她住在我身边吧。”外人便传说：“已故的少弍的外孙女原来是个残废，真可惜了。”乳母听到了又忍不住要生气。她叹息道：“必须设法送她回京，让她父亲知道才好。她小的时候，父亲非常宠爱她，虽然许久不见，总不会因此而舍弃她吧。”便向神佛祷祝，祝她早日返京。这时乳母的女儿和儿子都已在本地成婚，成了当地的居民了。乳母虽然焦心，但玉鬘返京之事希望仿佛越来越渺茫。玉鬘已经知道了自己的身世，只觉人生真太痛苦。她每年三次斋戒祭星[③]。到了二十岁上，长得更加漂亮了，埋没在这乡间，实在太可惜！这时他们已迁居肥前国。当地有许多有声望的人，听说少弍的外孙女是个美人，也都不断地前来求婚。乳母不胜其烦。

却说附近肥后国地方有一个大夫监[④]，家族中人口众多，在当地极有声望，是个权势鼎盛的武士。这个乡下武士粗蠢无知，却也有几分风流秉性，想搜集美女，广纳姬

① 古歌：“险恶金御崎，虽然已过往。海神之威力，我心终不忘。”可见《万叶集》。她们吟唱末句，是指不忘夕颜。

② 现任内大臣。

③ 每年正月、五月、九月，三次祭祀本命星宿，可以息灾获福。

④ 大夫监，是太宰府内的判官，官爵是六位。

逼婚　《源氏物语绘卷·竹河》　平安时代（约12世纪）

在筑紫乡下长大的玉鬘，容貌更胜母亲，气质优雅，名闻筑紫。因此，受到了粗俗的小贵族大夫监的逼婚。图中樱花与人面相映成趣，这平安女子的容貌显得如此娴静而淡雅。

妾。他听说玉鬘极为貌美，对人说道："无论是什么残废，我都不嫌弃，一定要把她弄到手。"便非常恳切地派人前来求婚。乳母十分厌烦，回答他说："我们的外孙女绝不要听这种话，她马上就要出家为尼了。"大夫监愈发着急，便摒除一切事务，亲自来到肥前，唤来乳母的三个儿子，要他们代为做媒，对他们说："你们若能让我成遂心愿，以后便是我的亲信，我一定大大提拔你们。"两个兄弟被他收买了，回来对乳母说："妈妈呀，这桩亲事，我们起先也以为不太相称，委屈了这位小姐。但这大夫监答应提拔我们，不可不说是一个有力的靠山。要是得罪了这个人，我们以后休想在这一带生活呢。小姐出身虽然高贵，但她的父母不来认她，世人也不知道她是什么人，就算高贵也是枉然。这大夫监如此恳切求婚，照她现在的境遇说来，实在要算走好运了。大概她命中原有这段宿缘，所以才流寓到这边远地方来的。现在一味逃避隐匿，又有什么好处呢？况且那人倔强得很，要是发起怒来，可不得了啊！"两个儿子这样威吓母亲。乳母听了深为担心。长兄丰后介对母亲说："这件事情，无论怎么来看，总不妥当，而且对不起人。父亲曾经立下遗嘱，我们必须早早设法，护送小姐回京。"

乳母的两个女儿为此哭得非常伤心。她们悲叹说："她的母亲命运悲惨，弄得流离失所，去向不明。我们总以为这个女儿会嫁个高贵的丈夫，怎么能许配给这种蠢汉呢？"但大夫监不知详情，他自以为身份很高贵，只管寄送情书给玉鬘。他的字写得不算太坏，所用信笺是中国产的色纸，香气熏得很浓厚。他力求写得风趣可爱，但文句错误百出。不但写信，又叫乳母的第二个儿子次郎引路，亲自前来拜访。

大夫监年纪约在三十上下，躯干高大肥胖，容貌虽不十分丑陋，但由于印象不佳，总觉面目可憎。他那粗鲁的举止，令人一见就觉得厌烦。血气旺盛，红光满面；声音嘶哑，言语啰唆。偷香窃玉之人，总是在夜间悄悄而来，所以合欢树又称为夜合花。这个人却在春日傍晚前来求婚，古歌云："秋夜相思特地深。"现在不是秋天，这个人却显露出一副相思刻骨的模样。这些且不说，既然来了，乳母老太太觉得不可伤人颜面，便出来接待。大夫监说道："小生久仰贵府少弍大人高才大德，常思拜识，随侍左右。岂料小生尚未成遂心愿，而大人突然仙逝，令人不胜悲恸！为欲补偿此愿，想请您将府上外孙小姐交由小生保护，定当竭诚爱护。为此今日不揣冒昧，斗胆前来拜访。贵府小姐，身份高贵，下嫁寒舍，委实屈辱。但小生定当将其奉为家中女主，请其高居无忧。老夫人不愿允此亲事，想是听说寒舍之中尚有多名微贱女子，因而不屑使小姐与之为伍。但这些贱人，岂可与小姐同列？小生仰望小姐地位之高，不亚于皇后之位呢。"他打点精神说了这样一番话。乳母老太太答道："岂敢岂敢！老身并无此意。承蒙不弃，委实荣幸。无奈小孙女宿命不济，身患不可见人的残疾，不能侍执巾栉，经常暗自悲叹。老身虽勉为照料，亦不胜痛苦呢。"大夫监又说："这件事勿劳老夫人挂怀。普天之下，纵使双目失明、两足瘫痪之人，小生也能善为治疗，使其康复。肥后国内所有神佛，未有不听命于我的！"他得意扬扬地夸耀，接着便指定本月某日要前来迎亲。乳母老太太答曰：本月乃春季辰月，根据乡下习俗不宜婚嫁①。暂用这话搪塞过去了。大夫监告辞时，忽然想起应该赠诗一首，考虑了一会儿，吟道：

"今日神前宣大誓，
小生不做负心郎。

您看这首诗作得不错吧！"说时满面笑容。此人不懂赠答之事，这乃是第一次。乳母老太太被他缠得头昏脑涨，答不出诗，便叫两个女儿代作。女儿说："我们更作不出！"乳母老太太觉得久不答复，不成体统，便答吟道：

"经年拜祷陈心愿，
愿不遂时恨杀神！"

她吟时声音颤抖。大夫监说："且慢，您这是什么意思？"把身一转，突然挨近过来。乳母老太太吓得浑身发抖，面色惨白。两个女儿虽然也害怕，只得强颜欢笑，代母亲辩解说："家母的意思是，这女孩身患残疾，发誓永不嫁人。若违背其誓愿，她心中必然怨恨。老人头脑糊涂，错说成恨杀神明。"大夫监说："嗯嗯，说得是，说得是。"他点点头，又说："此诗作得好呀！小生虽为乡民，却非一般愚民可比。京都人有什么可稀罕的呢？他们的事我全都懂得，你们可不要小看我啊！"他想再作一首诗，可大概是作不出了，就此辞去。

次郎被大夫监收买了，乳母心中惶恐，又有些悲伤，她只得催促长子丰后介赶紧想办法。丰后介想道："有什么办法将小姐送去京都呢？连个商议的人也没有。我只有两个兄弟，都为了我不赞同此事，与我生分了。得罪了这个大夫监，你一步也休想走动。而且一不小

① 春季辰月即阴历三月，是乳母之夫太宰少式除服的月份。

心，便会遭殃呢。”他苦恼得很。玉鬘独自伤心饮泣，模样楚楚可怜。她意志消沉，想一死了之。丰后介觉得她的痛苦让人同情，便不顾一切，大胆行事，终于办妥了出走之事。

丰后介的两个妹妹，也决心丢下多年相处的丈夫，陪玉鬘一起进京。小妹的乳名叫做贵君，现在称为兵部君。决定由她陪伴玉鬘，在夜间上船，因为大夫监暂回肥后，将于四月二十日左右选定吉日，前来迎娶。所以她们就此乘机逃走。兵部君的姐姐因为子女太多，最终未能同行。姐妹俩人依依惜别。兵部君心想：此度分手，姐妹怕是再难相见了。这肥前国虽然是她住惯的故乡，却并无眷恋不舍之处。唯有松浦宫前渚上的美景和这个姐姐，教她舍不得分离，心中十分悲伤。临行赠诗道：

“苦海初离魂未定，
不知今夜泊何方。”

玉鬘也临别赠诗：

“前程渺渺歧无路，
身世飘零逐海风。”

吟罢神思恍惚，便倒身船中了。

他们出走的消息一经传出，那位大夫监素性狠辣，知道了必定要来追赶。他们恐怕被他追上，因此雇了一艘快船，上有特殊装置。幸而又值顺风，便不顾危险，飞也似的开向京都。路中经过一个名叫响滩的地方，波涛十分险恶，幸而平安驶过。路上有人看见这艘船，互相说道：“这怕是海盗的船罢。这么小的一只船，却像飞一般行走。”被人比作贪财的海盗并不可怕，可怕的倒是那个凶狠的大夫监赶上。船里的人都捏着一把汗。玉鬘经过响滩时吟诗道：

“身经忧患胸如捣，
声比响滩响得多。”

船渐渐行近川尻地方，诸人总算透了一口气。那舟子照例唱起粗放的船歌来：“唐泊开出船，三天到川尻……”[①]歌声很是凄凉。丰后介用悲哀而温柔的声音唱着歌谣：“娇妻与爱子，我今都忘却……”思想起来，自己的确是舍弃了爱妻与儿子，不知他们近况如何。干练可靠的仆人，都被他带了出来。如果大夫监因为痛恨他，将他的妻子驱逐出境，他们将怎样受苦！这一次确是任情而动，不顾一切地仓皇逃出。现在略略安定之后，再仔细回想可能发生的各种祸事，不觉心情难以宁定，大哭起来。随后又吟诵白居易的诗句：“凉原乡井不得见，胡地妻儿虚弃捐。”[②]兵部君听见了，也想起各种事情来：“这次之事真是离奇古怪。我不惜抛下多年相伴的丈夫的爱情，忽然逃往远方，不

① 唐泊属备前国，或云属播磨国。川尻属摄津国。航程大约三天。

② 诗句见白居易全集第三卷末《缚戎人》。胡人所掳去的汉人军士，在胡地娶妻生子。后来汉攻破胡，这些军士弃胡归汉。但汉人视他们为戎人，将他们缚起来。丰后介以此戎人自比。

乘船进京 葛饰北斋 富岳三十六景 江户时代（18世纪）

玉鬘生父乃京都内大臣，出身高贵，大夫监这等粗俗的六位官吏是配不上的。故在大夫监逼婚的情况下，乳母一家带着玉鬘乘着快船奔赴京都，试图投靠玉鬘的生父。图中一叶小舟行于江河之上，远处的富士山仿佛玉鬘生父般，遥远不可及。

知他现在有何感想。”又想：“我现在虽然是返回故乡，但在京城内一无住所，又无亲人。只为了小姐的缘故，我抛弃了多年来住惯的地方，在惊风骇浪的暗夜中漂泊。为什么要这样，连我自己也百思不得其解。总之，先要安顿了这位小姐再说。”她心中茫然，不觉匆匆已到达了京都。

他们打听到九条还有一个昔年的熟人，便暂借他家为住宿之所。九条虽是京都之内，但并非上流人居住的场所，周围都是些走市场的女子和行商。他们混杂其中，闷闷不乐地度日，不知不觉到了秋天。回想往事，缅怀未来，可悲之事极多。众人依靠的丰后介，如今就像失水的蛟龙，一筹莫展。他在这陌生地方找不到出路，真是百无聊赖；若是回到筑紫呢，又没有面子。不免懊悔此行太冲动了。跟他同来的仆从，也大都托故离去，逃回了故乡。母夫人看见生活如此狼狈，日夜悲伤叹息，又觉得委屈了儿子。丰后介安慰她道：“母亲又何必伤心！我这人微不足道，若是为了小姐，纵使赴汤蹈火，亦不足惜。反之，即使我能升官发财，但让小姐嫁给这种蠢汉，我又怎么能安心呢？”后来又说：“神佛定能引导小姐，使她消灾得福。附近有个八幡神庙，和小姐向来参拜的松浦神庙及箱崎神庙，供的是同一位神明。小姐离开那里时，曾向神明立下许多誓愿，因此受到神明呵护，平安返京。如今应当尽早前往参拜。”便劝她们到八幡神庙去进香。他们向熟悉情况的人打听了一下，知道这庙里有一个知客僧，早先与太宰少式颇为亲近，现在还活着。便把这知客僧叫了来，让他引导，前去进香。

进香之后，丰后介又说：“除了八幡神明之外，诸佛菩萨之中，樱井市长谷寺的观音菩萨，在日本国内一向最为灵验，连中国也都闻名[①]，何况是在国内。我们虽然远客他乡，但长年礼佛，小姐必蒙神明保佑。”便带她到长谷寺去礼拜观音菩萨。为示虔诚，决定徒步前往。玉鬘不惯步行，心中害怕，又觉痛苦，只得任人引着，糊里糊涂地走去。她想：“我前世作了何等罪孽，以致今世如此受苦？我的母亲若已不在人世，她若真心爱我，应请早日把我唤到她所在的世间；她如果还活在世间，更应该让我见一见面！”她在心中如此向佛祈求。但她连母亲的面貌也记不清，只是一心希望母亲还活在人世，因而悲伤叹息；现在遭受苦难，就更加悲伤了。一路上吃尽千辛万苦，好容易走到了樱井市，已是离京第四日的巳时。到达之时，已经疲乏得不像一个活人了。

玉鬘一路上走得极慢，并且要依靠各种助力。但如今脚底已经发肿，动弹不得了。万不得已，只好在樱井市一处人家中暂时休息。同行者除了丰后介之外，尚有身带弓矢的武士二人、仆役及童男三四人。女眷唯有玉鬘、乳母及兵部君三人。大家把衣服披在头上，撩起衣裾，头戴女笠，作旅行的装束。此外尚有整理清洁的女仆一人、老女侍二人。这一行人数既少，亦绝不张扬。他们到达之后，整理佛前明灯，添加供品，不觉天色已晚。这宿处的主人是一位法师，刚从外边回来，看见玉鬘等人在此投宿，眉头一皱，说道：“今晚恐怕有贵客要来呢。这些人是哪里来的？女人家不懂规矩，怕会做出不像样的事来。”玉鬘等听了很不高兴。正在这时，果然有一群人进来了。

这一群人也是步行来的。其中有上流妇女二人，男女仆从众多，马四五匹。他们悄悄地走进来，并不嚣张。其中也有几个容貌堂堂的男子。法师原打算留这一班人在此住宿，但被玉鬘等人占先，不免烦恼，不停搔着头皮。玉鬘等人颇觉尴尬。另找宿处呢，太不成样，而且麻烦。于是一部分人退入靠里的房间，一部分人躲在外面，余下的人让在一旁。玉鬘的居处，用帐幕隔开。新来的一班人看来并不傲慢，态度非常谦和。两方互相照顾。

这新来的人之中，正有因日夜思念玉鬘而悲伤哭泣的右近！右近在源氏公子家当了十几年女侍，常叹自身乃半途加入，毕竟不尽如人意。希望找到小女主人玉鬘，方得终身之归宿。因此经常到长谷寺来礼拜观音菩萨。她常来此处，对一切都很熟悉。只因徒步而来，不免困乏，暂时躺着歇息。这时丰后介走到帐幕前面，亲自捧着食盘，为小女主人送膳。他向帐幕内说：“请小姐用膳。这里伙食很不周全，有些失礼。”右近听了，心知住在里面的不是与自己同等的仆从，而是一位贵妇人。她就从门缝里窥探，只觉这男子的面貌似曾相识，但记不起是谁。从前她看见丰后介时，丰后介年纪还小。如今他已长得高大魁伟，肤色黝黑，风尘满面。二十年不见，一时之间当然认不得了。

丰后介叫道：“三条[②]在哪里？小姐叫你呢。”三条便走了过来。右近一看，又是个认识的人。她认出这人是已故夕颜夫人的女侍，曾经在夫人身边伺候多年。夫人隐居在五条的租屋内时，这个人也曾在一起。现在看到她，只觉得仿佛身在梦中。右近很想见见她现在

① 传说，唐僖宗的皇后马头夫人容貌丑陋，得仙人指引，礼拜日本长谷寺观音。一位高僧乘紫云来，以瓶水倒在皇后脸上，容貌忽然变得端丽。

② 三条，是一个女侍的名字。

的主人，但是没有办法看到。左思右想，还得向这三条探问。刚才看见的那个男子，恐怕就是从前的兵藤太[1]。或许玉鬘小姐也在这里。她想到这里，心中焦灼难忍。她知道三条住在隔壁房中的帐幕旁，便派人去请她。但三条正在吃饭，一时不能马上过来。右近等得心焦，就想：这也未免太任性了。过了一会儿，三条好容易来了。她一面走来，一面嘴里说着："真是意想不到。我在筑紫住了二十来年，一直是一个女侍，京中怎么有人认识我呢？大概是看错了吧？"三条一身乡下人的打扮，穿着一件小袖绸袄，上罩一件大红绢衫，身体很肥胖。右近看见她已长得这么大，想起自己也已老了，不免心中惆怅。她对着三条，对她说道："你仔细看看，认得我吗？"三条一看，拍手叫道："哎呀，原来是你！我真高兴，我高兴死了！你是从哪里来进香的？夫人也来了吗？"说着，抽抽噎噎地哭起来。右近记得和她相处之时，她还是个少女。回想当年情景，暗数流光，心中感慨无量。便回答道："我先来问你：乳母老太太也在这里吗？小姐怎么样？贵君呢？"有关夕颜夫人之事，她想起了她临终时的情况，觉得说出来让人难以确信，终于不敢出口。三条答道："大家都在这里。小姐已长大成人了。我先去告诉老太太。"说着，便走进去了。

三条把遇见右近的事告诉了乳母，所有的人都大吃一惊。乳母说："我真觉得如同在做梦一样！当年她把夫人带走，我恨死了她，想不到今天在这里和她见面。"便向隔壁房间走去。她们把隔开两个房间的屏风全部拿开，以便畅快叙话。两人一见，一句话也不说，先相对而哭。后来老太太好容易才说出话来："夫人怎么样了？多年以来，我四处打听她的下落，就算能在梦中得知也好。因此对神明许下宏誓大愿。但我远居他乡，一点消息也传不过来，实在悲伤之极！我老而不死，自觉无奈。而夫人舍弃的小女公子，已经长得非常可爱。我倘丢下她死了，到冥司也得受罪，因此还在这里偷生。"右近无法回答，她觉得向她报告夕颜的死讯，比起昔年束手看着夕颜暴死更加痛哭。但终于只得说出："唉！告诉你也是枉然，夫人早已不在了！"此言一出，三人齐声痛哭，眼泪流个不住。

这时天色已晚，因急着入寺礼佛，大家忙着准备。三人不便再谈，只得暂且分手。右近希望两家合并，一起入寺。但又怕引起随从的怀疑，终于作罢。乳母对丰后介也不泄露消息。于是各自走出宿处，向长谷寺前进。右近偷偷地察看乳母家一群人，只见其中有一女子，背影窈窕可爱，举止有些困顿，身披一件初夏单衫，露出乌油油的黑发，看上去异常美丽。她看出这人就是玉鬘，觉得深可怜爱，又不胜伤心。善于步行的人，此时早已到达大殿。但乳母一行为了照顾玉鬘，缓缓步行，直到第一次夜课开始之时，方才到达。大殿上非常杂乱，十方信人拥挤一处，喧哗扰攘。右近的座位设在佛像近旁。乳母家的人，因与法师交情未深，座位设在远离佛像的西边。右近派人去找到他们，对他们说："还是移到这边来吧。"乳母便把详细情由告知丰后介，叫男子仍留在原地，她自己带着玉鬘移到右近那里，让右近和她相见。右近对乳母说："我虽然是微贱之人，只因是现今在源氏太政大臣家服务，所以随从纵使稀零，一路上也无人敢欺侮，大可放心。而乡下出来的人，到这种地方来，总难免要受恶棍的侮辱，要特别当心才是。"她还想说下去，但是僧众已经开始法事，念诵之声大作，只得停止谈话，参加礼拜。右近向观音菩萨默默祝祷："多年以来，我为寻找小姐下落，常向菩萨祈愿。今蒙

① 兵藤太，是丰后介的乳名。

菩萨呵护，已找到小姐。今日尚有一件心愿：源氏太政大臣寻访小姐，情意深挚。我今将小姐下落奉告大臣。望菩萨保佑，赐我小姐终身幸福！”

从内地到此烧香的乡下人很多。大和国的国守夫人也来烧香，仆从如云，声势显赫。三条看了不胜艳羡，便以手加额，虔诚祝祷：“南无大慈大悲观世音菩萨！小人三条别无所愿，但望菩萨保佑我家小姐，让她做个大式[①]夫人，不然，做个国守夫人；也让我三条享受一下荣华富贵。那时我定当前来还愿！”右近听见了，觉得这祈愿太不吉利，也太没志气了。便对三条说道：“你真正变成一个乡下人了！小姐的父亲从前就是个头中将，已经威势赫赫了。何况现在又成为独揽天下政务的内大臣，多么尊荣高贵！难道你要他家的小姐当个地方官太太不成？”三条愤然答道：“算了，不要啰唆了！开口大臣，闭口大臣，大臣又算什么呢！你没看见大式夫人在清水观世音寺进香时的那种威风，可不亚于皇帝行幸呢！你这话太荒唐了！”便更加虔诚地拜个不停。

这些来自筑紫的人原定住宿三天。右近本来也不想久留，但想趁此机会与乳母等从容叙谈，便唤来寺僧，对他说明也要在山中住宿。供奉明灯的愿文中必须填明施主的祈愿。琐屑之事，这里的寺僧都已熟悉，右近只需说明大意即可：“依照惯例，为藤原琉璃君[②]供奉明灯。请善为祷告。此外，要找之人现已找到，改日自当再来还愿。”筑紫人听说后，深为感动。祈祷僧听说寻访之人现已找到，就得意扬扬地对右近说：“恭喜恭喜！此乃贫僧诚心的祈祷应验了呀。”众人大声诵经念佛，骚扰了一整夜。

天亮之后，右近退回相熟的僧人处休息。这大约是为了便于与乳母等人畅谈衷曲。玉鬘十分困乏，又很怕羞，模样楚楚可怜。右近说道：“我因意外之缘，现供职于高贵之家，见过许多名媛淑女。但每次拜见紫夫人，总觉得其美貌无人能及。紫夫人所抚育的明石小女公子，模样与父母肖似，自然也颇端丽。但也多半是因为大臣夫妇对她爱护得格外周至。我家玉鬘小姐生长在穷乡僻壤，又一路旅途劳顿，风姿依然如此秀美，实不亚于彼等，这真是可喜可庆之事。源氏太政大臣自桐壶帝时代以来，见过许多女御与后妃。宫中上上下下的女子，他全都见过。但他说：‘我只觉得当今皇上之母藤壶皇后和我家那个小女公子，容貌最好，所谓美人，正是指这种人。’我曾想比较一下，但藤壶皇后我不曾见过。明石小女公子确实长得美丽。今年还只八岁，尚未成人。紫夫人的美貌，谁能赶得上呢？源氏大臣也认为她是个卓越的美人。但在嘴上，自然不肯公然将她数入美人之列。反而常跟她开玩笑，说‘你嫁给我这美男子可不太相配’。我看了这么多美人，真可消灾延寿！我以为世界上再没有比她们更美的人了。哪知我们家这玉鬘小姐，竟处处不比她们逊色。凡事总有极限，再优越的美人，也不会像佛菩萨那样顶上发光。我家小姐的容貌，真可说是达到美人的极限了。”她说到这里，满面笑容地注视着玉鬘。

老乳母听了她的话也十分欢喜，说道：“你说得是。让我告诉你：这个如花如玉的人儿，差一点儿就埋没在乡间了！我们又忧虑，又悲伤，抛舍了家中财物，亲生子女，就是为了她，才回到这他乡一般的京都。我的右近姐姐！请你早些儿提拔她吧。你在贵人家中供职，自然有机会遇见内大臣。请你想个办法，告知她的父亲，求他收容这个亲

① 大式，是太宰府的辅官。

② 藤原琉璃君大约是玉鬘的乳名。

拜佛寻亲　歌川丰国　源氏香之图·玉鬘　江户时代（约1844—1847年）

仿佛佛祖有灵一样，玉鬘一行进庙拜佛，祈祷能尽快找到生父，好有个安稳的归宿，却在宿处遇到当年的侍女右近，惊喜万分。如今的右近是源氏的家仆，其地位比之乳母他们高了许多。图为玉鬘一行在长谷寺拜佛祈祷的情景。

生女儿。”玉鬘听了，满颊红晕，背转身去，右近答道：“这自不必你说。我虽然身份低微，倒也常常接近源氏大臣。有时我乘机说起：‘我家夫人所生的小女公子，不知现在怎么样了。’大臣就说：‘我也正想设法寻找她呢。你若听到消息，不妨告诉我。’”乳母说：“源氏太政大臣固然身份高贵，但他家里有那么多身份高贵的夫人，小姐不宜加入。还是告知她的生身父亲内大臣为好。”

这时右近才说出昔年夕颜暴死的往事。她说：“当时公子非常悲恸，此生不能忘怀。他那时曾对我说：‘让我养育她的遗孤，借以代替她吧。我子女稀少，家中寂寞，对外人只说我找到了一个亲生女儿即可。’那时我年纪还轻，凡事一味小心谨慎，不敢泄露夫人死去之事，因此未曾到西京寻访。这时你家主人又升了少式，我是从名单上知道这件事的，少式来向公子辞别那天，我曾看见他一面，但终于不敢说出此事。我还以为你们径自前往筑紫，把小姐留在五条的租屋里了呢。哎呀，差一点，小姐就做了乡下之人。”

这一天她们谈论了许多往事，又诵经念佛。这地方居高临下，可以俯瞰来来去去的香客。面前的河流叫初濑川。右近想起一首古歌：“初濑古川边，双杉相对生。经年再见时，双杉依旧青。”[①]便吟诗道：

“若非探访双杉树，
安得川边会见君？

真是‘久别喜相逢’[②]了。”玉鬘和道：

“何事双杉虽不解，
相逢喜极泪沾身。”

吟罢嘤嘤哭泣，姿态十分可怜。右近看了她的模样，心想：“小姐容貌如此美丽，但如若姿态与乡下人一样笨拙，那真是白玉微瑕了。怪哉，不知乳母怎样把她抚育得这般美好的。”她心中感激乳母。夕颜的风姿，天真活泼，温柔和悦；而这个玉鬘呢，除此之外，又有高贵之相，其风度之优雅，令人看了自惭形秽，如此看来，筑紫真是个好地方。但右近想起以前见过的筑紫地方的人，都是土头土脑，只觉得不可思议。

日暮之后，大家又到大殿礼拜。第二天又诵经诵了一天。从遥远的山谷间吹来阵阵秋风，寒气侵入体肤。这几个多愁多感的人，心中不断地想起往日的旧事。玉鬘一向自叹命苦，担心难得出头之日。但现在她听右近在谈话中不时说起：她父亲内大臣身份如何尊贵，对出身微贱的姬妾所生的子女也都极为爱护。便觉得如她这般墙阴小草似的人，以后也一定有欣欣向荣的那天。离开长谷寺那天，双方互相问明京中住址。右近担心再度失掉了这位小姐，很不放心。右近家住六条院附近，玉鬘住在九条，相距不远，如若有事商议，倒也颇为方便。乳母等便放心了。

右近一从长谷寺回来，立即就去参见源氏太政大臣。她希望找个机会向大臣报告玉鬘的事，所以急急前往。右近的车子刚进六条院的大门，只觉气象与原来的二条院大不相同，

---

① 这首古歌可见《古今和歌集》，名曰“旋头歌”。

② 古歌：“殷勤陈祈愿，但愿洽私衷。一似初濑杉，久别喜相逢。”可见《古今和歌六帖》。

院宇宽广，进出车辆很多。她觉得自己这微贱之身，在这琼楼玉宇中出入颇不相称。这天晚上她未及参见，于是满腹心事地睡了。第二天，紫夫人在昨夜归来的许多上级女侍及青年女侍中，特地召唤了右近。右近觉得很有面子。源氏也召见她，对她说道："你为什么在家住了这么久？模样有些变了呢。寡妇有时也会变年轻些呢。你最近大概有了喜事吧。"照例与她开着玩笑。右近答道："我请假请了七天，喜事虽没有，但到长谷寺宿山，却遇见了一个可怜的人。"源氏问道："是谁？"右近想道："我若突然说了出来，这件事以前从未对夫人说过，先对大臣说，以后夫人知道，岂不要怪我欺瞒于她？"她觉得有些为难，便答道："以后再说吧。"这时其他侍女走来，谈话便中断了。

点上了灯火，源氏与紫夫人一起坐着叙谈，情景煞是美观。紫夫人这时大约廿七八岁，年纪愈长，容貌愈发标致。右近离开不过短短几天，只觉得在这期间她的风采似乎又自不同。右近以为玉鬘容颜美丽，不亚于紫姬。现在见了紫姬，恐是心情所致，又觉得紫姬毕竟与众不同。两相比较，这便是幸与不幸的区别了。源氏说要睡了，叫右近替他捏捏脚。他说："年轻人厌烦这件事，不愿意做。唯有年纪大的人才互相了解，能够合拍。"几个青年女侍都偷偷地笑。她们说道："当然啰！老爷派我们做事，谁敢厌烦？总是缠绕不休地开玩笑，我们才不耐烦呢。"源氏对紫姬说："夫人见我和年纪大的人过分亲热，恐怕也会不高兴吧？"紫姬答道："我只怕不仅仅是开玩笑，所以才会担心。"便和右近谈笑，姿态异常娇媚，竟有天真烂漫之相。

源氏身为太政大臣，政务清闲，不必整日操心国事，只管说些琐屑无聊的笑话，或者饶有兴味地探察各个女侍的心事：这个半老的右近，他也经常和她开玩笑。这时便问她："刚才你说在长谷寺遇见了一个人，是个什么样的人？你是否结识了一个高贵的大和尚，带他来了吗？"右近答道："不要说这些难为情的话！我是找到了我们那位短命而死的夕颜夫人的小女公子！"大臣说："唉，这个人真可怜哪！这么多年来她住在哪里呢？"右近此时不便如实相告，答道："住在荒僻的乡间。几个从前的人还在服侍她。我对她说起当年的往事，她为此十分悲伤呢。"大臣拦阻道："好了，夫人还不知道这件事，你不要多说了。"紫姬说："啊呀，这下可麻烦了！我想睡了，听不清楚你们说些什么。"便举起衣袖来掩住两耳。

源氏又问右近："这孩子容貌长得怎样？比得上她妈妈吗？"右近答道："不太像她妈妈，但从小就长得极为漂亮。"源氏说："那太好了。你看同谁一样？比起紫夫人来如何？"右近答道："与夫人怎么能比？"大臣说："你这么说，夫人可高兴了。只要能够像我，我便放心了。"他故意装出一副父亲的口吻。

源氏得知这消息后，几次单独召唤右近。对她说："既然如此，你叫她到这里来吧。多年来我每次想起了她，总觉得又可惜又惭愧。如今终于找到了她，我真高兴！直到现在才找到，我也太不中用了。我们不必告诉她的父亲内大臣。他家里子女众多，人丁嘈杂，这个乡下来的无母之儿加入其中，反添痛苦。我子女稀少，家中寂寞，对外只说我无意之中找到了一个亲生女儿就行了。我要好好地教养她，让她成为牵惹风流公子们相思的人。"右近听了，庆幸小姐终于有了出头之日，不胜欣喜，说道："那就悉听尊便了。内大臣那里，只要您不泄露，谁会传过去呢。但愿您把她看作不幸短命而死的夕颜夫人的替身，竭力栽培她。那时您对夫人在天之灵，也可些略减轻罪孽了。"源氏说：

源氏的怀念 歌川丰国 源氏香之图·薄云 江户时代（约1844—1847年）

图为政务清闲的源氏与紫姬一起坐着叙谈，情景煞是美观。正是夫妻融洽和睦之时，右近带来了旧日恋人夕颜的女儿的消息，源氏惊喜万分，不禁回想起那无法忘记的夕颜。他打定主意，要收养这个寻找多年的遗孤。

“这件事，你一直在心中恨我吧？”他一面苦笑，一面流下眼泪。说道：“多年来我经常想，我与她，这真是一段空花泡影的姻缘！住在这六条院里的人，没有一个人能像当年的夕颜那样获我怜爱。许多女子寿命很长，我就永不变心地守护她们。唯有夕颜短命而死，我只能把你右近当作她的旧友来爱护，这真是一大遗憾！我至今无法忘记她。如果她的遗孤能在我身边长大，我就如愿以偿了。”他就写信给玉鬘。他想起末摘花的潦倒生涯，不知玉鬘在沉沦之中长大，人品究竟如何，所以极想看看她的回信。他给玉鬘的信语气尊严，一如一位庄严的父亲。信末写道：

“我对你如此关切，

纵尔不知情，我曾到处觅。
尔我宿缘深，绵绵永不绝。”

这封信由右近亲自送去，并转达了源氏大臣的想法。同时送去的供玉鬘用的衣服以

玉鬘的优待与夕颜　歌川丰国　源氏香之图·夕颜　江户时代（约1844—1847年）

源氏与夕颜当年于五条陋巷睹花赠扇，直至夕颜猝死于深夜，这份短暂的恋情源氏一直念念不忘，待寻得夕颜的遗孤玉鬘，自然呵护备至。图为当年源氏命惟光摘取夕颜花时，夕颜派侍女赠扇呈花的情景。

及女侍用的物品，数不胜数。源氏大臣对紫姬想必已经说明，因此送给玉鬘的衣服，都是从裁缝所多年积集的服装中挑选出来的，色彩与式样都十分优美，在筑紫的乡下人眼中看来，分外眩目华丽。

但在玉鬘本人想来，如果是生身父亲内大臣的信，纵使只有三言两语，也足以让人欣喜。而与这位源氏太政大臣素不相识，怎么可以去依附他呢？她嘴上虽然不说，心中很不愿意。右近便开导她，教她这时应该怎样应付。别的女侍也对她说："小姐到了太政大臣家里，身份自然高贵起来，内大臣也会主动来寻访小姐。父女之缘是不会断绝的。像右近那样身份的人，诚心发愿寻找小姐，向神佛祈祷祝告，神佛不是果然引导了她吗？何况小姐与内大臣身份如此高贵，只要大家平安无事……"大家安慰她，但先得写封回信，众人一起催她快写。玉鬘担心露出乡下人的无知之相，迟迟不敢动笔。女侍们便拿出一张香气熏得很浓重的中国纸来，劝她快写。玉鬘在上面题诗一首：

“我身无足道，漂泊似飞蓬。

宿世因缘恶，沉浮苦海中。”

如此而已。虽然笔迹略显稚嫩，不够稳健，但是气质高雅，风度可爱，源氏看了便放下心来。

他考虑将玉鬘的住所设在哪一处：紫姬所居的东南区内，没有空着的边屋。而且这是繁华的中心，各处住着许多女侍，气象宏大，不够幽静。秋好皇后所居的西南区内，因不常在家，倒很娴静，给玉鬘居住，本来最为恰当。但担心别人会误认玉鬘为女侍，因此也不相宜。唯有花散里所居的东北区内，西厅现为文殿，可将文殿移往他处，让与玉鬘居住。花散里性情温和，心地善良，是最好的同伴。玉鬘的住所便如此定下了。这时他才把昔日与夕颜结缘的事告诉紫姬。紫姬听说他有这样的陈年秘密，露出怨恨之色。源氏对她说道：“你不必怨恨。现今活着的人，我对你也都说得清清楚楚，何况这个人已经死了。凡是这种事情，我从不瞒你，正是因为对你特别重视的缘故。”他感慨地追忆夕颜当年，接着又说：“这种情况不但我自己有，在别人也很多。有些女子，纵使你对她情爱并不深厚，她也嫉妒非常，我见过的实不在少数。我心中厌烦，常想戒绝情色。但不知不觉的，总会遇到许多女子。其中娇痴亲密、一往情深的人，除了这夕颜之外再无他人。此人如果仍活着，我必定像对待西北区的明石姬那样来对待她。人的容貌与性格，原是十人十样的。夕颜才气横溢，虽然优雅之趣较逊，但终究是个极其可爱的人。”紫姬说：“即便如此，也不能与明石姬同等待遇吧。”可见她对明石姬的得宠心怀醋意。但每当她看见娇小玲珑的明石小女公子天真烂漫地倾听他们谈话，又觉得宠爱她的生母理所应当，醋意尽释。

以上所述，是源氏三十五岁那年九月中的事。玉鬘迁入六条院一事，不能马上执行，得先找几个优秀的女童和青年女侍。在筑紫时，有些相貌端正的女侍从京都流落该地，乳母家便托人介绍，雇了几名来服侍玉鬘。后来仓皇出逃之时，这些女侍都不曾带在身边，所以现在连一个像样的人也没有。京中地广人多，很快顺利地找到了几个女侍。对于这些新来的女侍，都先不让她们知道小姐是谁家的女儿。先把玉鬘悄悄地带到五条的右近家中，在这里选定女侍，备办装束，于十月中迁入六条院。

源氏太政大臣请花散里担任玉鬘的继母，对她说道：“从前我有一个心爱之人，为了忧愤，隐居在山乡之中。我俩之间已经有了一个女孩。多年来我一直悄悄寻访她的下落，总是寻找不到。我这次无意中找到了，这女孩已经长大成人。我既找到，自然应该抚养她，因此叫她迁移到这里来。她的母亲已经死了。你是夕雾中将[①]的保护人，我正好再请你同样地保护这女孩吧。她生长山乡，恐多鄙陋之处，凡事要请你多加教导了。”花散里直率地说道：“原来有这样的一个人，我竟一点也不知道呢。明石小女公子一个人不免寂寞，如此甚好。”源氏又说：“她母亲性情极随和，你也是个好心人，所以我托你照拂她。”花散里说：“要我照顾的人并没几个，我因此常感寂寞。如今多了一人，真是可喜之事。”院中的女侍不知道这是源氏太政大臣的女儿，互相说道：“不知怎么又找来一个人。倒像是品玩古董，真无聊啊！”玉鬘迁居时，大约用了三辆车子。各人打扮等事，均由右近

① 夕雾本来是侍从，这时大约已升任中将。

料理，所以全无村俗之气。源氏赏赐了大量的绫罗等物。

这天晚上源氏拜访玉鬘。玉鬘的女侍久闻光源氏大名，因以前不曾见过这等人物，无法想象他的模样。这时在幽暗灯光之下自帷屏隙缝中察看，觉得此人容貌之美，令人吃惊。右近开了边门，请源氏进去。源氏说："走这门进去的，似乎是特殊的意中人吧。"便笑着在厢内坐下。又说："灯光太昏暗了，好像是和恋人幽会呢。我听说小姐要看看父亲的面貌，你们难道没有想到这一点吗？"便把帷屏推开了一些。玉鬘羞涩不堪，转向一旁。她的容颜非常美丽，源氏看了很是欣喜，说道："把灯火点亮些吧，这未免太幽雅了。"右近便挑亮灯火，又移近一些。源氏微笑着说："你太怕羞了。"他觉得这双美丽的眼睛，的确只有夕颜的女儿才配拥有。便毫不客气，用父亲对女儿的语调对她说道："多年来不知你的去向，我无时无刻不在记挂着你。现在看到了你，觉得好似在梦中。想起了你母亲旧日之事，更觉悲伤，几乎连话也说不出了。"便举手拭泪。这确是发自内心的悲伤。他屈指计算年月，又说："你我谊属父女，却长年不得相见，世间恐怕罕有。我们的宿缘实在也太稀薄了！你现在已经长大，不该如此怕羞：我想与你谈谈多年来的生涯，你为什么要这般冷淡？"玉鬘低声答道："女儿自从蛭子之年流落乡野之后，只觉万事皆在梦中。……"她的声音清脆娇嫩，很像当年的夕颜。源氏微笑着说："你长年流落在外，除我之外，还有谁来可怜你呢？"他觉得玉鬘应对答话非常得体，可见其品性之优美。便吩咐右近替她办理各种事务，自回本邸去了。

源氏看见玉鬘长得如此美好，甚为欢悦，便一五一十地描述给紫姬听。他说："这个人长年长在穷乡僻壤，我只以为她长得不成模样，有些看不起她。哪知一见之后，反而令我觉得可耻。我一定要四处宣扬，叫大家知道我家有这样一个美人。兵部卿亲王[1]经常打量我家的女人，如今要叫他好好尝尝相思的滋味了。那些好色之徒每次到这里来，总是装得一本正经，就只为我家没有香饵的缘故。你看我要好好地教养这妮子，管教这些人都摘下假面具来。"紫姬说："哪有这种糊涂父亲！找来一个女儿，先要教她诱惑人心。真正岂有此理！"源氏说："老实说，我从前如果也如今日一般自在，定然要教你做香饵。当时不曾想到，就成了今日这般局面。"说罢哈哈大笑。紫姬被他说得满颊红晕，异常娇艳。源氏便取过笔砚，随意题诗一首。

"夕颜恋侣今犹昔，
 玉鬘何缘依我来？"

写毕独自叹道："可怜啊！"紫姬才知道这是他素来最爱之人的遗孤。

源氏对中将夕雾说："如今我找到了这样一个女儿。你须得好好敬爱这位姐姐[2]。"夕雾就去拜访，对玉鬘说："小弟愚不足道；但请大姐知道有这样一个兄弟。倘有差遣，务请随时告知。前日乔迁，小弟因不知此事，未曾前来迎接，大为失礼。"他真像对长姐一般恭敬。玉鬘身边知道底细的人，看了都觉得可笑。

---

① 兵部卿亲王是源氏的弟弟，即前称帅王子者。

② 这时玉鬘二十一岁，夕雾十四岁。

玉鬘在筑紫时所住的宅邸，在当地也算得华美。但比起这六条院来，简直是粗陋不堪，不可同日而语。这六条院内，自室内装饰以至一切陈设，尽皆富丽堂皇。像姐妹一般亲爱的女主人们以至一切仆众，其仪容无不优美眩目。女侍三条从前艳羡大式，现在也看不起他了。那个粗蠢的大夫监，现在更连想起也觉得厌烦！玉鬘感激丰后介的忠诚。右近也不断称赞他。源氏担心对仆从管束不严，故专为玉鬘设置了家臣、执事等人员，吩咐他们督办各种事宜。丰后介也就担任家臣。他长年沦落乡间，满腹牢骚。如今这些牢骚忽然消失得无影无踪了。源氏太政大臣的府上，他本来做梦也不敢进来，现在不但自由出入，居然又得以发号施令，执行事务，俨然成了要人，自己觉得非常光荣。而源氏太政大臣的照顾如此诚恳周到，大家亦皆感激不尽。

到了年末，源氏命人为玉鬘的居室准备新年装饰，给众仆从添制新年服装，与其他高贵的夫人一例置备。玉鬘虽然容貌美丽，但源氏猜想她总还有些乡村回忆，所以也送她一些乡村式的衣服。织工们竭尽技能，织出各种绫罗。源氏看到这些绫罗制成的女衫、礼服，琳琅满目，对紫姬说道："花样多得很呢！分配时，你要不要让大家互相妒羡才好。"紫姬便将裁缝制作的和自己家中制作的全部拿了出来。紫姬对此十分擅长，因此色彩配合很美，染色亦极精良。源氏对她十分佩服。他看了各处捣场[①]送来的有光泽的衣服，从中选出深紫色的和大红色的，让人装在衣柜及衣箱中，吩咐在旁伺候的几个年长的上等女侍，分别送与各人。紫姬看见了，说道："分配得固然平均，没有优劣之差。但送人衣服，就要顾及衣服的色彩与穿的人的容貌是否调和。如果色彩与所穿之人的模样不相称，就很难看。"源氏笑道："你一声不响地看我挑选，却在心中推量人的容貌。那么你适合穿什么颜色的衣服呢？"紫姬答道："叫我自己对镜子看，怎么看得出来呢？"这意思是要源氏来看，但她说过之后就觉得很难为情。分配的结果是：送紫姬的是红梅色浮织纹样上衣和淡紫色礼服，以及最优美的流行色彩的衬袍；送明石小女公子的是白面红里的常礼服，再添一件表里皆为鲜红色的衫子；送花散里的是海景纹样的淡宝蓝外衣——织工极其细密，但不太引人注目——和表里皆为深红色的女衫；送玉鬘的是鲜红色外衣和棣棠色常礼服。紫姬装作不见，但在心里想象玉鬘的容貌。她似乎在衡量："内大臣容貌艳丽清秀，但缺乏优雅之趣。玉鬘大概与他相像。"虽然不动声色，但因源氏心虚，就发觉她的脸色有异。他说道："我看，按照容貌分配，恐怕她们会生气呢。色彩再美好，终究有个限度；而人的容貌纵使不美，或许其人另有优点。"说过之后，便选出送给末摘花的衣服：白面绿里的外衣，上面织着散乱而雅致的藤蔓花纹，非常优美。源氏觉得衣服与人很不相称，在心中暗暗微笑。送明石姬的是有梅花折枝及飞舞鸟蝶纹样的白色中国式礼服，和鲜艳的浓紫色衬袍。紫姬由此猜想明石姬的高傲气度，脸上露出不快的神色。送尼姑空蝉的是青灰色外衣，非常优雅，再从源氏自己的衣服中选出一件栀子花色衫子，又加一件淡红色女衫。每人的衣服内附信一封，叫她们大家在元旦穿着。他想在那天看看，色彩是否适合各人的容貌。

诸人收到衣服后的回信，各具特色。犒赏使者的东西也都别出心裁。末摘花住在

① 捣场，是用砧捣织物使有光泽的工作场。

平安女子的服饰与配色

女子的服饰

平安时代贵族女性的时装绚丽夺目，其衣装俗称“十二单”，是好几层衣裳层叠着穿在身上。这种重叠式的穿衣时尚，从日常的便服到隆重的礼服，就有袿装、小袿装、细长装、裳唐衣装等等，种类繁多。

服饰的穿着顺序

①

先穿单衣与红色衬裙。

这也是《源氏物语绘卷》中云居雁在家的穿着。

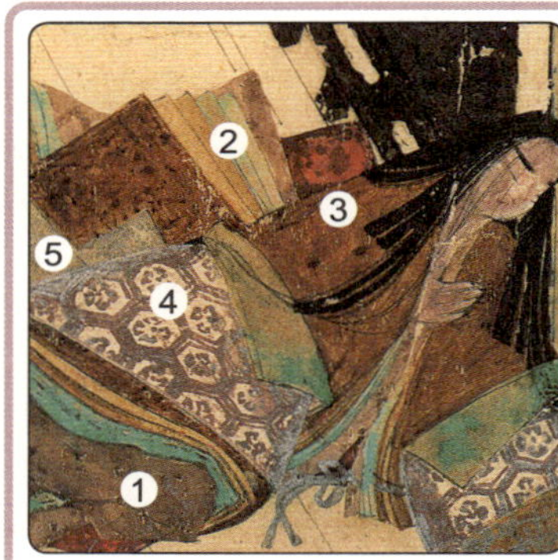

①单衣
②五衣
③外袿
④唐衣
⑤裳

这幅《源氏物语绘卷》中的女子，所穿着的就是正式礼服的裳唐衣。

②

再穿长袿。

长袿要穿好几层，后来固定为五层，也叫作五衣。

③

五衣

这叫作袿装，为日常穿着。

④

然后是外袿。

这叫作小袿装，略显庄重，一般是女主人的衣着，或女仆们比较华丽的衣着。

⑤

最后穿唐衣与裳。

这叫作裳唐衣，是服饰中最隆重的礼服。

服饰的配色

将四季花草的缤纷色彩体现在自身的重重衣装上，尽可能地表现出季节感，这是平安时期贵族女子服饰流行的黄金定律。同时，通过人物的服饰颜色，也可以大略观察出人物的性格特征来。如紫姬就通过明石姬的服饰颜色，猜想她气度高傲，而因此不快。

四季的配色

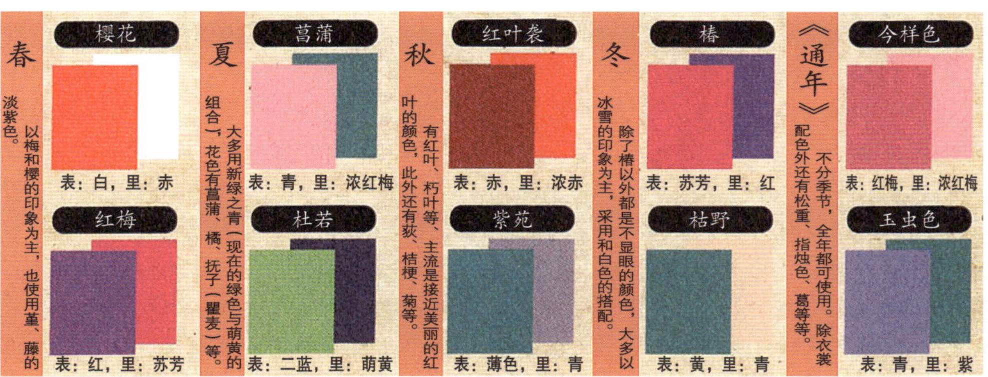

红、黄、深紫等七色，是无天皇敕许则不可用的禁色。

服饰配色看性情

人物	服饰	性情
紫姬	红梅色浮织纹样上衣和淡紫色礼服，以及优美的流行色彩的衬袍。	优美，高贵
明石小女公子	白面红里的常礼服，再添一件表里皆为鲜红色的衫子。	活泼，娇嫩
花散里	海景纹样的淡宝蓝外衣，和表里皆为深红色的女衫，织工细密但不太引人注目。	内敛，温和
玉鬘	鲜红色外衣和棣棠色常礼服。	艳丽，清秀
明石姬	有梅花折枝及飞舞鸟蝶纹样的白色中国式礼服，和鲜艳的浓紫色衬袍。	气度高傲
空蝉	青灰色外衣，栀子花色衫子及淡红色女衫。	优雅

二条院的东院，离此地较远，犒赏使者理应更丰厚一些。但这人脾气古板，不懂变通，只赏赐了一件袖口非常污旧的棣棠色褂子，也并不添附衬袍。回信用很厚的陆奥纸，香气熏得很浓重，只因年代久远，纸色已经发黄。信中写道："呜呼，承蒙宠赐春衫，反而令我伤心。

唐装乍试添新恨，
欲返春衫袖已濡。"

笔迹颇富古风。源氏看了，不断微笑，一时不忍释手。紫姬不知所为何事，转过头来注视着他。末摘花犒赏使者如此寒酸，源氏未免扫兴，觉得有伤他的体面，脸上显出不快的神色。使者知趣，悄悄退去。身边众女侍见此情景，互相私语偷笑。末摘花一味守旧，专做这种令人扫兴之事，使源氏无法对付。关于她那首诗，他说道："她倒是个道地的诗人。每次作起古风诗歌，总离不开'唐装''濡袖'这些恨语。其实我也是这种人。墨守古法，不受新语影响，这原本也是很难得的。群贤集会之时，如在御前特地举行诗会时，吟诵友情，就必须用一定的字眼；吟咏相思，则必在第三句中用'冤家'等字样。古人以为必须这样，读起来才顺口。"说罢哈哈大笑。后来又说："他们必须熟读各种诗歌笔记，牢记诗歌中所咏的各种名胜，然后从中选取语词来写诗。因此惯用的语句大都千篇一律，没有变化。末摘花的父亲常陆亲王曾经用纸屋纸写了一册诗歌笔记。末摘花将此书送给我，要我细读。其中全是诗歌的必要规则，还指出许多须避免的弊病。我本不擅长此道，看了这许多清规戒律，反而更加不能动手。我厌烦起来，把书送还了她。她是深通此道的人，这一首还算是通俗的呢。"对末摘花的诗虽然赞誉有加，但对她父亲的笔记却不以为然。紫姬认真地说："你为什么要送还给她呢？应该抄下来，以后给我们的小女儿看。我的书橱里也藏着这一类古书，但都被书蠹蛀破了。不通此道的人看了，也不知道写着一些什么。"源氏说："我们女儿的教育上一定不用这些东西。凡为女子者，特别钻研某一种学问，是极不相宜的。但若是对一切文艺一概不通，也是不好。总之，只要心地稳重，思虑周详，应付万事自有主意，便是好女子了。"他只管高谈阔论，并不想答复末摘花的赠诗。紫姬劝道："她诗中说'欲返春衫'，你不答复她，恐怕不好意思吧。"源氏向来不辜负他人的好意，就马上回赠答诗。他漫不经心地写道：

"欲返罗衣寻好梦，
可怜孤枕独眠人。①

难怪你伤心啊！"

① 古歌："思君心切频寻梦，返着睡衣独自眠。"可见《古今和歌集》。当时习惯，思念某人时，只要将睡衣反穿而入睡，便会梦见此人。末摘花诗中言道"欲返春衫"，意思是要把衣服还给他。源氏故意援引古歌，将此"返"字解释作反穿睡衣。

第二十三回　早莺[①]

元旦那日的清晨，天色晴明，长空如洗。于百姓之家，墙根亦有小草破雪发芽。春风袭人，草木渐渐萌动。心情自然也轻松畅快了。更何况琼楼玉宇的六条院中，各处庭园，美景数不胜数。诸位女主人所居的宅院，装饰尤为富丽，作者想要描述，怎奈言语不够。就中首推紫姬所居的春殿：庭前梅蕊飘香，与帘内熏香相互混合，令人几乎疑心身处现世的极乐净土。但又不似净土那般庄严，可以恣情取乐，闲适度日。优秀的青年女侍，都被选去伺候明石小女公子。留在此地的，都是一些年龄较长之人。但也都伶俐俊秀，容貌、装束等无不美妙可观。她们三五成群地共祝“齿固”，又拿出镜饼来吃，[②]唱着“托庇千春”“福寿千春”[③]等古歌，共祝主人在这一年内合家幸福。正在嬉闹之时，源氏出来了。两手插入怀里的女侍急忙把手伸出，整襟肃立，自觉不好意思。源氏笑着说：“大家祝我千春，实在太隆重了。你们每人心中也各有愿望吧，大家讲些给我听听，我也来替你们祝福。”众女侍在大年初一听到主人这番话，大家都感十分光荣。其中那个自命不凡的女侍中将君答道：“我们是在镜饼前‘预祝君侯，福寿千春’。至于我们自己，再无其他愿望了。”

宾客盈门，整整一天骚扰不堪。源氏于傍晚之时才得到各位夫人处拜访。只见她们都打扮得花枝招展，倩影袅袅，令人百看不厌。他对紫夫人说：“今天早上女侍们嬉笑祝颂，其乐融融，颇可艳羡。现在我也来替你祝颂了。”便带着几分玩笑的态度吟诵祝词。又赠诗云：

“池面冰开明似镜，
双双倩影映春塘。

这一对夫妇真是出双入对，倩影双双啊。”紫夫人答道：

“春塘水满如明镜，
映出千春万福人。”

每逢佳节，他们都诚心诚意地共祝永远团圆。今天适逢子日，祝颂千春，最为适当。

源氏来到明石小女公子那里，只见众女侍与女童正在院中山上移植小松，以祝长寿。这些年轻人都兴高采烈，东奔西走，场面煞是好看。住在冬殿里的明石姬特地准备了一些须笼[④]和桧木制的食品盒，装上各种物品，送与源氏太政大臣。又在一枝形状美好的五叶松上添附一只人工制造的黄莺，系着一封信，一并送来。信中有诗云：

---

① 本回写源氏三十六岁的事。

②“齿固”意即寿命巩固。正月初一至初三，共食镜饼、猪肉、鹿肉、咸鲇鱼、萝卜等物，谓之祝齿固。镜饼是扁圆形饼，大小二个重叠。

③ 古歌：“寿比苍松，万代青青。松下之鹤，托庇千春。”“似彼镜山，屹立江滨。预祝君侯，福寿千春。”均可见《古今和歌集》。

④ 须笼，是竹编的笼子，笼口剩余的竹端任其保留着，其形状好似人的胡须，故名。

“静待春秾经岁月，
今朝盼听早莺声。

我这里是‘穷乡僻壤无莺啭’①也！”源氏读了诗句，同情她的孤寂，便顾不得元旦的忌讳，流下数行眼泪。源氏对小女公子说：“这封信应该由你亲自答复。你可不能吝惜‘早莺声’啊！”便拿过笔来，要她写回信。这小女公子长得十分美丽，朝夕见惯的人也对她百看不厌。源氏让她们母女二人隔绝，长年累月不得见面，实乃一件罪过，每当想起时心中不免痛苦。小女公子的答诗是：

“一别慈颜经岁月，
巢莺岂敢忘苍松？”

此外又一任其童心所系，絮絮叨叨地写了许多。

源氏来到花散里所居的夏殿。怕是节候未到的缘故，这里很是寂静。再观室内虽无风雅点缀，但到处亦皆落落大方。他和这位夫人情缘已久，互相了解，彼此毫无拘束。现在两人并无床笫之欢，却有融融的唱随之乐。花散里的室内张着帷屏，源氏把它推开，花散里亦不介意。她穿着源氏所赠的宝蓝衫子，色彩并不太鲜艳。她的头发也过了盛期，日渐稀薄了。虽然不求艳丽，也该装些假发。源氏每次和她见面，总是想道：“要是换了别人，一定嫌弃她其貌不扬。我如此优待照拂于她，正合我的本意，深可喜慰。如果她同其他轻薄女子一样，稍不称心，就背弃我，那就微不足道了。”这时他就觉得自己的情深，与花散里的稳重，两相搭称，不胜欣慰。两人亲睦地交谈了一会儿，源氏就到西厅去探望玉鬘。

玉鬘尚未习惯宫廷生活。但依照这短短的时日说来，她的进步很快。院内的各种布置，都饶有风趣，童女的服装也极优雅。女侍众多，室内装饰大致可观。各种细致设备，虽尚未十分完备，但她的宅院仍算精小可爱。玉鬘本人呢，本来就是罕见的美人，今天穿上源氏所赠的棣棠色春服，更显得如花如玉，周身纤秾适度，挑不出半点瑕疵，让人百看不厌。只因她长年沉寂乡间，郁郁寡欢，以致头发末端稍显稀疏。但清清爽爽地披散在衣服上，倒也美观。源氏看见她长得如此美丽，心想这样的人如果不在六条院住，真太可惜了。便觉得仅把她当作一个女儿来看待，有些儿不满足。玉鬘虽然对源氏已很熟悉，但一想到此人并不是生身父亲，未免诸多顾忌。她经常觉得这种关系很奇怪，犹如做梦一样，因此不敢真心与他亲近。源氏觉得这种态度也算可爱，对她说道：“你来到这里日子不长，我却觉得仿佛已经相处多年，见面时毫无生疏之感，真觉得十分称心如意。所以你也不必顾忌许多，经常到我们那边去玩。那边的小妹妹初学弹琴，你大可和她一起练习。对那边的人也不必过于客气。”玉鬘答道：“女儿自当遵命。”这应答倒也恰当。

黄昏时分，源氏来到明石姬所住的冬殿。一推开内客厅旁边走廊上的门，便有一股幽

① 古歌：“穷乡僻壤无莺啭，今日盼闻第一声。”可见《源氏物语注释》所引。明石姬诗中言“盼听早莺声”，意思是要她所生的明石小女公子回她一封信。本回题名即据此诗。

香顺着帘幕飘了过来，令人顿觉幽雅。走进室内，不见明石姬本人。向四周察看，只见砚箱旁边散置着许多笔记，便拿起来细读。旁边铺着一个中国织锦制成的茵褥，镶着华丽的边，上面放着一张外形优美的古琴。在一个精致的圆火钵内，浓重地熏着侍从香[①]，其中又混杂着衣被香，异常馥郁芬芳。桌上还散放着一些书法草稿，字体别致，功夫深厚。不像著名学者写的那样夹杂着许多难认的草书汉字，而是用了潇洒不拘的笔法。其中尚有几首情意绵绵的古歌，是明石姬收到小女公子的答诗后一时心喜而作的。有一首是：

“莺在花埘宿，今朝下谷飞。
旧巢重访问，珍重好时机。”[②]

此外又有许多古代佳作，有的吟咏描述了好不容易盼到早莺初啭的声音而悲喜交集的心情。有的是古歌：“家住冈边梅盛放，春来不乏早莺声。”[③]都是转悲为喜时写下来聊以自慰的。源氏一一拿出来察看，脸上露出微笑，神情优美动人。他提起笔来，想写些评语，这时明石姬膝行而出。她对待源氏，态度自然十分恭谨，相见时彬彬有礼，令源氏觉得此人毕竟与众不同。她身着源氏所赠的白色中国式礼服。鲜艳的黑发披在这衣服上，虽然略觉稀薄，反而增添美感，令人心中爱煞。源氏想到：今天是新年元旦，若不回家，恐怕紫姬要心中怨恨。但他终于留宿在明石姬这里了。女眷们听到这个消息，知道明石姬特别受宠，都对她心存醋意。春殿里的人更不必说了。天色将明之时，源氏便辞别归去。别后明石姬想起他深夜辜负香衾，只觉可悲可惜。紫姬等得心焦，满怀妒恨。源氏体察她的心情，对她说道：“真奇怪，我在她那里打了个瞌睡，竟像年轻人那样睡熟了，你也不派人来叫我……”用这种方法来安慰她，也真让人好笑。紫姬并不理他。源氏自觉无聊，假装要睡，却就此睡着，直到太阳高升方始起身。

正月初二忙于招待宾客，举办临时的宴会，多日不曾与紫姬会面。公卿、亲王等照例个个都来拜访。堂前管弦之声响彻云霄。宴会之后向众人分送珍贵的福物及犒赏品。云集于六条院的宾客，个个打扮得齐齐整整，务求不逊于他人。但没有一个略能比得上源氏的。当时朝中人才济济，虽单独看来，确有不少优秀人物，但一到源氏面前，就全被压倒，真是让人不胜羡妒。即使是微不足道的下等仆人，来到这六条院时也特别小心谨慎；更何况那些年轻的王孙公子，知道这里新来了一个绝色美人，大家都不禁生出痴心妄想来。因此今年新春与往常不同，格外热闹。晚风和煦，夹送花香；庭前梅花数树，含苞待放。于暮色沉沉，人影模糊难辨之时，管弦之声格外悠扬悦耳。歌人高唱催马乐“此殿尊荣，富贵双全……”[④]，音调非常动人。源氏不时和唱，从“子孙繁昌”一直唱到曲终，歌声柔和可爱。无论何事，如有源氏参加，便蒙他的光辉照耀，色彩与声音都

① 侍从香，是一种香料的名称。
② 用莺来比喻小女公子，花埘比喻紫姬家，谷中旧巢比喻明石姬自家。
③ 这首古歌可见《古今和歌六帖》。
④ 催马乐《此殿》歌词：“此殿尊荣，富贵双全。子孙繁昌，瓜瓞绵绵。添造华屋，三轩四轩。此殿尊荣，富贵双全。”

新年的祈盼　歌川丰国　源氏香之图·早莺　江户时代（约1844—1847年）

时逢新年，六条院内嬉笑春意浓，源氏分别访问各位夫人。明石小女公子处，明石姬寄来众多物品，又有“今朝盼听早莺声”的书信，母女分离的悲苦让读信的源氏不禁落泪。图为源氏在看明石姬写给女儿的信。

增添生气，其差异明显可辨。

深闺中的女眷，隔着院落远远听着车马鼓乐喧嚣扰攘之声，只觉仿佛生在西方极乐世界的未开莲花之中[①]，心中不免焦灼！住在二条院东院中的人，更不必说。她们的孤寂虽然与日俱增，但她们都怀着古歌中所谓“欲窜入深山，脱却世间苦”[②]的心情，对于源氏这个情郎，已经不再怨恨。除此以外，她们诸事称心，全无遗憾。热心修行的人，比如尼姑空蝉，可以一心念佛，毫无牵挂；喜好诗歌学问的人，比如末摘花，可以埋头研究，随心所欲。此外，各种日常需要，都安排得妥妥帖帖，应有尽有，无不称心如意。新年的忙乱过去之后，源氏就来拜访这二条院东院中的人。

末摘花是常陆亲王的女儿，身份高贵，源氏时常觉委屈了她。因此但凡外人关注之事，都替她办得十分体面，以免被人轻视。末摘花的头发从前又长又密，近年来已渐变得稀疏，从侧面看上去，竟可见到交混着的白发，令人想起古人“奔腾泻瀑布”[③]的古歌，令人不胜惋惜。源氏连正面也不敢细看。她身着源氏所赠的藤蔓花纹、白面绿里的外衣。但似乎极不相称，想是人的气质使然。这外衣里面穿着一件暗淡无光、硬若纸板的深红色衬衣，模

①《观无量寿经》中说：下品之人，往生西方极乐世界时，生在未开莲花之中。须经过若干劫后，莲花方开，在此期间不得见佛，不得听说法，不得供养。

② 古歌：“欲窜入深山，脱却世间苦。只困恋斯人，此行受挠阻。”可见《古今和歌集》。

③ 古歌：“奔腾泻瀑布，一似老年人。白发垂千丈，青丝无一根。”可见《古今和歌集》。

样很是寒酸，让人看了觉得不快。源氏曾经送给她许多衬衣，不知她为什么不肯穿。鼻尖上的那点红色，春霞也遮掩不住，依旧鲜艳欲滴。源氏不知不觉地叹了口气，又把帷屏拉拢些，以求与她再隔远一些。末摘花却并不介意。她多年来蒙源氏深切关怀，生活十分安稳，全心全意地信赖他，实在可怜。源氏觉得这个人不但容貌特殊，连态度也难以亲近，真是可悲之事。又想如此可怜之人，如果连我也不照顾她，更不知将如何受苦，便决心永远做她的保护人。这也是一片恻隐之心。她的声音听着也颇感凄凉，颤抖不定。源氏觉得不耐烦了，对她说道："难道你连照料衣服的人也没有吗？这里没有外人进来，生活亦很安适，你尽可随心所欲，多穿几件柔软厚实的衣服，何必一味讲究服装的外表呢？"末摘花笨拙地笑着答道："醍醐的阿阇梨[①]要我照顾衣服等事，因此我自己没有工夫缝衣服了。我那件毛皮衫也被他拿了去，冬天很冷呢。"这阿阇梨是她的哥哥，鼻子同她一样也是红的。她对源氏说这些话，足见对他真心信赖，绝不掩饰，但也不免过于坦率了。源氏在她面前不再说笑，装出一本正经的模样，说道："毛皮衫送给他了，那很好。可给这位高僧当衲裰衣穿。你不妨把那些不足惜的白色衬衣穿上七层八层，便很暖和了。你若有任何需要，若我忘记了，你尽管告诉我。我这个人又糊涂，又懒散，再加上事务纷忙，自然容易疏忽。"便命人打开二条院的库房，拿出许多绫绢来送她。这东院虽并不荒僻，但因主人不在此处居住，环境自然有些岑寂。唯有庭前的树木欣欣向荣，红梅初绽，芬芳扑鼻，可惜却无人欣赏。源氏看了这几株红梅，自言自语地吟道：

"重来故里春光好，
又见枝头稀世花。"[②]

末摘花恐怕不知道这诗的用意吧。

源氏辞别了末摘花，又去探望尼姑空蝉。空蝉不像宅邸的主人，自己住在一间僻静的小室之中，而将宽大的房屋供佛。其修行之精勤，令人衷心感动。经卷、佛像的装饰，以至净水杯盏等细小器物，无不清洁雅致，让人觉得此人毕竟与众不同。空蝉坐在一个精巧的青灰色帷屏之后，只露出一段色彩与青灰相衬的衣袖。这情景非常美观，源氏看了，不觉流下眼泪，对她说道："你这松浦岛上的渔女[③]，我只能遥遥想念。我与你想必曾结下恶姻缘，到如今总算还剩一点晤谈的缘分。"空蝉也深深感慨，答道："我蒙你如此关怀，这便是深厚的缘分了。"源氏说："我常反复回想当年之事，总觉得过去屡次使你伤心，应得这份恶报。如今我向佛祖忏悔，内心深感痛苦。现在你了解我的心情了吗？世间再没有像我这样忠诚的人，我想这一点你现在总能体会到吧。"空蝉听后，猜想源氏已经获知她为了躲避前房儿子纪伊守的追求而出家为尼之事，觉得很难为情，答道："要你时常看我这丑陋之相，直到我死为止，已经足以抵偿你过去的罪过，此外还有什么恶报呢？"说罢大作哀声。其实空蝉的样子比从前更加清秀了。源氏想起此人已经斩断尘缘，遁入空门，更觉难以抛舍。

---

① 醍醐是地名，其地有古刹，阿阇梨是僧官的职称。此人即第十五回"蓬生"中的禅师，末摘花之兄。

② 日语"花"与"鼻"同音，都读作 hana。此诗表面咏叹红梅，实则在讽刺末摘花的鼻子。

③ 古歌："久仰松浦岛，今日始得见。中有渔女居，其心甚可恋，"可见《后撰集》。日语"渔女"与"尼姑"同音，都读作 ama。

源氏的新年

新年之际，源氏的行程安排中，除了政治上的迎来送往，还体现出平安时代的新年风俗。同时，从源氏探访的顺序上，也体现出居住在六条院的众女子身份地位的不同。

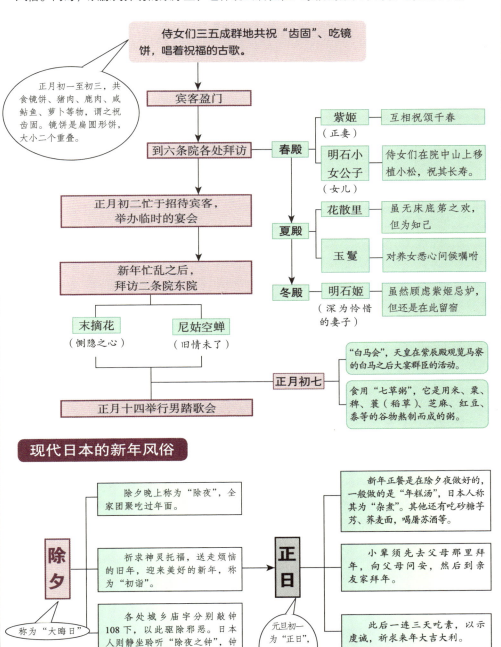

侍女们三五成群地共祝“齿固”、吃镜饼，唱着祝福的古歌。

正月初一至初三，共食镜饼、猪肉、鹿肉、咸鲇鱼、萝卜等物，谓之祝齿固。镜饼是扁圆形饼，大小二个重叠。

↓

宾客盈门

↓

到六条院各处拜访

- 春殿
  - 紫姬（正妻）——互相祝颂千春
  - 明石小女公子（女儿）——侍女们在院中山上移植小松，祝其长寿。
- 夏殿
  - 花散里——虽无床底第之欢，但为知己
  - 玉鬘——对养女悉心问候嘱咐
- 冬殿
  - 明石姬（深为怜惜的妻子）——虽然顾虑紫姬忌妒，但还是在此留宿

↓

正月初二忙于招待宾客，举办临时的宴会

↓

新年忙乱之后，拜访二条院东院

- 末摘花（恻隐之心）
- 尼姑空蝉（旧情未了）

正月初七

- “白马会”，天皇在紫辰殿观览马寮的白马之后大宴群臣的活动。
- 食用“七草粥”，它是用米、粟、稗、蓑（稻草）、芝麻、红豆、黍等的谷物熬制而成的粥。

正月十四举行男踏歌会

现代日本的新年风俗

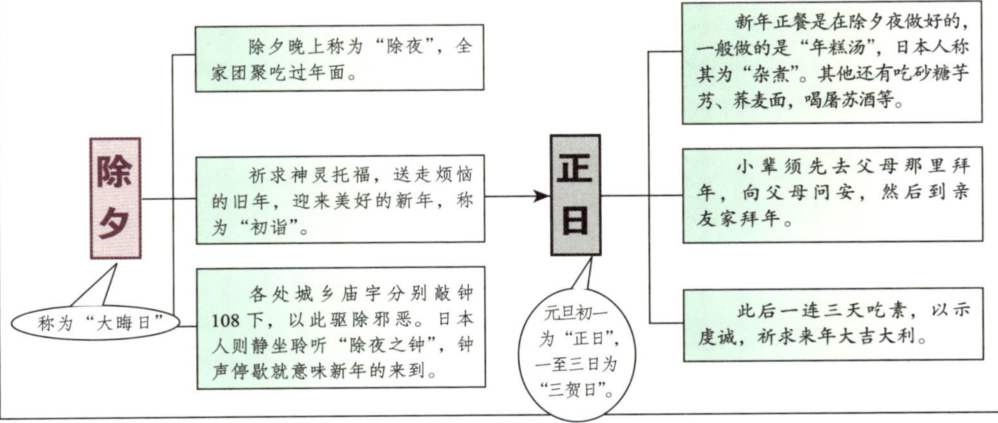

除夕
除夕晚上称为“除夜”，全家团聚吃过年面。
祈求神灵托福，送走烦恼的旧年，迎来美好的新年，称为“初诣”。
各处城乡庙宇分别敲钟108下，以此驱除邪恶。日本人则静坐聆听“除夜之钟”，钟声停歇就意味新年的来到。
称为“大晦日”
正日
元旦初一为“正日”，一至三日为“三贺日”。
新年正餐是在除夕夜做好的，一般做的是“年糕汤”，日本人称其为“杂煮”。其他还有吃砂糖芋艿、荞麦面，喝屠苏酒等。
小辈须先去父母那里拜年，向父母问安，然后到亲友家拜年。
此后一连三天吃素，以示虔诚，祈求来年大吉大利。

但这时岂能再说那些风流言语？因此只和她谈论了寻常的旧话新闻。他又向末摘花那边望了望，心想："那人要能具有此人身上的一些优点才好。"

像末摘花与空蝉那样受源氏荫庇的女人很多。源氏一一前往探视，亲切地与她们说话："许久不曾见面，心中时刻想念。所忧虑的，只是人生有限，聚散无常而已。天命真不可预知啊！"他觉得每一个女人，各有各的可爱。源氏太政大臣身居一人之下，万人之上，但从不盛气凌人。待人接物，均依照地点与身份，广施恩惠。许多女人就这样仰仗着他的好意，安闲度日。

正月十四举行男踏歌会。歌舞行列先到朱雀院，然后转来六条院。因路途较远，到达时已近黎明。此时皓月当空，澄净如水，庭中雾气弥漫，景色美不胜收。这时殿上人中擅长音乐的为数不少，吹奏的笛声异常优美。到了这六条院，乐声更加起劲。源氏想让女眷们都出来观看歌舞，预先通知了她们。正殿两旁的厢房及廊房里，都设置了座位，让她们坐在那里观看。住在西厅的玉鬘来到南面紫姬所居的正殿之内，与明石小女公子首次见面。紫姬也出来了，只隔一层帷屏，与玉鬘谈话。歌舞行列是从朱雀院的母后那边绕道而来的，到此已近天明。本来只需招待茶酒和羹汤，但这次犒赏格外丰盛，大办筵宴，殷勤相劝。

在凄清的晓月之中，瑞雪纷纷飞落，渐积渐厚。松风从树顶上吹下来，四周景色冶艳动人。许多歌舞之人，身着绿袍，内衬白衣，色彩非常朴素。头上插的绢花，也并不华丽。但恐怕是场所不同的缘故，看了让人特别心旷神怡，仿佛寿命也因此延长了。歌舞者之中，源氏家的夕雾中将和内大臣家诸公子，姿态更显优雅华丽。微明夜色之中，雪花纷纷散落，渐觉寒气入肤。这时歌舞队中唱出催马乐《竹川》之歌[①]，袅娜的舞姿伴着可爱的乐声，让人想描画也描画不出来，真是遗憾！观众席的帘子下露出女眷的衣袖，五光十色，耀眼夺目，好似天空中显露出来的锦绣般的朝霞，真是异乎寻常的美景。舞者头戴高帽，姿态离奇古怪；歌者朗诵祝词，声音喧哗盈耳。各种琐屑之事，也都大模大样地表演，十分滑稽，踏歌的音乐反而不足欣赏了。照例各人接受一袋棉絮就此告退。天色已经大亮，女眷们各自归去。

源氏略略睡了一下，到日上三竿之时才起身。他回想昨夜，对紫夫人说："中将的歌喉，大体说来，不亚于弁少将[②]呢。真奇怪，现在倒是才艺之人辈出的时代。古代的人在学问方面固然更加优胜，但论起趣味来，到底赶不上现代人。我曾经打算把中将培养成一个方正的官吏，希望他不要像我这样耽好风流。但人心必须略有情趣才行。铁石心肠，冷面无情，毕竟是惹人厌烦的吧。"他对夕雾这个儿子十分满意。随口唱了几句《万春乐》[③]，又说："我想趁女眷聚集于此，举行一次音乐演奏会，作为我们家的'后宴'[④]。"就叫人把装在锦袋里的琴筝箫管都拿了出来，拂拭干净，把松散的弦线再度调好。女眷们听到这个消息，很是关怀，大家都有些兴奋。

① 催马乐《竹川》歌词："竹川汤汤，上有桥梁。斋宫花园，在此桥旁。园中美女，窈窕无双。放我入园，陪伴姣娘！"

② 弁少将是内大臣之子，又称红梅。

③《万春乐》是踏歌人所唱的汉诗，共八句，每句末尾，唱"万春乐"三字。

④ 踏歌会毕，宫中举办"后宴"，作为余兴。这音乐会就作为源氏家中的"后宴"。

第二十四回　蝴蝶①

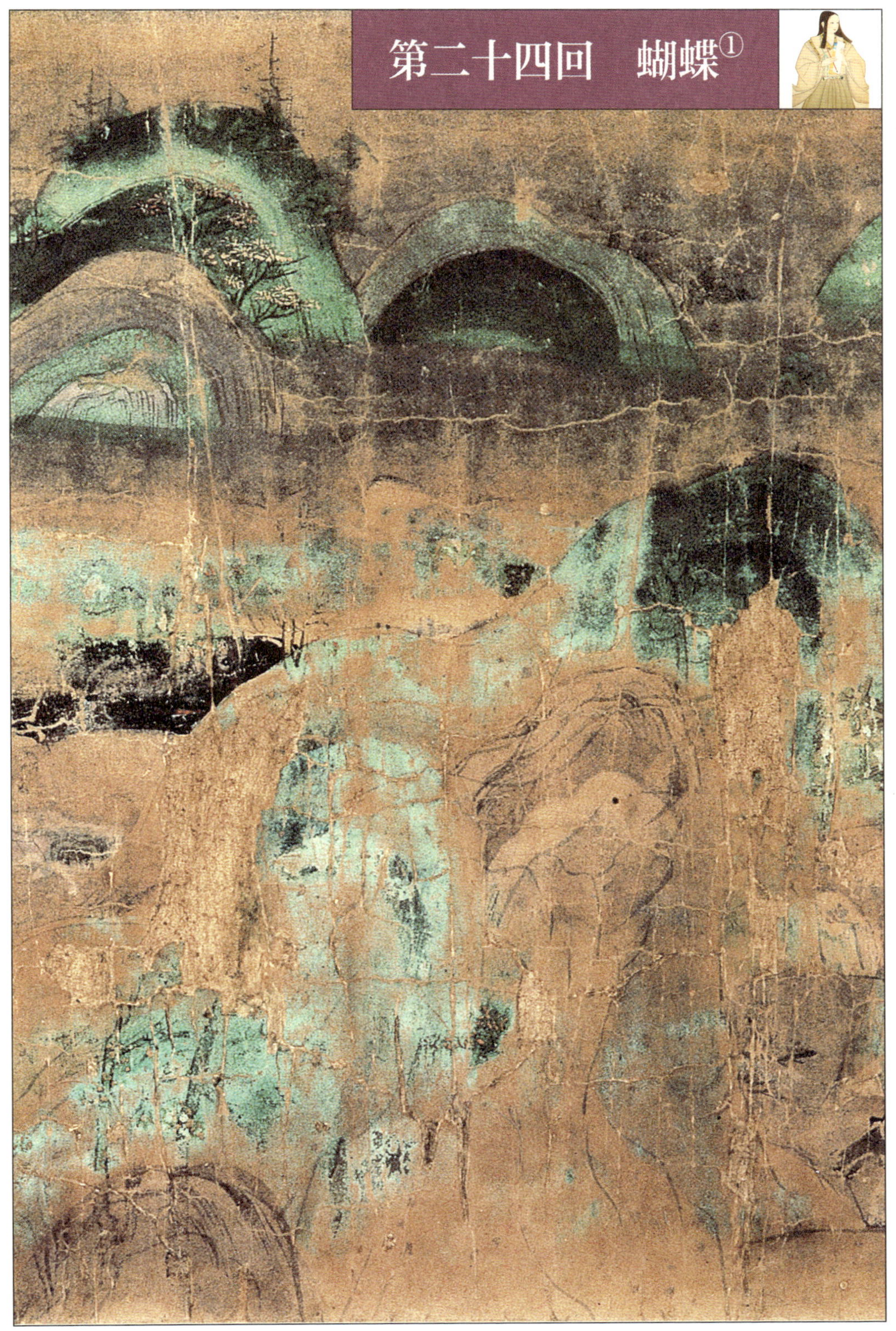

到了三月下旬，紫姬所居春殿的庭院中，春景比往年更加美艳，花色夺目，鸟声清脆，在别处的人看来，唯有此地仍属盛春，觉得有些不可思议。小山之上绿色葱茏，浮岛之畔苔色浓郁，许多青年女子仅仅远眺这般景致，尚觉得不够味儿。源氏便命人将预先造好的中国式游船赶快装饰起来。游船第一次下水的那天，从雅乐寮宣召了一些乐人，让他们在船中奏乐。当天诸亲王及公卿都来参与聚会。秋好皇后也正乞假归宁。去年秋天，秋好皇后讥讽紫姬的诗中有"盼待春光到小园"的句子，紫姬觉得现在正是报复的时候。源氏也想劝请秋好皇后到此处赏花，但苦于没有机会。而且皇后身份高贵，不便轻易出来。他就叫秋殿中爱好这种情趣的青年女侍都来乘船游玩。皇后院中的南湖与这里的湖水相通。其间隔着一座小山，好比一座关隘，只有从山脚下可以绕道通船。紫姬身边的青年女侍都集中在这东边的钓殿里。

龙头鹢首的游船采用中国风格的装饰。把舵操棹的小童，头发一律结成总角，身着中国式的服装。不曾见惯这种场面的女侍，在这样宽阔的湖中乘船，觉得自身真个是要远赴异国似的，大家都怀着无穷的兴趣。游船划入浮岛港湾中的岩石背阴之处，只见其中小块岩石，也都像画中的景物。各处树木正欲萌动，犹如笼着一层锦绣帐幕。遥遥可以望见紫姬的春殿。这春殿里柳色转浓，长条垂地；花香袭人，芬芳无比。别处的樱花早已开过盛期，这里的樱花却正在盛放。绕廊的紫藤，也渐次开花，鲜丽夺目。棣棠花尤为繁茂，其倒影映入池中，枝条又从岸边挂到水里。各种水鸟，有的雌雄相伴，双双游泳；有的口衔柳枝，往来飞翔。鸳鸯浮在螺纹一般的春波之上，竟是一幅美丽的图案纹样。遨游其间，正像身入烂柯山中，连年月都忘记了。诸女侍各赋新诗：

"风起浪中花影美，
恍疑身在棣棠崎[②]。"

"棣棠花映春池底，
此水应通井手川[③]。"

"无须远访蓬莱岛，
不老仙乡即此船。"

"日丽风和舟荡漾，
兰篙水滴似飞花。"

她们各自抒发情怀，随意吟咏。仿佛身在梦中，不问此去何方，亦忘记了家归何处。只因水上风光如斯美丽，足以牵扯青春少女的心怀呢。

---

① 本回与前回同一年，写源氏三十六岁三、四月的事。

② 棣棠崎，山吹崎，在近江国，以棣棠花著名。

③ 井手川，在山城国，亦以棣棠花著名。

天色已近黄昏，乐人奏出《皇獐》的曲子，音色异常优美。大家舍不得下船，但游船已经驶近钓殿，只得弃舟登陆。钓殿的装饰十分朴素，却富有优雅的风趣。紫姬身边的众多青年女侍在此专候，她们个个打扮得十分整齐，只觉有如花团锦簇。这时乐人奏出世上难得听到的名曲。舞者也都是特别优秀的能手，尽力献技，以博取紫夫人的欢心。

入夜时分，众人都觉尚未尽兴。于是在庭中点起篝火，宣召乐人在阶前坐席，重新饮酒作乐。亲王及公卿都来参与，或弹琴筝，或吹箫管。所选乐人都是其中特别优秀的专家，他们用箫管吹出双调，堂上的亲王及公卿用丝弦和他们合奏。繁弦急管，音色华丽无比。奏出催马乐《安名尊》之时，不解情趣的仆役也都聚集在门前几无隙地的车马之间，微笑着听赏，觉得这样的生涯真是饶有意趣啊！在春日的天空之下演奏春日的曲调，其效果比其他季节更为卓越，这种差异人人都可体会得到。

这天晚上的奏乐，直到天明才停。后来从吕调移到律调，又添奏自中国传来的《喜春乐》。这时兵部卿亲王唱起催马乐《青柳》[①]，反复唱了两遍，歌喉美妙动人。主人源氏也跟着他唱。天亮了。那乐声犹如报晓的鸟儿，一直响到天明。秋好皇后隔墙听到邻院作乐之声，心中不免妒羡。

这春殿中如此繁华热闹，四时常春。以前没有可以牵引人心的美人儿，到访的贵公子们都觉得有些美中不足。但现在来了一个玉鬘，人长得如一块无瑕美玉，源氏对她的关怀也优越无比，这种消息外间早已听说。果然不出源氏所料，仰慕她的人多得数不胜数。其中有几个人自知身份高贵，堪可为婿，便苦觅良机，表露心愿，或者坦率直陈，正式求婚。也有几个青年公子，不便启口，自在心中煎熬。其中如内大臣的公子柏木[②]，因为不知详情，也倾心于玉鬘。又如兵部卿亲王，因为相伴多年的夫人死去，独居三年，十分孤寂，现在就不顾一切地寄给相思[③]。今天他喝得大醉，头上插着藤花，油腔滑调地胡闹，模样实在可笑。源氏心中早已料到，只管假作不知。正在殷切劝酒之时，兵部卿亲王心中苦闷已极，不愿再饮，推开了酒杯，说道：“我若是没有心事，早已离座逃走了。实在受不了啊！”又吟诗道：

“血缘太近相思苦，
愿赴深渊不惜身。”

他从头上摘下一枝藤花，连同酒杯一起敬奉源氏，口中唱道：“共插鲜花！”[④]源氏笑容可掬地答道：

“莫非值得报渊死？
春在枝头请细看！”

---

① 催马乐《青柳》歌词：“杨柳绿依依，条条新丝碧。黄莺弄机杼，织成梅花笠。”

② 柏木，内大臣的儿子，官阶为左少将，与玉鬘是异母兄妹。

③ 兵部卿亲王是源氏的弟弟。源氏冒认玉鬘为亲女，则兵部卿应是玉鬘之叔父，所以下面的诗中言“血缘太近”。

④ 古歌：“倘来访我吉野山，共插鲜花乐隐沦。”可见《后撰集》。

又恳切地再三挽留他。亲王便不好意思离座。次日白天继续作乐，音调更加悠扬悦耳。

这天秋好皇后开始举行春季讲经[①]。许多女眷昨夜不曾回家，就歇在六条院中。今天大家换上白天的礼服，准备前去听讲。其他家中有事之人，都各自回去了。到了正午时分，大家聚集在秋殿之中。自源氏以下，人人皆欲参与其会，殿上人也全体出席。这多半是源氏赫赫的威势所致。这次法会隆重庄严，春殿的紫夫人发心向佛献花。她选出八个容貌端正的女童，分为两班，四个扮作鸟，四个扮作蝶。令鸟装的女童手持银瓶，内插樱花；蝶装的女童手持金瓶，内插棣棠花。同是樱花与棣棠花，但她所选的均是最美的花枝。八个女童坐了小船，从殿前的小山脚出发，向皇后的秋殿前进。春风拂来，瓶中的樱花飘落数片。天色晴朗，风和日丽。女童的船从如雾的葱绿之间款款而来，这情景何其美丽可爱！秋殿院内没有特地搭起帐篷，就在殿旁的廊房里设置临时坐椅，作为乐池。八个女童弃舟登陆，从正面石阶上拾级上殿，敬献鲜花。香火师接过花瓶，供在净水旁。紫夫人写给秋好皇后的信，由夕雾中将呈上。其中有诗云：

“君爱秋光不喜春，香闺静待草虫鸣。
春园蝴蝶翩翩舞，只恐幽人不赏心。”

秋好皇后读了，自知这是答复去年所赠的红叶诗，露出会心的笑容。昨日被紫姬邀去游船的众女侍，真心赞叹春花，互相说道：“原来春色如此动人，只怕娘娘也要动心去玩赏呢。”

在悠闲的莺鸣之中，鸟装女童开始翩翩起舞。伴奏的乐师奏出《迦陵频伽》[②]之曲，音调极为优美，湖中的水鸟也受了感动，在不知什么地方鸣啭起来。乐曲将终，调子转急，情趣愈发优美，可惜舞乐终于告终了。蝶装女童的舞蹈比飞鸟更为轻快，渐渐舞近棣棠篱边，飞进繁密的花荫之中。皇后的辅官以及身份相当的殿上人，都向皇后领取赐品来犒赏这几个女童。赐鸟装女童的是每人一件白面深红里子的常礼服，赐蝶装女童的是每人一件棣棠色衬袍。赐品都是事先准备好的。赐给乐师的是每人一袭白色衣衫，或一卷绸缎。赐夕雾中将的是一袭女装，外加一件淡紫面绿里的常礼服。秋好皇后复紫夫人的信中写道：“昨日游船之乐，令人艳羡不已。

但得君心无歧见，
我将随蝶访春园。”

其答诗如此，可见皇后与紫姬才华均极为优越。但恐皇后于诗道不甚擅长，如此赠答的诗句，未能称得上是佳作。

昨日参与游船的女侍之中，凡是皇后身边的女侍，紫姬一律赐予优美的犒赏品。六

① 按照定例，每年春季二月，秋季八月，要举行法会讲演《大般若经》。
② 迦陵频伽是佛经中一种鸟的名称。这种鸟的鸣叫之声甚为动人。

春殿游船 歌川丰国 源氏香之图·蝴蝶 江户时代（约1844—1847年）

源氏将龙头鹢首的中国式游船放舟湖上，划船的童子也作中国式打扮，一时诸亲王及公卿、院中侍女都来参与。沿路的岩石树木、花草水鸟如画中景致一般，让人流连忘返。图为源氏与紫姬坐在春殿里，观看侍女们乘着龙船到来。

条院中，这种游宴歌舞，几乎昼夜不绝。人人欢笑终日，女侍们自然也都无忧无虑，恣意享乐。各殿女眷，常常互通问候。

却说玉鬘自从踏歌会时与紫姬等人见面之后，经常向诸人传致问候。她的教养深浅，紫姬等人虽未能深知，但只觉她富有才气，又温柔恭顺，与人一见如故。大家都对她怀有好感。喜爱她的人很多，但源氏以为这事不可草率决定。而他自己恐怕也觉得自己不愿长此充任她的父亲，有时竟想通知她的亲父内大臣，据实以告，以便公然娶她。夕雾中将与玉鬘较为亲近，经常走近她的帘幕旁边。玉鬘也亲自与他答话，这时玉鬘总是羞答答的。夕雾因确信人人知道他们是姐弟俩，所以对她一本正经，全无爱欲滋生。而内大臣家的公子们不知玉鬘是他们的异母妹妹，倒反而时常假手夕雾，对她传送万般相思。玉鬘全然不为所动，但私下感到兄妹之爱，心中怀着说不出的痛苦。她独自思量：总得让亲生父亲知道我的下落才好。但她的心思并不向源氏说出，只假作全心全意地依赖他，像个天真烂漫的孩子。她虽并不酷肖母亲，但也有几分相似，才气则比夕颜更加突出。

四月朔日更衣，换上夏服，人心顿感轻快无比，天色也不知不觉地变得异常明朗。源氏闲来无事，经常饮酒作乐，悠闲度日。玉鬘收到的各方情书愈来愈多，源氏见这件事果然不出所料，颇感兴趣，便经常到玉鬘那里去，查看她的情书。见到其中有应该答复的，劝她答复。玉鬘则含笑不语，面露难色。兵部卿亲王求爱未久，却已焦灼不堪，在情书中一味申恨诉怨，源氏看了吃吃笑个不停。后来他对玉鬘说："在许多亲王之中，我与这位皇弟一向格外亲昵。只是风流之事，绝不谈起。如今人入中年，却给我看到了如此热烈的情书，倒很有趣，但也怪可怜的。你总得回复他一下才是。凡是略解风情的女子，都知道世间除了这位亲王之外，更无可与交谈之人。他倒确是个风流公子。"他想用这番话来打动这青年女子的心，但玉鬘却只觉得难为情。

承香殿女御[①]的哥哥髭黑右大将，本来道貌岸然，一本正经，现在也如谚语中所谓"爬上恋爱山，孔子也跌倒"，苦苦地来向玉鬘求爱了。源氏觉得这事另有一种趣味。他查看所有的情书，发现其中有一封信，写在宝蓝色中国纸上，香气格外浓烈，沁人脏腑，叠得非常小巧，奇怪地说道："这封信为什么叠得这样精致？"便把信展开，露出非常秀美的笔迹，内有诗云：

"思君君不知，我心常恻恻。
犹似岩中水，奔腾而无色。"

字迹潇洒而时髦。源氏追问道："这是谁写来的？"玉鬘不好意思爽快地回答。于是他把右近叫来，对她说道："凡是遇到写这种情书的人，务必要仔细探究来历，好好答复。好色爱玩的小伙子为非作歹，有时也不能完全归咎于男子。据我的亲身经历看来，女子不答复男子，男子恨她冷酷无情，有时难免做出违心之事。女子若是身份低微，对男子不予理睬，男子怪她无礼，亦不免做出非礼的举动。男子若是并无深情厚谊，信中只是一味吟花咏蝶，女子也用风雅的态度回应他，则反而煽动了他的热情。这时可以对他不理不睬，就此绝交，女子亦没有什么过失。如果男子只是逢场作戏，偶尔写信寄来，则女子

① 承香殿女御，是朱雀院的女御，皇太子的生母。

羞涩的百合 近卫豫乐院 花木真写 江户时代（17世纪）

源氏故意将玉鬘的美貌宣扬出去，一时情书纷至。源氏就向玉鬘讲解回复情书的要领：对不同性情的男子有不同的处理办法，或回复或拒绝，或急或缓，适当应付。然而如图中百合一样美丽的玉鬘，对于因香而至的情书，表现得十分羞涩。

切切不可马上回复，否则后患无穷。总之，如果女子不知小心谨慎，任性而为，自以为知情识趣，所有机会都不放过，其结局必然不幸。但兵部卿亲王与髭黑大将，素来谦恭有礼，决非胡言乱语之人。如果不辨是非，置之不理，不免有失体统。至于比他们身份低微的人，则可依照其志趣，辨别其情感，观察其诚意的深浅，而分别适当应付。”

这时玉鬘害起羞来，把头转向一边，侧影望上去非常美丽。她身着红面蓝里的常礼服，内衬白面蓝里衫子，色彩搭配十分调和，有新颖艳丽之感。她的举止风度，本来难免留着一些乡下人的习气，但也算落落大方，处处富有雅趣，如今渐渐学会了京都人的习气，更显端庄可爱。再加上化妆十分讲究，所以挑不出半点缺陷，只觉花容玉貌，无比艳丽。源氏看了，觉得如将此人送与他人，实在太过可惜。右近带笑看着这两个人，心中也在想：“源氏主君年纪很轻，不配做她的父亲，还不如双双配合，成就一对天生佳偶。”便对源氏说：“我从来不曾把别人的来信传送给小姐。大人以前看过的三四封信，我担心对方觉得受辱，不便立即退回，才暂时把信收下。至于回复，必须等候大人吩咐后再说。如此应付，小姐还嫌麻烦呢。”源氏问她：“那封叠得很精致的信，是谁寄来的？笔迹非常秀美呢。”他含笑看着那封信。右近答道：“这封信么，那送信人也不问我们收与不收，放下后就管自走了。是内大臣家大公子柏木中将写来的，他和这里的小女侍见子以前就认识，是交由她转达的。除了见子以外，这里并无其他帮忙的人。”源氏说：“这倒挺有意思。他的官位虽然不高，但对这种人你们怎能怠慢？公卿们官位虽高，但许多人声望还不一定能与柏木比肩。在诸多公子中，这位大公子也最为稳重。他和小姐是兄妹，实情他以后自会知道。眼前你们暂且不要揭穿，敷衍他一下吧。这封信写得真是漂亮。”他拿着信，一时不忍释手。又对玉鬘说：“我这般那般地对你唠叨不停，不知你心中做何感想，我对你很是牵念。纵使要将实情告知内大臣，亦必须多加考虑。你现在行事如此稚气，身份尚未决定，马上加入素不相识的众多异母兄妹之中，是否妥当？还不如先有丈夫，决定了身份，然后自有父女相见之日。兵部卿亲王虽是独身，但素性轻浮，情人极多，家中还有不少名声不佳的侍妾。要做他的夫人，除非这人心怀宽大，不轻易憎恨他人，方可无事。如果这人略有嫉妒之心，必将反目失欢，这一点必须要顾虑到。髭黑大将呢，总觉得他那个长年相处的夫人年纪太大，正在多方物色韶华少女。但这也是世间女子所不喜的。所以我也在心中再三衡量，苦无定见。关于姻缘之事，纵使在父母面前，也难以明白说出自己的愿望。但你现在已非童稚，对万事都能辨别是非。你可把我看作已逝的母亲，万事和我商议。凡是不能使你称心如意的事，我一定都不舍得做的。”

他这番话说得非常恳切，玉鬘听了心中略感为难，不知该怎样回答才好。像小孩一样默默不语，又觉得不好意思。终于答道：“女儿自从无知无识的襁褓时代直至今日，不曾见过双亲。未得身受庭训，诸事都无主见。”她答话时神态非常柔顺可爱，源氏对她满心同情，说道：“如此说来，正如谚语所谓‘继母好作亲娘看’，我对你无微不至的关怀，你已分明看到了吗？”又对她说了许多话，但心中那一点隐情，终于不便出口，只是在谈话中隐约暗示。但玉鬘只装作听不懂的样子。他只得长叹数声，起身离开。走到门口，见庭前数枝淡竹，欣欣向荣，临风起舞，姿态窈窕可爱。便立于阶前，即兴赋诗，掀起了帘幕对玉鬘吟道：

“庭前生小竹，篱内托根深。
渐渐出墙去，青青向世人。

一想起来，真叫我好恨啊！”玉鬘膝行至檐前，答道：

“山中生小竹，移植在庭前。
从此承恩养，不思返故山。

这时若教生父知道，恐怕反多不便。”源氏听了这话，明知她故意将他的恋情曲解成父女之情，更觉得此人十分可爱。玉鬘虽然这样说，心中却并不作如此想。她盼望源氏找个机会向她父亲说明，等候得很是心焦。但她又转念一想：“这位太政大臣对我的关怀，实在让人感激。现在我纵使认了父亲，但自幼隔绝，想必父亲对我的照顾亦不会如此周到吧。”她曾读过一些古代故事小说，懂得些许人情世故，行事特别小心谨慎，觉得不便亲自前往寻亲。

源氏只觉玉鬘越看越发可爱，一次在紫姬面前对她大加赞誉：“这个人的模样真是讨人喜欢。她那已故的母亲，态度不够明朗；这女儿却通情达理，温柔可亲。看来这人倒是值得信任的。”紫姬素来知道他的性情，知道他不肯长久把玉鬘当作干女儿，正在担心，便回答道：“既然通情达理，又毫无顾虑，诚心诚意地相信你，真是难为她了。”源氏问：“我有什么不值得信赖的地方？”紫姬微笑着答道：“怎么没有！便是我自己，为了你，不知尝到了多少次难以忍受的痛苦。至今不能忘记的事情也多着呢！”源氏听了这话，觉得这个人真敏锐呀！便说道：“你这样瞎猜，真让人厌烦啊！我若有野心，难道她不会发觉吗？”他觉得这件事十分麻烦，就不再多谈。心中却很迷惑：人家作如此猜想，我到底应该怎样处理？一方面又深自反省：我到了这样的年纪，怎么还像少年人一样干这些无聊勾当？但他心中牵挂玉鬘，因而时常前去看望，多方照拂。

一天傍晚，久雨初晴，天色清朗。庭前几株小枫和槲树葱青照眼，欣欣向荣。源氏感到心旷神怡。他仰望天空，吟诵白居易“四月天气和且清”[①]的诗句。这时他心中隐约地浮现出玉鬘的芳容，便悄悄地来到她的屋里。玉鬘正在随意地看书习字，突然看见源氏进来，便肃然起立迎接，满颊红晕，那种娇艳之色，十分可爱。她那温柔的样子，使源氏蓦地想起当年的夕颜，便情不自禁对她说道：“我刚见到你时，并不觉得你像你的母亲，近来却经常觉得十分肖似，简直分毫不差。我心中为此不胜感慨。你常见的夕雾中将，全无他母亲的样子，我只觉得他们母子是极不肖似的。想不到世间原来竟有如你这般肖似母亲的人。”说着流下泪来。他见一只盒子盖里盛着果子，其中有橘子，便用手抚弄着橘子，即兴吟诗：

“橘子开花日，闻香忆故人。
玉颜何酷肖，宛似故人身。

这故人永远存于我心，令我难以忘怀。多年来我孤苦度日，全无欢慰。如今你如此肖似故人，我每次看见，总疑心是身在梦中，更叫我眷恋不舍，难以自制了。愿你也不要疏远我才好！”说着，握住了玉鬘的手。玉鬘因为源氏向来不曾有过类似举动，心中倍感困窘，但也只是乖乖地坐着，答诗云：

“容颜既与故人似，
命短亦应似故人。”

她觉得有些狼狈，伏着身子，那种娇羞之态，十分动人。那双玉手像春笋一般圆润，肌肤像水葱一般鲜嫩。源氏看了，反而更觉烦恼。他就稍稍明显地向她求爱。玉鬘心中痛苦，张皇不知所措，全身战栗。源氏也看出她的心情，便对她说道：“你为什么要疏远我呢？我一定设法隐秘，绝不会惹人注意。你也只管装作若无其事，悄悄地爱我吧。我对你的情爱十分深重，如今又更加深了一层，可谓世间少有了。与写情书给你的那些人相比，你总不会看轻我吧。像我这样一往情深的人，世间实在罕见，所以把你嫁给别人，我很不放心呢。”这种父女之爱，未免太过分了些。

雨停了。微风敲动绿竹，清音悦耳；云破月现，银光闪烁皎洁。如此这般良夜佳景，真有无限清幽之趣。众女侍见两人促膝谈心，有所顾忌，都径自回避了。两人原本经常见面，但像今晚这种机会，也实属难得。大约是一经表露心迹，热情便不可遏制，源氏就用巧妙的手法，把穿惯的那件上衣悄悄脱去，斜卧在玉鬘身旁了。玉鬘心中厌恶，怕被女侍们看见，成个什么样子，便觉十分痛苦。她想：如果在亲生父亲身边，纵使他对我漠不关心，总不会受此蹂躏。因此异常悲伤。虽然竭力忍耐，终于泪水夺眶而出，那模样真是可怜。源氏便对她说：“你这样厌烦我，真使我伤心啊！分居两地、素不相识之人，一经相爱，都容许如此举动，这原本是世间常规。何况我和你相处和睦，如此亲近

① 白居易赠驾部吴郎中七兄诗中曾有：“四月天气和且清，绿槐阴合沙堤平。”见全集第十九卷。

一下，又有何不可呢？我绝不再越此限度，只是聊以慰藉难以忍受的相思而已。”又说了许多甜蜜的情话。再加上睡在身边的这个人，模样竟与故人一模一样，真使他不胜感慨。源氏虽然有心，但也知道此乃轻佻之举，因此马上回心转意。他担心女侍们诧异，夜色未深就起身辞去。临别时对玉鬘说：“你若为此而厌恶我，真使我伤心极了。别人绝不会如我这般热情地爱你。我对你的爱不可量度，无有止境，所以我绝不做那些惹人讥评之事。我只是为了要慰藉对故人的爱慕，今后亦将对你说些风流言语。但愿你能体谅我的心意，好好地回答我。”这番话说得非常周至。但玉鬘这时极为懊恼，听了他的话愈发愁苦了。源氏又说：“我以为你不是十分无情的人，想不到你竟如此讨厌我。”他长叹一声，继续说道：“今天的事情，切不可让外人知道啊！”说着就离开了。玉鬘虽然已届青春年华[①]，但对男女之事从无经验，连略知此道的人，她也极少接近。她不知道男女之间还有比共卧一处更甚的亲密关系。因此只管伤心悲叹，以为今天遭逢了意外的不幸，脸上的神情异常凄惨。众女侍见了，纷纷议论：“小姐今天身体不适呢！”大家都上前来伺候。女侍兵部君[②]等悄悄地议论道：“源氏主人对小姐关怀备至，真让人感激不尽啊！纵使是亲生父亲，也不会如此无微不至吧。”玉鬘听了，更加讨厌源氏了。她想不到他竟怀着这不良之心，又感叹自己的身世，不胜悲伤。

第二天，源氏的信一大早就送了来。玉鬘因为心情不好，仍卧于床上。女侍们送过笔砚，劝她快写回信。玉鬘没精打采地展开来信。只见用的是白纸，外表肃穆堂皇，笔迹十分优美。信中说道：“昨夜你对待我，可谓冷淡无比。我虽伤心，但又不能忘记。不知他人对此有何感想？

未解罗襦同枕席，
缘何嫩草叹春残？

你实在还是个小孩子呢。”他尽力装出一副父亲的口吻，但玉鬘看了非常厌恶。但倘置之不理，又怕别人疑心，便在一张厚厚的陆奥纸上写道：“赐示今已拜读。只因心绪不佳，恕未能详复。”源氏看了回信，笑着想道：“照这样子看来，这人是很有骨气的。”他觉得对此人申诉怨恨，虽然很有意思，却又必定十分麻烦。

源氏自表明了爱慕之情，不像古歌中所咏那样“决心启口又迟疑”[③]，继续向玉鬘求爱，纠缠不休。玉鬘愈发狼狈，忧愁之极，只觉无地容身，后来竟生起病来，她想：“知道实情的人很少。无论亲疏，都相信他真是我的父亲。如今这种事情倘若泄露出去，便成天下人的笑柄，而我从此不免身败名裂了！父亲内大臣一旦找到我，本来就不见得会当作亲生女儿一般怜爱，何况再听到这种消息，一定把我看作一个轻狂女子了。”她思前想后，心绪不宁。兵部卿亲王和髭黑大将听说源氏并不厌弃他们，便更加恳切地向玉鬘求爱。以前吟咏“犹似岩中水”的柏木中将，从见子那里隐约听说源氏容许他的求爱，只因不知实情，还暗自欢喜雀跃，只管向玉鬘申情诉恨，弄得百般迷离颠倒。

---

① 这时二十二岁。

② 夕颜乳母的女儿。

③ 古歌：“苦恋伊人思约会，决心启口又迟疑。”可见《古今和歌六帖》。

贵族娱乐之春游

在平安时代，春季樱花盛开时节，贵族们也会像现在日本人那样，结伴春游去观赏樱花。而源氏的春游不同之处，就是以游船来游览，同时又逢讲经法会，参者云集。游玩加法会，这番盛大的游乐场景可见平安贵族娱乐之一斑。

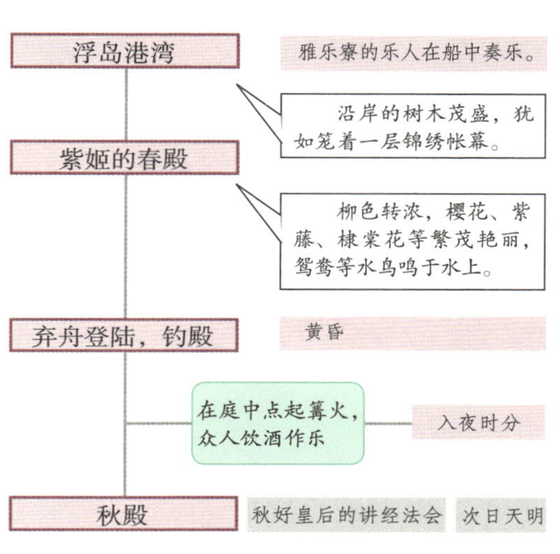

浮岛港湾
雅乐寮的乐人在船中奏乐。
沿岸的树木茂盛，犹如笼着一层锦绣帐幕。
紫姬的春殿
柳色转浓，樱花、紫藤、棣棠花等繁茂艳丽，鸳鸯等水鸟鸣于水上。
弃舟登陆，钓殿
黄昏
在庭中点起篝火，众人饮酒作乐
入夜时分
秋殿
秋好皇后的讲经法会
次日天明

鸟装女童伴着《迦陵频伽》之曲翩翩起舞。

蝶装女童轻快地舞近棣棠篱边，飞进繁密的花萌之中。

四名鸟装的女童手持银瓶，内插樱花。

四名蝶装的女童手持金瓶，内插棣棠花。

法会上，紫姬发心向佛献花

唐式风情

采用唐式风格，有龙头鹢首装饰的游船。

把舵操棹的小童，头发一律结成总角，身着中国式的服装。

第二十五回　萤[1]

源氏太政大臣如今位尊名重，心旷身闲，生涯十分自在。在他保护之下的许多女子，个个生活安定，万事称心如意，无忧无虑，闲在度日。唯有住在西厅里的这位玉鬘小姐，不幸遭逢了意外的苦恼，心乱如麻，不知怎样应付这位义父才好。他同筑紫那个可恶的大夫监，自然是不能相比的，但外人都确信他们是一对父女，做梦也想不到会有这样的事情发生，因此玉鬘只能闷在心里，只觉源氏是个异常讨厌之人。她现在已经到了通晓世务的年龄，这样想想，那样想想，不由得又重新想起早年丧母的悲哀，不胜忧伤悼惜。至于源氏，此心一经表露，闷在肚里十分痛苦，但又不得不顾虑他人耳目，一个字也不敢提起，只能在自己心中悲伤。他经常前去探望玉鬘，每逢女侍不在身旁而四周无人之时，便向玉鬘表示爱慕之情。这时玉鬘心中虽然恼恨，但是并不断然拒绝，使他难堪。她只装作不懂的模样，巧妙应付。玉鬘生来笑容可掬，亲切和蔼。所以虽然性格非常谨慎，却有娇艳可爱之相。因此兵部卿亲王等诚心地向她求婚。亲王为她牵挂，日子还未久长，却已经到了不宜嫁娶的五月[②]，因此写信向她抱怨："请务必允许我稍稍接近芳容，当面诉说，聊以慰我相思。"源氏看了这信，说道："这也无妨！这种人向你求爱，乃是一件美事，切不可置之不理。应该经常写回信给他。"便想教她回信的写法。但玉鬘非常厌烦，推说今天心情不好，绝不肯写。玉鬘身边的女侍中，并没有出身高贵、才能优越的人。唯有一人，是她母亲的伯父宰相的女儿，其人略具才能，家道衰落之后沦落世间，后来被人找出来，在此当女侍，人都称她为宰相君。这宰相君有一手好字，人品也大致不错，所以一向有需要时，总是由她代笔。这时源氏便叫这宰相君前来，亲自口授，让她代写回信。他之所以如此，是想看看兵部卿亲王与玉鬘谈情的样子。玉鬘本人呢，自从遭逢了那件不快之事，再收到兵部卿亲王等人的情书时，也多少用心看一看。但并非真心相爱，只是为了设法摆脱那种不快的缠绕，才采取这样的态度。

源氏闲极无聊，便自作主张，想等兵部卿亲王来访，以便偷看两人之间的情状——这种勾当兵部卿亲王全然不知。他收到了玉鬘的好意的回信，如获至宝，马上秘密地前来拜访。边门的房间里铺着客人坐的蒲团，蒲团前面摆放着一个帷屏，主客相隔很近。源氏预先安排布置，在室中藏匿香炉，使空中弥漫着馥郁香气。如此精心设计，并非出于父母对儿女之爱，而是无聊之人的过分行为。但毕竟也要花费不少心思。宰相君出来代小姐应答客人，但一句话也回答不出，只是害羞地坐着。源氏拧了她一把，说："不要这样畏缩呀！"她更觉得狼狈了。

已过傍晚时分，天光暗淡下来，只见兵部卿亲王一派斯文地坐着，神情异常高雅。内室中的香气随风而来，其间混着源氏的衣香，气味愈发芬芳动人。兵部卿亲王猜想玉鬘的容貌一定比他想象中更美，爱慕之心更加炽烈。他坦率地向宰相君陈述他对小姐的爱慕之情，句句入情入理，落落大方，完全不是冒失的急色儿的口吻，其神态亦自与众不同。源

① 本回接前回，写源氏三十六岁五月的事。

② 按当时风俗，五月不宜结婚。

氏在旁偷听，很觉有趣。玉鬘幽闭在东面的房间里，横卧在床。宰相君膝行而入，向她传达亲王的致意。源氏让她转告小姐："这种招待，未免太沉闷了。万事要随机应变，才能不失体面。你已不是一个无知无识的小孩。对于像这位亲王的爱慕者，不必如此远而避之，只管叫女侍传言。纵使你不肯亲口答话，至少也要再和他接近些。"他再三劝导她，但是玉鬘很不乐意。她想：源氏或许将以劝导为借口而闯进我房里来，反正一样都是惹人厌烦的。于是她就悄悄地溜出房间，来到正屋和厢房之间的帷屏旁边，俯伏在那里。

兵部卿亲王说了一大番话，但玉鬘一言不答，心中忐忑不安。这时源氏走到她身边，把帷屏上的一条垂布掀起。这时周围忽然一片明亮。玉鬘以为把蜡烛拿出来了，大吃一惊。原来源氏这天傍晚用纸包了许多萤火虫，藏在身边，一直不使光线透露出来。这时他装作整理帷屏，突然把萤火虫放出，因此周围忽然大放光明。玉鬘烦恼之极，急忙用扇子遮住面孔，那侧影异常优美。源氏玩这种把戏，有这样一个用意：突然大放光明，兵部卿亲王便可看见玉鬘的容貌。兵部卿亲王之所以如此热烈地求爱，只是因为她是源氏的女儿，却一定不曾料到她的容貌如此十全其美。现在让他看看，好教这个急色儿烦恼。他这般布置[①]，如果玉鬘真是他的亲生女儿，想必他一定不会如此胡闹，他这心思实在太无聊了。他放出萤火虫之后，便从另一扇门中溜出，自回本邸去了。

兵部卿亲王以为玉鬘所在的地方较远，但从各人的行动上推测，比他所预料的要近一些，心中不免激动。他自那珍贵的绫罗帷屏的缝隙中向内窥探时，看见相隔不过一个房间的距离。被那意想不到的荧光一照，更使他来了兴致。不久萤火虫被陆续收拾走了，但这一刹那间的微光，在兵部卿亲王心头刻下了一个美丽的印象。虽然只是隐约得见，但玉鬘那苗条婀娜的横陈之姿极为美丽，让他觉得百看不厌。正如源氏所料，玉鬘的美色已深深地植入兵部卿亲王心中了。亲王便赠诗道：

"流萤无声息，情火亦高烧。
纵尔思消灭，荧荧不肯消。

不知我心能否蒙你体谅？"在这种情况下，如果反复考虑，迟迟不答，有失体统。应该迅速做出反应。因此，玉鬘马上答道：

"流萤虽不叫，只见火焦身。
却比多言者，含情更苦辛。"

她草草地和诗一首，让宰相君传言，自己便转回内室了。兵部卿亲王因为玉鬘对他过于冷淡，心中不免怨恨，又诉了许多心事。但若是逗留太久，似乎太好色了，便在天色未明、檐前雨珠淋漓之时，不顾襟袖濡湿，告辞离去。

玉鬘的女侍都称赞兵部卿亲王仪容优美，说他很像源氏太政大臣。她们不知道源氏的用意，都说他昨夜照顾周到，正如母亲一样，其深情厚谊，甚可感激。玉鬘见源氏如此不畏烦劳，心想："都是我自己命苦。如果亲生父亲找到了我，我成了世间一个普通的儿女，

① 后文因此而称这亲王为萤兵部卿亲王。

萤火虫的恶作剧　歌川丰国　源氏香之图·萤　江户时代（约1844—1847年）

源氏在兵部卿亲王拜访玉鬘时，突然放出萤火虫，兵部卿亲王窥见到了玉鬘的容貌。图为窘迫的玉鬘忙以袖遮面的情景。在平安时代，女子未结婚前，男子是看不到容貌的。源氏此举如同游戏，其实是想挑起兵部卿亲王对玉鬘的爱慕和沉迷。

那时我再来领受源氏太政大臣的爱情，有何不可呢？只因我的身世与常人不同，就不得不考虑世人的讥评。”她昼夜思虑，不胜烦恼。源氏其实也不肯胡行乱为，让她感到委屈。他只是一向有此癖好，对于秋好皇后，也不见得全然是纯洁的父爱。一有机会，不良之心就会萌动起来。只因皇后身份尊贵，凛然不可侵犯，所以他不敢公然表露，只在心中苦恼。至于这个玉鬘，性情温和可亲，模样又很时髦，他的爱慕之情自然不易抑制。有时不免对她做一些让人见了生疑的举动。幸而马上后悔，终于保住了纯洁的关系。

端午那天，源氏到六条院东北的马场殿去，顺便到西厅探视玉鬘，对她说道："怎么样？那天晚上亲王到夜深才回去吗？你对他不可过分亲近，因为他脾气很坏。世间的男子，大多会轻举妄动，惹得对方伤心呢。”他时而劝她亲近，时而又劝她疏远。神情既活泼又潇洒。他身着一件金碧辉煌的袍子，随意不拘地罩着一件常礼服，不知从哪里来的一种清丽气息，令人不相信这是俗世织染出来的衣服。他衣服上的花纹，与平时并无两样，但今日看来格外别致，飘来的衣香也分外芬芳。玉鬘想道：如果没有那种可恨之事，这人是多么可爱啊！正在这时，兵部卿亲王派人送来一封信。这信写在白色薄纸上，笔迹十分潇洒：

“菖蒲逢午节，隐没在溪滨。
寂寞无人采，根端放泣声。”

信系在一段菖蒲根上，这根非常长，让人印象深刻。源氏对玉鬘说："今天这封信你应该作答。”说完就出去了。众女侍也都劝她回信。玉鬘大概亦有此意，便答诗云：

“菖根溪底泣，深浅未分明。
一旦离泥出，原来不甚深。”

这首诗用淡墨写成，口吻颇为稚气。兵部卿亲王看了答诗，心想：应写得更有风情些才好。他那爱慕之心略觉美中不足。这一天，各处送给玉鬘许多香荷包，式样都极美丽。玉鬘往日沉沦的痛苦，现已全无踪迹。她的生活正欣欣向荣，坐享厚福。她怎能不生出这样的愿望：但愿太政大臣切勿萌生异志，免得我受人毁伤。

这一天源氏去拜访东院的花散里，对她说道："今天近卫府官员在马场练习骑射[①]，夕雾中将可能顺便带几个男子到此拜访。你要早做准备，他们白天就要来。真奇怪，这里的事虽然绝不铺张，这些亲王们却总会知道，都要来拜访，事情自然就闹大了。你要小心留意才是。”马场殿离此处不远，从廊上就可以看得见。源氏对女侍们说："姑娘们啊，把廊房的门户打开，大家在这里欣赏骑射竞赛吧。今天左近卫府有许多漂亮的官员要来，容貌并不比寻常的殿上人差呢。”青年女侍们便兴致勃勃地等候他们的到来。玉鬘那边也有女童到此欣赏。廊房门口挂起绿油油的帘子，又摆设许多新式的染成上淡下浓颜色的帷屏。女童和女仆们往来不绝，身着蓝面深红里子的衫子。那些外罩紫红色薄绸汗衫的女童，大概是玉鬘身边的人，共有四人，都很聪明伶俐。女仆们身着上淡下浓的紫色面

① 中古制，五月初五在左近卫府练习骑射，初六日在右近卫府练习。

淡紫里的夏衣和暗红面蓝里的中国服，都是适宜端午节的打扮。花散里这边的女侍，都穿深红色夹衫，上罩红面蓝里的汗衫，态度十分稳重。各人竞赛新装，煞是好看。那些年轻的殿上人都注视着她们。

源氏太政大臣于未时来到马场殿，诸亲王都已到齐。这次骑射竞赛，方式与朝廷平日不同，近卫府里的中将、少将等都来参与。竞赛的规则很新鲜，大家愉快地玩了一天。女子们对于骑射之事，素无所知。但她们看见皇族的近侍们打扮得鲜艳夺目，拼命地争夺竞赛，大感兴趣。这马场很宽广，一直通到紫姬居住的南院，那里的青年女侍也都出来欣赏骑射。竞赛之时，乐队奏《打球乐》及《纳苏利》①。一决胜负时，打钟击鼓。直至天黑，什么都看不见了，比赛方始结束。近侍们各按等级领取奖品。到了夜色深沉之时，众人方始散去。

这天晚上，源氏住在花散里处，与她闲谈。他对她说："我觉得兵部卿亲王比别人更优越呢。容貌虽不十分出色，但性情态度都极高雅，是个风流公子。你以前看见过他吗？大家对他极口称赞，但也略有美中不足。"花散里答道："他是你的弟弟，但看模样似乎比你大一些。听说近来他经常到这里来，很是亲睦。我很久以前在宫中曾见过一面，之后长久没见他。我看他的容貌似乎比从前漂亮得多了。他的弟弟帅亲王②也挺漂亮，但人品不及他优秀，倒像个国王的模样。"源氏听了她的话，觉得这个人的眼力真准，一看便知好歹。但他只是微笑，不再做其他评论。

他以为议论他人的缺陷，是无知之人的妄谈。所以，对于受世人称赞的髭黑大将，他虽然觉得此人做他的女婿还不够，但绝不宣之于口。他和花散里，现在只是一般的亲睦，晚上也分铺而睡。怎么会弄得这样疏远呢？他为此颇觉痛苦。原来花散里为人谦和，从来不多作抱怨。近年来的春秋游宴，她一概都不参与，只从别人口中听闻当时情状。所以今天难得在这里举行宏大集会，在她觉得是这院子的无上光荣。这时她吟诗道：

"我似菖蒲草，稚驹不要尝。③
欣逢佳节日，出谷见阳光。"

吟时音调委婉动听。这诗虽无什么特别之处，源氏却觉得可怜可爱，便唱和道：

"君似菖蒲草，我身是水菰。
溪边常并茂，永不别菖蒲。"

这两首诗都是发自肺腑之言。源氏与花散里说笑："我和你虽然不常相见，不共枕席，但如此叙谈，反而觉得心安理得呢。"原来花散里为人随和，源氏尽可以对她倾诉

①《打球乐》是唐乐，《纳苏利》是高丽乐，皆为雅乐。
②兵部卿亲王以前曾被称帅皇子。这个帅亲王是他的弟弟，是另一人。
③古歌："菖蒲香美人皆采，怪哉稚驹不要尝。"可见《后撰集》。花散里以菖蒲自比。

衷曲。她把自己的寝台让给源氏，自己睡在帷屏之外。她早就断了情欲之念，以为自己是不配和源氏共寝的，源氏也不勉强她。

今年的梅雨比往年更密，连日不曾放晴，六条院里的女眷们寂寞无聊，只好每日赏玩图画故事。明石姬向来擅长此道，自己画了不少，送到紫姬那里给小女公子玩赏。玉鬘生长乡间，见闻不广，看了更加觉得稀罕，一天到晚忙着品读及描绘。这里许多青年女侍都粗通画道。玉鬘看了许多书，其中描写了各种命运奇特的女人，是真是假虽不得而知，但像她自己那样命苦的人，一个也没有。她想象那个住吉姬[①]必然是个绝色美人。故事中所传述的，是一个特别优秀的人物。这人险些儿被那个主计头娶了去，这使她联想起筑紫那个可恶的大夫监，而把自己比作住吉姬。

源氏时而到这里，时而到那里，只见到处都散置着这种图画故事书，有一次对玉鬘说："啊呀，真让人厌烦啊！你们这些女人，不怕烦劳，都是专为受人欺骗而生的。这些故事之中，真实的少之又少。你们明知是假，却费心钻研，甘愿受骗。值此梅雨时节，头发乱了也不管，只管一心埋头作画。"说罢大笑起来。既而又改变了想法，继续说道："但这也怪你不得。不看这些故事小说，这沉闷的日子更加无法排遣。而且这些伪造的故事，亦颇有富于情致、委婉曲折的地方，仿佛真有其事似的。所以明知是无稽之谈，却也不由得你不动心。比如看到那可怜的住吉姬的忧愁，便不免真心地同情她。还有一种故事，读时觉得荒诞不经，但因夸张得厉害，让人心惊目眩。之后再冷静地回想，觉得真是岂有此理，但阅读之时，却感到兴致勃勃。最近我那边的女侍常把这些古代故事念给那小姑娘听。我在一旁听着，觉得世间确有善于讲故事的人。我想这些都是惯于说谎的人信口开河，但也或许不是这样吧。"玉鬘答道："是呀，像你这样善于说谎的人，才会有各种各样的解释；像我这种老实人，一向都信以为真呢。"说着，把砚台推到一旁。源氏说："那我这真是瞎评故事小说了。其实，这些故事小说中，也有记述着神代[②]以来世间真实故事的。像《日本纪》[③]等书，不过只是其中一小部分。那里面详细记录着世间许多重要的事情呢。"说着笑起来。

然后又说："原来的故事小说，并非如实记载某一人的事迹，但无论善恶，都是真人真事。观之不足，听之不足，觉得这种事迹不能幽闭在一人心中，必须传诸后世，于是执笔写作。欲写一好人时，专选他所做的善事，突出善的一方；在写恶人时，又专选稀世少见的恶事，使两者相互对比。这些都是真实的事，并非世外之谈；中国小说与日本小说有所不同。同是日本小说，古代与现代也不相同，内容深浅各有差异。一

---

①《住吉物语》是古代故事。其大意是，某中纳言有三个女儿，其中一人，即住吉姬，已许配内大臣之子。但继母虐待她，想擅自把她嫁给一个名叫主计头的七十岁老翁。此女幸而逃脱，投奔住吉地方的一个尼姑。后来终于大团圆。当时的古本今已不传，现存者是后人仿作。

② 神代，是神武天皇以前的神话时代。

③《日本纪》，是从神代到持统天皇时代的汉文历史，凡三十卷。

女子与图画故事　佚名　奈良绘本·竹取物语　平安时代

对于玉鬘消遣观看图画故事，源氏认为这些故事虽也富于情味，但真实的很少。而女子却热衷于钻研这些故事，可见女子“都是专为受人欺骗而生的”。这话不无调侃，但也略约概括了平安时代女子的宿命。图为《源氏物语》之前就已存在的物语故事《竹取物语》绘本。

概斥之为空言，也不太符合事实。佛怀慈悲之心而说的教义之中，也有所谓的方便之道。愚昧之人看见两处说法不同，心中疑惑便生。须知《方等经》[1]中，这种方便说教的例子很多。归根究底，发自同一旨趣。菩提[2]与苦恼的差别，犹如小说中好人与恶人的差别。所以无论何事，从善的一面来说，想必都不是空洞无益的吧。”他大大称赞小说的功能，接着又说：“这种古代故事之中，有没有描写像我这样老实的痴心人的故事？再者，故事中所描写的孤僻的少女之中，也没有像你这样冷酷无情、故作不知的人吧？好，不如让我来写一部前所未有的小说，使之传于后世吧。”说着，凑到玉鬘身边去。玉鬘低头不理，后来答道：“纵使不写小说，这种古来少有的事情也已经传遍世间了。”源氏说：“你也以为这是古来少有吗？你的态度也是世间罕见的呢。”说着，他把身子靠

①《方等经》，即《大乘经》。

② 菩提，是佛教用语，意思是觉悟。

在墙上，神情极其潇洒，吟诗道：

“愁极苦心寻往事，
背亲之女古来无。

子女不孝父母，在佛法上也是严厉警戒的。”玉鬘只管默默不语。源氏抚摸着她的头发，极力向她诉说心中怨恨。玉鬘勉强答道：

“我亦频频寻往事，
亲心如此古来无。”

源氏听了这答诗，心中倒觉有几分可耻，就不再过分粗暴。这种情状，不知将来怎样才能了结。

紫姬以小女公子爱好为借口，也恋恋不舍地贪看故事小说。她看了《狛野物语》[①]的画卷，称赞道："这些画画得真好啊！"她看到其中有一个小姑娘无心无思地侍寝，便想起自己小时的情况。源氏对她说道："这般小小年纪，便已懂得成人的恋情。可见像我这样耐心等待，是一般人做不到的，可以当作模范了。"的确，源氏在恋爱上的丰富经验，鲜有能及。他又说："在小女孩面前，不要阅读这种色情故事。对于故事中那些偷情的女子，她虽然不会感兴趣，但她见了还以为这种事情是世间常有，觉得无关紧要，那就不得了了啊！"如此关怀周到的话，要是被玉鬘听到了，一定觉得亲生女儿毕竟不同，因而自伤命薄吧。

紫姬说："故事中描写的那些浅薄女子，一味模仿别人，让人看了可厌可笑。唯有《空穗物语》[②]中藤原君的女儿，为人稳重直率，没有犯下过失。但其人过分认真，言行坦率，不像女子模样，也未免太偏执了。"源氏答道："不但小说中如此，如今世上也有这样的人。这些女子自以为是，处处与人不同，难道她不知道随机应变吗？人品高尚的父母悉心教养出来的女儿，只有一个天真烂漫的性格，此外处处皆不如人，旁人不免要怀疑她的家庭教育，连她的父母也一并看不起，实在遗憾。反之，女儿行事像模像样，符合她的身份，则父母面上亦有光彩。又有些女子，小时被别人极口赞誉，而成人之后所做之事，所说之言，全无可取，这便更不足道了。所以切切不可让没见识的人称赞你的女儿。"他多方设想，只希望小女公子以后不受人非难。记述继母虐待儿女的古代故事，也多得很。描写继母的狠心，让人看了不快，也不宜教小女公子读。源氏选择故事非常严格，选定之后，让人抄写清楚，又加上插图。

源氏不许夕雾中将走近紫姬房间。小女公子的住处，却并不禁止他去。因为他想：我在世之时，无论如何，都无问题；但我死之后，如果兄妹二人早就熟识，相互了解，感情会特别好些。因此他允许夕雾走进小女公子住所的帘内，却不许他走进紫姬房间旁

①《狛野物语》，是当时的故事小说，今已失传。

②《空穗物语》，又名《宇津保物语》，作者不详。其中有描写藤原君的十四个女儿择婿的内容。

贵族娱乐之阅读——物语与绘卷

平安时代的物语文学除了文中提到的几种物语外，还有本书《源氏物语》，以及《伊势物语》《竹取物语》《平家物语》等作品。而绘卷，就是以故事连环画的形式对物语的情节进行的解说，多为贵族女子们闲暇所绘，如本回明石姬、玉鬘、紫姬那样自画自赏，成为贵族娱乐的一种。

《源氏物语绘卷》

构思别致奇巧，描绘景物精确细致，层次分明，线条刚柔相济，色泽明快典雅，人物形象多样化，其画面富有诗情画意。因其出众的绘画风格，被称为“女绘”。

《伊势物语绘卷》

忠实地再现了物语中王朝贵族潇洒的恋爱故事，优雅的色与线，充溢着丰富的抒情之美。

《竹取物语绘卷》

最早的《竹取物语绘卷》已经散佚，现存的绘卷多是17世纪后制作的，但仍保持了古代绘卷华丽细密的风格，构成一幅幅颇具幽玄、幻想的画卷。

《平家物语绘卷》

画面追求场景动的变化和场面的壮伟，具现了众多披坚执锐、跃马横枪的英雄人物，颇具震撼力。

边女侍们居住的下房中。他膝下子女不多，对夕雾关怀一直也颇深切。夕雾心地厚道，态度诚实，源氏大臣非常信任他。小女公子年仅八岁，还是喜欢玩弄玩偶的年纪。夕雾看到她那副模样，马上想起当年和云居雁一起玩时的情景，便在一旁热心地帮她搭玩偶的房间，但有时亦不免心情沮丧。他遇到年貌相当的女子，也说些调情的话，但绝不使对方认真。有些女子虽全无缺陷，颇让人称心如意，但他也努力自制，终于只是逢场作戏而已。他心中怀着一大希望，就是早日脱掉这件受人轻视的绿袍，升官晋爵，以便与云居雁成婚。如果他强欲成亲，纠缠不休，内大臣一定会让步，把女儿嫁给他。但他每次深感痛心时，总是下定决心：一定要让内大臣先自后悔，向他认错。这决心他永远记在心中。所以尽管他对云居雁一直不断地表示爱慕，但对外人绝不露出半点焦灼模样。因此云居雁的兄长柏木等人觉得夕雾的态度过于冷淡。柏木右中将贪恋玉鬘的美貌，但除了那个小女侍见子，没有人帮他设法，便向夕雾诉苦。夕雾冷冷地答道："别人的事，我从不放在心上。"①这两人的关系，正像两人的父亲年轻时一样。

内大臣的姬妾众多，亦有不少儿子，都已按照其生母的出身及本人的人品，授予相应的地位和权势，使之各得其所。但女儿不多，长女弘徽殿女御想登皇后之位，终未成功；次女云居雁入宫之事，也事与愿违，内大臣深引为憾。因此当日夕颜所生的女儿，他始终不曾忘记，每逢机会，总要提起这个孩子。他想："这个人不知怎样了！那么可爱的一个女儿，跟了那个水性杨花的母亲，弄得如今下落不明。可见对于女子，切切不可放松警惕。我深怕此人不知轻重，对人说出是我的女儿，却过着下贱的生活。不管怎样，但愿她早日来找我才好。"他一直挂念在心。又对家中诸公子说："你们若是听到有自称是我女儿的人，务须留意。我年轻时，任性而为，做下了许多不应该的事。其中有一女子，与众不同，实非庸碌之人。只因一念之差，离我而去，至今不知去向。我家中女儿本就不多，现在连她所生的那个也失去了，真是可惜。"他经常说起这些话。当然有时也完全忘记。但每逢看见别人为女儿多方操心之时，便想起自己不能称心如意，不胜悲伤烦恼。有一次他做了一个梦，请来最高明的详梦人来参详，那人说道："恐怕有一位少爷或小姐，多年来被大人遗忘，已为他人螟蛉，不久将有消息。"内大臣说："女子成为他人螟蛉，向来少有。不知究竟是怎样了。"这时他又想起玉鬘这孩子，口中常常提起。

① 因柏木不帮助他，夕雾才这样说。

第二十六回　常夏[1]

六月中的一天，天气炎热，源氏在六条院东边的钓殿中纳凉。夕雾中将在一旁伺候。许多亲信的殿上人也在旁边服侍，当场调制了桂川呈进的鲇鱼和贺茂川产的鳅鱼。内大臣家的几位公子前来拜访夕雾。源氏说："正觉得寂寞，想打瞌睡，你们来得正好。"便请他们喝酒，饮冰水，吃凉水泡饭，热闹非常。凉风袭人，十分快适，但天空赤日炎炎，竟无一丝儿云彩。夕阳西斜之时，蝉声聒噪，不胜苦热。源氏说："这种暑天，在水上也不觉凉爽。恕我无礼了。"便躺了下去。又说："这种时候，对管弦也没兴致。日长无事，又很苦闷。在宫中供职的年轻人，带也不能解，纽也不能松，真有些儿难受呢。我们这里无拘无束，多么自在，你们且把最近的时事和令人精神一振的奇闻讲一些给我听听吧。我不知不觉已变成了一个老翁，对世事全然不知了。"但那些年轻人一时也想不出什么新奇的事件来，大家毕恭毕敬地靠在栏杆上，沉默不语。

源氏问内大臣的儿子弁少将："我忘记是从哪里听来的，总之，有人告诉我说，你家内大臣最近找到一个外边妇人所生的女儿，正在用心教养她。真有这事吗？"弁少将答道："有的，不过不像外间传说的那么夸张。今春父亲曾做过一个梦，叫人来参详。有一个女子听到这件事，自己前来投靠，说她正是其人。我哥哥柏木中将听说之后，便去调查，到底是真是假，有没有真凭实据。详细情况我不能知道。近来世人都把这件事当作一件奇闻传述。这种事情，对我父亲说来，自然是家庭的一点瑕疵。"源氏听了，知道确有其事，便接着说："你父亲有这么多子女，还要费心去寻找这只离群之雁，也太贪心了。我家子女稀少，很想找到这样的人，大概其人不屑来投靠我吧，竟一点消息也没有。依我看，既然前来投靠，总不会是全无关系的。你父亲年轻时，到处乱钻，不择高下，正如月亮映在不清澈的水里，怎能不模糊呢？"说时带着一丝微笑。夕雾心知内大臣最近找到的女儿近江君品貌不佳，所以父亲用这比喻来讥评。他一向严肃，这时亦不免失笑。弁少将和他的弟弟藤侍从有些尴尬。源氏又与夕雾开玩笑："夕雾啊，不如由你来拾了这一张落叶吧。与其被人拒绝，让世人取笑，还不如折了这同根之枝，聊以自慰，又有何不可？"

原来源氏和内大臣表面上虽然和睦，但为了情事，往昔就常赌气。最近内大臣不肯把云居雁嫁给夕雾，令夕雾大受委屈，以致伤心失意，源氏心中难忍，因而说出这种讽刺的话来，希望传入内大臣耳中，让他也受点气。源氏听说内大臣找到一个女儿后，想道："要是把玉鬘给他看，他见她容貌如此美丽，一定很怜爱。内大臣为人直爽善断，善恶褒贬丝毫不苟，性情迥异常人，如果他知道我将玉鬘藏了起来，一定极为恨我。但若不预先告诉他，只管把玉鬘送去，他见她容貌美丽，自然不会轻视，一定郑重地教养她。"这时晚风吹来，十分凉快，青年公子们都不舍得回去。源氏说："跟你们在这里一起纳凉，真舒服啊！但只怕我这把年纪，夹在中间要被你们厌烦的。"说着，便走到玉鬘那边去。青年们都起来相送。

---

① 本回接续前回，写源氏三十六岁六月的事。

消夏闲聊

葛饰北斋　诗歌写真镜

江户时代（18世纪）

源氏与内大臣家的几位公子消夏闲聊，谈及其父寻找到一位在外的女儿，不无嘲讽地说他们的父亲年轻时到处乱钻，才导致出现一位品貌不佳的女儿来。图为平安时代的贵族们夏夜观景闲聊的情景。

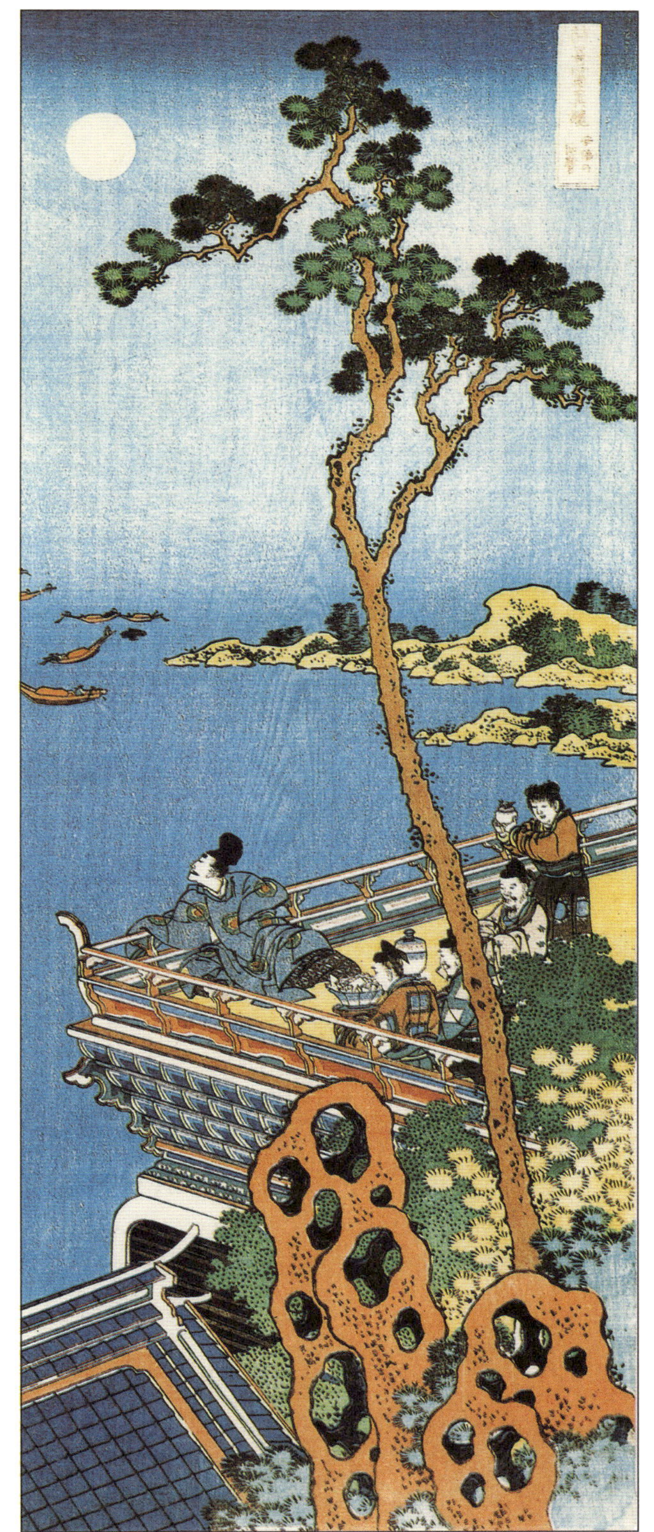

黄昏时分，室中幽暗，只见女侍们穿着便衣，面目难以分辨。源氏叫玉鬘："稍稍向外坐些。"低声说道："弁少将和藤侍从跟着我来了。他们早就恨不得飞了过来，但夕雾中将太老实，一直不肯带他们来，也太不体谅人了。这些人都十分爱慕你呢！纵使普通人家的女子，养在深闺之时，按其身份高下，也自会为各种各样的人所爱慕。何况我们这样的人家，内部虽然乱七八糟，外面看来却比实际体面得多。我家已有许多女子，但都不是他们可爱慕的人。自从你来了，我在寂寞无聊之时，常想看看这些爱慕者用心的深浅。现在果然如我所愿了。"说的声音很轻。

庭前种着许多抚子花①，既有中国品种，也有日本品种，色彩搭配得很调和。许多花傍

① 抚子花，是比喻玉鬘。

着雅致的篱垣，在夕阳的照耀之中，景色实在美丽。跟源氏到此的诸公子走近观赏，因不能随意折取，心中很不满足，彷徨不忍离去。源氏对玉鬘说："你看他们都是聪明俊秀的年轻人，各有各的优点，特别是柏木右中将，态度更是沉稳，人品十分高雅。他后来对你怎样？有信来么，你不可一概置之不理，令他伤心。"夕雾中将在众人之中，也特别突出。源氏说："内大臣不喜夕雾，实在令我意外。他大概是希望皇族保持纯粹的血统，不愿让源氏家族的血混进去，这才拒绝他吧？"玉鬘说："那妹妹本人大概是盼望'亲王早光临'[①]的吧。"源氏说："不，他们并不希望'请来做东床，肴馔何所有'[②]那样的殷勤招待，只是破坏两个年轻人的美梦，将他们永远隔绝，内大臣的心太残忍了。如果嫌夕雾官位太低，有伤体面，那么只要假作不知二人之事，将女儿的亲事托付给我，我总不会使他怀有后患的。"说罢长叹一声。玉鬘这才知道源氏与内大臣之间有隔阂。如此一来，她什么时候才能与亲生父亲相见，实不可知，为此心中不胜悲伤。

月亮尚未升起，女侍们点起灯笼。源氏说："靠近灯笼，觉得太热，还不如点篝火起来。"便吩咐女侍："拿一些篝火到这边来。"室内放着一张优美的和琴，源氏取过来弹奏一下，弦音十分清脆，音色也很动听，便弹了一会儿，对玉鬘说："你不喜欢音乐吗？我见你一向不在意它。凉月当空的秋夜，坐在窗前，合着虫声而弹奏和琴，声音亲切而高雅，非常可爱呢。和琴虽然规模不大，构造也很简单，但这种乐器能奏出其他许多乐器的音色与调子，正是独到的长处。世人称之为和琴，视为微不足道之物，其实它具有无限深幽的趣味。我想，这乐器大约是为了不懂外国乐器的女子而造的吧。你如果要学音乐，最好专心练习和琴，再合着其他乐器练习弹奏。它的弹奏技法，虽然并不特别深奥，但真要弹得好，也并不是一件容易的事。在当代，和琴的弹奏无人比得上内大臣。同是简单平凡的清弹[③]，手法高明的人弹来，自能体现各种乐器的音色，美不胜收。"玉鬘也曾学过一点儿和琴，如今听了源氏之言，颇想再图上进，学习之心更迫切了，便问："院内举行管弦会时，我也可以去听听吗？山野乡民之中，学和琴的人也不少，人人都以为这乐器简单，容易学会。原来名家弹奏时，如此高深美妙。"她那态度非常热情，表现出十分羡慕的模样。源氏说："这个自然。听到和琴这个词，只觉是乡村田舍中的低级乐器。其实御前管弦演奏时，首先宣召的便是掌管和琴的书司女官。外国的情形，我不得而知，在日本国，当以和琴为乐器的始祖。如果能向和琴名家中最高明的内大臣学习，自然特别容易学好。今后如遇到适当的机会，他也会到这里来。但要他不惜妙技，将其秘技尽行表演，却是一件困难的事。无论何种技艺，精通此道之人，总不肯轻易传授秘诀。但你以后总有机会听到。"说罢，便取过琴来，弹奏了一个片段，非常新颖而华美。玉鬘听了，想象内大臣弹的一定更好，思亲之心愈发深切。和琴之事，也使她更为苦恼：不知哪一天能蒙父亲亲切地弹给我听呢？

①② 催马乐《我家》全文："我家翠幕张，布置好洞房。亲王早光临，请来做东床。肴馔何所有？此事费思量。鲍鱼与蝾螺，还是海胆羹？"

③ 清弹，是和琴手法的一种。

和琴弹奏　歌川丰国　源氏香之图·松风　江户时代（约1844—1847年）

源氏向玉鬘推荐学习弹奏和琴，并称在日本以和琴为乐器之始祖。和琴虽然构造简单，然而具备其他许多乐器的音色与调子，有其独特的长处。图为当年源氏流放须磨时与明石姬弹奏和琴的情景。

源氏合着和琴吟唱催马乐："莎草生在贯川边，做个枕头软如绵。"①声音温柔清雅。唱到"郎君失却父母欢"时，脸上露出微笑。这时自然而然地奏出清弹，音色美不可言。唱罢，他对玉鬘说道："来，你不妨也弹奏一曲吧。要提高技艺，必须在人前不怕羞耻，才能进步。《想夫怜》一曲，因为曲名不便明言，也有人为了练习把曲调记在心中，暗中弹奏。至于其他乐曲，更无须顾虑，与任何人都合奏，才容易进步。"他恳切地加以劝告。

玉鬘在筑紫时，曾由一位自称是京都某亲王家出身的老妇人教授和琴，她担心教的有误，所以不肯弹奏。她希望源氏再弹几曲，好让她学习，一时心切，不觉将身子靠了过去，同时说道："有什么风来帮助你，才使琴音如此优美！"便倾耳细听，映着那篝火，姿态十分艳丽。源氏笑着说："为了你这耳聪目明的人，才有沁人肺腑的风来帮忙呀。"说着，便把琴推开。玉鬘心甚不快。这时众女侍在旁边，源氏不便调戏她，便转过话头："这些年轻人没有看够抚子花，就回去了。我总有一天也要请内大臣来看看这个花园。人世真是无常啊！二十年前有一个雨夜，内大臣在谈话中提到你，那情景竟像仍在眼前呢！"便把当时情景大概告诉她。感慨之余，吟诗云：

---

① 催马乐《贯川》全文："（女唱）莎草生在贯川边，做个枕头软如绵。郎君失却父母欢，没有一夜好安眠。（女唱）郎君失却父母欢，为此分外可爱怜。（男唱）姐姐把我如此爱，我心感激不可言。明天我上矢矧市，一定替你买双鞋。（女唱）你倘买鞋给我穿，要买绸面狭底鞋。穿上鞋子着好衣，走上官路迎郎来。"

“见此鲜妍新抚子，
有人探本访篱根。①

他若问起你的母亲，我实在难以答复。因此把你幽闭在这里，真是委屈你了。”玉鬘嘤嘤哭泣，答道：

“抚子托根山家畔，
何人探本访荒篱？”

吟时不胜依恋，而神态生动，让人顿生怜爱。源氏吟唱古歌：“若非到此地……”以此安慰玉鬘。他觉得此人愈发可爱，对她的恋慕，也更难忍受。

源氏来探访玉鬘的次数太频繁了，担心引起外人讥评。他心中有愧，只得暂时收敛。但这期间也不断想出各种理由，和她通信。这一件事日日夜夜挂在他的心头。他想：“我何必如此无聊，自寻烦恼呢？要想免除苦恼，任意行事，只有索性娶了她，那时世人必笑我轻薄。在我咎由自取，在她却大受冤枉。我对她虽有无限深情，但绝不想让她和紫姬并肩，这一点我自己明明知道。那么，教她和妾室同列，对她有什么好处呢？我自己固然身份贵重，异乎常人；但让她嫁给我，在众多妻妾中忝列末席，于她又有何光荣呢？反不如嫁个纳言之类的小吏，倒可得到专心一意的宠爱。”他暗自思虑，觉得玉鬘身世十分可怜。因此有时他也这样想：“索性把她嫁给兵部卿亲王或髭黑大将？让她教夫家迎娶过去，离开了我，或许可使我断绝这种念头吧。这法子虽甚没趣，却可做得。”但他来到玉鬘那里，看到她的姿色，近来更有学琴的借口，又依依难舍地亲近她。

玉鬘起初厌恶源氏，后来见他态度虽然不端，行为却很稳重，觉得渐渐放心。看惯之后，对他便不十分疏远了。源氏与她说话，她有时也略带几分亲昵地回话。源氏看着，觉得异常娇美，越看愈是可爱，终于又转了念头，不肯就此罢手。他想：“还是让她住在这里，招个女婿进来。我就可随时寻找机会，悄悄和她会面，慰我寂寥，岂不更好？现在她未经人事，我向她絮烦，不免使她痛苦；招婿之后，纵使丈夫监视森严，但她已识人事，自然不会像处女时代那样。只要我真心爱她，纵使耳目众多，亦无妨碍。”如此想法，实属荒唐！他渐渐感到无法安心，左思右想，不胜苦恼。这样也不好，那样也不好，想要安心度日，实在难乎其难。两人关系之复杂，真可谓世间罕有了。

却说内大臣最近找到了那个女儿近江君，邸内上下人等对这件事都不赞许，大家看不起她。世人众口讥评。这些非议，内大臣自然都听得到。一天，弁少将在谈话中说起：“太政大臣曾经问是否真有其事。”内大臣笑道：“当然啰！他自己不是也迎来一个不知名的乡下姑娘，费尽心思地教养她吗？这位大臣一向不喜欢议论别人，对于我家之事，却特别注意，这在我倒觉得有些光荣呢。”弁少将说：“住在西厅里的那个人，听说长得非常漂亮，毫无瑕疵。兵部卿亲王等十分热心向她求婚，正在苦恼呢。大家都猜度这绝不是一个普通的美人。”内大臣说：“不见得吧！只因她是源氏太政大臣的女儿，所以大家凭空猜度，大加称赞。世人总是如此。我看不一定是个美人。如果真是美人，应该早就闻名

①“新抚子”比喻玉鬘，“有人”指内大臣，“篱根”是抚子所生之处，比喻夕颜。

于世了。这位大臣身份尊贵，无忧无虑，享尽荣华。只可惜子女太少。应该有个正妻所生的女儿，悉心教养，使她长得美玉无疵，大受世人艳羡才是。但他家没有这样的人，侧室所生的也极稀少，未免太寂寞了。明石姬生的女儿，虽然生母出身低微，但宿世福缘不浅，前程怕是很远大呢。至于你所说的那个，或许不是亲生女儿。这位大臣脾气古怪，可能会干这种勾当。”他如此贬低玉鬘。又说："不知她的亲事将怎样定夺，兵部卿亲王大约可以得手吧。他和太政大臣交情极好，人品又很优越，倒是挺门当户对的。”这时他想起女儿云居雁，觉得心中不满，希望她也能像玉鬘那样受到仰慕，让许多男子焦灼不安地猜测谁是乘龙快婿。妒羡之余，决定在夕雾官位未升之前，不将云居雁许配于他。但如果源氏张口请求，那倒亦不妨让步。无奈夕雾并不着急，内大臣甚感不快。他筹划了一会儿，突然站起身来，走向云居雁的房间。弁少将陪着他一同前往。

云居雁正在午睡。她身着一件轻罗单衫躺着，看来挺凉爽的。她的身材小巧玲珑，姿态十分可爱。肌肤晶莹如玉。一手以美妙的姿势拿着扇子，枕腕而卧。头发抛在后面，虽不太长，但末端浓艳，非常漂亮。众女侍也都躺在帷屏后休息。因此内大臣走进室内，云居雁并不知道，并未马上醒来。内大臣拍拍扇子，她才睁开眼睛，不经意地仰望父亲，神情异常可爱。羞涩之下，红晕满颊。做父亲的看了，觉得这女儿长得真漂亮啊！内大臣对她说道："我经常劝诫你，白天不可瞌睡，怎么你又这么随便地睡着了？女侍们都不在你身边，跑到哪里去了？女儿家一举一动都该小心留意，要守身如玉才行。过分放任，成了下等女子。但过分拘谨，像僧人念不动明王的陀罗尼咒或结手印[①]时一样严肃，则又惹人厌烦。对亲近之人疏远冷淡，戒备森严，看似高贵稳重，其实既不雅观，也不可爱。太政大臣正在教养他的小女公子，准备让她以后做皇后。要她通晓万事，而不专长某一种技艺，对任何事都清楚明白，养成多闻博识的品质。这方法固然恰当，但一个人生来各有所长，各自养成一种品格。这位小女公子长大以后，入宫供职之时，定然自有一种优秀品质。”后来又说："我本指望你入宫去当女御，如今看来难以如愿了。但我仍要设法使你不受世人取笑。我每逢听到人家女儿的贤愚善恶时，总是替你的前途担心。今后你对于假装热诚而来试探你的人，暂时不要理会。我自有主意。”他慈爱地说了这一番话。云居雁想起以前年幼无知，轻举妄动，惹得世人纷纷议论，而如今还是恬不知耻地与父亲见面，觉得十分悔恨，倍感羞愧。祖母许久见不到孙女，经常来信诉说怨恨。但因内大臣有言在先，云居雁也不便前往探访。

却说新来的近江君，住在邸内北厅。内大臣虽然找回了她，心中却想："怎么办呢？我接了这个人来，真是多此一举。但若因为世人讥评，再把她送回去，未免太轻率，近于儿戏了。但就此把她养在家里，又担心世人讥笑，以为这样不中用的女儿，我也妄想好好教养。这又是让人厌烦的事。想来想去，不如把她送到弘徽殿女御那里，让她在宫中做个蠢笨的宫女吧。外人说她容貌极丑，其实并不那么严重呢。”这时弘徽殿女御正归宁在家，内大臣就去探望她，对她说道："由你带了这个妹妹去吧。吩咐你的老年女侍，她若不懂规矩，就要毫不客气地教训她，千万不要让她被青年女侍们取笑。这件事

① 不动明王是佛教中的菩萨名，为密宗所供奉。陀罗尼咒是一种符咒的名称。结手印，即念咒时做的手势。

真麻烦，我考虑得太不周详了。”说着笑起来。女御答道：“哪里的话？绝不像别人所说的那样坏。只是柏木中将等人预料她是个举世无双的美人，估计太高，让她赶不上罢了。外人如此讥评，她觉得难受，因此心中有些不快吧。”这应答很有礼貌。弘徽殿女御容貌并非十全十美，但气质高雅，神态清丽，而且举止和蔼可亲。内大臣看了她那富有风韵的笑容，觉得这女儿确实与众不同，便对她说道：“总而言之，是中将年轻，照顾不够周详。”如此议论，实在委屈了这个近江君。

内大臣见过弘徽殿女御之后，便到北厅去探望近江君。走到门口，向里一看，只见帘子高卷，近江君正在和一个伶俐的青年女侍五节君打双六[①]。她焦虑地揉着手，快嘴快舌地喊：“小点子，小点子！”内大臣见了这般模样，想道：“啊呀，不成体统！”便制止了先驱的随从，悄悄地走到边门旁，从门缝里窥探。纸隔扇正好开着，可以清楚地看到室内。只见五节君也尖声尖气地叫道：“还报，还报！”摇着骰子筒，不肯马上掷出。

内大臣想：“不知道这女子在想什么。”两人的模样都很轻佻。近江君面部平坦，容貌也算得上娇美，头发光可鉴人，足见前世果报不差。只是额角生得太矮，声音异常轻浮，这就抵消了其他一切优点。她的容貌很像父亲，虽然不能一下指出相像之处，但一望可知其为父女。内大臣对镜自照，也觉得很相像，不免暗叹这真是宿世孽缘。他走进室内，对近江君说：“你在这里住得惯吗？有什么不方便的？我事务繁忙，不能常来看你。”近江君依旧快嘴快舌地答道：“我住在这里，无忧无虑，真是心满意足。只是想起多年以来，不能见到爹爹，日日思念，夜夜梦想，却不能见面。那时真好比打双六手气不好，气死我也！”内大臣说：“是啊，我身边不大有可供使唤的人，早就盼望你来，可以略为慰我寂寞。但这也不是容易办到的事情啊。一个出身普通的侍者，夹在众人当中，不管其人言行怎样，未必引人注意，倒可放心。即便这样，也还有顾虑。如果别人知道这是谁家之女，谁人之子，言行略有不端，父母兄弟便丢面子，这种事情很多。何况出身不普通的人呢——”说到这里，含糊其辞。但近江君不了解父亲的苦心，轻率地答道：“不打紧，不打紧，我什么都不计较。把我看得太重，叫我当小姐，我反而觉得拘束。我情愿替爹爹倒便壶。”内大臣听了，忍不住笑起来，说道：“这种活儿不用你做！你对难得见面的父亲如果有孝心，以后说话时声音略为缓和一些，如此我的寿命也可延长些了。”这位大臣善于说笑。近江君说：“我的舌头天生就是如此！我从小就这样，我那已故的妈妈总是叹息着告诉我：‘你出世时，妙法寺[②]那个快嘴快舌的长老走进我产房里来念经，你便随了他。’妈妈替我担心得很呢。我总得想个办法改了这毛病才好。”内大臣也替她担心，但又觉得她确有一片十分深挚的孝心，便对她说：“走进产房里来念经的长老，大概不是个好人。他有这种毛病，正是前世的报应，就像哑巴和口吃，是毁谤大乘经典的报应一样。[③]”

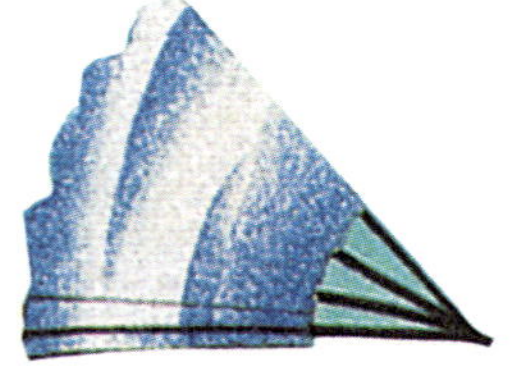

① 双六是一种室内游戏，类似下棋。二人隔棋盘对坐，每人十五个棋子，排列在自己阵内。由竹筒中掷出骰子，依点子多少而走棋子，先入敌阵者胜。

② 妙法寺，在近江国神崎郡高屋乡。今已无寺，只有妙法村。

③ 据《法华经》云：“若得为人，聋盲喑哑，谤斯经故，获罪如是。”

女子的教养　歌川丰国　源氏香之图·常夏　江户时代（约1844—1847年）

无论云居雁还是新找到的女儿近江君，其言行举止都逊色于源氏家的明石小女公子，好胜的内大臣不免苦笑。通过对明石小女公子、云居雁以及近江君的比较，可窥见平安女子言行举止必须遵守的规矩之一斑。图为近江君正与侍女玩耍一种棋类游戏双六。

内大臣本想把她交给弘徽殿女御带去，这时又觉不大妥当。他想："女御虽是我的亲生女儿，但她人品优越，令人敬佩。我把这样的一个人托付给她，有些不好意思。她一定会笑我：'父亲是怎么想的，这样古怪的一个人，也不打听清楚，就贸贸然地接了她来。'而且女御身边女侍很多，她们看到她的怪相，一定到处宣扬。"便对近江君说："女御这几天正好归宁在家，你不妨常去看看她，学学她的榜样。平庸之人，多多与人交往，学些好的习气，自然也能成器。你也应该这样去想，多和她亲近些才是。"近江君说："若能这样，我真是高兴死了！我多年以来，想方设法，一心只想大家承认我这个人。我白天也想，晚上做梦也想，此外什么事情都不能想了。爹爹许我亲近这位大姐，叫我替她汲水我也高兴。"她十分得意，说话更像鸟鸣一般了。内大臣觉得无奈，对她说道："你不必亲自汲水或拾薪[①]，也可去见女御。只求你远离你肖似的那个老和尚。"但这种幽默的讽喻，近江君全然不能理解。这位内大臣在众多同辈之中，仪容最为清秀堂皇，光彩夺人，凡夫俗子不免望而却步，但这位近江君竟不能赏识。她接着问："那么我什么时候去见女御呢？"内大臣答道："本应选个好日子。但不选也罢，何必那样张扬呢？你若想去，就在今天去吧。"说过之后就回去了。

许多四位、五位的官员恭恭敬敬地跟着内大臣，他的一举一动，都有无限威风。近江君目送父亲远去，对五节君言道："啊呀呀，我的父亲真太威风了！我是这位大人物的女儿，却生长在穷乡僻壤的小户人家里……"五节君说："内大臣太高贵了，让人不敢亲近。如果是个普通身份的父亲，接你回来，真心地怜爱你，倒反而更亲切呢。"这种想法，也有些古怪。近江君骂道："你又来和我捣鬼了，真讨厌啊！以后不许和我对嘴对舌，我可是身份高贵的人呀！"她那娇憨之相十分有趣。任性不拘，口没遮拦，倒亦自有其可爱之处，这缺陷大可原谅。只是这位小姐生长在偏僻地方，不知道言语之道。原来说话有一种技法. 纵使是一些无聊的语句，只要从容不迫、斯斯文文地说出，别人听起来自然悦耳；纵使是毫无情趣的诗歌，只要吟时声调错落，余音婉转，首句和末句唱得缠绵悱恻，那么即使未深解诗歌的意义，让人听来也能大受感动。但近江君不懂这些道理，她所说的话即使含意颇深，听起来也全无意趣。匆忙地说出来的话，只能听见生硬枯燥的声音。再加上她的乳母性情野蛮，自命不凡，她在这乳母怀中长大，态度自然很不文雅，人品不免低劣。但也并非一无所长，本末不称的三十一字短歌[②]，她就能脱口而出。

却说内大臣走后，近江君对五节君说："爹爹叫我去拜访女御，我倘拖延不去，恐怕女御生气，我今晚就去吧。爹爹把我当作举世无双的宝贝，但如果女御看不起我，我在这邸内也站不住脚呀。"可见内大臣对她不甚关怀。她先写一封信送给女御，信中写道："相处甚近，只隔疏篱[③]，似形随影，而至今未能拜访，莫非有'谁设勿来关'[④]乎？不胜遗憾。虽未拜见尊颜，但正如'不识武藏野，闻名亦可爱'[⑤]，因我二人有如同根紫

---

① 古歌："我亲自摘菜，汲水又拾薪。全赖此功德，会得法华经。"可见《拾遗集》，行基所作。

② 短歌是日本诗歌的一种体裁，原文共三十一个字母，分五句：五、七、五、七、七。

③ 古歌："思君君不觉，心苦口难言。唯有疏篱隔，从无见面缘。"可见《古今和歌集》。

④ 古歌："与尔相邻近，似影随形然。无缘相探访，谁设勿来关？"可见《后撰集》。勿来关是陆奥的名胜。

⑤ 古歌："不识武藏野，闻名亦可爱。只因生紫草，常把我心牵。"可见《古今和歌集》。武藏野地方，以产紫草著名。

源氏的乖戾性情

身为皇子权臣，才华横溢，容貌又俊美无比，号称“光华公子”的源氏在追逐美色上便常常表现出与众不同的乖戾性情来。或者甘冒大不韪，或者沉溺于悖逆的爱慕，甚至有种越是得不到的，越想得到的偏执。与他纠葛、爱怨的女子，也因此饱受其害。

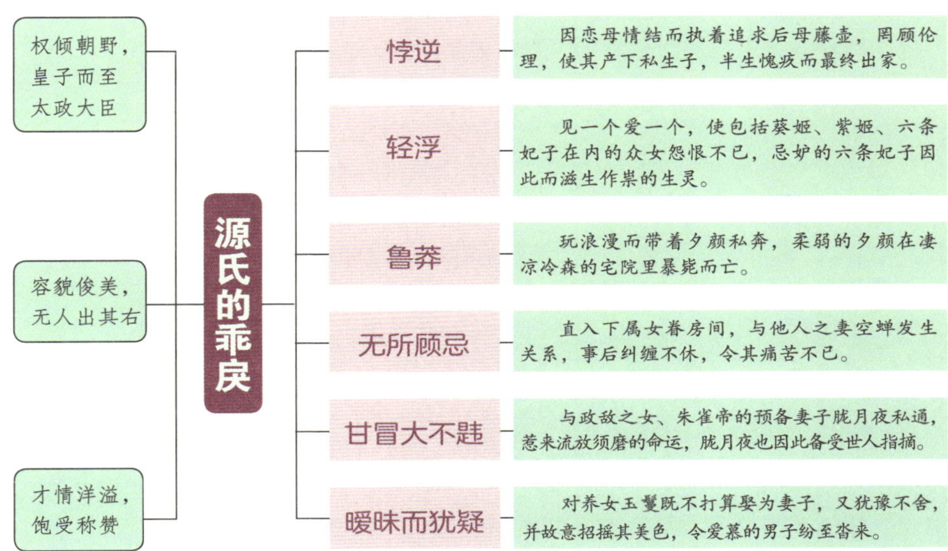

权倾朝野，皇子而至太政大臣
容貌俊美，无人出其右
才情洋溢，饱受称赞
源氏的乖戾
悖逆
因恋母情结而执着追求后母藤壶，罔顾伦理，使其产下私生子，半生愧疚而最终出家。
轻浮
见一个爱一个，使包括葵姬、紫姬、六条妃子在内的众女怨恨不已，忌妒的六条妃子因此而滋生作祟的生灵。
鲁莽
玩浪漫而带着夕颜私奔，柔弱的夕颜在凄凉冷森的宅院里暴毙而亡。
无所顾忌
直入下属女眷房间，与他人之妻空蝉发生关系，事后纠缠不休，令其痛苦不已。
甘冒大不韪
与政敌之女、朱雀帝的预备妻子胧月夜私通，惹来流放须磨的命运，胧月夜也因此备受世人指摘。
暧昧而犹疑
对养女玉鬘既不打算娶为妻子，又犹豫不舍，并故意招摇其美色，令爱慕的男子纷至沓来。

图为源氏窥视空蝉与轩端荻下棋，其后将错就错，与仅一面之缘的轩端荻发生关系。

草。以此比拟，能勿冒渎乎？诚惶诚恐，诚惶诚恐！”字中的点子写得很长。反面又写道：“诚然，今晚定当前往叩晤，此亦所谓‘越憎爱越深’[①]乎？怪哉，怪哉，思慕之情，‘犹似川底涸，地下有泉通’[②]也。”上端又题诗一首：

“小草生在常陆海，或恐在伊香加崎。
安得身在田子浦，拜见芳颜得追随。[③]

我心并非‘漫然似水波’[④]也。”

这信写在一张一摺的青色纸上，写的都是草书，剑拔弩张，却并无一定之规，只是信手挥洒，把“し”[⑤]字写得极长，装腔作势。字里行间亦不整齐，斜向一边，好像正要摔倒。但近江君很是得意，自己笑着欣赏了一会儿。她毕竟也懂得女子书简的格式，把信卷得很细小，系在一枝抚子花上，派一个新来的女童送去。这女童虽是扫厕所的，却很伶俐，人又长得漂亮。她走到弘徽殿女御的饮食室中，对女侍们说：“请将此信呈送女御。”打杂的女侍认得这女童，知道她是北厅里的侍童，便收了信。一个名叫大辅君的女侍将信呈与女御，又把信从花枝上解下，请她阅读。女御看了，微笑着放下了信。一个叫作中纳言的贴身女侍，在一旁看着，对女御说：“这封信很时髦啊。”她很想再仔细看看。女御说：“想是我看不懂草体字的缘故吧。这首诗似乎本末不称呢。”便把信递给中纳言，对她说道：“回信也要写成这种模样。不然，要被人看轻的。你马上替我写吧。”她叫中纳言代笔。众女侍都觉此信稀奇，低声讥笑。女童在催索回信了。中纳言对女御说：“信里引用了许多风雅的典故，回信很难写成。叫人代笔，似乎有些失礼吧。”便模仿女御的笔迹写了：“相隔甚近，而一向疏远，诚为恨事。

常陆骏河海波涌，流到须磨浦上逢。
盼待芳踪光临早，此间亦有箱崎松。[⑥]”

答话故意模仿来诗。中纳言读给女御听了，女御说：“啊呀，这不行，怕她以为真是我作的诗呢。”她不喜欢这首诗。中纳言答道：“不要紧，看的人自能辨别出来。”便把信封好，交给女童。近江君看了回信，说道：“这首诗真风趣啊！她在等我呢。”便用极浓烈的衣香把衣服反复熏了几遍，又在脸上涂了绯红的胭脂，把头发重新梳过。如此着妆，倒另有一种娇憨之相。她和女御会面之时，想必还要出不少笑话呢。

---

① 古歌：“怪哉心头事，越憎爱越深。谁能操利刃，暂断此情根？”可见《后撰集》。

② 古歌：“口上不言爱，心中恋意浓。犹如川底涸，地下有泉通。”可见《古今和歌集》。

③ 这是前文所谓本末不称的劣诗。因为小草与海无缘，伊香加崎在近江国，田子浦在骏河国，皆与常陆海无缘。小草比拟她自己。她用“伊香加崎”，因为此地名在日文中发音与“安得”相同。“田子”比拟她自己是在田舍长大的女子。全诗大意：“我是田舍人家的女子，却希望会见女御。”

④ 古歌：“我若不诚意，漫然似水波。缘何心耿耿，热恋苦情多？”可见《古今和歌集》。

⑤ 日本草体字母。

⑥ 这首诗故意模仿来诗，用了许多地名，也本末不称，暗藏讥笑之意。大意是：“请你早点来，我在等候你。”日文“待”与“松”同意，箱崎地方松树有名，故末句云云。

第二十七回　篝火①

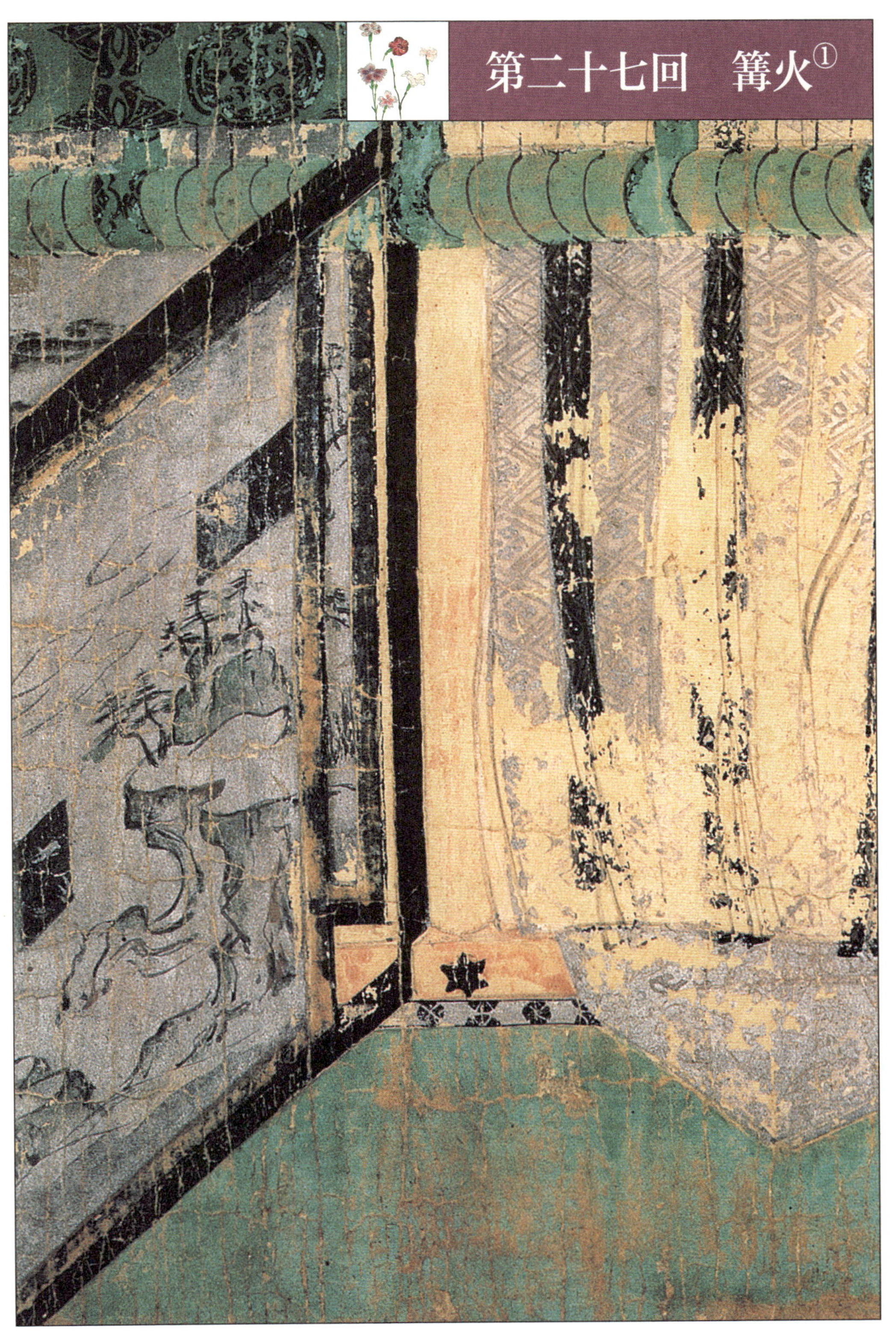

这时世人都把内大臣家新来的小姐当作笑柄，一有新奇故事，必定纷纷宣扬。源氏听说后，说道："不管怎样，把从来没见过的一个深闺女子找出来，当作千金小姐看待，略有一些缺点，便到处诉苦，以致引起谣传，内大臣这种作风真让人不可理解！此人过分严苛，且思虑不周，未曾调查清楚，贸然接她回来。一有不称心处，又闹得不成模样。其实世间诸事都可从长计议，妥善处理呢。"他很可怜那近江君。玉鬘听了这话，心想："我总算运气好，不曾去投靠父亲。虽说是亲生父亲，但并不知道他的性情，突然之间去亲近他，或许也要受辱呢。"她暗自庆幸。右近也就这件事对她说了许多。源氏对于玉鬘，虽然怀着可恨的野心，但并无过分的非礼行为，只是对她的怜爱越来越深刻。因此玉鬘也渐渐地与他亲近，打消顾虑了。

夏尽秋至，凉风忽起。源氏想起古歌中"吹起我夫衣……"[②]之句，颇有萧条冷落之感，便比以往更频繁地探望玉鬘，整日住在那里，有时也指导她弹琴。初五六日的月亮很早就已西沉。略显阴暗的天空、风吹荻花的声音，都渐渐地染上秋意了。源氏与玉鬘二人以琴作枕一起躺着。他心中常常叹息自问："世间还有如此纯洁的并卧吗？"过分夜深，他恐怕惹人疑心，便起身准备离去。庭前几处篝火已经熄灭，源氏就叫来随从的右近大夫，让他点火。在凉气漫溢的湖边，亭亭如盖的卫矛树底下，疏疏朗朗地点着松明，稍稍离开窗前，室内不受热气。那火光显得极其凉爽，映在玉鬘身上，姿态十分艳丽。源氏抚摸她的头发，觉得滑润如玉。她那温恭淑慎的姿态十分可爱，逗得他不愿回去了。他假意说道："应该不断有人在这里点火才是。没有月亮的夏夜，庭中若没有火光，让人既觉得害怕，又寂寞无聊。"便赋诗赠玉鬘：

"心中情思如篝火，
焰重烟浓永不消。

你说这情思何时可消呢？虽然不是'夏夜蚊香爇'[③]，它潜在胸中不断燃烧，毕竟很痛苦呀！"玉鬘一想，这话不成体统了，便答诗道：

"君心若果如篝火，
烟入长空永不还。

不要惹得外人疑心。"源氏看见她面露不愉之色，答道："这样说来，我该走了。"便走出门外。这时听到东院花散里那边传来筝笛合奏之声，音色美妙悦耳。这是夕雾中将和一向片刻不离的几个玩伴正在奏乐。源氏说："吹笛的必是柏木头中将，吹得真好！"他又不愿回去了，便派人去告诉夕雾："这里篝火的光很有趣，把我给留住了。"夕雾立

①本回接续前回，写源氏三十六岁七月的事。

②古歌："初秋凉风发，萧瑟甚可喜。吹起我夫衣，衣裾见夹里。"可见《古今和歌集》。

③古歌："犹如夏夜蚊香爇，胸底情思不断燃。"可见《古今和歌集》。

心思如篝火　歌川丰国　源氏香之图·篝火　江户时代（约1844—1847年）

秋风萧瑟时节，怀着暧昧的心思，源氏频繁探望玉鬘。在教导玉鬘弹琴时，两人“纯洁”地枕琴并卧。源氏对玉鬘想亲近而又怕世人非议的爱慕心思，如屋外的篝火般摇摆不定。图为源氏在秋夜里教导玉鬘弹琴，屋外的随从点起了篝火。

即与柏木头中将及弁少将三人联袂而来。源氏对他们说：“我听了笛中的秋风之乐，顿生不胜哀愁之感呢。”就取过琴来，略弹一段，亲切可爱。夕雾用笛吹出南吕调，音色十分优美。柏木心里想着玉鬘，歌声迟迟不能唱出。源氏催他：“快唱！”柏木的弟弟弁少将便打起拍子，低声吟唱，那声音酷似金钟。源氏和着琴声唱了两遍，把琴让与柏木。柏木的抓音，华丽而优美，其技法并不亚于他的父亲内大臣。

源氏对三人说：“帘内恐有知音，今夜不宜多饮酒。我这过了盛年的人，醉后容易感伤，恐怕会把隐忍在心中的话说出口来。”玉鬘听到这话十分担心。她对柏木和弁少将有不可断绝的兄妹之缘，自非他人可比。因此她在帘内悄悄地窥看这两人的举动。但对方做梦也不曾想到，特别是柏木，他正在倾心爱慕她，逢此良机，情思更炽盛如火，不可遏制。在人前要硬装出一副镇静模样，因此不能好好地弹琴。

第二十八回　朔风①

秋好皇后的庭院之中，今年的秋花比往年更加出色。各种秋花十分齐备，处处设有雅致的篱垣，有的用带皮的枝条修筑，有的用剥皮的枝条建筑成。即便同是一种花，这里的特别鲜艳；枝条的形状、花的姿态，以及早晚带露时的样子，都与他处不同，竟像珠玉一般辉煌。看了这片人造的秋野之景，又让人忘了春山之美，只觉凉爽快意，神动心移。说到春秋之优劣，素日赞美秋景的人居多。从前颂扬紫姬园中春花的那班人，现在又回过头来赞叹秋好皇后的秋院，这正与人世间的世态炎凉相似。秋好皇后归宁在家，在欣赏这美景之时，颇想举行管弦之会。但八月是她的父亲已故前皇太子的忌月，不宜聚会。她担心花期轻逝，便日夜赏玩这些繁茂的秋花。不料天色大变，寒风乍起，今年比往年更加猛烈，各色好花都被吹得凋落。连不爱花的人，也都惊叹："啊呀，真不得了啊！"更何况秋好皇后。她看见草上的露珠像碎玉一般凋零，觉得十分伤心，恨不得像古歌中所咏的，用一只宽大的衣袖来遮住秋空的朔风②。天色渐暗，四周不见一物。寒风越来越猛，气象阴森可怕。格子窗都已紧闭，秋好皇后幽闭一室，心中只是记挂庭中的秋花，独自叹息。

紫姬的院中正在栽植花木，北风来得如此猛烈，教这些"疏花小萩"③难以承受。花枝多处折断，露水全被吹落。紫姬坐在窗内向外凝望。源氏正在西边小女公子房中。这时夕雾中将前来问候。他无意中从东边渡廊的短屏上向开着的边门里一望，见室内坐着许多女侍，便默不作声，站在短屏旁边。因为风太大，室内的屏风都折起来，放在一旁，从外边可以清楚地看见厢房内部。只见一个女子坐着里面，正是紫姬本人，气度高雅，容颜秀丽，似有暗香逼人。让人联想起春晨开在云霞之间的美丽山樱。那娇艳之色四处洋溢，仿佛要泛到正在偷看的夕雾脸上来，真是个举世无双的美人！一阵风吹来，把帘子吹起，众女侍急忙扯住，引起紫姬嫣然一笑，那模样愈发可爱了。紫姬怜惜群花，舍不得离开它们回房去。身边的女侍，姿色也十分美丽，但完全不在夕雾眼中了。他想道："父亲一向严加防范，不许我与这位继母接近，原来是她的容貌生得如此动人啊！难怪他考虑如此周详，是担心我见了她会起不良之心。"想到这里，不禁有些害怕，马上转身离去。

正在这时，源氏拉开纸隔扇，从西厅里走出来了。他说："真不好受，这样厉害的风！把格子窗都关起来吧。恐怕会有男客来探望。从外面望进来都看得见呢。"夕雾再走过来一看，只见源氏正在与紫姬说话，微笑着注视她。他觉得这个人不像是他的父亲，如此年轻而貌美，竟是一个盛年男子。紫姬也正值青春年华，真是一对世间罕有的佳偶。他看了不禁真心羡慕。但这渡廊东面的格子窗也已被风吹开，他站的地方很显眼。他有些害怕，立即退开，假装刚到的样子，走到檐前，咳嗽了一声。只听源氏在里

① 本回接续前回，写源氏三十六岁八月的事。

② 古歌："愿将大袖遮天日，莫使春花任晓风。"可见《后撰集》。

③ 古歌："宫城野畔萩花小，露重花疏力不胜。盼待风来吹露落，此心好比我思君。"可见《后撰集》。宫城野是产萩花有名的地方。萩即胡枝子。

面说："果然不出所料，有人来了。外面看得见呢。"这时他才注意到边门开着。夕雾心想："多年以来，我从未见过这位继母。有道是'寒风吹得岩石起'，的确不错。我托寒风之福，才看到防范如此周密的美人，真是稀世的幸运啊！"这时许多家臣赶来了，报告说："这风真大得可怕！是从东北方向吹来的，这里不妨事。但马场殿和南边的钓殿有些儿危险。"大家匆匆地设法防御。

源氏问夕雾："你是从哪里来的？"夕雾答道："我在三条邸内问候外祖母。他们告诉我说，外面的风厉害得很。我不知道这里怎样了，很是记挂，所以前来探望。外祖母在那边很寂寞，她年纪一大，反而越来越像小孩了，听见风声就害怕得很。所以我还想去陪陪她呢。"源氏说："你还是早点去吧。返老还童，是不会有的事。但人老起来，的确会变得像小孩一样。"他也记挂这位岳母，便叫夕雾带一封信去慰问。信中说道："天气如此恶劣，让人很是担心。有这个孩子在旁伺候，可以放心，万事都吩咐他去做吧。"夕雾不顾狂风刮面，马上返回三条邸去。这位公子为人很是忠厚，每天到三条邸及六条院问候，没有一天不拜见外祖母和父亲。除了禁忌之日不得不在宫中值宿之外，纵使是公事和节会繁忙时，也一定亲自到六条院及三条邸请安，然后再返回宫中。今日天气恶劣，他在狂风中东奔西走，这一片孝心深可嘉许。

老夫人见夕雾来了，不胜欣喜，更觉放心。对他说道："我活了这么大年纪，都不曾遇见过如此的暴风呢！"说时全身颤抖。这时只听院中大树枝条折断之声，非常可怕。有的房子瓦片全被吹散，一片不留。老夫人对夕雾说："幸好在这狂风中，你平安地来到了我身边。"老夫人年轻时，身边非常热闹，现在冷清了，全靠这个外孙来聊慰寂寞。真可谓人世无常！其实她家现在并未衰败，只是内大臣对她的关怀，比从前稍稍简慢而已。夕雾听了一夜大风，心中不免觉得凄凉。他一向眷恋不舍的那个人，现已远远避开；而白天看见的那人的面容，却更加使他难以忘怀。他想："这到底是怎么回事？我难道起了不应有的念头吗？真可怕啊！"他努力克制，把心思移转到其他事情上去。但那面容又不知不觉地出现。他又想："这实在是个世所罕有的美人！父亲有了这样的如花美眷，为什么还要娶东院那个继母[①]来与她并肩呢？这继母根本比不上那继母，而且更加相形见绌，真倒霉啊！"由此可知源氏心地厚道。夕雾为人向来规矩，对紫姬决无非礼之心。但他总是希望，如果可能，也娶一个这样的美人，和她朝夕相处，那么有限的生命也可略微延长了。

天色渐亮，风势稍减，但大雨陆续不绝。家臣们互相转告道："六条院里的离屋吹倒了！"夕雾听了，大吃一惊，他想："风势猖獗之时，六条院的高楼大厦中，唯有父亲的居处警卫森严，可以放心。东院继母那里人手稀少，一定非常慌张。"他便在曙色苍茫时赶去探望。途中冷雨纷吹，侵入车中。天空昏暗，景色凄凉。夕雾觉得心情有些异样，想道："这是怎么了？难道我心中又添了一种相思？"忽然想起这是不应有的念头，便申斥自己："可恶，荒唐之极！"于是一路上想东想西，向六条院方向

① 此处指花散里。

前进，先到东院的继母那里。花散里害怕得很，满脸愁云。夕雾百般安慰，又唤来家人，吩咐他们把损坏之处好生修缮起来，然后又到南院参见父亲。

源氏卧室的格子窗尚未打开。夕雾便靠在卧室前的栏杆上，向庭院中闲眺。只见小山上的树木都被吹倒，地上横卧着许多枝条。四处花草零乱，更不待言。屋顶上的丝柏皮、瓦片，以及各处的围垣、竹篱，都被吹得一团糟。东方刚刚露出一点光明，在露水上折射出忧郁的闪光；空中弥漫着凄凉的晨雾。夕雾对此景象，不觉流下眼泪，急忙举袖擦拭，咳嗽了几声。只听源氏在室内说道："这是中将的声音呢。天还没亮他就来了吗？"他就起身，对紫姬说些话。听不见紫姬的答话，只听源氏笑着说："如此辜负香衾，从来不曾有过。今天使你不快，我很惭愧。"两人互相谈话，情投意合。夕雾听不清紫姬的答话，但从隐约听到的调笑的语调中，可知这对夫妻十分恩爱。他便静听下去。

源氏亲自来开格子窗。夕雾觉得不宜离得太近，急忙退到一旁。源氏见了夕雾，便问："怎么样？昨夜你去陪老夫人，她一定很高兴吧？"夕雾答道："正是。老夫人遇到一丁点儿事情，就淌眼泪，真可怜啊！"源氏笑道："老夫人年事已高，在世之日不多了。你该好好地孝敬她。内大臣对她照顾不够周到，她经常向我诉苦呢。内大臣极爱面子，喜欢奢华阔绰。他的孝行也仅注重表面，一定要使别人吃惊赞叹，但缺少诚挚的孝心。虽然如此，他毕竟见识丰富，是个非常贤明的人。在这江河日下的末世，他的才学可说是罕有的优秀了。一个人想全无缺点，也是很难的。"

源氏记挂秋好皇后，对夕雾说："昨夜的风大得可怕，不知皇后那里有没有可靠的侍卫？"便让夕雾带信前去慰问。信中说道："昨夜大风咆哮，不知皇后是否受惊？我于风中患了感冒，正在调养，未能亲来问候。"夕雾持信而去，通过中廊的界门，来到秋好皇后院中。在朦胧的晨光中，他的姿态十分潇洒优美。他站在东厅南侧，察看皇后的居室，只见格子窗只打开两扇，女侍们卷起帘子，在晨光之中坐着，有的靠在栏杆上，都是些青年女子。那不加修整的模样，虽然缺少礼貌，但在模糊的微光中，这样的打扮亦显得十分美妙。几个女童走到庭院之中，在许多虫笼中添加露水。女童们身着紫苑色或抚子色等深深浅浅的衫子，外罩黄绿色的汗衫，十分合体。四五人成群，拿着各样笼子，在草地上走来走去，挑选最美丽的抚子花枝，折取了拿回来。在迷离的晨雾中，这景象非常艳丽。

一股香气从空中飘来，是一种特等香的气味，皇后正在更衣，这可以想见她人品十分高雅。夕雾有所顾忌，不便打扰。过了一会儿，才放缓脚步，走上前去。众侍女看见他，并不惊慌，只是退入室内。原来秋好皇后入宫时，夕雾还是个小童，经常出入帘内，彼此十分熟悉。因此众女侍见了他也不回避。夕雾呈上源氏的信。他所认识的女侍宰相君和内侍，就在皇后身边，她们唧唧咕咕地私语了一会儿。夕雾看到皇后居室中的情景，觉得虽与南院不同，亦有其高贵的气象，使他心中生出涟漪。

夕雾回到南院，见格子窗都已打开，再看昨夜恋恋不舍的那些花如今都已枯落，被吹得不知去向了。他从正阶拾级而上，将回书转交父亲。源氏拆开一看，只见信上写道："昨夜我像小孩一般害怕，盼望你派人过来防御风灾。今日清晨拜读来信，心中甚为喜慰。"看毕说道："皇后胆小得厉害啊！不过，像昨夜那种时刻，室内仅有女人，的确让人害怕。她想必在怪我疏忽了。"便决定马上去探望。他想换一件官袍，便撩起帘子，走入室内，把低矮的帷屏拉在一旁。夕雾看见帷屏旁略微露出一个袖子，想必是紫姬了，不禁心中突突地跳了起来。

朔风中的窥看　歌川丰国　源氏香之图·朔风　江户时代（约1844—1847年）

朔风吹落庭中荻花，吹开窗帷，夕雾看到了父亲深藏的紫姬，那娇艳美丽之色令他赞叹。趁朔风之际，夕雾分别接触了六条院中众多女子，感受到各不相同的美丽气象。图为风吹起窗帷，夕雾于间隙中看到紫姬的容颜。

他自己觉得可恶，急忙转过头去向外看。源氏照照镜子，低声对紫姬说道：“中将在晨光之中，姿态看上去真漂亮呢。他还只是个十五岁的孩子，我就觉得他处处美满无缺，这只怕是父母的一片痴心吧？”他对镜自视，想必觉得自己的容颜永远青春不老。他又说：“我见到皇后，总觉得有点儿拘束。此人风姿虽不特别优美，但气度异常高超，令人望而止步。她确是个优雅婉约的淑女，而且性情又很坚贞。”走出门来，见夕雾正坐着出神，竟连父亲出来都不曾觉察。他很敏感，马上有所感悟，转身回房，问紫姬说：“昨天狂风大作之时，中将看到你了吗？那门开着呢。”紫姬脸红了，答道：“哪有这种事！走廊里一点动静也没有。”源氏自言自语地说：“我总觉得有些奇怪。”就带着夕雾出门去了。

源氏走进秋好皇后帘内。夕雾中将看见走廊门口有许多女侍坐着，便走过去和她们闲谈。但因心事重重，神情有些沮丧，不像平日那样活泼。不久源氏辞别皇后，到北院去探望明石姬。这里缺少干练的家臣，只见几个做杂务的女侍在草地上走来走去。有几个女童，身着美丽的衬衣，态度十分随意。明石姬喜欢龙胆和牵牛花，特别用心栽植。但如今这些花所攀附的短篱，都已被风吹倒，花也零落不堪了，这些女童正在收拾整理。明石姬满怀愁绪，独坐在窗前弹筝，听到了前驱人的呼声，便起身入内，在家常衣服上加了一件小礼服，以示礼貌，足见此人思虑周到。源氏走了进来，在窗前坐下。他只简略询问了一下风灾的情况，便匆匆辞去。明石姬甚是不快，独自吟道：

“微风一阵经芦荻，
也教离人独自伤。”①

西厅里的玉鬘被风威所慑，整整一夜不曾合眼。因此早上起得晚了，这时还在对镜理妆。源氏吩咐前驱人不要喝道，悄悄地走进她房中。屏风都已折起来，四周物品杂乱。阳光射进室内，将玉鬘的芳姿照得更加清楚了。源氏挨着她坐下，以慰问为借口，絮絮叨叨地对她说了许多情话。玉鬘烦恼不已，恨恨地说道：“你老是说这些难听的话，我真想让昨夜的风把我吹走，吹得不知去向才好。”源氏笑着答道：“让风吹走，太轻飘了些。你被吹走，总有个落下的地方吧。可知你渐渐有了离开我的心思了。这倒也是理所当然。”玉鬘听了这话，觉得自己想到什么便说什么，未免太轻率了，也就莞尔一笑，那笑容极其艳丽。她的面容像酸浆果②一样丰满，肤色非常美丽。只是眼睛笑起来的模样反而损害了气质的高雅。此外再无一点可挑剔的地方。夕露在室外，听见源氏与玉鬘亲昵谈笑，很想看一看玉鬘的容貌。屋角的帘子里虽然设着帷屏，但因大风的缘故，已被吹得歪歪斜斜，把帘子略微揭开些，就可以很清楚地看见玉鬘的姿色。他见父亲分明是在调戏这位姐姐，想道：“虽然是父亲，但姐姐已经不是一个抱在怀里的婴儿了！”便在一旁细看。他担心被父亲发觉，打算马上退去。但这景象太奇怪了，使他不能不看。只见玉鬘坐在柱旁，头略微转向一旁。源氏把她拉了过去，她的头发便披向一边，如波浪一般飘动，十分美观。她脸上露出痛苦的神色，但并不坚定拒绝，终于靠近父亲身边。可见是一向惯于如此的。夕雾想道：“啊呀呀，太不成样子了！这是怎么一回事啊？父亲在情事上无孔不入，对于这个不在身边长大

① 以风比喻源氏，以荻比喻自己。

② 酸浆果，是一种果物，形圆肥，在皮上开小孔，挖去其子，可作玩具。又名鬼灯。

的女儿，竟也会起这种念头。怪不得这样亲密呢。但是，啊呀！成个什么样子呢！”他觉得自己这样的想法也很可耻。他又想：“这女子的容貌真漂亮！我和她虽说是姐弟，但并非同胞，血缘较远，我对她也不免动情呢。”他觉得此人比起昨日见到的那人来，自然略逊一筹。但令人一见便觉可爱，因此也不妨说是并驾齐驱。他忽然想起，这人的姿色可与盛开的重瓣棣棠花相比，带着露水，映着夕阳。用春花来比喻她的美貌，虽然与季节不符，但确实让人有这样的联想。花的美色有限，有时还混杂着不美的花蕊。而人的容颜，其美丽实在是难以比拟的。

这时玉鬘身边并无他人，唯有她和源氏二人私语。不知怎么回事，源氏忽然面孔一板，站起身来。玉鬘吟诗道：

“暴乱西风无赖甚，
直将吹损女萝花。”

夕雾听不清楚。源氏重吟一遍，他这才大略听到，觉得又是可恨，又是可喜。他想继续察看，但如此接近，怕被发觉，只得退开。源氏的答诗是：

“但使芳菲能受露，
狂风不损女萝花。

请看随风折腰的细竹。”或许有听错的地方，但总之是不堪入耳的。

源氏辞别玉鬘，到东院去探望花散里。大概是今天早上特别寒冷，因而想起了寒衣，花散里身边聚集着许多擅长裁缝之事的老年女侍。几个青年女侍，把丝绵绑在小衣柜似的东西上，正在用力拉扯。几匹非常美丽的枯叶色绸缎，和颜色新颖的珍贵的绢，散置一旁。源氏问道：“这是中将的衬袍吗？今年宫中不办秋花宴，寒风如此猖獗，大概什么事情也办不成了。这个秋天真是大煞风景啊！”他不知道她们在缝什么衣服，只觉织物的色彩都很美丽，想道：“此人对于染色一事，本领不亚于紫姬呢。”她替源氏缝的官袍，是中国花绫的，用这时摘取的竹叶兰的汁水淡淡染成，颜色非常雅致。源氏说：“给中将的衣服也染成这颜色吧。少年人穿这种色彩的衣服，也很好看呢。”说了些这一类的话，就回去了。

夕雾随父亲拜访了许多女人，心中不免沉闷。忽然想起，今天早上应该写一封信的，还不曾写，而太阳已经升起来了。他便来到小女公子那里。乳母对他说道：“小姐还在夫人房里睡着呢。她昨夜被风吓坏了，没有睡好，现在还不曾起身。”夕雾说：“昨夜的风太可怕了，我本想到这里来值宿，也能当个警卫。只因老夫人胆子很小，我只得去陪她。小姐的娃娃房有没有被风吹坏？”他这一问，众女侍都笑了起来，答道：“这个房间吗？用扇子扇一阵风，小姐也觉害怕。何况昨夜那种狂风。我们保护这个房间，十分吃力呢。”夕雾问道：“有没有讲究一些的纸张？还有，你们的砚台借用一下。”一个女侍便从小女公子橱里拿出一卷信纸，放在砚盖里递给他。夕雾说：“这些太高贵了，给我用怕不敢当呢[1]。”

① 这小女公子以后将为皇后，所以他如此说。

但他想起小女公子的母亲身份低微，又觉得不必过于重视，便自顾写信了。这信纸是紫色的，染成上深下浅的样子。夕雾专心磨墨，又仔细察看笔尖，然后郑重其事地写了一封信，气度很优雅。然而因为他研习汉学，作风有些古怪，那首诗不免缺乏了一些风趣：

“昨宵云暗风狂吼，
刻刻相思不忘君。”

他把这首诗系在一枝被风吹折的苓草上。女侍们说：“交野少将[①]的情书是系在和信纸同样颜色的花枝上的。你的信纸是紫色的，怎么倒系在绿色的苓草上呢？”夕雾答道：“色彩搭配之事，我一向是不懂的。那么，叫我选择哪里的花枝呢？”他与这些女侍不多说话，亦从无放任的举止，真是个循规蹈矩的高尚之人。夕雾又写了一封信，一起交给一个叫作右马助的传女。右马助对一个美貌的女童和一个亲近的随从悄悄说了几句话，便把信交给他们。众青年女侍看到这种情景，大家猜疑起来，不知道这信是写给谁的。

忽听有人叫道：“小姐回来了！”众女侍手忙脚乱，赶快把帷屏张起来。夕雾想把这小女公子的容貌和昨日及今晨看见的两个如花美眷比较一下。他平日不喜欢做这种事情，但今天却顾不得了，把上半身钻在边门口的帘子底下，身上披着帘子，从帷屏的缝隙里窥探。正好看见小女公子从有遮掩的地方向这边走来，一晃而过。因众女侍纷纷走动，不大看得清楚，心中甚是懊恼。只见小女公子身着淡紫色衣服，头发长得还没有身体长，末端展开如同扇形。身材小巧玲珑，让人觉得十分可爱。夕雾想道：“前年我偶尔还能与她见面，现在[②]比起那时来，她要美丽得多了。何况以后到了盛年，不知长得多么可爱哩。”倘若把紫姬比作樱花，玉鬘比作棣棠，那么这小女公子可说是藤花。藤花开在高大的树梢之上，那种临风摇曳的模样，正可比拟这个人的姿态。他想：“我真想随心所欲地和这些美人朝夕相处。依关系而论，本来是可以的。怎奈父亲处处严加防范，叫我好恨啊！”他虽然性情忠厚，这时也不免心驰神往了。

夕雾来到外祖母老夫人那里，只见外祖母正在静修佛法。许多姣美的青年女侍在这里服侍着，但她们的姿态、容貌和服装都比不上六条院中的众女侍。几个容貌美丽的尼姑，身着灰色衣服的消瘦模样，倒与这地方十分调和，颇有寂寥之趣。内大臣来参见老夫人，室内点起灯来，二人从容谈话。老夫人说：“我许久没见到我那孙女了，好苦闷啊！”说罢哭个不停。内大臣说：“这几天我就叫她来拜见吧。她自寻苦恼，消瘦得怪可怜的。说实在话，要是能够的话，最好不要生女孩子。真是处处让人操心呢！”他说这话时怒气不消，对往事还不免耿耿于怀。老夫人很是伤心，也不迫切地盼望云居雁来了。内大臣说：“实不相瞒，最近我又找到了一个不成模样的女儿，弄得我没有办法呢。”他愁眉苦脸地说过之后，又忍不住笑了起来。老夫人说：“哎呀，哪里有这种事！既然是你的女儿，难道竟会不成模样吗？”内大臣说：“正因为是我的女儿，所以叫我为难。我总想带她来给老夫人看看呢。”他的话大致如此。

---

① 交野少将，是今已失传的一部古代色情小说的主角。

② 这时小女公子八岁。

秋花——花与花语

日本文化中那羸弱而富于女性美的审美观感，来源于四季盛开的众多花草。除了樱花，最有名的还有春之七草和秋之七草。秋之七草的说法最初见于《万叶集》的“秋之七草歌”，歌咏秋天原野的七种美丽草花：萩花、葛花、抚子、尾花、女郎花、藤袴、朝颜。

① 萩花

中文名：胡枝子

花语：沉思、害羞

当秋天来临，萩花那淡紫蓝色系的苞形花串在风中轻轻地摇摆着，优雅美丽，却又那么的孤寂，好像在为夏天画上句号一样。

② 葛花

又名：粉葛花、甘葛龙

花语：缠绵的爱

夏秋之间，葛藤上盛放的紫红色小花，花冠蝶形。因其茎蔓只能攀附和缠绕在其他植物上。故其花语是“缠绵的爱”。

③ 抚子花

中文名：石竹、瞿麦、常夏

花语：思慕、一直爱我

夏秋开花，淡紫色的抚子花分外美丽，常用来比喻或形容女子、小孩。日文的“大和抚子”也成为日本温良的传统女性的代称。

④ 尾花

中文名：芒、狗尾草

花语：秋意

尾花的黄白色尾穗在秋风中摇曳的姿态十分优美，尤其是成片地在风中舞动的样子着实壮观。它是秋天的象征。长满了芒草的原野，又称为芒野。

⑤ 女郎花

中文名：女萝花

花语：美女、纯洁之恋

花期在晚夏至秋之间，开着像小米般细小的黄花，随着秋野的风摇曳时，纤细而微弱，却散发出诱人的香味，犹如楚楚可怜的纯洁少女。

⑥ 藤袴

又名：兰草、香草

花语：犹豫、踌躇

藤袴是高高的一丛，碎碎的淡紫色小花团簇在业已见枯的草丛上盛开。不惹眼，却有风情。

⑦ 朝颜

中文名：牵牛花

花语：爱情、平静、幻想之恋

以紫色的牵牛花最为优雅美丽，给人以亲切的感觉，代表了平实纯净的爱情。同时，因为它早上开花又很快凋谢，也给人以易逝的幻想之感。

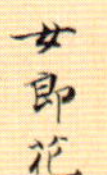

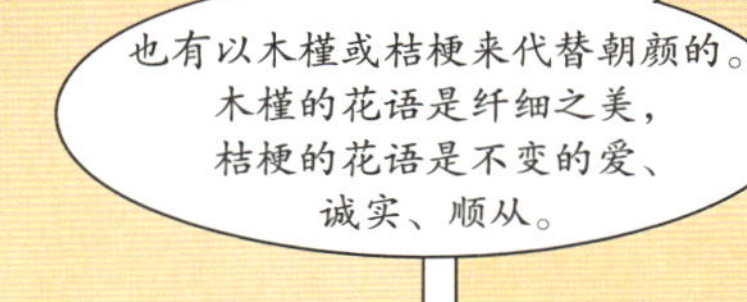

也有以木槿或桔梗来代替朝颜的。
木槿的花语是纤细之美，
桔梗的花语是不变的爱、
诚实、顺从。

第二十九回　行幸[1]

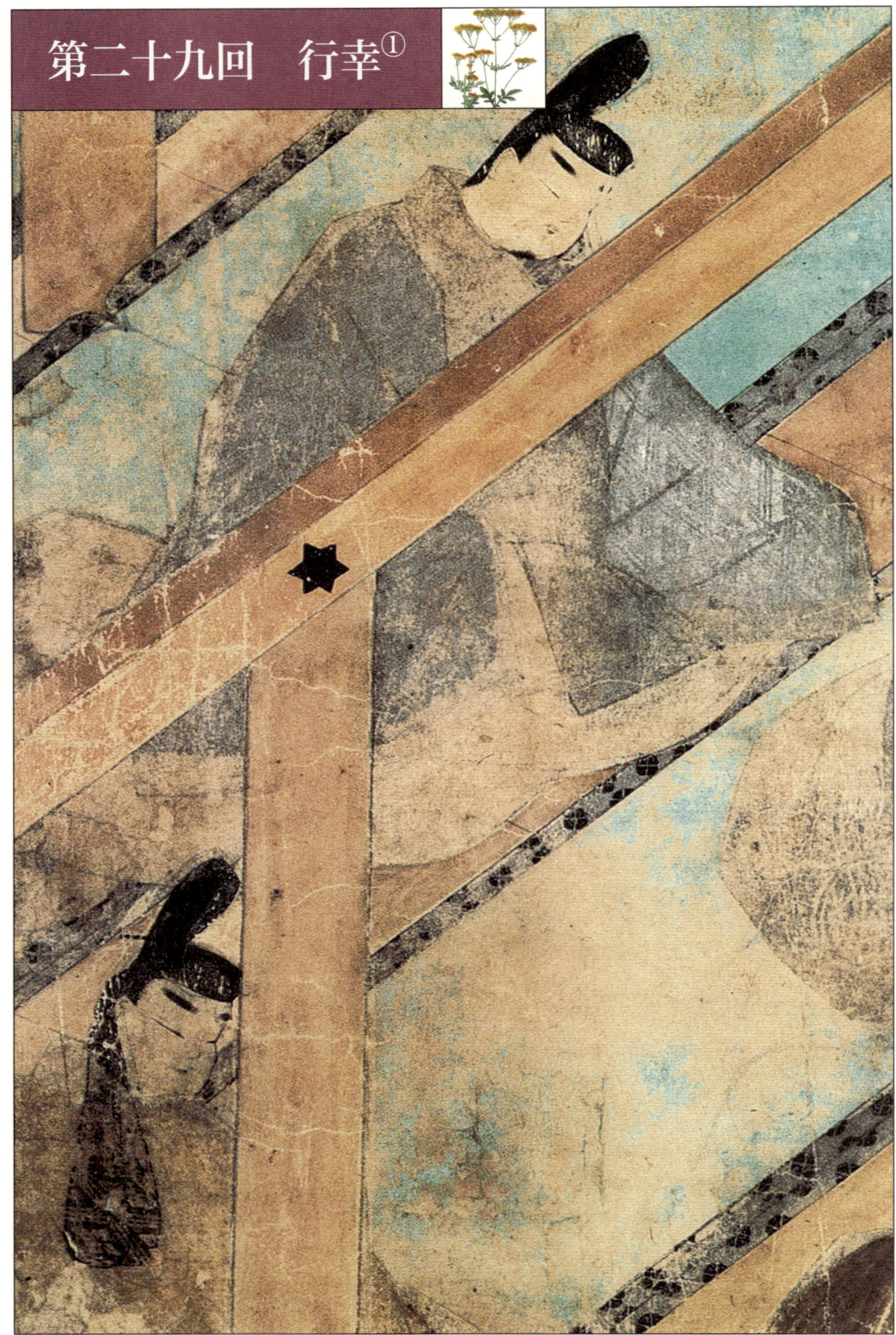

源氏太政大臣无微不至地替玉鬘考虑：怎样才可以使她一生幸福。但他心中那个“无声瀑布”[②]也使得玉鬘十分烦恼。紫姬早就预先推量，果然不出所料。这件事定会使源氏蒙受轻薄的恶名。他自己也多次反省。内大臣秉性严苛，小小的不满也不能容忍。一旦他查知这件事，不加斟酌，公然以女婿待我，我怎能不被天下人取笑？

这年十二月，冷泉帝行幸大原野，世间骚动，万人空巷。六条院的女眷也都来游玩。御驾于卯时出宫，由朱雀门经五条大街，转折向西。道旁游览车接踵擦肩，一直排到桂川岸边。天皇行幸，虽并不一定铺张，但这次规模异常宏大，诸亲王、诸公卿也特别用心，把马匹和鞍子修饰得十分漂亮。随从和马副都选用容貌端正、身材修长的人，让他们穿上美丽的衣服。因此气象庄严，迥异寻常。左右大臣、内大臣，以及纳言以下诸臣，自然全体随驾。自殿上人以至五位、六位的官员，一律特许穿曲尘色官袍[③]及淡紫色衬袍。

天上落下点点雪花，一路上天空的景色也颇艳丽。诸亲王、诸公卿之中善于鹰猎[④]的人，都预先准备新颖的猎装。六卫府中养鹰的官员，其服饰更为世人难得一见：各人各有一种染色的花纹，光怪陆离。

女人们不太懂得狩猎之事，只因难得一见，而且景象好看，所以争先恐后地向前。其中也有一些身份不够高贵的人，乘着蹩脚的车子，于半路上车轮损坏了，正在狼狈地修理。桂川上的浮桥旁，也挤着许多风流潇洒的高贵女车，正在四处找寻停车之处。

玉鬘也乘车出来游赏。她看到许多达官贵人的容貌风采，又从旁察看冷泉帝穿着红袍正襟危坐的端庄姿态，觉得此人毕竟无人能及。她偷偷地观看自己的父亲内大臣，见他果然服饰辉煌，容貌端庄。他在臣下之中，固然比他人优越，但与凤辇中的龙颜相比，毕竟尚不足观。至于青年女侍们所赞颂为“美貌”“俊俏”而拼命爱慕的柏木中将、弁少将、某某殿上人之流，更是全无可取，不能入玉鬘之眼，这是因为冷泉帝的容貌确是优美无比。源氏太政大臣的容貌与龙颜酷似，竟无半点差异。不过想是心情所致，只觉冷泉帝更具威严，光彩逼人。如此看来，这种美男子是世间难得一见的。玉鬘见惯了源氏及夕雾中将等人的美貌，以为大凡贵人，容貌必定都很漂亮，都与常人大相径庭。今日方始知道别的贵人虽然身着盛装，但相形之下姿色全无，令人疑心几为丑汉，只觉他们眼睛鼻子都生得怪模怪样，个个都被压倒。

萤兵部卿亲王也随驾同行。髭黑右大将神气十足，装束也十分优美，身背箭囊，随侍在旁。此人肤色黝黑，满脸髭须，模样非常难看。男子的容貌，又怎么能同盛装的女子相比呢？在男子中求美貌，真是无理。年轻的玉鬘心中看不起髭黑大将等人。源氏打算送玉鬘入宫去当尚侍，征求她的意见。但玉鬘想道：“尚侍是怎么一回事呢？入宫一事，我从来也不曾想过。只怕是很痛苦的吧。”她犹豫着不肯答应。但今天看到冷泉帝的容

① 本回写源氏三十六岁十二月至三十七岁二月的事。

② 古歌：“恐被人知常隐讳，无声瀑布暗中流。”可见《河海抄》所引。无声瀑布比喻秘密的恋情。

③ 曲尘色，经为淡绿色，纬为黄色。本是天子的服色，今日特许臣下使用。

④ 鹰猎，放出鹰去捕鸟。

貌，她又想道："不要承宠，只当一个普通宫人，在御前伺候，也是很有意趣的吧。"

冷泉帝来到大原野，停下凤辇。亲王、公卿等人走入平顶的帐幕中用餐，脱下官袍，改穿常礼服或猎装。这时六条院主人进呈了酒肴及各色果物。源氏太政大臣今日本应随驾，冷泉帝亦早有旨意，但因正值斋戒，未能奉旨前来。冷泉帝收下进呈的诸项物品，命藏人左卫门尉为钦使，将穿在树枝上的一只雉鸡赐予源氏太政大臣[①]。这时天语如何传达，为避免烦琐，一概未加记述。御制诗篇如下：

"小盐山积雪，雉子正于飞。
欲请循先例，同来看雪霏。[②]"

太政大臣随驾行幸野外，大约是自古即有先例吧。源氏接到敕使赐品，诚惶诚恐，便隆重地招待他。答诗云：

"小盐山积雪，美景在松原。
自古常行幸，今年特地欢。[③]"

作者历历回忆当时听闻的情况，并记录下来，但担心不免存在谬误。

第二天，源氏写信给玉鬘，其中说道："昨日你拜见了陛下吗？入宫之事，想必已经同意？"写在白色纸上，措辞很诚恳，并无色情之语，玉鬘看了较为满意。她笑着说："哎呀！多么无聊啊！"但她心想："他真会体谅我的心情呢。"回信中说："昨日

浓阴薄雾兼飞雪，
隐约天颜看不清。

此事尚属渺茫。"紫姬也看了回信。源氏对她说道："我曾劝她入宫。但秋好皇后名义上也是我的女儿，玉鬘倘使受宠，对秋好有所不利。再者，如果跟内大臣说穿了，作为他的女儿入宫，则弘徽殿女御也在宫中。姐妹争宠，亦不相宜。因此我犹豫不决。一个青年女子入宫，如果承宠无所顾忌，则见到天颜之后，恐怕不会无动于衷吧。"紫姬答道："别胡说！纵使见皇上容貌长得漂亮，一个女子自己发心入宫，也未免过于冒失了。"说罢笑了起来。源氏也笑着说："哪里的话！要是换成你，恐怕早就动心了吧！"他给玉鬘的回信是：

"天颜明朗如朝日，
不信秋波看不清。

仍请尽早决定。"他不断地劝她。

源氏想起，应该先替玉鬘举行着裳仪式，便着手置办各种精美的用品。通常举行

① 狩猎时所获的野鸟，穿在树枝上赠人，是一种习俗。

② 小盐山在大原野。上两句即景。

③ 松原即大原野内小盐山所在的地方。

仪式，纵使主人不愿铺张，也自然会隆重堂皇，何况这次源氏打算趁机向内大臣揭穿实情，因此置办的各种物品，格外精美丰富。着装仪式的日期，预定在明年二月。

大凡女子，即便名望甚高，且已到了不能隐名的程度，但在为人女儿而幽闭深闺的日子里，不去参拜氏神[①]，不把姓名公之于世，也无不可。因此玉鬘稀里糊涂地度过了过去的岁月。但如今源氏既想送她入宫，如以源氏冒充藤原氏，便会违背春日神[②]的意旨。所以这件事不能隐瞒到底。更有烦人的事：世人以为冒领他人之女，属别有用意，因而恶名将传于后世，令人忧虑。如果身份低微，依照现今流行的习惯，改换姓氏，非常容易。但源氏家里并非如此。他左思右想，终于下定决心："父女之缘毕竟不能断绝。既然如此，还不如由我主动告诉她的父亲。"便写了一封信给内大臣，请他在着裳仪式中担任结腰[③]。老夫人自去年冬天起，患病卧床，至今尚未见痊愈，内大臣心绪不定，不便参与典礼，辞谢了源氏的请求。夕雾中将也日夜待在三条邸，服侍外祖母，无心顾念其他事情。时机不对，源氏深感为难。他想："世事无常，万一老夫人真的病亡，玉鬘这孙女应有丧服，若假作不知，不免罪孽深重。还不如当她在世之时将这件事表白了吧。"他打定主意，便到三条邸去探病。

源氏太政大臣如今声势比前更加隆盛，纵使只是微行，排场也不亚于行幸，越来越具光彩了。老夫人看到他的风度，觉得这个人真不像尘世的凡人，心中大为赞叹，痛苦也忽然消减，坐起身来。她靠在矮几上，虽然虚弱，仍可健谈。源氏对她说道："老夫人的病并不很重呢。夕雾过分操心，大惊小怪，我以为病得怎么样了，非常担心。见面之后，不胜安慰。我近来若是没有特别要紧的事，连宫中也不去。好像不是一个在朝中供职的人，天天幽闭家中，对万事都疏懒了，也不愿出门。比我年纪大的人，也能驼腰曲背地到处走动，古往今来，为数不少。我的心境却很奇怪，大概是本性糊涂又添懒惰吧。"老夫人答道："我知道我害的是老病，已经很久了。今年春天之后，一点也不曾好转，还以为不能再见到你，心中忧伤。今日见到了你，我的寿命也可稍稍延长一点了。我现在已经不是怕死的年龄了。每次见到别人丧失了心爱的人而留在世间苟延残喘，总觉得十分乏味。所以我也希望早点动身。无奈夕雾中将对我无比关怀，为我的病情真心担忧，因此我也顾念他，在世间一直拖延到今日。"她说时哭个不停，声音颤抖，让人听了可笑。但她所说的确是实情，真是怪可怜的。

两人一起谈论今昔之事。源氏乘机说道："内大臣想必天天都来探病，一天也不会间断的。趁此机会和他见面，我很高兴。我有一事想对他说，但苦于没有适当的机会，见面也并不容易，叫我好心焦啊。"老夫人答道："他吗？大约是公事繁忙，或者是对我不太关心吧，并不经常来访。你想告诉他的，是什么事呢？夕雾曾经对他怀恨。我曾对他说：'这件事发生时，情况虽不明白，但你现在这样厌恶他们，硬要把二人分开，并不能挽回家族的名声，反而让人议论纷纷，当作笑柄。'但这个人自小就有个脾气，凡事一经决定，再不轻易

① 氏神，姓氏之神，犹如家庙。

② 内大臣姓藤原氏，其氏神名为春日神。

③ 结腰，即替着装女子的腰带打个结。此职必须请身份高贵之人担任。

行幸赐猎　歌川丰国　源氏香之图·御幸　江户时代（约1844—1847年）

冷泉帝行幸原野，诸亲王、诸公卿皆盛装随行。玉鬘观看到冷泉帝那优于众人的俊美，对入宫做尚侍颇为心动，而这，也在源氏的预料之中。图为冷泉帝将众臣鹰猎所得的一只雉鸡穿在树枝上，赐予因值斋戒而未能随行的源氏。

更改。因此我也拿他没有办法。”她以为源氏要与内大臣谈的是夕雾与云居雁之事，所以这样说。源氏笑道：“这件事我也听说过，以为事已至此，内大臣或许就不再干涉，欣然允诺了。我也曾婉言劝请玉成其事。但我见他极为严厉地呵斥他们，便深自后悔。我又何必多嘴呢！我想，万事都可设法洗清，这件事难道就不能洗刷，让它恢复原状吗？不过在这恶浊可恨的末世，要找到能够彻底洗清的水，倒也不是一件容易的事情。无论什么事情，在这末世总是越传越坏，越来越难弥补。我听说内大臣因为找不到一个好女婿而生气，心里很同情他呢。”接着又说：“我要告诉内大臣的，是另一件事。有一个应由他抚养的女儿，由于一时弄错，被我抚养在家里。当初并不知道，我也不曾查明确切的情况，只因我家中子女稀少，所以纵使她是冒充的，我也觉得无妨，就收留了她。我也没有好好教养她，就这样过了不少日子。谁知皇上不知怎么听说了这件事，曾经对我谈起。他说：‘宫中缺少一名尚侍，内侍所的典礼常有怠慢。下级女官来供职时也无人指点，以致秩序大乱。在宫中服务多年的二位典侍，以及其他人员，多次前来请求，想要担当此任。但经多方考察，均非适当人选。因此仍应依照惯例，选用门第高贵、声望隆重，而对家中私事不必兼顾的人。自然也可不拘门第，以贤能为标准而选出，再考查其多年的成绩而一步步地升任。但这样的人现在也没有。因此，还是得从声望高贵的人家里选出。’他一再向我暗示，要让我找到的女儿去任职，我又怎能拒绝呢？大凡女子入宫任职，无论出身高下，总须按照自己身份而立志就职，才算身具高明的见解。如果只筹办表面的公事，司理内侍所的事务，掌管本职行政，就过于枯燥无聊，缺乏风趣了。但又不可一概而论，万事全靠其人的本事。我既决心送她入宫，就详细询问她的年龄，这才知道这女子是内大臣所找的人。这件事该怎样处理，我很想和内大臣亲谈，做个决定。但一直没有机会，未能和他会面。因此我就写了一封信给他，请他担任这女子着裳仪式中的结腰之职，想要当场对他表明。谁知他以老夫人贵体违和为由，拒绝了我的请求。我也觉得时机不当，遂将着裳仪式作罢。但现在见老夫人病已好转，我仍想依照原来的计划，乘机向内大臣说明。还请老夫人将我的意思转告内大臣。”老夫人答道：“唉，这是怎么回事呀？内大臣那边，总有各种各样的人自称女儿前来投靠。他来者不拒，都收留在家。刚才你说的那个女子，又是有何打算而将错就错地寻到你那里去的呢？以前早已传出类似消息，她才来找你的吗？”源氏说：“这倒有个缘故，内大臣也深知。她是一个微贱平民所生的女儿，如果宣扬开来，担心引起世人讥评，所以我对夕雾都不曾详细说明。请您务必不要泄露此事。”他请老夫人慎重保密。

内大臣邸内得到了太政大臣拜访三条邸的消息。内大臣惊讶地说：“老夫人那边人手这么少，招待这样的贵人很吃力吧。招待前驱，安排贵宾坐席，恐怕都缺少干练的人。夕雾中将想必也要来的。”便派家中几位公子以及亲近的殿上人到三条邸去帮忙，吩咐道：“果物酒肴等，一定要殷勤供奉，不可简慢。我本应亲自前去，只怕反而杂乱，所以就算了吧。”正在这时，老夫人派人送信来。信中说：“今日六条院大臣到此问病。这里仆从稀少，设备粗陋，担心令贵宾受辱。请你务必即刻到此。但不要说是我通报的。见面之后，有要事相告。”内大臣心想：“什么要事呢？想必是为了云居雁的事，夕雾向他们诉苦吧。”又想：“老夫人年迈体衰，在世之日不多了，她屡次劝我成其好事。如果源氏肯主动说一句话，好意相求，我并不好意思拒绝。可恨夕雾冷酷，叫我看了很不舒服。若寻得一个适当的机会，我就装作遵奉老夫人之命，允许了他们吧。”他想

收养的女儿　《源氏物语绘卷·铃虫一》复原图　近代

源氏把自己"错"收养了内大臣女儿的事向老夫人娓娓道来，引出这女儿即将入宫担任尚侍，以及着裳仪式的事情，希望内大臣能够出席自己女儿的着裳仪式。图为夹杂在源氏与内大臣争斗隔阂间的"女儿"玉鬘。

源氏若与老夫人二人同心相劝，那时怕更不好意思拒绝了。但又一想："我怎能轻易让步！"如此忽然变卦，可见他的性情顽固。他终于想道："老夫人已有信来，源氏太政大臣也正在等我前去会面。我若不去，两方都对不住。我且前去，视情形而定，随机应变吧。"他想好了，便穿起特别讲究的服装，吩咐随从不要张扬，向三条邸而去。

内大臣由众公子簇拥而行，更显威武堂皇、踏实可靠。他身材修长，纤瘦适度。由于前世积德，容貌和步态都具有十足的大臣之相。他身穿淡紫色裙子，上罩白面红里的衬袍，衣裾极长，做出一副悠闲自得的模样，令人一见便觉光彩夺目。六条院太政大臣则身着白面红里的中国绫罗常礼服，内衬时下流行的深红梅色内衣，一副无拘无束的贵人模样，其美态更是难以比拟。他身上有若发出光辉，内大臣的富丽修饰，到底及不上他。内大臣家的众多公子，个个眉清目秀，跟在父亲身边。内大臣的异母弟弟，现今为藤大纳言、东宫大夫的，也都容貌出众，这时也来探病。此外还有许多声望高贵的殿上人，并未宣召，也自动前来。又有藏人弁、五位藏人、近卫中少将、弁官等十余人，都聚集于三条邸，场面很是热闹。等而下之，五位、六位的殿上人，以及普通之人，不计其数。老夫人设宴招待，酒杯频传，诸人皆大醉。大家称颂老夫人福德无量。

源氏太政大臣与内大臣难得相会，一见之下，回想往事，共谈多年以来彼此的情况。在平日里，些许小事两人也要争执一番. 但今天会聚一堂，回忆过去各种风流韵事，便丢开旧日的隔阂，畅谈今昔之事和各自近况。不觉日渐黄昏，互相频频劝酒。内大臣说："今天我若不来奉陪，恐怕失礼。但如果知道你大驾光临，却因未奉召唤而不来，更要受你呵斥了。”源氏答道：“我才是那个应受呵斥的人呢。我心中的恨事多得很。”话中似有隐意。内大臣猜他要谈云居雁的事了，觉得有些麻烦，便不作回应。源氏继续说：“我们二人最初之时，无论公私，都互不隐瞒；无论大事小情，都互通音信。有如鸟的两翼，齐心协力辅佐朝廷。到了后来，不时发生违背本意的事。但这都是私下之事，根本的志愿并未改变。不知不觉之间，大家年纪已长。想起过去之事，不胜依恋。近年来，你我难得见面。职位既高，凡事遂多限制，不能随便行事，亦是理所当然。但你我本属至亲，偶尔亦不妨略减威仪，随时到访。我常恨此事不能尽如我愿呢。”内大臣答道：“从前我们的确太亲近了，甚至任性放肆，不拘礼节。一向蒙你开诚相待，心无隐隔。至于辅佐朝廷，我不敢与你并立，比之为鸟的左右两翼。所幸蒙你鼎力提拔，使我这庸碌之材，也能身居高位，恩情从未敢忘。只是年龄渐长，自然万事都不像往日那样起劲了。”他表示出惭愧之意。

源氏借此机会，婉转地向他说出玉鬘之事。内大臣听了，万分感慨地说：“唉，这孩子真可怜，这件事也太稀奇了！”说着就哭了起来。后来又说：“当时我非常担心，派人四处寻访。不知因为什么缘故，大概是太过忧愁了吧，也曾将这件事向你说起。如今我已成为略有身份的人，想起当年浪迹人间，生下这许多芜杂的子女，任由他们流落各处，实在有伤体面，亦觉可耻。设法把他们带回家来一看，又觉得可怜可爱。我首先想起的正是这个女儿。”说到这里，他回忆起从前雨夜品评时的各种评语，一时哭泣，一时嬉笑，完全忘记了顾忌。夜色已深，二人各自准备回家。源氏说：“今日相会，想起遥远的少年往事，真让人眷恋呢，我竟不想回去了。”源氏平素并不容易感伤，这次想是酒后的缘故，竟放声大哭起来。老夫人更不必说，她看见这女婿容貌比以前更美、权势比前更大，便想起了女儿葵姬，伤痛她的早死，不胜哀伤，也抽抽噎噎地哭起来，眼泪流个不止。那姿态特别令人感动。

这次的机会虽然极好，但源氏并未谈起夕雾之事。因为他觉得内大臣不会同意，冒昧开口，只有自讨没趣。而内大臣呢，见对方绝不谈起，也不肯主动提出，这件事终于闷在心里。临别时他对源氏说：“今晚本应亲送回府，但又担心惹人起疑，就恕不相送了。有劳大驾，改日自当到府上拜谢。”源氏便和他约定：“我还有一言，老夫人已大见好转，前日恳请之事，还请应允，准时出席。”两人面上都带着欢喜神色，各自启驾返邸，仆从奔走呼唤，气势十分宏大。内大臣的随从们想道：“今日不知有什么大事。两位大臣难得见面，我家大臣看着特别愉快。莫非太政大臣又把什么政权让给他了？”他们都在心中瞎猜，根本想不到玉鬘的事。

内大臣突然听到这个消息，急欲见一见这女儿，心情忐忑不安。他想：“马上接她回来，以父亲身份对她，恐怕有所不便。源氏收留她的用心，怕也不见得清白。他如今肯慷慨地归还于我，只怕是因为对家中高贵的夫人有所忌惮，不便公然将她纳为妻妾；而偷偷地宠爱她，又容易引起世人的非议，这才对我说明的吧。”他觉得不太高兴，但又一想：“这也算不得什么缺憾，纵使我特地将女儿送与他为妾，也没有什么不体面的。不过太政大臣要送她入宫，若弘徽殿女御心怀妒意，这倒是很没趣的。不过归根结底，总不能违背太政大臣的意思。”他心中思来想去。这是二月初的事。

二月十六春分那天，是个黄道吉日。据阴阳师所说，这天前后日子都不好。老夫人的病正值好转，源氏便抓紧准备着裳之事。他来到玉鬘房中，详细地告诉她：前日怎样向内

隔阂与交情 佚名 紫式部日记绘图本 平安时代（约11世纪）

内大臣与源氏年轻时已是姻亲，性情相投，源氏流放须磨时尚冒险探看，可谓私交深厚。然而在宫廷皇后地位的争斗中逐渐产生隔阂，在夕雾与云居雁的事情上僵持，互相嘲讽。此番会面，同忆起过去种种，隔阂顿消。图为源氏与内大臣当年共同追求源内侍时无意间碰面的情景。

大臣说明了她的身世；举行仪式时应有哪些注意事项。玉鬘觉得他这一片心意，比生身父亲更加深切，心中不胜感激。这时源氏又把玉鬘之事情悄悄告诉了夕雾中将。夕雾恍然大悟："原来事情这样离奇！怪不得大风那天我看见那种景象。"他觉得玉鬘比他苦恋的云居雁更加美丽，便出神地想着她，深悔以前不曾想到，没有向她求爱，真是迂腐之极。但他又觉得不便对云居雁变节，忘情负义，便又打消了念头。这个人的忠实的确大可赞叹。

到了着裳仪式那天，三条邸老夫人悄悄地派一个使者来送礼。虽然时间仓促，但她所准备的梳具箱等礼品，十分精美体面。其中附了一信给玉鬘："我乃尼僧之身，恐有不吉，不便参与庆祝。但我之长寿，想来值得让你模仿。你的身世，我已详知，使我心怀不胜眷恋之感。若无半点贺仪，岂非不合情理？不知你意如何？

玲珑玉梳盒，两面有深情。
是我亲孙子，莫教离我身。①"

这封信古色古香，字迹则略显颤抖。送到之时，源氏太政大臣正在此处安排仪式中的各种事宜。他也看了信，看完之后说道："这是古风的书简，可惜字写得太吃力了。

① 首句以常不离身的玉梳盒比拟玉鬘，第二、三句言无论外孙女或孙女，总是我的孙儿。日文中有三处双关，"两"与"盖"同音；"亲孙子"与"套盒"（即双重套合之意）同音；"身"与"盒身"同音，都关联到玉梳盒。所以下文中源氏说："三十一个字母之中，和玉梳盒无关的很少。"日本短歌限用三十一个字母。

老夫人早年擅长书法，年纪一大，笔力就不免虚弱，颤抖得太厉害了。”他又反复看了几遍，说：“这首诗和玉梳盒十分贴切！三十一个字母之中，和玉梳盒无关的极少。真不容易啊！”说罢，笑了起来。

秋好皇后送的礼物，是白色女衫、唐装女袍、衬衣，以及各种梳妆用具，都极为精美。又照例送来装香料的小瓶，其中装的是中国香料，香气异常馥郁。其他各位夫人亦别出心裁，赠送衣服等物，连女侍们用的梳子、扇子等，也都式样新奇，玲珑可爱。几位夫人都具有高雅的品位，于各种事物，都争竞巧思，因此所赠礼品，无不精致非常。住在二条院东院内的几位夫人，听说六条院要举办着裳仪式，自知不能参与庆祝，都装作不知。唯有常陆亲王家的小姐末摘花，一向循规蹈矩，凡有仪式，决不放过，颇有古人之风。她想：“这种盛典，岂可置若罔闻？”便按照古风送礼。这也是她的一片好心。她所送的是一件宝蓝色常礼服，还有暗红色或某某色的，总之是前代人偏爱的颜色的夹裙一条，以及一件泛白了的紫色细点花纹礼服。这些衣服装在一只很讲究的衣箱里，包得非常美观，派人送给玉鬘。其中附信云：“我这人微不足道，本来不该僭越。但值此宏大的典礼，又不能无所表示。礼物异常菲薄，可请转赐女侍。”措辞倒像模像样。源氏看了，心想：“真烦人啊！她又来这一套……”连自己都脸红了。他说：“这真是个古板的人。这样见不得人的人，默默地躲在家里就好。她这样做毕竟出丑。”又对玉鬘说：“你该给她写一封回信，否则她怕要见怪。想起当年，她的父亲常陆亲王非常怜爱她呢。我们对她若比别人轻视，太委屈了她。”再看她所赠的礼服，只见衣袂上题着一首诗，咏的是“唐装”：

“素日不亲君翠袖，
我身多恨惜唐装。”

她的书法，以前就不出色，现在愈发拙陋，竟像刀刻一般。源氏看了很不喜欢，觉得丑陋不堪，说道：“她作这首诗，费了不少苦心呢。现在侍从之类的女侍也已不在她身边，无人能代她帮忙，真是难为她了。”他觉得好笑，接着又说：“好，我虽然算个忙人，且让我来作答诗吧。”他一面怒气冲冲地写，一面又说：“这种怪事，真是让人意想不到。其实她大可不必如此！”写的是：

“唐装唐装又唐装，
翻来覆去咏唐装。”

写毕说道：“她特别爱用这两个字，就让我也来用用吧。”把诗给玉鬘看。玉鬘看了，嫣然一笑，说道：“啊呀，太刻薄了！这不是嘲弄她吗？”她大感困惑不解。这种无聊之事时有发生。

内大臣在未知实情之前，对玉鬘的着裳仪式并不关心。但知道实情之后，就想早点看看自己的女儿，心中极不耐烦，所以当天一大早就到了。仪式的排场比一般人家的体面得多。内大臣看见源氏太政大臣如此尽心，深为感激，但同时又觉得有些乖异。到了亥时，内大臣被请入玉鬘帘内。规定的陈设应有尽有，帘内的座位更为华丽。铺设华筵，灯火也比平时更加明亮，可见招待极为丰盛。内大臣很想与玉鬘说说话，然而这样做有些太唐突了，一来便与之交谈。替她的腰带打结时，他脸上露出惆怅的神色。源氏对他说道："今夜不谈往事，请你装作一概不知的模样。为了掩饰不知实情者的耳目，我们就把它当作世间平常的着裳仪式罢。"内大臣答道："承蒙你如此关怀，无言可以致谢。"于是共同举杯。内大臣言道："深情厚谊，使我感谢不尽。唯你将这消息幽闭至今，一向瞒住了我，又叫我不得不恨啊！"遂吟诗云.

"渔人[①]遭禁闭，久隐在矶头。
今日方浮海，安能不怨尤？"

他终于不能克制，流下泪来。玉鬘因许多大臣都聚集帘内，羞涩不能答复。源氏答道：

"长年漂泊后，寄迹渚边头。
藻屑诚微贱，渔人不要收。[②]

这怨恨未免太无理了。"内大臣也说："诚然诚然。"此外再无话可说，就走出了帘外。

这时自诸亲王以下，都集中在帘外。其中许多都是爱慕玉鬘的人。他们见内大臣入内之后久不退出，不知为了何事，大家都在惊疑。唯有内大臣的公子柏木中将及弁少将，大略知道详情。两人想起以前偷偷向玉鬘求爱的事，大为后悔，幸喜并未成功。弁少将向柏木耳语道："幸亏不曾公开！"柏木答道："源氏太政大臣脾气怪异，偏好干这些离奇古怪的事。他大概是想像秋好皇后一样对待她吧？"两人各抒己见，被源氏一一听到。他对内大臣说："还得请你暂时小心处理此事，以免众人讥评。身份普通的人，事事都可放心；纵使行为怪异，也不引人注目。但你我之事，万勿引起世人议论，以致平添你我的苦恼。这次的事情离奇，远非寻常之事可比。务必请你郑重其事，慢慢地使外人习惯，方为妥善之举。"内大臣答道；"这件事该怎样办理，自当听从于你。这女孩近年来蒙你垂青，荫庇长成，足见前世因缘不浅。"源氏送给玉鬘的礼品，其丰盛的程度自不必说。赠送来宾的福物及谢仪，按照各人身份，也比定例更为隆重。只是因内大臣之前曾以老夫人患病为由而谢绝结腰，这次并未举行大规模的管弦之会。

萤兵部卿亲王郑重地求婚了："着裳仪式现已完成，还有什么理由再加推托？……"源氏答道："之前皇上曾经暗示，让她入宫任尚侍之职，现正奏请指示。要等旨意到后，再行决定。"内大臣在灯光之下隐约见过玉鬘一面，总想再见一次。他想："这个女儿若有缺陷，太政大臣不会如此重视她。"因此愈发眷恋了。现在他想起从前做的那个梦，方知确有征兆。他只对弘徽殿女御说出了实情。

内大臣严守秘密，暂时勿使外人知晓此事。但搬弄嘴舌，乃世人常习，这件事自然不久就泄露了，渐渐传遍世间。那位口没遮拦的近江君也听说了。她来到弘徽殿女御面前，当时柏木中将和弁少将也在座。她毫无顾虑地说道："父亲又找到了一个女儿呢。啊呀，这个人真好福气！不知到底是怎样的一个人，两位大臣都对她如此看重。听说她的母亲出身也挺微贱的。"女御听了很难过，不发一言。柏木中将对她说道："两位大臣看重她，自有其中的缘故。我倒要问你：你从哪里听到这些话的？这样无所顾忌地说出

① 渔人比喻玉鬘。

② 渚边比喻源氏家。藻屑比喻玉鬘。渔人比喻内大臣。

成人仪式——冠礼与着裳

平安时代之前，日本已经有了仿照唐冠礼制的男子结发加冠，以及仿照“及笄”习俗的女子着裳仪式，两者皆为代表成年的仪式。《源氏物语》中，先后有源氏、夕雾行冠礼，紫姬、玉鬘以及明石小女公子行着裳仪式的描述。

男子冠礼

冠礼又称“元服”，其举行的时间，一般天皇在 12 到 14 岁，贵族在 12 岁。源氏即在 12 岁时举行的冠礼。

冠礼仪式

请贵人为束发，改为成人发型。

↓

由大宾加冠。

↓

着成人服装。

平安时代，官职三位以上和殿上人方可用冠；其余贵族只能戴乌帽子；非贵族人员仅剃去额上头发，留下名为“月代”的发式。

平安时代，只有加冠后才能有做官的资格。当时冠礼、叙位，是任官的必经之路。

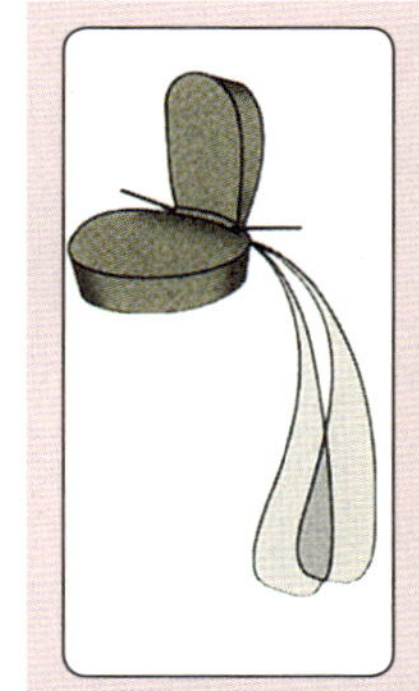
图为冠礼后贵族男子所戴的“冠”。

图为着冠的贵族男子。

女子着裳

女子 12 岁以后，即可由父亲或长辈为其举行“着裳式”，代表正式及笄，到了可以嫁人生子的年龄。仪式包括结发和着裳，裳指下衣，着裳就是将下衣系在腰上，相当于男子元服时着成人服装。

着裳仪式

贵族女子身穿华服，用扇遮面，表示财富与娇羞。

站在专门准备的方形台子上，由父亲或长辈跪坐于地，为其结腰带。

为其修剪头发，但只需剪下一小段即可。

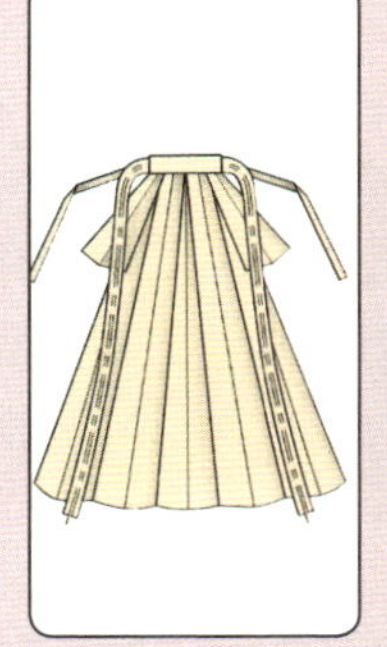
图为女子成人仪式所着的“裳”。

图为着裳的贵族女子，其身后长拖于地的即为“裳”。

来，要小心被那些快嘴快舌的女侍们听见啊！”近江君恨恨地答道：“哎呀，你不要多嘴！我都知道了。她要入宫去当尚侍呢。我早就来到这里，正是为了想被推荐入宫，去当尚侍。所以连普通女侍不愿做的事，我也起劲地去做。女御却不推荐我，实在太无情了！”说得大家都笑起来。柏木便与她开玩笑：“宫中尚侍若有空缺，连我们都希望去当呢[①]。你也一起来抢，未免太不客气了。”近江君生气了，答道：“像我这种微不足道的人，本不该夹在你们这些贵公子当中。都是中将不好，多事地把我接进来，让我在这里受人嘲笑。这里原来是一般人不能进来的王府！太可怕了！”说着向后退去，眼睛注视着这边。模样并不可怕，但怒气冲冲，双眉倒竖。

柏木中将听了她的话，觉得确是自己的错误，只得板起面孔，不发一言。弁少将赔笑着说：“你在此处供职，如此忠诚，女御怎能忽视？请你放心吧。看你那模样，纵使坚硬的岩石，也能一脚踢成雪粉[②]。不久自有让你称心如意的一天。”柏木中将接着说：“照你这模样，不如幽闭在天上的岩门[③]里，就可平安无事了。”说着便走了。近江君大声哭起来，叫道：“连这些人都看不起我了！唯有女御真心爱我，我就在这里当差了。”她就兴高采烈地在此处做事。连下等侍女及女童都不屑于做的杂役，她也不畏烦劳，东奔西走地去做，全心全意地为女御服务，还经常向她恳请：“请你推荐我去当尚侍！”女御不胜其烦，心想：“这个人竟连这种话都说出来，不知她心里是怎么想的。”只得由她去胡闹。

内大臣听说近江君想当尚侍，不由得哈哈大笑。有一天他去探视女御，顺便问道：“近江君在哪里？叫她到我这里来。”便唤她前来。近江君在里面高声答应：“来——了——”马上走到父亲面前。内大臣对她说道：“我见你替女御服务的认真模样，才知让你入朝当女官，一定非常合格。你想当尚侍，为什么不早对我说呢？”说时态度十分认真。近江君不胜欣喜，答道：“我本来想恳求父亲，但我以为女御一定会替我转达。但是现在听说，这个职位已经有人占了，我就好比做梦发了大财，但醒来只得手摸胸膛，垂头丧气。”这番话说得异常畅快，内大臣实在想笑，好容易才忍住，对她说：“遇事不肯直说，这是最不好的习惯。你若早些对我说了，我一定先推荐你。太政大臣家的女儿虽然身份高贵，但只要我恳切要求，皇上一定会允许我。但现在还来得及。你且写一篇申请文给我，字要写得毕恭毕敬，所附的长歌要富有情趣，皇上见了就一定会录用你，因为皇上一向最喜爱富有情趣的东西。”他花言巧语地骗她。这不像是做父亲说的话，实在太恶劣了。近江君信以为真，说道：“和歌呢，我虽然作得并不高明，但也会作。至于那篇重要的申请文，最好由父亲您出面，代我申请。我就托父亲的福了。”她不断搓着手缠着恳求，躲在帷屏背后的女侍听了，都好笑得要死。忍不住笑的人，就溜出室外去痛快地笑了一场。女御脸也红了，觉得实在让人厌烦。后来内大臣说：“我苦恼的时候，就得找近江君。一看到她，万种忧闷都消解了。”他把她看作消愁解闷的笑料。世人对此议论纷纷，有的人说：“内大臣为了掩盖，才故意用开玩笑的态度对她。”

---

① 尚侍是女官，男人不能当，此乃讥讽。

②《日本书记》第一卷中有：“蹈坚庭而陷股，若沫雪以蹴散。”意思是说，脚力极大，能把庭中坚石踏陷，蹴成雪粉。此书用汉文写成。这二句乃抄录，并非译文。

③“天上的岩门”是《神代记》中的神话之物。

第三十回　兰草①

玉鬘既已受封为尚侍，大家催她早日入宫。但她想道："这件事怎样才好？源氏太政大臣名义上是我的父亲，尚且心怀不良，让人不得不防；何况到了宫中。一旦皇上看中了我，发生瓜葛，秋好皇后与弘徽殿女御一定忌恨我，叫我难以做人。再加上我身世孤零，源氏太政大臣和内大臣与我相识未久，不曾深切顾虑我的事情，对我的爱护也不深重。入宫之后，一定有许多人骂我，说我的坏话，希望我成为众人笑柄。只怕会不断发生倒霉的事情呢。"她年龄渐长，已经不是无知无识的孩子了，因此想东想西，心绪纷乱，独自悄悄悲叹。她又想："若不入宫，长久住在这六条院里，倒也并无不可。但太政大臣存心不良，很是讨厌。我能找到一个机会，脱离此境，以清白之身来消除世人对我的讥评吗？亲生父亲内大臣，担心太政大臣心中不快，不敢把我带回去公然当作女儿看待。如此看来，无论入宫或住在六条院，我都无法避免令人厌烦的色情事件。自己懊恼无尽，而外人议论纷纷，我这一生何其不幸！"原来，自从向她的亲生父亲说明实情之后，源氏对她的态度更加肆无忌惮了，因此玉鬘时常悲叹。她不仅没有可与畅谈衷曲的同伴，连偶尔与之略谈心事的母亲也没有。内大臣和太政大臣都是身份显贵的人物，但无论何事，都不好再三反复地同他们商议。她独自坐在窗前，眺望凄凉的暮色，悲叹自己这异于常人的薄命生涯，那模样十分可怜。

玉鬘身着淡墨色丧服[②]，风姿清减。但因衣服的颜色与平常不同，反而更增艳丽，愈发引人注目了。众女侍看见她，个个都笑逐颜开。这时夕雾中将到访。他也穿着丧服，是一件墨色较深的常礼服，冠缨卷起[③]，容貌也反而更清秀了。夕雾过去一向以为玉鬘是姐姐，所以真心敬爱她；玉鬘也并不疏远他。如果现在因为知道了不是亲生姐弟而突然改变态度，似乎有些太不自然。因此依旧在帘前陈设帷屏，隔帘对话。不用女侍传言，直接交谈。夕雾是源氏太政大臣派来的，让他把皇上的话传达给玉鬘。玉鬘的回答落落大方，非常得体，贤惠而又高雅。夕雾自大风那天早上看见她的风姿，心里一直念念不忘，只可惜彼此是姐弟关系。自从知道实情以后，爱慕之心愈发难以抑制。他想玉鬘入宫以后，皇上绝不会把她看作一般的女官。但烦恼之事也会突然出现。他自觉心中充满热恋，但仍努力镇静，神气十足地说道："父亲有话命我转达，叮嘱我勿使外人听到，现在我可以说了吗？"玉鬘身边的女侍一听，便稍稍退避，躲到帷屏后面。夕雾就捏造了一番话，冒充源氏太政大臣平日的口吻，煞有介事地转达了。大意是：皇上对她另眼看待，让她心中提早准备。玉鬘默默不语，只是暗自叹息。夕雾觉得这态度十分可爱，愈发忍耐不住，对她说道："丧服在本月期满[④]，父亲说另外没有好日子，决定在十三日那天到河原去举行除服祓禊。那时我也一起前往。"玉鬘答道："你也同去，恐怕太招摇了。还是大家悄悄前往罢。"她的意思是不使外人知道她穿丧服的缘由，用心确实周到。夕雾说："你不愿向外人泄露实情，恐

① 本回写源氏三十七岁秋天的事。
② 可知老夫人已死。
③ 穿丧服时，冠缨必须卷起。
④ 祖母的丧服期为五个月。

怕太对不起老夫人了。我觉得这丧服是我难忘的外祖母的遗念，竟舍不得脱掉呢。再者，我们两家关系为什么如此亲密，我实在想不通[1]。如果你不穿着这件表示血缘关系的丧服，我还不相信你是老夫人的孙女呢。”玉鬘答道：“我什么也不知道，这些事情我更加弄不清楚。我只觉得这丧服的颜色异常令人觉得可悲。”她的神情颓丧，深可怜爱。

夕雾想趁此机会向玉鬘表明心意，便拿了一枝很美丽的兰草，从帘子边上塞进去，对玉鬘说道：“你也有缘分看看这花[2]。”他并未马上把花放下，只管拿在手里。玉鬘一时之间不曾注意，伸手去拿花，夕雾便拉住她的衣袖，扯了一下，赠诗云：

“兰草生秋野，朝朝露共尝。

请君怜惜我，片语也何妨。”

玉鬘听到最后一句，想道：这难道是“东路尽头常陆带”[3]的用意吗？心中很别扭，觉得此人真让人厌烦。但她装出一副不懂的模样，慢慢地退了回去。答诗道：

“既蒙君来访，自非疏远人。

交亲原不薄，何必枉伤心？

你我如此谈话，情谊就非浅薄，此外你尚有何求？”夕雾微笑着说：“是深是浅，你心中一定明白。照理说来，你身蒙圣眷，我怎敢痴心妄想？但我心中日夜煎熬，这情思之苦你不得而知。我怕说了出来，反而使你厌烦，所以一向闷在心中，但‘至今已不胜’[4]其苦了。柏木中将的心情你知道吗？我当时对他漠不关心，现在轮到我自己身上，方知当时何其冷漠。柏木的心情我也可以理解了。现在他倒已经梦醒，从此与你保持兄妹之谊，心情反而放松。我对他真不胜妒羡呢。至少请你可怜我的这份苦心！”他唠唠叨叨地说了许多情话，但都有些可笑，故并不记述。玉鬘有些不高兴，渐渐向后退去。夕雾又说：“你的心肠好硬啊！我从来不曾冒犯于你，这一点你总该知道吧。”他想趁此机会，再对她诉说衷情，只听玉鬘说：“我心情很不好……”说罢就退回内室。他只得叹息一声，告辞而去。

夕雾一想起对玉鬘说的一大篇话，深悔自己行为孟浪。但他又想：“紫夫人比这一位更加艳丽动人，我总要找个机会见她一次，纵使就像今天这样隔帘也好，至少可以听听她的娇声。”他怀着忐忑不安的心情，来找源氏太政大臣。源氏出来，他便转达了玉鬘的回音。源氏说：“如此看来，入宫之事她并不太愿意。萤兵部卿亲王这些人对付女人手段特别高明，大约是他们费尽心思，花言巧语地向她求爱，她的心已被深深感动了。要真是这样，让她入宫反而害了她。但大原野行幸，她见到皇上之后，曾经大为

---

① 夕雾不知道他父亲与夕颜的关系，所以想不通。

② 日本人称兰草为“藤袴”，称丧服为“藤衣”，故用兰草暗示丧服。本回题名即据此而来。兰草是菊科植物，初秋开淡紫色花。

③ 古歌：“东路尽头常陆带，相逢片刻也何妨？”可见《古今和歌六帖》。常陆国鹿岛神社举行祭礼那天，男女各将意中人姓名写在带子上，将带子供在神前。神官将带子结合，以定婚姻。这带子称为“常陆带”，犹如我国的“红线”。

④ 古歌：“刻骨相思苦，至今已不胜。誓当图相见，纵使舍身命。”可见《拾遗集》。

赞叹他的容貌。而且我也确信青年女子只要见过皇上一面，没有一个不愿意入宫的，因此才打发她去当尚侍。”夕雾答道：“不过，这位表姐的模样，入宫去当尚侍合适，还是当女御合适呢？秋好皇后在宫中的地位尊贵无比，弘徽殿女御也十分尊荣，皇上对她恩宠有加。表姐入宫之后即便大受恩宠，但想与她们并肩，恐怕也很困难。我又听别人说：萤兵部卿亲王非常诚恳地向她求婚。虽然尚侍是女官之首，身份与女御、更衣不同，但这时送她入宫，倒好像有意与亲王为难，他一定为此生气。父亲与他情属手足，恐怕要伤了感情。”他说的活像大人的口气。源氏说：“唉，做人真难啊！玉鬘的事，不是能由我一人做主的。哪里知道连髭黑大将也恨死了我。我每次看到不幸的人，总觉不忍坐视，总要想方设法救助，为此招致他人的怨恨，还被视为举止轻率，真是冤枉！她母亲临死前向我哀求，再三托我照拂她的女儿，这件事我始终不忘。后来听说这女儿在乡下孤苦伶仃，正在愁叹父亲不去找她，我觉得太可怜了，就接了她来。我一向对她爱护有加，所以内大臣也重视她了。”他说得头头是道。接着又说：“以她的人品，嫁与萤兵部卿亲王倒也恰当。她的姿色不凡，体态婀娜，再加上性情贤惠，绝不会有不端的行为。夫妻之间一定是很融洽的。但让她入宫，也是挑不出半点缺陷的。容貌秀美，仪态可爱，对礼仪都很熟悉，办事又精明能干，完全符合皇上的求贤之意。”夕雾听了这番赞扬，想趁机探察父亲的真心，便说道：“近年来父亲对她爱护周至，外人却都有所误解，说父亲别有用意呢。髭黑大将托人向内大臣求亲，内大臣也是这样回答他的。”源氏笑道：“从各方面来说，这个人由我来抚养，确不相称。无论入宫或其他决定，总得获得内大臣的许可，按照他的意思去做才是。女子有三从之义[①]；不尊此礼，由我做主，是不应该的。”夕雾又说：“听说内大臣在私下议论，他说：‘太政大臣家里有了几位身份高贵的夫人，他不便叫玉鬘和她们同列，所以故作放弃，把她交给了我；又派她入宫去当个闲散的女官[②]，以便以后把她幽闭在自己家中。这种安排实在聪明。’这是一个很可靠的人对我说的。”他说得非常确实。源氏猜度内大臣心中可能有这种想法，颇感不快，说道：“这样瞎猜，真让人厌烦！这人对万事都要穷究到底，才有这种荒唐的想法。这件事不久自会水落石出，他未免太多心了。”说着笑起来。他的口气十分坦率，但夕雾心中仍然起疑。源氏自己也想：难道我真是这样吗？这番心思被人猜中，未免太不成话，太没面子了。我总要设法让内大臣知道我心地清白。他想送玉鬘入宫，以掩饰自己的暧昧心情。不料却被内大臣识破，每一想起不免好生懊恼。

玉鬘将于八月中除丧服。源氏觉得九月乃不吉之月[③]，决定延至十月入宫。皇上等得十分焦灼。而爱慕玉鬘的人听到这个消息，都很惋惜，各自去找替自己帮忙的女侍，恳求她们，希望在入宫之前玉成其事。但这件事并不比用一只手塞住吉野大瀑布[④]更容易，女侍的回答都是“毫无办法”。夕雾那天唐突地对玉鬘说了那一番话，不知玉鬘对他的看法怎样，心中自觉痛苦。这时他就分外起劲地四处奔走，做出一副热心帮忙的模样，希望博得玉鬘的欢心。此后他不再轻率求爱，努力镇静，不露声色。玉鬘的几个亲生兄弟，一时之间尚

①《礼记》中说：“妇人有三从之义，未嫁从父，既嫁从夫，夫死从子。”

② 尚侍不必经常住在宫中。

③ 当时风俗，九月忌婚嫁。

④ 古歌：“吉野大瀑布，只手不能塞。犹如世人心，变化不可测。”可见《古今和歌六帖》。

不胜纠缠　歌川丰国　源氏香之图·兰草　江户时代（约1844—1847年）

明白玉鬘与自己非亲后，夕雾向玉鬘递出了爱慕的兰草。然而在玉鬘看来，本有姐弟之谊的夕雾，却如其父般存有非分之想，令人厌恶。图为夕雾向帘内的玉鬘递出表示爱慕的兰草枝。

未熟悉，还都不曾来访，而是焦灼地等候她入宫的日子，准备到时再来帮忙。

柏木中将过去向玉鬘求爱，费尽心思，现在却全无音信。玉鬘的女侍们都笑他老实。一天，他忽然以父亲的使者身份来访。由于一向习惯了偷偷摸摸地递送情书，所以今天还是不敢公然出面，只是趁月明之夜，走来躲在桂树底下。玉鬘素来都不见他，女侍们也多半不肯为他传达。而今天藩篱尽撤，在南面安排了座席招待他。玉鬘还是有些难为情，不肯亲口答话，所以叫女侍宰相君传言。柏木心中有些不高兴，说道："父亲特地派我前来，正是为有些话不便传言。你如此疏远于我，叫我怎么把这些话告诉你呢？自古道：'手足之情割不断。'这看似是老生常谈，其实却是真情实理啊。"玉鬘答道："我也想把多年心中的话向阿哥诉说。只因近日心情恶劣，竟至不能起身。阿哥如此见怪，倒使我觉得疏远了。"说得非常认真。柏木说："你既心情恶劣，不能起身，那可否容我到你床前的帷屏外面来坐呢——罢了罢了，我这要求太不体谅人了。"便悄悄地向她传达了内大臣的话，其神情也颇高雅，并不逊于他人。内大臣的话是："有关入宫的各种情况，我不能详细知道，希望你一一秘密地告诉我。我要顾忌他人耳目，不能亲自前来，又不便通信，为此时常记挂。"柏木又顺便把他自己的话叫宰相君转达："以后我不会再写那种愚蠢的信了。不过，无论是什么关系，你对我的热情熟视无睹，仍然让我越想越恨。最恨的便是今晚你对我的招待，应该在北面[1]接见我。如果像你这种高级女侍不屑招待我，不妨叫几个下级侍女引导我。像今天这样的冷遇，实在前所未有。我遇到了少有的遭遇！"

他侧着头，怨恨不休，样子有些可笑。宰相君便把他的话传告玉鬘。玉鬘说："突然与之亲近，担心别人取笑。我长年沦落的苦处，不能向阿哥倾诉，心中比之以前更多苦恨。"这只是应酬的话。柏木觉得有些不好意思，不作一声。后来赠诗云：

"不曾深悉妹山道，
　绪绝桥头路途迷。[2]

哎呀！"吟时仍恨恨不已，倒也可说是自作自受。玉鬘命宰相君传言道：

"不知何故迷山路，
　只觉来书语不伦。"

宰相君附言道："以前多次写信来，我家小姐并不知何意。小姐对于世间诸事，顾虑极多，因此不能回复。今后自然更不会再有这种事情了。"这也是实情。柏木答道："如此甚好，我今不便久留，就此辞别了。日后自当竭力效劳，借以表达我的忠诚。"说罢便起身离去。这时月明如昼，天色清朗，只将柏木中将的姿态照得异常优雅。他身着常礼服，容貌端丽，与周遭景色十分调和。众青年女侍互相议论："这人容貌姿态虽然比不上夕雾中将，但也十分优美。他家中的兄弟姐妹怎么个个长得如此出色呢！"她们照例大加赞赏。

髭黑大将和柏木中将都是右近卫府的同僚。髭黑经常请柏木来，与之亲切交谈，托他向内大臣提亲。髭黑大将人品也非常优秀，而且显然是朝廷辅弼的候补，内大臣对他也

① 北面，是接见熟客人之处，如后门。

② 妹山在纪州伊都郡，绪绝桥在陆前志田郡。此诗大意是：不知你是妹妹，因而迷恋。

嫔妃与女官

平安时代的日本宫廷，分为嫔妃和女官两部分。嫔妃即天皇的后妃，依次是皇后、女御、更衣。一条天皇时期开了一帝二后的先例，中宫开始与皇后并存。女官专门照顾皇帝、皇后日常生活，以及从事后宫的管理等工作。其中职位最高者，即为玉鬘即将就任的尚侍。其次为典侍、掌侍、命妇。

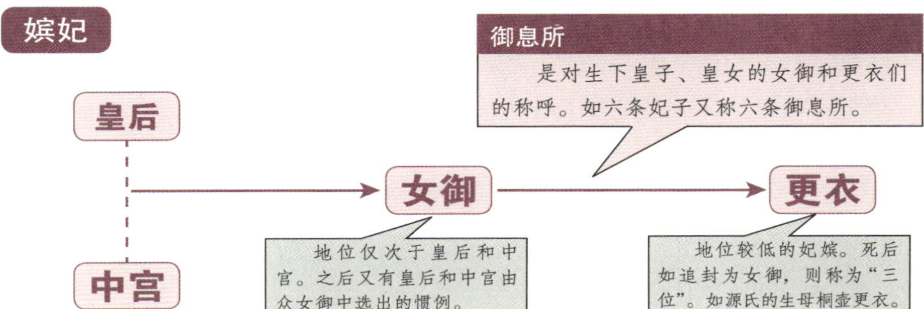

是对生下皇子、皇女的女御和更衣们的称呼。如六条妃子又称六条御息所。

地位仅次于皇后和中宫。之后又有皇后和中宫由众女御中选出的惯例。

地位较低的妃嫔。死后如追封为女御，则称为“三位”。如源氏的生母桐壶更衣。

由于贵族女子将名字视为私密之故，因此称呼后妃们便冠以其居住的宫室名。如居住在藤壶殿的女御，便称为藤壶殿女御。

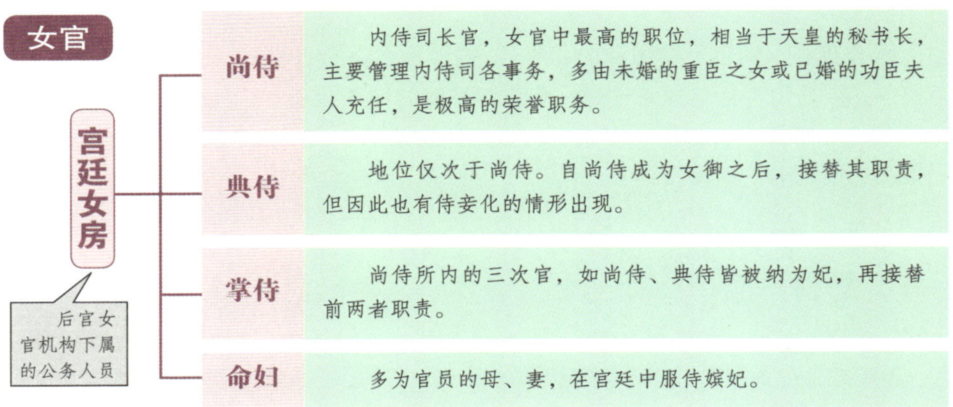

女官
宫廷女房
后宫女官机构下属的公务人员
尚侍
内侍司长官，女官中最高的职位，相当于天皇的秘书长，主要管理内侍司各事务，多由未婚的重臣之女或已婚的功臣夫人充任，是极高的荣誉职务。
典侍
地位仅次于尚侍。自尚侍成为女御之后，接替其职责，但因此也有侍妾化的情形出现。
掌侍
尚侍所内的三次官，如尚侍、典侍皆被纳为妃，再接替前两者职责。
命妇
多为官员的母、妻，在宫廷中服侍嫔妃。

嫔妃女房

相对于宫廷女房，嫔妃女房更具私人性质，为嫔妃所固有，多是知心好友，任务是为主人排忧解难、出谋划策。如图，《源氏物语》的作者紫式部，就是皇后藤原彰子的女房。

算满意。只因源氏一向主张送玉鬘入宫，他不便不顾其意愿将她许给髭黑。他猜想源氏必定别有用心，因此玉鬘之事，全由源氏做主。这位髭黑大将是皇太子生母承香殿女御的兄长。除了源氏太政大臣和内大臣之外，皇上对他最为信任。年龄大约三十二三。其夫人即紫姬的姐姐，式部卿亲王的长女，比他年长三四岁，并无特殊的缺陷，但大概是人品欠佳，髭黑大将称之为"老婆子"，一向不放在心上，时常想和她离异。因有这种传言，源氏总觉得髭黑大将不配当玉鬘的夫婿，一直不允许他。髭黑大将并无浮薄好色的行为，但为了玉鬘，他确是用尽心机，东奔西走。他从知晓内情的人那里探问到：内大臣对他并无异议，而玉鬘自身也并不乐意入宫。便多次去找玉鬘的女侍弁君，对她说道："现在唯有太政大臣不曾同意我，小姐的亲生父亲早就没有意见了。"催促她尽快玉成其事。

不久到了九月。秋霜降下，晨光优美。替求爱者拉拢的女侍们，给玉鬘拿来了许多偷偷送来的情书，玉鬘自己并不看信，都由女侍读给她听。髭黑大将的信中写道："指望本月相会，不觉虚度多日。怅望天空，心急如焚。

九月不祥且不管。
岂知拼命也徒劳。"

他已知道过了九月玉鬘一定要入宫。萤兵部卿亲王的信中则写道："事已至此，夫复何言！只是

莫教艳艳朝阳色，
消尽区区竹上霜。[①]

但望你体会我心，则也可聊慰我的相思。"这封信系在一根枯槁的竹枝上，竹叶上的霜也不拂落，就连那个送信使者也是一副形容枯槁的样子。还有式部卿亲王的儿子左兵卫督，即紫姬的兄长，因为经常出入于六条院，自然确知玉鬘入宫的事。为此不胜愤恨，信中很多怨恨之语。其诗云：

"心虽欲忘悲难堪，
如之奈何如之何？"[②]

这些情书的纸色、墨迹和熏香之气，各不相同，各具其妙。众女侍都说："以后若和这些人一概断绝，也太寂寞了些。"玉鬘不知心中有何感想，只对萤兵部卿亲王略复数字：

"葵花纵有心向日，
亦不自消早降霜。"

虽然不过是轻描淡写了几句，萤兵部卿亲王却如获至宝。可见玉鬘已经了解他的心意，虽然寥寥数字，亦觉十分欢喜。这种来信中绝不会有什么要事，但各人申恨诉怨，倒有不少花样。总之，为女子者，当以玉鬘为模范。源氏太政大臣与内大臣都对她如此评判。

---

① 朝阳比喻冷泉帝，竹上霜比喻他自己。

② 古歌："不忘欲忘终难忘，如之奈何如之何？"见《清慎公集》。左兵卫督的诗即据这首古歌而来。

第三十一回　真木柱[1]

源氏太政大臣劝告髭黑大将说："这件事要是让皇上得知，你该多么惶恐啊。我看暂且不要走漏消息才好。"但髭黑大将得意忘形，并不顾虑。玉鬘虽已和他同居多时，但对他绝无开诚相爱之意。她自叹这是意想不到的孽缘，为此一直愁眉不展。髭黑大将不胜其苦。但想到好事既已成就，因缘非浅，又不胜欣慰。他只觉此人愈看愈是可爱，真是合乎理想的娇妻，险些儿被别人夺了去。这样一想，竟致心惊肉跳起来，不由得想把那位替他穿针引线的女侍弁君和石山寺的观世音菩萨一起供将起来，每天顶礼膜拜。但玉鬘恨透了弁君，此后一直疏远她，她也不敢上前伺候，日夜幽闭在自己房中。为了玉鬘而相思刻骨、饱尝失恋之苦的人，京中不知有多少。但石山寺的观世音菩萨偏偏保佑了这个玉鬘并不喜爱的髭黑大将。源氏也不喜欢这个人，深感惋惜。但他又想："事已至此，夫复何言。而且内大臣既已许诺，我若站出来反对，表示不满，既对不起这位髭黑大将，于我又显多事。"就安排了宏大的仪式，竭诚招待这位新女婿。

髭黑大将急欲早日将玉鬘接回自己邸内，正做各种准备。但源氏以为玉鬘若毫无戒心，贸然迁往，那边心怀醋意的正夫人正在等着，对她很是不利。便对髭黑大将说道："我劝你还是镇静一些，慢慢地来，不可张扬，才能使你二人都不受人讥评与怨恨。"内大臣私下对别人说："我看这样反而稳当。她没有特别亲密的保护人，草率入宫去过豪华的生活，境遇定然痛苦，我更要替她担心。我虽有心提拔她，但弘徽殿女御正在得宠，叫我怎样下手呢？"这话说得很有道理：身在帝侧，而恩宠不及别人，只当一个普通的宫女，不被皇上所重视，毕竟是不幸的。新婚第三日的晚上，举行祝贺仪式，源氏太政大臣与新夫妇相互唱和诗歌，场面极为欢洽。内大臣听到这个消息，才知源氏抚养玉鬘，确是出于一番好意，心中更加感激。这件婚事虽然办得隐秘，但世人自会知晓，并大感兴趣。此事辗转流传，成了一件轰动一时的珍闻。不久连冷泉帝也听说了。他说："真可惜啊！这个人与我没有宿世因缘。但她既有为尚侍之志，不妨依旧入宫。尚侍与女御、更衣不同，已嫁之人亦无不可。"

到了十一月，宫中祭祀典礼非常之多，内侍所事务繁忙。典侍、掌侍等次级女官，频繁到六条院来向尚侍请示，玉鬘的房中十分热闹。但髭黑大将白天也不回去，只管在这里东躲西闪，玉鬘很厌恶他。在众多失恋者中，萤兵部卿亲王最为伤心。式部卿亲王的儿子左兵卫督失恋之外，加之姐姐由于玉鬘而被髭黑大将抛弃，受世人取笑，所以更加百般痛恨。但他又再一想：事已如此，痛悔无益了。髭黑大将原是个有名的忠厚之人，多年来从未有过轻薄好色之举。但现在完全变了样子，他对玉鬘一往情深，其贪色的样子竟像另换了一个人。只管偷偷摸摸地夜来晓去，装扮成一个艳丽的风流男子，众女侍看了只觉好笑。玉鬘本性活泼可爱，但现在笑容尽收，心思郁结。这件事本非她自愿之

① 本回写源氏三十七岁冬天至三十八岁冬天的事。玉鬘当了尚侍而尚未晋谒皇上之前，髭黑大将与她发生了关系。

举，众所周知。但她不知源氏太政大臣对这件事做何感想，又想起萤兵部卿亲王的一番深情，以及风流儒雅之状，更觉自己可耻可惜，对髭黑大将一直没有什么好感。

源氏太政大臣从前与玉鬘缠绕不清，惹得世人心疑，如今总算证明了他的清白。他回想这件悬崖勒马的事例，觉得自己是一个虽有一时冲动却能不越轨的人。便对紫姬说："你以前不是也这样怀疑我吗？"但他自知怪癖未除，每到热恋之时，难免任性而为，所以情思并未完全断绝。有一天白天，他趁髭黑大将不在家时来到玉鬘房中。

玉鬘近来心情恶劣，精神萎靡，无有快意之时。听见源氏太政大臣到来，只得勉强起来，躲在帷屏后接待。源氏这次特别小心，态度比从前略有改变，说的也是一些应酬之语。玉鬘看惯了那个粗壮而平凡的髭黑大将，一旦重又见到源氏俊秀无比的姿态，想起自己意外的遭遇，便觉十分羞耻，眼泪流个不停。两人说话，渐渐亲密起来。源氏靠在旁边的矮几之上，一面说话，一面向帷屏内察看。只见玉鬘芳容清减，却异常可爱，比以前更添艳丽，让人百看不厌了。

他想："如此绝色佳人，我竟肯让给他人，未免也太慷慨了！"惋惜之余，吟诗云：

"未得同衾枕，常怀爱慕情。
谁知川上渡，援手是他人。[①]

这真是意想不到啊！"说着，举手拭去鼻上的泪水，姿态十分优雅。玉鬘以袖掩面，答诗云：

"未向川边渡，先沉泪海中。
微躯成泡沫，消失永无踪。"

源氏说："消失在泪海之中，你这想法未免太幼稚了。这且不说。那三途川是必经之路，你渡川时，总得让我扶持你的手指尖儿吧。"说着微笑起来。又说："你现在想必已经知道了吧，像我这种既诚实又可信赖的人，实在是世间罕有的。只要你能了解，我就安心了。"玉鬘听了这话，心中更加难过。源氏看她可怜，便转向别的话头："皇上盼你入宫，你不奉命，恐怕失礼。你还是得奉命才是。女子被丈夫占有之后，不便兼任公务。我当初替你定下的计划，本不是这样的。但是二条的内大臣赞成这件婚事，我也只得同意了。"轻声细语，娓娓不倦。玉鬘听了又是感动，又是羞愧，只管流着眼泪，默然不作一声。源氏见她这般伤心，觉得不便畅谈衷曲，只得把入宫须知的事项以及事前应有的各种准备陈述了一番。看他的模样，不会马上允许玉鬘迁往髭黑大将邸内。

髭黑大将舍不得放玉鬘入宫。但他另有打算：趁此机会，把她从宫中再直接迎回自己邸内，便让她暂去一下。他不习惯偷偷摸摸地出入六条院，觉得十分痛苦，总想早日将玉鬘接回家去，便着手修葺宅邸。他的府邸荒芜已久，陈设大都破旧不堪，所以现在

① 当时俗语说：女人死后必渡三途川，川中有深浅不同的三条岔道，视其人生前善恶而指定一条。渡时由第一个丈夫援手。

平安侍女　《源氏物语绘卷·寄生二》复原图（局部）　近代

被冷泉帝、源氏等高贵、俊美男子所爱慕的玉鬘，却于入宫前失身于粗陋的髭黑大将，只得嫁为人妇，令众人大为失望。由玉鬘等的恼恨可猜测，是其侍女弁君之故，才使髭黑大将得逞。图为平安时代贵族家中的侍女们。

一概重新置办。正夫人为了他的薄情而悲伤不已，但他全不在意。本来怜爱的子女，现在也不在他的眼中了。略有几分温柔性情的人，无论做什么事，定然能体谅他人的心，不使他们感到委屈。但是这位大将性情直率，说一不二，行事不顾一切。因此旁人经常为他受苦。他的正妻人品并不逊于他人，说到出身，父亲是高贵的亲王，对这女儿的爱护也无微不至。世人对她十分尊敬。容貌也生得端正美丽，只是有一个极其顽固的鬼魂日夜缠附着她，因此近年来仪态与常人相异，总是失却本性，形近疯狂。夫妇之间的感情早已疏远。但髭黑大将一向还是尊重她，视之为高贵无比的正夫人。直到最近遇见了

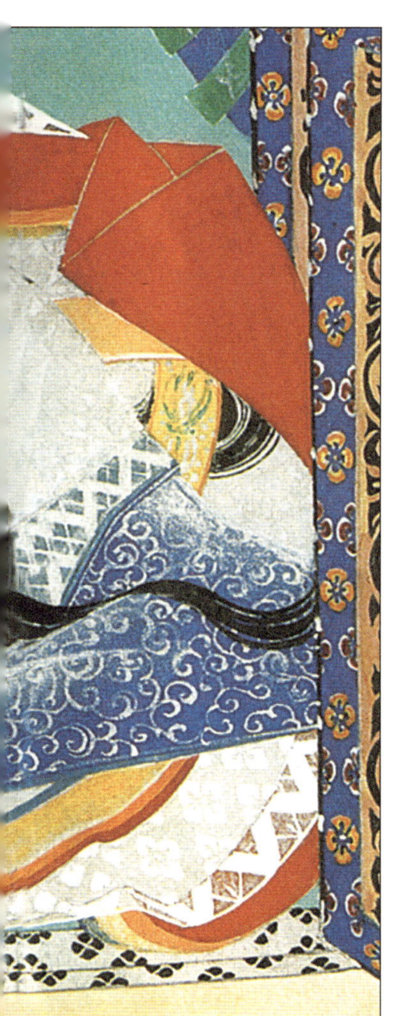

玉鬘，这才变了心。他只觉得玉鬘与众不同，美貌远胜他人。特别是世人疑心她与源氏太政大臣有染，而终于证明是清白之身，因此更加珍爱她。这也是理所当然。

正夫人的父亲式部卿亲王听说这件事，说道："事已至此，他把那个漂亮女人迎进来之后，必然倍加宠爱，叫我的女儿屈居在角落里，岂不被人笑话？只要我一息尚存，我的女儿就不能忍辱含羞地寄人篱下。"便修整宅邸东面的厢房，想把女儿接回家中。女儿却以为虽然是娘家，但既是已嫁之身，而又回来依靠父母，终非长远之计。苦恼之余，心情更坏，便病倒了。此人性情柔顺，心地善良，但因其病不时发作，以致被人疏远。她房中器物散乱，灰尘堆积，没有一处清净的地方，满目凄凉之色。髭黑大将见惯了玉鬘之处的琼楼玉宇，再看她的房间只觉不堪入目。但毕竟有长年的夫妻之情，心中觉得可怜。对她说道："纵使是结婚数日、交情极浅的夫妻，凡是出身良好的人，都能相互体谅，白头偕老。你的身体有病，因此我有想说的话，总是难以向你启齿。你我不是多年的夫妻么？你的病状迥非寻常，但我一向对你照顾有加，隐忍宽容，直到今日。但愿你也能善始善终，不要对我生出厌弃的念头。我常对你说：我们已有子女，无论何种情况，我决不疏远你。你却怀着妇人之见，一直无故怨恨着我。在你尚未确知我的真心期间，难免你会恨我。但现在请你暂时任我主张，再看今后的结果。岳父听说了这件事情，愤恨之余，定要把你接回娘家去，这样做未免太轻率了。不知道他是真有这个决心呢，还是暂用这话来吓唬我？"说到这里笑了起来。夫人听了这番话心中更加懊恼。多年在邸内当差而形如侧室的女侍木工君、中将君等人听了，也不免愤愤不平。刚巧夫人这几天精神正常，哭得十分伤心，答道："你骂我昏聩，我自是罪属应得。但你说到我的父亲，被他听到了叫我怎么做人？为了我这不幸之人，连父亲也受到轻率的讥评！你做的那些勾当，我早已听说，并不是今天第一次听到，绝不会为此悲伤。"说着背过身去，姿态优美可爱。这位夫人身材小巧，由于长年患病，更加消瘦憔悴，似有弱不禁风之状。她的头发本来既密且长，但现在疏疏落落，好像被人削了一部分去。再加上久缺栉沐，泪雨常沾，更让人觉十分可怜。她素无娇艳之相，外貌酷似其父，容貌也算端丽；只是病中不加修饰，所以全无华丽之感。髭黑大将对她说道："我怎敢轻易讥评岳父？你不要说出这种丧失礼貌又有损名誉的话！"他如此安慰她，又说："近来我常去的那个地方，非常奢华，有如琼楼玉宇。像我这样陌生的人在那边出出进进，只怕太过引人注目，心中颇感痛苦。为此我想把她接到家中。太政大臣当今声望无比高贵，他家里事事十全其美，让他人看了自感羞愧。我们这里倘若扬出家丑，被他听说，不但太难为情，也对他不起。那人迁来之后，务必请你与她和睦相处。你纵使回娘家去，我也绝不会忘记你。无论怎样，我俩的情爱绝不会就此断绝。你如若定要断然离我而去，在你势必为世人讥笑，在我亦不免受到轻薄的讥评。因此请你念在多年来的夫妻之情，与我长相厮守，相互照顾。”夫人听了他这番话，答道：“你的薄情，我并不介意。我所悲伤的，是父亲一向为我这疾病之身而愁叹，如今又为了世人笑我被丈夫遗弃而伤心。我很对他不起，哪有面目回家去见他呢？你说起太政大臣家的紫夫人，她与我并非外人[①]。她小的时候离开父亲，在外间生长，现在做了那人的义母，我的丈夫反成了她的女婿。父亲为此事颇感不快，但我也并不介意。我只要看你的行动。”髭黑大将说：“真是通情达理！不过你那毛病一旦发作，痛苦的事情就又来了。这些事情，紫夫人并不知道。太政大臣一向把她当作千金小姐一般宠爱，她又怎肯过问我这种凡夫俗子的事？她并未以义母自居。你们胡思乱想，被她听到了太不好意思了！”他在夫人房中住了一天，同她说了许多话。

天色渐黑，髭黑大将心不在焉起来，巴不得早点到玉鬘那里去。可巧天上降下大雪。这种天气如果一定要出门，别人看了不免诧异。眼前这人如果一味嫉妒怨恨，脸色难看，倒不妨以此为借口，拂袖而去。但她现在平心静气，和蔼可亲，实在无法抛下她走开。到底怎样才好，心中迷惑不定。于是也不关格子窗，只管在窗前望着庭中出神。夫人见他这副模样，便催他出门：“真不巧啊，雪下得这么大。看来路上很难走呢。天色也很晚了。”她知道情缘业已断绝，再挽留他也是枉然，神情十分可怜。髭黑大将说：“这种天气让我怎么出门呢！”但又自己说了回来：“不过近来，那边的人还不知道我的心，一直说长道短。太政大臣和内大臣听了不免对我怀疑。所以我不得不去。就请你心平气和地观察我吧，等她迁到这里之后，大家都可放心了。若你一直这样清醒，我绝不会想念别人，只觉得你很可怜爱。”夫人低声下气地答道：“如果你人留在家里，而心向着外面，那更使我痛苦；如果你人在他处，而心却能想念着我，那么就连我袖上的冰也会融解了[②]。”便取过香炉，替髭黑大将把衣服熏上浓香。她自己身上却穿着没有浆过的旧衣服，更加显得寒酸。那副消沉的样子，让人看了非常难过。由于常常哭泣，她的双目均已红肿，容貌不免逊色。但这时髭黑大将真心地怜悯她，并不觉得难看。他想起同她多年夫妻，而忽然把爱情全部移到别人身上，觉得自己太薄幸了。但又觉得对玉鬘的热恋依旧旺盛，便装出一副懒洋洋的模样，长叹数声，换上衣服，又取过小香炉来塞在衣袖里，再加熏香。

髭黑大将穿着柔软而合身的衣服，那样子虽然比不上举世无双的美男子源氏，但也秀丽堂皇，不是一般之人可以比拟的，让人看了肃然起敬。随从在外面喊道：“雪渐渐停了。夜深了吧？”他们不敢太过催促，便假装与伙伴闲谈，又咳嗽了几声。中将君和木工君等都悲叹道：“做人真无聊啊！”她们躺在一起共话。夫人正在沉思，优雅地躺着。突然站起身来，将大熏笼下面的香炉拿出，走到髭黑大将身后，把一炉香灰倒到他头上。转眼之间的事，谁也不曾提防。髭黑大将大吃一惊，一时间被吓得呆若木鸡。香

① 是她的异母妹。

② 古歌：“怀人不寐冬天晓，袖泪成冰尚未融。”见《后撰集》。

灰混入眼睛里和鼻孔里，弄得他昏头昏脑，看不清四周情况。他两手直挥，想掸去香灰，但浑身是灰，掸不胜掸，只得把衣服脱了下来。倘使夫人神经正常，而有此行为，那是无礼之极，没有再顾及的价值，但因是鬼魂附体，才被丈夫厌弃。因此身边的女侍都同情她。她们呼喊奔走，忙着替主人更衣。但许多香灰钻进鬓发之中，又沾满全身。这般模样，怎能走进玉鬘清雅的闺房之中呢！

髭黑大将想道：虽说是被鬼迷了，但这种举动，也未免太荒唐了，从来就不曾见过。他十分懊恼，更加厌恶这夫人，刚才生出的怜爱之心都消失了。这时若把事情闹大，他担心又发生意外的变化，只得暂且忍气吞声。不管已近夜半，派人请来僧众，大办祈祷法会。夫人正在大声喝骂，髭黑大将听了，只觉厌烦之极。这也是难怪的。由于祈祷的法力，夫人有时似乎被打，有时跌倒在地，闹了整整一夜，直到天明，方始倦极睡去。这时髭黑大将自顾自地写信给玉鬘。信中说："昨夜这边有人身患暴病，几乎死去；再加上大雪纷飞，行路困难。未能前来欢叙，尚请原谅。但不知旁人怎样猜度。"言辞颇为直率。又附诗云：

"心似雪花飞舞乱，
独眠双袖冷如冰。

实在太难堪了。"这信写在白色薄纸上，非常工整，但并无风趣之语。笔迹倒也俊秀，可见此人确有才能。玉鬘并不把他放在心上，纵使他夜夜不来，也无所谓。这封战战兢兢的信，她看也不要看，当然未有回复。髭黑大将等不到消息，十分伤心，忧愁了一整天。

第二天夫人醒来，狂病依然未愈，模样十分痛苦。于是再作修法祈祷[1]。髭黑大将也在心中祝愿：但愿眼前平安无事，早日恢复正常。他想：我要不是曾见过她正常时的可爱样子，绝不可能忍耐到现在，这模样真让人厌烦啊！到了傍晚，他急急忙忙地准备出门。他的服装很不整齐，奇形怪状，不成体统，为此满腹牢骚。没有人拿出漂亮一些的袍子来替他换上，样子很是可怜。昨晚那件袍子被香灰烧破了好几处，有一股焦臭味道，极其难闻，衬衣上也染了焦臭。这自然表示夫人已打翻了醋瓶，玉鬘见了一定厌恶。于是他把衣服脱光，洗了一个澡，郑重地打扮了一下。木工君替他熏香衣服，对他吟道：

"孤居寂处心如灼，
妒火中烧炙破衣。

你对夫人如此无情，叫我们看了也觉愤愤不平。"说时以袖掩口，神色十分俊俏。但髭黑大将心不在焉，奇怪自己怎么会看上木工君这种女人。此人真是薄幸啊！其答诗云：

"每闻恶疾心常悔，
怨气如烟炙破衣。

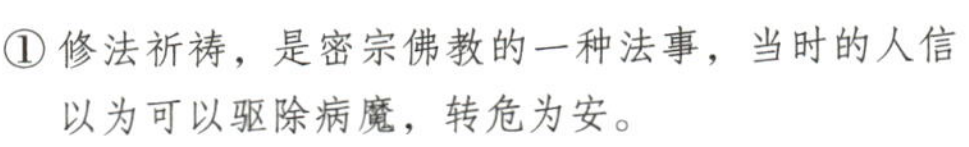
① 修法祈祷，是密宗佛教的一种法事，当时的人信以为可以驱除病魔，转危为安。

她昨夜那种丑态如果被那人知道，我就两头落空了！”他叹了数声，出门而去。到了玉鬘那里，觉得只隔一夜，她的容貌竟忽然增艳，就愈发专心地爱她，绝不再分心想念其他女人。他每一想起家中之事便不胜厌烦，便长久躲在玉鬘房中，不想回家去了。

他家中连日大办修法祈祷，但那鬼魂越来越凶恶，大肆骚扰。髭黑大将听了，心想此刻回家，更要闹出丑闻，被人耻笑，心中害怕，愈发不敢回去。后来虽然回去，也躲在别的屋子里，只把子女叫进来爱抚一番。他有一个女儿，仅有十二三岁。之下还有两个男孩。近几年来，他对夫人虽然渐渐疏远，但总还把她当作正夫人来看待。如今眼看情缘即将断绝，众女侍都觉得十分悲伤。

夫人的父亲式部卿亲王听到这个消息，说道：“照此说来，他已经把我女儿当成弃妇来看待了。若再忍气吞声，我们太没有面子了，岂不被天下人耻笑？只要我还活在世上，我的女儿又何必委屈地追随他呢？”便马上派人去接女儿回家。这时夫人已恢复正常，正在哀叹身世，忽然听到父亲派人来接，想道：“我若只管留在这里，等待丈夫正式和我决绝，那时再被送回娘家，就更加惹人笑话了。”便决定回去。派来迎接的是夫人的三个哥哥：中将、侍从及民部大辅。另一位哥哥兵卫督官位较高，行动惹人注目，所以没来。派来的车子唯有三辆。夫人的女侍早就料到会有这一天，现在看见果然如此，想起今天是住在此邸的最后一天了，大家不禁流下泪来。夫人悄悄对她们说：“我很久不曾回家了，这次回去，犹如旅居一般，哪里用得着这么多人呢？你们暂且有几个人回娘家去，等我在那边住下再说。”众女侍便各自收拾物件，搬回娘家，邸内弄得杂乱无章。夫人的日常用品，也都包装起来，以便运回家去。这时上下人等，无不伤心哭泣，真是凄凉之极！

三名子女，都还年幼，正在一起游戏。夫人把他们叫来，对他们说道：“我这一生命苦，今已全无希望，对这世间更无留恋，唯有听天由命了。你们来日方长，但今后孤苦无依，竟使我不胜悲伤！你这女孩且跟我走，未来是好是坏，我也顾不得了。两个男孩暂时也跟了我去，但不能与父亲断绝关系，还得经常来看他。不过你们的父亲并不把你们放在心上，你们的前途十分暗淡，恐怕亦不得享福了。外祖父在世的时候，你们总可获得一官半爵。但如今是源氏太政大臣与内大臣的世界，他们听说你们家中的情况，恐怕会看不起你们，要立身处世也是不容易的。如果将来出家为僧，遁入山林，那我死也不能瞑目了。”说着大哭起来。三个孩子虽然不大懂得其中深意，但也都撇着嘴哭了起来。几个乳母聚在一起，悲叹着说：“看那些古代小说中所写，世间一般的父亲，到

大雪欲出行　歌川广重　雪中的马队　江户时代（1834—1842年）

大雪天气出行，旁人必然奇怪非议。然而面对消沉怪异的发妻，薄幸的髭黑大将又止不住地想着玉鬘。对此，他的夫人说出做妻子的心声：人在家而心在外则我痛苦；人在外而心系家，则我袖上冰也会温暖地消融。图为日本冬夜冒雪赶路的行人。

了时移世变之时，总是会追随后妻而疏远前妻的儿子。何况我们这位大将只有父亲的空名，在别人面前也绝不顾忌地看轻他们，想靠他来提拔，恐怕是全无希望吧！”

天色渐晚，乌云密布，眼见即将下雪，暮色十分凄凉。前来迎接的几位公子催促道：“天气很坏呢，还是早点动身吧。”夫人只管擦着眼泪，茫然地沉思着。那女公子是髭黑大将素来最宠爱的，她想：“今后没有了父亲，我怎么过日子呢？现在要是不能与他告别，今后恐怕更不能再见了！”便伏在地上，不肯跟母亲走。夫人安慰她，对她说道：“你不肯跟我走，使我更伤心了！”女公子盼望父亲赶快回家，一心等候着。但天色已经如此之晚，髭黑大将怎会回来呢？女公子平日常倚靠着东面的柱子而坐，一想起这柱子今后将让与他人倚靠，不胜感慨，便匆匆将一张桧皮色的纸折了一下，在上面写一首诗，用簪子把纸塞进柱子的裂缝里。其诗曰：

“临别赠言真木柱[①]，
多年相倚莫相忘！”

尚未写完她就嘤嘤地哭起来。夫人对她说道：“算了吧！”和诗云：

“纵有多情真木柱，
故人缘断岂能留？”

夫人的随身女侍们听了，都十分悲伤。平日对院中草木并不经心，但如今也觉依依难舍。大家掩面啜泣。木工君是髭黑大将的女侍，仍留在邸内。中将君赠以诗曰：

“岩间浅水[②]长留住，
镇宅之君岂可离？

这真是意想不到之事。就此告别了！”木工君答道：

“岩间浅水虽留住，
毕竟情缘不久长。

不必多说了！”说罢就大哭起来。车子出发了。夫人回望这座宅邸，想起今后再无缘再见，便凝视着那些并不足观的“树梢”，屡屡“回头”，“直到望不见”了才罢。并非依恋“君家”[③]，只因为是多年住惯的地方，怎能不伤心惜别呢？

式部卿亲王等着女儿回家，心中非常烦恼。老夫人[④]边哭边骂：“都是你把太政大臣当作好亲戚，我看倒是你的七世冤家！以前我们的女儿想入宫当女御，就是他曾多方阻挠，弄得我们难堪。你说是他流放须磨时你不曾关怀他，他心中怨恨的缘故。世人也都这样说。但亲戚之间怎能这样！大凡宠爱妻子，必定惠及妻子的家族。源氏大人却只爱紫姬一人，根本不顾其他。年纪这么大了，还要弄来一个来历不明的女子，当作义女抚养。自己玩厌了，又想把她许配给一个忠实可靠、不会变心的人，就强拉了我们的女婿去，百般地奉承他。这种行径，真把人气死！”她不停大声痛骂。式部卿亲王说道：“你说的话多难听！不要这样信口辱骂世人无可非难的大臣！他是一个贤明的人，一定多方考虑方才做此报复。这也是我自身的不幸。他装作若无其事，为须磨谪居的事对人做出各种报复，或使之升，或使之沉，都很贤明公正。唯有我一人，因是他的姻亲，前年我五十寿辰时，他的祝仪特别隆重，举世称颂，使我更加受不起。我常将之引为一生

① 真木是罗汉松的日文名称。根据此诗，后来称这女子为真木柱。

② 岩间浅水比喻木工君。

③ 菅公贬官时有诗云：“行行一步一回头，扰见君家绿树稠。直到树梢望不见，茫茫前途是离愁。”可见《拾遗集》。

④ 此老夫人是式部卿的正夫人，髭黑夫人的生母，紫姬的继母。

无上的荣幸，不敢再有其他奢望了。”老夫人听了这话，愈发生气，便用各种恶语把源氏乱骂一顿。这老夫人真是个品性不良的人。

却说髭黑大将在玉鬘那里，听说式部卿亲王接回女儿的消息，想道：“真奇怪！倒像个年轻妻子，打翻醋瓶，回娘家去了。她本人并无如此决心，不会断然出此下策；亲王做事太轻率了。”他想起家中子女以及外人的议论，心绪很不宁定，便对玉鬘说道：“我家里出了这样的怪事。她自顾走了，我们反倒安稳。其实这个人脾气还好，以后你去了，她只会躲在角落里，不会与你为难。但是她的父亲突然接了她去，外人听说这件事，一定怪我薄幸，所以我必须要去说个明白，马上就回来。”他身着一件华美的外衣，内穿白面蓝里衬衣和宝蓝色花绸裙，打扮及容貌都很出众。女侍们觉得此人与玉鬘非常相称。但玉鬘听说他家里出了这种事情，更加痛心自身命苦，对他看也不看一眼。

髭黑大将要去向式部卿亲王解释缘由，先返回自己邸内。木工君出来接他，将昨夜的事情一一告知。他听到女公子临去前的情形，虽然一向少动感情，也不禁簌簌地流下泪来，那模样很是可怜。他说：“哎呀！此人大异其类，狂病不时发作，我多年来百般忍耐宽容，这点苦心他们全然不解，怎么办哪！我如果是专横自大的人，绝不会与她相处到今天。算了吧，她反正是个废人，住在何处，也都一样。但这几个孩子，不知亲王会怎样教养他们。”他一面叹息，一面看塞在真木柱里的那首诗，只觉得笔迹虽然幼稚，心情却让人可怜，使他更加眷恋不舍。他一路上擦着眼泪，来到式部卿亲王邸内，但无人出来迎接。亲王对女儿说道：“你不要去见他！这个人一向阿谀权势，不是今天才开始变心的。他喜新厌旧，已有多年，我早就知道。你想他回心转意，绝无希望。若再对他留恋，你的病也会越来越重的。”如此劝阻，亦自有其道理。髭黑大将叫女侍向亲王传言：“这件事未免急躁了些。我已和她生下一群可爱的子女，以为彼此尚可信赖，不必常诉情怀。这种简慢之罪，如今也无法辩解了。但今天务必请予原谅。日后如果世人断定我罪无可赦，再请如此处分好了。”再三求情，终不见谅。他便要求，至少要见女公子一面。但女公子也不出来相见，只来了两个男孩。长男今年十岁，是殿上童，容貌很美，姿态虽不十分秀丽，但人人都赞他非常聪明，已渐通达世务。次男八岁，非常可爱，容貌很像姐姐。髭黑大将抚摸他的头发，对他说道：“我就把你当成你姐姐的替身吧。”哭着和他们说话。他又要求，想拜见一下亲王。亲王也不愿相见，只说“偶感风寒，正在卧床休息”。髭黑大将觉得无奈，只得告辞而出。

他同两个男孩坐在车里，和他们一路说着话回到家中。他不带他们到六条院去，却把他们带回自邸，对他们说：“你们还是住在这里好些，我来探望你们也方便。”说过便自往六条院去了。两个儿子倍感无聊，茫然目送父亲远去，模样怪可怜的，这使得髭黑大将心中又添了一种愁思。但一到六条院，见到玉鬘的美貌，再和他那怪僻的正夫人做一比较，只觉天差地远，万种愁思都在转眼之间消失了。之后，他就以前日拜访遭拒为由，和正夫人断绝了来往，连音信也不通。式部卿亲王听了，痛恨他的无情，愁叹不已。紫姬也听说了，叹道：“连我也被父亲痛恨了，真冤枉啊！”源氏觉得对她不起，就安慰她道：“做人真不容易啊！玉鬘的事，并非可由我一人做主，但又与我有关。皇上也疑心我从中作梗，萤兵部卿亲王也百般埋怨于我。虽然如此，萤兵部卿亲王是个能谅解他人的人，他查明真相之后，怨恨自会消除。男女相爱，纵使力求隐秘，后来自会显露真相。我想你父亲不会怪罪我们吧。”

临别木柱　歌川丰国　源氏香之图·真木柱　江户时代（约1844—1847年）

彻底闹僵的家庭转瞬崩裂，女儿痴心等候寓居玉鬘处不归的父亲髭黑大将未果，只得将临别的信，塞进平日常倚靠的罗汉松柱的间隙里。木柱象征着父亲，此举是对多年倚靠的支柱如今失去的悲伤缅怀。图为髭黑大将之女将临别信塞进木柱的情景。

因有上述各种烦扰，尚侍玉鬘心情更加纠结，没有片刻开朗之时了。髭黑大将觉得对不起她，百般设法安慰。他想："她要入宫，我一向不大赞成，阻碍她的行期，皇上必将责我不敬，以为我有何存心。太政大臣等人也要怪我。以女官为妻，并非没有前例，我就让她去散散心吧。"他念头如此一转，就在新年之后送玉鬘入宫。

正月十四日举行男踏歌会，尚侍玉鬘就在这一天入宫，仪式十分隆重。义父太政大臣与生父内大臣都来参加，更使髭黑大将平添威势。宰相中将夕雾诚心诚意地前来协助。玉鬘的兄长柏木等人，也趁这时机一齐前来，悉心照料，体贴入微。尚侍的住所设在承香殿[①]内东侧。西侧便是式部卿亲王家的女御所居之处。中间只隔一条走廊，两人的心相隔却远。这时宫中许多妃嫔，互相争妍斗艳；珠翠满眼，繁华正盛，其中少有身份特别低微的更衣。秋好皇后、弘徽殿女御、式部卿亲王家的女御，以及左大臣家的女御，今天都来参与。此外唯有中纳言之女及宰相之女参与服务。

众妃嫔娘家的人，都来欣赏踏歌。今天的宴会异常宏大，众女眷没有一个不打扮得花团锦簇的，重叠的袖口[②]都很齐整。皇太子之母承香殿女御也打扮得格外用心。皇太子年仅十二，但周身饰物都非常入时。踏歌队先到御前，接着到秋好皇后宫中，然后再往朱雀院。本应再赴六条院，但夜色已深，诸多不便，今年就不曾去。当队伍从朱雀院返回，途经皇太子宫等处时，天色渐亮。在朦胧的晨光之中，踏歌人兴致方浓，齐声唱起催马乐《竹川》之歌。内大臣家的四五位公子都是殿上人中嗓音最好、容貌最美的少年，马上参与合唱，那歌声异常动人。殿上童子八郎君，是内大臣正妻所生，父母异常宠爱，容貌也很俊秀，与髭黑大将的长男可相媲美。尚侍心知这八郎君是异母兄弟，对他另眼相看。

玉鬘的女侍的衣衫及一般装饰，即便与过惯宫廷生活的宫人们相比，也显得很入时。色彩及式样虽与别人相同，但看来总觉得格外华丽。玉鬘与众女侍都觉得此间欢乐，想多留几日。犒赏踏歌人的礼品，照例各处相同，但玉鬘所赠的棉絮特别风趣，其式样与众不同。这里是踏歌人休憩的场所，场面非常热闹，人人心中喜气洋洋。招待踏歌人的酒筵本有一定规格，但今天筹备得格外精致。这是髭黑大将所安排的。他也住在宫中的值宿所，这一天几次三番派人去对尚侍说："务请今晚返回本邸。深恐值此时机，你将变心。入宫任职，让人不大放心呢。"反复说了数遍，玉鬘只管置之不理。女侍们对他说道："太政大臣再三叮嘱：'难得入宫，不可匆忙辞去。一定要使皇上喜悦，得其许可，然后再退出。'此时退出太早了。"髭黑大将心中懊丧，说道："我如此反复恳请，还是不能如我所愿，怎么办哪！"更加悲叹不已。

萤兵部卿亲王这天在御前奏乐，但神思恍惚，一颗心时常萦绕在尚侍身边。后来忍耐不住，终于写了一封信去。恰巧这时髭黑大将到近卫府公事室去了。使者把信交给女侍，说："这是亲王吩咐送上的。"女侍将信呈与尚侍。玉鬘没精打采地展开一看，只见信中写道：

---

① 承香殿，是髭黑的妹妹、皇太子之母承香殿女御所居之处。

② 重叠的袖口露出在帘下，是女子的一种仪容。

“深山乔木上，比翼鸟双栖。
妒杀孤单客，芳春独自悲。

我耳中有如听到嘤鸣之声呢。”玉鬘心中不快，满颊红晕。正愁无法回复，忽然皇上来了。这时月色如洗，刚好照见龙颜清丽无比，与源氏太政大臣十分相似，竟无半分差别。玉鬘看了，心中纳闷：“这样美貌的男子，世间竟有两人？”她觉得源氏太政大臣对她恩情深重，可惜存心不良。今见此人，并无恶感。皇上语气十分温存，婉言向她诉恨，责怪她迟迟不肯入宫。玉鬘十分困窘，只觉无地容身，只好以袖掩面，默然以对。皇上对她说道：“你默不作声，真使我莫名其妙。我封赠你为三位，以为你能解我的心意，哪知你如同不闻。原来你有此癖好啊！便赠诗云：

“底事侬心思慕苦，
今朝才见紫衣人[①]。

你我宿缘之深，无以复加了。”他说时神情生动，姿态优雅，令人不胜惭愧。玉鬘觉得他与源氏太政大臣一模一样，便放下心来，答诗一首。她的意思是：刚入宫来，尚未建立功劳，已蒙加封三位，不胜感激。诗云：

“不知何故承恩赐，
无德无才受紫衣。

今后自当报答皇上宏恩。”皇上笑道：“你说今后报恩，怕靠不住吧。如果有人说我不该向你求爱，我倒要同他评评道理。”说时满面怨恨。玉鬘无法对付，觉得十分厌烦。她想：“今后我在他面前，绝不可和颜悦色了。世间男子都有这种恶癖，真可恶啊！”便板起面孔。冷泉帝也不便过分调戏，想道：“日后自会慢慢熟悉的。”

髭黑大将听说冷泉帝来访之事，大为担心，频频催促玉鬘出宫。玉鬘也怕做出人妻所不应有的事情来，在宫中无法安居，于是便想出各种退出的理由，再由父亲内大臣等人多方劝请，冷泉帝才允她退出。他对玉鬘说道：“你如今出宫，今后一定有人心生警惕，再不肯让你进宫来。这真使我十分伤心。我比别人先爱上你，现在却落在后头，要仰人鼻息。我已变成从前的文平贞[②]了！”他真心地惋惜痛恨。以前听闻玉鬘貌美，如今亲见其人，只觉比传闻之中更美。纵使以前不曾有过爱慕之心，见了也绝不肯放过；何况曾有此心，叫他怎能不嫉妒怨恨呢？但一味强求，担心被玉鬘看轻。因此便装出一副风流的姿态，和她订立盟约，让她心悦诚服。玉鬘心中诚惶诚恐，想道：“‘梦境迷离我不知’呀！”辇车已经预备好了。太政大臣与内大臣派来迎接的人都在等着出发。髭黑大将也夹在其中，再三催促动身。但冷泉帝仍未离开。他愤然说道：“如此严密的监视，真让人厌烦啊！”便吟诗云：

① 尚侍叙三位，穿紫袍。
② 文平贞的妻子被太政大臣藤原时平霸占，平贞赋诗云：“与君谁绾同心结，梦境迷离我不知。”见《后撰集》。后文玉鬘引用这首诗的第二句，意思是说她嫁与髭黑并非自愿。

“云霞隔断九重路，
一缕梅香也不闻。”[①]

此诗虽非特别风趣的佳作，但玉鬘见了冷泉帝优美的容貌姿态，自然觉得与众不同。他吟罢又说：“我想‘为爱春郊宿一宵’[②]，但只怕有人舍不得你，心中比我更苦，所以放你回去吧。此后我们怎样互通音信呢？”说着不胜烦恼。玉鬘心甚感激，答诗道：

“虽非桃李秾春色，
一缕香风总可闻。”[③]

依依难舍之状，使冷泉帝不胜怜爱。他就起身离去，但还是屡屡回头。髭黑大将打算今晚就把玉鬘迎回自家邸内。预先说出生怕源氏不许，所以一直秘而不宣。这时突然说道：“我偶然患上感冒，身体十分不适，所以想返回敝寓，以便安心休养。若与尚侍分离，不免心挂两头，故此想相偕同归寓所。”如此托词，便和玉鬘一起回去了。内大臣以为太过匆忙，理应举行个仪式才是。又想若仅为这一件事而强行留难，恐怕使人不快，便说：“由他去吧。反正这事并非我所能左右。”源氏听了，觉得这件事有些唐突，始料未及，但也不便强加干预。玉鬘想起自己有如盐灶上的青烟一般“随风漂泊”[④]，自叹命苦。髭黑大将只觉自己仿佛盗取了一个美人来，十分欢喜，心满意足。为了冷泉帝访晤玉鬘之事，他极为嫉妒。玉鬘为此深感不快，看不起髭黑的人品，从此对他态度冷淡，心情更加恶劣了。式部卿亲王当时言语强硬，后来觉得难以下台。但髭黑大将绝不再去拜访，竟然音信全无。他如今已经如愿以偿，便朝夕服侍着玉鬘。

匆匆已近二月。源氏想起髭黑之事，心中不快。他没料到他会如此公然地把玉鬘带走，不禁懊悔自己太过疏忽。他担心被外人取笑，对这件事情念念不忘。而想起玉鬘，又觉得深可爱慕。他想：“宿世因缘之说，自是不可忽视，但这件事却是由于我自己过于大意，以致自作自受。”从此无论坐卧，眼前经常出现玉鬘的面容。他很想写一封闲谈戏语的信寄去，但想起玉鬘身边那个毫无潇洒之趣的髭黑大将，纵使写信去亦无意味，便依旧闷在心里。但有一天，大雨倾盆而下，四周岑寂无聊，他想起从前寂寞之时，常到玉鬘室中，与她长谈，以资解闷消愁，觉得那时的情景，堪可追恋，便决心写信给她。但想到这封信虽然悄悄地交女侍右近代收，也得提防被右近取笑，因此并不说起具体之事，只教玉鬘心领神会。诗曰：

“寂寞闲庭春雨久，
可曾遥念故乡人？

---

① 云霞比髭黑，梅香比玉鬘。

② 古歌：“我来槿堇春郊上，为爱春郊宿一宵。”可见《万叶集》。

③ 桃李比女御、更衣等。

④ 古歌：“盐灶须磨渚，青烟缥缈飏。随风漂泊去，不管到何方。”见《古今和歌集》。

踏歌宴会　狩野永德　洛中洛外图屏风　安土桃山时代（16世纪后期）

玉鬘的入宫仪式与正月十四的男踏歌会同时进行，一时热闹非凡。与此同时，萤兵部卿亲王、冷泉帝都向玉鬘诉恨，表示了失望和不变的爱慕，令玉鬘十分困窘。图为平安时代的民俗踏歌会的热闹景象。

百无聊赖之时，回想往事，遗恨颇多，怎能一一相告？”右近趁左右无人时悄悄将信交给玉鬘。玉鬘看了信就哭了起来。她真心觉得：离别越久，想起了源氏太政大臣的模样就愈是觉得深可留恋。只因他并非生身父亲，不便公然地说：“啊，我怀念你，想见你！”但心中却在考虑怎样可以和他会面，不胜惆怅。源氏过去屡次对玉鬘存有不良之心，使玉鬘深感不快，但她并未把这件事告诉右近，只在自己心中苦恼。但右近早已大略猜到。只是两人关系究竟怎样，右近至今还是弄不清楚。写回信时，玉鬘说道：“我写这信，多让人难为情！但若不回复，又太失礼。”便写道：

“泪如久雨沾双袖，
　一日思亲十二时。

辞别尊颜，已历多时。岑寂之感，与日俱增。承蒙赐书，不胜欣喜。”措辞十分谦恭。源氏展开一读，不禁泪如雨下。他担心旁人见了生疑，勉强做出若无其事的样子，但愁绪填胸，不得畅怀。他想起从前尚侍胧月夜被朱雀院的弘徽殿母后监视时的情景，恰与这次相似。但这是近在眼前之事，似乎更觉痛苦，世间罕有他事能与之相比。他想：“好色之人，真是自寻烦恼。从今以后，我不再做这样的烦心事了。这种恋情本就是不应有的。”努力克制，十分痛苦，便取琴过来弹奏，忽又想起玉鬘抚弦的纤纤玉指。他就在和琴上清弹，吟唱“蕴藻不可连根采”之歌[1]。那优美的神态，若教那相恋的人见了，怕不会不动心吧。冷泉帝自从见过玉鬘芳容之后，心中一直不忘。“银红衫

① 风俗歌：“鸳鸯来，沉凫来，鸭子也到原池来。蕴藻不可连根采，看它渐渐长大来，看它渐渐长大来。”

子窈窕姿”那首俚俗的古歌[①]，如今成了他的口头禅，使他终日悬念。他几次偷偷写信给玉鬘。但玉鬘自伤命薄，对于赠答之事，亦觉了无意味，因此并未郑重写过回信。她始终记着源氏太政大臣对她的恩情，觉得深可感激，永远不能忘记。

到了三月，六条院庭中的紫藤花与棣棠花一起盛放。有一天傍晚，源氏看了盛开的花朵，想起那美人儿过去住在这邸内的情景，便走出紫姬所居的春殿，来到以前玉鬘住过的西厅。只见庭中细竹编成的篱垣上，象征玉鬘的棣棠花参差错落地开着，景象十分优美。源氏信口吟唱“但将身上衣，染成栀子色”的古歌[②]，又赋诗云：

“不觉迷山路，谁将井手遮？[③]
口头虽不语，心恋棣棠花。

‘玉颜在目不能忘’[④]也。”但这些风雅的吟咏无人听见。这样看来，玉鬘离去之事，他到此时此刻方才确信，这种心理也实在奇怪。他看见这里存有许多鸭蛋，便把它们当作柑子或橘子，找个适当的借口，派人送给玉鬘。附信一封，因担心被别人看见，不宜写得太详细，只是直率地写道：“一别之后，日月徒增。不料你如此无情，思之令人怅恨。素知身在樊笼，不能自由做主。如此来看，若无特殊的机缘，恐难再得会面，令人不胜痛惜。”措辞十分亲切。又附诗云：

“巢中一卵无寻处，
握在谁人手掌中？

不能如此握紧，令人颇为不快。”髭黑大将看了信后，笑道：“女子到了夫家之后，若无特别之事，纵使是生身父母，亦不便轻易去访，更何况太政大臣。他为什么偏偏对你时刻不忘，还要写信来申诉怨恨呢？”他为之愤愤不平，玉鬘很感厌烦。也不肯写回信，对他说道：“这回信我不写了。”

髭黑大将答道：“那么我来写吧。”但他即使只作代笔，也觉得恼火。答诗曰：

“此卵隐藏巢角里，
微区之物有谁寻？

尊意不快，令人惊讶。恕我附庸风雅了。”源氏看了这回信，笑道：“我从来不知这位大将也会写这种潇洒风流的信。这倒是挺难得的。”但他心中非常痛恨髭黑大将独占玉鬘一事。

却说髭黑大将的原配夫人，回娘家后日子既久，更加忧伤悲痛，终于神志不清，精神错乱了。髭黑大将对她的照顾，大体上还算周到，对她的子女也依旧爱护。夫人也并未完全和他断绝，日常的生活照旧受他供给。大将想念赋真木柱诗的那位女公子，时常

---

① 古歌：“立也相思，坐也相思，想见那银红衫子窈窕姿。”可见《古今和歌六帖》。

② 古歌：“思君与恋君，一切都不说。但将身上衣，染成栀子色。”可见《古今和歌六帖》。栀子花与棣棠花都是黄色的。

③ 井手是产棣棠花有名之地。此二句暗指玉鬘被髭黑接去。

④ 古歌：“旷野夕阳鸣好鸟，玉颜在目不能忘。”可见《古今和歌六帖》。

渴望一见，但夫人绝不允许。女公子见亲王邸内人人痛恨自己的父亲，知道难续父女之缘，小小的心中不免悲伤痛苦。她的两个弟弟经常在父亲邸内进出，和姐姐谈话时，自然不免说起继母玉鬘尚侍："她对我们也颇怜爱。她喜欢有趣的事，天天过得挺快活呢。"女公子羡慕他们，自叹命苦："我恨不得身为男子，也像弟弟一样自由往来。"说也奇怪，无论男女，都要为玉鬘而费尽心思。

这年十一月中，玉鬘居然生下了一个非常可爱的男孩。髭黑大将觉得称心如意，欢喜无限，便更加尽心竭力地爱护这对母子。这种消息，不必作者一一叙述，读者自能想象。父亲内大臣看见玉鬘的命运亨通，不胜为之欣喜。他觉得玉鬘的风姿不亚于他特别宠爱的长女弘徽殿女御。头中将柏木也把这位尚侍看作可爱的妹妹，与她十分亲睦。但因过去曾被误解，不免怀有妒意，总以为她应该入宫伺候皇上才是。他看见了玉鬘新生儿子的美貌，说道："皇上至今未有子女，正在悲叹不已。若能替他生下一位皇子，那将多么光彩！"这种想法真是多余。玉鬘住在家中，也可办理尚侍的公务，故入宫之事，早已作罢。如此安排，倒也合情合理。

却说内大臣家的另一位女公子，即想当尚侍的那位近江君，由于这人的脾性使然，近来热衷于恋爱，春心动荡。内大臣为此不胜苦恼。弘徽殿女御也担心她做出不当的轻薄行为来，时时为她提心吊胆。内大臣曾经劝告她："你以后不可到人多的地方去。"但她不肯听，依旧经常往人多的地方去。有一天，不知道是什么日子，许多殿上人聚集在弘徽殿女御那里，而且都是些身份特别高贵的人。他们合奏管弦，优雅地按拍唱曲。时值深秋，秋色清丽，宰相中将夕雾也来参与集会。他这次和往常不太一样，随意说笑，全无顾忌。众女侍都以为难得罕见，赞道："夕雾中将毕竟与众不同啊！"这时近江君挤开众人，钻了进来。众女侍说："啊呀，不得了，这该怎么办呢？"想拉住她。但她狠狠瞪了她们一眼，昂然走了出去。众女侍互相交头接耳地说道："看着吧，她又要闹笑话了。"近江君指着那个世间少有的诚实君子夕雾，大声称赞道："这个人好，这个人好！"那声音连帘外也听得清清楚楚。众女侍正在叫苦，近江君用非常爽朗的声音吟道：

"大海孤舟无泊处，
何妨到此渚边来！①

你何必像'堀江上'的'小舟'一般频频往来，'追求同一女'呢②？不觉得无聊吗？"夕雾听了觉得奇怪：弘徽殿女御身边怎么会有如此粗鲁之人呢？转念一想，恍然大悟：原来这便是那个有名的近江君啊。他觉得好笑，便答诗云：

"舟人虽苦风涛恶，
不肯停船别渚边。"

这就叫近江君无可奈何了吧？

① 意思是说：你向云居雁求爱失败，何妨爱了我呢。

② 古歌："犹似堀江上，小舟来去频。追求同一女，旧梦好重温。"可见《古今和歌集》。近江君引用"同一女"，是指云居雁。

新妇与旧妇

文中未提的情节，是髭黑大将通过女侍弁君，与玉鬘发生关系，玉鬘不得不嫁给他。作为新妇，玉鬘谨守妇道的同时，对丈夫是痛恨不已。而被髭黑大将冷落的正夫人，则悲愤难抑，怒将香灰泼到其身上，并黯然回到娘家。

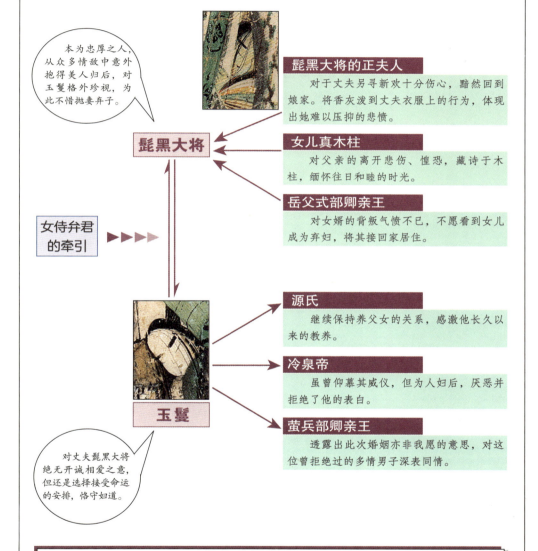

本为忠厚之人，从众多情敌中意外抱得美人归后，对玉鬘格外珍视，为此不惜抛妻弃子。

髭黑大将

髭黑大将的正夫人

对于丈夫另寻新欢十分伤心，黯然回到娘家。将香灰泼到丈夫衣服上的行为，体现出她难以压抑的悲愤。

女儿真木柱

对父亲的离开悲伤、惶恐，藏诗于木柱，缅怀往日和睦的时光。

岳父式部卿亲王

对女婿的背叛气愤不已，不愿看到女儿成为弃妇，将其接回家居住。

女侍弁君的牵引 ►►►►

玉鬘

对丈夫髭黑大将绝无开诚相爱之意，但还是选择接受命运的安排，恪守妇道。

源氏

继续保持养父女的关系，感激他长久以来的教养。

冷泉帝

虽曾仰慕其威仪，但为人妇后，厌恶并拒绝了他的表白。

萤兵部卿亲王

透露出此次婚姻亦非我愿的意思，对这位曾拒绝过的多情男子深表同情。

牵一发而动全身，在小小侍女弁君的牵引下，天皇、源氏、髭黑大将及其妻女、玉鬘，以及两位亲王等人，尽皆被动地上演了一出悲喜交加的闹剧。从髭黑大将家庭的瞬间崩溃可以看出，平安时代贵族婚姻制度的脆弱和女子的无奈。

第三十二回　梅枝①

明石小女公子即将举行着裳仪式，源氏太政大臣特别用心准备，其周到异乎寻常。皇太子也将于同年二月举行冠礼。冠礼结束之后，小女公子即将入宫。这一天正是正月底，公私均甚闲暇，源氏便命人配制熏衣用的香料。太宰大弍奉赠了一些香料。源氏觉得品质不及以前的好，便命人打开二条院的仓库，拿出从前中国舶来的各种物品，比较了一下，说道："不但香料是这样，绫罗也是从前的优良可爱。"在即将举行的着裳仪式中所用的毯子、垫子和褥子，都必须用绫罗镶边。源氏命人把桐壶帝时朝鲜进贡的绫罗金锦等现今罕见的珍贵物品取了出来，分别指定用途。又把太宰大弍所赠的绫罗赏给众女侍。香料新旧两种都要，送给院内各位夫人分别配制，对她们说："请把两种各配一剂。"赠人的物品，以及送公卿们的礼物，都很精美，世间少见。院内院外，都忙作一团。妇女们精选材料，捣制香剂，铁臼之声不绝于耳。源氏独自幽闭在远离正屋的一间静室之中，悉心调制仁明天皇承和年间秘传下来的两种香剂："黑方"与"侍从"。这两种香剂的制法，一向不许传授给男子，不知他怎么竟会知道。紫夫人则在正屋与东厢之间的静室深处设下座位，在那里依照八条式部卿亲王[②]的秘方调制香剂。大家互相竞争。源氏说："我们应当以香气的浓淡来判定胜负。"他们像孩子一般竞赛，竟不像是为人父母者。为了保守秘密，女侍也不许随便出入。选用的各种器物，无不尽善尽美。其中香壶笆的模样、香壶的形式、香炉的设计，无不别致新颖，前所未见。源氏从各位夫人调制的香剂中，选取最优良者，装入壶中。

二月初十，天空降下微雨，庭前红梅绽放，香气美妙无比。这时萤兵部卿亲王前来拜访。他是为了明石小女公子即将举行着裳仪式，特地来探望的。这位亲王与源氏交情深厚，二人肝胆相照，无话不谈。

正在赏玩红梅，前斋院槿姬派人送来了一封信，其信系在一枝半已凋零的梅花枝上。萤兵部卿亲王知道槿姬与源氏的旧情，见了这信很感兴趣，便问道："看来这信是她主动送来的，有什么事呢？"源氏笑着答道："我老实不客气地请她助我调制香剂，她就郑重其事地赶制出来了。"便藏过来信。随信送来的是一只沉香木的箱子，其中装着两个琉璃钵，一个是藏青色的，一个是白色的，里面都盛着大粒香丸。藏青琉璃钵盖上的装饰是五叶松枝，白琉璃钵盖上的装饰是白梅花枝。系在两只钵上的带子也都极其优美。萤兵部卿亲王称赞道："这钵的模样真漂亮！"再仔细一看，只见里面附有一首小诗：

"残枝花落尽，香气已成空。
移上佳人袖，芬芳忽地浓。"

笔致淡雅，着墨不多。亲王大声吟诵了一遍。夕雾便留住送信的使者，赏赐他丰盛的酒肴。又送他一套女装，内有一袭红梅色中国绸制常礼服。源氏的回信用红梅色

---

① 本回写源氏三十九岁春天的事。这一年小女公子十一岁，皇太子十三岁。

② 八条式部卿亲王，是仁明天皇的五皇子，是有名的香剂专家。

染成的上深下渐淡的信纸，在庭中折取一枝红梅，将信系在枝上。亲王恨恨地说："我正在猜想这封信的内容呢。有什么重大隐情，还要如此秘密？"他很想看看这信。但源氏答道："并无特别重大的事由。你偏要把它看作隐情，真是岂有此理！"便在另一张纸上将信中的诗写给他看：

"为防疑怪藏来信，
喜见花枝忆故人。"

诗意大抵如此。他又对亲王说："这回的事情我如此认真，似乎太好事了。但我唯有这一个女儿，自然要办得格外体面一些。女儿长得并不周正，也不便请疏远的人来结腰。想请秋好皇后乞假归宁，担任这一职务。秋好皇后同她谊属姐妹[①]，而且彼此也十分熟悉。不过她气度高雅，仪态万方，叫她来做这个平平常常的仪式，未免委屈了她。"萤兵部卿亲王说："这位未来的皇后为了肖似现在的皇后，自然应当请她来结腰。"他赞同源氏的想法。

源氏想乘这机会把各位夫人调制的香剂一起收集起来，便派使者去对她们说："今晚下雨，空气湿润，宜于试香。"于是各人便把制好的香剂都送来了。源氏对萤兵部卿亲王说："就请你来品评优劣吧。所谓'除却使君外，何人能赏心'也"。便命人取出香炉来试香。萤兵部卿亲王谦逊道："我又不是'知音'[②]。"但并不十分推辞，他把各种制品一一加以尝试，指出所含香料过多或不足，微小的缺点亦必百般挑剔，严格评判其优劣差别。后来轮到源氏亲制的两种香剂。在承和时代，香剂都埋在宫中右近卫府旁的御沟水边[③]。源氏依此古法，将自己所制两种香剂埋在西边走廊下流出的小溪旁近。这时他便叫惟光的儿子兵卫尉去掘出，由夕雾中将送呈萤兵部卿亲王。亲王有些为难了，说道："这个评判人真难当啊！我都被烟气熏昏头了！"

同一种香剂的调制方法，虽然于各处广泛流传，但因各人趣味不同，配合分量略有差异，因而香气亦浓淡有别。这种研究，非常有趣。萤兵部卿亲王觉得各香剂互有长短，难以断然评定。唯有前斋院槿姬送来的"黑方"，幽雅沉静，与众不同。至于"侍从"，则认定源氏所制最为优胜，香气斯文可爱。紫姬所制的三种香剂之中，"梅花"的气味新鲜芬芳，配料分量稍强，有一种珍奇的香味。萤兵部卿亲王称赞道："即便在这梅花盛开的季节，风中传来的香气，怕也不能胜过这种香味吧。"住在夏殿里的花散里，听说各位夫人制香，互相竞争，觉得自己何必也挤在一起，与人争长竞短。可见她在这等小事上也是谦虚退让的。因此她所制的夏季用的"荷叶"，香气格外幽静，芬芳可爱。住在冬殿里的明石姬，本想调制一种冬季用的"落叶"，但又想这香若比不上别人，未免乏味。因此想

① 秋好是源氏的义女。

② 古歌："除却使君外，何人能赏心？梅花香色好，唯汝是知音。"可见《古今和歌集》。

③ 香剂制成后，盛于瓷器内，埋在水边土中。"黑方"与"侍从"两种香剂，春秋埋五天，夏日埋三天，冬日埋七天。

起：从前宇多天皇有一种别致的熏衣香调制法，公忠朝臣[1]得其秘传，再加精心研究，制成名香“百步”。她便依照此方调制，香气十分馥郁，异乎寻常。萤兵部卿亲王以为此人用心最为巧妙。然而依照他的评判，各人都有优点。因此源氏讥笑他说：“你这评判者真是面面俱到啊！”不久雨晴月出，源氏太政大臣与萤兵部卿亲王举盏对酌，共叙往事。这时月色朦胧，柔媚可爱；微雨初晴，凉风阵阵。梅花之香与衣香相互混合，形成一种不可描述的香味，飘扬在各处殿宇之中，令人心情异常清雅。事务所里的人都在准备明日的管弦之会，在各种弦乐器上加上装饰。又有许多殿上人在这里演习吹笛，音色甚为动人。内大臣家的两位公子头中将柏木与弁少将红梅，前来参拜之后，即将离开，源氏却将两人拉住，命人取过各种弦乐器来，将琵琶交与萤兵部卿亲王，筝琴由源氏自己弹奏，和琴赐予柏木。弦乐合奏，音节华丽，异常悦耳动听。夕雾吹奏横笛，其曲调与春季时令相宜，清音响彻云霄。红梅按拍，唱起催马乐《梅枝》[2]，歌声美妙异常。这人幼年之时，曾在掩韵游戏之后即席吟唱催马乐《高砂》，如今又唱《梅枝》，萤兵部卿亲王与源氏太政大臣等人都来助唱。虽非正式盛会，却是极有趣味的夜游。

萤兵部卿亲王向太政大臣敬酒，献诗云：

“饱餐花香心已醉，
忽闻莺啭意如迷。

在这里‘我欲住千年’[3]呢！”源氏将酒转赐给柏木，并赠诗云：

“今春饱餐香与色，
日日盼君来看花。”

柏木接了酒杯，又交给夕雾，亦赠诗云：

“请君彻夜吹长笛，
惊起高枝巢里莺。”

夕雾答诗云：

“春风有意避花树，
玉笛安能放肆吹？”

大家笑道：“放肆吹确乎太无情了！”红梅也赋诗一首：

“春云不忍遮花月，
惊起巢莺夜半啼。”

---

① 源公忠是有名的衣香专家，从其母典侍滋野直子手中得到秘方。

② 催马乐《梅枝》歌词：“黄莺惯宿梅花枝，直到春来不住啼，直到春来不住啼。阳春白雪尚飞飞，阳春白雪尚飞飞。”本回题名据此。

③ 古歌：“为爱春花好，心常住野边。但教花不落，我欲住千年。”可见《古今和歌集》。

弦乐合奏　歌川丰国　源氏香之图·梅枝　江户时代（约1844—1847年）

虽非正式盛会，但在梅香淡淡的夜里，源氏弹筝琴、萤兵部卿亲王弹琵琶、柏木弹和琴、夕雾吹笛，以及红梅按拍唱催马乐《梅枝》的场面仍然宏大华丽，展现出平安贵族极有风趣的夜游生活场景。图为众人弹奏乐器的场面，屏风后倾听的许是玉鬘。

萤兵部卿亲王说“我欲住千年”，果然一住就住到天亮，这才辞别。源氏赠他的礼物，是原为自己制的一件常礼服和尚未试过的两壶熏香，命人一直送到车上。亲王报以诗云：

“归去浓香携满袖，
山妻应骂冶游郎。”

源氏笑道：“你也太胆小了！”这时亲王的车子正在套牛，便答以诗云：

“衣锦还家风采美，
细君喜见玉郎归。

她只觉得你俊俏无比，哪里会骂你呢？”亲王被他如此一驳，只好垂头丧气地去了。柏木、红梅等人也都各自受赏，不太丰厚，不过是妇女所用的袍衫之类。

这天戌时，源氏走到西殿。秋好皇后居住的西厅旁边的一处房室之中，已布置成着裳仪式会场。替女公子梳头发的内侍等也都到了。紫夫人乘机与秋好皇后相见。两家女侍云集一处，人数众多。子时举行着裳仪式。灯光虽然朦胧，但秋好皇后分明看见女公子容貌十分秀美。源氏向皇后道谢：“承蒙不弃，方敢以陋质进见，请为结腰。我担心后世之人，将以此为先例。诚惶诚恐，重申谢忱。”皇后答道：“我乃愚陋无知之人，勉为成礼。切勿过分夸奖，让我反觉不能安心。”她如此谦逊，态度生动而娇艳。源氏见这许多才貌双全的美人汇集一堂，觉得心中无限幸福。可惜小女公子的生母明石夫人未能参与这场盛会，正在愁叹，实为一件憾事。源氏颇想派人去邀她出席，但恐遭人非议，终于作罢。六条院中举办的仪式，纵使仅是寻常之事，也极隆重奢华，何况这次意义非凡的盛会。

皇太子的冠礼，于这个月二十后某日完成。皇太子年已十三，已长大成人。高官贵族争先恐后地想把女儿遣送入宫。但听说源氏太政大臣已做打算，且排场十分隆重，左大臣及左大将等人都觉得自己的女儿无法与之争宠，便打消了念头。源氏听了，说道：“这样反而怠慢了。后宫之中，须有众多美人争媚斗艳，相互比较，这才有趣。大家都把千金小姐幽闭在家中，不是太可惜么？”他就叫自己的女儿延期入宫。诸人本欲等候明石小女公子先行入宫，然后再依次送女儿进宫。如今听到这个消息，左大臣便遣送了家里的三女公子进宫，人称之为丽景殿。

明石女公子的宫中住所，定为源氏以前所用的值宿处淑景舍，已另加改筑及装饰。女公子入宫延期，皇太子等得有些心焦。于是决定四月进宫。日常的各种用具，除原有以外，又添置新品，其外形的图样，均由源氏太政大臣亲自过目，召集名家巧匠，精心制作。藏在书箱中的图册，一律选用可作习字帖的上品，其中不乏古代一流书法家所作盖世名篇。源氏对紫夫人说：“世风日下，诸事皆不及古代，愈来愈见浅陋。唯有假名的书法，如今进步不少。古人所写假名，虽然合乎一定之规，却鲜有流畅生动之笔，似乎千篇一律。到了近代，才有假名书法的妙手相继出世。我曾一度热衷此道，搜集了许多的优良范本。其中皇后之母六条妃子所写的，看似漫不经心，信笔疾书，草草成就，却是罕有的纯熟自然。我访得之后，以为绝世佳作，并为此与她结下不解之缘，又留下薄幸之名。当时她曾万分痛悔，但我并非无情之人，尽心竭力地照顾她的女儿。她是贤能之人，在九泉之下，想必也能谅解我心。”说到后来声音愈来愈轻。

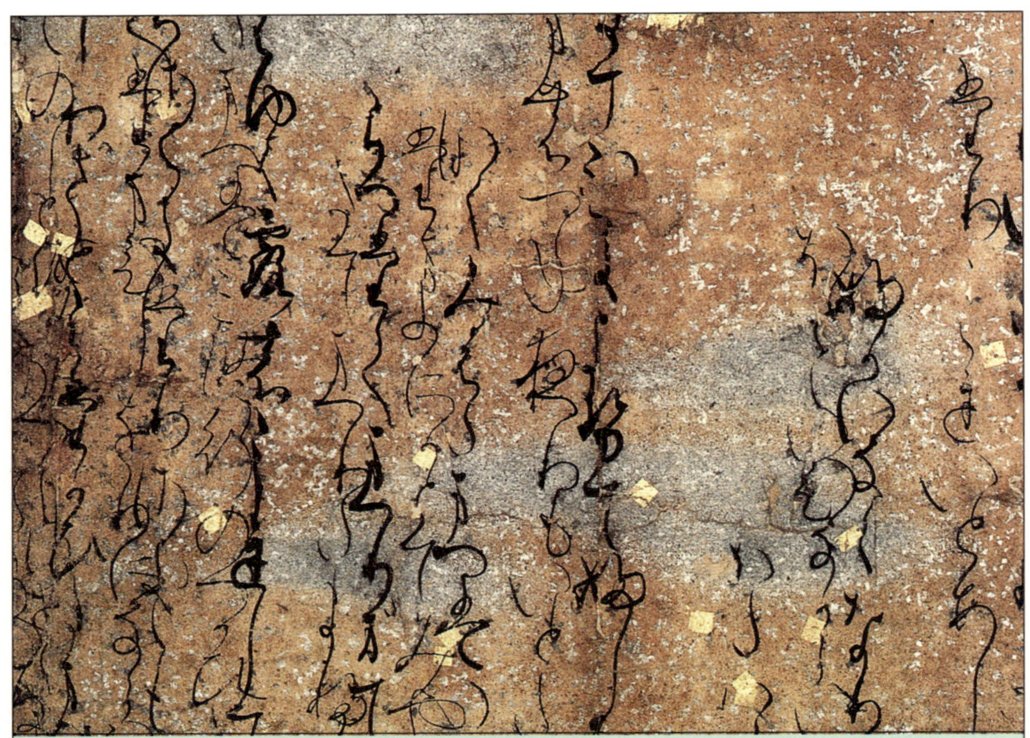

绘卷与书法 《源氏物语绘卷》文字部分（局部） 平安时代（12世纪）

平安时代流传着众多的和歌和绘卷，辅以优美的书法，就成为源氏为入宫的女儿准备的“嫁妆”之一。源氏对众女书法的品评，足以看出平安时代贵族男女书法的造诣之深。图为《源氏物语绘卷》的文字部分。

接着又说：“已故的藤壶皇后，书法功夫很深，笔法十分秀丽。但笔力过于纤弱，未免缺乏余韵。尚侍胧月夜是当代名家，但是过于潇洒，也有美中不足之处。总之，尚侍胧月夜、前斋院槿姬与你，都是书法名家。”他称赞紫姬的书法。紫姬答道：“把我也列入名家，让人惭愧死了！”源氏说：“你也不必过分谦逊。你的笔迹柔丽可爱，自成一家。但你的汉字太高明了，假名赶不上它，不免略有破笔。”他又命人制了几本空白册子，封面与带子的设计都很精美。

他说：“我想请萤兵部卿亲王和左卫门督也来写一点。我自己打算写个两册。想他们再怎样高明，也比不上我吧。”这是自赞自夸了。他精选笔墨，郑重其事地写信给诸位夫人，请她们也写几册。诸位夫人都以为这件事有些为难，就有人再三推却，于是源氏再次诚恳请托。他又选了几本非常华丽的、颜色染成上深下渐淡的高丽纸册子，叫几个风流少年也都来写。他对宰相中将夕雾、式部卿亲王的儿子左兵卫督以及内大臣家的头中将柏木说道：“苇手、歌绘①都随你们，用自己心爱的字体就可。”于是这些少年也

①“苇手”是一种游戏之作，在色纸上用草书字母写歌，形似水边芦苇。“歌绘”是表现歌中旨趣的画，文字与画结合。平安时代流行这种书法。

各自用心书写，相互竞争。

源氏又幽闭在离开正屋的那间静室之中，专心写字。这时春花已过盛期，天空如洗，风和日丽。各种古歌于脑际浮现，他就不拘一格地用假名写出，或用草体，或用普通体，无不秀美非凡。身边只留二三名女侍，打理磨墨等事。这二三人都有深厚的学识，从古歌集中选取诗歌时，哪些宜于选择，都可同她们商议。帘子尽行卷起，源氏随意地坐在窗前，将册子放在矮几之上，口中衔着笔尖，凝神思考，那优美的姿态，令人百看不厌。每逢册子中白色或红色的引人注目的一页，他就改变执笔的姿势，用心书写。这种姿态也颇优美，知情识趣的人见了，无不为之神往。

正在这时，忽闻女侍来报：萤兵部卿亲王驾到。源氏大吃一惊，急忙穿上常礼服，又命铺设蒲团，请亲王来此相见。这位亲王风度翩翩，拾级而上，态度从容。众女侍在帘内偷看。两人见面，相互寒暄了一番，礼数恭谨，态度优雅。源氏向他略表欢迎，说："近日闲居无事，不胜寂寞。大驾光临，正值良时！"萤兵部卿亲王便拿出源氏所嘱的书册。源氏马上翻开披阅，见其书法虽不是特别优秀，但页页整齐，笔笔挺秀，也不失为佳作。诗歌也很别致，选取了极富特色的古歌。每首不过三行，汉字极少，体裁风流别致。源氏惊叹道："如此高明，诚非我始料所及，看来我等唯有搁笔了！"亲王笑着答道："我既厚颜加入群贤之列，拙作自然托福增光了。"

源氏所写的书册，既无法隐藏，便拿出一同欣赏。写在平整的中国纸上的草体字，萤兵部卿亲王看了觉得特别出色。其中又有高丽纸，纹理细腻，轻柔可爱，色泽并不艳丽，略有优雅之感。上面写着流畅的假名，笔笔正确，处处用心，其优美无可比拟。观赏的人仿佛要跟着书家的笔尖而流下感动的泪水，真是让人百看不厌的佳作。又有本国所制的彩色纸屋纸①，纸面上信笔写着草体字的诗歌，亦十分优美动人。萤兵部卿亲王看了源氏这种随意挥洒，爱不忍释，都不想再看别人的作品了。

左卫门督所写的书册，一味冠冕堂皇，锋芒毕现，但笔法不够端正，略有矫揉造作之嫌。抄写的诗歌也都选用奇特之作。女子的作品，源氏不愿取出来。特别是前斋院槿姬的作品，绝不肯轻易示人。而众少年所写的苇手册子，潇洒风流，各具其美。夕雾所模仿的水流之势，畅快淋漓，处处芦苇杂生，很像有名的难波浦上的景色。如水一般的文字与仿佛苇草模样的文字交错综合，十分美观。其中又有数页，一反华丽之风，将文字加以巧思，写成怪石嶙峋的样子。萤兵部卿亲王看了大感兴趣，说道："这真是前所未见。写出这种文字，要费不少功夫呢！"原来这位亲王对各种技艺都感兴趣，是一风雅之人，所以赞赏有加。

这一天又是整日谈论书法。源氏找出收藏的各种继纸②册子来欣赏。萤兵部卿亲王趁此机会，也派儿子侍从回家去拿些珍藏的册子来。其中有嵯峨帝选录的《古万叶集》四卷，以及延喜帝所书的《古今和歌集》一卷，由淡蓝色中国纸接合而成，深蓝色中国花绫封面，淡蓝色玉轴，以及五彩丝带。式样十分雅致，字体每卷各不相同，笔墨极其精美。

① 彩色纸屋纸，平安时代在京都纸屋院制造的一种高级纸。

② 继纸，是由两种以上异质异色的纸张接合而成的，古人用来写诗歌。

源氏把灯笼放低，仔细玩赏，赞道："这真是罕见的精品！如今的人，只学得古人的一点皮毛呢。"萤兵部卿亲王便拿这两件作品相赠，说道："纵使我有女儿，她若不会欣赏，我也不肯传给她。更何况我没有女儿，留着这些，又有何用处呢！"源氏也有精美的礼物赠予侍从：版本极佳的中国古书，装在一只沉香木制的书箱里，再加一支精良的高丽笛。

最近一段时间，源氏十分热衷于假名书法的品评。凡是世间以书法著称的人，不问其身份贵贱，他都访查出来，选择适当的品类，令其书写。但身份低微的人所写的作品，都不收入女公子的书箱。他仔细观察其人的才学品格，让他们分写册子或卷轴。此外又为女公子置备各种宝物，都是外国朝廷之中罕见的。所有珍品之中，这些书法册子最为世间青年人仰慕。选择绘画时，旧年的须磨日记不曾选入。因为他想将这件作品传之后世，所以要等女公子年事稍长、知识渐丰之后再传给她。

却说内大臣看见源氏为女儿准备入宫之事，场面如此宏大，再想起自家女儿，觉得十分懊悔。他家那位云居雁小姐，芳龄已届二十，如花似玉，却空闺独守，寂寞无聊。做父亲的着实为她担心。那个夕雾呢，仍和从前一样冷淡，绝无热情的表示。这边若先让步，主动向他求婚，又怕被别人耻笑。因此内大臣心中叹息，后悔不如趁夕雾热心求爱之时答应了他。他仔细回想，这事不能怪罪夕雾一人。内大臣后悔之事，夕雾亦有耳闻。但他每一想起内大臣对他的轻视，心中仍有恨意，因此故作镇静，不去求婚。但他绝不是爱上了别的女人。他真心爱慕云居雁，常有"暂别心如焚，方知戏不得"[①]之叹。但云居雁的乳母曾经嘲笑过他的淡绿袍，因此他打定主意：要等到升了纳言，换上红袍之后再去求婚。

源氏看见夕雾至今仍未定亲，心中觉得奇怪。有一次对他说道："你对那人如果已经不再想念，那么右大臣和中务亲王都想将女儿许配给你，你自己去选择吧。"但夕雾沉默不答，只是毕恭毕敬地坐着。源氏又说："说到这种事情，我也是连桐壶父皇的教训都不肯听从，所以我也不想对你多嘴。但过后再想，他的教训正是颠扑不破的真理。你如今年已十八，还是一人独居，世人都在猜度，以为你心怀高远之志。如果你为宿缘所缚，娶了一个平庸的女子，不免虎头蛇尾，惹人耻笑了。纵使心怀高远之志，结果未必让人称心如意。须知世事都有限量，不可过分苛求。我自幼生长宫中，一举一动，不能任意而为，生活十分拘谨。略有过失，便会遭受轻率的讥评，故而必须小心翼翼。但即便这样，还是得了一个好色的罪名，长受世人讥笑。你官位尚低，不受拘束，但切勿因此而毫无顾忌，任意行事。人心倘不自行抑制，自会愈来愈骄傲。这时若无心爱之人来加以镇定，贤人也会因为女人之事而身败名裂。这种事例，古来并不罕见。如若向那不该爱的人去求爱，既使对方蒙受恶名，自身也难免遭人怨恨，成为终身的遗憾。若因疏忽而结亲，而其人不称我心，则纵使到了难以忍耐之时，亦当竭力宽容：或者看在她父母面上，多加谅解；或者父母已死，家族衰落，而其人尚有可爱之处，亦应看重其优点而与之白头偕老。总之，为自己打算，为对方打算，都应深谋远虑，务求善始善终。"闲来无事之时，源氏总拿这一类话来教训夕雾。夕雾听了父亲的训话，有时爱慕上其他

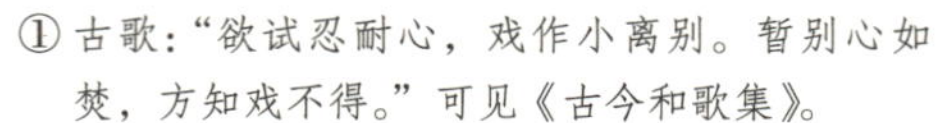

① 古歌："欲试忍耐心，戏作小离别。暂别心如焚，方知戏不得。"可见《古今和歌集》。

日本的熏香

6世纪中叶，香随佛教一同传入日本。随着时间的推移，香从佛事供养逐渐成为贵族们审美的用具——熏香。将各种香木粉末混合，再加入炭粉，最后以蜂蜜调和凝固，就是“炼香”。源氏与众人调制、品评熏香的过程，即为平安时代颇为盛行的熏香鉴赏会，也叫玩香。

平安时代的六种熏香

香名	香气	炼香方
① 梅香	初春残梅的微香	★ 桓武天皇第七皇子贺阳宫的调剂法 沈（八两二分） 蓖陶（一分三铢） 甲香（三两二分） 甘松（一分） 白檀（二分三铢） 丁子（二两二分） 麝香（一分） 熏陆（一分）
② 荷叶	夏季芙蕖的浓香	★ 村上天皇时公忠朝臣曾调剂法 甘松（三铢） 沈（三两二分） 甲香（一两一分） 白檀（一铢） 熟郁金（一分） 藿香（二铢）
③ 侍从	秋风略凉的涩香	★ 闲院左大臣的调剂法 沈（四两） 丁子（二两） 甲香（一两） 甘松（一两） 熟郁金（一两）
④ 落叶	秋日焚烧落叶散发出来的香气	★ 朱雀院调剂法 沈（四两） 熏陆（二分） 郁金（二两） 丁子（二两） 甲香（一两）
⑤ 菊花	仿效菊花香炼成的香气	★ 某无名氏的调剂法 沈（四两） 丁子（二两） 甲香（一两二分） 麝香（二分） 甘松（一分）
⑥ 黑方	冬季结冰时的清香	★ 四条大纳言调剂法 沈（四两） 丁子（二两） 甲香（一两二分） 白檀（一分） 熏陆（一分） 麝香（一分）

重量单位对照：一两＝一百分＝二十四铢=31.25克（古代重量单位一斤＝十六两）

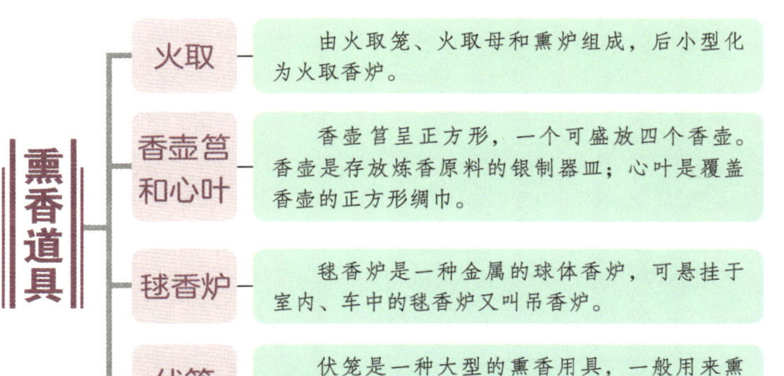

熏香道具
火取
由火取笼、火取母和熏炉组成，后小型化为火取香炉。
香壶筥和心叶
香壶筥呈正方形，一个可盛放四个香壶。香壶是存放炼香原料的银制器皿；心叶是覆盖香壶的正方形绸巾。
毬香炉
毬香炉是一种金属的球体香炉，可悬挂于室内、车中的毬香炉又叫吊香炉。
伏笼
伏笼是一种大型的熏香用具，一般用来熏挂衣服。

这是熏香用的玉雕熏炉

女子，纵使只是逢场作戏，也以为是自造罪孽，对不起云居雁。

云居雁见父亲最近心中忧愁，觉得自己可悲可耻，以致意气消沉，但她脸上不露声色，装作若无其事的样子。夕雾每逢相思刻骨、痛苦难堪之时，便写一封缠绵悱恻的情书，寄给云居雁。云居雁应有“谁人可信任”①之叹。老于世故的人，自会疑心夕雾对她是否忠诚。但她绝不怀疑，每次读了来信，总是心中不胜悲伤。外间有人传言：“中务亲王已请求源氏太政大臣同意，将女儿许配给夕雾中将，正在说亲。”内大臣听到这个消息，又悲痛起来，胸怀郁结。他悄悄对云居雁说：“我听说夕雾要娶中务亲王家的女儿了。这个人真无情啊！从前太政大臣曾经要我将你许配给夕雾，那时我固执己见，不曾答应。想是为此缘故，他另选他人了。现在我若让步，允其所请，岂不被人耻笑！”说时满面泪痕。云居雁觉得十分可耻，不禁流下泪来。又觉很难为情，只好将身转向一旁，姿态十分娇艳。内大臣看到这样一幕，心想：“这件事怎样办才好？看来只得开口求人了。”他满腹心事地走出去。云居雁依旧独坐窗前，凝神远眺。她想：“我为什么如此伤心，以致流下眼泪来呢？不知父亲会做何感想？”种种思量，一齐涌上心头。正在这时，夕雾派人来送信。云居雁虽感不快，终于打开来信。只见信中言语甚详，诗云：

“你是无情女，全同浮世人。
我心与俗异，永远不忘君。”

云居雁见信中绝不谈起婚姻之事，觉得此人过于薄幸，更加痛恨。答诗云：

“口称不忘我，心已早忘情。
弃旧怜新者，良由随俗心。”

夕雾看了回信，心中觉得奇怪。他拿着信不放，歪着头反复寻思，不解其意。

① 古歌：“明知此子言皆伪，更有谁人可信任？”可见《古今和歌集》。

第三十三回　藤花末叶①

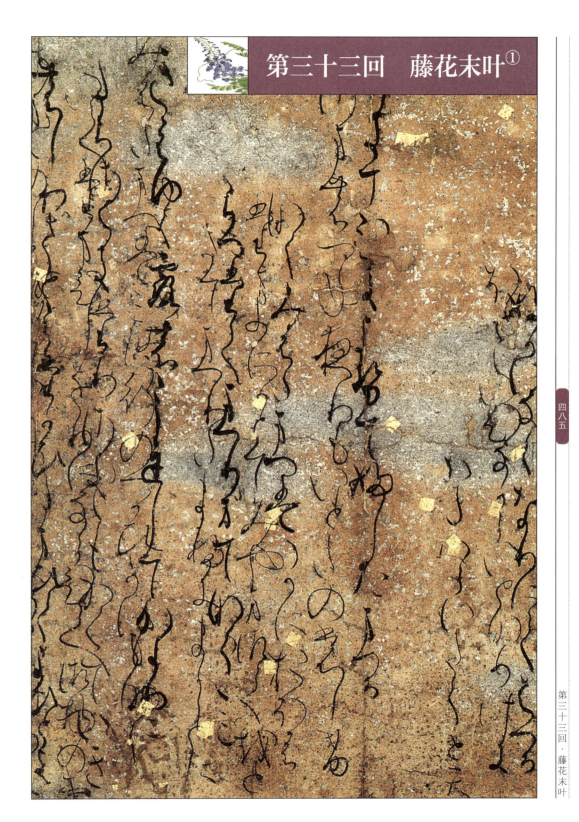

六条院中正忙乱着准备小女公子入宫，但夕雾少将心事重重，神思恍惚，又觉得奇怪："我自己也不知道，我这颗心为什么如此固执。相思既然如此之苦，现在对方已经让步，'守关者'已经'睡熟'[②]，只要等候对方正式前来议婚就好了，又何必多虑呢？"他耐心等候，深为痛苦，心情烦乱之极。云居雁也在想："那天父亲悄悄对我说的事，如果已成事实，则夕雾必然把我完全忘却。"她不胜忧伤。这两人虽然一时互相背离，但毕竟是一对不可分离的恋人。至于内大臣呢，态度过于强硬，终于对自己全无好处，心中苦恼。他想："如果中务亲王招了夕雾为婿，我的女儿就只得另行择人。如此在夕雾既觉得痛苦，我们也会被人耻笑，自然不免有伤体面。过去之事虽然十分隐秘，但家丑早已外扬。想来想去，还是设法调解，主动让步为好。"内大臣和夕雾表面上虽若无其事，但心中怨恨并未解开。这时突然向夕雾求亲，内大臣觉得有些不好意思；郑重其事地迎接新婿，也怕被外人耻笑。因此他想找个适当的机会，隐约向夕雾示好。

三月二十日是老夫人两周年的忌辰，内大臣到极乐寺墓地去祭扫。家中诸公子全体随行，排场十分宏大，王侯公卿不少都来参与。夕雾中将也在其列，其装束之华丽，毫不逊于他人。就容貌而言，这时他正值青春，生得眉清目秀，仪表堂堂。只是自从与内大臣结怨，每次见面，不免诸多顾忌。今天虽来参与其事，仍心怀戒备，态度十分冷静。内大臣对他则比往常更加关注。诵经礼忏所需的各种供养，由源氏大臣从六条院派人送来。夕雾中将尤为诚恳，费心为外祖母经办各种供养。

天色渐晚，大家各自准备回家。这时群花凋落，暮霭沉沉。内大臣忆起往事慨然吟咏，姿态十分潇洒。夕雾对着这凄凉的暮色，不禁悠然神往。旁人在一旁喊着"天要下雨了"，但他充耳不闻，陷入沉思。内大臣见此情景，有些忍不住了，拉着夕雾的衣袖，对他说道："你为什么一向如此恨我？今天你我同来祭扫，看在老夫人面上，宽恕我往日之罪吧。我年事已高，寿命不久。若遭人背弃，真是遗恨无穷了！"夕雾听了，惶恐不已，急忙答道："小甥秉承外祖母遗志，本应处处仰仗舅父，只因获罪未蒙宽恕，故而一直不敢前来领教。"这时风雨大作，其势凶猛，各人纷纷散去。夕雾回家之后，暗自寻思："内大臣今天对我态度与往常大不相同，不知他心中作何打算。"他日夜思念云居雁，因此凡是她家的事，纵使极小，也颇关心。这天晚上他思前想后，直到天明。

想必是报答夕雾长年的相思吧，内大臣过去那种强硬的态度，如今已全无形迹，他变得很亲切了。他一直想找个机会，并非故意做作，却又适于迎接新婿。时值四月上旬，院中藤花盛开，景色之优美，异乎寻常。坐视其开过盛期，岂不大为可惜。于是定于在家中举行管弦之会。夕阳渐渐西斜，花色更加艳丽。内大臣便让柏木送信给夕雾，并叫他口头传话："前日于花荫下交谈，未得畅述衷曲。今日若有闲暇，极盼光临寒舍。"信中附诗一首：

---

① 本回与前回同年，写源氏三十九岁三月至十月的事。

② 古歌："我有秘密路，人皆不注目。但愿守关人，夜夜睡得熟。"可见《古今和歌集》。

“日暮紫藤花[1]正美，

春残何事不来寻？”

这封信系在一枝非常美丽的藤花之上。夕雾终于等到了这一天，大喜之余，心头乱跳，惶恐地回复：

“暮色苍茫[2]难辨识，

如何折取紫藤花？”

他对柏木说道：“惭愧得很，我心中胆怯得很，写不出好诗，请你替我修改一下吧。”柏木答道：“不必写诗，我陪你一起去就是了。”夕雾开玩笑说道：“你这种随从我不敢要！”便叫柏木拿着回信先回家去。

夕雾去找源氏大臣，将这件事向他禀告，又将内大臣来信呈上。源氏大臣看了信后说道：“他叫你去，一定另有深意。如此主动恳求，那过去他违背老夫人遗志的不孝之罪也算消解了。”他那副骄矜的神色，令人厌烦。夕雾答道：“不见得有什么深意吧。只因他家正殿旁的紫藤花今年开得特别好，这时又值无事，故此举办管弦之会，叫我去参加罢了。”源氏大臣说：“总之，他特地派人来请你，你应该马上前去。”他允许夕雾赴约。夕雾不知内大臣有何深意，心中怀惑，惶恐不安。源氏大臣对他说道：“你的袍子颜色太深，质地也太轻了。如果不是参议，或者没有官职的人，不妨穿你那种浅紫色的袍子。但你既是参议，衣冠须得讲究一些。”便把自己平日穿的一件华美的常礼服，配上非常讲究的衬衣，叫随从拿来送到夕雾室中。

夕雾仔细打扮了一番，直到傍晚过后才来到内大臣邸中，大家都等得心焦了。做主人的诸公子，自柏木以下七八个人，一齐出来迎接，陪着夕雾一同入内。席上诸人都很俊美，夕雾尤为出众，既艳丽且清秀。其气度之高雅，令人心生爱慕。内大臣吩咐侍者安排客座，自己也修整衣冠，准备出席。他对夫人身边的青年侍女们说道：“你们都来看看！夕雾公子年龄渐长，容貌愈发标致了。他的举动，从容不迫，落落大方。那一副光明磊落、老成持重的样子，胜过他的父亲呢！源氏大臣的容貌优雅温柔，让人看了自会面露笑容，忘却人世一切苦劳。但在朝廷会议上，这副容貌似乎不够严肃，太偏于风流，这亦属自然。但这位夕雾公子才学渊博，气度雄伟，世人都认为他才是个毫无缺陷的完人呢。”说过之后，整理一下衣冠，便出去与夕雾相见。略说了几句应酬之语，就移座赏花饮酒。

内大臣说：“春季之花，不论梅杏桃李，盛开之时，各有特色，无不令人惊叹。然而时间皆属短暂，一转眼间，即抛却人间而纷纷散落。正当人们惜花之时，唯有这藤花姗姗来迟，一直开到夏天，令人赏心悦目。这色彩也让人联想起可爱的人呢。”他说时面带微笑，风度十分高雅。月亮爬上来了，月光暗淡，花色难以辨识。然而还是借赏花

① 以藤花比云居雁。

② 暮色苍茫，比喻来信不曾明言亲事。

藤花相邀

酒井抱一　四季之花　近代

四月晚开的藤花，悬铃一样半含着花蕊垂首向下，犹如清纯羞涩的云居雁。内大臣曲意相邀夕雾来观赏藤花，借花喻人，同意了夕雾和云居雁的婚事。花如人羞，花期如婚期晚至，形象地表达了两方的羞涩和欣喜。

为由，频频劝酒，唱歌作乐。不久之后，内大臣假装醉了，不时举杯向夕雾劝酒。夕雾心怀戒备，婉言辞谢，颇感辛苦。内大臣对他说道："值此末世，你算是个绰绰有余的天下有识之士。但你抛弃了我这个风烛残年的人，实在太无情了。古籍中有'家礼'[①]之说。孔孟之教你一定深知。你不肯视我如父，对我忤逆太甚，叫我好恨啊！"想是醉后的感伤吧，他发了好一会儿牢骚。

夕雾忙着道歉："舅父何出此言？小甥孝敬舅父，就如同从前孝敬外祖父母和母亲一样，粉身碎骨，在所不惜。不知舅父因何而出此言？想必是小甥有时疏忽，过于简慢的缘故吧。"内大臣见良机已到，便振作精神，唱起"春日照藤花，末叶尽舒展……"[②]的古歌来。头中将柏木早承父亲授意，这时便在庭中折取了一枝色浓穗长的藤花．附在夕雾的酒杯上，向他敬酒。夕雾接了酒杯，神色非常狼狈。内大臣吟诗云：

"可恨小藤花，凌驾老松上。

①《史记·高祖本纪》中说："如家人父子礼。"

②古歌"春日照藤花，末叶尽舒展。君若能开诚，我亦愿信赖。"可见《后撰集》。内大臣意在后面两句，本回题名即据此歌。

为爱紫色好，其罪当曲谅。”[①]

夕雾手持酒杯，再次躬身为礼，作拜谢之状，姿态十分高雅。答诗云：

“几度春来和泪待，
今朝始得见花开。”

咏罢，又还敬了柏木一杯。柏木吟道：

“少女春衫袖，色香似此藤。
欣逢高士赏，花色忽然增。”

于是次第传杯，各赋诗句。但诸人都已喝得大醉，难以成句，未有胜于上述三首的，故不再多叙。

初七之夜的月色幽静深沉，只见池面上笼罩着一片朦胧的烟雾。枝头绿叶尚未成荫，正是风景岑寂之时。唯有开在树干不高且枝丫千姿百态的松树上的藤花格外艳丽。那位弁少将红梅便用美妙的声音唱起催马乐《苇垣》[②]来。内大臣听了极为高兴，大叫道：“这首曲子真有意思啊！”便跟着他一起唱：“此家由来久……”[③]歌声也颇美妙。在这兴高采烈、不拘一格的家宴上，从前存于各人心中的怨恨尽行消失了。

到了夜色转浓之时，夕雾装出一副痛苦的模样向柏木诉说：“我多喝了酒，头晕目眩，十分痛苦。如果此刻告辞归去，难免路上出事。我想在贵处借宿一宿，不知可否？”内大臣就对柏木说道：“头中将啊！就由你替客人安排住所吧。我这老头酩酊大醉，顾不得礼貌，要先退席了。”说过之后便回内室去了。柏木对夕雾说道：“这想必是叫你借宿花荫了！我该怎么办呢？倒叫我这引路人有些为难了！”夕雾答道：“‘托身苍松上’[④]的，岂有轻薄之花？请不要说这些让人不快之语！”便催他快些引路。柏木心中不免怀有妒意。但他一向以为夕雾人品高雅，令人称心，总要成为他的妹婿。因此就放心地引他到云居雁房中。

夕雾只觉如在梦中。今日心愿成就，他更加觉得自身尊贵无比了。云居雁不胜羞涩，只管沉思不语。她见夕雾成年后比从前更加秀美，真是一块无瑕美玉。夕雾向云

---

① 藤花比喻夕雾，老松比喻自己，紫色比喻云居雁。其诗中的意思是：夕雾如此强硬，内大臣只得让步，看在女儿的面上原谅他。

② 催马乐《苇垣》全文：“（女唱）拆开芦苇垣，越垣偕郎逃。谁在父母前，有意把舌饶？此家大轰动，弟妇最唠叨。（弟妇唱）天地神做证，我不把舌饶。你今说此话，完全是造谣。”此是男子引诱女子的歌，讥讽从前夕雾引诱云居雁。

③ 应是“此家大轰动”。内大臣嫌其不祥，故意改唱。或说是讹传。不知孰是。

④ 古歌：“托身苍松上，萦藤虽弱小。但得熏风吹，花开无限好。”可见《古今和歌六帖》。引用此诗，意思是说我已得内大臣许可。

居雁诉苦："我几乎成了世人的笑柄。全靠专心一意，竭力忍耐，如今终于获得允许。你却毫不在意，真是让我伤心。"后来又说："弁少将唱《苇垣》，你知道他的意思吗？这个主人把我讽刺得好厉害！我真想唱《河口》①来报答他呢。"云居雁觉得这首歌太难听了，答以诗云：

"河口流传轻薄事，
疏栏何故泄私情？

多么无聊啊！"吟时的神色如同孩子一般天真烂漫。夕雾笑着答诗云：

"莫怪河口关，疏栏多漏泄。
久木多关②上，关守应负责。

你害得我长年忍受相思之苦，烦恼忧愁，不辨前后。"他借口醉酒，装出疲倦的样子。天色渐亮，也只作不知，流连着不肯归去。众女侍都替他们着急。内大臣听了，责怪道："这么得意，现在还不快些起来！"夕雾终于在天色大亮之前赶了回去，那副睡眼蒙眬的样子也很美观。

第二天夕雾的慰问，依旧像情书一样偷偷送来。云居雁反而比从前更加懒得写回信了。几个尖刻的女侍便在一旁交头接耳，挤眉弄眼。正在这时，内大臣进来了，云居雁更加局促不安。夕雾的信中写道："只因姐姐对我，永不开诚相待。因此虽已与君结缡，反觉我身不幸。但爱慕之情，永远不绝，暂凭此书消我相思。

偷绞青衫泪，年来手已酸。
今朝莫怪我，当面泪汍澜。"

这封信写得极为亲切。内大臣看了，笑道："书法真清秀啊！"从前对他的怨恨完全开释了。云居雁迟疑不决地不愿写回信。内大臣觉得回信太迟有些失礼，料想她是在父亲面前有些难为情，便起身离开了。犒赏使者的礼品格外隆重，柏木中将也热诚地招待这位使者。这人以前来送信时，总是偷偷摸摸；今天却一副神气活现、大摇大摆的样子。这人是个右近将监，夕雾把他当作心腹差遣。

源氏太政大臣也知道了这件事。过了一会儿，夕雾前来参见，相貌比以前更加光彩了。源氏向他打量了一下，说道："今早觉得怎么样？慰问信送去了吗？为了女人之事，贤者亦难免失误。多年以来，你能不做任性放肆之事，不露焦躁愠怒之色，直至今日，

① 催马乐《河口》歌词："河口有个关，关门是疏栏。虽然是疏栏，关吏守得严。虽然守得严，被我逃出关。出关会情人，两人同衾眠。"河口关在伊势郡。夕雾欲唱此歌，意思是说：内大臣虽然管得严，但俩人早已私通。因此下文中云居雁诗云云。

② 久木多关在伊势郡。

借宿花荫

狩野永德 花鸟图押绘帖屏风

安土桃山时代（16世纪后期）

夕雾借酒醉而被允许留宿下来，妻舅柏木中将心怀忌妒地打趣夕雾“借宿花荫”，引领他去妹妹云居雁的房中。图为两只蜻蜓盘旋着，准备栖息于鸡冠花、白菊等花荫处，“宿花荫”正是寓指欢好。

确属与众不同，深可嘉许。内大臣为人，一向刚愎自用，这次竟然卑躬屈膝，世人必然为此议论纷纷。但你切不可因为占胜而得意扬扬，盛气凌人，养成一颗轻浮之心。内大臣貌似落落大方、潇洒不羁，其实并无豪迈之气，十分迂腐，是个难交往的人。”这是照例的一篇教训。其实，他也觉得这桩婚事称心如意，十全十美。源氏大臣生得年轻，看上去不像是夕雾的父亲，倒像是个略长几岁的哥哥。分开看时，两人的容貌惟妙惟肖，完全相同；父子在一起时，则能看出略有不同，而且皆极美妙。源氏大臣身着淡色常礼服，内衬唐装式的白色内衣，花纹鲜明晶莹。他今年三十九岁，但容貌仍然清秀优雅。夕雾身着色彩稍深的常礼服，内衬染成浓丁香汁色的白绫衫子，别具风采，非常艳丽。

今天是四月初八，六条院内将举行浴佛会。寺院先将一尊佛像送了过来，高僧则迟迟来至。各位夫人都派女童送来布施品，其品种与宫中一样，极为繁多。仪式也仿照宫中惯例，诸公子都来参与。这次佛会比起严肃的御前仪式来，反而更有意趣。夕雾心不在焉，行过仪式之后，马上打扮一下，匆匆出门，到云居雁那里去了。有几个青年女侍曾与夕雾调情而并无深切关系，这时不免忌妒。夕雾与云居雁多年相思，一旦团圆，自然格外恩爱，真所谓

"密密深情不漏水"[①]了。岳父内大臣走近来细看夕雾，觉得果然是个乘龙快婿，便更加看重他了。他想起对他让步的事，虽然犹有余恨，但想到夕雾为人诚实，事隔多年，不曾变心，一直耐心等候，此心诚可嘉许，自当予以宽谅。自此以后，云居雁的住所比弘徽殿女御那里更加繁荣。内大臣的正夫人及其随身女侍不免心怀妒意，偶有恶言。但这又何妨！云居雁的生母按察使夫人[②]得知女儿嫁得如此佳婿，深为欣慰。

却说六条院的明石小女公子，定于四月二十之后进宫。四月中旬正值贺茂祭佳节，紫夫人想在前一天先去参拜贺茂神社，照例邀请各位夫人同行。诸夫人以为跟她同行，有如随从，不太体面，所以都不肯去。于是只有源氏太政大臣偕同紫夫人和女公子三人前往，排场并不铺张，只用车二十辆，前驱亦不很多，一切从简，倒也别有风趣。节日这天破晓，三人入寺参拜。返回时登上看台，共赏美景。众女侍的车子连成一串，都停在看台前面，阵势极为美观。远远望去，都知道是太政大臣家的列车，气势非常宏大！源氏想起秋好皇后之母六条妃子的车子被挤退的往事，对紫夫人说道，"倚仗权势，盛气凌人，这种行径，毕竟有罪。你看从前那位傲慢的葵夫人，终于抱恨而死！"死时的怪异情状，他避而不谈，只说："再看两人的后代：夕雾不过是一个普通平民，经年累月才得逐步升官；而秋好皇后位极人臣，无人能与之并肩。思想起来，实在深可感叹！世事无常，夭寿不定。人生在世，总想随心所欲，任性而为。只怕我死之后，留你一人，代我身受报应，弄得晚年孤苦伶仃……"说到这里，王侯公卿等都登上了看台，源氏大臣便去就座了。

近卫府派来司祭的特使，是头中将柏木。他从父亲内大臣邸内出发，王侯公卿等随他同行，一齐来到源氏大臣的看台之上。惟光的女儿藤典侍也是司祭的特使。这个人声望极高，自冷泉帝、皇太子以至源氏太政大臣，都犒赏她无数珍品，圣眷十分深厚。她出发时，夕雾中将还写信给她。她与夕雾素有私情，虽不公开，但谊属深厚。夕雾与身份高贵的云居雁成亲，藤典侍听后十分伤心。夕雾赠她的诗是：

"缘何眼见葵花饰，
　问我花名说不清。[③]

真可怜啊！"藤典侍收到来信，知他在新婚之时亦不忘旧人，心中感激，就在匆忙准备上车之时吟诗作复：

"花虽插鬓名难识，
　请问蟾宫折桂人。

① 古歌："密密深情不漏水，缘何相见永无期？"可见《伊势物语》。

② 云居雁的生母与内大臣离婚，改嫁按察使，因此云居雁由祖母抚育。

③ 参加贺茂祭的人，头上要插上葵花或桂花。日文"葵"与"会"同音。说不清葵花之名，意思是说后会之期不可预知。

这花名唯有你这博士才能知道！”寥寥数字，但在夕雾看来却是极具风趣的答书。此后，他依然对这藤典侍不曾忘情，经常偷偷和她约会。

明石女公子入宫时，紫夫人决定亲自陪送。源氏大臣如此打算：紫夫人不能陪女公子长住宫中，不如趁此机会，让她的生母明石夫人来送她入宫，当她的保护人。紫夫人也在想：结果总是要叫她的生母来的。把这母女两人长此隔绝，做母亲的必然惦记女儿，心中愁叹；女儿今已长大，也会思念母亲。弄得双方都不快活，这又是何苦来！便对源氏大臣说道：“女儿入宫，不如请明石夫人同行，长在宫中相伴。女儿年纪还小，我很不放心。她身边的女侍都是年轻人，而乳母所能照顾的，不过是表面之事。我自己又不能长住宫中。若求放心，只有这一个办法。”源氏大臣见紫夫人和他意见相同，十分欣慰，便把这想法转告明石夫人。明石夫人喜不自禁，庆幸夙愿终于实现，急忙准备女侍的服装等事宜，其华美隆重不亚于身份高贵的正夫人。做了尼姑的母夫人也极高兴看到外孙女儿荣华富贵。她甚至祈求佛祖保佑她延寿，以便与外孙女儿再见一面。现在听说她即将入宫为太子妃，今后岂能再见，不胜悲伤。这天夜晚，紫夫人陪着女公子进宫。紫夫人在宫中可乘坐辇车。明石夫人如果同行，因其身份低微，必须随车步行，不太体面。她并不怕自己委屈，只怕这金枝玉叶的女公子为了她这低贱的生母而丢脸，因此暂且不进宫。

女公子入宫的仪式，源氏大臣并不过分铺张，但亦十分体面，异于寻常。紫夫人真心怜爱这女公子，把她教养得品貌双全。她心中实在舍不得把她让给她的生母，心里一直想：如果她是我亲生女儿，该有多好。源氏大臣与夕雾也都觉得只此一事，实乃美中不足。过了三天，紫夫人即将出宫，这天晚上由明石夫人入宫接替，二位夫人这是第一次会面。紫夫人对明石夫人说道：“女公子现已长大成人，可见我等共处已历多年，今后自当多多亲近，无须诸多顾虑。”接着又说了许多闲话，态度十分和蔼可亲。明石夫人自此也就开诚布公，对她无话不谈了。紫夫人看到明石夫人辞令文雅，心中敬佩，这才知道源氏大臣对她的宠爱并非无因。明石夫人也真心仰慕紫夫人的人品高尚与艳丽容貌，觉得源氏大臣在众夫人之中特别宠爱此人，尊她为正夫人，确有他的道理。而想到自己能与此人同列，也算是前世的福报。后来看到紫夫人出宫时，排场非常宏大，特许乘坐辇车，其身份尊贵几与女御无异，相比之下，又觉得自己毕竟身份低微。她见女公子长得十分美丽，如同粉妆玉琢一般，心中十分欢喜，恍如身在梦中，眼泪流个不停，真所谓“一样泪流两般心”[①]了。多年以来，明石夫人心中倍感凄凉，常觉此生忧患太多，了无生趣。现在心情忽然豁然开朗，但愿寿命永远延长，方知住吉明神的确灵验。明石女公子在紫夫人膝下得到理想的教养，长大之后非常贤惠，绝无半点缺陷。世间的声望更不必说，其容貌仪态亦娇艳无比。皇太子尚在童年，也知道特别怜爱这位妃子。与这妃子争宠的人对外宣扬，说这妃子身边有个身份低微的母亲，实为一大缺憾，但这并不损害妃子的声望。因为明石夫人非常贤能，不但把女公子的住所布置得优美入时，尊贵华丽，就是极其细微之处，也都装点得风流优雅，精致巧妙。殿上人都把这处宫殿看作珍奇的猎艳之所，大家都与这里的女侍们调情．因

① 这一句根据《后撰集》所载古歌“或喜或悲同此心，一样泪流两不分”改写，强调明石夫人所流是欢喜之泪。

白菊花 **酒井抱一 四季之花 近代**

升官后的夕雾，送给云居雁的乳母大辅一枝变紫的白菊花，表达了对爱情的忠诚和当初因官阶低下而受其轻视的愤怒。白菊花经过长时间日光照射后，就会变成紫色。而在花语里，白菊花代表忠诚，紫菊花则代表愤怒。

此连女侍的风度与姿态也都特别讲究。每逢重要节日，紫夫人也入宫来探视。她和明石夫人的交情越来越好，彼此都无所顾忌了。明石夫人对她既不放肆，也不显卑屈，举止态度都很恰当，真是不可多得的人物。源氏太政大臣自念寿命所余无多，时常渴望在生前完成女公子入宫之事，如今果然如愿以偿。还有，夕雾的婚事纠纷难定，虽是他自己固执，在外间的传言总不好听，如今也已美满成就，称心如意了。因此源氏太政大臣心无挂念，当可成就出家之愿了，只是仍舍不得紫夫人，但有义女秋好皇后从旁照顾，大可放心，还有明石女公子，其正式的母亲是紫夫人，今后对她定会竭诚孝养。故纵使出家，也可将夫人托付给二人供养。花散里虽然落寞寡欢，但有义子夕雾奉养，也算得其所哉，可无后顾之忧了。

明年源氏大臣满四十岁，应举行庆祝的宴会。自朝廷以下，各处都抓紧准备贺寿之事。今年秋季，源氏太政大臣官位又获晋升，依照太上天皇待遇增加封户，又添赐年官、年爵[①]。即便不如此，源氏一家早已十分富足，全无缺憾了。但冷泉帝还是引用古代罕见的先例，为源氏添置了许多院司。源氏身份异常高

① 添赐年官、年爵，即赐官位给源氏的家臣，俸禄归源氏收用。

贵，出入宫禁反不自由，更加拘束了。冷泉帝还嫌优待不够，常恨不得把皇位让与源氏，但又恐被世人指责，为此日夜愁叹。

内大臣升任太政大臣，夕雾中将升任中纳言，一起入朝谢恩。他那丰姿更加光彩焕发，容貌以至一切言谈举止，绝无半点瑕疵可挑。他的岳父新太政大臣见了，十分满意，心想云居雁与其入宫受人排挤，远不如嫁给夕雾更为幸福。夕雾有一次想起从前有一晚云居雁的乳母大辅嫌他官职低微，曾说“嫁个六位小京官也未免太不体面了”的话[①]，便把一枝已经变成鲜美紫色的白菊花送给大辅，赠诗云：

“浅绿当年秋菊小，
　谁知能变紫红花。

我不曾忘记当年失意时你所说的那句话呢。”他一边吟诗，一边送花，姿态极为优美，脸上笑容可掬。乳母很难为情，几乎无地自容，只得厚颜答诗云：

“生长名园秋菊小，
　岂因浅绿受人轻？

您何必如此斤斤计较？”她的语调虽然亲切倍至，心中却颇感痛苦。

夕雾升官之后，威势日隆，寄居在岳父邸内，便觉房室狭隘，就迁居到以前老夫人住的三条邸去。老夫人过世之后，此处院落略见荒芜，这次重加修理，并改变了老夫人当年的布置。夕雾与云居雁住在这里，想起从前初恋之时，触景生情，不胜感叹。院中树木，当时还很幼小，如今已绿叶成荫，异常繁茂。当年所植的“一丛芭芒草”[②]，恣意蔓延，侵入台阶，便命人加以修整。池水里长满水草，也让人清除干净。于是庭中景色，焕然一新。夫妇二人共赏美景，闲话幼年初恋时好事多磨的愁恨，云居雁不胜依恋。想起当时旁人心中所想，又感十分羞惭。当年老夫人身边的女侍尚未散去，依旧住在各人的房间里。她们一齐来参见这对新人，皆大欢喜。夕雾怀念外祖母，即景吟诗云：

“岩前清水好，长守此园林。
　知否当年主，行踪何处寻？”

云居雁吟道：

“清泉流石上，细水本无心。
　不见当年主，泉中照影清。”

这时云居雁的父亲新太政大臣退朝，途经三条院，看见院内红叶如锦，不胜怀

① 中将是六位京官，穿浅绿袍；中纳言是四位，穿紫袍，故有下文之诗。

② 古歌：“一丛芭芒草，使君所手植。今已成草原，虫声何繁密。”可见《古今和歌集》。

恋，便停车过访。只见院内景象，较之老夫人在世之时并无太大变迁，处处窗明几净，宜于居住，但装饰更为华丽。太政大臣抚今追昔，深为感叹。夕雾中纳言只觉心情略有些异样，脸上泛起红晕，态度却更加沉静了。他与云居雁真是天作之合。云居雁虽不能说是举世无双的美人，但夕雾确有无限清丽之相。众多老女侍在新夫妇身边十分高兴，竞相将陈年往事讲给他们听。太政大臣看见两人咏诗的纸稿放在一旁，拿起来一读，也觉伤心，说道："我也想向这泉水探问老夫人的消息呢。只恐老人易感，出言不祥。"便吟诗曰：

"小松亲手植，转眼已成荫。
 莫怪高年树，凋零化作尘。"

夕雾的乳母宰相君，至今不忘这位大臣当年对夕雾的轻视，这时得意扬扬地吟道：

"双松植叶茂，自幼即同根。
 我在双松下，终身仰绿荫。"

其他老女侍也都吟诵诗句，意义大致相同。夕雾颇觉有趣，云居雁则面红耳赤，羞涩地听着。

却说冷泉帝将于十月二十过后行幸六条院。这次行幸，正值红叶盛期，兴致格外浓烈，故冷泉帝曾致书朱雀院，邀其同行。前皇与今上一起行幸，此乃世间罕有的盛举。这个消息惊动了全国臣民。主人源氏更是竭力准备迎驾，其排场之奢华令人眼花目眩。两帝于当日巳时临幸，先到东北的马场殿。左马寮与右马寮中的马匹都已齐备，左近卫与右近卫的武士也都到齐，仪式与五月五日的骑射相似。未时过后移驾前往南面的正殿。一路上的拱桥和走廊上，都饰以锦绣。外面能望得到的地方，都挂起软障，处处装饰得十分华丽。途经东湖，湖中浮着几只小舟。宫中御厨里主管养鸬鹚的人与六条院中养鸬鹚的人，都被召集过来，在御驾行过时表演鸬鹚捕鱼的节目。鸬鹚衔了许多小鲫鱼出来。这并非为呈供御览而专设的游艺，只是为一路上略添兴致而已。各处山上的红叶，美不胜收。秋好皇后所住西院中的红叶特别茂盛。中廊的墙壁已经拆去一段，改设为大门，欣赏红叶时全无阻碍。

南殿上方，为冷泉帝与朱雀院专设了两个御座，主人源氏的座位设在下方。冷泉帝降旨请源氏同列。如此优待，对源氏而言已极光荣，但冷泉帝犹觉遗憾，以为未尽其意。左近卫少将捧来湖中打得的鲜鱼，右近卫少将捧来藏人所饲鹰人从北野猎得的一对鸟，从正殿东边来到御前，跪在阶前呈献。冷泉帝便命太政大臣以此二物调制御膳。诸亲王和公卿的飨宴，皆由源氏办理，尽是山珍海味。夜色将至，诸人尽皆醉倒，这时宣召乐人奏乐。不选正式宏大的乐曲，只选那些富有风趣的舞曲，又让殿上童都来舞蹈。这时不免令人想起从前桐壶帝行幸朱雀院时举办红叶贺的事。演奏舞曲《贺皇恩》之时，太政大臣家的男儿仅有十岁，舞蹈姿态十分优美。冷泉帝从身上脱下御衣来赏给他。太政大臣就替儿子拜谢。源氏回思当年在红叶贺中与太政大臣共舞《青海波》时的情状，便命折取菊花一枝，送与太政大臣，并赠诗云：

贵族娱乐之书法

随着唐朝时期佛教传入日本，中国的书法也随之在日本盛行。平安时代也是书法一道的黄金时期。精通书法对于那时的贵族来说，是必不可少的修身课。如上回所述，源氏、胧月夜、槿姬等，都是当时的书法名家。

平安时代的书法发展史

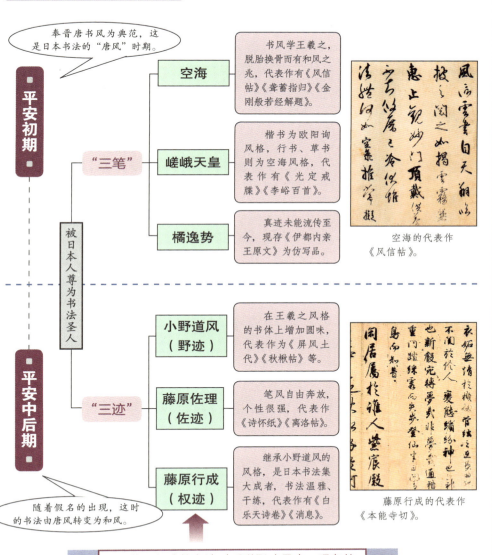

平安初期

奉晋唐书风为典范，这是日本书法的"唐风"时期。

"三笔"

- **空海**：书风学王羲之，脱胎换骨而有和风之兆，代表作有《风信帖》《聋蕃指归》《金刚般若经解题》。
- **嵯峨天皇**：楷书为欧阳询风格，行书、草书则为空海风格，代表作有《光定戒牒》《李峤百首》。
- **橘逸势**：真迹未能流传至今，现存《伊都内亲王原文》为仿写品。

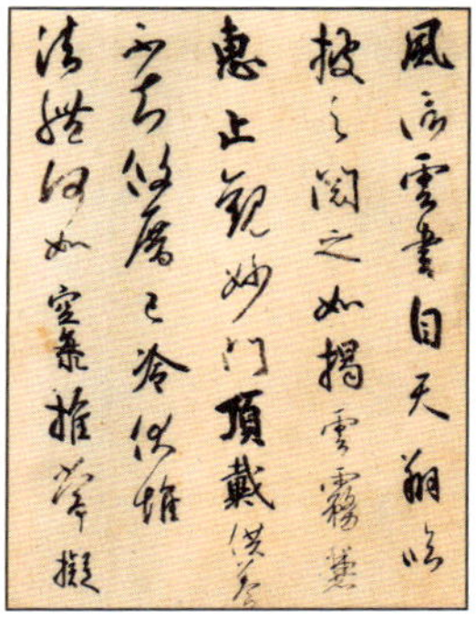

空海的代表作《风信帖》。

被日本人尊为书法圣人

平安中后期

随着假名的出现，这时的书法由唐风转变为和风。

"三迹"

- **小野道风（野迹）**：在王羲之风格的书体上增加圆味，代表作为《屏风土代》《秋楸帖》等。
- **藤原佐理（佐迹）**：笔风自由奔放，个性很强，代表作《诗怀纸》《离洛帖》。
- **藤原行成（权迹）**：继承小野道风的风格，是日本书法集大成者，书法温雅、干练，代表作有《白乐天诗卷》《消息》。

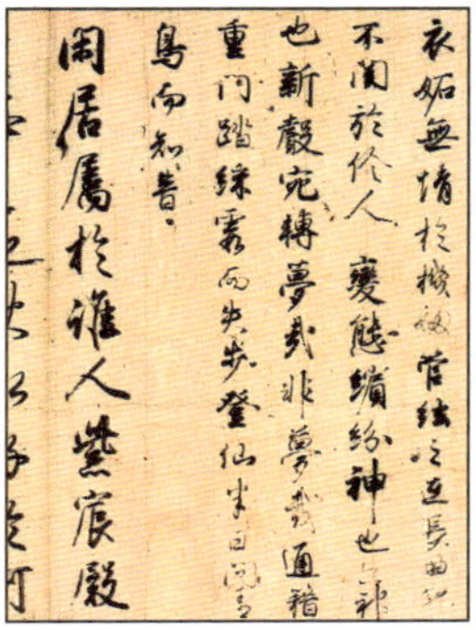

藤原行成的代表作《本能寺切》。

藤原行成的书法对后世影响最大，现存的《源氏物语绘卷》上的说明文字风格，就是继承他的优美纤细的和式书法。

“菊花增色泽，篱畔夸芳姿。
犹恋初秋日，含苞共放时。”①

太政大臣当年任头中将时，曾在桐壶帝御前与源氏公子共舞一曲，当时两位少年并称英俊。如今太政大臣亦高居重位，但总觉得源氏的尊贵无以复加。天心似乎有感，降下一阵小雨。太政大臣答谢道：

“菊花变作层云紫，
遥望青天仰景星。②

现在是你的全盛之时了。”

晚风吹落各式的红叶，有的深色，有的浅色，地上仿佛铺满了锦茵。庭前仿佛为了迎驾而铺饰了锦绣的走廊。院中许多眉清目秀的小童，都是高贵之家的子侄，身着蓝色、红色的大礼服，内衬暗红色、淡紫色的衬袍，都是日常装束，头发照常左右分开，只在额上束了个宝冠。他们在红叶地上表演各种舞蹈，舞罢转身回到红叶林荫之中。这番景象十分美丽，可惜日色将近黄昏。这时不教乐队演奏长篇乐曲，只在堂上合奏管弦。书司所藏的琴都取了出来. 兴浓之时，冷泉帝、朱雀院与源氏主人御前都呈上琴来。有名的和琴“宇陀法师”，声音并未改变，但在朱雀院听来，今日格外动人，便吟诗云：

“阅世经风雨，看花到白头，
年年红叶好，总不及今秋。”

他可惜自己在位之时未曾举办这等盛会。冷泉帝答道：

“庭中锦幕前朝赐，
不是寻常红叶秋。”

这是在对朱雀院表示谦逊之意。冷泉帝今年二十一岁，容貌越长越美，竟与源氏全无两样。中纳言夕雾服侍在侧，其容貌又与冷泉帝毫无二致，令人惊讶万分。由于地位不同的缘故，夕雾在气度上似乎不如冷泉帝高贵，但其风流艳冶之相，则略胜于冷泉帝。夕雾吹笛，音色异常悦耳。诸殿上人都在阶下唱歌，其中弁少将嗓音最美。外戚一族尽皆英俊非凡，真是宿世的福报。

① 诗意：你现已升官，但犹不忘当年与我共舞《青海波》时之乐。

② 古歌：“宫里菊花天上种，教人误认是秋星。”可见《古今和歌集》。以星比菊，根据此歌。

源氏物語

（下）

全译彩插珍藏版

[日]紫式部/著
康景成/译

天津出版传媒集团
天津人民出版社

第三十四回　新菜[1]

却说朱雀院自从行幸六条院之后，身体一直不好，病得比往常更加厉害。他本来体弱多病，但这次特别令人忧伤。近年来常怀出家奉佛的志向，这时更加深切了。之前只因弘徽殿太后在世，不免有所顾虑，至今未能成遂心愿。如今太后已经逝世[②]，朱雀院便对人说道："还是让我皈依佛法吧，我自觉此身在世不久了。"就考虑出家前应做的各种事宜。子女之中除皇太子而外，尚有公主四人。其中三公主之母是藤壶女御。这藤壶女御是桐壶院前代的先帝所生，先帝赐姓源氏[③]。朱雀院当皇太子时，她早已入侍。原定是由她当皇后的。但先帝早崩，她失去了有力的保护人；此外她的母亲身份不高，不过是一个普通的更衣，因此她在宫中一向不能得志。再加上弘徽殿太后把妹妹胧月夜送入宫来当了尚侍，这尚侍声势宏大，无人能及，藤壶女御就完全被压倒。朱雀院心中很可怜她，但不久他自己就让位，无法照顾，徒呼奈何。因此藤壶女御心中抱恨，郁郁而终。她所生的三公主，在众多子女之中，朱雀院最为宠爱。这时三公主年仅十三四岁。朱雀院心想："我即将抛却红尘，入山修道。把这女儿独自留在世上，让她靠谁处世度日呢？"他所放心不下的只有三公主。他在西山营造寺院，如今业已竣工，正忙着做入寺的各种准备，另一方面又忙着三公主的着裳仪式。院内秘藏的珍宝和器皿，自不必说；就连小小的玩具等，凡是略有来历之物，全都赐给三公主。其余次等物品，则由其他子女分得。

皇太子听说父皇病重，决心出家奉佛，便亲自前往朱雀院探视。母亲承香殿女御陪他一同前来。朱雀院对这位女御并不特别宠爱，但因太子是她所生，因缘甚深，所以也颇重视她，和她详谈近年来的各种事情。对皇太子也有许多叮嘱，其中也谈到治世之道。皇太子看着显得很老成，似乎不止十三岁的样子。身边照顾他的人，如明石妃子等，都很可靠，所以大可放心。朱雀院对他说："我在世上已无留恋。只是所遗的众多女儿，格外记挂她们的前程，于'不可免'的'死别'[④]略有阻碍。根据往日在别人家的见闻，大凡女子，更容易遭逢意外之变而受到侮辱，其命运实在可悲可悯。今后你若能临朝执政，务须多加留意，好好照顾你的姐妹。其中有后援人的，或可听其自行做主。只有三公主年龄尚幼，一向靠我一人照顾，如今我即将出家，留她独自于世上漂泊，我心实在牵挂，思之不胜悲伤。"他一面擦拭泪水，一面倾诉衷情。

朱雀院又恳请承香殿女御善加照顾三公主。但当三公主之母藤壶女御独占恩宠时，其他更衣与女御皆曾与她争宠。因此承香殿女御和藤壶女御关系并不亲睦。照此来看，承香殿女御旧怨未消，纵使不太厌恶这位三公主，亦未必能真心实意地照顾她。朱雀院为了三公主的事，日夜愁叹。到了年底，病体更加沉重，连帘外也不能出来了。以前他

① 本回写源氏三十九岁十二月至四十一岁三月的事。

② 弘徽殿太后于这一年九月去世。

③ 这藤壶女御是桐壶院的藤壶女御的异母妹妹。凡皇族降为臣下，赐姓都是源氏。

④ 古歌："日月催人老，死别不可免。为此更思君，但愿常相见。"可见《伊势物语》。

也经常因为鬼魂作祟而患病，但这次鬼魂一直缠绕不休，因此他疑心恐怕大限将至。他虽然早已退位，但在位时曾领受他恩泽的人，到现在还同从前一样与他亲近，以一仰慈颜为衷心的慰藉，不时前来参谒。这些人听说朱雀院身患重病，无不真心为之忧虑。

六条院源氏也经常派人来探望，并将亲自拜访。朱雀院听说源氏将要亲自前来问病，不胜欣喜。恰巧夕雾中纳言来了，朱雀院便把他唤入帘内，与他详谈："桐壶先帝将崩之时，曾吩咐我许多遗言。其中特别再三叮咛的，就是令尊之事和皇上[①]之事。但我即位之后，自觉政令总是遭受诸多限制，凡事不能称心如意。内心虽未变更，但略一错失，便致获罪于令尊[②]。谁知多年来不论为了何事，令尊对我都从无怀恨之色。纵使贤明之人，倘若遇到于己不利之事，总是异常动心，想方设法报复，因而发生意外之变。即使在古代，这种事例也屡见不鲜。为此世人皆有疑虑，以为有朝一日，令尊一定将向我泄愤。哪里知道他竟容忍到底；不仅如此，又真心照顾我儿皇太子，最近又送明石女公子进宫为太子妃，我们两家就此亲上加亲。我心中对他的感激，实无限量。但因本性愚痴，担心为爱子之心所迷，而做出有失体统的举动，因此对于太子，我自己故意装作漠不关心的样子，全由别人安排。对于皇上，则谨遵先皇的遗言，尽早将皇位让与他。幸喜他能在这末劫之世成为一位英明之主，挽回我在位时的颓丧风气，合乎我意，不胜欣慰。自从今年秋天行幸六条院之后，我回思往事，不胜恋恋，颇想与令尊促膝谈心。盼望贤侄代为劝请，请他早日亲自光临。"他说这些话时神态异常萎靡不振。夕雾回奏说："侄儿年幼，以往的事不得而知。自年纪稍长以后，参与朝廷政治，处理世务，其间大小政事，又或其中有关于私人事宜的，时常与家父共同商议，但从来不曾听见他暗示对伯父心怀怨恨。反之，他曾说过：'朱雀院中途辞退了皇上的保护人之职，想专心静修而幽闭深山，对世事全不过问，这便不能履行桐壶先帝的遗言了。他在位之时，我年纪尚小，才能又差，再加上贤能的人很多，我虽想为他效劳，却未能如愿。如今朱雀院抛开政事，闲居静处，我颇想开诚布公，与他畅谈衷曲，并且亲聆教益。但被身份所限，行动极不自由，以致一直迁延，未能谋面。'家父常说起这一类的话，并且叹息不已呢。"

此时夕雾年纪还小，二十尚差少许[③]，但身体发育得很雄伟，容貌也生得异常俊美。朱雀院目不转睛地注视着他，心中暗自琢磨：把我家那个难以安顿的三公主，嫁与此人怎样？便对他说道："你今已在太政大臣家找到安身之所了。我听说你的婚事多年来极不顺利，经常为你痛惜，现在才安心了。我对太政大臣有些妒羡呢。"夕雾听了这话觉得很奇怪：他为什么说这种话呢？想了一会儿，才恍然大悟：原来朱雀院在担心三公主的终身大事，想把她托付给一个可靠的人，然后才能安心出家。这件事他经常提起，自然会传入夕雾耳中，夕雾便猜到他这话的意思了。但岂可做出心领神会的模样而轻率作答呢！他只答道："像我这样没出息的人，娶亲原是不容易的。"此外不再多说什么，一会儿就告辞了。

① 指冷泉帝。

② 指须磨流放之事。

③ 今年十八岁。

夕雾拜访 佚名 信贵山缘起绘卷 平安时代（12世纪）

病倒的朱雀院本欲出家，却担心此后三公主的将来无所依靠，想把她托付给一个可靠的人。适逢夕雾前来探望，引起众人对源氏父子孰优孰劣的议论。图为平安时代前来拜访的贵族及其随从，从其所处的位置、衣着以及容貌之俊美，可以看出最前方的男子应是犹如夕雾般的高等贵族。

众女侍在屏风背后窥看夕雾，都大加称赞："这样标致的容貌，这样漂亮的气派，实在是少有。真出色啊！"她们交头接耳，议论纷纷。一个老年女侍听见了，说道："算了吧！他虽然漂亮，总比不上他老太爷年轻的时候。那才真是个美男子，让人看了眼睛都发眩呢！"朱雀院听见她们争执，说道："他家的老太爷确是个罕见的美男子。年纪大起来了，反比年轻时更加艳丽，所谓'光华'，大概就是指他这般模样吧。当他高居庙堂、筹划政务之时，威风凛凛，让人望而却步。但当他放任不羁、与人调笑之时，又十分风流潇洒，令人觉得可亲可爱。真是世间难得一见的人物。想必此人前世必曾修善积福，才能有此罕见的美貌。他自幼在宫中生长，先帝对他极为怜爱，悉心教养，为了他几乎不惜生命。但他从不因此骄纵，反而更加谦恭有礼，二十岁时还未曾领受纳言之爵，到了二十一岁，才当参议而兼大将。夕雾比他父亲进取得早，十八岁便当了中纳言。可见他家一代高过一代。说到学问与才能，夕雾并不亚于他父亲，反而比父亲更早地立身扬名，真是一大奇才啊！"他极口称赞源氏父子二人。

三公主容貌长得极其美丽，正值豆蔻年华，姿态一派天真烂漫。朱雀院见了，说道："我一定要把这孩子托付给一个忠实可靠的人，那人要能真心怜爱她，原谅她的幼稚，好好地教养她。"他招来几个老成稳重的乳母，向她们吩咐着裳仪式的事宜，顺便说道："从前源氏大臣曾将式部卿亲王的女儿从小抚养到大。我也很想找到这样的一个，把三公主托付给他才好。在臣子之中是难以找到的。皇上那里呢，已经有了秋好皇后。其他女御身份也都很高贵。我出家后，三公主没有适当的后援人，若是入宫反而痛苦。这中纳言尚未娶妻之时，我早该向他示意，试探其心。这个人年纪虽轻，颇具才干，前途很有希望呢。”乳母中的一人答道：“中纳言一向为人诚实，多年以来，始终思念那位云居雁小姐，从来不曾把爱情移到别人身上。如今好事已成，愈发不会动心了。倒是他们家的老太爷，贪恋女色的心思到现在还未消减。女人之中，他素来最爱身份高贵的人。比如那位前斋院槿姬，他一直念念不忘，经常写信去慰问呢。”朱雀院说：“哎呀！一味轻薄贪色，倒也惹人厌烦。”他嘴上虽如此说，但心里在想：加入众多夫人之中，虽然难免会有不快之事，但我相信源氏是一个可取代父亲的人，不如就照乳母的意思，把三公主托付给他吧。便又说道：“确实，有了女儿，又希望她多少经历些尘世的生活，反正一样出嫁，不如让她去依附源氏。人生在世，寿数几何？总该叫她过上源氏家中那种幸福的生活才是。我若是个女人，纵使同他是嫡亲兄妹，也一定要嫁给他——我年轻时确曾有过这种想法呢。更何况女人，被他迷惑正是理所当然。”他说这话之时，心中定然想起了那位尚侍胧月夜。

三公主的仆从中，有一位地位颇高的乳母。这乳母的哥哥是个左中弁，经常出入六条院，在源氏家中服务多年。同时他又忠诚地为三公主服务。一天，左中弁来到三公主院中，与他的妹妹见面。在谈话中，乳母对他说：“朱雀上皇有这样一种打算，曾经向我暗示。有机会时，请你不妨转告你家六条院主人。公主不嫁，是自古以来的通例①。但若有夫婿多方爱护，照顾一生，则更可令人放心。我家公主除了朱雀上皇以外，再无真心爱护她的人。我不过在这里伺候而已，又有什么用处呢？而且伺候的人很多，不是万事均可由我一人做主的。只怕发生意外之事，终获轻薄之名，那时叫我多么伤心！所以，如果能趁朱雀上皇在世之日，定下公主的终身，我这伺候的人也就安心了。大凡女子，无论血统如何尊贵，未来的宿命也不得而知，这真是可悲之事。在众多公主之中，上皇特别怜爱这位三公主，但也有不少人嫉妒她。所以必须从长计议，使她不受他人诽谤才好。”左中弁答道：“说也奇怪，六条院的主人实在多情得厉害呢！凡是他一度钟情的女人，无论是素所心爱的，或者并无深情的，都接了回来，让这些女人聚集在邸中。但他真正重视的人也有限，怕是唯有紫夫人一人。因此，屈居在这一人之下度送孤独生涯的人，也不在少数。但三公主若与主人有宿世因缘，如你所说的嫁到六条院，那么据我猜想，紫夫人纵使威势盛大，毕竟不能和她分庭抗礼。但也不得不有所顾虑。这暂且不提。主人经常私下对我说些心里话，他说：‘我所享受的荣华富贵，在这浊恶末世已属过分，我这一生可谓全无遗憾了。只是为了女人之事，在外受人讥议，在内则我心犹有不足。’②在我们看来也有这种感想。因为各种因缘而受他荫护的许多女子，虽然并非身份低微、不堪匹配的人，但都是普通臣子之女，没有与他地位相称的正夫人。所以三公主如欲下嫁，要是真能如你所说，嫁到六条院去，那将是多么称心如意的好姻缘啊！”

乳母又找个机会向朱雀院回奏说：“前日已将尊意告知左中弁。他说‘六条院主人一定愿意接受。多年来，他一直想娶一位正夫人，如今终于可以如愿以偿了。只要这

---

① 按照日本古代惯例，公主理应独身，但有适当对象，亦可下嫁。

② “受人讥议”，指六条妃子、胧月夜等事；“不足之感”，指没有身份高贵的正夫人。

边真心许可，我就向那边传达。’这件事毕竟怎样办理，还请上皇做主。六条院内有许多夫人，六条院大人对她们每个人都很关切，依照各人身份予以优待。但依照普通人家看来，夫人与许多姬妾对立，毕竟是一件缺憾。三公主如果嫁入六条院，只怕也将遭受意外苦恼。希望娶三公主的人，颇为不少，还请上皇再三从长计议。按如今的风俗，无论身份多么高贵的公主，其中也有爱好独立自主、随心所欲的独身生活的人。但我家这位三公主性情娇憨，稚气难除，却不宜过独身生活。我们这些伺候的人，能力有限。何况纵使是极贤能的女侍，也唯有依照主人吩咐行事，方为尽职。因此三公主将来若无夫婿照顾，实在令人忧虑。”

朱雀院答道：“是呀，我也有这种感想。公主下嫁，向来被视为轻率之举。再者，纵使身份高贵，但女子一旦有了丈夫，自然难免有后悔与不快之事，甚至陷入悲伤苦闷。但如果不嫁，在父母双亡、失却荫护之后，独身度世，亦非长策。在古代，人心正直，世风敦厚，无人敢冒天下之大不韪而妄想娶神圣的公主。但如今人心不古，纵情好色，悖乱之事，时有耳闻。昨天还是高贵的父母所珍爱的金枝玉叶，今天就被微不足道的轻薄男子所欺辱，以致名声堕地，亡亲也面目无光，含羞地下。这种例子，不胜枚举。如此来看，下嫁或独身，一样令人担心。凡人皆因前世之宿缘而获今生之果报，此中因果，我等不得而知，因此事事都要担心。不论好坏，一切依照父兄之命而行，听凭各人的前世宿缘，纵使晚年生涯衰败，亦非本人的过失。反之，女子如果自择夫婿，长年相处，生活幸福，世间声望，倒也美满。如此看来，好似自择夫婿也还不坏。但在当初刚刚传出这消息时，父母都不知道，亲友亦未赞许，自作主张，私订终身，在女子实为最大的瑕疵。这种行为，即在普通百姓之家，亦定会被视为轻狂浮薄的举动。婚姻一事，毕竟不能不顾及本人的意愿，但如若受外力所迫，不慎失身于

女子的婚嫁　狩野永德　洛外名所游乐图屏风　安土桃山时代（16世纪后期）

朱雀院与乳母谈论女子的婚嫁，颇能体现平安时代的婚嫁观念，即要么依照父兄之命、前世宿缘而嫁，要么独身出家。但自择夫婿者多被视为浮薄，是女子最大的瑕疵。图中左侧即为平安时代寺院中出家的女尼僧。

薄幸之人，就此决定一生的命运，可想而知这女子必然意志薄弱，行事轻率。据我看来三公主太过幼稚，全无主见。因此你们这些当保姆的，切不可自作主张，代她择婿！若有这种事情在世间谣传，那真是不幸之极了！”朱雀院担心出家以后的事，因此再三谆谆告诫。乳母等人只觉今后责任更加重大，心中不胜惶恐。

朱雀院又说：“我本想等候三公主年龄渐长，知识渐开，这才一直忍耐。但长此下去，我终无法成遂出家大愿，堪为忧虑，因此极盼此事可以早日决定。六条院主人见识高远，老成持重，实为世上最可信赖的。至于姬妾众多，实则无关紧要。为善或为恶，皆由本人心意造成。六条院主人气度雍容，仪态高贵，可为世人典范。世间再没有比他更值得信赖的人了。可做三公主夫婿的人，除却此人之外，更有何人？萤兵部卿亲王人品端正，我与他同为皇子，本不宜加以贬斥。但这个人过分爱好风雅，缺乏威仪，有时不免偏于轻率，毕竟不可信赖。藤大纳言愿为三公主当家臣[①]，用心极为诚恳，但总觉不大相称。身份平凡之人，到底是不足取的。自古以来公主择婿，其人必须有极高的声望，才算合格。若仅因这人热爱公主，即视为贤婿而选定，则缺陷极多，遗憾无穷。据尚侍胧月夜说：右卫门督柏木[②]私下爱慕三公主。可惜他只是个右卫门督，如若能再晋升，有了相称的官位，倒也可再作考虑。不过这个人年纪尚轻，只有二十四岁，全无稳重的样子。他选择配偶，心志极高，所以至今还是鳏居。其风度出类拔萃，其才识亦超出常人。可知以后一定飞黄腾达，前途无量。但这个人要做三公主夫婿，毕竟还差那么一点儿。”他思前想后，十分苦恼。

朱雀院对其他几位公主并不特别操心，也没有求婚的人来烦扰他。只有三公主的婚事，一向在深宫中秘密商谈，却不知怎么会流传了出去。于是接连有许多人都来求亲。太政大臣心想：“我家的右卫门督至今还在鳏居。他下定决心非皇女不娶。现在朱雀院正替三公主择婿，我们何不前去恳请。若幸蒙选中，我也面目有光，不是一件大喜事吗？”他心中这样想，嘴上也这样说。便叫他的夫人——尚侍胧月夜的姐姐——去托胧月夜转达此意。胧月夜再三恳切奏闻，说尽了千言万语，希望朱雀院准奏。萤兵部卿亲王过去曾想娶玉鬘，却被髭黑左大将夺去。因此他决心不娶寻常女子，以免被髭黑夫妇取笑。他正在选妻，听说朱雀院择婿的消息，岂有不动心之理，为此日夜思虑，不胜焦灼。还有藤大纳言，多年来一直为朱雀院当家臣，常在左右亲近。但朱雀院将要入山修道，他不免失却靠山，孤苦无依。因此希望能当三公主的保护人，照旧得蒙恩顾，正在盼望获得朱雀院垂青。还有中纳言夕雾，听到这种消息，想道：“我并非听了传言才知此事，而是朱雀院亲口对我恳切劝请的。我只要找个适当的中间人，向他表示我也正有此意，他难道还会拒绝我吗！”他不禁有些心猿意马。但接着又想：“我的妻子现在诚心诚意地信赖我。这么多年来，我大可拿她的薄情作为借口而抛弃她，但我从未将心移向其他女子。那时尚且如此，现在又怎能突然变节，令她伤心呢！而且和高贵无比的公主成亲之后，凡事都不能随心所欲。兼顾云居雁和三公主，我势必两头都不讨好，未免也太辛苦了。”

① 藤大纳言是太政大臣（葵姬之兄）的异母兄弟。大纳言官位低，与公主不相称，故在表面上说当家臣，其实想当夫婿。

② 胧月夜的外甥柏木已由中将升为右卫门督。

鸢尾花的年华

近卫豫乐院 花木真写 江户时代(17世纪)

正值青春年华的三公主容貌娇美，性格也天真烂漫，犹如春日里盛开的白色鸢尾花般，纯洁、华丽，令朱雀院十分宠爱，在为其择婿上煞费苦心。鸢尾花的花语是华丽，而图中白色的鸢尾花，花语是纯真。

夕雾是个秉性诚实的人，关于这件事，他只在心中暗想，并不说出来。但听到三公主即将择他人为婿的消息时，不免心中不快，注意倾听。

皇太子听到这个消息，说道："三公主择婿一事，眼前利害倒在其次，主要的是将为后世开例，故必须特别郑重地考虑。无论人品怎样优秀，为臣下的毕竟有限。三公主如欲下嫁，最好嫁给六条院主人，由他代父母教育。"但他并未正式上书，只是叫人转达了这番意思。朱雀院听了十分高兴，说道："的确如此，说得有理。"于是更下定了决心，便让左中弁做介绍人，向源氏一一说明朱雀院的意旨。朱雀院为三公主择婿费尽心机，源氏早已详知此事。他说："为了这件事，朱雀院真是煞费苦心。他虽有这样的打算，但他既说自己余命不长，我又能比他长多少，能担这样重大的保护之责呢[①]？人死的先后若真能依照老幼顺序，那我晚死数年，一定在这短暂期间照顾一切，对于任何一位皇子或皇女，都当作自家人来看待。对于他所特地托付的三公主，自然更加用心。但世事无常，只怕连这样的短暂期间也是不可依凭的呢。"接着又说："而且将公主终身托付给我，与我长相共处，不

①这时朱雀院四十二岁，源氏三十九岁。

久我追随朱雀院去世之时，在她岂不反增痛苦，而在我也多了一件牵挂，成为往生极乐的障碍。中纳言夕雾年龄相宜，虽然不太稳健，但是春秋正盛。就才学而言，他以后必定是朝廷柱石，前程无限。据我看来，将三公主许配夕雾，更为相宜。只是他秉性忠厚固执，且已与所爱的人结缡。对于这一点，只怕朱雀院尚有所顾忌。”

左中弁看见源氏不愿接受，心想朱雀院此心非常诚恳，若以上述之言回禀，定要使他伤心失望，于是又把朱雀院私下决定的计划加以详细说明。源氏听后，不觉莞尔一笑，答道：“朱雀院如此偏爱三公主，对她的前途考虑得如此周到！我看不如把她送入冷泉帝宫中。宫中虽有几位身份高贵的女御，但亦不必担心，她们未必是三公主的对手，有道是‘后来居上’呀。早在桐壶院时代，弘徽殿太后是上皇为太子时先入宫的女御，权势极其威盛，但有一段时间竟被后入宫的藤壶皇后压倒。三公主的母亲藤壶女御，是藤壶皇后的姐妹。世人都称两人容貌一般美丽。三公主无论肖似母亲或者姨母，容貌一定也极不凡。”这时他心中想象三公主的容貌，为之心驰神往。

这一年又要过去了，朱雀院的病始终不见好转，因此诸事不得不在忙乱中安排。其中最要紧的是三公主着裳仪式的各种准备，喧哗熙攘，宏大无比，真可谓空前绝后。举行仪式的场所设在朱雀院内皇后居住的柏殿之中。帐幕、帷屏以至各种设备，一律不用本国的绫锦，全部仿照中国皇后宫殿中的装饰，富丽堂皇，光艳夺目。结腰之职，请太政大臣担任。太政大臣为人十分严肃，从不肯轻易来参谒朱雀院。但他从来不曾违背朱雀院的意旨，这次也一口答应，如期而至。参与这场仪式的有左大臣、右大臣，以及其他王侯公卿。纵使有不得已之事而难以出席，也勉力安排，前来助兴。其中有亲王八人，殿上人更不必说，冷泉帝方面与皇太子的使者，也都一一到齐。仪式之庄严隆重，无以复加。冷泉帝与皇太子想起这是朱雀院平生最后一次盛会，心中都替他惋惜，因此从藏人所和纳殿中拿出许多得自唐朝的宝物，作为赠送的礼物。六条院的礼品也极其珍贵。朱雀院回敬各方面的赠品、赐予出席诸人的福物，以及酬谢主宾太政大臣的礼物，都是由六条院这方面代办的。秋好皇后也送来服装和梳具箱，意趣十分优美。其中还有她刚入宫时朱雀院所赐的梳具箱，经过一番加工改造，样式更见美观，但不失原来的格调，一见即知是当年之物。这梳具箱于当天傍晚送到。使者是中宫职的权亮[①]，也曾是朱雀院的殿上人。他呈上礼物，说明是赠给三公主的。其中附有赠朱雀院的一首诗：

“玉梳原是神通物，
插发今情似旧情。”

朱雀院读了这诗，回想往事，只觉历历在目。秋好皇后将玉梳转赠给三公主，是祝她不妨仿效自己。这是一份极具光彩的礼物。因此朱雀院的答诗中绝口不提过去为她失恋的事：

“喜见黄杨梳子古，
后先相继万年荣。”

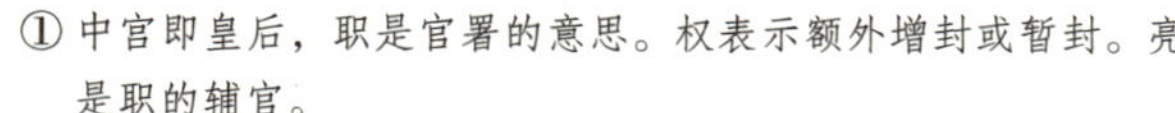

① 中宫即皇后，职是官署的意思。权表示额外增封或暂封。亮是职的辅官。

以此表示谢忱。

朱雀院拖着沉重的病体，打点精神，举办了这场着裳典礼。仪式结束后第三天，他终于落发为僧了。即使是普通百姓，到了落发改装的那一天，也难免感到悲哀，更何况这位万乘之尊，自然更加伤心。所有女御、更衣，无不深锁双眉。尚侍胧月夜一直伴随在朱雀院身旁，面带愁容。朱雀院无法安慰，说道："思念子女的心情毕竟有限，而诀别爱人的痛苦更加令人难堪！"出家的决心不免动摇，但终于硬着心肠，走出室外，靠在矮几上。比叡山的天台主持及受戒的三位阿阇梨便上前替他落发改装。从此他就与尘世脱离了。这场仪式实在悲凉。这一天，连看破红尘的僧众都流泪不止，更何况几位公主及众多女御、更衣。殿中男女，大家齐声啼哭。朱雀院心绪纷乱。他不曾料到如此难过，只想悄悄躲到清静的地方去，当时的场面却违反了他的本意。他想："只因我怜爱这幼小的三公主，才有此累。"对左右也这般说。自冷泉帝以下，派人前来慰问的极多。

六条院主人听说朱雀院身体稍觉康健，就前来拜访。朝廷对源氏的封赠，一切都与让位的上皇相同。但源氏为表谦逊，出门时并不采用太上天皇正式的仪仗。世人对他格外尊敬，他却更加装得朴素俭约，坐着不很讲究的车子，仪仗队中只有上级官员及亲信乘车随行。朱雀院期盼已久，自然欢迎，在病中振作精神，出来迎接。招待的排场不大，只在朱雀院的起居室中加设座位，请源氏坐下。源氏一见朱雀院的僧装模样，十分感慨，一时茫然若失，悲从中来，泪水夺眶而出，不能自制，良久方才镇定下来，对他说道："自从先帝弃养，小弟常感人生无常，立意出家为僧。只因意志薄弱，一直拖延未能实践，竟让吾兄占先，今天特来拜见。我这人优柔寡断，行事每每落在人后，一想起来便不胜羞愧。我曾屡次痛下决心。但心中难以抛舍的事极多，又能怎样？"说着，不胜欷歔。朱雀院也颇伤心，颓丧之余，更加不能振作，只得低声与他谈论往事，说道："愚兄虚度光阴，日复一日，不过苟全性命而已。时常担心闲散成性，修道的心愿不能成遂，因此决意出家。如今虽已剃度，但如寿数不长，修行之愿也不能偿。虽暂不入山，在这里也算清静，至少可以专心念佛。像我这样的羸弱之体，居然也能长生至今，全靠这修行的志愿才勉强留住性命。我不是不知这个道理，只因一向懈怠，不曾多加修持，心中未免有所不安。"

朱雀院又把近来所挂心的事详细告诉源氏，又趁机提起："我丢下了众多女儿遁入空门，心中实在记挂。特别是别无依靠的三公主，尤其令我担心，不知怎样处置才好。"源氏知道这话另有深意，对他很是同情。又因他心中也极想看一看三公主的模样，不能漠然处之，便乘机说道："这件事确可忧虑。身为皇女，若无体贴关照的保护人，不免比一般女子更感痛苦。但她的哥哥是皇太子，又是一位非常贤明的储君，素为天下人仰望信赖。只要你这做父亲的托付给他，想他绝不会有所疏忽。所以，三公主之事，但请放心。不过世事皆有限度，皇太子以后继了帝位，政务繁忙，日理万机，只怕也无暇对一名女子关怀备至。大凡女子，若要找到一个万事皆能诚恳照顾的保护人，必须与其人缔结姻缘，令其将之视为不可回避的天职而加以守护，才能安心。吾兄如果以为这件事是修行的障碍，不如妥善选择贤才，决定一个适当人选为婿。"朱雀院答道："我也有此想法，但实行起来却很困难。据我所知的古代先例，父皇在位之时，也有为公主选定夫婿，使之担任保护者之责的，而且不在少数。而如我这般即将离世的人，选婿自然不能苛求。我在即将抛舍的尘世之中，仍有一件这样难以抛舍的事，不免百般苦恼，病势也日见沉重。再想起日月迁

蒲公英般的命运

近卫豫乐院　花木真写　江户时代（17世纪）

朱雀院深知自己出家或死去以后，三公主身为皇女，会如蒲公英般随风飘落，比寻常女子更感困苦。因此殷切希望源氏能接纳她，使其能有一个依靠。而三公主的高贵出身正合源氏想有位身份地位相般配的正夫人的夙愿，于是一改初衷，欣然接纳。

移，一去不返，心中更感焦灼。我有一件不情之请：可否请吾弟勉为其难，接受这个皇女，听凭尊意替她选择一个合适的夫婿？你家中纳言尚未娶妻之时，我本应及早提出。如今被太政大臣捷足先登，叫我好生妒羡！”源氏答道：“中纳言为人诚实，确实非常可靠。但他年龄尚小，涉世不深，恐多疏误。恕我冒昧直言：三公主如得我尽心照顾，就如同在父亲荫庇之下长大一样。只是我亦寿数无多，只怕中途撒手，反而让她受累。”他暗示愿意接受了。

入夜了，主人朱雀院方面的人和客人六条院方面的上级官员，一起在朱雀院御前飨宴。肴馔都是素食，虽非山珍海味，倒也别具风味。朱雀院御前陈设着一张浅香木[①]方几，几上只摆着几个简单的食钵。诸人见此情景，心中无不感慨。此外让人一见顿生悲凉之感的事不少，为免烦冗，概不尽述。源氏至夜色深沉之时才告辞离去。朱雀院用各种物品犒赏随从，又派宫中长官大纳言护送其返邸。天上正在下雪，气候严寒，主人朱雀院感冒加重，身体极不舒服。但三公主终身大事已定，从此可以放心了。

源氏回到六条院，心绪不定，踌躇再三。原来紫姬早已听说朱雀院要将三公主嫁给源氏一事，但她想道：“不会有这

① 浅香木，是较嫩的沉香木。

种事吧。以前他曾经热恋过前斋院槿姬，但也不曾强欲娶她。”所以她很放心，从来不向源氏探问。因此源氏心中颇觉可怜。他想：“紫姬若是知道了今天的事，不知会有何感想。其实我对她的情意，不会有丝毫变更。况且有了这件事，我爱她一定爱得更加深切。只是在事实未被揭开之前，不知她将怎样怀疑我了！”他心中非常焦虑。这两个人相处了这么多年，已经毫无隔阂，成了一对极其亲密的伴侣。所以，心中略有一点儿隐情，便觉十分不快。但当夜立即就寝，一夜无话。

第二天又下了一场雪，四周景色萧条。源氏与紫姬共话往事，预计未来。源氏乘机说道：“朱雀院病势转沉，我昨天前去拜访，哪里知道他竟有一件无限伤心的事呢，他异常关切三公主的终身大事，向我提出了嘱托之意。我很可怜他，不便拒绝，只得接受。外人想必已在大肆宣扬此事了。我如今已无风月情怀之念，对这样的事更加不感兴趣。所以他屡次托人转达，我都婉言谢绝。但当他畅谈之时亲口提出，我实在不忍断然拒绝。因此，朱雀院移居深山之时，我便要迎接三公主到此。你听了这件事很不高兴吗？我告诉你：纵使有天大的事情，我爱你的心决不更改，请你放心。这件事在三公主是受了委屈的，所以我也不便太冷遇她。总之，只愿大家能平安度日。”紫姬生性善妒，平日里源氏略有一些轻薄行为，她就对他极为生气。所以今天源氏极为担心，不知她对这件事会有什么表示。哪知紫姬满不在乎，从容答道：“这个嘱托，自然是出于一片苦心，真让人感动啊！我有什么不放心的呢！只要她不看轻我，不厌烦我住在这里，我就放心了。她的母亲藤壶女御是我的姑母，有这样一层关系，想必她不会疏远我吧？”源氏没料到她如此平静，说道：“你太忠厚，太宽大了，这是怎么了，反而叫我担心起来。你若真能如此用心，宽大为怀，则于己于人，两相安乐。你如果能与她和睦相处，我一定更加怜爱你。外人散布什么谣言，你千万不要信以为真。世间的谣言大都毫无根据，总是胡编乱造男女之间的事，滥加歪曲，因而才会发生意外之事。所以必须平心静气，详察实情，才为贤明之举。你千万不可急切暴躁，空自怨恨。”他恳切地开导了她一番。紫姬心想：“这件事真出乎意料，竟像是空中掉下来的。他既然无法回避，我也不必反对，徒然惹他厌烦。如果他和三公主两人是真心相恋，他对我必然有所顾忌，或者将听从我的劝谏而终止；但今天的事并非如此，我亦无法阻止。所以不能让世人知道我心中怀有无益的怨恨。我的继母——式部卿亲王的正夫人——平日就在诅咒我，为了那讨人厌烦的髭黑大将的事，也莫名其妙地怨恨我。如今她听说了这件事，一定在幸灾乐祸了。”紫姬虽然是个胸襟开阔的人，但这时又岂能无动于衷。多年来夫妇之间相安无事，地位安若磐石，本以为从此可以坐享唱随之乐了，谁知又发生了这种令人耻笑的事。她心中愁叹，但外表仍十分镇静。

冬尽春回，新年到了。朱雀院中忙着准备三公主下嫁六条院的各种事宜。从前爱慕三公主的人，都十分失望。冷泉帝也爱这三公主，一直盼望她入宫，现在知道此事已成定局，也就断了念头。这件事暂且按下。却说源氏今年刚好四十岁。祝寿一事，朝廷也颇重视，以为不啻国家大典之一，已在纷纷着手准备。但源氏不喜铺张，故一概加以辞谢。

正月二十三日是子日，髭黑左大将的夫人玉鬘先赶来祝寿，奉献新菜[①]。玉鬘准备得

① 古代禁中惯例：正月中第一个子日，内膳司用七种新菜做羹供奉，吃了可治百病。本回题名据此而来。

非常隐秘，事先不漏半点儿风声。突如其来，源氏无法相阻，只得领受。这时玉鬘威势显赫，出门时虽说仅是微行，但仪仗之盛大，异乎寻常。源氏的座席设在朝南大殿西边的小客厅里。室中旧日的物品尽行撤去，屏风、幔帐以及一切陈设，都换成崭新之物。不用庄严的椅子，而用四十条中国席叠起来，作为受礼的主席。茵褥、矮几以至一切贺寿用的器物，全都是新的。一对嵌螺钿的柜子上放着四只衣箱，里面装着冬夏服装。此外，香壶、药箱、石砚、洗发盆、梳具箱等，都精心设计，十全十美。放插头花的台子，用沉香木及紫檀木制成。插头花的质地虽然仍是金银，但色彩十分讲究，极其雅致新颖。这位尚侍深解风趣，颇具才气，万事都能别出心裁，让人看了眼前一亮，却又不显得招摇夸张。

众人齐聚一堂，源氏主人出来就座，与尚侍相见。源氏容貌端丽，有若青年。其娇艳之相，令人疑心这四十大寿是算错了年岁。他不像做了父亲的人。玉鬘与他久别重逢，一见之下不胜羞涩。但也并不疏隔，仍是亲切地与他谈话。玉鬘的两个孩子都很可爱。玉鬘结婚未久，接连生下两个孩子，有些怕难为情，不肯一齐带去给源氏看。但髭黑大将却说机会难得，一定要带两个孩子一起拜见。他们俩都穿着便装，头发左右分开。源氏见了，说道："年龄渐长，自己心中并无感觉，还和过去年轻时一样过日子，没有什么变化。但一看见这些孙儿，就觉得自己已经老了，不免感慨。夕雾也已生了孩子，只因住所相距甚远，我还不曾见过面呢。你比别人更关心我的年龄，于今天这个日子率先到此祝寿，叫我一则以喜，一则以忧。我自己正想暂且把老忘记呢。"玉鬘已是一个二十六岁的少妇，风度更加成熟高雅，姿态亦十分秀美可亲。她献诗云：

"嫩叶双松小，生根在此岩。
今朝来祝寿，磐石万斯年。"

吟时竭力装出一副大人模样。源氏面前摆着四个沉香木的盘子，其中盛着各种新菜。他每样略尝了一些，举杯答吟道：

"嫩叶双松小，会当寿命长。
野边青青菜，托福永繁昌。"①

正在唱和之际，王侯公卿一齐到南厢来祝寿了。紫姬的父亲式部卿亲王对玉鬘心怀怨恨，本来不想参与，但对方特地相邀，又与自己谊属至亲，不便故意疏远，终于在黄昏时分赶到。髭黑大将得意扬扬，以女婿的身份帮忙料理贺寿事宜，式部卿亲王看在眼里很不舒服。但他的两个外孙既是髭黑之子，也是紫姬的外甥，于两方面都有关系，所以也极力地张罗各种杂务。盛礼品的笼子四十具、盒子四十件，由中纳言夕雾带人，一一搬到源氏面前。源氏赐众人饮酒，食用新菜煮成的肴馔。他面前摆着四只沉香木制的方儿，几上的杯盘件件精美可爱。因朱雀院病体尚未痊愈，不曾召请乐人奏乐。但太政大臣准备了琴笛等乐器。他说："今天前来祝寿，这个场面可说是世间至善至美了！

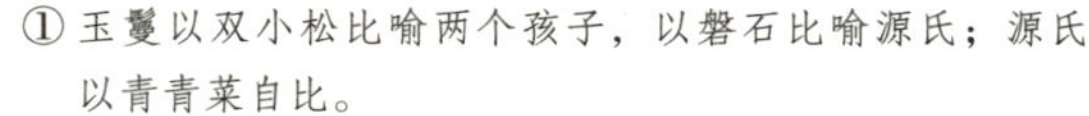

① 玉鬘以双小松比喻两个孩子，以磐石比喻源氏；源氏以青青菜自比。

平安时代的贵族饮食

由于受佛教和传统神道的影响，平安时代严禁宰杀、食用各种禽类，贵族们已养成不吃任何兽肉的习惯，只在生病时为补充营养而允许吃鱼。同时，他们一天只吃两顿，上午10点一顿，下午4点一顿。这种严重的偏食习惯，使得多数贵族的健康状况往往还不如庶民。

① 主食

日本的米食即始于平安时代。主食是米饭，一般分“强饭”与“姬饭”。

前者用瓦制、圆形、底层有许多细孔的蒸笼蒸，蒸出来的米饭很硬，没有黏性。

后者则用水去煮，比“强饭”软，相当于现代的白米饭。

将晒干的“姬饭”用冷水浸泡，便成为“水饭”，一般为夏季食用。

还有一种“屯食”，也就是现代的饭团。“桐壶”卷中，桐壶帝赏赐诸官的物品中就有“屯食”，一般是给访客随从吃的。

② 粥

粥有红豆粥、山芋粥、粟粥等，另有元月十五日吃的“望粥”，是以米、粟、黍子、芝麻、红豆等七种谷类为材料熬制而成。后演变为现代的“七草粥”。

③ 菜肴

佐饭的菜肴，或许不如现代日本菜的花样繁多，但烹调方式却大同小异。源氏四十寿时，玉鬘祝寿所送的新菜，即七种新方法烹制的菜肴，作为寿礼，以其吃了可治百病之故。

④ 寿司

在平安时代已经存在，做法是在鱼身上抹上盐，用压板压一晚，去掉水分，再与冷饭一起装在木桶里，上面用镇石压几天，便做成了寿司饭。

⑤ 调味料

当时的调味料有盐、味噌、醋、蜂蜜、甘葛、酒等。但平安时代的贵族吃饭时，多按自己口味各自蘸盐、味噌等调味料，直接食用。

⑥ 酒

在平安时代的典籍《延喜式》上，就已有关于酿酒的记载。当时的日本人会在元旦的早晨，饮一种用多种草药制成的“屠苏酒”，据说可以驱邪避祸，延年益寿。

图中三位男子在野外进食，盘中所盛应为屯食。

便将预先备好的精良乐器拿出，演奏起来。每人各选一种乐器，其中和琴是被太政大臣当作第一名器而秘藏的，他自己正是弹奏这乐器的名家，今天聚精会神地弹奏起来，其音色美妙无比，使得别人不敢再碰这张琴。源氏劝右卫门督柏木也用和琴弹奏一曲，柏木坚辞，再三劝请后才弹了一曲。他弹得极为高明，竟不比其父逊色。听赏的人都很感动，大加赞叹。他们都说：无论何事，都要讲究家学渊源，但如此善于继承父业，真是世间罕有。中国传来的乐器，演奏各有固定的手法，反而容易学会。但这和琴全无定法，只凭悟性，就如随手拨弦的“清弹”，便可具备各种乐器的音调，其优美不可思议。后来太政大臣把琴弦放宽，调子降得极低，弹出含有许多别致音色的曲调。而柏木则采用明朗的调子，奏出娇媚可爱的声音。诸人听了，大为惊讶，他们没料到柏木的技艺如此精湛。萤兵部卿亲王弹奏七弦琴。这张琴本来藏在宜阳殿，是历代第一名琴。桐壶院晚年，一品公主[①]最为擅长此道，桐壶院即将此琴赐之。太政大臣欲使源氏的四十寿筵尽善尽美，特向一品公主借得此琴。源氏想到这张琴历代相传的传奇，忆起往事，不胜恋恋。萤兵部卿亲王酒后感伤，流泪不止。他体察源氏的心情，将琴呈上。源氏满怀感慨，无法排遣，便取过琴来，弹了一支奇妙的乐曲。这次的管弦合奏规模虽然不大，却是一场趣味无穷的夜会。最后唤来唱歌队在阶前演唱，各人嗓音异常优美，从吕调移到律调。一直唱到夜深，而曲调逐渐变得温柔可爱。唱起催马乐《青柳》时，最为悦耳动听，连沉睡的鸟儿也被惊醒。犒赏众人的福物，按照私家惯例，设计异常精美。

尚侍玉鬘于黎明时分辞别。源氏赐赠礼品，对她说：“我已似将辞别世间，日复一日，竟不知老之将至。你今日特来祝寿，使我猛然追忆逝去的年华，心中不胜凄凉。今后望你能常常到此，查看我又衰老了多少。我为陈规所拘，行动不便，不能随意前去与你见面，实在遗憾。”玉鬘此行，使源氏追忆往事，又喜又悲。而匆匆一叙，即刻辞去，又使他不能尽兴，深为惋惜。玉鬘心想：亲生父亲太政大臣与她唯有血缘之亲，而义父源氏对她的爱护如此深厚周至。今后日月虽长，却更加牢固，心中不胜感激。

二月初十之后，朱雀院的三公主将入六条院。六条院准备迎亲各项事宜，十分庄严隆重。新房设在祝寿时品尝新菜的西客厅内。第一厢房、第二厢房、走廊以至众女侍的房间，布置装饰都格外精美。朱雀院运送妆奁，仿照女御入宫的规格，仪仗极其宏大。送亲的人中有许多王侯公卿。原本希望以家臣身份当夫婿的藤大纳言，心中虽然不太痛快，也来参加送亲的仪式。三公主的车子到达六条院时，源氏走出迎接，并且亲自扶三公主下车，这是异乎寻常的举动。源氏的封赠虽然依照太上天皇的旧例，但在名义上毕竟仍是臣下，凡事都有一定之规，故婚礼的仪式与女御入宫略有不同，但又与常人娶亲迥然相异，这是一对关系特殊的新夫妇。婚后三日，朱雀院与六条院双方都有风流高雅的赠答。

紫姬眼见耳闻，自然不能无动于衷。其实，虽然三公主下嫁过来，紫姬未必全被压倒。但她素来专宠，无人能与之并肩；如今这位新来之人姿色既美，年纪又轻，威势盛大，气焰凌人，倒使她觉得不能放心了。但她绝不形诸于色，新人入门时，她和源氏一

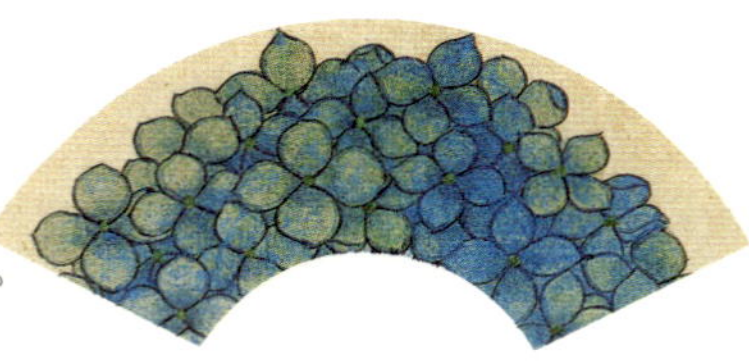

① 一品公主，是桐壶院的女儿，弘徽殿太后所生，与朱雀院同胞。

起准备迎接，事无巨细，都筹划得十分周到。源氏见她这般模样，觉得这个人愈发可敬了。三公主年纪还小，尚未完全发育，又极幼稚，简直是一个孩子。源氏想起从前在北山访得紫姬时的情景，只觉紫姬当年已显露才气，而三公主则完全是个小孩。源氏看了她的模样，觉得这也不错，免得相互妒忌或骄横凌人；但毕竟让人觉得乏味。

婚后三天，源氏夜夜宿在三公主那边。紫姬多年不曾尝过独眠滋味，如今虽然竭力忍耐，仍是不胜孤寂。她殷勤地替源氏出门穿的衣服熏香。脸上那副茫然若失的神情，极为可怜而又非常美丽。源氏想道："我有了这个人，又何必再娶另一个来。都怪我性情轻佻，意志薄弱，行事不周，以致造成这个尴尬的局面。夕雾年纪不大，却对妻子十分忠贞，所以朱雀院没选中他。"他自知薄幸，左思右想，流下眼泪，对紫姬说道："今晚我不得不去那边，请你暂且宽容。今后我若再离开你，连自己也不能容许。不过朱雀院若是知道这般情形，不知做何感想。"他左右为难，心绪纷乱，十分痛苦。紫姬微笑着答道："你自己心中都没有主见，叫我如何做决定呢？"这分明表示对他的话并不介怀，竟使得源氏不胜羞愧，手托着腮愣在那里，默不作声。紫姬取过笔砚来，写道：

"欲将眼底无常世，
看作千秋不变形。"

此外她又写了几首古歌，源氏拿过来看了看，觉得虽非上佳之作，倒也入情入理，便答吟道：

"死生有命终当绝，
尔我恩情永不衰。"

写罢，不好意思马上离去。紫姬说："这叫我多么难堪啊！"便催促他快走。源氏穿上轻柔的衫子，伴着芬芳的衣香，匆匆出门。紫姬目送他离去，心中很不痛快。她想："近几年来，我也曾担心是否会发生这种事情。但想到他如今已非少年，这种念头应已断绝。真若如此，今后自可放心。一直平安无事，哪里知道又发生了这样一件为难之事。世事如此变化无常，今后的日子更让人担心呢。"

紫姬表面上若无其事。众女侍议论说："世事真是变幻莫测啊！我家大人拥有许多夫人，但无论哪一位，对于这位紫夫人的威势一向忌惮，一直平安无事。现在新来的这位夫人如此神气，紫夫人怕不会让步吧。眼前她虽暂时忍受，但以后难免因小事引起种种不快，定会发生令人苦恼之事。"她们十分担心。但紫夫人假装毫不知情，只管兴致勃勃地和她们闲谈，直到夜深。但她见众女侍如此议论，觉得不大好听，对她们说道："我家大人虽然东一个、西一个地有了许多夫人，但是时髦、优越而真正能使他称心的人，实在没有一个，因此心中常感不足。如今来了这位三公主，真是十全十美。我大约是尚未失去童心的缘故，只想和她多加亲近，一起玩耍。世人或许妄加猜度，以为我对她心怀妒忌呢。对于地位和我同等的人，或者比我略为低微的人，为了争宠，妒忌之事自然难免。但这位三公主是下嫁到此，我们脸上增光，但对她却是受了委屈的。所以我只希望她对我不要见外才好。"女侍中务君和中将等听了，互相使个眼色。她们想必心中在说："这真是太体谅人了！"这几个女侍从前曾蒙源氏宠爱，近年一直在紫夫人身

紫姬的悲哀 佚名 百人一首画帖 镰仓时代（约14世纪初）

作为一向专宠于源氏的“正妻”，紫姬在三公主嫁入六条院后却尝到了独寝的滋味。在平安时代首重出身的环境下，三公主的皇女身份，决定了她必然更受源氏重视。图为平安时代的贵族女子，持扇的优雅挡不住隐约的忧伤。

边伺候，所以对紫夫人满怀同情。其他夫人也都关怀紫姬，有的写信来慰问，其中有云：“不知夫人有何感想。我等本是失宠之人，倒还安心……”但紫姬想道：“她们如此猜度，反而使我更增痛苦。世事本就无常，何必为此自寻苦恼。”

晚上睡得太迟，担心别人诧异，有此顾虑，紫姬只得起身入室，女侍们替她铺陈被褥。夜夜抱枕独眠，毕竟落落寡合。这时她就想起从前源氏谪戍须磨、阔别多年时的情景。她想：“那时公子背井离乡，远赴他乡，我只求能够知道他平安无事，自身苦乐全然置之度外。那时我所悲伤的只有他的不幸。假如在那纠纷扰攘之时，我和他都丢了性命，今天又有什么悲欢离合可言呢！”这种想法倒可聊以自慰。夜风乍起，春寒袭人，一时不能入睡。恐怕睡在近旁的女侍们听见了惊诧，身体一动也不动。如此独寝毕竟令人痛苦。深夜听见鸡鸣，心中不胜凄凉。

紫姬对源氏并不十分怨恨，但恐怕是她夜夜苦恼忧虑的缘故，一晚突然出现在源氏梦中①。源氏猛然惊醒，不知出了何事，心中大为慌张。等到听见鸡叫，不顾天色尚黑，匆忙起身。三公主年纪还小，自有乳母等在近旁服侍。源氏自己开了边门出去，乳母扶着三公主起来目送。天色未明，只见地上一片雪光，景物模糊难辨。源氏出门之后，衣香犹自弥漫，便有人吟唱“春夜何妨暗”的古歌②。庭中处处堆积着未消的残雪，一眼望去与

① 当时的人相信生魂能入梦。

② 古歌：“春夜何妨暗，寒梅处处开。花容虽不见，自有暗香来。”可见《古今和歌集》。

洁白的铺石毫无差异。源氏走到西厅，一面低声吟诵白居易“子城阴处犹残雪”[①]的诗句，一面伸手敲格子门。因为许久没有夜归之事，女侍们都还睡着，等了许久，才把门打开。源氏对紫姬说道：“我在门外等了好久，身体都发冷了。我这么一大早归来，就是太担心你呀，这不算过失吧。”他就伸手替紫姬取去填在身子下面的衣服。紫姬急忙把泪水打湿的单衫衣袖藏了起来，做出一副和蔼可亲、全无怨恨的模样，其姿态之优雅令人感叹。源氏心中把她和三公主比较，觉得无论如何高贵的人，终归赶不上这紫夫人。

源氏回思往事，觉得紫姬不愿与他开怀畅叙，实乃人生一大恨事。这一天他一直待在这边，不到三公主那里去，派人送了一封信给三公主，信中说道：“早上雪中受寒，身体颇感不适，打算在这边安闲之处稍作休养。”三公主的乳母读了信，答道：“当将此信回禀公主。”却没有答信。源氏觉得这种答复，太缺乏风趣了。他怕朱雀院听说这件事心中不快，想在这新婚期间还是常在那边住宿，以为掩饰。但离开这里也不容易。他想：“这种状况，我早就心知。唉，真让人苦痛啊！”独自思量，不胜苦恼。紫姬也觉得整日不曾过去，对新人太不关怀，自己反而觉得不好意思。

第二天与往日一样，起身很迟。源氏写了封信送给三公主。三公主年纪还小，不知计较，但源氏写信也十分讲究。他写在一张白纸上，曰：

“非关大雪迷中道，
只为朝寒困我身。”

他把信系在一根梅枝上，唤来使者，吩咐道：“你走西面的走廊，把这封信送去。”[②]自己就坐在窗前，眺望庭中雪景。他身着白色便服，手中玩弄着几枝多余的梅花枝，欣赏已渐消融而还在“等待友朋来”[③]的残雪上又再度降下新雪的景色。这时正巧有只黄莺，在附近红梅树梢上啭出清脆的鸣叫。源氏吟着“折得梅花香满袖”[④]的古歌，藏起梅枝，掀起帘子向远处眺望。他那姿态异常年轻而优雅，让人绝想不到这是一个身为父亲且身居高位的贵人。他猜想三公主的回信怕要过一会儿才能送到，便走进内室，把梅枝拿给紫姬看，对她说道：“既称为花，必须有这样的香气才好。如果把这种芬芳的香气再转移到樱花上，那么所有的花都不在我心上了。”又说：“这梅花在我尚未看到其他的花时最先被我注意。我但愿它能和樱花同时并放。”正在说着，三公主的回信到了。信纸是红色的，包封得很华丽。源氏有些儿狼狈，他想：“三公主笔迹幼稚得很，暂时不要让紫姬看见吧。我并非有意疏远她，只因太粗陋了，恐于公主面子有碍。”但一想若这时把信藏起来，紫姬难免多心，于是展开信纸，故意让紫姬看见。紫姬斜倚着身子，用眼梢偷看。三公主答诗云：

① 白居易《庾楼晓望》诗中有云：“独凭朱槛亦凌晨，山色初明水色新。竹雾晓笼衔岭月，苹风暖送过江春。子城阴处犹残雪，衙鼓声前未有尘。三百年来庾楼上，曾经多少望乡人。”

② 大约他想欣赏雪中送书的景色，故要使者走西面的走廊。

③ 古歌：“两白难分辨，梅花带雪开。枝头残雪在，等待友朋来。”可见《家持集》。

④ 古歌：“折得梅花香满袖，黄莺飞上近枝啼。”可见《古今和歌集》。

“雪花漂泊春风里，
转瞬消融碧宇中。”

笔迹果然十分稚嫩。紫姬看了心中一定在想：十四岁的人不应该写得如此拙劣。但她假装不见，沉默不语。若是换成其他的女人，源氏一定私下在紫姬面前品长论短。但三公主身份高贵，不忍委屈了她。他只好安慰紫姬道：“你大可以放心了。”

今天源氏白天到三公主那边，打扮得格外讲究，众女侍第一次见他如此优美的打扮，大为赞叹。欣喜庆幸自己有这样一个漂亮的主人。几个年老的乳母却说：“不要太开心吧！大人固然生得漂亮，但只怕以后闹出事情来。”她们心中又喜又忧。三公主生得娇小妩媚，房间内装饰得富丽堂皇，但她本人对于这些一概毫不关心。穿着厚重的衣服，身子小得几乎看不见了。她看见源氏并不觉得十分羞涩，倒像一个不怕生的孩子，十分亲昵可爱。源氏想道：“世人以为朱雀院缺少雄才大略。但他一向在风流韵事、雅兴逸趣这一方面，比别人更加擅长。为什么教养出来的公主如此平庸呢？这三公主还是他最钟爱的女儿呢。”他心中觉得遗憾，但并不因此厌恶她。三公主对于源氏所说的话，一律乖乖地顺从。她的答话也毫无修饰，凡她知道的事，径自率直地说出。这副天真烂漫的模样，叫人倍感怜爱而不忍抛弃。源氏想道：“如果还是少年，我一定看不起这个人。但现在我对世事早已淡漠，只觉这样也好，那样也对。出类拔萃，实属难能之事。长于此者，必短于彼。在外人想来，这三公主岂不是一个十全十美的人吗。”他和紫姬多年共处，现在细想，更加钦佩紫姬人品之优越了。可知他对她的教养的确有方。于是对紫姬的爱情愈发深厚起来，别离一夜，或者早出晚归，便觉相思太苦。为什么单单对她如此钟情？自己也觉得奇怪。

却说朱雀院定于本月内移居佛寺，临别时写了好几封诚恳的信给源氏。信中所述的，不外乎是三公主之事。他说：“吾弟不必顾虑我有何感想。无论何事，全听凭你的意思来教养这孩子。”这话反复说了许多次。但因公主年纪幼小，所以他心中不免仍是十分惦念。他又特地写了一封信给紫姬，信中说道：“小女年幼无知，全赖尊府庇护，务望夫人怜其无罪，多加照顾。夫人与小女原有亲戚之谊①也。

欲出红尘心未绝，
入山道上有魔障。

这全是我的一片爱子之心。冒昧之处，尚请原谅！”源氏也看了这信，对紫姬说道：“这份心思十分可怜，你该写封回信表示愿遵其嘱。”便命女侍们拿出酒肴，隆重地招待使者。紫姬有些发窘，不知回信中该怎样措辞。她以为不必郑重其事地表示情愿，所以只是略述心中所感：

“尚有尘缘难断绝，
莫离人世入空门。”

① 紫姬的父亲式部卿亲王，是三公主的生母藤壶女御的兄长，因此紫姬与三公主为姑表姐妹。

所咏大抵如此。犒赏使者的是一套女装，又添了一件女子常礼服。朱雀院见紫姬的笔迹非常优美，想到幼稚无知的三公主要与这位仪态万方、令人艳羡的夫人同列，觉得甚可忧心。这时朱雀院即将入山，女御、更衣等都来辞别，悲哀之事不可尽述。尚侍胧月夜迁往朱雀院已故弘徽殿太后①的旧居二条院宫邸中。除了三公主之外，朱雀院的后顾之忧，唯有这位尚侍。尚侍本想趁朱雀院入山之时削发为尼，但朱雀院再三劝阻她："你在这种忙乱之时出家，好像是故意模仿，态度有欠郑重。"于是暂不出家，慢慢准备修行事宜。

源氏与尚侍胧月夜曾有露水情缘，一直未得重叙。因此多年以来，对她念念不忘。他常想找个机会与她见面，以便畅谈往事。但两人身份都极为高贵，不得不顾虑他人耳目。想起当年轰动一时的须磨事件，源氏一举一动都更加谨慎。但胧月夜现已离群索居，且正欲出家奉佛，源氏颇想知道她的近况，因此比以前更加思念她了。他明知是不应有的事，但仍不时以慰问为借口，写亲切的信寄给她。胧月夜以为现在大家已非少年，可以不避嫌疑，所以也经常回信。源氏看了她的笔迹，想见她在各方面都比从前更加圆熟。他终究难以忍耐，便经常写信给胧月夜的女侍，也就是从前从中替他们拉拢的中纳言君，反复向她诉说心事。中纳言君有个哥哥，过去曾经当过和泉守，源氏把这个人找来，又恢复了从前年轻时的态度，对他说道："我希望不要叫人传言，隔帘和她直接对话。你先去请求她答应，之后我自会悄悄前往。我现在为身份所拘，不便再做这一类微行，所以必须十分隐秘。想必你也不会泄露出去。大家都可放心。"

胧月夜得到前和泉守的传言，心想："这又何必！世事我都已看穿。过去我曾痛恨他的薄幸，现在，我岂能撇开了与上皇离别的哀伤而与他重叙旧情呢？事情虽然不会泄露，但'心若问时'②，叫我觉得多么可耻！"言下不胜感慨。前和泉守只得把她拒绝相会的消息回复源氏。源氏想道："从前唐突无理的请求，她也不曾拒绝我呢。此刻她固然有和上皇离别的哀愁，但她对我并非没有牵念，现在却做出一副清清白白的模样。须知'艳名广播如飞鸟'③，又岂是如今能够挽回呢？"他更下了决心，便以这"信田森"④为向导前往拜访。出门之前对紫姬说："二条院东院那位常陆小姐病得厉害。我因一向杂务缠身，至今未能前去探病，很对不起她。白天公然出门，似乎不太稳当，将于夜间悄悄前往。我想尽量不使外人知道。"便用心打扮，妆饰格外讲究。紫姬知他从前去访末摘花时，从来不曾如此用心，看到今天这模样，觉得有些奇怪。她已经大约猜到了几分。但自从三公主下嫁以后，她对待源氏，与从前大不相同，彼此之间有了几分隔阂，所以只假装不知。

这一天，三公主处他也不去，只让人送了一封信去。在家里把衣服格外用心地加以熏香，直到天黑。傍晚时分，他只带四五个亲信，扮成从前微行时的模样，坐一辆竹席车，向着二条院的方向去了。到了宫邸，先叫前和泉守进去通报。女侍悄悄地把源

① 即朱雀院之母，胧月夜之姐。

② 古歌："对人尽说无根据，心若问时答语难。"可见《后撰集》。

③ 古歌："艳名广播如飞鸟，强学无情亦枉然。"可见《古今和歌集》。

④ 信田森是和泉郡中的名胜之地，此处指和泉守。

氏来访的消息禀告胧月夜。胧月夜大吃一惊，皱眉说道："真奇怪！和泉守是怎样回复他的？"女侍说："如果随意捏造借口，打发他回去，太没有礼貌了。"便自作主张，把源氏请了进来。源氏把慰问的来意叫女侍传达之后，又说："务必请尚侍移玉至此。隔帘晤谈即可。往年那种莽撞之心，如今早已消失殆尽了。"他再三苦求，胧月夜只得唉声叹气地膝行而出。源氏心中高兴，又想："果然如我所料：她还是同从前一样容易亲近。"两人虽然隔开，但非泛泛之交，互相听见动作的声响，心中各怀感慨。这里是东厅，源氏的客座设在东南角的厢房之中，厢房的纸隔扇上都加了锁。源氏恨恨地说："如此布置设防，像是招待一个少年人呢！一别经年，往事我仍记得清楚。待我如此冷淡，未免太无情了！"这时夜色很深，鸳鸯在池塘里浮游，鸣叫声十分凄凉。源氏看到邸内阴气沉沉、人影疏落的景象，觉得与弘徽殿太后在世之时大不相同，心中感慨，流下泪水。这倒不是模仿平仲①，却是真心的眼泪。源氏现在虽然不像从前那样浮躁，言语十分稳重，但这时却伸手去拉纸隔扇，想把它拉开。随即赋诗云：

"久别重逢犹隔远，
沾襟热泪苦难收。"

胧月夜答吟道：

"热泪难收如清水，
行程已绝岂能逢！"

这答诗不着边际。但她回想往事，想到那件轰动一时的须磨事件，心肠便软了下来，觉得即使今日再见一面，又有何不可。胧月夜原本是一个没有主意的人，近年来虽然经历各种人情世故，看到公私无数事例，深悔自己往日的轻率，一向守身如玉，但是今晚这次见面，又使她重新忆起往日的情怀，只觉往事近在眼前，便无法坚贞自守了。

胧月夜仍如以前一样妩媚多情。她一方面害怕流言，另一方面又贪恋欢情，左右为难，愁容满面。源氏看到她这种神情，只觉比新相知的人更加可爱，尽管天色渐明，仍是依依难舍，全无回返的念头。在异常美丽的黎明天空中，飞鸟成群，鸣声悦耳。春花皆已凋落，枝头只剩如烟如雾的新绿。源氏想起：旧年内大臣举办藤花宴会，正是这个时候。虽然事隔多年，而历历回思当日情景，实在令人留恋。中纳言君打开边门，准备送他回去。但源氏走到门口，又转回来，说道："这藤花②真美丽啊！怎么会生成如此可爱的色彩呢！我无论怎样也舍不得离开这花荫了！"他徘徊着不忍归去。这时太阳从山间升起，阳光照在源氏身上，映得他的风姿愈发美丽，令人目眩。中纳言君多年不曾见过他了，只觉得他年纪越大，容貌愈是俊俏，真是世间少有。她回忆当年，想道："我家尚侍再度依附这位大人，又有何不可呢？她虽然入宫，毕竟不是女御或更衣，而是个尚侍，当时便不必与源氏大

① 平仲是一个有名的好色男子。他在女人面前装假哭，想蘸些水涂在眼睛上，却误蘸了墨水。可见《今昔物语》。

② 以藤花比拟胧月夜。

平安时代的婚姻制度

婿入婚和嫁入婚

平安时代的婚姻主要有婿入婚和嫁入婚两种，也称入赘婚和出嫁婚。一般贵族多为婿入婚，即女子住在娘家，而男方则来女方家入住，次日离开。如源氏与葵姬的婚姻即是如此。这种不住在一起的婚姻制度，结合多妻制，给男方以极大的选择权。而女子只能在家里等待。嫁入婚则多为皇太子或亲王娶大臣之女所用。

婿入婚
嫁入婚

葵姬　源氏　三公主

一夫多妻制

与中国古代本质为“一夫一妻多妾制”不同，平安贵族的婚姻，无论从婚姻理念还是婚姻形态上，都是真正的“一夫多妻制”。其最大特点就在于每个女子都是“妻”，决定权取决于男子的宠爱和女子身份的高贵，后来者也可成为正妻。这也是源氏与高贵的三公主成婚后，紫姬所担心的。

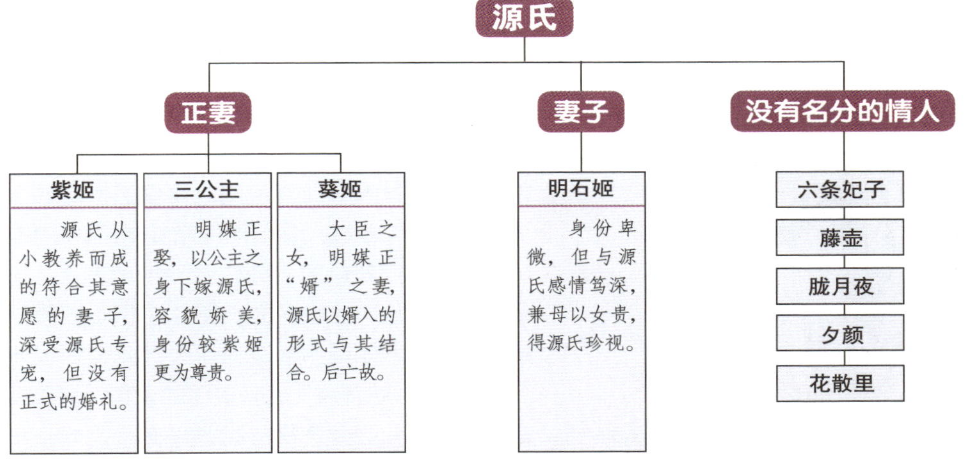
源氏
正妻
妻子
没有名分的情人
紫姬
源氏从小教养而成的符合其意愿的妻子，深受源氏专宠，但没有正式的婚礼。
三公主
明媒正娶，以公主之身下嫁源氏，容貌娇美，身份较紫姬更为尊贵。
葵姬
大臣之女，明媒正“婿”之妻，源氏以婿入的形式与其结合。后亡故。
明石姬
身份卑微，但与源氏感情笃深，兼母以女贵，得源氏珍视。
六条妃子
藤壶
胧月夜
夕颜
花散里

关于紫姬是否正妻的身份，历来有很多争论。有认为紫姬缺少一个正式的“婚礼”及没有住在寝殿而在“对屋”，所以她不是正妻；也有认为从紫姬被称为“北政院”及统筹六条院所有家政事务上，认定她应该是源氏的正妻。

旧情重叙

歌川广重　翠鸟和鸢尾花　江户时代（1835年）

深夜的胧月夜府邸人影疏疏，鸟鸣凄凉，让突然造访的源氏不禁潸然泪下，难以忘怀当年与胧月夜的旧情。图中翠鸟的盘旋与鸢尾花的留恋正是二人此刻的写照。

人分手。只怪已故的弘徽殿太后过分多心，才引起了那桩不幸的须磨事件，轰动一时，又使我家尚侍得了轻薄之名，两人才从此隔绝。”两人心中有诉说不尽的衷情，希望继续畅谈。但源氏为身份所拘，不便任性而为。这邸内耳目众多，自然更要谨慎小心。太阳渐渐升高，心中不免慌乱。这时车子已经来到廊前，随从轻声咳嗽，暗中催促。源氏唤来一个随从，叫他折一枝下垂的藤花，赋诗云：

“为汝沉沦[①]终不悔，
重寻爱海欲投身。”

他靠在墙上，神情十分苦闷，中纳言君看了觉得颇为可怜。胧月夜想起昨夜之事，羞涩难堪，心中万分懊恼。但又觉得这个人有如花荫，极为可爱。便答道：

“投身爱海非真海，
不为空言再恋君。”

这种少年人的行为，源氏自己也觉得难以容许。大约是这时无人在旁、无所顾忌，他又和她私订密约，方才辞去。当年源氏对胧月夜，情意比别人深挚许多。于飞不过数度，立即拆散鸳鸯。今日重逢，又怎能不情怀缱绻呢！

源氏回到六条院，偷偷钻回房间。紫姬起身迎接，看到他那副睡眼蒙眬的模样，已经猜到他的去处，但只不动声色。源氏觉得她这种态度比妒恨咒骂更加令他难受。他心中怀疑：紫姬为什么对我这样漠不关心呢？就怀着比往日更深的爱情，向她发誓永不变心。这次与胧月夜密会之事，不便泄露。但过去的种种，紫姬一清二楚，所以只得胡乱搪塞道：“昨夜与尚侍隔着纸门

① 沉沦，指须磨流放。

谈话，只觉犹未尽兴。我打算再去拜访一次，但必须隐秘，不致引人非议才好。”紫姬笑道：“你这人倒像是返老还童，比从前更加风流了！我无依无靠，真好痛苦啊！”说到这里，终于不免流下泪来。那双盈盈的眼眸看着异常可怜。源氏答道：“你这样心绪不定，我也颇感痛苦呢。我若做错了什么，你只管尽情地打我也好，骂我也好。我可从来不曾对你说：做人不可过于坦率。你的脾气太固执了。”他就安慰她，说尽了千言万语，关于昨夜之事，终于也毫不隐瞒地向她坦承了。源氏不到三公主那里去，只管在这里安慰紫姬。三公主本人并不介意，但乳母等人却有微言。如果连三公主也嫉妒怨恨起来，源氏势必又添一种苦恼。好在现在太平无事，源氏便把她当作一个美丽可爱的玩偶。

却说住在桐壶院的那位明石女御，即皇太子妃明石小女公子，自从入宫之后，一直不曾归宁。皇太子对她极为宠爱，不许她乞假回家。她在家一向自由，如今幽闭深宫，心中颇感苦闷。到了夏天，明石女御身体略感不适，但皇太子仍不肯放她回家，她更加苦恼。她身体不适，看上去像是有喜了。她今年才只有十二岁，因此大家都很为她担心，把这看成一件大事。好容易请了假，返回六条院休养。她的房间位于三公主所居正厅的东面。她的生母明石姬现在时常伴随在她左右，自由出入宫禁，也算是难得的前生福报。紫姬要去看望明石女御，顺便想和三公主见面，对源氏说道：“让他们开了界门，我顺便去瞧瞧三公主。我早就想去拜访她，苦于没有机会，至今还未去过。现在正好见面，以后更可随意来往了。”源氏笑道：“你这番话正合我意。三公主还很幼稚，你要多多教导于她，好让她快些进步。”他允许她们见面。紫姬觉得三公主还在其次，倒是与明石女御的母亲——那位风姿绝胜的明石姬——见面，要格外郑重些。便梳洗头发，精心挑选服饰，打扮得花枝招展，美丽无双。

源氏来到三公主房中，对她说道：“今天傍晚，紫夫人要到这里来看望明石女御，顺便也来看看你，好和你多多走动，亲近一些。请你允许她来，同她谈谈话。她是个好心的人，还有些孩子脾气，我看不妨让她和你做一对游戏伴侣。”三公主大方地答道：“有些不好意思，说些什么才好呢？”源氏说：“应答的话，要视情形而定，临时自然想得出来。总之，对人要心怀坦率，不要故示疏远。”他仔细教导了她一番。源氏极盼望紫姬能与三公主和睦相处。但又担心三公主的幼稚无知的样子被紫姬看到，既有些难为情，又不免让人扫兴。但想到紫姬诚心要和她见面，也不好加以拒绝。紫姬准备去拜访三公主，想道：“众夫人之中，比我优胜的人想是没有的。只是我幼年之时身世孤苦，由源氏主君带回抚育，这一件事有伤面子。”她思来想去，神情恍惚。因此写字消遣之时，信手所写的古歌都是弃妇怨女之词。她自己看了也觉吃惊，想道：“如此看来，我是个不幸之人了。”源氏来到紫姬房中。他近日看着三公主和明石女御的容貌，觉得都非常美丽；现在看到紫姬，觉得这个人多年来虽已看惯，耳濡目染，并无特别惊人之处，但毕竟无人及得上她，真是一个奇迹。从哪一点上看来，她的气度都很高雅，全身没有一点儿缺陷，见者自觉羞惭。她的容貌艳如花月，风姿新颖入时，再加上各种优雅的熏香融合其中，便形成了一种最高的风姿。今年比去年更盛，今日比昨日更美，永远清新动人，百看不厌。源氏觉得奇怪：怎么会生得如此美丽呢！紫姬看见源氏进来，便把随手写的字条藏到砚台下面，被源氏发现，取出反复观看。她在书法方面并不特别擅长，但笔致颇雅致秀丽。其中有一首诗云：

紫姬的风姿 狩野探幽 百人一首画帖 德川时代（17世纪）

源氏觉得三公主、明石女御都非常美丽，但仍不及紫姬。她容貌艳如花月，风姿新颖入时，再加上各种优雅的熏香融合其中，形成了一种最高的美丽，令人百看不厌。图为身着十二单衣，尽显高贵和优雅的平安女子。

“青山绿树成红叶，
渐觉衰秋[1]近我身。”

源氏看到这首诗，便在旁边添写了一首答诗：

“松柏常青终不变，
荻花何事感秋心？”

紫姬心中的怨恨，一逢机会，自然会无心地泄露出来。但她竭力克制，做出若无其事的样子。源氏觉得甚可感佩。这晚闲来无事，他就不顾一切，偷偷出门去拜访胧月夜了。明知这件事大不应该，也曾再三努力打消念头，但终于无可奈何。

明石女御对义母紫姬，比对亲生母亲明石姬更加亲昵信赖。紫姬对这个美丽的义女，也真心地加以怜爱。紫姬和明石女御亲切地交谈了一会儿，便叫人打开界门，去和三公主会面。她看了三公主那副天真烂漫的孩童模样，更觉放心，便用母亲一般的长辈

① 日语“秋”与“厌弃”同音，诗意双关。

口吻，和她叙说彼此之间的血缘关系。又唤乳母中纳言[①]来，对她说道："恕我冒昧：论起血缘来，我们俩人是姑表姐妹呢。只因没有机会，一直未曾见面。自今以后，应该多多亲近走动了。你们也常到我那边去坐。我若有疏忽怠慢之处，务请随时指点，我就不胜欣慰了。"中纳言答道："我家公主早年丧母，如今上皇又遁入空门，孤苦无依。蒙夫人如此亲切相待，真是无上的幸福。出家的上皇亦有如此心愿：唯愿夫人能推诚相爱，多多照顾这位幼稚无知的公主。至于公主自己，自然极愿意依附夫人呢。"

紫姬说道："上皇赐书之后，我常想竭力为公主效劳。但我无才无德，微不足道，只怕辜负盛情，不胜惭愧。"她就放下一切顾虑，像大姐对小妹一般，谈论三公主所爱听的话，比如图画欣赏、玩偶游戏中难忘的乐趣，只聊得像孩子一般兴高采烈。三公主觉得果如源氏所说，这个人身上还有孩子脾气，她的那颗童心便更加亲切地倾慕她了。自此以后，两人经常互通音信，富有趣味的游戏，两人也一起共同欣赏。高贵人家的事，世人都喜欢凭空谈论短长。三公主初入六条院时，有人说道；"不知紫夫人心中做何感想。源氏对她一定不像从前那般宠爱，怕要冷淡一些吧。"其实，三公主下嫁之后，源氏对紫姬的宠爱反而更加深厚。世人一味妄加猜测，只管说些不好听的话。但因紫姬与三公主两人如此亲睦，外间谣言终于平息，源氏的家声也获保全。

到了十月，紫夫人要为源氏祝寿，在嵯峨野的佛堂里举办药师佛的供养。源氏再三劝诫她不可过分张扬，所以一切安排都秘密地进行，但仍相当体面，佛像、经盒和包经卷的竹箦都极其精美，一走进那间佛堂，还以为真的到了西方极乐世界似的。所诵的是《最胜王经》《金刚般若经》和《寿命经》[②]，规模格外宏大。满朝公卿王侯都来参与，其中竟有半数是因为这佛堂的景象美不可言，自穿过红叶林、走进嵯峨野开始，一路上都是极其美妙动人的秋景，所以大家争先恐后地来参加。在满目霜华的原野上，车马之声络绎不绝。诸位夫人争相送来精美的物品，以供布施诵经僧众。

十月二十三日斋期圆满，举办贺宴。六条院内宾客云集。紫夫人将寿筵设在二条院中。从服装以至一切事务，皆由紫夫人一人负责打点。但其他夫人也都主动前来协助，分担一些职务。厢房本是女侍们的房间，这一天暂且叫她们让出，作为殿上人、诸大夫、院司以至下级人员的飨宴之所，布置得十分精雅。正殿之中照例装饰得富丽堂皇，陈设着一张嵌螺钿的椅子，作为寿星之位。主屋西侧的一个房间里，设有十二个衣架，上面摆放着冬夏各种服装及被褥，用紫色的绫绸覆盖，色彩格外艳丽，但看不见其内的物品。源氏面前摆着两张桌子，都盖着中国绫罗桌毯，色彩自上而下由淡转浓。放插头花的台子，以雕花沉香木为足，插头花中有停在白银枝上的黄金鸟，这是明石女御所献，是她母亲明石夫人设计的，意趣特别巧妙。寿星之位后面的四折屏风，是紫夫人的父亲式部卿亲王所赠，式样极其雅致，屏风上所绘的依旧是四季景色，但泉水和瀑布等都很别致，十分新颖。北面靠墙放着两个柜子，里面盛着各种应有的装饰品。南厢是上级官员的座位，左右大臣、式部卿亲王以至其次诸人，尽皆前来拜寿。舞台左右张着帷幕，为乐人休息的场所。东西两

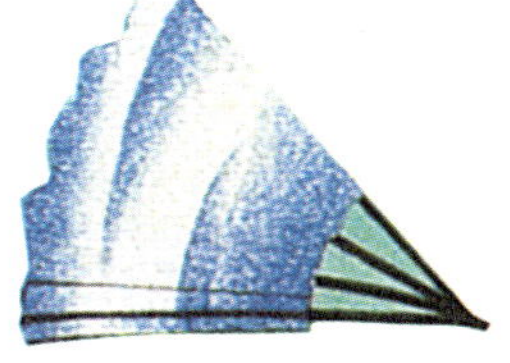

① 三公主的另一乳母。另有一说，与侍从乳母为同一人。

② 这三部经总称为护国经。

供佛祝寿　佚名　源氏物语画帖　江户时代（约17世纪）

图为源氏四十寿时，紫姬特别在嵯峨野的佛堂里为他供养药师佛祝寿，接着又在私邸二条院中庆贺、夜宴的热闹场面。此次祝寿一切事务皆由紫姬主管，可见三公主入住六条院也未影响到紫姬女主人的地位。

边设有屯食八十客，且并列地摆放着盛犒赏品的四十个中国式柜子。

乐队于未时前来，奏出《万岁乐》《皇獐》等舞曲。黄昏时分，又奏响高丽笛曲，表演《落蹲》舞曲。这都是平日难得听到的舞乐。到了行将结束之时，中纳言夕雾和卫门督柏木都来参与，舞罢将归，重又返回，另演新姿，最终隐入红叶林中。观众大感有趣，皆有尚未尽兴之感。席上许多人想起当年桐壶帝行幸朱雀院时源氏公子与头中将共舞《青海波》[①]的情景。他们觉得夕雾与柏木都酷肖其父，与之相比毫不逊色。两人的名声、风姿和性情也均不亚于其父，官位比父亲当年更高，年龄亦与两位父亲当年相仿。因此他们都大加赞叹：这定是前世所积福德，两代人都如此俊秀出众。主人源氏也深为感慨，想起许多往事。天色将黑，乐队即将退出，紫夫人家里的长官率领众人，走到盛犒赏品的柜子旁，将物品拿出，一一赏赐众乐人。乐人肩上负着主人所赐的白绸，

① 参看上卷第七回“红叶贺”。

绕过假山，经过湖堤退出，远远望去，还以为是催马乐中所歌的千龄仙鹤[①]的羽衣。

乐队退出之后，管弦之会开始，这又是极具趣味的。琴瑟之类，皆由皇太子处备办。朱雀院传下来的琵琶与琴、冷泉帝所赐的筝，仍是往日在宫中听惯的音色。这些乐器难得合奏，每次奏响，都令人想起前代和宫中的情景。源氏想道："出家的藤壶皇后如果尚在人世，举行四十庆寿[②]，我一定尽心竭力筹办。可惜她在世之时，我竟一点儿心意也不曾尽得。"他每次想起此事，总觉遗憾无穷。冷泉帝想起母后早死，也觉得万事全无意趣，此生寂寞无聊。他想至少对这位六条院主人，应依照父子之礼略行孝敬，但又不便公然实行，为此心中常感不安。今年源氏四十大寿，他本想以贺寿为由行幸六条院。但源氏以为不可引起世人议论，屡次劝阻，冷泉帝只得怅然罢议。

十二月二十过后，秋好皇后归宁六条院。她要在年终为义父源氏祝寿，特别请来奈良七大寺[③]僧众为之诵经，布施布匹四千段；又请来京都附近四十寺僧众诵经，布施绸绢四百匹。秋好皇后感激源氏的养育之恩，想趁此机会向他聊表真诚的孝心。又想到父亲前皇太子及母亲六条妃子如果在世，一定也会格外感谢他，所以她又怀着代父母祝寿的念头。但源氏连朝廷祝寿也百般推辞，所以秋好皇后也不便大肆铺张，只得将许多原定计划一一删去。源氏对她说道："我看前朝事例，凡在四十庆寿的人，余寿大都不长。所以这次切勿过分铺张。如果我真能活到五十岁，那时再替我祝寿不迟。"但秋好皇后还是采用了朝廷仪式，排场非常宏大。

贺宴在秋好皇后所住的西南院中举行，装饰十分富丽，诸事与月前紫夫人祝寿时并无太大变更。对上级官员的赏赐，依照正月初二宫中"大飨"的旧例。赏赐诸亲王的，皆用女子衣装；赏赐未任参议的四位官员、五位大夫及殿上人的，则是一套白色女用常礼服；此外又分别赐予缠腰绸绢。皇后为源氏特制的装束极其精美，包括世上闻名的玉带与宝剑，是皇后的父亲前皇太子传下来的遗物，睹物思人，又不免深为感慨。自古以来举世无双的名物，均已群集于此，真是空前宏大的一场庆祝。古代小说中，总是郑重其事地列举赠给的礼品。但现在这些高贵人物之间的酬答，十分繁杂，数不胜数，故此处略而不书。

冷泉帝既已发愿祝寿，不肯就此作罢，便私下叮嘱中纳言夕雾，叫他出面主持。这时右大将因病辞职。冷泉帝为使这寿宴再添喜庆，便突然晋封夕雾为右大将。源氏闻之大为欣喜，但也再三表示逊谢，他说："如此突然晋升，实已过分荣幸，我觉得毕竟太早了。"夕雾在他的继母花散里所住的东北院中安排寿宴。虽说只是家宴，但此乃奉旨而办，因此仪式格外隆重。各处飨宴，皆由宫中内藏寮及谷仓院办理。屯食参照宫中式样，由头中将奉旨备办。参与庆祝的有亲王五人，左右大臣、大纳言二人，中纳言三人，参议五人，冷泉帝、皇太子和朱雀院身边的殿上人，也照例都来参与，不参与者极

① 催马乐《席田》歌"席田呀席田，川上有仙鹤。仙鹤寿千龄，川上恣游乐。仙鹤寿万代，川上戏相逐。"席田是美浓郡的名胜地。

② 藤壶皇后是三十七岁时死的。

③ 奈良七大寺是：东大寺、兴福寺、元兴寺、大安寺、药师寺、西大寺、法隆寺。

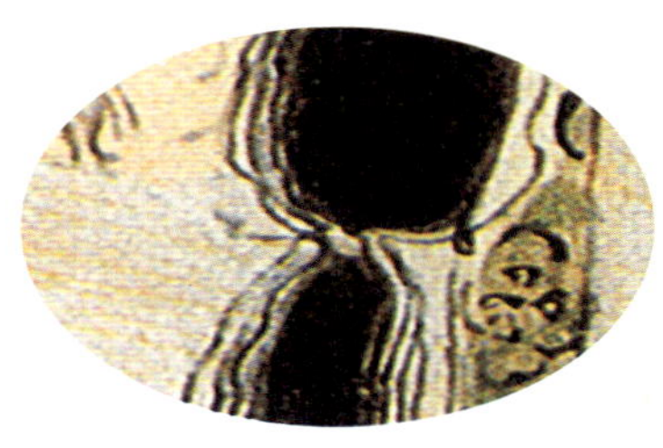

少。源氏的主座及各项用品，冷泉帝都已详细吩咐太政大臣精心置备。太政大臣本人也奉旨前来庆祝。源氏诚惶诚恐地接受众人的庆贺。太政大臣的座位与正屋中源氏之座相对。这位太政大臣容貌秀美，身材魁梧，春秋正盛，富贵之相十足。主人源氏则青春常驻，依然是昔年的源氏公子。屏风四叠，出自皇上的御笔，淡紫色中国绫子上的墨色画作，美妙难以言喻。比起漂亮的彩色春秋风景画来，这屏风上的墨色山水更加光彩逼人，不可同日而语。既是皇上的御笔，自然更加可贵。盛装饰物的柜子、弦乐器、管乐器等，皆由宫中藏人所供应。

新任右大将夕雾，威势比往日更加宏大。因此今日仪式自然格外隆重。冷泉帝所赐的四十匹御马，由左右马寮及六卫府官人从上方顺次牵来，陈列在院中。这时天色已晚，又表演了一番《万岁乐》《贺皇恩》等舞乐。但只是应景而已，不久舞罢，堂上开始管弦之会。因有太政大臣在座，这管弦合奏格外出色，各人尽皆用心献技。琵琶依旧由萤兵部卿亲王弹奏。他对各种技艺都极擅长，世间无人能比得上他。源氏弹奏七弦琴，太政大臣弹奏和琴。源氏多年不曾听过太政大臣所弹的和琴了，想是因此之故，今日听来只觉特别优美。于是他自己也就格外用心弹奏七弦琴，大显身手，毫无保留。两人都奏出极为优美的乐曲。奏罢，两人共叙往事，又说到今日：既有亲戚之谊，又有友爱之情，万事都可和睦相商。话语投机，心情畅快，便举杯痛饮。逸兴源源而来，无有已时。二人醉后感伤，不停流泪。

源氏赠给太政大臣的礼物，是一张制工优良的和琴，又附了太政大臣素所喜爱的一支高丽笛，还有一具紫檀箱，其中装了各种中国书籍及日本草书假名手本。源氏派人追上车子，当面呈上。源氏领受御赐马匹时，右马寮官人奏出高丽乐，音色颇为宏壮。犒赏六卫府官人的物品，由右大将夕雾分发。源氏崇尚简约，因此这次一概谢绝大规模的陈设。但因冷泉帝、皇太子、朱雀院、秋好皇后，以及其次诸人，都与源氏情缘深厚，且身份高贵，各个方面都很体面，因此这次寿宴还是办得十分光彩。源氏唯有夕雾一个儿子，膝下常感寂寥，自有些美中不足。但夕雾才华出众，声望极高，人品无人能及。回想他的母亲葵夫人和秋好皇后之母六条妃子曾经积下深重仇怨，相互争执计较，但两人的后代如今都很尊荣，可见世事莫测。这一天奉呈源氏的服装，均由本院花散里夫人监制；犒赏品及其他事务，则由三条院云居雁夫人筹办。六条院内每逢时节而举办的盛会，纵使仅是私家的风趣之事，花散里夫人也从不参与，只当作别家的闲事听人说说而已。无论任何盛会，她总觉得自己没有资格去担当重要角色。但今天因她与右大将有母子之缘，所以颇受重视。

冬尽春回，新年又到。明石女御的产期将近，自正月朔日开始，就请人不断诵经，祈祷安产。举办相应法事的寺庙，不可胜数。源氏从前见过葵夫人因产子而死，故而非常害怕，心中忧虑。紫夫人未曾生产，这一方面算是一件憾事，而且膝下寂寞无聊；但另一方面来说，也是一件幸事。且明石女御年龄幼小，生产能否平安，他早已深为担心。到了二月，明石女御的气色大变，身上更感痛苦，大家心中均感惶恐。阴阳师进言：若为谨慎考虑，宜迁居他处。但若迁居至六条院之外，相隔太远，更难放心。于是决定迁往明石夫人过去所住的西北院中厅的厢房中去。厢房唯有两大间，外面围着走廊。又马上在这里修建法坛，聘请了许多道行高深的僧人，大声念经祈祷。母亲明石夫人想这件事与自己命运密切相关，心中更为焦灼。

出家为尼的外祖母，如今已十分衰老。她能够再次见到这个贵为女御的外孙女，只觉有如身在梦中，马上走上前去爱抚她。明石夫人多年来在宫中陪伴女御，却从未将明石的往事详细告诉她。但这老尼姑由于大喜过望，一到女御身边，就流着眼泪，用颤抖的声音把陈年往事讲给她听。女御起初觉得奇怪，又有些可厌，一直盯着她看。接着想起自己确有这样一位外祖母，就姑且听她讲讲。后来终于肯与她亲近了。老尼姑说起女御诞生时的情景以及当年源氏谪居明石浦的往事，又说："公子即将返回京都时，我们大家都非常悲伤，以为缘尽于此，今后不得再见了。哪知你的诞生，使我们都交了好运，这宿世因缘真可感谢啊！"说到这里，泪如泉涌。明石女御想道："这些往事实在令人感慨。要不是外祖母说给我听，我永远不会知道自己的身世。"也一起哭了起来。又想："如此说来，像我这样身份的人，本来是不该身居高位的。全靠紫夫人的教养和栽培，外人对我不敢太过轻视。我一向自以为无比高贵，在宫中目空一切，盛气凌人，恐怕世人都在背后指点咒骂吧。"这时她才明白自己的身世。她的生母身份较为低微，她一向都是知道的。但她对自己诞生在如此遥远的穷乡僻壤，却全不知情。这大约是太过娇生惯养的缘故，但也可说是太不懂事了。

她又从老尼姑那里听到：外祖父明石道人现在如同仙人一样，过着离世独居的生活。她觉得极为可怜，左思右想，心绪纷乱。正在愁叹之时，明石夫人走进来了。这一天正在举行法会，各处僧众云集，院内喧哗纷扰。女御身边也没留下几个女侍，这老尼姑却得其所哉地挨近在女御身旁。明石夫人见了，说道："哎呀，这成什么样子呢！应该躲在短屏后面才好。风这么大，经常吹动门帘。外面从隙缝里都看得见的。再说像医师一般挨近身旁，也太不知趣了。"她觉得太不好看。老尼姑神气十足地径自坐着，模样并不难看。她两耳重听，见女儿向她说话，侧着头问："啊，什么？"其实这老尼姑年龄并不十分老迈，今年六十五六岁而已。一身尼僧打扮十分整洁，人品也颇高尚。不过现在满面泪水，眼睛红肿，不免有些古怪。明石夫人猜想她大概把往事都讲给女御听了，心中不免慌乱，便说道："你们在讲从前那些无聊的事吗？只怕老夫人记不清楚，一味胡说，把从前的事说得离奇古怪吧。那时的事真像做梦一样呢。"她微笑着注视女御，只见她眉清目秀，娇艳可人，比平日更加沉静得多，似乎心事重重的模样。明石夫人对于女御，并不当成女儿来看待，倒觉得是一位可尊敬的贵人。她深怕老尼姑对女御讲了过多辛酸的往事，使她心情烦乱。她本想等女御当了皇后，再把这些往事告诉她。现在提早对她说了，虽然不致使她伤心失望，但得知自己真正的出身，总难免会使她扫兴吧。

诵经祈祷结束后，僧众陆续退出。明石夫人端了一盘水果，对女御说："吃点儿水果吧。"她想借此逗她解闷。老尼姑眼巴巴地望着女御，觉得此人风姿实在端丽可爱，高兴得泪水直流。她的嘴巴奇怪地张着，表示出一丝笑意，但眼角下垂，一脸哭相。明石夫人在旁觉得实在难看，向她使了个眼色，但老尼姑全不在乎，吟诗道：

"老尼偶到神仙窟，
　莫怪尊前喜泪淋。

纵使在古代，对于像我这样的老人也是可以恕罪的。"明石女御便在砚旁取出一张纸，写道：

祝寿宴会　佚名　源氏物语画帖　江户时代（约17世纪）

源氏的四十寿仪式在冷泉帝、秋好皇后、夕雾等的着力安排下，成为隆重的盛宴。同时，也是源氏声誉权势达到最顶点的显现：皇后是其养女、天皇是其儿子、太政大臣是其老友，另一子夕雾也升迁为右大将，此等隆重无以复加。图为祝寿仪式上的管弦之会。

“欲乞老尼当向导，
天涯海角访茅庵。”

明石夫人也忍不住了，啜泣着吟道：

“身居明石离人世，
神往京华念子孙。”

这样的诗倒可排遣忧愁。明石女御对于当年离开明石浦前往京都，早晨拜别外祖

父明石道人时的情景，现在就连做梦也无法回想起来，觉得十分遗憾。

三月初十过后，明石女御平安分娩。在这之前，大家都以为是一大难关，愁叹不已。哪知临盆并无太大痛苦，而且生下来的是一位皇子，真是让人无限欣慰！源氏也放下心来。女御现在所住的地方，隐藏在正屋之后，和别人的住所非常接近。产后各位夫人纷纷前来祝贺，排场异常宏大，礼品亦十分贵重，在老尼姑眼中看来这里真是"神仙窟"啊！但这地方毕竟简陋，于是打算迁回紫夫人东南院中原来的屋子里。紫夫人也亲自到西北院来看视。只见女御身着白衣，抱着婴孩，俨然是个小母亲，那模样真是可怜可爱。紫夫人自己没有生育，别人生育她也难得见到。这次看到了，只觉得十分稀罕有趣。初生的婴儿必须好生照顾，因此紫夫人一天到晚抱着他。亲生的外婆明石夫人一切都由紫夫人做主，自己专职打理汤沐之事。以前宣布立皇太子的圣旨的宫女典侍，一向是司理汤沐之事的。她见明石夫人主动来帮忙，觉得很对不起她。明石夫人的详细出身，典侍大略知道。她的人品若略有缺陷，女御也不免因之丧失体面，但明石夫人气度十分高雅，因此典侍心中只觉她真是命运特别优异之人。这次祝贺的盛况，也不多赘述。

产后第六日，明石女御从西北院搬回东南院。第七日夜里，冷泉帝也御赐贺仪。朱雀院已经出家，不能亲来看望，因此特派头弁为代表，奉旨从藏人所拿出各种珍宝，赐予女御。犒赏诸人的衣服，由秋好皇后安排调度，比起朝廷置办的更为体面。诸亲王大臣，家家户户都为送礼奔忙，大家务求尽善尽美。源氏一向崇尚节俭，但这次竟然破例，贺仪无比隆重，举世称颂。那种精心设计的优雅情趣，本应一一记载传之后世。但因笔者未曾亲眼看见，故不详述。

不久之后，源氏抱着小皇子说："右大将生了许多儿子，至今我也没见过那些孙子，我时常引以为憾。且喜如今有了这个可爱的外孙。"他对这小皇子格外怜爱，自是理所当然。小皇子像春笋一般长大。乳母暂时不用不熟悉的人，只从原有的女侍中选出人品特别优越的人来担任。明石夫人为人十分聪明，行事高尚且落落大方，应该谦逊的地方，态度非常谦逊，也从来不对人生气或自傲，因此上下人等都对她极口称赞。紫夫人以前不过偶尔与明石夫人会面，与她不甚亲热，现在托小皇子之福，明石夫人受她重视，两人就非常亲密了。紫夫人一向喜爱小孩，亲手为小皇子制造"天儿"，即放在枕边用以驱邪避凶的人偶，真可谓不失童心。她日日夜夜为抚养小皇子而忙碌。那位老迈的尼姑不能从容地看护这小外曾孙，心中甚感不足。她只匆匆见了几眼，别后日思夜想，几乎为此丧命。

明石浦上也得知了女御生下小皇子的消息。看破红尘的明石道人听了也非常高兴，

亲制“天儿”　歌川丰国　源氏香之图·新菜上　江户时代（约1844—1847年）

紫姬由于未能生产，又生性喜爱小孩，对明石女御的孩子十分喜爱，朝夕忙碌照看，并亲手替小皇子制作“天儿”。“天儿”是一种人偶，放在小孩子枕边可以驱邪避凶。图为紫姬将“天儿”放在婴儿旁边的情景。

对众弟子说："如今我总算可以安心地脱离尘世，往生极乐了！"就把住宅改成寺院，附近所有的田地及一切器具都捐作寺产，准备入山。这播磨国有一个郡，其中有一座人迹罕至的深山。明石道人多年前就已购得此山，打算以后幽闭其中，不再与世人相见。只因在世间仍略有牵挂之事，迁延至今也不曾如愿。如今听了外孙女的喜讯，一切都可放心，便准备移居深山，献身神佛了。近年来明石道人并无特别事务，故此许久不派人入京。只是在京中派人来明石浦问候时，些略回复三言两语，将近日诸事告知老尼姑。但现在他既要辞别尘世，就写了一封长信寄给明石夫人。信中说道："这些年来，我与你身处在同一世间。虽然如此，我总觉自己已经进入另一个世间了。因此如无特别之事，不曾与你互通音信。且我看惯了汉文经典，阅读假名书信很费时间，念佛也会因此而懈怠，实甚无益。为此从不写信给你。今日听人传言：外孙女已入宫为太子妃，且已生下一位小皇子。听后深为欣喜。这件事自有根源，今日我可以告诉你了：我不过是一个拙陋的山野村夫，不再贪恋现世荣华了。但过去多年以来，六根不净，昼夜六时勤修之时，向佛祈愿首先提到的你，而非自己往生极乐之事。你诞生那年，二月的某夜我做了一个梦，梦见我右手托着须弥山[①]，日月从山的左右升起，光辉灿烂，照耀世间。而我自己隐身山阴，未曾得到日月之光的映照。后来我将那山放入大海，使之浮于水上，自己乘了一艘小船向西驶去了。梦中所见大概如此。

"梦醒之后，心中常常寻思：未曾想到我这微不足道之人，亦有发迹之望。但有何凭借，能交此大运呢？正在这时，你的母亲生下了你。我查阅世俗书籍，再多方考察佛教经典，发觉做梦之事每多应验。因此不顾自家身世微贱，尽心竭力地教养你。但又念及能力毕竟有限，这个梦终难应验，便离开京都，返回乡里。自从我任播磨国守之后，决心在当地终老，不复返京。蛰居此浦多年之后，仍对你的前程抱有极大期望，私下曾对佛许下许多心愿。现在我之夙愿已顺利达成，你也可称心如意了。以后外孙女做了国母，心愿圆满之时，你必须亲赴住吉大寺以及诸寺还愿。我对此梦从未怀疑。如今此愿既已成就，则我往生遥隔十万亿国土的极乐世界时，自能身登九品中之上品上生[②]。现在我一心静待佛菩萨来接我。在此期间，我将在'水草多清趣'[③]的深山中勤修佛法，直到圆寂。正是：

已见曙光天近晓，
敢将旧梦证今情。"

他在信上写明日期，又附加数行："你等不必关切我何时命终。古来惯例，居丧必着麻衣，我看大可不必。你只需将自己看作神佛化身，为我这老法师多做些功德就行了。你既已享受现世之乐，切勿忘怀后世之事！若能成遂往生极乐的心愿，以后自有再

① 按佛教的说法：须弥山位在四大洲中心，在大海中，高三百三十六万里。

② 按佛教的说法：往生极乐世界，分上中下三品，每品又分上生、中生、下生。故共有九品。上品上生为最高级。

③ 古歌："远方水草多清趣，扰攘都城不可居。"可见《古今著闻集》，是玄宾僧都入山修道时所作。

见之期。你切切记住：将来离此娑婆世界，到达彼岸净土，即可重新聚首。”又把往日在住吉大寺所请的愿文装在一口沉香木大箱子里，加封后随信送来。

致老尼姑的信中并无别事，只说：“我定于这个月十四日离此草堂，遁入深山，以此无用之身施舍虎狼。仍望你能长生，以待夙愿成遂。你我当在极乐净土再复相见。”老尼姑看了此信，便向送信来的僧人再三探问。僧人答道：“师父写了这封信后的第三天，即移居到人迹罕至的深山去了。贫僧等人一齐送行，但刚至山脚之下，即被赶回。随行的只有一个僧人及两名小童。师父当年弃家学道，我们皆以为已极悲哀，怎知还有如此悲哀之事！师父多年来修行之余，常倚床弹琴，或奏琵琶。这次临行前，取出这两件乐器在佛前弹奏，向佛辞别。又将乐器舍入佛堂。其余各种器物，多数都已捐献寺院。剩下的一些分赠给平素亲近的六十多个弟子，留作遗念。再剩下的，都已运来京都，以供尊处使用。师父丢下我们，遁入深山，隐身云霞之间。此地空留陈迹，令人不胜悲叹。”这名僧人自幼年即跟随明石道人由京都前往明石浦，如今已成为一位老法师。明石道人入山，他为之不胜悲伤。纵使是释迦牟尼佛诸弟子中的圣者，确信佛涅槃后常住灵鹫山，但当“薪尽火灭”[①]之时，亦不免深为哀痛。何况老尼姑听到这个消息，当然无限悲伤。

这时明石夫人正陪着女御住在东南院。老尼姑派人去告诉她，说明石浦上送来了这样一封信。明石夫人便悄悄地回到西北院来。明石夫人如今身份尊贵，没有重要的事情，极少和老尼姑来往。现在听说有伤心之事，深为担心，所以马上悄悄地来了。走进室内，只见老尼姑神情悲伤。她走到灯前，读了明石道人的信，眼泪流个不停。在别人看来，此事无足轻重。但明石夫人回想当年的父女深情，心中不胜眷恋。想起今后永别慈父，再不得相见，更觉伤心至极，无可奈何。她一面流着眼泪，一面细看父亲信中所说之梦，庆幸自己前途有望。她想：“如此说来，当年父亲固执己见，硬把我嫁给这样一个身份不相称的人，几乎误我终身，使我心迷意乱，原来是做过这样一个无据之梦，而心怀高飞远举之志！”这时她才恍然大悟。老尼姑踌躇许久，才对她说道：“我托你的福，坐享荣华富贵，面目有光，实已过分幸运，但心中的悲哀与忧患亦比常人更多。我虽是微不足道，但舍弃了京都生活而沉沦在那荒僻的浦上，已觉得是异乎寻常的苦命了。我与你父亲同生世上，但分室而居，夫妇分隔。但我从不介意，只盼望他日同生极乐世界，再结后缘。谁知蛰居多年之后，我又随你重返当年背弃的京都。眼见你享尽荣华富贵，无胜欣喜。但每次遥念家乡，又常常挂牵，愁思不绝。终于不能再见你父亲一面，此生就成永诀，真是一件憾事！你父亲尚未出家时，性情本已与常人不同，愤世嫉俗。但与我从小相投，情谊十分深厚，彼此信赖。怎知一朝忽成永别！”她继续哭诉，十分悲恸。明石夫人也哭得伤心。她说：“我的前程虽比别人更为远大，但我并不引以为荣。像我这样微不足道的人，又怎能空抱着显贵的心愿。如今又遭逢这样悲痛的事，从此再不能与父亲相见，真是抱恨无穷！我近年来的一举一动，无非为了宽慰亲心。如今老父在深山之中闭居，世事无常，一旦天年消尽，我这用心全属枉然了！”这天晚

①《法华经》云：灵鹫山在印度摩揭陀国王舍城东北，释迦牟尼涅槃（即死）后常住此山。又云：“释尊入灭，如薪尽火灭。”

上母女两人共诉愁肠，一直谈到天明。明石夫人说："昨日六条院主君已见我搬到那边，今日忽然不见踪影，未免责我轻率。我自身虽无顾虑，只怕有伤女御体面，所以不敢自由行动。"便决定在天色未亮时返回东南院。临行之前老尼姑对她说道："小皇子近来怎样？我很想再看看他呢。"说着又哭起来。明石夫人答道："不久你自会看到他的。女御对你非常眷恋，时常说起你呢。主君在谈话中也常提起你，他说：'我说一句不吉祥的预言：如果换了朝代，小皇子做了皇太子，希望那时候老尼姑长生在世才好。'大概他心中早有计划吧。"老尼姑听了这话，马上破涕为笑，说道："哎呀，如此说来，我的命运真是优越了！"就不胜欢喜。明石夫人便带了道人送来的文件箱子回去了。

皇太子屡屡催促明石女御早日回宫。紫夫人说："难怪他这样想念。添了这样一件喜事，让他怎能不等得心焦呢？"便准备送小皇子母子回宫。小皇子之母因乞假归宁不易，很想趁此机会在娘家多住几天。她年纪还小，经历了这次可怕的生产后，面容略见消瘦，姿态异常袅娜。明石夫人等都很为她担心，说道："还是在家里多休养几天，身体康复之后再回宫吧。"源氏说："脸庞略为消瘦一些，皇太子看了反而会更加怜爱呢。"紫夫人等回房之后，于傍晚人静之时，明石夫人来到女御房中，将明石道人派人送来文件箱等事告诉了她。明石夫人说："在你没有称心如意地成为皇后之前，我本想将这箱子先藏起来，暂时不让你启视。但世事无常，命运难测，这样处理总觉不能放心。万一在你未能如愿之前，我有了三长两短，依我的地位，临终之时必然不能与你诀别。因此还不如趁我健康之时，先将这件琐屑的事告诉你。这封信虽然文字古怪，难以阅读，但也得拿给你看看。这些祈愿文字可放在近旁的柜子中，有空之时务须取出略读一读。其中所许的愿，日后必须酬愿。这件事切切不可对疏远之人泄露。如今你的前程已可确保无忧，所以我也打算出家为尼。近日这件心愿日益迫切，以致心绪不能宁定。紫夫人多年抚养的恩惠，你切切不可忘记。我看到她对你如此关怀深切，心中祝愿她寿年千岁，比我长生得多。我本来应该抚育你，但因我身份低微，不得不处处克制，这才将你让给紫夫人抚育。这些年来我一直以为她也不过是一个世间普通的义母，却没料到她竟会如此真心爱你。今后我可完全放心了。"此外又说了许多亲切的话。明石女御流着眼泪听着她说。她在这个至亲的母亲面前，也恪守礼仪，态度十分恭谨。明石道人的信，词句艰深，风趣全无，写在厚实的陆奥纸上，共有五六页。纸已陈旧，颜色发黄，但熏香十分浓重。明石女御读时心中感动，长垂的额发上渐渐沾上眼泪，那模样很是娇艳。

源氏这时正在三公主处。他突然打开界门，走进明石女御房中。明石夫人不及将文件箱藏起来，便稍稍拉近帷屏，掩住箱子，自己也趁便躲在帷屏背后。源氏说："小皇子醒了没有？我一刻不见，便格外想他。"明石女御默然不答。明石夫人在帷屏后面答道："小皇子让紫夫人抱去了。"源氏说："这太不像话了。成天留在那边，这小皇子被她一个人独占了。她一直抱在怀中，不肯撒手，弄得全身衣服都湿透了，一件一件地更换。为什么总是轻率地让她抱去呢？应该让她到这里来看才是。"明石夫人答道："哎呀，这话太不体谅人了！纵使是个皇女，由她抚育也最为妥当，更何况是个皇子。他的身份固然无比高贵，但在那边不是也可放心吗？虽然只是说笑，也不要过分苛刻地说出这种冷酷的话来呀！"源氏笑道："那么，全由你们做主，我就一切撒手不管算了。你们大家都排斥我，对我说话时一副神气活现的样子，真是可笑。现在你还躲在帷屏背后板起面孔来责备我。"说着，便把帷屏拉开，只见明石夫人正靠在正屋的柱子上，姿态极其美丽，让人看了自觉羞惭。刚才那只文件箱，不便匆忙隐藏，依旧放在那里。源氏看到了，问道：“这是什么箱子？看模样倒像是情人欲寄相思，把所咏的长歌封入这箱子里送来的呢。”明石夫人答道：“唉，真让人厌烦啊！你自己变了个老来少年，经常说这种让人意想不到的笑话。”她嘴角微露笑容，但是脸上明显心事重重。源氏觉得奇怪，歪着头不解其意。明石夫人有些为难，便说：“这是明石浦上岩屋里的人送来的，装着我父亲私下祈祷时所读的经卷，以及尚未酬偿的祈愿文。他说若有机会，不妨给你看看。但是现在时机未到，所以暂不打开。”源氏想起了明石道人那种凄凉的模样，说道：“道长的修行功夫一定很深了吧。他寿命绵长，多年来一直勤勉修持，可以消除不少罪孽。世间本有身份高贵、学问渊博的人，但对于尘世恶浊，习染亦深，故虽说贤惠，毕竟有限，总不及这位道人的清高。他对于佛理一道造诣极深，为人又颇具风趣。他虽没有高僧那种解脱的态度，但内心纯净无垢，直通净土。何况现在已经心无挂碍，可以完全脱离这俗世了。我若能随意行动，倒很想悄悄地去探望他呢。”明石夫人说：“据说他现已离弃原来的住所，遁入连鸟声也听不到的深山中去了。”源氏说：“如此说来，这是他交代的遗言了！近来有否通过消息？师姑老太太想必极为悲伤吧。须知夫妻之情，要比父女之谊更加深切呢。”说着流下泪水。随后又说：“我年纪渐长，熟知各种人情世故之后，每次想起道人的风姿品质，便觉得怪可恋慕。更何况师姑老太太与他结发情深，这样的别离该是多么伤心啊！”

明石姬觉得时机已到，心想：“如果把我父亲做的那个梦告诉他，大概他也会为之感动吧。”便答道：“父亲寄来的信，笔迹古怪，有若梵文。但其中也有值得请你一看的地方，就请你读一读吧。当年我离家入京之时，以为自此一别，尘缘自将随之断绝。哪知思念之情，仍然深藏心中！”说过之后便嘤嘤哭泣，娇艳动人。源氏拿过信来一看，说道：“照这信来看，道人身体十分清健，并没有衰老的迹象呢。笔迹和其他任何方面，都显见得修养极深。只是对于处世之道，用心未免不足。外人都说：‘他的先祖大臣十分贤德，曾尽心竭力为朝廷效劳。只因其行事乖僻，有所报应，因此子孙不能昌盛。’但就女子这方面来看，如今尊荣已极，绝不能说后继无人。这大概正是道人多年来勤修佛道的善报吧。”他一面流泪，一面阅读来信，看到了记梦之处，想道：“世人都指责明石道人，说他言行乖僻，妄自尊大。我也觉得他当年对我所请之事，虽属偶然，未免唐突。直到小女公子诞生，我方才领悟到彼此宿缘之深。但对于无法看清的未来之事，我心中始终抱有怀疑。现在看了他的信，才知他是凭仗着这个梦，硬要将女儿嫁给我。如此说来，我当年遭受冤屈，沦落天涯，也是为这小女公子的缘故。但不知明石道人有何祈愿。”他颇想看一看愿文，便在心中顶礼膜拜，又拿起愿文来读。他对女御说道：“除了这些，我也有些东西要给你看，有话要对你讲。”又对她说道：“现在你已经明白旧年的事情了，但你绝不可因此而忽视了紫夫人的恩德。骨肉之情，原是理属当然。但毫无血缘关系的人的爱护，甚至一句好意的话，却更值得珍视。何况她天天见你的生母在左右服侍你，对你的爱依旧不变，格外诚恳地照顾你，实在是一个心地善良的人。自古以来，世间关于继母就有这样的话：‘继母养儿表面亲。’这句话洞察人心，看似是贤明之言，其实不然。有的继母对继子虽怀有恶意，但只要继子并不介意，竭诚地孝顺她，那继母自会真心感动，幡然悔悟，反思自己为何要虐待那孩子，难道不怕获罪于天，她的心自然悔改。除了宿世仇家外，两人纵使

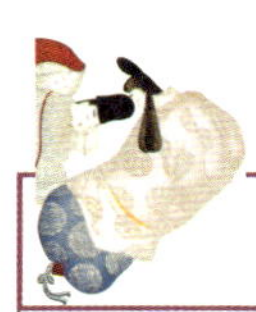

明石家的发展谋划

本为明石浦的卸任国守，却以一梦为凭，潜心教养女儿，然后通过女儿嫁给源氏，得其助力，最终使得家族里出现皇后、天皇，可谓荣耀无比。这就是平安时代贵族得以富贵荣华的高升途径——以女上位。因此，政治上的权势争斗与宫廷后宫的争宠息息相关。

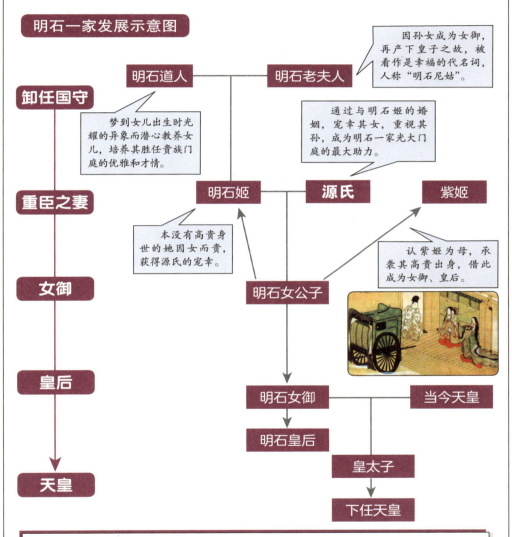

明石一家发展示意图

卸任国守 → 重臣之妻 → 女御 → 皇后 → 天皇

明石道人 —— 明石老夫人

因孙女成为女御，再产下皇子之故，被看作是幸福的代名词，人称“明石尼姑”。

梦到女儿出生时光耀的异象而潜心教养女儿，培养其胜任贵族门庭的优雅和才情。

通过与明石姬的婚姻，宠幸其女，重视其孙，成为明石一家光大门庭的最大助力。

明石姬 —— 源氏　　紫姬

本没有高贵身世的她因女而贵，获得源氏的宠幸。

认紫姬为母，承袭其高贵出身，借此成为女御、皇后。

明石女公子

明石女御 —— 当今天皇

明石皇后

皇太子

下任天皇

在歌舞升平的平安时代这个特定时代下，贵族要争得更高的权势地位，不是通过才能、武力，而是通过让女儿入宫嫁给天皇，生下皇子，获得继任天皇的机会来实现。故包括源氏、内大臣等在内的权臣，在子嗣入宫、册封皇后之事上明争暗斗，像明石女公子这样，一旦成为皇后并生下皇太子，就代表了这一派系的胜利。

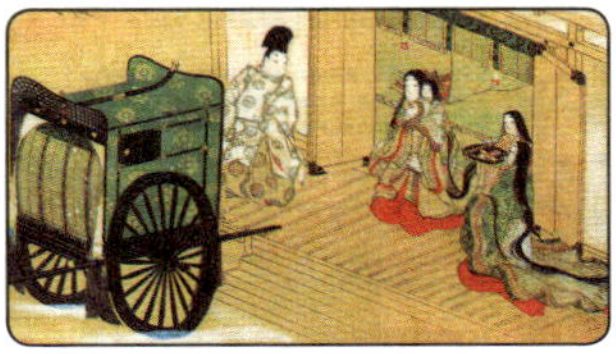

感情不和，只要其中一人开诚相待，对方自然渐渐也会改悔。这种事例极多。反之，为了区区小事强横霸道，指责挑剔，拒人于千里之外，冤仇自然难解，更没有和好的余地了。我阅人虽然有限，但观察人心的各种趣向，只觉得性情气度，各人自有独到之处，人人皆有所长，绝无全不可取的。但想要从中找到一个终身伴侣，郑重选择，则又觉得难上加难。真正心无怪癖、性情善良的人，世间唯有紫夫人一人。我觉得这个人真可称为淑女。但所谓善良，如果此人过分宽容，变成糊涂，不可信赖，则又不足取了。"他一味对紫夫人大加赞誉，则其他诸夫人的评价自然可想而知。

他又低声对明石夫人说："你一向知情识理，我只愿你能与紫夫人和睦相处，同心协力地照顾好这位女御。"明石夫人答道："这件事不消你说。我看了紫夫人那种慈祥气色，也早晚称颂，不绝于口呢。紫夫人如果把我看成卑贱之人，不肯容纳我，女御也就不会和我如此亲近了。如今紫夫人对我格外垂青，反而叫我不好意思呢。我这微不足道的人，不自行陨灭，活在这世间令女御丢脸，实属不该。全仗紫夫人不加怪罪，鼎力庇护……"源氏说："她对你的关怀，倒也不算特别深切。只因她自己不能陪伴女御，极不放心，所以让你担当这个任务。但你从不明目张胆、以亲生母亲的身份独断独行，因此万事圆满顺利，令我心无记挂，不胜欣慰。纵使仅是区区小事，性情乖僻、不通情理之人一旦参与，便使得周遭之人大感为难。幸喜我身边并无这样的人物，我大可放心了。"明石夫人想道："如此说来，我一向卑躬屈节，终是对的。"

源氏自回紫夫人房中去了。明石夫人在背后私议道："他对紫夫人的宠爱越来越深厚。这位夫人的人品，的确完美无缺，处处高人一等，理应如此得宠，让人不胜钦佩。他对三公主，表面上看也颇重视，但在她房中留宿的日子极少，实在太委屈她了。她和紫夫人同一血脉，身份比紫夫人更高，自然难免痛苦。"她又想起自己，觉得此生宿世福报不浅，深可庆幸。她想："三公主身份如此高贵，在这世间尚且不能称心如意，何况我这样一个卑微的人。我今生已无恨事，只是记挂那位断绝尘缘、幽闭深山的老父，心中不免悲伤。"她的母亲师姑老太太，信赖道人信中所说的"福地园莳种善因"[①]之语，时常想念后世之事，寂寞地度送岁月。

却说夕雾大将对三公主，并非全无恋念。如今三公主嫁到六条院来，就在近旁，他更加不能无动于衷。他便以日常问候为借口，每逢适当机会，便到三公主的住所中服务，其间自然可看见或听到三公主的情状。原来三公主年纪极小，但外表威仪堂皇。其养尊处优之处，堪为世间表率，但其本身并无特别的优雅风度，身边的女侍，也鲜有老成持重之人，多数都是青年美女，只喜好繁华的生涯与风流的情趣。众多女侍聚集在这里服侍着她，她的香闺真可称得上是一处无忧无虑的人间乐土。其中也有处理诸事都能沉着镇静的人，只因心中之事不能形之于外，也就怀着无人能知的愁绪，参与人群中无忧无虑的欢乐。又渐渐被别人诱惑，便日渐同化，也做出种种欢笑之颜。其中最是那些女童，整日热衷于那些无聊的游戏，源氏看在眼里，心中不快。但他的性格，对世间万事绝不固执

① 古歌："在此无常尘世中，多多莳种善因缘。今后相会在何许？耶输多罗福地园。"耶输多罗是释迦牟尼为太子时的妃子，后来与五百名女子一起出家，为众尼之主，居福地园中。

己见，因此一直听之任之，以为她们热爱这种游戏，并不足怪，从未加以斥责或训诫。但对于三公主本人的言行举止，十分用心，谆谆教导，因此三公主也逐渐进步了。夕雾大将看到这种情形，心想："世间完美无缺的女子，的确不易多得。看来唯有那位紫夫人，无论性情或是仪态，多年以来，一向不曾被人看出或听到一点儿缺陷。她的本质稳重沉静，心地善良。她从不轻视别人，而自身又极为尊严，气度愈发显得高超可爱。"他那天看见的面容便更加频频浮现在心头，难以忘怀了。他又想到自己的夫人云居雁，觉得对她的爱情也很深厚，相比之下，她毕竟缺乏那种可贵的优雅情趣。而她那种温柔驯良的风度，夕雾现已看惯，不再深感兴趣了。只觉这六条院里聚集着许多女子，袅娜娉婷，各具其美。他私下想象，艳羡之心愈发炽烈。特别是这位三公主，依照她的高贵身份，理应得到父亲的无限宠幸，但父亲对她的爱情并不特别深切，只在表面上表示重视。夕雾心中有此感想，虽然不敢有非礼之念，但总觉得三公主深可怜爱，希望有缘与她见上一面。

再说那个柏木卫门督，一向常在朱雀院的住所出入，与朱雀院关系十分亲昵，因此了解他怜爱三公主的心情。朱雀院替三公主择婿时，柏木听说这一消息，也曾提出求婚，朱雀院也并不以为不当。但后来三公主终于下嫁源氏，柏木大感失望，心中十分悲伤，直到如今未能忘怀。他那时曾央求三公主身边的小侍从替他撮合，现在仍从这位女侍那里探询三公主的近况，聊以自慰，真是画饼充饥。他听世人传说：三公主也被紫夫人的威势压倒，便对三公主乳母的女儿——即他自己的乳母的外甥女——小侍从发牢骚，说道："公主太受委屈了！要是嫁给了我，绝不至于受这种闲气。可惜她是金枝玉叶，我高攀不上……"他常常在想："世事变化无常。六条院主人早有出家之意，一旦毅然实行，这三公主终归我有。"

三月某日，天气清朗，萤兵部卿亲王和柏木卫门督前往六条院问候。源氏迎出接见，互相闲话。源氏说道："我这里素来冷清，这几天更觉寂寞，一点儿新鲜花样也无。于公于私都清闲得很，这日子该怎样消遣呢？"后来又说："今天早上大将来过，此刻却不知又到哪儿去了。我实在寂寞得厌烦了，不如叫他带了小弓来射箭，倒挺好看的。现在正有青年游伴在这里，可惜他已经回去了吧？"左右的人答道："大将正在东北院，和许多人一起蹴鞠[①]呢。"源氏说："蹴鞠动作粗暴，但能令人兴奋，倒也好玩。叫他到这里来玩，怎样？"便派人去叫。夕雾大将马上赶了过来，又带了许多公子哥儿之类的人来。源氏问道："球带来了没有？与你同来的这班人都是谁啊？"夕雾答道："他们是某某等人，可否叫他们都到这里来玩？"源氏允诺。

正殿东侧，本是明石女御的居所，这时女御已带着新生的小皇子回宫了，院子里空荡荡的。夕雾等人便在距湖边稍远的地方找了一处良好的蹴鞠场。太政大臣家中的诸位公子，如头弁、兵卫佐、大夫等[②]，有的年事已长，有的尚未成年，个个都是出类拔萃的蹴鞠好手。天色渐晚，头弁说道："今天不刮风，正是蹴鞠的好日子！"他忍耐不住，也下场去参加蹴鞠。源氏看了，说道："你们看！连头弁官也忍不住了，也下场了呢[③]。这里

① 蹴鞠，即踢球。

② 这些人都是柏木的弟弟。头弁即红梅。

③ 头弁是司礼仪的官，不宜于这种游戏。

几个身居高位的，都是青年武官，为什么不去参加呢？像我这样上了年纪的人，只能袖手旁观，真是遗憾。不过蹴鞠这种游戏，毕竟太粗暴了。”夕雾大将和柏木卫门督听了这话，都下场去玩了。这许多青年公子映着夕阳，在美不胜收的花阴下来往奔走，场面煞是好看！

蹴鞠原是一种不太文雅、近于粗暴的游戏，但也因地点和人物而异。在六条院优美的庭园之中，绿树葱茏，春云馥郁，处处樱花吐艳、柳梢略带微黄之际，纵使再鄙不足道的游戏，诸人也都竭力竞争，各展其才，毫不相让。柏木卫门督参与竞赛之后，竟然无人能够胜他。他容貌清丽，姿态秀美，举止行动，十分矜重，虽然四处奔走追逐，仪态也很优雅。诸人争球，在阶前樱花花荫之下，热衷于相互竞赛，把樱花全然忘记了。源氏与萤兵部卿亲王走到栏杆角上观看。诸人拿出各自的绝技，花样逐渐增多，几位高官也不顾仪容，连头上的官帽都歪了。夕雾大将想起自己身居高位，觉得今天的举止如此粗野，确是破例了。但一眼望去，他还是显得比别人更加年轻，更加俊美。他身着一件柔软的白面红里的常礼服，裙裾略有些膨胀，被稍稍拉起，却并不显得轻率。樱花像雪一样地飘下来，落在他那清秀而落拓不羁的身体上。他仰望樱花，略微折断一些枯枝，坐在台阶中央休息。柏木卫门督也跟来了，说道：“这花飘落得好厉害啊！但愿春风‘回避樱花枝’[①]才好。”一面用眼梢向三公主那方面窥看。三公主的房间关闭得不甚严密，女侍们各色各样的襟袖都露在帘子下面，帘内显出参差的人影，有如暮春旅途上供献路神的币袋[②]。

室内的帷屏胡乱地拉在一边，只觉内外无间，声气相通。这时有一只可爱的中国小猫，被较大的一只猫追逐着，突然从帘子底下跳出来。女侍们十分慌张，喧哗纷扰，东奔西走，衣声足音，清晰可闻。那只小猫大约还没有养熟，身上系着一根长长的绳子，这绳子被东西缠住，缠得很紧。那只小猫想逃，拼命地拖这绳子，就把帘子的一端高高掀起，也没有人马上赶来整理。柱子旁的女侍们一时心慌，只觉得手足无措。柏木看见帷屏旁边稍靠里一些的地方，站着一个贵妇打扮的女子。那是台阶西面第二间屋子的东隅，从柏木所在的地方望去，全无阻隔，可以看得一清二楚。只见她穿的好像是红面紫里的层层重叠的衣服，有浓有淡，有如用彩色纸订成的册子的横断面。外向披的是白面红里的常礼服。头发光可鉴人，冉冉下垂，直达裙裾，有如一缕青丝。末端修剪得非常美观，比身子长七八寸。她的身材十分纤小玲珑，衣裾拖得很长。这垂发的侧影，美不胜收。只是天色已晚，室中昏暗，看不分明，心中颇有不足。这时众多青年公子热衷于蹴鞠，撞落樱花也全然不能相顾。众女侍看得出神，更加顾不得外间有人窥看了。那小猫大声哀叫，那人回眸一顾，刹那间显出了风韵娴雅的美女姿态。夕雾见此情景，心中深感不安，但若亲自去把帘子放下，又觉太过轻

① 古歌：“春风听我致一词：今春请君莫乱吹！君若有心惜春华，吹时回避樱花枝。”可见《古今和歌集》。

② 古代风俗：暮春旅行必带币袋，沿途供献道祖神，以祈求旅途平安。币袋是一只疏网袋，内装各种色彩的布帛或纸片，袋外可看见各种色彩。今以此比拟帘内参差的人影。

初窥娇容 歌川丰国 源氏香之图·新菜 江户时代（约1844—1847年）

在蹴鞠游戏的间隙，三公主室内一只小猫逃了出来，所系的绳子将帏帘掀起，柏木趁机窥见三公主风韵娴雅的娇容，痴迷不已。而夕雾则认为三公主未免轻率，如紫姬那样的女子则不会如此。

率，只得大声咳嗽几声，提醒那人注意。那人便退回到里面去了。夕雾虽然好心，但自己也觉未曾看饱。这时小猫已经挣脱绳子，帘子被放下了，他不知不觉地长叹一声。更何况那个相思刻骨的柏木，这时只觉满怀愁绪。他想："这人到底是谁呢？众多女子之中，唯有这个人穿着极为触目的贵妇人装束。如此来看，她定然是三公主无疑。"那美丽的面容长驻在他心头。当时他装作若无其事，但夕雾知道他已经看见女子的面容，不免替三公主惋惜。柏木无可奈何，为了聊以自慰，便把那小猫唤了过来，抱在怀中，只觉猫身上也染着公主浓烈的衣香。听了那乖巧的叫声，就把它想象成三公主，只觉得异常可爱。

源氏向这边看了一眼，说道："让诸位大臣坐在外边，太无礼了。请到这边来吧。"便走进东侧朝南的屋子里去。大家也都跟着他进去。萤兵部卿亲王换了座位，进来同大家谈话。身份稍低的殿上人，都在檐前排成圆阵坐地。招待并不特别丰盛，只用椿饼[①]、梨子、柑子等物，混着装在各式的盒子盖里。这些年轻人便一边谈笑，一边取食。下酒的肴馔，不过是些鱼干。柏木卫门督的脸色十分颓丧，动辄注视樱花，陷入沉思。夕雾大将猜出柏木的心事，知道他在回想刚才由于奇遇而自帘隙中看见的面容。他想："三公主站得太靠外，未免有些轻率。那位紫夫人毕竟与众不同，绝不会有这种轻举妄动。如此看来，世人虽然重视三公主，但我父亲并不深切地爱她，其中自有深意。"他又想："不多理会内外事务，只管像孩子一般天真烂漫，这原也是可爱的，可惜叫人无法放心。"可知他已看不起三公主。至于柏木参议[②]，则无暇考虑三公主的各种缺点。他只觉得：这次无意之中能自帘隙之中隐约见其面容，定是夙愿可得成遂的预兆，心中不胜欣喜，愈发深厚地爱慕三公主了。

源氏谈起往事来，对柏木说道："你家太政大臣年轻时，无论什么事都要和我争个胜负。其中唯有蹴鞠，我总赶不上他。这种微末之技，想来不必依靠家传，但你家向来确有这种优良传统。像你这样的好本领，我还从来不曾见过呢！"柏木微笑着答道："我家家风，并不讲究真才实学，只在这种方面保持优胜，今后子孙怕会一无所成吧。"源氏说："哪里的话！无论何事，但凡出类拔萃的，都有传世的价值。你们的蹴鞠技术也可记录在家族事迹中，后人看了一定觉得有趣。"他用玩笑的语气说着，姿态神情异常潇洒。柏木看了，心想："嫁得这样一个美男子，恐怕无论怎样也不会把心移向其他男子身上了。我何德何能，能使三公主心悦诚服地爱我呢？"便觉自己的身份与三公主相去甚远，不敢高攀。他带着满怀怨恨，退出六条院去。

夕雾与柏木同车，一路上互相谈话。夕雾对柏木说道："若感寂寞无聊，不如常到六条院来玩玩，倒可散心解闷。父亲曾说：'最好拣个像今天这样的闲暇日子，趁春花尚未凋落之时到这里来玩。'月内哪一天有空，你不妨带了小弓到此，还可一同欣赏春花呢。"他与柏木相约。两人在归途中谈天说地。柏木一心想谈三公主，便对夕雾说道："听说你父亲一直住在紫夫人那边。他对这位夫人的宠爱真是深厚啊！但不知三公主心中做

① 椿饼，一种以山茶花的叶子包裹的甜饼。

② 柏木，是卫门督兼参议。

莺宿樱花

葛饰北斋　莺与樱花　江户时代（1834年）

柏木以“莺爱群芳多护惜，缘何不喜宿樱花”腹诽源氏不看重三公主。他将源氏比作莺，将三公主比作樱花，除了为三公主抱不平外，还暗含着自己甘为莺鸟，而去呵护怜惜樱花——三公主的恋慕深情。

何感想。她一向是朱雀院格外宠爱的掌上明珠，如今孤寂独处，太受委屈了，真可怜啊！”他毫无顾忌地这样说。夕雾答道：“你不要胡说，哪有这等事！紫夫人与众不同，是父亲从小教养大的，所以特别亲切，不能同别人相比。至于三公主，父亲在任何方面都特别重视她呢。”柏木说：“好了好了，你就免开尊口吧。内情我早就知道了。三公主不是经常受气吗？朱雀院对她一向宠爱有加，如今受到这般委屈，令人真不可解。”便吟诗道：

“莺爱群芳多护惜，
缘何不喜宿樱花？

莺是春天的鸟，却偏偏不爱樱花，真是奇哉怪也！”他自言自语地说。夕雾想道：“这小子胡说八道，可知心中不怀好意。”便答诗道：

“青鸟深山巢古木，
如何不爱好樱花！[1]

你胡思妄想，真是岂有此理！”两人各怀心事，不便深谈下去，话头就此转向别处。不久分手，各自归家。

柏木卫门督现在仍独自居住在父亲宅

① 前诗以莺比喻源氏，以群芳比喻诸夫人，以樱花比喻三公主；此诗以青鸟比喻源氏，以深山古木比喻紫姬。

邸的东厢。他虽想娶妻，而一向志向高远，因此至今还是独身。这是他自作自受，不关别人的事，但也不免寂寞无聊。他这个人素来自负，觉得自己有这样的地位与才貌，何愁不能达成夙愿。但自从那天傍晚看见那人的面容之后，心情十分懊丧，时常陷入沉思。他总想找个机会，再见那人一面，哪怕像前次一样隐约望见也好。按他的身份，行动并不特别引人注目，只需找个小小借口，比如斋戒礼佛、趋避凶神等事，便可随意出门。那时不妨巧觅机缘，接近芳踪。又想到那人身居于不可想象的深闺之中，纵使可以把这刻骨的相思对她诉说，又能如何呢？他心中十分苦闷，便写信给那小侍从。信中说道："前日幸有春风引导，得以瞻仰芳容，窥视帘底。但不知公主将怎样把我斥为轻薄之人。小生自那晚以来，即患心病，真所谓'不知缘底事，想望到如今'[①]也。"又赠诗云：

"遥望不能折，教人叹息频。
夕阳花色好，恋慕到如今。"

小侍从不知道那天窥帘的事，还以为只是一封求爱的普通情书，便趁三公主身边人少，将这封信呈上，说道："这个人念念不忘，到现在还写信来，真让人厌烦！但我看到他那种刻骨相思的苦状，又觉得不忍坐视。这该怎样才好，连我自己也弄不清楚了。"说着笑了起来。三公主毫无心思地说道："你又来说这些惹人厌烦的话了。"便看了看那封已展开的信。看到引用古歌的地方，记得上句是"依稀看不真"，就想起了那天小猫揭起帘子的意外事件，脸上泛起红晕。她记得源氏每逢机会便训诫她说："你切不可让夕雾大将看见你的面容！你年纪还小，难免粗心大意，被他看见。"因此她想："如果那天看见我的是夕雾大将，被源氏主君知道了，我必将遭受严厉的谴责！"被柏木看见，她倒并不在乎。她心中只知惧怕源氏，见识真是幼稚！小侍从看见她今天格外郁闷，无心答复，觉得有些扫兴，又不便硬要她作复，便偷偷代写了一封信。信中说道："前日闯入园中，实乃荒唐之举，罪不可恕。来信引用'一面匆匆见'之诗，不知所指何事？是否别有用意？"笔致非常流畅，又答诗云：

"托迹青峰上，山樱不可攀。
何须空爱慕，不必再多言。

眼见得是徒劳无益了。"

① 古歌："一面匆匆见，依稀看不真。不知缘底事，想望到如今。"可见《伊势物语》。

第三十四回　新菜续①

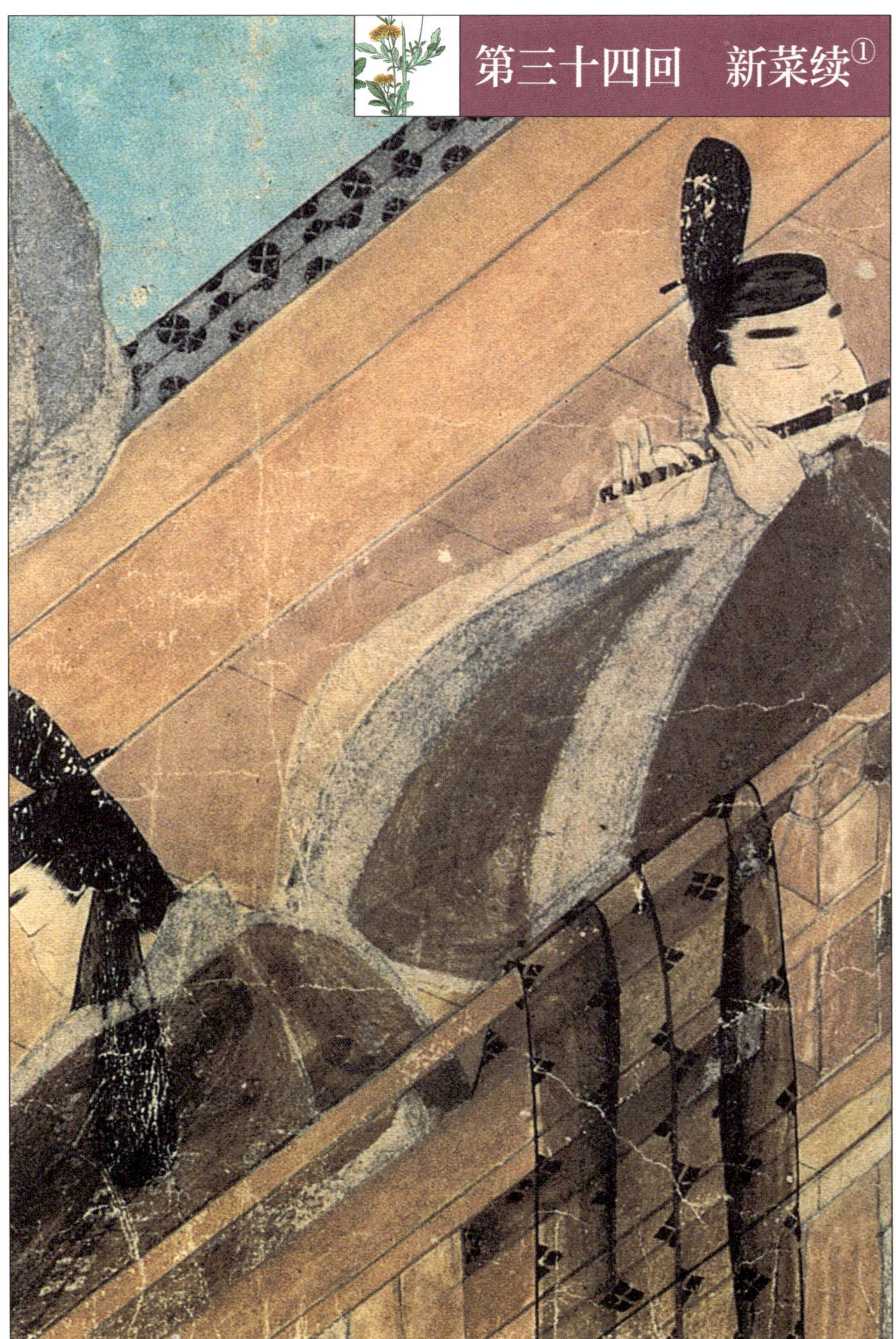

却说柏木看了小侍从的回信，觉得道理虽然不错，但言语未免太冷酷了。他想："不行！她用这种敷衍的话来搪塞我，叫我怎肯罢休呢！有一天我总要不用女侍传言，当面与公主晤谈，纵使只有一句话也好。"于是对于他一向敬爱的源氏，也不免心生厌恶。

三月底，六条院内举办赛射之会，不少人前来参与。柏木心情恶劣，意气消沉，但一想到可在恋人的居所附近看花，亦可聊以自慰，便也出席了此次盛会。宫中赛射，原本定于二月举行，但后来延期了。三月又是薄云皇后的忌月，不宜举行，因此大家深感遗憾。他们听说六条院有此盛会，便一齐前来参与。右大将夕雾和左大将髭黑，是源氏的子婿，当然都到场参加。其次如中将、少将等人，也都来参与竞赛。原定比赛小弓，但出席者之中亦有几个优秀的步弓[2]能手，便把这些人唤了出来，让他们比赛步弓。殿上人中长于此道者，也都分列两旁，参与竞赛。红日渐渐西沉。这一天乃春尽之日，暮色沉沉，晚风轻送，在座诸人皆有"久立花荫不忍归"[3]之感，一起传杯敬酒，喝得酩酊大醉。

有人说道："承蒙诸位夫人送来这么多华丽的奖品，美意诚可铭感！只让这些百步穿柳叶[4]的能手欣然领受，未免太煞风景。本领差些的人应该也来参与竞赛。"于是自大将及以下的人都走到庭中。柏木卫门督神情怪异，只管一味沉思。夕雾大将隐约知道他的心事，看了他那种气色，只怕他做出怪事来，连自己也有些忧心忡忡了。他和柏木向来非常要好。在所有亲戚之中，这两个人特别心心相印，关怀有加。所以每当柏木略感失意，或者心中有所忧虑时，夕雾便真心地给予同情。柏木自己觉得：每逢看见源氏，必然心中畏怖，连眼睛都抬不起来。他想："我怎敢怀有这种不良之心！纵使只是区区小事，凡是将受人指责的胡行乱为，我一向都不敢做，更何况这种荒唐之事！"他心中十分懊恼，又想："那只小猫总得让我捉了去。即便不能和它谈心，也可慰我相思之苦。"便有如疯狂一般设法偷猫。但这件事也不容易办到。

柏木便去拜访他的妹妹弘徽殿女御，想同她谈谈，借以消愁解闷。这位女御用心十分谨慎，态度分外严肃，竟不肯和他当面会晤。柏木想道："我是她嫡亲的哥哥，她尚且要这样避嫌，如此看来，像三公主那样漫不经心，抛头露面，倒真有些奇怪。"他虽然也注意到这一点，但因一心迷恋其人，并不觉得她品性轻薄。

他辞别了女御，又去拜访皇太子。他心想皇太子既是三公主的嫡亲哥哥，容貌一定有些相像，便对他着意观察。皇太子的容颜虽然并不漂亮，但因身份尊贵，气度毕竟与众不同，高尚且优雅。宫中的大猫生了许多小猫，分到各处宫室之中，皇太子也分得了一只。柏木见这只小猫到处走来走去，非常可爱，便想起了三公主那只小猫，就对皇

① 本回紧接前回，从源氏四十一岁三月开始记叙，但从四十二岁至四十五岁这四年间没有记载，以后又记载了从四十六岁至四十七岁十二月的事。

② 步弓，是骑射用的，比小弓力强。

③ 古歌："可怜今日春光尽，久立花荫不忍归。"可见《古今和歌集》。

④《史记·周本纪》中说："楚有养由基，善射者也，去柳叶百步射之，百发而百中之。"

太子说道："六条院三公主那里有一只小猫，其容貌之漂亮，我从来不曾见过，真可爱啊！我曾约略见过一面呢。"皇太子原是特别喜欢猫的人，便仔细向他询问那只猫的模样。柏木答道："那只猫是中国产的，与我们这里的略有不同。同样是猫，但它性情温良，跟人特别亲昵，真是怪可爱的！"他花言巧语，说得皇太子起了欲得之心。

皇太子把柏木的话听在耳里，后来便央求桐壶女御[1]去向三公主索要，三公主马上把那小猫呈了过来。皇太子身边的女侍见了，都大加赞叹，说这只猫长得漂亮极了！柏木卫门督日前察看皇太子的神情，料定他一定会向三公主索要，几天之后便又来拜访。柏木自儿童时代起，就得朱雀院特别怜爱，经常在他身边侍奉。朱雀院入山修道后，他与这位皇太子特别亲近，处处用心照料。这一天他来拜访，以教琴为借口，趁机问道："这里猫真多啊，不知我在六条院里看见的是哪一只呢？"他四处找寻，终于看到那只中国猫。他很喜爱这只猫，便伸手去抚摸它。皇太子说道："这只猫的确可爱。但大概还没有养驯，所以见了没见惯的人就有点儿怕生。我这里的猫并不比它差呢。"柏木答道："猫这种东西，大都不大会辨别生人和熟人。不过聪明的猫，当然在这方面也更灵敏。"后来他就要求："这里既然有许多好猫，请您把这只猫暂时借给我吧。"他自己心中也觉得这要求太冒昧了。

柏木把这只猫讨回家去，夜里就让它睡在身旁，天刚亮就起来照管它，不畏辛苦，悉心抚养。这只猫的性情虽然不亲近人，也终于被他养驯了，动辄跑过来咬他的衣裾，或者躺在他身边和他玩耍。柏木愈发真心地怜爱它。有一次他心中苦闷之极，横卧在窗前席上，陷入沉思。这小猫便走过来，冲他"咪咪"地叫，叫声非常可爱。柏木伸出手来抚摸它，说道："这坏东西，来唤我睡觉了。"脸上露出笑容，即兴吟道：

"欲慰相思苦，见猫如见人。
缘何向我叫，岂是我知音？

难道这只猫也与我有宿世因缘吗？"他望着猫的脸与它说话，那猫叫得更加亲昵了。柏木便把它抱在怀里，怅然若失地陷入沉思。女侍们看到这种情景，互相惊诧地说："这只新来的猫，少爷怜爱得好厉害啊！他对这些东西向来是看都不要看的呢。"皇太子想把猫要回去，但他不肯还，一直把它关在家里，当作谈话的同伴。

却说左大将髭黑的夫人玉鬘，与太政大臣家的诸公子，即她的异母兄弟柏木等人，不是十分亲近，相反对于右大将夕雾，倒更觉亲切，同以前住在六条院时一样。这玉鬘富有才情，且又和蔼可亲。她每次与夕雾会面，总是热诚招待，全无疏远之色。夕雾也觉得异母妹妹淑景舍女御[2]难以接近，态度过分冷淡，反不如玉鬘和蔼可亲。因此夕雾与玉鬘就保持着一种既非手足、又非恋人的特殊感情，两人互相亲睦。髭黑大将现在已与前妻式部卿亲王的女儿断绝关系，对玉鬘的宠爱无以复加。可惜玉鬘所生的两个孩子，都是男孩，家中

① 桐壶女御，即皇太子妃明石女御。
② 景舍女御，即明石女御。

爱屋及乌　土佐光吉　源氏物语画帖　安土桃山时代（16世纪）

柏木之所以能窥见三公主的容貌，得益于小猫掀起了帏帘，于是辗转得到了这只猫，并悉心抚养。爱屋及乌，可见其对三公主的痴情。图为柏木得到猫后，宠爱有加的情景。

没有女儿，未免寂寞无聊，因此想把前妻所生的女儿真木柱接来，由自己抚养。但真木柱的外祖父式部卿亲王坚决不允许，他想："我至少要把这外孙女好好教养成人，不让她受人耻笑。"对外人也如此说。这位亲王声望隆盛。冷泉帝对这位舅父也十分尊重，但凡有所奏请，无不照准，以为不准是对不起他的。这位亲王素来是个爱好时髦的人，其阔绰的程度仅次于源氏和太政大臣。家里出入的宾客很多，世人对他也十分看重。

髭黑大将将来可为天下之柱石，现在已是个候补之人。真木柱有这样的外祖父和父亲，声望自然隆重！因此远近各方，前来求婚的人很多，但式部卿亲王尚未确定人选。他心中琢磨：如果柏木卫门督前来求婚，倒很不错。而柏木呢，大概以为真木柱不如小猫吧，竟全然不曾想到这件事，真是令人遗憾。真木柱见生母为人一直怪里怪气，疯头疯脑，全无常人模样，心中常感痛惜；而对于继母玉鬘的风度，则非常艳羡，很想去依附她。这真木柱也是一个喜爱时髦阔绰的人。

却说那位萤兵部卿亲王，悼亡后至今未能续弦，还是鳏居。过去曾经追求玉鬘及三公主，均告失败。自己觉得没有面子，空自惹人讥笑。但长此孤居，岂能甘心！便决心向真木柱求婚。式部卿亲王说道："这还有什么可说的呢！欲使女子幸福，最好是送她入宫，其次便是嫁给亲王。现在的人都想把女儿嫁给有财有势的臣子，自以为不错，却不过是下等的见识。"不让萤兵部卿亲王遭受多大挫折，便一口答应了他。萤兵部卿亲王半点儿苦头也不曾吃，这样一拍即合，倒觉得兴味索然。但对方毕竟声望高贵，自己这边也不便中途反悔，便与真木柱定情。式部卿亲王非常重视这位外孙女婿。这位亲王家中有许多女儿，但婚事都不称心，受了不少闲气，已成惊弓之鸟。而这外孙女的婚事，他又不能放任不管。他说：“她的母亲是个神志昏乱的人，病势一年比一年更重。她的父亲呢，因为她不曾遵命前往依附继母，所以也不喜欢她，把她置之不顾。这女孩的身世真可怜啊！”因此外孙女洞房里的各种装饰陈设，他都一一亲自筹划照料，事事尽心竭力，真是难为了他。哪知萤兵部卿亲王一直怀念已故的前妻，心中时刻不忘。他只想娶一个容貌肖似前妻的人为继室。这真木柱的容貌原也不坏，但他以为与前妻并不相像，大约是心中不太满意，竟把与真木柱同居当作一件苦事。式部卿亲王极为失望，心中不胜忧虑。那位做母亲的虽然病得厉害，但每当清醒之时，也慨叹世事艰辛，觉得前途让人绝望。

髭黑大将听说这件事，说道：“果然如我所料！这萤兵部卿亲王真是个轻薄男子啊。”他当初就不赞成这门亲事，现在更感不快。玉鬘尚侍知道真木柱遇人不淑，心中也觉懊丧，她想：“假如我当初嫁了这个人，不知源氏主君和太政大臣会做何感想。”想起当年往事，觉得分外可笑，却又可感可叹。她又想：“当年我并不特别想嫁给他。不过他的来信缠绵悱恻，一往情深。后来他知道我嫁给髭黑，或许会指摘我不懂风趣。多年来每次想到这一点，总觉得十分丢脸。现在他已经成了我的女婿，说不定会把这些前情告诉那个前房女儿，这倒很是让人担心。”玉鬘也颇关怀真木柱。她假装不知道真木柱夫妻之间的状况，经常叫真木柱的两个兄弟向这一对新夫妇致意。因此萤兵部卿亲王也可怜真木柱，不便公然和她离异。但式部卿亲王的夫人，是个极爱唠叨的女人，对于这个新外孙女婿始终不能满意，经常在家中咒骂。她愤愤不平地说：“嫁给亲王，不能像入宫那样享受荣华富贵，那么至少也要得到丈夫的专心怜爱，安乐度日，才能聊以自慰呀！”这些话很快传到萤兵部卿亲王的耳中，他想：“这样骂我，可真稀奇。从前我的爱妻在世之时，我也经常寻花问柳，逢场作戏，都不曾听到如此严厉的咒骂。”他深为不快，愈发眷恋从前的夫人，便日日独自幽闭在家中，愁苦度日。说说容易，不知不觉过了两年。这种生涯，逐渐过惯，这对夫妻至今还保持着这种不即不离的关系。

光阴荏苒，岁月轻逝，转眼冷泉帝在位已有一十八年。他近年来心里常想，嘴上常说：“我没有亲生的皇子可以继位，不免顿生寂寥之感。人生如梦，世事无常，我很想早日辞去这皇位，放心畅快地和亲爱的人叙谈，做一些私人心爱之事，逍遥自在地过着日子才好。”近来他生了一场重病，便突然让位。世人深为惋惜，都说：“主上春秋正盛，怎么就让位了？”但皇太子已经长大成人①，便继了帝位。天下政治并无多大变化。

太政大臣上表陈辞，退隐在家。他对别人说：“人世如此无常，尊贵无比的皇帝尚且要让位，何况我这老朽之身，挂冠又何足惜！”髭黑左大将已升任右大臣，执行天下政令。承香殿女御不及儿子即位，先已逝世，被追封为太后，但这正如空花泡影，已无补于事了。六条院的明石女御所生的大皇子，现在被立为皇太子。这件事早在众人意料之中，现在成为事实，自然更加欣喜，使人目眩神驰。夕雾右大将升任大纳言，顺次晋爵，又兼任

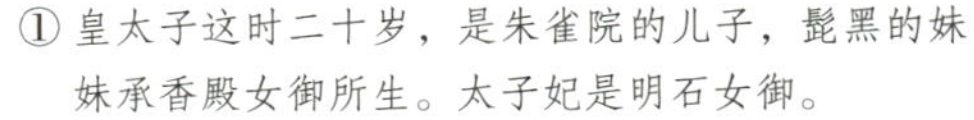
①皇太子这时二十岁，是朱雀院的儿子，髭黑的妹妹承香殿女御所生。太子妃是明石女御。

真木柱的悲哀　佚名　源氏物语绘卷　平安时代（约12世纪）

虽然在外公式部卿亲王“凡欲为女子造福，最好是送入宫，其次是嫁给亲王”的好意下，嫁给了萤兵部亲王，但当初答应得太过轻松，反不受珍视，夫妻关系颇为冷淡。被冷落的真木柱如图中的低眉沉思的女子，显得十分落寞。

了左大将。夕雾和髭黑的交情更见亲睦。源氏因为冷泉帝让位之后没有亲生皇子嗣位，心中颇感不足。新皇太子也是源氏血脉；而冷泉帝在位期间虽然平安度过，那件隐秘的罪行未被世人揭发，但宿命中注定源氏子孙不能世袭皇位，终感遗憾，自不免有些扫兴。但这件事又绝不可告人，只好在心中郁闷。幸喜明石女御生了许多皇子，而新帝对她宠爱有加。源氏皇族一脉的人累代当皇后，世人都以为缺憾①。冷泉院的秋好皇后并未诞下皇子，但源氏硬把她立为皇后。秋好皇后想起了源氏提携之恩，感激之情与日俱增。

冷泉院自当了上皇之后，果如他所预料，生活自由自在，出入无拘无束。让位之后，心情愉快，确是更加幸福。而新帝即位之后，经常挂念他的妹妹三公主。世人也尊敬这位公主。只是她不能压倒紫夫人的威势。紫夫人与源氏的恩爱，与日俱增，两人之间再无任何不快，也无半点儿隔阂。但紫夫人对源氏说：“我现在不想再过这种苦恼的俗世生涯，只想于静处闲居，悉心修道。活到这把年龄②，世间的悲欢荣辱，均已历尽。请你务必体谅我心，允我出家。”她经常恳切地向源氏要求。源氏总是答道：“你这想法毫无道理，而且也太无情了。我自己早就想要出家，但都考虑将你一人独自留在世间，太过孤寂。况且我出家之后，你的生活也势必改变，为此放心不下，迁延至今尚未实行。且待我的心愿成遂之后，你再做这番打算罢。”他再三阻止她。明石女御对紫夫

① 当时历代皇后都是藤原氏一族的人，故云。但皇族赐姓时，大都赐姓源氏，故此处将皇族概称为源氏。

② 这时紫姬三十八岁。

人的孝顺，如同对亲生母亲一样。明石夫人则在暗中协助照顾女御，态度谦逊，这反而使得她前程稳固，生活幸福。女御的外祖母老尼姑欢喜之余，动辄流泪。她的眼泪总是不知不觉地流下来，竟把双目擦得通红。这正是世间长寿幸福之人的一个好榜样。

却说源氏想替明石道人向住吉明神还愿，此外明石女御所许的愿，也须到住吉去还，因此他就打开道人送来的那只箱子，只见愿文中许了许多大愿，比如每年春秋演奏神乐，祈愿子孙世代繁昌，等等。非有源氏的威势，绝办不到这样大规模的还愿，就这一点，明石道人显然是早已预料到的。这些愿文写得笔致流畅，才华横溢，而措辞严谨，句句皆可感动神佛。那些遁迹深山、专心修道的人，对世俗之事能考虑得如此周到，源氏觉得极可怜悯，又觉得似乎不合他的身份。于是猜想这人必是个古代圣僧，为了宿世因缘，暂时下凡。他再三回想，愈发觉得明石道人这人不可轻视了。

这次前往住吉还愿，对外绝口不提明石道人，只说是源氏自己要去参拜。从前流亡须磨、明石诸浦时许下的愿，如今早已还清。但遇赦还京之后，得以在世长生，享受万般荣华，神佛呵护之恩自然不可忘记，因此将偕同紫夫人一起前往。这消息一时之间轰动全国。源氏不欲打扰臣民，因此万事力求简朴。但他如今身居准太上天皇之位，排场自然格外宏大。朝廷大员之中，除左右二大臣之外，其余全部参与。舞人从卫府次官中选用，个个容貌俊美，身材相若。不能入选之人，深以为耻，几个爱出风头的人更为此不胜悲伤。乐人则从石清水、贺茂等临时祭所中选用才能特别优秀者，组成一班。又另加入二人，都是近卫府中大名鼎鼎的高手。神乐方面，也精心选用了许多人员。新皇帝、皇太子、冷泉院，都派殿上人前来为源氏服务。数不胜数的高官贵族的马鞍、马副、随从、近侍童子等，都装饰得绚丽灿烂，华美无比。

明石女御与紫夫人共乘一车。第二辆车子是明石夫人所乘，尼姑老太太也偷偷地跟了去。女御的乳母[①]知悉内情，所以也坐在车里。诸女眷身边女侍所用的车子，紫夫人五辆，明石女御五辆，明石夫人三辆，都装饰得精美华丽，不必细说。源氏说：“反正大家都去，替师姑老太太好好装扮一下，把脸上的皱纹抚平一些，请她一起去吧。”明石夫人曾经百般劝阻，她说：“这次进香，规模如此宏大，老尼姑夹在里头，太不雅观。她若能活到大愿成遂[②]，那时不妨再请她参与吧。”但老尼姑一则怕余命无多，二则很想见识见识，一定要去，明石夫人也就同意了。这老尼姑前世积德，获得福报，比起命里注定该享受荣华富贵的人来，更加幸福，使人艳羡。

这时正值十月中旬，“庙宇墙上葛……亦已变颜色”[③]。松原下的树木上红叶早生，可知这里不是“但闻风吹声，始知秋已及”[④]的地方。大规模的高丽乐和唐乐，还不如素来听惯的东游乐来得亲切可爱，那乐声与风浪之声相互呼应。而与树林中的松涛声相

---

① 这位乳母是女御诞生时由京中派往明石浦的。

② 大愿成遂，指明石女御所生皇太子即帝位。

③ 古歌：“庙宇墙上葛，虽然仗神力，不敢抗秋气，亦已变颜色。”可见《古今和歌集》。

④ 古歌：“常磐山上木，树叶不变色。但闻风吹声，始知秋已及。”可见《古今和歌集》。

竞争的笛声，异于平日所闻，嘹亮的音色沁人心脾。笛声与琴声相和，但不用大鼓加强拍子，故并不觉得喧嚣嘈杂，反而有幽雅宁静之感。在这风景绝佳之处演奏，音色自然更显优美。舞人的袍子上用蓝绿色印成的竹节纹样，与松叶的绿色相互混淆。众人冠上装饰的各种插头花，掩映于秋花之中，难以分辨。形形色色，缤纷灿烂，令人眼花目眩。东游乐奏完《求子》曲之后，王侯贵族中的年轻公子，都把官袍卸到肩下，走到庭中的舞场里来。他们脱下朴素的黑袍，露出暗红色或淡紫色的衬袍襟袖和深红色的衣袂来。正当这时，天上降下一阵微雨，景物稍稍滋润，使人完全忘记了这地方是松原，而误以为散下了满地红叶。他们的舞姿十分动人，头上高高地插着雪白的荻花枯枝，舞了一会儿，立即隐去。那姿态美丽之极，让人越看越不餍足。

源氏想起了旧日往事，当年谪居远浦时的凄惨情景，历历浮现眼前，却无人可与之共话当时之事。他便记起那位现已退隐的太政大臣[①]。感慨之余，吟成一诗，走到后面去递入老尼姑所乘的车中。诗曰：

“谁人省得当年事，
共向寺前问老松？”

这诗写在一张便条上。老尼姑看了十分伤心。她亲眼看见今日这种盛况，再回想当年在明石浦上送别源氏公子时的情景，以及女御刚刚诞生时的模样，只觉得自己三生有幸，感激不尽！再想起那位遁世入山的明石道人，又觉心中十分记挂，无限悲伤！但今日自然不宜说出不吉之语，故答诗云：

“老尼今日方深信，
住吉江边出贵人。”

答诗不宜太迟，因此只是随手略书心中所感而已。她又自言自语地吟道：

“欣看住吉神奇迹，
猛忆当年落魄时。”

众人通宵欢舞，直到天明。二十日的月光皎洁多情，海面上一白无际。秋霜甚重，整个松原都成了白色。眺望眼前诸景，只觉寒气入骨，更平添了几分优美与岑寂。

紫夫人一向幽闭深宫，虽然四时佳节都有游宴助兴，但早已耳熟能详了。出门游山玩水，一向少有机会。而这次离开京都，远游他乡，更是她从来未曾经历的，因此兴致极高，不胜欣喜。这时她即兴吟诗云：

“深夜江秋霜满顶，
却疑神赐木绵鬘。”[②]

① 此人即葵姬的哥哥，曾到须磨浦探望源氏的那一位。

②“木绵”是一种格皮纤维。“鬘”是蔓草的饰发物。

住吉还愿 狩野永德 洛外名所游乐图屏风 安土桃山时代（16世纪后期）

源氏借住吉还愿之际为明石道人、明石女御向住吉明神还愿。此行虽万事求简，但排场仍十分盛大、绚丽多彩，彰显出其准太上天皇的权势与尊荣。图为华丽的贵族马鞍、马副、随从、近侍童子等仪仗。

她想起了小野篁朝臣咏“比良山上木绵白……”[①]之诗时的雪晨之景，觉得今晚的寒霜正是神明接受源氏主君供养的验证，愈加觉得此行不虚了。明石女御也吟诗云：

“僧官手持杨桐叶，
 染遍霜华似木绵。”

紫夫人的女侍中务君也吟道：

“霜华胜似木绵白，
 足证神明显圣灵。”

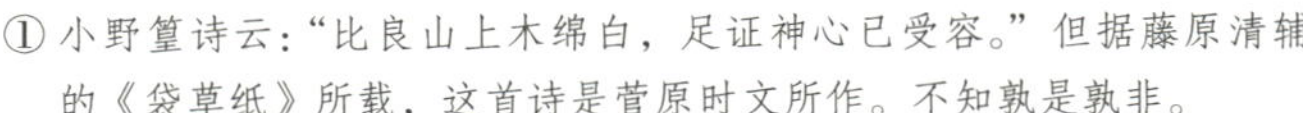

① 小野篁诗云：“比良山上木绵白，足证神心已受容。”但据藤原清辅的《袋草纸》所载，这首诗是菅原时文所作。不知孰是孰非。

此外各种吟咏极多，不可胜数。但无可观，不必尽述。大凡这种时节所咏的诗歌，纵使是长于此道的男子，亦不能尽为佳作。除了“千岁松”之类的文句，不会另有新颖的词句，无非陈词滥调而已。

天色渐渐明亮，而秋霜愈来愈重。奏神乐的人饮酒过多，直奏得本末颠倒。不知自己已满面通红，却一心顾着贪看美景。庭燎已经熄灭，但他们还是挥舞着杨桐枝，高唱“千春千春，万岁万岁……”的古歌，为源氏祝福。源氏一族子孙繁昌，可保无疑了。乐事层出不穷，永无餍足之时。大家衷心希望“千宵并作一宵长”[①]，却不料转瞬之间天色已明。那些青年人像回波一般争先退去，心中不免惋惜。松原上排着长长的一队牛车。风儿扬起帘脚，露出女眷的衣裾来，好似常绿树下开出了绚烂的春花。各车所带的仆从，依各自主人的身份而穿着各色的袍子，拿着精美的盘子，请车中主人进膳。

下级人员在一旁注目观看，心中不胜艳羡。呈送给老尼姑的是素食，盛在一只嫩沉香木的盘子里，上面盖着青宝蓝色的帕子。观者纷纷议论，都说：“真荣耀啊！这女人一定是前世积德吧！”来时带着无数供养品，归时因负担减轻，一路上尽可以逍遥自在地游山玩水。但这些琐屑的事，亦无须一一赘述。老尼姑与明石夫人想起那高居荒山、不知音信的明石道人，觉得只此一事令人遗憾。但这老和尚如果也来参与这场盛会，恐怕也不雅观——但世人都以老尼姑为绝佳的榜样，以为当今之世，志气必应高远。到处盛赞老尼姑的幸福，世间就此多了一个典故。凡夸耀幸福的人，必要提及“明石尼姑”。现已退隐的太政大臣家的小姐近江君，打双六时口中也必高呼“明石尼姑，明石尼姑！”借以求得好运。

却说出家为僧的朱雀院，一心修行佛道，对朝廷政治概不过问。只在春秋二季今上行幸省亲之时，些略谈谈昔年的往事。关于三公主，他至今不能放心。他请源氏做她的正式保护人，又让今上于暗中照顾这位皇妹。于是朝廷晋封三公主为二品，封户也加封不少，三公主的威势便更加显赫了。紫夫人看见在这几年间三公主的声望日渐提高，经常想：“我只靠着源氏主君一人的宠爱，才能不落人后。以后年纪渐老，这宠爱终当衰减。不如在未到事实之前，自己发愿出家吧。”但怕源氏以为她在赌气，因此并不直接说出。源氏见主上也格外关心三公主，觉得对她不可怠慢，在她那里住宿的日子便比以往增多了一些，三公主就与紫夫人平分秋色了。紫夫人以为这是理所当然，但心中未免不安，觉得果然不出所料。但表面上仍装作若无其事的样子。她把明石女御所生长女，即紧接着皇太子出世的那个大公主，领到自己身边，用心地教养她。和这女孩子做伴，略可慰藉孤眠之夜的寂寞。明石女御所生的子女，她个个都很怜爱。花散里夫人见紫夫人有这么多孙儿，不胜羡慕，也把夕雾大将与惟光的女儿典侍所生的女儿[②]接了过来，带在身边。这女孩长得非常可爱，而且十分聪明伶俐，与年龄似不相称，因此源氏也颇怜爱她。源氏子女稀少，但第三代人丁繁昌，孙儿很多。现在他就靠着抚育孙儿，以慰寂寥。髭黑右大臣常来邸中探望，比以前走动得更加亲近。他的夫人玉鬘已为少妇，大约因为她这位义父不像从前那样贪色了，每逢恰当机会，也常来六条院问候，与紫夫人相会，彼此十分亲热。唯有三公主，

① 古歌：“但愿清秋夜未央，千宵并作一宵长。不曾说尽胸中事，窗外金鸡报晓忙。”可见《伊势物语》。

② 指夕雾与藤典侍所生的三女公子。

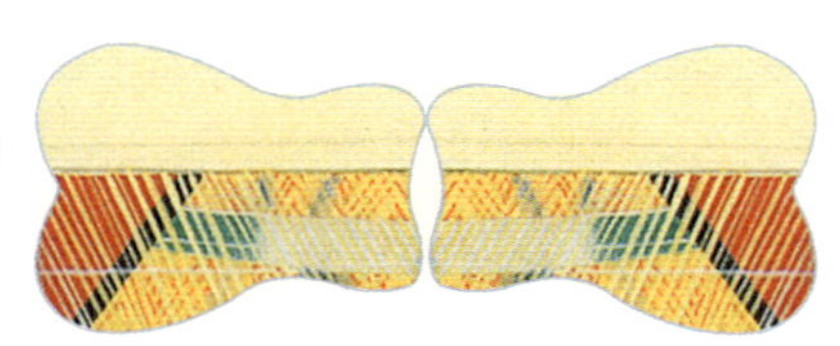

虽然年已二十，还同小孩一样天真烂漫。源氏现在已将明石女御委托皇上照顾，自己就专心地照顾这三公主，像女儿一般地怜爱她。

朱雀院写信给三公主，其中说道："近来心中常怀感触，似觉大限将临，不胜黯然。我于世事，早已无所挂念，只想与你再见一面。若不能如愿，我将抱恨而终。你不必铺张，微行到此可也。"源氏得知后，对三公主说道："正应如此才好。纵使上皇不提，你也早该去探望他。如今劳他空盼，实在对不起他。"于是三公主决心去探望朱雀院。但无缘无故，突然去访，似乎有失体统。源氏便琢磨有何拜访的借口。忽然想起，明年朱雀院年届五十，可以备办一些新菜，前往贺寿。便准备各种僧装，以及素斋食品。出家之人，凡事皆与俗人不同，因此必须特别设计，考虑周全。朱雀院未出家时，对音乐特别感兴趣。因此，舞人与乐人也必须用心选择，挑选技艺优越的人。髭黑右大臣有两个儿子，夕雾左大将有云居雁所生二子及典侍所生一子，共三人，此外另有满七岁的几个小孩。这些孩子现都为殿上童。萤兵部卿亲王家尚未行冠礼的王孙，所有适当的亲王家的子孙，以及其他人家的儿童，都先后入选。上殿的小童，容貌都很俊俏。在各种舞蹈之中又挑选出特别优美的，种类数不胜数。这是一场规模宏大的盛会，入选之人都格外用心练习。专门的乐师及精通技艺的人，都忙于练习，无暇他顾。

三公主自幼学习七弦琴，但她很小就离家入六条院，朱雀院不知她现在学得怎样了，很是记挂。他对左右侍从说道："公主归宁时，我很想叫她弹七弦琴给我听呢。她在那边，这琴定然练习得很好了吧。"这话传入宫中，皇上听了，说道："是啊，她现在一定学得特别好了，在父皇面前献技时，我也很想去听听呢。"这话又传入源氏耳中，他说："近几年来，每逢时机，我总会教她弹琴。她的技术比以前确实已进步许多。但毕竟还不曾学会特别值得赞赏的精深手法。如果毫无准备地就去参见上皇，上皇命她弹奏、不许推托，岂不尴尬。"他为三公主担心，因此从这时起，便更加悉心教授。

他先教她二三首曲调特殊的乐曲，然后又教富有趣味的大曲。至于四季变调的手法、适应气候寒暖的调弦法①等各种秘技，一一悉心教授。三公主起初觉得很困难，但后来慢慢体会，终于弹得非常纯熟了。白天众人出出进进，不能从容反复地教她"由"和"按"②的技法，于是便改在夜间教授，可以专心致志地体会精髓。于此期间，他向紫夫人乞假，一直待在这里教琴。明石女御和紫夫人，过去都不曾随源氏学七弦琴。明石女御听说父亲这时正在演奏罕见的名曲，很想前来欣赏。皇上一向不大肯给这位女御准假，但这次好容易允许她暂时归宁，她就专程回六条院听琴。这位女御已经生下两位皇子，现在又已怀胎五月了。十一月是宫中祭祀之期，她就以孕妇不宜参加祭祀为由而归宁。十一月过后，皇上催她回宫。但明石女御有此机会可夜夜听赏佳乐，对三公主愈加欣羡。她埋怨父亲：为什么不教我弹琴呢！源氏与众人不同，最喜爱冬夜的月光，便在明月清光之中弹奏符合冬季时令的曲子。又从女侍中挑选略通此道的人，叫她们各展所长，共同演奏。这时已近岁暮，紫夫人十分忙碌，邸中各种事务，都须由她亲自安排调度。她经常说："等到春天，找个闲暇的夜晚，我要听一听三公主的琴声呢。"不觉过了年关。

---

① 春用角，夏用徵，秋用商，冬用羽，寒用律，暖用吕。

② "由"，是摇弦，"按"，是捺弦。

明石尼姑

近卫豫乐院　花木真写　江户时代（17世纪）

明石家多年的祈愿陆续实现，得享尊崇、受人艳羡的“明石尼姑”也已经成为幸福的象征。身着灰色僧衣的明石老尼姑与华丽的外孙女明石女御相比，充满了晦暗与艳丽、平凡与高贵的强烈反差，基于血缘关系，却又有微妙的契合。如同图中在深绿的枝叶间艳丽的鲜红。

朱雀院五十寿辰已至，先是皇上前往庆祝，规模十分宏大。源氏不便和皇上比肩，就把日子稍稍延后，定到二月中旬。那些乐人和舞人便天天来邸中演习，络绎不绝。源氏对三公主说：“紫夫人常想听你弹琴。我想选个日子，让你和这些弹筝弹琵琶的女眷合奏，举办一场女乐大会。据我看，当代音乐名手，其修养都不及六条院各位女眷精深呢。我在音乐上虽算不得专家，但自幼热衷此道，总希望在任何方面都熟知一切。因此世间的音乐名师，及高贵世家承继祖传技艺的人，我全都一一请教过。其中确实精深渊博而使我叹佩的人，却从未见过。至于现在的青年，大多油腔滑调，比我们一代的人更加浅薄。七弦琴这种乐器，听说现在已经无人学习。学到像你那样程度的，就算很难得了。”三公主天真烂漫地笑着，她听到源氏如此称赞她，心中不胜欣喜。她今年已经二十一二岁了，但还同未成年的孩子一样，一脸稚气。身材虽然瘦小，但容貌十分秀美。源氏经常教导她：“你多年不见父亲，这次前往参见，务须小心在意，让他看见你已长大成人，心中才会欢喜。”众女侍互相说道：“对啊！若不是大人如此悉心教导，她那种孩子脾气更加无法隐藏了。”

正月二十日左右，天色晴朗，风和日丽。庭前梅花次第盛开，其他春花也皆含苞待放，四周春云迷离。源氏说道：“出了正月，便要尽早准备祝寿，大家都要开始忙碌了。那时再举行琴筝合奏，外人不免误以为是在试演，麻烦便多。不如趁这时悄悄地举行了吧。”便邀请明石女御、紫夫人、明石夫人等都到三公主的正殿来。众女侍都想听琴，希望跟主人同行。结果和三公主疏远的人都未能去，只挑了几个年龄稍长而品性端庄的人同去。紫夫人带了四个容貌漂亮的女童，身着红色外衣、白面红里汗衫、淡紫色绵织衬衣，外面点缀着凸花模样的裙子、红色练绸单衫，举止态度皆极文雅可爱。而明石女御那边，其房间在新年里装饰得辉煌夺目，众女侍也争相斗艳，打扮得花枝招展，华丽耀眼。女童穿的是青色外衣、暗红色汗衫，外缀中国绫绸裙子，中间又加了一件棣棠色的中国绫罗衬衣，看上去皆一模一样。明石夫人的女童打扮并不十分惹眼，二人穿红面紫里衬袍，二人穿白面红里衬袍，四人的外衣都是青瓷色的，衬衣或深紫或淡紫，都用砑光花绸，鲜丽娇艳。三公主听说将有许多人会集于此，便加倍用心把几个女童打扮得格外漂亮。穿的是深青色外衣、白面绿里汗衫和淡紫色衬衣。服饰虽不特别华丽珍贵，但大体上看着自有一股堂皇高雅的气派，无可比拟。

厢房中间的纸隔扇早已尽行撤去，各处只用帷屏遮隔。屋子中央设置了源氏主君的座位。今日为琴筝伴奏的笛，都由男童吹奏。髭黑右大臣家的三公子——即玉鬘所生的长子——吹笙，夕雾左大将家的大公子吹横笛，都在廊下坐着。室内铺着茵褥，上面摆放着各种弦乐器。家中秘藏的各种名琴，尽皆装在华丽的藏青色袋内，这时全部拿出。明石夫人弹琵琶，紫夫人弹和琴，明石女御弹筝。三公主并不特别擅长这种大型的琴，源氏了解她的心情，便把她平日用惯的七弦琴精心调整后，交给她弹。他说：“筝的弦线并不容易松弛，但和其他乐器一起合奏时，琴柱的位置特别容易变动，所以必须预先考虑，张得紧些。女子的腕力柔弱，张弦不宜，还是叫夕雾大将来为你张吧。这些吹笛的人，都还是孩子，是否能合上拍子，都不知道呢。”便笑着派人去唤夕雾前来：“请大将到这儿来！”许多女眷怕难为情，心情大为紧张。除了明石夫人以外，其余都是源氏的入室弟子，因此他也颇担心，希望她们能弹得动人，使夕雾听了无可非难。他想：“女御一向在皇上面前，惯于和其他乐器合奏，大可不必担心。然而紫夫人的和琴，弦线虽然不多，而弹法素无定规，女子演奏这种乐器，总是难免张皇失措。合奏之时，其他弦乐器全都协调，这和琴会不会变调呢？”他深为紫夫人担心。

夕雾大将觉得今日之行，比参与御前大规模的试演更须小心在意，神情十分紧张。他身着一件色彩艳丽的常礼服，内外都熏了浓烈的衣香，衣袖更加香得厉害。来到三公主正殿前时，天色已黑。这天傍晚清幽可爱。庭中梅花洁白无瑕，仿佛仍在依恋去年的残雪，疏影横斜，纷纷开放。微风轻拂，将梅花的香气和帘内飘来的一阵阵美妙不可言喻的衣香混在一起，竟可“诱导黄莺早日来”[①]。宫殿四周香气氤氲。源氏把筝的一端探出帘外[②]，对夕雾说道：“你不要怪我唐突啊！请替我把这筝的弦线调整一下。我不便把疏远的人叫到这里来，所以只好叫你了。”夕雾毕恭毕敬地接过筝来，态度十分谨慎，但又从容不迫。他把基音调整为壹越调[③]之后，并不试弹乐曲，以此表示谦逊。源氏说

① 古歌：“梅花香逐东风去，诱导黄莺早日来。”可见《古今和歌集》。

② 夕雾身为男子，不得入内，只能坐在帘外。

③ 壹越调是十二律的第一音，即宫音，犹如C调。

道："弦线既然调整过了，若不试奏一曲，岂非太没风趣？"夕雾装模作样地答道："儿子本领粗浅，不敢在今天这样的音乐会上班门弄斧。"源氏笑道："这倒说得也是。不过将来外间传言说你不敢参加女乐演奏，竟而逃跑了，这倒是名誉攸关啊！"夕雾便重新整理弦线，试奏了美妙的一曲，然后把筝奉还。源氏的几个孙子都作值宿打扮，十分可爱。他们负责吹笛伴奏弦乐，虽然不脱稚气，倒也非常美妙，显见未来不可限量。

各种乐器的弦线都调好之后，合奏就开始了。各家的琴声各具特色，其中唯有明石夫人的琵琶尤为美妙纯熟，手法古色古香，声音澄静，非常富有趣味。夕雾倾耳细听紫夫人的和琴之音，觉得爪音亲切可爱，反拨之音也十分新颖悦耳。其繁华热闹的程度，并不亚于专家的大规模表演。不曾想到和琴也能弹奏得如此美妙，夕雾不胜大为惊叹。而这都是紫夫人长年用心练习的成绩，源氏之前替她担忧，但现在也放下心来。他想这位紫夫人真是不可多得的妙人。明石女御所弹的筝，须在其他乐器休止的间隙中不知不觉地透出来，听来也颇娇艳美妙。三公主所弹的七弦琴，虽然还不算十分纯熟，但因正在用功练习，所以也并无差错，堪能与其他乐器合拍。夕雾听了，觉得三公主的七弦琴比以前也大有进益。他便按着拍子，唱起歌来。源氏也拍着扇子，与他一起唱和。他的嗓音比过去更加美妙了，只是略显沧桑，更显得威严堂皇。夕雾也是嗓音非常优美的人。夜渐渐静谧，这场音乐宴会真是美不可言。

这一天月色不明，便命在各处点起灯火，并使火光明暗适度。源氏注视着三公主，只见她比别人更加娇小可爱，似乎只能看见衣裳。此人容貌并不艳丽，只觉高贵秀美，有如二月中旬的新柳，略带几分鹅黄，柔弱不胜莺飞[①]。她身着一件白面红里的常礼服，头发从左右两旁垂向前面，倒很像那青青的柳丝。这正是高贵无比的公主装扮。

明石女御的风姿与三公主一样尊贵优雅，而更添几分艳丽之相。举止端庄，气质高贵，好比盛开的藤花，在夏日群花凋落之后，独自在晨光中绽放。但她现正怀有身孕，腹部胀大。演奏了一会儿之后颇感疲倦困顿，就把筝推到一旁，单手靠在矮几上了。她的身材细小纤弱，而矮几是一般大小的，因此她的手臂必须抬高，看上去很不舒服。源氏便想到要为她特制一个尺寸较小的矮几，可见对她格外用心关怀。她身着红面紫里的外衣，头发长长地垂下去，十分清爽美丽，灯光之下风姿美丽绝伦。紫夫人穿的是淡紫色的外衣、深色的礼服和淡胭脂色的无襟服，头发异常浓密，柔顺地堆积在肩背上，与身材恰好相称，只觉全身十分匀称美好。若要用花来比喻，可比作春天的樱花，但比樱花更加优美动人，这副容颜实在是世间罕见的。明石夫人夹在许多高贵妇人之中，恐怕会相形见绌，但事实并非如此。她的举止态度十分优雅，令人看了不免觉得自惭。气度之从容与容貌之妩媚，都美妙不可言喻。身着柳绿色织锦的无襟服、近似淡绿的礼服，外面拴着轻罗围裙[②]，以此略表谦逊。但众人对她皆有好感，毫无轻侮之意。她偏斜地坐在一条青色高丽锦镶边的茵褥上，一手扶着琵琶，另一手以美妙的姿势拿着拨子，那种优雅的神情，更加令人觉得"此时无声胜有声"[③]。一看到她，就好像闻到了五月橘

① 根据白居易的《杨柳枝》："白雪花繁空扑地，绿丝条弱不胜莺。"

② 围裙是伺候的人穿的。

③ 见白居易的《琵琶行》。

贵族娱乐之音乐

平安时代是贵族的时代。他们在享有权势和荣华富贵的同时，优雅而又娴熟地展露包括琴棋书画在内的各种艺术才能。其中，音乐就是他们自小就必须掌握的一种娱乐和课程，也是他们自娱自乐、庆贺寿辰，以及宫廷宴会、神社祭祀的节目之一。

平安时代的音乐

此时期的音乐主要有我国传入的唐乐、伎乐、散乐以及歌谣形式的“催马乐”。其中唐乐演变为日本的宫廷音乐——雅乐。雅乐包含纯演奏的宫廷雅乐和带有舞蹈的舞乐。散乐、伎乐在平安以后与日本原有的滑稽伎结合，形成了日本特有的乐剧，即能乐。

演奏雅乐的宫廷乐师

随伴奏载歌载舞的舞者

平安时代的乐器

平安时代音乐演奏所用的乐器，除了源氏等为庆祝朱雀院寿辰而排演时，所使用的七弦琴、筝、笙、横笛、琵琶、和琴外，还有我国已经绝传的尺八、日本本土的三弦琴，以及宫廷雅乐所使用的编钟、编磬、柷、敔、鼓、埙等。

明石女御弹筝

紫姬弹和琴

夕雾左大将家的大公子吹横笛

玉鬘所生的长子吹笙

三公主弹七弦琴

明石姬弹琵琶

子连花带实的折枝的香气。各位夫人一派斯文地坐在帘内，夕雾大将在帘外听到她们的动静，又隐约看见人影，不免心驰神往。他想象紫夫人年龄既长，一定比大风那天清晨所看见的模样更加美丽了，便觉心痒难搔。又想："三公主和我的宿缘若再深些，我岂不是就可将她占为己有。只恨我当时缺少勇气，实在可惜。朱雀院不是屡次当面向我示意，并且背后也屡屡提起我吗？"后悔是有的，但三公主那种无拘无束的态度稍欠端庄，倒不是有意侮辱她，他对三公主并不十分爱慕。但对于紫夫人，只觉得从各个方面来说，都高不可攀，因此多年来一直无法与她接近。他想："至少要设法使她知道我的心意。"为此时常苦闷悲叹。但他绝不显出狂妄越礼之心，态度总是十分谨慎小心。

夜色渐浓，冷风侵袭，十九夜的月亮这时才隐约自云间显现。源氏对夕雾说道："这样月色朦胧的春夜，真让人徒呼奈何啊！秋天的夜晚也颇可爱，像今天这种音乐演奏，如果与秋虫之声相互应和，定然更具情趣，将使音乐之声更加美妙呢。"夕雾答道："秋夜月色清丽皎洁，洞烛万物，琴笛之音亦必分外清澈。但月色过于明亮，有如人工造作，不免分心注目那些秋花秋草、白露清霜，不能凝神赏乐，亦是一件憾事。而春夜云霞弥漫，淡月朦胧，照着众人笙管合奏，其音色之清艳，实在无以复加！古人说女子爱春天①，确有其道理呢。所以若想要音乐调和美满，于春天夕暮之时演奏最好。"源氏说："不然不然，但品评春秋之优劣，又谈何容易！自古以来，这件事最难判定。而末世人心浅薄，又岂能贸然做出结论！但音乐的曲调，一直以春天的吕调为先，秋天的律调为次②，自然有其道理。"

后来又说："唯有一事我全然不解。如今大名鼎鼎的音乐专家，经常在御前演奏，但杰出之人竟日渐稀少。自命为前辈的名家乐手，毕竟有多少本领呢？让他们参与在这些并非专家的妇女之中演奏，恐怕也不见得特别优越吧。不过我多年来离群索居，或许耳朵有些变背了，这真是令人遗憾。说来奇怪，在这六条院里，无论高深的学问或者雕虫小技，一学即会的聪明人多得很呢。不知在御前奏乐被选为第一名手的人，与这里的女眷们比起来，孰优孰劣？"夕雾说："儿子也想与父亲共谈此事，只因自己修养不及，倒不敢信口雌黄。世间之人怕是不曾听过古代音乐的缘故吧，都把柏木卫门督的和琴和萤兵部卿亲王的琵琶视为当今最优越的实例。他们的技艺虽然高明，但今夜我听到的音乐，实在堪与匹敌，足使听者赞叹。或许是先前以为今夜只是小规模的试演，未加重视，因而感到特别吃惊，亦未可知。如此美妙的乐曲，儿子的歌声其实不配加入。至于和琴，唯有前太政大臣才能随心所欲地即景弹出美妙的曲调，那的确是特别卓越的。一般的演奏，则大都缺乏特色。只有今晚所听到的，才称得上异常美妙！"他如此褒扬紫夫人。源氏说："这没有什么了不起。你太过夸奖她们了！"他心中十分得意，露出笑容，接着说道："但老实说，我教出来的徒弟，一个个都不算坏呢。唯有明石夫人的琵琶，源自家传，我没有教授过她。但她到了这里之后，那音色似乎又与之前略有不同。那年我遭意外之祸，流寓远浦，第一次听到她的琵琶时，只觉异常美妙。但她现在又比那时更加高明了。"他硬要将明石夫人的琵琶技艺归功于自己，众女侍暗中好笑，互相推肘示意。

①《毛诗》注："女感阳气春思男，男感阴气秋思女。"

②日本催马乐，春天用吕调，秋天用律调。

音乐与秋景　佚名　信贵山缘起绘卷　平安时代（约12世纪）

美妙的音乐与秋天略带哀伤的景色相结合的话，将更显得美妙。日本所独有的“物哀”之美，就是这种极至的美与淡淡哀愁的契合。源氏慨叹如果与秋虫之声相应和，定然清趣更多，即点明了这种典型“物哀”之美带给人的审美享受。

源氏又说：“任何一种学问，只要用心钻研，便可知道才艺永无止境。能够做到永不自满，锐意进取，确实十分难得。老实说，精通博学之人，如今只是凤毛麟角。若能正确地学到某种学问之一部分，这人也便就此满足了。至于七弦琴，其技艺非常奥妙，不可草率学习。昔日精通古法之人，奏起琴来，其音可以动天地，泣鬼神。种种不同的音调，各具妙用：或能转悲为喜；或能变贫为富，而获得诸多财宝。世间类似的传说与事例很多。在我国，这种琴尚未传入时，曾有深通乐理之人，远客他乡，奋不顾身，用心学习，尚且难以学成①。这种琴又能使日月星辰移动，盛夏飞雪降霜，风云雷霆震动大地，在远古之时，确有其事。琴这种东西，如此灵妙无匹，所以能深通其趣的人，实在罕有。而值此末世人心不古，能传承当时妙法之一端的人，也算十分难得了。这又另有一个原因：因这种乐器自古能使鬼神倾听而大受感动，那些学得似通非通的人，生涯总是不幸收场。之后，世人便厌恶它，传说‘弹琴者遭殃’。世人为免苦恼，都不肯

①《空穗物语》中说：藤原俊荫随遣唐使到中国学琴，未能学成。后来又历尽艰辛，前往波斯国，向仙人学琴，始尽得其法，回去传授给日本人。

用心学习，如今几乎无人能传此道，真是大可惋惜！试问除了琴之外，还有哪种乐器可作为调整音律的标准？当然，在如今这万事渐趋衰微的世间，树立空前的志向，抛却妻子，远访中国、高丽等异域，自会被世人视为狂徒。但即使不必如此，只一心盼望精通此道，如此的想法，又有何不可！要精通一种曲调，尚且有无穷困难，何况曲调极多，而意境高深的乐曲更不计其数。我当年学琴时，曾四处收罗日本固有以及外国传来的乐谱，潜心钻研。虽无名师可从，犹自热心不已。但自然还是赶不上古人。而自今以后，我又没有可堪传授的子孙，每一思之，不胜惆怅。”夕雾听了这话，心中惋惜，又暗自觉得可耻。源氏又说：“明石女御所生的皇子之中，若有如我所望的人成长起来，而我亦还在人世，自当将我的技法多少传授与他。目前看来，二皇子怕是具有音乐才能的。”二皇子的外祖母明石夫人听了这话，觉得自己面上有光，欢喜得流下了眼泪。

明石女御把筝让给紫夫人，靠在席上休息了。紫夫人便把和琴让给源氏，重新合奏，态度比刚才略显随意。奏的是催马乐《葛城》[①]，音节华丽无比。源氏反复歌唱，声音婉转悠扬，美妙动人。月亮渐次高升，庭前梅花香色俱增，好一片令人心驰神往的夜景啊！刚才明石女御弹筝时，爪音十分优美可爱，暗含她母亲的古风，“由”音弹得很巧妙，非常清澈澄静。现在换由紫夫人弹筝，另有一种手法，从容不迫，婉转悠扬，似有一种神奇的魔力，使听者闻之心生感慨。“临”[②]的手法也比女御弹得更有趣致。从吕调移到律调之后，诸般乐器也都随之变调。律调的合奏极其娇媚华丽。三公主弹七弦琴，五个调子[③]弹出各色手法。其中最要用心的第五、六两弦的拨法，演奏得非常巧妙。她的琴技稚气全无，已经十分纯熟，能巧妙运用适合春秋万物的曲调而随机应变地表现。她能极其出色地表现出源氏教导的精神支配法。因此源氏对她大加赞许，觉得自己教导有方，心中十分得意。几位小公子在廊下吹笛，吹得很好，源氏怜爱他们，说道：“你们想睡了吗？今晚的音乐之会，本想点到为止，不要拖延时间，但因每种乐器各具其美，一经上手，竟欲罢不能。如今我的耳朵又不灵敏，无法辨别高下，心中犹豫不决，以致延至如此深夜，实在很不应该。”便赐了一杯酒给吹笙的小公子，即玉鬘所生的长子，又从自己身上脱下一件衣裳赏给他。紫夫人也把一件织锦的童衫和一条裙子赏给吹横笛的小公子，即夕雾的大儿子，但这些并非正式赏赐，只是应景而已。三公主赐夕雾大将一杯酒，又赠了自己所穿的一套女装。源氏笑道：“不行不行！你应该先孝敬老师才对！我觉得好懊恼啊！”三公主座旁的帷屏背后便递出一支笛来，呈与源氏主君。源氏微笑着接受了。这是一支非常精致华美的高丽笛，源氏拿起来试吹了一下。这时大家正准备退出，夕雾听见笛声，便站住了，从儿子手中接过横笛，也吹奏出一支美妙的乐曲，十分动听。源氏看见眼前这些人个个本领不俗，都能承续他的师传，更加觉得自己的才艺不易多得。

夕雾大将用车载着儿子们，趁着明澄的月色回家。在归途之上，耳中仿佛还能听到紫夫

① 催马乐《葛城》全文：“闻道葛城寺，位在丰浦境。寺前西角上，有个榎叶井。白玉沉井中，水底深深隐。此玉倘出世，国荣家富盛。”可见《续日本纪》。

②“临”，是筝的手法之一。

③ 琴有五个调子：搔手、片垂、水宇瓶、苍海波、雁鸣。

人的异常优美的筝声，只觉深可眷恋。他的夫人云居雁也曾跟从已故的外祖母学琴，但尚未学成，就被迫离开外祖母，迁居在舅舅家里，不能继续学习。结婚之后，她在丈夫面前怕难为情，从不弹奏。但她对于任何事情，都很温柔周谨。后来连生二子，忙于教养，更无闲暇，因此一向缺乏雅趣。她性喜嫉妒，每当脸上露出娇嗔之色，倒也妩媚可爱。

当晚源氏夜宿紫夫人房中。紫夫人却留在三公主那里，与她谈话，直到破晓方才回房。两人一直睡到太阳高高升起，这才起身。源氏对紫夫人说："三公主的琴弹得很好了吗？你觉得怎样？"紫夫人答道："以前我在她那边，听她弹过一次，觉得还不是特别出色。现在的确已弹得很好了。你这样用心地教导，怎么会弹不好呢！"源氏说："的确如此。我差不多天天亲手教她。看来我真是个不错的老师呢。这件事非常繁复，又极麻烦，要花不少时间，所以我从来不曾假手于人。但是这次朱雀院和皇上都说：'多少总得把七弦琴教给她一些。'我听了觉得很是惭愧。我想：这件事虽然麻烦，但他们既把三公主托付给我，这一点儿小事我总得效劳。因此便决心教她。"接着又说："从前你年纪尚小，我教养你的时候，公务繁忙，鲜有闲暇，不能从容不迫、专心致志地教你。近几年来，不知怎么又一味懒惰，蹉跎岁月。我从不曾用心教你，而你昨夜弹得如此出色，使我面目有光。那时夕雾侧耳倾听，大为赞叹。我真是觉得称心如意，欢喜无量啊！"

紫夫人既是一个风雅女子，而近来当了祖母，照顾起孙子来，也是无微不至。无论何事，她总能办得十全十美，无可指摘，真是个世间罕有的妙人。源氏不禁担起心来，他心想："尽善尽美的人，寿命总是不长，这样的例子不在少数。"他竟有些害怕起来。他见过各种各样的女子，只觉得像紫夫人那样完美无缺的人，实在从未见过。紫夫人今年三十七岁①。源氏想起多年来和她的相处，不胜感慨，便对她说："今年应比往年更加郑重地举行消灾延寿的祈祷。我事务纷忙，不免疏忽遗忘，你自己务必多加留意。若要举行隆重的法会，你有事尽管交我办理。你的舅父北山僧故世了，实在可惜！平时有事要举行祈祷时，他是最可信赖的一位高僧呢。"接着又说："我自小与众不同，在深宫中生长，一直养尊处优。如今身居高位，坐享荣华，也是古来少有的。但我所受的痛苦，比别人更多，也是世间罕见的。先是怜爱我的人，相继亡故。到了晚年，又见到许多伤心悱恻之事。每当想起早年那些荒唐无聊的行为，心中异常苦恼。各种违心之事，时刻纠缠着我，至今不休。我时常心想：我能活到四十七岁，恐怕就是这种痛苦换来的代价吧。至于你呢，我只觉得除了我流放时所遭受的别离之苦，更无其他的忧伤苦恼。女子纵使身为皇后，身份高贵无比，亦一定有烦忧的心事，其他的人自然痛苦更多，比如女御、更衣等高级宫人，交际应酬，四处皆须劳神，而与人争宠，更加烦恼不绝，这都是不得安逸的。而你跟了我，就像在父母保护之下的深闺之中长大一般，这种安逸的生活是别人得不到的。只此一事，便可见你的命运比别人好，你知道吗？虽然意外地来了一个三公主，不免使你感到痛苦，但正因这件事，使我对你的爱情更加深厚了。不过这是你自己的事，你想必不易体会。但你如此深明事理，应该会了解我的真心吧？"

紫夫人答道："在别人看来，自然如你所说，我这微不足道的人，已享受了过分的幸

① 当时的人相信女子三十七岁是灾厄之年。但紫姬这时实际是三十九岁，莫非是作者的失误？

福。谁知我心中一向怀着难以忍受的痛苦呢。为此我自己也时常向神佛祈祷。”眼中脉脉含情，似乎还有许多未尽之言。后来又说：“实话对你说吧：我自己常觉得寿数已经不多，今年倘再因循延误，只怕将来追悔莫及。我早就立下心誓，就请你允许我出家吧。”源氏说：“这件事万万不可！若你遁入空门，把我一人抛弃在这世间，我还有什么生趣可言呢？你我相处多年，虽然只是度送平凡的岁月，但朝夕相对，心心相印，正是人生莫大的乐趣。还请你仔细体察我对你这份真心。”每次提出要求，他总是百般阻止，紫夫人心事重重，眼中流下泪来。源氏看她的模样，只觉非常可怜，便百般设法安慰她。后来对她说道：“我这一生看到的女子并不多，但据我所见到的，虽然各人容貌各有优点，绝无全无可取之人，但一旦熟悉之后，便会相信真正性情稳重、风度高雅的人，实在不可多得。比如夕雾之母，是我年轻时的发妻，出身高贵。但我和她的感情始终不能融洽，疏远隔膜，直到她死为止。今日回想起来，心中不胜悔恨。但据当时的情形，我始终觉得不仅是我一个人的罪过。她那人态度十分庄重严肃，这本算不得什么缺陷。只因全无亲昵之感，终日一本正经，是个过分规矩的女子。照理看来，她自然十分可靠；但整日相处，只觉过于沉闷。再举一人为例：秋好皇后之母，其品貌罕有人能与之匹敌。要找一个情趣丰富、姿态雅致的模范，首先便会想起此人。但性情古怪，难以亲近。女子心中略有怨恨，原是合乎常理之事，但她凡事长记心中，固执不忘，以致怨恨越来越深，真是令人痛苦！和她相处时，必须常常留意，谨慎小心。若想与她毫无顾忌地朝夕相处，似乎颇有不便。对她开诚布公，担心被她看轻；过分谨慎小心，又终致疏远隔阂。她被世人传为不贞，遭受轻薄的讥评，心中悲叹懊恼，原是很可怜的。我每次想起她的一生，深感自己罪无可恕。为了赎罪，我便尽心竭力照顾她的女儿。虽说这女儿自有身为皇后的宿命，但毕竟还要靠我不顾世人评论，不怕朋辈妒恨，鼎力提拔，方始成功。她在九泉之下，也该宽恕我了。在往昔与今日，由于我那放荡不羁的性格，曾做下许多让别人受苦、令自己后悔的事。”他谈起两个故人的往事。随后又说：“女御身边的那个保护人[①]，出身低微。最初我轻视她，只以为无足轻重。哪知此人修养功夫极好，深不见底。面子上虽低声下气，百依百顺，心中却藏着高远的见识，令人为之赞叹呢。”紫夫人说：“其他两位我不曾见过，也不得而知。但这位明石夫人，虽然不是特别熟悉，却是经常见面的。我看她的模样，觉得实在深可敬佩，心中赞叹不已。像我这种心直口快的人，不知她看了有何感想，我很担心呢。好在女御一向深知我心，总会向她解释说明的吧。”紫夫人本来非常怨恨明石夫人，一向与她疏远，而现在却如此赞许她，与她亲近。源氏知道这全是由于她真心怜爱女御的缘故。他十分感激她的好意，对她说道：“你虽然心中城府不深，但你特别善于因人因事而采用亲疏两种态度。我阅人无数，却从来没见过像你这样能干的人。你真是个罕有的人呢。”他说时面露微笑。后来又说：“这次三公主的琴弹得不错，我应该去称赞她几句。”便在黄昏时到三公主那边去了。三公主全然没有想到世间会有妒忌她的人，就如小孩一般，专心学习弹琴。源氏对她说道：“今天放假一天，让我休息休息吧。做学生的应该体恤老师。这几天教你弹琴，特别辛苦呢！现在总算可以放心了。”便把琴推开，解衣就寝。

① 指明石夫人。

才艺的传承　《源氏物语绘卷·寄生三》复原图　近代

通过对七弦琴的历史、琴艺的威能、难易、传承等方面的慨叹，源氏点明了当时音乐一道学习、传承的艰辛。而作为文化传承者的贵族之一，源氏让妻子儿女接受自己的师传，个个音乐造诣非凡，因此感到非常自得。这种传承甚至延续到孙辈，如图中源氏之孙匂亲王借景抒情，弹奏琵琶的情景。

每逢源氏宿在别处的日子，紫夫人总是深夜不眠，和众女侍读小说、讲故事。就寝后她想："在这些描写世间百态的小说故事中，有浮薄男子、好色者，以及爱上了负心男子的女人，记叙着他们一生的各种情节。但每个女子总是要依附一个男子，生活方得安定。唯有我的境遇离奇古怪，一直是沉浮飘荡，不得安宁。源氏主君说，我的命运要比别人幸福。可是，难道我要终身怀抱着这样难堪的忧愁苦闷而死去吗？啊，这未免太乏味了！"她思前想后，直到夜深才睡着。破晓醒来，觉得心中很不舒服。众女侍着了急，都说："快去告诉大人！"紫夫人拦阻道："不要去！"便忍着痛苦，直到天明。这时她发起烧来，心情异常恶劣。但是源氏尚未归来，无法使他知道。正好明石女御派人送信来，女侍们便对他说："夫人今晨忽然患病。"明石女御听后，大吃一惊，便急忙派人去通报源氏。源氏闻讯，心如刀割，急忙赶了回来。只见紫夫人十分痛苦，便问："你现在觉得怎么样？"同时伸手去摸她的身体，只觉热度极高。他想起昨天所说消灾延寿祈祷之事，心中大为惊恐。女侍们把源氏的早粥送进房来，但他看也不看一眼。他整日在房中看护，调度安排一切，愁眉不展。

紫夫人连水果也吃不下，躺在床上不能起身，一连过了几天。源氏用尽各种办法，百般救治。他让人在无数寺院举行祈祷，召唤僧人诵经念咒。紫夫人此次所患的，不能明显指出症状，只觉非常难过，心中突突乱跳，心神烦苦，不堪忍受。做了无数的佛事，但一点儿也不见效。不管多么重的病症，若能渐见好转，自可使人放心。但如今全不见效，源氏自然异常忧愁，无暇顾及其他，连为朱雀院祝寿的筹备工作也暂停了。朱雀院听说紫夫人病势沉重，多次派人来慰问，十分殷勤。紫夫人的病毫无起色，一直到二月底。源氏不堪忧惧，便想尝试搬迁的法子，将病人迁至二条院内静养。六条院内全院骚动不安，不少人为之忧愁叹息。冷泉院听到这个消息，也颇担心。夕雾大将想道："这人若死了，父亲必然要出家为僧，以偿夙愿。"便尽心竭力为病人效劳。祈祷诵经等事，原定的自不必说，夕雾自己也另外筹办了数场。紫夫人神志偶尔清醒，总是恨恨地说："你不让我出家，我好痛苦啊！"但源氏觉得：亲眼看着她出家而改作尼僧打扮，比大限来到那日与她永诀更加可悲，竟是片刻也忍受不了的，便对紫夫人说："我先前也曾立志出家遁世，但唯恐留下你一人孤苦，不堪寂寞，这才迁延至今。如今你反倒要舍我而先去吗？"他嘴里虽这样说，但只见紫夫人的病体确是少有康复的希望，好几次濒于险境。因此他心中犹豫不决：是否允许她出家呢？三公主那里几乎再不曾去。对弹琴更已全无兴趣，丢置一旁了。六条院的人，都聚集在二条院内。六条院内晚间灯火稀少，唯有几个女人留在那边。可见六条院的繁荣全是系在紫夫人一人身上的。

明石女御也迁往二条院，与源氏一起看护紫夫人。紫夫人对她说道："你怀有身孕，我这里怕有鬼怪，对你不利，你赶快回宫去吧。"她看见幼小的公主长得十分美丽，不觉滚下泪来，说道："我不能亲眼看着她长大了！她以后怕也记不起我了吧。"女御听了更加伤心，眼泪流个不停。源氏说道："不要有这种想法！你的病虽然沉重，但是绝无危险。人生在世，穷通夭寿，都是由一颗心决定的。心胸宽大的人，幸福自亦随之增多；心境狭隘的人，纵使有缘身登高位，生活也不得幸福。性情急躁的人，必然寿命不长；心神旷达的人，则长寿者数不胜数。"便再三向神佛祷告，说明紫夫人性情如何善良，从未犯下罪孽，乞请允其早日痊愈。负责祈祷的阿阇梨、守夜僧人，以及一切可在

紫姬的出家愿望　狩野永德　洛外名所游乐图屏风　安土桃山时代（1565年）

表面上，紫姬尽享荣华富贵，但源氏的风流、三公主的嫁入，时代的多妻制让女子的感情付诸流水般地空落，让她痛苦不堪。借此次患病，紫姬再次向源氏请求允许其出家。图中绿树掩映的僧院，给人以宁静安然的感觉，正是紫姬想要找寻的休憩之处。

身旁近侍的高僧，听说源氏如此烦恼惶惑，大家深为同情，祈祷也更加诚恳了。紫夫人有时略见好转，但五六日之后又复沉重。缠绵病榻，历经数月，一直不能痊愈。源氏觉得情形不妙，难道真的没有希望了？心中十分忧愁。疑心有鬼怪作祟，但又并无明显迹象。究竟何处病痛？却也不能确切地说出来，只见病体日复一日地虚弱下去。因此源氏更觉苦恼，心情片刻也不得安宁。

话分两头，却说柏木卫门督现已兼任中纳言，圣眷隆重，已成为朝中的红人。他官位虽然晋升，但与三公主的恋情终于失败，心中不胜伤感。结果他娶了三公主的姐姐二公主，即落叶公主。落叶公主是身份低微的更衣所生，因此柏木对她怀有几分轻视。至于落叶公主的品貌，与一般人相比，其实优秀得多。但柏木总是怀念最初的恋人三公主。他觉得落叶公主好比“不能慰我情”的“姨舍山”的月亮①，因此对她十分冷淡，只求表面

① 古歌：“更科姨舍山，月色太凄清。望月增忧思，不能慰我情。”可见《古今和歌集》。姨舍山在信浓国更科郡。

上能过得去而已。他心中始终不曾忘记三公主。从前替他传言送信的女侍小侍从，是三公主的乳母的女儿。这乳母的姐姐是柏木的乳母。因有这层关系，柏木早就详知三公主的各种情况。比如她从小长得漂亮，朱雀院特别宠爱于她，他全都一清二楚。这便是他刻骨相思的起因。柏木猜想：这时源氏陪紫夫人住在二条院，六条院里人很少。便邀请小侍从到家里来，和她商谈："我多年以来，对三公主就思念得要命。全靠有你这个好人儿从中传达，我能知道公主的各种情况，公主也能获知我的相思之苦。我以为此事必能成就，谁知终于落空，真叫我伤心啊！有人曾来向朱雀院报告说：'源氏家中有许多夫人，三公主落在人后，夜夜抱枕孤眠，不胜寂寥。'朱雀院听后，有些后悔，曾经说道：'既然要在臣下中选择女婿，我当时应该选个能够真心照顾公主的人。'又有人对我说：朱雀院曾说二公主嫁了我反而安稳度日，可保终身幸福。我很同情三公主，经常替她惋惜，心中好不悲伤啊！照理说来，这姐妹两人同是公主，其实却完全是另一回事。"说着长叹数声。小侍从答道："啊呀，你真是无法无天啊！娶到了二公主，却说是另一回事，又想着三公主。你这人的欲壑真是无底洞啊！"柏木笑道："做人就是这样的呀！我过去曾冒昧地向三公主求婚，朱雀院和今上都知道。而且朱雀院有一次曾说：'有什么不好呢？就许了他吧。'哎呀，若是那时你能多出点儿力，事情只怕就成功了。"小侍从答道："这件事实在不容易。人生在世，是要靠所谓前世宿缘的呀！源氏主君自己开口、向上皇恳求的时候，你难道有资格与他竞争吗？现在你自然升官晋爵，袍色也变成深紫[①]了，但是当时……"柏木毫无办法，觉得对于这个能言善辩的小侍从，再没有其他说辞了。但终于说道："好了好了，过去的事，你我就不必重提了！不过，眼前机会难得，你总得想个办法，让我见她一面，把我的心事略微向她诉说一点儿吧。至于其他的事，——好，你且看着办吧，——的确很可怕，我今后绝不再动这念头了。"小侍从说："除了诉说之外，还有其他的事？你这人真是存心不良啊！我今天真后悔到这里来。"她严厉地表示拒绝。柏木说："哎呀，这话真难听啊！你未免看得太认真了。世间男女因缘本就是变幻莫测的。纵使是女御或皇后，也难免有这样的事情，眼前不是没有先例。更何况三公主遭受如此境遇！表面上看，尊荣富贵无与伦比，其实内心痛苦极多。朱雀院在许多公主之中，特别宠爱这位三公主。如今让她与这些身份低微的妇人为伍，她心中一定倍感忧愤。其中内情我都知道呢。世事原本变化无常，你也不要过于固执己见，说这些不通权变的话！"小侍从答道："照你这样说，难道公主为了不肯落于人后，要改嫁一个更好的人吗？她和源氏主君的关系，本就不同于世间普通夫妻。因为公主没有可靠的保护人，与其叫她无依无靠地住在家里，不如把她交给源氏主君，请他像父母一样地保护她。这一点他们两人也都知道。你不能这样信口侮蔑别人呀！"她终于生起气来。柏本便用各种好话安慰她。后来说道："老实说，我也早就心知，公主一向看惯源氏主君那优美无比的风姿，绝不会赏识我这个微贱之人。但我不过指望着，隔着屏帏对她说几句心中的话，这又会对公主有什么损害呢？对神佛诉说心事，也是无罪的呀！"他就向她再三郑重宣誓，保证不做非礼的行为。小侍从最初以为这件事太不成体统，严厉拒绝他的请求。但青年人意志薄弱，见他如此苦苦哀求，觉得有些不忍，便对他说："总

① 官爵三位者，穿深紫色袍。

要有适当的机会，才可替你设法。不过，凡大臣不在家的晚上，公主帐外总有不少人伺候，座旁也一定有亲信女侍陪着，要找到机会实在是很不容易的。”

自此之后，柏木天天向小侍从催问。小侍从不胜其烦，终于替他寻到一个机会，来向他通报。柏木大喜过望，急忙改装易服，悄悄混进六条院来。柏木自己也知道这件事实在不该，他更做梦也不曾想到，接近之后竟致越轨，为日后增添无尽的苦恼。只是因为七年前那个春天的傍晚从帘隙间隐约看见了三公主之后，他的心头时刻浮现着她的芳姿，常觉心中不足，总想稍稍接近，以便能细看一看，把多年心事向她诉说，或许终能得到她一句对答，对他表示怜悯。

这是四月初十过后的事。第二天即将举行贺茂祓禊，三公主派了十二个女侍去帮助斋院。其他身份不太高贵的青年女侍及女童，都在忙着缝制衣衫，安排各种妆饰，准备一起去观礼。各人都只顾忙着自己的事，三公主室内静悄悄的，正是人最少的时候。公主的贴身女侍按察君，因为与她来往的情夫源中将定要约她出去，也出门了。公主身边唯有小侍从一人。小侍从觉得这是大好时机，便偷偷地放柏木进来，让他坐在公主寝台东面的座位上。其实这真是过分的殷勤呀！公主毫无所知地睡着，朦胧中只觉有个男人坐在身旁，还以为是源氏主君回来了。忽然这个男人恭恭敬敬地走过来，把她自寝台上抱了下来。公主还以为是着了梦魔，急忙睁眼一看，原来竟是个陌生的男人！这人正在讲些离奇古怪而听不清楚的话。公主既厌烦又害怕，急忙叫唤女侍。但身旁无人伺候，没有人听见呼喊而走来看视。公主吓得浑身发抖，冷汗像水一样流出，那昏昏沉沉的可怜模样，非常可爱。柏木对她说道：“我虽微不足道，但也并非好色之徒。多年以来，不知自量轻重，一直私下爱慕公主。若将这份心思幽闭心中，势必将与之一同腐朽泯灭。为此曾冒昧向朱雀上皇恳请，蒙上皇垂青，并未加以斥责，心中甚为欣慰，以为好事将成。只可恨官职低微，爱你之心虽然比他人更为深挚，而乘龙之望终化泡影。我明知事已至此，一切都成空想。一点儿痴心，从此深藏胸间。年月愈久，愈觉可惜可恨。对你的思恋之心，越久越深，今日我已忍无可忍，不得不冒昧求见。此举固然荒唐可耻，但绝不敢更犯深重之罪。”三公主听他如此诉说，已渐渐明白这个人原来是柏木。她非常惊讶，又深为恐惧，一句话也说不出来。柏木又说：“你害怕么，这原也是难怪的。但这样的事，世间并非没有。你若过分冷酷无情，使我怨恨难消，只怕反而会轻举妄动。你总得对我说一句怜惜的话，我就可心满意足地辞去了。”他对她诉说了心中苦衷。之前，柏木以为三公主定然十分庄重严肃，让人不敢亲近。所以他虽去求见，也只指望略诉衷情之后，立即退开，不敢妄想色情之事。哪知见面之后，只觉并非高不可攀，相反却很柔驯可爱，那无限温柔的神情之中，更含有尊贵的娇艳之感。这正是与常人不同的美丽。柏木便失却了克制之心，竟想带着她逃到天涯海角，连官也不要做了，从此偕隐乡间，与世长遗。于是他便身不由己了。

两人暂时蒙眬睡去，柏木做了一个梦，梦见他所养驯的那只中国猫，叫着向他走来。他想，这是带来还给三公主的，但又想不起来为什么要还给她。这时忽然惊醒，他想：“这梦是什么意思呢？[①]”三公主十分惊恐，只觉身在梦中，悲愤填胸，不知怎样才

① 当时的人相信：梦见走兽，是受孕的预兆。

好。柏木对她说道："你该知道：这是你我二人不可逃避的宿世深缘。我自己也不敢相信竟是事实。"便又把那天傍晚小猫无意中掀起帘端的事讲给她听。三公主听说有这样的事，深为自己的疏忽而悔恨，只觉自身命运太苦。她想："今后我有何面目再见源氏主君呢！"便悲伤地啜泣起来，竟像一个孩子。柏木觉得对不起她，也觉得心中悲伤，便用自己的衣袖来替她拭泪，那衣袖都被濡湿了。

天色渐亮，柏木不忍别去，他觉得如今反比未相逢前更痛苦了。他对三公主说道："叫我怎样才好呢？你如此厌恶我，再度相逢是全无指望了。我只求你对我说一句话。"千言万语，纠缠不休。三公主不胜其烦，十分痛苦，愈发不肯开口。柏木叹道："想不到此行如此扫兴！像你这样固执的人，真是世间少见！"他极为伤心，接着又说："如此看来，我只有空呼奈何了！照理我可以就此死了。但我之所以舍不得死，正是因为对你尚有这一要求。一想起今夜是你我最后一面，心中好不悲伤！你至少得对我说一句怜爱的话，那么我就死而无憾了。"便抱着三公主向外跑。三公主想："他要把我怎么样啊？"直吓得魂不附体。柏木推开屋角的屏风，见房门大开着，便走出去。他昨晚进来时所经过的走廊南端的门也开着，看见天色微明，还未大亮。他想在天光下仔细看看三公主的面容，便推开了格子窗，用威胁的口吻说道："你这么冷酷无情，真叫我气得发昏。你应该冷静一下，对我说一声'我爱你'！"三公主觉得这真是岂有此理，虽想训斥他一下，但浑身发抖，一句话也说不出来，那模样真同小孩一样。

天色渐渐亮起来，柏木心中慌乱，又对她说道："我昨夜做了一个奇怪的梦，正想讲给你听。但你如此厌恶我，我也不想讲了。如今，我已知道这个梦的意义了。"这个即将匆匆离去的人，只觉得眼前苍茫的曙色比秋日的天空更加凄凉。便吟诗云：

"黎明起去迷归路，
　袖上何来露水多？"

吟时他把被自己泪水打湿的衣袖给三公主看，怨恨她的无情。三公主猜想他大概要离开了，略觉安心，勉强答道：

"但愿前尘如一梦，
　残躯消失曙光中。"

声音娇嫩动听。但柏木未能尽情听赏，就匆匆出门而去，只觉得灵魂竟欲脱离躯壳，留在三公主身边呢。

柏木不回落叶公主那边，却悄悄走进父亲前太政大臣邸内。他躺下来，却无法入睡，心中反复思量昨夜做的那个梦，不知是否真能应验。只觉梦中那只猫十分可爱。他想："我犯下弥天大罪了！今后有何面目见人呢？"他又是害怕，又是羞耻，不敢出门。这件事使三公主伤心，自不必说；而柏木自己，也觉得过于荒唐。想起了对方是源氏这样的人，尤其觉得可怕，竟是无法抵赖的了。如果所侵犯的是皇帝的妻子，而事情被揭发出来，只因自知罪孽深重，纵使身受极刑，倒也死而无憾。如今虽然不致犯下死罪，但被源氏仇视，想来实在既可怕，又可耻。

世间有一种女子，身份虽然高贵，心中却怀着几分淫邪之念。表面上威风凛凛，端庄

柏木的爱情

身为前太政大臣之子的柏木可谓贵族中的佼佼者，但别家女子他都看不上，却属意于皇室的三公主。一次意外的窥视，让他看到三公主的美貌，因此念念不忘。多年后借着猫的缘分，让他与所暗恋的三公主成就好事，却也埋下身死的根苗，成为痴情而死的绝唱。

柏木 —（私情）— 三公主

柏木 —（夫妻）— 落叶公主

三公主 —（夫妻）— 源氏

① 对出身高贵，极其美丽而又天真烂漫的三公主倾心，但未谋面。

② 蹴鞠游戏时，从小猫拉起的窗帷间隙，窥见三公主娇美的容颜。

③ 念念不忘，因此娶了其胞姐落叶公主，但仍不能释怀。

④ 辗转借得三公主的猫，借猫遣怀。

⑤ 通过三公主身边的侍女而寻得接近的机会，成就风流之事。

⑥ 三公主怀上柏木的孩子。

⑦ 愧疚、惶恐于源氏的责难，病倒身死。

源氏：知道柏木与三公主的私情后，虽然隐忍，但仍显露出不快之色，令二人十分惶恐。

窥视窗帷的柏木

拉扯窗帷，引发两人爱情的猫。

尚不知被窥视的三公主

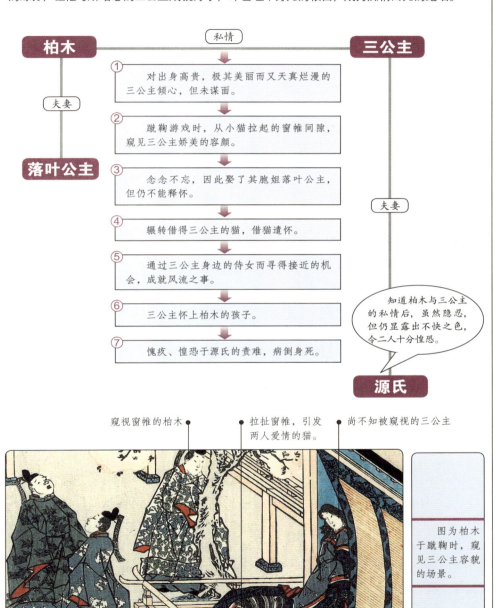

图为柏木于蹴鞠时，窥见三公主容貌的场景。

贤淑，内心却另有一种轻狂浮薄。这种人若被男子诱惑，必定倾心相从，眼前之例不胜枚举。但三公主不是这样的人。她虽然并非深明大义之人，但生性谨小慎微。如今遇到这样的事，只觉众目昭彰，人所共知，心中不胜狼狈羞愧。因此竟连明亮的地方也不敢去，只管独自哀叹，痛惜自己命苦。源氏正为紫夫人的病大为担忧，突然听说三公主也不舒服，大吃一惊，不知她所患何病，马上返回六条院来探视。只见三公主身上也看不出什么明显的症状，只是含羞不语，意气消沉，看也不看源氏一眼。源氏想道："大约是因为我长久不来，她心中怀恨。"他觉得很可怜，便把紫夫人病重的事说给她听。又对她说道："照现在看来，她已经不中用了。这时我不好意思对她冷淡。而且她自小由我抚养，我对她不得不照顾到底，因此近几月来忙得什么都顾不得了。再过几日，你自会看到我的真心。"三公主见源氏全不知情，心中愈发难过，觉得对不起他，只能偷偷地流泪。

柏木倍感痛苦，心情一天比一天恶劣，整日没精打采。贺茂祭那天，许多青年公子争先恐后，相约前往观礼。他们约柏木同行，但柏木心情不好，一概婉拒，愁眉不展地独自躺着。他对自己的妻子二公主毕恭毕敬，但从来不曾开怀畅谈，经常独宿在自己房中。这时他正百无聊赖地坐着，只见一个女童拿着一枝贺茂祭时插头的葵草走来，便吟道：

"葵草青青好，神明不许簪。
我今随手摘，痛悔罪愆深。"①

吟罢，心中更增伤感。这时正在举行祭典，门外车水马龙，络绎之声不绝。但柏木充耳不闻，只管沉浸在自己的痛苦之中，寂寞地度过了这一天。落叶公主看见他整日愁眉苦脸，不知有何心事。她觉得既苦恼又丢脸，所以也不来问他，只在心中暗自悲叹。这时众女侍都出去张望，室中人影寥寥。落叶公主苦闷之余，随手取过筝来，弹奏了一支美妙的乐曲，神情十分高雅。但柏木听了，并不感动，他还是在想："同是公主，我因官位差了一点儿，不曾娶得那一位，真是前世命定的冤孽。"又吟诗云：

"同根花共发，香色有妍媸。
自恨因缘恶，拾来落叶枝。"②

他又把这诗随便写在一张纸上。对二公主如此侮辱，真是太无礼了。

却说源氏近来很少回六条院来，所以这次不好意思马上回二条院去，但是心里时刻记挂。忽然有人来报："夫人昏死过去了！"源氏一听，万事都丢开了，只觉心头一片漆黑，急忙赶回二条院。他一路上心慌意乱，走到二条院附近，只见路上的人也都惊惶骚扰。殿内传出一片哭声。他觉得这情景很不祥，茫然地走进殿内，众女侍告诉他说："这几天夫人的病状本已略见好转，想不到今天忽然变成这样！"女侍们都哭着要随夫人同去，四处骚乱不堪。祈祷坛已经拆毁，僧众正在纷纷离开，唯有几个亲信的和尚还不曾走。源氏见此情景，心知已到临终的关头，无限悲伤。他说："虽然昏死过去，定有鬼魂在此作祟，你们不要只顾着哭！"他叫众人先镇静下来，便在神佛面前宣立弘誓

① 以葵草比三公主。

② 以落叶枝比喻二公主。二公主称为落叶公主，即据此诗。

葵草青青　酒井抱一　四季之花　近代

正值贺茂祭时，柏木以葵草喻指三公主，以摘取用于贺茂祭的葵草，暗喻与三公主的逾礼行为，表露出不能正常交往的痛苦和伤感。图为平安时代的葵草，贺茂祭时插在头上。

大愿。又把所有道行高深的法师聚拢过来，让他们再做祈祷。众僧向神佛告道："纵使阳寿已尽，亦请暂时宽缓。不动尊曾有誓约，至少也得延迟六月[①]。"诸位法师振作精神，诚心祈祷，头上好像渐渐冒出黑烟[②]。源氏心情烦乱，想道："总得再见最后一面才好。如此匆匆而去，我竟不能同死，真是抱恨终天了！"他心中悲恸已极，恨不能随之而去。旁人看到这样一幕，其间伤心自然可想而知。

大概是源氏的悲恸感动了神佛：一个从未现身的鬼魂，忽然移附在一个女童身上，大声叫骂起来，紫夫人跟着便渐渐苏醒。源氏又喜又怕，只觉心乱如麻。那鬼魂被祈祷的法力压制着，借女童之口叫道："其他人都走开，只留源氏一人听我说话！我这几个月来受法力压制，不堪其苦，心中愤恨。今天索性显些手段，借此让你知道。我见你伤心得不顾性命，颇觉可怜。我虽已变为可耻的鬼魂，但并未忘记生前对你的旧情，因此前来探望。我见你这般痛苦，不能熟视无睹，这才向你显灵说话。我本来是不想让你知道我是谁的。"那女童哭泣时额发不时动荡，那副模样同旧年附在葵姬身上的鬼魂全无二样[③]。源氏仍清楚地记得那时所见的可怕情形，这次重又见到，觉得全无变更，真是

① 不动尊是密宗佛教供奉的主要菩萨。《不动尊立印仪轨》中说："又，正报尽者，能延六月住。"

② 不动尊菩萨作愤怒相，头上似乎冒出黑烟。

③ 二十五年前，源氏二十二岁时，葵姬被六条妃子的生魂附体，终于死亡。事见第九回"葵姬"。

极为不祥的征兆。便拉扯女童的手，让她知道放肆不得，对她说道：“我不信你真是那人的灵魂。一定是恶劣的狐狸精在冒名顶替，企图宣扬亡人的隐事。快把你的真姓实名说出来！还得说些别人不知而只有我一人知道的往事。如果你说得出，我才能相信你。”那鬼魂号啕大哭，泪如雨下，吟道：

“我身成异物，君是昔时君。
何故明知我，佯装陌路人？

我好恨呀，我好恨呀！”吟时那种扭扭捏捏的神气，竟与六条妃子一模一样。源氏渐渐相信，心中只觉厌烦，且又懊恼之极，只盼望她不再开口。哪知那鬼魂又说：“你提拔我的女儿，让她成为皇后，我在九泉之下，倒也欢喜感谢。但在幽冥一道，我对子女之事，其实早已不太关心。而我自己的心头之恨，犹自执着，不能忘怀。其中更令人痛恨的是：我在世时被人贬斥，受人轻视，这尚可忍耐；而在我死之后，你们两人还要在私语之时对我妄加讥评，这才真让人痛恨呢！须知对于已死之人，务须处处宽容原谅，听见别人说她坏话，尚且应该替她多加辩解，替她稍作隐讳呢！我心怀此恨，今已忍无可忍；既已成为恶鬼，只得显灵作祟。我与此人并无深仇大恨。只因你身畔常有神佛守护，使我无法接近，就连你的声音也只能隐约听到，所以只得向她发泄一番。罢了罢了！现在我只盼望你替我多做佛事，减轻我的罪孽。你让僧众大声祈祷、诵经，在我只觉得火焰缠身，十分痛苦。我听不到慈悲的梵音，真觉得伤心啊！我还要请你向皇后去说明：身在宫中，切勿心怀嫉妒，与他人争执。必须多做功德，借以减轻当斋宫时的渎神之罪，否则必将追悔莫及！”这鬼魂只管说得滔滔不绝。源氏觉得自己和鬼魂谈话，不成体统，便运用法力，把鬼魂封闭在室内，悄悄地把病人迁往他处了。

这时紫夫人病故的消息，已经传散开来。许多人前来问候吊丧。源氏嫌其不祥，心中万分懊恼。而今日贺茂祭的一行人刚刚归来，王侯公卿在归途中听说这件事，有人便作戏言：“这件事可是非同小可啊！这样一个享尽荣华的幸福之人死了，真好比太阳失去了光彩，怪不得今天雨水霏霏了。”又有人低声说道：“如此十全十美的人，必然不能长寿。古歌中说得好：‘樱花因此冠群芳’[①]也。这样的完人如果长生在世，享尽人间幸福，别人不免都要为她受苦呢。自今以后，那位二品公主[②]便可专宠，像在父亲身边时一样幸福了。多年来落于人后，真是太难为她了！”

柏木卫门督昨日幽闭在家，闷得发慌，今天看见他的弟弟左大弁、头宰相等人乘车前往观看贺茂祭归来的行列，便也上车，坐在车厢靠里的座位上。归途中听说紫夫人病故的消息，吃了一惊，独自吟起古歌中的诗句：“君看浮世上，何物得长生？”[③]便和几个弟弟一起到二条院探视。因为消息无法确实，也不便冒失地说来吊丧，所以只说是普

① 古歌：“定要辞枝留不住，樱花因此冠群芳。”可见《古今和歌集》。

② 指三公主。

③ 古歌：“只为易零落，樱花越可珍。君看浮世上，何物得长生？”可见《伊势物语》。

通的拜访。但刚走进门，就听见里面哭声震天，似乎确是事实，大家愈发惊慌起来。紫夫人的父亲式部卿亲王也赶来了，满脸悲痛地走进室内，也顾不上招待访客了。夕雾大将擦着眼泪，从里面走出来。柏木忙问："怎么样了，怎么样了？外面传说不好，我们都不敢相信。只因听说令堂病体沉重，十分记挂，所以前来探望。"夕雾答道："她这病实在十分沉重，已缠绵了几个月了。今早一度昏死过去，原来竟是鬼魂作祟。听说好容易才活过来。现在大家略为放心，但今后怎样，未可预知，真让人担心呢。"看他的模样，哭得十分厉害，两眼都有些红肿了。大概是因为柏木自己心中怀着隐情，以己度人，不免猜想夕雾对于这个并不亲近的继母，为什么如此关怀，便用疑心的眼光打量他。源氏听说许多人前来探病，叫人传话说："病人病势沉重，今晨突现假死之状。众女侍仓皇失措，四处奔走号哭。我也惶惑不安，心绪纷乱。多蒙各位亲友关怀，改日再行答谢。"柏木心中甚乱，若不是这件不得已的事，绝不会到此拜访。这时他看到周围一切景象，只觉得无地自容，因为他自己心中怀着鬼胎。

紫夫人死而复生之后，源氏心中忧惧不安，再办法事，比之前更加隆重。当年六条妃子在世之时，其生魂尚且十分可怕，何况现已故去，变成鬼魂。源氏思前想后，心中不免气愤，连照顾秋好皇后的心，一时也懈怠了。推而广之，他更觉得女人都是万般罪恶的根源。更进一步，又觉得世间一切都可憎可厌。那天他和紫夫人两人畅谈之时，曾经略提起过六条妃子，并无他人听见，而那鬼魂竟然说得出来。如此看来，这鬼魂确是六条妃子，这便使他更加苦恼。紫夫人近来一心要削发为尼，而源氏心想佛力或许可以使她恢复健康，便将她头顶上的头发略微剪下少许，让她受了五戒[①]。受戒法师将受戒无量功德在佛前宣读，言词极其庄严。源氏不顾仪规，只管靠在紫夫人身边，眼中含着泪水，与她一起念佛。见此情景，可知无论世间多么高贵贤明的人，遇到这种伤心之事，也是不得安稳的。无论何事，只要能祛病延年，源氏无不做到。他日夜忧愁叹息，弄得神思恍惚，面庞也稍稍消瘦了。

到了五月，阴雨连绵，天色昏暗，紫夫人的病仍未痊愈，只是比以前略微好转，但也常常发作。源氏为了要替六条妃子的鬼魂赎罪，每日虔诚诵法华经一部，以资供养。此外又做各种庄严的法事。在紫夫人枕旁，也特别选出声音庄重的法师，日夜不断地诵经。那鬼魂自从第一次显灵之后，又多次出现，不断诉苦，总不肯离去。天气渐渐炎热，紫夫人又有数次昏死过去，身体更加虚弱了。源氏心中的忧愁，实在难以形容。紫夫人在濒危之时，仍在关切源氏的痛苦。她想："我纵使死去，也已毫无遗憾。只是大人为我如此痛苦，我若撒手不管，实在对他不起。"于是努力振作，勉力吃些汤药。六月里她的病势渐渐好转，有时竟能坐起来了。源氏喜不自禁，但还是十分担心，只怕她再度复发，所以六条院竟全然不去了。

三公主自从遭逢了那件可怕的事后，近来忽然觉得身体有些异样，心情很不畅快，但也并无大病。大约一个月之后，饮食逐渐减少，脸色有些发青。柏木不堪相思之苦，经常像做梦一般前来幽会，三公主十分痛苦。三公主一向心中惧怕源氏，说到容貌和

① 五戒，是戒杀、盗、淫、妄、酒，是在家居士受的戒。

生灵、死灵——妖魔化的平安时代

平安时代是贵族的时代，也是妖魔鬼神横行的时代。在本土神道信仰的影响下，当时的贵族须熟知各种禁忌，严格遵守相关的礼仪及法令，像起床、洗漱、吃饭等日常生活琐事都有相应的禁忌。对已死之人，人们也满怀敬畏地讳言其过，源氏言谈中略言及六条妃子，当晚紫姬便受幽灵作祟就是这个原因。

生灵

人即使在活着时，灵魂也可能因极强的忌妒心，或长期执着于某件事而离开身体，有目的地去完成这件事。这种飘荡在外的活人的灵魂，就是生灵。六条妃子在世时，灵魂离体而作祟葵姬的，就是她的生灵。

死灵

人死之后，因怀有某种怨念而灵魂出来祸祟生人，以达到报复、惩罚等目的的死人的灵魂，就是死灵，也叫幽灵。作祟于紫姬的，就是因源氏言及其过而来报复的六条妃子的死灵。

鬼怪作祟

1. 夕颜私宅暴死
2. 朱雀帝患眼疾
3. 朱雀帝之母，原弘徽殿女御患病
4. 髭黑大将的原配夫人被鬼魂纠缠
5. 葵姬、紫姬受六条生灵、死灵所祟而死

平安时代的避凶

现在日本人日常生活中经常出现的避讳、历法、占卜方法等也是从这时候开始的。

凶方

天地间的各个方位都有不同的星神守护着，如果触犯了他们则会受到惩罚，这叫作“凶方”。“凶方”所包括的事情诸如搬家、修房子、结婚、挖井，等等。

避凶的办法

①方忌

是对“凶方”进行避讳的一种行为。如果在道路上看到了猫、狗的尸体或污秽的东西，就要停止当前所进行的事宜，回家“方忌”，或者避开当日的方位神所在的方位，以祈求神明的宽恕，回避其惩罚。

第二回中，“中神当道”即是中神游行的方向不利，源氏为回避凶方，而来到空蝉的家中暂住。

②物忌

当贵族们做了噩梦或发现凶兆时，就通过神官祈祷、祭祀神祇，来获得神明的指示，以趋利避害，这就叫作物忌。具体方法是在一定时期内控制外出的次数，同时，将写有“物忌”字样的柳叶和纸片记在草叶或其他植物的枝条上，插在帽冠或官邸的御帘上以避灾害。

③斋忌

也是一种避讳的慎独之举。当遭遇凶险以及祸事，或为了避开怪异之力以及障碍之物的陷害，斋主一直隐居在家，足不出户来回避灾祸。

④祓禊

祓禊，是通过洗濯以除去凶疾的祭祀仪式。这一活动起源于华夏上古巫风。平安时代的祓禊，是通过祭祀用的“抚物”或“赎物”，即供奉在阴阳寮的偶人，祓禊者先触其身体，然后对其吹上一口气，再同身上脱去的外衣一起让阴阳师拿到河边，随水漂走。

早期的祓禊，是将事先采摘好的兰草香芷撒入水中，濯洗脸及手。手持香蕙，在河里蘸水洒在头上、身上，同时心中许愿以消灾祈福。

伊势物语图纸笺·祓禊图

人品，柏木也绝不能和源氏相提并论。柏木虽也长得眉清目秀，在一般人看来，自是卓然不群。但三公主早已看惯源氏那种举世无双的优美风姿，每次看到柏木只觉得厌烦。如今要为这个人受苦，真是前世注定的孽缘。乳母等看出了三公主的病因，诧异地说："近来我家大人难得回来，怎么会……"她们一边嘟囔着，一边埋怨源氏冷淡。源氏听说三公主患病，这才打算回六条院去。

却说紫夫人因为天热，很不畅爽，便叫人把头发洗了一下。洗过之后，觉得稍稍舒服一些。她是躺着洗的，因此头发干得很慢。近来虽然不曾好好梳过，但是一丝不乱，光可鉴人。身体消瘦了许多，肤色反而更显洁白，有如透明，风姿之美，世间罕见。但她久病初愈，好比刚刚蜕皮的幼虫，还柔弱得很。二条院多年不曾住人，本已略显荒凉，而自从紫夫人到此养病，人来人往，竟有狭小之感。源氏直到最近才注意到这一点。他眺望院中布置得异常雅致的池塘和花木，觉得心旷神怡，想道："好容易挨到了今天！"池塘上非常凉爽，水面开遍荷花，莲叶青青可爱，叶上的露珠像珠玉一般闪烁着微光。紫夫人看了，说道："看那莲花！它独自在那里乘凉呢。"她许久不曾起来欣赏庭中景色了，今天这样实属难得。源氏对她说道："我看到你的病好了，还疑心是在做梦呢。真危险啊！我有好几次只想和你一起死了。"说时几欲流下泪来。紫夫人自然也不胜感慨，就吟诗曰：

"病愈留得残躯在，
只似莲间露未消。"

源氏答道：

"生生世世长相契，
共作莲间玉露珠。"

源氏打算回六条院去探望三公主，又有些犹豫。但他想道："皇上和朱雀院都十分重视她，而且我早就听说她身有微恙，过去只因眼前这个人病得厉害，我心烦意乱，许久不曾到她那边住宿。如今这里总算已经云开见日，我怎能再幽闭此处呢？"便下定决心，回六条院去了。

三公主心中负疚，见了源氏，满面羞惭，瑟缩不前，问她话也不肯回答。源氏猜想：自己许久不来亲近她，难怪她心中怨恨。他觉得很可怜，便试图安慰她。他唤来年纪较长的女侍，向她们详细询问三公主的病情。女侍答道："公主患的不是寻常的病。"就把近来怀孕的种种痛苦报告给他。源氏说："真想不到，我到现在这把年纪，还会有这等事。"但心中想道："和我长年同居的人都不曾有喜，三公主未必是怀孕吧。"却也不便继续追问，只觉得三公主微恙的情状很是可怜，对她十分同情。他一向难得到六条院来，不好意思马上回去，就在三公主这边住了两三天。其间十分记挂紫夫人的病情，不断写信去问。不知道三公主过失的女侍私下说道："这么一会儿不见，就有许多话要说，不断地写信去。罢了，看来我家公主不会有出头的日子了。"小侍从见源氏来了，心中乱跳。柏木听说源氏回六条院，竟不知好歹，吃起醋来，写了一封满纸怨恨的信，叫人送来。这时源氏正好到厢房[①]里去了，三公主

① 紫夫人在六条院时的旧居。

室中无人，小侍从便把信呈上。三公主说道："你拿这种可恶的东西给我看，真让人厌烦啊！如今我心里愈发难过了！"便躺下身子。小侍从说："不过，公主请看一看，信中这几句附言很可怜呢。"就把信展开放在公主面前。这时其他女侍走了进来，小侍从心中着慌，忙把帷屏拉过来遮住公主，自己溜了出去。公主正感狼狈，源氏走了进来。公主来不及藏起信件，便暂先把它塞在坐垫之下。源氏预备今晚回二条院去，过来与三公主告别，对她说道："你的病看来并无大碍。而紫夫人那边，尚不可知能否痊愈。如果我现在就置之不理，不免于心不忍，所以还得回去。纵使有人说我短长，你切切不可疑心于我。不久你自会知道真相。"若在往日，三公主总像孩子似的无拘无束地与他说笑，但今天态度非常阴沉，连源氏的脸也不看一下。源氏只以为是在恨他薄幸，所以才如此冷淡。

两人就在白天常坐的地方躺下来，互相谈话，不久天色已晚。暂时蒙眬入睡，忽然鸣虫之声四起，两人都被惊醒。源氏说："那么，我就在天色未黑之前动身了。"便站起来更衣。三公主说道："岂不闻'且待东升月照归'①吗？"那种娇声细语的音调，令人闻之心醉。源氏想道："她想'赚得郎君留片刻'吗？"觉得十分可怜，于是又迁延了一会儿。三公主赋诗道：

"日暮闻蜩君欲去，
泪珠似露湿蓝襟。"

她用孩子般天真的嗓音随意地吟出，十分娇媚可爱。源氏便坐下来，长

鸣蜩时分

歌川广重　名所江户百景　江户时代（1857年）

蜩是蝉的一种，日暮时常长鸣不已。日暮时分鸣蜩四起，将源氏从昼睡中惊醒，仿佛催促他赶回紫姬那里。而三公主"且待东升月照归"的娇声，也随着又仿佛挽留一样的蝉鸣，让源氏犹豫不决。

① 古歌："夜深天黑路崎岖，且待东升月照归。赚得郎君留片刻，灯前着意看英姿。"可见《万叶集》。

叹一声，说道："呀，走不了呀！"便答诗云：

"日暮鸣蜩急，我心怅惘多。
不知待我者，闻此意如何。"

他一时意乱情迷，终于不忍留三公主一人孤寂，决定今晚暂且留住。但毕竟心绪不宁，神思恍惚，吃了一些果品，便就寝了。

他想趁早晨凉爽时赶回二条院去，所以第二天起得很早。他说："我那把纸折扇，不知昨夜丢到哪里去了。这把丝柏扇扇风不够凉快呢。"便放下丝柏扇，走到昨日小睡的地方去找。只见坐垫边上有一处稍稍皱起，下面露出淡绿色的信笺的一角。源氏随手扯了出来，一看，是男子的笔迹。纸上熏香甚浓，香气袭人。字迹也特别秀丽，长篇大论，写满了整整两张信笺。源氏细细一看，无疑是柏木的手笔。这时送上梳具镜箱的女侍，以为主人在看别人写给他的信，全然不曾在意。但小侍从看见了，立刻惊觉这信笺的颜色与昨日柏木送来的信一模一样，吃了一惊，心头怦怦乱跳。她一时忘了给主人呈下早粥，只管在心中安慰自己道："不会，不会！绝不会是那封信。怎么会有这么可怕的事情！公主一定把那封信藏起来了。"三公主毫不知情，还躺在那里睡觉呢。源氏看了信后，想道："唉！这孩子真不懂事啊！像这种东西也随便乱丢，外人看见怎么得了！"他心里看不起三公主，接着想道："果然如我所料。这个人态度太不稳重，我早知道要出事的。"

源氏出门之后，众女侍也都纷纷散去。小侍从便走到三公主床前，问道："昨天那封信放在哪里了？今天早上大人在看一封信，信笺的颜色很像那一封呢。"三公主心知闯祸，眼泪流个不住。小侍从看了她那窘状，心里埋怨她太不中用，继续问道："你到底把它放在哪里了？那时刚好有人走进来，我担心人家看见我挨在你身旁，会起疑心。纵有小小一点儿疑窦，也让我提心吊胆，所以我就避开了。过了好一会儿，大人才走进来。我总以为一定已经把信藏起来了。"三公主说："不是这样，我正在看信，他就走进来。我来不及藏起来，就先把它塞到坐垫底下，后来忘记了。"小侍从听了，不知所云，急忙走到外室，揭起坐垫来一看，那封信已不知去向。她再回身进房，对三公主说："哎呀，大事不好！那一位也非常畏惧大人，若有一点儿风声走漏，他也觉得可怕，所以一向谨慎小心。哪知事隔未久，就闯了这件天大的祸事！归根结底，都怪你自己粗心大意，蹴鞠那天被他从帘底窥见，这才使得他多年来念念不忘，时常埋怨我不给他从中牵线。但我万万不曾想到你们会发生这种关系。这对你们两人都很不利呢。"她慷慨直言，毫无忌惮。大概是因为公主年幼，无须顾虑，一向习惯了吧。公主默不作声，只管哭泣。她心中忧虑，一点儿东西也吃不下去。不知内情的众女侍互相说道："大人眼见我家公主病得这么沉重，却一心一意地去照顾那已经病愈的紫夫人。"

却说源氏觉得这封信很奇怪，乘四周无人的时候，拿出来反复观看。他疑心这是三公主身边的女侍模仿柏木笔迹写的。但是信中辞藻华丽，有些地方绝非普通人所能模仿。信中叙述长年刻骨的相思，痛苦无法言喻，而一旦夙愿成遂，反而苦恼更增。措辞十分高明，足以使人真心感动。但源氏心想："这种事情，岂可如此明白地落于纸上呢！唯有柏木这种人才会这样不知轻重。想起自己过去写情书时，总担心落入他人之手，纵使要写这种情事，也定要略去细节，措辞暧昧。如此看来，一个人若要深谋远虑，实在并非容易。"

这样一来，更连柏木的智力也看不起了。接着又想："事已如此，我今后又该怎样对待这位公主呢？可知她的怀孕，正是这件事的结果。哎呀！真气死我了！这件痛心之事，并非听人传说，而是我自己看出来的，难道还能像从前那样地爱惜她吗？"他扪心自问，觉得毕竟不能回心转意。又想："纵使只是逢场作戏，对这女子全无爱情，若是得知她另有新欢，也会生出不快与嫌恶之心。更何况她身份如此特殊，竟也有不知自量之人，胆敢冒犯！与皇帝之妻私通，自古亦有其事，但这又另当别论。因为在宫中，后妃与百官共事一主，自有各种机缘互相见面，互相倾心，从而发生暧昧之事，这一类的事倒也不在少数。身份高贵的女御与更衣，亦难免有在某一点上或某一方面缺乏教养的，而其中又有轻狂浮薄的女子，也难免会发生意外之事。在隐约模糊、不露痕迹的期间，其人照旧可在宫中服务，背人苟且。但眼前这件事确乎不同：她是我家中至高无上的夫人，我对待她，比心爱的紫夫人更加优待，更加尊重。她却丢开了我去干这种勾当，真是出人意料。"他对三公主大感不满。接着又想："譬如有一女子，虽是皇帝的妃嫔，但只当一个普通宫人，并不特别得宠，一向落于人后。这女子和另一个男子有了深情重爱，心心相印。男的来信，女的免不了偶尔作答，于是关系自然慢慢密切起来。这种行径虽然也属荒唐，但是情有可原。至于像我这样的人，竟会被柏木这小子分去妻子之爱，真是意想不到！"他心中极为不快。但这种事又不可令外人知道，只得隐忍在心。最后想道："恐怕桐壶父皇当年，心里也明知我与藤壶皇后之事，只是在表面上假装不知吧？回想当时，真是可怕之极，那确是大逆不道的罪恶啊！"他想到自己，便觉得"恋爱山"①里的事情是不可非难的。

源氏表面上做出一副若无其事的样子，但脸上难免露出不快。紫夫人以为他怜惜自己久病新愈，不得不回来看视，其实真心怜爱三公主，常常记挂着她。便对他说道："我的病已经好了。听说三公主身体还很不舒服，你这么早就回来，岂不让她觉得委屈？"源氏答道："是呀，她身体不太舒服，但也并无大病，我对她可以放心。皇上屡次遣使来问病，听说今天也有信来。朱雀院曾经郑重地嘱咐皇上，所以皇上如此重视她。我对她若略有疏慢，朱雀院和皇上都难免牵挂，我真的很对不起他们。"说罢长叹一声。紫夫人说："皇上记挂，还在其次；公主本人心中怨恨，未免对她不起。纵使公主自己不怪你，女侍们也一定会在她面前说你短长。这更加让人担心。"源氏说："说实在话，对于我素来深爱的你，她是一个累赘。你却为她考虑得如此周详，这样那样，连女侍们的用心也都想到。而我呢，只知道顾虑皇上心中不乐。我对她的爱情算是很浅薄了。"他微笑着说，借以掩饰心事。说起回六条院的事，源氏曾多次说："我们一起回去，舒舒服服地过日子吧。"但紫夫人总是答道："让我暂时先在这里静养。你先回去，等公主身体好了，我就搬回去。"如此谈谈说说，不知不觉过了数日。

在以前，每逢源氏多日不来，三公主总是怪他薄情。但现在以为这与自己的过失有关。她想："如果被父亲得知此事，他将多么伤心！"更觉人言可畏。那柏木还是不断写信来诉苦。小侍从不胜苦恼，就把信件泄露的事告诉了他。柏木大吃一惊，想道："这事是哪一天

① 古歌："有山名恋爱，其深不可测。从来入山者，路迷不得出。"可见《古今和歌六帖》。

发生的呢？我一向为此担忧，日子既久，这事会不会渐渐泄露？因此格外谨慎小心，只觉得连天上都有眼睛在注视着我。现在竟被他本人看到了真凭实据！”他觉得又羞耻，又惭愧，又痛心。这时正值盛夏，早晚都不凉爽，他却觉得浑身发冷，一句话也说不出来。他想：“多年以来，无论国家大事或公余游宴，源氏大人总要唤我一起参加，待我比别人更加亲切优厚。我一向很感激，又很孺慕。如今他必已恨透了我，将我看作狂妄不法之人，我还有何脸面去见他呢！但若索性与他绝交，从此不再见他，外人看了不免诧异，他也明知我有意躲避。这叫我该怎样才好呢！”他心中紧张惶惑，也患了病，多日不去朝觐。虽非犯了重罪，但觉一生从此了结。“事情果然到了这步田地！”他只得自怨自恨。接着又想：“算了吧！这三公主本就不是一个温良贤淑的女子。被我从帘底看见，就是不应该的。夕雾早就说她轻佻，果然不错。”他此刻赞同夕雾的话，大概是为了斩断情丝，所以吹毛求疵吧？但他又想：“身份尊贵固然是好，但像她那样过分大方，一味高傲，以致不知世务，又不小心选择品质优秀的女侍，才会发生这种意外，于己于人，两皆不利，真正可叹！”但他又可怜三公主，对她终于不能忘记。

源氏想起三公主，觉得她毕竟十分可爱，而怀孕之苦又极为可怜。虽然想将她全然忘记，无奈恨敌不过爱，伤心之余，终于回到六条院来探望她。只是见面之后，心中愈发难过，只好替她举办各种法事，以祈求顺利生产。他对三公主的待遇，大体上仍同以前一样，许多地方反而比从前更加亲切优厚了。只是心中已有隔阂，不能开怀畅叙，仅是在表面上做得好看，借以掩人耳目，实则心中常感不快。三公主为此更加觉得痛苦。源氏并不向她挑明看信的事，而三公主心中纳闷，像一个无知的孩子。源氏想道：“正因为她如此天真，所以才做出那种事情来。落落大方原是好的，但太过分了，就不可靠了。”再联想世间的男女之事，只觉得都可忧虑。“比如明石女御，过于温柔亲切，天真烂漫，只怕将使柏木之类的多情种子更加为之动心。为女子的，如果心中没有主见而一味顺从，便容易受到男子的轻侮。一个男子看中一个不应该看中的女子，而这女子并不坚决拒绝，那就难免会犯过失了。”他又想起：“髭黑右大臣的夫人玉鬘，身边并无特别有力的保护人，从小在乡间长大，但她主意坚定，行为谨慎。我对于她，虽大体上以父亲自居，但心中不无爱欲。她却拿定主意，从不动心，终于平安无事。髭黑串通了无知的女侍而闯入其室，她也断然拒绝，这是世人所周知的。直到获得我的正式许可，她才肯嫁给他，这就不会受到私订终身的讥评了。现在想来，此人多么坚贞可佩！她和髭黑二人，宿缘一定很深，所以才能长久相处。如果她当时被世人误认为是本人自择的夫婿，世人对她必然多少怀有轻蔑。这个人实在非常聪明啊！”

却说源氏对于二条院的尚侍胧月夜，至今不能忘情。三公主出了那件可悲之事后，他深感痛惜，对于这个意志薄弱的胧月夜也不免略怀轻蔑之感。后来听说胧月夜已经成遂了出家之愿，便又深感可怜，暗自后悔，马上写信前去慰问。信中严厉指责她的无情：连出家之事也不告诉我一声。内有诗云：

“为君远戍须磨浦，
君入空门我不闻。

我已饱尝世间无常之苦，但至今未能出家，落在你的后面，深感遗憾！你虽已抛弃俗世，但

檀特

近卫豫乐院　花木真写　江户时代（17世纪）

对于三公主的私情，源氏倍感怨恨，而柏木在悔恨中也深觉她的轻佻。平安时代的贵族女子，既要求高贵守礼，又要温良恭顺，懂得风流情趣，犹如图中高贵而又浓艳的檀特花，在远观与亵玩间矛盾而又美丽。

你总得在佛前回向，务请先提我的姓名，必当感激不尽。”此外尚有许多言语。胧月夜早已有心出家，只因受源氏牵累，因此迁延至今方始实行。她对外人不便明言，但心中总不免感慨。思前想后，觉得自己与源氏虽然结下一场痛苦的因缘，但毕竟恩情不浅。而自今以后，不能互通音信，这次的回信，已是最后一次。一想到这里，不胜伤感，便用心回复，笔墨非常讲究。信中说道：“人世无常之苦，唯有我一人知道。来信说你落在我后面，诚然如此：

明石浦头遭苦难，
缘何后我入空门？

回向乃对一切众生，自然亦有你在内。”这信用深宝蓝色纸，系在一枝莽草上。形式虽然普通，但笔迹风流潇洒，情趣之优雅与往昔无异。信送到时，源氏正在二条院，今后与此人情缘已断，便不妨让紫夫人一看。对她说道：“她这话驳得我好残酷啊！我冷眼旁观，阅尽世间各种凄凉之相，实在无聊呀！可与之纵谈世事，懂得四时情趣，不乏风流雅逸，而能成为诤友的人，现在只剩下槿斋院与胧月夜二人，也都已出家为尼了。槿斋院修持更为勤勉，摒绝一切世事，专心诵经礼佛。我阅人无数，但唯有这槿斋院，思虑严谨，亦不失温柔可亲，想再找一个与她相似的人，绝不可能了。教养女子，真是一件难事。女子生来具有宿命，是穷是达，不可预知。因此父母虽予以教养，总是难以称心如意。而从小教养以至成人，要花费多少心血？我命中注定唯有一个女儿，不必多费苦心，这倒是好的。年轻的时候，只觉寂寞，盼望子女众多，还经常为此悲叹呢。务必请你用心抚育幼小的公主[①]。女御年纪还轻，尚未深解世事，再加上身在宫中，职务繁忙，凡事不能顾虑周到。大凡公主，务须教养得十全十美，令人无可指摘。心意坚定，方能泰然度送岁月，让人不必为之忧虑。公主不比臣下：普通百姓的女儿，嫁个门当户对的丈夫，其教养不足之处自有丈夫修补。”紫夫人答道：“我虽不见得会教养得好，但只要我一息尚存，必然尽心竭力。只不知天命怎样安排。”她大病新愈，自然难免有怯弱之感，听见槿斋院与胧月夜尚侍称心如意地入了佛门，不胜钦羡。源氏说：“尚侍日常所用的尼僧装束，她那边的人眼下尚未做惯，不如由这边送去。袈裟该怎样缝制？就请你吩咐人做吧。我想请东北院里的花散里夫人也做上一套。过分严肃的法服，阴气沉沉，让人看了厌烦。还是略带一点儿优雅之趣才好。”紫夫人命人缝了一套深宝蓝色的尼装。源氏唤作物所[②]的人前来，私下吩咐他制造尼僧使用的各种器物。茵褥、锦席、屏风、帷屏等，都在暗中特别加工制造了起来。

为了上述诸事，为入山修行的朱雀院所举办的五十庆寿，一直延期到秋天举行。但八月是夕雾大将的生母葵夫人的忌月，夕雾不便出席；九月又是朱雀院之母弘徽殿太后的忌月，所以庆寿之事只得定于十月。到了十月，三公主的病情加重，因此又延迟了几天。柏木卫门督的夫人落叶公主，于十月到朱雀院宅邸贺寿。她的公爹前太政大臣亲自筹备贺礼，十分隆重周到，仪式尽善尽美。柏木趁此机会，也来贺寿。但其身心还未康复，精神萎靡不振，简直是个病人。三公主也整日局促不安，心中负疚，日夜悲叹不已。怀胎的月份多了，身体更加痛苦。源氏虽然心中不快，但看见这个娇小玲珑、弱不禁风的人身受痛苦，也觉十分可怜，不知未来如何，思前想后，十分忧闷。这一年中做了各种法事匆匆忙忙地过去了。朱雀院听说三公主怀孕，更加记挂。曾有人奏闻：“源氏大人近几月来经常住在外面，几乎从不回家宿夜。”因此他心中怀疑：公主怎么会有喜呢？既感纳闷，便觉世间男女问题真是可恨。他听说在紫夫人患病期间源氏为了照顾病人，许久不到三公主这边，心中已感不快。后来又听说紫夫人病愈后，源氏还是一味疏远三公主，他便疑心起来：“难道源氏外宿之时，三公主犯了过失？她自己绝不知道这些事，只怕有些品性不端的女侍从旁诱引，出了什么事情？在宫廷中，男女互相通信，亦属风雅之事，有时不免发生荒唐之事，这样的事时有耳闻。”他竟作此猜想。世俗之事，朱雀院均已抛开，只有这份父女之爱，犹自不能忘怀，于是写了一封特别详细的信给三公主。信送到时，正好源氏在六条院内，便也读了。只见其中有云：“只因一向无事，所以久不与你互通音信。音信隔绝，日月变迁，近来我不胜悬念于你。你近日身体不适，我得知以后，诵经念佛之余，深为牵挂，不知近日来觉得怎样。人生世上，纵使寂寞寡欢，或遭逢意外之变，都应懂得耐心忍受。轻信人言，自以为是，而对人心怀怨恨，皆属下品行为。”诸如此类，都是教训的口气。源氏看了，大为同情，暗自寻

① 明石女御所生的公主，由紫夫人抚育。

② 作物所，是中古宫中制造器具、雕刻品、锻冶品的场所。

思："上皇当然不会知道那件隐秘之事，定然以为罪全在我，一味怨我无情。"对三公主说："你写回信时要怎样说呢？这样伤心的信，我看了也觉痛苦！我知你有意料不到的事，但从未使外人觉察到我对你有所怠慢啊。不知是谁告诉你父亲的。"三公主更觉羞耻，转过身去，神色非常可怜。她面庞清瘦，神思恍惚，姿态反而更显优雅妩媚了。

源氏又对她说："上皇早就看出你的孩子脾气，一直为你担心，看这封信便可知道。自此以后，你务须事事小心谨慎。我本来不愿对你这样直说，但让上皇知道我辜负了他，我心中既感不安，又很惭愧，所以不得不向你说明。你不考虑清楚，一味轻信人言，只管恨我对你疏慢冷淡，又见我年纪老大，姿态丑陋，使我觉得既遗憾又伤心！我只愿你在上皇在世之时，体谅他将你托付于我的一片苦心，暂且忍耐，把我和年轻人一样看待，不要过分轻视于我。我自小就抱有出家学道的志向，谁知几个愿心不坚的女人，反而比我先入佛门，真叫我惭愧无地！若能任由我自己做主，我对这个尘世绝无留恋。但你父亲出家时，叫我代他保护你。我体谅他的苦心，又庆幸能获他信任，便接受了这一嘱托。我若追随他，也去出家，将你丢下不管，你父亲未免要怪我失信背约，因此一直未能如愿以偿。我所关切的子女，现在都已成人，不再是我出家的羁绊了。明石女御今后怎样虽不可知，但其子女日渐增多，只要我在世时平安无事，以后也不必担心。此外各位夫人，对我一向顺从，也都到了不惜与我一起出家的年纪。我的顾虑实已越来越少。你父亲寿数无多，而且病体日见沉重，心情常感郁结。你切不可再传出意外的恶名，令他听了伤心！他在现世已很安稳，不会再有什么问题。但不免妨碍他往生极乐，其罪岂不可怕！"虽然并非明言柏木之事，但针针见血，三公主不由得眼泪流个不住，伤心得竟至昏迷不醒。源氏也哭了起来，说道："从前我听老人教训我，只觉得很不耐烦，想不到现在自己也成了老人。你听了我这番话，只怕也要觉得这个厌烦的老翁如此絮聒不休，很不耐烦吧？"他觉得可耻，便取过砚台，亲自磨墨，又拿出信笺，让三公主写回信。但三公主两手颤抖，一时写不出来。源氏心中猜想：她给柏木那封详细的情书写回信时，怕是洋洋洒洒，畅所欲言吧。便觉此人十分可恶，对她的怜爱全都消失了。但还是耐心教她措辞。后来又对她说："你要到朱雀院去贺寿，本月已经来不及了。而且你姐姐二公主的贺仪非常体面，你这怀孕之身，和她一起拜寿，也恐怕有些相形见绌。十一月是父皇桐壶帝的忌月，年底事情又极为繁忙，况且那时你的身子更加难看，你的父亲看了也难免觉得不快。但这事总不能一直迁延下去。你不要一味忧愁苦闷，快些振作精神。身体如此消瘦，应该好好调养一下。"可知他毕竟还是怜爱她的。

在从前，无论何事，凡是有关游宴娱乐的，源氏必然传唤柏木卫门督前来，和他一起商议。但是近来音信早已断绝。他也曾考虑到别人会生疑心。但又想："要是和他见面，他把我看成一个毫不知情的糊涂汉，我很丢脸；我看到他，也不能平心静气地相处。"因此柏木一连几个月不来拜访，他也不去怪他。一般的人都以为柏木还在生病，六条院今年也未曾举办游宴聚会。唯有夕雾大将心中猜到了几分，他想："这其中定有

缘故。柏木是个好色之徒，我早就看出他的心事，大约已不堪相思之苦了。”但他没料到已经成遂了铁定无疑的事实。

转眼到了十二月。三公主将于初十之后为朱雀院贺寿。六条院殿内演习舞乐，热闹非凡。在二条院静养的紫夫人尚未归来，听说六条院试演舞乐，心思静不下来，也就搬回来了。明石女御这时也归宁在家。她这次所生的又是一个皇子[①]。子女成群，个个都长得十分美丽可爱，源氏早晚含饴弄孙，自觉老年多福。于试演舞乐之时，髭黑右大臣的夫人玉鬘也来欣赏。夕雾在试演之前，先在东北院内练习音乐，每日早晚都要演奏，花散里听得多了，所以试演之日也不来欣赏。柏木卫门督不来参加这个盛会，未免美中不足，让人觉得扫兴。外人也难免觉得奇怪，疑心有何原因。因此源氏只得派人去请他。但柏木以病重为由，婉言谢绝。源氏想道：“他虽然这样说，其实并非病重，而是心中有所顾虑。”他觉得很可怜，便特地写了一封信去邀请。柏木的父亲前太政大臣也劝柏木：“你为什么定要辞谢？六条院大人怕会误解你的用意呢！你又没有什么大病，不如耐着性子去吧。”柏木蒙源氏再次相邀，觉得于情难却，便到六条院来了。

柏木到的时候，王侯公卿尚未到齐。源氏就照例叫他走进近旁的帘内，把正屋的帘子放下，与他见面。只见柏木消瘦得厉害，脸色发青。他本来就不如他的弟弟们活泼，更为忠厚周谨。今日的态度更加一派斯文。源氏觉得让他作为公主之婿，并无瑕疵。只是这桩隐事，男女两方未免都太糊涂，其罪不可宽谅。他向柏木注视了一会儿，心中觉得此人可恶，但脸上绝不显露，还是亲切地对他说道：“只因一向没有什么要事，所以许久不见了。这几个月来，我为了照顾两位病人，心烦意乱，一刻的闲暇也抽不出来。这里的三公主要举办法事，为朱雀院祝寿[②]，也未能顺利进行。现在年关已近，诸事都无法令人称心如意，只好略为奉献一些素菜，聊以应景。虽称为祝寿，看似排场宏大，其实不过是让上皇看一看我家所生许多孙儿而已。因此，我就特意叫他们练习舞蹈。寿宴之上，舞乐总是不可少得的。负责指导拍子的人，想来想去，除了你之外没有别人可以担任。所以我不怪你许久不来，一定要邀你到场。”他说时和颜悦色，绝无他意。柏木反而难为情起来，面色都变了，一时说不出话来，好容易开口道：“我也知道大人近来为各处病人之事繁忙。我自今春以来，患了惹人厌烦的脚气病，最近更发作得厉害，踩也踩不下去。日子久了，身体更见虚弱。因此连宫中都没有去，一直幽闭在家中，仿佛与世隔绝的人。家父对我说：‘今年朱雀院五十大寿，我们家应该特别隆重地为他祝寿。’但他又说：‘我已不惜挂冠悬车[③]，身无官职，即使参与贺寿礼式，也没有适当的座位。你的官位虽然还低，但与我一样胸怀大志。不妨让上皇看看你的抱负吧。’家父再三催促，我只得拖着病体，前往拜寿。家父知道：朱雀院专心佛道，近日生活愈见清静，猜想他大概不喜欢接受过于隆重的贺仪，所以万事一律简略。朱雀院

① 他后来称为匂皇子或匂亲王，是最后十回中主角之一。

② 朱雀院是出家人，祝寿时要举办法事。

③《后汉书·逢萌传》：“王莽杀其子宇。萌谓友人曰：‘三纲绝矣，不去，祸将及人。’即解冠挂东都城门，归将家族浮海，客于辽东。”古文孝经：“七十老致仕，悬其所仕之车置诸庙。”辞官曰“挂冠”，曰“悬车”。

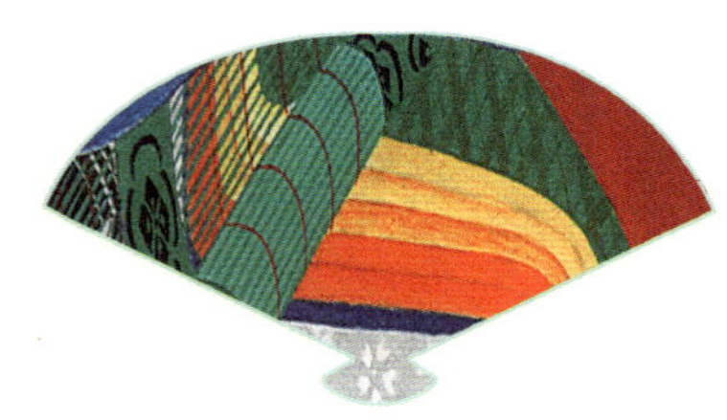

知交零落 佚名 源氏物语绘卷 平安时代（约12世纪）

随着胧月夜出家礼佛，源氏顿感知交零落，有如季末樱花之飘落的凄凉。刹那繁华，当年那众多颇具情趣、不乏风流的女子，如今多如花谢般过世或者出家，就连他最爱的紫姬也频频请求出家，让源氏倍多感慨。

所希望的，只是大家静静地坐在一起谈谈，我们应该顺从他的愿望。”源氏早就听说落叶公主为父皇举办了一场宏大的寿宴，现在听见柏木说成是父亲主办的，觉得他的用心周到。便答道：“这话说得一点儿也不错！世人都以为简略就是疏慢，唯有你通情达理，所以才能说出这番话来。如此说来，我的见解也不错，以后我更可放心了。我家夕雾在朝廷之上，也逐渐有了大人模样，但对这种情趣，向来不能领会。关于上皇，无论何事，你大概没有不详知的吧。其中对于音乐，我知道他一向特别喜爱，而且精通各种技艺。出家为僧、抛弃俗世之后，更可静心听赏，现在一定比以前更加爱好了。因此，我想请你和夕雾协力，好好地教养那班学舞的小童。那些专门技师，虽然精通，却不知道教养他人，诚不足道也。”说时态度十分亲切。柏木既喜且惧，心中惶恐不安，极少说话。他只希望能够早些离去，因此并不详细作答。后来好不容易才脱身而出。夕雾正在东院花散里夫人那边训练乐人和舞人，他得了柏木的协助，装束等事便又添了一些新的花样。夕雾已经尽心竭力，而柏木更加用意周详。可见这个人在这一方面修养颇深。

这一天是试演之日。诸位夫人都来欣赏，因此表演者也须得打扮得好看一些。贺寿当日，舞童应穿灰褐色礼服和淡紫色衬袍。今日则穿着青色礼服和暗红色衬袍。三十个乐人，今日都穿白色的衣服。乐队设在与东南院的钓殿相连的廊房之中。从假山南端出发，一直走向源氏面前，一路上演奏《仙游霞》之曲。这时空中疏疏地落下几点瑞雪，令人联想到不久即将腊尽春回。庭中的梅枝也已含苞待放了。源氏坐在厢房帘内，紫夫人的父亲式部卿亲王和髭黑右大臣二人在旁奉陪，其余的王侯公卿都坐在廊下。今日并非正式贺寿，也不安排盛筵，只是一般简单的招待。髭黑右大臣家玉鬘夫人所生的四公子、夕雾大将家云居雁夫人所生的三公子，以及萤兵部卿亲王家的两位王孙儿子，共舞《万岁乐》。这些小童年纪尚小，姿态十分可爱。这四个人都是富贵之家的子弟，长得眉清目秀，打扮更加衣冠楚楚，想是观者胸有成见，只觉得高贵无比。还有，夕雾大将家惟光的女儿典侍所生的二公子和式部卿亲王家的公子——前任兵卫督、现称为源中纳言的——二人共舞《皇獐》。髭黑右大将家玉鬘夫人所生的三公子舞《陵王》，夕雾大纳言家云居雁夫人所生的大公子舞《落蹲》。此外又有《太平乐》《喜春乐》等舞乐，都由源氏一族中的公子及大人表演。天色渐晚，源氏命人把帘子卷起，只觉另有一番美景，这些孙儿的容貌如此艳丽，舞姿又新奇可贵。这都是因为舞师、乐师悉心教练，各尽所能所致；再加上夕雾与柏木的精深高雅的指导，所以舞姿演绎得特别美妙。源氏觉得处处都很可爱。王侯公卿中年纪较大的人，都感动得流下泪来。式部卿亲王见了孙儿们的舞姿，不住地流下欢喜之泪，鼻子都哭红了。源氏说道："年纪一大，便容易感动，轻易就会落泪。卫门督看着我微笑，使我觉得很难为情。须知你的青春也是暂时的！岁月不会倒流，谁也逃不了衰老一事呢！"说着，便向柏木注视了一会儿。柏木的神情比别人要消沉得多，他心中非常苦闷，连眼前这种优美的舞蹈也无心欣赏。如今源氏借着醉态，点着他的名对他说这番话，似乎是在开玩笑，却使得他心中更为难过。酒杯传到他面前时，他只感觉头痛，举杯略为沾唇，想就此蒙混过去。但源氏看到后大为不满，一定要他拿住酒杯，定要让他饮干。柏木无可奈何，更加困窘，神态却是异常优美。

柏木心中烦乱，坚持不住，未等宴罢便先辞别了。回家之后，身体一直不适，想道："我今天并未像往常那样喝得大醉，为什么感觉如此痛苦呢？或许是良心苛责，才弄得这样头昏眼花吧？我向来并非如此软弱呢。真是太不中用了！"他自怜自伤。但这可并非一时的酒醉，他自此生了一场大病。父亲前太政大臣和母亲都很担心着急。他住在落叶公主那边，父母很不放心，要他搬回大臣邸内来养病。但是落叶公主舍不得他，模样又很可怜。在以前太平无事之时，柏木对于夫妻之情全不在意，以为以后自会好转，也并不十分爱她。但是这次要他搬走，他忽然担心起来：这一别岂不成为永诀？心中极为悲伤。把落叶公主独自一人丢在这里，让她忧愁悲叹，觉得很对她不起，因此更加痛心。落叶公主的母亲也颇感伤，她对柏木说道："世事都有定例：与父母不妨别居，但夫妻则无论何时决不分离，一向都是如此。现在要把你们两人拆散，直到你病好为止，这实在让人担心。我劝你还是暂时在这里养病吧。"便在自己身边张了一个帷屏，亲自来看护他。柏木答道："尊意也有道理。我这微不足道之人，其实不配高攀。蒙公主下嫁，衷心感激。为答谢这番厚爱，只盼今生长寿，让公主亲眼看着我逐渐晋升。谁知现在竟身患如此重病，担心连这一点心愿也不能达成，每念及此，自伤命运乖僻，死也不能瞑目。"说罢，两人相对而哭。他不想马上搬到父母家里去。但母亲更不放心起来，派人对他说道："你怎么不想想父母呢？我每逢身体略感不适、心情沉寂无聊之时，

崇佛出家之风

历史上的佛与神道

政治上

平安时代，朝廷将“王权神授”的外传佛教与“皇权神授”的本土神道相融合，形成神佛一体的新宗教。如将八幡大神称为“八幡大菩萨”。连最高规格的伊势神宫，也吸收了佛教的因素，走向神佛融合的道路。

社会上

平安时代，沉溺于荣华的上层贵族们遇到挫折而产生失落感，如源氏的流放须磨；或中下层贵族和平民不满于现状，产生祈愿来世富贵的心态，如明石道人；或受鬼怪作祟而寻求解脱的，都试图通过出家，来实现对来世或极乐的追求。

出家之风

在物语中，有因躲避婚姻、感情而出家的，也有因愧疚忏悔、消灾祛病而出家等，原因不一而足，但宗旨只有一条，即抛舍俗世杂念，摆脱宿命和注定的命运，有着极为明显的消极躲避和祈求来世的因素。

图为平安时代木造的僧形八幡神像。

出家者

- **朱雀院**：因对父亲的愧疚和消除天降异象、自身疾病而出家。
- **六条妃子**：因回避与源氏的感情纠葛而出家。
- **胧月夜**：因处于朱雀院和源氏之间两难，为躲避感情而出家。
- **空蝉**：因躲避继子的纠缠而出家。
- **三公主**：痛苦于柏木的感情，对源氏愧疚，对未来生活感到绝望而出家。
- **明石道人夫妻**：因崇信佛理，祈求后代昌盛而出家。

未出而欲出家者

- **紫姬**：因对源氏的风流债不堪其累而打算出家。
- **源氏**：看破悲欢荣辱的世事，而有出家之念。

后逢紫姬身死之悲，心灰意懒之下出家。

在许多子女之中，总先想见你，只要见到你便觉得安心。如今真叫我大失所望了！”母亲的怨恨也有道理。柏木便对落叶公主说道：“大约是由于我比弟弟们先出世的缘故吧，父母对我一向特别重视。直至今天还是特别怜爱我，一时不见就要记挂。我如今大限将至，若不与父母相见，我的罪孽深重，死了也不能安心。所以我只得先搬回去。你若听说我病濒于死地，盼你能悄悄地来探望我，我们必能相见。我的性情原本异常愚痴，许多事都做得疏忽不周，如今再一回想，心中悔恨不已！我想不到自己如此短命，一向总以为来日方长呢。”便哭哭啼啼地搬回父母邸内。落叶公主独自一人留守邸中，不胜想念之苦。

前太政大臣邸内接回柏木之后，大办祈祷法会，喧哗纷扰。柏木病势虽然沉重，但并不至于濒死。只是许久不进饮食，大伤胃口，连一点儿柑子也吃不下了，精神日见萎靡。这位当代的有识之士，患上如此重病，世人莫不为之叹息，纷纷前来慰问。皇上及朱雀院也多次派人前来问病，表示关切之意。柏木的父母自然更加悲伤。六条院主人知道柏木病重，也颇吃惊，多次派人向前太政大臣殷勤慰问。特别是夕雾大将，与柏木交情深厚，经常亲来看视，真心地为他叹息。

朱雀院的五十庆寿，于十二月二十五日举行。柏木这位名重一时的大臣患了重病，他的父母亲和许多兄弟，以及家族之中的人，正在忧伤悲叹。这时举办贺宴，似乎无法尽兴。但这件事已经一再延迟，不能就此搁下，怎么可以再缓呢！源氏猜想三公主心中难过，很是同情。庆寿之日，照例由五十处寺院诵经礼佛。朱雀院所居的寺院之中，则礼拜摩诃毗卢遮那[1]。

① 摩诃毗卢遮那，即大日如来佛，是密宗佛教的本尊。此文似乎没有结束。据日本国学家石川雅望说，此处大约缺了一行或丢了一张纸。

第三十五回　柏木①

柏木卫门督缠绵病榻，毫无起色，不知不觉过了年关。他看到父母悲伤愁叹的样子，觉得听天由命地死去，不仅毫无意义，且背亲先死，罪孽更深。但又想道："我难道还有留恋，希望在这世间贪生吗？我自幼胸怀大志，总盼想成为人上之人，在公事与私事上皆可建立功勋。哪知力不从心，一事无成，一旦遇到一两个实际问题，才知自己全不中用。于是对这世间之事漠不关心，一心希望出家修佛，为后世积福。又怕双亲伤心，此乃学道一大羁绊，思前想后，迁延度日。最终竟招来莫大痛苦，无脸再苟活世上。自作自受，又怪得谁来？过失全都生自内心，不能怪怨他人，亦不能向神佛申诉，真是前世注定啊！谁也不能'青松千岁寿'[②]，永生于世间。我不如就在这时死去，还可赚得世人一点儿怜悯，让那人对我暂时怜悯同情，我便足以'殉情不惜身'[③]了。勉强活在世间，势必流传恶名，对我自己和对那人，两相不利。与其如此，不如早点儿死了，恨我无礼的人也将对我宽谅一些。世间万事，一死便尽行消失。我除此事之外并无过失，源氏大人多年来每逢聚会，必招我参与，多方爱护，他一定会原谅我吧。"他在无聊之时，经常如此反复寻思，越想越觉乏味。心情黯然，思绪纷乱，痛惜自身荒唐，一至于此。眼泪滚滚流出，几乎将枕头也浮了起来。

有一段时间，父母亲等人见柏木病情略有好转，便暂时退出病室。柏木就趁这时写信给三公主。信中说道："我今已病危，自知大限至临。我如今的这种情况，想你早已知晓。你不清楚我的病因，原是难怪。但我实在不堪相思之苦啊！"那手颤抖得厉害，想说的话写之不尽，只好赠诗云：

"身经火化烟长在，
心被情迷爱永存。

你总得对我说几句可怜的话呀！让我的心略为安静，这样我虽迷失在自己所造成的暗途之中，也可看到一线光明。"对小侍从，他也毫无顾忌地写了一封缠绵悱恻的信去，要求她再来与他见一次面。小侍从的姨母是柏木的乳母，自幼常在他家出入，和柏木一向相熟。为了这次不法之事，她虽然对他极为痛恨，但一听说他已届命终，也不胜悲伤，哭哭啼啼地对三公主说："这封信公主总得答复，这真是最后一次了。"三公主答道："我的性命也危在旦夕了！人之将死，固然可怜，但我如今已是惊弓之鸟，绝不敢再做这样的事情了。"她坚决不肯写回信。这并不是由于她主意坚定，倒是她所羞见的那个人脸色难看，使她十分害怕的缘故。但小侍从取出笔砚，一定要她作复，她只得勉强地写了。小侍从就拿着信．趁夜间无人之时，悄悄地走进柏木邸内。

前太政大臣向葛城山请来几位法力高明的修道僧，正在专候他们到来，替柏木诵经念咒。近来邸内大修法事，念经祈祷，非常吵闹。如今又听了他人劝告，派柏木的几个

① 本回写源氏四十八岁正月至同年秋季的事。

② 古歌："青松千岁寿，谁是此君俦？可叹浮生短，情场不自由。"可见《古今和歌六帖》。

③ 古歌："飞蛾扑火甘心死，一似殉情不惜身。"可见《古今和歌集》。

弟弟各处去寻找遁迹深山之中、世间鲜有人知的圣僧。于是邸内来了许多形容怪异、面目可憎的山野之人。柏木的病情，看不出特别的痛苦，只是心情忧愁苦闷，常常放声大哭。据阴阳师的占卜，都说是有女鬼作祟。大臣也颇以为然。但做了无数法事，却无鬼怪出现。大臣十分苦恼，又招请了这许多山野圣僧来。其中有一位圣僧，身材高大，面目狰狞，厉声念诵陀罗尼咒。柏木听了，叫道："哎呀！真让人厌烦啊！莫不是我罪孽深重，听见他高声念陀罗尼咒，如此可怕！只觉得就要死了。"便爬起身来，溜出室外，与小侍从谈话。大臣全不知情，他听女侍们说病人已经入睡，信以为真，正和那个圣僧悄悄地谈话。这位大臣年纪虽然老了，性情还是十分活泼，爱说笑话。但这时也只得板起面孔对这山僧叙述柏木得病时情形，以及后来不见任何痛苦而一日重似一日的经过。他诚恳地请求这山僧运用法力，将这鬼怪逼出来。可见他心中的确十分痛苦。柏木听见了他的话，对小侍从说道："你听我父亲所说！他并不知道我的病是由于犯罪而起的。阴阳师说有女鬼作祟。若真是公主心情执迷，灵魂出窍，来缠附在我身上，我这微不足道之人反要不胜欣喜了！我也曾想：心生狂妄，犯下弥天大罪，毁坏他人名节，不顾自身前途的人，在古代也有不少。但一旦身临其境，实在痛苦不堪。源氏大人已经知道我的罪行，我更加没有脸面活在这世上，这大概是由于他的威仪光彩赫赫逼人的缘故吧。其实我所犯的并非极恶大罪，但自从试演那天傍晚与源氏大人相见之后，一直心情纷乱，病卧在床，灵魂离身，不肯复返了。我的灵魂如果真的在六条院内游离彷徨，务必请你快结前裾，使它归还我身。"说时声音微弱，时泣时笑，显然是从丧失灵魂的躯壳里说出来的。小侍从对柏木说：三公主近日也一样忧愁不安。柏木听了这话，眼前依稀出现了三公主伤心失意的面容，更加确信自己的灵魂已经脱体而出，伴在公主身边，心中愈发痛苦了。便对小侍从说："从今以后，不要再谈公主的事了！我短命而死，这点怨气恐怕将成为公主入道成佛的羁绊，每逢思之，不胜遗憾。公主怀孕已将足月，我只盼望能听到她安产的消息，然后就可死去了。那天晚上我曾梦见小猫，虽心知必是怀胎之兆，却无人可以倾诉，这件事使我十分悲伤！"柏木百感交集，心情纠结，那愁眉苦脸的模样，既可厌可怕，但又十分可怜。小侍从也忍不住跟他一起哭起来。

柏木将纸烛移近，细看公主的复信。只见笔迹还很显稚弱，从中却可看到几分风致。信中写道："闻君患病，不胜惆怅。但无可奈何，唯有临风牵念而已。来信之中有'爱永存'之语，须知

君身经火化，我苦似熬煎。
两烟成一气，消入暮云天。

我恐怕不会比你后死吧！"只有这寥寥几句。柏木看了又是怜惜，又是感激。说道："呜呼！唯有这'两烟'一语，是我此生最宝贵的遗念了。我这一生真虚幻啊！"他哭得更加伤心，便躺卧在席上写回信，不时搁笔休息，语句时断时续，文字更加奇怪，竟有似鸟的足迹：

"我已成灰烬，烟消入暮天。
思君心不死，时刻在尊前。

猫的情缘

歌川广重　名所江户百景　江户时代（1857年）

柏木与三公主的情缘是由猫引起的。然而这份情缘似乎并未给他们带来好运，自从梦中见到小猫及至得知公主有孕，柏木的心情十分痛苦，但又不敢前去探望，世俗的规则犹如格子窗，将他的思慕阻隔，只能无望地在家中思量着那个人。

每逢黄昏，请你留意眺望天空[①]。我已成为亡魂，旁人不会怪你，你大可安心眺望。这些话虽已徒劳无益，仍盼望你能永远爱我！”杂乱无章地写完了信，觉得心情更加烦闷了。便对小侍从说：“罢了！夜深不便，你早些回去，把我将临终的情况告诉她吧。我这样死去，世人还要奇怪我为何短命呢，叫我死后也觉痛苦。我前世不知作了什么孽，以致今生如此痛苦。”他一面哭泣，一面膝行回去，又躺到病榻之上。小侍从想起柏木从前和她相见，长谈久坐，不时开着玩笑，絮絮聒聒地没完没了。但这次说话极少。她觉得实在可怜，不忍马上归去。柏木的乳母也把柏木近来的病状说给小侍从听，两人都哭得很伤心。大臣愁苦得更加厉害，说道：“这几天已经好转，为什么今天又这样虚弱了？”他非常担心。柏木答道：“哪里会好转！终究是没有希望了！”说着，自己也哭了起来。

却说三公主那天傍晚忽然腹痛起来，有经验的女侍知道要分娩了，大家都很慌乱，急忙派人去通知源氏。源氏心中也感惊惶，马上回来看视。但他心想：“真可惜了！若没有那种嫌疑，这件事多么值得欣喜啊！”但他在别人面前绝不

① 叫她眺望他火葬的烟尘。

泄露心事，即刻召请高僧来举行安产的祈祷。邸内本来就有许多法师在天天做功德，就在这些人之中选择道行特别高深的，让他们都来参与。三公主痛苦了一夜，第二天日出时分就生了。源氏听说生的是个男孩，心想："因有那件隐秘之事，如果不巧，生下来的容貌就酷似那人，那才糟呢。如果是一个女孩，还可设法遮掩，看见的人也不会多，倒可安心。"接着又想："有这种嫌疑的孩子，是个男的，教养起来便当一些，倒也还好。不过这事真也奇怪：我一生之中犯下许多罪孽，这大约是我的报应吧。在现世就受到这样意外的惩罚，在后世的罪障不知是否可以减轻一些。"不知情的人，都以为这位小公子的母亲是高贵的公主，又是晚年得子，源氏大人一定异常珍爱，因此服侍得特别用心。于产室中就举行了非常隆重的仪式。六条院各位夫人都派人送来精美的产汤，连世俗中必须置备的木片盒、叠层方木盘和高脚杯，也都别出心裁，精美巧妙。

产后的第五天，秋好皇后派人来送贺仪。其中有赠予母亲的食物，又有赏赐女侍的物品，按各人身份而略有差别。一切都按宫廷制度，极为体面，大约有五十客粥和糯米饭，各处举办飨宴，六条院的家臣、仆役，上下一切人等，无不领受了丰厚的颁赐。皇后殿前的官员，自大夫以下，全都来拜贺。冷泉院的殿上人也来参加庆祝。产后第七天，皇上也按宫廷制度派人来送贺仪。前太政大臣谊属至亲，本应隆重前来道喜，但这时正当柏木病重，万事无心应酬，只送了简单的贺仪。各亲王及公卿也都来祝贺。表面上看来，贺仪之丰盛世间少有，但源氏心中暗怀隐痛，并不非常高兴，所以也不曾举办管弦之会。

三公主身体素来纤弱，第一次生产，全无经验，只觉得非常可怕。她也不吃汤药，深感自己命苦，遭受如此不幸。她想："没奈何了，不如趁此机会，一死了事。"源氏在别人面前掩饰得极好，但又全然不想去看看这惹人讨厌的新生儿。几个年老的女侍私下议论："啊呀，真是太冷淡了！难得生了个儿子，又长得如此可爱……"她们都可怜这婴儿。三公主偶然听到，想道："这自是可想而知的，日后还会越来越冷淡呢！"她满腹愁肠，又自伤命苦，心想不如索性出家为尼吧。源氏不在此宿夜，只是白天匆匆驻留。有一天他对三公主说："我看透了人世无常，自觉寿数已经不多。最近心绪不宁，便每日勤修佛法。这里过于杂乱，难免妨碍修道，所以我不常来。你近来怎样？心情好些了吗？我很记挂你呢。"便在帷屏边上向三公主探望。三公主抬起头来答道："怕是活不下去了。若因生产而死，罪孽深重。不如让我出家为尼，或可凭此功德而保全性命。纵使死了，也可因此消除罪孽。"她的语气与平日不同，竟像个大人了。源氏说："哪有这种事！不要说这不祥的话！你为什么会起这种念头呢？生育一事，虽然危险可怕，但绝不是一定让人绝望的！"但他心想："若她真有决心，索性成全了她，倒也好。近来我虽然与她相处，但是心中总觉不快，苦不堪言。要我回心转意，则又万万不能，心中如此懊恼，态度自然不免冷淡，别人看见了也会怪我，实在令我十分痛心。朱雀院若是知道了，只怕还要一味怪我怠慢呢。还不如以她生病为由，让她出家算了。"心中虽然这样想，但又觉太可怜了。年纪轻轻的，那一头青丝如此光艳可爱，剪掉了实在可惜！便又对她说道："你万事还得宽心，没有什么大不了的。看似没救了的病人，也会康复起来，最近家中就有实例[①]。人世倒也不是那么虚幻无常的。"就命人给她吃汤药。三公

① 指紫夫人。

产后探望

《源氏物语绘卷·柏木一》复原图　近代

朱雀院闻知女儿平安分娩，挂念之下前来探望，三公主趁机恳请父亲剃度她出家。在三公主而言，不堪私情的愧疚和源氏的冷漠，自感人生无望，所以不如出家。图为相对悲泣的朱雀院与三公主，下角处为源氏。

主脸色苍白，身体十分虚弱，奄奄一息地躺着，那模样异常端庄优美。源氏看了，想道："看到她这副模样，纵使犯了天大的罪过，也只得软下心肠，饶恕她了。"

在山中修行的朱雀院听说三公主平安分娩，不胜欣喜，却又十分惦记。又听说她身子一直不适，不知究竟，思前想后，连诵经念佛也不能专心了。三公主如此虚弱，再加上连日不进饮食，渐渐竟濒于危境了。她对源氏说："近年来我一直思慕父亲，如今更加想念得厉害了。难道我与他此生不能再见了吗？"说罢放声大哭。源氏便派人到朱雀院去，将三公主的病情如实奏闻。朱雀院听后，心中十分悲痛，竟顾不得出家人的规例，在当夜悄悄赶来探望。并无预先通知，突如其来的驾临，使得源氏大吃一惊，倍感惶恐。朱雀院对他说道："我对世俗之事，早已忘怀。只有这份爱子之心执迷不悟，因此闻讯之后，修行也丢开了。倘若人死之先后不按老幼，而她先我而死，此恨绵绵，永无绝期。为此不顾世人讥议，深夜匆匆到此。"朱雀院虽然已经改装，容貌依旧清秀。为免他人注目，也不穿正式的法衣，只穿着一件墨色的便服，姿态清丽可爱，使得源氏不胜钦羡，一见到他，又像往常那样滚下泪来。对朱雀院说道："公主的病体并不严重，只因几个月以来，一直虚弱，再加上饮食不进，以致积累成疾。"接着又说："草草设席，乞恕不恭！"便在三公主帷屏前放了个茵褥，引朱雀院进去落座。众女侍急忙扶三公主起身，下床迎接。朱雀院将帷屏略略掀起，对她说道，"我这样子倒像个守夜的祈祷僧，但修行功夫不深，倒让人惭愧！只因我记挂着你，就让你看看我的模样。”便伸手擦拭泪水。三公主哭着，以非常微弱的声音答道：“女儿已无生望，父皇今日枉驾来顾，就请顺便剃度了我吧。”朱雀院答道：“你能有此心愿，诚属可贵。但虽患重病，未必全无生望。而且你年纪轻轻，来日方长，这时出家，以后反多烦累，招惹世人讥议。还望三思。”又对源氏说道：“她自己既有此心愿，若是病势果然沉重，我想让她出家，纵使只是片刻，也可蒙受佛力相助。”源氏说：“她近日常提起这些话，只是听别人说，这是邪魔欺蒙病人，唆使其发心出家，还望切勿听信。”朱雀院说：“若果然是鬼怪唆使，听信了确是不好，此事也应该慎重考虑；但现在病人如此虚弱，自知生还无望而作此请求，如果置之不理，只怕追悔莫及。”这时他想：“我当初把女儿托付给他，以为最可放心。哪知他接受之后，对她并不深切怜爱，令我大为失望。这种情况，近年来时有所闻，使我不胜牵念。此刻公然口出恨言，有所不便；而任凭世人猜度议论，更加让人伤心。我为此一直苦恼。不如趁此机会，让她出家当了尼姑，世人也就知道她不是因为夫妇不睦才出家，反而不致受人讥笑。此后源氏与她虽无夫妇之情，但一般的生活照顾还可与从前一样。这就算是我把女儿托付给他的最后要求吧。只要她不是怀恨而出家就好。我可把桐壶父皇所赐的那座宅邸再加修缮，供她居住。她虽然当了尼姑，但只我在住世期间，总可多方照顾，让她安乐无忧。源氏对她，夫妇之爱虽然冷淡，总不会太过疏忽而抛弃她。这一点上我总可以预料的。”便又说道：“那么，我既已来了，就让她受了戒，与佛结缘吧。”源氏此刻忘了对三公主的怨恨，只觉可悲可悯，心想：“这是怎么一回事啊！”他忍耐不住，便走进帷屏里去，对三公主说道：“你为什么要抛弃我这即将离世的人而发心出家呢？我劝你还是暂且镇静些，吃点儿汤药，进点儿饮食吧。出家虽是好事，但你身体如此虚弱，怎么禁得住修持的辛劳呢？总之，一切以保养身体为要。”三公主只是摇头，她觉得他现在说这些话，反而更加可恨。源氏看出：她平日虽无表示，心中对他怀恨已深，便觉得她很可怜。如此一方坚决反对，一方犹豫不决，说说谈谈之间，不觉天色将明。

朱雀院说天亮之后再回山，路上被人看见有失体统，便让三公主赶紧受戒，将祈祷僧中道行高深的法师都召入产室，替三公主落发。源氏看见他把女儿的青丝剪落，让她受戒，觉得非常可悲，心中难以忍受，放声大哭起来。朱雀院本来格外怜爱这个女儿，指望她安享荣华，现在看来已经无望，也不免惋惜悲伤，泪如雨下。他对她说道：“从今以后，你可长保健康了。诵经念佛，务必勤勉！”之后，他欲趁天色未明匆匆回山。三公主身体依旧虚弱，似乎仅存一息，无法起来送别，说话也难以启口。源氏对朱雀院说：“今日之会，恍如梦中，此刻我心乱如麻。兄长不忘旧情，惠然临幸，小弟招待简慢，获罪极多，只得改日再去答谢。”便派遣多人护送朱雀院回去。朱雀院临别时对源氏说：“当年我性命危在旦夕时，挂念这个女儿孤苦伶仃，无人照顾，心中难以舍弃。你虽无意接受，终于勉力代我悉心照顾，多年以来，我一直放心。既已为尼，今后她若能保全性命，则不宜留在这繁华热闹的地方。但若是找一山乡僻处，令其离群而居，又未免太过寂寥。务望你能斟酌再三，从长计议，请勿弃置为幸。”源氏答道：“兄长此言，更令小弟惭愧无地！今日悲伤过度，心绪愁乱，万事都不及照顾了。”他心中确已痛苦不堪。

第二天晚上祈祷之时，一个鬼魂附在人身上出现了。这鬼说道：“看我的法力厉害吧！前些时候我祟那一个人，被你们巧妙地救了回去，我想起来好恨啊！所以，我悄悄地来到这里，陪了这个人几天。现在我要回去了。”说过之后就怪笑起来。源氏大感震惊，他想：“原来二条院中的那个鬼魂来到这里，还不曾离去呢。”便觉得三公主实在可怜。三公主的病虽已略见好转，但还是难保平安。众女侍因为三公主出家一事，尽皆意气消沉，但想到她可因此恢复健康，也是好的，便只得忍耐了。源氏延长了法事的日期，命众僧郑重举办，照料无微不至。

却说柏木卫门督听说了公主生育和出家等事，病势更加沉重，竟致全然没有希望了。他可怜他的妻子落叶公主，想道：“让她到这里来，似乎太轻率了。而且母亲和父亲都经常到我身边来，一不小心，二公主的面容会被他们看到，这就不免尴尬了。”他就向父母亲请求：“我有一些事，想到公主那里去一趟。”但父母亲断然不许。于是他无论见到何人，都对他们诉说想见落叶公主的话。落叶公主的母亲原本不赞成把女儿嫁给柏木。只因柏木的父亲反复奔走，一再恳求，朱雀院被他的诚意感动，无可奈何，才把女儿嫁给了他。朱雀院为三公主和源氏的婚事担心时曾经说：“二公主反倒有了一个可靠的丈夫，不必担心以后的事了。”柏木听到这句话时，大为感激。这时他对母亲说道：“我想，我如果抛开她而死去，她这一生真要受苦了。但天命如此，无可奈何，因缘不长，余恨绵绵！她的忧愁实在是很可怜的。为此请求父母亲格外垂青，多多照顾。”母亲答道：“哎呀，你不要说这些不祥的话！你若真的先死了，我们还有多少日子，可以接受你这样的嘱托呢？”说着哭泣不止。柏木不便再求，只得找他的弟弟左大弁商议，详细将各种事情委托给他。柏木性情温柔，和蔼可亲，所以他的弟弟们，特别是年幼的弟弟，都全心全意地信赖他，视之为父母一样。现在听他说起这些痛心的话，没有一个人不悲伤痛苦，邸内的人也都纷纷愁叹。皇上听说他病重，也深为惋惜。听说病已无望，马上下诏，晋封他为权大纳言。又对左右说道：“他听了这个喜讯，或者就能起床，再度入宫，亦未可知。”但柏木的病势并未好转，只能强忍痛苦，伏在枕上谢恩而已。父大臣看见圣眷如此隆厚，愈发悲恸难忍，但也唯有徒呼奈何了。

夕雾大将十分关心柏木的病，听说他升了官，急忙赶来拜访。前来道喜的人，他是第一个呢。柏木所住的厢房门前停了许多车马，随从人等十分嘈杂。柏木自今年以来，几乎完全不能起床了。病中衣冠不整，也不便接见高官贵客。他心里很想和夕雾见面，无奈体力虚弱，每一思之，不胜伤感。便命人传言：“还是请阁下里面来坐吧。室中凌乱不堪，但想必能蒙宽恕。”叫祈祷僧暂时回避，就在枕边设席，请夕雾进来。柏木和夕雾从小亲密，毫无隔阂，如今即将诀别，那种悲伤眷恋的心情，其实并不亚于嫡亲兄弟。夕雾以为今日有升官之喜，他的心情应该愉快一些了，但见此情景，心中不胜痛惜，便觉兴味索然，对他说道：“你的病怎么重到这个地步！今日大喜，我以为你一定会好些呢。”便掀开帷屏来看他。柏木答道；“真不幸啊！你看，我已经不再是从前的我了。”他头戴一顶乌帽子[①]，上半身略微抬起，但模样十分痛苦。他穿着好几重柔软的白色衣服，盖着被躺在那里。室中陈设非常整洁，香气扑鼻。这住所十分舒服，室内陈设

① 乌帽子，是古代贵人的便帽，纱绢制或纸制，上涂黑漆。

的布置虽然随意，却很富有风趣。而大凡身患重病的人，不免须发蓬松、肮脏不堪。但柏木虽然瘦得厉害，肤色反而更显苍白，神情反而更加优美了。

他靠在枕上说话的模样，非常虚弱，仿佛马上就要断气似的。夕雾不胜怜惜，对他说道；“你生了这么久的病，倒看不出特别的瘦呢，神情也反而比平日更秀美了。”他嘴上虽如此说，手却在不停地擦拭眼泪。又对他说：“我和你不是有‘但愿同日死’的誓约吗？你这样子实在太使我伤心了！我连你患此重病的原因都不知道呢。像我这样亲昵的人，怎么能放心呢！”柏木答道：“这病怎么日复一日地重起来，连我自己也不知道。身上什么地方痛苦，也说不上来。我总以为不会忽然变重，想不到渐渐弄得如此虚弱，如今连元气也丧失了。我这死不足惜之人，能够苟活至今，大概全靠各种祈祷和誓愿的法力吧。但迟迟不死，反而使我痛苦，如今只愿早点儿死去。虽然如此，我在这世间难以抛舍的事，实在很多啊！父母不能奉其以尽天年，是其中令我伤心的；侍君也是半途而废，其罪良多。再回

夕雾探访 《源氏物语绘卷·柏木二》复原图 近代

夕雾前来探望病重的柏木，除了探看病情，也想察知得病的根源。自知将死的柏木隐约向夕雾透露了自己的心病，并托付后事。从夕雾与柏木的言语可知，柏木其实是死于对源氏知晓他与三公主的私情而产生的惶恐和愧疚之中。

顾自身，不能扬名立业，抱恨而终，不免可悲。这些世人共有的恨事，暂且不谈。我心中还另有一桩隐痛，大限将临，本来不必向他人泄露，但毕竟难以隐忍，总想对人诉说。我有不少兄弟，但因各种关系，即使只对他们隐约谈起，也不相宜，只好对你诉说：我对六条院大人，稍有得罪之处，数月之中，一直耿耿于怀，异常惶恐。但这件事实非出自本意，伤心之至，自觉即将酿成大病。正值此际，忽蒙大人宣召，就在朱雀院庆寿音乐预演那天，到六条院拜见。观其脸色，显然不能宽恕于我。从此更感人生在世忧患极多，活在世上全无意趣，心中烦乱之极，便弄得这般狼狈。我自然是个微不足道之人，且对大人自幼忠诚信赖，这件事恐怕大人听信了谗言。我今即将死去，唯有此恨长存，不免又是我后世安乐的障碍。但愿你在方便之时，代我向六条院大人善为辩解。我死之后，若能得蒙大人宽恕，就感激不尽了。”他一直往下说，神情极为痛苦，夕雾看了非常难过。他心中已经隐约猜到，但未能确实察知详情。便答道：“你何必如此多心！家父并没有怪怨你呢。他听说你病情如此沉重，非常吃惊，时常悲叹，替你痛惜。你既然有这样的心事，为什么一直闷在肚里，不告诉我呢？若早早地告诉了我，我也可从中奔走斡旋，使双方达成谅解。但时至今日，不免悔之晚矣！”他不胜悲恸，恨不得让时光倒流。柏木说道：“我病情略为好转之时，本想和你谈谈。但我万万想不到这病会如此迅速恶化，迁延至今，实在太糊涂了。你切勿将这件事告诉别人！但如有适当机会，务请你代我向六条院大人辩解。一条院那位公主[1]，亦请你随时照顾。朱雀院知我死去，必然要替公主伤心，也全靠你善为安慰了。”柏木心中还有许多话想说，但已经十分疲惫，再难支持，只得向夕雾挥一挥手，说道：“请你回去吧！”祈祷僧等便走进来作法，父母亲也进来了，众女侍来往奔走，夕雾只得哭哭啼啼地出去了。

柏木的妹妹弘徽殿女御自不必说，夕雾的夫人云居雁也异常悲伤。柏木为人一向诚恳周到，有忠厚长者之风，因此髭黑右大臣的夫人玉鬘与这个异母长兄也十分亲密，她非常关怀柏木的病情，自己另请了一些僧众，为他举行祈祷。但祈祷不是“愈病药”[2]，终是徒劳无益。柏木未及与落叶公主见面，便像水泡一般的消逝了。

两年来柏木对于落叶公主，心中并无深挚的爱情，但在表面上，依旧十分恭谨尊重，相亲相爱，关怀备至，两人一向相敬如宾。因此落叶公主对他并无怨恨。她见柏木如此短命，只觉得世事不可思议，人生实在无聊，思前想后，不胜悲恸，那迷离恍惚的神情看了实在可怜。她的母亲见女儿青春守寡，惹人讥笑，深深为女痛惜。再看了女儿那般愁苦的模样，更感无限愁苦。柏木的父母更不必说，他们眷恋不舍地哭泣喊叫：“应该让我们先死呀！这世间太无情了！”但毕竟无可奈何。做了尼姑的三公主一向痛恨柏木，希望他不得长生。但如今听说他已死去，毕竟也觉可怜。她心中猜想：“柏木一直相信这孩子是他的儿子，我和他想必确有前世因缘，才发生那桩意外吧。”她思前想后，不胜伤感。不知不觉地流下泪来。

到了三月里，天色晴好，小公子薰君[3]诞生已满五十天，应该举行一场庆祝了。这小公子长得粉雕玉琢，十分可爱，而且非常肥硕，竟好像不止五十天似的，那张小嘴已想牙牙学语了。源氏来到三公主房中，说道：“你心情愉快些了吗？唉！你这打扮看了真让人失望啊！如果你同从前一样，我见到你恢复了健康，该有多么欢喜啊！你抛弃了我而发心出家，使我很伤心呢！”他流着眼泪诉说痛苦，每天来探望一次，对三公主的关怀反比从前殷勤了。

五十日诞辰，照例举行献饼仪式。但他的母亲已经改作尼装，这仪式应该怎样举办

---

① 指其妻落叶公主。

② 古歌：“恋人不得见，病势日危笃。除却两相逢，更无愈病药。”可见《拾遗集》。

③ 薰君，是此书最后十回的主人公。

呢？众女侍犹豫不决，这时源氏来了。他说：“这有何妨！如果是个女孩，当尼姑的母亲来参与庆典，不免有些不吉利；男孩子怕什么呢！”便在南面设一小小的座位，让小公子坐了，朝他献饼。乳母打扮得花枝招展，而奉献的礼品种类极多，有盛饼饵的笼子、盛食品的盒子，装饰都极精巧美观，帘内帘外都摆满了。众人不知道内中详情，兴致勃勃地忙着布置。源氏看了只觉伤心，又很丢脸。三公主也起来了。她的头发末端很浓密，散在两旁。她觉得很不舒服，用手从额上掠开去。这时源氏掀起帷屏，走了进来。三公主怕难为情，把脸转向一旁。她的身子比产前更加纤瘦。那头发因为可惜，落发时仍留下很长一段，后面是否剪落，也不大看得清楚。她穿着一件袖口上和裙裾上层层重叠的淡墨色衬衣，外加一件带黄的淡红色衫子。她还不曾穿惯尼装，从侧面望过去，打扮也颇美观，像个孩子模样，玲珑可爱。源氏说道：“唉，我心里真难过啊！淡墨色到底不好，让人看了觉得眼前昏暗。我曾安慰自己：你虽然做了尼姑，我还可经常看到你。但眼泪始终流个不停，实在令人厌烦。我如今被你抛弃，世人必然要怪罪于我，这也使我万分痛苦，愁恨无限！可惜不能回到从前了。”他长叹一声，又说：“如果你说现已出家为尼，一定要与我离居，这便是你已真心地厌弃我，更使我觉得可耻可悲。所以，还望你能怜爱我一些。”三公主答道：“我听说出家之人，不知道什么是世俗怜爱。何况我本来就不懂这些，让我怎样答复呢？”源氏说：“那就无可奈何了。但你毕竟也有懂得的时候吧[①]！”他只说了这两句话，便去看小公子了。

几个乳母都是出身高贵、风姿优美的人，正在一起照管小公子。源氏召唤她们前来，叮嘱她们应该怎样照管。他说：“唉！我已寿数无多。这晚生儿定然会长大成人吧。”便抱起他来。只见小公子无忧无虑地笑着，长得又胖又白，容貌极美。源氏隐约回忆起夕雾幼时的模样，觉得容貌和夕雾不像。明石女御所生的皇子，承继皇家血统，气质自然高贵，但眉目并不特别清秀。这个薰君，却是既高贵又艳丽，目光清炯，常带微笑。源氏觉得真是可爱。但恐怕是心有成见的缘故吧，只觉得他酷似柏木。现在还只是初生婴儿，目光已经稳定，神情迥异常人，真是个十全十美的容貌。三公主没有注意他与柏木酷似，别人更是未加在意，唯有源氏一人在心中感叹：“可怜啊！柏木的命运多么悲惨啊！”由此联想到人世的无常，不知不觉地流下泪来。但又想到今日应该忌讳不祥之事，便揩干眼泪，吟诵白居易“五十八翁方有后，静思堪喜亦堪嗟”的诗句[②]。源氏比五十八岁还少十岁，但心中已有迟暮之感，不胜感伤。他很想教训这个小公子：“慎勿顽愚似汝爷！”他想：“女侍之中定有知道内情之人，恐怕她们还以为我不知道，把我看作白痴吧。”心中便觉有些不快。但他又想：“我

→抚子慨叹　《源氏物语绘卷·柏木一》复原图　近代

源氏抱着并非自己亲生子的薰，感觉他非常肖似已经死去的柏木，此生彼死的转换让源氏不禁感慨人世之无常。众人皆以为源氏不知内情，那以扇遮面的侍女仿佛在掩饰这非亲的事实，而帷帐飘荡的绿色竹帘却似乎喻示着源氏深知内情的起伏心潮。

① 暗指对柏木。

② 白居易自嘲的诗句：“五十八翁方有后，静思堪喜亦堪嗟。一珠甚少还惭蚌，八子虽多不羡鸦。秋月晚生丹桂实，春风新长紫兰芽。持杯祝愿无他语，慎勿顽愚似汝爷！”下文又引末句，“爷”指柏木也。

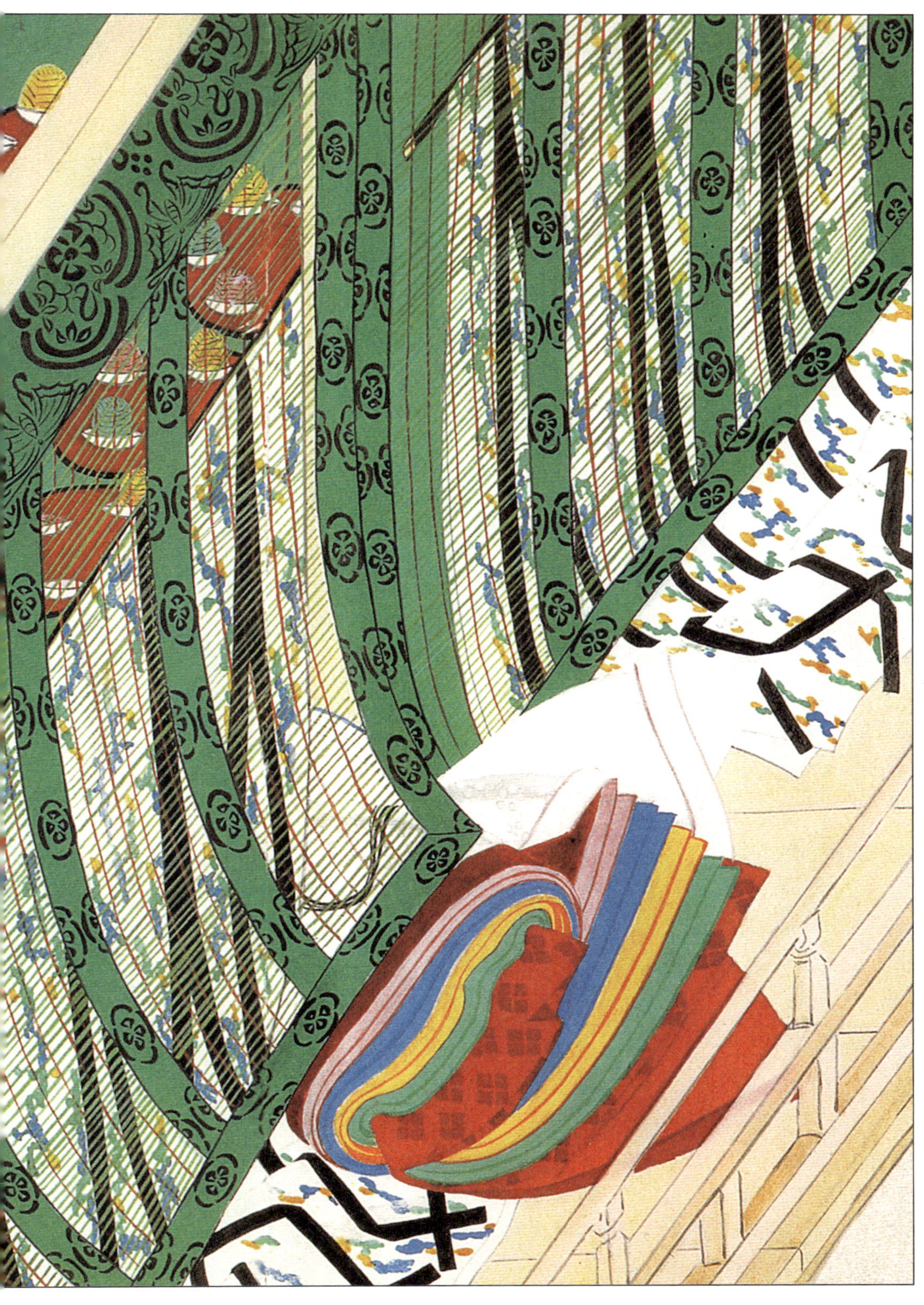

被看作白痴，也是咎由自取。我和公主两相比较起来，公主受人奚落，只怕心里更是难受呢。”心中虽这样想，脸上并不流露出来。小公子天真烂漫地嬉笑，咿呀学语，眼梢口角异常美丽。不知内情的人或许不加在意，但在源氏看来与柏木非常肖似。他想：“柏木的双亲定在悲叹他没有儿子吧，却不知他有这个无人知道的罪恶儿子藏在这里，无法让祖父母知道呢。这个气度高傲而思虑深远的人，就因为这一念之差而毁了他的性命前途！”他觉得柏木很可怜，便消除了对他的怨恨，真心地为他流下同情之泪。

众女侍退下去后，源氏走近三公主身边，对她说道：“你看了这孩子有何感想？难道你一定要抛弃这么可爱的孩子出家吗？哎呀，真好忍心啊！”他突然如此诘问，直羞得三公主红晕满颊。源氏低声吟道：

“岩下青松谁种植？
　若逢人问答何言？

真让人痛心啊！”三公主置之不理，把身子俯伏下来。源氏以为她不肯回答，倒也难怪，不再诘问。他心中推测：“她这时不知做何感想。她虽然不是情感丰富的人，但总不能漠然无动于衷吧。”便觉此人十分可怜。

却说夕雾回思柏木临终前困窘不堪而隐约说出的那番话，想道：“这到底是怎么回事呢？如果他那时神志再清醒些，或许会说出真情，我就可详察究竟了。但那是无可挽回的弥留之际，真不凑巧，让人好不懊丧，真是遗恨无穷啊！”他始终不能忘记柏木的面容，比柏木的弟弟们更加伤心。又想：“三公主并无特别沉重的疾病，却毅然决然地出家为尼，这又是什么道理？纵使她自愿出家，父亲难道会允许吗？上次紫夫人病势那么危急，哭哭啼啼地要求出家，父亲尚且不允，终于将她留下了。把这些合在一起仔细想想，恐怕还是因为柏木私下爱慕三公主，一直不曾断念，苦闷难忍之时，不免有所流露。柏木为人沉着，从外表上看来，比一般人更加温厚周谨。别人要想知道他的心思，实在困难得很。但他的意志有些薄弱，而情感过分温柔，这就难免犯下过失。恋情无论多么痛苦，在不应做的事情上执着迷乱，以致失掉性命，终非良策。给对方招来无限痛苦，自己又白白送命，这如何使得！虽说是前世注定的因缘，毕竟太过轻率，真是一件无聊之事。”他心中这样想，但对夫人云居雁也不诉说。对父亲源氏，因无适当机会，也一直不曾禀告。但他总想把柏木临终时隐约吐露的事告诉父亲，看他做何感想。

柏木的父母伤心哭泣，眼泪始终不干。头七、二七……匆匆过去，他们都全然不知。超荐功德、布施供养以及一切丧事所需，都由柏木的弟妹们料理。佛经、佛像的装饰布置，则由左大弁红梅全权指挥。关于每一个七的诵经的详细事宜，诸公子向大臣请示，大臣答道：“不要来问我！我已经伤心成这样了，还要我操劳，岂不增加他的罪孽，妨碍他死后超生。”他已经神志昏迷，几乎濒于死境了。

一条院的落叶公主不能与丈夫见最后一面，就此诀别，自然深感伤心。日子一久，那广大的宅邸内仆从陆续离去，人丁稀少，萧条冷落，唯有柏木生前的几个亲信，还不时前来慰问。管理柏木素来所好的鹰和马的人，失却了依靠，垂头丧气地进进出出，落叶公主每次看到这般情景，心中都有无限感慨。柏木生前用惯的器物，依然放在原处。常弹的琵琶与和琴，弦线已经脱落，默默无声地搁着，让人看了实在伤心！唯有庭前的树木，依旧绿烟笼罩，群花亦不忘春来，到处都正含苞待放。落叶公主怅望四周景致，不胜悲戚。众女侍穿着淡墨色的丧服，寂寞无聊地度送这美好的春日。

正在这时，忽然听到威风凛凛的喝道声，有车马停在宅邸门前。有人哭着说："难道他们忘了，以为主人还在世吗？"这是夕雾大将来拜访了。仆从便进去通报。落叶公主以为不过是柏木的弟弟左大弁或宰相来了，哪知走进来的是容貌庄严、令人望而却步的夕雾。就在正厅前厢设下座位，请他入座。此人身份高贵，倘照惯例由女侍应对，未免有些失礼，因此就由公主的母亲亲自接见。夕雾对她说道："卫门督不幸故去，小生的悲悼之心，实在更盛于亲属，只因名分所限，不便越礼，只能作一般的慰问而已。但卫门督临终之时，曾有遗言再三嘱咐于我，为此不敢怠慢。人生在世，生死无常，我的性命长短也未可详知，但只要我一息尚存，但凡所能想到的，一定竭力效劳。二月之内，朝廷神事繁忙，若为私人之谊而幽闭不出，诚非世人所许。而在此期间即使抽暇来访，也只能立谈即去[①]，反而不能尽情。因此许久不曾前来拜访。我日前曾见前太政大臣遭此丧明之痛，悲伤不已。父子情深，执迷难悟，此亦人之常情。夫妻之情，自然更为深切，我猜想公主悲恸之心，更加伤心难堪了！"说时屡屡举手拭泪。这夕雾一方面气宇轩昂，另一方面又是多情善感之人。母夫人伤心之余，抽抽噎噎地答道："悲哀之事，是这无常之世的常态。而夫妇诀别，亦非世间罕有。像我这样有了年纪的人，还可这样去想，勉强宽慰。但青年人总想不通，那悲痛的样子让人看了实在难过！她竟想追随他于地下，似乎一刻也不能延迟。我这苦命的人，活到现在，难道还要眼看后辈双双亡故的悲惨下场吗？这真使我痛苦啊！你是他的知心好友，自然知道他的事情：我当初就不赞成这桩婚事，只因前太政大臣殷勤劝请，不便一再辜负。朱雀院也以为这场姻缘必然十分美满，心中嘉许，于是我疑心自己见识不高，也就回心转意，允其婚事。哪知道竟变成了南柯一梦！如今再想起来，我当时既有此念，为何不坚持到底？思之不免又悔又恨。但我当时哪里能料到他如此短命呀！照我这旧头脑想来，作为公主，若非特殊情况，无论姻缘善恶，下嫁总非好事。如今既不能独身，又死了夫婿，成了两无着落的薄命之身！还不如索性趁此机会，和夫婿一起化作烟尘，既为自身，也可少受世人同情怜悯。但话虽如此说，毕竟难以实行。我目睹眼前惨状，不胜伤心悲戚。这时幸蒙大人劳驾枉顾，不胜喜慰感激。又听大人言道，死者曾有遗言托嘱。如此看来，他生前对公主虽并不深爱，临终之时，总还能对人留下遗言，也算确有深情厚谊，则在悲伤之中也略有喜慰了。"说罢哀哀哭泣。夕雾急切之间也难以收泪，后来说道："他这人异常老成持重，这恐怕即是早死之因。近二三年来，只见他的态度非常阴郁，不时流露出意气消沉的样子。小生不时劝谏：'你这人太过洞察世情，虽为深谋远虑，但过分机敏，不免失却爱美之心，减弱了明慧之相。'但他总以为我这是浅薄之见。唉，这些都不必说了，最要紧的是如今公主心中比任何人都伤心，恕我说一句无礼的话：我对她非常同情呢！"他委婉诚恳地劝慰了一番，坐了很久才回去。

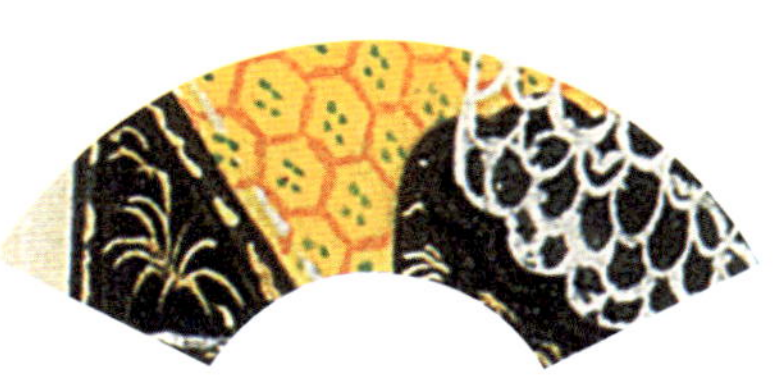

① 当时惯例：参与朝廷神事的人，若在神事期间拜访有丧事的人家，只许立谈片刻即要离去。

柏木比夕雾年长五六岁，看上去还是个翩翩少年，姿态娇艳可爱。而夕雾威严堂皇，更具男子气概，不过容貌也柔嫩清秀，远胜常人。众青年女侍目送夕雾出门，悲哀之情也稍稍忘怀了。夕雾见庭前有一树樱花，开得非常美丽，想起“今岁应开墨色花”的古歌①。觉得此诗不祥，便信口吟唱另一首古歌：“年年春至群花放，能否看花命听天。”②接着便赋诗云：

“庭前樱一树，半面已枯斜。
但得良时至，依然开好花。”

他做出无意中偶有所感的模样而吟诵着走出门去。二公主的母亲听了，马上和诗一首：

“今春频堕泪，柳眼露珠穿。
花发与花落，不知在哪边。”

这位老夫人并非十分知情识趣，但世人多称赞她是一位爱好时髦而富有才华的更衣。夕雾见她如此迅速地答诗，觉得果然伶俐乖巧。

夕雾离开一条院，马上就去拜访前太政大臣。只见柏木的弟弟都在座上，他们都说：“请到这里来！”他就走进大臣的客厅。大臣暂时抑制哀伤，与夕雾相见。这位大臣虽然年事已高，容貌却一向同年轻人一样漂亮，但这次看着毕竟也消瘦衰老了。胡须也无心剃，长得很长，竟比以前遭逢父母之丧时更显憔悴。夕雾见到岳父这般模样，伤心难忍，簌簌地流下泪来。自觉不好意思，便竭力隐藏。大臣想起夕雾曾是柏木生前好友，见了面只管淌眼泪，怎么也止不住了。谈起柏木的往事，话语滔滔不绝。夕雾把拜访一条院的事说给他听。大臣的眼泪愈发像春雨连绵时的檐漏一样滴个不住，衣衫都湿透了。夕雾把落叶公主的母夫人所咏“柳眼”之诗写在怀纸上，呈与大臣。大臣说：“我的眼睛也看不见了！”他拼命擦了一会儿眼泪，然后细看那诗。那哭丧着脸阅读的样子中，再找不到当年那种精明能干、气宇轩昂的痕迹，看了只觉不成体统。这首诗并非特别优越，只有“露珠穿”那一句倒还颇有意味，大臣读了不胜伤感，眼泪久久不停。他对夕雾说道：“你母亲逝世的那年秋天，我以为人世的悲伤已达极点。但女子行动有限，相识的人较少，无论在何种情况之下，总不必亲身出面。因此这悲伤是隐藏的，并不到处触发。男子就不同，柏木虽然并不怎么能干，也蒙皇上看重，官位晋升以来，仰仗他的人自然渐渐增多，闻耗而为之惊叹惋惜的人，在各个方面都有。但我之所以深感悲恸，并非为了世间的威望与官位，只是每一想起他那美好的面容，不禁深为悼念而已。世间还有什么足以解除我的悲痛呢？”说罢抬起头来，怅望着天空，只见暮云惨淡，樱花将谢，他今天还是第一次看到这景色呢。就在夕雾的怀纸上写道：

---

① 古歌：“山樱若是多情种，今岁应开墨色花。”可见《古今和歌集》。

② 可见《古今和歌集》。

“反教老父穿丧服，
春雨连绵哭子哀。”

夕雾也吟道：

“亡人撒手西归去，
抛却双亲服子丧。”

左大弁红梅也吟道：

“青春未到花先落，
可叹谁人为服丧！”

柏木死后举办的法事非常庄严隆重，与世俗间平时所办的迥然不同。夕雾大将的夫人云居雁自不必说，夕雾自己也特地延请高僧，为柏木诵经念佛，场面十分宏大。此后夕雾经常到一条院去拜访。时值四月，晴空万里，气候宜人。四处树梢，一色青绿，娇嫩可爱。而一条院邸内日夜悲叹，处处岑寂冷落。正在众人度日如年之时，夕雾大将又来拜访。只见庭中一片嫩草，正在青青发芽。而铺沙较少的阴凉之处，蓬蒿也正欣欣向荣地生长。柏木生前爱好花木，现在这些都已无人管理，一任它们自生自灭。“一丛芭芒草”[①]得势蔓延，想象虫声繁密的秋趣，不免令人感慨流泪。夕雾在这些露草之间缓缓步入。檐前处处挂着伊豫帘[②]，里面的淡墨色帷屏已经更换上了夏季的薄纱，透过帘影眺望，颇有凉爽之感。其中有几个娇美的女童，穿着浓墨色上衣。从帘外可以隐约看见她们的衣裾和面容，模样非常可爱，但这种颜色毕竟触目惊心。

夕雾今天坐在廊上，女侍们替他铺了茵褥。但又觉得这座位太过简慢，便去通报老夫人，劝她将客人请入室中。但今天老夫人身体不适，一直躺在那里，便由女侍们暂时和他应酬。这时夕雾眺望着庭中繁茂的花木，心中不胜感慨。只见一株柏木和一株枫树，比其他树木分外葱绿，枝条互相交叉，便说道：“真有缘分啊！这两株树的上端连理一般合成一株了，可见前途大有希望啊。”于是悄悄地走近前去，吟道：

“木神既许相亲近，
结契宜同连理枝。

让我一人坐在帘外，如此疏离，让人好恨啊！”便走近门槛边。众女侍互相拉衣推肘，悄悄地说道：“这个人鬼鬼祟祟的时候，风姿也挺优雅的呢！”老夫人叫传言的女侍小少将君[③]报以诗云：

① 古歌：“一丛芭芒草，使君所手植。今已成草原，虫声何繁密。”可见《古今和歌集》。
② 伊豫国所产的竹帘。
③ 这女侍是老夫人的侄女。

“柏木守神虽已逝，

庭前枝叶岂容攀！[①]

这话说得太无礼了，如此存心，未免浅薄！”夕雾觉得诚然如此，便付之一笑。后来听见老夫人正在膝行而出，便整理衣冠，与她相见。老夫人说道：“只怕是在这世间每日忧愁地度送日月的缘故吧，最近心情异常烦闷，只觉人生茫然如梦。屡次劳您大驾慰问，实在不胜感激，只得强自起来迎候。”看她的神情十分痛苦。夕雾答道：“忧伤是难免的，但一味忧伤，也是枉然。世间万事，皆由前生注定，忧伤毕竟也要有个限度。”他这样安慰着她，心想：“曾听别人提起，这位公主性情十分优雅。如今遭逢不幸，忍受世人讥笑，一定异常悲伤。”一时情不自禁，便热心地探询公主近况。又想：“这位公主的容貌虽然不是十全十美，但是只要不是面目可憎，难道就凭着对外貌印象而疏远她、迷醉于荒唐的恋情吗？这样做太可耻了。归根结底，一个人唯有性情是最重要的。”便又对老夫人说道：“今后请将小生当作旧友一样看待，请切勿见外。”这话虽然不曾故意表示求爱，却已在恳切地吐露他的心事了。夕雾身着常礼服，姿态异常美丽，长身玉立，相貌堂堂。众女侍悄悄地议论：“他父亲那么和蔼可亲，气质之高雅与态度之温柔，无人可与相比。而这位公子则如此气宇轩昂，令人一见便会惊叹：‘啊，好漂亮！’真是与众不同。”接着又说：“索性就让他在这里进出吧。”

夕雾吟唱“右将军墓草初青”[②]的诗句。右大将藤原保忠夭死，是近世发生的事。可知无论古今，人生在世定有伤逝之痛。而在柏木更加如此：无论身份高下，人人尽皆为之扼腕叹息。只因此人不但学问渊博，又异常重情，所以连平日不太亲近的僚属，以及老年女侍，也都倍觉悲伤。皇上自然更是深感痛惜，每逢宫中举行管弦之会，首先就想起柏木，不胜感慨。“惜哉卫门督！”变成了当时通行的一句话，人人都要提起。源氏怜惜柏木夭亡，此情益见深厚。唯有他一人心知薰君是柏木的遗孤，别人却连做梦也未曾想到，所以也是枉然。到了秋天，薰君已会扶床学步，那可爱的样子难以描画。源氏不但在人前把他当作亲生儿子看待，而且真心地怜爱他，经常抱他。

① 本回题名即据此诗。

② 纪在昌悼念右大将藤原保忠的诗中有“天与善人吾不信，右将军墓草初秋”之句。因为现在不是秋天，故把“秋”字改为“青”字。

悲伤的三角形

本回中三公主出家的场景，是使源氏陷入绝望与苦恼的一个重要场面，也是故事情节最为跌宕起伏之处。说的是生下孩子不久，三公主就向前来看望她的父亲朱雀院提出想要出家。对此，源氏感到很无奈。此时，源氏的人生已达到了荣华富贵的顶峰，之后便逐渐走向黯淡。

卷入柏木激情的漩涡，深知人生无奈的三公主。

一厢情愿想让心爱的女儿得到幸福的朱雀院。

怨恨三公主与柏木的私情，但仍有些眷恋妻子的源氏。

源氏、三公主、朱雀院，三个主人公被放置在与帷幔的斜线相对的位置上，构成了一个悲伤的三角形。

这种三角形也包括了被帷幔隔开的侍女们。

画面从右边女官们的三角形位置构图，逐渐转移到主人公的三角形构图。多个三角形的转移和反复，将主人公的悲伤感觉表现得更加强烈。

源氏的"宽容"

知晓了柏木与妻子三公主私情的源氏，表现出意外的宽容来。但同时又掩饰不住地表现出冷落和怨恨。这份冷淡的宽容，使得柏木在惶恐中患病而死，三公主伤心出家。

源氏目睹三公主请求出家，只觉可悲可悯。

柏木在惶恐与愧疚之中抑郁而死。

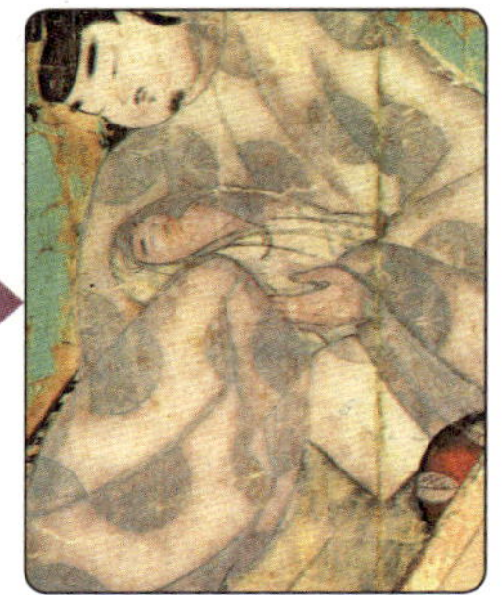

抱着柏木的孩子，源氏消除了对柏木的怨恨。

第三十六回　横笛[1]

柏木大纳言盛年夭亡，悲伤悼惜的人极多。源氏素来闻人死耗，纵使是泛泛之交，只要其人略有声誉，无不为之惋惜，更何况这柏木是家中常客，曾朝夕相处，自更比别人知心。如今死去，他只觉得不可理解，而深可留恋的事极多，故此总是触景生情，深为想念。柏木的周年忌辰，源氏替他大做功德。他看着薰君嬉笑玩耍的无心模样，觉得十分可怜，心中便转出一个念头，另替薰君舍了黄金百两，布施给众僧道。柏木的父亲不知内情，心中自是不胜感激。夕雾大将也替柏木做许多功德，郑重办理一切法事。又在周年忌辰当天到一条院去殷勤问候。柏木的父母想不到夕雾对柏木的感情如此之深，都非常感谢。而他们看到柏木死后世人对他依旧如此尊重，愈发觉得可惜，悼念之情永无尽期。

山中的朱雀院为了二公主青春守寡，受人讪笑，心中苦闷。而三公主又出家为尼，断绝尘世，更使他觉得诸事都不称心。但身已为僧，自应抛却一切顾虑，逆来顺受。他在做功课的时候，猜想三公主此刻想必也正和他一样地勤修，因此三公主出家之后，他经常写信给她，细小的事情也都一一谈到。

一天，朱雀院在寺旁的竹林里掘了些竹笋，又在附近山中挖出些野芋，因喜其有山野风味，特地派人送给三公主，又附上一封详细的信。信的开头写道："春日山野，烟霞迷路，只因对你思念不已，特地前往采掘，不过聊表寸心而已。

看破红尘虽较晚，
往生净土道相同。

但此事其实颇为艰巨。"三公主正在洒泪读信，源氏走了进来。他看见室中和平日不同，公主身边放着些果盘，觉得有些奇怪，一看，原来是朱雀院的来信。他拿过信来一读，觉得十分感动。信写得很详细，其中有云："我只觉命终之日，近在眼前。常思与你会面，深怕不能如愿。"诗中提到愿与三公主一起往生净土，此乃僧人的常谈，并无特别的深意，但源氏想道："朱雀院难免会这样想。他见连我这个寄托终身的人也这么冷淡，自然要替三公主担心了，真可怜啊！"三公主认真地写了回信，又叫人取出一套深宝蓝色的绫罗衣服赏给使者。源氏见帷屏边露出三公主写坏的一张信纸，便拿起来看，只见笔迹非常稚嫩。其答诗云：

"渴慕远离尘世处，
欲辞俗界入深山。"

源氏对她说道："你在这里，朱雀院还替你担心，如今你又说要去深山，真使我伤心啊！"现在三公主对源氏看也不看一眼。她的额发异常美丽，面庞也十分可爱，源氏看了不胜怜惜，想道："为什么会弄到这般田地呢？"他担心勾起色念，要受佛罚，便努力克制。两人隔着一层帷屏，但又并非十分疏远。

① 本回写源氏四十九岁二月至同年秋季的事。

可爱的薰君 歌川丰国 源氏香之图·横笛 江户时代（约1844—1847年）

尚年幼的薰君长得眉目清秀，神情高贵，教人一看就想起柏木来。看着他可爱的模样，源氏已经淡忘他出身的问题。图中源氏抱着年幼的薰君，旁边是明石女御所生的匂皇子。

小公子薰君在乳母那里睡觉，这时醒了，爬了出来拉住源氏的衣袖，那模样非常可爱。他身着一件白罗上衣，外加一件蔓草纹样的红面紫里的小衫，长长的衣裾随意地拖曳着，胸前几乎全部露出，衣服都挤在身后。小孩原本都是如此，但他的模样特别可爱，肤色白皙，身材苗条，有如一段柳木削成的人像。头发好像是用鸭跖草汁染过般地油亮光泽，嘴角红润，眉目清秀，让人一看就联想起柏木。柏木的容貌也还没有这么艳丽呢，不知他怎么长得这样漂亮。他也不太像母亲。这样一点儿年纪，神情就如此高贵，迥异常人，源氏觉得比起他自己映在镜中的面容来，并无逊色之处呢。

薰君最近刚刚学步。他无心无思地走近盛笋子的盘子，拿起笋子乱扔，或者咬一下就丢了。源氏笑着说道："啊，真没有规矩！太胡闹了！快把这盘子收起来吧。爱说坏话的女侍会传出去，说这孩子是个馋嘴儿！"就抱起这孩子。又说："这孩子长得真是眉清目秀啊！或许是我看见的幼儿不多吧，总以为这种年纪的小孩都是无知无识的，这孩子却与众不同，倒很让人担心呢。这样的一个人在公主[①]等人中长大，只怕对于她们和他自己都会有麻烦呢。不过，可怜啊！这些人长大的时候，我怕是看不到了！有道是'年年春至群花放，能否看花命听天'呀！"说着，注视着小公子的脸。众女侍都说："呀！不要说这样不

① 公主，指明石女御所生的女儿。

祥的话！”薰君已长出牙齿，经常想咬东西，他紧紧地握住一支笋，流着口水拼命地咬。源氏笑道：“唉，真是个地道的色情儿啊！”便把笋子拿开，一面吟道：

“伤心往事虽难忘，
竹笋青青不忍抛。”

小公子无心无思地只是微笑。他急急地从源氏膝上爬下，又到别的地方去嬉戏打闹了。

光阴荏苒，这小公子年龄愈长，容貌愈是娇美可爱，见者无不吃惊。那件“伤心往事”，确已被完全忘记了。源氏想道：“想是世间注定要诞生这个人，所以才有那件意外之事吧。命运真是无从逃避的啊！”他的想法已经发生了改变。他想想自己的一生，有许多不能遂心的事情：众多妻妾之中，唯有三公主身份毫无缺憾，品貌也令人满意，却意想不到地做了尼姑。如今看来，她和柏木的罪过也并非不可原谅，真是令人遗憾啊。

却说夕雾大纳言每次想起柏木的临终遗言，不知究竟是怎么一回事，很想向父亲禀告，再看他有何表示。但他既已隐约猜到几分，反觉难以启齿。他总想找个机会，探明详情，再把柏木临终时的愁苦之状告诉父亲。

有一个凄凉的秋夜，夕雾惦记一条院的落叶公主，便前往拜访。落叶公主正在随意从容地弹奏着各种乐器，未及收拾，女侍们已把夕雾引到她所住的南厢里了。夕雾清清楚楚地听到室内女侍们膝行而入帘内，那些衣衫窸窣的声音，以及空气中散漫的衣香，只觉得十分优雅可爱。照旧由老夫人出来接待，闲谈各种往事。夕雾自己的三条院内，一天到晚有许多人进进出出，嘈杂不堪，又有许多小孩在奔走吵闹。他在那边住得惯了，只觉此地清静宜人。近来虽然不免略显荒凉，但毕竟是一处高贵优雅的住所。庭中花木繁茂，虫声起伏。夕雾闲眺这黄昏景色，想起秋日的原野，便取过那把和琴来看，只见弦音与律调相分，显然是经常弹奏的，琴上染着弹奏者的衣香，令人觉得可亲可爱。夕雾想道：“如此情景，若是一个肆无忌惮的色情男儿，定会显出不成体统的丑态，流传可耻的恶名呢！”他一面这样想，一面试着弹那和琴。这是柏木生前常弹的琴。夕雾简短地弹奏了一支富有情趣的乐曲后，说道：“唉！大纳言弹这琴时，音色真美呢！那些美妙的声音一定收藏在这琴中吧。小生想请公主弹奏妙音，借此一饱耳福。”老夫人答道：“自从断弦以来，二公主连童年学过的乐曲也忘得一干二净了。过去朱雀院命公主们在御前试奏时，也曾称赞二公主弹得不坏。但现在仿佛已经换了一个人，每日只是茫然若失，忧愁悲叹，这琴也成为牵惹旧恨的可厌之物了。”夕雾说道：“这固然有理，不过‘哀情亦是无常物’[①]呀！”他叹息了一会儿，把琴推到老夫人身边。老夫人说：“那么不妨请你试弹一曲，好叫我也能辨别此琴是否藏有妙音，也可让我这因愁闷而昏聩了的耳朵享一下清福。”夕雾答道：“不敢，小生曾听人说琴之一道，夫妇之间的传承特别肖似。只愿请公主妙手演奏一曲。”便又把琴推向帘边，心中知道公主不会马

① 古歌：“哀情亦是无常物，但看经年便不思。”可见《古今和歌集》。

上答应，所以也并不强求。

这时月亮出来了，万里晴空一碧，了无纤云。大雁成行，振翅哀鸣，片刻不离。公主看了，心中想必羡慕。秋风送爽，暗寒侵肌。公主被眼前这种清幽之趣感动，取过筝来，轻轻地弹了一曲。夕雾听了这优雅的琴声，愈发爱慕公主，只觉心乱如麻。便也取过琵琶，以非常亲切的声音弹奏了一曲《想夫恋》。说道："小生猜想公主心情而演奏此曲，不免亵渎。但公主总应酬和一下。"便向帘内恳请。公主愈发羞涩，默默不答，只是满怀感慨，陷入沉思。夕雾赠诗云：

"窥君不语含羞意，
始信无言胜有言。"

公主只在和琴上略弹了几句此曲的末尾，便答诗云：

"纵知深夜琴声苦，
只解听音不解言。"

和琴的音调虽不是特别细腻，但由于曾有深通此道之人的精心教授，因此，虽是同一曲调，却弹出了凄凉动人的味道。可惜只弹了几句，就此罢手，竟使夕雾惋惜不已。对老夫人说道："今晚小生弹出了各种心事，已蒙公主洞察。秋夜已深，扰人清梦，只恐被故人呵责，就此告辞。再过几日，自当再前来拜访，只愿此琴调子依然不变。世间常有变调之事，不免让人担心。"他没有明确说出，但委婉地暗示了自己的心事，便欲离去。老夫人答道："今夜的风流韵事，想来不致受人讥评。不过你我尽在漫谈琐屑往事，未能聆听妙手演奏，使我得以益寿延年，不免有些遗憾。"便在赠物中添加了一支横笛，对他说道："这支笛子历史悠久，任其埋没在这样的蓬门陋屋之中，实在可惜。不妨在归途中试吹，与前驱之声互相配合，只怕路人也会爱听呢。"夕雾逊谢道："如此妙笛，只怕我无福消受。"拿起笛来看了看，也是柏木生前随身之物。记得柏木常对他说："此笛所有妙音，我也不能尽数吹出，以后总要传给我信任的人。"回思往事，又平添了几分哀愁。便拿起笛来试吹，吹了半曲南吕调就停止了，说道："怀念故人，聊弹和琴以自慰，拙劣之处，还请宽恕。但这管名笛，实在不好意思……"说罢便欲起身。老夫人赠诗云：

"露重草长荒邸内，
秋虫声美似当年。"①

夕雾答道：

"吹残横笛声如昔，
哭友哀音无尽时！"

吟罢，徘徊不忍归去，夜色已极深了。

① 以虫声比喻笛声。

夕雾回到三条院中，见房间的格子门等都已关上，众人都睡熟了。想是有人对云居雁说，夕雾爱上了落叶公主，和她十分亲密，因此云居雁见夕雾深夜不归，心中生气，这时听见他回来了，故意假装睡觉。夕雾用美好的嗓音吟唱催马乐“小妹与我入山中……”[①]唱罢，恨恨地说：“为什么都关上了？真好气闷哪！今晚这么好的月色，竟也有人不要看啊！”便把格子门打开，又把帘子卷起，在窗前躺下，对云居雁说：“这么好的月夜，你也肯安心睡觉？唉，太没意思了！”云居雁心中不太高兴，便置之不理。几个年纪尚幼的孩子，东一个西一个地睡着，女侍们也挤在一起躺着。夕雾看了这人丁兴旺的场面，又想起刚才一条院的情景，两相比较，觉得大不相同。他拿起那支笛来吹了一会儿，躺卧着想：“我走之后，那边该是多么冷清！那张琴大约不曾变调，仍在那里弹吧。老夫人竟也是个和琴名手呢。……”又想：“为什么柏木只在表面上尊重二公主，而对她没有深挚的爱情呢？这一点实在令人费解。若是想象得很美，一见就大失所望，倒是不幸之事。世间之事尽皆如此，凡大名鼎鼎的，总是让人失望。这样想来，我们夫妻从小相亲相爱，多年以来，从无半点儿争执，实在难得。怪不得她要如此骄傲了。”

夕雾蒙眬入睡，梦见已故的卫门督身着便服，坐在他身边，拿起那支笛来看。夕雾在梦中想道：“他的亡魂舍不得这支笛，所以循声而来了！”只听柏木吟道，

“愿教笛上精深曲，
永远流传付子孙。

我所指望留传这笛子的人不是你。”夕雾想追问他所盼望的人是谁，忽然一个孩子在梦中大哭起来，把他惊醒了。这孩子哭得厉害，连乳汁都吐了出来。因此乳母也起来了，人声嘈杂起来，云居雁也拿着灯走过来。她将头发夹在耳朵上，百般地逗他，又抱着他坐下。她近来身子肥胖，这时便撩开她那丰腴的胸给孩子喂奶。这孩子长得也很漂亮。母亲的乳房虽然洁白可爱，但吮不出乳汁来，只是给他含着，略作安慰而已。夕雾也走过来察看，问道：“怎么样了？”便叫人拿些米来撒在地上，借以驱除梦魔。一时室中骚乱不堪，那梦中的哀情也便消散了。云居雁对他说道：“这孩子好像生病了。你只管醉心于外边的新鲜花样，深夜回来还要赏月，硬要把格子门打开，那些鬼怪便趁机混进来作祟了。”她恨恨地说着，那娇嗔的样子实在可爱。夕雾笑道：“我可没有想到会带了鬼怪进来呢！对啊，我若不开格子门，没有通路，鬼怪便进不来了。你毕竟是许多孩子的妈妈，想得周到，说话很有道理嘛。”说时，一直盯着云居雁看，看得云居雁不好意思。她说：“算了，到里面去吧。我这模样怪难看的……”在明亮的灯光下，她那羞答答的模样实在可爱。小公子的确身体不大舒服，啼哭不停，直到天亮。

夕雾大将回想那个梦境，想道：“这支笛子怎样处置才好！这是柏木生前心爱之物，我并非应该接受的人，老夫人却将它送给我，真无聊啊！不知柏木的亡灵有何感想。生前并

① 催马乐《小妹与我》全文：“小妹与我入山中，切莫手触辛夷丛！只恐衣香移将去，使得辛夷香更浓。”

不十分关切的东西，到了临终之际，突然想起，不胜痛惜，或者伤心，眷恋不舍地死去，那灵魂便永远迷惑了。如此看来，在这世间，对万事万物都不可过于执着。”他想了一会，就叫爱宕山寺[①]僧众举办法事，又在柏木生前所供奉过的寺院中大做功德。关于那支笛子，他想：“老夫人因为我和柏木交情深厚，所以特地送给了我。如今我将它捐给佛寺，倒是一件善事，但未免要使老夫人扫兴。”便暂时搁置下来，到六条院去参见父亲了。

源氏这时正在明石女御那里。明石女御所生的三皇子仅有三岁，在众皇子中长得特别秀美，紫夫人格外怜爱这个外孙，就抚养在自己身边。这三皇子从室中走出来，向夕雾叫道：“大将！抱了皇子，到那边去！”他还不大会说话，所以对自己也用敬语[②]。夕雾笑道：“你到这里来吧。我怎么能走到帘前呢？不是太不懂规矩了吗？”等他走过来，便抱起他。三皇子对他说道：“别人看不见你的，我来把你的脸遮住。去！去！”就用自己的衣袖遮住夕雾的脸。夕雾觉得这孩子真是有趣，便抱着他来到明石女御那里。二皇子和薰君也在明石女御这里一起游戏，源氏正在看着他们。夕雾在屋边把三皇子放下。二皇子见了，叫道：“我也要大将抱！”三皇子说：“大将是我的！”就拉住夕雾不放。源氏见了，训斥道：“两个人都没规矩！大将是朝廷重臣，你们却把他当作私人的侍从争来争去？三皇子不好，不肯让着哥哥。”便把两人拉开。夕雾也笑道：“二皇子毕竟是个哥哥，肯让着弟弟，真乖呢。在这个年纪看来，实在聪明得很呢！”源氏也笑了，觉得这两个外孙很有意思。于是对夕雾说：“这里太不像样，不宜让公卿久留，我们到那边去吧。”便想与他一起到正殿去，但两个小皇子只管缠着，不让他们离去。

源氏心中思量：三公主所生的薰君辈分较高，不该和皇子们混在一起。但又怕三公主疑心他有所偏爱，反而让她不安。源氏向来虑事周全，因此对薰君一直同皇子们一样爱护。夕雾还不曾仔细看过这个异母的弟弟。这时薰君从帘内探出头来，夕雾从地上拾起一个枯了的花枝招呼他，他就走了出来。他身上只穿着一件紫红色的便服，肤色白皙，神采焕发，比皇子们更为俊秀。肌肉丰腴，清秀可爱。或许是夕雾心有成见而特别留意吧，只觉得他的眼神虽比柏木稍稍锐利敏捷，但那眼梢的秀美之气，与柏木非常肖似。特别是那满面春风的笑容，两人竟然一模一样，这也许是他一见就想起柏木的缘故吧。他想父亲一定早已看出，因此更想探探父亲的口风了。皇子们因为是皇帝的儿子，自然显得气质高贵，但其实也不过和世间一般儿童相似而已。这个薰君，却实在卓然不群，天然具有一种异样的风姿。夕雾把他们互相比较了一下，想道：“唉，真可怜啊！如果我所怀疑的竟是事实，那么，柏木的父亲如此伤心，哭着叹惜没有人来报告柏木有子，盼望能抚养他的一个遗孤，而我现在找到了却不去报告，只怕将受神佛惩罚了！”

←半夜梦醒　《源氏物语绘卷·横笛》复原图　近代

半夜里惊醒的孩子哭泣着，云居雁撩开她那丰腴的胸来给孩子喂奶，侍女们拿出米撒在地上以驱除梦魔，一幅半夜梦醒的骚乱场景。这场小骚乱也打断了夕雾梦到柏木的哀伤。在梦中柏木指认笛子不是传给夕雾的，让梦醒的夕雾十分迷惑。

① 爱宕山，是当时的葬地。大约柏木葬于此处。

② 日语中对长辈或上级谈话要使用敬语，表示尊敬对方。对自己则不能使用敬语。

女侍的工作

在物语和绘卷中，出现的女性形象并不只有女主角，还有各司其职的女侍。她们担当着家务、育儿、护理、农活、演艺、供奉神佛等各种各样的职责。从《源氏物语绘卷》中我们也能看到女侍们的一部分工作内容。

缝衣

在平安时代，衣物都是由自家染布缝制的，所以女主人平时就要指挥下人准备新年的服装，或者将作为礼物或俸禄得到的布料整理加工。而能做出高雅漂亮的服装，会被认为是非常能干的主妇。

缝制衣服　　整理布料

哺乳

平安时代的贵族家庭一般由乳母来养育孩子，此图则是云居雁亲自在给孩子喂奶。乳母在抛撒大米，这是为了驱邪，叫作“散米”或者“打撒”。

喂奶的云居雁　　抛撒大米的乳母

梳发

一头丰盈润泽的黑发，是贵族女性形象的一个重要的要素，也是对女性美的一种赞誉。平安女性的长发保养得如此美丽，其中可是有女侍的功劳的。

为女主人梳发

供佛

平安时代的贵族家中多供奉有佛像，平日里供佛所做的焚香、对供佛的鲜花浇水、佛像的保养等，都是由女侍来做的。

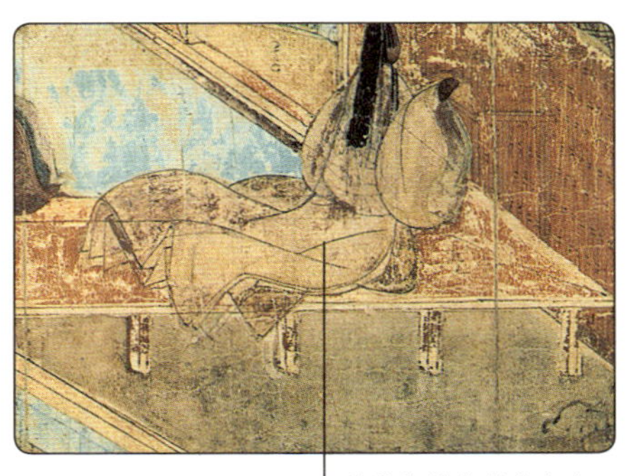

给佛像前的鲜花浇水

也有一些高级的女侍，承担着教导、解惑，以及心理疏导等方面的事务，她们一般都有良好的出身，是主人的良师益友。如《枕草子》的作者清少纳言、本书作者紫式部等。

但又马上打消了这个念头："哎呀，哪里会有这种事！"他心中毫无把握，百思不得其解。薰君性情温柔，对夕雾很亲昵，夕雾觉得这孩子实在可爱。

源氏带着夕雾来到紫夫人那里，两人从容谈话，不觉天色已晚。夕雾说起昨夜到一条院拜访的事，源氏微笑听着。说到柏木生前的可怜情状时，源氏也随声附和，后来说道："她弹奏《想夫恋》的心情，在古代小说中也曾看过。但女人向人泄露心中深情，毕竟是不好的，我所知道的这样的事例很多呢。你不忘与柏木的旧日情谊，想要永远关怀他的夫人，这很好。可是既然如此，你的用心也必须清白，不可胡为，以免发生意外之事。这样，两方才都有面子，外人看了也会赞叹。"夕雾想道："话虽说得是。但他只有在教训别人时才如此心意坚定，自己身临其境时真能不起邪念吗？"但表面上答道："我怎会胡为呢！只因同情她的悲哀，所以经常前往慰问。如果忽然绝迹，外人反容易误以为犯了世间常有的嫌疑。至于那曲《想夫恋》，如果是公主自己有心弹奏，的确略显轻狂，但当时琴筝都在手边，她顺便弹了几句，倒与当时情景很适合，颇具佳趣。世间万事随人而异。公主青春已过，儿子我又少有调情之事。这恐怕正是她放心的缘故吧，态度总是和蔼可亲，彬彬有礼的。"说到这里，夕雾觉得时机到了，便凑近父亲身旁，对他说了柏木亡灵托梦之事。源氏并不马上回答，听完之后仿佛若有所思，后来说道："这支笛子应该交给我。这本是阳成院[①]所用的笛子，后来传给已故的式部卿亲王[②]，他一直十分珍爱。后来他看见柏木卫门督吹笛音色异常优美，有一天在荻花宴会上赠予了他。老夫人并不深知其间缘由，所以把它送给了你。"但他心想："这支笛子如果要传给后人，除了薰君之外，还有谁能承受呢？夕雾一向思虑周详，大概已经看破实情了。"夕雾察看父亲脸色，更加有所顾忌，不敢马上提出柏木之事。但他总想探明真相，便假装一向不知而此刻突然想起，问道："柏木临终时，儿子曾去慰问，承他嘱咐身后之事，其中有得罪了父亲、深感惶恐之语，反复说了几遍。究竟是怎么一回事，我至今不能明白，心中很是困惑。"说时露出一副全不知情的模样。源氏想道："果然如我所料！"但这件事怎能明白对他说出？他假装不解，说道："我什么时候对他表示不快，害得他抱恨而终呢？我自己也想不起来了。至于你那个梦，待我仔细想一想，再告诉你吧。女人们总说'夜不谈梦'，今晚暂且不谈了。"夕雾不知道刚才的话，让父亲有何感想，很是担心。

① 阳成院，是平安时代的天皇（877—884 年）。

② 是紫姬的父亲。以前不曾说起他死，此处是初见。

第三十七回　铃虫[①]

第二年夏天，六条院中莲花盛开之时，尼僧三公主在家中供奉的佛像业已完成，要举行开光[2]典礼。典礼由源氏操办，经堂中的各种用具，置办得十分周到。佛前悬挂的幢幡，式样极其优美，是用特选的中国织锦缝制的。这项工作全由紫夫人负责。花盆架上的毡子，用美丽的凸星花纹织物，色泽鲜丽，雅致宜人，是世间罕有的珍品。寝台四角的帐幕尽皆撩起，内供佛像。后方悬挂着法华曼陀罗[3]图；佛前陈设银花瓶，内插高大鲜艳的莲花。所焚的香是自中国传来的"百步香"。正中央供奉的阿弥陀佛像及侍立两旁的观世音菩萨像、大势至菩萨像，都用白檀木雕成，非常精美。供净水的器皿照例很小巧精致，上面摆放着青、白、紫各色的人造莲花。又有根据古代"荷叶"香调制之法调配而成的名香，其中略微加入蜂蜜[4]，焚时与百步香汇合，香气异常馥郁芬芳。佛经由六道众生[5]分写六部。三公主自用的佛经，源氏亲手书写，且附有愿文，大意是：今生仅能以此结缘，他年誓当同登极乐净土。又有《阿弥陀经》，因中国纸质地薄脆，早晚持诵易于损坏，又特别宣召了纸屋院[6]工人，再三仔细叮嘱，令其制造出最上等的名纸。源氏从春天开始就用心书写这部经书。仅见一端的人，已觉耀眼夺目。因为源氏的笔迹，比打格子的金线更加灿烂辉煌，竟是稀世之宝。至于经卷的轴、裱纸、箱，其精美之状自不必说。这经卷放置在一张沉香木制、足上雕花的几上，装饰在供佛像的寝台内。

佛堂装饰完毕之后，讲师[7]进来了。烧香的人也都来了。源氏也参加了这一法会，他走过三公主所住的西厢，向里张望，只见这临时住所内十分拥挤，暑气逼人，有五六十个装扮庄严的女侍在里聚集。女童们竟被挤到北厢的廊下去了。四处放着许多熏炉，香烟满溢，弥漫空中。源氏走过去，对那些经验不足的青年女侍说道："空中熏香，火力必须轻微，使人不知道烟自哪里出来才好。这般烧得像富士山顶的烟一般，便煞风景了。讲经说法的时候，必须庄严肃静，用心听取佛理，不可随意发出衣衫窸窣之声，行动起坐都要静些才好。"三公主夹杂在这么多人中间，愈发显得娇小玲珑，她平伏地躺卧着。源氏又说："小公子在这里不免吵闹，让人抱了他到那边去吧。"

北面的纸隔扇都已撤去，挂着各色帘子。众女侍都退往那边，周围安静下来，源氏把参与法会时的须知之事提前告知三公主，用心甚为周到。他见公主将自己的起居室让出来供奉佛像，心中自是感慨，对她说道："我和你两人共同经营佛堂，真是意想不到！但愿将来同生极乐净土，在同一朵莲花中和睦共处。"说罢流下泪水，吟诗云：

① 本回写源氏五十岁夏季至秋季八月的事。
② 佛像塑成后，择日致礼而供奉，名曰开光。
③ 曼陀罗，是梵语，意思是平等周遍十法界。这幅曼陀罗图为净土变相图。
④ 名香调配时加蜂蜜。但因佛前忌用一切与动物有关之物，故略微加入。
⑤ 六道众生即：天上、人间、修罗、畜生、饿鬼、地狱。
⑥ 纸屋院，是京都北郊纸屋川畔的一个官办造纸厂。
⑦ 讲师，是七僧之一。七僧是：讲师、读师、咒愿、三礼、呗、散华、堂达。

“誓愿他年莲座共，
心悲今日泪分流。”

他取笔蘸墨，把这首诗写在公主平时所用的丁香汁染成的扇子[1]上。三公主也在这扇子上写道：

“莲台纵有同登誓，
只恐君心不屑居。”

源氏看了，笑道：“你太看不起我了！”但脸上还是露出感慨的神情。

许多亲王都来参与这场法会。各位夫人也争相制作了许多佛前供品，各有别出心裁之处，都送了来，四处堆满。布施七僧的法服，大凡重要的，都由紫夫人专门操办。这些法服用绫绸制成，连袈裟上的格子纹都很精美讲究，深知此道的人都赞叹为世间少有。这也是过分仔细、不忌繁杂了！

讲师升座，用庄严的声音陈述这法会的深意。其间指出：“公主厌弃了世所罕有的荣华，而在法华经中与大臣结下永世不绝的深缘，这种志向尊贵无比。”这位讲师是当代学识渊博、口才出众的高僧，这时郑重陈述，音调异常尊严，听众无不为之感动。

这次的法会，原是为了经堂刚成立，只在家中私下举办的。但皇上及山中的朱雀院知道后，都派使者送来诵经布施的物品，非常隆重丰富，于是排场忽然增大。六条院所准备的设施，虽然源氏主张尽量从简，也已经比一般人家体面得多，何况又加上皇上及朱雀院的颁赐。因此僧众傍晚散会时，满载而归，许多布施品令寺内几乎盛纳不下。

源氏自此更加怜悯三公主，对她的照顾非常周到。朱雀院曾将三条地方的官邸作为遗产赠给三公主，这时便劝请源氏让她迁居过去，以为早晚都有此日，不如现在分居，更合体统。但源氏答道：“两地分居，只怕太疏远了。不能朝夕会晤，实非我之本意。固然是‘我命本无常’[2]，但在我住世期间，总希望她暂且居住家中。”一方面又命人隆重修缮三条宫，一切务求尽善尽美。三公主领地内出产的各种物品，以及各庄院、牧场的贡物，只要贵重一些的，都送到三条宫的库藏之中。又添造仓库，将各种珍宝、朱雀院当作遗产赐赠的无数物品，凡属三公主的，一律加入其中，令人悉心保管。三公主的日常用度、众女侍及上下人等一切费用，均由源氏负担，诸如此类之事迅速安排停当。

这年秋天，源氏在三公主住所西边的走廊前，中垣以东一带地方造出一片原野模样，又增筑了供佛的净水棚，使这环境适合于尼僧居住，景象十分幽雅。许多人步三公主后尘，出家为尼，做了她的徒弟。众乳母及老年女侍当然听其自愿，青年女侍则选取其中道心坚定而能终身不变的，允其出家。三公主落发之时，众女侍争先恐后，都愿追随。但源氏听说之后，劝导她们说：“这是使不得的！只要略有几个信心不坚的人夹杂

① 丁香汁染成的是橙红色，袈裟也用此染色。

② 古歌：“我命本无常，修短不可知。但愿在世时，忧患莫频催。”可见《古今和歌集》。

其中，就会使旁人受到妨碍而流传轻薄之名。”结果仅有十余人改装为尼，服侍三公主。源氏命人抓了许多秋虫，放在这原野之中。每逢黄昏秋风乍起之时，他就信步到此，以听赏秋虫为由，实则仍对三公主不能忘怀，说了许多使她苦恼的话。三公主觉得此人用心真是出人意料，心中非常厌恶。本来，源氏虽在众人前装作对三公主的态度不曾改变，但为了那桩事情内心显然深感不快，现在他的心情完全变了。三公主希望不再与他见面，发心出家，以为从此可以脱离关系。哪知他还是说这些话，使她万分痛苦。她想离此俗世，遁入深山，但也不便正式提出。

八月十五之夜，明月未升之时，三公主来到佛堂前，眺望了一下檐前景色，又专心诵读经文。两三个青年尼僧在佛前献花，供净水杯，汲水，三公主在一旁看着，觉得她们一生忙于这些世俗之事，实可悲哀。正在这时，源氏来了。他说：“今晚秋虫之声好繁密啊！”就低声念起经来。他正在念阿弥陀大咒，声音低沉而十分庄严。秋虫之声确实繁密，其中铃虫[①]的叫声有如摇铃，铿锵顿挫。源氏说道：“旧日有人曾说秋虫鸣声皆属美妙，而其中松虫最为悦耳。秋好皇后曾经特地派人到乡野中去搜求，抓来放在院子里。现在这院中能分明听出是松虫的，已经很少了。可见这虫与它的名字不相称，是短命的虫。它在深山中或原野的松林中，不惜力气地任意鸣唱，无人能够听赏，真是太疏阔了！铃虫则不然，四处皆可常见，这才让人欢喜，是一种亲切可爱的虫。”三公主闻言，低声吟道：

“秋气凄凉虽可厌，
铃虫声美总难抛。”

吟时风度高雅而又妩媚。源氏说：“你说什么？秋气凄凉这种话，颇令我出乎意料呢。”便和诗云：

“心虽厌世离尘俗，
身似铃虫发美音。”

吟罢取过琴来，弹了一曲。三公主也停下了正在数的念珠，侧耳倾听琴声。这时月亮出来了。源氏觉得这团明月，光辉凄凉。抬头怅望，历历回想世间万事无常之状，琴声比平时更显哀怨了。

萤兵部卿亲王猜想今晚六条院中定有管弦之会，便驱车前来拜访。夕雾大纳言也带了许多殿上人来。他们循着琴声，知道源氏正在三公主那里，便马上找到了。源氏说道：“今天心中寂寞得很。不曾准备管弦之会，又很想听听久已不闻的美妙之音，所以

←秋虫之鸣与诵经之声　《源氏物语绘卷·铃虫一》复原图　近代

中秋之夜的黄昏，已经出家的三公主坐在屋檐下虔诚诵经。一位侍女正在为供奉的鲜花浇水。在这看似无声、和谐的画卷中，一角处那凄凉的秋草，以及秋虫的鸣叫，在隐约的诵经声中，透露出淡淡的哀伤。

① 铃虫，即金钟儿。下文的松虫，即金琵琶。皆蟋蟀之类的昆虫。

正在独自一人弹琴。你们来得正好。”就在这里添设座位，请亲王等人入座。今晚宫中本应召开赏月会，后来取消了，大家都觉扫兴。王侯公卿听说萤兵部卿亲王已到了六条院，便也都跟来了。于是大家一起听赏秋虫，品评优劣，又演奏各种琴筝。兴致方浓之时，源氏说道：“月色清亮之夜，无论何时，总令人心生感慨。而今夜这般清光皎洁的月色，尤其令人心驰神往，百感交集。柏木权大纳言不幸身故，每逢兴会，难免怀念。少了此人，只觉公私万事都失却光彩。他深知花木鸟虫等种种情趣，一向是一个见识高雅的话伴，可惜……”听了自己奏出的琴声，也不胜哀伤，泪水沾襟。他猜想帘内的三公主也能听到这一番话，心中不免妒恨。但每次游宴，他总是首先想起柏木，皇上也怀念此人。他就对诸人说：“今晚我们就开个听赏铃虫的宴会，开怀痛饮吧。”

酒过三巡之后，冷泉院派人送信来。原来今晚宫中游宴忽然取消，人人皆感遗憾，因此左大弁红梅、式部大辅[①]，以及其他一些人都在冷泉院。听说夕雾大纳言等在六条院，冷泉院便派人来邀请。信中有诗云：

“九重天样远，闲院绿苔生。
秋夜团圆月，不忘旧主人。

既有雅兴，不妨同乐。”源氏看后说道：“我自退隐以来，一直无拘无束；而冷泉院退位之后，亦常闲居。我不曾常去拜访，他心中必然不快，因此来信相邀，实在不胜惭愧。”便马上起身，准备应邀前往。其答诗云：

“月影当空终不变，
蓬门秋色已全非。”

此诗并不特别出色，只是回想今昔变迁，聊表情怀而已。命人为使者准备酒食，犒赏丰厚无比。

各人车辆按照官位高下略加排列，随从四处奔忙走告，管弦之声暂时停歇，大家一齐从六条院出发。源氏与萤兵部卿亲王同乘一车。夕雾大纳言、左卫门督、藤宰相[②]以及所有在座的人，皆为随从。源氏与萤兵部卿亲王本来只穿着常礼服，因嫌简慢，又各自加了一件衬袍。月亮渐渐高升，天色异常优美。诸少年在车中恣意吹笛行乐，以微行形式前往参拜。如是正式拜见，自然必须按照官位行礼，才可对面答话。源氏今晚重又恢复了从前当臣下时的心情，轻骑简从地突然来访，冷泉院不由得惊喜参半，热诚欢迎。他这时正值壮年[③]，容貌端丽，与源氏一般无二。在这春秋正盛之时，让位独居，令人看了为之感动。这天晚上诗歌应和，无论汉诗或日本诗，意味无不精妙深远。但作者见闻不多，若只记录片段，令其失却全貌，因此一律略去不表。天色渐明之时，各人吟诵诗篇，不久辞别归去。

第二天，源氏前去拜访秋好皇后，与她谈了许多话。他对她说：“我现在镇日闲居，理应经常来看望你。虽无特别之事，只是年纪渐老，总想把一些难以忘却的往事说给你

---

① 此人前文未见，疑为红梅之弟。

② 这二人前文未见。藤宰相疑为红梅之弟。

③ 冷泉院这时三十二岁。

听听，再听你谈谈。但每次出门，排场太大又不好，太简又不好，弄得我左右为难，以致一向走动不多。比我年轻的人，有的死了，有的出家了，人世如此无常，不由人意气消沉，难以安心。于是出家之志，日渐坚定起来。只盼望你能照顾我的后人，勿使他们孤苦无依。这话过去我多次向你提起，务望牢记心中，勿负所托。”说时态度十分郑重。秋好皇后的模样总是很年轻[1]，她答道：“让位之后，反比以前深居九重时见面更少，这真是意想不到之事，使人深为遗憾。眼看诸人出家离俗，也觉人世可恨可厌。但我这种心思迄今未向您禀告过。这一生万事皆蒙您鼎力照顾，如今不得许可，心中不免惆怅。”源氏说：“确实如此，当年你深居宫中，归宁时日虽然有限，倒能经常相见。如今让位之后，反而没有借口任意回家了。人世固然无常，但没有特别痛苦之人，亦难毅然抛舍红尘。心无挂碍、决意出家的人，也自有其各种牵累羁绊，你怎能模仿此类行径而生学道之心？你若出家，只怕会令世人不解、胡乱猜疑呢！这件事决不可行！”秋好皇后心知源氏不能体察己心，更觉苦闷。原来她很惦记亡母六条妃子死后苦状，不知她堕入了多么可怕的地狱业火之中。她死后屡次显灵作祟，自报姓名，被人嫌恶，源氏虽然竭力隐瞒，但世人素爱讥评，自然有人将这些话传入秋好皇后耳中。她听到之后，悲痛难忍，便觉人世一切皆可厌弃。她很想知道母亲鬼魂显灵时所说的话，但又不便追问，只是迂回地说道：“不久前曾隐约听闻：先母死在阴司，罪孽深重。虽无真凭实据，似乎亦可推断。但我这做女儿的，只觉难忘死别之悲，不曾想到后世之事。深愿得一深通佛道之人，善为开示，得以皈依三宝，亲自拯救亡母于业火之中。年龄愈长，这愿望愈是恳切。”源氏觉得她这愿望也自有理，深感同情，答道：“地狱业火，无人可以避免。俗人虽知这道理，但在有如晨露一般短促的生涯中，总难舍却红尘。目连[2]是一位近于成佛的圣僧，才能将母救出。但谁又能仿效此例呢？纵使你卸却钗环，于此世未免犹有遗恨吧！况且你便不出家，也可坚守此志，只需逐渐举办各种法事，就可超度亡母脱离苦海。我也一向有志出家，但事务纷繁，虽已辞官闲居，仍属枉然，只好暂且蹉跎岁月。若能成就出家之愿，我一定静居修身，帮你为亡母祈求冥福，可惜这也全是妄想。”二人悲叹世事尽属虚空，都可厌弃抛舍，但毕竟难以痛下决心。

昨夜秘密至此，无人知道；今日消息已经传出，王侯公卿皆来迎接，护送这位准太上天皇返回六条院。源氏想起自己膝下子女：明石女御自幼怜爱，现在身居尊位；夕雾大纳言也声名显扬，出人头地，可算尽皆如意。而对冷泉院，感情更为深挚，心中一直念念不忘。冷泉院也常常记挂着他，在位时只恨见面机会稀少，因此早早让位，以便行动自由。但秋好皇后反而不得归宁了，她和冷泉院像一般臣下似的同居一处，对游宴、管弦之会反比在位时更有兴致。秋好皇后诸事满足，只是每当想起亡母六条妃子在阴间受苦，出家之志便日益坚定起来。但源氏和冷泉院都不允许，她只好尽量为亡母举办功德法会。虽暂不出家，而人世无常的感触却日益深切。源氏也和秋好皇后一样心情，便立即准备为六条妃子举办法华八讲。

---

① 秋好皇后这时四十一岁。

② 目连，俗作目莲，是释迦佛的弟子，其母死后堕入饿鬼道，食物一经入口，即化烈火。目连求救于佛，佛教他在七月十五日作盂兰盆会，以救其母。可见《盂兰盆经》。

隐藏的关系——对《源氏物语绘卷》铃虫帖的解读

在《源氏物语绘卷》铃虫帖中，贵族们用诗歌宴会来打发清冷的中秋之夜，其雅趣跃然纸上。同时，在这美丽祥和的画面中，还描绘出了戏剧性的人物关系，将主人公们骚动的内心世界融入画面之中。

镜像关系

- 容貌相似的源氏与冷泉院像照镜子一般对面而坐，名为君臣，却隐藏着难言的父子关系。
- 左边柱子下方坐着的萤兵部卿亲王，与画面下方的人物。
- 吹笛的夕雾与走廊上并排三人中间的人物。

类似的镜像关系画面上还有两组，这两组不太严格的镜像，将源氏父子的镜像关系反衬得更加强烈，突出了相对而坐两人心照不宣的心事。

萤兵部卿亲王　源氏　冷泉院　夕雾

隐藏

画面自左至右的对角线上，按顺序坐着不为人知的儿子冷泉院、源氏、众人皆知的儿子夕雾。这也暗示着，对角线的延伸处，即夕雾视线前方的庭院里，应该还有一个隐藏的儿子，即薰。同时，夕雾吹着的笛子是柏木生前的遗物，而薰不正是柏木的孩子吗？

源氏抱着的其实是柏木的孩子薰。

这种严丝合缝的人物配置，用镜像构图以及延伸寓意，将读者引向源氏与藤壶、柏木与三公主这两对人物的悖逆之恋。

第三十八回 夕雾[1]

以忠厚诚实著称的贤人夕雾大纳言，终于对一条院的落叶公主生出恋情，心中眷念不忘。他在他人面前装作不忘旧情，不时前往慰问，但时间愈久，心底里愈觉不甘。老夫人觉得夕雾的诚心十分难得，心中感激。她近来觉得日子寂寞，夕雾常去拜访，给她不少安慰。夕雾当初并非为了求爱而来访。他想："此刻态度突变，提出求爱，只怕过于唐突。唯有竭尽忠诚，公主以后自会明白我的心意。"他又想找个适当机会，探察公主的心意。但公主从未亲自与夕雾会面。夕雾便设法找寻机会，想向她挑明心事，看她有何表示。忽然老夫人为鬼怪作祟，患起病来，移居到比叡山麓小野地方的别墅里。老夫人早年曾皈依一位律师，此人极擅驱除鬼怪，而现在正幽闭山中，决不踏入红尘。小野近在山麓，倒还可以请他下来。老夫人移居时所用的车辆仆从，均由夕雾一一安排。柏木的几个亲兄弟，因为事务繁忙，反而不曾顾及这位寡嫂家的事。其中长弟左大弁红梅，对公主也怀有恋情，曾一度贸然求爱，却被公主坚拒，此后便无颜拜访。唯有夕雾非常贤明，若无其事地常在公主邸内走动。

夕雾听说老夫人要请僧众举行祈祷，便备办各种布施物品及祈祷时所用的净衣，派人殷勤送去。老夫人病重，不能亲自作书酬答。众女侍说："这样身份高贵的人，只叫别人代笔答谢，似乎太不礼貌。"便请公主亲自作复。公主的笔迹非常优美，虽只寥寥数语，着墨不多，语气倒颇显亲切。夕雾更加眷恋不舍，因为想多看公主手迹，频频与她通信。夫人云居雁见他们如此亲热，心知以后定会出事，脸上时常流露不快。夕雾有所顾忌，虽想亲自去小野拜访，但一时不便抽身。

八月中旬，野外秋色正美，夕雾渴望看看公主山居的情状，便借口要去访友，对云居雁说："某某律师难得下山一会儿，我有要事与他商谈。而老夫人正在患病，我也想顺便前去慰问。"便出发向小野而去。随从不多，只带了五六个亲信，都穿着便服。一路上山道并不难行，也只有松崎地方的山色优美，虽无奇岩怪石，但秋色十分娇艳。比起京中富丽堂皇的官邸来，另有一番清新趣味。落叶公主的别墅四周围着低低的柴垣，十分别致。虽然只是暂住的居所，气象却也高雅不凡。正厅东面凸出的一室内，筑着一座祈祷坛。老夫人住在北厢，落叶公主住在西侧的室中。老夫人一直说鬼怪不祥，公主不宜同行。但公主怎肯离开母亲！一定要追随入山。老夫人又怕鬼怪转移到别人身上，因此将居室隔离开来，与公主的房间并不相通。因为此处没有待客的房间，几个上等女侍便引着夕雾来到公主帘前，请他暂坐，然后向老夫人通报。老夫人命女侍传言："承蒙枉顾，盛情不胜感激。老身若就此死去，更加无法报答公子大德，幸喜尚得苟延残喘。"夕雾答道："尊驾移居之时，小生本应亲自来送，只因家中正有要事，以致不能如愿。又因杂务繁忙，一时未能到访，中心不胜牵念。多有怠慢，不胜歉憾。"

这时落叶公主躲在室内。但旅居之地，设备自然简陋，公主坐处并不太深，帘外可以听见室内的动静。夕雾听见轻微的衣衫之声，知道公主就在里面，更觉神魂飞荡。女侍往返传言之时，夕雾便趁机和一向熟识的女侍小少将君等人谈话，他说："我经常来此拜

① 本回写源氏五十岁八月至冬季的事。

访，竭诚效劳，至今已历多年[①]。你们待我还是如此疏远，叫我好怨恨啊！让我坐在帘前，请人传言，隐约通问，这样的冷遇，我平生都不曾经历呢。外人都讪笑我，说我愚笨不堪，我听了难堪死了。如果我在年轻位卑、行动自由时，多少学得一些调情的本领来，今天就不会受此冷遇了。像我这样忠厚诚实、数年如一日的人，在世间怕是不多吧。”他说时非常认真。众女侍猜到他的心意，互相拉衣推肘，悄悄地商谈：“由我们来代答，不免太难为情。”便进去对公主说：“他向我们如此如此，公主若不亲自应对，似乎太不知情识趣了。”公主答道：“母亲不能亲自应对，于礼有失礼，我本应代为招待。但母亲病势沉重，我一心看护，自己也已筋疲力尽，不能善加应对了。”女侍转告夕雾，夕雾说道：“这是公主说的吗？”便整理衣冠，说道：“老夫人病势沉重，我也非常担忧，情愿以身相代。这是为了什么呢？恕我直言相告：依我之愚见，在老夫人身体康复之前，公主必须保重自身，平安无事，才对双方有利。而公主以为我所挂念的只有老夫人，不知我对公主多年以来牵念之情。这真使我大失所望啊！”众女侍都说：“此言有理。”

夕阳西沉，天色渐暗。四周山雾弥漫，背阴之外顿觉幽暗。鸣虫之声四起，无比聒噪。墙根处抚子花正在盛开，迎风起舞，袅娜多姿。庭前各种秋花，恣意乱开。流水淙淙，凉气逼人；山风阵阵，声音凄厉；松涛万顷，澎湃汹涌。又突然传来响彻云霄的钟声，这是向昼夜不断诵经的僧人宣告轮班的时间到了，离座僧人和接替僧人的念诵声调相和，异常庄严。夕雾身在其中，只觉所见所闻，无不悲伤凄凉，心中便满怀感慨，沉思多时，竟不想回去了。律师正在祈祷，诵念陀罗尼。忽闻众女侍相告：老夫人病状不妙。大家便都聚集到那病房中去。在这旅居之地，女侍本来不多，此时公主身边自然更少有人，公主正独坐沉思，四周肃静。夕雾觉得这正是披露心事的时机。忽然夜雾弥漫，封锁窗户。他便叫道：“连归途方向也迷失了，这该怎样是好呢？”接着吟诗云：

“漫天夕雾添幽致，
　欲出山家路途迷。”

落叶公主在室内答道：

“茅舍深藏烟雾里，
　狂童俗客不相留。”

吟声异常低微。夕雾想象此人音容，不胜欣慰，真的忘记要回家去了。他说：“这真是进退两难了！归途已经失却，在这夜雾笼罩的屋里又不便留宿，只怕要被逐走了。我这不懂风流之人，遇到这种情况，不知怎样才好。”他明确表示不想回去，又隐约吐露难以承受的恋情。几年来落叶公主自然深知夕雾心事，但一向只假装不知。这时听见他宣之于口，倾诉怨恨，便觉十分可厌，默默不答。夕雾长叹一声，心中反复寻思，觉得这种机会不易再得。他想：“纵使被她看作没良心的轻薄儿，也是无可奈何了。总得

① 柏木已死三年。

轻薄的夕雾　歌川丰国　源氏香之图·夕雾　江户时代（约1844—1847年）

夜雾弥漫时分，夕雾一反往日的诚实庄重，突然闯入落叶公主室内。如此逾礼的行为，让落叶公主感到十分羞耻和委屈。图为进屋的夕雾拉住落叶公主的衣裾倾诉爱慕，日式的纸隔扇门就像她的抵抗般脆弱无力。

让她知道我多年来的爱慕之心。”便召唤随从。右近卫府的一个将监，最近刚晋爵五位的，是他的亲信，此人奉命而来。夕雾吩咐他说：“我有要事，必须与这里的律师晤谈。但他此刻正在祈祷，不得闲暇，不久就要休息的。我今晚准备在此留宿，等到初夜功德结束后就到那边去见他。叫某某人等在此守着。其余的人都到附近栗栖野的庄院去，在那边喂饲马匹。不可让许多人留在这里吵闹。在这种地方留宿，外人知道了未免觉得轻率，会乱造谣言的。”将监心知事出有因，奉命而去。夕雾若无其事地对女侍们说：“这样大的雾，归途模糊难辨，今晚我只得留宿在此了。既然如此，不妨让我睡在这帘前吧。等到阿阇梨休息时，我就去与他相会。”

夕雾从前到访，从来不曾如此长久驻留，也不曾显露半点儿轻薄之相。但他今晚这般模样，落叶公主觉得深可担忧。如果轻率地逃往老夫人那边，又觉得不成体统，只得默默无声地坐着。夕雾与女侍随便地谈话，渐渐挨近帘前。女侍膝行入内传言时，他也跟了进去。这时大雾深锁窗户，室内光线幽暗，女侍回头看见夕雾也跟进来，大吃一惊。公主十分困窘，急忙膝行而去，出了北面的纸隔扇。夕雾迅速赶上，将她拉住。公主身体已经进入隔壁室内，裙裾却还留在这边。纸隔扇那边没有钩环，只得任其半开着，身上的冷汗像水一般流出。众女侍都吓得呆若木鸡，不知应该怎样应付。纸隔扇这边虽装着锁，但她们又不敢强把这位贵人拉开，把门锁上，只得哭丧着脸叫道：“哎呀！这算什么呢？想不到这位大人会有这种念头啊！”夕雾答道：“我只想如此接近一下公主，你们何必如此大惊小怪？我这人虽然微不足道，但多年以来的诚心，你们总该早就知道吧。”他就诉说了他的心事。但公主哪肯细听！她遭受如此奇耻大辱，心中只觉万分委屈，一句话也说不出来。夕雾说道：“公主如此不近人情，竟同孩子一般！我满怀伤痛，难以忍受，因而举动稍稍越礼，此罪自不容辞。但不得公主许可，亦绝不敢再求更进一步的亲近。我实在是‘柔肠寸断苦难言’[①]啊！公主即便不肯赏脸，自然总有几分理解我的心事。但故意假装不知，对我如此冷淡，使我无法申诉怨恨，我就顾不得冒昧了。公主纵使把我看作可恨的负心之人，我也不惜，只求把多年来积于心中的愁闷向公主告白而已。公主对我如此冷淡，我虽然伤心，但绝不敢放肆……”他强作镇定，装出一副情深意厚的模样。公主一直拉住纸隔扇，但这防御毕竟太不坚固。夕雾也不强行开门，笑着说道：“靠这点儿阻隔来聊以自慰，也太可怜了！”他并不任意胡为。可见此人性情温和文雅，即使在这种时候，也与别人不同。

落叶公主想是长年悲愁，身体十分瘦弱。身着一袭家常便服，袖部显见手臂极为纤细。周身衣香袭人，通体无不可爱，真有无限之温柔。这时夜色转浓，秋风瑟瑟。墙脚虫吟之声、山中鹿鸣之声，与瀑布之声混合在一起，更觉十分凄凉。夜色幽谧，纵使是感觉迟钝的人，也必难以入睡。格子窗仍未关上，只见明月已近山头。这般景象，令人伤感。夕雾对公主说：“你到此刻还不了解我的心意，不免显得浅薄。像我这样不识时务、愚诚可靠的人，世间实不多见。见解浅薄的人，讪笑我这样的人为呆子，不可不谓之冷酷。但像你这样聪明的人，也对我这般轻视，真叫我想不通。你不是未经人事的人

---

① 古歌：“一度钟情深刻骨，柔肠寸断苦难言。”可见《菅家万叶集》。

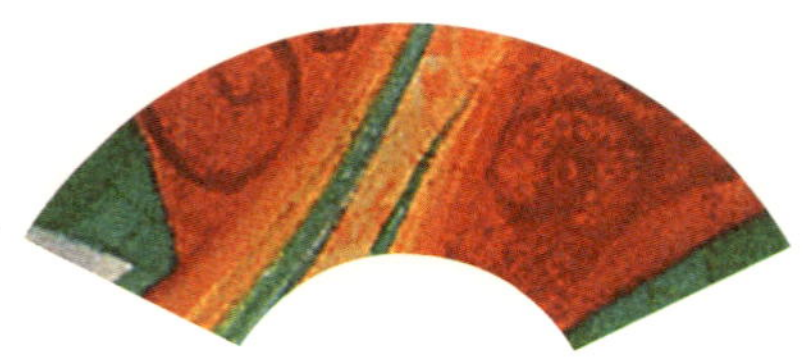

呀！”他说尽千言万语，落叶公主不知怎样对答，心中默默寻思。她想：“他以为我是已经下嫁的人①，就可以放心调戏，屡次这般隐约调唆，实在使我伤心。我真是个世间少见的苦命之人啊！”觉得不如一死。便哭泣着说道：“我自身虽罪孽深重，但你这种狂行妄为，叫我怎不伤心呢？”声音十分微弱。她在心中吟道：

“我独多忧患，频年袖不干。
今夜添热泪，名节受摧残。”

她并不想说出，但却断断续续地泄露了字句。夕雾在心中组成诗篇，低声诵念。公主深觉羞耻，痛悔自己不该吟出此诗。夕雾说道：“我刚才言语不敬，冒犯你了。”便微笑着答诗云：

“公主纵轻我，今夜泪不添。
当年曾湿袖，名节早摧残。

不必犹豫，只管顺从我的想法吧。”便劝她一起到月光中去，公主心中懊恼，决不肯跟去，怎奈他用力一拉，便出去了。夕雾对她说道：“我对公主的爱情，深挚无比，请你务必了解我心，不要顾忌。若不经你同意，我决不，决不……”他的语气十分坚决。谈说之间，天色已近黎明。

月色澄静如洗，晨雾也无法遮蔽，清朗的光辉照入室中。山庄厢房甚小，只觉与室外没有什么两样。公主觉得自己的脸正对月亮，很难为情，百般回避，那种娇媚的态度实难形容。夕雾大略说起柏木生前之事，态度从容不迫。但他觉得公主对他不及对柏木那般重视，不免有所怨恨。公主心中寻思：“我故去的丈夫官位不及此人高，但婚姻之事乃父母之命，自然名正言顺。即便如此，我尚且受到丈夫的冷遇。更何况这个人。我怎能冒昧跟从他？他又不是外人，家翁前太政大臣是他的岳丈，若听说这样的事，不知心中有何感想。世间一般的讥评且不必说，我父朱雀院将何等伤心失望！”她一一考虑关系深切的家人，觉得这件事断不可行。她自己固然坚贞不移，奈何世人谣言纷纷！老夫人此刻尚且不知，实在对不起她。以后若知道了，也定将责怪她不知大义，真是令人痛苦。因此她再三催促夕雾早归：“请务必在天明之前回去！”此外更无他言。夕雾答道：“公主太无情了！叫我像两人定情之后似的踏着晨露回去，岂不让人耻笑！还请你明白我的心情。你若如此冷酷地对我，想哄骗我早些离去，我禁压不住心中欲火，倒不知会做出什么事情来呢。”他心中眷恋不舍，一经公主催促，反而更不想回去了。但他的确不惯于如此的色情行为，觉得过分非礼，对人不起。而被人看轻，也觉可耻。为人为己打算，还是乘人不觉之时冒着晨雾回去才是。但他这时已经神不守舍了。吟诗云：

“露重荻原沾袖湿，
雾迷归途阻人行。

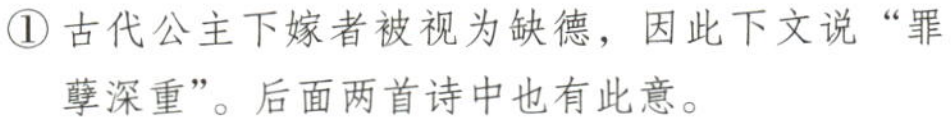

① 古代公主下嫁者被视为缺德，因此下文说“罪孽深重”。后面两首诗中也有此意。

破晓月色　歌川广重　石山秋月　江户时代（1834—1835年）

在夕雾看来，隐匿多年的爱慕此刻有机会倾诉出来，像图中的月光一样通透、澄碧如洗，让落叶知道自己的情意，实甚可慰。但落叶却如同正对月亮难为情般，竭力回避、抵抗他月光般的爱意，在世俗的规则下，只能悲叹自己晦暗的命运。

我虽空手而归，但你那泪湿的衣袖，想必正是强迫我走的报应吧。”公主想道：“我今后定将没来由地被传播轻浮之名了。但‘心若问时’，我总算还可坦然。”便用十分疏远的态度对待夕雾。答诗云：

“托词野草多霜露，
　更欲教人泪湿衣。

你的话真太奇怪！”她责怪他，娇嗔的样子很可爱。多年来，夕雾为公主竭诚效劳，多方关照，其忠实远胜他人，但这时前功尽弃。这次他忽然放肆，显露了好色的本相，致使公主受惊，自己也觉可耻。但仔细再想，又觉这次为了遵从公主之意，未成事实，过后岂不被人当作笑柄？归途之中思前想后，心绪烦乱，晨露沾了满身。

这种破晓偷归的行径，夕雾一向少有，只觉颇有趣味，但也很辛苦。此刻若回三条院去，云居雁见他浑身湿透，一定惊诧责怪，于是去了六条院东殿花散里夫人那边。这时晨雾尚未散去，想起山中别墅，不知现在怎样。众女侍看见了，悄悄地说道：“真奇怪，大将从来不曾这样破晓偷归呢！”夕雾暂时休息一下，就起身换衣服。花散里夫人这里替他预备冬夏新衣，马上从熏香的中国式衣柜里拿出换上了。吃过早粥之后，他就去拜见父亲。

夕雾派人送信给落叶公主，但公主不肯拆阅。她昨夜突然遭此意外，惊魂不定，又深觉可耻，心中懊恼。她想：“母亲若是知道了，叫我还有什么脸面？她做梦也不曾想到，一旦看出我神情有异，或者由于他人不肯隐恶，将这消息传入她的耳中，那时她怪我隐瞒，将使我多么痛苦！还不如如实叫侍女们向她通报。她听了心中虽感悲伤，也无可奈何了。”母女二人一向十分亲密，从无半点儿隔阂。从前的小说中总是描写类似欺瞒父母的事例，但落叶公主不愿如此。众女侍互相议论：“纵使老夫人略有耳闻，公主又何必真有其事似的愁这愁那呢？这样提前担心，也太痛苦了。”她们不知详情究竟，很想看看这封来信。但公主绝不肯拆。她们有些着急，对公主说：“置之不理，毕竟是太不像话，简直像无知小儿了。”便把来信拆开呈上。公主说道：“我气得发昏了！虽然只和那人见了一次，终是怪我自己过于轻率。一想起他那不顾别人、恣意胡行的行径，更加难以容忍。你们回复他，只说我不要看信就是了。”便异常苦闷地躺下。夕雾的来信并不十分可厌，只是一往情深地写着：

“心空似觉魂离合，
落入无情怀袖中。[①]

古人说：‘世事不如意，根源在自心。’[②]可知古代也有如我这样的例子。但不知道我的魂魄将飞向何方。”信写得很长，但女侍们不便读完。照这语气看来，这信不像是定情后第二天的慰问信，但详情怎样，不得而知。众女侍见公主神情大异，深为担心。她们想道：“两人的关系究竟怎样了呢？多年以来，夕雾大将竭诚照顾，万事都很关怀，真是一个好人。但真要把他当作夫婿，似乎反而逊色了。让人很不放心呢。”与公主亲近的女侍，都不免替她担忧。

老夫人全然不知此事。被鬼怪作祟的人，即使病势很重，也有偶尔清醒之时，这一天她的神思恰好清楚了。一位阿阇梨做完日中的祈祷之后，正在诵念陀罗尼。他见老夫人病势好转，很是欢喜，对她说道：“大日如来[③]倘不说谎，贫僧如此尽心竭力地祈祷怎会不灵验呢？恶鬼虽然厉害，但有业障缠身，毕竟是不用怕的！”便用嘶哑的声音痛斥恶鬼。这阿阇梨是一位道行高深而性情直率的律师，突然问道：“如此看来，夕雾大将已经和府上的公主缔结姻缘了吗？”老夫人答道：“从无此事。他是已故大纳言的好友，始终不忘大纳言的临终嘱托，多年以来，每逢这里有事，总是尽心竭力地照顾。这次听说老身患病，又赶来慰问，实在愧不敢当。”阿阇梨说：“老夫人此言差矣！凡事瞒不过贫僧。今天早晨贫僧到这里来做后夜功课时，看见一位仪表堂堂的男子从西面的边门出来。那时晨雾浓重，不能辨别是谁。但同来的几位法师异口同声地说：‘夕雾大将回去了。昨夜曾将车马遣走，自己在这里宿夜呢。’怪不得衣香那么浓重，让人闻了头痛，原来是夕雾大将啊。这位大将身上衣香非常浓重呢。老夫人，这件事情可不太好。他原是一位学识渊博的人物。自他童年

---

① 古歌：“似觉神魂已失踪，心头漠漠意空空。多因惜别心烦乱，落入伊人怀袖中。”可见《古今和歌集》。此诗根据这首古歌。

② 古歌：“世事不如意，根源在自心。愿将身舍弃，魂魄自由行。”可见《古今和歌集》。

③ 大日如来是真言宗的本尊。

如葛藤般纠缠的爱慕　《源氏物语绘卷·寄生一》复原图　近代

夕雾的爱慕如葛蔓般纠缠着落叶公主，让她痛苦不已。他如同预谋般在众人心目中扎下稳重守礼的根，攀缘而上，直至登堂入室，将他与落叶公主纠缠在一起。僧人的传言，老夫人的猜疑，让这种纠葛更加难辨。图为陷入爱情纠葛的平安女子。

时起，贫僧就秉承已故老夫人[1]的嘱咐，替他举办祈祷。直至今日，凡有法事，都由贫僧一手担当，因此所知颇为详细。公主和他结缘，实在是无益的。他的正夫人势力宏盛，娘家又是当代显赫之室，高贵无比。所生的小公子已有七八人之多。公主只怕压她不倒呢。再说：女人恶业缠身，堕入长夜黑暗地狱，都是由于犯了这种爱欲之罪，才会受此惨报。如果被人嫉妒，更将成为永远妨碍往生成佛的羁绊。这件事贫僧绝不称善。”老夫人说：“这真是怪事！他向来绝无好色之相。昨夜我身体异常痛苦，便叫女侍传言：且待休息一下再图会面。女侍们说他暂时在外等待。只怕因此才在此留宿，亦未可知。他这人一向诚实而又规矩呢。”她嘴上虽否认阿阇梨的话，但心中在想：“或许有这样的事，亦未可知。过去确有好几次流露出好色之相。但这个人素来贤明，一向避免受人讥评之事，态度端正严肃。因此我们不曾严加戒备，只以为他不会做什么违心的事。昨夜他见公主那边人少，便钻入室内，亦未可知。”

① 指夕雾的外祖母。

律师走后，老夫人将小少将君找来，问她："我听说有这样的事，究竟是怎么回事？为什么公主不把详细情形告诉我呢？我不敢相信真有其事。"小少将君觉得有些为难，但终于将昨夜之事从头至尾详细告诉了她。又叙述今晨夕雾的来信以及公主隐约吐露的言语。最后又说："大纳言不过是把多年来隐藏的心意略向公主诉说而已。他非常谨慎小心，天还没亮就回去了。不知外人说了些什么。"她万万不曾料到是律师说的，还以为是某个女侍偷偷告诉老夫人的。老夫人听了她的话，一言不发，只觉得伤心失意，泪如雨下。小少将君看了很难过，想道："我为什么就如实告诉了她？她正在生病，这样一来未免更加痛苦了。"她心中后悔，便又说道："他们是隔着纸隔扇会面的。"又说了许多安慰的话。老夫人说："不管怎样，如此疏忽大意，轻率地与男人会面，实在太不应该。纵使两人清清白白，但那些法师，以及嘴快的仆人，说话会留余地吗？叫我们对别人怎样辩解？难道可以说明他们没有发生关系吗？她身边的人都是一些不识轻重……"没有说完，已经痛苦难忍。病中听到这种事情，自然是伤心的。她满心企望公主成为一个高尚的皇女，如今结了世俗之缘，又流传出轻薄之名，令她心中好生悲痛！

老夫人流着眼泪对小少将君说道："我此刻觉得略好些，你去请公主到这里来吧。我本应去看望她，但实在走不动。我觉得许久不曾见她了。"小少将君来到公主房中，对她说道："老夫人请公主过去。"公主想去见母亲，便把泪水打湿的额发仔细梳理，又把拉破的单衫脱去，另换一件。但不肯马上就去。她想："这些女侍对昨夜之事不知怎样看待。母亲还不知情，但日后隐约听见，定要怪我隐瞒，叫我拿什么脸面去见她？"便又躺下了。对小少将君说："我觉得好难过啊！但愿就此死了，倒也落得干净。我的脚气病也发了。"便叫小少将君为她按摩一下。她每逢心绪不佳、过分忧愁时，这个毛病必然发作。小少将君对她说道："昨夜的事，老夫人已经听说了。她今天问我是怎么一回事，我已如实地告诉她，不过我说纸隔扇是紧闭的，又说了些使她放心的话。如果她问起公主，请公主与我一样回答。"但老夫人的伤心悲叹，她没有告诉公主。公主听了，非常伤心。她一言不发，眼泪像雨滴一般从枕上流下。她回想过去，不但是这件事，自从意外地下嫁以来，不断使母亲伤心，便觉此生全无意趣。又想这个人不会就此罢手，势必要再来纠缠，外间流言该多么难听！她思前想后，不胜苦恼。这种事无法辩解，只能任人讥议。今后又将流传多么可耻的恶名！昨夜虽然不曾失身，聊可自慰，但这金枝玉叶之体，如此轻率地与男子会面，也太不应该。自伤命苦，只觉万般委屈。

到了傍晚，老夫人又派人来请，并命人打开两室之间的储藏室两边的门，作为通路。老夫人虽然身体不适，还是毕恭毕敬地接待公主，按照礼仪，下榻相迎[1]。对公主说道："这屋子里很肮脏，硬要邀你过来，也颇觉不好意思。虽只两三天不见，却好像隔了几年，对你想念得很呢。你我今世虽为母女，后世未必还能相见。纵使再为母女，不记得今世之事，也是枉然。这样想来，母女之缘实在短暂。情谊过分亲密，反而使人痛苦。"说罢掩面大哭。落叶公主心中百感交集，注视着老母，默默不语。公主性情腼腆，只觉羞于启齿。老夫人很可怜她，也不追问昨夜之事。女侍们点起灯来，又把晚餐

① 老夫人是更衣，身份不高。女儿却是高贵的皇女，因此必须恭迎。

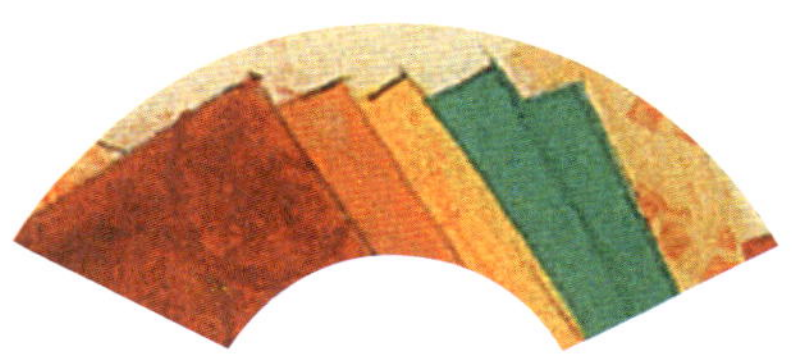

送进来请用。老夫人听说公主今日不进饮食，便亲手调制肴馔，但公主一点儿也不想吃。倒是看见母亲病体好转，使她胸怀略觉开朗。

这时夕雾又送信来。不知内情的女侍接了过来，回报道："大纳言有信，是给小少将君的。"公主愈发提心吊胆。小少将君接了信。老夫人就不得不问："是什么信？"老夫人此时心中已经确信女儿失身，正在等待夕雾今晚再来。听见有信，料想他不会来了，心中不快。她说："这信还是应该作答的。否则不成体统。世间极少有肯替他人辩白的人。你虽然自诩清白，能相信你的人怕也很少吧。还不如无所顾忌地与他通信，与往常一样才好。置之不理，不成体统，也太自大了。"便要拿过信来看。小少将君很为难，但只得呈上。只见信中说道："昨夜拜见，才知公主待我如此冷淡，反而更令我专心一意、恋恋不舍了。

在山泉水清，出山溪水浊。
若欲保清名，徒然成浅薄。"

类似的语言极多，老夫人未能尽读。这信态度很隐晦，似有得意之色，而今夜又不再来访。老夫人看了很不高兴。她仔细想来："从前卫门督对公主颇为冷淡，我很伤心。但他表面上对她特别尊重。全靠如此，聊可慰怀，这尚且让人很不称心。现在这个人竟如此态度，该怎样才好？前太政大臣家的人听说这件事，不知将做何感想。"又想："我总得再探探他的口气。"便不顾心情颓丧，擦擦眼睛，勉强执笔代为作复，写出来的字奇形怪状，有如鸟迹。信中写道："老身病势危急，公主亲来探望。正在这时，接读来信。苦劝公主作复，但其心情苦闷，不能执笔。老身不便坐视，只得代为奉答：

女萝生野畔，佳种出名州。
何故探花者，匆匆一夜留？"

只写数语，就此搁笔。将信两端捻封[①]，掷出帘外。她躺下身子，只觉异常痛苦。众女侍想刚才那样子大概是鬼怪一时疏忽，暂不侵扰的缘故，便惊慌起来。祈祷的几位灵验的法师就又开始大声诵念。众女侍劝请公主："还是暂且回去的好。"但公主正在悲伤，情愿与母同死，一直坚持守候在旁。

却说夕雾大纳言那天白天从六条院返回三条院宫邸。今夜如若再出访小野山庄，外人必将以为昨夜真有其事，而事实上还不致如此，因此只得竭力忍住。但那爱慕之苦，自比往日添了千倍。夫人云居雁隐约听说丈夫有偷情之事，但假装不知，躺在自己的起居室中，和孩子们一起玩耍消遣。傍晚刚过，小野山庄送来回信。夕雾拆开一看，与往常不同，文字有如鸟迹。一时不能辨别，便把灯火移近，想要仔细阅读。云居雁虽然人在隔壁，却早就看到有信送来，这时便悄悄地走到夕雾背后，突然把信抢了去。夕雾吓了一跳，对她说道："这算什么？真正岂有此理！这是六条院东院那位继母[②]给我的信呀。她今天早上略感

① 信纸是卷成筒状的，故须捻封两端。
② 指花散里。

风寒。我辞别父亲出门后，不曾再去探望她，甚为记挂。回家后送信去探问病况，这是她的回信呀！你看吧，情书难道也会写成这样的？你这种态度多么野蛮啊！相处的年月愈久，愈是看人不起，真真气死我也！你也不管我怎样想，全然不怕难为情。”他恨恨地叹了一口气，并不显出着急的模样要去夺回信来。云居雁也不马上看信，只是拿在手里把玩，答道：“你说‘相处年月愈久，愈是看人不起’，只怕你对我才是如此呢！”她看见夕雾泰然自若，不免有些心虚，只是撒娇撒痴地说了这样一句。夕雾笑道：“谁对谁都好，这正是世间常态。不过像我这样的人，别处怕也找不到。一个身份高贵的人，谁也不多看一眼，守定一个妻子，就像惧怕雌鹰的雄鹰一样[①]，岂不惹人耻笑！被这样愚顽的丈夫守着，在你也不会觉得光荣。只有在许多妇人之中，特别受丈夫宠爱，地位与众不同，这才能让别人艳羡，自己心里也觉愉快，欢乐之情才源源不绝。如今让我像个老头那样专心一意地死守一个少女[②]，真是可恨。这在你又有什么体面呢？”他花言巧语地想骗回那封信。云居雁嫣然一笑，说道：“你想装成体面，叫我这老婆子苦死！近来你的模样变得太过浮薄，我一向不曾看惯这种模样，心中有些难过。正是‘从来不使侬心苦……’[③]呀！”那娇嗔的样子，亦自有几分可爱。夕雾答道：“你的意思是‘今日突然教我忧’吧，究竟为了什么事呢？你一向不曾说起，对我也太疏远了。定然是有人从中搬弄是非。那个人不知怎的一向不喜欢我，为了我的绿袍[④]，至今还看不起我，这才把各种难听的话隐约地说给你听，企图离间我们。于是为了这样一个毫无关系的人，你就大吃其醋……”他嘴上虽然如此说，但想到落叶之事以后终究要成的，所以也不特别强调。大辅乳母听了，觉得很难为情，一句话也不说。两人谈东说西，云居雁终于还是把信收了起来，夕雾也不硬要索回，没精打采地睡了。他心中忐忑不安，仍想设法取它回来。料想这信是老夫人所写，不知信中说些什么。他躺着反复寻思，不能入睡。云居雁已经睡着，他就装作若无其事地在她的茵褥下摸索，但没有找到。他不知道那封信到底藏在何处，心中十分懊恼。

次日天色已明，夕雾醒来，并不马上起身。云居雁被孩子们吵醒，走出室外。夕雾假装刚刚醒来，在室中到处寻找，但偏偏找不出来。云居雁见他并不急着找信，心想这大概不是情书，也就不把它放在心上。男孩子们在室中游戏，女孩子们玩着玩偶，年纪稍长的读书习字，各忙各的。还有很幼小的孩子，缠住母亲，在她身边拖来拖去。云居雁便把夺信一事忘了。但夕雾除了这信以外，其他的事一概不想。他只想早些写回信去，但昨夜的信尚未看得清楚。不看来信而作复，老夫人就会知道那信被他失落了。他

→忌妒夺信 《源氏物语绘卷·夕雾》复原图 近代

落叶公主的母亲以为夕雾始乱终弃，于是给他写信质询。但夕雾的妻子云居雁误以为是情书。图为妒火中烧的云居雁，从背后将夕雾拆看的信件夺下的情景。两夫妻吃醋争执，却全然不知屏风背后的侍女们正津津有味地偷听。

① 雌鹰身体大，雄鹰身体小。
② 这大约是一个故事，今已失传。
③ 古歌：“从来不使侬心苦，今日突然教我忧。”可见《水原抄》所引。
④ 夕雾以前向云居雁求婚时，大辅乳母嫌他官位低（六位，穿绿袍）。

思前想后，心乱如麻。吃过早饭之后，夕雾心中苦恼，对夫人说："昨晚的信上不知写些什么，你死也不肯给我看，真是奇怪。我今天本应前去探望，但是心情不适，不能前往。我想写封信去，又不知来信写些什么。"说时态度淡然。云居雁想想，抢了这封信来实在没有意思，觉得很难为情，便不再提，答道："你只要说前晚在深山中略感风寒，身上不好，不能出门，婉言道歉就行了。"夕雾开玩笑地说："算了吧！不要说这些无聊的话！这有什么意思呢？你把我看作世间一般的色情男子。这里的女侍们看见你在我这个不解风情的人面前说这种醋话，只怕都觉得好笑呢。"便接着问："那封信到底藏在哪里了？"云居雁并不马上拿出来，于是他只得照旧和她谈东说西，躺着休息了一会儿，不觉天色已晚。

夕雾被鸣虫之声惊醒，想道："此刻山中的雾不知多么浓重，真让人牵挂啊！今天总得写回信去了。"他觉得对不起她们，拿过砚台来磨墨，怅然沉思，考虑这回信该怎样写法。回头时忽然看见云居雁所坐的茵褥里边有一处稍稍高起，试着揭开一看，原来那封信塞在这里！他又是欢喜，又是生气，笑着展开信来阅读。读完之后，心中不断叫苦。原来老夫人误以为前夜已成事实，心中难过，真真对她不起。从昨夜等到天明，不知多么痛苦，而今日到此刻又无回音。他想到这里，但觉懊恼不可言喻。又想："老夫人熬着痛苦，勉强提笔写了这封信，可见她是忧伤难忍了。怎禁得今夜又是音信全无呢！"但现在已毫无办法。因此觉得云居雁这样恶作剧，实在可恨。他想"她任性戏耍，好端端地硬要藏起这封信……罢了，这种样子都是我自己惯成的。"思前想后，觉得自己也很可恨，竟想大哭出来。他想马上前去拜访，又想："公主不见得肯与我见面吧；但老夫人信上这样写着，叫我怎么才好？真不凑巧，今天又是诸事不宜的日子，万一她们允我成亲，将来后果不吉，也使不得。还要从长计议才是。"他行事一向认真谨慎，所以有这种想法。于是决定先写回信再说。信中写道："蒙赐来信，拜读之余，喜不自胜。但'匆匆一夜'之责，不知因何所闻而有此言？

冶游遥入深秋野，
未结同衾共枕缘。

如此申明原委，虽属无益，但昨夜未能到访，罪不容辞。"此外，又写了一封长信寄给落叶公主。命人从厩中牵出一匹快马，换上鞍子，派前晚那个将监骑马送信，又低声吩咐他道："你对他们说：我昨夜在六条院宿夜，是刚才回三条院的。"

小野山庄中昨夜等候夕雾不来，老夫人已忍无可忍，不顾世人讥评，写了一封申诉怨恨的信去，竟连个回音都没有。今日眼看又要过去，不知夕雾用心何在。老夫人对他已经绝望，只觉肝肠寸断，她近来病势已稍为好转，今日又渐沉重起来。落叶公主心中，对于这件事并不过分忧伤，她只痛恨那天被这素未谋面的男子看到了日常的姿态。她并不特别在意夕雾之事，但看见母亲为她如此烦恼，觉得意想不到，又觉得十分可耻，但也无法说明自身清白，因此她的神情看着比往常更加害羞。老夫人看了心中难过，觉得公主的命运越来越苦，愁闷充塞胸怀。便对她说："事已至此，我也不必向你啰唆了。人的命运总是前世注定。但如果自身疏忽大意，也难免受人讥评。往事虽已不可挽回，今后自当更为小心。我这人固然微不足道，但总算对你悉心教养。现在无论何事，你尽皆通晓。人情世故，也能分别，在

物语的讲述者——绘卷中的女侍们

《源氏物语》是以女侍讲述自己在皇宫和贵族家中见闻的手法写出来的。在《源氏物语绘卷》中，故事的讲述者们被浓墨重彩地描绘出来。特别是画面中那些侧耳聆听、察言观色的女侍们。她们大多没有名字，但其隐约的身影为故事场面赋予了丰富的血肉，使物语的世界更加生动。

《源氏物语绘卷》之夕雾

这是夕雾打开落叶公主的母亲写来的书信，而妻子云居雁正伸手想要夺信的场景。此时，隔壁房间的两个女侍正屏住呼吸，凝神倾听主人夫妇的状况。主仆两方的对比，使画面更富戏剧性。

《源氏物语绘卷》之柏木一

这是产后的三公主在父亲朱雀院来探望时请求受戒出家。帷屏后的女侍们正聚精会神地聆听，她们浓艳的色彩与源氏等人的深灰色调形成强烈的反差。

《源氏物语绘卷》之柏木二

这是夕雾前来探望重病的柏木，帷屏后的女侍们惶恐于主人的病情日重，而柏木则惶恐着与三公主的私情被发现，这隐忍而无法明说的心绪在对比中更显得如此隐秘。

《源氏物语绘卷》之寄生一

这是今上帝与薰君对弈长谈，隔壁房间的女侍们也在侧耳聆听，似乎向读者证明了那些道听途说来的信息：薰君的优秀出色，今上帝的宽容大度。

这方面我大可放心。但你还有孩子脾气，心意尚欠坚定。对于这些，我很担心，总希望自己能多活几年。一般人家之中，身份稍稍高贵一些，总是一女不嫁二夫，否则便要被人看轻，视为浮薄。何况你是金枝玉叶，并无特别重大之事，轻率地接近男子，怎么使得！从前由于意外的姻缘而下嫁，多年以来，我常为你伤心。但这是你的宿世孽缘。当时自你父皇以下，时人无不赞善，而那边的太政大臣亦再三恳请，我怎能阻拦？只好让步听命。不幸他短命而死，丢下你一人孤苦伶仃。但这也并非你的过失，唯有怨怪苍天，凄凉度日而已。不料这次又生一事，于人于己，都不免流传轻薄之名。虽然如此，外间声名虽可置之不理，若能像世间一般夫妇那样相爱，从容度日，也可使我大为安慰。哪知此人如此无情！”说罢滚下泪来。老夫人只管各抒己见，公主无法辩白，唯有嘤嘤哭泣，看着非常可怜。老夫人一直向她注视，又说：“唉，我看你生得没有一点儿不如别人。究竟前世作了什么孽，以致今世如此忧患，如此命苦呢？”说罢，只觉异常痛苦。鬼怪便乘人虚弱而猖狂进攻，这时老夫人气息奄奄，身体渐渐冷却。律师也慌张起来，就在佛前许下大愿，大声诵念祈祷。这位律师曾立下宏誓：终身幽闭山中。这次为老夫人之事破例下山，若法事不验，毁坛归山，颜面全无，更要连累佛祖无颜对人，因此全心全意地虔诚祈祷。公主哭泣之哀，更不必说。

正在忙乱之际，夕雾大纳言派人送信来了。这时老夫人尚未完全昏迷，隐约听人说有信送来，心想夕雾今晚又不会来了。她想：“我的女儿真是命苦，想不到成了世人的笑柄！连我也留了这样一封可耻的信在别人手中！”百感交集，更感痛苦，就此与世长辞。如此情景，悲、恨等字都无法形容了！她以前常被鬼怪侵扰，几次死而复生。僧众以为这次也不例外，就加紧诵念祈祷，哪知果然一去不返了。公主欲跟母亲同去，伏在遗骸旁边大哭。女侍们用世间常理的话来劝慰她：“如今已无可奈何了！凡人大限已至，是绝不会再回来的。公主虽然舍不得老太太，又有什么办法呢？”有的人便要强扶她回去，说道：“这样反而不好！将使老太太在冥世路上增加罪过呢！暂且回到那边去歇息吧。”但公主的身体已缩成一团，失去知觉了。僧众拆了祈祷坛，纷纷告辞，唯有几个陪夜僧人还留在这里。事已无可挽回，那种景象真好凄凉！

各处亲友都来吊丧，也不知是何时得知的。夕雾大纳言一听噩耗，非常吃惊，马上遣使慰问。源氏、前太政大臣，以及其他亲友，一一派人致奠。山中的朱雀院也送来一封十分恳切的信。公主收到此信，这才抬起头来。只见信中写着：“我早就听说你母亲病重，但她一向体弱多病，我素日见惯，竟致疏忽，不曾派人慰问。你今遭逢此变，诚属不幸。我想到你悲伤哭泣的样子，不胜怜惜。深盼你察知人世之无常，善自宽慰。”公主已经哭得不能视物，但仍握笔作复。老夫人生前经常嘱咐死后殡葬之事，故此尽遵遗命而行，今日即将出殡。老夫人的侄儿大和守[1]负责料理一切。公主眷恋不舍，希望多多瞻仰遗骸。但这件事无法照办，众人准备出殡，正要出发，夕雾大将也赶到了。

夕雾动身之时，对家人说：“今日若不去吊问，以后日子皆不好，不宜出行。”其实他想到公主一定十分悲戚，不胜记挂，所以坚持要立即前往。家人劝他不必如此着急。但他一定要去。路途甚远，好容易才到山庄，只见四周景象异常凄惨。遗骸用屏风

① 即小少将君的哥哥。

围着，不让来客看见，一望只觉阴森可怕。夕雾被请入老夫人起居室西边的一室中，大和守哭着前来接待。夕雾靠在边门外的栏杆上，唤女侍前来。众女侍由于过分伤心，一个个都神思恍惚。但因夕雾亲自赶来，略觉安慰，小少将君便来应对。夕雾见了她，一时也说不出话来。他一向性情坚强，不轻易落泪。但这时看到这般凄惨情景，再想起老夫人生前，不胜感慨。而且这种人世无常之相，并非传闻而是亲见，因此更加悲痛。好容易才镇静下来，他让小少将君传言公主："前日听说老夫人病势好转，我便有些疏忽了。做梦也得过些时候才醒。这件事来得比梦醒得还快，让人不胜惊骇！"公主想道："我母亲忧伤而死，多半就是为了此人。虽说是前生注定，但这孽缘实在可恨。"因此并不理会。众女侍劝道："我们怎样答复他呢？大将身份高贵，特地远来吊问，确是一片诚心。如果置之不理，未免太不礼貌。"公主答道："听凭你们代我答复吧。如今我已不知所云了。"说完就躺下身子，她这样子原也难怪。小少将君便去对夕雾说："此刻公主心中昏沉，几同死人一样了。大驾光临，已向她禀告过了。"女侍们都已泣不成声。夕雾便道："我也无法安慰她了。待我心情稍定，公主哀思稍解，我再来拜访吧。老夫人突然仙逝，不知有何缘故，还请详细告知。"小少将君便把老夫人等候夕雾不至而大为忧伤的情形大略告知，最后说道："最后这话似乎是在埋怨大将。但今日心绪纷乱，语言未免错乱。大将如欲详细推察，不如等公主心情稍定，再行奉告，并请指教。"夕雾见她说话时神情昏迷，觉得自己想说的话也难以出口，只好说道："我也觉得心中纷乱。只好请你好生劝慰公主，给我片言只语作为回复也好。"他虽舍不得马上离开，但因为这时人来人往，久驻不去恐受人讥评，只得起身辞别。他万万想不到今晚就要出殡，觉得排场过于简单，太不像样，便召集附近庄园中的仆从，仔细吩咐，叫他们帮忙照料，这才离去。这件事突然而至，以致葬仪过于简单，幸得夕雾协助，气象忽然庄严，送葬的人数也增添了不少。因此大和守不胜欣慰，十分感激夕雾。落叶公主想起母亲即将化作烟尘，心中不胜哀痛，匍匐在地上痛哭。旁人看到此情此景，觉得虽为母女，实在不宜过分亲密。如今公主如此悲痛，对其自身也很不利。大家不免伤心叹息。大和守对公主说："这里景象如此凄惨，不宜久留。长久在此居住，悲痛更难消除。"但公主仍想接近山中火葬之烟，以便追忆母亲，因此一定要终身住在这山庄之中。东面的走廊及杂舍，略加间隔，让七七期间做功德的僧人住在其中，悄悄地诵经念佛。西厢改用丧中陈设，由公主居住。公主就在这里无止无休地度送悲伤的岁月，不觉已到深秋九月。

寒风凛冽，树叶尽落，景象无限凄凉。落叶公主受此环境影响，日夜伤感，泪无干时。她痛恨"生死"也不能"随心意"[①]，便觉人世实在可悲可厌。众女侍也都觉得事事皆不顺遂，意乱心迷。夕雾大将每日派人来问，又犒赏僧众各种物品。寂寞地诵经念佛的僧众都很喜慰。他又写些情深意厚的信寄给公主，向她倾诉怨恨，一面又殷勤地向她慰问。但公主看也不看。她想起那天晚上夕雾的荒唐举动，致使病弱的老夫人心有误解，终于抱恨死去，成了妨碍往生成佛的障碍，便觉悲愤填胸。只要有人约略提起，她

① 古歌："但教生死随心意，视死如归并不难。"可见《河海抄》。

就万分痛苦，泪如雨下。因此众女侍不敢禀告，徒呼奈何。夕雾连一封回信也收不到，起初还以为公主哀思不减，暂不写信，但后来日子一久，始终音信全无。他想："伤心终有限度，岂可如此忽视我的一片诚心！真是过分无情，太不懂事了。"心中不免怀恨。又想："我信上如果说的是风花雪月之事，自然使她厌烦，但我写的都是同情她的哀愁和悲伤的慰问之语，她应知感谢才是。回忆外祖母逝世之时，我心中确实悲痛不堪。而前太政大臣并不哀伤，只以为死别乃世间常态，而只在丧葬仪式上尽其心意，如此冷酷无情。六条院父亲大人只是半子，反而诚恳地举办身后佛事，使我不胜欣慰——并非因为他是我的父亲才这样说。对已故的卫门督也极尽哀思，我从那时起就特别愿意与他亲近。柏木为人非常镇静，对世事考虑也十分周到，哀思比常人更为深切，真是可爱之人。"他在寂寞无聊之时，经常如此设想，借以度送日月。

云居雁并不详知夕雾与落叶公主的关系，她以前只见夕雾和老夫人相互通信，而且经常写得非常详细，却从未见落叶公主来信，觉得有些奇怪。有一天，夕雾正躺着，怅然望着黄昏的天空，陷入沉思。云居雁让她的小儿子送了一张字条去，一张小纸的一端写着：

"欲慰君心苦，君心不可知：
莫非悲死别，或是叹生离？

黄菊与红菊　酒井抱一　四季之花　近代

菊花的寓意中，黄菊代表哀思、悼念，红菊代表我爱。老夫人忧疾而死，夕雾前去吊唁，怀着殷勤的心思来安慰落叶公主，却不知落叶公主哀思之余，将母亲之死归咎于他。图中黄菊与红菊交错绽放，如同他们之间那纠缠的哀思与爱慕。

不得要领，我心甚忧。”夕雾看了，脸上露出笑容，想道：“她如此胡思乱想，说出这种话来，还以为我是想念已故的老夫人，太不相称了。”便若无其事地复道：

“不为生离叹，岂因死者悲！
但伤人命促，似露受朝晞。

我是在悲叹人世无常呀。”云居雁看了答诗，心知丈夫有所隐瞒，她不管人生如露等事，只觉增人愁叹。夕雾终是难忘落叶公主，心中记挂，便又到小野山庄去拜访。他本已抑制情绪，想等七七四十九日热丧过后，再从容地去探望。可实在忍耐不住，他想：“时至今日，我也不再顾忌这身外的浮名了。只要像普通人一样向她求爱，能如愿以偿便好。”就不顾夫人多心，也不凭空捏造借口了。又想：“纵使公主态度强硬，不愿亲近我，但我既有老夫人恨我‘匆匆一夜留’的信为凭证，她也无法自以为清白了。”这样一想，他就胆壮起来。

九月初十过后，山野秋色萧索，纵使不是深解情趣的人，亦必有所感动。林木末梢的秋叶和山上的葛叶，不堪山风狂吹，纷纷散落，掩盖了庄严的诵经声，唯有念佛之声清朗可闻。室内人影稀少。鹿群被寒风吹逐，都傍在篱垣旁彷徨来去，或者躲入深黄色的稻田之中，不畏驱鸟器[①]的声响，引颈长鸣，令人听了更添愁思。瀑布之声隆隆不绝，徒然使人生悲。草丛中的秋虫唧唧之声极为微弱。龙胆从枯草中伸出，显出唯我独长的模样。这些带露的花草，都是秋季惯有的景致，但在此时此地来看，只觉得格外凄凉难堪。夕雾走近两面的边门，站着看四周情景。他身着平日穿惯的常礼服，里面深色的衬衣鲜丽地露在外面。微弱的夕阳毫无顾忌地照在他身上，使他觉得炫目，不经心地举起扇子来遮挡。众女侍看了，觉得这种优美的手势，应该是女子独有，而女子尚且做不出来呢。他做出一副可使愁人心慰的亲切样子，点名叫女侍小少将君来。小少将君奉命而来，站在离他所站的廊下极近的地方。但他担心帘内尚有其他女侍，不便深谈，便对她说：“你再走近些吧！不要这些疏远我呀！我不辞跋涉之苦，远道来此深山，这一番心意不可忽视啊！而且雾又如此浓重。”他故意不看着她，向山的方面远眺，又说：“再走近些，再走近些！”小少将君便把淡墨色的帷屏从帘端微微推开，把衣裾掀在一旁，坐了下来。这小少将君是大和守的妹妹、老夫人的侄女，血缘亲近，并且从小由老夫人抚养成人，因此所穿丧服颜色很深，她身着一套橡实色[②]丧服，外加一件礼袍。夕雾对她说道：“老夫人逝世，我也深感悲痛，这不必再说；而公主不复一言，太过无情，使我每一想起心魂俱丧！外人看见，都怪我为何如此愁苦。如今我已无法忍受了。”接着又诉说了许多心中怨恨，又提起老夫人临终前寄给他的信，哭得十分伤心。而小少将君哭得更加厉害，后来收泪答道：“那天晚上，老夫人等候大将，可连口信也没有等来。这时她已近临终，神思恍惚，深感绝望。天色渐暗，她的病势愈发沉重，那鬼怪便

① 木板上系几根竹管，拉绳使之发音，用以驱逐鸟兽。
② 橡实色，用橡树果实的汁水染成，即黑色。与死者关系亲、哀思深的，所穿丧服的色也深。

山野悲秋　歌川广重　名所江户百景　江户时代（19世纪）

在落叶公主心里，母亲因为夕雾而抱恨死去，正对他痛恨万状。而此时夕雾却满怀信心地前来拜访，并决意求婚。两者的心情犹如图中秋气萧瑟的山野，天空秋高气爽，山野则晦暗阴冷，一副凄凉悲愁的景色。

乘人之危，夺人之命了。当年卫门督逝世时，老夫人也因伤心过度，多次昏迷。因见公主伤心，为了劝慰公主，才勉强振作起来，逐渐恢复健康。这次公主遭逢老夫人之丧，再无人善加劝慰，以致神志全失，人事不省了。"她说时感叹前情，悲不绝叹，语言哽咽断续。夕雾说道："正是如此。公主的确已过分伤心，情绪委顿了。但事已至此，恕我直言：今后公主将依靠谁呢？朱雀院幽闭深山，有如白云野鹤，遗世独立，连通信也很不易。请你善加劝导，使公主知道自身所处困境。世间万事，都是前世注定。公主虽然不愿随俗，怎奈事与愿违！人生在世若想称心如意，首先要没有死别之悲，这才可能呀！"他滔滔不绝地说着，但小少将君不答一言，只管长叹。室外群鹿哀鸣。夕雾听了，便吟诵"怜我独眠夜，泣声似此长"的古歌[①]。接着赋诗云：

"跋涉离人里，遥临小野庄。
声如鸣鹿苦，不惜湿衣裳。"

小少将君答道：

"热泪沾丧服，秋山人意乖。
鹿鸣声正苦，添得哭声哀。"

① 古歌："秋来鸣鹿苦，响彻晚山阳。怜我独眠夜，泣声似此长。"可见《古今和歌集》。

此诗并不十分出色，但在这时由女子低声吟唱，夕雾觉得也颇美妙。他就叫小少将君向公主传言。公主命小少将君答道："此刻我在世间，犹似身在梦中。且待此梦稍醒，自当答谢昔日之恩。"只此寥寥数语，十分冷淡地应酬他。夕雾觉得公主太过无情，只得长吁短叹地独自归去。

夕雾在归途中怅望秋夜长空，此时正值十三，月亮幽艳地悬在天际。他所乘车辆从容地驱过小仓山时，途经落叶公主本邸一条院。这宫邸已渐趋荒凉，西南方的土墙业已坍塌，从外面即可看见内部各处殿宇，窗户都关着，静悄悄地不见人影，唯有月亮皎洁地映在池塘之中。夕雾回想柏木权大纳言旧日在此地举行管弦之会时的昌盛景象，即景吟诗：

"俊赏人何在？身随泡影亡！
可怜秋夜月，独宿守池塘。"

返回三条本邸之后，他还是只顾眺望月色，心魂儿荡漾在天空中。众女侍看了，都在背后议论："这模样多难看啊！他向来没有这种习气呢。"夫人云居雁真心地发愁了。她想："他的心全然飞到那边去了。不知怎么，他近来把六条院中妻妾和睦共处的诸夫人当作榜样，把我看作不识情趣的厌物了，这真是太没道理。如果我一向就是众多妻妾中的一人，外人尽皆看惯，我倒也可安然度日。但自他的父母兄弟以下，人人都称赞他是世间少有的诚实男子，说我是无忧无虑的幸福夫人。哪知平安的日子过到现在，忽然发生了这样的事。"她心中深为不快。这时天色已近破晓，两人一语不发，背向而坐，各自唉声叹气，直到天明。夕雾不及等到晨雾散尽，便急急忙忙地写信给落叶公主。云居雁心中怨恨，但并不像那天一样抢他的信。夕雾的信写得非常仔细，不时暂时搁笔，吟诵诗句。吟声虽低，却被云居雁听到：

"闻说愁如梦，秋深夜不明。
何时愁梦醒，始得见卿卿？

这真是'瀑布落无声'[①]了！"信中所写也大概如此。封好之后，他又吟诵"如何可慰情"的诗句。然后唤来仆从，将信交付。云居雁颇想看看对方的回信，她总想详细打听两人的关系。

日上三竿之时，小野的回信来了。信纸是浓紫色的，十分简朴，照例是由小少将君代笔的。信中告诉他：公主不肯作复。后面又写道："惭愧得很：公主在来信上信笔乱涂。被我偷了来，附呈请看。"其中果然有从去信上撕下的纸片塞在里面。夕雾想到公主已经看了他的信，只此一项，也就不胜欣慰。真是太可怜了！他把公主信笔乱涂的文字重新拼凑起来，看到了这样的一首诗：

"愁人居小野，朝夕哭声啾。
热泪知多少，无声瀑布流。"

① 古歌："深山名小野，瀑布落无声。似此无音信，如何可慰情？"可见《河海抄》所引。

此外又横七竖八地写着一些愁人所熟知的古歌，笔迹非常优美。夕雾想道："过去我常听见别人为了这种色情之事而伤心，只觉荒唐可笑，惹人厌烦。哪知临到自己身上，果然觉得痛苦难堪。怪哉，我为什么如此伤心呢？"他想回心转意，却力不从心。

六条院源氏也听说了这件事。他想："夕雾为人老成，凡事沉着，从不受人讥评，一向平安无事，我这做父亲的也觉得面上有光。我自己年轻时，未免有些耽好风月，不免流传轻薄之名，所幸他可替我补救。但如今发生了这样的事，对任何人都很不利。对方如果是关系不深的人，犹自不妨，偏偏又是他的至亲，不知前太政大臣对此有何感想。这一点夕雾不会不加考虑，可见前世宿命难以逃避啊。不论怎样，这件事我不宜插嘴。"他觉得此事对落叶公主和云居雁两相不利，因此得知之后，心中不胜愁叹。

他想起往事，再推量未来，便对紫夫人表示，看到落叶公主丧夫的事例，不免为自己身后担心。紫夫人脸红了，暗想丈夫死了，她难道会长留在世么，便不太高兴。她想："女子持身甚难，而一生苦患，世间无出其右！如果对世间种种悲哀欢乐，一概漠不关心，只管韬晦沉默，又怎能享受世间荣华、慰藉人生无常呢？而且一个女子全无知识，如同白痴，岂不辜负了父母养育大恩而使他们伤心失望？万事藏在心中，就像古代寓言中的无言太子[①]，即僧人所引为苦难的那种典型，明知世事善恶，却将自己的意见深埋心底，毕竟太乏味。但虽然心由自主，却不知道怎样才能恰到好处。"思前想后，并非为了自己，而是为了大公主[②]的前途。

夕雾大纳言来六条院参见，源氏想知道他的心事，对他说道："老夫人七七已经过了吧。想起她以更衣入侍宫中，至今匆匆已历三十年。无常如此迅速，令人伤感。人生在世所贪恋的，只是晨露一般的欢乐而已！我很想把这头发剃掉，将世间万事一概抛开。但如今还是苟且偷安，因循度日，实在很不好呢。"夕雾答道："确实如此。表面上看来毫无留恋的人，其实心中也有难以抛舍之事呢。"接着又说："老夫人四十九日中的一切佛事，都由大和守一人操办，实在太可怜了。没有可靠的保护者的人，生前尚可，而死后更为可悲。"源氏说："朱雀院一定已经派人吊慰了。他那二公主不知现在怎么样。那位更衣，据我近年来的所见所闻，比以前传闻的好得多，竟是一位无可指摘的淑女。世人都在悼念她呢。应该长寿的人，偏偏短命而死。朱雀院也一定大为震惊，不胜感慨吧。他平日对二公主的钟爱，仅次于这里已出家的三公主。可见二公主的品貌也应是极其美妙的。"夕雾说："二公主的品貌，不能详知。但老夫人的人品与性情，确是无可指摘的。虽然与我并未亲昵熟悉，但在一些小事上，也可看出此人性情之优越。"关于二公主，他绝口不谈，假装全不知道。源氏想道："他对这件事已是心志坚定，我纵使劝谏，也是徒劳无益。明知他不会听从而偏要向他提出，不免太无聊了。"便不再详谈。

老夫人的法事，由夕雾一手包办。类似的消息，自然无法隐讳，前大政大臣也听说了。

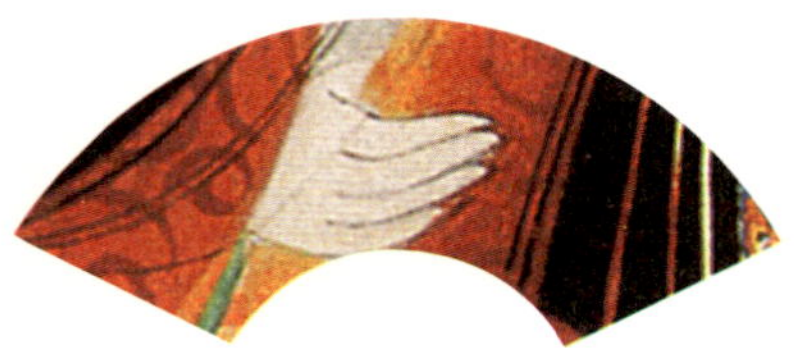

①天竺波罗奈国太子，名叫体魄的，生后十三年不说话，人称无言太子。

②指明石皇后所生长女，由紫夫人抚养。

他以为夕雾不会存有此心，皆是那女子思虑浅率的缘故。举办法事的那天，柏木的弟弟们都来吊奠。前太政大臣也送来丰厚的物品，以供诵经布施。所有供养，极其丰盛，仪式之体面并不逊于当时的显贵之家。

落叶公主立志要终身住在这山庄之中，削发为尼。但这消息传入朱雀院耳中，朱雀院说：“这件事万万不可！女子身事二夫，固然不好。但缺少保护人的少妇，一旦出家为尼，反会引来意外的恶名，身蒙更大的罪愆，对于今世与后世两皆不利，徒然受人谴责。我已落发入山，三公主也已身披尼装。世人笑我断子绝孙，我辈既已出家，自然并不懊恼。但大家尽皆如此，毕竟全无意味。为了躲避人世忧患而遁入空门，声名反而不佳。只有真心有所感悟，心地澄澈，才可以任意去留。”他多次让人将这番话传告给公主。公主与夕雾之事，他也曾听人提起。世人都说公主因为这件事不能顺遂，所以厌世出家。朱雀院为此十分担心。他以为公主公然与夕雾结缘，太过轻率，太不相宜。但又想如果对她提起，使她害羞，也很可怜。“我又何必多费口舌呢！”因此对这件事绝口不提。

夕雾大纳言想道：“我已说得唇焦舌烂，这件事至今还是毫无指望。要她自

世人的议论

歌川广重　冬隅田川之雪

江户时代（1834年—1835年）

夕雾与落叶公主的事情为众人所知，议论犹如雪花般纷至沓来。在平安时代的特殊环境下，这种事情世人多非议女子的轻率，前太政大臣如此，就连父亲朱雀院也认为她与夕雾之事过于轻率。而落叶公主受此纷纷而至的非议，如舟人行于雪天，无处可躲、可栖，只想出家了断尘缘。

已许诺，看来是难上加难了。我不妨对外人说，这件婚事是老夫人生前许下的。事出无奈，只得让死者担待这思虑不周的罪名了。也不让外人知道何时开始定情，马马虎虎混过去吧。现在要我重回青年时代，为恋爱流泪伤感，一再向女人纠缠，似乎也不合适了。”便计划着要将公主迎回一条院，正式成亲。于是选定黄道吉日，召唤大和守前来，吩咐他各种事宜。先将宫邸大事修整。此处宫邸虽然也颇华丽，但因以往住的人都是女子，庭院之中杂草繁生。如今大加清理，施以装饰。夕雾用心极其周到，一切务求尽善尽美。幔帐、屏风、帷屏、茵褥等琐碎之物，也都一一操心，嘱咐大和守尽快备办。

迁居之日，夕雾亲赴一条宫邸，又派遣车辆及前驱到小野去迎接。公主声明决不返京。众女侍苦口婆心地劝说。大和守也劝道：“公主此志，让人实难奉命。小人因见公主孤单悲苦，不胜同情，因此竭尽全力，为公主效劳。但如今大和当地有事，必须亲赴处理。而这里一切事务，无人可以接续。小人若丢下一切自行离去，不免太过怠慢。正在左右为难，幸蒙夕雾大将有此心意，竭诚照顾。公主以为此人存心不良，不肯屈就，自然也有道理。但自古以来，皇女迫不得已而下嫁的，也不乏其例。世人绝不会独独对公主大加责难。如若迟疑不决，反而显得幼稚。纵使公主心志已坚，但身为女子，要独力照顾自身，以求生活安稳，怎么可能呢？毕竟还得有男人爱护照顾，才能发挥其慧心贤才。这些左右之人，不知道将此大义劝导公主，只管自作自主，干那些不该干的事情。”又说了许多话，并责备女侍左近及小少将君。

众女侍见大和守责备，大家一齐聚拢来，劝公主迁居。公主这时已身不由己。女侍们拿出华丽的衣服来替她穿上，但她极不乐意。那一头青丝细发，至今还想剪掉，挽过来一看，长达六尺，末梢虽因近日忧伤而略显疏落，但女侍们看了并不觉得逊色。公主自己看看，觉得容颜衰减，这般模样怎能事人，这一生真不幸啊。想了一会儿，又躺下身子。众女侍连声催促：“时辰过了！夜也太深了！”大家鼓噪起来。忽然随着凉风降下一阵细雨，景象十分凄凉。公主吟诗云：

“愿随亡母乘烟去，
 誓不风靡意外人。”

她虽然决心落发，但这时剪刀等物都被藏起，众女侍防守严密。公主想道：“何必这样大惊小怪！我此身何足挂齿，难道还会像小孩那样逃走，偷偷地剪下头发吗？如此吵闹，外人听见了倒会讥笑呢。”便打消了出家的念头。

众女侍忙着准备迁居，都把自己的梳子、盒子、柜子以及其他打包装袋的东西运往京中。落叶公主不能一人独自留在山庄，只得哭哭啼啼地上车。临别时环视四周，想起当初来时，老夫人在病苦之中尚且抚摸她的头发，替她整理，然后相扶下车，种种景象仍历历在目，不觉悲从中来，滚下泪来。老夫人留下的佩刀及经盒，片刻不曾离身，这时也一起带去。就吟诗云：

“物是人非难慰藉，
 摩挲玉盒泪盈眸。”

这经盒还不曾为丧事而涂黑，是老夫人平日用惯的一只螺钿盒，一向盛着诵经的布施品，现在公主当作遗物保存着。就这样带着玉盒归去，有如浦岛太郎[①]。

到了一条院宫邸，只觉殿内毫无悲惨气象，仆从出出入入，竟是另一世界。车子停在门前。公主下车之时，只觉不是回到旧宅，而是到了一个陌生的地方，心中害怕，不肯下车。众女侍觉得公主未免太孩子气，多方劝导，不胜烦恼。夕雾大纳言暂且住在东厅的南厢中，做出一向住惯的模样。

三条院中的人听到这个消息，大为吃惊，互相诧异地说："大将怎么突然做出这种意想不到的事！是什么时候发生的关系呢？"一向不爱风流的人，反而更容易突然做出意想不到的事。但三条院里的人，都以为夕雾早就和落叶公主发生关系，只是一向不露声色而已。公主如此坚贞不屈，却没有一个人想到。无论他们有怎样看法，在公主都难免要受委屈。

却说一条院的一应陈设，由于公主尚在丧服之中，自然略有不同。这样的开端未免有些不祥。在大家吃过素斋、略作休息之时，夕雾走了过来。他再三催促小少将君，要她引他去与公主相会。小少将君说："大纳言如果真有久长之念，还请过一两天再来。公主刚回故宅，心情不愉，正像死人一般躺卧着呢。我们在一旁劝慰，公主反而更添痛苦。常说：'凡事都为自己'，我们怎敢触犯公主！所以此刻实在不便通禀。"夕雾说："真奇怪极了！我真意想不到啊！公主的心竟如同小孩一般让人莫名其妙。"便对小少将君一再分辩，说他这办法为公主、为自己都顾虑周到，绝不会致使世人非难。小少将君答道："这可使不得啊！我们正在担心：可不要再送走了这个人？大家正心慌意乱，手忙脚乱。我的好大纳言！求求你，千万不要在这时候强词夺理，做这种不近人情的事啊！"便向他合掌礼拜。夕雾说："我从来不曾受过这种冷遇。公主如此轻视我，把我看得比谁都可憎可恶，叫我好伤心啊！究竟谁是谁非，我真想叫人来评评理。"他再无可说之言，有些老羞成怒。小少将君觉得不好意思，就笑着答道："大纳言说从来不曾受过这种冷遇，其实是因为大纳言不解男女之情的缘故。其间道理究竟谁是谁非，不妨让人来评判吧。"小少将君虽然固执，但已无法坚拒，只得随他进去。夕雾猜度公主的居处，走入室内。公主更加懊恼，痛恨此人无礼，便不顾别人笑她孩子气，在储藏室里铺了一条茵褥，躲在里面，把门从内侧锁上，就在那里睡觉。但这能躲到几时呢？女侍们都已丧心病狂，袒护对方了。她一想便不胜痛恨。夕雾怨恨公主冷酷无情，他想："你既如此抗拒，我决不善罢甘休。"他满怀信心，独自睡在户外，思前想后，直到天明，自己觉得好像隔溪而宿的山鸟[②]。好容易天亮了。夕雾心想如此坚持下去，势必变成仇人，不如暂且出去吧。便在储藏室外恳切要求："纵使只打开一条门缝也好！"但里面绝无回音。夕雾吟诗云：

"愁恨填胸冬夜苦，
　又逢深谷锁岩扉。

如此冷酷无情，真让人无话可说。"便哭哭啼啼地出去了。

① 浦岛太郎，是古代传说中的人物。他是一名渔夫，与神龟共赴龙宫，居住三年，享尽荣华。临别一美女赠他一只玉盒，叮嘱其不可打开。他回家后破戒开盒，与盒中喷出的白烟共化为老翁。

② 山鸟雌雄隔溪而宿。

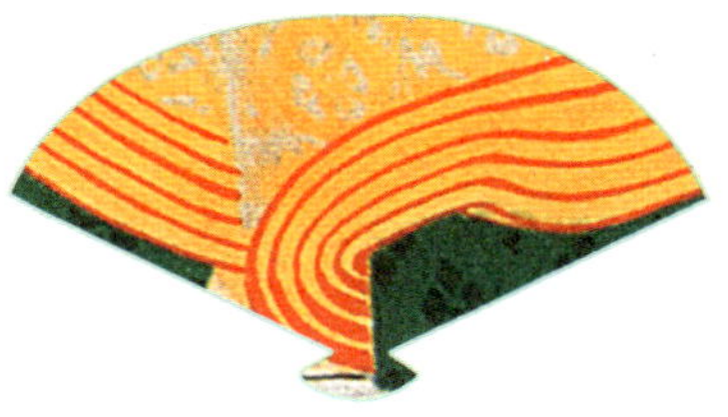

有所依靠的优雅 《源氏物语绘卷·铃虫一》复原图 近代

在夕雾和众人的强制下，落叶公主被移居到了一条院。大和守之言概括了平安时代女子的宿命：除非依靠男子爱护照顾，女子才能生涯安稳。图为幽雅的庭院中神态悠闲的贵族女子。

夕雾回六条院去暂时休息。继母花散里从容地问道："听前太政大臣家的人说，你把二公主接到了一条院。这是怎么一回事？"两人虽然隔着帘子，又添了一个帷屏，但夕雾从一旁可以看到花散里的姿态。他答道："人们总是大惊小怪的。事实是这样：故去的老夫人一开始态度强硬，只觉岂有此理，一再拒绝我的要求。但到了临终之时，身心虚弱，想是担心公主无人保护，便嘱托我在她死后多加照顾。我本来就有此心，便遵从照办了。世人总喜欢评论长短，这样平淡的事，也说得天花乱坠，真是多嘴啊！"说到这里笑起来。接着又说："公主本人厌恶世俗生活，决心出家为尼，于我又有什么办法呢？四处谣言纷传，原是惹人厌烦，索性让她出家，倒可避免嫌疑。但我又不忍违背老夫人的遗言，所以只是照顾她的生活。父亲如果到这里来，还请趁便把我这番意思转告。我担心父亲见责，以为一直平安无事。到了今天，忽然又生出这种不良之心。但实际上，但凡碰到恋爱之事，别人的劝谏和自己的意志似乎都是没有作用的。"后面几句话说得声音很低。花散里说："我也疑心外间传说是真是假，但总有几分真实吧。这原是世间常有的事。只是你那三条院的夫人定然深为不快，倒是怪可怜的。她太平无事地一直过到现在呢。"夕雾说："您当她是个可爱的千金小姐吗？其实像鬼一般凶狠呢！"接着又说："但是我绝不会疏远她。恕我在这里说句放肆的话，您可从自己身上猜想：身为女子，只要心平气和，结果终是有益。如果心怀嫉妒，口出恶言，虽然一时之间，丈夫为了息事宁人，暂且让她几分，但毕竟不能永远依她的心意，一旦闹出事来，势必互相仇恨，成为冤家。总之，南殿那位紫夫人，心地真好，对各方面都很柔顺。还有，您老人家更是和蔼可亲，这是大家都亲眼所见的事。”他极力称赞这位继母。花散里笑道：“你把我搬出来作为示范，反而使我的缺点更加显著了。让人奇怪的是，你父亲自己有好色的毛病，还以为别人都不知道，而你稍有一点儿风流之举，他就当作一件大事，严厉训诫，又在背后担心。真所谓‘责人则明，恕己则昏’也。”夕雾答道：“果然如此。父亲常为这件事训诫我。其实纵使他不教导我，我自己也会谨慎小心的。”他觉得父亲实在可笑。

夕雾去参见父亲。源氏早已听说他和落叶公主之事，但他想：“我又何必硬装知道呢。”默默地看着夕雾。只见他长得相貌威严，眉清目秀，正值精力充沛的盛年。他想：“这样的美男子，纵使有些风流勾当，别人也不会非难，鬼神也应该原宥的。他那艳丽清秀的样子，洋溢着青春蓬勃的气息，其中又看不到半点儿不识世情的幼稚。圆满成熟，无可挑剔，这时寻花问柳，也是理所当然。女人们怎么会不爱慕他呢？揽镜自视，又怎能不感自豪呢？”他看了自己的儿子，心中作如是想。

天色过午，夕雾回到三条院中。一走进门，便有一群可爱的子女迎上来，缠着他玩耍。云居雁躺在寝台的帐幕内。夕雾走进去，她也不理睬他。夕雾知道她心中怀恨，觉得这也难怪，便假装出一副绝不怪怨的模样，把她盖在身上的衣服拉开。云居雁说：“你当这里是什么地方？我早已死了！你不是经常说我像鬼吗，我索性就做了鬼吧！”夕雾答道：“你的心比鬼可怕，但你的模样这么可爱，所以我舍不得你。”他不假思索地说。云居雁生气了，说道：“像你这样容貌威严、风度翩翩的人，我不配与你长久做伴。让我随便到什么地方去吧。你索性想都不要想起我这个人。和你共度了这么许久无聊的岁月，我心里真觉得后悔呢。”说着坐起身来，样子异常娇媚，红晕满颊的面容看上去非常可爱。夕雾就跟她开玩笑：“大约是因为你常像小孩一样地生气，所以我已看惯了，现在觉得这个鬼不可怕了。只怕要再添些凶相才好。”云居雁说：“你说什么？像你这样的人，给我乖乖地去死吧！我也要死了。我一见你就觉得懊恼，一听到你的声音就心中不快。我先死了，把你留在世间，我倒也不能放心。”她说这话时神态愈发娇艳了。夕雾微微一笑，答道：“如果我活着，虽然隔得远了，你见不着我，还会听到我的消息，所以你要我去死。但你这话，才叫我知道我俩情缘的深厚。其中一个死了，另一个也跟着走上冥途——这本来正是我俩的誓约呀。”他一本正经地说，又用各种好话来安慰她。云居雁原是个天真烂漫、温柔敦厚的人，经他一番巧言搪塞，心情自然平复许多。夕雾觉得她很可怜，但又心不在焉，他想：“落叶公主虽然并非一个自高自大、顽固倔强的人，但她如果坚决不肯再嫁，一定要出家为尼，我不免大失所望，太没面子了。”如此一想，他就觉得眼下不可放手，心中不胜烦躁。看着天色渐晚，今天又不会有回音了，他就心挂两头，一味沉思默想。云居雁这两日一点儿东西也不曾吃，此刻略微吃了一些。

夕雾对她说道：“从很小的时候开始，我对你的爱情就已与众不同。你父亲对我十分冷酷，让我得到愚夫的恶名。但我一直竭力忍耐这难堪的痛苦，别人争相来说亲，我一概置之不理。众人都讥笑我，说纵使是个女子，也不会如此固执。现在想起来，也不知那时怎么忍受的，我也相信自己从小就是一个稳重的人。现在你虽然如此厌烦我，但你已经有了一大群不能抛开的孩子，不能独断独行地离开我了。请你放长眼光，静观以后的生涯！所可畏惧的，只是人世无常而已。”说到这里竟哭了起来。云居雁想起往事，也觉不胜感慨，自己与他真是世间少有的夫妇，宿世因缘深厚无比。夕雾把身上那件家常衣服脱下，换上一件特别华丽的新衣，熏足了衣香，用心打扮，仔细化妆，出门去了。云居雁在灯火里目送着他，忍不住流下泪来。便抓起夕雾脱下单衣的衣袖来拭泪，自言自语地吟道：

“断绝情缘成弃妇，
何如披剃着缁衣！

我在这俗世里真是住不下去了！”夕雾站住了答道：“多么无聊的想法啊！

厌弃故夫披剃去，
枉教人世笑君痴。”

此诗匆促草成，所以平平而已。

却说那位落叶公主，一直幽闭在储藏室中。众女侍劝道：“公主总不能一辈子住在这里吧。外人听了，定要讥笑公主太孩子气，行事不成体统。不如到外边来，照旧起居，再把公主的心志向大纳言说明吧。”此外又多方劝导。公主觉得也有道理。但一想起今后外间恶名流传，以及过去内心种种痛苦，都由这个可恨之人而来，这天晚上又不肯与他会面。夕雾说：“开玩笑也不是这样开的，真是少见啊！”他牢骚满腹。众女侍也都代他委屈，对他说道：“公主说过：‘再过几时，等我身心恢复之后，如果他还不忘记，我自会向他致意。在此丧服之中，让我专心地为亡母超度吧。’她的心意很坚决。大纳言频频来访，只怕外间已无人不知，公主也非常担心呢。”夕雾答道：“我的心意与别人不同，绝不会做非礼举动，想不到也会如此受人冷遇！”他叹了一声，又说：“只要公主肯在起居室中接见我，哪怕隔着帷屏也好。我只盼望把心事向她诉说一番。绝不违反公主心意。叫我再等待多少年月，亦无不可。”他再三要求，纠缠不休。公主命女侍传话道：“我已疲倦不堪，你还要无理强求，实在太狠心了。世间谣言纷起，我这一生如此不幸，这且不说。你又如此用心，怎不让人痛恨！”她愈发厌恶夕雾，只想远远避开。夕雾想道：“只管如此下去，被外人知道了，确也难听。让这些女侍看着也不好意思。”便对传言的小少将君说道：“实际关系，一定遵照公主所嘱。但在眼前，不妨暂做表面夫妇。如此有名无实，真是世间怪谈。再说，公主一味坚拒，我若自此断绝来往，外人未免以为公主被弃，更加有损名声。总之，固执己见，像个孩子一样不明事理，实在令人遗憾！”小少将君以为夕雾此言有理。她看夕雾的模样，只见他十分痛苦，便把女侍进出的储藏室北门打开，放他进去。

公主吃惊之余，更加伤心，痛恨她身边的女侍。她心想：“人心如此不测，我今后苦患正多呢！”她想起身边已无可信赖之人，便愈加悲伤。夕雾说出各种理由，希望得到公主的谅解。有的风趣动人，有的含意深远，无奈公主只觉得可恨可恶。夕雾说道：“你把我当作微不足道之人，使我羞惭无地。我因思虑不周，一时起了这个荒唐念头，如今后悔不尽，但也已无可挽回了。然而公主又怎能保持清白的名声呢？无可奈何，只得屈节了。人生在世，一有不如意，总有投身深渊的。请公主把我的心当作深渊，投身

落叶公主的命运

身为皇女的落叶公主，下嫁柏木之时就因柏木另有所爱而备受冷淡。柏木死后，作为遗孀的她又逢夕雾借照看之名接近，虽然分外不愿，但在母亲的误解、侍女以及父亲的劝说和夕雾假托母命之下，终于被夕雾接入二条院，成为他的妻室。这种被迫的、无可奈何的命运成为平安时代女性的写照。

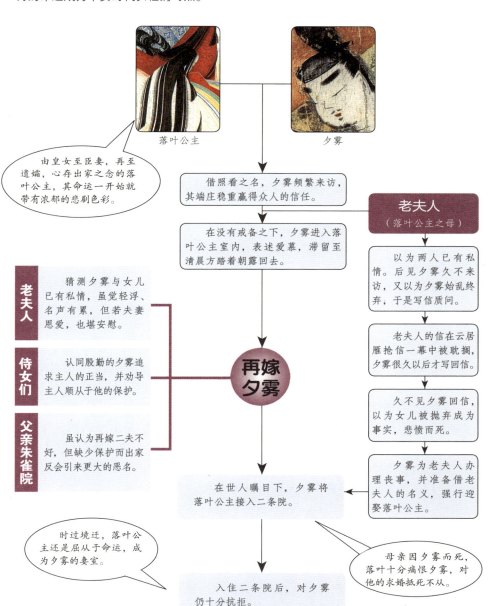

落叶公主

夕雾

由皇女至臣妻，再至遗孀，心存出家之念的落叶公主，其命运一开始就带有浓郁的悲剧色彩。

借照看之名，夕雾频繁来访，其端庄稳重赢得众人的信任。

老夫人（落叶公主之母）

在没有戒备之下，夕雾进入落叶公主室内，表述爱慕，滞留至清晨方踏着朝露回去。

以为两人已有私情。后见夕雾久不来访，又以为夕雾始乱终弃，于是写信质问。

老夫人：猜测夕雾与女儿已有私情，虽觉轻浮、名声有累，但若夫妻恩爱，也堪安慰。

侍女们：认同殷勤的夕雾追求主人的正当，并劝导主人顺从于他的保护。

父亲朱雀院：虽认为再嫁二夫不好，但缺少保护而出家反会引来更大的恶名。

再嫁夕雾

老夫人的信在云居雁抢信一幕中被耽搁，夕雾很久以后才写回信。

久不见夕雾回信，以为女儿被抛弃成为事实，悲愤而死。

夕雾为老夫人办理丧事，并准备借老夫人的名义，强行迎娶落叶公主。

在世人瞩目下，夕雾将落叶公主接入二条院。

时过境迁，落叶公主还是屈从于命运，成为夕雾的妻室。

母亲因夕雾而死，落叶十分痛恨夕雾，对他的求婚抵死不从。

入住二条院后，对夕雾仍十分抗拒。

其中吧！”公主把一件单衣裹在身上，除了哭泣之外毫无办法。那恐惧担心的模样实在可怜。夕雾想道：“真无可奈何了！她怎么会如此嫌恶我呢？无论多么坚贞的女子，到了这个地步，心情自会软起来的。哪知这位公主的心肠竟同木石一般，这般坚决不肯屈从。没有宿世因缘的人，见面只觉可厌，她对我大约也是如此吧。”想到这里，觉得这件事太不近情理，心中十分懊恼。他想起云居雁此刻一定心中不快，又想起当年两小无猜、互相爱慕，以及多年来情投意合、互相信赖的诸般情景，便觉这次自讨苦吃，实在无聊至极。因此也不强去安慰公主，悲伤叹息，直到天明。他觉得每次空自来去，太不成体统，今天索性留在这里，度送一天。公主见他如此固执，非常厌烦，愈发疏远他了。夕雾一面笑她愚痴，一面又恨她无情。

这储藏室内设备并不周全，唯有藏香的柜子和橱子等几件器物而已。把这些东西堆放到角落之中，略加布置，使其宜于居住，公主就一直住在里面。室内极其阴暗，但早晨日出之时，也有阳光射入。公主偶然解下裹在头上的衣服，用手整理散乱的头发，夕雾隐约见其姿色。他觉得这是一个漂亮的女子，容貌十分娇艳。夕雾的姿态，在放任不拘的时候反比一本正经的时候优美得多。落叶公主看了，想道：“我故去的丈夫容貌并不漂亮，但十分自傲，有时尚嫌我容颜不美呢。何况我现在衰老得如此厉害，让这美男子看了，恐怕连一刻也不能忍受吧。”她觉得非常可耻。思前想后，又自我安慰了一番。但总觉得心中不胜痛苦：各方面的人知道了一定要责怪我，使我无可辩解。况且身在丧服之中，更加令人痛心，实在难以遣怀。

公主终于走出了储藏室，二人在起居室中盥洗并进早粥。丧家装饰，似嫌不祥，因此便用屏风将做佛事的东室遮蔽起来。东室与正屋之间，张着淡橙色帷屏，这是吉凶两用之色，并不十分触目。室内又摆着一个两层架子的沉香木橱，隐约表示欢庆之意。这都是大和守的安排。众女侍这时都把青蓝色丧服脱去，换上不太鲜艳的棣棠色、暗红色、深紫色的衣服。绿面枯叶色里子的围裙也换成了淡紫色的。她们都在忙着伺候。此处宫邸唯有女人服侍，未免诸事不周。全仗着大和守一人操心，又雇了几个人来打扫整理。如今意外地来了这个身份高贵的娇客，本来已经辞退的家臣，现在又纷纷前来复职，都在邸内当差。

夕雾无可奈何，只得做出一副住惯的模样，在这宫邸内当主人。三条院的云居雁得知之后，心想这回情缘就此决绝了，但仍信赖夕雾，希望不致如此。接着又想：“古谚有云：‘老实的人一变心，完全变做另一人。’这句话竟是真的。”顿觉看透世情，不肯再受丈夫的气，便以趋避凶神为借口，径自回娘家去了。这时正值弘徽殿女御归宁，姐妹相会，也可稍解忧愁，不像往日那般思归了。

夕雾听到这个消息，想道：“此人性情急躁。她父亲也没有宽宏大量的气度，是个心直口快的人，说不定正在骂我：‘岂有此理！从此不再见他！从此也不要说起他！’不免要闹出许多奇奇怪怪的事情来。”他心中害怕，马上赶回三条院去。只见几个男孩还留在家中，而女孩和婴儿都被母亲带走了。男孩们看见父亲回来，都很高兴，大家在他身边亲近；有的想念母亲，向父亲诉苦哭泣。夕雾心中非常难过。他写了好几封信给云居雁，又派人去迎接，但连回信也没有一封。他大感不快，埋怨她为什么如此轻率任性。他担心前太政大臣见怪，就在黄昏时分亲自去接。听说云居雁正在弘徽殿女御所居的正殿内。夕雾便走进一向熟悉的房间里，只见里面唯有几个女侍，婴儿与乳母也在这里。夕雾叫女侍向云居雁传言：“你现在还同年轻时一样爱同姐妹们交际吗？怎么可以丢下一群孩子，自己到处去闲玩呢？我早就知道你的性情和我不合，但恐是姻缘注定的缘故，我自很久以前就时刻不忘地爱慕你。现在已经有了这一群孩子，个个都很可爱，我俩已经互相信赖，不会再相互抛舍了。为了一点儿小事，难道你就如此决绝吗？”他严厉斥责，恨恨不已。云居雁叫女侍代答：“你已厌弃了我，以为我毫不足取了。我已不能改变性情，讨你喜欢。你又何必多言呢？但愿你不抛弃这些孩子，对他们多加照顾，我就心满意足了。”夕雾说道：“好干脆的回答啊！归根到底，谁会丢脸呢？”便不强要她回去。这一晚他就在那里独宿。自念这时弄得莫名其妙，两头落空，不胜懊恼，只叫几个孩子睡在身边，聊以自慰。他猜想落叶公主这时也必然十分恨他，心中不安，难以忍耐。他想：“世间怎么竟会有人把这样的恋爱当作风流韵事呢？”便觉这件事深可警戒。天明之后，他又叫人向云居雁传言：“只管像小孩一样胡闹，让人听见了笑话。你既说情缘已绝，我也就暂且作如是想吧。但留在那边的几个孩子，正在可怜地想念你。你不在意那几个孩子，想必另有用意的。但我舍不得他们，总要设法安排。”他用这话吓唬她。云居雁心知夕雾是个决断干脆的人，说不定会把这几个孩子带到一条院去，便担心起来。夕雾又说：“把那几个女孩还给我吧。我为了要看她们特地到此，极为不便。我又不能常来。那边的孩子也都很可爱，总要让他们住在一处，以便照顾。”几个女孩年纪都还很小，十分可爱。夕雾看了觉得非常可怜，对她们说：“你们切不可听母亲的话！如此倔强不通情理，真是可恶！”

前太政大臣听说这件事，想起女儿云居雁成为世人的笑柄，不胜悲叹。便对她说：“你不妨暂时观望一下再说？他自然是有计划的。女子行事过于性急，反而显得轻率。但也罢了，你既已经说出，又怎能无端自己取消而马上回去呢？不久自能看出他的态度和心意。”便派他的儿子藏人少将[①]送一封信去给落叶公主。信中写道：

“因缘由宿命，无日不关心。
忆昔诚堪痛，思今实可憎。[②]

你大约还不至于将我们忘却吧。”藏人少将拿着这封信来到一条院，直接闯入。女侍们在南檐下设了一个蒲团，请他坐地，觉得很难应对。落叶公主更加狼狈。这藏人少将在柏木的弟弟之中容貌最为漂亮，姿态最为优美。他从容地环视四周，似乎在回想柏木在世时的情景。然后对女侍们说：“这里是我常来的地方，一点儿也不觉得生疏。但只怕你们现在已不把我当作亲近的人吧。”他略微表示了不满。公主看了信，觉得难以回复，她说：“我实在不知怎么写。”众女侍聚拢来，一齐劝道：“公主不作回复，太政大臣一定要怪公主太不懂事。这信是不可以由我们来代复的。”公主早已在那里流泪了，她想：“如果母亲在世，我无论做了多么不应该的事，她都会庇护我的。”她的泪水倒比笔端的墨水先涌出来，久久不能下笔。后来好容易写道：

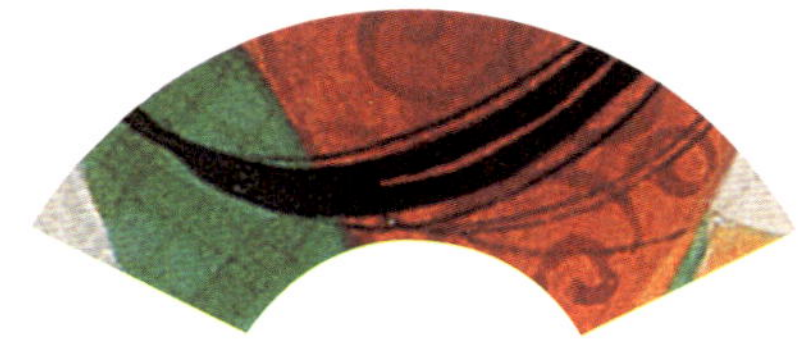

① 疑即藤侍从。
② 忆昔，指柏木之死；思今，指夕雾之事。

云居雁反目 佚名 《源氏物语绘卷·夕雾》 平安时代（约12世纪）

对丈夫另寻新欢的行为，云居雁十分痛恨。眼看相处多年的丈夫一改稳重老实之态，好像变成另外一个人般陌生，伤心的云居雁带着女儿们回了娘家。图为抢夺夕雾信件时愤怒的云居雁。

“我身无足数，岂敢蒙关心。
忆昔何须痛，思今不必憎。”[①]

只此寥寥数语，想到便写，似乎没有结束，就把信包好，送了出去。藏人少将正和女侍们说话，说道：“我是常来的客人，叫我坐在帘外檐下，如此孤独无依。今后我们又将结下新的缘分，我更要经常到访了。想起过去多年间我曾常来效劳，有此微功，还请允许我自由出入，做个入幕之宾吧。”他表示了这番意思之后，就告辞回去。

落叶公主自从读了前太政大臣来信之后，更加疏远夕雾。夕雾日夜焦灼不安，而同时云居雁的忧愁，也与日俱深。夕雾的侧室藤典侍听说之后，想道：“夫人说我是个始终不可原宥的厌物，不料现在来了一个难以应付的劲敌！”见她可怜，便经常去信慰问。信中有诗云：

“我身无此分，设想亦生悲。
双泪为君落，时时湿透衣。”

云居雁觉得此诗暗带讥讽。但伤心之时寂寞无聊，看了她的信便想：“连她也为我抱不平了。”复诗云：

“他人遭苦厄，常使我心寒。
身有不平事，反怜自慰难。”

只此几句而已。藤典侍觉得诗中自有一片真情，很可怜她。

夕雾当年向云居雁求婚不成，两人相互隔绝的时候，曾经与这典侍通情，但也只此一人。后来求婚成功，他就渐渐疏远了她，难得和她一聚。但藤典侍也生了许多孩子。云居雁所生的男孩有大公子、三公子、四公子、六公子，女孩有大女公子、二女公子、四女公子、五女公子。藤典侍所生女孩有三女公子、六女公子，男孩有二公子、五公子。共计十二人。其中不像样子的一个也没有，都长得非常聪慧可爱。特别是藤典侍所生的孩子，容貌清秀，性情温厚，个个都很出色。其中三女公子和二公子由祖母花散里带在身边悉心教养，源氏也常见面，非常怜爱他们。至于夕雾、落叶公主、云居雁之间的纠纷怎样解决，实在不好说了。

① 暗示她与夕雾并无关系。

第三十九回　法事[1]

紫夫人自从前年生了一场大病之后，身体一直虚弱。说不出特别病症，但精神时常萎靡困顿。虽然并无危险，但积年累月，总无康复之望，身体自然日渐亏损。源氏为此不胜忧心。他觉得哪怕只比她晚死一刻，也不能忍受其悲痛。紫夫人自己以为：在这世间已经享尽荣华，心满意足。既无后顾之忧，也不必苟延性命了。只是辜负了多年来与源氏白头偕老的誓约，实在可叹。因此独自在心中悲伤。她为了要为后世修福，举办了许多法事，并且再三恳切地请求源氏主君，让她出家为尼，以遂心愿，在这短暂的住世期间专心修行。但源氏坚决不允。源氏自己也有出家修行的念头，如今紫夫人如此要求，他本想提早和她同入佛道；但一想到一旦出家，便绝不能过问世事，方可在极乐世界同登莲座，永为夫妇。在世修行期间，纵使身在同一座山中，也自须远隔溪谷，分居两地，不能互相见面，专心修行。如今夫人病体虚弱，已无康复之望，如若就此分手，分居异处，实在难舍。反使道心惑乱，玷污山水清秀之气。因此心中犹豫不决。这在毅然遁入空门的人看来，似乎思虑太多了。紫夫人得不到源氏主君的许可，本也可独断独行，擅自出家，又觉太过轻率，且又违背本愿。因此对丈夫略有怨恨。她疑心是自身业障深重之故，因而深为忧虑。

紫夫人近年来有一心愿：请僧人书写《法华经》一千部。这时急于要实行这供养，因此就在她当作私邸的二条院内举行。七僧的法服，各按品级赐赠。法服的配色、缝工，均无与伦比。法会中一切排场，都十分庄严。紫夫人不曾郑重其事地与源氏主君商议，源氏亦并未详细指示各种举措。但这位夫人的思虑十分周到。源氏见她连佛道也如此精通，觉得此人之聪慧不可度量，十分叹佩。他只在大体上帮助办理了些事务。而乐人、舞人等事，均由夕雾大纳言负责处理。

皇上、皇太子、秋好皇后、明石皇后[②]，以至源氏的各位夫人，都赠送诵经布施及供佛物品。只这几项，已经数不胜数；更何况这时朝中没有一人不热心于此法会，因此气象宏大无比。不知紫夫人是什么时候开始筹备的，倒仿佛是几世以前就许下的宏愿。当日花散里夫人与明石夫人都亲自到场。紫夫人打开了南面和东面的门，自己设席其间，这是正殿西面的库房。诸夫人的座席设在北厢，仅用屏风隔开。

正值三月初十。樱花盛放，天气清朗，真是良辰美景。佛菩萨所居极乐净土，恐与此地亦相仿佛。并无特别深厚信仰的人，一到此地亦自觉罪障全消。僧众齐声朗诵《法华赞叹》的《樵薪》之歌[③]，响落梁尘。在平居静处之时，听了也难免为之感动，何况此时，紫夫人听后更觉凄凉寂寞，万念俱灰，便即席吟诗，叫三皇子[④]送给明石夫人，诗云：

“身随物化无须惜，

---

① 本回写源氏五十一岁春天至秋天的事。

② 明石女御已立为皇后。这里是第一次提到。

③《法华赞叹》曰：“樵薪摘菜又汲水，由此体会法华经。”

④ 这三皇子是明石皇后所生，由紫夫人抚养。这时仅有五岁。

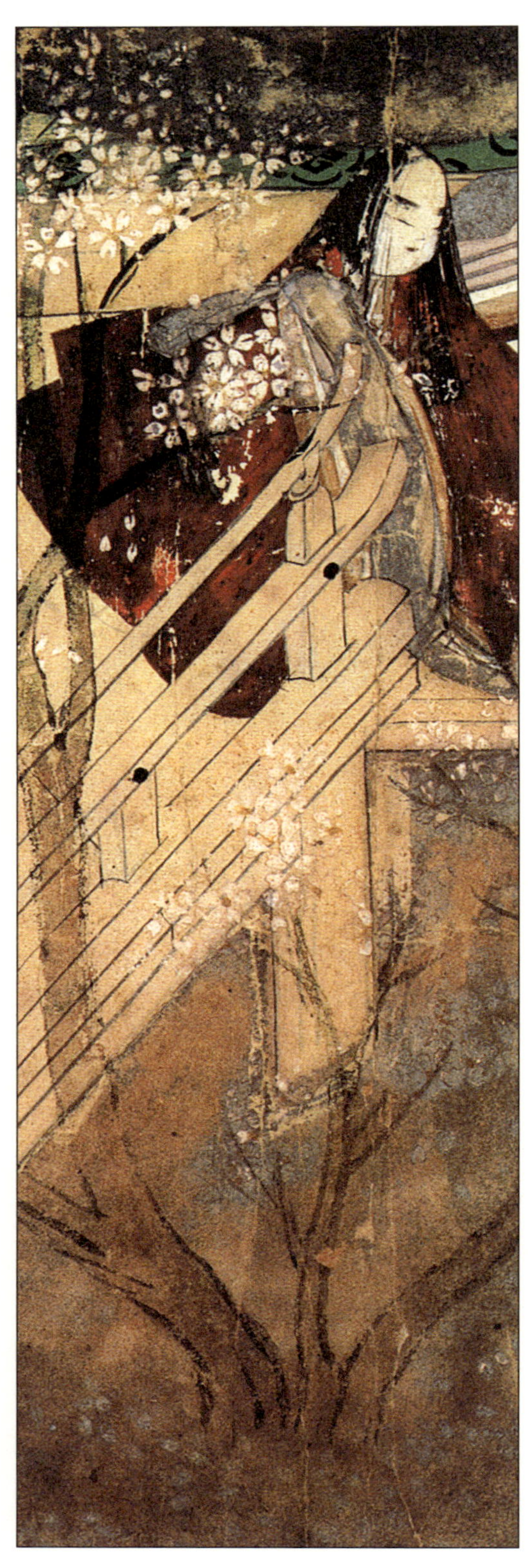

樱花下的紫姬

佚名 《源氏物语绘卷·桥姬》

平安时代（约12世纪）

看着三月的樱花纷纷而落，耳闻《法华经》法事阵阵的梵歌，众人沉醉于春色的时候，紫姬反倒更觉凄凉寂寞、万念俱灰之感。图为在春季里开放的灿烂樱花，与美貌的女子相映成趣。

薪尽[①]烟消亦可哀。”

明石夫人心想：答诗中如果尽说些伤心之言，被人知道了，要怪她不知趣。于是说了些无关紧要的话：

“樵薪供佛今伊始，
在世修行岁月长。”

僧众彻夜念经，那庄严之声与舞乐的鼓声相互应和，竟夜不绝，饶有佳趣。

天色渐明，烟霞之中露出各色花木，生机勃勃，春景毕竟是牵动人心的。鸟儿唱出千种鸣啭，美妙不亚于琴笛。哀乐之情，于此为极。这时奏出《陵王》舞曲，曲终时声调转急，十分繁华热闹。各人都自身上脱下衣袍，赏赐给舞人、乐人，五彩缤纷，看来更富佳趣。诸亲王及公侯中长于此道者，尽情施展技能。在座诸人，不问身份，无不兴致勃勃。紫夫人见此情景，又想到寿数无多，不禁悲从中来，只觉万事都令她伤心。

第二天法会继续举行。紫夫人因昨日破例坐了一整天，今日非常疲劳，便一直躺着。多年以来，每逢盛会，诸人

① 佛经云：“释尊入灭，如薪尽火灭。”薪尽二字据此而来。

都来参与，表演舞乐。个个风姿优美，才艺超群。紫夫人看了这番景象，再听琴笛之声，觉得今日是这一生最后一次了，对于向来不太注意的人也格外留意，不胜感慨。何况又看同辈的诸位夫人——过去每逢四时游宴，她们定会互相见面，虽怀竞争之心，表面上总是和睦相处——尽管谁都不能长久在世，但唯有我一人将最先消失得踪迹全无。思之再三，无限伤心。法事圆满之后，诸人各自归去，紫夫人想到这次将是永别，不胜痛惜。赋诗赠花散里云：

“此生法事从今了，[①]
世世良缘信可期。”

花散里答诗云：

“纵使寻常行法事，
也能世世结良缘。”[②]

法事结束之后，又趁机继续举办昼夜不停地诵经及忏法，庄严郑重，不稍懈怠。但这些功德终不见效，紫夫人的病难有起色。于是做功德成了日常之事，在各山寺中到处举行。

紫夫人一向怕热，今夏更觉难过，经常热得发昏。她并不觉得身上某处特别痛苦，只是日渐虚弱。因此别人看了也并不特别惊慌。众女侍不知今后究竟怎样，只觉眼前一片黑暗，实在可悲。明石皇后听说继母身子不好，也乞假归宁。她的住所定在东所。紫夫人这边也准备迎驾。皇后归宁的仪式遵循一向的定例。紫夫人想起自己不能亲眼见到她日后的荣华，只觉眼前一切都令人不胜悲伤。她听见皇后的随从一一唱名，侧耳细听，知道这是某人、那是某人。许多达官贵人陪送皇后到此。明石皇后久不与继母相见，觉得异常可亲，畅叙别情，娓娓不倦。这时源氏主君进来了，他说：“我今晚真像离巢的鸟，大为没趣。让我自己到那边去休息吧。”便回到房中。他看见紫夫人起身，心中喜欢。但这也不过是一时的快慰而已。紫夫人对明石皇后说：“我们分居两处，要你劳步枉顾，太委屈你了。而要我到那边去看你，又实在走不动。”明石皇后就暂时住在紫夫人这里。明石夫人也来探望，静静坐着与紫夫人共诉衷肠。紫夫人想起许多往事，但并不啰里啰唆地说起身后之事，只是从容地谈论着世间无常之事，语句简洁，含义深长，反比其他千言万语更为动人，显见其心中正有无限感慨。她看着明石皇后所生的皇子皇女，说道：“我很想亲眼看他们成家立业，对于这个无常之身，竟还有几分留恋呢。”说罢流下泪水，那神情异常优美。明石皇后想道：“继母为什么这么悲观？”便不禁哭起来。紫夫人担心不祥，并不多谈身后之事，只是叮嘱道：“这些女侍服侍我多年，也没有可靠的亲属，怪可怜的。像某人、某人，等等，我死之后，务望多多照顾。”

季节诵经开始了[③]，明石皇后便返回东所去。她的三皇子在众多兄弟中长得最为讨人喜爱，这时常在各处玩闹。紫夫人精神略好时，叫他到面前来，趁无人听见，便问他：

① 本回题名即据此诗。
② 诗意是：何况法事如此宏大，当然可以赖此功德，世世共结良缘。
③ 宫中规定春秋二季要召请僧众诵《大般若经》。皇后归宁时亦须照办。

“我若死了，你会想念我吗？”三皇子答道：“一定会想念。我同外婆最好，比皇上和皇后还好。外婆要是没有了，我可真不高兴。”他用手擦擦眼睛，借以遮掩泪痕。紫夫人脸上露出微笑，一面又流下泪来，对他说：“你长大了，就住在这屋子里头。当这庭前的红梅和樱树开花的时候，你要用心爱护它们。若有机会，不妨折几枝来供在佛前。”三皇子点点头，凝望着紫夫人的面孔，觉得眼泪要流出来了，便转过身走开了。这三皇子和大公主，是紫夫人特别用心教养长大的，她不能见到他们成家立业，心中不胜悲伤。

终于挨到秋天，气候渐渐凉爽，紫夫人的精神也略为好转，但还不能让人放心，稍不留意，就会复发。秋风虽然还不曾“染上人身”①，但紫夫人平日总是落泪不止。明石皇后即将回宫，紫夫人想请她再多留数日，但觉不便启口。而且皇上不断遣使来催，也不好再三强留，因此并不提出。紫夫人不能到她那边去送别，只得让皇后到这里来告辞。要她劳驾，实不敢当。但若不再见面，就此辞别，又觉无限遗憾。于是在她房中为皇后另设一席，请皇后进来。紫夫人已非常消瘦。但正因为如此，更增添了高尚优雅的神色，风姿极为可爱。她在青春时代，容貌过分娇艳，光彩四溢，有如春花之浓香，反而浅薄。今日只见无限清丽的风度，幽艳动人。如此佳人，不能长久留在世上，让人一想起来便觉伤心已极，悲痛不已。这天傍晚，秋风瑟瑟，紫夫人想欣赏庭前花木，坐起身来靠在矮几上。这时源氏主君进来了，他一看见，就说道：“今天你能坐起来了，真难得！皇后在这里，你的心情自然愉快起来。”紫夫人见自己的病略微好些，源氏主君便如此欢喜，不胜伤心。想到自己万一死了，不知源氏主君将怎样悲恸。悲从中来，感极赋诗：

“露在青荻上，分明不久长。
偶然风乍起，消散证无常。”

这种时候，将她的性命比作风吹花枝倾侧、花上露珠难留，源氏自是万分悲恸，便答诗云：

“世事如风露，争消不惜身。
与君同此命，不后不先行。”

吟罢，泪如雨下，竟连揩拭也来不及。明石皇后也赋诗云：

“万物如秋露，风中不久长。
谁言易逝者，只有草边霜？”

紫夫人看看眼前两人的风姿美貌，觉得都很可爱，心中深盼能如此相处千年，才可满足。可惜人的寿命不随心意，无法长留世间，不免深为悲叹。

紫夫人忽然对明石皇后说：“请你回去歇息吧。我此刻非常难受，要躺下了。虽然我身患重病，也不可过分失礼。”便把帷屏拉起，躺下身子，看来显得比平常痛苦得多。明石皇后一见，心想今天怎么病得如此厉害，不胜惊诧。便握住她的手，一边望着她一

① 古歌：“秋风毕竟何颜色，染上人身恋意浓？”可见《古今和歌六帖》。

边啜泣。这正像刚才所咏荻上秋露的消散，竟已到了弥留状态了。邸内众人惊慌起来，马上派出无数人员，到各处命僧人诵经祈祷。她之前有几次昏死过去，却又苏醒转来。源氏一向看惯了，疑心这次也是鬼怪一时作祟，便举行各种退鬼之法。但闹了整整一夜，不见效验，天明时分，紫夫人竟长逝了。明石皇后不曾回宫，得在身边亲自送终，既喜且悲。院内所有人，都不肯相信这死别是世间应有的，大家都以为她不应该如此早逝，悲恸之极，似觉身在黎明乱梦之中。这原是理所当然。这时院内已经没有一个人能够清醒办事。所有的女侍都哭得死去活来。源氏主君更是悲恸，无法自制。

正在这时，夕雾大纳言赶来参见。源氏便叫他到帷屏旁边，对他说道："看来已绝望了。但她多年来一直怀抱出家之志，到此临终之时，不使其得遂心愿，太过可怜。祈祷的法师与诵经的僧众，都已停止念诵，纷纷散去，还有一些人留住在此。现世功德已无望，只望她在冥途上可获佛力加持。你去吩咐他们，尽快准备为夫人落发。这些僧人之中，不知有谁善能受戒？"他说时强自振奋精神，但脸色十分难看，心中悲恸，眼泪流个不住。夕雾看了，自己也悲伤起来，答道："鬼怪等物，为欲迷乱人心，常常使人气绝。只怕这次又是这种伎俩，亦未可知。既然如此，不管怎样，出家总是好的。纵使出家只有一日一夜，功德也绝不落空。不过若在死去气绝之后，仅仅为她落发，只怕不能使死者在冥间获得光明，徒然使生者悲痛。不知父亲以为怎样。"他陈述己见，但还是把愿意在七七忌中诵经回向的僧众召集起来，吩咐了各种事宜。凡此种事务，皆由夕雾一人打点。

多年以来，夕雾对紫夫人并无野心，他只想找个机会，再像当年大风那天似的见她一面，隐约听听她的声音。这心愿始终不离他的心头，但她的声音如今再听不到了。他想："现在紫夫人虽已变成遗骸，我能见上一面也好。想要达成此愿，除了现在，哪里还有机会呢？"于是不顾一切，流着眼泪，假装成制止女侍们号哭的模样，叫道："大家不要哭！暂且肃静！"趁着与父亲说话的机会，把帷屏的垂布掀开。这时将近黎明时分，室内光线阴暗，源氏正移近灯火，守候遗体。夕雾见紫夫人的容貌十全十美，冰清玉洁，死去何等可惜！源氏看见夕雾窥视，并不遮蔽。他说："你看这模样！和生前无异，但分明已经毫无指望了！"便举袖掩面而泣。夕雾也满脸泪水，无法视物，勉强睁开泪眼，拜观遗体，一看之后，只觉无限悲伤，真个心神惑乱了。紫夫人的头发随意地披散着，但密密丛丛，没有半点儿纷乱，光泽荧荧，美不可言。灯光非常明亮，把紫夫人的面容照得雪白，比起生前涂朱抹粉时的样子，这死后无知无觉躺着时的容颜更加美丽。"十全十美"一类的话，已经无法形容了。夕雾看见这优美无比的容貌，不带一点儿瑕疵，竟希望马上死去，把灵魂附在紫夫人的遗体上。这真是可怜的愿望啊！

紫夫人生前亲信的几个女侍，都哭得不省人事。源氏虽然也伤心得神智昏迷，也只得勉强镇静，料理一切丧葬事宜。这种伤心之事，他曾经经历过好几次，但从来没有尝过如此痛彻心扉的滋味。这次的伤心，竟是过去从无，未来更不会有的。葬仪就在当天举行。虽然眷恋难舍，但这种事于时日有所限定，终不能一直守着遗体度日，这真是世间最可悲的事。广大的火葬场上，挤满了送葬的人。葬仪之隆重无以复加。紫夫人的遗体化作一片烟云，升入了天空。虽是在所难免，岂能不觉痛心。源氏如醉如梦，倚在他人肩上来到葬地。见者无不感动，连那些无知无识的愚民，也都抛洒同情之泪，他们说："身份高贵之人，也难以免除此恨！"来送葬的女侍，个个心迷意乱，有如身在

庭前红梅　歌川丰国　源氏香之图·法事　江户时代（约1844—1847年）

稀疏的梅枝如同不久于人世的紫姬的心灵写照，留恋与出尘同栖一枝。她希望三皇子爱护它们如同自己现在爱护他一般，以后可以折梅枝供佛来安慰她的在天之灵。幼小的三皇子则只有对外婆的亲近和留恋。图中紫姬与年幼的三皇子望着庭前的红梅，心情各自不同。

梦中，几乎从车上跌落下来，亏得赶车之人照料。源氏想起当年夕雾之母葵夫人逝世那天早晨，虽然也感悲伤，还不致失去知觉，依稀记得那时月色明朗，而今夜唯有以泪洗面，周遭一切都不知了。紫夫人是十四日亡故的，葬仪在十五日清晨举行。不久太阳升入天空，原野上的晨露影迹全无。源氏深感人世无常，正如这些露水，愈加厌世悲观起来。心想此后独自一人留在世上，为时不多，不如趁此机会，了却了出家的夙愿。又怕世人讥笑他情感脆弱，只得再拖些日子再说。心中郁结，苦不堪言。

夕雾大纳言在七七四十九日丧忌中一直幽闭在二条院内，足不出户，早晚侍奉源氏。他看见父亲那般忧愁痛苦，深为同情，自己也不胜伤感，便想尽各种方法来安慰他。在寒风凛冽的黄昏，夕雾回想往事，想起那年大风中所看到的面容，实在让人恋慕。而这次瞻仰遗容，只觉心情似梦。他暗自回忆了一会儿，竟然难忍心中悲伤，泪如雨下。担心别人看见了疑心，连忙数着念珠，诵念“阿弥陀佛，阿弥陀佛……”让眼泪在念珠上消失。随即吟诗云：

“当年窥面影，忆此恋秋宵。
今日瞻遗体，迷离晓梦遥。”

事后回思，他也深为感慨。这时二条院中高僧聚集，七七中规定的念佛，更不必说，此外又命人虔诵《法华经》，哀悼之情无限。

源氏日日夜夜，泪无干时，双目模糊，昏沉度日。他从头仔细回想一生之事：“我对镜自顾，自知容貌非凡，此外一切，亦无不远胜常人。而自成年以来，屡次遭逢人生无常的痛苦，常思借由佛法指引，度我出家。只因决心难下，终于因循度日，致使自身承受这种过去未来从来没有的痛苦。自此之后，我对世间已再无留恋。专心修行，应无一切障碍。哪知心中如此悲伤痛苦，只怕难入菩提大道。”他心中不安，便向佛祈祷：“但愿佛力加持，勿使我心过分悲恸！”各方都来慰问，自皇上以下，无不异常恳切周到，绝非一般应酬可比。但源氏心事重重，对这些世间虚荣，只如不闻不见，丝毫不加留意。但又不愿让人看出心中痴迷，深恐后人讥评，说他人至晚年，还为了失去爱妻而心灰意懒，遁入空门。身不由己，自然更添一番痛苦。

前太政大臣[①]本性多情善感，看到这举世无双的美人就这样香消玉殒，不胜惋悼，多次前往慰问源氏。他想起当年夕雾之母故去，大约也是这时，心中更觉悲伤。他在傍晚沉思：“当时悼惜她的人，如父亲、母亲等，多数已不在人间了。短命或长年[②]，实在相差无几，无常真迅速啊！”暮色苍茫，引人愁思，他就写了一封信，派儿子藏人少将送给源氏。信中说了许多感慨人世的话，一端附诗云：

“当年伤故侣，此日哭斯人。
旧袖今犹湿，新添热泪痕。”

源氏正在伤心，看了这信更加百感交集，想起当年秋天悼亡之事，不胜恋恋之情，眼泪如雨一般落下，竟连揩拭也来不及。他也写了一首答诗：

① 即葵姬的哥哥。

② 古歌：“严霜摧草木，不问根与叶。短命或长年，一例同消灭。”可见《新古今和歌集》。

“旧恨新愁无两样，
衰秋总是断人肠。”

源氏若将心中的哀痛尽情写出，前太政大臣读后定会怪他感情脆弱。源氏深知他的性情，所以回信写得并不十分感伤，只是再三向他表示感谢，“屡承殷勤慰问，实不敢当”云云。

葵夫人逝世时，源氏遵制穿着浅黑色的丧服，曾有“丧衣色淡”[1]的诗句。这次紫夫人逝世，他穿的丧服黑色稍深。世间尊荣富贵之人，总是被世人所嫉恨，有些不免倚仗财势，骄奢成性，让别人为他受苦。但紫夫人为人十分谦恭，纵使和她全无关系之人，也都敬她爱她。她的一举一动，都受到世人赞誉。应付各种场面，也都恳切周到。因此她死之后，与她并无深缘的人，听见风啸虫鸣，也不禁凄然落泪。更何况与她有过一面之缘的人，更是悲伤得无可安慰了。多年来贴身伺候的女侍，都感叹自己苟延残喘，何其命苦。竟有人就此痛下决心，削发为尼，遁入深山。冷泉院的秋好皇后也不断写信来慰问，流露出无限悲伤。曾赠诗云：

“生前不喜萧条色，
死后应嫌塞草秋。”

这时才知她生前不爱秋景的原因。源氏虽已神志昏迷，但还反复阅读此信，片刻不忍释手。他觉得知情识趣、可与谈心、能慰我怀的人，现在唯有秋好皇后一人了。又寻思了一会儿，哀思略为消减。但眼泪依旧流个不住，不时举袖揩拭，不得闲暇。好容易才握笔作答：

“君在九重应俯瞰，
我心厌世叹无常。”

封好之后，他又茫然沉思了一会儿。他近来一直神情恍惚，自己也觉得实已过分伤心。为欲排遣哀思，便经常住在女侍们的屋中。又命在佛堂里少住些人，以便专心念经。他和紫夫人一心指望可以共守千年，无奈人寿有限，终于诀别，真是抱恨无穷。现在他只渴望死后共生于同一莲座之上，其他的事一概不顾，专心虔修往生成佛之道。但又恐外人嘲笑，深可厌恶。紫夫人丧期中应有的佛事，源氏全都无心筹办，均由夕雾大纳言负责。他如今一心希望早日遁世，只管“今天、明天”地计算。这般胡乱地度送岁月，只觉身在梦中。明石皇后等人也日夜思念紫夫人，无时或忘，恋恋不已。

←秋风秋草　《源氏物语绘卷·法事》复原图　近代

图为紫姬在自己的房间迎接源氏与明石皇后，一同观望庭院里秋风吹得花枝倾侧、花上露珠难留之情景。三人吟诗作对中，多提及“青荻”“风露”“草霜”等易逝之物，尽显悲凉之意；而被风吹乱的庭中秋草，也如他们悲伤的心境般凌乱。三人深感紫姬已经时日无多。

① 诗云：“丧衣色淡因遵制，袖泪成渊痛哭多。”

第四十回　魔法使[1]

腊尽春回，源氏看到眼前烂漫的春光，心情愈加郁结，悲伤依旧不改。照例有许多人前来贺岁。但源氏皆以心绪不佳为由避见，只管幽居在帘内。只有萤兵部卿亲王[②]来时，才请他到内室略为一叙，命侍者传诗云：

“侬家无复怜花客，
底事春光探访来？”

萤兵部卿亲王含泪答道：

“为爱幽香寻胜境，
非同随例看花人。”

源氏看他从红梅树下缓步而来，姿态十分优雅，心想：“真能‘怜花’的人，除了此人之外再无别人了！”庭中花木含苞欲放，春色正好。但院内并无管弦之音，景象与往昔迥然不同。伺候紫夫人的女侍们，穿着深黑色的丧服，悲哀之情不减。对故去的人的悼念，似乎永无竟时。源氏这一段日子也绝不出门拜访诸夫人，始终守在此处。女侍们得以随侍左右，倒也聊可慰情，便格外殷勤地服侍他。有几个女侍，多年来虽不曾得到源氏主君真心宠爱，却不时蒙他青眼。但现在源氏孤眠独寝，更加疏远她们了。夜间值宿之时，任何一个女侍，都让她们睡在离开寝台稍远之处。有时寂寞无聊，他也同她们闲谈往事。世俗之念尽消，道心愈加坚固。但有时他也想起：从前干了许多有头无尾之事[③]，常使紫夫人心中怀恨，不胜后悔。他想：“不管逢场作戏，或是迫不得已，我为什么要做出这些事来伤她的心呢？她一向思虑周到，最善于洞察人心，但从不无休无止地怨恨我。但每逢发生意外之事，她总担心后果，多少也不免伤心失意。”便觉惭愧之至，却已追悔莫及，心中痛苦不堪。有些女侍素知这些往事，现在还在身边伺候，他就和她们大略谈谈。他想起三公主刚嫁过来时的情形，紫夫人当时表面上不动声色，但偶有感触，便觉心灰意懒，神情十分可怜。其中最是落雪那天破晓[④]，源氏娶三公主后的第三天，回六条院时，暂在格子门外面站了一会儿，觉得身上很冷。那天风雪交加，严寒刺骨。紫夫人起身迎接他，神情十分和悦，却偷偷把满是泪痕的衣袖藏了起来，装出若无其事的模样。回思至此，整夜不能入睡，这种情景不知何生何世得再相见——纵使只是在梦中相见也好。天色渐明，值夜女侍退回自己房中，有人叫道：“呀，雪积得真厚呀！”源氏听了，竟又如回到了那天破晓。但身边已没有那人，孤单寂寞，悲不可抑，便赋诗云：

① 本回写源氏五十二岁春天至冬天的事。
② 源氏之弟。
③ 指胧月夜、三公主等事。下文“逢场作戏”，指对胧月夜；“迫不得已”，指对三公主。
④ 事见第三十四回《新菜（上）》。

“明知浮世如春雪，
怎奈蹉跎岁月迁。”

为了排遣哀思，他只得起身盥洗，到佛前去诵经。女侍们把埋好的炭火挖出，送上一个火钵。一向亲近的女侍中纳言君和中将君在一旁服侍，陪他谈话。源氏对她们说：“昨夜我一人独寝，只觉比往常更加寂寞呢。我已习惯了这种清心寡欲的生活，但还为许多无聊的事所羁绊。”说罢长叹一声。他看看这些女侍，想道：“如果我也离世出家，这些人想必将更加悲伤，实在是可怜啊！”听到源氏忧郁低沉的诵经念佛的声音，纵使是心无愁恨的人，也要流泪不止，何况这些日夜在旁伺候的女侍，她们的衣袖从不曾干透，悲伤实无限量！源氏对她们说：“我这一生，荣华富贵，可说没有缺憾了。但又不断地遭受比别人更痛苦的噩梦。想是佛菩萨要我感悟世途多苦的道理，所以赋给我这种命运吧。我虽明知此理，却假装不知，因循度日，以至到了晚年，还要遭逢这可怕的事。我分明看到自己命途多舛、悟性迟钝，反倒觉得安心了。今后我已毫无羁绊。但你们这些人，对我都比从前更加亲近，使我在临行之时，又平添一种痛苦。唉，我的心如此优柔寡断，实在太无聊了！”他举手拭泪，虽想掩住泪痕，但毕竟遮掩不住，泪珠从衣袖上滚滚落下。众女侍见此情景，泪水更加流个不住。她们都不愿被源氏主君抛舍，都想向他诉苦，但终于忍住不说，一齐饮泣吞声。

如此夜夜悲叹，直到天明；整日忧伤，以至黄昏。每逢寂寥之时，便唤几个超群出众的女侍到面前来，和她们谈谈上述之类的话。其中一名叫中将君的女侍，是从小侍奉的，源氏大约曾私下怜爱她。但她以为对不起夫人，一向不肯和源氏亲热。如今夫人亡故了，源氏想起她是夫人生前特别怜爱的人，便把她看作夫人的遗念，对她格外重视。这中将君的人品和容貌都不错，正像夫人墓上的一株青松。所以源氏对待她，也和对待一般女侍全不相同。

略为疏远的人，源氏一概不见。朝中公卿与他一向亲密，他的兄弟亲王也经常来拜访，但他很少与之见面。他想：“我只有在和客人见面时，才能勉强克制哀思，强自镇静。但如今痴迷地过了几个月，形容枯萎，言语乖僻，只怕引起别人议论，以至流传恶名。外人传说我‘丧妻后神志痴迷，不能见客’，虽然同是恶评，但听人传说而想象我的痴迷之状，总比亲眼看见丑态要好得多。”因此连夕雾等人来访，也都隔帘对晤。外人纷纷传说他心情变异，他竭力镇静，忍耐度日。但终不能抛开浮世，毅然出家。他偶尔到诸夫人处去走动。但一进门，便泪如雨下，难以抑制，不胜其苦，就连所有人都疏远了。

明石皇后回宫时，体谅父亲孤苦，便将三皇子留在这里，以慰其寂寥心怀。三皇子特别留心爱护庭前那株红梅，常说是“外婆吩咐我的”。源氏见了十分伤心。到了二月，百花齐放。含苞待放的花木，枝头也都现出一片云霞。黄莺在已成紫夫人遗念的红梅树上，啾啾鸣啭。源氏便走出去看，独自吟道：

“闲院春光寂，群花无主人。
黄莺浑不管，依旧叫新晴。”

他独自在庭中徘徊了一会儿。

源氏终于从二条院迁回了六条院本邸。春色渐深，庭前景色仍如昔日一样。他并不惜春，情绪却不能安宁。所见所闻，无不使他伤心。这六条院似乎已变成了另外一个世界。他如今向往的，是连鸟声也听不到的深山，道心与日俱增。棣棠花开遍枝头，娇嫩可爱，源氏一看便流下泪来，只觉得触目之处尽皆伤心。别处的花，这边一重樱谢了，那边八重樱盛开；这边八重樱过了盛期，那边山樱才开始开花；这边山樱开过，那边紫藤花最后吞香吐蕊。但这里就不同，紫夫人深知各种花木的习性，知道它们的花期早晚，巧妙地加以配置栽植。因此各种花木按时开放，互相衔接，庭中花香不绝。三皇子说："我的樱花开了。我有一个好办法，让它永远不凋谢。我在树的四周张起帷屏，挂起垂布，那花就不会被风吹落了。"他想出了这个办法，得意扬扬地说，神情非常可爱。源氏笑了起来，对他说道："从前有一个人，想用一个很大很大的衣袖来挡住天空，不让风把花吹落[①]。但你想出来的办法比他要好些。"他就整日和三皇子一起戏耍。有一次他对三皇子说；"我和你做伴，只怕时间也不久长了。纵使我暂时不死，将来也不能和你见面了。"说罢又流下泪来。三皇子听了很觉扫兴，答道："外婆说过这样的话，外公怎么也说起来了！"他低下头，玩弄着自己的衣袖，借以遮掩流出的眼泪。

源氏靠在屋角的栏杆上，向庭中及室内望去。只见众女侍大多还穿着深墨色的丧服，有几个也改穿了寻常的衣服，但也不是华丽的绫绸。他自己所穿便袍十分朴素，没有花纹。室内布置陈设也极简单。四周气象萧索，自有不胜寂寥之感，就赋诗云：

"春院花如锦，亡人手自栽。
我将抛舍去，日后变荒台。"

源氏这时的悲伤出于真情。

只觉无聊之极，便想到尼姑三公主那里走走。女侍抱着三皇子一起去，到了那里，就和薰君[②]一起追跑玩要，那种惜花的心情也不知哪里去了，毕竟还是个无知小儿。三公主正在佛前诵经。她出家之时，尚未彻悟人生、深通佛道。但如今对于俗世，已爱恨全消，佛心不乱，只管深居静处，专心修持，离绝红尘，献身佛法了。源氏很羡慕她。他想："我的道心还不如这个浅薄的女子呢。"心中深感惭愧。只见佛前所供的花，映着夕阳，十分美观，便对三公主说道："爱春的人死了，花也为之减色！唯有这佛前的供物，还很美观。"又说："她屋前那株棣棠花，那种优美的姿态竟是世间少有的。花穗多么漂亮啊！棣棠的品质不算高尚，但其浓艳之色毕竟可爱。种花的人已经死去，而春天只当作不知，竟开得比往年更加得意，真可恨啊！"三公主不假思索地念出两句古歌："谷里无天日，春来总不知。"[③]源氏想道："可应答的话多着呢，何必说这些扫兴的话？"便想起紫夫人生前："从孩子时起，无论什么事，只要是我心中不喜爱的，她从来不做。她能细察各种时机，断然敏捷地应付一切事。其气质、风度和言语都极富有风趣。"他本是容易落泪的人，一念至此，那眼泪又夺眶而出了，真是痛苦万分啊！

---

① 古歌："愿将大袖遮天日，莫使春花任晓风。"可见《后撰集》。

② 薰君，是三公主与柏木私生，这时五岁，比三皇子小一岁，名义上是三皇子的舅舅。

③ 古歌："谷里无天日，春来总不知。花开何足喜，早落不需悲。"可见《古今和歌集》。源氏嫌最后一句讥讽他，故有下文云云。

落雪那天的破晓　歌川广重　雪桥　江户时代（1842—1843年）

源氏常常回想起以往与紫姬相处的情景，其中愧疚颇多。如三公主初嫁过来时一个落雪的破晓，紫姬把满是泪痕的衣袖隐藏起来，在纷飞的大雪中装出若无其事的样子来迎接他。追思至此，源氏感到痛悔莫及，终夜难眠。

夕阳西沉，暮色苍茫，景色格外清幽。源氏辞别三公主，又去拜访明石夫人。他长久不至，突然来访，让明石夫人吃了一惊，但接待时态度落落大方。源氏心中甚喜，觉得此人毕竟与众不同。但又想起紫夫人，觉得另有一种妙处，极富风趣。两相比较，紫夫人的面容再度浮现眼前，爱慕之情愈加深刻了。他十分痛苦，不知有什么办法可获安慰。但既已到了这里，就暂且与明石夫人闲谈往事。他说：“专宠一人，真乃一件坏事。我从小就知道这个道理，为此时常用心留意，务使自己在任何方面都无所执着。当年大势变迁、颠沛流离之时[①]，思来想去，只觉生趣全无，不如抛舍了这条性命，或者遁入深山，也不觉有何障碍。但终于不能出家，到了晚年、大限将至之时，仍在为各种琐碎之事所羁绊，因循迁延，直至今日。意志如此薄弱，每一思之，实在痛心！”他并不专指何事而诉说悲伤，但明石夫人明知他的心事，觉得自是理所当然，对他十分同情，便答道：“纵使是别人看来微不足道的人，本人心中也有各种牵累。更何况身份尊贵的人，又怎能轻易抛离人世？草草出家，不免被世人讥为轻率，务请不要急切从事。慎重考虑，有时看来虽觉迟钝，但一旦出家，道心坚固，决不退转，此理当蒙明察。再看古代之例：有人为了身受刺激，有人为了事与愿违，一时萌生厌世之念，就此遁入空门。但这皆非善策。主君虽然发心出家，但眼下仍须暂缓，不如待皇子长大成人，储君之位确保无忧，然后方可安心修道。那时我们这些人也就都欢喜赞善了。”她这番话说得头头是道。但源氏答道：“这般深谋远虑，怕反不如轻率者好呢。”便向她叙述过去所遇可悲之事，说道：“当年藤壶皇后逝世的春天，我看见了樱花的颜色，便想起‘山樱若是多情种……’[②]的诗句。这是因为她那举世赞叹的优美姿色，我自小就已见惯，所以她逝世之时，我比别人更加悲伤。可知悲伤之情，并非由于自身与死者有特殊的关系。如今那个与我长年相伴之人，忽然先我而死，使我悲伤难忍，哀思绵绵。我并非仅是因为夫妇死别而悲伤，此人从小由我教养成长，朝夕相对，到了垂老之年，忽然弃我而去，我悼惜死者，痛念自身，实在伤心难堪。一个人情感丰富，才能卓越，富于风趣，各种方面皆令人念念不忘，死后自难免深受哀悼。”如此纵谈今昔，直至夜深。他今晚似应在此夜宿了，但终于还是起身告辞。明石夫人心中定有不快。源氏自己也觉得奇怪。

回到自己房中，又去佛前诵经。直到深夜，就靠在白昼所坐的坐垫上睡了。第二天，他写信给明石夫人，内有诗云：

“虚空世界难常住，
夜半分携饮泣归。”

明石夫人虽怨恨源氏昨夜态度冷淡，但一想起他那悲伤过度的模样，竟像另换了一个人似的，又觉得很可怜，便丢开了自身的苦恼，为他洒下同情之泪。答诗云：

“一自秋田春水涸，
水中花影也无踪。”[③]

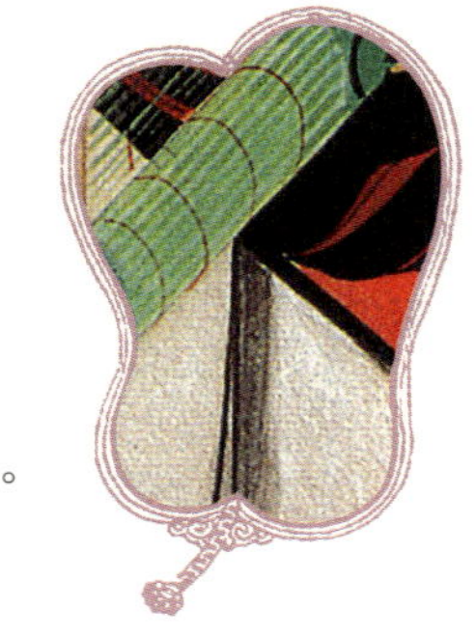

① 指昔年流放须磨。

② 古歌：“山樱若是多情种，今岁应开墨色花。”可见《古今和歌集》。

③ 春水涸比喻紫姬死，花影比喻源氏。意思是：紫姬死了，源氏也不来了。

源氏看后，觉得明石夫人的笔迹依旧如往常一样清新可喜。想道："紫夫人起初厌恶此人，后来渐渐谅解，深信此人稳重可靠。与她交往之时，并非全无顾虑，却采取优雅和爱的态度，外人都看不出紫夫人那周至的用心。"源氏每逢寂寞之时，常到明石夫人那里拜访。但绝不像从前那样亲昵了。

四月初一更衣之时，花散里夫人派人给源氏主君送来夏装，并附诗云：

"今日新穿初夏服，
恐因春去又添愁？"

源氏答诗曰：

"换上夏衣蝉翼薄，
今将蜕去更增悲。"

贺茂祭那天，源氏心中不胜寂寞，说道："今日欣赏祭典，想必人人都欢欣雀跃吧。"独自想象各寺院中繁华热闹的景象。后来又说："众女侍们多么寂寞！大家不妨悄悄回家去欣赏祭典吧。"中将君正在东面一室中打瞌睡。源氏走近去看她，只见此人身材小巧，非常可爱。她坐起身来相迎，双颊微红，娇艳动人，又马上举袖掩面。鬓发稍稍蓬松，而青丝长垂，格外优美。身着略带黄色的红裙和萱草色单衫。上罩深黑色丧服，随意不拘。外面的围裙和唐装都脱在一旁，看见源氏

棣棠花在人已渺

近卫豫乐院　花木真写　江户时代（17世纪）

源氏看到佛前供奉的鲜花，联想起紫姬屋前的那株棣棠花，姿态优美、花色浓艳。如今花开得比从前更加茂盛，而种花的人已经不在。这种"花开人已渺"的反差令源氏感伤不已。这种触景而悲的情景，也是日本审美之中"物哀"的表现。

主君进来，正想取来穿上。源氏看见她身旁放着一枝葵花[①]，便拿起来，放在手中，问道："这是什么花？我竟连它的名字都忘记了。"中将君答以诗曰：

"供佛花名浑忘却，
神前净水已生萍。"

吟时满面羞涩。源氏觉得她很可怜，就吟诗云：

"寻常花柳都抛舍，
只爱葵花罪未消。"

他的意思是：唯有中将君一人，还是不能抛开的。

梅雨时节，源氏除了沉思之外，再无他事。一晚，正在无聊之时，初十过后的月亮从云间缓缓地步出，实属难得。夕雾大纳言在这时前来参拜。庭中的橘花被月光分明地映照着，香气随风而至，芬芳扑鼻，令人期盼那"千年不变杜鹃声"[②]。正当这时，天公不作美，转眼之间乌云密布，大雨倾盆，灯笼马上被风吹熄，四周一片漆黑。源氏低吟"萧萧暗雨打窗声"[③]的诗句。这诗并不十分出色，但因符合眼前的情景，只觉异常动人，令人想起"愿君飞傍姐儿宅，我欲和她共赏音"[④]的古歌。源氏对夕雾说："一人独居，看来毫不稀奇，哪知异常寂寥。然而一旦习惯，也是好的：今后闭居深山，更可以专心修道。"又叫道："女侍们啊！拿些果物到这里来！这时召唤男仆，太费事了，就由你们拿来吧！"他心中思慕亡人，只想向"天际凝眸"[⑤]。夕雾仔细察看他的神情，觉得甚为可怜，想道："如此切切思慕，纵然幽闭深山，只怕也不能专心学道吧！"接着又想："我只略窥夫人的面容，尚且难以忘却，何况父亲与她相伴多时。这原是难怪。"便向父亲请示："想起往事，有如昨日，周年忌辰已渐迫近。法事应该怎样举办呢？请父亲吩咐。"源氏答道："就照世间惯例，不必过分铺张。但要把她生前用心制作的极乐世界曼陀罗图，供奉在这次法会之中。手写的和请人代写的佛经应有不少。某僧详悉夫人遗志，你可去问问他，还应添加些什么？一切都依照那僧都的意见办理吧。"夕雾说道："这次法事，因本人生前早就考虑妥帖，后世安乐可保无虑。只是今世寿命过于短暂，连身后遗念的人也没有，真是一件憾事。"源氏答道："家中福寿双全的几位夫人，膝下子女也很稀少。这正是我命运中的缺憾。但到了你这一代，家门总算可

---

①贺茂祭当日，佛前供葵花，人人都插葵花。日文"葵"与"逢日"同音。逢日即男女相会之日。下文说"名字都忘记了"，意思是说久不和她相会。她答诗"净水已生萍"，也是久未承宠之意。

②古歌："万载常新花橘色，千年不变杜鹃声。"可见《后撰集》。

③白居易《上阳白发人》诗中有："耿耿残灯背壁影，萧萧暗雨打窗声。"

④古歌："独自闻鹃不忍听，听时惹起我悲情。愿君飞傍姐儿宅，我欲和她共赏音。"可见《河海抄》。

⑤古歌："恐是长空里，恋人遗念留？每逢思慕切，天际屡凝眸。"可见《古今和歌集》。

荒凉的悲伤　佚名　源氏物语绘卷　平安时代（约12世纪）

紫姬的去世给源氏带来无尽的悲伤，低头缅怀的他，背影显得那么孤独。身后庭院里，杂乱的蒿草像他的悲伤一样，在秋风中疯长。

以昌盛起来了。”

他近来心情低落，无论说起何事，都觉令人伤感，因此夕雾也不再多谈往事。正在这时，刚才盼待的那只杜鹃在远处不停鸣叫，让人想起“缘何啼作旧时声”①的诗句，不免为之动容。源氏吟诗云：

“骤雨敲窗夜，悼亡哭泣哀。
山中有杜宇，濡羽远飞来。”

吟罢，他愈发出神地凝望天际。夕雾此时也吟诗曰：

“杜宇通冥国，凭君传语言：
故乡多橘树，花发满家园。”

众女侍各自吟成的诗篇极多，恕不尽载。夕雾今晚就睡在这里陪着父亲。他见父亲独宿寂寞，深为同情，此后便常常前来陪伴。想起紫夫人在世之时，这一带地方是他绝不能走近的，而现在却任由他随意出入。追忆往昔，感慨良多。

天气炎热之时，源氏在凉爽之处设一座位，整日枯坐凝思。看见池塘中莲花盛开，

① 古歌：“杜宇不知人话旧，缘何啼作旧时声？”可见《古今和歌六帖》。

一下想起"人身之泪何其多"[①]的古歌，不觉茫然若失，如痴如醉，一直坐到日暮。鸣虫之声四起，热闹非凡。那瞿麦花映着夕阳，鲜美可爱。但这般风光，一人独赏竟觉乏味。就吟诗云：

"夏日无聊赖，哀号尽日悲。
鸣蜩如有意，伴我放声啼。"

夏夜看到流萤到处乱飞，便联想起古诗中"夕殿萤飞思悄然"[②]之句，低声吟诵。这时他口中所吟的，无非是些悼亡之诗。又赋诗曰：

"流萤知昼夜，只在晚间明。
我有愁如火，燃烧永不停。"

七月初七乞巧，也和往年大不相同。六条院内并未举办管弦之会。源氏只是枯坐沉思，众女侍也没有一人去看双星相会。天色尚未明亮，源氏独自起来，打开边门，从走廊的门中向外眺望，只见晨露极多，便走到廊上，赋诗一首借以抒怀，诗曰：

"云中牛女会，何用我关心？
但见空庭露，频添别泪痕。"

夏去秋来，只觉风声也越来越凄凉。这时必须要准备举办法事了。从八月初开始，大家日渐忙碌。源氏回想过去，好容易挨过这些日子。而今后也唯有茫然地度送晨昏。周年忌辰的正日，上下人等都吃素斋。那曼陀罗图就在今日供养。源氏照例做夜课。中将君送上水盆，请他洗手。他见她的扇子上题着一首诗，便拿过来看：

"恋慕情无限，终年泪似潮。
谁言周忌满，哀思已全消？"

看后，又在后面添写了一首：

"悼亡身渐老，残命已无多。
唯有相思泪，尚余万顷波。"

到了九月里，源氏看到菊花上盖着棉絮[③]，就吟诗云：

"哀此东篱菊，当年共护持。
今秋花上露，只湿一人衣。"

到了十月，阴雨蒙蒙，源氏心情更加恶劣，时常怅望暮色，凄凉难忍，独自低吟"十

① 古歌："悲无尽兮泪如河，人身之泪何其多！"可见《古今和歌六帖》。此处是由莲叶上的露珠联想眼泪。

② 白居易《长恨歌》中云："夕殿萤飞思悄然，孤灯挑尽未成眠。"

③ 为避霜露。

月年年时雨降”[1]之诗。每当看见群雁振翅，飞渡长空，不胜艳羡，注视良久。吟诗云：

“梦也何曾见，游魂忒渺茫。
翔空魔法使，请为觅行方。”[2]

无论何时何地，都难免触景思人，哀思难以慰解，一直在苦闷中度送日月。

到了十一月的丰明节，宫中举办五节舞会[3]。朝中诸人都为之欢腾雀跃。夕雾大纳言的两个公子当了殿上童子，入宫时先来六条院拜谒。他们两人年龄相仿，容貌都很秀美。两个舅舅[4]头中将和藏人少将陪着一同前来，都穿着白地青色花鸟纹样的小忌衣[5]，风姿清丽无比。源氏看到他们满心欢悦的模样，不禁回想起少年时代邂逅的那位筑紫五节舞姬。就赋诗云：

“今日丰明宴，群臣上殿忙。
我身孤独甚，日月已浑忘。”

今年终于隐忍过去，不曾出家。但遁世之期，毕竟渐渐迫近，心绪纷乱，感慨无穷。他考虑出家前应有的各种措施，拿出种种物品，按照等级分赐给各女侍，作为留念，并未公然表明将要离世。但亲信的几个女侍，都看得出他决心成遂夙愿了。因此当岁末之时，院内异常寂寥，悲伤之情四处弥漫。源氏在整理物件之时，偶尔发现当年的许多情书。任之留传后世，让别人看见，多有不便，但若尽皆毁弃又觉可惜，所以当时便保存了一些。这时他便拿出来，命女侍们毁掉。又看到在须磨流放时各处寄来的情书之中，有几封紫夫人的信件，另行结成一束。这是他自己亲手整理的，但已经是很遥远的往事了。现在看来墨迹犹新。这真可作为“千年遗念”[6]，不过一想到出家之后，也无缘再看，保存也是枉然，便命两三个亲信的女侍，就在自己面前当场焚毁。纵使不是情深意厚的信件，只要是出于死者的手迹，看了总多感慨。更何况这些紫夫人的遗墨，源氏只觉两眼昏花，连字迹也难以辨别，泪水滴满信纸。他担心众女侍笑他心肠太软，自觉不好意思，并且颇觉难为情，便把信推开，吟诗云：

“故人登彼岸，恋慕不胜情。
发箧观遗迹，中心感慨深。”

众女侍虽然不曾公然打开信件来看，但隐约察知是紫夫人的遗迹，大家心中都觉悲

---

① 古歌：“十月年年时雨降，何尝如此湿青衫？”可见《河海抄》。

② 魔法使，用来比喻大雁。根据白居易长恨歌中的“临邛道士”。本回题名即据此诗。

③ 丰明节是十一月中旬第一个辰日。若十一月内有三个辰日，则是第二个辰日。这一天天皇赐群臣饮新谷酿成的酒。宴后举行五节舞会。

④ 是云居雁之弟。

⑤ 小忌衣，是供奉神膳的人所穿的制服。

⑥ 古歌：“谁言无用物，废弃不须收？手笔堪珍惜，千年遗念留。”可见《古今和歌六帖》。

伤不已。当时紫夫人和他同在世间，且两人相隔不远，写来的信便已如此哀伤。而源氏今日再看，自比当日更加悲恸，眼泪竟无法收住了。只是一想到过分悲痛，旁人不免笑他作儿女之态，因此并不细看，只在一封长信的一端题诗一首：

“人去留遗迹，珍藏亦枉然。
不如随物主，化作大空烟。”

然后他命女侍们拿去全部烧化了。

十二月十九日起，照例举办了三天佛名会[①]。源氏大概已经确信这是此生最后一次，因此听见僧人锡杖[②]的声音，比平日更加感慨。僧众向佛祈愿主人长生，源氏听了只觉伤心，不知佛将对他有何指示。这时大雪纷飞，地面的积雪很厚。导师将要退出时，源氏召他进来，向他敬酒一杯，这场法会的礼仪比往常更加隆重，各种赏赐也特别丰厚。这位导师多年来经常在六条院出入，又很早为朝廷服务，源氏从小就已见惯。现在他已成为白发老僧，还在服务，源氏很可怜他。诸亲王及公卿，照旧络绎不绝地来六条院参与。这时梅花正含苞待放，映着白雪，分外鲜妍。照例应有管弦之会，但今年源氏每一听到琴笛之声，都觉呜咽伤感，因此弃用管弦，只朗诵了一些应景的诗歌。哎呀，刚才忘记说了：源氏向导师敬酒之时，赠诗一首：

“命已无多日，春光欲见难。
梅花开带雪，且插鬓毛边。”

导师答诗云：

“祝君千载寿，岁岁看春花。
怜我头如雪，空嗟日月赊。”

诸人各自皆有吟咏，此处恕不尽述。这一天源氏睡在外殿，他的容貌看上去比往年更添光彩，端丽无比。那老年的僧人看了，不觉为之感动流泪。

源氏想起岁末将至，不胜寂寥无聊。忽见三皇子在院中东奔西走，喊着：“我要赶鬼，什么东西声音最响？”[③]那模样十分可爱。源氏想道：“我出家之后，再不能见这种景象了！”无论何事，总使他触景生情，难以禁受。就赋诗云：

“抱恨心常乱，安知日月经？
年华今日尽，我命亦将倾。”

他吩咐各家臣：元旦招待贺客时，要比往年更加隆重。赠送诸亲王及大臣的礼品，以及赏赐仆从的各种福物，也须尽量丰厚。

---

① 佛名会中念《佛名经》，唱三千佛名，祝来世福慧。

② 锡杖，是僧人的手杖，上端有金属环，动杖时发出铿锵之声。

③ 当时风俗：除夕家家赶鬼。命一个人扮作疫病鬼，其他人用各种器物发出响声，将鬼赶走，可保来年人口平安。

源氏的四季

紫姬的死是全书的高潮部分，也是源氏生命的转折点。怀着对紫姬深重的思念，源氏眼中所见景色，皆与紫姬有关；心中所念，皆是与紫姬在一起时的情景。他感怀她的优雅、高贵、温顺、大度，愧疚于对她的冷落。这种缅怀在四季花色的衬托下，显露出浓重的悲伤色彩。

春之梅

百花齐放之时，黄莺在寄托紫夫人遗念的红梅树上啾啾鸣啭，而源氏的心情愈加郁结，悲伤依旧不改。

夏之橘

庭中的橘花被月光分明地映照着，芬芳随风而至。但源氏心中思慕亡人，于此美景视而不见，只怅然凝望天际。

秋之菊

九月秋霜起时，源氏看着庭中的菊花，哀伤于当年共同护持此花之人，如今只剩他形影相吊。

冬之雪

冬季雪压枝头时，源氏回想起当年紫姬藏起满是泪痕的衣袖，装作若无其事出门迎接他的情景，不胜愧疚感怀。

随着佛名会的举行，隐忍一年，也是缅怀了紫姬一年的源氏，终于结束对尘世的眷恋而隐遁出家。

第四十一回　云隐[1]

① 日文“云隐”是“隐遁”之意。即暗示源氏之死。这一回唯有题名而无本文。因此源氏何时死去不得而知。但可做如下推测：下一回“匂皇子”（匂是日本人造的汉字，其发音为niou，意义是香）中所述的是上回“魔法使”以后八年的事，而篇首说“光源氏逝世之后……”。可知源氏是在“魔法使”的第二年五十三岁至六十岁的八年之间死去的。究竟哪一年死，不能确知。但第四十九回“寄生”中说：“最后二三年间遁世时所居的嵯峨院……”，则可知他五十三岁之后，曾隐居在预先建造的嵯峨佛堂（见《赛画》《松风》）中二三年，然后死去。其卒年最早约是五十五六岁。本回题名“云隐”，便是暗示这二三年的隐遁之事。

关于仅有题名而无正文的原因，一直以来有四种说法：一、本来有正文，后来因故损失；二、作者本打算写正文，因某种缘故而作罢；三、作者故意不写正文，任其空白；四、本来连题名也没有，更不用说正文。千年以来，学者们各持一说，不能定论。但一般都相信第三种说法，理由是书中已描述了许多人的死亡，而其中主要人物紫夫人之死，描写得尤为沉痛。若再续写主人公源氏之死，这位青年女作者不堪其悲。因此只标题目而不写正文，仅向读者暗示此意。

第四十二回　匂皇子

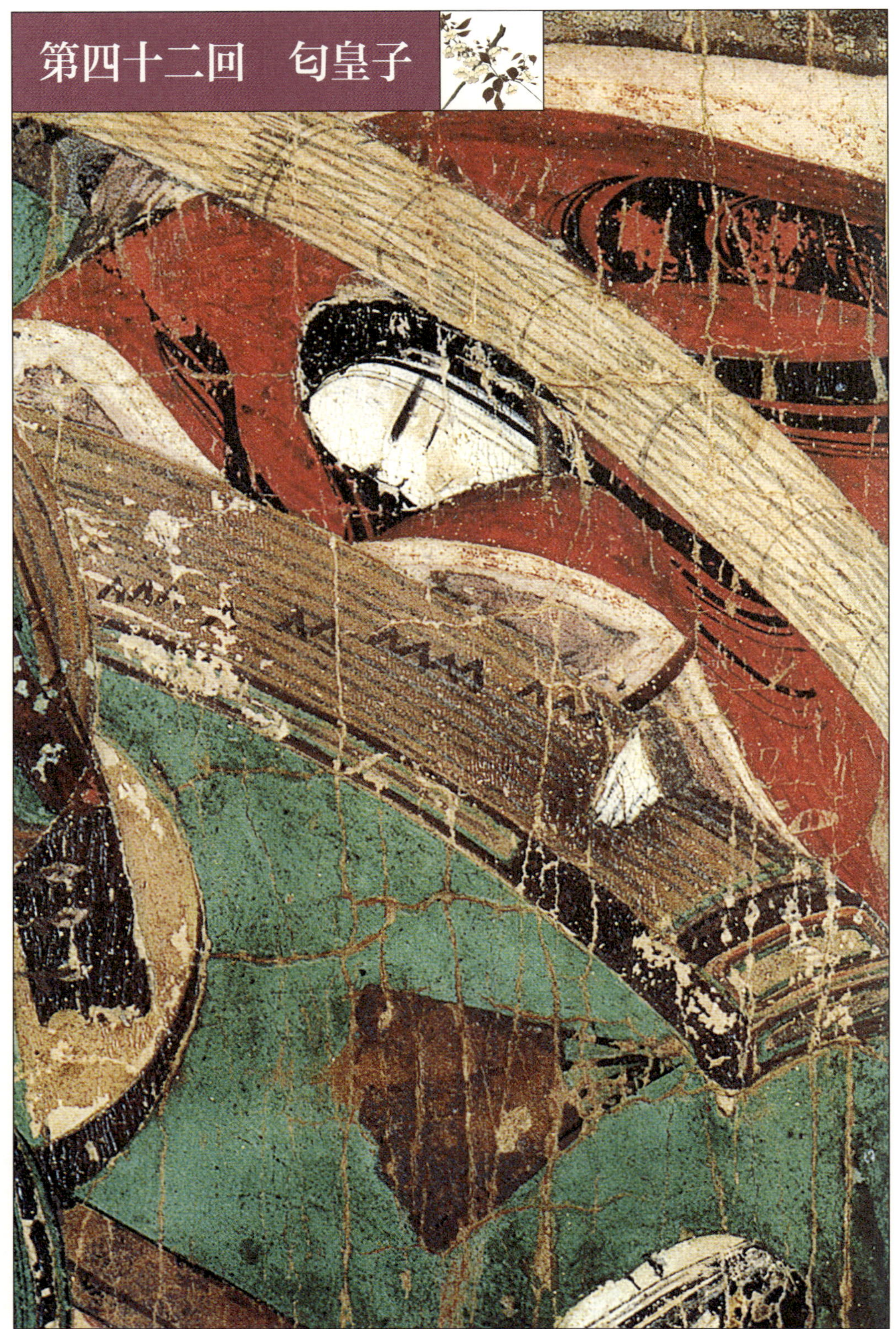

光源氏逝世之后，子孙之中难得有人承继他的光辉。如果把退位的冷泉院也算在内，未免太亵渎他了[①]。今上[②]所生的三皇子与同在六条院长大的薰君[③]，二人皆有美男子之称，容貌长得不凡。但总不及源氏那样光彩焕发，令人目眩神移。但与普通人比较起来，这二人生来就端正、高尚而优雅，再加上血统又很高贵，因此世人无不仰慕，声誉反比源氏幼时更盛。这就使得两人愈加得势了。三皇子是紫夫人用心教养成人的，因此一直在夫人故居二条院内居住。大皇子是太子，身份极其高贵，今上及明石皇后对他自然另眼相看。此外在诸皇子之中，今上及皇后特别宠爱这位三皇子，希望他住在宫中。但三皇子喜爱旧居，便住在二条院。行过冠礼之后，世人称他为匂兵部卿亲王。大公主住在紫夫人六条院故居东南院的东殿内，一切布置陈设都照旧时模样，未加一丝一毫的改变。她住在这里，时时想念已故的外祖母。二皇子住在宫中梅壶院，娶了夕雾右大臣[④]的二女公子为夫人，也不时离开宫廷，以六条院东南院的正殿作为休息之所。这位二皇子是大皇子即位之后的候补太子，声望隆重，人品也很庄严。夕雾右大臣有许多女儿，大女公子已经当了太子妃，无人与之争竞，独占宠爱。世人都猜想他们将顺次配对，明石皇后也说过这一类的话。但匂皇子心中不以为然，他以为婚姻之事，若非本人真心相爱，终是不能幸福的。夕雾右大臣也以为：何必一定要顺次配对呢？因此并不十分赞成将三女公子许给三皇子。但若三皇子提出求婚，也不必坚拒不允。他对他的女儿非常爱护。他家的六女公子，是当时略有声望而自命不凡的诸亲王及公卿争相追求的目标。

源氏逝世之后，六条院内的各位夫人，都哭哭啼啼地离开，各自迁居到预定的住所。花散里夫人迁入源氏作为遗产分给她的二条院东院。尼僧三公主迁入朱雀院分给她的三条院宫邸。明石皇后常住宫中。因此六条院内人丁零落，十分冷清。夕雾右大臣说："据我的所见所闻，自古以来，主人在世时费尽心思建造的住宅，主人死后必然被人抛弃，以致荒废殆尽。这种世间无常之事，见之令人伤心。至少我在世期间，务必使这六条院不致荒废，近旁的大路上人影不绝。"就请一条院的落叶公主迁入六条院，住在花散里的故居东北院中。他自己轮流住宿在六条院与三条院，每处每月住十五天。云居雁与落叶公主平分秋色，彼此相安无事。

源氏当年营造二条院，极为精美华丽。后又营造六条院，世人更赞叹为琼楼玉宇。现在看来，这些院落都是为明石夫人一人的子孙建造的。明石夫人成为许多皇子皇女的保护人，悉心地照顾他们。夕雾右大臣对于父亲的每一位夫人如明石、花散里等，都竭诚奉养照顾，一切仍遵照父亲在世时的旧例，绝无变更，竟同孝养亲生的母亲一样。但他想

① 因为冷泉帝实际上虽是源氏之子，名义上却是源氏之弟。

② 今上，是薰君的母舅。

③ 这时三皇子（即匂皇子）十五岁，薰君十四岁。可知从第四十回至此处，相隔已有八年。本回从薰君十四岁的春天写到二十岁的正月为止。

④ 夕雾升为右大臣，此处为第一次提及。

世人推崇的美男子

佚名 源氏物语绘卷 平安时代（约12世纪）

光源氏的后代中，以匂皇子和薰君最为俊美，此二人生来就端正、高尚而优雅，血统高贵，冠礼后受封亲王、中将，因此深受世人推崇，各有美男子之称。从中可以看到平安时代美男子的标准——容貌、出身、地位。图为绘卷中的薰君，显得沉静、优雅。

道："如果紫夫人还在世，我自当更真心地为她效劳！可惜我虽对她怀有特殊的好感，她终于不能看到，就此死去！"他觉得这件事十分可惜，心中无限遗憾。

普天之下，没有不爱慕源氏的。但世间无论何事，都像火光熄灭一般，每有举动，都令人感到兴味索然，徒增喟叹。更何况六条院内诸人，自然无限伤心，诸夫人及诸皇子、皇女等人更不必说了。紫夫人的优美风姿，深深铭刻在众人心头，每逢有事，无不立即怀念起她。真好比春花盛期虽短，身价反而增高。

三公主所生的薰君，源氏曾托嘱冷泉院照顾。因此冷泉院对他特别关心。秋好皇后自己没有子女，膝下常感孤寂，因此也特别真心地爱护他，希望自己年老之后有个亲近的保护人。薰君的冠礼在冷泉院中举行。十四岁那年二月当了侍从，秋天又升任右近中将。作为冷泉上皇的御赐，晋爵四位。不知为何这般性急，他接连加官晋爵，马上变了一个成人。冷泉院又把御殿附近的房室赐给他住，室中陈设布置，都由冷泉院亲自安排。女侍、童女及仆从，一律选用品貌优秀的人，竟比皇女的住所更加体面。冷泉院和秋好皇后身边的女侍，凡是容貌姣美、性情优雅、姿色可爱的人，尽行派到薰君那边去伺候。皇上和皇后竟都把他看作上客，特别优待，务必使他住得舒服，过得快乐，喜爱冷泉院这里。已故太政大臣[①]的女儿弘徽殿女御，只生下一位皇女，冷泉院对她无比宠爱。而对薰君的喜爱竟不亚于这位皇女。秋好皇后对他的慈爱也与日俱增。在旁人看来，这也未免太过分了。

薰君之母三公主如今专心修行佛法，每月定时念佛，每年举行两次法华八讲，此外每逢时节，又举办各种法事，寂寞地度送岁月。薰君不时到三条院探望，三公主赖他照顾，反像是在仰仗父母的荫庇一样。薰君觉得母亲可怜，颇想常来侍奉。但冷泉院和今上经常召唤他。皇太子及其皇弟们也都把他当作亲密的游戏伴侣，使他总是不得闲暇，颇觉痛苦，恨不得自己可以一分为二。关于自己的出身，他小时候隐约知道，长大后更是怀疑，心中不安，但无人可以询问。在母亲面前呢，他以为纵使只是隐约表示，也使她痛心，所以绝不提起。他只是一直在忧虑："究竟为了什么，由于什么样的宿缘，才使我带着这种疑虑出生呢？善巧太子能问自身而释疑[②]，我若也有这种悟力多好。"他这样想，并经常自言自语地说出口来。曾赋诗云：

"此身来去无踪迹，
独抱疑虑可问谁？"

但没有人为他解答。所以每逢感触，不胜伤心，只觉有如身患疾病，十分痛苦，心中反复思量："母亲不惜盛年的花容月貌，毅然改装成为朴陋的尼僧。究竟是由于什么才生出坚强的道心，突然遁入空门的呢？想必是像我幼时听人说的：身逢意外之变，这才愤而出家的吧。这样的大事，难道不会走漏消息吗？只因不便出口，所以一向无人向我提起吧。"又想："母亲虽然勤修佛法，但女人的悟心毕竟薄弱，要精通佛道，往生极乐，只怕是很困难的。何况女人又有五障[③]，也颇令人担心。我应该帮助母亲完成心愿，至少要保她后世安乐。"又猜想那个已过世的人，恐怕也是怀着畏罪之心，抱恨而终的吧。他希望后世自己可与这生身父亲相见，无心在这世间举行冠礼。但终于无法推辞。不久他便闻名于世，声势赫赫了。但他对于声名荣华全不关心，一向只是沉思不语。

今上与尼僧三公主情属兄妹，对这薰君自然关心，觉得他很可怜。明石皇后的几位皇子和薰君一起在六条院出生，从小一起玩耍，因此她一向对薰君同自己儿子一样，至今未曾改变。源氏生前曾说："这孩子是我的晚生子，不能看他长大成人，甚为痛心！"明石皇后每一想起这话，对薰君的关怀便更深切了。夕雾右大臣对薰君的照顾，也比对自己的儿子更加周到，全心全意地抚育他。

当年源氏素有"光君"之称，桐壶帝对他无比宠爱。但因妒忌他的人很多，他的母

① 即最初的头中将，源氏的妻舅，柏木之父。此人之死，在这里是首次提到。他的女儿嫁给冷泉院，即弘徽殿女御。

② 善巧太子，有的版本作善瞿夷太子。据旧注：善巧太子是释迦的儿子罗睺罗尊者的别名，释迦出家后六年始生此子。世人都奇怪。但他没有人教，自己悟得是释迦之子。

③《法华经》提婆达多品云："又女人身犹有五障：一者不得作梵天王，二者帝释，三者魔王，四者转轮圣王，五者佛身。" 又《大日经》疏云："修道五障，谓烦恼障、业障、生障、法障、正为所知障也。"

薰君的疑虑 歌川丰国 源氏香之图·若菜 江户时代（约1844—1847年）

对于母亲为何正当盛年而出家，以及自己的身世问题，薰君内心常怀疑虑。其中一些隐情，以及与那个去世的人的关系，他也隐约闻知，但却无处证实，因此不胜伤感、痛苦。图为薰君的母亲三公主当年观看蹴鞠而被柏木窥视容貌的情景。

亲又没有后援人，以致处境艰难。全靠他深谋远虑，圆滑地应付世事，韬晦不露锋芒。因此世局变迁，天下大乱，但他终于平安地渡过难关，并毫不懈怠地勤修后世。他从不强逞威福，这才悠然地度过了一生。而现在这位薰君年龄尚小，声名早已扬于天下，心中素怀高远之志。可见具有宿世深缘，并非凡胎俗骨，竟使人疑心是佛菩萨暂时下凡。他的容貌并无特别优越之处，也不能使见者极口称赞。但神情异常清艳优雅，令人不由自惭。而其心志之深远，又远非常人可比。特别是他身上自带一股香气，那香气不是俗世中的香气。真奇怪，他的身体略微一动，那香气便会随风飘至很远的地方，百步之外也闻得到。像他那样身份高贵的人，谁也不肯蓬头垢面，不加修饰，总是格外用心打扮，务求比别人更加漂亮，借以引人注目。但薰君完全不同，只因他身有异香，所以纵使只是偷偷躲在暗处，也有清香四溢，无可隐藏。他为此很感厌烦，衣服从来不加熏香。但家中许多衣柜中都藏有名香，再加上他身上固有的香气，浓得不可言喻。庭前的梅花，只要和他的衣袖略为接触，花气便特别芬芳馥郁。春雨之中树上的水点滴在人身上，便有许多人衣香不散。秋野中无主的藤袴[①]，一经他的接触，原来的香味便会消失，而另外生成一种异香。而他所采摘过的花，香气都特别浓郁。

薰君身上这种令人惊异的香气，匂兵部卿亲王非常妒羡，远胜于其他任何事情。但他只能搜集各种名香，把衣服熏透，日日夜夜，专以配合香料为事。到庭院里去时，春天一直待在梅花园里，想染得梅香。到了秋天，世人钟爱的女郎花和小牡鹿视为妻子的带露萩花，只为香气不浓，被他全然忽略。而那些将凋的菊花、枯萎的兰草、毫不起眼的地榆，只为具有奇香，纵使到了霜打风摧、衰败枯折之时，他还是不肯丢弃。如此用心，专以爱香为务。世人便议论他："这位匂兵部卿亲王爱香的癖好有些过分，只怕太风流了。"当年源氏在世时，无论对于何事，从不偏爱一端而过分热衷。

源中将[②]常来拜访这位亲王。在管弦之会之中，两人吹笛的本领难分伯仲，互相竞争而又互相亲爱，真是一对志同道合的青年好友。世人纷纷议论，称他们为"匂兵部卿、薰中将"。当时家中有妙龄女儿的高官贵族，无不为之动心，时常央人前来说亲。匂兵部卿亲王就在其中选择几个有意思的对象，从旁探听女子的容貌人品。但特别令人满意的并不易得。他想："冷泉院的大公主若是能许给我，倒是一段美满姻缘。"这是因为大公主之母弘徽殿女御出身高贵，性情风雅。而据外人推断，公主的品貌也必然是世间罕有的。有几个与公主较为亲近的女侍，每逢机会，一定会将公主的情况详细告知。因此他那份爱慕之心愈发难以忍受了。

薰中将则全然相反，他觉得世俗生活令人乏味，心想草草爱上一个女人，便有了一种不可割裂的羁绊，这种自讨苦吃之事，还是不做为好，因此竟把婚姻之事完全丢开。但或许也是因为难觅称心之人，故作此态，亦未可知。但招人物议的色情之事，他从来不干。他在十九岁上晋升为三位宰相，兼中将之职。他备受冷泉院与秋好皇后的优待，位极人臣，仕途可谓尊荣无比。但心中怀着一个沉重的身世问题，经常闷闷不乐。他不曾任情寻花问柳，总是沉默寡言，世人自然都称道他确是一个老成持重的人。

匂兵部卿亲王多年来对冷泉院的大公主一直魂牵梦想。而薰中将和大公主在一个院内朝夕共处，常有机会听闻她的情状，深知此女容貌的确不凡，而且人品态度高雅无比。他想："如若娶妻，但得如此一人做伴，确可终身无憾了。"冷泉院宠爱薰中将，在一切事情上，对他毫无隔阂。唯有大公主的住所，防范十分谨严。这原是理所当然之事。薰中将担心惹事，从不强求亲近。他想："一旦发生了意外之事，于己于人都很不利。"因此并不去亲近她。但他生来容貌讨人喜欢，所以他对一个女子只要略有几句戏言，这女子就难免动心，马上钟情于他。因此逢场作戏的露水姻缘，倒也结下不少。但他对这些女子并不重视，依旧讳莫如深。这种有情还似无情的态度，更使女方心痒难熬。真心爱他的人就被他吸引，许多人自愿到三条院去为尼僧三公主服务[③]。她们看见他态度冷淡，心中很

① 古歌："秋草名藤袴，抛残在野郊。不知谁脱下，只觉异香飘。"可见《古今和歌集》。日文中的"藤袴"即中文兰草之意。日文"袴"是裙子，非裤子。

② 源中将，即薰君。

③ 薰君常到三条院探母，因此在三条院可以经常见到他。

夕雾的心思　狩野永德　洛中洛外图屏风　安土桃山时代（16世纪后期）

宫中赛射后，夕雾备办飨宴邀请众亲王参加，打算让匂皇子和薰中将二人借此得见女儿的美貌而心动。图为正月十八日的宫中赛射场面，这是平安时代宫廷的一种新年习俗。

是痛苦，又想总比断绝关系要好，也就甘心忍受寂寞。一些身份较高的女子，并非是来当女侍，只是为了与薰中将的私情才在这里服务。薰中将对女子一向不即不离，性情却很温柔，容貌也确实漂亮。因此这些女子都仿佛被他迷住，甘愿在此因循度日。

夕雾右大臣家有许多女公子，夕雾本想将其中一人配给匂皇子，再择一人配给薰中将。但他曾听薰中将说："母亲在世时，我必须朝夕侍奉。"因此不便向薰中将开口。夕雾又顾虑到薰中将和他的女儿血缘太近[①]，但除了薰中将和匂皇子之外，世间实在找不出比此二人更优秀的女婿，心中很是苦闷。侍妾藤典侍所生的六女公子，比正妻云居雁所生的诸女漂亮得多，长大后性情也极为贤淑，可谓十全十美。但由于母亲出身卑微，世人对她不太重视。这般美质就此埋没，夕雾觉得十分可怜。一条院的落叶公主膝下无子无女，生涯十分寂寞，夕雾就将这六女公子带到一条院去，让她做落叶公主的义女。他想："找个机会，假装无意的样子，让薰中将和匂兵部卿亲王看看这个女儿，他们定会对她留心。这两个人都善于鉴别女子姿色，一定会赏识她。"于是对六女公子不用严格的教育，而是教她学习时髦，培养风趣，度送风流生活，以期望她多多牵惹青年男子的心。

正月十八日宫中赛射，夕雾在六条院备办还飨[②]，十分讲究，打算请诸亲王都来参与。到了那天，诸亲王中凡成人者尽皆赴会。明石皇后所生的诸皇子，个个气宇轩昂，眉清目秀。而其中这匂兵部卿亲王尤为卓然不群。叫作常陆亲王的四皇子，是更衣所生，或许是这个缘故，风姿与其他皇子相比远远不及。赛射的结果，又是左近卫那方面获胜，而且比往年结束得更早。夕雾左大将便自宫中退出，与匂兵部卿亲王、常陆亲王及明石皇后所生的五皇子同乘一车，到六条院去。宰相中将薰君是赛败的一方，也默默地退出。夕雾拉住他，说道："各位皇子都要到六条院去，你就来送送他们吧。"夕雾的儿子卫门督、权中纳言、右大弁，以及许多公卿都极力劝他去。于是分头乘车，往六条院方向而去。从宫中到六条院，路程颇远，这时空中正飘着小雪，景色十分清艳。车子伴着悠扬的笛声，进入六条院去。除了这里以外，还能去哪里找这样一个西天佛国，在这时有这种赏心乐事呢？

还飨设在正殿的南厢，照例请优胜一方的中少将朝南而坐。作为陪客的皇子及公卿朝北而坐，与之相对。于是宴会开始。正在酒酣兴浓之时，将监们开始表演《求子》舞。庭中梅花盛放，附近几株梅花的香气被舞袖扇动，弥漫厅中。但薰中将身上的奇香更胜于梅花，馥郁无比。众女侍隔帘偷窥，说道："可惜光线太暗，看不清楚他的容貌。但这身香气确是无人能及的。"大家都对他极口称赞。夕雾右大臣也觉得此人的确卓然不凡。他见薰中将今天容貌和仪态比平日更加优美，一派斯文地坐着，便对他说："右中将啊！你也来一起唱歌吧！不要只做客人呀！"薰中将便唱了一段"天国的神座上"[③]。

---

① 薰君在名义上是夕雾之弟。薰君与夕雾的女儿是叔父与侄女的关系。

② 赛射结束后，优胜者到大将家参加宴会，名曰"还飨"。夕雾是右大臣兼左大将。

③"天国的神座上"是表演《求子》舞时所唱的风俗歌《八少女》中的歌词。歌词中有："八少女，我的八少女！八少女，呀！八少女，呀！站在天国的神座上！站呀，八少女！站呀，八少女！"

第四十三回 红梅[1]

当时任按察大纳言的，是已故的致仕太政大臣的次子红梅[②]，即已故卫门督柏木的长弟。他从小天资聪颖，性情高雅。随着年事渐长，官位不断晋升，前程远大，圣眷隆重，荣华无人能及。红梅大纳言有两位夫人，先娶的一位已经故去，现在这一位是后任太政大臣髭黑之女，也就是从前舍不得真木柱的那位女公子[③]。最初，她的外祖父式部卿亲王把她嫁给萤兵部卿亲王。萤兵部卿亲王逝世之后[④]，红梅与她私通。时间一久，也顾不得世人讥评，就娶她做了继室。红梅的前妻只有两个女儿，没有儿子，膝下十分寂寞。多方祷告神佛，继室真木柱果然生下了一个儿子。真木柱还有与前夫萤兵部卿亲王所生的一个女儿，也带在身边，视之为前夫的遗念。

红梅大纳言对于身边的子女，不分亲疏，同等怜爱。但各人身边的女侍，有几个品行不佳的人，偶尔发生龃龉。幸好真木柱夫人气度宽宏，性情豪爽，善于调停纷争。纵使有些尴尬的事，也能泰然处之，抚慰众人。因此家中一向无事，平安度日。三位女公子年龄相仿，逐渐成人，都举行了着裳仪式。大纳言建造了几座广大的宅邸，南厅归大女公子，西厅归二女公子，东厅归萤兵部卿亲王所生的女公子分别居住。在一般人看来，萤兵部卿亲王业已辞世，这位女公子没有父亲庇护，生活一定有诸多痛苦。但她的父亲和外祖父等人遗留给她很多财产宝物，因此排场及日常的生活可称高尚典雅，境况优越。

外间传言红梅大纳言家中用心抚养着三位女公子，因此络绎不绝地有人前来求婚。皇上和皇太子也曾有此暗示。红梅想道：“今上专宠明石皇后，什么样身份的人才能与她并肩？但若不图高位，甘于做个低级宫人，则又毫无意味。皇太子则为夕雾右大臣家的女御独占，与她争宠，也十分困难。但一味如此畏首畏尾，家里有才貌卓绝的女儿而不送她入宫，岂不辜负了这般美质？”于是，他就下定决心，将大女公子许给皇太子。这时大女公子芳龄十七八岁，风姿绰约，非常可爱。

二女公子容貌也极娇艳，其端庄之外又更胜其姐，是个绝代的佳人。红梅大纳言想道：“若将她许给一般之人，不免可惜。如果匂兵部卿亲王来向我求婚，那倒还算不错。”匂皇子在宫中看到真木柱所生的小公子时，经常唤他前来，与他一起玩耍。这小公子聪颖可爱，自他的平日言谈神采便可推知将来必有远大前程。有一次匂皇子对他说道：“你回去对大纳言说：只叫我看见你这个弟弟，我心里很不满意呢。”小公子回家去便对父亲说了，红梅大纳言十分高兴，暗喜夙愿可以成遂了。又对人说：“家中有一个才貌双全的女子，与其让她入宫而屈居人下，不如嫁给这位匂皇子。这位皇子长得真清秀！我若能如愿以偿，悉心爱护这位女婿，只怕寿命也可以延长呢。”但必须首先筹备

① 本回所写之事与前回“匂皇子”相隔四年。这时薰君二十四岁，匂皇子二十五岁。

② 即第十回“杨桐”中唱催马乐《高砂》的童子。

③ 髭黑娶玉鬘后，前妻带了女儿真木柱回娘家。

④ 萤兵部卿亲王是源氏之弟，此人之死，这里是首次提到。

红梅香 歌川广重 名所江户百景 江户时代（18世纪）

红梅大纳言对自己亲生女儿的婚事悉心安排，却无意间冷落了继女，相应的继女庭前就颇显冷清。可见平安女子的婚姻，多与出身、父亲的重视程度有关。图为此时节日本的梅花盛开的景象。

大女公子与皇太子的婚事。他在心中祈祷："但愿春日明神[①]保护，让我们这一代出一位皇后。先父太政大臣曾为弘徽殿女御失败而抱恨一生[②]，那么，他在天之灵也可略得安慰了。"就送大女公子入宫当太子妃。世人皆盛传：皇太子十分宠爱这位妃子。但她不熟悉宫中的生活，身边又没有出色的照顾人，只好由继母真木柱夫人陪伴入宫。真木柱十分疼爱这位女公子，照顾得极为周到。

自南厅的大女公子入宫，大纳言邸内突然变得冷清。特别是西厅的二女公子，往日常与姐姐在一起，现在便觉得寂寞难堪。东厅的女公子，即真木柱前夫所生的女儿，和这两位女公子也颇为亲昵。三人晚上经常睡在一起，共同练习各种技艺。吹弹歌舞等事，两女公子都向东厅女公子请教，将她当作师傅一般。这位东厅女公子生性怕羞，与母亲也难得正面相对，那份腼腆的样子有些可笑。但品貌并不比他人逊色，娇媚的容貌远胜他人。红梅大纳言想道："我一心安排这个入宫，那个出嫁，忙着为自己的女儿打算，不免有些对不起这位女公子。"便对她母亲真木柱说："这女儿的婚事，你有何意见，就快告诉我。我一定把她同我自己的女儿一样看待。"真木柱答道："我还不曾想过这件事情。若勉强成就，反而对她不利。唯有听凭她的命运了。我在世时，一定会照顾她。但我若死了，她很可怜，倒让我担心了。那时她可出家为尼，就不致惹人耻笑，自可安然度过一生了。"说罢流下泪来。又提到这女公子性情十分贤淑。红梅大纳言对这三个女儿一样疼爱，并无厚

① 春日明神，是皇族藤原氏的氏神。

② 前太政大臣将女儿（即红梅之妹）送入冷泉院宫中为弘徽殿女御，希望当皇后。但源氏提拔了秋好皇后。弘徽殿女御失败，太政大臣抱恨而终。

名所江戸百景

蒲田の梅園

薄之分。但至今不曾见过这东厅女公子，颇想瞧瞧她的容貌。他常抱怨道："她总是躲避我，太没意思了。"就想乘人不备时趁机偷窥，或许可以看见一面。哪里知道连侧影也看不到。有一次他坐在女公子的帘外，对她说道："你母亲既不在家，我应该代她来照顾你。你对我这样疏远，让我很不高兴呢。"女公子在帘内约略回应，声音柔雅而婉转，可以想见其容貌一定也颇美丽，是个让人怜爱的女子。他一向确信自己的女儿比别人优越，以此自傲。但这时他想："我那两个女儿怕赶不上这个人吧？如此看来，世界太大，也令人厌烦。我以为我那两个是出类拔萃的了，哪里知道世间还有比她们更强的人。"他对她愈发渴慕了，便说道："这几个月来，不知怎的非常繁忙，丝弦也好久未能听到了。西厅里你二姐正在用心地练习琵琶，大概她想精通此道吧。但琵琶这种乐器，学得似通非通之时，声音真是难听。如果可以的话，希望你悉心地教导她。我并没有专长某种乐器，但年轻时也经常参与管弦之会。全靠如此，对于任何一种乐器的演奏，我都能辨别其手法优劣。你虽然不曾公开演奏过，但我每次听到你的琵琶音色，总觉得与当年相似。得到已故六条院大人真传的，现今世间唯有夕雾右大臣一人。源中纳言[①]和匂兵部卿亲王，在任何事情上都不让古人，真是得天独厚。二人对音乐特别热心。但拨音手法略嫌柔弱，毕竟及不上右大臣。你的琵琶，手法却和他十分相似。琵琶这种乐器，按弦的左手必须熟练，方能彰显佳妙。女子按弦，拨音之声略有不同，带有娇媚之感，反而更具风趣。来，你就来弹奏一曲吧。女侍们！拿琵琶来！"女侍们大都不回避他，唯有几个年纪最轻而出身较高的人，不肯被他看见，匆忙退入内室。红梅大纳言说："竟连女侍也疏远我了，真没趣啊！"他有些生气了。

这时小公子即将进宫。他先来拜见父亲，作值宿的打扮，童发下垂，比正式打扮结成总角时漂亮得多。大纳言觉得非常可爱，便叫他带口信给住在丽景殿的女儿："你对大姐说：你是代我前来请安的，我今晚不进宫了，因为身体略有不适。"又笑道："先把笛子练习一下再去吧。皇上时常召你到御前演奏，你的笛子还不太熟练，难免不好意思。"便叫他在面前吹双调。小公子吹得十分动听。大纳言说："你的笛子吹得渐渐熟练了，都是因为在这里经常与人合奏的缘故。现在就和你这姐姐合奏一曲吧。"便又再三催促帘内的女公子弹琵琶。女公子觉得十分狼狈，就轻轻拨弦，略为弹奏了几句。大纳言用低沉成熟的声音和着那音乐吹口哨。忽然看见东边廊檐近旁的一株红梅正在盛开，便说道："庭前的花格外可爱呢。匂兵部卿亲王今天正在宫中，不如折取一枝送去给他吧。'梅花香色好，唯汝是知音'[②]呢。"又说："唉，从前光源氏荣任近卫大将、声势鼎盛的时候，我还是像你这样年纪的一个小童，经常追随在其左右，那情景我永远无法忘记。这位匂兵部卿亲王也是世人所极力称赞的，品貌确也值得被人赞赏，但总觉得不及光源氏一半，或许是我一向认为光源氏天下无双的缘故罢。我与他的关系并不深切，但每一想起，心中也感悲痛。更何况与他关系亲密的人，被他遗弃在这世间，恐怕都在烦

① 源中纳言，即薰中将。

② 古歌："除却使君外，何人能赏心？梅花香色好，唯汝是知音。"可见《古今和歌集》。

恼自己寿命太长吧。”说到这里，往事历历浮上心头。感伤之余，不觉兴味索然。大约这时他已情不自禁，马上命人折取了一枝红梅，交给小公子送去。说道：“今日已无可奈何了。对这位深可爱慕的光源氏的遗念，现今唯有寄托在这位亲王身上了。从前释迦牟尼圆寂之后，弟子阿难尊者身上放光，道行高深的法师都疑心他是释迦复活。我为了抚慰心中的怀旧之情，也要去烦渎这位亲王了。”便赋诗一首，诗曰：

“东风有意通消息，
为报红梅待早莺。”

他用活泼的笔迹写在一张红色的纸上，夹在小公子的怀纸里，催促他赶快送去。小公子一向也非常亲近匂皇子，就马上入宫去了。

匂皇子正从明石皇后的房中退出，准备回自己的值宿所去。许多殿上人将他送了出来，小公子也夹在其中。匂皇子看见他，便问道：“昨天你为什么那么早就退出宫去了？今天什么时候来的？”小公子答道：“昨天我走得太早，后来有些懊悔。今天听说您还在宫中，我就赶紧过来了。”他的童声十分亲切悦耳。匂皇子说：“不但宫中，我那二条院里也很好玩，你经常来吧。有许多小童聚集在那里呢。”别人看见匂皇子对他一人说话，大家也不走近，各自散开了。这时周围很清静，匂皇子对小公子说：“近来皇太子好像不大召唤你了。以前不是经常叫你进去吗？你大姐分去了你的宠爱，这不太像话吧。”小公子答道：“不断地叫我进去，我苦闷死了。如果是到您这里来……”他不再接下去。匂皇子说：“你姐姐看不起我，不把我放在心上。这原是理所当然的，但我仍觉难以忍受。你家东厅那位姐姐，和我同是皇族。你替我悄悄地问问她：她是不是在暗中爱我？”小公子见机会到了，便趁机把那枝红梅和诗呈上。匂皇子笑着想道：“如果是我求爱之后收到的答诗，就更有趣了。”便拿着反复玩弄，不忍释手。这枝红梅果然可爱，无论枝条的姿态、花的模样，以及香气和颜色，都不是寻常可见的。他说：“园中的红梅，不过颜色艳丽而已，讲到香气，到底不及白梅。但这枝红梅开得特别好，色香俱全。”他本来就爱梅花，如今投其所好，更使他赞叹不已。后来他对小公子说：“你今晚到宫中值宿，不妨就住在我这里。”就拉他到自己房内，又把门关上。小公子便不去拜见皇太子。匂皇子身上馥郁的香气，是花也比不上的。小公子在他身旁睡着，心中欢喜无比，觉得此人亲切无比。匂皇子问他：“这花的主人[①]为什么不去侍奉皇太子？”小公子答道：“我不知道。听父亲说：将来要她去侍奉知心的人[②]。”匂皇子曾听说，红梅大纳言想把自己的二女公子许给他。而他所向往的却是萤兵部卿亲王所生的东厅女公子。但这个念头在答诗中不便直说。第二天小公子退出时，他就随意地写了一首答诗，叫他带回去。诗曰：

“早莺若爱梅香好，
多谢东风报信来。”[③]

① 指东厅女公子。

② 指匂皇子。

③ 早莺比喻匂皇子，梅比喻二女公子，东风比喻红梅。诗意是：“我倘爱二女公子，就会感谢你来信。”

又再三叮嘱他说："下次不必再麻烦你父亲大人，悄悄地向东厅那位姐姐传达就好了。"

自此以后，小公子也更加看重东厅姐姐，与她亲近起来。过去他和异母的二姐更常见面，像同胞姐弟一样。但在他心中，只觉东厅姐姐态度稳重，性情又和蔼可亲，盼望她可嫁得一个好姐夫。如今大姐成了太子妃，尽享荣华富贵，这位东厅姐姐却无人过问，他深感不满，觉得她很可怜。他想：至少要设法让她嫁给这位匂皇子。所以父亲叫他送梅花去的时候，他很高兴。但这封信是答诗，应该先交给父亲。红梅大纳言看了诗，说道："这些话真没意思啊！这匂皇子太过贪爱女色了，知道我们不喜欢他这一点，就在夕雾右大臣及我们面前竭力抑制，假装一本正经，实在可笑。一个十足的色情儿，硬要装成诚实的人，只怕反而让人看不起吧。"他在背后讥评匂皇子。今天他派小公子再次入宫，让他带一封信去，内有诗云：

"梅花若得亲君袖，
染上奇香名更高。

太风流了，请君谅解。"这态度很严肃。匂皇子想道："看来他真心想把二女公子嫁给我呢。"心中不免有些激动。便答诗云：

"寻芳若向花丛宿，
只恐时人笑色迷。"

这答诗还是缺乏诚意，红梅大纳言看了，很不高兴。

后来真木柱夫人返家，对大纳言谈起宫中的情况，对他说："前天小公子到宫中值宿，第二天早上又到东宫来，身上带着非常浓重的香气。别人都以为他就是这样的，但皇太子却辨识得出。对他说道：'你一定是在匂兵部卿亲王身边，怪不得如今不到我这里来了。'他竟为此吃起醋来，真好笑呢。他有信带回来吗？这件事看不出有什么动静呢。"红梅大纳言答道；"有信带回来。这位皇子素来喜爱梅花。那边檐前的红梅开得正好，只家中自己看看，太可惜了，我就折了一枝，让他送给这皇子。那人身上的衣香的确少见。宫女们也没有这么香。还有那源中纳言，不是因为爱风流而熏香，身上却天然自带一股香气，实为罕见之事。真奇怪，不知他前世怎样修福，今世得此福报，真正让人艳羡不已。同样是花，梅花因为生来与众不同，香气也特别可爱。匂皇子喜爱梅花，确是有道理的。"他借花为喻而议论这位匂皇子。

东厅女公子年龄渐长，通情达理，大凡其所见所闻，无不心领神会。但对于终身大事，则从未考虑。世间的男子，大都有趋炎附势之嫌，对于有父亲关爱的女儿，用尽心机争相求婚，所以那两位女公子那边热闹非常。而这位东厅女公子呢，门庭寂寥，经常空闭深锁。匂皇子听说这一情状，以为这女公子正是他合适的对象，便用心寻找机会，设法向她求爱。他经常叫小公子悄悄地送信给东厅女公子。但大纳言一心想把二女公子嫁给匂皇子，常在观察匂皇子的动向，盼望他来向二女公子求婚。真木柱夫人见此情状，觉得为难，说道："大纳言弄错了。他对二女公子全不在意，你费尽口舌，全是徒劳无益。"东厅大女公子从不回复匂皇子的来信。匂皇子愈加不肯罢手，只管穷追不舍。真木柱夫人经常想："这样又有何不可呢？我看匂皇子的人品，很愿意让他当我的女婿。料想以后会很幸福。"但东厅女公子

红梅有意通消息　歌川丰国　源氏香之图·红梅　江户时代（约1844—1847年）

图为东厅女公子处的红梅盛开之时，继父大纳言折下一枝，附在“有意通消息”的信上，要小儿子交给匂皇子。用东厅之梅寄托自己亲女儿的婚事，这种错位的寄托透露出他对继女的漠视，而腼腆的东厅女公子只有躲在屏风后面。

以为：匂皇子是个好色之人，与他私通的女子很多。对八亲王[1]家的女公子，也有很深的情意，经常远赴宇治与之相会。如此行径，甚不可靠，决不可轻易相信。因此一心拒绝他的求爱。但真木柱夫人觉得很对不起他，有时不惜越俎代庖，偷偷代女儿作复。

① 八亲王，是桐壶帝的第八个儿子。

第四十四回　竹河①

本回所记述的，是源氏一族之外的后任太政大臣髭黑家中几个女侍的故事。这些女侍至今还活在世间，四处说长道短，不问自说地说出一些往事来，与紫夫人的女侍们所说的有所不同。据她们说：“关于源氏的子孙，有些传说并不正确，怕是那些比我们更老的女侍记得不大清楚，因而弄错了。”究竟孰是孰非，至今莫衷一是。

髭黑太政大臣与玉鬘尚侍，共生有三男二女。髭黑大臣对他们悉心养育，盼望早日成人，出人头地。岁月迁移，正在心焦的时候，髭黑大臣溘然长逝了。玉鬘夫人心中茫然，有如做了南柯一梦。本来急欲让女儿入宫，这时也只得迁延搁置。世人大多趋炎附势，髭黑大臣生前威势赫赫，死后家中财物、领地等虽然颇为富足，但邸内气象变更，门庭日渐衰落。玉鬘尚侍的亲属中不乏显贵[②]。但身份高贵的亲戚，反而不甚亲近。再加上已故的髭黑大臣本性刚直，与人落落寡合，别人对他也便心有隔阂。大概是因为这样，玉鬘夫人竟没有一个亲近的人可与之来往。六条院源氏主君一直把玉鬘当作亲生女儿来看，从未变更。他临终时分配遗产，在遗嘱中特别写明，玉鬘的位置仅次于秋好皇后。夕雾右大臣对玉鬘也比嫡亲姐妹更为亲近，每逢家中有事，必来探望。

三位公子皆已行过冠礼，渐渐长大成人。只因父亲已经故去，立身之时不免孤单无恃，但自然也逐渐晋升。但两位女公子的前途，玉鬘夫人深为担心。髭黑大臣在世之时，今上曾向他暗示，盼他将女儿送入宫中。又屈指计算年月，猜想这女公子已经长成，不断催促于他。但玉鬘夫人想道：“明石皇后宠幸如此隆重，无人能与之并肩。我的女儿若再入宫，定然被她压倒，在许多庸碌的妃嫔中忝列末席，仰承她的眼色，又有何意趣？叫我看见我的女儿不及别人，屈居人后，我也不能甘心。”因此心中犹豫。冷泉院也欲求得玉鬘的女儿，竟然重提往事，怨恨玉鬘昔年对他太过无情，说道：“当年尚且如此，何况现在我年事渐高[③]，容貌丑陋，自然更讨人厌了。但请你把我看作可靠的父母代理人，把女儿托付给我吧。”他如此认真地要求。玉鬘想道：“这怎样办才好？我的命运真可悲叹！他一定把我看作异乎寻常的无情之人，真是又可耻又惭愧。如今到了晚年，不如将女儿嫁给他，以赎前罪吧。”但一时之间也难以决定。

两位女公子容貌都长得姣好，在当时以美人著称，因此爱慕她们的人很多。夕雾右大臣家的公子，被称为藏人少将的——是正夫人云居雁所生，官位比其他兄弟更高，父母也特别怜爱他，是个品貌俱优的贵公子——也热诚地向玉鬘夫人的大女公子求爱。无论从父亲还是母亲方面来说，他与玉鬘都有极为亲密的关系[④]。因此他和弟兄们经常在髭黑大臣邸内出入，玉鬘夫人招待他们也很亲热。这藏人少将对她家的侍女们非常熟悉，时常有机会向她们诉说自己的心事。因此众女侍日日夜夜在玉鬘夫人耳旁赞扬藏人

① 本回写薰君十四五岁至二十三岁秋天之事，与前二回“匂皇子”“红梅”系同一时期。

② 如红梅大纳言，是她的异母哥哥。

③ 这时冷泉院四十三岁，玉鬘四十七岁。

④ 从父亲方面来说，玉鬘是他的姑母；从母亲方面来说，玉鬘是他的姨母。

少将，玉鬘夫人不胜其烦，又很可怜他。他的母亲云居雁夫人也经常写信给玉鬘夫人，代他请求。父亲夕雾右大臣也对玉鬘夫人说："虽然他的官位还低，但请看在我们面上，允许他吧。"玉鬘夫人终于下了决心：大女公子必须入宫，不能嫁与臣下。至于二女公子，待藏人少将官位稍高，足以配得上她家时，不妨许嫁与他。藏人少将心中则怀着更为可怕的念头：如果玉鬘终于不许，便要将女公子抢走。玉鬘夫人心中并不特别反对这件亲事，但想到如果在她尚未正式允许之前，发生意外之事，传到外面，不免惹人讥评，这真是名誉攸关之事。因此郑重叮嘱传递信件的女侍们："你们务须当心，谨防不应有之事！"女侍们都提心吊胆，觉得日子难过。

六条院源氏晚年娶朱雀院的三公主而生下的薰君，冷泉院将之视同为自己儿子一般爱护，封他为四位侍从。薰君这时仅有十四五岁，正是天真烂漫的年纪，但他的心灵却比身体早熟，已像大人一样懂事。仪容楚楚，显见未来的前程不可限量。玉鬘尚侍颇想以之为婿。尚侍的宅邸距三公主居住的三条院很近，因此每逢邸内举办管弦之会，几位公子常去邀请薰君来参与。尚侍邸内因有美人，世上的青年男子无不心向往之，个个身着华装艳服，翩翩出入其间。说到容貌之秀美，自以片刻不离的藏人少将为第一；说到性情温存、风度优雅，则要以这位四位侍从为尊。此外，再无他人能与之比肩。世人都以为薰君是源氏之子，对他另眼相看。恐怕是因此缘故，他的声誉自然格外响亮。青年女侍都对他极力称赞。玉鬘尚侍也说此人风采的确可爱，经常亲切地与之谈话。她说："如今回想父亲大人那卓越不凡的气宇，令人深为悼念，无以慰情。除了此人之外，还能从谁的身上看到父亲的遗风呢？夕雾右大臣身份太高，没有特别的机会，难得和他一见。"她把薰君看作自家亲兄弟一样，薰君也把她视作大姐，时常前来拜访。此人不像世间一般男子那般轻薄好色，态度十分端庄稳重。两位女公子身边的青年女侍见他婚事未成，都为他可惜，引为一件憾事。她们时常开他玩笑，薰君不胜苦恼。

第二年[①]正月初一，玉鬘尚侍的异母兄弟红梅大纳言——即昔年唱《高砂》的小童、藤中纳言——即已故髭黑太政大臣前妻所生的大公子，真木柱的同胞兄长——到尚侍邸中贺年。夕雾右大臣也带着六位公子来了。夕雾的外貌以至其他种种，一概无瑕可指。六位公子也个个眉清目秀，若以年龄而论，官位也皆不低。在世人看来，这一家人真可谓圆满无缺了。但其中的藏人少将，虽然父母一向特别重视，却心事满腹，满面愁容。夕雾右大臣和以前一样，隔着帷屏与玉鬘尚侍谈话。他说："只因一向没有要事，以至疏于问候。上了年纪以来，除了入宫之外，别处竟愈来愈懒得走动。常想前来拜访，共述往事，而总是拖延迟疑，未能如愿。您这里有任何需要，务请随时吩咐我家中这些小儿。小弟已再三叮嘱他们：必须竭诚效劳。"玉鬘尚侍答道："家门不幸，业已微不足道，仍蒙如此隆情照顾，使我更加追念先人，难以忘怀了。"接着便对他大概讲起冷泉院欲求大女公子入侍之事，说道："家中没有有力的后援，让她入宫不免痛苦。为此一直犹豫，心中苦恼。"夕雾答道："听说今上亦有此意，不知是否如此。冷泉院现已退位，似乎盛期已过，但他容貌绝美，举世无双，年纪虽然稍长，却不显老相，仍是翩翩

① 此年玉鬘四十八岁，夕雾四十一岁，冷泉院四十四岁。

少年。我家中若有姿质堪用的女儿，也会极愿意应召。只是没有一人算得上花容月貌，真是令人遗憾。不过冷泉院欲得尊府大女公子之事，不知是否已经得到大公主之母弘徽殿女御[①]的允许？以前也曾有人想把女儿送入冷泉院，但因心中顾忌此人，终于不曾如愿呢。”玉鬘说道：“弘徽殿女御也曾劝我，说近来倍感寂寞，颇想与冷泉院协力照顾我的女儿，作为消遣等。因此我才加以考虑的。”

夕雾一家人辞别出去之后，即到三条院向三公主贺岁。不忘朱雀院旧日恩情的人、与六条院源氏有交情的人，以及各种关系的旧友，都不曾忘记这位尼僧三公主，一齐来向她贺年。髭黑大臣家的公子左近中将、右中弁、藤侍从等人，就从本邸出发陪伴夕雾右大臣同行。冠盖齐集，气势好生宏大！

傍晚时分，四位侍从薰君也来向玉鬘尚侍贺新年。白天聚集在这里的许多显贵公子，个个容貌秀美，堪称美玉无瑕。但最后来的这位四位侍从，特别引人注目。一向容易动情的青年女侍们都说：“这一位毕竟与众不同啊！”还说些刺耳的话：“让这位公子来当我家小姐的女婿，倒是不错的一对呢！”薰君的确肢体修长，风度优雅。略有举动，身上就散发出一股芬芳无匹的香气。纵使是生长深闺的淑女，只要略知情趣，见到这薰君也一定会被吸引，赞叹他的超群脱俗。这时玉鬘尚侍正在佛堂，便吩咐女侍：“请他到这里来吧。”薰君从东阶走入佛堂，坐在门口帘前。佛堂窗前的几株细小的梅树，正在含苞待放。早春黄莺的鸣叫尚未纯熟。众女侍希望看到这美男子在这春天美景之中态度更显风流，便用各种言语挑逗他。薰君却一直沉默着，正襟危坐，令她们十分扫兴。有一个名叫宰相君的身份高贵的女侍便咏诗一首，诗曰：

“小梅初放蕊，艳色更须添。
折取手中看，花容分外妍。”[②]

薰君见她出口成章，甚为佩服，便答诗云：

“小梅初放蕊，远看似残柯。
不道花心里，深藏艳色多。

若是不信，不妨摸摸我的衣袖。”他和她们开起玩笑来。众女侍异口同声地叫道：“确是‘色妍香更浓’[③]啊！”大家喧闹起来，几乎真的想拉他的衣袖。这时玉鬘尚侍自里面

→老实人薰君 《源氏物语绘卷·竹河一》复原图 近代

图中的薰君相貌堂堂，在众多贵公子中以风度优雅、性情温和而被称为美男子。庭院中含苞待放的梅花花蕾、啼声尚未婉转的早春黄莺，无不衬托出薰君优雅风姿。年轻的侍女们被薰君所吸引，言语间极尽挑逗，对此而沉默的薰君被玉鬘称为“老实人”。

---

① 此人是玉鬘的异母姐姐，即柏木之妹，早就入宫为冷泉院女御。

② 以小梅比喻薰君。

③ 古歌：“家有寒梅树，色妍香更浓。谁将衫袖拂？芳沁此花中。”见《古今和歌集》。

膝行而出，低声说道：“你们这些人真讨人厌，连这样温和的老实人也不放过，也不怕难为情。”薰君听见了，想道：“被人称为老实人，好委屈啊！”尚侍的幼子藤侍从还未上殿任职，不必到各处贺新年，这时正在家中。他捧出两个嫩沉香木制的木盘，上面摆着果物和杯子，拿来招待薰君。尚侍想道：“夕雾右大臣年纪愈大，容貌愈是肖似父亲。薰君的容貌却并不肖似父亲。但那安详的姿态、优雅的举止，则令人回想源氏主君的盛年。主君年轻时确是他这样的。”她回思当年往事，不胜伤感。薰君回去之后，那股奇香还是弥漫室中，众女侍皆赞叹不已。

侍从薰君被称为老实人，心中有些不甘。正月二十过后，正当梅花盛放之时，他想让那些嫌他不风流的女侍们见识他的本性，便特地到尚侍邸内拜访藤侍从。他从中门走入，看见一个同他一样穿便袍的男子正站在那里。这人看见薰君走进来，急欲躲避，却被薰君拉住。一看，原来是常常在此徘徊的藏人少将。他想：“正殿西边正在弹琵琶，奏琴筝，他大概是被音乐吸引才站在这里吧。看他的模样真痛苦啊！对方不愿意而偏执求爱，罪孽太深重了！”不久琴声停歇下来。薰君对藏人少将说：“喂，请你引导吧，我是不熟悉这里的。”两人便携手同行，唱着催马乐《梅枝》[①]，向西面廊前的红梅树走去。薰君身上的香气比花香更加浓郁，女侍们早就得到消息，急忙打开边门，用和琴和着《梅枝》的歌声，弹奏出美妙的乐曲来。薰君心想和琴是女子用的琴，不宜弹奏《梅枝》这种吕调乐曲，而她们却弹得如此悦耳，便从头再唱了一遍。女侍们又取出琵琶来伴奏，也弹得美妙无比。薰君觉得这里确有风流佳趣，足以牵惹心中的情怀。

今晚他显得更为随意不拘，主动和她们调情说笑。玉鬘尚侍从帘内叫人送出一张和琴。薰君和藏人少将互相推让，谁也不肯先取。尚侍命女侍侍从君向薰君传言：“我早就听说：你的爪音与已故的父亲大人酷似。我衷心希望听你弹奏一曲。今夜莺声如此诱人，就请略为弹一下吧。”薰君心想这时怕羞退缩，不太相宜，便勉强地弹奏一曲，那琴声实在美妙。源氏虽然是玉鬘尚侍的义父，但生前与她不常相见，况且现在早已故去，因此玉鬘尚侍想起了他，不胜孺慕之情。平日每逢细小之事，也总是睹物思人，何况今天又听到薰君的琴声，自然更加伤感。她说：“大体看上去，这薰君的容貌与已故的柏木大纳言非常肖似呢。再听他的琴声，竟活像是大纳言亲自弹的。”说罢就低声哭泣起来。她近来特别容易流泪，只怕是年事渐高的缘故吧。藏人少将也用美妙的嗓音唱了“瓜瓞绵绵”[②]之歌。此时座上没有唠叨多嘴的老人，诸公子自然互相劝请，尽兴表演。主人藤侍从想是与父亲髭黑大臣肖似的缘故，对于这些风雅之事不太擅长，只知举杯劝酒。大家都怂恿他：“你至少也该出来唱个祝词啊！”他就跟着众人一起唱催马乐《竹河》[③]。虽然还很幼稚，歌声还算颇为美妙。帘内送出一杯酒来。薰君说道：“听

---

①催马乐《梅枝》歌词：“黄莺惯宿梅花枝，直到春来不住啼，直到春来不住啼。阳春白雪尚飞飞，阳春白雪尚飞飞。”

②催马乐《此殿》歌词：“此殿尊荣，富贵双全。子孙繁昌，瓜瓞绵绵。添造华屋，三轩四轩。此殿尊荣，富贵双全。”

③催马乐《竹河》歌词：“竹河汤汤，上有桥梁。斋宫花园，在此桥旁。园中美女，窈窕无双。放我入园，陪伴姣娘！”

说酩酊大醉，心事便藏不住，不免言语错乱。叫我该怎么办呢？”他不肯马上接受那酒杯。此时帘内送出一套妇人的褂子和礼服来，熏香芬芳浓郁，这是临时应景，送给薰君的赏品。薰君诧异道：“这又是怎么一回事啊？”便把两件衣衫推给藤侍从，站起来就走了。藤侍从拉住他，又将衣衫递给他。薰君说：“我已经喝过‘水驿’[①]酒，夜也太深了。”说着就飞也似的逃回家去。藏人少将看见薰君经常到此来访，大家又都对他表示好感，便觉自己相形见绌，心中倍感委屈，不免说了一些无聊的怨言，吟诗道：

“春花灼灼人皆赏，
春夜沉沉我独迷。”

吟罢，长叹一声，便想回去了。帘内有一女侍答诗云：

“佳兴都因时地发，
赏心不仅为梅香。”

第二天，四位侍从薰君派人送了一封信给这里的藤侍从，信中说道：“昨夜行为昏乱，令诸君见笑。”他希望能被玉鬘尚侍看到，信中用了许多假名[②]。一端附有诗云：

“唱出《竹河》章末句，
我心深处谅君知？”[③]

藤侍从把这信拿到正殿，和母亲一起看。玉鬘尚侍说道：“他的笔迹真漂亮啊！小小年纪就这样聪明伶俐，不知前生怎样修成的。他幼年丧父，母亲又出家为尼，无人好好抚育他，但还是比别人更显优越，真好福气！”她是想责备自己的儿子字写得太难看。再看藤侍从的回信，笔迹的确十分幼稚，写道：“昨夜你像经过水驿一般喝了就走，大家都很诧异呢。

唱罢《竹河》良夜水，
问君何事去匆匆？”

薰君自此就经常到藤侍从的住所来拜访，又隐约地吐露了向女公子的求爱之意。藏人少将的推量的确不错，这里的人对薰君都心怀好感。藤侍从也喜欢他，把他当作好友，很想一直和他这样亲近下去。

到了三月，有的樱花正在盛放，有的却已凋零，飞花遮蔽天空。但总的看来，此时正是春光无限好。玉鬘尚侍邸内昼长人静，寂寞无聊。女眷们走到门前来看春景，也不会受到非难。两位女公子这时年方十八九岁，长得容颜姣美，品性丰雅。大女公子容貌

① 男踏歌会时，歌人在路上各站饮酒喝汤，这站叫作“水驿”。《竹河》是男踏歌会中唱的歌，故此处戏用此语。
② 当时汉字一般为男子所用，女子则多用假名。
③《竹河》中的末句，即“放我入园，陪伴姣娘”。这首诗暗示向女公子求爱之意。

堂皇高雅，又不乏娇艳妩媚，显然不是臣下之配。她身着表白里红的褂子，外罩棣棠色的衫子，色彩与时令相宜，十分可爱。那种娇媚的样子自衣裙上一直泛溢出来。娴雅的风韵竟使别人看了自感羞惭。二女公子身着淡红梅色褂子，外罩表白里红的衫子，头发像柳丝一般柔美动人。人人都觉得：她苗条清秀的姿态、稳重沉着的性情，要比大女公子更加优秀；但说到姿色的艳丽，则远远不及其姐。有一天，姐妹两人下棋，相对而坐。钗光鬓影，互相照映，煞是好看。小弟藤侍从在一旁当见证人。两个兄长向帘内窥探了一下，说道："侍从深受宠爱，竟当起下棋的见证人来了！"便也大模大样地坐在那里。女公子身边的女侍们不知不觉地调整了一下姿势。长兄左近中将叹着气说道："我在宫中事务忙得很，不及咱们侍从能得到姐妹们信任，真是让人遗憾呐！"次兄右中弁也说道："我们当弁官的，宫中的事务更忙，竟无法顾及家事了。但总会蒙你们原谅吧。"两女公子听见两位兄长这样说，停止下棋，有些难为情，那种娇羞之相很是可爱。左近中将又说："我出入宫廷时，经常想起：父亲若在这里该有多好！"说着，流下泪来，又看了看两个妹妹。这左近中将年纪大约二十七八岁，心思深远周到，经常在考虑两个妹妹的前程，希望自己不负父亲遗志。

在庭中许多花木中，自以樱花最为艳丽。两女公子命女侍折取一枝，一起欣赏，赞道："真美丽啊！其他的花怎么能比得上它呢！"长兄左近中将对她们说道："你们小时候，两人抢这株樱花，这个说'这花是我的！'那个说'这花是我的！'父亲判定说：'这花是姐姐的。'母亲判定说：'这花是妹妹的。'我那时虽未哭闹，但听了以后心中也颇不高兴呢。"又说："如今这株樱花已经是一棵老树了。想起过去的年月，许多人先我而死，更觉此生哀愁难以尽数。"他们一时哭泣，一时嬉笑，比平日更为悠闲。原来这左近中将近来已成为某人家的女婿，难得回来邸中盘桓。今天被这樱花牵惹心绪，这才多逗留了一会儿。玉鬘尚侍虽然已是许多成人子女的母亲，容貌却仍比实际年龄娇嫩许多，同青春盛年一样娇美。冷泉院大约至今还在恋慕玉鬘的风姿，回思往事，念念不忘，总想借机与她接近，因此十分盼望大女公子入侍。关于大女公子入冷泉院之事，左近中将说道："这件事终觉难能如意。无论什么事情，都应合乎时宜。冷泉院端丽的容貌，固然令人赞叹，世间罕有，但既已退位，便已过盛时了。纵使只是琴笛的曲调、花之颜色、鸟之鸣声，也必须合乎时宜，才能悦人耳目。与其入冷泉院，只怕还不如当太子妃吧？"玉鬘答道："这也难说呢。皇太子那边，早就有身份高贵的人[①]得了专宠，无人能与之并肩。勉强加进去，日子一定痛苦难挨，而且难免受人耻笑，也要顾虑到才行。如果你父亲仍在人世，今后的命运虽然不得而知，但眼前总有荫庇，入宫也不致受辱。"说到这里，大家心中不胜伤感。

左近中将等辞去之后，两女公子接着下棋，说笑着要将年幼时争夺的樱花树作为赌物，说道："三次中有两次胜的人，那棵樱花树就归她所有。"天色渐晚，便将棋局移近檐前，女侍们卷起帘子，各人都盼望自家的女主人获胜。

正在这时，那位藏人少将前来探访藤侍从。藤侍从已随两位兄长外出，周围人影稀少，廊上的门大敞四开，他就走近门边向里窥探。他碰到了这般可喜的机会，高兴得如同遇见佛菩萨出世一般，真是无聊之人。这时暮色苍茫，有些看不清楚。认真辨认之

① 是夕雾的女儿。

男文字、女文字

在平安时代，书籍公文等皆以汉字书写。随着和歌《万叶集》一书的传抄，逐渐出现用汉字来标记日语音节的“万叶假名”，在其基础上又演化出用来解读汉文的片假名和用来书写和歌、物语的平假名。日本文字也由此诞生。由于使用者、用途的差异，汉文和平假名分别被称为“男文字”“女文字”。而平安初期，也是男、女文字势不两立的时期。

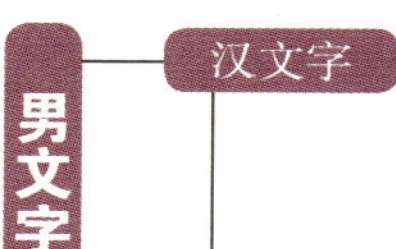

男文字

汉文字：用于公文、正规书籍等，由于其难学难解，成为宫廷子弟、大学寮学生等贵族才能学会的文字。而能书写汉文，也成为贵族身份的象征。

万叶假名：利用汉字的音读或训读的音节，来标示日语发音。因在《万叶集》中使用最多，而称“万叶假名”。

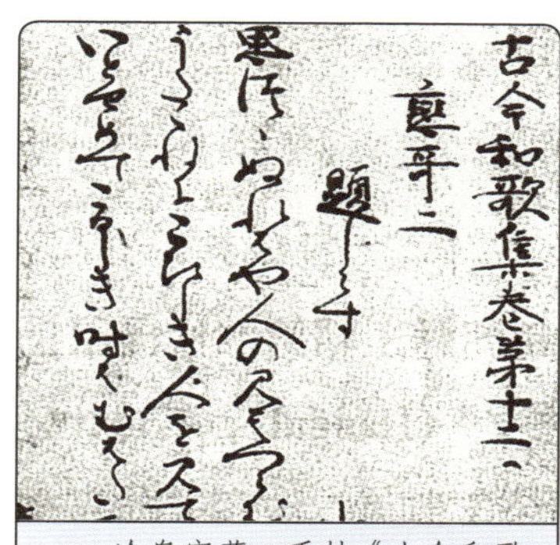

冷泉家藏，手抄《古今和歌集》中小野小町所写的恋歌。

对立

片假名：用于解读汉文而产生，从汉字楷书中取出符合声音的一部分简化而来。类似于现代学生用汉字语音“古的模宁”解读外语“Good morning”的洋泾浜语言。

由楷书汉字演变而来，算是一种“隐形文字”，使用者多是学习汉文的贵族男子。

东京东洋文库所藏的《论语集解》写本，汉字旁边的小文字即为片假名。

女文字

平假名：宫廷中的女人由于常年抄写和歌《万叶集》，无形中逐渐简略了“万叶假名”的汉字，变成类似草书的字体，积年累月，就形成了“平假名”。

由草书汉字演变而来，多用于书写物语、和歌，主要是女人使用。

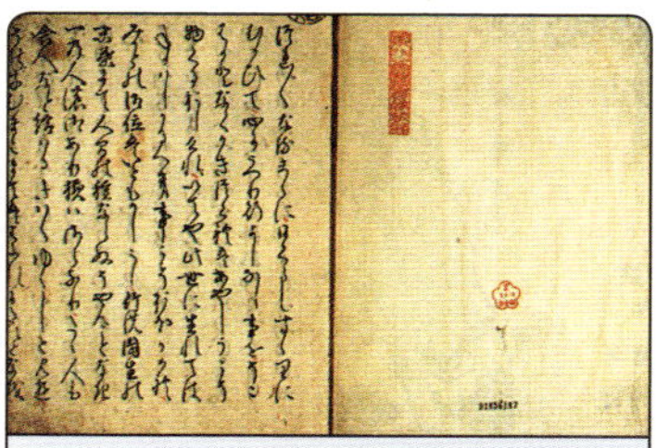

日本国会图书馆藏，木刻活字本《徒然草》。

在平安时代，除了和歌，男人记录或书写文章一律使用汉文，“平假名”则被视为女人专用。这种文字的对立，其实是这一时代男女地位对立的一种体现。

后，才看出穿表白里红的褂子的是大女公子。这确是“谢后好将纪念留”[①]的容颜，真是艳丽之极。他心想此人嫁与他人，实在太可惜了。那些青年女侍放任不拘的姿态，在夕阳之下看上去也很美丽。赛棋的结果，是二女公子胜了。她的女侍们欢呼起来。有人笑着叫喊：“还不快奏高丽乐的序曲！”[②]又有人兴高采烈地说：“这株树原本就是二小姐的，只因离西室较近，大小姐就据为己有，所以两人争了这么多年，直到现在。”藏人少将不知道她们在谈些什么，只觉得非常好听，若是自己也能参与其间就好了。但正值这些女子随意不拘之时，似觉不便唐突，只得独自转身回去。此后藏人少将常来这附近徘徊，希望再度遇到这样的机会。

自从这天起，两位女公子天天以争夺这株樱花为戏。一天傍晚，东风狂乱，樱花纷纷落下，令人扼腕惋惜。赌输了的大女公子赋诗曰：

“纵使此樱非我物，
也因风厉替花愁。”

大女公子身边的女侍宰相君要帮助女主人，接着吟道：

“花开未久纷纷落，
如此无常不足珍。”

二女公子也赋诗云：

“风吹花落寻常事，
输却此樱意不平。”

二女公子身边的女侍大辅君则接着吟道：

“落花有意归依我，
化作泥尘也可珍。”

胜方的女童走下庭院，在樱花树下拾了许多落花，吟诗云：

“樱花虽落风尘里，
我物应须拾集藏。”

输方的女童也吟诗云：

“欲保樱花长不谢，
恨无大袖可遮风。

你们未免太小气了吧！”她责怪胜方的女童。

① 古歌：“罗衣深染樱花色，谢后好将纪念留。”可见《古今和歌集》。

② 赛马右方得胜时，要奏响高丽乐序曲。

如此嬉笑玩闹，转眼岁月逝去。玉鬘尚侍忧虑两位女公子前途，花费了不少心思。冷泉院天天写信来问。弘徽殿女御也来信说："你不答应，莫非是要疏远我么？上皇不断埋怨我，怪我嫉妒，从中阻挠。虽是戏言，毕竟使人不快。如蒙允可，还请早日决断。"措辞非常诚切。玉鬘尚侍想道："看来这是她命中注定了。如此诚心诚意，实在不胜感激！"便决定送大女公子入冷泉院。妆奁服饰等物，早已置备齐全。而女侍所用的服装以及其他零星物品，也马上抓紧筹办。

藏人少将听到这个消息，只气得死去活来，便向母亲云居雁夫人哭诉。云居雁拿他没有办法，只得写信给玉鬘尚侍，信中说道："为了这样的事，一再修书恳请，实是出于父母爱子的一片痴心。若蒙体察下情，务请推心置腹，聊慰痴儿。"言语凄恻动人。玉鬘夫人愈发苦恼，整日只是唉声叹气。终于作复说："这件事我忧虑已久，一直不能定夺。冷泉上皇来书谆切恳挚，使我方寸大乱，不得不唯命是从。贵府公子既有如此诚意，且请少安毋躁。容当有以相慰，并使世人不能讥评。"她心中的打算是：待大女公子入冷泉院后，便将二女公子许给藏人少将。她觉得两个女儿同时出嫁，未免太过招摇。而且藏人少将现在官位还低。但是藏人少将绝不能如她所希望的那样移爱二女公子。他自从那天傍晚窥见大女公子的姿色以后，时刻不忘，常想再觅良机。如今一无所得，便日夜悲叹，痛苦不堪。

藏人少将明知于事无补，却还想发些牢骚，便来寻访藤侍从。藤侍从正在读薰君寄来的信，看到藏人少将进来，正想把信藏起来。哪知藏人少将一眼看出是薰君的来信，就把信抢了过去。藤侍从心想如果坚决不给他，只怕他要疑心其中有何秘密，就任其夺了去。信中并未写什么重要的事，只是慨叹世事令人难以称心，略微流露出心中怨恨而已。内有诗云：

"无情岁月蹉跎过，
又到春残肠断时。"

藏人少将看了信，想道："原来这人如此悠闲，就连诉恨也是一派斯文。我性子太急，惹人耻笑。她们瞧我不起，恐怕一半是因为我的这种习气。"他心中苦闷，也不和藤侍从多谈，便准备到一向相熟的女侍中将房中去和她谈谈，又想到去谈也是枉然，因此一直唉声叹气。藤侍从说道："我正要写回信给他呢。"便拿了信去和母亲商议。藏人少将心中大为不快，甚至生起气来。可见年轻人的心思是不知变通的。

藏人少将来到中将那里，向她申诉怨恨，悲叹不已。这个当传言人的中将看他如此可怜，觉得不宜多开玩笑，便含糊其辞，不作明确的答复。藏人少将说起那天傍晚偷窥赛棋的事，说道："我总想再见她一面，就像那天傍晚如做梦一般隐约也好。哎呀！叫我今后怎样活下去呢？和你这样谈话的机会，只怕也不多了！'可哀之事亦可爱'，这句话真有道理啊！"他的态度十分认真。中将觉得很可怜，但也无法安慰他。夫人想把二女公子许配他，聊以抚慰其心，他却全然不领情。中将心想他那天傍晚看到了大女公子的风姿，爱慕之心自此炽烈，觉得这也是难怪的。但她反过来埋怨他："你偷窥的那事若叫夫人知道了，她一定怪你不成体统而对你更加疏远。我对你的同情也消失了。你这个人真不可靠啊。"藏人少将答道："好，一切悉听尊便吧！我活下去的时间怕也不长了，什么都不怕了。不过那天大女公子赌输了，实在令人遗憾。那时你为什么不想个法子，把我带了进去？我只要使个眼色，包管她一定取胜呢。”遂吟诗云：

“吁嗟我是无名卒，
何事刚强不让人？”

中将笑着答道：

“棋局赢输凭力量，
一心好胜总徒劳。”

藏人少将还是愤愤不平，又赋诗云：

“我身生死凭君定，
盼待垂怜援手伸。”

他一时哭泣，一时嬉笑，和她一直聊到天明。

第二天是四月初一更衣节，夕雾右大臣家诸公子都入宫庆贺，唯有藏人少将闷闷不乐，伏着身子沉思。母夫人云居雁为他流泪。右大臣也说：“我怕冷泉上皇会不高兴，又觉得玉鬘尚侍不会答应他，因此与她会面时不曾向她求婚，现在真后悔了。如果我亲自提出，她哪有不允之理。”藏人少将依旧写信去诉恨，这一回他赠诗云：

“春时犹得窥花貌，
夏日彷徨绿树荫。”

几个身份较高的女侍，正在玉鬘尚侍面前，向她述说许多求婚者的痛苦失望。其中那个中将说道：“藏人少将说‘生死凭君定’的话，看来不像是空言欺人呢，真可怜啊！”尚侍也觉得他十分可怜。因为夕雾右大臣和云居雁夫人也曾暗示此意，而且藏人少将十分执拗，所以尚侍打算至少将二女公子作代许给他。又想到他一直妨碍大女公子入院，又有些不太高兴。髭黑大臣在世之时早有决定：大女公子决不嫁与臣下，无论其人地位如何高贵，如今只是入冷泉院，其实还嫌前程有限呢。这时女侍送入藏人少将的信，实在太没意思了。中将便回复道：

“沉思怅望长空色，
今日方知意在花。”

旁人看了这首诗，都说：“唉，太对他不起了，这是和他开玩笑呢。”但中将怕麻烦，懒得改写。

大女公子定于四月初九日入冷泉院。夕雾右大臣派了许多车辆及仆从供其使用。云

窥看樱花　《源氏物语绘卷·竹河二》复原图　近代

樱花开放的时候，玉鬘的两位女公子以三局定胜负的赛棋游戏，来争夺樱花树的所有权。庭中的樱花、女子的娇艳相映成趣，女仆们围坐观战，好一幅华丽热闹的场面。而图中的右下角处，藏人少将正从门廊外偷窥这令人浑然忘我的艳丽景象。

居雁夫人心中怨恨，但心想多年来与这位异母姐姐[①]虽然不十分亲近，为了藏人少将之事却经常与她通信，如今忽然断绝音信，面子上太不好看，因此也送了许多高贵艳丽的女装去，作为给女侍们的犒赏。并附信云：“小妹因为儿子藏人少将精神迷乱，忙于照顾，可惜不能前来助兴了。姐姐不赐通知，太疏远我了。”信中措辞稳重大方，但字里行间略有不平之意，玉鬘尚侍看了心中不免惭愧。夕雾右大臣也写了封信去，说道：“小弟本应亲来庆贺，适逢忌日，未能如愿。特派小儿前来充当杂役，但请任意差遣，勿加顾虑。”他让源少将及兵卫佐两个儿子前去协助。

红梅大纳言也派遣女侍们用的车辆来供使用。他的夫人是已故髭黑太政大臣前妻所生的女儿真木柱，与玉鬘尚侍的关系，从各方面来说都是很亲密的[②]。真木柱竟毫无表

① 云居雁比玉鬘小五岁，这时四十三岁。

② 红梅与玉鬘是异母兄妹，玉鬘又是真木柱的继母。

示。唯有她的同胞兄弟藤中纳言亲自到场，与两个异母弟弟即玉鬘所生的左近中将及右中弁一起帮忙打理事务。他们想起父亲在世之时，心中都不胜感慨。

藏人少将又写信给女侍中将，倾诉痛苦，信中有云：“我命将悬一线，实在不胜感伤。只要大小姐对我说一句：‘我可怜你。’或可苟延残喘，暂时存活下来呢。”中将把信呈给大女公子。这时姐妹二人正在道别，相对无言，黯然销魂。过去两人日夜相伴，如影随形。邻居东西两室，中间开一界门，仍嫌相隔太远。想到今后劳燕分飞，离愁不堪忍耐。今天大女公子打扮得格外精心，风姿十分艳丽。她想起父亲生前就她的前程所说的话，自然更加不胜依恋。正在这时，接到藏人少将来信。她取过来一看，想道：“这少将父母双全，家声隆盛，生涯幸福，何必如此悲观，说这样无聊的话？”她暗自奇怪。又读信中所说“命悬一线”，不知是真是假，便在这信纸的一端上写道：

“‘可怜’不是寻常语，
　岂可无端说向人？

我只对命悬一线之语，略有理解而已。”对中将说：“你如此答复他吧。”中将却径自把原件送了去。藏人少将看到大女公子的手迹，如获至宝，欣喜无限。又想到她已相信他性命已悬于一线，更加感慨，眼泪流个不住。但他立刻模仿古歌“谁人丧名节”[①]的语调，又寄诗去诉怨：

“人生在世难寻死，
　欲得君怜不可能。

你若肯对我说一声‘可怜’，我就马上去死。”大女公子看了，想道：“真惹人厌烦啊！又写来这样的复信。中将一定不曾另行抄写，就把来诗退还了。”她心中不快，沉默不语。

随大女公子入冷泉院的女侍及女童，都已打扮得整整齐齐。入院仪式，大致与入宫无异。大女公子先去拜见弘徽殿女御。玉鬘尚侍亲自送女儿入院，与女御长谈。直到夜深之时，大女公子方才入了冷泉院的寝宫。秋好皇后与弘徽殿女御均已入宫多年，已日渐衰老。而大女公子正值妙龄[②]，容光焕发，冷泉院一见，怎能不对她倍加怜爱呢？于是大女公子宠爱极隆，荣幸无比。冷泉院退位后安闲自由，虽形同人臣，生涯反而更为幸福。他真心希望玉鬘尚侍暂时留在院中，但玉鬘尚侍马上回去了，冷泉院略觉遗憾，心中甚为惆怅。

冷泉院因特别怜爱源侍从薰君，经常召他到身边来，这正如当年桐壶帝怜爱年幼的光源氏一样。因此薰君与院内后妃都很亲近，惯于穿帘入户。他对新来的大女公子，表面上虽表示好感，心底里却在猜量：不知她对我怀有怎样的感想。一个清幽的夜晚，薰君与藤侍从一起入院，见大女公子居室附近的五叶松上所缠绕的藤花，开得非常艳丽，

---

① 古歌：“我倘失恋死，谁人丧名节？虽曰世无常，汝亦负其责。”见《古今和歌集》。

② 这时冷泉帝四十四岁，秋好皇后五十三岁，大女公子十八九岁。弘徽殿不明。

预定的命运　狩野永德　洛中洛外屏风图之二条城大手门前　安土桃山时代（16世纪后期）

对于大女公子嫁给冷泉院，夕雾派遣许多车辆及驱人前往供用，但仍掩饰不住儿子藏人少将心愿落空的不平。在大女公子的父亲髭黑大臣“决不嫁与臣下”的婚姻决策下，少年的痴情只能落空。图为为婚事做准备的众多车辆及驱车的仆从。

便在池畔的山石上席地而坐，欣赏起来。薰君并不明言对他姐姐的失恋，只是隐约地对他诉说了情场的失意，赋诗云：

“若得当时争折取，
藤花颜色胜苍松。”

藤侍从看见薰君赏藤花时的神情，十分同情他失恋的苦恼，向他隐约表示这次大姐入院他也并不赞成，也赋诗云：

“我与藤花虽有故，
奈何未得为君攀。”

藤侍从是个忠实的朋友，心中常为薰君抱屈。而薰君本人对大女公子并不迷恋，只是求婚不成，有些可惜而已。至于藏人少将，真心地悲伤痛苦，心情一直不能平复，思前想后，几乎要做出非礼行为来了。曾向大女公子求婚的众人，其中有的已把爱情移向二女公子。玉鬘尚侍担心云居雁对她怀恨，打算将二女公子许给藏人少将，也曾向他暗示。但藏人少将竟从此绝迹。本来，他经常与诸兄弟一起出入冷泉院，非常亲密和睦。自从大女公子入院以后，他便裹足不前了。偶尔在殿上出现，只觉索然无味，立即像逃走一般退出。

今上一向知道髭黑太政大臣生前深盼大女公子入宫，如今见玉鬘把她送入冷泉院，不胜讶异，便宣召大女公子的长兄左近中将入宫，向他详细探询其中缘由。左近中将回家对母亲说道："皇上好像生气了呢。我早就说过：这个办法，世人绝不称善。母亲见解怪异，执意决定如此这般，我就不便从中阻挠。如今皇上见怪，我们为了自身考虑，有些不利呢。"他很不高兴，深怨母亲行事不当。尚侍答道："我又有什么办法呢？本来不想如此匆匆决定。怎奈冷泉院再三恳求，说的那些话真可怜呢！我想：你妹妹没有可靠的后援人，入宫不免痛苦，不如在冷泉院身边更为安乐，因此我就答应了他。既然你们都觉得不妥，当初为什么不直言劝谏，到了现在却来埋怨我呢？连夕雾右大臣也怪我行事乖谬，真让人觉得痛苦啊！这大概就是前世因缘罢。"她从容谈论，并不特别为此担心。左近中将说："前世因缘是谁能看到呢？皇上向我们要人，难道我们可以说'此人与陛下没有前世因缘'么？母亲说入宫怕明石皇后嫉妒，试问院内的弘徽殿女御又怎样？母亲觉得女御会照顾她吗？我看也不见得吧。好，且看以后的事实吧。仔细想想，宫中虽有明石皇后，不是也有其他妃嫔吗？侍奉主上，只要和同辈相处得好就行，自古以来都以为入宫是最为幸福的。如今对这位弘徽殿女御，哪怕稍有触犯，引起她的恶感，世间便会谣言纷传，视为笑柄呢。"他和兄弟两人不停埋怨，玉鬘尚侍不胜苦闷。

话虽如此，其实冷泉院非常宠爱这位新皇妃，对她的爱情久而弥坚。这年七月，新皇妃怀上身孕，病中美人更加艳丽了。可知许多青年公子纷纷追求她，确是有其道理的。看到如此美丽的人，谁能漠然呢？

冷泉院经常在院中举行管弦之会，并宣召薰君来参与。薰君常有机会聆听新皇妃的琴声。曾和着薰君与藏人少将《梅枝》的歌声而弹奏和琴的女侍中将，也不时加入演奏。薰君听到她的和琴声，回想往事，心中不胜感慨。

第二年正月，禁中举行男踏歌会。当时殿上的青年之中，擅长音乐的为数不少。从中选择优秀的为踏歌人，命四位侍从薰君当右方的领唱。藏人少将也参加了乐队。十四夜的月亮清丽皎洁，天空澄澈如水。男踏歌人离开宫中之后，即前往冷泉院。弘徽殿女御和新皇妃也在冷泉上皇身旁设席奉陪。公卿及诸亲王联袂而来。值此之时，除了夕雾右大臣家族和已故致仕太政大臣①家族之外，再无更为光彩辉煌的人物了。男踏歌人都以为冷泉院中比宫中更具风趣，因此表演得格外起劲。其中藏人少将猜想新皇妃此刻一定在帘内欣赏，心情十分激动。踏歌人头上插着棉制的假花，却因人品不同而各有趣致。他们的歌舞无不尽善尽美。藏人少将回想去年春夜唱着《竹河》舞近阶前时的情景，不禁伤心落泪，几乎做错了动作。踏歌人由此处又转赴秋好皇后宫中，冷泉院也随着一起到了皇后宫中。夜色愈深，月色愈明。皓月当空，简直比白昼更为明亮。藏人少将猜想这时新皇妃正在看着他，便觉全身有如要飘起来一样，似乎足不着地。观众向踏歌人敬酒，好像专在敬他一人，实在不好意思。

源侍从薰君四处奔走，歌舞了一夜，非常疲累，忙躺下了身子。忽然冷泉院又派人来传召他。他说："唉，我好累！正想休息一下呢。"只得勉强爬起，来到御前。冷泉院问他宫中踏歌的情况，又说道："领唱向来是由年长之人担任的，这回选用你这少年人，倒比往年唱得更好呢。"对他表示百般怜爱。冷泉院随口吟唱着《万春乐》②，向新皇妃

① 指柏木之父，即最初的头中将，源氏的妻兄。

②《万春乐》，是踏歌人所唱的汉诗，共八句，每句末尾，唱"万春乐"三字。

那边走去，薰君也随驾同行。众女侍娘家中赶来看踏歌会的女客很多，处处都很热闹，一片繁华景象。薰君暂时坐在走廊门口，与相识的女侍说话。他说："昨夜月光太亮了，反而让人有些难为情。藏人少将似乎被照得双目眩晕，但他不是因为月光而怕羞。他在宫中时还没有这样。"有的女侍听了，都对藏人少将施以同情。又有人盛赞薰君，说道："你真是'春夜何妨暗'[1]啊！昨夜映着那般明亮的月光，风姿更见艳丽了。大家都如此评价呢。"帘内便有女侍吟诗云：

"忆否《竹河》清唱夜？
纵无苦恋也关情。"

这首诗并无特别的深意，薰君听了却不禁流泪。他这时方才悟出：对大女公子的恋情其实并不浅薄。便答诗云：

"梦逐竹河流水去，
方知人世苦辛多。"

那惆怅的神情，众女侍都觉得十分可爱。薰君从不像别人那样透露失恋的痛苦，但因人品出众，总能收获同情。他说："说得多了，只怕要失言呢，告辞了。"起身要离开。忽然听到冷泉院召唤他："到这里来！"薰君虽然心绪不佳，只得向新皇妃那边走去。冷泉院对他说道："我听夕雾右大臣说：已故的六条院主常在踏歌会的第二天举行女子音乐演奏会，极其富有风趣。如今世上，无论何事，能承继六条院昔日风采的人不多了。当时六条院内，长于音乐之道的女子很多，纵使小小的集会，也都美妙不凡。"冷泉院缅怀当年盛景，不胜羡慕，便命人调整弦乐，叫新皇妃弹筝，薰君弹琵琶，他自己弹和琴，三人合奏催马乐《此殿》等曲子。薰君听了新皇妃的筝音，心中想道："她本来还有疏漏之处，现在已被冷泉院教得很好了。那爪音弹得很入时，歌和曲都表演得非常高明。此人全无缺陷，事事都不让人，可知容颜也一定姣美可爱。"他对她还是有些恋恋不舍。这种机会一多，自然日渐亲密，互相见惯了。他虽然没有令人怨恨的越礼之举，但一逢机会，也不免隐约诉说一些失意之苦。新皇妃心中对他做何感想则不得而知了。

到了四月，新皇妃顺利分娩，生下一位皇女。冷泉院不准备举行宏大的庆祝。但群臣心知冷泉院心中高兴，纷纷来道喜。自夕雾右大臣以下，赠送产汤贺礼的人极多。玉鬘尚侍非常怜爱这新生的外孙女，一直将她抱在怀中。但冷泉院不断派人来催，盼望早日看到这位小皇女。于是小皇女就在诞生五十日那天回宫去了。冷泉院膝下唯有弘徽殿女御所生的一位皇女，如今看见这位小皇女生得十分美丽，便异常怜爱她，比以前更经常地留宿在新皇妃房中了。弘徽殿女御身边的女侍就打抱不平，说道："实在不应该这样做。"两个女主人本人并不轻率赌气，但两方的女侍经常发生无谓的争斗。由此看来，那左近中将的话果然应验了。玉鬘尚侍想道："只管这样吵闹不停，不知以后怎样。我

[1] 古歌："春夜何妨暗，寒梅处处开。花容虽不见，自有暗香来。"可见《古今和歌集》。薰君身上有异香，故引此歌。

浅淡的失恋　歌川丰国　源氏香之图·竹河　江户时代（约1844—1847年）

在冷泉院内大女公子的居处旁，借着藤花攀缘松树的景色，薰君淡淡地向藤侍从诉说对其姐追求的失意。待听到侍女无心的诗句“纵无苦恋也关情”，忽然醒悟自己对大女公子的爱慕原来非浅，不禁潸然泪下。图为薰君和藤侍从一同观赏五叶松上缠绕着的美丽藤花。

的女儿会不会遭受虐待，受世人耻笑呢？上皇对她的宠爱固然很深，但秋好皇后和弘徽殿女御都长年侍奉在他左右，她们若是侧目而视，不肯相容，那时我的女儿就难免吃苦了。”有人告诉她说：“今上对于此事实在很不高兴，多次向人发牢骚呢。”玉鬘尚侍想道：“我不妨把次女送入宫中。进后宫麻烦太多，不如让她当个打理公务的女官吧。”便向朝廷申请，想把自己尚侍的职位让与二女公子。尚侍是朝廷特别重视的官职，玉鬘多年前就曾决心辞职，但终于未获允许。这次朝廷体察已故髭黑太政大臣的遗志，援用了许久以前由母让位于女的古例，居然允许了她。外人都以为二女公子命中注定要当尚侍，因此玉鬘多年前的辞职才未获允许。

玉鬘心想如此一来，二女公子便可安住宫中了。但又想到那位藏人少将，觉得对不起他。他的母亲云居雁曾经特地来信恳求，玉鬘在复信中也暗示愿将二女公子许给少将。如今忽然变卦，云居雁怎会不见怪呢？为此不胜苦闷，便派次子右中弁去向夕雾右大臣解释，表示并无他意。右中弁替母亲传言道：“今上有旨，欲令次女入宫。世人看见我家一人入院，一人入宫，皆将视我为追逐浮名之人了。真叫我难以应付呀。”夕雾右大臣答道：“听说今上为你家大女公子之事，心中深为不快，这原是难怪的。如今二女公子既为尚侍，若不入宫就职，未免失敬。还望夫人早日决断为是。”玉鬘又向明石皇后探询，得其允可，然后方送二女公子入宫。她想：“如果我丈夫在世，她绝不致屈居人下。”心中便生出不胜凄凉之感。今上久闻大女公子以美貌著称，而求之不得，只获得一个尚侍，心中不能满足。但这位二女公子也很贤惠，仪态优雅，颇能胜任。前任尚侍玉鬘心事既了，便想辞世出家。诸公子都来谏阻：“眼下两个妹妹尚须照顾，母亲纵使出家为尼，也不能专心修持。且待两人地位安稳，无须顾虑之时，母亲才可实行此事。”玉鬘夫人便暂时打消了这个念头，此后经常微服入宫。

冷泉院对玉鬘夫人的爱恋，至今仍未断绝。因此若无重要事情，玉鬘夫人从不入院。但她每当想起过去曾坚拒他的求爱，觉得很对不起他，至今犹感惭愧无地。因此虽然人人都不赞同她送大女公子入院，她却只作不知，独断独行地促成此事。想到如果连她自己都有此嫌疑，在世间流传轻薄之名，那真是太不成样了。但此事不便向新皇妃明言：由于这种顾忌，所以不去院中探望她。新皇妃十分怨恨母亲，她想：“我从小特别得父亲怜爱。母亲却处处袒护妹妹，像争夺樱花树这样的小事，也是如此。直到现在，母亲还是不喜欢我。”冷泉院更是埋怨玉鬘夫人态度冷淡，常有不平之语。他亲切地对新皇妃说：“你母亲把你推给了我这老头子，从此就不理睬我们了，这原是理所当然。”便更加宠爱这位新皇妃了。

数年之后，这位皇妃又生了一位皇子。冷泉院后宫的后妃，多年以来从未生过男儿，现在这位皇妃居然生了一位皇子，世人都以为这是特殊的宿缘，大家不胜欣喜。冷泉院更是喜出望外，对这位小皇子非常怜爱。此事若在他尚未退位时，将是何等风光，可惜到了现在，万事不免减色。冷泉院膝下本来唯有弘徽殿女御所生的一位大公主，冷泉院对她的怜爱无以复加。现在这新皇妃接连生下如此美丽的皇女和皇子，冷泉院对她更是宠幸有加。弘徽殿女御便以为偏爱得有些过分，生了嫉妒之心。于是每遇机会，总是挑起事端，让人不得片刻的安静。女御与皇妃之间自然隔阂渐生。就一般的人情来看，即使是身份低微的人家，对于先入且地位正当的人，必然格外重视。因此冷泉院内上下人等，就在一些小事上也都袒护出身高贵、入侍多年的弘徽殿女御而斥责新皇妃。新皇妃的两名兄长更加振振有词，对母亲说道："请看！我们的话没有说错吧。"玉鬘夫人听了很不高兴，心中难过，叹息着说道："不像我女儿那样痛苦而悠闲快乐地度过一生的人，世间不是很多吗？命里没有最高幸福的女人，是不应该入宫当妃嫔的。"

却说以前向玉鬘夫人家大女公子求婚的人，后来一个个升官晋爵，可作为东床之选的不乏其人。其中被称为源侍从的薰君，当年只是个稚龄童子，现在已做了宰相中将，与匂皇子并称于世，即所谓"匂亲王、薰中将"是也。他生得端庄稳重，温文尔雅。许多身份高贵的亲王、大臣都想把家中的女儿嫁给他，但他一概不允，至今还是独自一人。玉鬘夫人常说："他那时幼稚无知，想不到长大后这般聪明秀美。"还有当时的藏人少将，现在升任三位中将，声名卓著。玉鬘夫人身边几个性情稍显浮薄的女侍悄悄地议论说："他从小容貌就是很漂亮的。"又说："与其到宫中去受气，还不如嫁给这个人。"玉鬘夫人听了，心中非常难过。这中将对玉鬘夫人家大女公子的恋情，至今还不曾断绝，一直埋怨玉鬘夫人冷酷。他娶了竹河左大臣家的女公子为妻，但一向并不爱她。手头戏书的，嘴上惯说的，都是"东路尽头常陆带"之歌①。不知他心中作何打算。大女公子在冷泉院当皇妃，十分苦恼，经常归宁在家。玉鬘夫人看到她不能称心如意，深觉遗憾。入宫当尚侍的二女公子，倒很幸福，人人都称道她行事通情达理，可敬可爱，生活十分安乐。

竹河左大臣逝世后，夕雾右大臣接替了左大臣之位，而红梅大纳言以左大将兼任右大臣。其余人等，各有晋升：薰中将升任中纳言；三位中将升任宰相。在这时代，庆祝升官晋爵的，似乎就只限于这一家族的人，此外再没有其他优秀人物出现了。

薰中纳言为答谢祝贺，亲来拜访前尚侍玉鬘夫人，在正殿庭前拜倒。玉鬘夫人出来和他见面，说道："如此蓬门陋户，承蒙不弃，盛情深可铭记。我想起六条院主在世时的往事，心中不胜依恋。"她的声音优雅婉转，依然娇嫩动人。薰君想道："这个人真是永远不老啊！正因为如此，所以冷泉院对她的思恋至今不绝。也许今后终于要发生什么事呢。"便回答道："升官晋爵这些小事，又何足挂齿！小弟今日仅为拜访而来。大姐说'承蒙不弃'，可是怪我平日太过疏慢？"玉鬘夫人道："今日要庆贺你的好事，并非是老身诉说恨愁之时。我一向不好意思提起，但你今天特地来访，机会也属难得。这些琐屑小事，又不便转达，非面谈不可。因此只得照直说了：我家入院的那个人，如今处境艰难，心情痛苦，几乎难以容身。当初有弘徽殿女御照顾，又得秋好皇后允诺，尚能安心度日。但现在两人都怪她无礼，以为不可宽恕。她心中不胜痛苦，只得抛下皇子皇女，乞假归宁，暂且休养一阵。外人对此说长道短，上皇心中也深为不满。你若遇良机，还请代为向上皇善为解释。当初她仰仗各方庇护而毅然入院之时，彼此都能安然相处，开诚相待。谁知今日如此不和。可知我的确思虑疏浅，不自量力，真是追悔莫及

① 古歌："东路尽头常陆带，相逢片刻又何妨？"可见《古今和歌六帖》。常陆国鹿岛神社举行祭礼之日，男女各将意中人姓名写在带子上，将带子供在神前。神官将带子结合，以定婚姻。这带子称为"常陆带"，有如中国的"红线"。

平安时代的男性美

日本文化具有一种阴柔的美，这种文化可追溯到重文轻武、崇尚阴柔之美的平安时代。而讲述平安时代风貌的《源氏物语》，其中的男子如源氏、薰君等，也大都带有这个时代的特色，具有一种阴柔、优雅的男性之美。

容貌

平安时代的男子崇尚女性化之秀美，一般也要化妆，在脸上扑白粉是贵族的象征。

在《源氏物语绘卷》中，无论男女，面孔都是蚕豆般的脸型、浓眉、细眼、钩鼻、樱桃小口。这种女性倾向的容貌，是平安时代美男子的标准。

《绘卷》中夕雾的面孔。

服饰

平安时代的男子服饰多较宽松柔顺，后摆很长，拖在地上，显得十分雍容华贵。

贵族男子的衣服同女子一样也有熏香，其中薰君身上自带的香，浸透衣服后经久不散。

《绘卷》中薰君的衣着。

性情

被称为“光华公子”的源氏，就自认性情柔弱、温和，颇多自伤自怜。

被称为当时美男子的薰君，神情异常清艳、温文尔雅，在感情冲突中现出自伤自毁的倾向。

《绘卷》中因三公主出家而悲伤的源氏。

言行

遇到悲戚之事时便伤心哭泣，这十分女性化的情绪表达在男子身上显得十分阴柔。

触景生情、被拒绝等情况下，经常忧愁悲叹。

《绘卷》中因紫姬时日无多而感慨的源氏。

平安时代男子的这种阴柔气质，是细腻柔弱和空寂哀婉的，带有淡淡的悲伤和颓废。至今的日本文化中，仍崇尚这种阴柔的男子美。

呀！”说罢长叹数声。薰君答道：“据小弟看来，绝不至于如此严重。入宫后受人妒忌，自古以来即属常有之事。冷泉院业已退位，闲居静处，事事都不喜铺张。因此后宫任何一人都希望逍遥自在地生活。只是后妃心中难免有竞争之心。在他人看来，这又有什么关系呢！但当事人总是心中怀恨，遭逢一些小事，就生出嫉妒之心，这原是女御、后妃们常有的习气。难道当初入院，连这一点常有的纠纷都不曾预料到吗？我看今后只要心平气和，凡事不多与人计较，自然就没事了。这种事情，我们男子是不便过问的。”他率直地这样答复。玉鬘夫人笑道：“我想向你诉苦，哪知竟白费心思，被你痛快地驳倒了。”她的态度不像一般母亲关怀女儿那么执着，却很轻快而风趣。薰君想道：“她的女儿的风度也大概如此吧。我之所以如此爱慕宇治八亲王的大女儿，也是因为贪爱她的这种风度。”这时担任尚侍的二女公子也乞假在家。薰君知道两位女公子都在家里，心中有了兴致。猜想她们闲来无事，大概都在帘内望着他，觉得有些难为情，便努力装出一派斯文的模样。玉鬘夫人看了，想道：“此人当我的女婿倒还不错。”

红梅右大臣的宅邸与玉鬘夫人宅邸相隔不远。右大臣升官后大排宴席，无数王孙公子皆来庆贺。红梅右大臣想起正月间宫中举行赛射后，夕雾左大臣在六条院“还飨”时以及角力后飨宴时，匂兵部卿亲王均在场，便派人去请他，以为今日之会增光添彩。但匂兵部卿亲王不肯前来。红梅右大臣一心想把悉心抚育的女儿嫁给匂亲王，但匂亲王不知为什么一向不将她放在心上。而源中纳言薰君年纪渐长，品貌端正，事事不落人后。于是红梅右大臣和真木柱夫人又相中了他，想招他为女婿。玉鬘夫人的宅邸就在附近，玉鬘夫人见红梅右大臣家中车马盈门，仆从如云，开路喝道之声此起彼伏，便想起当年髭黑大臣在世时的盛况，心中不胜落寞。她说：“萤兵部卿亲王逝世不久，这红梅大臣就与真木柱私通，世人都责怪他们行为轻率。哪知这份爱情一直持续了下来，这一对夫妻倒也和睦。世事真不可预知啊！叫我怎么办呢？”

夕雾左大臣家的宰相中将[①]于大飨宴第二天的傍晚到玉鬘夫人邸内来拜访。他知道大女公子归宁在家，爱慕之心更为深切，对夫人说道：“承蒙朝廷不弃，赐官晋爵，然而我心中全无欣幸之感。我私愿未遂，心中常自悲痛，经年累月，竟一直无法释怀。”说罢，故意举手拭泪。他此时年纪大约二十七八岁，正当盛年，风姿英爽焕发。玉鬘夫人听了，长叹说道：“这班公子哥儿真不成模样！一应世事为所欲为，对官位全不介意，一味在恋情上消磨岁月。我家太政大臣如果尚在世间，我的几个儿子怕也会醉心于这种荒淫之事吧。”她的儿子左近中将已升任右兵卫督；右中弁升任右大弁，但二人都未能出任宰相，为此她心中不快。称为藤侍从的第三子已升任头中将。就年龄而论，他们三人升官并不算迟，但也不比他人更早。玉鬘夫人时常为此愁叹。宰相中将后来总是寻找良机向冷泉院皇妃倾诉恋情。[②]

---

① 即以前的藏人少将。

② 有的版本没有这最后一句。有人以为其下尚有佚文。

第四十五回　桥姬

有一位已被世人遗忘的老年亲王[①]。他的母亲出身高贵，他幼时本有当皇太子的希望，只因时势变迁，纠纷突起，使他身陷困境[②]，结果反而一事无成。那些做他后援的外戚于苦恨之余，纷纷出家为僧。这位皇子于公于私两方面都失掉依靠，孤独无恃。他的夫人是前代大臣的女儿，想起当初父母对她的期望，伤心无限，诸如此类的悲痛之事不在少数。全靠夫妻两人恩爱，聊可慰藉人世的苦患，两人彼此信赖，相依为命。

两人成婚多年，苦于膝下冷清，颇感美中不足。亲王常说："但愿有个可爱的孩子，可以聊慰这寂寞的生涯。"天遂人愿，不久果然生了一位美丽的女公子。亲王夫妇大加宠爱，尽心竭力地教养她。这时夫人忽又怀孕。大家以为这回要生男儿了，哪知生下来的又是一位女公子。夫人在产中失于调理，生起病来，一日重似一日，竟致一命呜呼。亲王遭逢如此意外，一时茫然不知所措。他想："这些年我苟存于世，痛苦难堪，只因有这个难以抛舍的美人，才被牵绊在这世间，因循度日。如今只剩下我一人，在这世间痛苦定然更多。我独自抚育这两个女孩，因身份所关，不成体统，外间的传闻也不好听。"便想趁此机会，辞世出家。但两个女孩无人可以托付，丢下她们十分可怜，因此犹豫不决地度过了许多年月。两位女公子渐渐长大，生得花容月貌。亲王一直以此自慰，不知不觉地度送岁月。

女侍们都轻视后来生的那个女公子，愤愤不平地说道："哎呀！出生的时辰多不吉利啊！"便不肯用心照顾她。但夫人临终时，神志都已昏迷，还一心记挂着这个孩子，对亲王的遗言唯有一句话："请你当作我的遗念来怜爱这个孩子！"亲王以为：这孩子由于前世注定，出生时身带不祥，但她与我必有宿缘。而夫人弥留之际还一心记挂着她，叮嘱我好好照管。他这样一想，便非常怜爱这二女公子。二女公子的容貌长得异常秀美，令人疑心身有异兆。大女公子则性情娴静沉着，容貌举止大方优雅，比其妹妹更具高贵的气质。亲王以为两人各有所长，对她们一样地怜爱。但生涯坎坷，诸事不能如意。日复一日，邸内景象渐见萧条。仆从见主人已不可依靠，逐渐辞别散去。二女公子甫一出生即遭母丧，亲王一时忙乱，未能替她选择良好的乳母，只雇了一个教养粗陋的普通妇女。在二女公子幼年时就辞掉了她，因此二女公子全由亲王自己一手抚育长大。

亲王居住的宫邸本来宽广富丽，其中池塘、假山等仍是当年模样，却一天更比一天荒凉了。亲王寂寞之时，只在此间闲眺怅望。这时邸中已无干练的家臣，无人打扫整理庭院，杂草纷长，异常繁茂。屋檐下的羊齿植物得其所哉，到处蔓延。四时花木，如春天的樱花、秋天的红叶，昔日与夫人共赏，获得良多安慰。而如今独居寂处，无人相伴，唯有专心于家中佛堂内的陈设，早晚诵经礼佛。他经常想道："我被两个女儿牵累，

① 这位亲王是桐壶帝的第八皇子，源氏的异母弟弟，称为"宇治八亲王"。此后十回，称为"宇治十帖"，主要人物是薰君、匂皇子及这位亲王的三个女儿。本回写薰君二十岁至二十二岁秋末的事。

② 弘徽殿女御（朱雀帝之母）及其父右大臣一派，想推翻源氏一派，立此八皇子为太子。后来终于失败，冷泉帝即位，政权全归源氏一派。于是八皇子身陷困境。

自是意外的憾事，我这一生由前世注定，无法称心如意。又何必效仿世人，再作续弦之盼？”日子一久，愈加弃世离俗，他的心早已变成一个高僧了。自夫人逝世之后，他纵使偶尔谈谈风月，也绝无世俗中的续弦之念了。别人劝他：“何必如此呢？生离死别，自有无限悲恸，但日月既久，哀痛之情自会逐渐消失。不如回心转意，入世随俗，那这座荒凉不堪的官邸也自然会重新生色。”他们头头是道地说了这许多言语，又多次前来做媒，但亲王只如充耳不闻。

亲王在诵经念佛的闲暇之时，经常与两位女公子一起戏耍取乐。两位女公子渐渐长大，亲王便教她们学琴，学棋，做“偏继”[①]的游戏。他在游戏之中体察两人的性情。大女公子素性沉着，思虑深远，态度稳重。二女公子天真烂漫，落落大方，娇羞之态非常动人。两人各具其美。风和日丽的春天，池塘里的水鸟比翼共游，鸣叫之声相互应和。若是夫人在世，亲王并不留意，但如今看到这般相亲相爱、片刻不离的景象，不免叹羡伤感，便教两位女公子学习弹琴。这娇小可爱的两人，奏出的琴音都很美妙。亲王大为感动，滚下泪水，便赋诗云：

“双双水鸟相偎傍，
雌去雄留顾影单。

叫我好不伤心啊！”吟罢举袖拭泪。这位亲王的容貌非常清秀，多年来耽于佛道，体态略见清减，却反而更显高超优雅了。为了便于照顾两个女孩，身着家常便服，那副落拓不拘的姿态也颇俊美，令见者自愧不如。大女公子从容地把砚台移过来，有如玩耍一般在砚上写字。亲王递给她一张纸，说道：“要写在这上面！砚台上不能写字的。”大女公子羞涩地写了一首诗：

“成长全凭慈父育，
雏禽无母命孤单。”

这首诗虽并不出色，但在当时也很令人感动。笔迹之中也可显见未来不可限量，此时却还不能一气呵成。亲王对二女公子说：“妹妹也写一些来看！”妹妹年纪更小，想了半天才写道：

“若无慈父辛勤育，
卵在巢中不得孵。”

她们身上的衣服都穿旧了，又没有女侍伺候，生活实在寂寞无聊。但两位女公子都长得如花似玉一般，做父亲的怎能不又怜又爱呢？他一手拿着经卷，一边念诵，一边教女儿唱歌。大女公子学弹琵琶，二女公子学弹筝。年纪虽然幼小，却常练习合奏，弹得

① 日文称汉字的左边为“偏”，右边为“旁”。只示旁而叫人猜偏的游戏称为“偏继”游戏。或者双方轮流给旁加上偏，加不出者为负。

都很不错，音节美妙动人。

亲王的父亲桐壶帝和母亲女御都早已故去，也没有显赫有力的保护人，因此从小不曾习得高深的学问。至于处世立身之道，更加无法深知。在贵族子弟之中，这位亲王特别娇生惯养，竟有如女子一般。祖上传下来的宝物以及外祖父大臣留给他的遗产，虽然不计其数，却终于损失得影迹全无。而价值珍贵的日常用品，家中留存的倒还不少。他也没有知心好友来拜访，生活十分寂寞。他便从雅乐寮乐师之类的人中选择一些技能特别优越的，召他们来，一起研习闲情逸致的管弦之乐，从小如此长大。因此他在音乐方面才能非常优越。他是源氏的异母弟弟，世称八皇子。在冷泉院还当太子的时候，朱雀院的母后弘徽殿太后曾试图废掉冷泉帝而立这八皇子为太子，要借助自己的威势捧八皇子上台。但经过一番纷扰，终于未能成功，被源氏一派击倒。因此在源氏一派逐渐得势之后，这八皇子就无法出头了。这些年来，他已逐渐成了一个高僧，将一切世事都抛舍了。在这期间，八皇子的官邸忽遭回禄。继失势之后又遭灾，心情自然更加苦闷颓唐。他在京中没有适当的住宅可以迁居，幸而在宇治一带，还有一所景致优雅的山庄，便带着家眷迁住其中。世事虽然都已抛舍，但一想起今后将永隔于京都之外，也不免深为伤心。这宇治山庄

亲王的女儿

上村松园　雪月花　昭和时代（1937年）

亲王日渐长大的两位女儿都生得花容月貌，大女公子性情娴静、优雅，小女公子天真烂漫，让政治上失势、家中丧妻，决心出家的八亲王倍感欣慰。图中在皎洁的月光下，身着十二单衣，手持纸扇的两位平安女子正仰头赏月，神态优雅、恬静。

靠近水声响亮的宇治川，与鱼梁亦相隔不远。亲王在此静修佛道，虽然不大相宜，但也是无可奈何之选。春花秋叶、青山碧水虽然聊可遣怀，但他自迁到此处之后更见消沉，镇日除了愁叹之外再无他事。他无时无刻不思念亡妻，常说："幽闭在这深山之中，哪里去寻一位故人与我相依为命！"曾赋诗云：

"斯人斯宅皆灰烬，
何必孤单剩此身？"

回思往事，只觉这一生全无生趣。

这个住所与京都隔着几重山水，极少有人来访。唯有形容怪异的山农、村俗不堪的樵夫牧子，偶尔出入，在邸内服役。八亲王心头的愁绪，正像峰顶的晨雾一般无法消散，暮去朝来，日月如梭。这时一位道行高深的阿阇梨正好住在宇治山中。这阿阇梨学问精深，在世间声名亦很宏盛，朝廷每有佛事，他也难得应召，一直在这山中闲居。八亲王的居所距这位阿阇梨的住所很近，研习佛道之时，每遇有经文中疑义，便去请教。阿阇梨也敬重八亲王，不时到山庄来拜访。他就八亲王多年来所学教义，一一做深刻详细的解释。八亲王更加深信人世短暂，便毫不避讳地和他深谈："我这颗心已经登上极乐净土的莲台，安居在清净无垢的八功德池中了。唯有这两个年幼的孩子难以抛舍，心中不免牵挂，所以未能毅然出家遁世。"

这位阿阇梨与冷泉院也颇亲近，常往伺候，向他讲授经文。一次入京之时，顺便到院中拜见。冷泉院正在诵读平日习学的佛经，便将其中各种疑义向他询问。阿阇梨乘机说道："八亲王深通佛典，真是具大智慧之人啊！他多半是具有宿世佛缘而降生于世的人。他摒绝俗世之念，一心学佛，其心志之诚与圣僧无异。"冷泉院说："这个人还不曾出家吗？如今这里一班青年人替他起了个别名，叫他'在俗圣僧'。他的诚心真可令人感佩啊！"这时宰相中将薰君也在一旁侍奉，他暗自寻思："我正深感人世无聊，只是不曾公然诵经礼佛。虚度岁月，实在可惜！"又想八亲王身在俗世而为圣僧，不知其心境如何，便侧耳倾听阿阇梨的话。阿阇梨又说："八亲王早有出家之志。据说以前为了一些琐事，犹豫难决。如今则是怜爱两个无母的孤女，不忍将她们独自抛下。他正为此愁叹不已呢。"这位阿阇梨爱好音乐，又道："再说，那两位女公子的琴筝合奏之声，与宇治川波声相互应和，实在美妙动人呢！极乐世界的乐声恐怕也不过如此吧。"他这番赞美，使得冷泉院微笑起来，说道："两个女孩生长在这圣僧之家，恐怕不谙世俗行为，哪知却长于音乐，真是难得。亲王心中记挂她们，不忍抛舍，又为此百般忧愁苦恼。我的寿命若能比他稍长，不妨由我代为保护吧。"这位冷泉院是桐壶院的第十皇子，八亲王的弟弟，他想起朱雀院将三公主托付给已故六条院主的往事，很希望这位两女公子来做他寂寞时的伴侣。薰君心中反而没有这种念头，只想拜访八亲王，看看他专心学佛的样子。他这愿望一日更比一日深切了。

阿阇梨返山时，薰君曾叮嘱他说："我日后定当入山拜访，亲向八亲王请教。便请法师先代我致意。"冷泉院派人入山，向八亲王传言："听闻山居佳胜，我心深为喜慰。"又赠诗云：

“心虽厌世慕山奥，
身隔重云不见君。”

阿阇梨带着冷泉院的使者一起去参见八亲王。在这山中庄院，寻常人的使者也极少出现，如今竟有冷泉院的御使上门，真是稀罕之事，大家热诚欢迎，拿出当地的酒肴殷勤款待。八亲王的答诗是：

“未得安心离俗世，
且来宇治暂栖身。”

诗中关于佛道修行的方面，措辞一概都很谦逊。冷泉院看了答诗心想：“八亲王对尘世心中还有留恋呢。”就很可怜他。阿阇梨将中将薰君有心学道的事告诉八亲王，说道：“薰中将对我说：‘我从小就深盼学习经文教义。只因尘缘难绝，蹉跎至今。如今又为了公务私事，四处奔走忙碌，虚度岁月。我这人虽微不足道，纵使立志幽闭于深山，专心习诵经文，亦全无顾虑。但一向总是犹豫难决，因循度日。如今听说皇叔如此精进，心甚向往，改日定当亲自前来请教。’他托我代为传言，此意甚为恳切。”八亲王答道：“大凡觉悟人世无常而心生厌弃的人，其起因都是遭逢忧患，方才顿觉世间皆属可恨，并以此为起点，生出学道之心。如今薰中将正值青春，诸事尽皆称心如意，毫无缺憾，却能发心学佛以修后世，真是难能可贵。像我这样的人，因宿命注定，只觉人世可恨可厌，特别容易受佛劝导，自然能成遂静修的心愿。但我此生余日无多，只怕尚未大彻大悟，便尔告终离世，前生后世两无着落，心中常自深为感慨。中将想要向我请教，我如何敢当！我就暂且将其视为先悟的法友罢。”此后两人时常互通音信，不久之后薰君就亲来拜访。

薰君看了八亲王的住所，只觉得比传闻中更为可怜。生活情状以至一切，都与想象中的草庵一样简陋。同样是山乡，有些山乡自有一些能牵惹人心的悠闲风趣。但此处水声响得可怕，竟至于扰乱人心，晚间风声凄凉，让人无法安心寻梦。学道之人住在这里，不妨借此消除对尘世的留恋。但小姐们在此度日，其心情又会怎样呢？薰君猜想她们一定缺乏世间普通女子的温柔。她们的房间与佛堂仅隔一道纸门。如果是好色之人，定会走去窥探其中情状，渴盼知道她们究竟生得怎样。薰君虽然也偶尔动此心念，但他总是立刻克制：“我到此处的本意，是想离弃俗世，探寻佛道。如果尽说些无聊的好色之言，做出轻薄的行为，岂不是违反初志，失却本意吗？”因此他只是同情八亲王的生活，极为恳切地向他慰问。来的次数多了，自然知道八亲王正如他所预料的，是个幽闭深山、专心佛道的优婆塞①。他对于经文教义，并不刻意装出精深的模样，却解释得一清二楚。有圣僧模样和富有学识的法师，世间自有很多，但超然离世、德高望重的僧都、僧正，都不免十分忙碌，又素来矜持，向他们请教佛法并不容易。才德不高的佛家弟子，所可尊敬的则只有严守戒律，这种人形容粗鄙，言语乏味，庸俗平凡，毫无风趣。薰君白天忙于公事，无有余暇。每到夜深人静之时，颇想召一人于内室枕畔共谈佛法。如果是这种佛家弟子，则全无意味。唯有这位八亲王，人品高雅，可敬可爱。所说

---

①优婆塞，是在家修行的男子。优婆夷是在家修行的女子。

薰君拜访　歌川丰国　源氏香之图·桥姬　江户时代（约1844—1847年）

八亲王“在俗圣僧”的声誉，让窃心向佛的薰君十分敬佩，亲自前往拜访学习。来的次数多了，薰君更加深信八亲王对佛法的精通，于是渐渐和他熟稔起来。此时他也多次经过八亲王的两位女儿门前，但虔诚向佛的薰君抑制住了好色之心，不曾做出轻薄的行为。

的话，虽然同是佛经教义，但能深入浅出，人人可以理解。他对于佛法的研究，固然称不上是大彻大悟，但身份高贵的人，对于真理的理解自比常人更深一层。薰君渐渐和他熟稔起来，每次见面，就想常侍于左右。有时不得空闲，多时不来拜访，便想念不已。

薰君对这位八亲王如此尊敬，冷泉院也就经常派人向他致书问候。八亲王多年来一直默默无闻，其宫邸也一向门庭冷落，自这时起便经常有人出入了。每逢节日，冷泉院便送来丰厚的馈赠。薰君一遇机会，也向他表示敬意，有时奉赠玩赏的器具，有时便奉送实用的物品。如此你来我往，至今已有三年了。

这一年①的秋末，八亲王举办每年四季例行的念佛会。这时宇治川边鱼梁上的水声特别嘈杂响亮，竟致片刻不能宁静，因此这场念佛会便移往阿阇梨所居山寺中的佛堂举行，日期定于当月七日。亲王去后，两位女公子更感寂寥，每天闲坐沉思。这时中将薰君许久不曾拜访宇治，心中记挂，便在一天深夜残月未沉之时动身出门，随从也不多带，就这样微行入山。八亲王的山庄就在宇治川的边上，不必以舟楫渡河，骑马就可以到达。入山愈深，云雾愈重。草木繁盛，几乎要将道路掩蔽。山风狂猛，叶上露珠被纷纷吹落。可能是受心情的影响，那些露珠沾在袖上只觉寒气逼人。薰君觉得平生极少经历这种旅行，一面不胜凄凉，一面又感兴致颇浓。就吟诗云：

“山风吹木叶，叶上露难留。
我泪更易落，无端簌簌流。”

他担心惊动山民，引起诸多麻烦，便令随从者不可声张。穿过许多柴篱，渡过流水潺潺的浅涧，小心翼翼地悄悄前进。但薰君身上的奇香无法遮掩，随风四散。山中农户于梦中醒来的人都很惊讶：不知有谁经过，哪里传来的这股浓香？

走近宇治山庄之时，忽然听到有琴声传来，不知所奏的是何曲调，只觉十分凄凉动人。薰君想道：“我经常听八亲王演奏音乐，过去苦无机会，不曾领教他那素负盛名的琴声。今天却恰逢良机。”便走进山庄，仔细一听，原来是琵琶之声，曲调是黄钟。只是世间常弹的曲调，但恐是环境使然，似乎又略有不同，反拨之声极为清脆悦耳，其间又有优雅哀怨的筝声，隐隐透出。薰君想要暗中听赏，正打算掩饰行藏，身上的香气却早就引人注意。便有一个形似值宿人员的粗野男子走出来，对薰君说：“因为如此这般，亲王正闭居山寺，容小人先去通报。”薰君说道：“又何必去通报呢！功德既已限定日期，不宜前去打扰。但我如此踏霜冒露而来，空归过于扫兴。相烦告知小姐，只要小姐为我说声‘可怜’，于愿足矣。”这时粗野男子丑陋的脸上露出笑容，答道：“小人便去叫女侍传话。”说过就走。薰君唤他回来：“且慢！”对他说道：“多年以来，我一直只是听说你家小姐弹得一手好琴，今天机会真巧！可否找个地方，让我暂时躲在这里听赏一下？突然闯来打扰她们，害她们停止弹奏，似乎不太应该。”薰君容貌风采之美，纵使是这不解情趣的粗鲁男子，看了也肃然起敬。他答道：“我家小姐在无人之时，经常弹琴奏乐。但若是京中有人来，纵使只是仆役，她们也就肃静无声了。大约是亲王不想

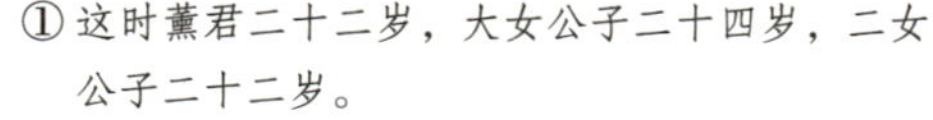

① 这时薰君二十二岁，大女公子二十四岁，二女公子二十二岁。

让一般人知道我家有这两位小姐，所以故意隐藏起来。他以前曾经说过这个话呢。”薰君笑道：“哪里藏得了呢！他虽如此严守秘密，但世人早已知道你家里有两个绝色美人了。”接着又说：“你带我去吧！我并非好色之人。只因一向知道你家中秘藏这样两位小姐，觉得很好奇，只想知道她们是否也和世间寻常女子一样而已。”那人说：“苦也！我若做了这种不识轻重的事，日后被亲王知道，定要挨骂了。”两女公子的住所，在前面围着竹篱，间隔颇为严密。这值宿人引导着薰君悄悄前往。薰君的随从被请到西边廊上，也由这人招待。

薰君稍稍推开通向女公子住所的竹篱门，向内张望，只见几个女侍将帘子高卷起来，正在眺望夜雾中的那轮朦胧淡月。檐前站着一个瘦弱的女童，身着旧衣，似乎十分寒冷。几个女侍神情也与她相似。

室内坐着一人，身体隐在柱子之后，面前摆着一把琵琶，手里正在把玩那个拨子。隐在云中的月亮忽然明晃晃地照出，这人说道：“你看不用扇子[①]，用拨子也能招得月亮出来。”说时抬头望月，那容颜十分娇美可爱。另有一人，靠着壁柱，身体俯在一张琴上，微微一笑，说道：“用拨子招回落日[②]是确有其事。但你说招来月亮，却有些奇怪。”那张笑脸比前者更显天真。前者说：“它虽不能招回落日，但与这月亮却很有缘呢[③]。”两人随意地谈笑，那风采神情和外人设想的全然不同，非常优美亲切，既可怜又可爱。薰君想道：“以前听见青年女侍讲古代小说，老是一些荒山野岭藏着绝色美人之类的故事。我很觉厌烦，从不相信真有这一类的事。原来世间深广，果然有这样风韵幽雅的地方。”他的心立刻便移在这两位女公子身上了。这时夜雾弥漫，看得不大清楚。薰君深盼月亮再次出来。大约里面有人提醒“户外有人窥看”，那帘子马上就挂下了，人都退入了内室。但并不显出惊慌失措的样子，而是从容不迫，悄悄地躲了进去，连衣衫之声也听不到。那种温柔妩媚的样子，令人真心叹羡。薰君深深爱慕她们那种风流高雅的风姿。

他悄悄地走到竹篱之外，派人骑马赶回京都，叫家中派车来接。又对那个值宿人说：“我这次来的时机不巧，未能拜见亲王。但得有幸听得小姐琴声，反觉是意外之喜，也可稍慰心中遗憾了。相烦通报小姐，容我略诉此番踏霜冒露而来的辛苦。”值宿人进去通报。两位女公子想不到他此刻会来，担心适才谈笑的样子已被他看到，深感羞愧。回想那时确实闻到有异香传来，但因意想不到，竟未警觉，真是太疏忽大意了。心中迷乱，只觉羞惭无地。薰君看见传达的女侍动作迟缓，有欠伶俐，觉得凡事都该随机应变，不可过于拘泥。反正夜雾尚未消散，便自行走到刚才女公子的居所帘前，在那里坐了下来。几个山乡的青年女侍不知怎样应对，只好送出一个蒲团来，态度十分慌张。薰君说道：“让我坐在帘外，未免太简慢了。若不是出自真心诚意，怎会跋山涉水而来。如今这待遇未免太不相称了。我屡次不辞辛劳前来拜访，小姐必然能深察我心。”说时态度无比庄重。青年女侍之中并无善于应对之人，大家都恨不得钻进地洞里才好，这实

① 《摩诃止观》中有云：“月隐重山兮，擎扇喻之。”以扇招月，或是据此而来。

② 舞乐《兰陵王》又名《没日还午乐》，其中有一种奏法为“日招返”。以拨子招日，或是据此而来。

③ 琵琶上插拨子的地方称为“隐月”。

在太不成样。便有人走到里面去叫起睡着的老年女侍，但她起身也颇费时间。许久不作答复，好似有意怠慢客人。一时苦无办法，于是大女公子说道：“都是些不懂事的人，怎么应对呢？”这声音听上去十分优雅，却也轻微得几乎听不出来。薰君说道：“据我所知，明知他人的苦心却假装不懂，向来是世人常见的风习。但大小姐也漠然不懂我之苦心，实在遗憾。亲王具大智慧，彻悟佛道。而小姐朝夕伴随左右，久受熏陶，想必对世间万事皆已洞察。我有难以隐忍的一点儿心事，且请小姐体察。请勿将我视为世间好色之人。婚嫁之事，也曾有人苦苦相劝，但我心志坚强，不肯从命。这一类的消息，小姐自然早已听说。我所希望的，只是在闲居之时，得与小姐闲聊共话。你们山居寂寞之时，也可随时召唤，谨资排遣。只要能够如此，我愿足矣。”他说了一大番话，但大女公子十分羞涩，一句话也不能回答。这时老女侍已经起身，就由她来应对。

这个老女侍是个性情直率的人，开口就嚷道：“哎呀，罪过罪过啊！叫他坐在这种地方，太简慢了，应该请到帘内来坐。你们这些年轻人真是不知轻重啊！”她用老年

窥看到的风情 《源氏物语绘卷·桥姬》复原图 近代

晚秋的一天深夜，拜访八亲王的薰君，被一阵琴声所吸引，透过竹篱门窥看到了八亲王的两个女儿。图中大片青色的晚霞挡住了月光，仿佛在遮掩薰君的偷窥行为，而常春藤更仿佛薰君的目光，爬过绿色竹篱门上，将山庄内两位女子的风情尽收眼底。看到姐妹二人温柔妩媚的容颜，听到她们优雅的对话，薰君产生了深深的爱慕之情。

人特有的嘶哑声毫不客气地埋怨着，两位女公子都觉得无比难堪。只听她对薰君说道："真难得啊！我家亲王离弃俗世，门庭冷落，就连应该来访的人，平日也都不肯赏光，日复一日地渐渐疏远了。难得中将大人一片赤诚，殷勤拜访，连我们这些微不足道之人，也都铭感于心。小姐们也深感盛情，但年轻人太过怕羞，却是不好启齿。"她全无顾虑，坦率直言，声音刺耳难听。但她人品尚属高尚，言语也落落大方。于是薰君答道："我正狼狈不堪，你的话真让我不胜喜慰呢。有你这样通情达理的人在，今后我便可放心了。”女侍们自帷屏旁边向外察看，只见他靠在廊柱之上，曙光渐渐明亮，照着他身上所穿的便服，襟袖都已被露水打湿。一种世间所无的异香弥漫空中，令人不胜讶异。老女侍哭着说道：“我担心多嘴获罪，因此隐忍不说。但有一件令人感慨的往事，常想找一适当的机会，如实奉告，使您略知端倪。我多年来诵经念佛，一向把这件事作为心中祈愿之一。想是获得佛力护佑，才使我今日得此良机，实在欣慰。尚未开言，这眼泪已经涌塞双眼，连话也说不出来了。”她浑身发抖，可见心中非常悲伤。薰君见此情景，虽知老年人都易落泪，但这老妪又何至于如此伤心，他心中不胜诧异。便对她说：“我到此拜访，已有多次。以前从未遇到像你这样通情达理的人，因此总是走着多露的山路，打湿了衣裳独自归去。今日遇到了你，我真高兴！你若有话要说，就请尽情告诉我吧。”老女侍说：“这种良机，只怕不易再得。纵使再有，我这老妪也不知能否活到那时了。今日只是使您知道世间尚有我这样一个人而已。我听人说，原来在三条院宫邸服侍令堂三公主的女侍小侍从已经亡故了。当年与我来往亲密的人，许多都已去世。我到了老年，才从遥远的他乡返回京都，如今在这里供职已有五六年了。您大概还不知道吧：关于当时称为红梅大纳言的兄长柏木卫门督的去世，世人之中有一种传说，不知您听过没有？回想柏木卫门督逝世之日，似觉相隔并不遥远。那时伤心痛哭，衣袖上的眼泪仿佛还不曾干透呢。但屈指一数，光阴如箭，您已经长大成人了，这真像做梦一般。这位已故的权大纳言[①]的乳母，是我弁君[②]的母亲。因此我那时一直侍奉权大纳言，和他非常熟悉。我虽然出身微贱，但权大纳言有时会把不可告人而难以隐忍的话对我诉说。后来他病势危急，于弥留之际，又曾召我到他床前，叮嘱我几句遗言。其中有些应该让您知道的话。但我现在也只能说到此处。您若想知道详情，且待我以后再徐徐奉告。这些年轻人都在交头接耳，埋怨我饶舌了，这也是难怪的。”她果然就不再说下去。

薰君听了她这番话，只以为是一种奇怪的梦呓，或是巫女的喃喃自语，心中很是纳闷。这一向是他的心结，如今听这老女侍说起，颇想追问详情。但这时耳目众多，不便探问。而且就这样细说往事直到天明，也太煞风景了。于是对她说：“你所说的话我不太明白。但既是往事，我也深为好奇。以后请你必须将余下详情告诉我。雾快散了，我衣冠不整，面目可憎，担心小姐们见了怪我无礼，因此不能在此长留，实在有些遗憾。”便辞别去了。这时隐隐听到八亲王所居山寺的钟声传来。浓雾还是极其浓重。想起古歌中“白云重重隔”“峰上白云多”[③]的句子，觉得这深山野处十分凄凉。薰君可怜这两位女公子，想她们必然愁思无限，整日幽闭在这深山之中，怎会不如此呢？便吟诗云：

“雾封稹尾山前景，
　拂晓还家路途迷。[④]

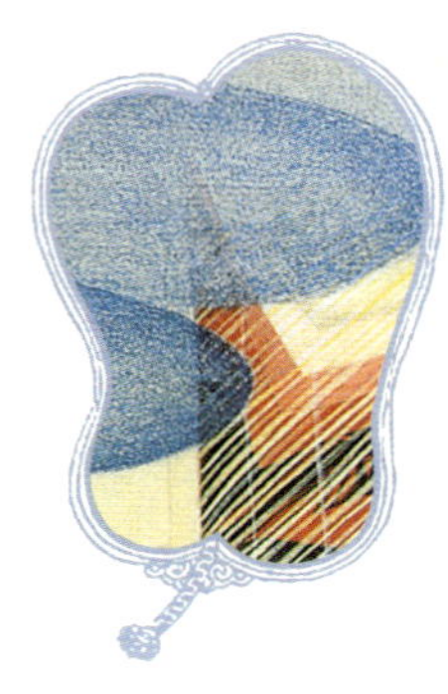

① 柏木死前升任权大纳言。

② 这个老女侍名叫弁君，这里自呼其名。

③ 古歌：“离居各异地，白云重重隔。寄语意中人，两心隔不得。”可见《古今和歌集》。又：“峰上白云多，何必来遮隔？唯有恋人心，白云遮不得。”可见《后撰集》。

④ 稹尾山是宇治一带一座山的名称。

感慨虚幻　歌川广重　名所江户百景　江户时代（1857年）

图中半轮明月、点点繁星下，三两点渔火显示着水上的渔舟还在为生计而奔波来往。眺望此景，薰君感慨着渔人们生涯的虚幻。同时也触类旁通地认识到自己、世间众人的人生也是虚幻无常的。向佛的出家意愿、对大女公子的恋慕，以及隐约窥见自己的诡异身世，交错复杂的思绪让薰君不禁有人世无常的感悟。

真凄凉啊！”吟罢重又回转过身，徘徊不忍离去。他优美的风采，纵使见多识广的京都人见了，也将大为赞叹。更何况山乡中的女侍，怎能不为之惊叹呢？她们想向他传达小姐的答诗，却羞涩得不能启口。大女公子又只得亲口回答，低声吟道：

“云深山峻兼秋雾，
此刻还家路更难。”

吟罢微微叹息，风姿深可动人。这一带山中景致不佳，但薰君十分留恋，不忍离去。天色渐亮，他终于怕人看清他狼狈的样子，只得退出，说道：“见了面，想说的事反而更多了。今后稍稍熟悉之后，自当再向她们诉怨。不过她们把我看作世间的普通男子，实在出乎我的意料，深为可恨。”便走进那值宿人收拾好的西厢中，一直坐着沉思。只听懂得渔业的随从说道："鱼梁上人好多啊！但是冰鱼[①]不游过来，他们都觉得扫兴呢。"薰君想道："他们在粗劣的小舟中载些木柴，为了简陋的生计而不停奔忙，这种水上生涯可谓是虚幻无常了。但仔细一想，世间没有一人不与这小舟一样虚幻。我虽不泛舟，住在琼楼玉宇之中，难道又能永远安居此世吗？"便命人取来笔砚，写诗一首奉赠女公子。诗曰：

"浅滩泛小楫，滩水沾双袖。

省得桥姬[②]心，热泪青衫透。

想必心中有愁绪万叠。"写好之后，就交由值宿人送了进去。这值宿人冻得厉害，浑身肤若鸡皮，拿着诗走了进去。大女公子心想答诗所用的纸张，若非经过特别的熏香，只怕有失体面。又想到这种时候，答诗就尽量迅速，就马上写道：

"千帆经宇治，川上守神愁。

朝夕沾滩水，可怜袖已朽。

真是'似觉身浮泪海中'[③]也。"笔迹非常秀丽。薰君看了，觉得此人尽善尽美，心神为之向往。随从在外叫喊："京中的车到了。"薰君对值宿人说："亲王回府之后，我一定再来拜访。"便将被雾沾湿的衣服脱下来，送给这值宿人，又换上自京中带来的常礼服，登车返回了。

薰君回京之后，想起老女侍弁君的话，心中自是难忘。两位女公子的风姿比他所想象的优美得多，其面容又常在眼前浮现。他想："要舍弃这俗世，毕竟不算容易。"道心就变得薄弱了。他就写信给女公子，不用求爱的情书作风，而选了一种较厚的白色信笺，又挑选一支精良的笔，以鲜丽淋漓的墨色写道："昨夜冒昧到访，请勿恨我无礼。匆匆一晤，未能尽述衷曲，深感遗憾。今后再去拜访，请务必遵我昨夜之请，允许我在帘前晤谈，勿加顾忌。令尊在山寺中念佛，我已派人探知功德圆满的日期。到时当即前往慰问，以弥补雾夜探访不遇的遗憾。"笔迹非常流利风流。他派一个左近将监专门将这信送去，又吩咐他："你去找那个老女侍，将信交给她。"薰君又想起那个值宿人在那夜冻得厉害，很同情他，便用大型盒子装了许多美食，交右近将监带去赏给他。第二天，薰君又派人到八亲王所居的山寺去。他想到近来寒风凛冽，山中的僧人定然不胜其苦。且八亲王已住寺多时，对僧众应略有布施。因此准备了许多绢和绵等物，派人奉赠。送到之时，刚好是八亲王功德圆满、即将离寺回家的早晨。便将绢、棉、袈裟、衣服等物品一一分赠修行之人，每人各得一套，全寺僧众尽皆受赐。那值宿人穿上了薰君当时脱下来的华美的便袍。这是一件上好白绫制成的袍子，柔软合体，散发着不可言喻的异香。但他的身体没有变化，这种衣香与之甚不相称。遇到的人都不停讪笑他，或者对他不停称赞，令他局促不安。这样动辄发散香气，以至于不敢随意行动，他懊恼起来，想除去这种惹人

① 冰鱼，一种小鲇鱼，白色，几乎半透明，长约二三厘米，是日本琵琶湖的名产。

② 镇坐宇治桥下的女神，名曰桥姬。此处以桥姬比喻女公子。本回题名即据此而来。

③ 古歌："泛舟拨水沾襟袖，似觉身浮泪海中。"可见《源氏物语注释》。

注意的香气。但这种贵族人家的衣香，用尽方法也洗不下来。真是可笑。

薰君看了大女公子的回信，觉得笔迹清秀可人，措辞温柔诚恳，深为赞叹。大女公子的女侍们对八亲王说“薰中将有信给大小姐”，八亲王看了信后，说道：“这信无关紧要。你们不要把它误解成情书。这位中将和寻常的青年男子不同，心地光明正大。我曾隐约向他表示过身后嘱托之意，大概由此，他才如此关心吧。”八亲王亲自作复去谢他，信中有“承赐各种珍品，山中岩屋几乎容纳不下了”等语。

薰君便打算着再到宇治去拜访。又想：“三皇子[①]曾对我说：‘住在深山中的女子，如果长得特别漂亮，倒是极可玩味。’他既抱着这种幻想，我不妨把这件事告诉他，也略为刺激他一下，让他心绪不得安宁。”便在一个闲暇的夜晚前去拜访。照例讲过各种闲话之后，薰君提起了宇治八亲王，又详细叙述那天在破晓时分窥见两位女公子容颜的事。匂皇子听了兴致极高。薰君心想，果然如我所料。便接着描述，试图使其更加激动。匂皇子恨恨地说：“那么她给你的回信，你为什么不拿给我看看呢？换作是我，早就给你看了。”薰君答道：“哪里！你收到了各种女子写来的信，连一张纸片也不曾给我看过呢！总之，这两位小姐，不是像我这种门外汉所能独占的，我想只怕得请你去看一看才行。但依照你的身份，怎么去得呢？世间微贱的好色之人，才可恣意地寻花问柳。其实埋没的美人多着呢！像这种看得上眼的女子，一直沉思着闲坐在荒僻的地方的屋室之中，正是在山乡僻地才会意想不到地遇上。我刚才提到的那两个女子，生长在一位遗世独立的圣僧一般的人家。多年来我总以为绝无风趣，一向看她们不起。每次人家谈起，我连听也不要听。哪里知道完全不然，如果那天月光之下没有看错，竟是十全十美的美人。无论容貌和风姿，都非常娇美，真可说是合乎理想的佳人。”

匂皇子听到这里，真的开始妒羡起来。他想：“薰君对于一般的女子一向是绝不动心的。他这样赞不绝口，可知这两个女子一定极为不凡。”便对她们生出无限爱慕。他劝薰君：“你再去看看好吗？”他对于自己那无法自由行动的高贵身份，竟厌烦起来。薰君看了，心中不由好笑，答道：“不好，这种事情不能再干。我已立志，对世俗之事，即便一时也不可留恋。逢场作戏的事我更加绝不肯染指。如果自己无法克制，就大大地违背我的本愿了。”匂皇子笑道：“哎哟，你好神气啊！你总是得道高僧似的说出惹人讨厌的大道理。我且看你能熬到几时。”实际上，薰君心中一直记挂着那老女侍所说的话。他对这件事比以前更加关切，又很感伤。因此纵使看到美人，或者听人说起某家女儿长得格外漂亮，他也不放在心上。

到了十月，薰君将于初五六日去宇治拜访。随从的人都说：“这几天鱼梁上景致正妙，不妨去那里看看。”薰君说：“那又何必！人生无常跟蜉蝣[②]几无两样，鱼梁又有什么好看呢？”于是路上风景一概不看。他乘坐一辆轻便的竹帘车，身着厚绸常礼服和新制的裙子，故意做出简单朴素的样子。八亲王热诚欢迎，备办了山乡式的筵席来招待他，也颇有风趣。天色将晚，将灯火移近，一起研读最近习读的经文。又特别邀请阿阇

① 即匂皇子。

② 鱼梁上是捉冰鱼的。“冰鱼”与“蜉蝣”在日文中发音相近，所以他拿朝生暮死的蜉蝣来比作冰鱼。

姐妹花的诱惑　近卫豫乐院　花木真写　江户时代（17世纪）

薰君故意向匂皇子透露那天于深山中窥见八亲王家女儿的美貌一事，并着力赞叹她们一个恬静端庄，一个天真娇艳，犹如夏日绽放的栀子花般，诱惑得匂皇子大为心动。

梨下山，请他解释深奥的教义。晚上无法入睡，因为川上风声大作，树叶散落之声、水波漩冲之音声，竟远远超过心中的哀愁，环境也变得阴森可怕。薰君估量天色已近黎明，想起上次破晓听琴的事，便故意提起琴音感人至深等话，对八亲王说："上次深夜来访，在浓雾弥漫的拂晓，隐约听到女公子的美妙琴声。但未能有幸继续听赏，心中略有不足。"八亲王答道："我已多年摒除声色，连从前学的都忘记了。"但还是唤来侍者将琴取来，说道："我来弹琴，实在太不相称了。须得由你略加引导，我才想得起来。"便命人再取琵琶来，劝请客人演奏。薰君就弹着琵琶，与他合奏了一会儿，说道："我上次隐约听到的，似乎不是这把琵琶。莫非那把琵琶音色与众不同，所以声音显得特别优美呢。"说时，兴致阑珊，便不再弹下去。八亲王说："咦，此言差矣！能使你入耳的技法，哪里会传到这种乡下地方来呢？你太过夸奖了。"他就弹起七弦琴来，音色凄婉哀怨，沁人心脾。或许是山中松风之声所使然吧。八亲王流露出此技久已遗忘、极为生疏的模样，只弹了饶有风趣的一曲，便停手了。他说："我家里也有人善于弹筝，也不知她几时学得的。我平日隐约听到，似觉略有心得。但我许久不曾加以督促了。她不过是随意乱弹而已，不成体统，只能和川中的波声合奏罢了。反正不成腔调，一点儿也不中听的。"便对室内的女公子说："也来弹一曲吧！"女公子答道："我们只是私下玩玩，不想被人听见，已经羞愧死了，哪敢公然露丑呢？"就向里面躲去，都不肯弹。父亲多次劝勉，但她们用各种借口婉拒，终于没有弹奏。薰君大为失望。这时八亲王暗想：

"把这两个女儿抚养成如此古怪的乡下姑娘，实非我的本意。"他觉得有些丢脸，对薰君说："我在此处抚育两个女儿，谁也不让知道。我已余命无多，只在朝夕之间。这两个人来日方长，我担心她们以后的生涯颠沛流离。只此一事，是我离世时往生极乐的羁绊呢。"说得十分恳切真挚，使薰君深感同情，答道："我虽不能正式出任有力的保护人，但您倒可以把我看作亲信的人。只要我的寿命略得延长，则一言既出，驷马难追，决不辜负这份嘱托。"八亲王心中感激，答道："若得如此，不胜欣慰！"

将近黎明时分，八亲王到佛堂中去做功课了。薰君便招来那个老女侍，与之谈话。这老女侍素来服侍两位女公子，名叫弁君，年纪将近六十，但态度高尚，善于应对。她回忆已故柏木权大纳言日夜忧愁，以致一病不起的往事，哭泣起来。薰君想道："这种往事，纵使事关他人，听了也要心生感慨。何况是我多年以来一直渴望知道的事呢。我常常向佛祈愿，深盼能明白知道当时所发生的事情，我母亲为何决意出家。想是佛力护佑，让我无意中获此良机，听到这如梦一般的可悲故事。"他的眼泪流个不停。后来说道："如此看来，像你一样知晓当年往事的人，现今还存于世间。但不知这种可惊可耻的事，还另有人将之传出去吗？多年以来，我对此毫不知情呢。"弁君答道："除了小侍从和我之外，再没有第三个人知道。我们两个一句话也不曾向人泄露过。我出身低微、微不足道，却一向蒙权大纳言垂青，早晚在身旁侍奉。其间详情，皆为亲眼所见。权大纳言每逢心中苦闷难忍之时，只让我们两人偶尔传送书信。关于这件事情，我实在不敢多嘴，恕不详述了。权大纳言临终时，对我有几句遗言吩咐。我这微贱之身，其实不堪重托，时常将之挂在心头，考虑怎样才能将他的遗言传达给您。每当我一知半解地诵经念佛的时候，常将这件事向佛祈愿，如今果然应验。可见世界上佛菩萨还是有的，真使我感激不尽。我这里尚有一物，非请您看不可。以前我曾经想：如今还有什么办法呢？不如把它烧毁吧。我的性命朝不保夕，万一死去，这种东西怎能落在别人手中呢？我一直深为担心。后来见您常到亲王家里来，我想我可静待良机，自此稍稍有了些希望，便有勇气忍耐，果然等着今天。这岂不是前世注定的吗！"便哭哭啼啼地详细回忆薰君诞生时的情景。又说："权大纳言逝世之后，我母亲忽然患病，不久就死去了。我十分伤心，穿了两重丧服，日夜悲痛哀叹。正在这时，有一个不良之人，多年来对我费尽心机，用甜言蜜语把我骗到手，又带着我到西海尽头①的住地去了。于是我与京中全然断绝消息。后来这个人也在住地死去。我离开京都十余年，一旦重返故乡，有如到了另一个世界。这位亲王是我父亲的外甥女婿，我自小常在他家出入，心想不如依附他吧。又想到我已不宜担任女侍了，冷泉院弘徽殿女御②过去与我较为熟悉，应该去依附她。但又觉得不好意思，终于不曾去，就成了一段隐没在深山之中的朽木③。小侍从不知什么时候死的。当年的青春少女，现在已大半凋零。我这条老命在许多人死后仍旧残生于世，实在可悲，偏偏又不肯死，还在这里苟延残喘。"谈说之间，天色已经大亮。薰君道："罢了！这些往事真是说也说不完的。以后找个不必提防他人的机

① 指九州。

② 是柏木之妹。

③ 古歌："身似深山朽木质，心逢春到即开花。"可见《古今和歌集》。

会，再和你痛快畅谈吧。我还能隐约记起，那个小侍从是在我五六岁时患了心病死的。我若不和你会面，只怕将负着重罪过此一生了！”弁君掏出一个小小的袋子，袋内装着许多已经发霉的信件。她把这袋子交给薰君，对他说道：“这个您看后就烧毁吧。那时权大纳言对我说：‘我的大限将至。’便收集起这些信件，将它们交付给我。我本打算再见小侍从时转交给她，托她代为转奉，却想不到她已诀别人世了。我非常悲伤，不仅因为我们的私交，也为辜负了权大纳言的嘱托。”薰君装作若无其事地收下这些信，把它藏进怀里。他想：“这种老婆子，会不会把这件事当作世间奇闻而随意向他人泄露呢？”便非常担心。但弁君多次向他立誓，说“绝不会向别人泄露”。他又觉得或许可信，心中疑惑不已。早餐时，薰君吃了些粥和糯米饭团，便准备要辞别。他对八亲王说：“昨天是朝廷假日。今日禁中斋戒已经结束，冷泉院的大公主患病，我必须亲去慰问。因有这些事情，不得空闲，待将诸事打点，在山中红叶未落之前，我一定再来叩访。”八亲王欣然答道：“屡蒙赏光，这山居因此而蓬荜生辉了。”薰君回到家中，马上取出袋子来看。只见这袋子是用中国的浮纹绫制成的，上端绣着一个“上”字。袋口用细绳扎好，打结处黏着一张封条，上面写着柏木的名字。薰君打开封条时，心中觉得恐怖。打开一看，里面藏有各种颜色的信纸，是三公主给柏木的回信，其中又有柏木亲笔所写的信，写道：“我如今病势危急，已到大限之期。此后纵使如此简短的信，也不能再写了。但对你的爱慕之心，愈来愈深切！想起你已削发为尼，悲痛无限……”信写得很长，陆奥纸大约五六张的样子，字体怪异，形似鸟迹。内有诗云：

“卿今离俗界，削发伴缁衣。
我欲长辞世，游魂更可悲。”

在结尾处他又写道：“喜讯也已知悉。此子幸得荫庇，我可无后顾之忧，只是：

小松生意永，偷植在岩根。
但得残生在，旁观亦慰情。”

写到这里，似乎在中途停止了，笔迹也更为杂乱了。信封上写着：“侍从君亲启”。这只袋子已成为蠹鱼栖身之所。那信笺十分陈旧，散发着浓重的霉气。但字迹不很模糊，好像是新近才写的。文句也颇清楚，可以仔细阅读。薰君想道：“正如弁君所言，一旦散失，落在别人手里，真是难以收场啊！这种事情，只怕是世间独一无二的了。”他独自翻阅，越看越觉痛心。本想入宫，但终于因为心绪不宁，未能如愿。他去参见母亲，只见三公主精神抖擞，正在专心诵经。见到他来，似乎有些难为情，藏过了经卷。薰君心想：“我又何必向母亲揭示我已知道这件秘密呢！”他只得将这件事深藏心中，悲伤叹息。

宇治十帖

源氏死后，物语的主角转换为源氏名义上的儿子薰君和外孙匂皇子。从四十四回开始，故事的场景也转换到远离京都的宇治，人们将后十回称为“宇治十帖”。因其风格较前文略为不同，也有猜测认为宇治十帖并非紫式部原著。

故事环境

京都

京都的富贵荣华，贵族的奢侈优雅，以及宫闱与政治交织在一起的复杂场景。

故事人物

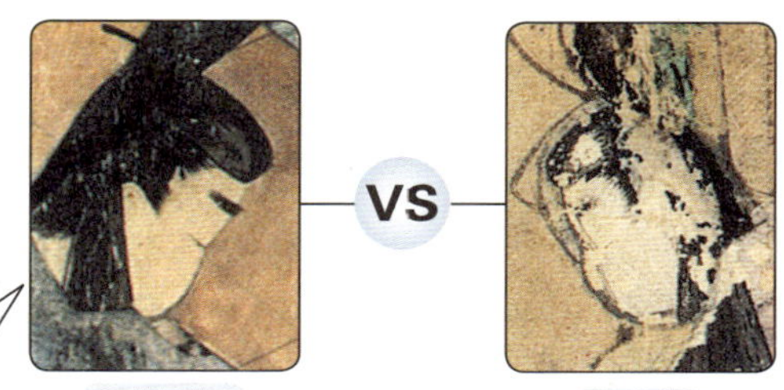

源氏　　头中将

号称“光华公子”的源氏，其光华盖过所有男子而成为独一无二的主角，众多女子围绕其周围，展开或悲或喜的生活画卷。

宇治

外部环境开始转换到阴暗、昏沉的宇治。日文“宇治”与“忧”发音相通同，也暗示着它代表着忧郁以及一种阴沉感。

故事人物

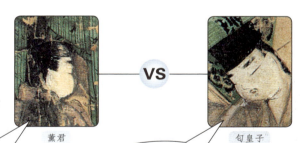

薰君

VS

匂皇子

他的名字就代表了“香气”，生来就带有一种独特的香味。

他天生的香气，其实是一种与生俱来的宗教虔诚感的体现，而这宗教虔诚感则一直压抑着薰君作为一个男人的欲望。

他的名字则暗示出一种略微狡猾、急躁的意味。

希望借由给自己喷抹香物来提升自我。他继承了源氏的风流，总能在机会到来的时候牢牢抓住。对于他来说，欲望就如同浓香一样，是可以被制造出来的东西。

虽然第一眼看上去，仿佛又是一对类似源氏当年的组合，但不管是薰君还是匂皇子都无法和源氏相提并论，更兼环境的改变，使得宇治十帖仿佛是一个全新的故事。

第四十六回　柯根[1]

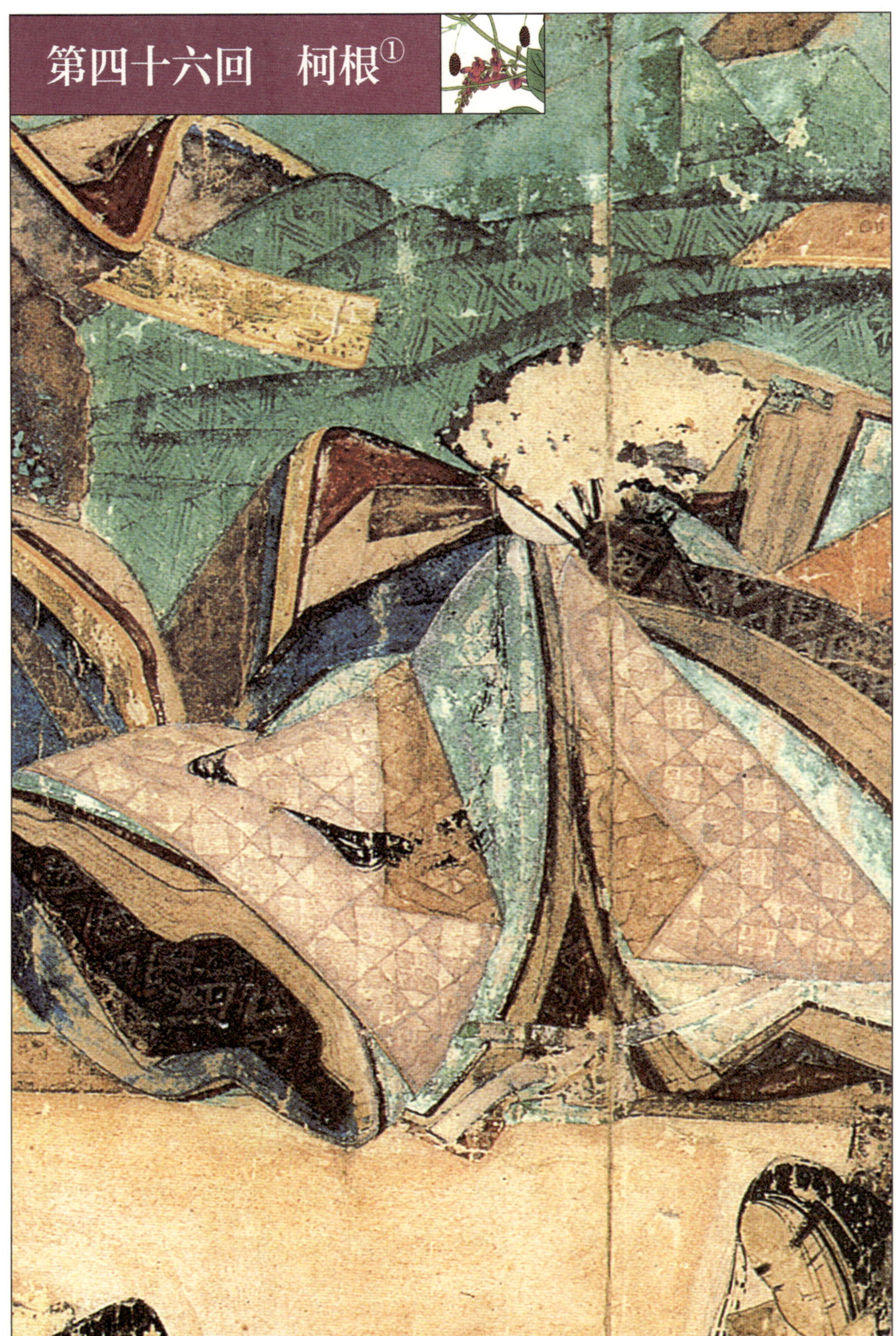

二月二十日左右，匂兵部卿亲王到初濑[2]去进香。他早有此心愿，多年来一直迁延未果。而这次毅然实行，多半是因为途中可在宇治泊宿。“宇治”这个地名，有人说与“忧世”同音[3]。但匂皇子自会找出理由来称赞它的可爱，这真是无稽之谈。他此行随从如云，许多高官贵族在身边奉陪着，殿上人更不必说。六条院主源氏传下来的一处领地，现已归在夕雾右大臣名下，就在宇治川岸边，室内非常宽敞，景致也颇优美。众人就以此处为匂皇子进香途中暂时休息之地。夕雾右大臣原打算在匂皇子回来时亲自迎候，但突然发生不祥之事，阴阳师劝他务必小心，他就向匂皇子再三表示歉意。匂皇子起初略感不快，但听说今日将改由薰中将前来迎接，反而高兴起来，因为可以托他向八亲王那边代传音信，更为称心。原来他与夕雾右大臣一向不太亲近，嫌他过于严肃。夕雾的儿子右大弁、侍从宰相、权中将、头少将、藏人兵卫佐等人都赶来奉陪。

匂皇子身受今上与明石皇后特别的宠爱，声望隆重无比。而六条院中诸人，因为他是由紫夫人亲自抚养长大的，上上下下都把他看成家中的主君。今日在宇治山庄招待他，特别准备了山乡风味的筵席，非常讲究。又取出棋子、双六、弹棋盘等怡情之物，随意闲适地过了一天。匂皇子不惯旅行，觉得有些乏累，深盼在这山庄中驻留数日。他休息一会儿之后，在傍晚时分就命人以管弦奏乐。

在这远离尘世的山乡，既有水声助兴，音乐更觉清澄悦耳。那有如圣僧一般的八亲王，与这里仅有一水之隔，随风吹来的管弦之音，历历可闻。他想起当年往事，自言自语地说道：“这横笛吹得真好听啊！不知是谁吹的。从前我曾经听过六条院源氏所吹之笛，只觉得他吹得非常富有情趣，悦耳可爱。而这笛声过分清澈，略显矫揉造作了一些。倒有些像致仕的太政大臣[4]一族之人的笛声。”又说：“唉！那些日子过去很久了！我摒弃了这些游乐，过着若有若无的岁月生涯，的确已有许多年了。真无聊啊！”这时他就不免想起两位女公子的前途，觉得非常可怜，难道就让她们一生幽闭在这山乡吗？他想：“反正都要出嫁，不如许给薰中将吧。但只怕他无心恋爱。至于现世中的轻薄男儿，怎么可做我的女婿呢？”想到这里，心中迷乱。在这样沉闷寂寞的地方，短促的春夜也令人难挨。而在匂皇子那欢乐的居所，醉眠一觉，早已天明，还嫌春夜太短暂呢。匂皇子觉得未尽游兴，不肯就此返京。

只见长空无际，春云厚积。樱花有的已经凋落，有的正在盛放，各具其美。川边的垂柳随风起舞，倒影映入水中，颇具优雅的风趣。在难得一见野景的京都人看来，实在非常罕有，难以抛舍。薰君不肯错过大好时机，想去拜访八亲王。又想到避开这许多人，独自驾舟前往，不免过于轻率。正在犹豫不决，八亲王派人送来一封信。信中有诗云：

① 本回接续前回，写第二年薰君二十三岁二月至二十四岁夏天的事。

② 初濑，是奈良县一市镇，其地有古刹。

③ 喜撰法师诗云：“庵在京东南，地名宇治山。人言是忧世，我独居之安。”可见《古今和歌集》。“宇治”和“忧”在日语中发音相同。

④ 即最初的头中将，源氏的妻舅。

“山风吹笛韵，仙乐隔云闻。
白浪中间阻，无缘得见君。”

那草书非常潇洒优美。匂皇子对八亲王早就向往不已，听见有他的来信，极感兴趣，对薰君说：“回信不如由我来代写吧。”便写道：

“汀边多叠浪，隔岸两分开。
宇治川风好，殷勤送信来。”

薰中将就去拜访八亲王，又邀了几个爱好音乐的人同去。

渡河时，船中演奏着《酣醉乐》。八亲王的山庄在临水处筑有回廊，廊中有石阶梯一直通向水面，富有山乡野趣，真是一所极可赏玩的山庄。各人怀着恭谨之心舍舟登陆。这里室内景象也与众不同：山乡式的竹帘屏风，十分简单朴素；各种陈设布置，也都别具一番风味。今天因要招待远客，室中打扫得特别干净。几种音色优美无比的古乐器，随意地陈列在一旁。大家一一取来弹奏，将双调催马乐《樱人》改弹为壹越调[①]。这些客人都希望借此机会听听主人的七弦琴。但八亲王一直只弹筝，随意不拘地、断断续续地与他们合奏。大约是不曾听惯吧，只觉他的琴声非常奥妙动人，这些青年人都深为感动。八亲王安排了山乡式的筵席，来招待宾客，很有风趣。更有外人所预想不到的：许多出身并不低微的王公子弟，比如年老的四位王族之类的人，想是预先得知八亲王家中缺乏人手，都赶来帮忙。奉觞献酒的人，个个衣冠楚楚，气度不凡。这真可说是乡土方式的古风盛宴了。来宾之中，一定有人想象长居于此的女公子的生活而暗自为她们伤心。特别是留在对岸的匂皇子，由于自己身份所限，不能随意行动，感到非常烦闷。他觉得这种机会不能错过，终于忍耐不住，便命人折取了一枝美丽的樱花，派一个容貌姣美的殿上童子，送了一封信去。信中写道：

“山樱花开处，游客意流连。
折得繁枝好，效颦插鬓边。

我正是‘为爱春郊宿一宵’[②]呢。”信中大意大抵如此。两位女公子不知作复，心中烦乱。老女侍说：“这种时候，如果太过认真，回信拖得太久，反而很不体面。”大女公子便叫二女公子执笔作复。二女公子写道：

“春山行旅客，暂立土墙前。
只为贪花好，折来插鬓边。

你并不是‘特地访春郊’[③]吧。”笔迹非常熟练优美。隔川两座庄院中都奏起悠扬动听的乐

① 催马乐《樱人》的歌词。壹越相当于中国的黄钟，是十二律的第一音，有如西洋音乐中的C调。
② 古歌：“我来采槿春郊上，为爱春郊宿一宵。”可见《万叶集》。
③ 此句亦引自古歌，但出处不明。

曲。川风似乎有意沟通，吹来吹去，让彼此都可互相听赏。

红梅藤大纳言奉旨前来迎接匂皇子。于是大批人马云集，开路喝道，向着帝都归去。许多青年公子尚未尽兴，一路上眷恋不舍，频频回顾。匂皇子只想寻找适当的时机，再度来此游赏。这时樱花盛开，云霞旖旎，春色正当佳处。诸人所作的汉诗、和歌很多，为避烦琐，便不一一记述。

匂皇子在宇治时心绪纷乱，不曾自由地与两位女公子通信，心中颇感不足。因此回京之后，也不劳薰君介绍，经常写信送去。八亲王看了他的信，对女侍们说："回信是

乘舟拜访

葛饰北斋 雪月花之淀川

江户时代（18 世纪）

怀着一睹芳容的目的，匂皇子、薰君一行声势浩大地乘船出游宇治。八亲王邀请他们做客山庄，薰君应邀带着几个爱好音乐的贵族子弟前往。图为人员满载的舟船行进在江河上的情景。

要写的。但绝不可当作情书应付，否则必将引来烦恼。这位亲王怕是一位风流之人，听说这里有这样两个小姐，不肯白白放过，便写这些信来开玩笑吧。”他劝女儿写回信，二女公子便遵命写了。大女公子行事一向谨慎，对于这种色情之事，即使仅是逢场作戏，也绝不肯涉足其间。八亲王一直孤独寂寞，在这大好春光之中，更感不堪无聊，常恨日子太长，愁思愈来愈多。两位女公子年龄愈长，姿色越增，竟长成两个绝色的美人。这反让八亲王更添痛苦，他想：“还不如长得丑些，那么埋没在这里也不大可惜，我的痛苦或可减少一些。”他为此日夜苦恼。这时大女公子二十五岁，二女公子二十三岁。

命里算来，这一年是八亲王灾厄最多的一年。他很担心，诵经念佛也比往常更精勤。他对俗世无所留恋，一心为后世修福，往生极乐世界，照理可保无忧。只是两位女公子十分可怜，实在不忍将她们丢下。因此他的随从者都不免替他担心，他们猜想：纵使道心坚强无比，但临到命终时若舍不得两个女儿，正念变得混乱，往生就会受到妨碍。八亲王心中寻思：只要有一个人，即使不是完全称心，做我女婿不会使我失掉面子，我不妨就允了他。只要真心疼爱我的女儿，态度郑重地来求婚，纵使有些缺点，我也只当没有看见，就把女儿许配给他。但一直没有人热心地来求婚。只有几个浮薄的青年，由于偶然的机会，写了一封求爱的信来。他们是借佛游春，到某处去进香，中途恰好泊宿在宇治，一时好奇心起，就写封信来求爱。他们猜想这位亲王已经失势，故意来侮辱他。八亲王最痛恨这样的人，半个字也不作答复。唯有那位匂皇子，一直真心爱慕，不到手决不罢休。这大概就是宿世因缘吧。

宰相中将薰君于这年秋天升任中纳言，声望更加显赫，但其心中愁思依旧。他多年来一直心怀疑虑：自己的出身究竟是怎么一回事？而近来得知实情，却更添痛苦，想象他的生父忧惧而死，便决心代他勤修佛道，减轻他的罪孽。他怜悯那个老女侍弁君，经常避开他人注意，以各种借口，对她多加照顾。

薰君想起许久不曾到访宇治，便动身前往。这时正是初秋七月。京都里还不大看得出分明的秋色，但走到音羽山附近，便觉秋风送爽。桢尾山一带的树木上已经看得到隐约的红叶。入山愈深，景色愈是优美新奇。薰君在这个时候来访，八亲王比往常更加欢迎。这次他对薰君诉说了许多伤心话。再三向他嘱托道：“我死之后，希望你得便之时，经常来看看我这两个女儿，请切勿将她们丢下。”薰君答道：“承蒙嘱托，侄儿牢记在心，绝不敢怠慢。侄儿对此俗世已无留恋，一生力求简朴。只觉万事都不可靠，前途也毫无指望。虽然如此，但只要我有一日生存在这世间，此志一日不变，但请皇叔放心就好。”八亲王不胜欣喜。这时夜色渐浓，明月升空，只觉远山都移到面前来了。八亲王念了一会儿佛经之后，又和薰君闲谈了半天往事。他说：“不知现今的世间怎么样了。从前在宫中，每当这种月明如洗的秋夜，是一定要在御前演奏音乐的，那时我也时常参与其间。所有擅长音乐的人，各自献上妙技，参与音乐合奏。但我心中觉得这种演奏，规模太过庞大，反不如仅由几位精于此道的女御、更衣，在室内演奏来得更有风味。她们内心针锋相对，表面上却亲密和睦，在夜深人静之际弹奏出沁人肺腑的乐曲。那隐隐约约传来的乐声，更为耐人玩赏。从任何方面来说，女子更宜作为游乐时的对手。她们虽然纤弱温和，却有震撼人心的魅力。正因为如此，佛才说女人罪障深重。况且就父母为孩子付出的辛劳而言，男子不大需要父母操心，而女子呢，如果嫁得不如意，虽然也是前世注定，但作为父母还是要为她伤心。”

他说的是世间常情，但他自己也正怀着这样的心情。薰君体察他的心意，觉得深可同情。答道：“侄儿对一切世俗事务，确已无所留恋，自身又无一件精通的技艺。唯有音乐听赏这一件事，虽然也算不上怎样精深，却实在难以抛舍。那位具大智慧的圣僧迦叶尊者，想来也是如此，才忘却威仪而闻琴起舞吧①。”他以前曾听到女公子们的琴音，但常觉不能餍足，恳切盼望再次听赏。八亲王想必是以此作为他们亲近的开端，所以特地走进女公子室中，再三地劝她们弹奏。大女公子万般无奈，只得取过筝来，略弹数声。这时万籁俱静，室内肃穆无声。天色与四周情致都很动人。薰君心驰神往，颇想加入与女公子们一起随意不拘的演奏。但女公子们怎会毫无顾忌地与他合奏？八亲王说：“我让你们先相互熟悉一下，以后就看你们年轻人自己喽。”他就走入佛堂去做功课，并赋诗赠予薰君云：

“人去草庵荒废后，
知君不负我斯言。

与君相见，今日恐怕是最后一次了。我心中伤感，难以忍受，因此对你说了许多荒唐的话。”说罢流下泪水。薰君答道：

“我与草庵长结契，
终身不敢负斯言。

待宫中相扑节会②等公务忙过之后，我自当再次前来叩访。”

八亲王走后，薰君就唤来那个不问自语的老女侍弁君，要她把上次未曾说完的话再继续说给他听。月亮西沉，清丽的月光洒遍全室，帘内人影隐约可见，两位女公子便退入内室。她们见薰君不是世间一般的好色男子，说起话来一派斯文，有时便也在室内略为对答。薰君想起匂皇子那种迫不及待地想会见这两位女公子的样子，觉得自己的人品毕竟不凡。他想：“八亲王诚恳地要将女儿许给我，我却并不急于得到她们。我并不想疏远这两位小姐，坚决拒绝与之结婚。我和她们互相谈话，每当风和日丽、樱花红叶之时，便向她们倾吐心中哀愁与风月情趣，赢得她们深切的赞同——像这样的对象，若是我和她们没有宿缘，而任由她们成为别人的妻子，岂不大为可惜。”他心中已把女公子看成自己所有的了。

薰君于夜深时分返回京都。一想到八亲王忧愁苦闷、担心命不长久的样子，深觉同情，便打算朝廷公务忙过之后再去拜访。匂兵部卿亲王想在今年秋天再赴宇治观赏红叶，正在前思后想，寻找适当的机会。他不断地派人递送情书前去。二位女公子以为他并非真心求爱，但也并不十分厌烦他，只把这些信看作无关紧要的应酬，不时给他回信。

秋色渐浓，八亲王的心情越来越恶劣。他想迁居到阿阇梨那清静的山寺中去，以便专心念佛，便将身后之事对两个女儿详细嘱托：“世事无常，谁也不能逃避的大限将

①《大树紧那罗经》云：“香山大树紧那罗于佛前弹琉璃琴，奏八万四千音乐。迦叶尊者忘威仪而起出。”迦叶尊者是释迦牟尼十大弟子之一。

②每年七月下旬，宫中举行相扑竞赛，赐宴群臣。

至的那一天。如果你们身边有可以安慰你们的人，死别的痛苦也会略为减少。但你们两人没有有力的保护人，孤苦伶仃，要我把你们独自抛弃在这世间，实在令我痛心！虽然如此，但若因这一点儿亲情阻碍，竟使我不得往生，永堕轮回苦海，损失未免也太大。我与你们同生在这世上，却早已看破红尘，对身后之事并不计较。但我仍希望你们既能体谅我，又能体谅你们已故母亲的脸面，切勿生出轻薄之念。若非真有深厚因缘，切勿轻信他人之言而离开这山庄。你们两人的命运，与世人不同，必须要有终老在这山乡之中的打算。只要你们心意坚定，自能安然度日。作为女子，若能耐心地闭居在这山中，不必承受世间众人残酷的非难，实为上上之选。”两位女公子完全不曾想到自己

萧索的宇治

歌川广重　月二十八景之叶月

江户时代（1832年）

秋色渐浓，即将准备入山念佛的八亲王担心自己命不长久后，女儿还无所依靠，因此忧愁苦闷，心情恶劣。图中冷月流泉、落叶纷纷的萧索秋景，正是八亲王此刻心情的写照。

的终身大事，只觉得父亲如果死去，自己片刻也活不成。这时听了父亲如此伤心的遗言，心中悲痛，不可言喻。八亲王早已抛弃一切世俗之事，只是与这两个女儿多年来朝夕相伴，一旦忽然离别，虽然并非有意丢下她们，但女儿们确是满心怨恨，十分可怜。

既然明日便将入山，八亲王这一天便在山庄各处巡行察看。这里只是一所简陋的居处，供他暂时度送岁月而已，而他死之后，二位女公子也只能幽闭在这样的地方。八亲王一面流泪，一面念经，姿态清秀动人。他唤来几个年龄较长的女侍，嘱咐道："你们要好好侍奉两位小姐，让我放心。对于出身微贱、在世间默默无闻的人，家族衰败是常有的事，世人也不关注。但像我们这种人家，别人的看法虽然不得而知，但若过分衰落，实在对不起祖宗。寂寞地度送岁月，原属寻常，不足为奇。只要能恪守家规，则既可对外保住家族的名声，自己也可问心无愧。世人常常希图荣华富贵而终至人财两空。因此你们切不可轻率从事，让两位小姐委身于不良之人。"他将于天色未明时入山，临行前又走进女公子的室中，对她们说："我死之后，你们无须悲伤。应该保持心境开朗，经常合奏琴筝。世间万事都不能称心如意，切不可一心执迷。"说罢出门远去，兀自屡屡回顾。八亲王入山之后，两位女公子更觉寂寞，她们晨夕相伴，互相依靠，说道："如果我们两人之中少了一人，另一人该怎么过呀？人世之事，无论在眼前或是未来，都是变幻无常的。万一不得不离别，那该如何是好！"她们时而哭泣，时而欢笑。于玩耍或处理日常事务之时，都互相慰勉，同心协力，如此日复一日。

八亲王入山念佛，原定于今日功德圆满。两位女公子时刻盼望，只盼他早些回家。直到傍晚，山中派来使者，传达八亲王的话道："今天早起身体不适，竟至不能返家。大概是受了风寒，正在设法医治。不知为什么，似比往日更觉担心，只怕不能再与你们相见了。"两位女公子大吃一惊，不知他病况怎样，不胜忧虑。便急忙将父亲的衣服添上很厚的棉絮，交给使者带去。又过了二三日，八亲王一直不能下山。两位女公子屡次派人前去问候，八亲王叫人传言，说："并无特别的症状，只是浑身不适。只要略为好转，我立即抱病下山。"阿阇梨日夜在他身旁看护，说道："这病看来虽无关紧要，但或许是大限来到。切勿忧虑女公子之事！各人宿命不同，不必将这件事一直挂在心头。"就开导他应舍弃一切俗务，又劝他："如今千万不可下山。"这是八月二十日那天的事，当时的天色极为凄凉。两位女公子担心父亲的病，心中犹如蒙着永远不能消散的浓雾。残月破云而出，将水面照得明澄如镜。女公子命人打开朝着山寺的板窗，向着那边凝望。山寺的钟声隐隐传来，可知天就要亮了。这时山上派来一人，那人哭哭啼啼地说："亲王已于昨夜夜半时分亡故。"这些天来两位女公子时刻记挂，不断地担心亲王的病况，突然听到这个消息，惊惶之余，竟然昏死过去。悲伤过度，眼泪反不知到哪儿去了，只是俯伏在地上，连手指也动弹不得。死别一事若为亲眼看见，则心中了无遗憾。但两位女公子不得在亲王身边送终，因此更觉伤心。她们心中常想：如果父亲死去，她们一刻也不能苟活在这世上。这时悲恸哭号，只想追随同行。但各人寿数有定，终是无可奈何。阿阇梨多年来屡次得八亲王嘱托，因此其身后法事，皆由他一力承办。两位女公子向他请求："亡父遗容，容我等再见一次。"阿阇梨答道："现在岂可再见？亲王在世之时，早已决定不再与女公子见面。如今故去，更不必说。你们快快断念，务求早日习惯此种心境。"女公子又询问父亲在山时的情况，但这阿阇梨道心坚强，只觉琐屑可厌。八亲王素有出家之志，只因两个女儿无人照顾，难以撒手离去，因此生前一直与她们相依为命，聊以慰藉孤寂生涯。而终于受其牵绊，于尘俗之中度过一生。如今走上冥途，则先死者的悲哀和后死者的眷恋，都是无可奈何了。

中纳言薰君听闻八亲王的死耗，扼腕悼惜不已。他深盼再与八亲王会面，从容地谈论心事。回想人世如此无常，不禁失声痛哭。他想："我和他最后一次见面时，他曾对我说：'与君相见，这恐怕是最后一次了。'我只以为他生性敏感，惯说人生无常，命不久矣一类的话，并未将此事放在心上。哪里知道，竟真成永诀！"他反复回想，追悔莫及，不胜哀伤。便派人到阿阇梨的山寺及宇治山庄隆重吊唁。除薰君外，山庄中竟没有其他人上门吊问，好不凄凉可怜。两位女公子虽已方寸尽乱，但也深感薰君的盛情美意。

死别虽为世间常有，但在亲身经历之人，心中悲痛自是无可比拟。这两位女公子身世孤零，无人安慰，更不知有多么伤心。薰君深感同情，设想亲王故后应举办各种功德法会，便备办了许多供养物品，送入阿阇梨的山寺，又向山庄内也送去许多布施物品，一律委托那老女侍来办理，关怀十分周到。

两女公子仿佛处在永无光明的漫漫长夜之中，眼看着九月已至。山中景色凄凉，连绵的秋雨，更加引人落泪。树叶争相飘落之声、流水的潺潺声，还有那有如瀑布一般的眼泪流下的簌簌声，种种声音

黑色的花朵

近卫豫乐院 花木真写 江户时代（17世纪）

八亲王的身故，使两位女公子陷入深深的悲痛之中。这死别的悲痛犹如图中的乌头花，代表悲伤的黑色，开放在她们本就困苦、又失庇护的生活中，显露出她们深重的悲伤与无助。

混为一体，催人愁思，两位女公子就这样忧愁地度送岁月。众女侍都很担心，深怕日子如此持续下去，便多方劝慰小姐，不胜辛劳。山庄里也请来许多僧人在家中念佛。八亲王旧居的房间中供着佛像，作为对亡人的悼念。与山庄素有往来而在七七中闲居守孝的人，都在佛前虔诚诵经。

匂兵部卿亲王也屡次派人送信来吊慰。但两位女公子此刻哪有心情答复！匂亲王收不到回信，想道："她们对薰中纳言就不这样冷淡。这明明是有意疏远我。"不免心中怨恨。他原打算在红叶盛时到宇治一带游玩，并乘兴赋诗。如今八亲王逝世，他不便在附近逍遥取乐，只得打消念头，心中颇觉扫兴。八亲王断七过了。匂亲王想道："凡事皆有限度。两女公子的哀伤，现在想必淡然了吧。"便写了一封长信送去，这正是一个秋雨沥沥的夜晚，信中有云：

"蒿上露如泪，闲愁入暮多。
秋山鸣鹿苦，寂处意如何？

对着这般凄凉的暮色而漠然无动于衷，未免太不识风趣。在这样的时候，只是眺望原野中日渐枯黄的野草，也可令人感慨呢。"

大女公子看后对妹妹说："我的确已不知情趣，几次不曾写回信给他。还是由你来写吧。"她劝二女公子执笔作复。二女公子想道："我不能追随父亲而去，苟且偷生直至今日，哪有心情给他作复呢！想不到我心中如此忧愁苦恨，也挨过了这么多日子。"眼泪涌了出来，模糊不能视物，便把笔砚推开，说道："我也写不了呢。我全身毫无力气，起坐也觉勉强。是谁说悲哀终有限度？我的忧愁没有停止的一天呢！"说罢放声哭泣。大女公子也觉得她可怜。匂亲王的使者是傍晚稍过时到达这里的。大女公子叫人对他说："这么晚你怎么回去呢？不如在此暂住一宵，明早再走吧。"使者答道："不敢奉命。主人吩咐今晚必须回去。"他急着要走。大女公子颇觉为难。她自己的心情也未恢复，但总不能袖手旁观，只得写了一首诗：

"热泪常封眼，荒山雾不开。
墙根鸣鹿苦，室内泣声哀。"

这诗写在一张灰色纸上。在暗夜中，墨色也辨不出浓淡，无法写得美观。只是随手挥洒，加上包封，便交给使者拿回去。这时好似即将下雨，木幡山一带的道路险恶可怕。但匂亲王的使者想必是特选的勇士，他毫不畏惧，在经过阴森可怖的小竹丛时，也不曾有半刻迟疑，快马加鞭，一路赶回。匂亲王将使者召至面前，见他浑身都被夜露打湿，便重重地犒赏他。展信一看，觉得笔迹与往日不同，似乎较为老练纯熟，非常优美。他不知哪一个是大女公子的手迹，哪一个是二女公子的手迹，反复观看，不忍释手，竟忘记了睡觉。侍女们便窃窃私语说："说要等着回信，不肯去睡。现在回信到了，看了这么半天还不肯放手，不知那边是怎样举世无双的美人。"她们都很懊恼，大约是想睡了。

第二天晨雾尚浓之时，匂亲王急忙起身，再写信到宇治去。信中有云：

"失却良朋朝雾里，
鹿鸣悲切异寻常。

我的悲切伤心并不亚于你们呢。”大女公子看了信，想道：“回信若写得太亲切，只怕引来后患。我们过去靠着父亲的荫庇，一向太平无事，闲适度日。父亲死后，我想不到自己居然能活到现在。今后如果为了意外之事，略有轻率之举，只怕多年来日夜为我们操心的亡父的灵魂，也将深为伤心吧。”因此对于男女之事，非常谨慎，也不肯回复此信。她们并非轻视匂亲王。她们看到那挥洒自如的笔迹和精当的措辞，也不免觉得优美可爱，确属不易多得。不过她们虽然欣赏他的信，但对于这个高贵多情的男子，又觉得自己这拙陋之身不配回复。因此她们想：“何必高攀呢？我们便以山乡贱民的身份在此终了一生吧。”

唯有对薰中纳言的回信，因为对方态度格外诚恳，因此这边也不疏懒。双方常有书信来往。八亲王断七之后，薰君亲自到山庄拜访。两位女公子在东室较低的一个房间内守孝。薰君走到房间旁边，将老侍女弁君叫来。在这愁云密布的山庄之中，突然来了一个英姿焕发、光彩夺目的青年公子，两位女公子不免局促，竟连一句答话也说不出来。薰君说道：“请勿对我如此疏远，仍像亲王在世时那样互相信任，相互晤谈才好。我一向不懂花言巧语的轻薄行为。但叫人传言，我只觉连话也不大说得出来。”大女公子答道：“我们苟延残命，直至今日，真是意外之事。此心已迷失于不复醒来的乱梦之中。仰望日月，不知不觉地感到羞愧，因此连窗前也不敢走近。”薰君说道：“这只怕太过分了。居丧谨严，自是出于一片深情。至于仰望日月，若是为了贪求欢乐而去欣赏，才可称为罪过。你们如此款待于我，使我极为难堪。我还想探询小姐的悲哀，并设法安慰呢。”女侍们说：“说得不错，我家小姐的哀伤深切无比。承蒙设法安慰，盛情深可感激啊！”经过这几句淡然的谈话，大女公子心情逐渐平静下来，能够接受薰君的好意了。她心想薰君若只为与父亲的旧情，如此不畏跋涉之苦，远道而来，其好意深可感谢。因此膝行而出，与薰君稍微接近一些。薰君设法安慰她们的愁思，又反复陈述对八亲王的誓约，态度非常诚恳亲切。薰君并非那种雄昂有力的男子，因此大女公子并不觉得他严肃可怕。但一想到今天不得不和陌生的男子亲口谈话，今后又将仰仗他的照顾，再与过去的情况相比，不免伤心失意。她只是轻声细语地答复一两句话，那种意气消沉的模样，使得薰君十分怜悯。他自黑色帷屏的缝隙之间察看，只见大女公子的神情非常痛苦，想象她与妹妹孤居寂处，又想起那年黎明时分窥见其姿色时的往事，便自言自语地吟诗曰：

“青葱已变焜黄色，
想见居丧憔悴姿。”

大女公子答道：

“丧服已成红泪薮，
我们无处可安居。

真是‘丧服破绽垂线缕……’[①]”说到末了，声音已轻不可闻。吟罢，她心中悲伤难忍，就退回了内室。薰君不便强加挽留，但意犹未尽，不胜惆怅。

① 古歌：“丧服破绽垂线缕，条条好把泪珠穿。”可见《古今和歌集》。

那个老女侍弁君出乎意料地出来代大女公子应对。她向薰君讲了许多可悲之事。因为她旧日曾是柏木权大纳言的亲信之一，虽然形容枯槁可怕，但薰君对她并不厌烦，与她亲切地共话。他对她说道："我在幼年之时，六条院先父即已身故，因此深感人世的虚幻可悲。后来年纪渐增，长大成人，对于爵禄富贵也全然不感兴趣。像这里的亲王那样的闲居生涯，反能深得我心。如今又亲眼见亲王化为乌有，愈加觉得人世可悲，极想抛却红尘，遁入空门。但亲王这两位遗孤无依无凭，却成了我的牵绊。我说这话，只怕有些无礼。但我一定不负亲王嘱托，只要我活在世上，自当竭诚效劳。虽然如此，但我自从听你说了那件意想不到的往事之后，愈加不想在这尘世之中驻留。"他一边哭一边说。弁君更是老泪纵横，连话也说不出来。薰君的容貌竟与柏木一般无二。弁君看了，连久远得早已遗忘的往事也回忆了起来，因此更加悲伤，默默不语，只管吞声饮泣。这老女侍是柏木大纳言的乳母的女儿。她的父亲是两位女公子的舅舅，官至左中弁而身亡。她多年来一直流离他乡，回京之时，两位女公子的母亲也已亡故。与柏木大纳言家又已生疏，八亲王便收留了她。她的出身不高，而且惯为女侍，但八亲王以为不可将她看作无知无识的女子，就叫她服侍两位女公子。关于柏木的秘密，她对于多年来朝夕相见的两位女公子，一向不曾泄露半点儿，将其深藏心中。但薰中纳言心中猜想：老婆子素性多嘴，不问自说，这是世间常情。这弁君虽然不会轻易地向他人宣传，但对于这两位谨慎小心、羞涩腼腆的女公子，说不定早已说过了。便觉又可耻又可恨。他之所以企图接近她们，多半也是为了想保守这个秘密吧。

八亲王既已逝世，不便在此处留宿，薰君便准备返京。他想起："八亲王曾对我说'与君相见，这只怕是最后一次了'，我当时以为焉有此事，谁知果然不得再见。那时是秋天，现在也是秋天，山中秋景未曾变化，而亲王却已不知去向，人生实在虚幻啊！"八亲王不爱陈设，因此山庄中的一切都很简单朴素，但打扫得十分整洁，处处皆有情趣。此时常有法师出入，屋室之间用帷屏隔开，诵经念佛的用具也依然保存着。阿阇梨向两女公子启请道："佛像等物，请移供于山寺之中。"薰君听了，心知这些法师也将离去，此后这山庄中人影稀少，这两个留在这里的人将何等凄凉！心中不禁为之痛苦。随从提醒他说："天色已很晚了。"只得含愁上车。此时恰有一行鸣雁横空飞渡，便赋诗云：

"秋雾漫天心更苦，
　雁鸣似叹世无常。"

薰君与匂亲王会面时，不时提起宇治的两位女公子。匂亲王以为八亲王已经过世，可以无所顾忌，便热心地写信给两位女公子。但两位女公子行事非常谨慎，一个字也不肯回复给他。她们想："匂亲王好色之名流传于世。他把我们看成风流香艳的女子。自这人迹不到的蔓草荒野之中写出的回信，在他看来该有多么幼稚陈腐啊！"她们自觉卑微，所以不肯写回信给他。她们一起谈话时说："唉！日子过得真无聊啊！虽知人生如梦，但未想到悲哀之事马上在眼前出现了。我们听过、看到此种伤心之事，也知道这是世间常情，但只是知道人生不免一死，或迟或早而已。如今回想过去，虽然生涯穷困凄凉，但一向悠闲地度送岁月，平安无事地过了多年。而现在一听到风声，只觉凄厉可怕；一看到素不相识的人在山庄出入，四处呼喊走动，更感心惊肉跳。可忧之事增添不少，实在不堪其苦。"两人镇日忧愁，眼泪没有干时，不觉已至岁暮。

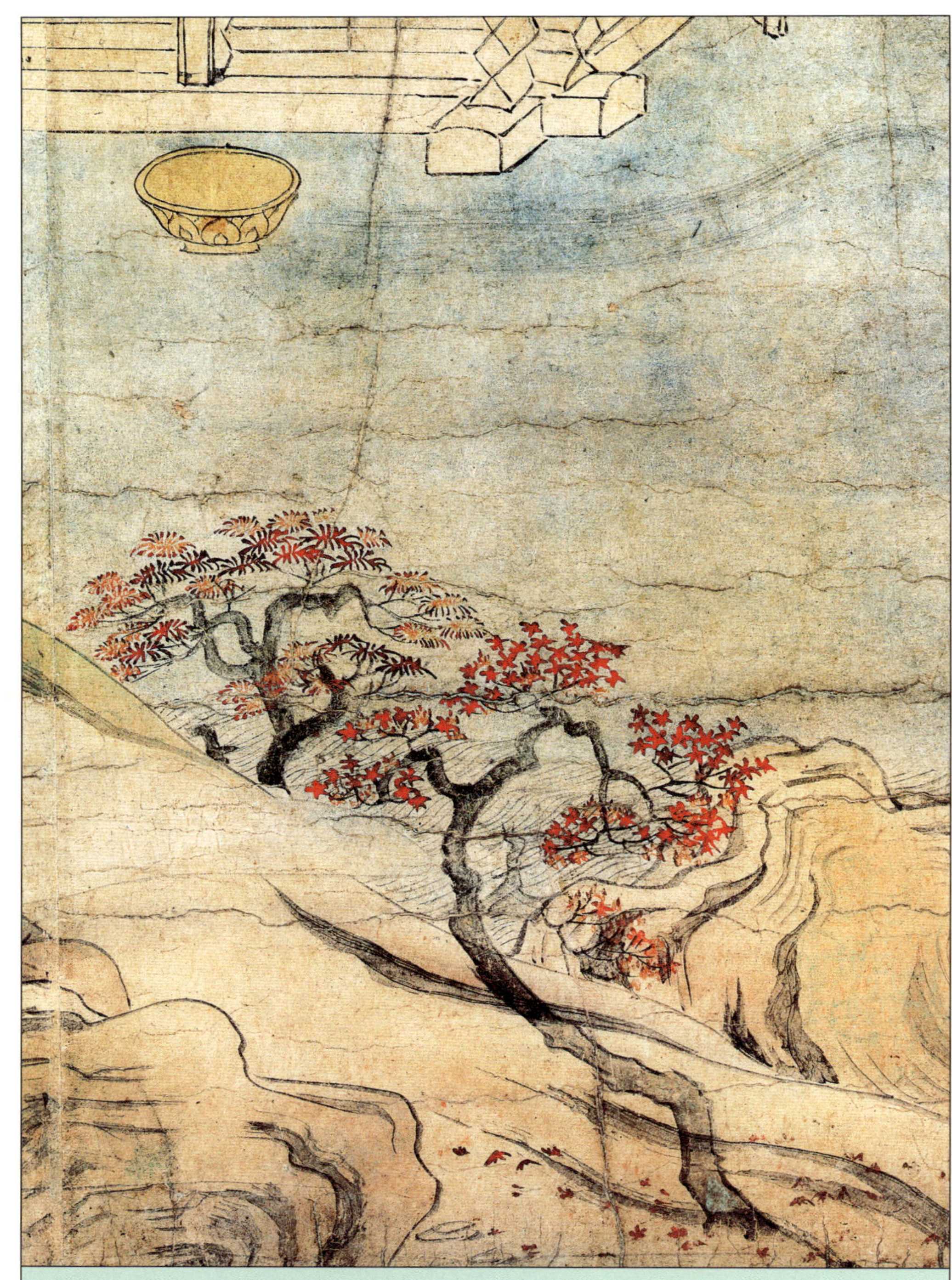

音画中的哀思　佚名　信贵山缘起绘卷　平安时代（12世纪）

图中枫叶红透、川流不息的静态画面中，隐隐有红叶飘零、河水奔流声，配合着观画之人簌簌的眼泪声，令人倍感萧瑟，催人哀思。两女公子就在这凄凉的音画中忧愁度日，根本没有心思搭理匂亲王的轻薄来信。

大雪飘零之时，风声更显凄厉。两位女公子只觉得这山居生涯仿佛是从现在才开始的。几个精神振作的女侍对两位女公子说："唉，这倒霉的一年就快过完了。小姐快把过去的伤心收拾起来，高高兴兴地迎接新年吧。"小姐想道："这真是一件难事。"八亲王生前经常幽闭在山寺念佛，当时山上也常有法师来访。阿阇梨一直记挂两位女公子，有时派人前来问候。但现在八亲王已经故去，他自己也不便亲来。于是山庄里人影日渐稀少，两位女公子知道这自是理所当然之事，不胜悲伤。八亲王逝世后，一些粗陋可鄙的山农野老，有时也走进这山庄里来探望。女侍们难得看到这种人，都觉得十分稀罕。时值金秋，有些山民樵夫便打些木柴、拾些果实，送到山庄里来。阿阇梨派法师送来木炭等物，并使人传话说："多年以来，每至岁末必以少许物品为赠，一向习以为常。今年如若断绝，于心有所不忍，故此仍依照旧例，务请赏收。"两女公子想起：过去每逢岁末，这里也一定赶制棉衣，以供阿阇梨闭居山寺时御寒之用，便用棉衣作为回敬。法师与童子自山庄辞别，踏着深深的积雪登山返寺，身影忽隐忽现。两位女公子流着眼泪目送他们远去，一起说道："即使父亲削发为僧，只要他还活在世间，这样来往也自然会很多。我们无论怎样寂寞，总不致不能与父亲见面。"大女公子便吟诗曰：

"人亡山路寂，无复往来人。
帐望松枝雪，如何遣此情？"

二女公子也吟诗云：

"山中松上雪，消尽又重积。
人死不重生，安得如松雪？"

这时天空又下起雪来，使她们不胜羡慕。

薰中纳言想起新年里事务繁忙，只怕没有工夫到宇治拜访，便在年底赶来山庄。一路上积雪甚深，行人也见不到一个，薰中纳言不惜千金之体，冒雪入山探访。其关怀之深切，使两女公子衷心铭感，对待他自比往常更为亲切：命女侍为他特设雅洁的座位，又把藏着的、未染黑的[1]火钵拿出，把灰尘拂拭干净，供客人使用。女侍们想起亲王在世时对薰君十分欢迎，便想与之共话往事。大女公子不好意思和他会面，但怕对方嫌她不识好歹，只得勉强出来。虽然态度还是十分拘谨，但说话比从前多些，亲疏恰到好处，风度温和优雅。薰中纳言甚为高兴，觉得总不能一直这样疏远。但又想道："这真是一时冲动，人心毕竟容易动摇啊！"便对大女公子说道："匂亲王十分恨我呢。或许是由于我在谈话中，将令尊对我的嘱托向他泄露的缘故。或者是由于他太过敏感，善于猜度他人心思的缘故，他多次埋怨我道：'我指望你在小姐面前替我说些好话。如今小姐对我这么冷淡，你一定是说了我的坏话。'这实在让我意想不到。只因他上次来宇治游玩，是由我引导的，我不便对他断然相拒。不知小姐对他为什么格外冷淡？世人都说匂亲王好色，其实只是谣传。他用情一向深远。我只听说有些女人听了他的几句戏言，便轻率地服从了他。他以为这种女人不可取，便

① 丧中用品，皆染黑色。

不理会她们。世间的谣传只怕就是由此而起吧。世间有一类男子，凡事随缘而定，心中全无主见。处世落拓不拘，一味迁就忍耐。这样也好，那样也对。若有不称心之处，也以为命该如此，无可奈何。与这种男子结缘，爱情倒也有持久的。可一旦感情破裂，便像龙田川的浊水[①]一般，以前的爱情消失得无影无踪。这也是世间常有之事。但匂亲王绝不是这种人。只要是称他的心、与他趣味相投之人，他绝不轻易抛弃，也绝不做有始无终的事。他的脾气我一向详知，而且别人不知道的我也都知道。如果你以为此人尚可，愿意与之结缘，我一定竭诚效劳，玉成其事。那时只怕我要四处奔走，跑得腿脚酸痛呢。"他说时态度十分严肃。大女公子以为他所指的人不是她自己而是妹妹，只要她以长姐的身份代为作答。她思来想去，觉得难以答复。后来笑道："叫我说些什么才好呢？爱慕的话讲了许多，我竟难以作答了。"措辞柔和温雅，神态非常可爱。薰君又说："刚才我所说的，不一定是关于大小姐自身的事。但请大小姐以长姐之心，体谅我今天踏雪而来的一片诚意。匂亲王所中意的人，似乎是二小姐。听说他曾写信来，隐约暗示这件事。但不知那信是写给谁的？又不知作复的回信是谁写的？"大女公子见他详细追问，想道："幸亏至今没有给匂亲王写过回信。如果一时疏忽写了回信，虽然无伤大雅，但他提到这些话，叫我多么害羞，多么难过啊！"便默默不答，取笔写了一首诗送给他。诗曰：

"冒雪入山君独堪，
　传书通信更无人。"

薰君看过诗后，说道："这样子郑重地声明，反而显得疏远了。"便答诗云：

"走马冰川寻胜侣，
　二人同渡我当先。[②]

若是这样，我便不妨尽力效劳了。"大女公子想不到他会这样说，心中不大高兴，便默不作答。薰君觉得这位大女公子既不使人觉得神圣不可侵犯，也不像时髦的青年女子那样妖艳风骚，不可不说是一位端庄娴雅的淑女。他推量其人的风采，以为女子正应如此，才合乎自己的理想。因此他一有时机便隐约表示出爱慕之情。大女公子只管假装不知。薰君觉得有些丢脸，便转过话头，一本正经地谈论昔日的往事。

随从催促他说："天色要是完全黑了，只怕在这大雪之中行路困难。"薰君只得准备返京。他又对大女公子说："我在四周察看了一下，觉得这山庄实在太冷清。我在京中的宅邸，像山乡一般清静，出入的人也不多。小姐倘肯迁居到那里去，我实感欣幸万分。"女侍们听到这话，都觉得若能这样真好极了，大家兴高采烈。小女公子看见她们这模样，想道："这太不像话了！姐姐哪会听他的呢！"女侍们拿出果品来招待薰君，陈设十分体面。又拿出美酒佳肴来犒赏随从。以前蒙薰君赏赐一件香气馥郁的便袍而闻

---

① 古歌："龙田川水浊如此，恐是神南堤岸崩。"可见《古今和歌集》。神南是地名。

② 意思是：我来玉成匂亲王与你妹妹之事，但先要玉成我与你之事。

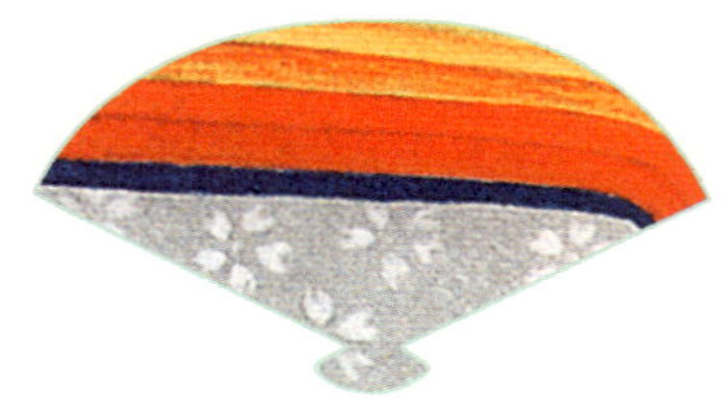

冬日的凄凉　歌川广重　雪景与桥　江户时代（1842—1843年）

冬雪飘零时，两位女公子眺望冬日的松枝与飞雪，倍感凄凉。八亲王不在后，山庄里人影渐稀，正是“人亡山路寂”的真实写照。正值花样年华，却身处如此荒凉的处境，两位女公子不禁为以后的生涯而忧愁流泪。

名的那个值宿人，满脸胡须，粗野可憎，令人看了深感不快。薰君心想这样的人怎能供小姐们驱使呢，便唤他前来，问道：“怎么样？亲王故去之后，你很伤心吧？”那人愁眉苦脸地哭着答道：“正是呢。小人孤苦无依，全靠亲王一人的荫庇，已这样过了三十多年。如今纵使流浪于山野之中，亦无‘树下’①可投靠了。”他哭泣时容貌变得更加丑陋。薰君叫他打开八亲王生前供佛的房间，进去一看，只见到处积满灰尘，只有佛前的陈设依旧鲜艳不衰。八亲王诵经念佛时所坐之床已经收了起来，不见踪影。他想起当年与亲王的约定：自己如果出家，当以亲王为师。便吟诗曰：

“修行欲向柯根学，
不道人亡室已空。”②

吟罢便靠在柱上。青年女侍们看到他的姿态，都在心中暗自赞叹。天色已晚，随从到附近替薰君管理庄院的人那里，取些草料来喂马。薰君尚不知道，忽然看到许多村夫跟着随从一起来拜见他。他想：“被他们知道了，不太好啊！”便胡乱找些借口掩饰，说

① 古歌：“孤客无依投树下，岂知树老叶飘零。”可见《古今和歌集》。

② 古歌：“居士修行处，山中柯树根。棱棱难坐卧，安得似香衾？”可见《宇津保物语》。本回题名据此而来。

自己是为了拜访老女侍弁君才来的。又吩咐弁君，让她好好服侍两女公子，便动身回京了。

腊尽春来[1]，天色明艳，川边的冰都已解冻。两位女公子依然不展愁眉，心想如此悲伤，竟然也能活到今日，真是令人意外。阿阇梨派人送了一些泽中的芹菜和山上的蕨菜，说是雪融之后摘的。女侍们便以之做成素菜，供女公子们佐膳。她们说："山乡亦自别有风味，看到草木荣枯，春秋接替，也能让人高兴呢。"但两位女公子想："有什么可高兴的呢？"大女公子便吟诗曰：

"家君若在山中住，
见蕨怀亲喜早春。"

二女公子也吟道：

"雪深汀畔青芹小，
家已无亲欲献谁？"

两人便如此这般闲吟漫咏，消磨岁月。

薰中纳言和匂亲王每逢时节都会寄信来。但多半是些毫无意味的冗谈，一概省略不记。樱花再度盛放，这时匂亲王想起去年春天吟咏"效颦插鬓边"并赠予女公子的旧事。当时陪他一起赏游宇治的公子哥儿们说道："那八亲王的山庄可真有意思，可惜不能再去了。"众口一词地称颂赞叹。匂亲王听了不胜思慕，便赋诗赠给两位女公子。诗曰：

"客岁经仙馆，樱花照眼明。
今春当手折，常向鬓边簪。"

口气得意扬扬。两位女公子看了，觉得真是岂有此理。但两人正寂寞无事，看了这封精美的信，觉得不便漠然置之，不妨只做表面上的敷衍。二女公子便答诗一首：

"樱花经墨染，深锁隔云层。
欲折樱花者，迷离何处寻？"

她依旧断然加以拒绝。匂亲王每次总是收到这般冷淡的回信，心中十分懊恼。无可奈何，只得一再责备薰君不肯替他出力。薰君觉得好笑，便装出一副女公子的保护人的模样，和他周旋。他每次看到匂亲王生起浮薄之心，就告诫他说："你如此轻浮不定，叫我怎么为你出力呢？"匂亲王自己也知道务须小心，便回答道："我还不曾找到一个称心如意的人，在这期间自然不免略有浮薄之心。"夕雾左大臣想把第六个女公子嫁给匂亲王，但匂亲王不领情，左大臣心甚怨恨。匂亲王私下对别人说道："血统太近[2]太乏味了。何况左大臣为人过于严肃，别人小有过失，他也毫不容情。当他的女婿太可怜了。"因此一直拖着不作答复。

---

①这时薰君二十四岁。

②夕雾之女是源氏的孙女，匂亲王是源氏的外孙。二人是姑表兄妹。

宇治的灰色基调

在围绕宇治山庄开展追求爱慕的场景中，无论是宇治的风景、八亲王女儿的生活处境，还是八亲王、薰君的向佛心态，都展现出一种凄凉、晦暗的灰色调来。这种灰色的基调，仿佛已经预示出众人悲剧的结尾。

宇治的基调

萧索的风景

与京都周围的风景相比，宇治的风景更显得凄凉、萧索，“山中景色凄凉，连绵的秋雨，更加引人落泪。树叶争相飘落之声、流水的潺潺声”，与悲伤愁苦的人物心情相结合，更加催人愁思。

晦暗的生活处境

两位女公子的晦暗生活处境

- 家族落魄，独居在穷乡僻壤的宇治山上。
- 适龄婚配之时，无所依靠。
- 亲王突然身故，失去庇护。

灰色的宗教信仰

- 八亲王的信佛，带有对现实生活的失望和躲避。
- 薰君的信佛，带有对自己身世的负罪感和对现实的厌倦。
- 大女公子对薰君的爱慕的拒绝，带有对男女情事欲望的压制，也有佛教的禁欲成分在内。

今年三条院宫邸遭了火灾，尼僧三公主只好迁入六条院中。薰君一直为此奔走忙碌，许久不到宇治去了。性情严谨的人的心性，自然与一般人不同，善能忍耐持久。他心中虽然早已认定大女公子是自己的人，但在女方尚未表示许可之前，绝不肯做出轻率唐突的举动。他只管遵守八亲王的嘱托而对她们竭诚照顾，希望女公子理解他的苦心。

这年夏天，天气比往年更加炎热，人人不堪其苦。薰君心想川畔的山庄里一定很凉爽，便马上动身前往。趁早晨凉爽的时候从京中出发，到达宇治时已经烈日当空，阳光刺眼。薰君唤出值宿人，让他打开八亲王生前所住的西室暂且休息。这时两位女公子正在中央正厅的佛堂，与薰君所居之处相隔太近，似觉不妥，便打算返回自己的房间。她们虽然行动小心谨慎，但因相隔不远，这边自然听得到声音，薰君便有些情不自禁。他曾注意到西室与正厅之间纸门的一端，在装锁的地方有一个小洞，便拉开遮住纸门的屏风，从孔中窥探。哪里知道洞孔的另一侧立着一架帷屏，将视线挡住了。薰君心中懊丧，便想走开。正在这时，一阵风吹来，把外面的帘子卷起。一个女侍叫道："从外面都看得见了！把那帷屏推出去挡住帘子吧。"薰君想道："这法子好笨啊！"但心中很高兴，又向孔中窥视，只见高高矮矮的帷屏都已推到佛堂前面的帘子旁去。室中与这纸门相对的另一侧纸门敞开着，几个女子正从敞开的纸门走向那边的房间。首先看到一人[①]走了出来，从帷屏的垂布间隙向外窥视。——薰君的随从们正在佛堂外面纳凉。这人身着一件深灰色单衫，系着一条萱草色裙子。那深灰色被萱草色一加衬托，显得格外美观，反而有些鲜艳夺目。这大约是与穿衣人的体态有关吧。她肩上随意挂着吊带，手中持着一串念珠，隐隐藏在衣袖之中。身材袅娜，风姿绰约。青丝长垂，只比衣裾略高，发端一丝不乱，光泽动人，非常美丽。薰君望见她的侧影，只觉得异常可爱。他过去曾经隐约看到明石皇后所生的大公主的容貌，这时只觉这位女公子的艳丽、温柔、优雅，与大公主不相上下，心中赞叹不已。

后来又有一人膝行而出，说道："那边的纸门可以窥得见这边呢！"可见此人思虑周到，毫不疏忽，其人品甚为可敬。她的容貌和垂下的长发看着似比前者更为高超优雅。几个粗心大意的青年女侍答道："那边的纸门外面立着屏风，客人不会立刻发现的。"后来的女公子又说："如果被他看见，多难为情。"她不放心，又膝行而入，风度十分高雅。她身着黑色夹衫，颜色与前一人一样，但姿态比前一人更加妩媚，令人不胜怜爱。她的头发大约略有脱落，因此末端稍显稀疏，颜色是色彩中最可宝贵的翡翠色，一绺绺齐齐整整的，非常美丽。她一手中拿着一册写在紫色纸上的经文，手指比前一人略为纤细，可知身体纤瘦羸弱。站着的那位女公子也来到门口，不知为了何事，向这边看了一眼，嫣然一笑，神态十分娇媚。

① 此人是二女公子。后来的是大女公子。

第四十七回　总角[1]

长年听惯的川风，在这一年秋天却似乎显得特别凄凉。山庄里忙着筹备八亲王周年忌辰的各项事宜。一般应有佛事，都由薰中纳言与阿阇梨代为办理。两位女公子听从女侍们的劝请，只做些琐碎的工作，比如缝制布施僧众的法服、在经卷上略加装饰等，依旧愁思不减，有气无力。如果没有薰中纳言等人的照顾，这周年忌辰还不知怎样落寞呢。薰中纳言亲自来到宇治，为了两位女公子即将除服一事，恳切地向她们吊慰。阿阇梨也亲自来到山庄。这时两位女公子正在编织香几四角的流苏，诵念"如此无聊岁月经"②等古歌，一起谈着话。薰君从帘子一端通过帷屏垂布的缝隙，看见络子等物，知道她们正在编织流苏，便吟唱"欲把泪珠粒粒穿"的古歌，心想伊势守家女公子③作此歌时，只怕也怀着这种心情吧。帘内两女公子听了颇感有趣，但也不好意思故作会意而与之应答。她们想道："贯之所咏的'心地非由纱线织'④，只是感于一时的生离，尚且有如丝一般细腻的离愁，更何况令人痛不欲生的死别呢。可见古歌真是善于抒情的。"薰君正在起草愿文，详细叙述经卷和佛像供养的意义，就题了一首诗：

"永结良缘如总角，
红丝百转绕同心。"⑤

写好后让人送入帘内。大女公子一看，又是旧事重提，不免兴味索然，但还是奉答：

"流苏女泪脆，点点不可穿。
红丝纵有情，永无结缘期。"

吟罢想起"永远不相逢"的古歌，不免思绪万千，心中隐隐作恨。

薰君受到这般冷遇，羞惭难当，便暂时抛开此事，只与大女公子认真商谈匂亲王与二女公子的婚事。他说道："匂亲王在恋爱方面有时不免操之过急，即便心中不太满意，一经说出，也决不反悔。因此，我再三征求尊意。你心中还有什么顾虑，为何一味拒绝呢？男女之事，您并非一无所知，一直对人置之不理，岂不枉费一片真情。今天无论如何，尚请你明白地给个答复。"他说时态度十分严肃。大女公子答道："正因为你用心真诚，我才这般抛头露面，与你相对应答。您若不能体会其中苦心，足见你心中尚有轻薄的念头。若是知情解意之人，在此荒寂的居所之中，自会生出万般感想。但我知识浅

---

① 本回接续前回，写薰君二十四岁八月至岁暮的事。

② 古歌："身多忧患偏长命，如此无聊岁月经。"可见《古今和歌集》。

③ 古歌："啼声纺作长长线，欲把泪珠粒粒穿。"可见《古今和歌六帖》。作者是伊势守藤原继荫之女，是宇多天皇的皇后藤原温子的宫女，得天皇宠爱。善作诗歌，为三十六歌仙之一。

④ 古歌："心地非由纱线织，离愁何故细如丝？"可见《古今和歌集》。作者纪贯之，也是三十六歌仙之一，生于十世纪初。

⑤ 总角是头发结成的髻。此处用以比喻编制流苏。又，总角代表少女，催马乐《总角》中歌云："总角呀总角！请你听我唱：你我分开睡，相隔约寻丈。双方滚拢来，从此长相傍。"本回题名即据此而来。

薄，对此也无可奈何。先父在世之时，种种事务应该如何处理，对我皆曾再三叮嘱。但是您所说之事，却从未提到片言只字。或许先父的意思，正是要我们断绝尘念，度此余生吧！我实在难以作答。不过妹妹年纪尚轻，一直隐居深山，太可惜了！我也曾私下想过，希望她不要一意孤行，执迷不悟。她这一生命运怎样，只能拭目以待了。”说罢长叹一声，陷入沉思，实在可怜。

薰君心想：她自己尚且是未婚女子，自然不能像长辈那样考虑妹妹的婚事，无法作答复，也是理所当然。便唤来老侍女弁君，与之商量此事。他对她说道：“亲王临终之时，自知大限将至，再三嘱托我照顾两位女公子，我也谨遵其愿。谁知两位女公子另有打算，并不开诚相待，不知是为了什么？我心中颇感苦恼。你一定也曾有所耳闻：我生性对世俗男女之事全无兴致。只怕是前世因缘所定吧，我对大小姐一片诚心，此事业已传扬开去。所以我想：既然如此，便遵从亲王的遗志，让我与大小姐结为夫妇吧。虽属奢望，但世间也不乏这一类的先例啊。”接着又说道：“匂亲王与二小姐的事，我也曾向大小姐约略提过。但大小姐似乎放心不下，对我不太信任呢。”他说时满面愁容。弁君心中想道：“这倒真是两对好夫妻。”但她并非一般无知的女侍，只知对主人唯唯诺诺。便答道：“只怕是这两位小姐性情古怪，与常人不同，似乎从来不曾有过此念。我们这些侍从，就是亲王在世之时，谁又曾蒙荫庇？众人觉得前程没有指望，纷纷散去，那些故朋旧友，也都不愿一直待下去。何况现在亲王已经故去，更是一日不如一日，她们都满腹牢骚。有的人说：‘亲王太看重门第，但凡不是门当户对的亲事，一概认为太过委屈。因此，两位小姐的亲事至今未定。如今亲王故去，她们孤苦伶仃，就应随机应变，灵活处理才是。如果有人说三道四，大可置之不理。无论什么样的人，在这世间总要有个依托。即便是以松叶为食的圣僧，只怕也不甘寂寞，要在佛教某一宗派门下修行呢。’她们这般胡言乱语，使得两位小姐心中不安。然而她们心意坚定，大小姐只是挂念着妹妹，希望她能获得光明的前途。您时常不畏劳苦，前来拜访，如此经年不断。两位小姐衷心感激，也愿意与您亲近，诸事都愿与你商议。如果您对二小姐有意，大小姐一定会应允的。匂亲王常有书信，但她们觉得此人过于好色，并不真诚呢。”薰君答道：“我既蒙亲王嘱托，自当竭诚效劳。任何一位小姐与我结缘，都在情理之中。大小姐关心备至，令我受宠若惊。然而我虽已断绝尘缘，对于心爱之人仍难割舍。要我移情别恋，万万不能从命。我对大小姐一片深情，怎能轻意改变？我没有要好的弟兄，实在非常寂寞。在这世间每有所感，无论其可哀、可喜，抑或可忧，凡此种种，都只能深藏在自己心中。这种生涯毕竟孤苦，因此深盼能得大小姐开诚相待。明石皇后是我的姐姐，但一向不便过分亲近，琐屑无聊之事也无法任意向她述说。三条院的公主虽然年纪甚轻，不像是我的母亲，毕竟辈分不同，亦不可轻易亲近。至于其他女子，我更加觉得疏远陌生，不愿接近。因有这种顾虑，我的生涯十分孤寂。而谈情说爱之事，纵使只是逢场作戏，我也十分嫌恶，不肯轻易为之。生性如此乖僻，不解风流，而对大小姐的真心爱慕，也一直难以出口。我心中又怨恨，又焦灼，但连一点儿渴慕之色也不曾向大小姐表示过，自己想想也觉得太老实了。至于匂亲王与二小姐之事，务请不要误解我是存心不良，允许我的请求，不知如何？”老女侍听了这番话，心想这里的日子如此清冷，两位小姐若能嫁给这两个人，真是求之不得。她一心希望成其好事，但两位小姐的样子端庄严肃，叫人看了自惭，因此也不便向她们劝说。薰君今夜准备留宿在此，与女公

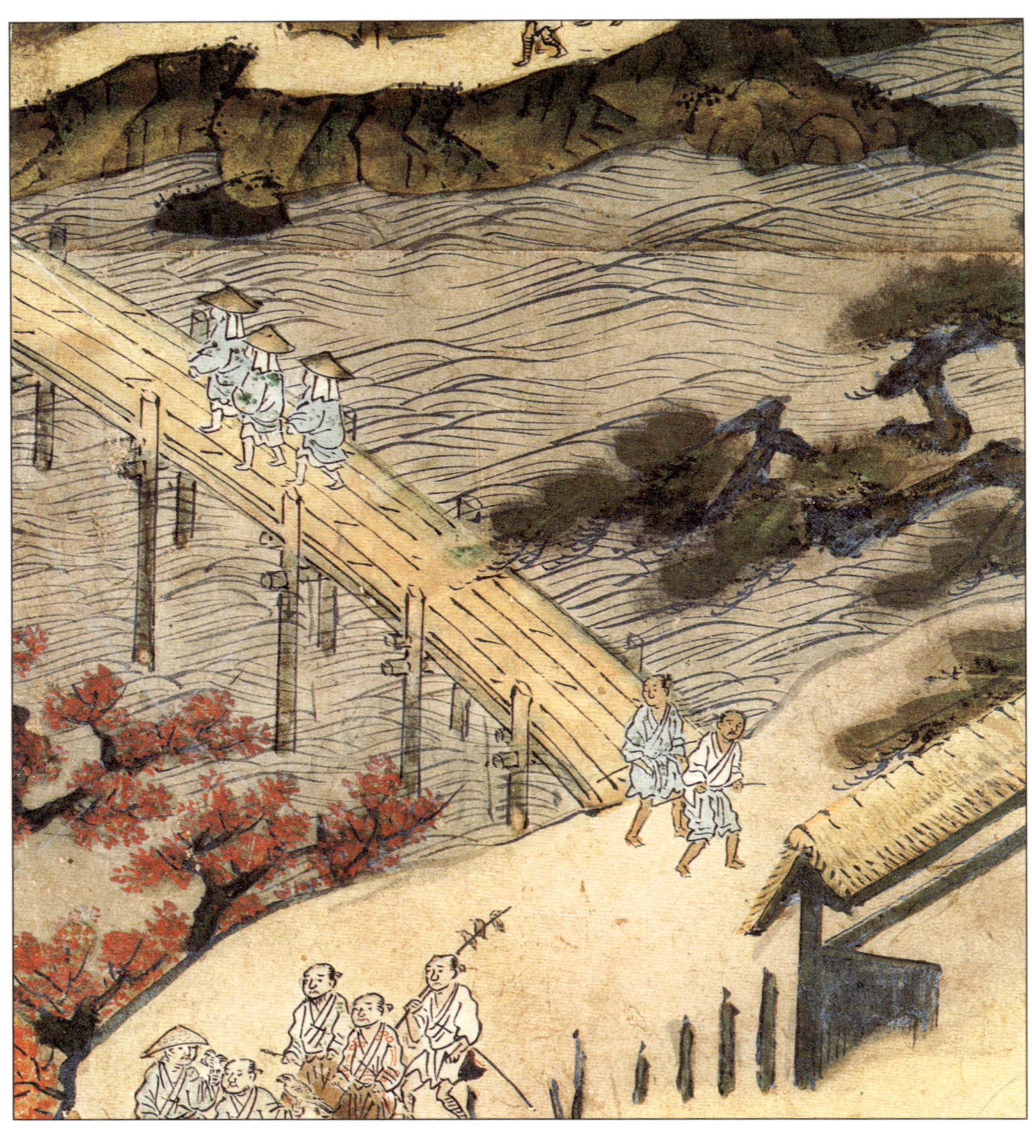

子从容晤谈，就故意逡巡徘徊，直到天色已黑。

他嘴上虽然不说，但脸上渐渐露出怨恨之色，大女公子颇感为难。与他谈话，更加使她觉得痛苦。但大体说来，薰君毕竟是个深通情理的诚实君子，所以大女公子对他也并不特别冷淡，终于与他会面了。她叫人打开自己所居的佛堂与薰君所居的客房之间的门，在佛前点起明灯，又在帘旁加了一个屏风。又命人在客房里也点上灯。但薰君不要，说“我心中苦恼，无法顾到礼貌，所以光线不要太亮。”便将身子躺下。女侍们拿出一些果品来请他吃，又取出美酒

吊慰与爱慕

安土桃山时代（16世纪后期）

故世八亲王的周年忌辰来临，山庄上下忙于筹备忌辰事宜。薰君远来吊慰，借机再次倾诉爱慕，然而一如既往地被拒绝了。在大女公子看来，男女的爱恋远远比不上对先父的思念重要。图为宇治川上忙碌往来的山庄人等。

佳肴来犒赏他的随从。女侍们尽皆聚集在廊下，与二人相隔甚远。这二人就悄悄地谈起话来。大女公子的态度虽不十分随和，倒也温柔妩媚。她的娇声细语，深深地牵惹了薰君的心，使得他焦灼不安，也真可谓荒唐了。他有时在想："这点儿微不足道的阻隔，在我们成了障碍，叫我不得不忍受焦灼之苦。我如此欠缺勇气，实在太愚笨了。"但表面上装作无事的样子，只管谈论一般的世务：各种可悲、可喜，以及富有风味之事。大女公子曾预先吩咐女侍，让她们留在帘内附近。但女侍们心想："小姐不应该这样疏远他。"都不肯待在这里。大家退到外面，在各处躺下睡了，佛前的灯火也无人来剔亮。大女公子有些狼狈，低声召唤女侍，但一直唤不醒。她对薰君说："我心情不快，略感疲乏，且让我休息一下，天亮后再来和你晤谈。"便想起身返回内室。薰君答道："我跋山涉水而来，比你更加乏累，只要能如此和你谈谈说说，便可慰我劳顿。你若丢下我独自回到内室去，叫我好寂寞啊！"他就稍稍推开屏风，钻进佛堂里来。这时大女公子半个身子已经进入内室，却被薰君拉住。大女公子又是懊恼，又是害怕，斥道："你所谓'毫无隔阂'，原来竟是如此吗？真是荒唐。"那娇嗔的样子更加可爱。薰君答道："你既不愿了解我这毫无隔阂的心，我便请你来了解。你说'荒唐'，莫非担心我有非礼举动？我可在佛前立誓。你也不要惧怕！我早就打定主意：决不使你伤心。外人虽想不到我会如此坚贞，但我已决心做个与众不同的人。"他在幽暗的灯光之下撩起她垂在额前的头发，只见她的容貌艳丽端庄，简直是十全十美。他想："在这么荒凉的住所，好色之徒自可以为所欲为。如果来访的人不是我而是其他男子，我一定会落于人后，若是那样，该多么遗憾啊！"回想过去自己一直优柔寡断，竟有些担心起来。但看到她伤心饮泣的柔弱模样，又实在可怜，他想："现在切不可强求于她，以后她自会变得柔顺。"他觉得使她惊慌不安，实在对不起她，便再三地好言抚慰她。但大女公子恨恨地说："我没想到你会有这种念头，过去一直异乎寻常地与你亲近。我穿着这可哀的丧服，你却毫无顾忌地闯入，实在太浅薄了。明知我与妹妹孤苦无能，所以任情欺负。我心中的悲哀实在无法抚慰。"她不曾提防，被薰君在灯光之下看到她穿着丧服的憔悴模样，心中非常困窘懊恼。薰君答道："你如此厌恶我，真使我羞耻得连话也说不出口了。你以身着丧服为借口，这固然有理。但是我想：你若能体谅我长年效劳的忠诚之心，就不会因为这丧服的忌讳而像第一次见面一般疏远我吧。如此岂不太拘泥吗？"便从那天于破晓残月之下听琴的情景开始，叙述多年来对她的相思之苦，说了一大番话。大女公子听了深感可耻，心情很是不快。她反复寻思："他原来竟怀着这种念头，外表装得多么冷静诚实啊！"薰君把身旁的短帷屏拉过来，遮蔽了佛像，暂时躺下来，佛前所供的名香，气味非常芬芳浓郁。庭中芒草的香气也十分浓烈。他道心深固，对佛像也十分尊敬，不敢在佛前放肆。他想："如今她正在丧服之中，我在这时同她纠缠，确实太过无礼，而且也违反我的初心。我应该等到丧满之后，那时她的心情多少总会有些变化吧。"他终于克制了自己的热情，渐渐安静下来。深秋的夜色，纵使不是在这种荒僻地方，也常惹人愁思；何况这里山间的风声和篱间的虫声，都令人听了倍感凄凉。薰君谈论着人世的无常，大女公子也偶尔对答，那风姿非常端详优美。打瞌睡的女侍们以为两人已经结缘，都走回自己的室中去睡觉了。大女公子回忆起父亲的遗言，想道："人生在世，确实难免遇到这种意外的苦难。"便觉万事都令人伤感，心中黯然，眼泪伴着宇治川的水声滚滚落下。

不知不觉，天色已经渐亮。随从等亦已起身，一起共话，也听到了马嘶之声。薰君想起别人曾告诉他的旅宿的各种情况，很感兴趣。他推开映着晨光的纸门，与大女公子一起欣赏天空美景。大女公子也稍稍膝行而出。这屋子不太深广，檐前相去不远，自这里就可以看到羊齿植物上闪闪发光的晨露。两人互相注视，姿态都很艳丽。薰君说道："我别无所求，只要能如此与你相处，一同欣赏春花秋月，共话人世之无常，我愿足矣。"他说时态度非常温柔。大女公子心中的恐惧渐渐消减，佯道："最好不要如此直接面对面。若能隔着一个帷屏，就更加可以心无隔阂地谈话了。"天色愈来愈亮，只听见附近群鸟出巢奋翅的声音，山寺的晨钟也隐约地传出声响。大女公子觉得与薰君如此共居一室，非常可耻，便劝道："此刻你应该回去了。让人见了只怕有些难看。"薰君答道："冒着晨露赶回去，反而好像真有其事，外人更要猜度我们的关系。其实，我们外表装成普通夫妇的模样，而实际却和他们不同。自今以后，一直保持清清白白的友谊。请你相信我绝无非礼之心。你若不体谅我如此忠贞不拔的心意，那未免太无情了。"他并没有辞去之意。大女公子觉得只管这样坐着，别人见了不免难看，心中焦灼，便对他说："以后一定依你所说，但今早还请你遵从我的要求。"她的模样看着非常狼狈。薰君答道："唉，真让人痛苦啊！这是破晓的别离啊！我真是'从来不作凌晨别，出户彷徨路途迷'[①]了！"说罢叹息不绝。这时隐约听到鸡鸣之声，使他想起京中之事，便吟诗曰：

"荒山鸡唱声声苦，
百感交心对晓霞。"

大女公子吟道：

"鸟声不到荒山里，
浊世烦忧过访来。"

薰君送她回到内室，自己就从昨夜进来的门里出去，躺了下来，但辗转不能入睡。别后对大女公子更加爱慕，想道："倘我以前也如此爱慕她，这几年来心情绝不会如此平静吧。"便觉不愿再回京都去了。

大女公子回到房中，心中十分忧虑：不知女侍对昨夜之事怎样猜想。她不能马上入睡，反复寻思："没有父母庇护，为人在世真苦。身边的人会干各种各样的恶事，花样层出不穷，百般戏弄摆布，最终难免发生意外之变，真让人忧虑啊！"又想："这个人的举止态度，并不让人觉得可厌。父亲在世之时，对他也是这样的看法，常说如果他有意求婚，倒可许可。但我自己一生总是独身到底了。妹妹比我年轻，又长得无比貌美，若要她就此埋没一生，未免可惜。最好能像别人一般嫁个如意的夫婿，方为可喜。这两人的事，我一定尽心竭力地促成。但我自身之事，又有谁来照拂呢？他如果是一个并不惹人注目的普通男子，为了报答他多年来的护持之恩，我原本也不妨折节相从。但是他气宇轩昂，让人望而却步，我反而不敢随意亲近，还不如就这般独身度送此生吧。"她思前想

① 这首古歌可见《花鸟余情》。

清白的宿夜 歌川丰国 源氏香之图 江户时代（约1844—1847年）

薰君不满足于隔着屏风交谈，偷偷进入了大女公子的内室，使她非常恼怒困窘。面对她的斥责，薰君克制着，保证不做非礼之举。两人倾听着山中的风声虫声直到天色破晓，都有不胜凄凉之感。图为薰君趁机进入大女公子内室的情景。

后，流泪直至天明。伤痛之余，心情愈发恶劣，便走进二女公子所睡的内室中，躺在她身旁。二女公子听见众女侍窃窃私语，与平时大不相同，虽仍独自躺着，心中正在疑惑。看到姐姐来睡在她的身旁，心中欣喜，急忙拿衣服来替她盖上。忽然闻到姐姐身上散发出一种馥郁的衣香，无疑是薰君身上所有的。她想起那个值宿人难以处理的那件衣服，猜想女侍们所窃窃议论必是事实，觉得姐姐很是可怜。她就假装入睡，一言不发。

薰君唤弁君来，对她仔细吩咐一番，又认真地写了一封信给大女公子，便动身回返京都。

大女公子想："我昨天与薰中纳言戏作总角之歌，只怕妹妹会以为我有心和他'相隔约寻丈'而对晤吧？"自己觉得十分可耻，便托词"身体不适"，恹恹地病了一天。女侍们说："再过几天就到周年忌辰了。一些零零碎碎的事情，除了大小姐之外再没人能处理恰当。偏巧她又在这时病了。"二女公子正在编织香几上的流苏，她说："流苏上的饰花我也不会做。"她一定要叫大女公子来做。这时房中光线阴暗，无人看见，大女公子便坐起身来，和她两人同做。

薰中纳言派人来送信。大女公子说："我今天身体不适。"便叫女侍们代为作答。女侍们都抱怨说："叫人代笔太失礼了！她这样做有些孩子气。"周年忌辰过后，该脱下丧服了。两女公子当初想：父亲死后连片刻也活不下去，但终于糊里糊涂地过了一年，这终归是意外的苦命生涯。想到这里，她们便伤心哭泣，让人看了为之难过。大女公子一年来穿惯了黑色丧服，现在换上淡墨色的衣服，风姿十分优雅。二女公子正值青春，更是艳丽无比。二女公子在洗头发时，大女公子来帮她。她细细察看妹妹的容颜，觉得非常娇美，可使人忘记人世的忧患。她想："若能如我所愿，让妹妹嫁给那人，那人看后绝不至于不满意吧。"她觉得这件事有十分把握，心中欣喜。二女公子除了姐姐之外，再无别的保护人。大女公子也是怀着父母的心情在照顾她。

薰中纳言想道："之前大女公子因有丧服在身，不便答应我的要求，如今丧服即将脱去了。"他焦灼不安地等到九月[①]，又到宇治来拜访。他要求同上次一样面对面地晤谈，女侍们向大女公子如此传达，但大女公子说："我心情不佳，身体也极不舒服……"找出各种理由，不肯和他会面。薰君说："她这样无情，真是让人意想不到啊！不知旁人看了做何感想。"便写了一封信让人送去。大女公子答道："如今虽过周忌，脱去丧服，但心中的悲哀反而加深，心情郁结，不能相见。"薰君不便再说怨恨的话，便唤那老女侍弁君来，与她谈了半天。这里的女侍们过着世间少有的孤寂生活，唯一的慰藉便是薰中纳言。她们都在议论："若能如我们所愿，小姐配了这样一个人，再移居到繁华热闹的京都，那才叫幸福呢。"大家一起商议，只想把薰君带入大女公子房中。大女公子不知这种情况，她想道："那人与这老女侍如此亲热，可知这老女侍同情他，又或许怀着不良之心。试看古代小说中所述，女子行为不端，有时并非出于自愿，大都是因受了女侍的诱导。不可不严加防范的，正是人心。"又想："如果他情深意挚，不妨把妹妹嫁给他。按他的性情看来，纵使女子容貌不十分美好，一经相逢，绝不会慢待她。何况妹妹如此美貌，约略看见便可使人满意。他大约心中满意，嘴上却不肯说，不好意思表

① 八亲王周年忌辰在八月，九月时已服满。

丧服新除　狩野永德　洛外名所游乐图屏风　安土桃山时代（16世纪后期）

八亲王周年忌辰过后，可以脱下丧服了，但大女公子仍穿着淡墨色的衣服。这种淡墨色除了对父亲的思念外，还隐隐表示拒绝爱慕的意思。图中来往人们的服饰显得多姿多彩，与之相比，淡墨色衣服则显得冷漠而疏离。

示他早就看中了妹妹。他过去曾说用心不在妹妹而不愿接受我的劝告，大约是为了不想别人认为他对我爱情浅薄，心中有所顾忌而已。”但她以为若不预先对二女公子说明而独断独行，是罪过的行为。她推己及人，觉得对不起她，便在与她闲话之时对她说：“父亲的遗愿，本来是指望我们纵使孤苦度日，也不可轻率嫁人，以致徒然惹人笑话。父亲在世时，我们成为他出家的羁绊，扰乱了他的静修，罪孽实在深重。他临终时的遗愿，至少不能违背。为此我们虽然孤居独处，心中并不十分痛苦。但女侍们经常抱怨，以为我们过分顽固，令人厌烦。关于你的前途，确是令人忧虑：若与我一样，任由岁月悠悠空过，不免可怜、可惜而又可悲。你还是像世间一般女子那样嫁个夫婿吧，那么我这个寂寞的姐姐脸上也可增光，心中欣慰。”二女公子听了大为不快，埋怨姐姐起这样的念头，便答道：“父亲并没有让姐姐一人独身终老呀！父亲担心我没有主见，被人欺侮，对我的担忧比对姐姐更深呢。为了安慰姐姐的孤独寂寞，除了由我日夜陪伴，再没有其他的办法了。”她不免对姐姐有所怨恨。姐姐也觉得这话对不起她，只得认错：“我无非是因为女侍们经常埋怨我太乖僻，因此心思有些迷乱。”便不再谈这件事。

天色渐晚，薰君并不提出告辞，大女公子很是担忧。弁君来向她转达薰君的话，并且代他不平，说他的怨恨是难怪的。大女公子一言不发，只是叹气。她想：“我今后该怎么做呢？如果父亲在世，任其安排，那么无论把我嫁给什么人，都是前世注定。为人处世原是‘身不由心’[①]的。纵使不幸，也是常有之事，不会受人讥笑。这里所有的女侍，年纪都比较大，自以为聪明，洋洋得意地用她们的见解来劝说我。但她们所说都并非正道，不过是奴仆之见，一厢情愿罢了。”众女侍一味热心劝诱，但大女公子只觉得可恨，并不为之动心。同她无话不谈的二女公子，对于男女之事更不关心，一向悠然自处，因此不能与她筹划商议。她想：“我这一生何等不幸！”只得一直背转过身，朝墙默坐。女侍们都来劝她：“请大小姐脱去这淡墨色的衣服，换上平时的装束吧。”她们都想趁今天成就两人的好事。大女公子十分窘迫。其实，她们真要打算拉拢，又有什么阻碍呢？在这样一个狭小简陋的山庄里，真是古歌所谓“山梨花似锦，何处可藏身”[②]也。但薰君不愿由女侍公开说合。他原来就想悄悄地进行，使外人不知两人的关系自何时开始，自然而然地成就。所以他叫人对大女公子转达说：“如果小姐不肯应允，不妨永远保持这样的关系。”但弁君与几个老女侍私下商议，想早日促成其事。她们虽是出于一片好心，但思虑过于浅薄，老年人又不免昏聩，因此大女公子非常厌烦她们。弁君来时，大女公子对她说：“父亲在世之时，常常称道薰中纳言对我家的亲切照顾。现在父亲过世，家中万事更全赖他竭诚相助。想不到他忽然生起求爱之心，经常对我申诉怨恨，实在厌烦得很。我如果是随顺世俗、愿意婚嫁的人，那么他提出这种要求，怎么会不愿意呢？但是我早已断绝世俗之念，发誓要独身到底，因此十分痛苦。然而我的妹妹若同我一样虚度青春，未免可惜。为了妹妹的今后着想，这种孤居寂处的生活确是不宜。如果薰中纳言果真不

① 古歌：“是非不敢公然说，身不由心处世难。”可见《后撰集》。

② 古歌：“惯说人生苦，常言世智辛。山梨花似锦，何处可藏身？”可见《古今和歌六帖》。“山梨”是地名，其发音与“无山”同，诗意双关，谓无山可藏身也。

忘与父亲的旧情，只愿他对妹妹和对我同样看待。她与我一奶同胞，我真心情愿把我所有的一切都让给她。希望你代为转达此意，善为致辞。”她含羞地把心中想说的话一一如实告诉了弁君。弁君深感同情，答道：“我早就看出大小姐怀着这种心愿，也曾详细地对中纳言说过。但他说：‘要我转变念头，是绝不可能的。而且兵部卿亲王[1]近来爱慕之心更切，二小姐如能与他结缘，我自当尽力玉成其事。’这不正是合乎理想的事吗？即使是父母俱在、悉心教养成人的千金小姐，想要两人都能结成如此美满的姻缘，也是不易多得的。恕我直言：我每次看到这里衰败零落的景象，经常担心两位小姐未来的前途，为你们不胜悲伤。人心日后是否生变，虽然无法预知，但无论怎样，这总是世人称羡的美满姻缘。小姐不肯违背亲王的遗言，也有道理。但亲王之所以如此告诫，是因为恐怕没有适当人选而与品性不端的人结缘。他多次说过：‘这薰君如果有意求婚，那么我家一人有了这样的着落，便可放心，那将多么令人欣喜啊！’凡是失去双亲的女子，无论贵贱，由于意外之变而与身份不相称的人结婚，世间类似的事情不在少数。这都是常见的事，不会有人讥笑。何况这位薰中纳言的身份与人品，竟像特地定制的一般使人称心如意。他如此诚恳地前来求婚，岂可置之不理而一意孤行地遵从亲王的遗言，埋头修行佛道呢？难道我们真能像神仙一般以云霞为粮食么？”她滔滔不绝地说了一大篇话，大女公子非常厌烦，苦恼之极，只是横卧着，不予置评。

二女公子见姐姐神情颓丧，很是同情，便与往常一样与她共寝。大女公子担心弁君等人可能会引导薰君入室，但这是一间无处可以藏身的狭小房间。她把自己那件柔软的衣服盖在妹妹身上。因为天气太热，自己稍稍离开几步，睡在与妹妹相距较远的地方。弁君把大女公子的想法向薰君传达，薰君想道：“她为什么如此离弃俗世呢？想是从小与圣僧一般的父亲住在一起，所以早就悟到世间无常之理。”愈发觉得这个女子与自己性情相投，不嫌她高傲了。他对弁君说：“这样说来，以后连隔着帷屏的晤谈也不能够了。不过，只限今夜一次，请你引导我到她睡的地方去吧。”弁君也有此意，便安排其他女侍早早就寝，与几个相熟的老婆子商议行事。

傍晚过后不久，河上忽然刮起大风，声音甚为凄厉。不太牢固的板窗被吹得吱嘎作响。弁君心中暗喜可以这些声响作为掩护，脚步之声不易被听到，便引导薰君走进两位女公子的卧室。她知道两位女公子今晚睡在一处，觉得有些不方便。但她又想：“她们一向如此，我怎么才能劝她们今夜分房而睡呢？好在薰中纳言认得大小姐，不会弄错。”大女公子一直不曾入睡，忽然听见有脚步声传来，马上起身逃走。她想起自己虽然避开，但妹妹还在毫无意识地酣睡着，觉得对不起她。但有什么办法呢？她心中非常难过，很想叫醒她，与她一起躲避。但已经来不及了。她吓得浑身发抖，从一旁小心察看，只见在幽暗的灯火光中，薰君穿着衬衣，装着熟悉的模样，掀起帷屏上的垂布，钻进里面来。大女公子心想：“妹妹真可怜！让她怎么办呢？”那粗劣的墙壁旁边立着一个屏风，她就藏到了屏风的背后。她想：“白天我劝妹妹结婚，她还埋怨我。现在又放这个人进来，不知她将如何惊讶，如何痛恨我呢。”心中痛苦之极，想起这一切，都是

① 即匂亲王。

由于没有可靠的保护人而孤苦伶仃地活在世间所致，和父亲诀别而目送他登山远去那天傍晚的景象，历历如在目前，思慕之心与悲痛之情充塞心中。

薰君看见唯有一个人在房中睡着，料想是弁君安排好的，不胜欣喜，心中突突地跳动。仔细一看，那人不是大女公子，却是二女公子。容貌相似，而娇美之色与其姐相比更胜一筹。他看见二女公子惊慌失措的样子，知道她对此毫不知情，便觉得很对不起她。又转念想到大女公子有意躲避，其冷酷无情深可痛恨。他想："这二女公子如果为他人所有，却也让人难舍。但这样违背我的本意，又不免遗憾。我不愿意让大女公子把我对她的爱情看作一时的轻浮之心。今晚且斯斯文文地过去吧。如果终于逃不了宿世缘分，对二女公子也生出爱情，亦无大碍。因为不是别人，是她的妹妹呀。"他就按捺住心中的热情，与上次对待大女公子一样，温和亲切地与二女公子谈话，直到天明。

几个老婆子听见室中有人在谈话，知道事情没有成功，互相诧异地问："二小姐哪里去了？这真奇怪。"大家觉得莫名其妙。有人说："如此看来，其中定有缘故。"又有一个面目森然的老婆子，张着牙齿零落的嘴巴说："我每次看到这位薰中纳言，就觉得自己脸上的皱纹都平了。这样标致俊秀的郎君，大小姐为什么拼命躲他呢？说不定，像人们经常讲的，有一个魔鬼附在她身上了！"另一人说："喂，不要说这些不祥的话！哪里会有魔鬼附在她身上！只因我家两位小姐从小生长在这荒僻的乡下地方，对于这种事情，又从没有人为她们做适当的指导，才这般瑟缩不前。以后渐渐习惯，自然会成就姻缘的。"又有人说："但愿大小姐快点接纳他，早日图个享福。"她们边谈边说，不知不觉地都睡着了。有几个人发出难听的鼾声。

这个秋夜并非为了情人相逢而苦短[①]，但不久也就天亮了。薰君看了这各有所长的姐妹中一人的姿色，自然地感到心中不足。最后对她说道："我俩相爱吧。你不可像你那可恨的姐姐那般薄情！"与她定下再会之期，然后翩然辞去。他仿佛做了南柯一梦，自己也觉得奇怪。但那个薄情人的态度究竟怎样，他总想弄个清楚，便强自按住热情，走到一向住惯的那个房间，躺下身子。

弁君走进小姐房中，说道："真奇怪，二小姐哪里去了？"哪里知道二小姐正为了昨夜遇此不速之客，心中十分羞耻，躺卧在那里，弄不懂究竟是怎么一回事。想起昨天白天姐姐对她说过的话，心中不断抱怨姐姐。

天色已明，阳光照入室中，大女公子就像壁中的蟋蟀一般从屏风后爬了出来。她知道妹妹心中懊恼，很是惭愧，无话可说。她想："连妹妹的容貌也被他看到，真是可耻啊！今后不可不严加提防了。"心中苦恼得很。

弁君又走到薰君那里，薰君把大女公子怎样顽固、坚决不肯会面之事详细告诉了她。弁君埋怨大女公子顾虑太深，行为太不讲理，气得头脑发昏，对薰君更是十分同情。薰君对她说道："以前大小姐待我无情，我还以为终有好转的希望，所以定下各种计划，聊以自慰。但今晚实在太无情了，我很想投河自尽呢。亲王临终时放不下两位小姐，向我谆谆叮嘱，我体谅他一片苦心，所以不曾自管自地出家为僧。今后我对这两位都不再有所寄望了。只是大小姐对我如此冷酷，让我铭刻于心，始终不能忘怀。匂亲王恬不知耻地前来求婚。

① 古歌："秋宵长短原无定，但看逢人疏与亲。"可见《古今和歌集》。

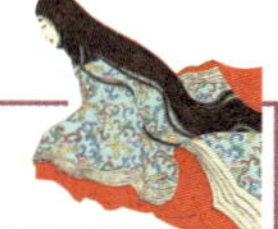

叙述角度的变换

在情节的发展中，经常会出现叙述者角度的变换，对某一件事产生不同的观点。这种似乎刻意而为的角度变换，给读者展示出不同侧面的事物真相，组成了一个更为全面、立体、客观的平安时代画卷。

在薰君于交谈中钻进佛堂接近大女公子这一场景中，视角经常在薰君、大女公子、侍女以及叙述者这四种身份上不断变换。

他嘴上虽然不说，但脸上渐渐露出怨恨之色，大女公子颇感为难。

大女公子的观察视角

大女公子的态度虽不十分随和，倒也温柔妩媚。

薰君的观察视角

她的娇声细语，深深地牵惹了薰君的心，使得他焦灼不安，也真可谓荒唐了。

以叙述者的视角发出评价，也可以认为是薰君的自我评价。

“我如此欠缺勇气，实在太愚笨了。”

这是从薰君角度评论的台词

“你所谓‘毫无隔阂’，原来竟是如此吗？真是荒唐。”

这是大女公子角度的批评

但女侍们心想：“小姐不应该这样疏远他。”

这是侍女们的角度观看和评论。

薰君和大女公子，各自都有着自己所坚持的、他俩到底是什么关系的观点，而这两种观点是注定无法吻合的。

从观察者、侍女们的角度观看和评说的观点，有批评也有支持，与薰君和大女公子角度的坚持和抗拒又不相同。

这种若隐若现的叙述者的变换，以及对当前事物不同角度的评价，使读者对事物原有的观点动摇起来，进而客观性地掌握平安时代不同阶层、立场的人物对同一事物的不同观点，形成对平安时代的立体观感。

我猜想大小姐心中正在打着主意：反正要结婚，不如嫁个身份高些的人。这样一想，她看不起我自是理所当然，我实在太丢脸了，今后再也没有面目来和你们相见。罢了！我这种愚蠢的行为，至少请你们不要告诉别人。”他发了一顿牢骚，便急匆匆地回京去了。

弁君等低声说道：“这样一来，只怕对双方都很不利！”大女公子也想：“究竟怎么一回事啊？如果他不爱妹妹，那该怎么办呢？”她很担心，心中不胜痛苦，更加厌烦这些女侍全然不懂主人的心情而自作聪明。正在思前想后，薰君派人送信来了。这次收到他的来信，比往日更觉欢喜，倒也十分奇怪。只见那封信系在一枝枫叶上。这枝枫叶一半青色，尚不知秋光已到，另一半却已转为深红。信中有诗曰：

“同枝染出不同色，
借问花神何者深？”

诗中并未透露出丝毫的怨恨，只是这样简单的两句，而对昨夜之事避而不谈。大女公子看后心想：“如此看来，他想不着痕迹地敷衍一下，就此离开此处了。”心中有些不安。女侍们催促说：“快写回信！”大女公子想叫妹妹代为作复，但又不好意思开口；自己执笔又很为难。她踌躇了一会儿，终于写道：

“花神用意虽难解，
恐是殷红色较深。”①

她若无其事地随手挥洒，笔迹非常优美。薰君看了，觉得要怨恨这样一个人而与之断绝，毕竟不太可能。他想：“大女公子曾多次说‘她是我的同胞妹妹，我愿意将一切让给她’，但我没有答应，想必她一定在心中抱怨我，因此昨夜才有这般布置吧。我忽略她的好意，对小女公子态度冷淡，她一定把我看作薄情之人。因此我最初的愿望更加难以达成了。从中传话的那个老女侍，也一定把我看作轻薄的人。总之，心中起了色情之念，已经悔之莫及。决心离弃俗世，自己却不能抑制欲念，已足被天下人耻笑。更何况又去效仿世间一般的好色之徒，一味纠缠一个对我无情的女子，更将被世人讥笑我是‘无篷一小舟’②了。”他反复寻思，直到天亮。趁着残月犹明、晓色幽艳之时，便去拜访兵部卿亲王。

三条院宫邸发生火灾之后，薰君移居在六条院内，与匂亲王住所相距不远③，经常前去拜访。匂亲王也觉得他迁来后十分方便。薰君觉得这里很清静，真是极好的住所。庭中花木也与别处迥然不同，同一种花，同一种草木，但在这里就显得特别美丽。映入池塘的月色，也像画中所绘的一模一样。匂亲王正如薰君所料，已经起身。他闻到风中飘来一阵阵芬芳的香气，就知道是薰君来了，急忙穿上常礼服，整一整衣冠，出来迎接。薰君走上台阶，不曾走到廊上，只在台阶上坐下。匂亲王没有请他再往上走，自己也坐在走廊的栏杆边上，与他纵论世事。匂亲王在谈话中提及宇治两女公子，百般埋

---

① 两首诗中皆以青叶红叶比喻姐妹二人。深者，情深也。

② 古歌：“无篷一小舟，来去堀江滨。犹似痴情者，重来恋此人。”可见《古今和歌集》。

③ 匂亲王也住在六条院内。

宇治两姐妹　《源氏物语绘卷·桥姬》复原图　近代

老侍女弁君向大女公子转达了薰君对她的爱慕与执着，并劝她“良禽择木而栖”，姐妹二人分别嫁与薰君和匂亲王，岂非美事？然而对婚姻深有戒心的大女公子认为这只是奴仆之见，所以坚决不从。图为弹琴娱乐的宇治姐妹。

怨薰君不肯替他出力。薰君心中暗想：“这话真没道理啊！我自己都还不曾到手呢。”接着又想：“我不如帮他把二女公子弄到手吧。那时我自己的事也就可以成功了。”便比往常更认真地与他商量对策。破晓时分起了雾。天色迷离，月亮蒙上了迷雾，树荫光线幽暗，情趣盎然。匂亲王想起宇治山乡岑寂的景象，对薰君说：“这几天内你若去宇治，一定要带我同去，不能把我扔下啊！”薰君觉得太麻烦，面露难色。匂亲王戏赠诗云：

“旷野花开处，何须篱栅遮？
　君心真吝啬，独占女郎花。”

薰君答道：

“秋郊浓雾里，深锁女郎花。
　热爱秋花者，方能赏翠华。

寻常之人怎么能去随意拜访呢！”他故意刺激匂亲王。匂亲王说：“真是个‘喋喋叨叨者’[①]。”他终于生气了。薰君想道：“匂亲王多年来一直和我纠缠。我因不知二女公子的品貌，所以不敢相助。我一直担心：见面后是否会发现容貌丑陋？接近后性情能否像我

① 古歌：“女郎花艳艳，秋野竞芬芳。喋喋叨叨者，时光亦不长。”可见《古今和歌集》。因诗中咏女郎花，故引这首古歌中句子来责他。

猜想的那样优美？昨夜一见，才知她一切全无缺陷。大女公子费尽苦心，私下安排计划，欲荐妹自代，我若辜负她的好意，未免太不解人意。但要我移爱，又实在不能遵命。我不如先把二女公子让与匂亲王，这样一来，匂亲王和二女公子就都不会恨我了。”他心中如此设想，但匂亲王并不知道，依旧一味埋怨他小气，却也让人觉得可笑。薰君对他说道：“你仍像过去一样轻薄，致使女公子苦恼，实在让人为难。”他以女公子父母的身份说出这样的话。匂亲王一本正经地答道：“好，就请你看着吧。我可从来不曾像这次这样诚心诚意地爱慕一个人呢。”薰君说道：“直到现在，两位女公子全然不曾表露出应允之意。你执意要我玉成，这实在是一件苦差。”两人就详细商议该怎样到宇治去拜访。

八月二十六日是彼岸会[①]圆满之日，又是宜于婚嫁的吉日，薰君悄悄做好准备，偷偷地带匂亲王前往宇治。匂亲王之母明石皇后严禁匂亲王私下出行，这事如果被她知道，可不得了。但匂亲王极为热切，薰君也只得在暗中帮忙，但这事确是很困难的。这次不到对岸夕雾左大臣那个宏大壮丽的山庄中借宿，所以也不必乘舟渡河。两人偷偷地来到附近薰君的庄院，匂亲王在这里下车等候，由薰君先到八亲王的山庄中去。这里不会有人看到而生出种种议论，唯有那个值宿人在此来去，想必他也无法知道内情。山庄中的人听说中纳言大人到了，大家都来迎接。两位女公子听见薰君又来了，都很担心。但大女公子心想：“我已向他明确表示过，让他把爱慕之心移向妹妹，我从此大可放心。”二女公子则以为薰君对姐姐的情意深厚，不会移到自己身上。自从那天晚上受了惊吓，她对姐姐不像从前那样信任，已暗藏戒心。薰君若有任何言语，一向是由女侍代为传达。“今天怎么办呢？”女侍们觉得很为难。

天色渐晚，薰君趁着天光薄暗，派人去接匂亲王到山庄来。他唤来弁君，对她说道：“我心里还有一句话想对大小姐说。我明知她嫌恶我，又来求见，实在很难为情。但要我就此隐忍不说，又不可能。因此盼你能替我传达一下。再者，夜色稍深之时，请你再同那天一样，引导我到二小姐房中。”对她说得十分恳切。弁君以为无论大小姐或二小姐，能够拉拢成功，一样是好事，便进去向大女公子传达薰君的话。大女公子想道：“果然如我所料，他的心已移向妹妹了。”她很高兴，心情也安定了。便在那天晚上薰君进来的门相反方向的厢房里，紧紧关闭上纸门，就在那里与薰君会晤。薰君说道：“我要说的，不过一句话而已。若大声叫喊，被别人听见不好意思，请你把这门略为打开一些吧。好气闷啊！”大女公子答道：“这样相对谈话，也能听得清楚。”不肯开门。但接着又想：“大约他的心真要移向妹妹，却又不好意思瞒我，所以要和我深谈。这又何妨，我和他以前就已见过面，不要过分冷淡，让他趁夜色未深早早到妹妹那里去吧。”便略微拉开纸门，露出脸来。哪里知道薰君竟伸手到门缝中，抓住她的衣袖，把她拉了过来，热烈地向她申诉怨恨。大女公子想：“真让人厌烦啊，太不像话了！我为什么要答应他会面呢？”她十分后悔，痛苦不堪，但还是耐心敷衍，希望他早些离去，要求他同对她一样地对待妹妹。这一片用心实在可怜。

匂亲王遵照薰君的指点，走近上次薰君进入的门口，把扇子拍了两下，弁君以为是

① 春分、秋分前后各三日，共七日，举行法事，称为彼岸会。

薰君，就走出来引导他。匂亲王猜想这老女侍是以前惯于引导薰君的，心中觉得好笑，就跟着她走进二女公子房中。大女公子并不知道，仍在敷衍薰君，劝他赶快到妹妹房中去。薰君觉得她既可笑而又可怜。他想：“我此时若严守秘密，不让她知道，以后她埋怨起来，我只怕无可推脱。”便对她说道：“这次我来，匂亲王一定要跟我同来，我不便拒绝。他已经来了，并且已不知不觉地混进令妹房中去了。想必他是央求那个好事的弁君带他进去的吧。这样一来，我两头落空，可就成了世人的笑柄！”大女公子一听此言，更觉出乎意料，吓得双目昏黑，对他说道：“我想不到你竟如此心怀叵测，诡计多端，以致多次上了你的当。你竟敢如此欺侮我们！”她那痛苦的模样不可言喻。薰君答道：“如今已无可奈何了。你生气自是理所当然，我要向你道歉。如果你不满意，请你抓我，拧我吧。你心中爱慕那个身份高贵的匂亲王。但你我的宿缘早就注定，不是可以随心所欲扭转的。匂亲王钟情于令妹，我很替你惋惜。但我自己心愿未遂，也实在伤心呢。因此还是请你相信这是宿世的因缘，把心肠软下来吧。这纸门能有多坚固，真正相信我俩关系清白的人，怕是不会有的。再三央求我引导他来的匂亲王心中，也绝不会相信我今晚会如此苦闷地直到天明吧。”看他的

深恋女郎花

近卫豫乐院　花木真写　江户时代（17世纪）

女郎花是日本秋之七草之一，在日本语中也喻指美丽的女子。故匂亲王以“独占女郎花”来猜测薰君不为他出力的目的。而在薰君看来，这女郎花并不是那么容易就能摘取的。对大女公子的一味躲避，他已无计可施。

模样，好像便要将纸门拉破而闯入室内似的。大女公子十分痛苦，心想还是暂时敷衍一下，先哄他回去再说，便镇静下来，对他说道："你所说的宿世因缘，是人眼无法看到的。我的前途如何，不可预知，只觉得'前路茫茫悲堕泪'[①]，眼前一片模糊。你将怎样对待我呢？我真像在做噩梦！如果后世有人把我当作话柄，一定要同古代小说一样，过分夸张，无中生有，把我说成一个地道的笨蛋呢。你如此巧心布置，究竟作何打算？这使我无法猜测，只求你不要想出这许多令人困窘的办法来折磨我吧。今天我若能意外地保全性命，则待我日后心情略为安定一些，再与你谈话吧。此刻我心绪纷乱，非常痛苦，渴望休息，请你放开我吧。"这番话说得非常痛切，薰君看见她义正词严，能言善辩，觉得自己可耻，她又很可怜，便对她说道："我的小姐！我正因为一心想遵从你的意思，所以才弄得这些事来。你还要这样痛恨我，疏远我，真叫我无话可说。我再也不想生存在这世间了！"后来又说："那么，就让我们隔着纸门谈话吧。但请你不要真的抛下我。"说着，他就放开大女公子的衣袖。大女公子马上退入室内，但也并未远远避开。薰君觉得她十分可怜，又说："如此我已心满意足，我们就此直到天明吧，绝不更进一步。"但他辗转不能入睡。此刻河中的水声越来越响，把人从梦中惊醒。夜半山风也很凄凉。只觉仿佛身似山鸟[②]，长夜漫漫，盼不到天明。

天终于亮了，山寺晨钟也远远传来。薰君猜想匂亲王现在正在酣睡，全无起身之意，心中不胜妒羡，便故意大声咳嗽催他起来。这种行径却也奇怪。他吟诗道：

"引人入胜境，自己反迷路。
苦心无处诉，破晓独归去。

世间哪有这样的事啊！"大女公子答道：

"妾心古井水，君岂不知情。
自己投迷路，无须恨别人。"

吟声低微，只是隐约可闻，薰君听了又舍不得离开了，说道："实在隔得太严密了！闷煞我也！"对她说了许多怨恨的话。这时天色渐渐放明，匂亲王从昨夜进去的门中走了出来。随着他的动作发散出芬芳的衣香。他原就是怀着偷香窃玉之心而着意打扮了一番。弁君看见这个陌生的匂亲王走出来，很是惊诧，心中纳闷。但她相信薰君绝不会对两位女公子做坏事，也就放心了。

二人趁天色未明之时匆匆返京。匂亲王觉得归程比来时更远了。他预料到今后来往不便，不免忧心，想起古歌"岂能一夜不相逢"[③]的诗句，更觉懊恼，二人于清晨人影稀少之时回到六条院，车子走到廊下，两人一起下车。两位贵人从这辆女侍所用的竹舆

① 古歌："前路茫茫悲堕泪，纷纷滴向眼前来。"可见《后撰集》。
② 山鸟雌雄分株而睡。
③ 古歌："恩爱夫妻新共枕，岂能一夜不相逢？"可见《万叶集》。

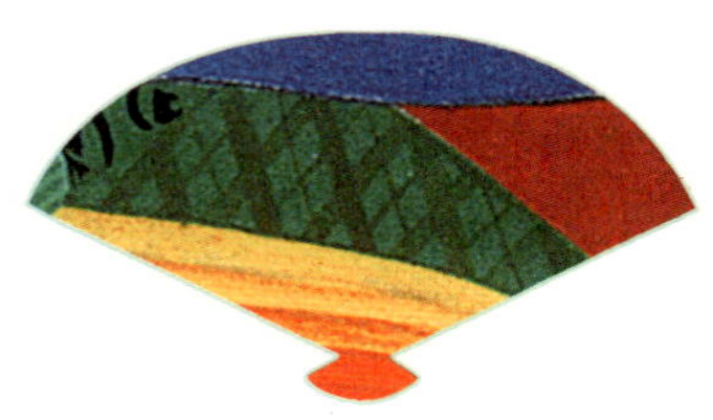

中下来，觉得有些怪异，便急忙躲进室内，相视而笑。薰君对匂亲王说：“这次效劳不同一般，你该好好谢我。”想起自己这引路人反而落空，更觉妒恨，但也并不向他诉苦。匂亲王一到家中，马上写了封慰问信送到宇治去。

宇治山庄中，两位女公子都觉得仿佛做了一场梦，心情异常烦乱。二女公子想起姐姐的各种安排，却一直对她装作并不知情，实在可恶可恨，因此看也不去看她。大女公子呢，并不知道昨夜会发生这种事，不能预先警示妹妹，只觉妹妹十分可怜，她恨自己也是理所当然。众女侍都来问候：“大小姐是怎么了？”但这位身为家主的长姐已经气得发昏，全然不知所云。女侍们都弄得莫名其妙。大女公子将匂亲王的来信打开一看，想拿给妹妹。但二女公子只管躺着，不肯起身。送信的使者等得不耐烦，一直催促说：“等候多时了。”匂亲王的信中有诗云：

“冒霜犯露遥寻侣，
莫作等闲恋爱看。”

意韵流畅活泼，一气呵成，笔迹特别艳丽。大女公子寻思：“若把此人当作陌生之人，确是个风流人物。但如今他已是我的妹夫，却要担心他日后的举止了。”她觉得这时若自告奋勇代为作复，不太相宜，就认真地指导妹妹，硬要她亲自回复。犒赏使者的是一件紫菀色女装褂子，又加了一条三重裙。使者不知内情，接到赏赐时十分狼狈，便把衣服包好，交给随从拿着。这使者不是一个公然出差的人，而是过去常到宇治送信的一个殿上童子。匂亲王不想使别人知道，所以特地派来此人。他猜想这犒赏定是那个好事的老女侍安排的，心中甚为不快。

这天晚上匂亲王又请薰君引导他再赴宇治。但薰君说：“今晚冷泉上皇召我，我非去不可，恕我不能奉陪。”便拒绝了他的要求。匂亲王想：“这人的怪癖又发作了。”很厌烦他的言行，也就不再强求。宇治的大女公子想：“事已至此，怎么能为了这件亲事并非出于女方本意而刻意冷淡他呢？”便软下了心肠。

山庄里陈设虽然简陋，但也按照山乡习俗，布置得整整齐齐，等候新婿上门。她想起匂亲王即将跋山涉水，远道而来，觉得这一片诚心实在值得感激。这种心情的变化也颇奇怪。二女公子的神色茫然若失，任由旁人替她打扮，深红色的衣衫上洒满了眼泪。那个贤惠的姐姐也不禁陪她流泪，对她说道：“我明知自己不能长生在世，日日夜夜所考虑的，只是你的终身大事而已。这些老女侍在我耳边絮聒不休，都说这是一段美满的姻缘。年纪大的人见多识广，想必更加懂得事理。我虽阅世不深，但有时也想：我们两人一味固执己见，独身到老，恐怕也不是办法。但像今天这样出其不意，含羞忍耻，悲伤忧恼，实在也是我意想不到的事！这一定是世人所谓的‘不可逃避的宿缘’了。我的处境真烦恼啊！且待你的心情稍稍安定一下，我再把我对此事全不知情的原因告诉你。请你千万不要恨我才好！无端恨人是罪过的。”她用手轻抚着妹妹的头发说出这番话。妹妹默然不答，她心知姐姐的确出于一片好心，是顾虑她的前程。但她的心绪正起伏难平，想道：以后若被遗弃，成为世人的笑柄，又使姐姐失望，那就难免伤心了。

匂亲王昨夜突然闯进，使得二女公子万分惊惶，那时尚且觉得她的容颜娇美无比，何况今晚她已成为一个柔顺的新妇，他对她的爱慕愈发加深了。但一想起此间山路遥

暗度陈仓 深江芦舟 常春藤小路图屏风 江户时代（约18世纪）

在薰君的刻意安排下，明着是薰君拜访两位女公子，暗地里派人将骑马的匂亲王接入山庄，并冒充薰君之名进入二女公子的房间。这番“暗度陈仓”的谋划，使得匂亲王如愿以偿地与二女公子结缘。图为一男子骑马、一男子步行，两人分路而行的情景。

远，来往不便，心中不免痛苦，便怀着深挚的爱情，对她立下山盟海誓。二女公子连一句也不想听，也并未被他感动。无论多么娇养的千金小姐，如果和普通人稍多接近、家中有父母兄弟而见惯男子举止的人，则第一次和男子相处，其羞耻与恐惧总不会如此强烈。但是我们这位二女公子，并非由于在家中受到特别宠爱，只是因为自小住在如此荒僻的山乡，才不喜接近生人，万事瑟缩不前的。如今她突然与男子相处，心中只觉得恐惧与羞耻。她恐怕自己一切都与常人不同，露出古怪的乡村气息来，因此连一句答话也说不出口，只管提心吊胆。其实她的品貌和才情，比大女公子更胜三分。

众女侍向大女公子禀告：“按照习俗，新婚第三夜应请吃饼。”大女公子觉得应该郑重举办庆祝的仪式，便亲自筹划安排各种事项。但她不知道该怎样去做。而且女儿家硬装出长辈模样，出来照料这些事情，担心别人嘲笑，因此羞得满颊红晕，模样实在可爱。她的态度优雅高尚，慈祥和蔼，对人富有同情，这毕竟是作为大姐才有的风采吧。

薰中纳言派人送来一封信。信中说道："昨夜本当前来拜访，但我代二小姐奔走之劳，未获酬谢，心中不免怨恨。今夜理应前来帮办各种杂务，但因前晚借宿之处不佳，以致感受风寒，心情更见恶劣，因此踌躇难决。"信笺用陆奥纸随手挥洒，并不讲究趣味。他在新婚第三夜献上的贺礼，是各种未加缝制的织物，尽皆折叠成卷，盛在衣柜中的许多套盒之内，派人送给老女侍弁君，说是赏赐女侍的衣料。这大约都是他母亲三公主那里的现成之物，数量并不多。有些未加炼染的绢和绫，也都塞在底下。最上面有赠给两位女公子的两套衣服，衣料非常精美雅致。按照古风，在单衣的袖子上题了一首诗：

"卿虽不欲言衾枕，
我借斯言慰苦情。"

诗中隐隐含有威胁之意。大女公子想起自己和妹妹都曾被薰君当面见到，看了这诗之后更觉羞耻难堪，不知怎样回复，心中忧恼。这时送信来的几个使者都已逃匿[①]，她只好唤来山庄中的一个下仆，把复诗交给他。诗曰：

"生憎衾枕缠绵事，
只许灵犀一点通。"

她心中惊慌恼乱，因此所作之诗也很平凡，少有风趣。薰君看了，以为她这诗直陈胸怀，很可怜她。

这天晚上匂亲王正在宫中，看来难以早退，心中极为焦灼，唯有独自愁叹。明石皇后对他说道："你至今还是独身，但好色之名却已经渐在世间传播，这毕竟不是一件好事。人生在世，无论何事，总不可随心所欲，任性而为。你父皇也曾这样说你，很为你担心呢。"她埋怨他经常住在私邸之中。匂亲王听了这话，但觉十分痛苦，便走进值宿室，打算先写一封信给宇治的女公子。写毕之后，他心中还是闷闷不乐。正在这时，薰中纳言走了进来。薰中纳言与宇治有缘，匂亲王看见他非常高兴，对他说道："如今怎么办呢？天这样黑，我心里真着急呢！"说罢连声长叹。薰中纳言想试探他对二女公子的心意，对他说道："你很长时间不进宫了，今晚若不在宫中值宿，马上告退，只怕皇后更将怪罪于你吧。刚才我在女侍室中听见你母后在责备你。我之前偷偷引导你到宇治去，只怕也要受到严厉的斥责吧。真吓得我脸色都发青了。"匂亲王答道："母后总以为我行为极坏，所以如此严厉地责备我。这多半是别人向她告了我的状。实际上，我哪一件事情受到了世人的非难？总之，我这高贵的身份，反而害得我无法自由。"他真心地厌烦自己的皇子身份。薰中纳

① 客气不受犒赏，所以逃匿。

言看他可怜，就对他说道："你反正总要受到一方面的责备。你今晚的罪过，由我来代你领受吧，我也不惜糟蹋自己了。'山城木幡里'①，乘马去怎样？不过乘马更容易引人注目呢。"这时日已西沉，眼看着即将入夜。匂亲王无可奈何，只得乘马上路。薰君对他说道："我不奉陪，反而更好，在这里代你值宿吧。"他就留宿在宫中。

薰中纳言入内参拜明石皇后。皇后对他说道："匂皇子又出门去了，他的行为举止真是太不成样子！皇上听说了，一定要怪我对他不加管束，教我该怎么办呢？"皇后所生的许多皇子，都已长大成人，但她自己愈发显得青春貌美。薰中纳言想道："大公主一定长得和皇后一样美貌端庄。但愿有个机会，让我也能像现在接近皇后一般接近公主，至少听听她的声音也好。"他对大公主的丽影不胜神往。接着又想："世间好色之徒，对不应该与之恋爱的人寄予相思，正是由于处于这种处境之中，两人并不疏远，却又不能接近，因而才发生的。像我这样性情古怪的人，可谓世间罕见。但一旦对某人钟情，那份相思之苦便苦不堪言。"皇后身边的女侍，风姿和品性没有一个不是上上之选。她们个个模样端正，容貌娇美。其中也不乏特别艳丽、惹人注目的。但薰中纳言心中打定主意，绝不对她们动心，态度十分严肃。其中也有些女侍故作娇态，向他百般挑逗。但皇后殿内乃是高贵优雅的所在，因此众女侍在表面上仍需做出端庄稳重的样子。但人心各异，所以也有暗怀春情而隐约泄露于外的女侍。薰中纳言看了她们的举止，只觉得人心各有不同，有可爱的，也有可怜的。行住坐卧，他时时都会看到人世中的无常之相。

宇治山庄收到薰中纳言隆重的贺仪，但直到夜深还不见匂亲王到来，只收到他的一封信。大女公子想道："果然如我所料！"不胜伤感。将近夜半时分，自凄凉的秋风中飘来一阵芬芳的香气，英姿焕发的匂亲王终于光临了。山庄中的人这番欢喜自然是非同小可。二女公子本人也深为匂亲王的诚意所打动，态度更加柔顺了。她正值青春盛年，容颜十分娇艳动人。而今晚艳妆盛饰，其美丽愈发无与伦比。匂亲王见过许多美人，也觉得此人生得实在美丽，自容貌以至一切姿态举止，贴近时看愈发更显标致。山乡中的老女侍们都咧开了嘴，露出丑陋的笑容，一起议论道："我家这位花朵一般的小姐，如果嫁了一个庸碌平凡的男子，那该多么可惜啊！这段姻缘真是宿世修来的福气。"她们又私下讥嘲大女公子性情古怪，以为她不应该一再拒绝薰中纳言的求爱。这些女侍已过盛年，把薰中纳言赐赠的华丽衣衫穿在身上，显得十分不称。无论什么人看了，都觉得太不成体统。大女公子看看她们，想道："我也已过盛年，每次揽镜自视，只觉容颜日见消瘦。这些女侍穿着不相称的衣服，没有一人以为难看。她们不顾自己头发稀疏，只管悉心梳理额发，涂脂抹粉，一味沾沾自喜。我虽还没有如她们一般老丑，但自以为眉清目秀，只怕也是由于偏袒自己的缘故吧。"她又看看这些女侍，便怀着感伤的心情躺下了。接着又想："照我如今这般模样，更无面目会见俊美的男子。再过一两年，衰瘦的样子势必更加使人难堪。女子的生涯真是无常啊！"她伸出纤弱可怜的手臂来端详着，继续思量人世的变化多端。

匂亲王想到今晚好不容易才抽暇到此，又想起今后还是不能自由地往来，心中不免悲

① 古歌："山城木幡里，原有马可通。只因思君切，徒步来相逢。"可见《拾遗集》。木幡山位于京都与宇治之间，故引用这首古歌。

平安时代的男子服饰

在平安时代，朝廷中任职的贵族们根据文官、武官的区别及官位的不同，服装的式样、颜色和装饰都有非常细致的区别。其中，束带是正规的礼服，袴布、衣冠相当于简略的礼服。而在私人场合穿着的服饰则包括直衣、狩衣等，色彩和图案也比较自由。《源氏物语绘卷》中的主人公们，就以华丽的衣装和时尚的品位而被人称道。

束带

文官日常礼服的束带，由单衣、表袴、下袭（译注：后摆很长的下装）、半臂（译注：类似无袖的坎肩）、长袍、玉带（用玉石装饰的皮质腰带）构成，再头戴冠、手持笏即可。

束带装的穿着顺序

①单衣

单衣是没有衬的内衣。

②表袴

③下袭

后摆拖到长袍外面。

④半臂

穿在长袍下面的短上衣。

⑤袍、玉带、笏

直衣

直衣与文官的束带礼服式样一样，但与官职无关，可以任选颜色，是贵族的便装。其下装穿的裙裤叫作指贯。《源氏物语绘卷》中的男性，几乎都是身着直衣指贯的形象。

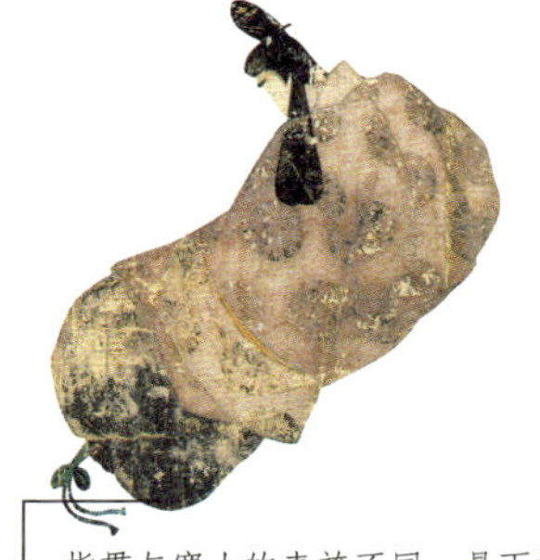

指贯与宽大的表袴不同，是下摆有系带，可以系在脚腕上的裙裤。

狩衣

狩衣主要是仆人的穿着，但贵族们在旅行、狩猎等微服出行时也会穿狩衣。

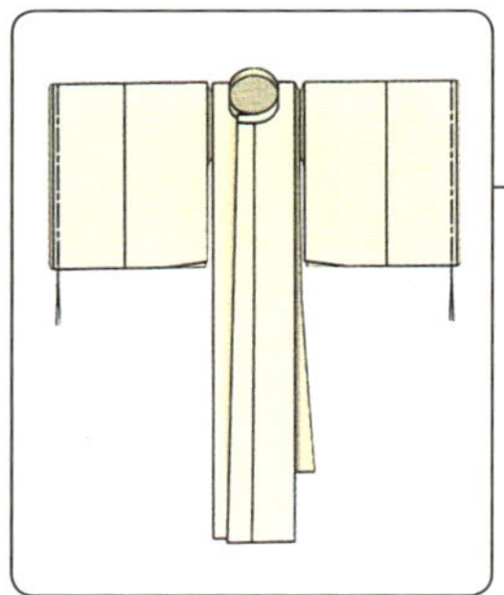

狩衣与直衣、长袍一样都是立领，但仅使用一幅布，袖子仅与前片衣服缝合，而两腋不缝。

伤，便把明石皇后对他所说的话一一告诉二女公子，又说："我心中虽然百般思念着你，但只怕不能常常与你相聚，但请你切勿怀疑我是无情之人。如果我对你稍稍有一点儿轻视之意，今晚就绝不会排除万难地来与你相会了。我唯恐你怀疑我，心中胡思乱想，因此不顾一切，毅然出门来访。但我深恐今后不能经常到此，所以我一定会想个妥当的办法，将你接至京中。"他这番话说得十分恳切。但二女公子想道："他现在就提到今后不能经常相聚，世间传说此人薄情，只怕是真的了。"她心中不快，想到自己的处境，顿觉心灰意懒。

不久天色渐亮。匂亲王打开了边门，与二女公子一起在窗前欣赏晓色。只见晨雾弥漫，添得许多奇景。那些载着木柴的船只，隐隐约约地在雾中出没，船后泛起朵朵白浪。真是难得见到的景色啊！富有情趣的匂亲王心中颇觉有趣。山那边渐渐射出清晨的阳光，照在二女公子美丽无比的脸上。匂亲王想："至高至贵的金枝玉叶，恐怕也不过如此吧。我因偏袒妹妹，一向以为大公主的美貌天下无双，其实并非如此呀。"他希望更仔细、更清楚地欣赏她的美貌，这匆匆一会儿，反而使他心中更感不足了。河水之声时刻不停，而宇治桥苍然古秀，遥遥在望。随着晨雾逐渐消散，两岸景色更加显得荒凉。匂亲王说："这种地方，你怎么可以长年久居呢！"说着流下泪来。二女公子听了颇觉羞愧。匂亲王生得容貌端严，俊秀无比。他口中信誓旦旦，表示愿与二女公子生生世世结为夫妇。二女公子意想不到自己可结得这般良缘，觉得这丈夫比以前常见的严肃的薰中纳言更为可亲可爱。她仔细寻思："薰中纳言性情古怪，态度严肃，令人一见便感自惭，不敢与他接近。而这位匂亲王呢，据传闻来看，比薰中纳言更加难以亲近。因此当时对于他的一封简单的来信，也百般犹豫，不敢轻易作复。哪里知道一经相识，便觉今后如果与他久不相见，生活将多么寂寞无聊。这种感想，连我自己也觉得奇怪呢。"匂亲王的随从不断大声咳嗽，催促亲王返驾。匂亲王也想趁早返京，以免引人注目。他心绪纷乱，反复向二女公子声明：今后难免有遇到意外阻碍而不能相聚之时。临别又赠诗云：

"恩情无断绝，艳色似桥神。
恐有孤眠夜，中宵泪沾襟。"

他欲去又回，犹豫不决。二女公子答诗云：

"因缘长不绝，誓约信今夜。
愿得恩情久，长如宇治桥。"

她满怀悲伤，口虽不言，形容自见。匂亲王心中升起对她的无限怜惜。二女公子心怀少女的柔情，目送着朝阳中英姿焕发的情郎，悄悄地回味着他留下的衣香，好一片相思之情啊！他今晨归去较迟，阳光将他照得分明，众女侍都能看见他的风采。她们都啧啧赞美，称道说："中纳言也颇俊俏可爱，但天然带有一种严肃之相。这位亲王呢，恐怕是身份更高的缘故吧，风姿特别优美呢。"

匂亲王在归途中不断想起二女公子惜别的面容，竟想不顾一切，中途返回。但因怕受到世人讥评，只得忍痛返京。今后想要再度偷访宇治，只怕很不容易了。他回京之后，每日送往宇治的信件源源不断。宇治的人由此推断他的爱情是真挚的。但他许久不曾来访，大女公子也不免心中忧愁，她想："我自己虽然决心远离情爱之事，但如今的

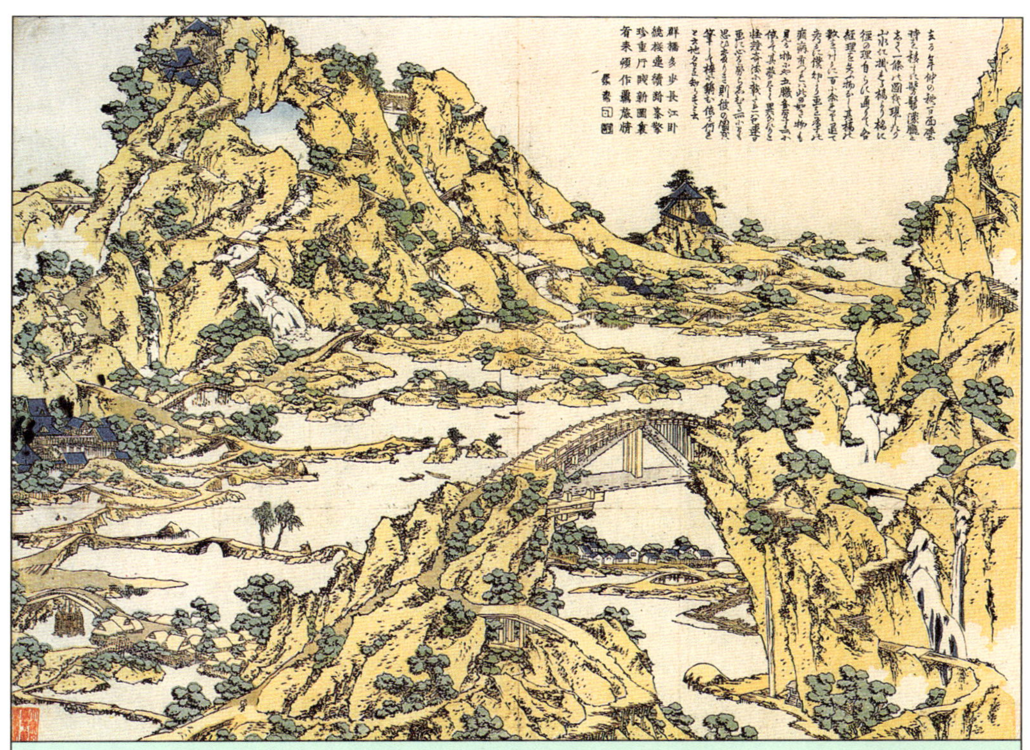

景色心情各不同　葛饰北斋　百桥图　江户时代（1832年）

匂亲王与新妇二女公子一同观看着窗外的景色：宇治桥古色苍然，河川上来往的行船渐行渐远，朝雾中的山脊与青松显得如此荒凉。在习惯京都细腻华丽的匂亲王看来，这山景别有一番情趣，如同身边的美貌女子般让人着迷。

境况却比自己的事更觉痛苦。”但她深知妹妹一定更加伤痛，所以表面上只假装出若无其事的样子，只是独身的志愿更为坚定，她想：“至少我自己不要受到这种痛苦。”

薰中纳言猜想宇治的女公子此时一定望穿秋水。追想起来，正是他这媒人之过，便觉十分惭愧。因此他不断地去拜访匂亲王，探知他的心意。他看见匂亲王苦于相思，知道不会就此断缘，便放下心来。九月十日左右，山野景色分外凄凉。有一个傍晚，天色阴暗，山雨欲来，层云密布，阴森可怕。匂亲王心绪特别恶劣，独坐沉思，心中一筹莫展，满心想去宇治一行却不敢擅自行动。薰中纳言猜到他此刻的心情，就在这时来拜访。他口吟“初秋风雨暴，山里复如何”[①]的古歌，用以打动他的心。匂亲王不胜欣喜，便力邀他同行。于是两人共乘一车出发。入山愈深，想见山中人的心情愈发痛苦。两人一路上所谈的只有宇治两位女公子的境况。黄昏时分，四周更见寂静，再加上冷雨萧瑟，秋景异常凄凉。两人的衣衫被雨打湿，那衣香更加馥郁，似非人世的俗香了。这样的两个人联袂偕来，山庄中的人怎能不惊喜万分地相迎呢！众女侍近来常因亲王裹足不

① 古歌：“初秋风雨暴，山里复如何？遥想山居者，青襟泪亦多。”可见《新千载集》。

来而口出怨言，但这时全然忘却，大家笑逐颜开，急忙安排客座。早先这里的老女侍曾从京中找来两三个曾在贵族邸内当差的女儿和侄女，叫她们到此服侍二女公子。这些浅薄的少女一向看不起这座孤寂的山庄，这时看见贵客光临，大吃一惊。大女公子看到匂亲王再度光临，也颇欢喜。但看见那个爱管闲事的薰君也跟着同来，却觉得羞涩，并且有些厌烦。但她把薰中纳言雍容沉着的气魄和匂亲王比较一下，便觉得匂亲王终究不及他稳重庄严，薰中纳言毕竟是个世间罕见的男子。

山居生活虽然粗陋，也尽力隆重地招待这位娇客。薰中纳言则被看作主人这一方的人，只是随意地应付一下。女侍们只引他到临时设备的客房之中，并不使他接近内室。薰中纳言觉得这种待遇太过冷淡。大女公子知道他心怀怨恨，很可怜他，便与他隔着纸门晤谈。薰中纳言愤愤难平地说："你老是这样疏远我，实在是'戏不得'①啊！"大女公子虽然对薰中纳言的性情渐渐熟悉，但她因为妹妹的经历，已经满怀忧伤，更加确信结婚是一件苦恼的事，决心独身到老，无论怎样也不肯以身事人。她想："他现在虽然看来可怜，但我若嫁给了他，以后一定要为他受苦。与其如此，还不如彼此客气地来往，永远保持着这份纯洁的友情。"她的心意更加坚定了。薰中纳言向她探问对匂亲王的看法，大女公子虽未明言，但不出薰中纳言所料，也已隐约流露出对他的忧虑。薰中纳言觉得抱愧，便把匂亲王怎样想念二女公子、自己怎样留意探察匂亲王的心意等事一一告诉了她。大女公子对他也比往日更加恳切。她说："且待这段忧虑的时间过去，心绪安静之时，自当再对你详细奉告。"她的态度并不十分冷淡，但纸门关闭得极严。薰中纳言想道："我若强把屏门拉开，她一定非常痛恨我。我料想她绝不会另有心思而轻易地爱上别人。"这个性情沉着的人虽然满怀热恋，但终于努力按捺，只是埋怨她说："你与我隔着纸门交谈，很不畅快，我心中苦闷已极。只愿能像上次那样从容晤谈。"大女公子答道："我自觉比以前更加'憔悴深可耻'②，只怕你看见了难免心生厌恶。我总是顾虑到这一点，自己也不知道是为了什么。"说时语带笑声。薰中纳言觉得十分亲切，说道："我的打算就被你这种心情拖延着，不知将来结局怎样呢。"说罢长叹数声。这一晚二人终于像山鸟一般分离独宿直到天明。

匂亲王全然不曾想到薰中纳言竟是独宿的，对二女公子说："中纳言在这里被当作主人看待，十分舒服，我很羡慕他呢。"二女公子听了深为怀疑，不知薰中纳言和姐姐的关系究竟是怎么回事。匂亲王历尽万难，好容易才到这里，想起不久又将离去，心中极不愿意，因此也颇愁苦。但两位女公子不懂他的心情，她们只管叹息："不知这段姻缘究竟怎样，以后是否会被世人耻笑？"可知恋爱真是一件劳思的事啊！

匂亲王想偷偷地将二女公子迁至京中，但苦于找不到适当的住所。六条院中呢，又有夕雾左大臣占据一方。左大臣多年来想尽办法，要把第六位女公子嫁给匂亲王，而匂

---

① 古歌："欲试忍耐心，戏作小离别。暂别心如焚，方知戏不得。"可见《古今和歌集》。

② 古歌："憔悴深可耻，朝朝对镜颦。纵然睡梦里，亦不愿逢君。"可见《古今和歌集》。下面的"出于何心"，暗示对他仍怀好感，因此不愿让他看见丑陋的样子。

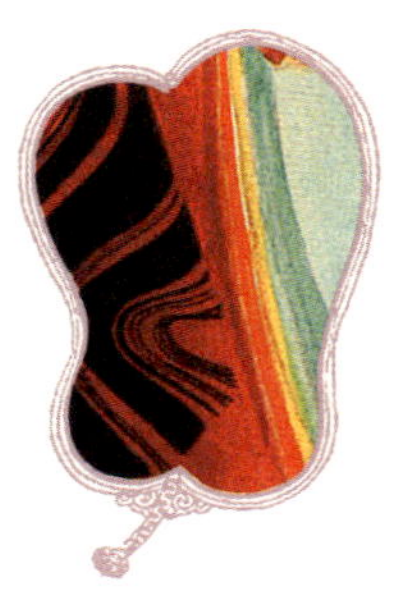

亲王总是漠然处之。因此他心中怀恨，经常毫不容情地讥评匂亲王的轻浮，并且多次向皇上和皇后诉苦。因此，匂亲王若想正式迎娶这位素无声望的宇治二女公子为夫人，则顾虑之处极多。这二女公子如果是一个一般的情妇，倒不妨叫她在宫中当差，反而容易安排。但匂亲王不便以一般情妇的方式待她。他设想，今后父皇退位，他的哥哥即位，他依照父皇、母后的安排当上皇太子，那时这位二女公子便可充当女御，地位高人一等。眼前他一味做繁荣幸福的梦想。但未能实现，心中很是痛苦。

薰中纳言把今年春天遭过火灾的三条院宫邸重新修缮，准备以宏大的阵势迎娶宇治大女公子。他想："我这当臣下的，毕竟要自由得多。匂亲王如此痛苦地思念二女公子，却只能提心吊胆地偷偷相会，弄得彼此都很痛苦，这境遇实在十分可怜。我真想索性把他们私通的事告诉皇后和皇上。那时匂亲王虽然暂时会被人议论，略感苦恼，但为二女公子打算，是有百利而无一害的。像现在这样不得从容相聚，实在是令人痛苦啊！二女公子总要堂堂正正地成为亲王夫人才好。"他这打算并不十分保密。到了更衣节①，他想："除了我之外，还有谁会体谅宇治的女公子呢？"便把三条院宫邸落成后为移居准备的帐幔等物，悄悄送往宇治，让她们先行使用。又吩咐乳母等人特地为宇治的女侍们缝制各种新装，也一并送去。

十月初，薰中纳言想起此刻宇治鱼梁上的风景正好，便劝匂亲王前往赏玩红叶。随从的人都是亲王一向亲近的人，以及殿上人中亲王所嘉许的几个，原本打算是一次小规模的旅行。但皇子的威势极盛，这消息自然广泛传播开来。于是左大臣夕雾的公子宰相中将也来参加。但这一队人中高级的官员唯有这宰相中将和薰中纳言二人，其他僚属之类的人数倒有不少。

薰中纳言写信通知宇治的女公子，其中有这样的话："……当然要到贵处夜宿，务请先做好准备。前年同来看花诸人，这次也乘机前来，或将借避雨之名造访。切勿使两位的芳姿于人前显露……"信中叙述甚为详细。宇治山庄中便立即忙碌起来，更换帷帘，打扫各处，清除深藏在岩石之间朽腐的红叶，又除去池塘中蔓生的水草。薰中纳言派人送来许多精美的果物和肴馔，又派来几名办事稳当的仆从。两位女公子都觉得不好意思，但又无可奈何，只得以为这也是前世注定的，便接受了他的惠赠而静候佳客的来临。

匂亲王的游船在宇治川中顺流而下。船中奏响美妙的音乐，山庄里也能听到。船中情况隐约可以看见，山庄中的青年女侍都走到岸边来看。虽然不能看到匂亲王本人的风采，但能看见游船顶上装饰的红叶，有如锦绣一般华丽。船中奏出的音乐随风飘至，气势十分宏大。世人对皇子殷勤奉承，连私下出游也如此体面。众女侍看见这种盛况，想道："真了不起啊！纵使一年唯有七夕一夜相逢，也要至诚欢迎这光明的牵牛星啊。"游览中准备赋诗助兴，因此有几位文章博士随船同行。黄昏时分，停舟泊岸，一面奏乐，一面赋诗。众人头上都插着颜色或浓或淡的红叶，共奏《海仙乐》。人人满怀喜悦，唯

① 十月初一为更衣节，改用冬装。

隔川相望 歌川广重 名所江户百景 江户时代（18世纪）

十月宇治的红叶正好，薰君与匂亲王准备借观赏红叶之机拜访宇治两位女公子。然而皇子出游气势浩大，随行众多，反倒无法前去幽会，让计划落空的薰君与匂亲王苦恼不已。图为秋季红叶正盛时的美景。

有匂亲王怀着“何故人称近江海”[①]的心情。他遥念山庄中的二女公子怎样，对周遭一切都心不在焉。诸人各自提出适合此时此景的题目，共同赋诗吟诵。薰中纳言想等众人稍事休息之时，赶赴山庄拜访，并将这番打算告知匂亲王。正在这时，宰相中将的哥哥卫门督奉明石皇后懿旨，带了一大批随从，威武赫赫地赶来了。原来皇子出游，纵使仅是微行，消息也自会不胫而走，成为后世之例。何况匂亲王这次随从带得很多，突然启行。明石皇后得知之后大惊失色，特别吩咐卫门督带了大批殿上人赶来。这形势十分尴尬，匂皇子和薰中纳言不免暗暗叫苦，兴味索然。但不知二人心事的人，只管飞觞醉月，畅舞高歌，直到东方发白。

匂亲王本打算今天再在这里游玩一天，但京都方面又派中宫大夫带了许多殿上人来接他回宫。他心慌意乱，大为懊恼，实在不愿回京，只好写了一封信送给二女公子，信中并无半句风趣的词句，只是老老实实、万般详细地叙述心中的感想。二女公子猜想匂皇子身边耳目众多，事务纷忙，因此也并不作复。她只是更加确信：像她这样微不足道的人，高攀尊贵的皇子，毕竟是不相称的。以前两人分隔两地，阔别多时，因而苦思切盼，原是难免；如今远道而来，心中正感欣喜，哪里知道只能在附近取乐一番而过门不入。这不免使得二女公子痛心疾首，方寸尽乱。匂亲王更是倍感苦闷，无限伤心。左右之人想请皇子欣赏鱼梁上的冰鱼，取了许多，陈列在色彩或浓或淡的红叶上，以供赏玩。随从的众人都极口称赞。匂亲王也跟着众人一起漫步闲玩，但心情纠结，愁绪满怀，时常茫然地怅望天空。远远可见八亲王山庄中的树梢，姿态十分优美。而缠

① 古歌：“四处不见海藻生，何故人称近江海？”可见《后撰集》。日语中“海藻”与“相见”同音，“近江”与“相逢”同音。这就等于说：“这里不生长叫作‘相见’的植物，为何人称这海谓‘相逢’？”

绕在常青树上的常春藤的颜色也极具意趣，远看竟然略有凄凉之感。薰中纳言也颇懊悔：预先写信通知了她们，反而弄得没趣。去年春天随匂亲王游赏宇治的诸位公子，想起八亲王邸内的樱花，一起议论起八亲王死后两位女公子的孤寂生涯。其中也有人隐约知道匂亲王与二女公子私通的事，但也有全不知情的人。总之，人生之事，无论怎样，纵使发生在这种荒山野处，世间也自会有所传闻。他们众口一词地说："这两位女公子长得十分貌美，并且都是弹筝的高手。八亲王在世之时曾日夜不停地教导她们。"宰相中将即赋诗曰：

"忆昔春芳日，曾窥两树樱。
秋来零落尽，寥寂不胜情。"

他因知道薰中纳言与八亲王交情深厚，这首诗是对薰中纳言而吟的。薰中纳言答道：

"春至群花放，秋来红叶翔。
山樱开又落，告我世无常。"

卫门督接着吟道：

"红叶映骄阳，山乡正盛装。
游人看不足，秋去向何方？"

中宫大夫也吟道：

"好景何人赏？烟消无处寻。
多情惟葛万，缠绕此岩阴。"

他年纪最大，吟罢两眼泪水直流，大约是想起了八亲王少年时威势赫赫的盛况吧。匂亲王也赋诗云：

"秋尽添萧索，山居寂寞时。
松风应体恤，峰顶莫狂吹！"

吟罢泪如雨下。隐约知道匂亲王隐事的人中，有的想道："皇子果然是热恋着宇治女公子。今日错过如此良机，不能相会，难怪他这样伤心啊！"这次出行规模宏大，随从众多，因此不便去山庄拜访。众人吟诵昨夜所作诗篇中的佳句，用和歌咏宇治秋色的人也很多。但这种醉迷歌哭之时的诗歌，怎能有值得赞叹的佳作？此处略举一二，其余一律从略。

山庄里的人听见匂亲王船上开路唱道之声渐渐远去，知道他不会到山庄里来了，大家大为失望。准备迎接贵客的女侍们，也都垂头丧气，提不起半分兴致。大女公子最为伤心，她想："果然如外人所说：他这人的心像鸭跖草的颜色一般容易变化。我仿佛曾经听人说起：男人最善于花言巧语。这里几个身份卑微的女侍，在一起谈论古代故事，说男人对于自己不爱的女人，会装出很爱她的模样，说出许多甜言蜜语。我一向以为：唯有品格低劣的人，才有这种口是心非的行为；身份高贵的男人就全然不同，他们要顾全世俗声誉，一言一行自必谨慎小心，不会任性胡为。如今才知道这想法是错误的。父亲在世之时，也听说他性情轻浮，无意与他攀亲。只因薰中纳言多次夸赞他为人多情，终于意外地接纳他为妹婿，以致平添这许多苦恼，真是无谓之极！他轻薄无情，看不起我的妹妹，中纳言想必详知，不知心中做何感想。这里虽然没有特别客气的外人，但众女侍不免在心中讥评我们，这真成了可耻的笑柄！”她思前想后，心绪纷乱，但觉万分苦恼。二女公子则因匂亲王以前偶尔来访时，曾对她立下山盟海誓，因此对他还存有几分信赖。她想：“无论怎样，他总不会完全变心。他不能常来，一定是有其回避不开的麻烦。”她心中以此自慰。但二人久不相逢，难免心怀怨恨。好容易将他盼来，却又过门不入，真是深为可恨，因此更加伤心。大女公子看到妹妹痛苦难堪的神情，想道：“如果妹妹的身世与别人一样幸福，有与富贵之家一样的奢华住宅，只怕匂亲王对她不会这样冷淡吧。”愈发觉得妹妹命运可怜。她想：“我如果长生在世，只怕也会遭遇同样的命运吧。薰中纳言这般那般地说了许多话，无非是想打动我的心罢了。我虽然想拒绝他，但托词也有限度，总不能永远搪塞他。而且这里的女侍看不到前车之鉴，只管一味地劝诱我和他结缘。我虽不情愿，只怕也终难避免，正因为如此，所以父亲在世之时，屡次谆谆叮嘱于我，劝我们一生独身到底。大约他早已预料会有这些事情，所以再三告诫。我们原是不幸之人，所以落得父母双亡，无依无凭。倘再加上遇人不淑，贻笑世人，致使双亲含恨于地下，实在太不幸了。至少让我一人不受这种苦恼，在罪孽未深之前早早死去才好。”她悲伤至极，心情十分苦闷，饮食也全然不进。她只是反复思量自己死后山庄中的境况，日夜叹息。她看着二女公子，心中非常难过，想道：“若连我这做姐姐的也丢下她死去，让她孤苦伶仃一人活在世上，何以自慰呢！我过去看到她那美丽的风姿，心中欢喜，曾经用心地教养她，希望她长成一个优雅出众的淑女，私下庆幸她的前程有望。如今虽然嫁了一位身份高贵的皇子，但这人对她如此冷淡，使她饱尝他人的讥笑，让她今后有何面目立身处世，怎样能同别人一样享受幸福的生活呢！”她再三思量，觉得姐妹两人微不足道，活在这世间全无意趣，只是虚度一生而已。思之不胜伤心痛苦。

匂亲王回京之后，准备像上次那样偷偷微行，马上再赴宇治一行。但夕雾左大臣的儿子卫门督却到宫中去揭发他的隐秘：“匂皇子与宇治八亲王家的女儿私通，时常悄悄远赴山乡。世人都在私下讥评他的举止轻率呢。”明石皇后也听到这种传闻，很是担心。皇上听说之后，大感不悦，他说：“让他任性地住在私邸，毕竟是不好的。”于是严加约束，从此要他经常住在宫中。

夕雾左大臣要把六女公子许配匂亲王，但匂亲王不肯答应。现经双方决定，要强迫他娶。薰中纳言听说之后，很是着急，但也没有法子。他独自寻思：“我这个人实在太怪异了。大约是由于前世的宿缘，我始终不能忘记八亲王生前记挂两女公子时的苦楚。又见两位女公子貌美命薄，怜惜她们将就此埋没一生，衷心盼望她们幸福，便异常热心地加以照顾。适逢匂亲王对她们钟情，恳切地要求我玉成好事。我所爱的不是二女公子，而是大女公子。但大女公子一定要把二女公子让给我，非我所情愿。我就把二女公子介绍给匂亲王。如今再想起来，好生后悔！其实我一人兼得两位女公子，也不会有人怪我。但现已无法挽回，只能痛悔自己失策了。”匂亲王则更加痛苦，他无时不在思念二女公子，恋恋地

变色的鸭跖草

近卫豫乐院　花木真写　江户时代（17世纪）

看着匂亲王过门不入地离开，宇治两位女公子不由得猜疑起来。她们认为，匂亲王的心就像这鸭跖草的颜色般易变，证实了他性情浮薄的传闻。平安时代的婿入婚制度，决定了女子只能在家中等候对方的到来。

怀念在宇治山庄中度过的时光。明石皇后经常对他说："你倘有喜欢的人，就叫她到这里来，一定让她同别人一样幸福。皇上对你特别器重。而你举止轻率，惹起世人讥评，我不免替你惋惜。"

有一天细雨霏霏，昼静人闲，匂亲王来到大公主房中。这时大公主身边的女侍不多，她正在静静地欣赏图画。匂亲王隔着帷屏与她谈话。他一向以为这位胞姐人品高雅，再加上风姿妩媚，多年以来不曾见过第二人可与之比肩。他觉得世间女子再没有人及得上她。唯有冷泉院的公主①，世间声望极高，家中教养又好，听说是很可爱的。他心中爱慕，但一向不曾宣之于口。他今天看到大公主，想道："我在山庄里的那个人，优美高雅的风姿绝不亚于我这位姐姐。"一想起二女公子，便难掩爱慕之情。为了聊以安慰，他拿起散放在身边的画幅来赏玩，只见所画的是各种美女的身姿，其中又画着所恋的男子的住所。这是画家潜心摹拟出来的人世百态，其中有不少可使他联想到宇治山庄。他颇感兴趣，便向大公主要了几幅，想拿去送给宇治的二女公子。其中有一幅描写在五

① 是弘徽殿女御所生的女儿。

中将[1]故事的画，所绘的是在五中将让他妹妹弹琴，题上"应有人来摘"[2]的诗句。匂亲王看了，不知生出什么感想，便稍稍贴近帷屏，低声对大公主说道："嫡亲兄妹之间，古代的人不用隔离，也都习以为常，你却对我这般疏远。"大公主不知道他看了什么画而突然说出这些话。他就把那幅画细心卷好，从帷屏的缝隙中塞进去给她看。大公主低头看画，头发袅娜地垂在席地上，稍稍溢出在帷屏之外。匂亲王隐约看见她的姿色，只觉越看越美。他想："假使她与我的血统稍远一些……"这般心思难以隐忍，他便赋诗云：

"嫩草美如玉，只可隔帘看。
迎风弄娇姿，使我春心乱。"

大公主身边的女侍，见了匂亲王都觉得难为情，躲在一旁。大公主想道："其他的诗都可咏得，何必说出这种古怪的话呢！"因此置之不理。匂亲王情知姐姐的态度并无不当。可知在五中将的那个咏"何须顾虑多"[3]的妹妹太过轻狂，使人厌憎。这大公主和匂亲王两人，是当年紫夫人特别怜爱而亲手抚育的。在众多的皇子皇女中，这两人互相之间也特别亲密。明石皇后对大公主的照顾无微不至，女侍中略有缺陷的人，一概不予使用。因此大公主身边的女侍中，有许多身份高贵的女子。匂亲王是个容易动情的人，看见姿色殊胜的女侍，就忍不住要和她们调笑。虽然他无时或忘宇治的二女公子，但双方音信不通已有多日。

宇治的两位女公子日日盼望匂亲王再来访问，又觉得这次隔绝如此长久，可知终于被他遗弃了，心中不胜悲伤。正在这时，薰中纳言来了。他是知道大女公子身体不适，特地前来探望的。大女公子的病其实并不十分沉重，但也借此为由，谢绝与他会面。薰中纳言说："惊闻玉体违和，特意远道前来探访。还望你能允许我接近病床。"他真心记挂着她，于是再三恳切地要求。女侍们只得引导他到大女公子寝处的帘前。大女公子觉得厌烦，颇觉痛苦，但也并未生气，坐起身来答话。薰中纳言向她详细说明那天匂亲王为何过门不入，又申明实在出于无奈。最后劝道："务请两位宽心等待，切勿悲伤怨恨。"大女公子答道："舍妹也并不如何怨恨。只是先父在世之时，曾多次告诫我们切勿与人结缘，如今想起来不免伤心。"说罢似乎听到饮泣之声。薰中纳言十分同情，觉得自己也颇抱愧，便说道："世间无论何事都不简单，未可轻率做出结论。两位不知世情，难免固执己见，空劳怨恨。务请你们勉强镇静！我确信这件事可保无虑。"他想起自己对他人的事也如此挂怀，也觉得有些纳罕。

大女公子每到夜间，病势就要加重一些。今晚有个陌生客人坐在一旁，二女公子不免替姐姐担心。女侍们便去对中纳言说："还请依照一向的惯例，到那边请坐吧。"中纳

① 在五中将，是在原业平的别名，是平安时代歌物语《伊势物语》中的主角。

②《伊势物语》中诗歌："嫩草美如玉，应有人来摘。我虽无此分，私心甚可惜。"在五中将以嫩草比拟他的妹妹。

③《伊势物语》中诗歌："既有同胞谊，何须顾虑多？君言羡嫩草，可笑此诗歌。"是在五中将的妹妹回答他的诗。

言答道：“今天我是记挂大小姐的病体，不顾一切特地远来探望的。你们赶我出去，太不讲情面了。试问除我之外，还有谁能诚心诚意地远来问候呢？”他就出去和老女侍弁君商议，吩咐她举办祈祷。大女公子听后颇感不快，心想自己早已情愿死去，又何必祈祷。又想到辜负他一番美意而断然加以拒绝，也不免太过乏味。她毕竟希望长命，这种心情亦十分可怜。第二天，薰中纳言说：“今天小姐觉得好些了吧？但愿能像昨天一样和我晤谈。”女侍便向大女公子传言。大女公子说：“我多日患病，今天尤觉痛苦。但中纳言既然如此要求，就请他进来吧。”薰中纳言不知大女公子的病体究竟怎样，心中十分焦灼。看见她今天态度比往常更为亲切，反而不安起来。他便靠近病床，与她谈了许多亲密的话。大女公子说：“我身上痛苦不能作答，且待病势稍减时再与你谈话。”她的声音非常微弱而悲哀，薰中纳言觉得十分伤心，悲叹不已。但他终究不能滞留在此地，虽然非常担心，也只得准备返京。临行时他说：“这种地方毕竟不适宜久居。还不如以迁地疗养为由，移居到适当的处所吧。”又再三叮嘱阿阇梨尽心祈祷，然后辞别回京。

薰中纳言的一个随从，不知何时与这里的一个女侍结缘。两人谈话之时，男的告诉女的：“匂亲王已被皇上禁足，今后不能随意微行出游，必须闭居宫中。又已聘左大臣家的六女公子为他的妻室。女家早年就有这种打算，因此亲事一拍即合，年内就要举办婚礼。匂亲王对这件亲事十分不情愿，因此虽然闭居宫中，还是一味萦心于轻浮之事。皇上和皇后屡次训诫，他却不肯听从。而我们的主人呢，毕竟与别人大不相同，他这人过分严肃，别人都厌烦他。唯有到这里来，你们都敬他爱他。外人都说这种深情绝非寻常呢。”这女侍又将这话转告她的同伴：“他说如此这般。”大女公子听后，愈发伤心失望。她想：“妹妹与匂亲王缘分已尽了。原来他爱上妹妹，只是在尚未娶得高贵妻室期间的逢场作戏而已，只因担心薰中纳言怪他无情，所以只在言语上假意敷衍而已。”这样一想，她也顾不得怨恨别人薄情，只觉自己愈发置身无地，神思纷乱，便倒身躺下。她本已虚弱不堪，现在更不指望长生于世了。身旁虽然没有外人，但自觉颜面尽失，不胜悲痛，便假装不曾听见那女侍的话，独自就寝了。这时二女公子坐在一旁，由于“愁闷时”[①]而打起瞌睡。她的姿态非常美妙可爱：以肘代枕，沉沉入睡。鬓发如云，堆积于枕畔，这景象异常美丽。大女公子向她注视了一会儿，眼前历历浮现起父亲在世之时的遗训，不胜悲伤。她反复思量：“父亲没有罪孽，不至于堕入地狱吧。无论他在何处，务必请指引我到父亲所在的地方去吧！父亲把我们这两个苦命的女儿丢在世间，连梦也不曾给我们托一个呢！”

傍晚天色阴沉，冷雨霏霏。寒风凛冽，落叶纷纷，景象凄凉无比。大女公子躺在床上，历历回想往事，又缅想今后的生涯，神情异常优雅。她身着白色衫子。头发虽然许久未加梳理，但仍一丝不乱，光可鉴人。她久病在床，脸色略显苍白，反而更添清丽。那含愁凝视的面容，真应请知情识趣的人来鉴赏。入睡的那人被狂乱大风的呼号之声惊醒，坐起身来。她身着棣棠色和淡紫色的衣衫，色彩非常艳丽。两颊微红，有如染着胭脂，容颜实在娇艳，并无半点儿愁容。她对姐姐说：“我刚才梦见了父亲，他满面愁容，

① 古歌：“昔年依慈母，曾闻戒昼寝。但逢愁闷时，瞌睡苦难禁。”可见《拾遗集》。此处引这首古歌，暗示她忘记了八亲王的遗诫而结婚。

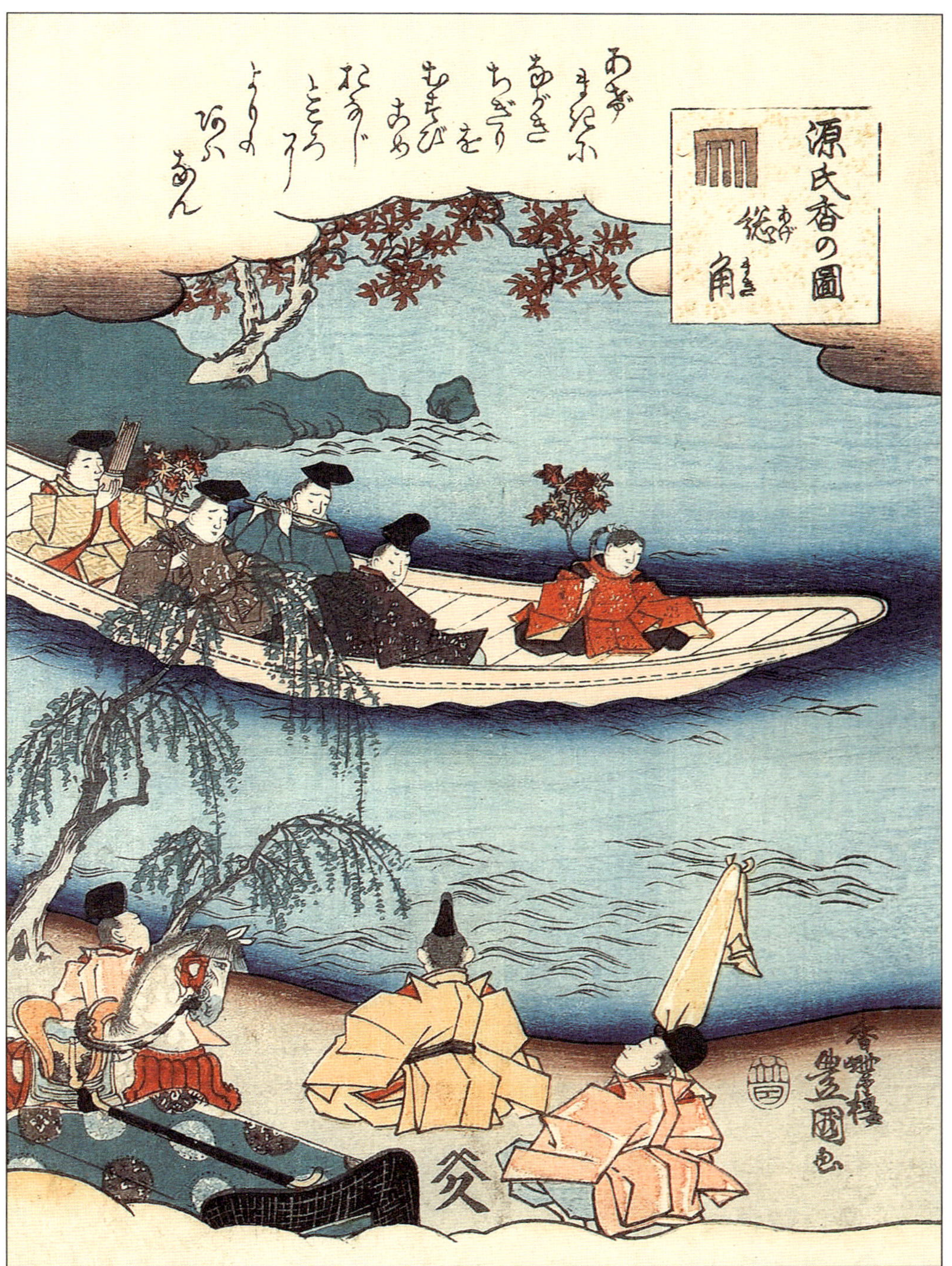

负心的猜疑　歌川丰国　源氏香之图·总角　江户时代（约1844—1847年）

宇治红叶之行，匂亲王热恋山庄女公子的隐情被泄露出来，因而被幽禁，限制其出宫。不知内情的宇治两位女公子久候之下，听闻其另有新欢的传言，不禁伤心欲绝。图为匂亲王借赏红叶之机探访宇治的情景。

在这里向四周环顾。”大女公子更加感伤，说道：“自从父亲去世之后，我常想在梦中拜见，哪知连一次也不曾梦见过。”于是两人相对而泣。大女公子想：“近来我日夜思念着父亲，或许他的灵魂正在这里徘徊，亦未可知。我很想到他身边去。但我等罪孽深重，不知是否能够如愿。”她竟在思虑后世的事了。她很想得到中国古代传说中的返魂香①。

天色全黑下来了，匂亲王派人送来一封信。在这时，这样的事倒也聊以自慰。二女公子并不马上阅读来信。大女公子对她说道：“你还是镇静一些，大方地回他一封信吧。我若就此死去，担心会有比他更为荒唐的人来纠缠你，这是很令人担心的。只要他能不忘旧情，偶通音信，别人就不敢随意胡为。所以此人虽然可恨，亦有可以仰赖之处。”二女公子说：“姐姐想舍弃我而先死吗？真太无情了！”她不禁掩面大哭。大女公子说：“父亲死后，我片刻也不想留在这世间。只因命运注定，所以苟活至今。我之所以贪恋世寿而爱惜此身，无非是为了你呀！”便命人将灯火拿近，展信一读。这封信照旧写得非常详细，其中有诗云：

“朝朝凝望处，同是此天空。
何故逢阴雨，愁思特地浓？”

这首诗袭用古歌中“何曾如此湿青衫”②之意，不过是老生常谈。大约匂亲王以为聊胜于无，所以勉强吟成此诗。大女公子愈发觉得可恨。但匂亲王是个世间罕有的美男子，再加上为了引人注目，经常装出一副风流俊俏的模样。因此年轻的二女公子被他迷住，也属自然。离别多时，不免使她相思渐深。她有时回心转意，想道：“他曾对我立下如此真挚的山盟海誓，总不会就此断缘吧。”匂亲王的使者催着索取回信，说“今晚必须复命”。经众女侍多方劝请，二女公子仅答复了一首诗：

“深山秋寂寂，霰雪已飘零。
怅望长空色，朝朝添暗云。”

这时正是十月底，因此有此诗句。匂亲王想起自己不到宇治已有一个多月，心中十分焦灼。他夜夜想去，但阻碍极多。今年的五节舞会来得很早③，宫中喧哗纷繁，很是繁忙。匂亲王并非有意不去宇治，但终于未能到访，遥想山庄中人都已望穿秋水了。他在宫中虽然有时会与女侍们调笑，但时时挂念着二女公子。关于左大臣家的亲事，明石皇后对他说道：“你总须有个名正言顺的妻子。此外你若有想娶的人，也不妨迎她入宫，我们一定会优待她的。”匂亲王谢绝说：“此事请暂缓，我尚须考虑。”因为他真心想使二女公子不受困扰。但山庄中人不知道他这一片痴心，随着日月逝去而更添悲伤。薰中纳言也以为匂亲王的轻薄令人出乎意料。他万万想不到此事如此变化，真心地同情二女公子。他几乎再不去见匂亲王了。但他关心山庄中的女公子，多次前往探访。

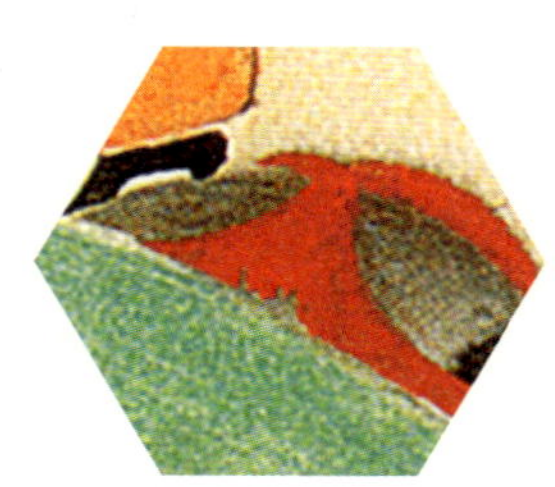

① 传说：汉武帝烧返魂香，李夫人的灵魂出现。
② 古歌：“十月年年多苦雨，何曾如此湿青衫！”可见《源氏物语注释》。
③ 五节舞会规定在十一月中的第一个丑日开始举行，故日期每年不同。

到了十一月，薰中纳言听说大女公子病体稍愈，再加上公私事务繁忙，以致五六天不曾派人问候。这一天他忽然想起，不知如今病况怎样，便抛开繁忙的要事，匆匆入山探访。他曾叮嘱祈祷必须举行至病愈方可停止。如今因大女公子病体稍愈，已请阿阇梨返山，这时山庄中人数很少，照例由那个老女侍弁君出来，向薰中纳言报告病人的情况。她说："说不出身上觉得怎样痛苦，看着也并不严重，只是全然不进饮食。大小姐本来身体格外柔弱，自从出了匂亲王那件事情，她的心情更加郁闷，连果物都不吃一点儿。如此日积月累，弄得身体异常虚弱，眼看着已经全无希望。我们这种微不足道的人，反而长生在世，眼看这种惨事。我手足无措，恨不得早一步先死了呢。"话没说完，已经泣不成声。这原是怪不得的。薰中纳言说："你为什么不早把这种情况告诉我呢？最近冷泉院及宫中，各种事务都很繁忙，我好几天未来探望，心中记挂得很！"他就到以前住过的房间里，坐在大女公子枕畔，与她谈话。但大女公子似乎已经不能出声，一句也不回答。薰中纳言恨恨地说："小姐病得如此沉重，你们谁也不来向我禀报，实在太放肆了。我再是心中记挂，也是白费心机。"便命人去请那位阿阇梨以及世间以灵验著称的僧人，于第二天开始举行修法祈祷及诵经。又召来他的许多侍臣在山庄里照料。一时间人声喧哗，非常热闹。众女侍全然忘记了过去的忧虑，都觉得心里又生出了希望。

天色已晚，众女侍对薰中纳言说："请那边坐。"就招待他在那边吃些泡饭等物。但薰中纳言说："我总得在小姐身边服侍才行。"这时南厢已设置成僧众的座位。东面距大女公子病床稍近，就在那里设个屏风，请薰中纳言就座。二女公子觉得薰中纳言与病人离得太近，不好意思。但众女侍以为此人与大小姐有宿世深缘，对他并不疏远。从初夜时分[①]开始，僧众开始不断地诵念《法华经》。仅选用十二个嗓音美好的僧人诵念，因此声音听来非常庄严。南厢中点着灯火，病室中则是黑的。薰中纳言把帷屏的垂布掀起，膝行到里面去看。只见有两三个老女侍在一旁伺候。二女公子看见薰中纳言进来，马上回避，室内人数不多。大女公子安静地躺卧着。薰中纳言对她说："为什么你一句话也不说呢？"便握着她的手请她说话。大女公子奄奄一息，断断续续地说："我心里想说话，但说时非常难受。与你多时不见，只怕就此死去，正在伤心呢。"薰中纳言说："我不来看你，害得你如此切盼！"说罢便号啕大哭。大女公子头上有些热。薰中纳言说："你有什么罪要遭此恶报呢？想是负心于人，因而才患上这样的重病吧。"他把嘴贴近大女公子耳边，说了许多情话。大女公子又是厌烦，又是羞涩，举起衣袖遮住了脸庞。她的身体比前更为虚弱，一动不动地躺着。薰中纳言想："如果她就此死去，叫我情何以堪！"便觉肝肠寸断。他隔帘对二女公子说："二小姐连日看护，想必十分辛劳。今晚且请好好休息，由我担任值宿就行了。"二女公子有些不放心，但想到其中或有缘故，便退到稍远的地方。薰中纳言虽然并未与大女公子面对面，但坐在离她病床很近的地方，以便服侍照料。大女公子心里既不安，又羞涩。但她想："原来我同他有这样的深缘！"她回想这人性情沉稳温厚，比起那个人[②]来，实在可靠得多。她担心自己死后，

① 初夜，是晚上十时左右。
② 指匂亲王。

忧愁的女子　《源氏物语绘卷·横笛》复原图　近代

匂亲王的来信，自比如逢阴雨般“愁思特地浓”。这种勉强吟成的诗句让大女公子更觉其敷衍。妹妹却深信其诚恳的山盟海誓，倾诉自己“朝朝添暗云”的忧愁。同是忧愁，却有厌世般的悲痛与恋人不能相见的哀愁之分。图中低头的女子满怀思念，一副忧愁的样子。

在他的回忆中成为一个倔强顽固、冷酷无情的人，因此并不推拒他的好意。薰中纳言整夜坐在她身旁，指挥众女侍，劝病人服食汤药。但大女公子一口也不想喝。薰中纳言想：“这病势看来险恶了！怎样可以保住她的性命呢？”他心中无限忧虑。

彻夜不停地诵经的僧人，到天明时分换了一班人，声音依旧非常庄严。阿阇梨也彻夜诵念经文，只是偶尔打个瞌睡，这时也已醒来，开始诵念陀罗尼经。他虽然年纪老迈而喉音枯哑，但因修行功夫极深，听来深具法力。他向薰中纳言询问：“今晚小姐病体可好？”随即叙述起八亲王的种种往事，频频举袖拭泪。他说：“八亲王的灵魂不知现在何处。据贫僧猜想，定然早已往生西方极乐。但前几天我曾在梦中拜见，他仍作世俗打扮，对贫僧说道：‘我早已决心离弃尘世，对俗界毫无执着。只因对两个女儿略有牵挂，不免心绪纷乱，以致暂时不能往生，实在令人遗憾。我想请你替我做功德，助我往生。’他这话说得清清楚楚。贫僧一时想不出应该为他做什么样的功德，只得尽我所能，请了五六位在我寺中修行的僧人称名念佛。后来又想出一个法子，让他们举行‘常不轻’[①]礼拜。”薰中纳言听了这话，深为感念。大女公子听说之后，心想我们两人

①《法华经·常不轻菩萨品》曰：“我深敬汝等，不敢轻慢。所以者何？汝等皆行菩萨道，当得作佛。”唱着这二十四字经文，向各处巡行，见人即拜，叫作“常不轻”礼拜。

竟妨碍了父亲往生极乐，罪孽实在深重，一时伤感，竟然昏了过去。她在病榻上想道："但愿在父亲尚未往生之前，我就能去追随他，和他生在同一个世界里。"阿阇梨只说了这几句话，就去做功德了。举行"常不轻"礼拜的五六个僧人在附近各村庄中巡行，直到京都。这时因清晨寒风凛冽，都回到阿阇梨做功德的地方，来到山庄正门口，以非常庄严的声音朗诵偈语，叩首礼拜。唱到这回向经文的末句，大家皆深为感动。薰中纳言原本就深信佛法，其感动更为深刻。二女公子心中记挂姐姐，走到后面的帷屏旁来察看。薰中纳言听到声音，马上正襟危坐，对她说道："二小姐听这'常不轻'声音怎样？这虽然不是宏大的法事，但也非常庄严。"便赋诗云：

"冬晨霜重汀洲畔，
众鸟悲鸣惹我愁。"

他用平时说话的语调来念诵诗句。二女公子看见这人与她的薄情郎颇为相似，简直可以当作那人看待，但终于不便与他直接唱和，便叫弁君传言道：

"霜晨振翅悲鸣鸟，
知否骚人万叠愁？"

这老女侍实在不配担任二女公子的代言人，但也像模像样地替她传达答诗。

薰中纳言想起来："大女公子过去对于诗歌赠答这等小事，也颇谨慎小心，总是温和诚恳地对待他人。这次若真与她永别了，叫我怎堪忍受！"便愈发忧心忡忡。他想起阿阇梨梦见八亲王的事，猜想八亲王在天之灵也正记挂着两位女公子，便在八亲王生前曾驻的山寺里也请僧众诵经念佛。又派人到各处寺庙，为大女公子举办祈祷。京中公务私事一概请辞。祭告神灵，祓除邪恶，凡种种法事，无不做到。但大女公子这病不是因为鬼怪作祟，所以法事全无效验。如果病人自己想要痊愈而向佛祈愿，或者倒可见效。但大女公子却并非如此，她想："我还不如趁此机会，早日死去的好。中纳言如此接近我，全然不避嫌疑，更无法拒绝他了。如果就此和他结缘，只怕这种亲切之情日后消减，弄得双方疏远，倒是令人忧虑的事。我这次如果不死，一定要以疾病为借口，出家为尼。唯有如此，才能保证双方爱情的长久。"她打定主意，一定要照此实行。但此刻也不便向薰中纳言说出，便对二女公子说道："我近来只觉已全无生理。听说出家为尼，功德极大，可以祛病延年。你快去请阿阇梨来，让他替我受戒吧。"众女侍听了这话，大家尽皆哭泣起来，说道："绝对不可！中纳言大人如此为你操心担忧，这叫他多么失望啊！"她们都以为这件事切不可行。没有一个人向薰中纳言转达。大女公子不胜惆怅。

薰中纳言长久留在宇治山庄之中，消息渐渐传开，也有人特地到宇治来向他慰问。平日在他邸内出入的人和素来亲近的家臣，见中纳言对大女公子如此关怀，便各自张罗着为病人举办各种祈祷，大家忧愁叹息。薰中纳言想起今天是丰明节，遥想京中的景象。这一天北风狂吹，大雪纷纷。他猜想京中天气绝不至于如此凄烈，心情不免暗淡。他想："我同她难道唯有如此浅薄的缘分吗？真命苦啊！但又无可怪怨，只能希望她的身体早日恢复，纵使一时片刻也好，让我能对着她那温柔绰约的倩影，倾诉我的心事。"他茫然陷入沉思，一天就此过去，于是吟诗云：

“阴云笼罩深山里，

暗淡心情度日难。”

山庄里的人，因有薰中纳言在此，大家都觉得安心。

薰中纳言隔着帷屏坐在大女公子病榻之旁。一阵风吹来，吹起帷屏上的垂布。二女公子就躲避到里面去。几个面貌丑陋的女侍也都就此躲开。薰中纳言膝行到大女公子身边，哭哭啼啼地说：“小姐今天觉得怎样？我已竭尽心力，举办了各种祈祷，哪知都是枉然，连你的声音也听不到，我真是大失所望啊！万一小姐弃我而去，叫我多么伤心啊！”大女公子似已失去知觉，但还能举袖遮面，断断续续地答道：“且待我的病稍好些，再与你谈话。此刻我只觉得昏昏沉沉，真可恨啊！”薰中纳言的眼泪更加止不住地流下来。忽然想起哭泣不祥，便竭力忍耐，不想被人看到。但终于情不自禁地放声大哭。

他想：“我与她不知前世有何孽缘，因而虽然如此热烈地爱慕着她，却受尽苦难而终于将要诀别？如果她稍有一丁点儿的缺陷，也可使我容易忘却啊。”他就凝神注视着病人，只见她的风姿愈发优雅端庄、可怜可爱了。她的手腕已很纤细，身体虚弱得有如人影。但其美丽的姿容并未稍减，肌肤白嫩如昔。穿着柔软的白色衣衫，推开绣被而躺卧的姿态，竟像一个身体细长的玩偶。她的头发并不浓密，但堆积在枕畔，光可鉴人，十分美丽。薰中纳言看了想道：“不知这段情的结局怎样！难道她已无生望，全然不可挽救了么？”便觉无限伤感。她卧床多日，许久不施膏沐，但其风姿比用心打扮而装模作样的女人更加优美。薰中纳言对她仔细端详了一会，不由得神魂飘荡，说道：“你若离我而去，只怕我一刻也不想留在这世间了。如果前世注定，硬要我一个人留在这世间，我一定遁迹深山，与世长辞。所不放心的，唯有孤苦伶仃地留在世间的令妹而已。”他想用这番话来引出大女公子的对答。大女公子把遮脸的衣袖稍稍掀开，答道：“我如此命薄，一向被你视为无情之人，如今更加无可奈何。只是我多次婉言向你恳请：对于我所丢下的妹妹，请你同爱我一样地爱她。当时你若不违背我的意愿，如今我就是死，也可瞑目了。我只为有这一点儿牵挂，才对这世间有所留恋呢。”薰中纳言答道：“我的命也如此苦吗！只因我除你之外，绝不能爱第二个人，因此不曾听从你的劝告。如今回想起来，不胜后悔，且又十分惭愧。但令妹之事，请你放心，勿以为念。”他百般地安慰她。这时大女公子只觉异常痛苦，薰中纳言便唤做法事的阿阇梨等僧众到病室里来，叫他们施行各种有效的祈祷。他自己也虔诚地恳求神明。

大约是佛菩萨特地要使薰中纳言厌离俗世，因而要让他经受一番残酷的别离之苦吧，大女公子眼见着渐渐停止呼吸，像春花枯萎一般地消逝了，呜呼哀哉！薰中纳言无法挽留，便痛心得捶胸顿足，号啕大哭起来，也顾不得旁人的嘲笑了。二女公子见姐姐死去，更是放声痛哭，一定要追随而去，这也是难怪她的。那几个多嘴的女侍说道：“留在亡人身边是不祥的！”便把哭得不省人事的二女公子拉走，扶往他处。薰中纳言想：“怎么会有这样的事，这不是在做梦吗？”便将灯火移近，仔细观看，只见那被衣袖遮掩的容颜有如入睡一般，端正美丽，与生前绝无差异。他痛心之余，竟想让这遗骸就此躺着，像蝉壳一般永久保存，才能经常与之相见。举行临终法事之时，照例要梳理头发。梳时芬芳四溢，那可爱的气息全同生前一样，真是一种美妙的香气。薰中纳言想道：“我总希望能在她身上找出某种缺点，以便减轻相思之苦。如果佛菩萨真想让我厌离人世而行方便，请务必使我在她身上发现可怕、可厌之处，令我心中悲伤稍减！”他如此向佛祈愿。但悲伤愈发难以

薰君的哀思　《源氏物语绘卷·竹河一》复原图　近代

大女公子消逝后，薰君只管笼闭在山中怅望沉思，从黄昏直到夜深。无论是清丽的月色、丧服的黑色，还是冰面倒映的山色，皆成为他思念大女公子晦暗的怀念。为妹妹的前程一味忧惧是大女公子得病而死的原因，为此，薰君深深悔恨自己居其间策动的过错。图为沉思的薰君。

遣送。他就下定决心："不如硬起心肠，送她去火葬吧！"于是照例准备各种仪式，这真是痛苦！薰中纳言被人扶着前往送葬，神思迷离，两只脚仿佛踏在空中。这最后的一场仪式也颇寂寥，升空的烟并不太多。薰中纳言意气消沉，茫然地返回了宇治山庄。

七七期间，宇治山庄中人来人往，并不觉得过于凄凉。但二女公子担心他人讥笑，心中羞惭。痛恨自己一生命苦，日夜伤心，竟似乎也要去了。匂亲王频频派人来慰问。但大女公子一向视他为意想不到的薄情之人，直到死去兀自不能谅解，因此二女公子以为自己与他的结识，是一段恶缘。薰中纳言本想趁此时机，成就出家的心愿。但一方面怕三条院宫邸中的母亲伤心，另一方面又记挂着二女公子孤苦无依，思前想后，心绪纷乱。他又转念一想："还不如遵照大女公子的遗言，把这妹妹当作死者的遗念而爱护她吧。说到我的本意，她虽然是大女公子的妹妹，我也决不肯把爱情移到她身上。但与其让她孤苦一人在这世上，不如把她当作话伴，经常到此与之相会，亦可聊以寄慰我对亡人永无尽期的思慕。"他绝口不提返京之事，只管与世隔绝，忧愁苦恨地幽闭在山中。

世人听说之后，知道他与亡人恩情非浅，自宫中开始，各方都来吊慰。

日子日复一日地过去。每逢七日的佛事都很郑重，祭祀供养，丰盛无比。但因名分所限，薰中纳言不便改穿丧服。于是大女公子生前亲近的几个女侍，就改穿了深黑色的丧服[①]。薰中纳言无意中看到，吟诗曰：

“未能为汝穿丧服，
血泪沾襟亦枉然。”

他那淡红色的衣服的襟袖上洒满眼泪。那怅然沉思的姿态，十分风流潇洒。众女侍从帘隙中偷偷察看，互相说道：“大小姐青春夭折，其悲哀之处自不必说。这位中纳言大人我们一向常见，今后即将疏隔，每一想起也觉万分可惜。他和大小姐的这份恩情，真是意想不到的奇迹啊！如此深情蜜意，而双方终于无缘！”说罢都哭了。薰中纳言对二女公子说：“我将视小姐为令姐的遗念，今后无论何事必来奉告，小姐若有话也请尽管吩咐。只望你切勿与我疏远。”二女公子自觉此生万事皆属不幸，不胜羞惭，一次也不曾与他晤谈。薰中纳言心中有所感触，想道：“这二女公子是一个爽朗活泼的人，比她姐姐更孩子气而品质高雅，但不如姐姐含蓄温柔。”

飞雪零落，数日不停。薰中纳言怅然沉思，一直枯坐到傍晚，世人所厌恶的、十二月的月亮，高高悬挂在明净如水的碧空中。他命人卷起帘子，抬头望月，又“欹枕”[②]而听那边山寺中宣告“今日又空过”[③]的隐约的晚钟。即景吟诗云：

“人世无常难久住，
拟随落月共西沉。”

这时北风猛烈，本想唤人来关上板窗，忽然看到水面的冰像镜子一般映出四周的山峰，月光清丽动人，夜景极为优美。薰中纳言想道：“京中新建的三条院宫邸极为富丽堂皇，但总觉不及这里清雅。那人寿命若能稍稍延长，我便可和她一起欣赏。”他思来想去，肝肠寸断，又吟诗曰：

“拟入雪山寻死药，
从今免得苦相思。”

他希望自己遇到那个教半个偈的鬼[④]，便可以求法为借口，将肉身送与鬼去吃。这真是一种无比怪诞的道心呢。

---

① 对死者关系亲，哀思深的，丧服的黑色亦深。女侍照理只需穿浅黑色衣服。

② 白居易《香炉峰下新卜山居草堂初成偶题东壁》诗中有云：“遗爱寺钟欹枕听，香炉峰雪拨帘看。”

③ 古歌：“山寺晚钟声隐约，伤心今日又空过。”可见《拾遗集》。

④ 雪山童子遇鬼，向之求法。鬼唱曰：“诸行无常，是生灭法。”下半尚有二句，鬼因肚饥，唱不出了。小童问：“欲食何物？”鬼曰：“欲食血肉。”小童曰：“教我下半，我身即与你吃。”鬼续唱曰：“生灭灭已，寂灭为乐。”小童就将这四句偈写在石壁之上，投身喂鬼。可见《阿含经》及《涅槃经》。

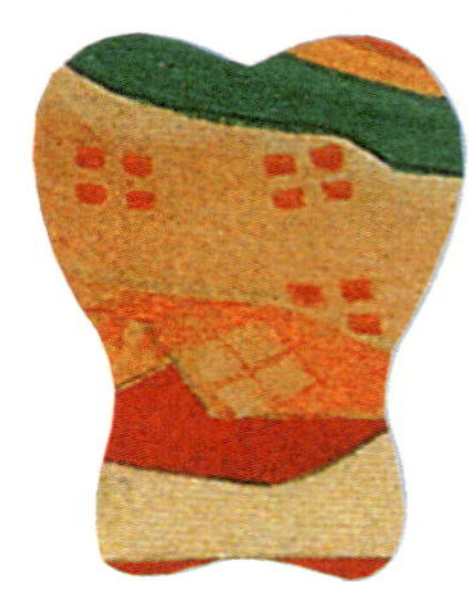

薰中纳言召唤众女侍到身边来，与她们谈话。他的态度十分优雅，言语从容，意味深长。众女侍瞻仰风采，年轻的对他的美貌心驰神往，年老的则深为大女公子悲伤惋惜。有一个老女侍说道：“大小姐病势日益沉重，是因为她见匂亲王格外冷淡，担心二小姐受世人讥评。但她又不愿令二小姐知道她的担心，只是独自在心中痛恨。在此期间，她连果物也一点儿不吃，身体就愈来愈虚弱了。大小姐表面上看来对万事并不经心，其实心思格外深沉，对任何小事都要仔细思量。她一味为二小姐的事忧恼，悲叹自己不该违背亲王大人的遗训。”她又复述大女公子生前常说的话，听者无不掩面痛哭，悲伤不已。薰中纳言心想：“这都怪我太过糊涂，才使大女公子无端受此烦恼。”他恨不能挽回从前的过错。推而广之，只觉人世间一切都可怨恨，便更为专心致志地诵经念佛，准备彻夜不睡，直到天明。在夜色极深、寒风凛冽之时，忽然听到门外人声嘈杂，又听到马嘶之声。法师等人都很惊讶：“这么寒冷的深夜，是谁踏雪而来呢？”只见匂亲王穿着旅行的装束，浑身湿透，狼狈地走了进来。薰中纳言听到叩门声，知道是匂亲王来了，便走进房间深处躲避。

匂亲王知道距大女公子的七七之期还有数日，但因太过思念二女公子，便不顾风雪，半夜赶到宇治来访。这份诚意本应足以抵偿几个月来疏慢之罪，但二女公子决不肯和他见面。因为她想起姐姐正是为了他才忧愤成疾，深感惭愧。而姐姐不曾看见他回心转意，就此逝去，如今他虽然有心改过，也于事无补了。众女侍都来相劝，说理应接见。二女公子才答应隔着帷屏谈话。匂亲王向她滔滔不绝地倾诉近来不得已而疏远的缘由，二女公子茫然地听他说着。匂亲王见她也已奄奄一息，担心她将步姐姐后尘，觉得非常抱愧，又很担心。

他今天是不顾母后怪罪，拼着性命偷来的。因此苦苦向二女公子请求：“请撤去屏障吧。”二女公子只说：“且待我神志略为清醒之时……”始终不肯和他相见。薰中纳言听说这种情况，使叫几个懂事的女侍来，对她们说：“匂亲王违背当初的誓愿，近几个月来态度疏慢，固然罪无可赦，难怪二小姐对他怀恨。但惩戒也须有个限度，不可过分使人伤心。匂亲王从不曾受如此冷遇，一定非常痛苦。”他私下叫女侍去劝说二女公子。二女公子听了，觉得连他也这样想，叫她愈发自觉惭愧，便置之不理。匂亲王说：“如此待我，实在太无情了。从前的山盟海誓都忘记了！”他不时长叹，空度时光。这时夜正凄凉，风声惨厉。他意气消沉地独自躺着，虽是自作自受，毕竟也颇可怜。二女公子便又隔着帷屏和他谈话。匂亲王对着诸佛菩萨赌咒起誓，保证永远不变初心。二女公子想：“他怎么能顺口编出这一大套话来？”反而觉得更加厌烦。但她这时的心情，与伤恨伤离别时有所不同。看到匂亲王那可怜的模样，心肠自然软了下来，不能对他漠然地不理不睬。她茫然地听了一会儿，低沉地念了一首诗：

“回思往昔都无信，
预约将来怎可凭！”

匂亲王反而悲愤满怀，答道：

“但念以后时日短，
目前应不背依心。

世间万事皆属虚空，无常如此迅速，请勿使我因受人怨恨而罪孽深重啊！”又说了许多话来安慰她。二女公子答道：“我心情非常悲伤……”便退入内室去了。匂亲王也顾不得旁人讥笑，一直哀叹着直到天明。他想：“她对我的怨恨确是难怪。但太不顾及他人的面子，使人伤心落泪。这又可想而知她心中多么悲愤。”他思前想后，觉得二女公子身世实在可怜。

薰中纳言长久地住在山庄之中，几乎有如主人一般，随意地呼唤女侍。许多女侍忙着为他料理膳食。匂亲王看了觉得既使人伤感，又令人苦笑。薰中纳言的面庞瘦削苍白，经常茫然地陷入沉思。匂亲王很可怜他，郑重地向他慰问。大女公子逝世之时的情况，虽然言之无益，但薰中纳言很想对匂亲王略为诉说。然而觉得诉说起来心情不免颓丧。又怕匂亲王笑他痴心，因此很少与他说话。薰中纳言每天哭泣，日子一久，面貌也有了一些变化，却反而比前更加清秀。匂亲王想道：“此人如果是个女子，我必然会为他动心。”这原是他心中的怪癖，但他因此担心起来，便打算在不受他人讥评的情况下将二女公子移居到京都去。二女公子对他如此冷淡，若被父皇、母后知道，实在不妥，因此他很担心，打算今天就返回京都。他对二女公子热切地说尽千言万语。二女公子也觉得过分冷淡使他难堪，想对他说几句话，但终于不能释怀。

到了年末，纵使不是这样的荒郊野岭，天色也异常昏暗。宇治山中更不必说，没有一天晴朗，风狂雨骤，积雪难消。薰中纳言整日怅惘沉思，浑如活在梦境之中。大女公子断七之日，大做法事，非常体面。匂亲王也送来隆重的吊仪，又斋僧布施。薰中纳言终究不能在这里住到新年。各处亲朋，也都在埋怨他幽闭山中，久无音信。如今已过断七，自然一定要回京不可了，但心中伤痛依旧难以言喻。他住在这里时，仆从来往出入。而一旦离去，这里势必冷清起来，因此众女侍都不胜伤感。她们回忆当时目睹大女公子逝世而惊呼痛哭的情景，觉得现在虽然宁静，反比那时更感痛苦。她们都说：“从前每逢聚会，他时常惠然来访。这次久居山庄，得以朝夕亲近，只觉得他比前更加温柔多情。无论各种事务，都蒙他悉心关照。自今以后我们不能再见到他了！”大家都流下泪来。

匂亲王派人送信给二女公子，信中说：“我时常想入山相会，但苦于困难重重。如今打算将你迁来京都，住在我住所附近。一切手续，现均已办妥。”这是因为：明石皇后听说匂亲王与二女公子的事，猜想薰中纳言对大女公子如此怀念，可知其妹也定然非凡，因而匂亲王才对她倾心相恋。明石皇后可怜匂亲王，便悄悄对他说道：“你可让二女公子迁居到二条院来，以便相会。”亲王疑心母后是想以此为借口，实际上想让二女公子给大公主当女侍。但想到今后可以经常与二女公子相见，倒是一件可喜之事，因此写来这封信给二女公子。薰中纳言听说之后，想道：“我营造三条院宫邸，本想给大女公子居住。大女公子既已故去，我正想接二女公子来住，当作她的替身呢。”他想起往事，不胜惆怅。至于亲王对他的怀疑，他以为全然不近情理，绝不起这念头。他只是想：“能代替父母照顾她的人，除我以外还有谁呢？”

优柔犹疑的宇治

从第四十四回开始，在“宇治十帖”这一部分中，人物在富贵繁华的京都和冷森凄凉的宇治之间来回游走，最终形成一个分裂对立的世界。这种“双中心”的出现，使“宇治十帖”体现出一种迥异前文的优柔犹疑。

环境的犹疑

薰君和匂亲王总是在京都和宇治之间不断地游走、犹疑，就好像如果只待在一个地方会让他们受不了一样。正因为其中的距离感，所以误解就不可避免地产生了。

匂亲王

当匂亲王准备对宇治二女公子进行确定婚姻形成的、必不可少的连续三日拜访时，发现以他的身份，很难在短时间内一次又一次前往宇治。对于他来说，这样的缺席是一种恋爱中的痛苦折磨。

大女公子

对于女方而言，这正好坐实了最初就预料到的、也是一直惧怕的男子的反复无常。她们无法想象迫使匂亲王违背自己意愿而待在宫内的那种巨大压力。

人物的犹疑

薰君从开始的毫无婚姻之念，到追求大女公子未果，又痛惜将二女公子转送于人。正是由于其患得患失的心态不停转换，使得自身痛苦之余，也让二位女公子感到羞愧难堪。

①在八亲王将女儿托付给他时，他就把两位女公子划归自己名下，但又不刻意接近，没有丝毫婚姻之念。

②当薰君对大女公子产生爱慕时，大女公子却已矢志不嫁。他设计将二女公子转送给匂亲王，以达到使大女公子回心转意的目的。

③当大女公子身死，他又期望二女公子能够抚慰他的悲伤，但二女公子此时已成匂亲王的情人。他优柔寡断的性格，使得几次转变后的追求尽皆落空。

优雅而又犹疑的薰君

第四十八回　早蕨[1]

古歌有云："密叶丛林里，日光射进来"[②]，因此宇治山庄虽然荒僻，也能看到春光。但二女公子只觉得近来仿佛做了一场大梦，不知道日子是怎样度过的。这些年来她与姐姐两人情深意洽，随着一年四季变易，早晚共赏花香鸟语。有时闲吟戏咏，互相联句；有时谈论世人忧辛，以慰寂寞。如今失去姐姐的陪伴，每每遇到有可喜可悲的事，再无人可以倾诉。诸事只能闷在心中，独自伤心。当年丧父，固然抱恨悲叹；而这一次丧姐，只觉比那时更多悲恸。思念无有竟时，不知此后如何度日。因此她一直心绪纷乱，连昼夜都不知分辨。有一天，阿阇梨派人送来一封信，信中说道："新年已至，不知近况如何？这里的祈祷照常举行，不曾稍有懈怠。这次的祈祷乃是专为小姐一人祈求福德而举办的。"随函又送上蕨及问荆，都装在一只精美的竹篮里，附言道："此蕨与问荆乃诸小童为供养贫僧而采的，都是新鲜之物。"笔迹非常粗陋。所附诗歌，故意写成每字分离的样式，诗曰：

"年年采蕨供春膳，
　今岁不忘旧日情。

请将此意禀告小姐。"信是写给女侍的。二女公子猜想阿阇梨吟咏此诗句时一定多方推敲。她觉得诗意也颇为真挚，比起有口无心、花言巧语的人的作品来，更为动人，不禁流下眼泪，命女侍代笔答诗云：

"摘来山蕨谁欣赏，
　物是人非感慨深。"

又命人取出物品犒赏使者。二女公子正值盛年，姿色十分娇美。近来不断经历各种忧患，容颜稍显清瘦，但仍然非常娇艳，反而更添秀丽之色，容貌与已故的大女公子极为肖似。大女公子尚在人世之时，只觉两人各有其美，并不觉得十分肖似。但现在看来她们姐妹非常相像，骤然见到，竟使人疑心大女公子未死，以为这便是她呢。众女侍看着二女公子，想道："中纳言大人对大小姐如此思念，竟想保留她的遗骸，以便时常相见。既然如此，当初为什么不娶了二小姐，难道是这两人没有宿缘吗？"她们都深觉遗憾。薰中纳言邸内时常派人来访，因此两边彼此都知道情况。据说薰中纳言因为悲伤过度，竟致神思昏乱，不顾新年佳节，双目常是红肿的。二女公子听到后，心知此人对姐姐的爱情十分深厚，对他的同情就更加深切了。

匂亲王身份高贵，不便随意出门，就下定决心要将二女公子接去京都。正月二十日宫中举行宴会。一番忙碌之后，薰中纳言满怀愁绪，无可倾诉，不堪其苦，便到匂亲王宫中去访晤。这时暮色苍茫，匂亲王正枯坐窗前沉思，不时抚弄一下鸣筝，欣赏他所心爱的红梅的芳香。薰中纳言在梅树低处折取了一枝，走进室内，那香气异常芬芳。匂亲

① 本回接续前回，写薰君二十五岁春天的事。

② 古歌："密叶丛林里．日光射进来。无人行到处，也有好花开。"可见《古今和歌集》。

王一时兴至，赋诗赠之：

“含苞犹未放，香气已清佳。
料得折花者，其心似此花。”①

薰中纳言答道：

“看花岂有簪花意，
既被人猜便折花。

你不要胡说八道啊！”两人如此戏闹，足见交情颇深。谈到最近详情，匂亲王首先便问宇治山庄的近况：“自大女公子故后山庄近来怎样？”薰中纳言便向他详尽叙述几个月来思念不绝的痛苦，又诉说他时常因触景生情而回忆起来的种种往事，真如世人所谓的又泣又笑，淋漓尽致将其心中哀思宣泄了出来。匂亲王秉性多情，容易流泪，纵使是别人的事，也要为之哭得衣袖上都可绞出水来，听他这样一番话，便对他表示无限的同情。

天色似乎也知情识趣，这时忽然暮霞笼罩起来。到了夜里，突然间刮起大风，气候十分寒冷，仿佛还是冬天似的。风吹熄了灯火。虽说“春夜何妨暗”②，毕竟不大自在。但两人都不肯停止谈话。尚未来得及畅叙无穷无尽的衷曲，夜色业已很深。匂亲王听说薰中纳言与大女公子的爱情深厚无比，便说道：“喂喂！你虽然如此说，但你和她的关系总不止于这样吧。”他怀疑薰中纳言还有隐情未曾说出，想查问出来。这真是以小人之心，度君子之腹了。但匂亲王是一个知情识趣的人，他一面安慰薰君，一面又百般同情他的痛苦，对他说各种各样的话，直说得他的哀愁尽消。薰中纳言被他的花言巧语所打动，终于把郁结在心中而实在难以忍受的痛苦稍稍发泄，便觉胸怀顿时开朗起来。匂亲王也与他一起商量将二女公子接来京都之事，薰中纳言说：“若能如此，这倒是一件可喜之事！不然双方都很痛苦，连我也觉得自己有过失。我要寻找我永不忘怀的那人的遗爱，除了这人以外还能有谁呢？因此关于此人日常的一切生活，我自认是当之无愧的保护人。但不知你心中是否会对我有所猜疑。”便把大女公子生前曾荐妹自代、请他代为照顾妹妹的意思，略为向匂亲王说明。但关于“岩濑森林内郭公”③似的那一夜对面共话的事，则并未说出。只是心中寻思：“我如此思念故去的大女公子，无以自慰，她的遗爱只此一人。我正该像匂亲王一般当她的保护人才好。”他愈发后悔。但又想道：“如今后悔莫及。时常如此想念她，只怕会发生荒谬的恋情，于人于己两皆不利，岂不太蠢了！”便断绝了这一念头。又想：“虽然如此，她迁居到京都以后，真能照顾她的，

---

① 意思是说薰君心中倾慕二女公子，表面上却不露声色。

② 此古歌见第四十四回 725 页注①。

③ 古歌：“岩濑森林内，郭公莫乱啼！啼时人忆别，相恋更增悲。”可见《万叶集》。又：“君若恋我时，来见岂不好。何必托人传言语，犹似岩濑林中郭公鸟！”可见《花鸟余情》。但此处引用这二首古歌，皆不恰当。据《湖月抄》说：“岩濑”（地名）与“托人传言”发音相同：此处引用此句，是不托人传言而对面共话之意。

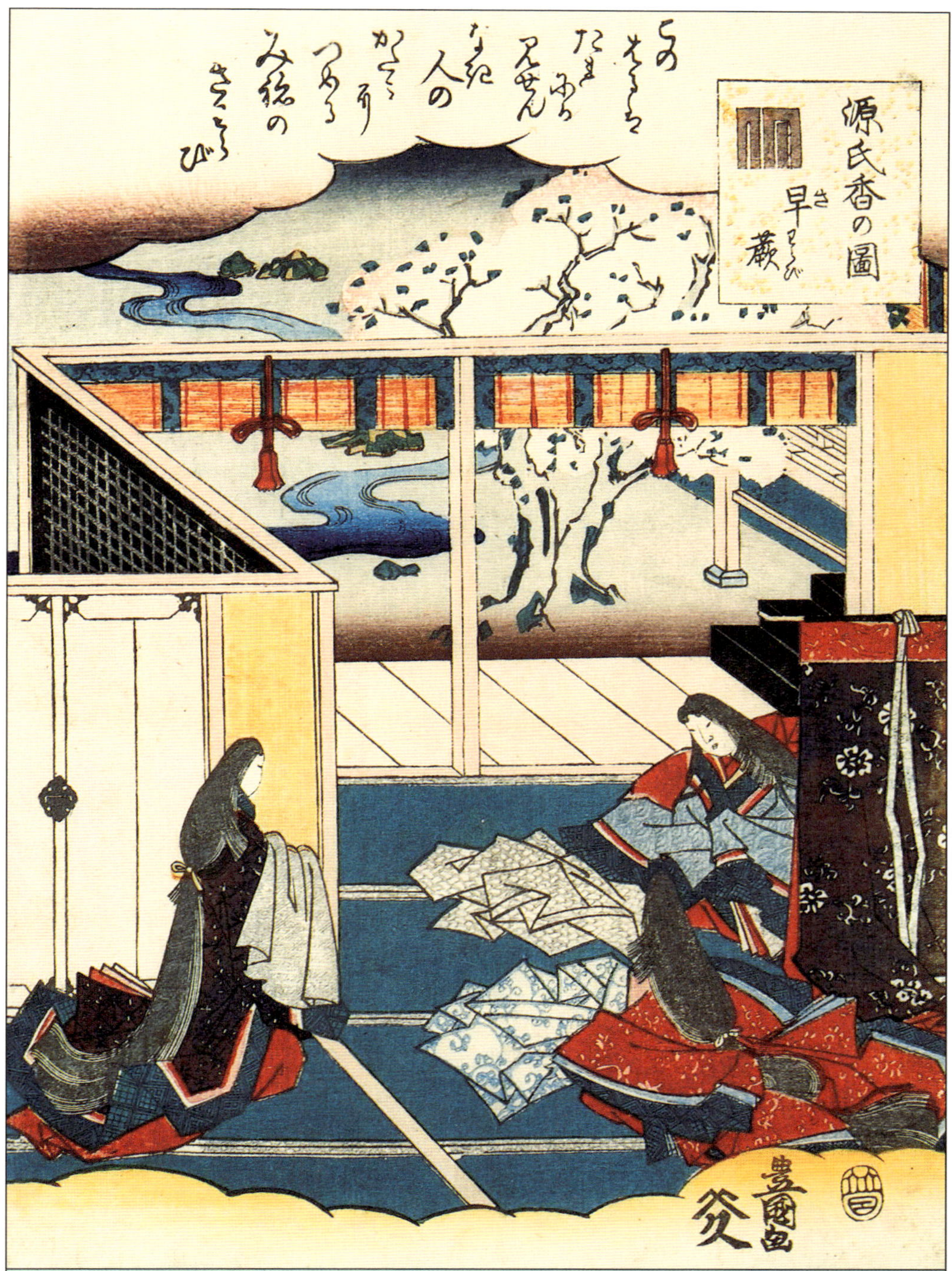

伤春缅怀　歌川丰国　源氏香之图·早蕨　江户时代（约1844—1847年）

荒僻的宇治山庄也迎来了春光，但二女公子看着庭外枝叶渐绿的场景，不禁伤怀往日与姐姐共赏花香、共话桑麻的时光。图中背向而坐、身着红色衣裳的二女公子望着庭外风景，似乎与对面恬静端庄的姐姐说着话。

除我而外还能有谁？”就协助匂亲王准备迁居之事。

宇治山庄里也忙着准备迁居一事，从各处物色了一些容貌娇美的青年女侍及女童，人人兴高采烈。唯有二女公子想起以后将迁居京都，这“伏见邑……荒芜甚可惜”①，心中十分难过，终日不停愁叹。虽然如此，却也觉得拒绝匂亲王而幽闭在这山庄里，也没什么意义。匂亲王经常来信诉恨：“如此分居两地，深缘也势必断绝。不知小姐心中有何打算？”他的话也不无道理。二女公子心绪纷乱，不知应该怎样才好。迁往京都的日子选定在二月初旬。眼看日子渐近，二女公子留恋山庄中花木欣欣向荣的美景，又想到自己有如抛舍了峰顶春霞而远去的鸿雁②，所到之处又不是永久的家，倒像旅舍一般，这是多么失却体面而惹人嘲笑的事呀！因此顾虑极多，只能怀着满腹苦闷，忧愁度日。姐姐的丧期已满，应该脱掉丧服，到川原去举行祓禊，但又觉过于无情。她心中常想，也常对人说：“我自幼丧母，记不清母亲的面貌，也不觉得恋慕。姐姐一向代母亲抚养我长大，我理应穿深黑色丧服才对。”但丧礼中没有这种制度，她为此常感不满，万分悲恸。薰中纳言特地派来众多车辆、仆从及阴阳博士，以供祓禊之用。并赠诗云：

“日月无常相，悲欢任宿缘。
才将丧服制，又把彩衣穿。”

他还真送来各种美丽的彩衣。其中又有迁居时犒赏众人的物品，虽不特别贵重，却也按照各人的身份，考虑得非常周到，这份贺仪实在可称得上是丰厚了。众女侍对二女公子说：“薰中纳言大人处处不忘往日之情，这份心意实属难得。就是亲兄弟也未必会如此关切呢！”几个老年女侍对风情已失却兴趣，平白领受重赏，自然真心感激。几个年轻的女侍互相议论说：“过去二小姐经常与他相见，今后各有住所，不容易再见了。不知二小姐将多么记挂他呢。”

薰中纳言在二女公子乔迁前一天的清早赶来宇治，照例被招待在那间客室里休息。他独自思量：“如果大女公子尚在人世，现在我已和她相亲相爱，将提前迎接她进京去了。”便历历回忆大女公子音容笑貌。又想：“她虽然不曾应允我，毕竟也并不嫌恶我，对我从来不曾严词厉色。只因我自己脾气古怪，才造成双方的障碍。”他辗转思虑，心中不胜悲痛。忽然想起这里的纸隔扇上有一个小洞，他曾经自那里偷窥，便走近去察看。只见里面挂了帘子，一点儿也看不见。室内的众女侍怀念大女公子，都在低声饮泣。二女公子更是泪如泉涌，无心考虑明日迁居之事，只是茫然若失地躺着。薰中纳言叫女侍向她传言：“许久不曾到访，其间我心中的愁恨难以言表。今日想对小姐略为倾诉，聊以慰藉吾心。还请照例接见，请勿见拒。不然，我犹似只身流落异国，愈发感到痛苦了。”二女公子十分为难，说道：“我并不想使他伤心失落。不过，哎呀！我的心绪如此恶劣，只怕言语错乱，应对失礼，实在让人担心啊。”众女侍七嘴八舌地说：“不接

① 古歌：“吁嗟我终身，应住伏见邑。倘使迁居去，荒芜甚可惜。”可见《古今和歌集》。伏见是地名，这里用以比拟宇治。

② 古歌：“抛舍春霞遥去雁，多应惯住没花乡？”可见《古今和歌集》。

待他，是对人不起的！”于是二女公子就在里间的纸隔扇旁与他晤谈。

薰中纳言的风度十分优美，令人看了自惭形秽。许久不见，他愈发漂亮，容光焕发，动人心魄。他的风采与众不同，哎呀，多么惹人喜爱的人儿啊！二女公子看见他，又想起片刻不忘的亡姐的面容，不胜伤心。薰中纳言对她说道：“我对令姐的思念，一时之间难以尽言。不过今日适逢乔迁之喜，自应有所忌讳。”便不谈大女公子的事。接着说道：“今后不久，我也即将迁往小姐新居附近[①]。世人说起亲近，有‘不避夜半与破晓’的古谚。小姐今后无论有何需要，务请随意吩咐，切勿客气。我只要生存在这世上，无不竭诚效劳。不知小姐意下如何？世间人心各自不同，小姐不会将我的话看作唐突之举吧？我也不敢妄自决定呢。”二女公子答道：“我心中并不想离开这座故居。你虽说将要迁往我新居附近，但我此刻心绪纷乱，无言可以奉告。”她说话时每一句话的尾音消失，态度非常可怜，与大女公子十分肖似。薰中纳言想道：“我自己没有主意，才使这个人被他人得了去。”心中非常后悔，但已无可奈何，便不再提及往事，装出忘记的模样，泰然自若地坐着。

庭前的几株红梅，香色都十分可爱。黄莺也不忍空自飞过，频频啼啭。何况悲叹“春犹昔日春”[②]的两人的谈话，在这种时刻更显得异常凄凉。春风吹入室内，花香和贵客的衣香虽非柑橘之香[③]，也可使人怀念往昔。二女公子回忆姐姐在世之时，为欲排遣寂寞，为欲安慰苦恼，时常专心致志地玩赏红梅。往事不堪追慕，她便吟诗曰：

“山乡风凛冽，愁杀看花人。
香色依然好，花前不见君。”

吟时声音隐约可闻，词句时断时续。薰中纳言觉得非常亲切，立即唱和一绝：

“曾傍梅花宿，花容似往年。
但愁移植处，不在我身边。”

眼泪不禁夺眶而出。他装出若无其事的样子偷偷拭去，不再多言，只是说道：“且待小姐迁入京都之后，再来拜访，略效微劳。”说罢起身辞别。

薰中纳言吩咐众女侍悉心准备二女公子迁居一事。又派那个满面胡须的值宿人等留守山庄，又命令邻近自己庄园中的仆从常来关照，连日常琐事也安排得十分周到。那个老女侍弁君曾说：“我侍奉两位小姐直到今日，这意外的长寿倒觉可恶！老人使人觉得不吉，就请大家当我早已不在人世好了。”她已出家当了尼姑。但薰中纳言一定要她出来相见，觉得她很可怜，又同她谈了许多旧话，后来说道：“今后我还想时常到此暂住，只愁无人可与对谈。你能留守山庄，是一件大好事，我心中不胜欣喜。”尚未说完就哭了起来。弁君答道：“我这‘越恨越繁荣’[④]的长命，实在可恨。大小姐又不知为了什么而舍弃下我们，更使

① 二女公子将迁居二条院，而薰君也将迁居新筑的三条宫邸。

② 古歌：“月是前年月，春犹昔日春。独怜身似旧，不是旧时身。”可见《古今和歌集》。

③ 古歌：“时逢五月闻柑橘，猛忆伊人舞袖香。”可见《古今和歌集》。

④ 古歌：“可恨池中萍，越恨越繁荣。犹似恨伊人，越恨越情浓。”可见《源氏物语注译》。

我觉得尘世中的一切都可悲伤。我的罪障多么深重啊！”便把她所想到的各种往事对薰中纳言诉苦，满腹牢骚，但薰中纳言只是多方好言抚慰。弁君已入老年，但因当年风韵犹存，因此削发后额际有所变化，反而显得年轻了些，别有一种优雅的风度。薰中纳言十分惋惜，心想当初为什么不肯让大女公子出家。如果让她出家，寿命或许可以延长。虽是尼姑，倒可一起谈论佛道。他思来想去，竟觉得这老女侍也颇可羡慕，便把挡住她身体的帷屏稍稍拉开，认真地和她谈话。弁君年纪确已老迈，但言语风度并不惹人厌烦，可见当年的高贵身份至今犹有遗迹。她愁眉苦脸地对薰中纳言赋诗云：

“老泪多如川，但愿投身死。
何苦贪残生，含悲而忍耻！”

薰中纳言对她说道：“投身而死，其实罪孽深重。死者原可抵达极乐净土，但投身自杀的人不但不能抵达，反而会沉入地狱中的底层，又何苦呢！只要悟到世间一切皆空就好。”便答她一首诗：

“纵有泪如川，任尔投身死，
时刻念斯人，苦恋永不止。

不知到何生何世这心中的愁恨才稍稍得以安慰呢！”他的悲哀无有尽期，无心返回京都，只管终日茫然地沉思。这时天色已晚，但若随意地在此留宿，只怕匂亲王见怪，十分无趣，只好动身回京。

弁君把薰中纳言的心思转告给二女公子，悲哀的心情愈发难以自慰了。众女侍个个得意非凡，忙于缝制新衣。几个年老的女侍也忘记自己的丑陋，百般地打扮修饰，使得弁君更显憔悴。她就赋诗一首：

“人皆盛饰登天都，
唯有尼僧泪满襟。”

二女公子答道：

“萍飘絮泊衫应湿，
何异尼僧泪满襟？

我前往京都，只怕难以长久。若一旦遇到变故，自当随时还乡，不会舍弃这里的故居。如此看来，你我还可再度会面。但想到今后不是暂时抛弃你在此孤苦度日，我便无心前往了。不过即使是身为尼僧之人，也不必终身闭居。还望你体谅人世常情，常常入京看我。”这番话说得非常亲切。大女公子生前所常用而可留作纪念的器物，都保存在山庄之中，供弁君使用。二女公子又对她说：“我看到你对姐姐的思念比别人更深，可见你和她一定有着特别深厚的前世因缘，便觉你更加可亲了。”弁君听了这话，愈发眷恋不舍，就像孩子一般大哭起来，无法抑制，任由泪水如雨点般洒下。

山庄中处处打扫洁净，一切收拾停当。前来迎接的车辆靠着檐前停下。来的都是四位、五位官员，人数众多。匂亲王一定要亲自来迎接，但若太过铺张，反而不便，

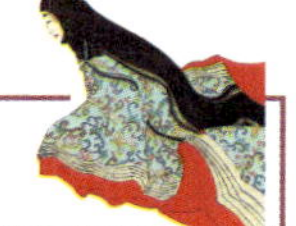

宇治姐妹的不同命运

人的命运受时代环境和个人性格所影响。在平安时代的华丽背景下，同为落魄亲王的女儿，宇治的两位女公子因其不同的性情，在与薰君和匂亲王纠缠的恋情中，形成了不同的命运和结局。

宇治八亲王

八亲王担忧女儿无所依凭，遗命她们终老宇治、不得出嫁，显现出平安时代重出身、家世的贵族婚姻观念对她们命运的影响。

性情娴静端庄，大方优雅，更具高贵气质。

容貌异常秀美，天真烂漫，娇羞动人。

薰君——大女公子

二女公子——匂亲王

压抑的性情（大女公子）

拒绝	谨守父亲遗命，躲避情爱之事，拒绝了薰君的爱慕。
代替	迫于纠缠，意图让妹妹代替她与薰君结缘。
担忧	匂亲王与妹妹发生关系后久候不至，担忧妹妹被抛弃。
死亡	忧愁而死

顺应的性情（二女公子）

纯真	对于男女之事毫不关心，一向悠然自处。
接受	与匂亲王发生关系，为其诚意所打动，成为柔顺的新妇。
痛苦	认为自己高攀尊贵的皇子毕竟不相称，久候不至，倍感痛苦。
出嫁	同意迁居京都，成为匂亲王的妻室。

图为薰君初次窥见两位女公子时的情景，这也是她们命运的转折点。

因此只采取私下迎娶的方式。匂亲王在宫中等待，心中十分焦灼。薰中纳言也派了许多人来参加。这次迎娶，大体事务由匂亲王主持操办。而各种细节，则一概由薰中纳言调度安排，照顾得无微不至。室内众女侍及室外的奉迎人员都再三催促及早动身："天色将晚了！"二女公子心情局促，不知前途如何，只觉得心情极为悲伤。与二女公子同车的女侍大辅君吟诗云：

"人生在世能逢喜，
幸未投身宇治川。"

吟诵时满面笑容。二女公子听后想道："她和尼姑弁君的心思大不相同。"心中未免有些不快。另一女侍吟诗云：

"昔年永诀情难忘，
今日荣行乐未央。"

二女公子想道："这二人都在山庄供职多年，对姐姐一向忠诚，哪里知道今日已至如此，不再想谈起她了。世间人情凉薄，真可恨啊。"她竟已懒得与她们说话。

从宇治入京，一路上的山路颇为险峻。二女公子看到这番情景，想起匂亲王过去难得来访，她自己一向恨他薄情，今日方知确也难怪，心中对他稍稍谅解。初七夜的月亮缓缓地升上天空，四周云霞灿烂。二女公子从未离开山庄远行，看了这种夜景不免痛苦，终于伤感起来，独吟云：

"闲观明月东山出，
为厌红尘又入山。"[①]

境遇多变，不知未来如何，心中十分不安。回想过去许多年来，其实当时何必一味愁苦呢？她真恨不得时光倒流，回复往日才好。

傍晚过后，车队到达二条院。她从来不曾见过这般壮丽的宫殿，只觉神移目眩。车辆进入"三轩四轩"之中，匂亲王早已等得不耐烦，亲自走到车前，扶二女公子下车。殿内装饰焕然一新，各种陈设应有尽有。连众女侍的屋室，显然也是由匂亲王用心布置的，真可谓尽善尽美。世人起初并不知道匂亲王对二女公子的情意怎样深厚，而看见如此郑重的排场，方知其爱情实在不浅。大家不胜惊讶，羡慕二女公子的福气。薰中纳言定于本月二十日之后迁居至新建的三条院宫邸，最近每天都在那里查看工事进展。三条宫邸与二条院相距不远。薰中纳言想要知道二女公子迁居情况，这一天就在三条宫邸住到深夜。派到宇治参加迁居的人回来了，向他报告其间的详细情况。他听说匂亲王对二女公子非常怜爱，一方面为之欣喜，另一方面又痛惜自己错过了大好时机，心中大为伤感。只得独自反复吟诵"但愿流光能倒退"[②]的古歌。又吟诗云：

① 此诗暗示她自己出山后，以后或许仍将归山。
② 古歌："但愿流光能倒退，依然复我旧时身。"可见《源氏物语奥入》。

“虽无云雨巫山梦，

曾有清宵促膝缘。”

可见他也因嫉妒而起了诋毁的念头。

夕雾左大臣原定于本月内将六女公子嫁给匂亲王。现在匂亲王意外地接了这个人来，表示“先下手为强”，婉拒了六女公子，左大臣心中非常不高兴。匂亲王听说之后，很觉惭愧，便常常写信去慰问。六女公子的着裳仪式早已准备停当，其隆重宏大盛称于世。如果因此延期，势必受人讥笑，因此决定于二十日后隆重举行。左大臣想起：“薰中纳言是同族人[①]，和他攀亲虽不太体面。但把这样一个人让给别人做女婿，实在可惜，还不如把六女公子嫁给他吧。他近年来偷偷宠爱的那个大女公子已经故去，他心中正在寂寞伤心呢。”便托一个巧为辞令的人，试探薰中纳言的意见。薰中纳言答道：“我眼前只见人世之无常，觉得人生无可留恋。而且我这一生也有不吉之兆，所以这一类的事情，千万不要提起。”他表示自己全然无意结婚。左大臣听了，恨恨地说：“真是岂有此理！我卑躬屈膝地毛遂自荐，连这个人也拒绝起我来了！”两人虽属兄弟至亲，但因薰中纳言人品高超，令人敬畏，所以左大臣也不敢相强。

群花绽放之时，薰中纳言遥望二条院中樱花的倩影，首先想起山中寂寞无主的宇治山庄，但独自吟唱“任意落风前”[②]的古歌。吟罢犹未尽兴，便到二条院来拜访匂亲王。匂亲王近来经常住在这边，与二女公子相处十分融洽。薰中纳言看了，心中觉得“这才像个样子”。但不知是何缘故，总是略有不快，却也奇怪。虽然如此，他却真心地为二女公子最终得到幸福而暗自庆幸。匂亲王与薰君两人亲切地谈天说地。到了傍晚，匂亲王将要进宫，叫人准备车辆，许多随从聚拢过来。薰中纳言便离开匂亲王，朝着二女公子的住所走去。

此时的二女公子与住在山庄中时大不相同，深居帘内，十分舒服。薰中纳言从帘影里隐约看见一个可爱的女童，便命她向二女公子致意。不久帘内就送出一个坐垫来。有一个女侍，大约是详知以前往事的人，出来传达二女公子的答话。薰中纳言说：“相距不远，本可早晚相见，全无隔阂。但没有要事而常来拜访，只怕太过亲密，会遭人讥评，为此一直裹足不前。只觉得曾几何时，世间景象已与当日大不相同。自远处遥望贵院庭中的树木，心中不胜感慨。”其愁苦之情，深可怜悯。二女公子想道：“真可惜啊，如果姐姐在世，住在他那座三条邸中，我们便可随时来往。每逢春秋佳节，还可一起共赏花香鸟语，日子也可过得高兴些。”她回想往事，觉得现在自己虽然迁入京都，却比从前幽闭在山庄中时更觉悲伤，心中遗憾无穷。众女侍也都来劝说：“这位中纳言大人，小姐不可像对待一般人那样简慢。他过去对大小姐的无限忠诚，二小姐自然知道，现在正该对他表示谢意了。”但二女公子觉得不用女侍传言而贸然出去和他直接见面，毕竟有些难为情。正在这时，匂亲王因要出门，走进来与二女公子道别。他打扮得非常漂亮，风姿实在潇洒可爱。他看见薰中纳言正坐在帘外，便对二女公子说道：“你为何如此简慢，让他坐在帘外？他对你的

① 薰中纳言是夕雾的异母弟，是六女公子的叔父。

② 古歌：“蔓草萦阶砌，荒凉似野原。樱花无主管，任意落风前。”可见《拾遗集》。

关怀无微不至，我常疑心他对你不怀好意，但过分疏远他，毕竟是罪过的。你不妨请他进来，和他谈谈往事吧。”但马上又改口说道：“虽然如此，对他采取过分随意的态度，也不相宜。他心里只怕仍有可疑之处。”二女公子见他言语无常，颇觉厌烦。但她心想：“他过去对我们关怀备至，现在绝不可太过疏慢。他也曾说过：叫我把他看作亡姐的替身而与他相处。我也希望有机会向他略为表露此心。”但匂亲王经常疑神疑鬼，说长道短，令她颇觉痛苦。

迁居的悲喜 《源氏物语绘卷·早蕨》复原图 近代

图中右侧的女仆们正在为移居京都做准备，整理着衣物布料。左侧掩面的二女公子和手拿佛珠的女尼，正为离开八亲王、大女公子遗香之地而潸然泪下。悲与喜形成鲜明的对比，将众人的悲叹表达得更加强烈。

第四十九回 寄生[1]

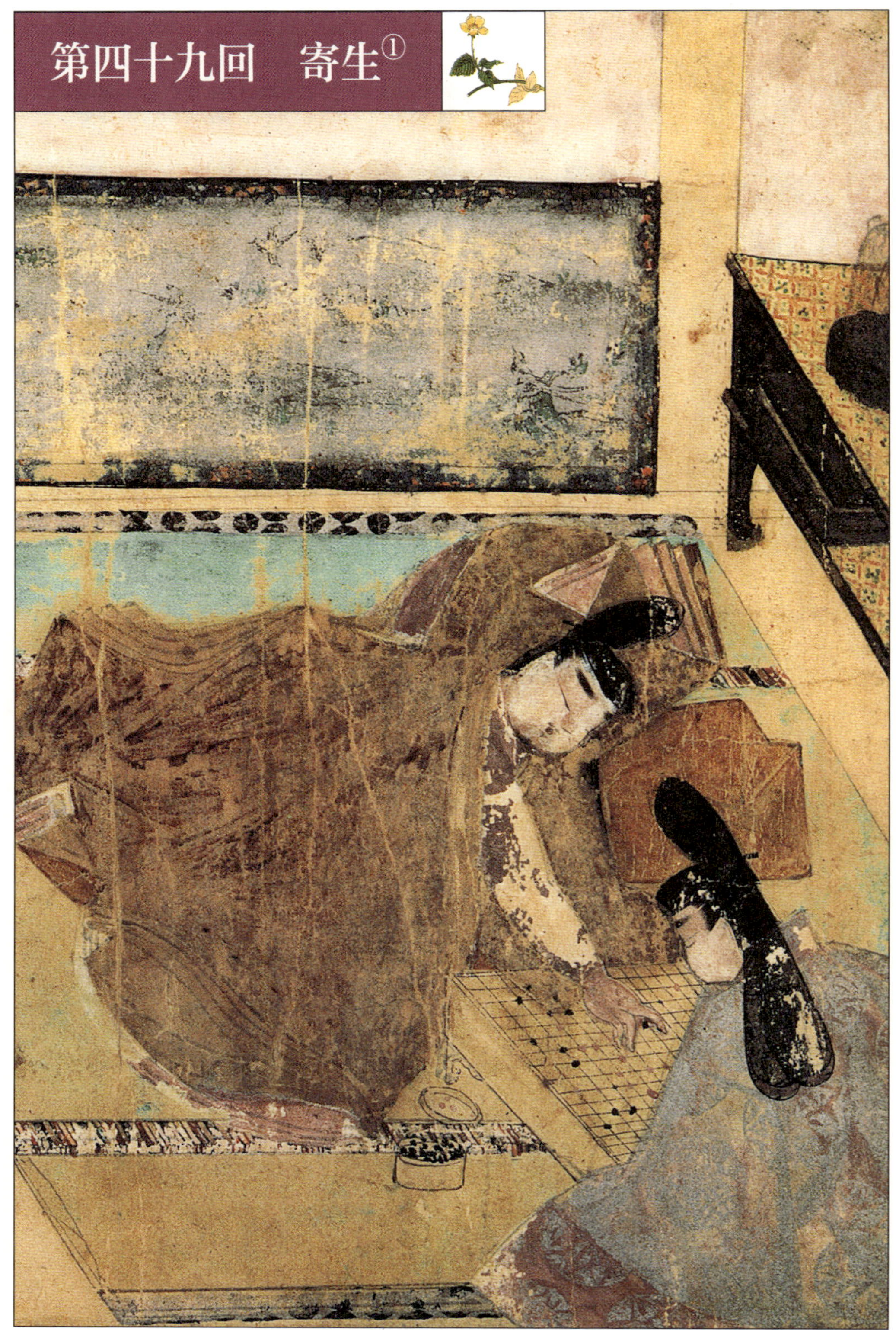

且说当年有一位藤壶女御，是已故左大臣[②]之女。早在今上还当太子时，她便首先入宫任太子妃，因此今上特别宠爱她。但她终于不曾被立为皇后，虚度了岁月。在这期间明石女御当了皇后，生了许多皇子皇女，一个个长大成人。而这位藤壶女御膝下零落，唯有一位皇女，人称为二公主。藤壶女御被后来入宫的明石女御压倒，自伤命薄，不胜悲苦。为了补偿这一缺憾，她希望这女儿至少可以前程荣贵，亦可稍慰心怀。因此她悉心教养这二公主，不遗余力。

这二公主生得十分美丽，今上也非常宠爱她。只因明石皇后所生的大公主一向极受尊宠，因此世人都以为二公主不及大公主，而实际情况并不稍显逊色。女御的父亲左大臣在世时威名赫赫，至今犹有余势。这位女御的生活十分优裕，自众女侍服饰以至四时的娱乐，无不周到体面。二公主十四岁时，将举行着裳的仪式。自春天开始，就暂时停下其他一切事务，专心致志地准备这仪式。无论何事，务求尽善尽美，迥异于常人。祖先传下来的至宝，这时正宜采用，因此多方搜集，悉心准备。正在这时，藤壶女御在夏天突被妖魔祟惑，一病不起，竟至呜呼哀哉！这是无可奈何之事，今上唯有悲伤叹息。这位女御生前为人重情重义，和蔼可亲，因此殿上人无不深为悼惜，他们说道："宫中少了这位高贵的女御，今后将多么寂寞啊！"连地位并不太高的女官，也没有一人不思慕怀念她的。何况二公主年纪幼小，更是连日悲伤痛哭，恋恋不已。今上听说了，心中难过，又很可怜她，便在七七四十九日丧忌过后，悄悄地把她接回宫中[③]，并且天天亲自到她的居所中看望。二公主身着黑色孝服，容颜消瘦，姿色反而更加娟秀可爱。她的性情也非常温柔，比母亲藤壶女御更为沉静稳重，今上看了心中不胜欣慰。但有一个实际问题：二公主母亲的娘家里没有权势隆盛的舅舅可作为她的后援，唯有大藏卿和修理大夫，又都是她母亲的异母兄弟。这两人在世间既无声望，地位又低，做女子的以如此的人作为保护人，将来不免痛苦。今上觉得二公主可怜，便亲自代为照顾，多方为她操心。

御苑中菊花经霜后色泽变得更为鲜艳，正是盛开之时。天色凄冷，降下一阵细雨。今上挂念二公主，来到她房中，与她闲谈往事。二公主的对答从容不迫，稚气全脱，今上觉得这个女儿非常可爱。他想："这样一个窈窕淑女，世间绝不会没有赏识、爱护她的人。"便回忆起他的父帝朱雀院曾将素所钟爱的女儿三公主嫁与六条院源氏大人的故事来，想道："虽然一时间难免有人讥评，说：'哎呀，皇女下嫁臣下，太不体面了！让她一生独身岂不更好？'但现在看来，那位源中纳言[④]人品超群，三公主一切全仗这儿子照拂，昔日声望全未衰减，依然过着高贵的生活。她当初若不嫁给源氏大人，如今难保不发生意外，遭受世人的轻侮呢。"他思前想后，决心要趁自己在位时为二公主选

① 本回为倒叙，写薰君二十四岁夏天至二十六岁夏天的事。

② 这位左大臣即《梅枝》一回中的左大臣。其第三女由源氏提拔，入宫为太子（即今上）妃，称丽景殿女御。后迁居藤壶院，改称藤壶女御。

③ 宫中惯例，妃嫔患病必须送回娘家，因此藤壶女御死在娘家。二公主当时正随行在侧。

④ 即薰中纳言。

定驸马：依照朱雀院选定源氏的办法，这驸马除了薰中纳言之外再没有更好的人选。他经常想："此人堪与皇女并肩，毫无不相称之处。他虽然已有心爱之人[1]，但绝不会让我的女儿受到冷遇，做出有损声望的事情来。他也始终要有个正夫人才行，还不如趁他尚未定亲及早向他隐约示意吧。"

今上和二公主下棋对弈。黄昏时分，天下飘下霏霏小雨，颇富风趣。经霜的菊花映着暮色，更增艳丽。今上看了，唤来侍臣，问道："此刻殿上有谁人？"侍臣奏道："有中务亲王、上野亲王、中纳言源氏朝臣。"今上说："叫中纳言朝臣到这里来。"薰中纳言便奉命来到御前。他确有单独被召的资格，人还未到，身上的香气便已远远闻到，举止风姿也都与众不同。今上对他说道："今日细雨霏霏，比平日更觉悠闲惬意。此刻不便举行管弦之会[2]，不免寂寞。为了消闲解闷，下棋这种游戏最为适宜。"便命取出棋盘，叫薰中纳言到身边来，与之对坐。薰中纳言常蒙今上传召，已成习惯，以为今日也不过是寻常应对。今上对他说道："我有一件极妙的利物[3]，一向不肯轻易许人的，但却不惜给你。"薰中纳言听了这话，不知如何应答，只是唯唯听命。两人下了一会儿棋，今上三次之中输了两次。他说："好气人啊！"又说："今天先'许折一枝春'[4]。"薰中纳言并不答话，马上走下阶去折取一枝美好的菊花，便赋诗奏闻：

"若是寻常篱下菊，
　不妨任意折花枝。"

诗中意味深切。今上答道：

"园菊经霜枯萎早，
　尚留香色在人间。"[5]

今上屡次向他隐约暗示，薰中纳言虽然是直接承旨，但因其一向脾气古怪，也并未显示出即刻从命之意。他想："这并不是我的本意。多年来别人屡次推荐可爱的人儿给我[6]，我都千方百计地谢绝了。现在我若当了驸马，岂不正如和尚还了俗？"这想法也颇奇怪。他明知有真心爱慕二公主而苦求不得的人，心中却寻思："她如果是皇后生的，这才好呢。"这种想法真是太僭越了。

夕雾左大臣隐约听说了这件事。他本来决意要将六女公子嫁给薰中纳言。他想："纵使薰中纳言不肯痛快答应，但只要我恳切要求，他终究不会拒绝。"现在发生这种意

---

① 这时宇治大女公子未死。

② 二公主正为其母藤壶女御服丧，丧中停止管弦。

③ 暗指二公主。

④ 纪齐名诗："闻得园中花养艳，请君许折一枝春。"可见《和汉朗咏集》。

⑤ 园菊指藤壶女御，香色指二公主。

⑥ 指宇治大女公子曾劝他娶二女公子，左大臣夕雾曾要把六女公子嫁给他。

外，他心中暗自妒恨，念头一转，想道："匂兵部卿亲王对我女儿虽然并不诚心，但也经常寄给她富有风情的书信，从未断绝。纵使只是一时逢场作戏，总有前世宿缘，不会完全不爱她的。嫁给出身低微的普通之人，纵使'密密深情不漏水'[①]，毕竟没有面子，无法使我满意。"继而又发牢骚："在这人情凉薄的末世，女儿的终身令人十分担心。皇帝尚且要四处访求佳婿，何况做臣子的，女儿过了青春盛年真没办法呢。"这番言论暗含对今上的讥讽。他只好郑重地请妹妹明石皇后玉成六女公子与匂亲王的亲事。再三要求，明石皇后不胜烦恼，对匂亲王说："真可怜啊！左大臣多年来如此恳切地想要招你为婿，你却与他为难，多番逃避，实在太冷漠无情了。做皇子的，运气好坏全视外戚的势力而定。今上经常提起，想让位给你哥哥。那时你就有当皇太子的指望了。如果只是臣下，正夫人既定，则不便分心另娶一人。虽然如此，像夕雾左大臣那样非常严肃的人，不也有两位夫人吗？[②]不是双方和睦相处，毫无妒恨吗？何况你身为皇子，如果如我所愿当上太子，多娶几个女子，又有何妨呢？"这一番话说得与往常不同，剖白得非常详细，而且理直气壮。匂亲王心中本来就不是全然无意的，怎么会将其当作荒唐之言而断然拒绝呢？他只是暗自担心：若当了夕雾的女婿，整日闭居在他那严肃刻板的府邸里，不能像以往一样尽情取乐，那就不免痛苦。但想到与这位大臣过分结怨，毕竟很不应该，心便渐渐地软了下来。匂亲王本就是个好色之徒，他对按察大纳言红梅家女公子的恋情[③]也尚未断绝，每逢樱花红叶之时，经常寄信去叙情。他心中只觉无论哪位女公子都可爱。就这样，这一年[④]又过去了。

第二年，二公主丧服期满，因此议婚之事更加无所顾虑。曾有人向薰中纳言进言道："看这模样，只要你肯开口求婚，今上一定不会拒绝。"薰中纳言寻思：若过分冷淡，只管装作不知，也太无礼。于是每逢恰当的时机，也就隐约吐露求婚之意。今上岂肯再轻易放过！薰中纳言听人传言，今上已经定下结婚日期。他自己也已对今上的意思心知肚明。但他心中还在为那短命而死的宇治大女公子而悲伤，无时或忘。他想："真是不幸啊！宿缘如此深厚的人，为什么终于不能结为夫妇呢？"他想起过去之事，只觉得莫名其妙。他经常想："纵使是品貌较差的人，只要略微有一点儿与宇治大女公子肖似，我也会钟情于她。怎能得到当年汉武帝那种返魂香，让我与她再见一面才好！"他并不期盼与那位高贵的二公主结婚的日期早些到来。

夕雾左大臣加紧准备六女公子与匂亲王的婚事，日子就选定在八月之内。二条院的二女公子听说后，想道："果然如我所料！哪里会不出事呢？我早就猜到：像我这种微不足道的人，日后一定会遭逢不幸，惹人讥笑。早就知道他生性轻浮，极不可靠。但与他相处以

① 古歌："密密深情不漏水，缘何相见永无期？"可见《伊势物语》。

② 云居雁与落叶公主。

③ 匂亲王曾爱恋红梅的女儿。参看第四十三回《红梅》。红梅自第四十四回《竹河》以来已升任右大臣。此处为了易于辨别，仍用他的旧官名"按察大纳言"。

④ 这年薰君二十四岁，十一月中宇治大女公子死去。第二年二月二女公子迁居京都。上回《早蕨》所讲的是第二年的事。

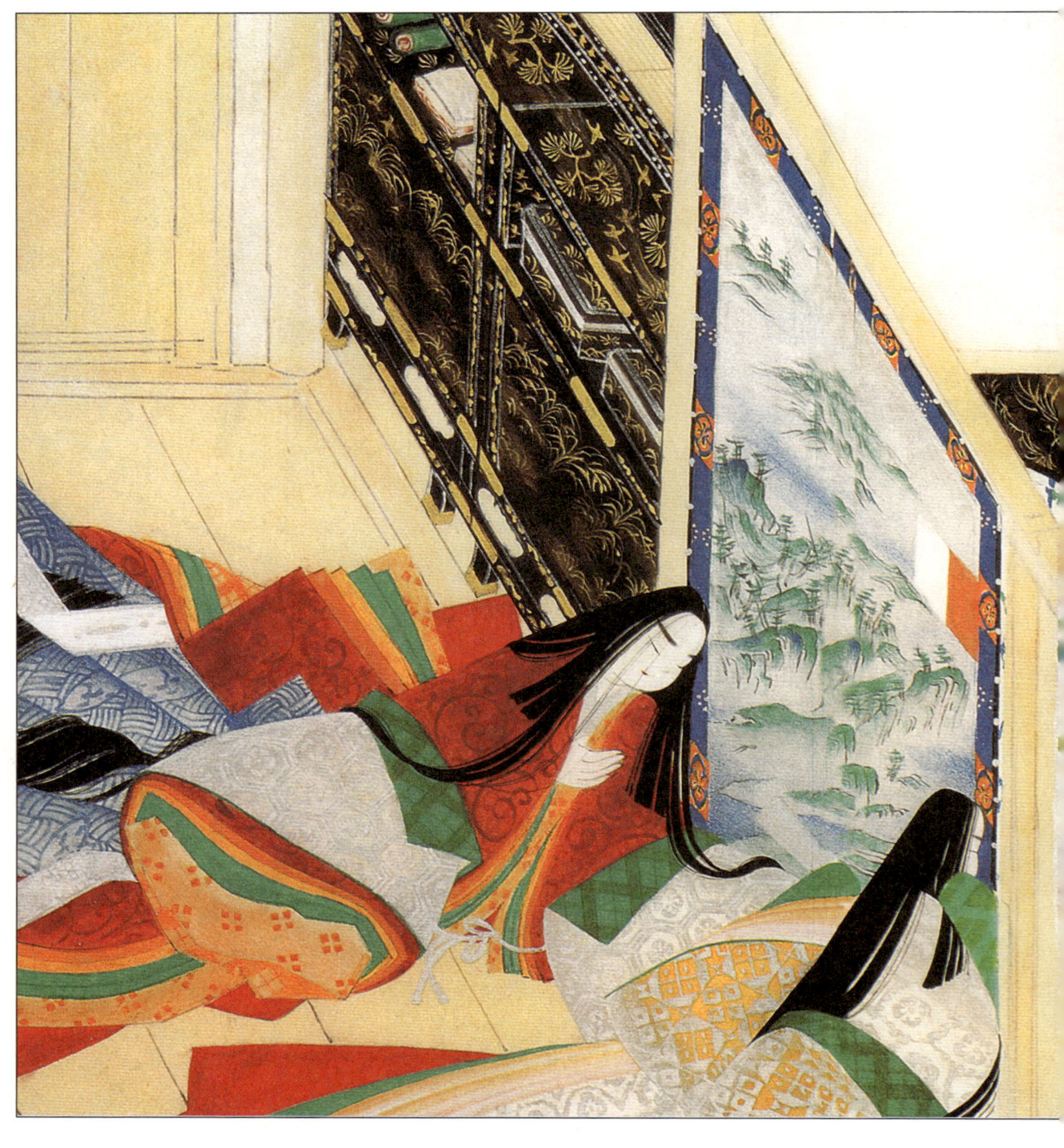

后，倒也未曾看出他无情的样子，并且又屡次对我立下山盟海誓。今后他另结新欢，对我突然疏远，叫我怎能沉得住气呢？纵使不会像身份卑微的人那样与我一刀两断，但其间一定诸多痛苦。我这人毕竟命苦，只怕最终难免要回到山中了。”她觉得成为弃妇之后回去被山中人讥笑，比终身幽闭在山中更失面子。她违背亡父生前反复提醒的遗言而冒失地离开了荒僻的山庄，今日方知可耻可痛！她想：“那位已经故去的姐姐，从表面上看，什么事情都十分随意，缺乏主见，但其实她的意志坚定，不可动摇。真是了不起的人！薰中纳言至今不能对她忘怀，终日哀叹。若姐姐不死而嫁给他，只怕也会遇到这种事情吧。但她顾虑深远，决不上他的当，千方百计地疏远他，甚至不惜削发为尼。如果她还在世，一定已

以棋许亲 《源氏物语绘卷·寄生一》复原图 近代

今上帝为女儿的将来着想，考虑将二公主嫁与薰君。在与前来参见的薰君下围棋时，今上帝以“许折一枝春”为赌注，暗示欲将二公主嫁给薰君。图为今上帝与薰君下棋的情景，帷屏后女侍们正在偷听这场政治联姻。

经弃世出家了。如今想来，姐姐多么贤明啊！父亲和姐姐的亡魂看到我如今这般光景，一定在责怪我轻率无知了。”她又觉可耻，又觉可悲。但现已无可奈何，抱怨又有什么用呢？只好隐忍在心，假装不知道六女公子之事。匂亲王近来对二女公子比往常更加亲热，无论朝起夜寝，都情深蜜意地与她谈话，又向她立誓：不但今世，生生世世永为夫妇。

到了五月里，二女公子觉得身体异常，生起病来。并无特别痛苦，只是饮食比往常少进，终日躺卧。匂亲王还不曾见过这种模样，不甚了解，以为只是天气炎热的缘故。但毕竟觉得有些奇怪，有时也问她："你究竟怎么样了？照这病状看来，是怀孕呢。"二女公子甚觉羞耻，只是假装没事。也没有多嘴的女侍从旁转达，故匂亲王无从确悉。到了八月里，二女公子从别人那里听到匂亲王与六女公子结婚的日期。匂亲王并不想瞒过二女公子，只因说出来很没趣，又对不起她，所以不告诉她。二女公子觉得如此隐瞒反而可恨。这结婚又不是偷偷地举行的，世间一般人都知道了，却连日子也不告诉她，叫她怎不怨恨呢？自从二女公子迁居二条院之后，除了特殊情由之外，匂亲王纵使入宫，晚上也不在宫中值宿。其他各处也从来不去宿夜。今后忽然外宿，叫二女公子何以为情呢？为缓和这种痛苦，他这时经常到宫中值宿，预先使二女公子习惯独宿。但二女公子只觉得他冷酷无情，不胜怨恨。

薰中纳言听说这件事，对二女公子深感同情，他想："匂亲王乃好色之徒，容易变心，虽然怜爱二女公子，今后势必得新忘旧。左大臣家势威显赫，如果不讲道理，硬把新婿独占，则近几个月来不惯独宿的二女公子，今后坐待天明之夜定然很多，真可怜呢。这样想来，我这个人多么不中用啊！怎么会把这二女公子让给匂亲王呢？我自从钟情于已故的大女公子之后，远离尘世而清澄皎洁的心也变得浑浊，只管为了这个人而意马心猿。我毕竟顾虑到：如果在她未曾心许之时强要成事，则违背了我当初指望神交的本意，所以只希望她稍怀好感、开诚解怀地对待我，然后静待以后发展。但她一面对我非常冷淡，一面又不能全然舍弃我，为了慰情，以'妹妹即是我身'为由，叫我把爱情移向非我所望的二女公子。我既怨且恨，思量首先要使她的计谋落空，便急忙把二女公子推荐给了匂亲王。由于优柔寡断，鬼迷心窍，竟引导匂亲王到宇治来成就其事。现在想起来，当时好没主意啊！反复思量，不胜后悔。匂亲王倘多少能够回忆当时情况，我想他或许会怕我听说这件事而有所顾忌。但罢了！他现在绝不会说起当时的事情了。可见耽好色情、容易变心的人，不但使女子受累，朋友也大上其当。他自然会做出轻薄的行径来。"他痛恨匂亲王。薰中纳言性喜专爱一人，故对别人的这种行为深感不满。他又想："自从那人去世之后，皇上有意将公主赐我，我也不觉得特别欣喜。我但望娶得二女公子，此心与日俱增，只因她与死者有骨肉之缘，使我不能忘怀也。世间姐妹之中，这二人特别亲爱。大女公子临终前曾对我说：'我所遗下的妹妹，请你与我同样看待。'又说：'我一生别无不称心之事。只是你不曾照我的安排娶得我妹，实在遗憾，故对这世间尚有记挂耳。'大女公子在天之灵如果看到今日之事，定将恨我更深了。"他自己放弃了那人，夜夜抱枕独眠，听到一点儿风声就惊醒。仔细思量过去之事以及二女公子以后之计，但觉人生在世毫无意趣。

薰中纳言对女侍有时也戏作风情之言，有时召唤她们到身边来服侍。如此的女侍之中，自然也有楚楚可怜之人。但他真正倾心相爱的一个也没有，都是清清白白的。再者，有些女子身份并不低于宇治两女公子，只因时势移变，家道衰微，生涯孤苦无依。这些女子被找寻出来，派在三条宫邸供职的，为数很多。但薰中纳言坚贞自守，从不沾惹她们。因为他担心有了恋爱之人，以后出家离世之时受到羁绊。现在却为了宇治女公子而如此受苦，他自己也觉得乖戾。有一晚，由于想念这件事，比平常更难入睡，不眠直到

薰君的后悔　歌川丰国　源氏香之图　江户时代（约1844—1847年）

闻知匂亲王即将与六女公子结婚的消息，薰君不禁对匂亲王的喜新厌旧十分怨恨，深悔自己当年将二女公子拱手让人之举。图为当年薰君拜访八亲王时，窥见两位女公子的情景。

早晨。只见晓雾笼罩的篱内，各种花卉开得非常美丽，其中夹杂着短命的朝颜[①]，特别惹人注目。古歌云："天明花发艳，转瞬即凋零。"[②]此花象征人世无常，令人看了不胜感慨。他昨夜不曾关上格子窗，略微躺卧一会儿天就亮了，故此花开时，唯有他一人看见。他就呼唤侍臣，对他们说："今天我要到北院[③]去，替我准备车子，排场不可太大。"侍臣答道："亲王昨日入宫值宿去了，昨夜随从等带了空车回来的。"薰中纳言说："亲王虽不在家，但夫人患病，我要去探望。今天是入宫的日子，我须在日高之前回来。"便准备装束。出门之时，信步下阶，在花草中小立。虽不故意装出风流潇洒之姿态，却令人一看就觉得异常高尚优雅，而不得不退避三舍，与那种装腔作势的好色之徒截然不同，自有一种优美的神情。他想摘朝颜花，把花蔓拉过来，露珠纷纷滴下。遂独吟云：

"晓露未消尽，朝颜已惨然。
昙花开刹那，何足惹人怜。

真是无常啊！"便摘了几朵。对女郎花则"不顾而去"。[④]

天色渐明，薰中纳言于晓雾迷离、晨光正美之时来到二条院。室中都是女人，还在放怀睡觉。他想："这时敲格子门或边门，或者扬声咳嗽，似嫌唐突。今天来得太早了。"便召唤随从，叫他们向中门内探望一下。随从回来说："格子窗都已掀开，女侍们似乎已在走动。"薰中纳言便下车，靠晨雾障身，从容移步而入。众女侍以为是匂亲王偷访情妇归来，闻到那种特殊的香气夹着雾气飘进来，方知是薰中纳言。几个青年女侍就肆无忌惮地评论："这位中纳言大人果然生得漂亮，只是过分一本正经，有些厌烦。"但她们不慌不忙，从容不迫地送出坐垫来，很有礼貌。薰中纳言说："允许我坐在这里，已蒙当作客人看待，不胜喜慰。但如此疏远地把我隔在帘外，始终让人觉得不快，今后也不敢常来拜访了。"女侍答道："不知尊意觉得应该怎样？"薰中纳言说："像我这样的熟客，应该在北面幽静之处休息。但也听凭主人的安排，不敢埋怨。"说罢，他就靠在门槛上。众女侍便劝说二女公子："还得小姐出去相陪才是。"薰中纳言本来不是一个威势十足的人，再加上近来更加斯文，因此二女公子觉得和他直接谈话，并不觉得特别羞涩，已经很习惯了。薰中纳言见二女公子面带病容，便问："近来贵体觉得怎样？"二女公子的答复并不确切，神态看着比往常略为消沉。薰中纳言很同情她，便像兄长一般耐心教导她各种人情世故，又多方设法安慰。二女公子的声音与大女公子异常肖似，肖似得近乎奇怪，竟像大女公子本人。薰中纳言若不是怕旁人讥评，几乎想揭起帘子，走进去和她面对面地相会，仔细看看她的愁容。他这时才恍然大悟：世间大概没有无忧无虑的人吧。他对二女公子说道："我自己相信：虽不能像别人那样享受荣华富贵，却很可无忧无虑、明哲保身地度送一世。但由于自心作祟，遭逢了悲痛之事。又由于自心愚

① 朝颜，即牵牛花。

② 古歌："天明花发艳，转瞬即凋零。但看朝颜色，无常世相明。"可见《花鸟余情》。

③ 二条院位于三条宫邸之北。

④ 古歌："瞥见女郎花，不顾匆匆去。只为此花枝，生在南路边。"可见《古今和歌集》。

朝颜与朝露　酒井抱一　四季之花　近代

朝颜即牵牛花，早上开花并很快就凋谢了，给人一种易逝的感觉，因此日文称其为“朝颜”。薰君拜访二女公子时，将带着露水枯萎的朝颜花递给她。这凋谢的朝颜就像大女公子般，短暂美丽而后消逝，花上的朝露则如二女公子，没有了依靠，悲叹自己生涯的凄凉。

笨，受尽后悔之苦，弄得万念俱灰，心无宁日。实在太无聊了！别人重视升官发财，因而忧愁悲叹，原是理所当然。比起他们来，我的忧愁悲叹实在是罪孽深重的啊！”说着，把刚才摘得的朝颜花放在扇子上欣赏，只见花瓣渐渐变红，色彩反而更美，便将花塞入帘内，赠二女公子一诗：

“欲把朝颜花比汝，
　只因与露有深缘。”①

这并非他故意做作，却是那露水自然地停留在他所持的花上，并不滴落。二女公子看了觉得很有意趣。那花是带着露水而枯萎的。遂答诗曰：

“露未消时花已萎，
　未消之露更凄凉。②

依靠什么呢？”吟声非常轻微，半吞半吐，断断续续地说出。这态度也非常肖似大女公子，就已使薰中纳言悲伤不堪了。

他对二女公子说道：“秋天景象，使人分外悲凉。我为了排遣寂寞，前几天

---

① 以消逝的露比拟已死的大女公子。

② 此诗与前诗相反，以花比喻大女公子，以露比喻自身。

曾前往宇治察看，只见‘庭空篱倒’[①]，满目荒凉，悲伤之情，令人难以忍受。回忆当年六条院先父身故之后，无论其在世最后二三年间遁世时所住的嵯峨院[②]，或本邸六条院，凡是过访之人，无不深为感慨，不胜怀旧之情，在庭院草木及池塘流水中洒了许多眼泪。在先父身边供职的女子，无论尊卑，没有一个不对他怀有深情。聚居在院内的诸位夫人纷纷离去，各自度送离世出家的生涯。身份卑微的女侍，更是悲伤愁叹，无法慰情，意乱心迷。或远赴荒山僻林，或成为庸碌的田舍之人，走投无路而沦落在各地彷徨的人很多。但等到院宇尽皆荒芜、往事被尽行遗忘之后，情形反又好了：夕雾左大臣迁入六条院，明石皇后所生的许多皇子也到那里居住，过去的繁华昌盛又恢复了。在当时无比沉痛的哀伤，经过一些年月，自然会渐渐消释。可知人的哀伤终是有限度的。此刻我虽然追溯前事，但那时我年龄尚幼，未能深切感受丧父之痛。唯有最近与令姐诀别的痛苦，有如一场永无醒时的噩梦。同是伤感人世的无常，而这一次的伤感罪过尤为深刻，竟使我担心后世之事[③]呢。”说罢泪如雨下，可见其心中怀着无限深情。纵使是与大女公子并无深交的人，看到薰中纳言悲哀的样子，也不能漠然无动于衷。何况二女公子正逢伤心失意，近来比往日更加怀念亡姐的面容。今天听到薰中纳言这一番话，更加伤心，只是默默不语，眼泪流个不停。两人隔帘相对哭泣。

后来二女公子说道：“古人有‘尘世繁华多苦患……’[④]的诗句。我在山乡居住之时，并未特意地将尘世和山乡加以比较，虚度了许多年月。现在我很想回到山中去过悠闲的生活，却难以如愿，我很羡慕弁君这老尼姑呢！本月二十日过后恰好是亡父三周年的忌辰，我很想回到那边去听听附近山寺中的钟声。今特向你请求，不知可否悄悄地带我回去一趟？”薰中纳言答道：“你不愿使故居日趋荒凉，原是一片好意。但山路崎岖难行，纵使是行动便捷的男子，往返也很困难。所以，我虽然记挂，也要隔了许久才能去一次。亲王三周年忌辰应举办的佛事，我都已嘱咐阿阇梨办理。依我看，山庄房屋不如捐献给佛寺吧。频频前去看视而空留无穷感慨，也是徒劳之事，不如早日改作佛寺，倒可抵消罪孽。愚意如此，但不知小姐是否还有高见。无论怎样，我一定遵命照办，只依照尊意尽管吩咐就好。将所有的事毫无顾虑地交我代办，这正是我衷心的愿望。”他又谈到各种家常的事务。二女公子听到薰中纳言已经代办了相应佛事，觉得她也应该亲自替亡父做些功德。她本也想以此事为借口前往宇治，就此闭居山中，不复返回京都了。她的意思不免在言语中有所流露。薰中纳言便劝导她：“这件事万万不可。遇事应先平心静气为宜。”

日已高升，女侍纷纷走动。薰中纳言担心停留太久，会使人疑心另有隐事，便准备回去。他说：“我无论到何处拜访，从不坐在帘外。今日心情很不痛快。虽然如此，今后也一定会再来拜访。”说罢起身离开。他深知匂亲王的秉性，只怕他日后知道，疑心自己为什么趁着主人出门期间到访，不太妥当。他唤来这里的家臣长官右京大夫，对他

---

① 古歌：“故里荒芜人已老，庭空篱倒似秋郊。”可见《古今和歌集》。

② 源氏晚年出家，栖隐嵯峨院。这件事前文未曾提起，此处是初见。大概是第四十一回《云隐》中的事。

③ 当时的人相信：对人世留恋，是一种罪过，可以妨碍死后往生极乐世界。

④ 古歌：“尘世繁华多苦患，山乡虽寂可安身。”可见《古今和歌集》。

不一样的薰君

身为源氏之子的薰君，虽然身份尊贵、容貌俊美，但是苦于身世之谜，显得比较少年老成。同时，他对俗世男女生活感觉乏味，有淡然出尘的向佛之志。更兼天生具有与佛家的牛头栴檀颇为相似的香气，像是菩萨下凡似的。

不一样的薰君

栴檀之香

薰君身上自带一股几乎不是俗世中的浓郁香气，与佛经中记载的牛头旃檀颇为相似，几乎令人疑心是佛菩萨暂时下凡。这香气也令匂亲王妒羡非常。

身世之谜

关于自己的身世，薰君隐约知道、怀疑，因此心中不安、痛苦。怀着沉重的身世问题，他经常闷闷不乐、沉默寡言。与世间轻浮的贵公子不同，他被世人认为是一个老成持重的人。

厌倦世俗

薰君觉得世俗生活令人乏味，对草草爱上一个女人而羁绊自己，认为是自讨苦吃之事，因此把婚姻之事完全丢开。与贵公子们追逐声色相比，他更显得出类拔萃。

老实人

女人们心目中的美男子薰君，在春天的美景、侍女的挑逗中却正襟危坐，沉默以对，因此被玉鬘称为老实人。在与宇治两位女公子的交往中，也严谨守礼。

好佛出尘

虽身居高位，富贵荣华，但基于对世俗的厌恶，薰君更雅好佛理，经常向在家修行的宇治八亲王请教。

说道："我听说亲王昨夜已经回府，前来拜访，原来他尚未回家，实在遗憾。此刻我要入宫，或许可在宫中与他相见。"右京大夫答道："亲王今天就要回来的。"薰中纳言说："那么我就傍晚再来吧。"说罢就上车走了。

薰中纳言每次看到二女公子，总是难免会想起："我为什么要违背大女公子的意愿而不娶此人呢？真是太糊涂了。"心中的后悔与日俱增。他既已回心转意，又想道："今日何必后悔！还不都是我自作自受。"自从大女公子死后，他一直持斋，每日勤修佛法。母亲三公主至今还很年轻，性情天真烂漫。但她也注意到儿子近来的异常举止，深为担心，对他说道："'我身世寿无多日'[①]了！但总希望于在世期间看到你成家立业的那一天。我自己既为尼僧，也不便阻止你出家离世。但你若真的出家，我生在这世间不免毫无意趣，痛苦更多，罪孽也更加深重了。"薰中纳言自是诚惶诚恐，深感对不起母亲，便强自按捺哀思，在母亲面前装出无忧无虑的模样。

夕雾左大臣将六条院内的东殿装饰得灿烂辉煌，一切陈设布置得尽善尽美，专等匂亲王来入赘。十六夜的一轮圆月渐渐上升，而匂亲王却迟迟不至。左大臣等得心焦，想道："匂亲王对这件婚事并不热心，难道他竟不肯来么？"心中忐忑不安，便派人去打听消息。使者回来报告说："亲王今天傍晚从宫中退出后，就往二条院去了。"左大臣知道他在二条院有情人，心中不快。心想他今晚如果不来，我可要被世人耻笑了。便派儿子头中将亲去二条院迎接，并赠诗一首：

"天上团圆月，清光上我阶。
如何宵过半，不见使君来？"

匂亲王本不想让二女公子看见他今晚入赘，只怕她心中难过，所以原定从宫中直接去六条院的，只给她写封信去略加通知。但他心中又非常怜爱二女公子，不知她的回信会怎么说，所以又悄悄地赶回二条院来。他看见二女公子的风姿非常可爱，便不忍抛下她而到六条院去。他知道她心情不好，对她说了许多赌咒发誓的情话。明知"不能慰我情"，也和她一起到窗前欣赏月色。头中将正在这时来到。

二女公子这几天来心中愁绪万斛，但不欲表露出来，只好努力隐忍，装出若无其事的样子。因此听见头中将到了，也只装作不知，神情泰然自若，心中却非常痛苦。匂亲王听说头中将来了，心想六女公子毕竟也颇可怜，便准备前往，对二女公子说道："我去一下马上回来。你一个人'莫对月明'[②]。我心绪纷乱，实在颇为痛苦。"他觉得两人相对非常尴尬，就从荫蔽处向正殿走去。二女公子目送他的背影，努力抑制悲伤，但眼泪纷纷落下，大有'孤枕漂浮'[③]之感。她自己也颇诧异："原来我也懂得嫉妒，人心真是不知足啊！"又想："我姐妹两人自幼身世孤伶，靠一个遗世独立的父亲抚养长大，在山乡度送了悠长的青春岁月。当时只觉得一年四季寂静无聊，却并不深知世间尚有如

① 古歌："我身世寿无多日，何必心烦似乱麻？"可见《古今和歌集》。
② 白居易《赠内》诗："莫对月明思往事，损君颜色减君年。"
③ 古歌："泪川水量新来涨，孤枕漂浮睡不安。"可见《拾遗集》。

此伤心彻骨的烦恼。后来连续遭逢了父亲和姐姐的亡故，无限悲恸，连片刻也不想苟活于世。只因命不该绝，偷生直至今日。最近迁来京都，大大出乎别人的意料，也加入了富贵尊荣之列，原也不冀望长久。但想只要能夫妻团圆，总可得到怜爱，因此悲伤之情渐渐消除，一直平安无事。不料又发生了这样一件意想不到的事，使我悲痛万分，眼见得我与他的因缘从此将要断绝！我本可以这样去想：他毕竟不是像父亲和姐姐那样与我永远诀别，今后对我虽然冷淡，也可时常相见。但今夜他如此狠心地抛下了我，使我觉得前尘后事一瞬化为泡影，悲恸难忍，无法自已。我好痛心啊！不过只要生存在世，或许自会……”她终于转过念头，暂且安慰自己。一任“舍姨山”[①]的月亮缓缓升空，怀着万斛愁绪思前想后，直到天明。平时听见徐徐吹拂的松风之声，与荒僻的宇治山庄相比起来，是悠闲、平静而可爱的。但二女公子今晚的感受全然不同，只觉得比柯叶之声更加难听。吟诗云：

“山里松风秋瑟瑟，
何曾如此惹人愁？”

如此看来，从前在宇治山庄时的哀愁，只怕她早已忘记了。几个老年女侍劝说道：“小姐该回里面去了。看月亮是不吉祥的[②]。哎呀呀！连果物也不肯吃一点儿，怎么办呢？这话说出来不免难听：从前大小姐也不要吃一点点东西，现在想起来更觉不祥，真让人担心啊！”青年女侍们都叹息着说：“世间的忧患真多啊！”又一起议论说道：“哎呀，怎么能这样对待夫人啊！总不会就此丢开手了吧。无论怎样，过去那么深厚的爱情，难道就这样一笔勾销了吗？”二女公子听了这些话，心里十分难过，但她想：“现在听凭他怎么样，我只抱定主意不予置评，只管冷眼旁观，且待下文吧。”大概她不想让别人说长道短，想把这怨恨藏在自己心底吧？知道一些往事的女侍互相说道：“真可惜啊！薰中纳言大人如此深情，当初为什么不嫁给他呢？”又说：“二小姐的命运可真奇怪！”

匂亲王一方面对二女公子深感抱愧，但他原是好色之徒，另一方面又想竭力讨好正在等待他的新人，便兴致勃勃地着意打扮，浑身熏足了异常馥郁芬芳的衣香，风姿之艳丽难以言喻。六条院中等候新婿上门，其排场之体面更不必说。匂亲王最初担心：“听说六女公子的身形并不纤弱，反而是相当健壮的呢。但不知究竟如何？该不会是大模大样、粗心大意、毫无温柔之情而一味仗势凌人吧？如果这样，倒是很煞风景。”但见面之后，大概他并不觉得如此，所以对六女公子的恩爱也很深重。秋夜虽已渐长，但因他来时已经不早，因此不久天就亮了。

匂亲王回到二条院后，并不马上到二女公子房中，先在自己室内休息。一觉醒来，就立刻写慰问信给六女公子。旁边的女侍们交头接耳地议论：“看来与那边的恩情不浅呢！”又说：“这里的夫人真可怜。纵使亲王的爱情两方平均，那边威势宏大，这里只怕要被压倒呢。”这些人都不是普通的女侍，而是贴身服侍匂亲王的人，因此对这件事深感不满，发

① 古歌：“更科舍姨山，月色太凄清。望月增忧思，不能慰我情。”可见《古今和歌集》。舍姨山在信浓国更科郡。此处引用这首古歌，意思是无法安慰二女公子。

② 当时习惯，以为凝视月亮是不吉祥的。

了不少牢骚，殿内充满了浓浓的醋味。匂亲王本想在自己房中等待二条院的回信，但昨晚一夜不曾见到二女公子，只觉得比往常更加牵挂，不知她现在怎么样了，因此急忙赶来她的房中。二女公子刚刚起身，风姿异常娇美。她看见匂亲王进来，觉得躺着有些不好意思，略微抬起身子。匂亲王见她双目微肿，满颊红晕，觉得今天她这样子比往常更加美丽，便不知不觉地垂下泪来。他默默地注视着她。二女公子觉得难为情，便低下了头，鬓发如云，冉冉下垂，姿色毕竟超群出众。匂亲王一时心虚，说不出殷勤慰藉的话来。他大约是想蒙混过去，便故意说起其他的事情："你的身子为什么一直不见好呢？以前你说是天气炎热的缘故，我就盼着天气转凉。现在已到了秋天，你的病还是不见好转，真使人心焦啊！做了各种祈祷，却一点儿效验也没有，却也奇怪。虽然如此，相应的法事还是继续举行为是。一定要找到法术灵验的高僧！不如请某僧官来做夜祈祷吧。"说了这样一番冠冕堂皇的话。二女公子想："他在实务方面也这般能言善辩。"心中颇为不快，但也不便置之不理，便对他说："我的体质一向与他人不同，现在虽然生病，不久自会痊愈。"匂亲王笑道："你说得好轻松啊！"他觉得在温柔娇媚这一方面，无人能与这位二女公子相比。但心中毕竟又挂念六女公子，盼望着早点儿和她再会。可见他对六女公子的爱情也绝非浅薄。虽然如此，但他在和二女公子相会时，大约对她的爱也不衰减，所以又对她立下生生世世结为夫妇的誓愿，情话滔滔不绝。二女公子听了之后，答道："人命实为短促，在这短促的'待命期间内'[①]，我竟也要承受你的冷遇么？那么至少希望你在后世不要违背誓言，那么我就不怕'重蹈覆辙'[②]，再来追随你吧。"她一向尽力忍耐，但今天实在忍不住了，就嘤嘤地哭了起来。近来她心中虽有怨恨，但总是想方设法地隐忍，不使匂亲王看出，大约现已累积太多，无法再忍，所以一旦哭出，眼泪便收不住。自己觉得不好意思，急忙背过身子。匂亲王硬把她拉到身边，对她说道："我总以为你秉性温良，一定能信任我的誓言。原来你对我也怀着隔膜！不然，为什么只隔一夜就变了心呢？"说着，用自己的衣袖替她擦拭泪水。二女公子脸上略现笑容，答道："只隔一夜就变了心的，正是你这个人呢！从你的言语之中就能察觉了。"匂亲王说："哎呀，我的好夫人，你的话多么幼稚啊！其实我心中并不特别负疚，因此大可放心。无论什么样的花言巧语，虚伪总是瞒不了人的呀！你一向不懂俗世习俗，这固然天真可爱，但也令人为难。喂，请你设身处地为我设想一下吧！我的处境真是所谓'身不由心'[③]啊！如果我有朝一日得遂往日之志[④]，我对你的爱情一定更胜于其他女人，这一点我必须让你知道。但这件事不可大加宣扬，如今你只需好生保养身体，静待良机就好。"

正在这时，派往六条院送信的使者回来了。他已喝得酩酊大醉，全然忘记了避讳，大模大样地走到二女公子住所的正门前。他扛着许多珍贵的犒赏品和衣服，整个身体几

① 古歌："我命本无常，修短不可知。但愿在世时，忧患莫频催！"可见《古今和歌集》。

② 古歌："不厌人情薄，流连在世荣。会当蹈覆辙，意外受讥评。"可见《古今和歌集》。

③ 古歌："是非不敢公然说，身不由心处世难。"可见《后撰集》。

④ 指立为皇太子。

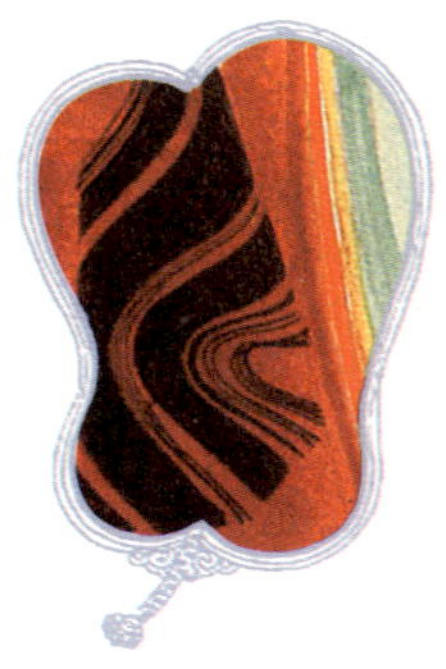

女侍的议论　佚名　源氏物语绘卷　平安时代（约12世纪）

匂亲王置二女公子于不顾，奔赴六条院入赘。他这种热衷于新欢的薄幸，让二女公子悲叹不已。女侍们也感叹主人命运之悲惨，议论纷纷。图为持扇遮掩住悲伤的二女公子和议论匂亲王薄幸的众女侍们。

乎被埋没其中。众女侍看见这番模样，知道是送慰问信的使者。二女公子想道：“他在什么时候迅速地写了这封慰问信的？”心中十分不安。匂亲王虽然并不特别想要隐瞒这件事，但觉过分无所顾忌，不免会使二女公子难堪，只希望使者能稍稍用心，因此心中颇感痛苦。然而现已无可奈何，便命女侍将回信递来。他想：“既已如此，应该尽力使她相信我对她全无隐瞒。”便当着二女公子的面把信展开。一看，原来是六女公子的义母落叶公主[①]的代笔，心中稍感安慰，便把信放下。虽然是代笔，在这里看毕竟让人尴尬。信中写道：“越俎代谋，实在失礼。曾劝小女亲书，但因心绪不佳，无法执笔，只得代为作复耳：

晨露摧残何太甚，
女郎花萎减芳容。”

此书高雅大方，笔迹优美。但匂亲王说：“诗中似乎隐隐含有怨恨之意，这倒很麻烦了。其实我眼前大可安心度日，却想不到发生这种意外之事！”其实，如果是应遵守一夫一妻制的普通百姓，则丈夫娶了二妻而一妻妒恨，旁人都会同情她。但匂亲王身份尊贵，自不能与常人相比，这才终于发生这样的事，也算是理所当然吧。世人都以为匂亲王在诸皇子中地位更高，以后有被册立为太子的可能，纵使多娶几位夫人，也不致受人讥评。因此他再娶六女公子，无人替二女公子叫屈。反而，世人看到匂亲王如此郑重其事地优待她，宠爱她，都说二女公子有福气呢。而二女公子心中，只因过去一向专宠，已成习惯，如今忽然被人分走一些怜爱，不免悲伤。她以前读古代小说，或听人说故事，常常奇怪女子为了男子移情另爱，又何必如此深感痛苦。现在轮到自己，方才恍然大悟：这种痛苦确非寻常。这时匂亲王对二女公子，比往常更加诚恳怜惜，对她说道：“你这样一点儿东西也不肯吃，万万不行！”便命人将上好的果物送到她面前，又传唤手艺高明的厨师，特地为她烹调肴馔，劝她食用。但二女公子仍然一点儿也不想吃。匂亲王叹道：“这真是无可奈何了！”这时天色渐黑，到了傍晚，他就回自己的正殿去。徐风送爽，天色幽寂可爱。他原是风流潇洒之人，这时神情更增艳丽。但二女公子的心中，只觉得无限悲伤，难以忍受。她听到蝉儿鸣叫，思恋宇治山庄，就吟诗云：

“蝉声不改当年调，
时值衰秋惹恨多。”

今晚匂亲王于夜色未深之时即前往六条院。二女公子听见开路喝道之声渐渐远去，但觉“泪比渔人钓浦多”[②]，自己也厌烦自己的忌妒心。她躺卧着，一面思量，一面侧耳倾听。想起匂亲王最初就使她耽于苦恼的各种情形，只觉得追悔莫及。她想：“这次怀孕，不知结局怎样。自己一族人中短命者极多，我或许会死于难产，亦未可知。虽然性命无足轻重，但在青春盛年早早死去毕竟是可悲的。而且因产而死，罪孽更为深重……”她思前想后，一夜不能成眠，直到天明才沉沉睡去。

① 六女公子是夕雾之妾藤典侍所生，过继给夕雾的第二位妻子落叶公主。
② 古歌：“恋情欲绝扬声哭，泪比渔人钓浦多。”可见《河海抄》。

旧妇的愁苦　狩野永德　洛中洛外图　安土桃山时代（16世纪后期）

随着匂亲王赶往六条院的开路喝道之声渐远，二女公子的悲愁、忌妒也逐渐加深。以往惯于独享宠爱，如今新妇争宠，让她倍感冷落，方知多妻婚姻下被人分爱的痛苦，不禁悲伤愁叹。图为贵族出行时，前方的侍从高声喝道，提醒前方让开道路的情景。

到了六女公子结婚第三天，因明石皇后玉体违和，大家都到宫中去问候。皇后不过是略感风寒，并不特别严重，因此夕雾左大臣白天就退出宫来。他邀请薰中纳言与他同车出宫。今晚的仪式，左大臣打算办得隆重体面，尽善尽美，但也并不特别张扬。他邀请薰中纳言也来参与，颇觉难为情①，但在亲戚之中，与他血缘最近的，除了这位薰中纳言更无其他相当的人物。而且薰中纳言特别擅长布置仪式，因此就邀请了他。薰中纳言今天特别高兴，很早就来到六条院。他并不在乎六女公子已被他人所得，和左大臣两人尽心竭力地安排照料各种事务。左大臣心中暗觉不快。匂亲王在傍晚时分来到六条院。新婿的席位设在正殿南厢以东。置办八桌筵席，碗箸杯盘照例十分讲究。又有二桌小席，上面摆着雕花脚的盘子，式样十分新颖，是盛三朝饼的。记录这种微不足道的琐事，笔者自觉非常乏味。

左大臣走出来说："夜色已很深了！"便派女侍去请新郎赴席。匂亲王正和六女公

① 因以前曾想将六女公子嫁给薰中纳言。

子游戏取乐，并不马上出来。云居雁夫人的兄弟左卫门督及藤宰相先出来了。过了一会儿，新郎好容易才出来，风姿十分优美。主人头中将率先向匂亲王敬酒，殷勤劝请用菜。接着继续又敬酒两三次。

薰中纳言劝酒十分殷勤，匂亲王对他微笑。大约是因为他以前曾对薰中纳言说过“左大臣家里刻板拘束”，以为这件亲事不甚相宜，现在又想起来，所以才对他微笑吧。但薰中纳言似乎不曾注意，只管一心一意地张罗照料。他走到东厅去犒赏匂亲王的随从，其中有不少身份高贵的殿上人：四位者六人，每人犒赏一套女装，又加一件长褂；五位者十人，每人犒赏一套三重唐装，其裙腰装饰各不相同；六位者四人，每人犒赏绫绸长褂及裙子等。犒赏品若按照规定数量，似乎还稍薄，因此在配色及质料上特别留意，务求尽善尽美。对于近侍及舍人，犒赏尤为隆重，甚至打破常规。如此繁华热闹之事，原是人人爱读的，古代小说中总是首先描述类似的情况，大约就是因为这样吧？这里所列举的，恐怕还不太详细呢。

薰中纳言的随从中有几个地位不太高贵的人，混杂在人群之中观看这一盛况，回到三条宫邸之后叹息道：“我们这位大人为什么这般老实，不肯去当左大臣家的女婿呢？一个人孤居独处多乏味啊！”他们在中门旁边发着牢骚，薰中纳言听到了颇觉可笑。这时夜色已深，这些人都想睡了，刚才看见匂亲王的随从们得意扬扬地畅饮美酒食佳肴而躺在一处休息，大概他们心中十分羡慕。薰中纳言走进自己房中，躺着想道：“当新女婿多难为情啊！本来是谊属至亲[①]，却神气活现地出来坐席，在灯火辉煌的院中频频举杯敬酒，匂亲王倒应付得彬彬有礼呢。”

他赞叹匂亲王风度得体。又想：“倒也难怪，我若有个心爱的女儿，除了嫁给匂亲王以外，纵使宫中也不愿让她去呢。世人都想把女儿嫁给匂亲王，但他们又说：‘还是源中纳言更好。’这句话已变成老生常谈。可见世人对我的评判还算不错。只是我的性情太过乖僻，有些老气横秋。”想到这里，自觉颇感骄傲。又想道：“今上曾经表示想将二公主下嫁，如果真有这种打算，我只管如此犹豫不决，只怕不好吧？然而这虽然是脸上增光的事，但毕竟不知究竟。又不知二公主容貌生得怎样，如果能与已故的大女公子肖似，我真是不胜欣喜了。”他有这种想法，可知毕竟不是全然无意的。他照旧难以入睡，寂寞无聊，便走进一个平日怜爱的女侍按察君房中，在那里一直睡到天明。其实纵使他睡到日上三竿，也不会有人讥评，他却极为慌张，匆忙起身。按察君颇有不满，吟诗云：

“身越禁关偷结契，
　心忧缘断恶名留。”

薰中纳言很可怜她，答道：

“关河水面人疑浅，
　下有深渊不绝流。”

① 夕雾是匂亲王的母舅。

纵使说“深”，尚且很不可靠，何况说“水面浅”呢！按察君愈发觉得伤心了。薰中纳言打开边门，说道：“我其实是想让你起来看看这天空。如此美景，怎么可以贪睡而不看呢？我并非刻意模仿风流人物，只因近来常常失眠，只觉得长夜漫漫，思量今世之事，直至后世之事，心中不胜哀愁。”如此略加搪塞，就出去了。他极少对女子诉说情话，大约是他容貌生得俊俏，女子们并不觉得他是无情之人。偶尔听到他一句戏言的人，又觉得纵使只能在他身边看看他的美貌，也是好的。想是因此缘故，有的女子竟四处寻求关系，一定要到三条宫邸去给出家为尼的三公主当女侍。随着女子身份的不同，发生各种各样的悲哀情事。

匂亲王在白天仔细观察六女公子的容貌，觉得实在美丽无比，因此对她的爱情愈发深厚。六女公子体态窈窕婀娜，面容与垂发优美可爱，与常人迥然不同。肤色的娇艳令人吃惊，而那高贵的容貌更加令人自惭。总之，她全身上下都无缺陷，“佳人”这两个字当之无愧。芳龄大约二十一二，已经不是少女，身体发育圆满，有如盛开的花朵。父亲对她悉心教养，关怀得无微不至，因此人品也毫无缺陷。难怪父母对她的婚事如此用心。但是说到温柔与娇媚，总还不及二条院的那位二女公子。六女公子在回答匂亲王的问话时，虽然也颇怕羞，但并不过分瑟缩，处处显示出多才多艺与聪明干练。她身边有三十名优良的青年女侍、六名女童，容貌都长得十分漂亮。她们的服装，因为已经看厌一般的华丽，所以另取一种全新的样式，有一种令人耳目一新的美感。六女公子的婚礼仪式，比三条院云居雁夫人所生大女公子入宫当太子妃时更加隆重奢华，或许是因为匂亲王的声望与风姿特别优越的缘故吧。

自此以后，匂亲王不能随意地到二条院去了。只因他身份高贵，白天不便出门，只能在六条院南部从前住惯的地方度日，晚上也不能离开六女公子而到二条院去。因此二女公子经常望穿秋水。她想：“这原是意料之中的事，但想不到恩情竟马上完全断绝。不错啊，主意坚定之人，绝不会忘却自身的微贱而轻率地高攀贵人。”她反复思量，只觉得当时贸然离开山庄，眼前繁华犹如南柯一梦，心中追悔莫及，悲伤不已。又想：“还不如找个借口，悄悄地返回宇治去吧。这并非全然和他断绝，但也可暂时慰我愁肠。只要不与他结怨，自亦无妨。”她反复思量，终于抛开羞耻，写了一封信寄给薰中纳言，信中说道：“前日承为亡父筹备相应法事，曾由阿阇梨转告，均已详悉。若非足下不忘旧日之情，热诚关怀，亡父在天之灵将如何孤寂！拜受嘉惠，感激涕零。若有机缘，再当面谢。”这封信写在陆奥纸上，不拘一格，信手挥洒，却十分清秀可爱。已故八亲王三周年忌辰，薰中纳言为他大做功德。二女公子衷心感激，向他诚挚道谢，虽只寥寥数语，显见流露真情。二女公子对薰中纳言来信作答，一向多方顾虑，不肯表露衷情。这次却主动致书，又提到“面谢”，薰中纳言看了简直受宠若惊，欢喜无限，心情大为振奋。他想起匂亲王近日来正贪恋新欢，将故人丢在脑后，猜想二女公子一定倍感痛苦，对她十分同情。因此这封信言词虽然直率，却并无风趣可言，薰中纳言反复阅读，不忍释手。他的回信中说：“来信拜悉。前日亲王三周年忌辰，小生敬怀圣僧之虔诚，前往祭奠。之所以未曾奉告便私自前往，实因小姐之前曾有同行之意，而我窃以为极不相宜。来信中说我‘不忘旧谊’，对小生情缘的估计不免太浅薄了，不胜怅恨。余容面陈，惶恐拜复。”这封信直率地写在一张坚实的白纸上。

第二天傍晚，薰中纳言来到二条院。只因他爱慕二女公子之情日渐转浓，今日的打扮实是煞费了一番苦心。柔软的衣服上浓重地熏足衣香，竟有香气太浓之嫌。手中拿着一把惯用的丁香汁染的扇子。全身香气馥郁，难以言喻。二女公子也经常想起当年宇治山庄中那稀奇古怪的一夜，她见薰中纳言性情刚直、一派斯文，有时也会想起："当初不如索性嫁了此人。"她已经不是无知孩童，此刻把那可恨的匂亲王同他一比，显然觉得此人更为出众。想到过去经常与他隔物相会，实在对不起他，又担心被他看作一个不识情趣的女子。因此今天请他进入帘内，自己则在正屋帘前添设了一个帷屏，坐在稍深的地方和他谈话[①]。薰中纳言说道："今日虽非小姐特地召唤，但蒙破例许可相会，不胜欣慰，本应立即前来拜访。只是听说昨日亲王留在府中，只怕有所不便，因此延至今日。承蒙于帘内赐座，减少隔物，可知小生多年以来的愚诚，今已渐蒙体谅，实在难得啊！"二女公子还是非常害羞，只觉话也说不出来，好容易才答道："先父三周年忌辰，幸蒙赐祭，心中不胜感激。倘若像以往一样深藏于心，则区区谢忱难以奉达，不免遗憾，故而……"她的态度十分拘谨，身体逐渐向内缩回，声音断断续续。薰中纳言心中焦灼，对她说道："小姐与我相隔太远了！我正想竭诚奉告，并聆听你的清音呢。"二女公子也觉得果然相隔太远，便稍稍向外膝行一点儿。薰中纳言听得她走得近了些，心中一阵乱跳，但马上镇静下来，装出若无其事的模样。他想起匂亲王近来对二女公子的感情突然冷淡，便直言斥责，又殷勤安慰，和颜悦色地就各个方面谈论了许多话。二女公子对匂亲王的怨恨，不便宣之于口，她只向他表示"不怨处世难……"[②]的意思，用简单的答语岔开话头，然后恳切地请求他带她往宇治一行。

薰中纳言答道："依区区愚见，这件事是万万不能效劳的。小姐总要将尊意坦白地告诉亲王，按照他的指示行事，方为妥善。不然，一旦稍有差池，亲王一定会埋怨小姐举止轻率，局面难以收拾。只要不被亲王误解，则迎来送往之事，小生自当一力承担，岂敢畏惧辛劳呢！小生为人一向刚直，迥非世间普通的男子，这也是亲王一向深知的。"他嘴上虽如此说，其实深悔从前将二女公子让给了匂亲王，无时或忘。真想如古歌所咏的"但愿流光能倒退"，而把二女公子娶回家中。这时他便向二女公子隐约吐露出这种心意。谈谈说说，不觉天色转暗。二女公子觉得不便久留他在帘内，便对他说："罢了，今天我心绪不佳，且待稍见好转，再另行请教吧。"说罢就想退入内室。薰中纳言十分懊丧，急忙说道："那么，小姐准备什么时候动身呢？我可预先吩咐仆从，让他们先将路上的蔓草稍加清除。"他极力想讨好她。二女公子暂时停下，答道："本月已近月末，

←新妇之美　《源氏物语绘卷·寄生二》复原图　近代

结婚三朝仪式过后，匂亲王仔细打量着新婚妻子六女公子。她的美丽高贵逐渐让匂亲王深深着迷，以致常留不去。图中右边是匂亲王与面带羞涩的六女公子，屏风和帷幔左边，是服侍的女侍们。从她们华丽的衣着上，可见夕雾家的豪奢与显赫。

① 厢房与正屋之间挂着二重帘子，客人坐在厢房里，主人坐在正屋里。

② 古歌："不怨处世难，不怪人情薄。只恨宿命穷，此身长落寞。"可见《河海抄》。

下月初动身吧。我只想悄悄地前往，不必郑重其事地求人允许。”薰中纳言觉得这声音可爱无比，便比平时更热烈地思慕起往事来。

他一时难以按捺，竟从他靠身的柱子旁边的帘子下探身进去，硬拉住二女公子的衣袖。二女公子心想：“原来他竟不怀好意，真令人厌烦！”她无话可说，只是默默地向后退去。薰中纳言紧紧跟着她，顺水推舟地也把半个身子钻进帘内，就在她身边躺下了，说道：“不知我是否记错了：小姐过去曾说‘没人看见是无妨的’。不知我是否听错了，所以进来问问。请你不要对我这般疏远！你这态度多么冷淡无情啊！”说时不胜怨恨。二女公子无心理会，但觉他的举动荒唐可恶，气得发昏，终于镇静下来，说道：“你的用心真是出人意料！女侍们看见了还成什么体统！这太无礼了！”她低声辱骂他，几乎要哭出来。薰中纳言觉得她的话也有几分道理，心中颇感抱愧。但还是强自狡辩：“我这种行为不会受人非难的。你总还记得当年曾有一夜，我也和你如此对晤吧。你姐姐在世时便允许我亲近你。你觉得我举止无礼，反而不知风趣了。我绝没有色情的野心，请你放心。”他的态度从容不迫。但因近来经常心中痛悔，烦恼越来越深，便絮絮叨叨地把心事向二女公子一一诉说，全无离去的意思。二女公子无法可想，这时她的心情，已经不足以用狼狈两字来形容了！她觉得应付此人，比应付全不相识的陌生人更加困难，唯有吞声饮泣而已。薰中纳言对她说道：“你又何必如此呢？太孩子气了。”他仔细看了看二女公子，只觉说不出的可怜可爱。她那含蓄优雅的神态，比当年那夜所见的更加端庄成熟。他想起自己从前主动把此人让给他人，以致今日如此神魂颠倒，大为后悔，竟忍不住哭了起来。二女公子身边唯有两个女侍。她们看见一个陌生的男子钻进帘内来，不知有什么事，急忙走近来看。她们一见这男子是薰中纳言，知道他是邸中的熟客，料想今日必然另有缘故。她们觉得不好意思在近旁窥视，便假作不知，退到外边去了。二女公子更感孤立无援。薰中纳言深悔当年一时糊涂，心情一时无法平静。但从前他与二女公子对晤一夜，尚且规规矩矩，坐怀不乱。今日当然更加不会胡作非为。这些事情，也不必详细叙述。薰中纳言懊恨此行徒然无益，而外人看了又不成样子。思前想后，终于告辞而去。

薰中纳言以为还在夜里，哪知天色已近破晓。他担心被人看到，惹起讥评，心中不免慌乱。他也是为了不想损害二女公子的名誉。他听说二女公子因为怀孕而身体不适，今天一见果然如此。为了遮羞而束在身上的那条腰带，薰中纳言看了也觉得可怜，这也是他不忍太过放肆的一个原因。他想：“回想起来，我屡次错过良机。但丧情灭理的事，毕竟违背我的本意；况且只凭一时冲动而胡行乱为之后，心中势必难以安宁。偷偷摸摸地追求欢会，不免费尽心思，又使女方也平添忧患。”但他这种理智的思想不能浇熄心头热烈的情火，直到这时他还对二女公子恋念难忘，真是岂有此理。他暗自发誓一定要把二女公子弄到手不可，其用心实在不良。二女公子那比以前稍稍纤弱而依旧风流袅娜的面容，在他心头片刻不曾离去，一直依附在他身旁，因此其他一切事情全都被他抛在脑后了。他只是在想：“二女公子一心想返回宇治，我可不可以将她送回去呢？只怕匂亲王不肯放行吧。不过，偷偷地带她回去，毕竟太不妥当。有什么办法可以不受世人非难，而达成这个愿望呢？”他回家时早已魂不附体，便茫然地躺下了。

第二天天色尚未大亮，他就写信给二女公子。表面上是依旧一篇冠冕堂皇的文章，附有诗云：

"懊恨空归繁露道，

秋容依旧似当年。

蒙君冷遇，使我'不明事理枉多忧'[1]，此外更无他言也。"二女公子想不作复，又担心一向并无此例，女侍们不免诧异。她左右为难，结果只略复了几个字："来信拜收。心情异常恶劣，未能详复为歉。"薰中纳言接到回信，只觉言语太少，十分扫兴，眷恋不舍地回想着她那可爱的面容。二女公子想是已渐通人情世故，所以昨夜对薰中纳言虽然严加痛斥，但并不表露得特别嫌恶，态度非常端庄，且又温和婉转，终于推三阻四，巧妙地把他请走。薰中纳言现在想起她那副模样，心中又是嫉妒，又是伤心，百感交集，愁绪满怀。他想："此人比起从前，样样都长进了。怕些什么呢！以后匂亲王抛弃了她，只管叫她依靠我就是了。那时我虽然不能公然地与她成为夫妻，但却不妨暗中往来。我又别无心爱之人，就让她做我唯一的终身伴侣吧。"他只管筹划这件事情，用心实在不成样子。薰中纳言为人本来聪明刚直，但男子的心毕竟都是可恶的。他悲伤大女公子之死，自己徒劳无益，但也并不像这一次这般痛苦。而愁绪万叠，回肠百转，其痛苦难以言喻。他听见人说："今天匂亲王回二条院了。"便忘记了自己是二女公子后援人的身份，妒火中烧，心痛欲裂。

匂亲王好多天未曾返回二条院，自己也觉得可恶，这一天忽然回来。二女公子觉得事已至此，何必再去恨他呢，对他并不表示疏远。她请求薰中纳言带她返回宇治山庄，但薰中纳言也百般推拒，不肯相助。如此一想，便觉世间无处容身，唯有自叹命苦。她打定主意："我还是在'命未消'[2]的期间，听天由命，泰然度日吧。"便和颜悦色、真心诚意地招待匂亲王。匂亲王自然对她更加怜爱，恨不得用千言万语来表示他久不归来的愧疚。二女公子腹部已渐渐膨大，身上束着那条可羞的腹带，模样愈发可怜。匂亲王不曾贴身看过怀孕的人，竟觉得十分稀罕。他在严肃刻板的六条院左大臣家里住得久了，一旦回到二条院自邸，只觉一切都很舒服可爱，便又向二女公子滔滔不绝地诉说山盟海誓。二女公子听了想道："世间男子大多都会花言巧语吧。"便联想起昨夜那人的放肆举动来。她想："我多年以来一向以为此人循规蹈矩，哪里知道一旦碰到色情之事，竟连一点儿规矩都没有了。这样想来，眼前这个人的山盟海誓，也是不可信的。"但又觉得匂亲王的话毕竟尚有几句可听。她又想起薰中纳言："哎呀，乘我不备闯进帘内，简直太荒唐了！他说和我姐姐始终清清白白，这确是很难得的。但对他还是不可不防。"于是对薰中纳言更加警惕了。又想到今后匂亲王一定还会有久不回家的时候，在这期间很可担心，却又不便说出。这次二女公子对待匂亲王比以前更为殷勤，所以匂亲王非常怜爱她。忽然他闻到二女公子的衣服上有薰中纳言身上的香气。这种香气与世间其他香气不同，显然是此人身上所特有。何况匂亲王对于熏香一道素有研究，他觉得奇怪，便向二女公子盘问："到底发生了什么事？"又仔细察看她的脸色。二女公子原知事出有因，一句话也答不出，只觉非常痛苦。匂亲

① 古歌："善解自身无怨恨，不明事理枉多忧。"可见《河海抄》。

② 古歌："池中水泡真堪羡，身世飘浮命未消。"可见《拾遗集》。

被压抑的欲望

“宇治十帖”一开始，就给人以迥异于源氏任性而为的压抑气息。主要人物中，薰君的好佛和守礼、大女公子对爱情的排斥，以及二女公子对京都生活的不适，都表现出他们潜意识里对自身情爱欲望的压抑和消沉。

薰君

薰君对宗教的虔诚一直压抑着他作为男人的欲望。这种向佛之念其实并不是理性的结果，而更多是他压抑、排解自身欲望的一种手段。当欲望无法阻挡时，他又通过妥协和移情来消解。

压抑、妥协

大女公子：宇治八亲王本有意将薰君当作女婿，但薰君却做出一种矜持的、宗教般的婉拒。这导致八亲王做出遗诫女儿们孤独终老的决定。而当薰君想追求大女公子时，却遭到了拒绝。

二女公子：视宇治两女为己物的薰君，却自虐般将二女公子介绍给了匂亲王。之前与二女公子相处一夜中，薰君放弃对她的纠缠；而当二女公子已是他人妻，他又有意诉情时，拉住她的手却压抑着不逾矩。

两皆落空

大女公子

以父亲不许结婚的遗命为借口，抗拒着薰君的爱慕，而事实上八亲王的遗命并未排斥薰君。她不仅抗拒了薰君的热情，也压抑了她自己对爱恋的渴望，极端到希望以妹妹来代替她，去满足薰君的欲望。

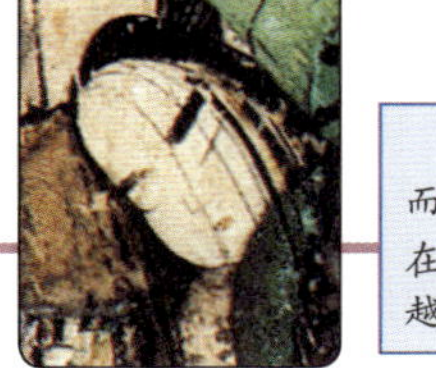
二女公子

自念违背了父亲的遗命、舍弃了姐姐和宇治山庄而倍感苦恼。当她迁居京都、与匂亲王成婚后，又在薰君的纠缠中痛苦不已。对京都贵族生活的疏离感越来越重，最后甚至劝说薰君将她带回宇治。

争取

匂亲王

闻知二女公子的美貌，不断争取，即使受到家庭的阻挠也不放弃，直至抱得美人归。“宇治十帖”中唯一勇往直前、放开自己欲望的，却是这个花心的亲王。

这种对欲望的压抑，究其产生的社会原因，就是平安时代的崇佛之风，以及“一夫多妻”“走婚”的婚姻制度，让政治失意的男人们向往来世，让感情失意的女子恐惧爱情。

王想："果然如我所料。我早就疑心他不会这么规矩的。"他心中非常懊丧。二女公子也曾想到这一点，所以昨夜连贴身的单衣都换过了。但奇怪得很，想不到连身上都染着他的香气。匂亲王对她说道："香气如此浓重，可见你对他已经毫无隔阂了。"此外又说了许多难听的话。二女公子极为痛苦，只觉无处容身。匂亲王又说："我对你关怀特别深切，你却'我先遗忘人'①。如此背叛丈夫，是身份卑贱的人才做得出来的。我又不曾和你阔别多年，怎么你就立刻变心？你的无情真是出我意料！"此外又有许多痛恨的怨言，笔者不能尽行记录。二女公子只是一言不发。匂亲王愈发忌恨了，吟诗曰：

"汝有新欢香染袖，
我怀旧谊恨缠身。"

二女公子被他劈头痛骂，无言可辩，只是说道："哪有这种事情！"便答诗曰：

"既有常同衾枕谊，
岂因细故便分离？"

吟罢嘤嘤哭泣，那模样十分可怜。匂亲王看了想道："正因为如此，才会牵惹那人的心。"妒火愈发炽盛起来，自己也不禁落下泪来。真是个多情种子啊！二女公子姿色实在非常可爱，纵使真的犯了过失，对方也不忍心与她疏远。因此不久匂亲王的怒火渐渐消失，不再严厉责备，反而百般用好言抚慰她了。

第二天，匂亲王与二女公子从容睡到日上三竿，方才起身。就在二女公子房中盥洗，吃早粥。匂亲王在左大臣家看厌了高丽、唐土舶来的五彩斑斓的绫罗绸缎，现在看到自邸中的装饰陈设，虽是世间寻常之物，却也觉得十分亲切。有的女侍穿着旧了的衣服，这环境给人沉静安详之感。二女公子身着柔软的淡紫色衫子，外罩暗红面子蓝里子的褂子。那随意不拘的姿态，比起六女公子富丽堂皇的服饰来，并不显得逊色。她的温柔妩媚的姿色，对匂亲王的深恩重爱受之无愧。她的面庞本来略觉丰满，近来稍稍清减，肤色愈发白皙，更显得优雅娇媚了。匂亲王未曾发现香气时，早就担心：二女公子的容貌比其他女子漂亮得多，若有其他男子接近，或偶有机会听到她的声音，或看见她的容貌，岂能漠然无动于衷，势必对她生出爱慕。他根据自己好色的性情如此推断，所以经常留心察看，总是假装无意，翻看二女公子身边的橱子和小柜子，看里面是否有可作证据的书信。但从来也找不出来，只找到一些寥寥数语的普通信件，混夹在其他物件之中。他觉得奇怪，时常疑心绝不会如此简单。今天因发现了香气而如此猜忌，原也是难免的。他想："薰中纳言的风采，凡是略解风情的女子，看见了必然爱慕不已，怎么会坚决拒绝呢？这两人才貌相当，多半互相有情的。"因此心里又是伤心，又是愤怒，又是嫉妒。他对二女公子放心不了，所以这一天不曾离开，只写了两三封信送到六条院去。几个老年女侍便私下议论说："分开才多久，就积下了这许多话！"

薰中纳言听说匂亲王整日闭居在二条院，非常担心。他想："真不应该啊！我的用

① 古歌："人未遗忘我，我先遗忘人。如此无情者，岂可久相亲！"可见《古今和歌六帖》。

心多么卑劣！我本该作为她娘家的后援人去照应她，怎么能忽然萌生邪念？”便努力扭转心情，设想匂亲王虽然宠爱六女公子，但也绝不会抛舍二女公子，于是又替二女公子庆幸。他想起二女公子身边的女侍所穿衣服都已陈旧，便走到三公主那里，问道：“母亲，这里有没有现成的女装？我眼下有个用处，想在这边拿几套呢。”三公主说：“下个月做法事[1]用的白色服装，大概已经做好了。但染色的此刻还未开始缝制。你若有用处，就马上叫他们动手制作吧。”薰中纳言说：“那又何必呢！并不是什么重要的用处，只要拿些现成的就好了。”便吩咐裁缝所的女侍，叫她们取出几套女装来，又添了几件漂亮的褂子，这些都是现成之物。此外又取了一些不曾染色的绫绢。其中给二女公子本人做衣服的，是薰中纳言自己留着备用的红色研光绢，又添上许多白绫。没有做女裙用的衣料，怎么办呢？便又添了一条腰带，在带上系了一首诗：

“心怜罗带好，物已属他人。
何必萦怀抱，徒劳诉恨情？”

薰中纳言派人将这些衣物送去交给二女公子身边的女侍大辅君。这女侍年纪较长，是二女公子的亲信。使者传达薰中纳言的话：“所奉衣物，皆为匆匆置办的，鄙不足观，尚请善为处置。”赠二女公子的衣料，力求不要引人注目，装在盒子之中，但包装十分讲究。大辅君并未拿给二女公子看。只因薰中纳言这一类馈赠，以前亦属常有，大家早已习惯，不必谦让答谢、再三推辞，所以大辅君就自作主张，把衣料分送诸人，众女侍各自拿去缝制衣服了。贴身服侍的青年女侍，其服饰原应特别讲究。而那些下级女侍，平时穿惯了粗布衣服，如今穿上薰中纳言所赐的白色夹衫，虽然不甚惹眼，倒也显得清爽干净。

说实在的，在二女公子这里，能关心万事、打点一切的，除了薰中纳言还能有谁呢？匂亲王对二女公子的宠爱原也十分深厚，其关怀照顾也颇为周到。但他哪里能注意到这些生活上琐屑之事呢？这位皇子长在深宫，多年来养尊处优，全然不知世间疾苦。他过着风流艳雅的生活，偶尔玩弄花露还怕手指发冷呢。与他相比，像薰中纳言那样为了所爱之人而随时留心，连她身边的一草一木也照顾到，实在是极为可贵。因此二女公子的乳母等人总是讥讽匂亲王：“他的照顾就免了吧！”有几个女童衣衫不整，二女公子看了颇觉羞愧，不免私下叹息：“住在这广厦华屋里反而出丑。”何况六条院左大臣家中的奢华天下闻名，匂亲王的随从看到这里的情况，怎能不嘲笑呢？因此二女公子更觉不快，经常愁叹。薰中纳言很会体察她的心境，所以特意送来这些衣物。若是送给交情平常的人，这些琐屑之物不免太不成样，有失礼貌。但送给二女公子，则绝无轻侮之嫌，又有何不可？如果送她奢华贵重的礼物，反而引起旁人讥议，以为在过分讨好。薰中纳言有些顾虑，便只送些现成的物品。他另外命人缝制各种美丽的衣裳，又织造一些礼服，连同许多绫罗衣料一并送了去。这位中纳言其实也是从小在锦绣丛中长大的，其养尊处优并不亚于匂亲王。心性异常自矜，目空一切，真是个佼佼不群的脱俗之人。但自从他看到已故八亲王宇治山庄的景象以来，才知道失势之人，生活如此凄凉，实在可怜。于是

[1] 每年正月、五月、九月做祈祷。这里是指九月。

照料入微　歌川丰国　源氏香之图　江户时代（约1844—1847年）

想及二女公子身边女侍所穿的衣服已经陈旧，薰君便准备了几套鲜艳的衣裳和布料送至二女公子处。对于薰君无微不至的照料，女侍们欣然接受。在她们看来，即使身为二女公子夫婿的匂亲王，也不如薰君的照料来得周到细致。图为女侍们欢天喜地地分发衣裳，缝制布料的情景。

联想到广大世间各种情状，对他人经常寄予深切的同情。可知这是一番沉痛的经验。

自此以后，薰中纳言千方百计地摒除邪念，想光明正大地照顾二女公子一生。但力不从心，爱慕之心难以抑制。因此他写给二女公子的信，比以前更加详细，动辄流露出难以压抑的恋情。二女公子看后，自恨罪孽缠身，悲叹不已。她想："如果是素不相识的人，骂他一声'何其痴狂！'要拒绝他也颇为容易。但是这个人不同，家中与他早有交往，互相信任。今天忽然与他决绝，不免引起别人疑心。他那竭诚尽忠的心情，我并非不知感激。但如果要我为此而开诚布公地对待他，我又有诸多顾虑。究竟该怎样做才好呢？"她思前想后，心绪纷乱。她身边的女侍之中，那些稍明事理而可与之商谈的年轻人，都是新进入邸的，不便与她们深谈。而一向熟悉的人，就是从宇治山乡带来的几个老女侍，同她们也无法商议。志同道合而可与畅谈心事的人，简直找不出一个来。因此她无时无刻不怀念已故的姐姐。她想："如果姐姐在世，他绝不会对我生出这种不良之心吧。"心中伤感不已。匂亲王的薄幸已足见可悲，而薰中纳言之事更使她觉得痛苦。

薰中纳言无法再忍受了，只好在某个沉静的傍晚又到二条院去拜访。二女公子马上叫人送出坐垫，并命女侍传言："今日心绪恶劣，不能与你晤谈了。"薰中纳言听了，心中非常伤感，眼泪即将夺眶而出。他怕被女侍看见，便努力忍住，答道："患病之时，素不相识的僧人都可以住在近旁呢。不妨把我当作医师，允许我进入帘内吧。如此传言问答，我此番拜访不免全无意趣了。”众女侍见他的神情非常痛苦，想起那天夜间闯入帘内的事，对二女公子说：“如此招待他，的确是太简慢了。”便把正殿的帘子垂下，请薰中纳言在守夜僧人所住的厢房内落座。

二女公子非常懊恼。但女侍既已如此说了，如果坚决拒绝，只怕反而让人怀疑，因此只得谨慎地稍稍向前膝行几步，与客人对晤。二女公子有时略说几句话，但声音非常轻微。薰中纳言听了，竟突然想起大女公子患病初期的模样，心头觉得不祥。一阵悲伤袭来，便觉眼前一片昏暗，再也说不出话来，支吾了好一会儿。他痛恨二女公子坐的地方太深，便从帘子下方伸手进去，将那帷屏稍稍推开一些，又挨身进去。二女公子非常害怕，但又无可奈何，只好召唤她的贴身女侍少将君，对她说道：“我胸口疼痛，你且替我来按一按吧。”薰中纳言听见了，说道：“胸口疼痛，按住了只怕会愈发难过吧。”他长叹一声，重新坐端正了，但心中讨厌这女侍，十分焦灼。又对二女公子说道：“你为什么身体经常不适呢？我曾问过怀孕的人，据说起初确有一个时期会身体不适，但不久就会恢复。你大概是年纪太轻，过分担心的缘故吧？”二女公子非常难为情，答道：“胸口疼痛这个毛病，我是早就有的。亡姐也有这种毛病。据说有这种毛病的人寿命都不长呢。”薰中纳言想起世间谁也没有“青松千年寿”①，很为二女公子担心，非常可怜她。便顾不得少将君也在座，把一向对二女公子的深深爱慕之情一一向她诉说，只把刺耳难闻的话略了过去，措辞十分文雅，二女公子听了虽可心领神会，别人听到却不会觉得异样。少将君听了，觉得此人的好意实在深可感激。

薰中纳言时常睹物怀人，对大女公子不能忘怀，因此对二女公子说道：“我从小厌恶红尘，常想清心寡欲地度此一生。但想是前世因缘注定，我虽备受令姐的冷遇，却对她刻骨相思。本来的离世之心也终于渐渐消解。为了排遣情怀，我也很想结识几个女子，闲时看看她们的模样，或可消减哀思。但其他的女子再无一人可以使我倾慕。经过万般苦思冥想，我确信世间没有一个女子再能牵惹我心。所以如果有人把我当作好色之徒，我心中甚觉可耻。我对你若有半点儿不良之心，自又另当别论。但仅仅这样的对晤，把我心中的思念向你略为奉达，或者静坐着倾听你的谈话，彼此开诚布公，谁能对我们怀恨斥责呢？我的为人与众不同，一向刚直无私，世间无人能加以非难，所以还请你信任我吧。”他满怀怨恨，哭哭啼啼地说出这一番话。二女公子答道：“我如果不信任你，怎么会不顾旁人疑心，如此接近地来招待你呢？多年以来蒙你百般照顾，深为感激。因此我一向把你看作特别可靠的后援人，这次还主动写信给你呢。”薰中纳言说：“你什么时候主动写信给我，我根本记不起来了。你这些话说得多甜蜜啊！你大概是指：为了准备到宇治山乡去，才写信来召唤我吧？那也确是蒙你信任，我心中十分感激呢！”他说时还是满怀幽怨。但因旁边尚有女侍，不便任意畅谈。他向窗外凝神眺望，只见天色渐渐昏暗，虫声清晰可闻。庭中的假山只见黑影，此外景色都已无法分辨。帘内的二女公子见他悄然不动地靠柱坐着，心中十分焦急。薰中纳言低声吟诵古歌“人世

① 古歌：“青松千年寿，谁是此君俦？可叹浮生短，情场不自由。”可见《古今和歌六帖》。

恋情原有限……”[①]，接着说道：“我这痛苦实在无法忍受了！我很想到‘无音乡’[②]去呢。至少，到宇治山乡去，纵使不另建寺院，也要依照故人的面容雕一个肖像，绘一幅画像，当作佛像，每日礼拜诵念。”二女公子说：“你发这个心愿真正令人感动！不过说起雕像，让人联想起放入‘洗手川’[③]里的偶像，反而有些对不起亡姐了。至于画像呢，世间有不少依据黄金数量多少而决定容貌美丑的画师[④]，所以也是不能让人放心的。”薰中纳言说：“对啊！雕匠和画师，怎么能依照我的想象而造像呢！听说近代有一名雕匠，雕出的佛像真能使天花乱坠。但愿能寻得到这等鬼斧神工才好。”说来说去，总离不开大女公子。他的神情极为悲伤，显见心中满怀深情。

二女公子看他如此可怜，便稍稍了靠近一些，对他说道：“说起雕像，我忽然想到一件事，只是不好意思告诉你。”说时态度比以前略显亲切。薰中纳言大喜过望，急忙问道：“什么事呢？”又从帷屏底下伸进手去，牵住了二女公子的手。二女公子觉得非常厌烦。但她正在想方设法制止他的恋情，以便今后可以放心地和他晤谈。而且一旦声张起来，坐在近旁的女侍看了也不成样子。因此只装出若无其事的样子，对他说道：“有一个多年以来生死不明的人，今年夏天从外地来到京都，说要来拜访我。我想这个人和我虽然关系亲密，但素未谋面，要马上和她亲热起来怕也不能。前些时她果然来了，我一看，觉得她的面貌和姐姐十分肖似，我立即觉得她非常可亲。你常说我是亡姐在这世上的遗念，其实据女侍们说，我虽然和姐姐是一奶同胞，但在各方面都与姐姐大不相似。这个人同姐姐关系疏远，却不知怎的反而如此肖似。”薰中纳言听了，疑心自己是在梦中。他说：“一定是有前世因缘，才会如此亲密。但不知为什么之前不曾听说。”二女公子说：“唉，什么因缘，我也弄不清楚。父亲在世之时，经常担心自己身后，遗下的女儿孤苦无依，身世零落。只在我一人身上，他就已十分担心。如果再有这一类的事情，外间传说开去，更要惹人嘲笑了。”薰中纳言从她的话中猜想：大约八亲王曾有一个私通的妇人，生下女儿，一向不知在哪里养育成人。但二女公子说她的容貌酷肖大女公子，这句话已钻进了他的耳朵，他就迫切地追问：“唯有这几句话，使我全然不得要领。你既然对我说了，还请详细地把来龙去脉告诉我吧。”二女公子仍觉得难为情，不肯对他详细说明，只是答道：“你如果想去寻访，我倒可以把地址给你。至于其中详细的情形，我也不太明白。说得太详细了，只怕让你扫兴呢。”薰中纳言说：“为了寻访亡魂居所，纵使是海上仙山[⑤]，我也自当全力以赴。我对此人的爱慕虽不能说什么深刻，但与其如此魂牵梦萦，还不如前往探访。只要能胜过令姐的雕像，我便将她供奉为宇治山乡的本尊，又有何不可？还请你详加指示。”

二女公子见他如此坚决，说道：“这可怎么才好呢！父亲生前不肯承认她，我却随

① 古歌：“人世恋情原有限，不需愁叹负心人。”可见《古今和歌六帖》。
② 古歌：“不堪相思苦，不便高声哭。欲往无音乡，不知在何国。”可见《古今和歌六帖》。
③ “洗手川”是寺院门前的河流。举行祓禊时，将偶像放入川中，让它流去，意思是使偶像代人受过。所以说“对不起亡姐”。
④ 汉元帝命画师毛延寿画宫女像。王昭君不送毛延寿黄金，毛延寿便把她的容貌画得很丑，元帝信以为真，将王昭君遣嫁胡人。
⑤ 指唐玄宗寻访杨贵妃亡魂。可见白居易《长恨歌》。

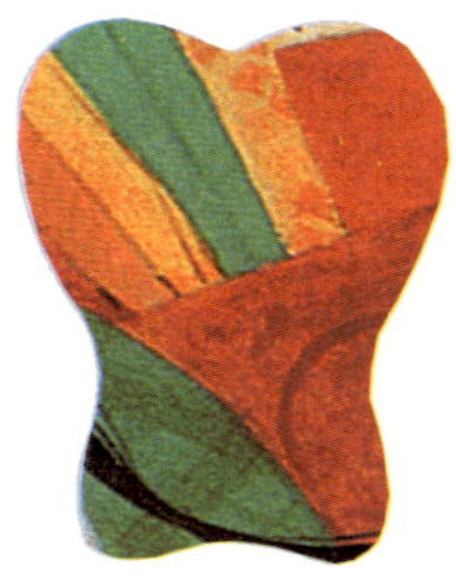

被动的移情

在“宇治十帖”中，有意无意地，薰君总是采用一些腼腆的方式来表现自己的欲望和追求。在被拒绝后，他又总是试图将自己的欲望转移到另一个替身身上。与上卷源氏的主动移情不同，从大女公子到二女公子，再到浮舟的感情转移，他的移情都是被动的、妥协的，都表现出薰君没有能力了解、实现自己的追求的羸弱。

源氏的移情

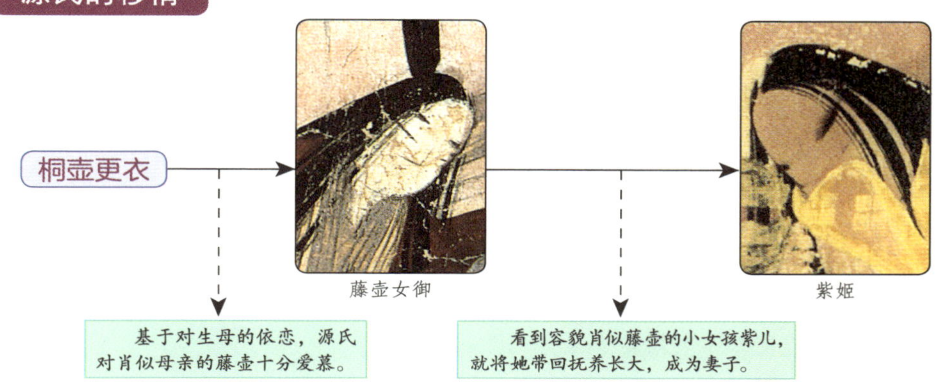
桐壶更衣
藤壶女御
紫姬
基于对生母的依恋，源氏对肖似母亲的藤壶十分爱慕。
看到容貌肖似藤壶的小女孩紫儿，就将她带回抚养长大，成为妻子。

薰君的移情

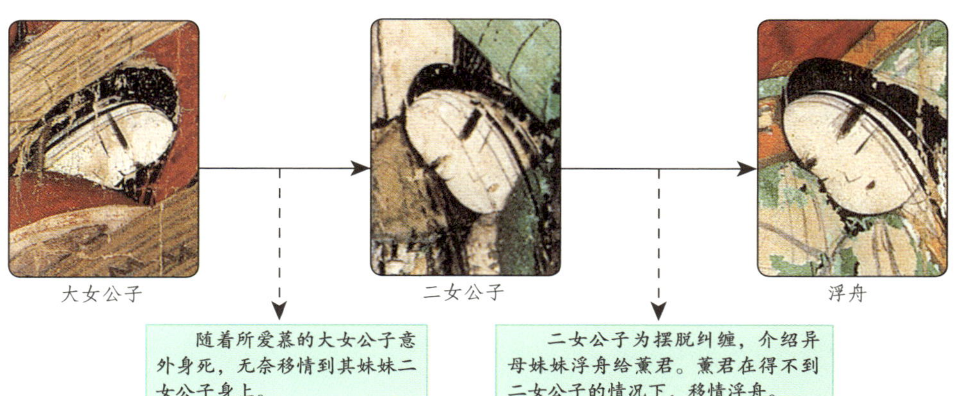
大女公子
二女公子
浮舟
随着所爱慕的大女公子意外身死，无奈移情到其妹妹二女公子身上。
二女公子为摆脱纠缠，介绍异母妹妹浮舟给薰君。薰君在得不到二女公子的情况下，移情浮舟。

从心理学上讲，薰君被动移情的羸弱直接根源于其对自己出身的困扰。由痛苦于隐秘难言的出身，到压抑自己的欲望，形成对世俗生活、男女之情的淡漠，而至在宇治二位女公子的爱情上优柔寡断，一次又一次地被拒绝、妥协、移情。

口泄露出去，实在太多嘴多舌了。但我刚才听你说，要找鬼斧神工的匠人来替姐姐雕像，我心中极为感动，才说出这个人来。”便告诉他：“她多年来住在遥远的乡间。她的母亲可怜她，一定要她与我通信来往。我不便置之不理，便常常给她写信。前些日子她就来寻访我了。或许是灯光之下看不清楚吧，只觉得她浑身上下无论哪一方面，都比我预想的要漂亮得多。她的母亲正在担心她的前程。你若能将她供奉为宇治山乡的本尊佛菩萨，那真是她的无上幸福了。但只怕她没有这般福气吧。”薰中纳言猜想：二女公子虽然说得头头是道，其实是厌恶他的啰唣，想设法打发他，因此他心中颇感不快。但想起那个肖似大女公子的人，毕竟有些期盼。他想：“二女公子虽然深深厌恶我那绝不应有的恋慕，但表面上并不使我难堪，可见她心中对我还是颇能体谅。”便觉心情异常振奋。这时夜色已深。帘内的二女公子担心女侍们看到不成体统，便趁薰中纳言不防，悄悄地退回内室。薰中纳言思来想去，觉得二女公子的退避并无不妥。但心中还是不胜惋惜，情思无法平静，眼泪即将夺眶而出，又恐被人嘲笑，只得努力忍耐。百感交集，方寸尽乱。但他明白：不顾一切的荒唐行为，于人于己两皆不利，毕竟是行不通的。于是竭力忍耐，起身告辞，愁叹之声比往日更显苦涩。

他在归途上想道：“我只管如此一味恨苦，将来又将如何呢？太痛苦了！有什么办法可使我不受世人讥评而又能称心如意呢？”想是由于对恋爱之事太缺乏经验吧，他总是无端地替自己又替别人考虑未来之事，通宵不眠直到天明。他想：“二女公子说那人酷似大女公子，不知是否真实，我总得去看一看才好。她的母亲身份低微，向她求爱想必不难。但那人若不能令我称心，倒有些麻烦了。”因此对这女子并不特别向往。

薰中纳言许久不曾拜访宇治八亲王的旧邸，似觉昔日往事日渐疏远，心中十分伤感，便于九月二十日过后来到山庄。但觉山中秋风凄厉，落叶乱飞。如今守护这山庄的，只有凄凉骚乱的宇治川的流水之声，连人影也难得一见。薰中纳言自觉黯然销魂，无限伤心。他唤来老尼姑弁君，弁君走到纸隔扇门口，站在一个深青色的帷屏之后，说道：“恕我失礼！年纪一大，容颜丑陋，见不得人了。”便不走出帷屏。薰中纳言对她说道：“你在这里多么寂寞啊！除你以外，我再无知心之人，所以特地来和你谈谈。不知不觉之间，又过了许多日子！”说时泪盈于睫，那老尼姑更是两眼流泪不止。薰中纳言又说：“回想起来，大小姐忙着为二小姐操心终身大事，正是去年这个时候。我心中悲伤永无止歇，而秋风瑟瑟之时更觉伤感。大小姐所担心的果然不错，我隐约听说二小姐与匂亲王的姻缘的确不太美满呢。此刻再想起来，事事都令人痛心啊！”又说：“无论二小姐如今情形怎样，只要活在世上，以后或有否极泰来的一天。然而大小姐怀着忧虑故去，我总觉得是我的过失，每一想起便不胜悲伤。最近左大臣家中之事，其实不必担心，这原是世间的常情。匂亲王虽然又娶了六女公子，但与二小姐并未疏远。说来说去，可悲的正是那个化作灰烬的人呐！死，原是世人谁也无法逃避之事，然而或先或后，却不免令人悲伤难堪啊！”说罢又大哭起来。

随后薰中纳言派人去请阿阇梨到山庄里来，托他举办大女公子周年忌辰的相应佛事。又对他说：“我近日想，我时常到这里来，总不免想起不可挽回的往事而伤心，这皆属徒劳无益。因此我想把这山庄拆毁，在你那山寺旁建造一所佛殿。反正早晚要造，不如及早动工。”就把几间佛堂、回廊及僧房，以及其他应有的房屋都画了出来，与阿阇梨商量。阿阇梨大为称善，说此举功德无量。薰中纳言又说："不过这原是八亲王当年用心设计建造的居所，我擅自把它拆毁，似乎太不顾及旧情。但我猜想他的本意，也是想在佛事上面做功德的，只因顾虑身后还有两位女公子，所以不曾修建寺院。现在这里是匂亲王夫人的产业，应归匂亲王所有。如此说来，我似乎不便把它改作寺院，也不该任意处置。但这地方距河岸太近，过分凸显，还不如把它拆去，改造佛寺，再另选佳址建造山庄。"阿阇梨说："这件事情无论从哪一方面看来，都是莫大的功德。从前有一人，伤心儿子的死亡，便把尸体包好挂在脖子上，一挂便挂了许多年。后来他受到佛法感化，把尸囊舍弃，终于进入佛道[1]。如今大人看到这山庄，每每触景生情，实在于修行不利。若能改作寺院，对后世则有劝修的功德，理应早日动工。即请宣召阴阳博士，选定吉日良辰，再雇用两三个技术高明的工匠，筹划工事。其他细节，可按佛教宗门的规矩布置。"薰中纳言便安排各项事宜，又召集附近领地内庄院中的仆从，吩咐他们："这次建造寺院，一切大小事务均须遵照阿阇梨的指示。"转瞬之间天色已晚，这天晚上就在山庄夜宿。

薰中纳言想起：今天是最后一次看到这山庄了，便在四处巡视。只见当年亲王所用佛像皆已迁入寺中，剩下的只是尼姑弁君常用的一些器具。设想她那孤寂的生活，十分可怜，不知她今后要怎样度日，便对她说："这座宅邸应当加以改造了。在尚未竣工之前，你可暂时住在那边的厢房之中。若有器物想送到京中二小姐那里，就叫我附近庄院中的仆从来，代你妥为办理。"又叮嘱她各种琐碎之事。如果换成其他女侍，则如此老迈之人，自然无法受到薰中纳言的青睐。但弁君毕竟与众不同，薰中纳言让她晚上睡在身旁，听她述说往事。两人身旁再无他人，说话可以毫无顾忌，因此弁君谈到了薰中纳言的生父已故柏木权大纳言的事。她说："权大纳言临终之时，非常渴望看看大人在襁褓中的样子，那种景象至今还在我的眼前。我万万想不到能活到今日，能见到大人升官晋爵，这一定是我当年勤恳服侍权大纳言而得来的福报。每一想起，心中又是欢喜，又是悲伤。又想到我这苦命之人老而不死，看到了许多惨事，便觉既可耻又可恨。二小姐多次对我说：'你经常到京中来看看我吧。只管幽闭在山中，把我完全抛开不理了！'但像我这种不祥之身，除了阿弥陀佛之外，不想再去拜见别人。"便不知疲倦地叙述大女公子生前之事：什么时候曾说什么样的话；欣赏樱花、红叶之时曾吟咏什么诗歌……虽然声音发颤，倒也娓娓动听。薰中纳言听了，想起大女公子一向像小孩一般不爱多说话，但性情风流儒雅。他听了弁君的话，思慕之情愈发浓厚，想道："匂亲王的夫人比她姐姐稍稍富有现代风味。她对于性情不投之人，态度非常冷淡。唯有对我深抱同情，愿意和我永结友谊。"他在心中反复比较两位女公子的品性。

薰中纳言在谈话中提起二女公子所说的那个酷似大女公子的人。弁君答道："她现在是否在京中，我也不得而知。关于她的事，我都是听别人说的：已故八亲王在尚未迁居山庄之前，夫人病故。不久，亲王与一个上等女侍私通。这女侍名叫中将君，品貌都还不错。但亲王和她交往时间极短，别人都不详知此事。后来这中将君生下一个女儿。亲王虽

[1] 据佛经中说：观音和势至前生是两个小孩，被继母杀死。父亲不胜悲痛，把两个孩子的尸体裹入囊中，挂在颈上。后来他受佛法感化，舍弃尸囊，进入佛道。

心知这女儿是自己亲生，但因嫌其烦累，此后不再与她交往。但又为这件事痛自惩戒，就此皈依佛祖，过着僧侣一般的生活。中将君无依无靠，只得离去，后来嫁给一个陆奥守为妻，跟着他远赴陆奥任地去了。过了几年，这位中将君重返京都，辗转托人给亲王带话，说是：女儿抚养在家，平安无恙。亲王听后说道：'这件事以后不必再向我通报。'他表示不肯收留那个女儿。中将君十分懊恼。后来她丈夫当了常陆介，又带着她到任地去了。此后久无音信。今年春天，这位小姐到匂亲王府拜访二小姐的事，我也略有所闻。这位小姐今年大约二十岁。前些日子她母亲曾写信来，说'小姐长得非常美丽，十分可怜'，信中近况叙述得甚为详细呢。"薰中纳言听了她的说明，想道："如此看来，二女公子说她酷肖其姐，多半是真的了。"他盼望能见上一面，便吩咐弁君："只要她略有几分肖似大小姐，纵使住在异国他乡，我也一定要去寻找。八亲王虽然不认她，但她毕竟是与大小姐血统相近的人。你也不必特地去通知她，只要在音信往还之时，顺便把我的意思告诉她就行了。"弁君说："她的母亲中将君是已故亲王夫人的侄女，与我是姑表姐妹的关系。中将君在亲王家供职时，我正住在外地，所以和她不太亲密。前些时候，二小姐的女侍大辅君自京中来信，说这位小姐想到亲王坟上祭扫，叫我提早准备，但至今还不曾到这里来。既蒙吩咐，等她来时我一定将尊意转达给她。"天色已近黎明，薰中纳言准备返京了。他就把昨夜傍晚时分京中送来的绢帛等物赠送给阿阇梨，又用丰厚的物品赏赐弁君。阿阇梨寺中的法师及弁君的仆役，也都收到布匹等赐物。这住所极为荒僻，但因薰中纳言时常来访，多方照顾，以弁君的身份来看，生活也算安乐，她尽可以从容地修行佛法。

寒风异常凛冽，使人难以禁受。红叶尽行脱落，遍地狼藉，却全无脚步践踏的痕迹。薰中纳言看了这番景象，犹豫着不忍离去。一些寄生的常春藤攀附在姿态优美的深山古木上，还一点儿不曾褪色。

薰中纳言命人自山中摘取了一些红叶，打算带回去送给二女公子。他独自吟诗曰：

"当年曾追随，犹似寄生[①]草。
若无此旧谊，旅宿太孤悄。"

弁君答道：

"当年寄生处，荒凉剩朽木[②]。
今日重来访，哀哉此旅宿！"

她的诗虽是古风十足，但也不失风趣，薰中纳言听了觉得聊可慰怀。

薰中纳言派人将红叶送给二女公子时，正遇上匂亲王在家。女侍漫不经心地送进去，说道："这是南邸[③]送来的。"二女公子以为又是谈情的信，十分担心，但这时怎来得及隐藏。匂亲王似有深意地说道："好漂亮的红叶啊！"便取过来看。只见薰中纳言

① 本回题名即据此处。
② 弁君以朽木自比。
③ 薰君所住的三条宫邸在二条院之南，故云。

的信中写道："尊处近日想必平安。小生前日曾到宇治，山中晨雾弥漫，更增伤感。详情他日面谈。该地山庄改造佛殿一事，已叮嘱阿阇梨代办。曾蒙金诺，才敢将庄屋移建他处。一切事宜，不妨吩咐老尼弁君。"匂亲王看后说道："这封信写得一派堂皇啊！他大概知道我正在这里吧。"薰中纳言多少确有几分这种心理，二女公子见信中并无别事，心中正在高兴，听见匂亲王说这种话，以为太冤枉人，不胜恼怒，那娇嗔的样子非常可爱。纵使有万种罪状，也不怕人不原谅了。匂亲王对她说："你写回信吧。我不看就是了。"便背过身子。二女公子觉得一味撒娇不肯作复，让人看着不免古怪，便执笔写道："闻君走访山乡，令人不胜羡慕！该地庄屋改造佛殿，确属至善之事。以后我若出家，也不必另觅岩穴，自有归宿，旧居亦不致日渐荒芜。多承美意，无限感戴。"照这封回信看来，两人的关系纯属寻常的友爱，无可指责。但匂亲王生性好色，以己度人，大概以为两人之间定有异乎寻常的关系而不能放心吧。

庭中秋草皆已枯死，唯有芒草与众不同，仿佛伸出了手，向人招手，极具风趣。更有一些尚未生穗的芒草，像穿着露珠的丝线，纤弱无力地望风披靡。此情此景虽然常见，但值此晚风萧瑟之时，亦足以引人哀思。匂亲王吟诗曰：

"玉露频频来润泽，
幼芒哪得不知情？"①

他身着平日的常礼服，上面只加一件便袍，拿起琵琶来弹奏。他把琵琶合着黄钟调，弹出哀愁的曲调。二女公子一向喜爱音乐，听了这琵琶之音，心中的怨恨顿时消散，将身子靠在矮几上，从小帷屏旁边微微探出头来，那姿态十分可爱。答诗曰：

"吹到芒花风力弱，
可知秋色已凋零。②

悲秋非我一人之事，但……"说罢泪如雨下，毕竟觉得难为情，急忙用扇子遮住面容。匂亲王猜想她此刻的心情，也觉得可怜。但他对她的猜疑终是难以消释，他想："正因为她如此惹人怜爱，只怕那人不会轻易放弃她呢。"便觉妒火中烧，不胜痛恨。

白菊尚未全然变成紫色③，其中特别用心栽培的，变色反而更晚。但不知怎么回事，唯有一枝已经变成非常艳丽的紫色。匂亲王命人将这一枝折下，口中吟诵着"不是花中偏

→猜忌与彷徨　《源氏物语绘卷·寄生三》复原图　近代

庭中秋草枯萎的时候，薰君将山庄拆建一事附在红叶上寄予二女公子。一旁的匂亲王猜忌不已，拿起琵琶弹奏起哀愁的黄钟调。图为匂亲王为二女公子弹奏琵琶的情景，风中寂寞摇摆的芒草，表现了二女公子因受匂亲王猜疑，以及匂亲王移情别恋而彷徨不已的内心世界。

① 玉露比喻薰君，幼芒比喻二女公子。
② 芒花比喻自己，风比喻匂亲王。暗示其移爱六女公子。
③ 白菊经霜，色渐变紫，为当时的人所欣赏。

爱菊”[①]的古诗，对二女公子说道：“从前有一位亲王，在傍晚时分吟着这首诗而赏玩菊花，忽然一位古代天人从空中翩然而来，将许多琵琶秘曲传授给他[②]。但如今世间万事都十分浅薄，实在可怜可叹。”便停止弹奏，放下了手中的琵琶。二女公子觉得尚未尽兴，说道：“只是人心变得浅薄罢了，古人传下来的琴技怎么会变呢？”她似乎想听一听自己久已荒疏了的古代技法。匂亲王说：“那么，我一个人弹奏似嫌太过单调，你来和我合奏吧。”便命女侍将筝取来，叫二女公子一起弹奏。二女公子说道：“以前也有人教过我，但现在都已记不起来了。”她似乎有所顾虑，碰也不碰那筝。匂亲王说：“这么一点点小事，你还要对我见外，实在太无情了！我最近见到的那个人，虽然相处的日子不多，尚未熟悉，但连十分幼稚生疏的事情也从不对我隐瞒。大凡女子，总须柔顺而天真才好，那位薰中纳言也曾有这样的评论。你对这个人不是十分信任、非常亲切吗？”他认真地埋怨她。二女公子无奈，只得拿起筝来，略为弹奏一曲。弦线已经松弛，所以这一回先弹南吕调。二女公子弹筝的爪音清朗悦耳。匂亲王在一旁唱催马乐《伊势海》[③]，嗓音嘹亮优美。

众女侍躲在近边窃听，大家喜笑颜开。几个老女侍相互议论说：“亲王另有所爱，自然觉得遗憾。但身份高贵的人，三妻四妾也是理所当然。我们的小姐毕竟有福。她从前幽闭在宇治山乡之时，做梦也想不到能交上这般好运。现在她又说要重返山乡，真是荒唐的想法！”她们喋喋不休，年轻的女侍都来制止：“静些！”匂亲王为了教二女公子弹琴，在二条院住了三四天。他以日子不好、不宜出行为借口，不到六条院去，六条院里的人就有些怨恨起来。

这一天夕雾左大臣自宫中退出，亲自来到二条院。匂亲王听说了，咕哝着说：“何必如此大张旗鼓地到这里来呢？”便走出房间，到正殿里迎接。夕雾说道：“只因一向没有要事，许久不曾到这里来了。今日睹物思人，心中十分感慨！”他谈了一些二条院的往事，便带着匂亲王回六条院去了。随从的有夕雾的诸位公子、高官贵族、殿上人等，冠盖如云，气势宏大。二条院的人看了，都觉无法与他家气势比肩，不免意气消沉。众侍女都来窥看左大臣，有人说：“这位大臣长得真漂亮啊！他的公子也是如此，个个正值盛年，相貌堂堂，不过没有一个人及得上父亲。哎呀，真是个世间罕见的美男子啊！”但也有人说：“身份如此高贵的人，却特地亲自来接女婿，也未免太过分了！这世间真不成体统了。”二女公子本人呢，想起自己过去的生活，觉得终究无法与这声势显赫的人家并肩，只是相形见绌，从此她的心情愈发颓丧，更加痛切地感到：“还不如无忧无虑地闲居在山乡中，更为安稳。”不知不觉之间，这一年又过去了。

到了正月底，二女公子的产期临近，身体倍觉不适。匂亲王从不曾见过这种情形，非常着急，不知该怎样才好。安产祈祷早已在许多寺院内次第举行，这时又添设了几处。二女公子觉得非常痛苦，明石皇后也派人前来慰问。二女公子同匂亲王结婚已有

① 元稹诗云：“不是花中偏爱菊，此花开后更无花。”
② 相传：醍醐天皇的皇子西宫左大臣高明，一日正在庭前赏菊，口吟这一诗句。唐朝的琵琶妙手廉承武的灵魂化作一个小人，自空中飞来，指示他“开后”乃“开尽”之误。又把秘曲《石上流泉》传授给他。可见《河海抄》。
③ 催马乐《伊势海》歌词：“伊势渚清海潮退，摘海藻与拾海贝？”

弹唱相和的夫妻生活 歌川丰国 源氏香之图 江户时代（约1844—1847年）

匂亲王教二女公子弹琴，两人弹唱相和，十分和睦融洽。躲在近边的女侍们也为二女公子深得匂亲王的宠爱而高兴。然而当匂亲王转去六条院新妇那里时，望着离去的夫婿，二女公子更感离别之苦。图为匂亲王教导二女公子弹琴，一旁的女侍们观望的情景。

三年。其间只有匂亲王一人真心爱护着她，一般的人对她都未加重视。现在听说明石皇后也派人来慰问，都大吃一惊，各方面也陆续来探望。薰中纳言心中的担心不亚于匂亲王，经常为之忧愁叹息，计虑后果。但也只能做适度的问候，不便过分亲昵地表示关切。他私下偷偷地替二女公子也举办了安产祈祷。

二公主的着裳仪式也在这时举行，全国上下都在为这件事四处奔忙。因一切准备工作均由今上一人亲自筹划，二公主虽然没有得势的外戚作为后援，但其着裳仪式的排场反而更加隆重体面。她已故的母亲藤壶女御生前替她置备的东西暂且不说，此外今上又命宫中作物所添置了许多用具。几个国守也从外地进贡各种物品。这场仪式宏大无比。今上原本打算：二公主举行着裳仪式后即招薰中纳言为驸马。因此这时男方也应该预先有所准备。但薰中纳言脾气古怪，全然不把这件事放在心上，他只顾着为二女公子生产的事担心。

二月初，宫中举行临时任官式，薰中纳言升任权大纳言，又兼任右大将的职务。这是因为红梅右大臣辞去了他所兼任的左大将的职务，原来的右大将升任为左大将，因此命薰君兼任右大将。薰君升官后忙着到各处拜访，匂亲王处也必须亲去。匂亲王因为二女公子生产，这时正住在二条院，薰大将就来到这里。匂亲王听说他来，吃了一惊，说道："这里安排着许多僧人做祈祷，应酬起来很不方便呢。"但也只得换上新的衬衣和常礼服，修饰仪容，下阶来迎接。两人的风姿都很优美高雅。薰大将向匂亲王发出邀请："今晚即将犒赏卫府的僚属，特设飨宴，务请届时光临。"匂亲王因为二女公子患病，一时不能决定是否出席。这次飨宴一切均按照夕雾左大臣以前的排场，在六条院举行。随从的诸亲王及高官贵族，云集殿上，其喧哗热闹丝毫不亚于夕雾升任左大臣时的飨宴。匂亲王终于也来参加，但只因心挂两头，未待罢宴，便匆匆告退。六女公子听说之后，埋怨说："太失礼了，这算什么呢！"她这样说并非是觉得二女公子身份卑微，只是因为左大臣家声势显赫，这女儿不免骄傲成性，便目空一切，唯我独尊了。

第二天早晨，二女公子终于分娩，生下了一个男孩儿。匂亲王的操心不曾白费，极为高兴。薰大将在升官之后又获此喜讯，真是倍添喜悦。为了答谢匂亲王昨夜出席飨宴，又兼庆贺他的弄璋之喜，薰大将马上亲自拜访二条院，站着[①]应酬了一会儿。因为匂亲王这些日子以来一直幽闭在二条院中，所以人人都到这里来贺喜。致送产后的礼物、第三日的祝贺，依照惯例只是匂亲王家内私人参加。第五日晚上，薰大将送来五十客屯食、赌棋用的钱、盛在碗里的饭——这些都比照世间的常例。另有赠予产妇的三十具叠层方形食品盒、五套婴儿衣服以及襁褓等物。这些礼物的装饰并不十分奢华，以免惹人注目。但细细看来，每一件都非常精致，显见薰大将用心良苦。还有赠给匂亲王的礼物，那是十二具嫩沉香木制的方几，高脚木盘中盛着点心。赏赐给二女公子的女侍的叠层方形食品盒更不必说，还有三十具桧木制食品盒，盛着各种各样的食物，但都不多加装潢，以免旁人注目。第七日晚上是明石皇后为之举行的祝贺仪式，参加的人极为众多，自中宫大夫以至殿上人及高官贵族，数不胜数。今上听说匂亲王生了儿子，说道："匂皇子第一次做父亲，我岂可没有庆祝之物！"便御赐一把佩刀。第九日晚上是夕雾左大臣的祝仪。夕雾对二女公子素

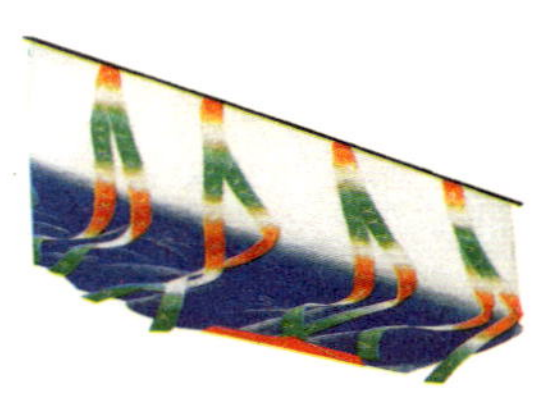

① 当时习俗，以为产家污秽，来客都不坐，站着谈话。

产子之喜

《源氏物语绘卷·横笛》复原图

近代

二女公子平安产子，诸人尽皆欢喜。对于二女公子来说，除开风流不可靠的丈夫匂亲王和频频纠缠的薰君，自己今后的生涯终于有了安稳的依靠。图为平安时代哺乳的母亲和婴儿，旁边的女侍正按照习俗撒米驱魔。

无好感，但因怕匂亲王心中不快，所以也派诸公子前来道喜。这时二条院内无忧无虑，喜气洋洋。二女公子几个月来心中愁闷，身体不适，一直忧伤苦恼。如今连日喜庆，脸上有光，心情也自然略为宽慰。薰大将想道："二女公子做了母亲，今后对我一定会更加疏远。而匂亲王对她的宠爱也自然更深。"他心中觉得非常遗憾。但想到这原本就是自己当初的愿望，又觉不胜欣喜。

二月二十日过后，藤壶公主[①]举行着裳仪式。第二天薰大将即入赘，这一晚的事是不公开的。世间也有讥评这件事的人，他们说："天下闻名、尊贵无比的皇女，招赘一个臣下为婿，这毕竟

---

① 即二公主。其母住在藤壶院，称为藤壶女御。母亲亡故后，二公主仍在此处居住。

是既不相称而又委屈的。纵使今上已将公主下嫁薰大将，也不必如此仓促成婚。”但今上的个性，凡事一经决定，必须尽快实行。如今既已招赘薰大将为驸马，便一心一意地爱护这位女婿，恩遇之深，前所未见。身为帝王家女婿的人，古往今来，为数不少。但今上春秋鼎盛，如此迫不及待地招赘一个臣下为婿，却是罕见之事。所以夕雾左大臣对落叶公主说：“薰大将如此深蒙圣眷，真是世间罕有之事，这一定是宿世的因缘。六条院先父，尚且要到朱雀院晚年即将出家时，才娶到薰大将之母三公主呢。我就更不必说了，是在别人的反对声中拾得了你这位公主。”落叶公主觉得这话确有道理，但因害羞，只管默默不答。

结婚第三天的晚上，自二公主的舅舅大藏卿开始，以至一直以来照顾二公主的许多人，都受到封赠成为家臣。又非公开地犒赏薰大将的前驱、随身、车副、舍人等。这些细节，均依照普通臣民人家的常例。自此以后，薰大将每天悄悄地到二公主房中住宿。但他心中还是时刻思念着那个难以忘却的宇治大女公子。他白天在私邸内或起或卧，无时不在沉思冥想。到了傍晚，便没精打采地到藤壶院去。他不习惯这种生活，颇觉痛苦，便打算将二公主接到私邸来住。母亲三公主听说后，不胜欣慰，情愿将自己所住的正殿让给二公主居住。薰大将答道：“绝不敢当！”便在西侧新筑殿宇，建造一条走廊通向佛堂，想请母亲转居西侧。东殿前年失火之后，早已重建，富丽堂皇，宽敞宜居。这次更添加修饰陈设，精心布置。薰大将这番打算，今上也听说了。他想：“结婚未久，就毫无顾虑地移居私邸，是否妥当？”但虽曰帝皇，父母爱子之心，原是同臣民一样的。他派人送给三公主的信上，所谈的尽是二公主的事。已故朱雀院曾把这位尼僧三公主郑重托付给今上。所以三公主虽已出家，但威望并未衰减，万事都与从前一样。但凡三公主有所奏请，今上无不照准，可知圣眷隆重。薰大将身受这两位尊贵之人的无限宠爱，可谓荣幸之至了。但不知怎么回事，他心中并不特别高兴，还是动不动就陷入沉思。他只操心着宇治建造佛寺的工事，盼望其早日落成。

薰大将屈指计算二女公子的小公子诞生的第五十天，用心准备庆贺的喜饼。连盛放食物的箱笼盘盒也都亲自设计。一律不用世间常见之物，而选用沉香、紫檀、白银、黄金等作为材料。他召集各行各业的能工巧匠，叫他们用心制造。这些工匠便各显其能，争工竞巧，造出各种不凡的珍品来。他自己呢，照例选了亲王不在家的一天，亲自到二条院去拜访二女公子。只怕是心理作用使然：二条院里的人觉得他的样子比从前更加神气，又增添了高贵的风度。二女公子心想：“现在他已娶二公主为妻，总不会再像从前那般迷情恋色，对我纠缠不休了吧。”便放心地出来和他会晤。哪知他的态度依然如故，一见面就落下泪来，说道：“我这件婚事并非出于本心，如今更觉世事都不如意，心情愈发颓丧了！”便对她倾诉他心中的愁思。二女公子对他说道：“哎呀，你这些话真是岂有此理！被人听见了会传出去呢！”但她想道：“他交了这般好运，却全无快慰之色，还是不忘故人，真是深情款款呢。”她很同情他，确信此人的深情与众不同。又怜惜姐姐早死，如果尚在人世，岂不甚好？但她又想：“姐姐纵使尚在人世而嫁给了他，结果只怕也落得与我同样的命运，两人都成了薄命之人。总之，家道衰败的人，绝不能参与荣华之列。”如此一想，更觉得姐姐决心不嫁而就此长终，见解真是高明。

薰大将恳切地要求看看新生的小公子。二女公子觉得不好意思，但她想道：“如今

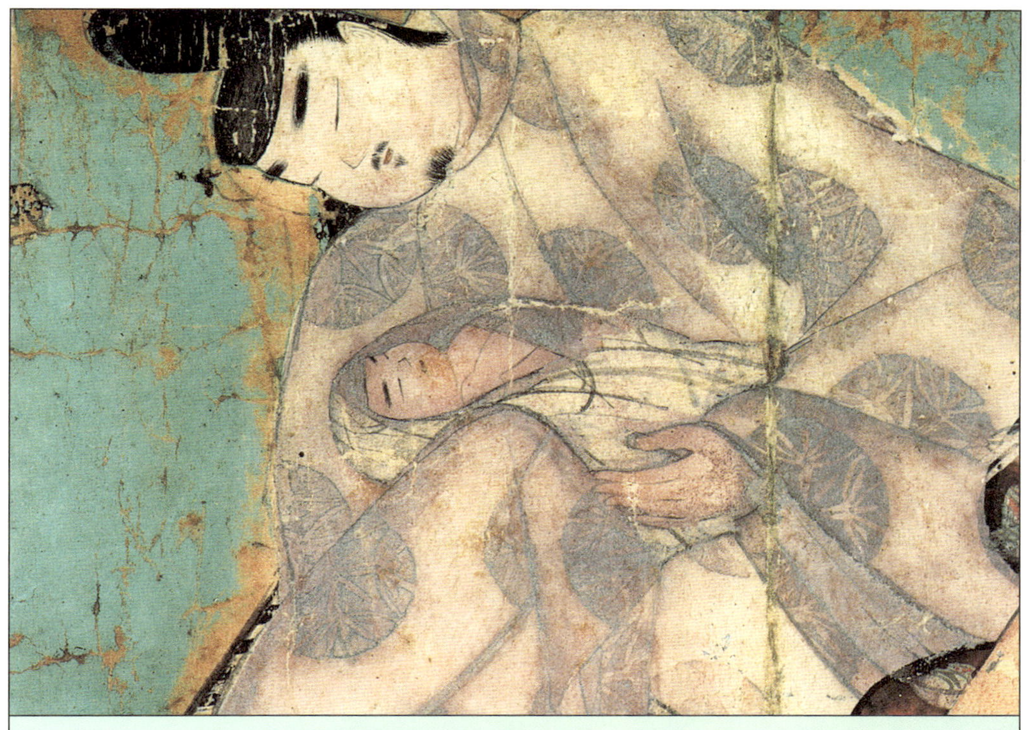

别人的孩子　佚名　源氏物语绘卷　平安时代（约12世纪）

二女公子所生的小公子长得白胖而美貌，脸上时时露出笑容。薰君看了心中艳羡不已，恨不得这孩子是自己的儿子。这番场景与薰君当年出生时颇为相似，图为当年源氏抱着三公主所生的薰，深深遗憾这孩子不是自己的。

又何必拒绝他呢？他唯有无理求爱这一件事是令人厌恶的。除此之外，又何必拒绝他的要求？”她自己并不答言，只让乳母抱小公子出来给他看。将门之子，容貌当然不会丑陋。这小公子长得十分白胖可爱，声音洪亮，似乎已想向人说话，脸上时常露出微笑。薰大将心中艳羡不已，恨不得将这孩子变成自己的。可见他毕竟还是难以舍弃红尘的。他只是想：“我那无可挽回的故人，生前若能与我做了夫妻，留下这样一个孩子，该有多好。”但他绝不期望新娶的那个尊贵的二公主早生贵子，这种心情也太怪异了。笔者把薰大将描写成一个如此儿女情长的痴心之人，实在对不起他。如果他真是一个不通情理的怪人，皇上自然不会特别器重他，且招赘他为驸马。想必他在朝廷政治方面必定才能出众。薰大将看见二女公子愿意将如此娇小的新生儿抱来给他看，心中甚为感激，便比往日更加亲切地与她谈话，不知不觉中天色已晚。今日不便在此逗留到深夜，他心中痛苦，只得唉声叹气地告辞。他离去之后，几个饶舌的女侍说道：“他留下的衣香多么芬芳啊！真如古歌所谓‘折得梅花香满袖’①，黄莺也会来寻访呢。”

① 古歌：“折得梅花香满袖，黄莺飞上近枝啼。”可见《古今和歌集》。

宫中推算：到了夏天，前往三条宫邸的方向不利。因此决定在四月初，尚未立夏之前，让二公主迁居三条宫邸。迁居的前一天，今上来到藤壶院，举行了一个送别的藤花宴。南面厢房的垂帘一律卷起，其中陈设了今上的御座。这次宴会不由藤壶院的主人二公主安排筹划，而是皇上亲自举办公宴。公卿王侯及殿上人的飨宴，均由宫中御厨负责供应。参与宴会的有夕雾左大臣、按察大纳言、已故髭黑大臣之子藤中纳言及其弟左兵卫督。亲王之中则有三皇子[①]及其弟常陆亲王。殿上人的座位设在南庭的藤花之下。宣召一班乐队，将他们安排在后凉殿以东。到了黄昏时分，命乐人奏起双调，殿上的管弦之会就此开始。二公主命人拿出各种琴和笛来，自夕雾左大臣开始，各位公卿顺次将乐器奉献御前。已故六条院主亲笔书写而交付给尼僧三公主的两卷琴谱，插上一枝五叶松，由薰大将呈上。夕雾左大臣接过来，呈献在御前。接着又次第奉上琴、筝、琵琶、和琴等，都是朱雀院的遗物。笛是夕雾梦中得柏木之言而转赠给薰君的纪念物[②]。今上曾对此笛大加赞赏，说是“音色之美无与伦比”。薰大将心想：“除了今日这种宏大的宴会之外，更有什么良机呢？”因此拿出这支笛来。于是夕雾左大臣演奏和琴，三皇子弹奏琵琶，其他乐器分赐众人，开始演奏。薰大将的笛，今日尽情地吹奏。殿上人中，几个善歌的人也都应召出列，唱起极为美妙的歌曲。二公主命人取来精致的细点，盛在四只沉香木制的食盒里，又摆在紫檀木制的高脚木盘上。衬布染成紫藤的颜色，深浅有致，上面绣着藤花折枝。白银酒器、琉璃酒杯、深蓝琉璃酒瓶子，一概由左兵卫督一手备办。今上赐酒一杯，夕雾左大臣受赐极多，今日不好意思接受。而亲王之中又无恰当的人可以转让，便让给了薰大将。薰大将想推辞，但怕今上不悦，便接过酒杯，唱一声警跸[③]。其声音与姿态，与普通仪式原本并无差异，但只觉得格外优美，与众不同。大约是因为他是今日的天之骄子，所以看来更具光彩吧。薰大将将酒倾入另一只瓷杯，怀藏天子所赐的酒杯，然后一口饮干了杯中之酒，将瓷杯归还[④]，下阶拜舞谢恩，其风姿十分优美。地位尊贵的亲王及大臣们蒙天子赐酒，尚且引为莫大荣幸，何况薰大将以驸马身份得此恩宠，更属世间罕有的奇闻。但地位高下终有规定，薰大将拜舞之后只得退居末座，在旁人看来，实在委屈了他。

按察大纳言[⑤]见此情景，不胜妒羡，深盼自己也能交上这等鸿运。这是因为：他从前倾心爱慕二公主之母藤壶女御。女御入宫之后，他犹自难忘，经常寄送情书。后来又想娶得她所生的二公主，曾多次托人向女御暗示，想成为二公主的保护人。但女御始终不曾将他的想法转告皇上。按察大纳言因此心中甚觉不快，他说：“薰大将的人品虽然卓然不群，但今上在位之时，又何必如此隆重地优待一个女婿？九重之内，御座之旁，竟让一个臣下随意出入，甚至举办飨宴，大事铺张地招待他，真是世间罕见的啊！”他愤愤难平，多次暗中讥讽。但仍想看看这场宴会，所以也来参加，心中却在生气。

① 三皇子，即匂亲王。

② 详见第三十六回《横笛》。

③ 警跸，是天子出入时从人呼唱之声，出曰警，入曰跸。赐酒时也如此呼唱。

④ 天子赐酒，必须如此领受。

⑤ 这里的按察大纳言是谁，一向有两种说法：一种说法是红梅右大臣，按察大纳言是他的旧官名；另一种说法是另外一人，而非红梅。

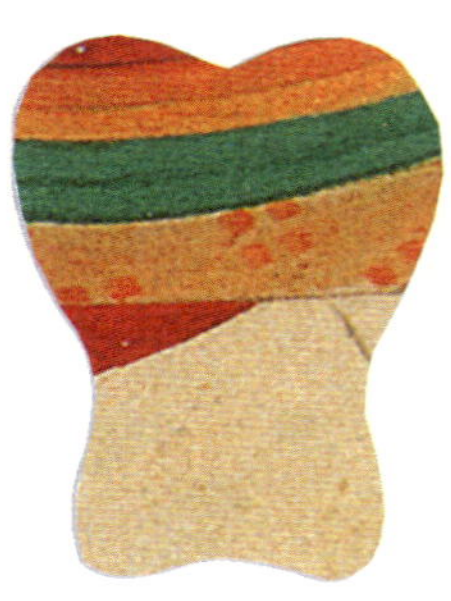

殿上点起纸烛，大家奉献祝歌。走近文台呈献歌稿的人，一个个脸上带着得意的神色。这些诗歌，想必都是一些古怪的陈词滥调，所以笔者也并未特地探询而详加记录。几位地位高贵的王侯，吟咏的诗歌也并不特别出色。为纪念这一场盛会，仅在此处略录一二首而已。这一首大概是薰大将走到庭中折取藤花、奉献皇上饰冠时所咏的：

“欲为君王添冕饰，
高抬罗袖摘藤花。”①

诗中得意之色，未免惹人生厌。今上答诗云：

“藤花万世长鲜艳，
今日贪看无餍时。”②

还有两首，不知是谁所作：

“此花原为君王摘，
饰冕鲜明胜紫云。”

“移植九重深苑内，
藤花香色不寻常。”

这最后一首，似乎是那位暗中生气的按察大纳言所吟咏。这几首诗歌之中，或许有些地方被笔者误记。但总而言之，皆非特别出色的名作。

夜色渐渐转浓，管弦之声更增风趣。薰大将演唱催马乐《安名尊》的嗓音十分美妙。按察大纳言年轻之时便擅长唱歌，至今不曾荒废，这时也神气十足地站起来与薰大将合唱。夕雾左大臣的第七位公子，还是个年幼小童，却已能吹笙，而且吹奏得非常美妙。今上赏赐他一袭御衣。他的父亲便下阶拜舞谢恩。今上在天色近晓之时回宫。犒赏物品，公卿及亲王等由今上颁赐；殿上人及乐人则由二公主赏赐，种类极多。

这天晚上二公主自宫中迁居三条院，仪式非常宏大。皇上的女侍全来护送。二公主乘坐的是有庇的辇车。此外尚有三辆无庇丝饰车、六辆黄金装饰的槟榔毛车、二十辆普通槟榔毛车、二辆竹舆车。陪送的女侍共三十人，女童及仆役八人。薰大将派来迎接的车有十二辆，是三条院本邸的女侍们乘坐的。犒赏公卿及诸物殿上人的物品，尽皆十分精美。

迁居结束后，薰大将在本邸之中从容注视二公主，只见她的风姿非常可爱。身材小巧袅娜，态度高尚优雅，全身上下毫无缺陷。他觉得自己运气不坏，心中颇觉骄傲，更希望自己能因此忘记已故的宇治大女公子。但他终于无法忘记，还是时刻思慕着她。他想：“这份刻骨相思在今世只怕无法慰怀了。只能等到我死去成佛之后，明白了这段异常痛苦的因缘是哪种恶业的果报，才能忘怀吧。”于是，他便专心于宇治山庄改造佛寺的工事。

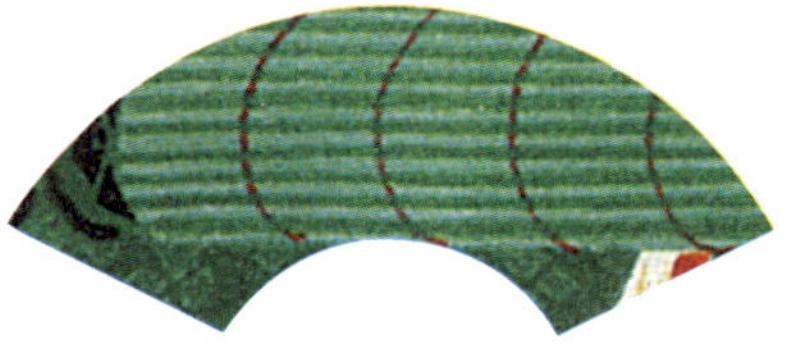

① 藤花比喻二公主，即自谦高攀之意。
② 藤花比喻薰大将。

薰君的荣耀 歌川丰国 源氏香之图 江户时代（约1844—1847年）

在为二公主迁居二条院举办的送别宴会上，薰君折取庭中的藤花，奉献给皇上饰冠，诸人借此吟咏和歌，表达对薰君深受恩宠和公主迁居的祝贺。图为薰大将将庭中所折之花奉献皇上的场景。

贺茂祭[①]忙碌过后二十几日的某一天，薰大将又去拜访宇治。他仔细检查了佛寺的建筑工事，作了一些相应的指示，觉得如果不去探望那个“朽木”[②]，仿佛有些对不起她，便朝她的住所走去。忽然见到一辆不太华丽的女车，由许多腰间佩着箭壶的雄赳赳的东国[③]武士簇拥着，又带着许多仆人，正驶过宇治桥，样子颇具威势。薰大将看了想道：“这车是从乡下来的。”便自顾走进新建的山庄。他的随从还在奔忙不定的时候，那辆女车也朝着山庄的方向驶来了。随从等人鼓噪起来，薰大将制止了他们，叫他们去询问：“这车中坐着的人是谁？”一个操方言的男子答道：“是前常陆守[④]大人家的浮舟小姐，自初濑进香回来，顺路到此借宿。”薰大将听了，想起以前二女公子和弁君提到的那人，想道：“对了，正是她。”便叫随从退在一旁，又派人去对那车旁的仆人说：“请你们赶快把车子赶进来吧。这里正有另一位客人在此借宿，但他住在北面，南面仍空着。”薰大将的随从都穿着便服，

① 贺茂祭于每年四月中间的酉日举行。

② 指老尼弁君。前文弁君诗中曾自称朽木。

③ 常陆国在关东，故称东国。

④ 这里指的是常陆介。常陆的国守是由亲王担任的，臣下不能当国守。但实际政务由介掌管，因此称常陆介为常陆守。

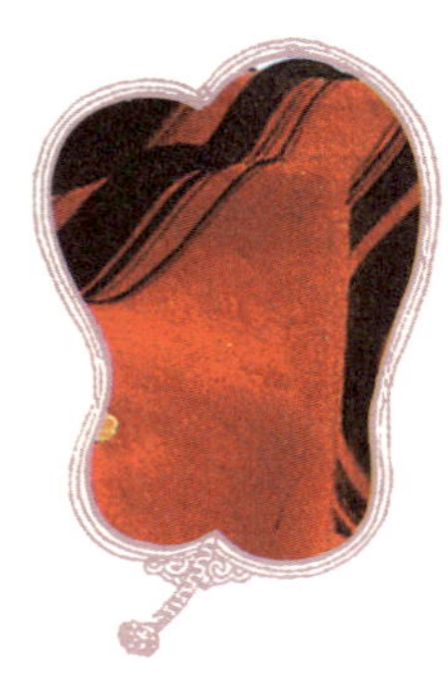

姿态并不引人注目，但从神情上就能看出是出自高贵的人家，因此后来的人有些狼狈，把马退避在一旁，以表示谦让之意。那辆女车进入邸内，停在走廊西侧。这山庄是新近才建成的，各处帘子还未挂上，格子窗都关闭着。薰大将走进屋内，从南北两室中间隔着的纸门上的洞隙中偷窥。罩袍发出轻微的衣声，他便把它脱去，只留便袍与裙子。

车中人并不马上下车，先让人向老尼弁君探询情况："听说有一位贵人正借宿在这里，不知是谁。"薰大将刚才听说车中是浮舟之后，就预先叮嘱众人："绝不可告诉他们我住在这里！"因此女侍们尽皆会意，答道："请小姐快快下车吧。这里原来有一位客人，但他是住在那边的。"同乘的一个青年女侍先下了车，将车上的帘子揭起。这青年女侍不像那些随从粗陋俗气，看着很顺眼。又有一个年纪较大的女侍也下车来，对车中人说："请快下车。"车中人答道："这里似乎有人可以看见。"声音低微而文雅。那年纪较大的女侍用老练的口气说："您总是这样小心翼翼。这里的窗子一向是关着的。这种地方，哪里会有人看见呢？"车中人便走下车来。只见她头面和体态都很小巧优雅，薰大将一看就想起大女公子来。只见她用扇子遮住脸，薰大将看不见她的容貌，十分焦急。他一边凝神注视，心一边扑通扑通地乱跳。车子很高，而下车的地方很低。两个女侍若无其事地跳了下来，但这位女主人下车的时候似乎颇感不便，她东看西看，许久才迈下车来，马上便膝行进入内室。她身着深红色袿子，外罩暗红面蓝里子的常礼服和浅绿色的小礼服。在她室中的纸隔扇旁边立着一座高约四尺的屏风。但薰大将向内窥探的那个小洞在更高的地方，可以看得清清楚楚。这位浮舟小姐担心邻室会有人窥看，把脸向着另一侧，斜倚着躺卧在那里。两个女侍毫无疲劳的神色，凑在一起谈话："小姐今天很累了！木津川中的渡船，在二月水浅的时候很平稳，但今天水涨了起来，的确有些可怕。不过其实也算不了什么！比起我们在东国的旅行，这里哪有什么可怕的地方！"小姐一言不答，只管默默地躺着。她露出的手臂，白润可爱。她全然不像是身份卑微的常陆守的女儿，而更像是一位高贵的千金小姐。

薰大将站着窥视，渐渐觉得有些腰痛。但是，为了不让那边的人惊动，还是静静站着。只听那个青年女侍吃惊地说："好香啊！这种香气真太美妙了！大约是那老尼姑在熏香吧。"那老女侍说："的确，这香气闻着真醒神啊！京都的人到底比较时髦。我们的夫人在这方面算是天下闻名的能手了，但在东国却调制不出这么风雅的香料。这里的老尼姑生活虽然简朴，衣服倒很讲究，尽管都是灰色的、青色的，模样也颇为漂亮呢。"她如此称赞弁君。这时那边廊下走进来一个女童，说道："请吃些茶点。"便接连地送过几盘果物来。女侍送到小姐身边，唤她起来："请小姐吃些果物吧。"但小姐不肯起来。两个女侍就拿了一些果物，大概是栗子吧，哗啦哗啦地嚼着吃。薰大将听不惯这种声音，心中不快，便离开小洞，向后退了几步。但刚一离开就开始想念那人，所以马上又走过去。比这女子身份高贵的人，自明石皇后开始，容貌漂亮的、品性温良的，他一向所见不少。除非人品十分优越的女子，总难以牵惹他的心目，所以世人都批评他过分老实。但唯有这次，这女子并不觉得有何特别之处，他却贪恋着不肯离去，真是一种奇怪的心理。

老尼姑弁君想着，薰大将那边也得去探望一下，便走了过来。薰大将的随从机敏地对她说道："大人身体不适，此刻正在休息。"弁君想道："他以前说过要找这个人，大约今天想趁此机会和她相会，所以正在房中静待日暮呢。"她不知他正在洞隙里窥看那人。薰大将领地中庄院里的人，照常送了一些盒装的食物来，弁君那里也有一份。弁君想请东国来的人也吃一些，以示招待，便整理一下衣饰，来到客人房中。她的装束，果然非常整洁，容貌也颇端正清秀。

弁君说道："我以为小姐昨天就能到了，一直在等候着。为什么到今天这么晚的时候才到呢？"那老女侍答道："小姐途中觉得极为疲劳，昨天便在木津川那边泊宿了一夜。而今天早晨是否可以登程，也犹豫了半天，所以到得晚了。"便催小姐起身。小姐好容易坐了起来，见到这老尼姑，觉得有些难为情，便把脸转向一旁。自薰大将这边望去，正好可以看得清楚。只见她的眉目与垂发的确十分优雅。薰大将对已故大女公子的容貌虽然不曾仔细端详，但一见这人，只觉十分肖似，回忆往事，不禁又滴下泪来。小姐对弁君答话，声音很轻微，却很像亲王夫人的声音。薰大将想道："哎哟，多么可爱的人啊！世间竟有这般与大女公子肖似的人，而我一向毫不知情，这实在太荒唐了。只要是与大女公子有关的人，纵使身份比她更低，只要与她肖似，我也绝不会轻易放过。何况她虽然不蒙八亲王认可，到底是他的亲生女儿。"这样一想，便觉无限欣喜。又想道："我真恨不得现在就走到她对面，对她说道：'原来你还活在世间！'这才畅我心怀。玄宗皇帝叫方士一直寻到蓬莱岛上，也不过取得一些钗钿回来[①]，毕竟是难以满意吧。眼前这人虽然不是大女公子本人，但与她非常肖似，大可慰我心怀。"大约他与此人宿缘极深。老尼姑略坐了一会儿，就辞别回内室去了。两名女侍闻到的香气，弁君明知是薰大将在近处窥看的缘故。因此她不再过多停留，待了一会儿就退出了。

天色渐黑，薰大将才离开那个小洞，穿起衣服，照例将弁君唤到那纸隔扇旁边，向她详细探问情况。他说："我来得正好，倒让人觉得欢喜。我托你的事办得怎样了？"老尼姑答道："自从大人吩咐之后，我一直在静候时机。去年匆匆而逝，今年二月小姐到初濑进香，途经此地，我才与她见了一面。那时我就把大人的意思隐约转告给她母亲。她母亲说：'让她代替大女公子，实在是诚惶诚恐，绝不敢当的。'那时我听说大人很忙[②]，不便谈及这事，所以也不曾把她这话向您转达。这个月小姐又去进香，今日才回。她归途中到此处求宿，与我亲昵，也只是因为怀念旧日的情缘。但这次她母亲恰逢有事，不便同行，唯有小姐一人出门，所以我没有告诉她大人正在此处。"薰大将说："我也不愿叫乡下人看见我这便服的样子，所以告诫随从不可随意说出。但这也很难说，那些下人只怕不会隐瞒到底吧。今天该怎么办呢？小姐一个人来，反而容易处理。你可向小姐进言：'我俩不期而遇，一定有宿世深缘。'"弁君笑道："这可真稀奇啊！你们这宿缘是什么时候结成的呀？"接着又说："那么，我就向小姐去说吧。"说着回到内室去了。薰大将自言自语地吟诗：

"好鸟似相识，鸣声亦惯听。
分开榛莽路，跋涉远来寻。"[③]

弁君就到浮舟室中去了。

① 杨贵妃的故事，可见白居易《长恨歌》。

② 正在招驸马。

③ 本文又名"貌鸟"，即"好鸟"，乃根据此诗而来。

贵族的娱乐之下棋

据史料记载，围棋在七世纪传入日本，在平安时代广受贵族，尤其是贵族女子的青睐，成为必备的修养之一。她们大多足不出户，平日的娱乐除了看书、学琴，就是与姐妹好友下棋为乐。甚好此道的包括空蝉与轩端荻、玉鬘的两个女儿等。由下棋也衍生出赌输赢的赛棋娱乐来。

下棋的人群

① 贵族女子

玉鬘的两个女儿大女公子、二女公子以围棋输赢来赌樱花的所有权。

② 宫廷皇室

围棋在宫廷中也颇为盛行，这是天皇与薰君下棋的场景。

③ 佛教僧侣

出家的贵族们将围棋的爱好也带到了佛教僧侣中间，延喜年间（即公元901—922年）的宽莲法师就被称为棋圣大德。

双六

一种类似棋的室内游戏。二人隔棋盘对坐，每人十五个棋子，排列在自己阵内。由竹筒中掷出骰子，依点数多少而走棋子，先入敌阵者胜。第二十六回中，近江君与侍女所玩即此。

第五十回　东屋[①]

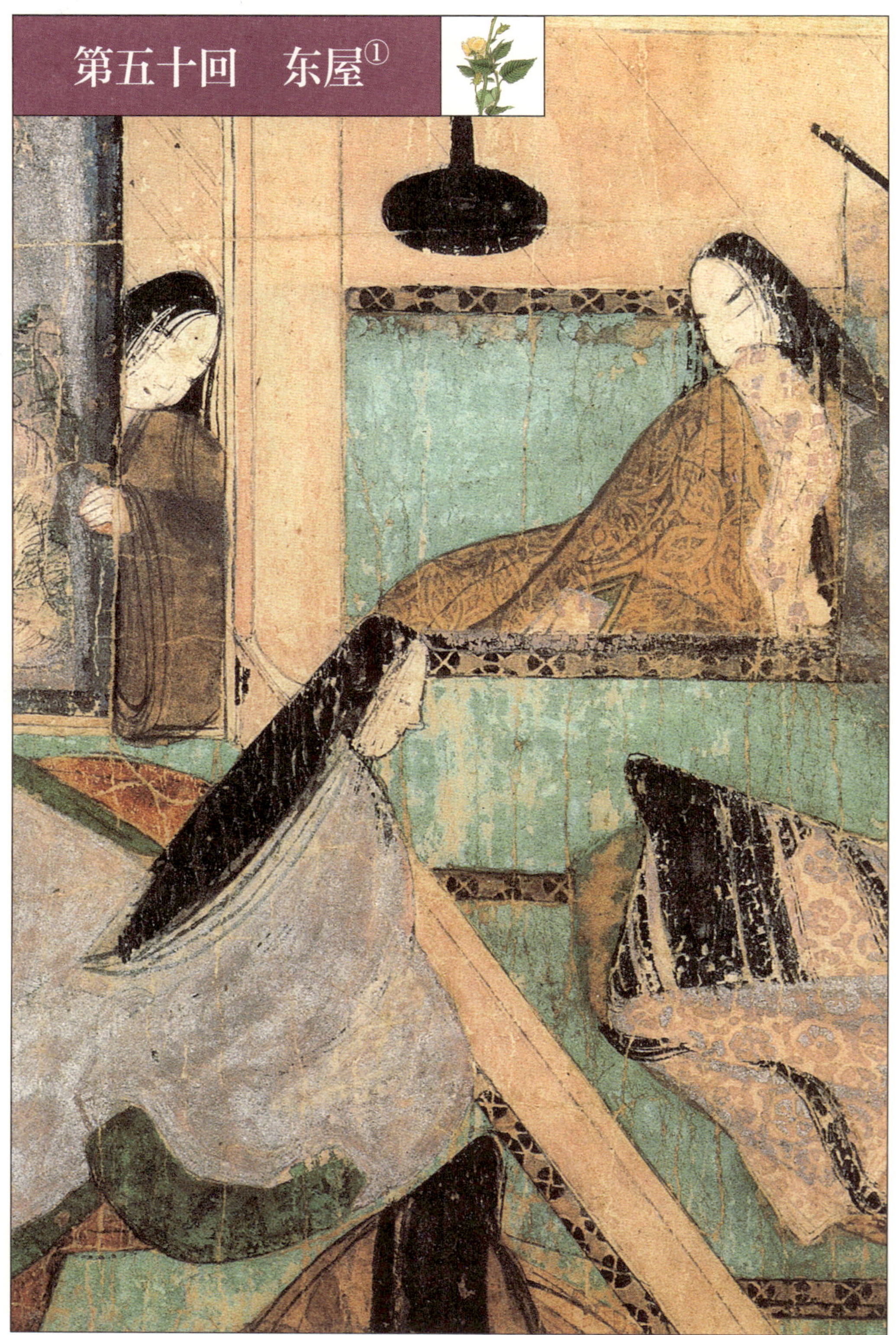

薰大将虽然有心登上“筑波山”，但若强要身入“丛林密”处[②]，只怕被世人讥评为轻率，不大稳当。因此心存顾虑，并不直接寄信给浮舟，只是让老尼姑弁君一再向她母亲中将君隐约暗示求爱之意。浮舟的母亲以为薰大将不会真心爱她的女儿，但又觉得承蒙这位贵人如此用心，实在荣幸。她想：“这是今世第一等的红人，我的女儿若身份相当，那才好哩。”她心中暗自踌躇。

常陆守的子女，许多是由已故的前妻所生。这位后妻也生下一位小姐，父母非常怜爱，以下还有更年幼的，参差约有五六人。常陆守对这些子女，个个悉心爱护，唯有对后妻带来的浮舟漠不关心，视同陌路。这位夫人经常怨恨常陆守无情。她日夜筹划，盼望这女儿能嫁得一个好丈夫，以此提高身份，面目增光。浮舟的容貌，如果和其他姐妹一样平凡，那么做母亲的也就不必为她煞费苦心地日夜筹划了，只要与其他女儿一样看待就好，但是这浮舟生得如花似玉，在众姐妹中卓然不群。母亲很器重她，不免为她抱屈。

当地的贵公子听说常陆守家中有许多女儿，有不少人寄信来求婚。前夫人所生的二三位小姐，都已选定合适的夫婿，婚嫁完毕。现在中将君也想为这前夫所生的女儿寻找一个称心如意的夫婿。她日夜照管浮舟，对她无限怜爱。常陆守出身并不卑贱，生于公卿之家，亲戚中也没有庸碌之人。家中财产十分丰富，因此生活骄奢，住的是华厦广宇，用的是锦衣玉食。只是于风雅一道不甚了了，性情异常粗犷，大有田舍翁的习气。大约是因他从小埋没在那远离京都的东国地方吧，说得一口土话，声音含糊不清。他最怕豪门贵族之家，一向对他们敬而远之。此人万事十全十美，只是缺乏风雅之趣，不谙琴笛之道，却十分擅长弓箭。他家中也不过是普通的地方官人家，但因财力雄厚，所以许多优秀的青年女子集中到他家来当女侍。她们的装束十分华丽，有时合唱几个简单的俚歌，有时讲些故事，有时通夜不眠地守庚申，总之，做的都是一些粗浅俚俗的游戏。[③]

爱慕浮舟的贵公子们听说她家中如此繁华，一起议论说：“这姑娘一定非常可爱，容貌想必也颇漂亮。”他们把她说成一个美人，大家痴心梦想。其中有一人叫作左近少将的，年纪唯有二十二三岁，性情温良，才学丰富。也许是由于缺乏风流时髦的风度吧，他以前来往的几个女子都先后和他断绝了关系。现在他非常恳切地来向浮舟求婚。浮舟的母亲想道：“在众多求婚者之中，这个人条件最好，性情温良，见识丰富，人品也颇为高尚。条件比他更好的高贵人家的子弟，对于我们这种地方官的女儿，纵使长得很美，恐怕也不会来追求吧。”因此她经常把左近少将寄来的情书交给浮舟，每逢适当的机会，便劝她写富有风趣的回信。这母亲已自作主张为浮舟选定了夫婿。她下定决心：“常陆守虽然对浮舟情同陌路，但我一定要拼着性命提拔她。只要一看到她的美貌，绝不会有人肯怠慢她的。”便

---

① 本回接续前回，写薰君二十六岁秋天的事。

② 古歌：“筑波山内丛林密，不阻真心欲入人。”可见《新古今和歌集》。筑波山在常陆国。这里的意思是说：虽想寻访常陆守的养女，但真要向她求爱，却有所不便。

③ 当时迷信：庚申日之夜如果睡着了，便有一种虫，叫作三尸虫，上天去把这人平时所做的坏事告诉天帝，对这人不利。因此大家这夜都不睡，通宵做游戏。

与左近少将约定：就在今年八月中结婚。她忙着准备妆奁，就连细微琐屑的玩物，也务求式样精美别致。泥金画、螺钿嵌，只要是做工精巧、式样优美的器物，她都小心收藏起来，留给浮舟作妆奁；而把那些粗劣不堪的物品拿给常陆守，并对他说："这才是好的。"常陆守不大懂得欣赏好坏，凡是女子的用具，他只管越多越好地买回来，陈列在亲生女儿房中，堆积如山，人几乎都无法走出来。他又从宫中的内教坊聘请琴和琵琶的教师，来教女儿学习音乐。每教会一曲，他无论站着或坐着，都要向教师膜拜，又喧哗着命人拿出许多礼物来犒赏教师，使得教师的身体几乎被埋藏在礼物中。教授华丽的大曲，在暮色清幽之时由教师与学生合奏，常陆守听了，也会深受感动，泪流不止，就胡乱地赏评一番。浮舟的母亲略有审美的修养，看到这种情况，觉得非常粗鄙，从来不跟着丈夫一起赞赏。丈夫经常埋怨她，对她说道："你太看不起我的女儿！"

那左近少将等候八月佳期，十分不耐烦，屡次央人来催促："既蒙金诺，不如提早成婚。"浮舟之母心中思量：我一人独力提前准备，颇觉仓促；而对方的人品究竟如何，也有些担心。于是，当初说合的媒人来时，她便对他说道："女儿的婚事，可虑之处尚有不少。以前蒙你作伐，我也曾反复考虑。只因对方不是普通人家，辱承青睐，不便违命，终于遵命订约。但这女儿实系无父之人，只靠我一人抚育长大，只怕教养不周，受人责难，这是最让我不放心的。舍下原有许多女儿，但都有父亲照管，自当听其做主，我也不必过于操心。唯有这个女儿，我因担心自己世寿无多，不免格外关怀。我一向听说少将为人通情达理，因此抛开一切顾虑，将她许配。但若事出意外，日后对方忽然变心，那时我们可就成了世人的笑柄，便不好了。"

这媒人就来到左近少将那里，将常陆守夫人这一番话如实转达了。少将变了脸色，对他说道："我一向不知道她竟不是常陆守的亲生女儿！虽然也是他家的人，但外人一旦听说她是前夫所生，势必轻看。我在他家出入来往，也少几分面子。你怎么不打听清楚，就来向我禀报！"媒人大觉委屈，答道："他家中的详细情况，我原是不大知道。只因我的妹妹在他家当差，些略知道一些内情，我才把您的意思转达给他们。我听说他家有许多女儿，其中这位浮舟小姐最得宠爱，就确信她一定是常陆守的亲生女儿。我从来不知道他家里竟养着别人的女儿，也不曾详细问过。我只听说：这位浮舟小姐才貌兼备，母亲十分怜爱，悉心教养，希望她嫁一个品行兼优的夫婿。那时您正好来问我：'有没有人可以替我到常陆守家说亲？'我便告诉您：'我与他家有这样的关系。'就替您去做媒。此刻您说我谎报，我绝不能担当这个罪名。"媒人一向脾气很大，又能言善辩，便如此答话。左近少将也毫不客气地说："老实说，当地方官的女婿，外人看来不算是很有面子的事。虽说如今世上都是如此，不必过于计较，只要岳父岳母看得起，其他缺憾都可抵消，但实际上纵使他家中把前夫所生的女儿当作亲生女儿一样看待，在外人看来总以为我是贪恋她家的财产而讨好她。源少纳言和赞岐守[①]都在她家中得意洋洋地出入。我将来却会因无法得到常陆守的眷顾而参与其列，实在太没面子

① 此二人是常陆守的亲生女儿的夫婿。

浮舟的处境　歌川广重　名所江户百景　江户时代（1857年）

浮舟之名已点明她的处境，即犹如一叶浮舟般，漂泊而又没有依靠的地方。虽然生母格外疼爱，但是继父的冷落、身处之地的粗陋、身世的低下，都让她将来的生涯颇为晦暗。图为一只只竹舟行于广袤的河面，秋日的黄昏下颇显萧瑟之感。

了。”这媒人性格卑鄙，爱讨好人，觉得这件亲事若说不成功很可惜，对双方都不太有利，便对左近少将说：“您若想娶常陆守的女儿，他家中还有一个，年纪虽然还小，我倒可以替您去说说看。她是现在这位夫人所生的次女，家中仆从都尊称她为‘公主’，常陆守对她非常怜爱呢。”左近少将说道：“哎呀！回掉了当初追求的人而要求另换一个，这未免太不像话吧！不过，我向他家求婚，原本就是因为这位常陆守德高望重，是个忠厚的长者，指望他能做我的靠山。我因抱着这种目的，才向他家女儿求婚。我并非是要一个容貌漂亮的女子，如果我只要一个品貌兼优的女子就行，那么容易得很，想要几个都有。我常常看到：家道清贫、生活拮据而热爱风雅的人，其结果总是弄得自身穷困潦倒，为世人所轻视。所以我只希望过上安稳富足的生涯，即使略受世人讥评也无所谓。那你就去向常陆守说说看吧。如果他能允许，就照你的办法亦无不可。”

这媒人的妹妹，一向在常陆守家的西所——即浮舟房中——当差。以前左近少将寄给浮舟的情书，都由她来送交。媒人自己其实不曾见过常陆守。这一天他贸然地来到常陆守的宅邸，求人通报：“有事要见主人。”常陆守冷淡地说：“我听说过这个人经常在这里出入，但我并未召唤他，今天他来有什么事？”媒人便央人代答：“是左近少将大人派我来拜见的。”常陆守便和他会面。媒人显出不好意思开口的模样，膝行到常陆守身旁，说道：“大约一个月前，少将曾经写信给夫人，向浮舟小姐求婚，已蒙允诺，约定于本月内成婚。少将本已选定吉日，盼望早日成礼。谁知有人对少将说：‘这位小姐虽然是夫人所生，却不是常陆守的亲生女儿。你这贵公子攀上这一门亲，世人知道了，只怕会说你讨好常陆守呢。大抵贵公子要当地方官的女婿，总是希望岳父像对家中主君一般器重他，像对掌上明珠一般爱护他，万事关怀照顾。抱着这种目的而去当地方官女婿的人，原有不少。如今你所娶的既然并非常陆守的亲生女儿，则上述的希望只怕达不到了。你的岳父不把你当作女婿，对你的礼遇比对其他女婿疏慢，这在你这种身份的人来说，实在是犯不着的。’很多人这样非难他，少将觉得极为困窘。他当初原是因为大人威望显赫，家道兴隆，这才提出求婚的，却并不知道这位小姐是别人所生。因此他对我说：‘据说大人家中还有年纪略为幼小的小姐，若能蒙大人允诺一人，得偿夙愿，实在欣幸不已。你就替我去探探大人的口气吧。’”

常陆守答道：“少将有这种意思，我确实不知。对于这个女儿，我本应同其他女儿一样看待，但家中庸碌的子女太多，我能力又有限，无法一一照顾周到。夫人就多心起来，埋怨我歧视这个女儿，把她当作外人。因此关于她的事，都不许我插手。少将求婚之事，我的确略有所闻。但他对我如此看重，我却并不清楚。他想和我攀亲，我真不胜荣幸。我膝下有一个非常怜爱的女儿。在众多女儿之中，我一向最爱此人，情愿为她舍命。从前曾有数人来向她求婚，但我觉得如今世人品性浮薄，担心过早定亲，反而令她受苦，因此一概都不答应。正在日夜思虑，想给她找个稳重可靠的夫婿。说起这位少将，我年轻时曾在他老太爷大将大人麾下任职。那时我曾以家臣身份拜见过这位少将，觉得真是一表人才，私下对他倾慕不已，情愿为他奔走效劳。但后来就远赴外地任职，多年不返，这才日渐生疏起来。如今少将既然有此心愿，真使我诚惶诚恐，不胜感激。他所求之事不成问题。只是改变了原来的计划，恐怕夫人要怀恨在心，这该如何是好？”他这一番话说得非常周详。媒人眼见大事将定，欣喜不已，便说道：“这事您不必担心。少将只要求得您一人的允诺。他说：‘纵使年纪尚幼，只要是亲生父母对她怜爱，便与我的本意相符。若是勉强追随，形近谄媚，则非我所愿。’这位少将人品高贵，声望隆重。虽然只是一位青年贵公子，但全无骄奢淫逸之气，而且深通人情世故，名下又有不少领地庄园。眼下虽然收入尚少，但他家世优裕，远胜于一夕暴富而得势的人。他明年一定可以晋爵四位，这次无疑要升任天皇的侍从长了，这是今上亲口说的。今上说道：‘这位朝臣富有才华，全无缺陷，为什么至今尚无妻室？应该立即选定一位岳丈作为后援人才是。此人不日即可升至公卿之位，有我在此，必保无虞。’皇上身边的一切事务，均由这少将一人承担。只因他的性情一向机警，才能担当如此重大的责任。这样难得的乘龙快婿，主动来向您求婚，大人务须及早定夺。因为少将府上，想以他为婿而来说亲的人不少，如果这里犹豫不决，只怕他就与别处定亲了。我可是专为贵府打算才来说亲的。”这媒人信口开河，说了一大套甜言蜜语。常陆守原本就是个性情鄙俗的田舍翁，这时满面笑容地听他说罢，答道：“眼下收入尚少之类的话，全然不必提及。只要我还活着，一定全力照顾，不要说捧在掌上，就是捧到头顶上我也愿意，哪里会让他感到缺少用度

一拍即合的翁婿

酒井抱一　四季之花　近代

在粗鄙的常陆守看来，左近少将家世优裕、前途广大，犹如图中优雅的金柑，堪为自己所宠爱女儿的良配。而在左近少将来看，获得如图中橙树般富贵高官的常陆守的支持，也是自己前程幸福的基础，两人一拍即合。这种犹如嫁接般的利益婚姻，是平安时代婚姻风俗的特色之一。

呢？纵使我早早死去，不能照顾到底，我所留下来的财产和各处的领地庄园，也将全归这个女儿所有，无人敢来争夺。我家中虽有不少子女，但她自小就是我特别怜爱的。只要少将能真心爱护她，他就是要使尽金银珠宝去谋取大臣之位，我也能供应无虞。今上既然如此器重他，再由我来做他的后援人，必然可保无虑。这件亲事，无论是对于少将，还是对于小女，都是一件极为幸福的事。你说是吗？”媒人看见常陆守如此兴高采烈，非常高兴，也不把这件事告诉他妹妹，更不到浮舟母女那里辞别，马上就回少将邸内去了。

媒人觉得常陆守这一番话十分诚恳，便一五一十地转告给左近少将。少将觉得有些粗鄙，但并不觉得厌烦，微笑着听媒人讲。听到“使尽金银宝贝去谋取大臣之位”的话，觉得有些刺耳。他听完之后略为踌躇，说道：“那么你有没有把这些事告诉夫人？她对这件事一向非常热衷，如今我背了盟约，只怕有人讥评我反复无常、蛮不讲理，又该如何是好？”媒人说：“这有何妨！现在这位小姐，也是夫人非常怜爱、悉心教养成人的。只因浮舟小姐在姐妹之中年纪最长，夫人最为担心她的婚事，因此才先将她许嫁。”少将也曾想道：“这浮舟一向是夫人最为关怀的爱女。如今我突然变卦，只怕不好吧？”但他又想：“就让她暂时恨我吧，就让世人讥讽我吧，毕竟我自己的前程幸福最为重要。”这左近少将的打算真是精明的。他如此调包之后，连结婚的日子也不更换，就在原来约定的那一天晚上与浮舟的妹妹成婚了。

常陆守夫人正在悄悄地准备结婚的诸项事宜：让众女侍一律改穿新衣，将房间装饰得焕然一新；为浮舟洗头，打点服饰，装扮得非常美丽，令人觉得她纵使嫁给像少将这种身份的人，也不免有些可惜。夫人仔细寻思：“这孩子的身世真可怜啊！假使她父亲当年收留了她，让她在自己身边长大，那么纵使父亲死了，薰大将所说的事，虽然很不敢当，我怎么会不答应呢？但是现在，唯有我们自己知道她出身高贵，外人都把她当作常陆守的亲生女儿。而知道实情的人，反而因为当初八亲王不肯收留而看轻她。思量起来，实在可怜可悲！”又想：“事已至此，无可奈何了。女子过了盛年不嫁，毕竟不大相宜。这少将出身不算卑贱，人品也还不错，他既然如此恳切求婚，我就许了他吧。”她在心中打定了主意。这都是那个媒人花言巧语，而妇女们容易轻信，这才上了他的当。

夫人想起婚期就在眼前，不免有些慌张，手忙脚乱。她不能安心坐在女儿房中，只管忙忙碌碌地四处奔走。这时常陆守从外面走进来，对她滔滔不绝地说了一大篇话，他说：“你瞒着我，想把爱慕我女儿的人夺走，真是不通情理，浅薄之极！可惜你那位高贵亲王家出身的小姐，贵公子们是不肯要的！而我们这种下贱人家的女儿，他们倒是愿意追求呢！你虽然用尽心机，可惜对方全然无意，却看中了另外一人。既然如此，我只好对他说‘悉听尊便’，答应了他。”常陆守性情粗暴，从不肯替对方着想。他如此任意乱讲，夫人听了大吃一惊，一句话也说不出来，只觉得世间可悲之事接踵而至，眼泪即将夺眶而出，马上起身走开。她走到浮舟房中，看见她容貌十分娇艳，想道：“无论怎样，她的容貌绝不逊于他人。”心中稍觉安慰，就向乳母说道：“人心如此浅薄，实在可悲可恨！我自问对于女儿们个个一视同仁，但唯有对这孩子的夫婿，我特别关切，情愿为他舍命。哪知这个人因为她没有父亲而欺负她，舍弃长姐而改娶尚未成年的妹妹，真是岂有此理！我万万不曾料到在亲近的人之中听到看到这样可悲的事。常陆守却觉得极有面子，匆忙答应下来，还在各处大肆宣扬，这两人倒是一对般配的翁婿。我今后对这

高不可攀的差异 歌川丰国 源氏香之图·蓬生 江户时代（18世纪）

面对左近少将的悔婚和薰君的爱慕，看似可以就此依附尊贵的薰君，但在浮舟母亲看来，平安时代谨严的等级差异下，以自己之低微，与身为公卿贵族的薰君结亲简直是做梦，高不可攀。如图中身为仆从的惟光在为高贵的源氏清理一路的露草一样，高贵与卑微泾渭分明。

件事绝不插嘴，真想暂时离开这里，到别处去住一段时间才好。”说着不断悲叹。乳母也非常愤怒，痛恨他们欺负自家的小姐。她说：“怕什么呢？断绝了这门亲事，只怕更是我家小姐的造化。这少将的心地如此卑劣，他恐怕也不会赏识小姐这般花容月貌吧。小姐应该嫁个通情达理、博学多才的郎君。那薰大将大人的风采容貌，我上次隐约地看过，真漂亮啊，叫人一见连寿命也可延长呢！他如此真心思慕小姐，据我看夫人还不如听天由命，把小姐许给他呢。”夫人说道：“唉，你不要做梦吧！我曾听说：这位薰大将多年来决心不娶普通女子。夕雾左大臣、红梅按察大纳言、蜻蛉式部卿亲王①等人，都诚心诚意地要把女儿嫁给他，但他一概谢绝，最后终于娶了皇上最宠爱的二公主。怎样十全十美的美人，才能得到他真心的爱呢？我倒想过送小姐到薰大将之母三公主那里去当差，让她能经常与大将见面。不过，三条院地方虽好，与人争宠毕竟也觉没趣。匂亲王的夫人，世人都说她生活幸福，但近来也遇到忧患之事。如此看来，唯有嫁给不生二心的男子，才是体面而可靠的。只要看我这一生，就可明白：已故的八亲王，人品多么风流潇洒，高尚优雅，但全然不把我当人看，真让我伤心啊！而现在这常陆守，虽然全

① 蜻蛉亲王是桐壶帝之子，源氏之弟。

无风雅，粗俗不堪，但是专心致志，从无二心，我才能安心地度送年月。有时他脾气粗暴，不讲道理，原也十分讨厌。但大家并不真心痛恨，略有不称心时，互相争吵一番，过后也就算了。公卿大夫、皇亲国戚的人家，虽然富贵荣华，但依我们这种身份，即便进去了也是枉然。无论什么事情，总要与自己的身份相称。如此想来，我家小姐前途不免可悲。我总得设法替她找个称心如意的夫婿，不致受人讥笑才好。”

常陆守忙着筹备次女的婚事，对夫人说：“你这里有许多漂亮的女侍，暂时借我一用吧。帐幕等物，虽然也有不少新制的，但时间仓促，来不及拿到那边去换，干脆也借用这个房间里的吧。”他就来到浮舟所住的地方，一会儿站着，一会儿坐着，大声喧哗着命人装饰房间。浮舟的房间本来布置得十分美观，各处的陈设都很协调。他却自作聪明地搬进来一些屏风，东一个西一个地摆得乱七八糟；又不三不四地加入一个橱和一个双层柜。常陆守如此张罗布置，十分自鸣得意。夫人虽然觉得不雅，但因早已决心不再插手，只是在一旁袖手旁观。于是浮舟只得暂时迁居他处。常陆守对夫人说：“我终于知道你的心了。同样是你生的女孩，想不到你对这一个就这么冷淡。算了吧，世间没有母亲的女儿也并非没有！”白天的时候，常陆守就与乳母一起替女儿修饰打扮。这个女儿的容貌也长得不错，年纪大约十五六岁，身材矮小，体态圆润。头发长得很美，与礼服一般长短，下端密密丛丛。常陆守觉得她的头发很可爱，用手抚弄着，说道：“其实你不一定要找一个企图娶别人的男子为婿。但这位少将人品高贵，才华出众，不知多少人想招他为婿呢。让给别人多可惜啊！”他被那媒人骗了才说这样的话，真是个傻瓜！左近少将也听信媒人的话，以为常陆守必会殷勤相待，只觉得万事称心，便连婚期也不变更，就在约定的那天晚上来入赘了。

浮舟之母和乳母都觉得十分荒唐。住在这里照顾浮舟，此时也觉得乏味。母亲便写了一封信给匂亲王的夫人，信中说道：“无端相扰，实在有些放肆不恭。多年以来，一直未敢任意致书。如今小女浮舟想回避凶神[1]，不得不暂时迁居。尊府中若有僻静之室可蒙赐借，不胜欣幸。我本一粗陋无知的妇人，一手抚育此女，一定诸多不周，因此心中常感痛苦。如今可仰仗的，唯有尊处而已。”这封信显然是流着泪写成的，二女公子看了觉得十分可怜。她想：“父亲生前不肯认她。现在父姐都亡故了，只留我一人在世，我擅自认了她，是否应该呢？但她一生颠沛流离，十分困苦，而我假装不知，置之不理，也实在太狠心了。并无重大事故而姐妹东西分散，对于亡故的人只怕也是名誉攸关吧？”她心中烦乱，犹豫不决。浮舟之母也曾向二女公子的女侍大辅君诉苦，因此大辅君对二女公子说：“中将君写这封信来，一定有不得已的苦衷。小姐回信时不可过分冷淡，使她难受。姐妹之中有庶出之人，也是世间常见的事。不要对她过分疏远吧。”二女公子便作复道：“既蒙见嘱，舍间西面有几间僻静的屋室可以让出。不过陈设十分简陋，倘蒙不弃，即请暂时来住。”中将君收到信后不胜喜悦，就决定悄悄地带浮舟前去。浮舟本来就想亲近这位异母姐姐，这次婚事变卦反而使她获得了机会，因此也颇为高兴。

常陆守一心想要隆重地招待左近少将，但他不知道怎样才能办得体面阔绰，便将东

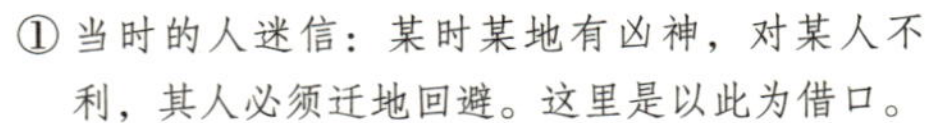
① 当时的人迷信：某时某地有凶神，对某人不利，其人必须迁地回避。这里是以此为借口。

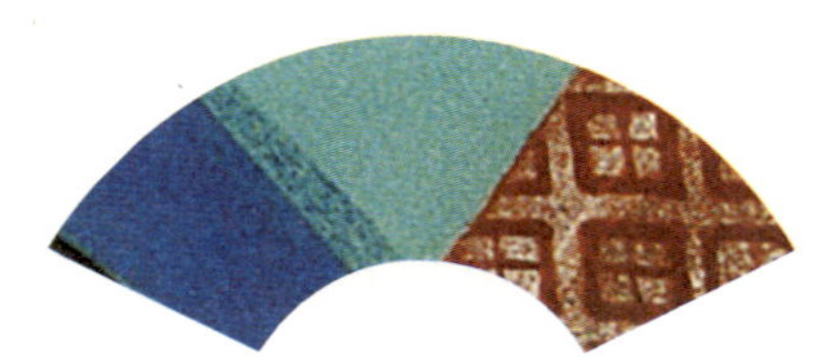

国土产的粗劣的绢一卷一卷地大量抛出，犒赏从人。又搬出许多食物来，到处摆满，大声呼唤叫大家来吃。那些仆从都以为这种招待真客气！少将也颇为得意，以为这门亲事攀得真是英明。夫人觉得在众人正值兴头时离去，丢下一切不管，似乎太无情了，只得暂时忍耐，任由常陆守作为，自己只在一旁冷眼旁观。常陆守四处奔忙策划：这里作为新婿的起坐间，那里作为随从的住所。他家宅邸原很宽敞，然而东所已让前妻所生女儿的夫婿源少纳言居住。而他家又有许多男子，因此没有空屋。浮舟的房间已让给新婿居住，只好教浮舟住在走廊末端的屋子里。夫人十分不满，觉得太让浮舟委屈，考虑再三，这才向二女公子提出借住的请求。夫人想道：浮舟没有体面的后援人，这才被人欺负。因此也顾不得二女公子尚未正式承认这妹妹，一定要把她送来。浮舟小姐带来的唯有一位乳母，以及二三名青年女侍，住在东厢北面人迹罕至的房间里。母亲也陪同她一道前来，又亲自向二女公子致意。虽然双方多年隔绝，但毕竟不是陌生人。二女公子与她们会面并不害羞。常陆守夫人觉得这二女公子真是有福的贵人，看到她忙着照料小公子的模样，又是羡慕，又是悲伤。她想："我也是已故八亲王夫人的侄女，实际也是至亲。只因身为女侍，生下的女儿就不能与姐妹们同列，以致处境艰难，如此任人欺辱。"如此一想，便觉今天这般强要亲近，也乏味得很。这时二条院方向不利，无人前来拜访，母夫人也在这里住了两三天。这时她才开始从容地打量这里。

有一天，匂亲王回来了。常陆守夫人很想张望一下，便从缝隙中窥看，只见匂亲王风姿异常清丽，有如一枝刚摘下来的樱花，几个四位、五位的殿上人跪在面前伺候着。这些殿上人，比起虽然粗暴可恨却是她真心信赖的丈夫常陆守来，风采、容貌和人品都要潇洒得多。一群家臣一一向匂亲王报告各种事务。又有许多年轻的五位官员在旁聚集，她都不认识。她的继子式部丞兼藏人的，在宫中担任御使，也赶来这里参见。她看了这位威势赫赫、令人不敢靠近的匂亲王，想道："唉，多么英俊的人物啊！嫁得这个丈夫的人真有福气！我不曾见到他时，还想他虽然身份高贵，但爱情不专，怀有二心，二女公子心中一定极为痛苦。现在想来，我的这种猜测实在太浅薄了。我看到匂亲王的风姿，只觉得女子若能做他的妻室，纵使只能像牛郎织女那样一年一度相逢，也称得上是莫大的幸福！"这时只见匂亲王抱着小公子，正在亲热地逗他玩乐；二女公子隔着短屏坐着。匂亲王推开短屏，与她对面谈话。两人容貌都很秀丽，真是一对璧人！再想起已故八亲王的寒酸样子，两相比较，觉得虽然身份同是亲王，生涯实有天壤之别。过了一会儿，匂亲王进帐去了，小公子就随着青年女侍和乳母一起游戏。许多人赶来请安，但匂亲王命人传言心情不快，一概不予接见，一直睡到日暮方才起身。这一天饮食也在这里进用。浮舟之母看到这种情景，想道："这里万事气象高贵，与寻常人家迥异。看了这种光景，我只觉得自己家中虽然力求奢华，但因品格低劣，毕竟粗鄙可怜。唯有我那浮舟，若能匹配这种高贵的人物，也毫无不称之处。常陆守凭借他那丰裕的财力，一心想把他的几个亲生女儿捧得像皇后一般高。这些女儿虽然也是我腹中生下来的，但浮舟毕竟比她们优越得多。如此一想，关于浮舟的前程，我也不可不怀有高远的期望了。"她通夜不眠，心中盘算着浮舟今后之事。

匂亲王第二天直睡到日上三竿这才起身。他说："母后觉得身体不适，今天我要入宫请安。"便命人准备装束。浮舟之母还想看看，便又从缝隙中窥看。只见匂亲王换上华丽的大礼服，风姿十分高贵，又是娇艳，又是清秀，无人可与相比。他有些舍不得小公子，一直同他玩耍。后来吃过粥和饭团，便起身走出去了。今天早上来了一些侍臣，都在侍从室中等候着，这时都赶上前来，向匂亲王报告各种事务。其中有一人，自己确已用心装扮，但全无可观之处，面目猥琐可怕，身上穿着常礼服，腰间挂着佩刀。他走到匂亲王面前，益发使人觉得相形见绌。两个女侍在一旁私语，一人说："这人便是常陆守的新女婿左近少将。他起初定的亲就是住在这里的浮舟小姐，后来听说他一定要娶常陆守的亲生女儿，才肯真心爱护，于是又改娶了一个幼小的女童。"又一人说："浮舟小姐带来的人绝口不提此事；都是常陆守那一方的人在议论呢。"她们都没有想到会被浮舟之母听见。浮舟之母听见女侍们如此议论，气得要命。再回想自己从前误把少将当作好男子，真是大上其当！原来他是这样一个毫不足取的庸人。她就更加看不起他了。这时小公子从室内爬了出来，自帘子一端向外窥探。匂亲王看见了，又转过身，走近帘前，对二女公子说："母后的身体如果好了，我马上就回来。如果还不见愈，只怕我今晚就得在宫中值宿。近来和你分别一夜就不自在，真难受呢！"他又抚慰了小公子一番，便走出门去。浮舟之母偷看他的风姿，觉得十分艳丽，看上百遍也不厌倦。他刚一出去，庭中顿觉无比岑寂。

她走到二女公子房中，向她极口称赞匂亲王的风采。二女公子觉得她未免有些乡下气，便笑着听她讲。她对二女公子说道："当年夫人逝世之时，您还十分幼小呢[①]。亲王和女侍们都愁叹不已，担心您的前途。但您宿世命好，在那山乡的怀抱之中也能顺利地成长。可惜大小姐早年夭折，真是令人遗憾！"说罢眼中流下泪来。二女公子也忍不住啜泣起来，答道："人生于世，可恨可悲之事自然难免。但想到自己犹能活在世上，有时也可稍慰心怀。我所依靠的父母先我而死，原是世间常情。特别是母亲，我连一面也不曾见过，悲哀之情也有限度。唯有姐姐夭折，使我极为伤心，永世不能忘怀。薰大将为她深深悲伤，千方百计也无法慰怀，足见此人深情款款，更使我悼惜不已了。"中将君说："薰大将如今招了驸马，皇帝恩遇深厚，想必骄矜满志了。如果大小姐尚在人世，恐怕也不能阻止他当驸马吧。"二女公子说："这倒也难说。如果真是这样，我姐妹两个同样命运，更加招人耻笑，倒不如早点儿死去的好。人早死了受人悼念，这原是世间常情。但是这薰大将不知何故，偏偏对她永不忘怀，连父亲死后的超荐功德等事也十分关切，热心照顾呢。"她们相互谈得十分融洽。

中将君又说："他甚至对老尼姑弁君说，要将这个微不足道的浮舟领去赡养，作为大小姐的替身呢。这事我自然不敢妄想，但这也是为了'一枝紫草'[②]的缘故，虽然万万不敢当，但其深切关怀的心情却甚可感激。"就顺便谈到她为浮舟婚事操心的痛苦，说得声泪俱下。左近少将欺辱浮舟之事，既然外人都已知道，她也就约略向二女公子提及，但并不十分详细。她说："只要我还活在世间，怕什么呢！我可与她相伴，互相慰藉而共度岁月。我所担心的，正是我死之后，她会遭逢意外之灾，弄得颠沛流离，那真是可悲可叹了。因此我在忧愁难解之时，不免会想：索性让她去当尼姑，幽闭在深山之中，专修佛法，从此与尘世断绝吧。"二女公子说："你的处境确是困难，但这也是无可奈何的。受人欺辱，像我们这种孤儿是避不开的呀！不过幽闭深山，毕竟不是法子。就拿我来说，本已决心遵照

① 八亲王夫人刚生下二女公子，即患产病而死。

② 古歌："一枝紫草生原野，遍地闲花尽有情。"可见《古今和歌集》。紫草比喻大女公子，闲花比喻浮舟。

浮舟母亲的顾虑　歌川广重　富士三十六景　江户时代（1858年）

在跋涉登山的人们眼中，富士山仿佛近在眼前，然而实际登临时，才知道它遥不可及、高不可攀。看过匂亲王和薰君风采的浮舟母亲，深感以浮舟之低微是不可能获得薰君宠爱的。身份的差异，犹如跋涉攀登富士山般属于妄想。图为富士山下跋涉登山的人们。

父亲遗嘱，断绝尘缘，但也会遭遇这种意外，在这里随波沉浮。何况浮舟妹妹，哪里忍心呢？像她那样花朵一般的人，穿了尼僧的服装多可惜啊！”这是老成持重的劝谏，中将君听了非常高兴。这中将君年纪已经不小，但气度仍很优雅。只是身体过于肥胖，俨然是一位常陆守夫人。她说：“已故八亲王全无情义，不肯认下浮舟，使得她面目无光，受人轻视。但现在我们能和您通信见面，往日的苦恨也就消释大半了。”就与她畅谈过去多年在外地的生活，也谈到陆奥地方浮岛的景致。她说：“我在筑波山下的生活，真可谓是‘唯我一身多苦患’[①]了，一向无人可与之谈论。今天我才得以把这情况向您倾诉。我很想永远陪在您的身旁。只是那边家中还有不少惹人厌烦的孩子，不知在怎样喧哗扰攘地寻找母亲呢！因此我是无法长久地躲在这里的。我这一生沦落为地方官的妻子，常感自身命苦，不想让浮舟重蹈我的覆辙。所以我想把这孩子托付给您，听凭您的处置，我一概不再过问。”二女公子听了她这番话，也觉得不忍心让浮舟受苦。浮舟生得品貌兼优，无可指摘。她的神情总是腼腆含羞，但又不十分做作；有时像孩子一般天真可爱，却又很有见识。她有时看到二女公子的贴身女侍，也巧妙地躲避起来。二女公子忽然想道：“她说话时，声音语调也与姐姐酷似，不如叫寻求姐姐雕像的那个人来看看呢。”

正在这时，女侍们报道：“薰大将来了！”便设置帷屏，准备迎接客人。浮舟之母说：“好，让我也拜见一下吧。曾经见过一面的人，都说这位大将貌美异常。但我想，他总比不上匂亲王吧。”二女公子身边的女侍说：“依我们看来，谁比谁好很难决定。”二女公子说：“两人一起坐着，亲王显然相形见绌。但分开再看，则孰优孰劣难以分辨。容貌漂亮的人，总是压倒别人，真惹人厌烦呢。”众女侍都笑起来，答道：“但亲王是不会输的！无论多么美貌的男子，总压不倒我们的亲王。”外面传来报告：大将现已下车。这时室内只听到威风凛凛的前驱之声。薰大将并不马上走入，众人又等了半天，他才缓缓步入。浮舟之母看他第一眼，并不觉得十分艳丽。但再仔细看时，就发现他的确非常优雅、高尚而清秀。她不知不觉地感到自己粗鄙可耻，急忙仔细整理额发，竭力装出一派斯文、端庄无比的样子来。薰大将大概是从宫中退出的，因此带着许多随从人员。他对二女公子说：“昨天晚上我听说皇后玉体欠安，便立即入宫问讯。皇子们都不在身旁，皇后颇感寂寞，因此我就替匂亲王代为侍奉，直到现在。匂亲王今晨入宫也颇迟。我猜想大概是你不好，把他拖在这里吧？”二女公子只是答道：“承蒙代为侍奉，深情厚谊诚可感激！”薰大将是觑定匂亲王今晚将值宿宫中，所以才特别选定这一天来拜访。他照旧与二女公子亲切地晤谈。动辄谈到那个难以忘怀的故人，又述说对世事更加厌弃。他的措辞并不十分明显，只是隐隐地倾诉满怀愁情。二女公子猜想：“经过了这么多年，他为什么还是对姐姐念念不忘呢？或许是他当初已经说出对姐姐爱慕极深，所以至今不肯表示忘怀吧。”但看他的神情显然非常伤心，而言语愈说愈多，二女公子并非铁石心肠，自然深为感动。但是又有许多怨恨二女公子无情的话，她听了非常厌烦，又十分担心。为了打消他这种野心，她就提起那个可以代替姐姐的人来，隐约地告诉他：“这个人最近悄悄地住在这里。”薰大将听了，当然动心，颇有些神往。但也并不觉得心情马上移向那人，只说道：“哎呀！这位本尊若真能满足

① 古歌：“唯我一身多苦患，何须痛恨世间人？”可见《拾遗集》。

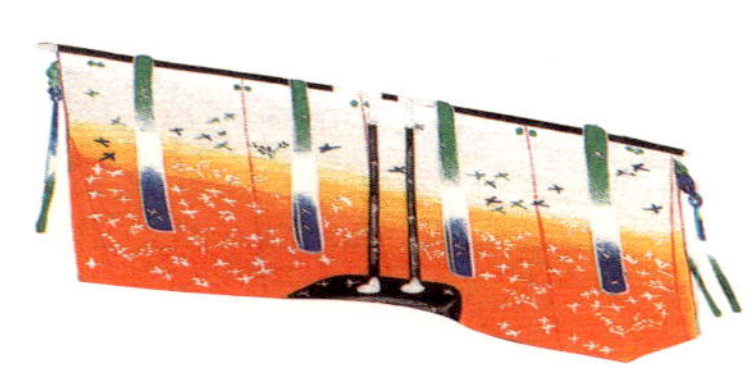

我的愿望，真是可尊敬的了！但如果依旧不免使我心中苦恼，那倒是亵渎了名山胜地。”二女公子答道：“归根到底，是你的求道之心不够虔诚！”说罢吃吃地笑。浮舟之母在旁偷听，也觉得好笑。薰大将说道：“那么就请你向她转达我的意思吧。但你如此热心推荐，使我回忆起往事[①]，颇有不祥之感呢。”说着又流下眼泪。遂吟诗曰：

“倘能代伊人，与我长相处，
可以作抚物[②]，拂去相思苦。”

他照例用开玩笑的口吻来掩饰本心。二女公子答道：

“抚物拂身后，投水不复问。
君言长相处，此语谁能信？

你是所谓‘众手都来拉’[③]的纸币吧！这样说来，我向你提起这个人，算是多嘴了，真有些对不起她呢。”薰大将说：“你难道不曾听过‘终当到浅滩’[④]吗？只是吾生渺茫，有如水泡。唉，我真像被你丢在河中的‘抚物’，叫我如何开释这满腔愁怀呢？”天色渐晚，客人却迁延不走，二女公子厌烦起来，劝他及早归去，说道：“在这里借宿的客人看了会奇怪的，今晚还是请你早些回去吧。”薰大将说：“那么，请你代我向客人转达，说明这是我多年来的夙愿，绝不是逢场作戏之类的浮浅行为。你一定不要使我失望！我平生不擅此道，遇事畏缩不前，实在可笑呢。”如此再三叮嘱，就离开了。

浮舟之母大加赞叹：“这大将的容貌真美丽啊！”她想：“乳母之前突然想起他时，总劝我把浮舟嫁给他。我总以为太过荒唐，不肯理睬。现在看到他这容貌，只觉得纵使隔着银河，一年只相逢一度，也情愿把女儿嫁给如此光辉灿烂的牵牛星呢。我的女儿长得这般貌美，嫁给普通的人实在太可惜了。只因我在东国看惯了那些粗野的武士，还以为左近少将是出色的人物。”她暗自后悔自己见识浅陋。薰大将所倚靠过的罗汉松木柱、坐过的垫子，这时都染上了极其美妙的香气，说起来别人还以为是故意夸张。连经常见他的女侍们，也没有一次不极口夸赞。有的人说：“读过佛经的人就知道在各种殊胜的功德之中，以香气芬芳最为尊贵。佛菩萨所说的话确是有道理的。《药王品》等经文中，说的更为详细，说有一种从毛孔里散发出来的香气叫作‘牛头旃檀’[⑤]。这名字虽然可怕，但确有其事，眼前薰大将就是证据，可见佛所说的都是真实的。这位薰大将想必从

---

① 指从前大女公子把二女公子推荐给他的往事。

②“抚物”，是祓禊时所用的纸人纸衣。祓禊结束后，用来拂拭身体后投入河中，意思是拂去灾祸。

③ 古歌：“众手都来拉纸币，我虽思取恐徒劳。”可见《古今和歌集》。祓禊结束后，大家拉过纸币来拂身，然后将纸币抛入河中。此处比喻爱慕薰君的女子很多。

④ 古歌：“争拉纸币人虽众，流去终当到浅滩。”同上。这里引用此诗，意思是说：我所爱的，唯有你一人而已。

⑤《法华经·药王品》中说：“若有人闻是药王菩萨本事品，能随喜赞善者，是人现世口中，常出青莲花香。身毛孔中，常出牛头旃檀之香。”

小就勤修佛法吧。”又有人说：“不知他前世积了多少福德呢。”她们众口赞誉，浮舟之母听了不知不觉地露出笑容。

二女公子将薰大将所说的话悄悄地转告给中将君，对她说道：“薰大将性情固执，凡事一经决定，便不轻易变更。眼前他新招驸马，情况的确有些不利。但你既然要让她出家，那可是去当尼姑，还不如试着把她嫁给他吧。”中将君说：“我因为不愿让浮舟遭受苦患，受人欺侮，打算教她闭居在‘不闻飞鸟声’[①]的深山之中。但今天见到这位薰大将的容貌风采，连我这上了岁数的人也觉得若能依附在他的身边，纵使是当奴仆也是一种福气。何况青年女子，一见他必定倾心爱慕。但我这女儿‘身既不足数’[②]，会不会反而给她种下忧患的种子呢？做女子的，无论身份高低，为了男女之事，总是不但今世吃苦，到后世也还要受累。这样想来，这孩子实在可怜！但一切都听凭您做主。无论如何，请您不要舍弃她！”二女公子十分为难，叹息说道：“这该怎么办呢？就过去来看，这薰大将深情款款，值得信赖。但今后怎样，就难以预知了。”此外并不多说。

第二天破晓，常陆守派车来接夫人。又带了一封信来，信中言语看着似乎极为愤慨，又有一些威胁的话。夫人含泪向二女公子请求：“诚惶诚恐，万事都拜托您了。这孩子还得暂时寄居尊府。让她出家还是怎样，我心中犹豫不决。在此期间，虽然她是微不足道之人，也请您不要见弃，多多赐教。”浮舟极少离开母亲，心情自然抑郁。但因二条院中环境优美，又能暂时与这位异母姐姐亲近，所以心中还是颇为欢欣。常陆守夫人的车子离开时，天色已经微明，恰巧匂亲王从宫中回来。他是因为记挂着小公子，偷偷地从宫中退出的，所以不用平时出门的排场，只乘了一辆简朴的车子。常陆守夫人的车子与他相遇，马上避在一旁。匂亲王的车子来到廊下。他下车时看了看那辆车子，问道：“这是谁的车子，天没亮就匆忙离去？”他根据自己经验，以为是从情妇家里出来，才这样偷偷摸摸的，这种念头实在荒唐。常陆守夫人的随从答道：“是常陆守的贵夫人要回去了。”匂亲王的随从中有几个年轻人说道：“还称作‘贵夫人’，好神气啊！”说得大家都笑起来。常陆守夫人听见了，想起自己的身份确实卑微，不胜伤感。她一心挂念着浮舟，所以希望自己的身份也能高贵些才好。更何况浮舟本人，如果嫁了一个身份低微的丈夫，将更加使她悲伤不堪呢。

匂亲王走进室内，对二女公子说：“有一个叫作常陆守夫人的人，与这里有来往吗？在这种拂晓时分匆匆乘车出门，那车副看着非常神气呢。”口气中仍然带着疑虑。二女公子听着刺耳，心中颇感痛苦，答道：“她是大辅君年轻时的朋友，又不是什么重要的人物，你何必这般大惊小怪呢！你总是疑神疑鬼，又不断地说这种难听的话。‘但请勿诬蔑’[③]吧！”说着背转过身子，姿态十分娇美。这一晚匂亲王睡得极好，不知东方之既白。许多人已赶来拜访，他这才走出正殿。明石皇后并无大病，现已痊愈，诸人都颇感快慰。夕雾左大臣家几位公子聚在一起赛棋，又作掩韵游戏。

黄昏时分，匂亲王来到二女公子室中。二女公子正在洗发，众女侍各自在房中休息，

---

① 古歌：“我心如深山，不闻飞鸟声。但望爱我者，能知我此心。”可见《古今和歌集》。此处只引用前两句，与后两句无关。

② 古歌：“身既不足数，不要相思苦。岂知亦犹人，沾袖泪如雨。”可见《后撰集》。

③ 古歌：“既蒙许相爱，何故又生疑？但请勿诬蔑，不妨将我遗。”可见《后撰集》。

宇治的爱情物语

与已故源氏单线的风流情事不同，“宇治十帖”中充满了纠缠不休的三角恋关系。薰君和匂亲王在追求宇治的诸女公子时，既有协作，也有竞争和忌妒。同时，平安时代的社会风俗和婚姻制度，也使得众女子的结局迥异于美好的灰姑娘童话。

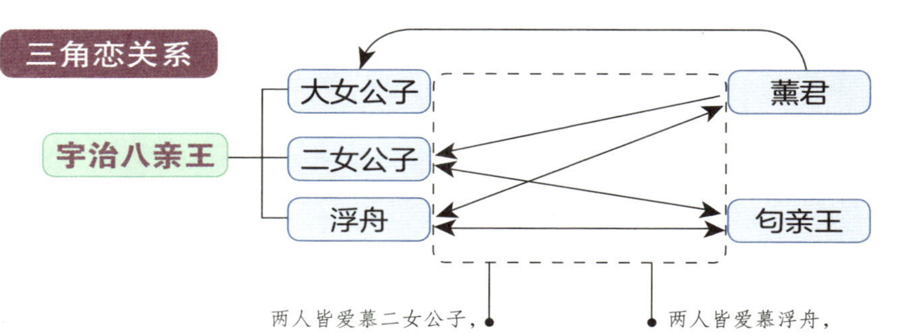

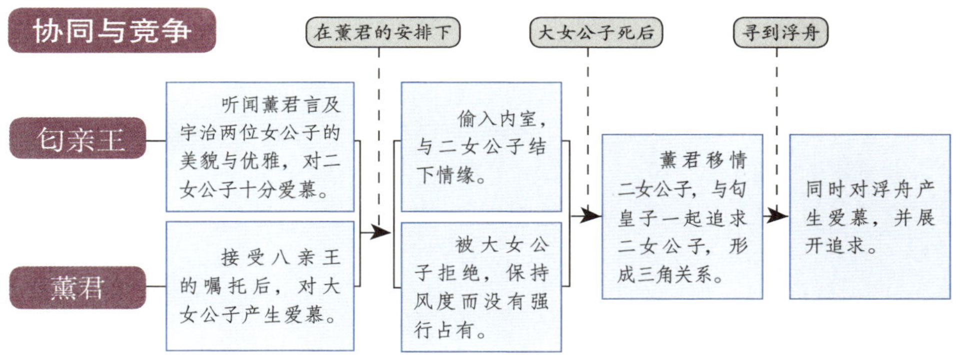

两人皆爱慕二女公子，
二女公子专情于匂亲王。
两人皆爱慕浮舟，
浮舟在两人间左右为难。

协同与竞争
在薰君的安排下
大女公子死后
寻到浮舟
匂亲王
听闻薰君言及宇治两位女公子的美貌与优雅，对二女公子十分爱慕。
薰君
接受八亲王的嘱托后，对大女公子产生爱慕。
偷入内室，与二女公子结下情缘。
被大女公子拒绝，保持风度而没有强行占有。
薰君移情二女公子，与匂皇子一起追求二女公子，形成三角关系。
同时对浮舟产生爱慕，并展开追求。

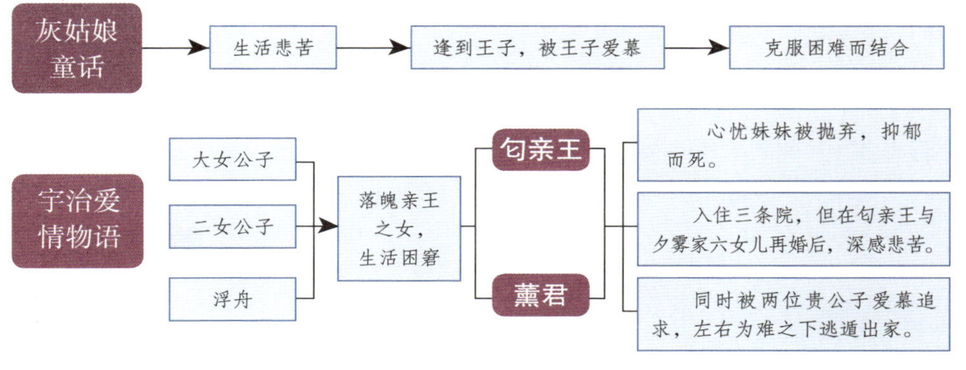

童话与物语
与结局美好的童话相比，物语中宇治女公子们的结局皆显悲苦，体现出现实的残酷。

逢到王子，被王子爱慕
克服困难而结合
宇治爱情物语

落魄亲王之女，生活困窘

心忧妹妹被抛弃，抑郁而死。
入住三条院，但在匂亲王与夕雾家六女儿再婚后，深感悲苦。
同时被两位贵公子爱慕追求，左右为难之下逃遁出家。

室中空无一人。匂亲王唤来一个小女童，叫她去对二女公子说："我回家来你偏偏洗发，叫人太难堪了。难道让我一个人寂寞无聊地待在这里吗？"二女公子叫女侍大辅君出来对他说道："一向都是趁大人不在家时洗的。但是近来夫人非常疲劳，许久不洗了。过了今天，本月内再无吉日。而九月、十月都是不宜洗发的[①]，所以只得赶在今天洗。"她表示歉意。这时小公子正在睡觉，因此女侍们都陪在那边。匂亲王百无聊赖，在各处闲逛。他见西屋那边有一个面孔陌生的女童，猜想这屋里大概住着新来的女侍，便走过去窥看。他从中间的纸隔扇的缝隙向里张望了一下，只见离开纸隔扇一尺左右的地方立着一张屏风，屏风一端沿着帘子设置着帷屏。帷屏上的一条垂布掀了起来，露出女子的袖口，里面衬的是紫菀色的华丽衣服，外面罩的是女郎花色衫子。有一个屏风折叠着，从这里窥看，里面的人无法察觉。他想："这新来的女侍似乎很漂亮呢。"便小心地拉开通向厢房的纸隔扇，悄悄地走到廊上，竟无一人发觉。廊外的庭院里开着各种秋花，灿烂如锦。池塘一带的假石也饶有风趣。浮舟这时正躺在窗前欣赏风景。匂亲王把本来开着的纸隔扇再拉开一些，从屏风的一端向内窥看。浮舟想不到是匂亲王，以为是常到这里来的女侍，便坐起身来，那姿态十分美妙。匂亲王本就是好色之徒，这时岂肯轻易放过，便拉住浮舟的裙裾，又回身把刚才拉开的纸隔扇拉上，自己在纸隔扇和屏风之间坐下了。浮舟觉得非常奇怪，急忙用扇子遮住面容向这边张望，姿态又很美妙。匂亲王便握住她拿扇子的手，说道："你是谁？快把名字告诉我！"浮舟非常害怕。匂亲王把脸对着屏风，不愿让她看见，行动十分诡秘。浮舟猜想他或许就是最近热心找寻她的薰大将。她闻到一股香气传来，更确信这人就是薰大将，便觉非常羞惭，不知怎样才好。乳母听见动静，觉得有些奇怪，就推开那边的屏风，走进来看，说道："这是怎么一回事？真奇怪啊！"但匂亲王竟如全没听见，毫无顾忌。这番举止虽属无聊之极，但因他能言善辩，所以只顾这样那样地谈个不住，不觉天色已经全黑。匂亲王对浮舟说："你究竟是谁？你若不把名字告诉我，我就不放手。"便自在地躺了下来。乳母这时才知道是匂亲王，惊诧之极，连一句话也说不出来。那边点起灯笼来了，女侍们在叫："夫人洗好了头发，马上就出来了。"除了起坐间之外，别处的格子窗已经有人在那里一扇扇地关了。浮舟的房间离正殿稍远，一向是不住人的，所以室中放着一组高架橱，墙边靠着许多套在袋内的屏风，还零乱地堆置着各种物件。

浮舟搬来居住之后，便从这里打开一面纸隔扇，以便通向正殿。大辅君的女儿名叫右近，也在这里当女侍，这时她正在一扇扇地关格子窗，逐渐向这边走来。她叫道："哎呀，暗得很啊！这里还没有点上灯呢！我辛辛苦苦老早就把格子窗关上，但这里暗得真叫人发慌！"便重新又把格子窗打开。匂亲王听见了，略显狼狈。乳母更加焦急，但她是个精明干练而毫无顾忌的人，便对右近说道："喂喂，这里出了怪事，我真是毫无办法了！"右近说："什么事情呀？"便摸索着走过来，只见一个穿着衬衣的男子躺在浮舟身旁，又闻到浓烈的衣香，便知道又是匂亲王做的好事。她猜想浮舟是不会答应他的，便说道："哎呀，这太不成体统了！叫我右近说什么好呢？赶快到那边去，悄悄

① 当时的人迷信，洗发必须选择吉日。每年正月、五月、九月要举办佛事，不宜洗发；十月叫作神五月，也不宜洗发。

地告诉夫人吧。”说着就去了。这里的女侍都觉得把这件事告诉夫人，只怕太过分了。但匂亲王全不在乎。他想：“这是一个少见的美人呢！不知她到底是谁？听右近的口气，她似乎并不是一个新来的普通女侍。”他莫名其妙，一味问东问西，向浮舟纠缠不清。浮舟不胜其烦，表面上虽不流露出愤怒，但心中十分羞惭，懊恼得几乎想寻条死路。匂亲王便换了一种温和的语调来抚慰她。

右近对二女公子说：“亲王如此如此……浮舟小姐真可怜，不知道有多么痛苦呢！”二女公子恨恨地说：“老毛病又发作了！浮舟的母亲知道了定然诧异：这是多么轻率荒唐的行为！她回去时还再三地说让浮舟寄居在这里很放心呢。”二女公子觉得非常对不起浮舟。但她又想：“有什么办法能制止他呢？他一向有这种怪癖，女侍中稍有姿色的也不肯放过呢。但不知他怎么会知道浮舟在这里。”她心中懊恼，连话也说不出来。

右近和另一个叫作少将君的女侍议论着说：“今天来了许多王公大人，亲王本来是陪着他们在正殿里游戏的。依照往日的惯例，这些日子他总是很迟才回到内室的。因此我们都放心地去休息了。哪里知道今天他进来得特别早，才会发生这样的事，如今怎么办才好呢？浮舟的乳母真厉害，她一直守护着小姐，眼睛将亲王盯得死死的，几乎想把他赶出去呢！”

正在这时，宫中派来使者，禀报说：“明石皇后今天傍晚忽然觉得心痛，这时病势颇为严重。”右近悄悄地对少将君说：“在这种时候生起病来，真不巧啊！让我去传达吧。”少将君说：“不要去吧，这种时候你去传达，徒劳无益，未免太不知趣了。你不要过分打扰吧。”右近说：“不要紧，现在还没有成就那事。”二女公子听见了，想道：“他这人有这种恶习，传出去多难听啊！稍有戒心的人，我这里是断断不敢来了。”右近便去向匂亲王禀告，又故意夸大了使者的话。匂亲王听了并不慌张，问道：“来的是谁？你们又要大惊小怪地来吓唬我了。”右近答道：“是皇后的侍臣，名叫平重经的。”匂亲王不舍得离开，竟不避讳别人耳目，一直赖在这里。右近只得转身出去，把使者叫到东室前面，向他探问详细的情况。刚才传达使者的话的人也赶来了。使者禀告道：“中务亲王[①]也已入宫去了。中宫大夫刚刚动身，小人在路上遇见了他的车驾。”匂亲王想起皇后的确经常突然生病，他只怕今天不去，会惹人非议，便向浮舟诉说了许多怨言，又约定后会之期，然后才离开。

浮舟只觉仿佛做了一场噩梦，汗流浃背地躺下了。乳母替她打扇，说道：“住在这种地方，万事都要小心在意，实在很不方便！今天已被他发现，来过一次，以后更不会有好事。哎呀，这真可怕啊！他虽然是身份高贵的皇子，但名分上毕竟是姐夫，真是不成体统。不拘好坏，小姐总得选一个没有瓜葛的人才是。今天若真的被他花言巧语地骗了，小姐名誉攸关，所以我只好装出降伏恶魔的神态，眼睛一直死死盯住他。他把我看作一个惹人厌烦的女仆，狠狠地拧我的手。他做出这种下等人求爱的态度，实在可笑之极。今天在我们家里，常陆守和夫人闹得很凶呢！常陆守说：‘你只顾着那个女儿，却把我的女儿完全抛开不理。新女婿刚刚上门，你就故意借宿他处，成什么样子！’常陆守那一副气势汹汹的样子，连仆人们都看不惯，替夫人叫屈呢。都怪那个左近少将，他实在太可恶了。如果不是他，家里虽然不时小有争执，却从无大碍，多年来一直平安过

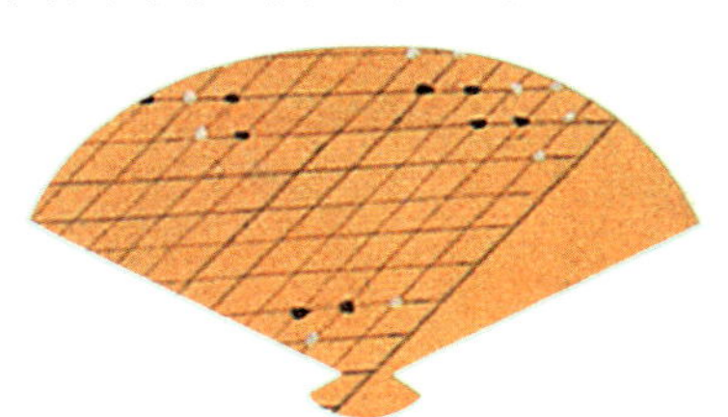

① 中务亲王，是匂亲王的弟弟。

东屋受轻薄　歌川丰国　源氏香之图·东屋　江户时代（约1844—1847年）

从皇宫提早回来的匂亲王，在东屋窥见美丽的浮舟，风流成性的他拉住她的手，出言轻薄，纠缠不休。浮舟懊恼不已却又无法躲开，只能用扇子遮掩容貌。图为在匂亲王咄咄逼人的轻薄纠缠下，浮舟以扇遮面的情景。

到如今。"说着连声长叹。浮舟这时无暇顾及其他，只是伤心这从未遭遇过的奇耻大辱，还要担心二女公子对这件事的看法。她心中痛苦之极，只管俯伏着嘤嘤哭泣。乳母很可怜她，便安慰说："小姐何必如此伤心！没有母亲的人，孤苦无依，那才可悲呢。没有父亲而被世人轻视，虽然确是遗憾，但若有父亲而被恶毒的继母所厌恶，毕竟还是没有父亲要好得多。总之，你的母亲一定会为你安排妥当，你切不可灰心丧气。何况还有初濑的观世音菩萨会呵护你，她一定可怜你的身世而来保佑你。像你这样害怕旅行的人，几次不怕长途跋涉而前往进香，菩萨一定会答应你的祈愿，赐给你幸福的，使得那些一向轻蔑你的人又惊又愧。我们的小姐哪里会被世人耻笑呢！"她的话说得非常乐观。

匂亲王匆忙赶着出门。大约是贪图近便，他不走正门而从这里的门出去，因此浮舟房中也听得见他说话的声音。只听他的声音十分优美，吟咏着富有风趣的古歌而从这里经过。浮舟听了不由地感到厌烦。替换用的马拉了出来，匂亲王只带着十余个值宿人员，进宫去了。

二女公子想浮舟受了委屈，很同情她，便假装不知道，派人对她说："皇后突然患病，亲王进宫去探望了，今晚只怕不回家了。我大概是今天洗发的缘故，身体也有些不适，到现在还不曾睡。请你到这边来坐坐吧。我想你大概也在寂寞无聊吧。"浮舟叫乳母代为作答："我心情不佳，非常痛苦，想稍稍休息一下。"二女公子马上又派人来慰问："心情怎么不好了？"浮舟答道："也说不出来，只觉得非常难过。"少将君对右近使个眼色，说道："夫人心中一定非常难过！"这也是因为这位妹妹不比他人，所以夫人特别关切。她想："这事真是遗憾，浮舟也太不幸了。薰大将屡次说起对她十分思慕，如果听说了这件事，一定会将她看作是轻薄女子而看不起她。像亲王那样荒淫无度的人，有时把毫无根据的事说得极为难听；有时碰到确有几分荒谬的事，却又全不在乎。薰大将则不然，他嘴上虽然不说，心中却怀着怨恨，真是个善于隐忍、修养功夫极深的人。浮舟身世孤零，此刻又添了一重不幸。多年以来，我从未与她会面，如今一见，只觉得她既可爱又可怜，让人不忍抛舍。人生在世，实在太艰难，太痛苦了！就我自身而论，虽然不如意的事也不少，但遭逢不幸而终于不致落魄，总算还是留住了面子。现在，只要那个让人厌烦的薰大将不再来纠缠我，早早地断绝了念头，我就更无忧虑了。"她的头发极为浓密，一时不易干透，起坐很不方便。她身着一套白衣，身形窈窕可爱。

浮舟心绪恶劣，但乳母竭力劝她去，对她说道："不去实在不好，会使夫人怀疑的。你只要坦然地前去拜访就好了。至于右近等人，我一定会把这事从头到尾叙述给她们听的。"她就走到二女公子的纸隔扇前，叫道："请右近姐姐出来一下，有话奉告！"右近就走了过来。乳母对她说道："我家小姐刚才遇到那件奇怪的事，受惊过度，身子发热，十分痛苦，叫人看了觉得可怜。请你把她带到夫人那里，略微安慰一下她吧。小姐并未犯下过失，叫她如此担惊受怕，实在太冤枉了！我家小姐若是略微懂得男女之道的人，还稍好些。但是她全不知道，看着真可怜呢。"她就扶起浮舟，叫她去拜见二女公子。浮舟气得发昏，坐在人前只觉怕羞。但因性情十分柔顺，也就由着她们推送到二女公子房中坐下。她的额发上沾着泪水，她就背向灯火，以便掩饰。这里的众女侍一向以为二女公子的美貌无与伦比，如今她们觉得浮舟的姿色也并不逊色，确有十分难得的美质。右近和少将君两人同二女公子坐在一起，浮舟要躲也躲不开。这两人偷偷地仔细端详，想道："亲王如果真看上了这个人，一定会闹出大事来。他生性喜新厌旧，只要是新的，纵使姿色寻常的也不肯放过呢。"

二女公子亲切地与浮舟谈话，对她说道："请你不要因为这里与你自己家里不同而觉得局促不安。自从我们的大姐亡故之后，我一直想念着她，无时或忘，不胜悲伤。我这一生苦恨颇多，如今寂寞无聊地苟活在世。你的容貌与大姐酷似，令我觉得非常亲切，心情快慰。我在世间别无亲人，你若能用大姐那般心情来爱我，我真是不胜欣慰了。"浮舟因为惊魂未定，又犹带着一些乡村气，所以不知该怎样回答。她只是说道："多年以来时常感叹姐姐与我远隔重山，如今能够拜见，心中欣喜万分。"她的声音非常娇嫩。二女公子取出一些画册来给她看，又叫右近念诵画中的文字，两人共同赏玩。浮舟与二女公子相对而坐，不再害羞，专心看画。二女公子映着灯光细细察看她的容貌，只觉得毫无缺陷，简直十全十美。那眉角眼梢满是秀气，与大女公子极为神似。她看着浮舟，思念姐姐，更没心情欣赏画册了。她想："唉，这个人的容貌真可爱啊！怎么会这样酷肖姐姐呢？她也很像父亲。曾听几个老女侍说：姐姐的容貌像父亲，而我的容貌像母亲。面貌相似的人，看了真觉得可亲可爱。"她拿眼前的浮舟来比拟父亲和姐姐，不觉流下泪来。又想："姐姐的姿态端庄高贵，另一方面又十分亲切，似有过分温柔优雅之嫌。而这浮舟，想是举止还带着几分稚气、万事小心翼翼的缘故吧，在艳丽这方面及不上姐姐。她若能再安详稳重一些，就可以当之无愧地做薰大将的配偶。"她用做姐姐的心情来替浮舟的将来打算。

看过画册，两人坐在一起谈话，直到天色近晓方才就寝。二女公子叫浮舟睡在她旁边，和她谈论父亲生前之事，以及以前蛰居宇治山庄时的情况，虽不从头至尾，却也谈了不少。浮舟非常思念故去的父亲，可惜终于不得与他见面，不胜伤感。知道昨夜之事的女侍中有一人说："不知实际情况究竟怎样？这位美貌的小姐，夫人虽然怜爱，但既已被玷污，怜爱也是徒然了，真可怜啊！"右近答道："不，没有这回事。她的乳母拉住了我，对我仔细地诉说了一遍，听她说来并无那事。亲王出门时，也吟唱着'相逢犹似不相逢'[①]的古歌。但这也难说，或许他是故意吟唱这首歌吧？究竟怎样，我也不得而知。不过昨夜在灯光下细看小姐的神情，十分安详，不像是有过什么事情的。"她们悄悄地议论这件事，都同情浮舟。

乳母向二条院借了一辆车子，赶到常陆守的邸内，把昨日之事从头至尾报告了夫人。夫人大吃一惊，几乎连心肝都摧折了。她想："女侍们一定看轻我的女儿，在那里讥评不断了。不知亲王夫人会做何感想。争风吃醋一事，在贵人们也是一样的。"她心中猜度，只觉焦灼万状，一刻也不能等待，在当天傍晚就赶到了二条院。恰巧匂亲王不在家，可以放心。她便对二女公子说道："我把这幼稚无知的孩子寄托在府上，是很放心的。但我总是心挂两头，坐立不宁。家里那些无知的孩子也都在埋怨我呢。"二女公子答道："她并不像你所说的那样幼稚。你不放心，神情仓皇地说出这些话来，倒叫我不好意思了。"说罢莞尔而笑。常陆守夫人看见她那安详稳重的神情，心中怀着鬼胎，有些局促不安。她不知道二女公子究竟作何想法，一时也说不出话来。后来说道："能在这里侍奉小姐，也算满足

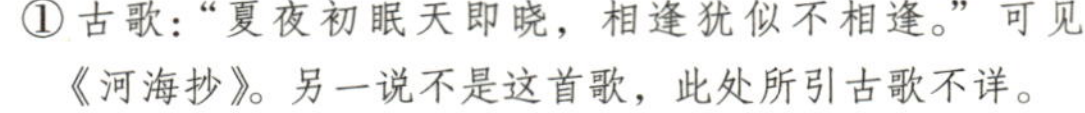
① 古歌："夏夜初眠天即晓，相逢犹似不相逢。"可见《河海抄》。另一说不是这首歌，此处所引古歌不详。

了她多年来的愿望。传到外间去也好听，真是有面子的事。但……我毕竟还是存有顾虑。还不如按照原来的打算，让她入山修行，这倒是最让人放心的。”说到这里便哭起来。二女公子也觉得可怜，对她说道：“她在这里有什么不放心呢？如果我冷淡她，样样事情都放纵不管，那自是不必说了……我这里确有一个心地不良的人，经常会做出一些不成体统的事来。不过大家都熟知那人的脾气，处处用心提防，绝不致让你的女儿吃亏。但不知道你对我是怎样猜想的。”常陆守夫人答道：“不不，我绝不曾怀疑您待她冷淡。已故八亲王怕失了面子，不肯认浮舟为女儿，这过去的事也不必再提了。但在另一方面，我和您原有不可分离的血缘关系①。因有这点缘分，我才敢把浮舟拜托给您照顾。”她说得非常诚恳。最后又说：“明日和后日，是浮舟的重要的禁忌日，因此我想带她到僻静的地方去闭居。容我们改天再来拜望吧。”说罢便带着浮舟回去了。二女公子觉得出乎意料，不胜惆怅，但也不便挽留。常陆守夫人被昨天的事吓坏了，心绪恶劣，匆匆辞别而去。

常陆守夫人曾在三条地方修建一所小小的宅院，想作为回避凶神的临时居所。屋宇本来十分简陋，而且尚未竣工，因此各种陈设都不周全。她将浮舟带到这里，对她说道：“可怜啊！我为了你，不怕各种苦恼了！在这个事与愿违的世上，我实在不愿再待下去了。如果只有我一个人，纵使降低身份，过着不像人的生活，我也情愿听天由命，躲在角落里勉强度日……那位夫人，本来是不愿认你作妹妹的。我们硬要去亲近她，如果惹出这种怪事来，只怕要被世人耻笑了。唉，真可恨啊！这里虽然简陋，但幸好无人知道，你暂且在这里躲藏一下吧。我自然会替你另做打算的。”她再三吩咐之后，就准备回家。浮舟哭哭啼啼，想到这一生命运如此乖舛，便觉得心灰意懒。她的遭遇实在可怜，但做母亲的心中更为痛苦，她觉得把女儿关在这里，委屈了她。她盼望女儿能平安无事地长大，称心如意地成婚。如今遇到那件可悲可恨的事，她担心浮舟会被外人看作轻薄女子。浮舟之母并非不明事理，只是容易动气，又有些刚愎自用。其实不妨把浮舟隐藏在自己家中。但她以为隐藏在家里会委屈浮舟，所以还是采取了这个办法。母女两人多年来形影不离，如今突然分居，彼此都觉寂寞。母亲对女儿说：“这屋子没有完全竣工，只怕不太安全，你务须小心在意。各处的女侍都可叫来使唤。值宿人员我虽然都已再三叮嘱过了，还是很不放心。但只怕那边常陆守要生气，所以我不得不回去，真痛苦啊！”母女两人洒泪而别。

常陆守为了招待新女婿左近少将，忙得不亦乐乎。他不断埋怨夫人，说她不肯和他同心协力，有失颜面。夫人气得要命，她想：“都怪这个人，惹起这许多麻烦。”她一向最怜爱的女儿因此饱受苦患，使她痛心疾首，自然不愿把这女婿看在眼里。她想起前几天看见这少将在匂亲王面前，形容猥琐得几乎不像个样子，十分看不起他，早已打消了将他奉为东床快婿的念头。但她又想：“不知他在这里看着怎样，我还从没有见过他日常晏居时的样子呢。”就在一天白天，趁着少将闲暇在家时，走到他的房间旁边，从缝隙中窥看。只见他身着柔软的白绫上衣，内衬鲜艳的研光淡红梅色衫子，正坐在窗前欣赏庭中景致。她觉得此人看着也还清秀，并不显得拙劣。那女儿还很稚嫩，无心无思地坐在一旁。她想起匂亲王和二女公子并坐的样子，觉得眼前这对夫妻毕竟逊色得多。少将和身边几个女

① 中将君是二女公子的母亲的侄女，她俩是表姐妹。

侍谈笑起来。夫人细看他那随意的姿态，觉得并不像在二条院时那样丑陋不堪。她疑心自己那天看到的是另外一个少将。这时，忽然听少将说道："兵部卿亲王[①]家里的萩花特别好看！不知是哪里弄来的种子。同样的花枝，他家中的却格外艳丽。前天我到他家去，本想折取一枝。但亲王正好赶着要出门，我终于不曾折得。那时他还吟唱着'褪色萩花犹堪惜'[②]的古歌。我真想叫年轻的女子们看看他的风采呢！"说罢，他自己也吟唱起古歌来。夫人在心中暗暗讥诮："算了吧！想想他那卑鄙的品性，只觉得不像个人；再想想他在匂亲王面前那种丑陋的样子，实在使人难堪。不知他在吟唱什么古歌。"然而看他这时的模样，毕竟不是全无风趣的人。她很想试探一下他的才能，便命女侍传言，赠诗曰：

"小荻有护篱，清高意自得。
绿叶逢霜露，何故即变色？"[③]

少将觉得自己对不起她，答曰：

"早知荻是宫城种，
决不分心向别花。[④]

深愿亲去拜见，面陈衷曲。"夫人猜想他已知道浮舟是八亲王的女儿，愈发希望浮舟能像二女公子一样嫁个身份高贵的夫婿了。于是薰大将的风姿不由地浮现在眼前。她想："匂亲王和薰大将人品一样俊美，但我对此人一开始就断念了，不把他放在心上了。他侮辱浮舟，擅自闯入她的屋室，想起来让人深为痛恨。而薰大将虽然有心追求浮舟，毕竟不曾唐突。他表面上装作若无其事，这毕竟是很难得的。我尚且时常会想起他，更何况青年女子，怎能不思恋他呢？像少将这种讨厌的人，如果真做了浮舟的夫婿，也是没面子的事。"她一心为浮舟之事担忧，有时想这样，有时又想那样，千方百计为她筹划，但实行起来非常困难。因为她想："薰大将看惯了二公主那种身份高贵的人，纵使有品貌更胜于浮舟的女子，恐怕也不容易让他动心吧。依我在世间的见闻，人的品貌优劣，总要依据其身份的高低。且看我的子女，常陆守所生的总比不上八亲王所生的这个浮舟。又比如这个少将，在常陆守邸内看来品貌无比优越，但与匂亲王一比较就相形见绌。由此推量，薰大将既已得到今上的爱女为妻，恐怕在他看来，浮舟的品貌也是粗陋

←**观看画册**　《源氏物语绘卷·东屋一》复原图　近代

为了安慰受惊的浮舟，二女公子拿出些画册给她看。浮舟看得入迷。二女公子看着浮舟的面容，感觉与姐姐甚为相似，甚至还有几分父亲的影子。她觉得这妹妹简直十全十美，做薰君的配偶当之无愧。图中左侧侍女在为二女公子梳头，浮舟安静地在看画册，华美的屏风与帷帐，显现出惊吓过后安抚的宁静。

① 即匂亲王。
② 古歌："褪色萩花犹堪惜，何况繁露欲摧枝。"可见《拾遗集》。
③ 小荻比喻浮舟，绿叶比喻少将，霜露比喻浮舟之妹。
④ 宫城野是以出产荻花著称的地方；暗示浮舟是八亲王的女儿。

不堪比较 土佐光则 源氏物语画帖 江户时代（17世纪初）

见过匂亲王和二女公子优雅的模样，浮舟的母亲再看自家那位抛弃浮舟的女婿左近少将，两相对照，觉得此人丑陋不堪，庆幸浮舟没有嫁给他。图为平安时代“婿入婚”的贵族夫妻离别时的情景，伤心、留恋中姿态仍显得高贵、优雅，这种优雅与家世、出身相关，他人模仿不来。

可耻，毫无可取之处吧。”这样一想，不禁心灰意懒，意气消沉了。

浮舟住在三条的宅院里，十分寂寞无聊，有时看看庭中的花草，也觉毫无趣味。往来出入的唯有操东国方言的人。庭院中也没有赏心悦目的花卉。她在这枯燥无味的地方沉闷地度送着晨夕。每次想起二条院中二女公子的样子，这青年女子的心中非常依恋。而那个肆无忌惮的闯入者，这时也常常浮现在她心头。不知道他当时说了些什么，但记得许多温存委婉的话。他身上的衣香，似乎直到现在还有余香。连当时那些可怕的情节也都一一回忆起来。有一天，母亲派人送了一封信来，殷勤慰问，十分牵挂。浮舟想到母亲如此关怀，而自己却生不逢时，命运多舛，不觉流下泪来。母亲信中说道：“吾儿一人独居定多不惯，不知心情多么寂寞。”浮舟的回信中说：“女儿并不觉得寂寞，反而十分安心。

但得远离浮世苦，
身心安乐永无愁。”

诗中流露出童稚之气，母亲看了不禁泪如泉涌，想起这女儿如此命苦，弄得无处容身，实在可怜，便答以诗云：

“但得儿身交泰运，
虽非人世也甘心。”

母女二人常以这种粗浅的诗歌互相赠答，借以慰怀。

薰大将每逢秋色渐深之时，似乎已养成了习惯，总是夜夜难眠，想念死去的大女公子，不胜悲伤。宇治新建的佛寺刚刚落成，他亲自前往查看。久未来访，只觉山中红叶极为可爱。在拆毁的山庄基地上，如今已另建新屋，极其华丽。他想起已故八亲王所建的山庄原本简单朴素，有如高僧住所，不胜欷歔，觉得新建的屋宇改变风貌，十分可惜。因此心中的感慨比往日更为深刻。山庄中旧有的陈饰设备，并不全体一致，其中有一部分非常庄严，另一部分则格外纤丽，宜于女眷居住。现在把竹编屏风等粗陋的家具移往新建的佛寺，供僧众使用，而这里另行新制山乡风格的器具，不再采取简陋的样式，每一件都非常优美而富有风趣。薰大将坐在池塘水畔的岩石上流连玩赏，一时不肯离去，即景吟诗云：

“池塘清水依然满，
不见亡人照影留。”

他把眼泪擦干，走去拜访老尼姑弁君。弁君一见薰大将，悲从中来，几乎要放声哭泣。薰大将坐在门边，把帘子的一端掀起，与她晤谈。弁君隐身在帷屏后对答。谈话时薰大将顺便提起浮舟：“听说那位小姐前几天到了匂亲王家里。我因觉得不好意思，不曾向她开口。还是请你代为传达吧。”弁君答道：“她母亲前天来过信了。她们为了避凶，正在四处奔走呢。信中说道：‘眼前浮舟正隐居在一间简陋的小屋里，非常可怜。如果宇治离京都稍近些，颇想托庇贵处，以求安心。只是山路崎岖，往来实非易事。’”薰大将说：“大家都不愿走这山路，唯有我一向不畏辛劳，经常跋山涉水而来。这真是一段深厚的宿缘，每一想起感慨无量。”说到这里，眼中又流下泪来。又接着说道：“那么，就请你写一封信，送到这无人在意的小屋去吧。且慢，还是有劳你亲自去走一遭吧。”弁君答道：“要传达尊意，十分容易。只是现在要我再到京都去，却有些为难。我连二条院也不曾去过呢。”薰大将说：“你又何必如此！叫人送信，一旦被别人知道，未免不太好看。纵使是爱宕山中的高僧，有时也会因时制宜，下山进京呢。打破自己的清规，成就他人夙愿，正是莫大的功德呀。”弁君说：“可惜，‘我身不积济人德’①呀！进京去做这些事，被人听到要闹笑话呢。”她不愿意去。但薰大将坚决地强请说：“你还是得去一趟，这次正是绝好的机会。后天我就派车子来接你吧。你先把她寓居的小屋调查清楚。我绝不会胡行乱为，让你为难的。”说着笑了起来。弁君不知他的意图，很是担心。但想到他一向没有荒唐浅薄的行为，一定顾惜外间声望，也绝不会牵累到她，便答道：“既然如此，我也只得遵命。她的居所离尊处很近。但请您先寄去一封信吧。不然，人家以为我自作聪明，多管闲事，当了尼姑以后还要做月下老人。这便太不成体统了。”薰大将说：“写一封信是很容易的，只怕会惹起世人讥评，以为‘右大将爱上了常陆守的女儿’。而且那常陆守又是个粗野不堪的人。”弁君笑了起来，觉得此人很可怜。天色渐晚，薰大将告辞离去。他采了一些花草，又折了几枝红叶，拿去奉赠二公主。他对二公主并不冷淡，只是为了表示对皇女的尊敬，也不十分亲昵。皇上对他，就像臣民的父亲一般亲爱。对他母亲尼僧三公主也照顾周到。

① 古歌：“我身不积济人德，怎能年高似古桥？”可见《后撰集》。

薰大将也将二公主奉为高贵无比的正夫人，对她格外重视。他深蒙圣恩，又荣任驸马，如今私下移爱他人，内心也觉惭愧。

到了第三天，薰大将派一个心腹仆从，陪着一个素不相识的放牛人，驱车到宇治去迎接弁君。他对仆从说："你到庄园里去挑一个老实人，叫他充当警卫。"他前天已和弁君约定，命她必须进京，弁君虽然很不愿意，也只得装饰一下，乘车出发。她看到山野之中的景致，想到各种古歌，十分感慨。不久车子来到浮舟所住的三条宅院。这地方非常偏僻，人影也不见一个。弁君很放心，便叫车子驱进院内，命引路人传言："弁君奉薰大将之命前来拜访。"便有一个以前陪伴着到初濑进香的青年女侍出来接待，扶着弁君下车。浮舟住在这荒凉的小屋之中，每日愁叹，不胜寂寥。如今听说这个可与之话旧的人来了，喜不自禁，马上请她到自己房中相见。她想起这人曾服侍过自己的父亲，便觉异常亲切。弁君对她说道："自从拜见小姐之后，私下十分仰慕。但老身早已出家为尼，弃绝俗尘，就连二条院二小姐那里也不曾去拜访。但是这次薰大将再三嘱托，异常热衷，这才勉强遵命，前来打扰。"浮舟和乳母前日曾在二条院窥看过薰大将的风采，对他赞不绝口。又曾听他说过无法忘怀浮舟，更觉感激，却想

萩花的不同遭遇

酒井抱一　四季之花　近代

萩花是一种代表秋天的花朵，色淡紫，具有害羞、沉思的美丽。匂亲王以萩花比喻浮舟，带有可堪怜爱的意思。浮舟母亲也以有护篱的萩花比喻女儿有八亲王血统，认为她也应该有如此富贵荣华的权利。而被藏于陋宅的浮舟的感受，却是犹如秋日里随风的萩花，倍感凄凉。

不到他会突然派人来访。

傍晚时分，有人轻轻敲门，说是从宇治来的。弁君猜想一定是薰大将的使者，便命人开门。只见一辆车子驶了进来，她觉得有些奇怪。有人来报告说："要拜访尼僧老太太。"而所提的竟是宇治山庄附近庄园的经理人的姓名。弁君就膝行到门口来迎接。这时天上洒着细雨，冷风吹入门内，带进一股妙不可言的香气来，这时大家方知是薰大将来了。这个卓然不群的人物突然降临，而这里到处乱七八糟，全无准备，大家不由得心慌意乱，忙叫"怎么办呢"！薰大将叫弁君传言："我想在这幽静的地方向小姐略为陈述近来思慕的苦心。"浮舟十分狼狈，不知怎样作答。乳母着急了，说道："大将特地来访，难道你可以不招待他，让他回去吗？赶快派个人到常陆守邸内去，悄悄地告诉夫人吧，离这里并不远的。"弁君说道："何必如此疏远！年轻人略为谈论几句，不会马上就亲密起来。这位大将性情十分温厚，若非小姐答应，绝不会任性而为的。"这时雨势大了起来，天空漆黑一片，一个守夜的值宿人操着东国方言喊道："东南角上的土墙坍塌了，不太安全呢。这位客人的车子若要进来，就赶快进来，把大门关上吧。这些客人的随从都是些糊里糊涂的人。"薰大将听不惯这种口音，只觉得十分刺耳。他吟唱着"佐野谁家可庇身"①的古歌，就在那乡村风格的檐下坐下。吟诗曰：

"草长东屋门紧闭，
雨中等待已多时。"②

他举袖拂去洒落在身上的雨点，衣香随风四散，十分浓烈芬芳，使得那些东国的乡人也倍感吃惊呢。

这时绝无理由可以谢绝会面，只得在南面厢房内设一客座，请薰大将落座。浮舟不肯出来与他相见，众女侍勉强扶她出来，将拉门关上，略微留一条缝隙。薰大将心中不快，说道："造这门的木匠真可恶！我还从来不曾坐在这种门的外面呢。"不知怎么，他竟一下把门拉开，走进室内来了。他并不向浮舟提起希望她取代大女公子的事，只是说："前日曾在宇治邂逅，自从窥见芳容，相思直至今日。如此念念不忘，想必你我之间定有宿世深缘。"浮舟的风姿本就妍丽动人，薰大将觉得并不失望，对她十分怜爱。

不久天色渐明，鸡声报晓。此处与大路相距不远，户外人声嘈杂。只听不断传来叫卖之声，却不知叫喊的是什么物品。薰大将想象：在这黎明时分，那些头上顶着货物而沿街叫卖的商人，形容都像鬼怪一般丑陋。他从来不曾在这种蓬门小户中过夜，觉得别有风味。后来听见守夜的人开门出去，各自回到室中休息，他就唤来随从，命他们把车子赶到边门口来，自己抱了浮舟登上车子。事出意外，这里的人不胜惊骇，喧闹起来："现在正值不宜结婚的九月，这种事情可使不得啊！该怎么办呢？"大家十分着急。弁君

---

① 古歌："漫天风雨行人苦，佐野谁家可庇身？"可见《万叶集》。

② 本回题名即据此诗而来。这首诗据催马乐《东屋》，其词曰："(男)我在东屋檐下立，斜风细雨湿我裳。多谢我的好姐姐，快快开门接情郎。(女)此门无锁又无闩，一推便开无阻挡。请你自己推开门，我是你的好妻房。"

也大吃一惊，很可怜浮舟。但她极力安慰众人，说道："大将自有安排，大家不必担心。不是明天才交九月的节气吗？"原来今天恰巧是十三日。弁君又对薰大将说："今天恕我不能奉陪了。二小姐一定会听说这件事。我若不去她那里拜访，悄悄地来了就走，太失礼了。"薰大将以为时机未到，马上将这件事告知二女公子，似乎有些难为情，便答道："你以后再去向她道歉吧。今天要到那边去，如果没人引导，很不方便。"他硬要弁君一起去。又说："再带一个女侍去才好。"便选定浮舟身边一个名叫侍从的女侍，叫她和弁君同乘。乳母和弁君带来的女童，都留在这里，事发突然，她们都弄得莫名其妙。

人们都以为这车子将驱往附近的某处，哪知竟一直驱向宇治去了。途中调换的牛早已预备好了。经过川原，到了法性寺附近，天色方才大亮。那个女侍在一旁偷窥薰大将的风姿，只觉俊美无比，不胜恋慕，便把世人对这件事的评议都忘在脑后了。浮舟则因这件事过分突然，吓得神志昏迷，只管伏在车中。薰大将对她说："这一路石子高低不平，你觉得有些不舒服吗？"便将她抱在膝上。车子前面遮着一件轻罗女袍[①]，明媚的朝阳光辉映入车中，照得老尼姑弁君有些害羞。她想："大小姐若能活在世上，让我陪她作这种旅行，该有多么欣慰！可恨我如此命长，以至遭逢意外之变。"她心中伤感，虽然努力隐忍，但终于不知不觉地显露愁容，泪下湿襟。女侍看了颇觉不快，心想："这老婆子真讨厌啊！小姐今天新婚，车里带个尼姑已经不吉祥了，为什么还要愁眉苦脸，哭哭啼啼呢！"她觉得此人既可恨又可笑。这女侍并不知道弁君的心事，只以为老太婆爱哭。

薰大将觉得眼前这个人儿十分可爱。但一路上远眺秋天景色，怀旧之情油然而生。入山愈深，愈觉泪眼难干，犹如身在雾中。他靠在车中陷入沉思，长长的衣袖露在车外，与浮舟的衣袖相互重叠。被山雾打湿之后，他那淡蓝色的衣袖衬着浮舟的红色衣袖，色彩非常绚丽。车子奔下急坡时，他才发现，忙将衣袖收进车内。他在不知不觉之间赋得一诗，自言自语地吟道：

"愁对新人思旧侣，
弥天晨雾湿青衫。"

老尼姑听了更是泣不成声，衣袖上几乎绞得出泪水来。女侍愈发奇怪了，她觉得这番模样可真难看，一路上喜气洋洋，怎么添了这种怪现象！

薰大将听到弁君难以隐忍的啜泣之声，自己也偷偷落泪。但想到浮舟可怜，不知她看见了会做何感想，便对她说道："我多年来经常在这路上往返，今天触景生情，不知不觉地感慨起来。你不妨也稍坐起来，看看这山中的景致吧。这里的景致非常深邃呢。"便强把她扶起来。浮舟做出适宜的姿势，以扇遮脸，羞答答地远眺山景，那眉目神情实在非常肖似大女公子。只是端庄而过分沉着，似觉稍有出入而已。薰大将觉得大女公子一方面像个孩子一般天真烂漫，另一方面又用心深远，思虑周到。于是他对那亡故之人的悼念之情依旧"充塞天空"，"无处逃"[②]了。

① 坐在车中欣赏风景时，车子前面挂一帷幕。但有时用女子长袍代替。
② 古歌："恋情充塞天空里，欲避相思无处逃。"可见《古今和歌集》。

不久车子驶到宇治山庄。薰大将想道："可怜啊！她的亡魂仍寄居在这里，此刻一定会看见我来了吧。我做出这种轻忽狼狈的事，是为了谁？无非是为了她呀！"下车之后，他想让浮舟休息片刻，便暂时离开了她。浮舟在车中时，想起母亲对她的牵挂，心中悲叹不已。但想到如此清秀的男子情深意重地与她轻声共语，顿感欣慰。于是跟着他走下车来。老尼姑命人将车子停靠在走廊边，然后迈下车来。薰大将看见，心中想道："这里又不是我的久居之地，何必如此小心周到！"附近庄园里的人照例前来参见主人。浮舟的饮食由老尼姑筹备打理。刚才来时，一路上满目荆棘。但一进山庄，只觉环境开朗，气象清幽。新建屋舍设计精巧，在室中便可欣赏水光山色。浮舟近些日子以来的愁闷，这时一扫而光。但想起今后不知将被大将怎样安排安置，又不免恐惧不安起来。薰大将忙着写信给京中的母亲及二公主。信中说道："宇治佛寺内部的装饰尚未完备。前日曾亲予指示。今日恰逢吉日，又匆匆赶来查看。近来我心中烦闷，这几天又不宜出行，因此今明两日将在这里斋戒。过后当即返京。"

薰大将平素的举止姿态比出门时更加优雅。他走进室中时，浮舟自觉羞惭，但因室中无处可避，只得坐着不动。她的服饰一向由乳母等悉心打理，力求美观，但不免仍略带一些乡村气息。薰大将不由得想起当年大女公子经常穿着家常的半旧衣服，风姿反而更为高尚优雅。但浮舟的头发非常可爱，末端十分浓艳。薰大将觉得并不亚于二公主那美丽的头发。他心中盘算如何安置她。他想道："我怎样安置她呢？如果现在马上收作妻室，迎往三条宫邸，只怕要遭到世人讥议。如把她列入女侍之列，与众人一样看待，又非我的本意。如此看来，唯有暂时让她隐居在这山庄之中。只是不能时常见面，亦是一件缺憾。"他很怜爱浮舟，诚恳亲切地与她谈话，直到天色昏黑。其间也曾谈到已故的八亲王。又历历追溯往事，只谈得兴趣横生，庄谐杂作。浮舟一直小心翼翼，羞羞答答，使得薰大将十分扫兴。但他想："这虽然是她的缺点，但小心谨慎毕竟是好事，今后由我来逐渐教养她吧。如果身染乡村恶俗，品质不端，言语冒失，那才真不配当大女公子的替身呢。"他终于回嗔作喜。

薰大将取出留在山庄之中的七弦琴和筝，心想浮舟对于此道必然更加无知，十分可惜，只得独自弹奏。自从八亲王逝世之后，薰大将许久不曾在这里奏乐，今日重温，自觉颇具佳趣。他正在乘兴操弦，心驰神往，月亮升上来了。他想起八亲王所奏的琴声，虽非锋芒毕露，却十分悠扬婉转，沁人心脾，便对浮舟说道："当年你父亲和大姐在世之时，你若也在这里成长，今日想必会更多地理解人生之情趣。八亲王的风采，纵使是像我这样的外客，也觉得和蔼可亲，眷恋不舍。你为什么长年住在乡下地方呢？"浮舟被他这样一问，深感羞惭，默默地斜倚着，手中摆弄白扇。薰大将只能看到她的侧影，

←**等待相见**　《源氏物语绘卷·东屋二》复原图　近代

在委托尼姑弁君去三条浮舟家中牵线之后，薰君也尾随而来。秋日黄昏，小雨中寂静的庭院，八重葎、芒草等生长得很茂盛，颇有些凄凉之意。薰君坐在简陋的台阶上淋着细雨咏了一首和歌，等待浮舟相见。屋内羞涩的浮舟蜷曲着，只能望见一个背影，尼姑弁君正在劝说她与薰君相见。

只见那肌肤洁白如玉，额发低垂，神情竟与大女公子一模一样。薰大将深为感动，愈加想把丝竹一道细细地教给她，使她适合今日的身份，便问她："这七弦琴你也略懂一些么？你一向住在吾妻地方[①]，吾妻的琴总会弹吧？"浮舟答道："我连那大和词也不大懂得，更何况大和琴[②]呢。"薰大将见她回答得十分巧妙，觉得此女颇具才情。他又想到把她留在这里，不能随时前来相会，终非良策。他深感日后相思之苦，可见他对浮舟的爱情非比寻常。他将七弦琴推开，口中吟诵"楚王台上夜琴声"[③]的古诗。在只讲究弯弓射箭的东国地方长大的女侍，听到这吟声也觉得极为美妙，赞叹不已。她们不知道上一句诗中所咏班婕妤看见秋扇而伤心的典故，只知赞赏吟声的优美，见识也太浅了。薰大将想道："眼下可吟诵的诗句很多，我为什么偏偏吟诵这不吉的句子呢？"这时老尼姑派人送来果物。只见一个盒盖中铺着一些红叶和常春藤，其间巧妙地布置着各种果物。衬在下面的纸上草草地写着一首诗，在明朗的月光之下显露出来。薰大将仔细观看，好像急于要吃果物一般。老尼姑的诗是：

"细草经秋虽变色，
月光清丽似当年。"[④]

笔迹采用古风。薰大将看了既觉羞愧，又感悲伤，也吟诗曰：

"绿水青山仍旧在，
深闺明月照新人。"

这不算是答诗。他就叫女侍去向老尼姑转达。

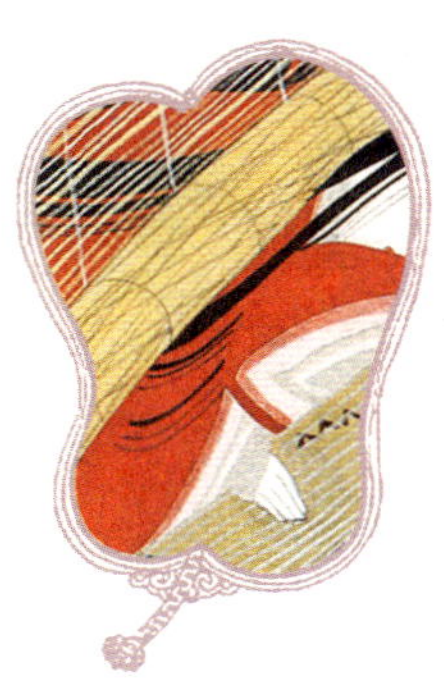

① 吾妻，即东国。东国的琴名曰"吾妻琴"，这里故意称为"吾妻的琴"。

②"大和琴"，即"吾妻琴"。"大和词"即"和歌"。这里表示浮舟回答得十分巧妙。

③"班女闺中秋扇色，楚王台上夜琴声。"可见《和汉朗咏集》。汉成帝的嫔妃班婕妤失宠，曾自比秋扇而赋诗。浮舟手持白扇，薰君就想起这首诗来。但他只说出下句，暗示上一句。

④ 细草比喻薰君所爱的女子，月光比喻薰君。

第五十一回　浮舟[1]

匂亲王自从数月前某日的傍晚与浮舟邂逅以来，对她念念不忘。他回忆那女子虽非身份高贵之人，但品貌十分美丽，非常可爱。他本是一好色之徒，那天仅是握了握手，心中无法餍足，思之不胜悔恨。他又埋怨二女公子，怪她为了这区区小事，便如此嫉妒，把那女子隐藏起来，经常责备她“太无情义”。二女公子不胜其烦，曾想把浮舟的来历对他如实说明。但她又想：“薰大将虽然不会把浮舟当作正式妻子，但对她的爱情极深，所以才把她隐藏起来。我若多嘴多舌地说穿实情，匂亲王一定不肯就此罢手。他本性荒唐轻浮，连我身边的女侍，凡是偶因几句戏言而被他看中的，他都不肯轻易放过，不该去的地方也会追去找寻。何况这几个月来他对这浮舟一直无法忘怀，一旦被他找到，定会做出难堪的事来。如果他从别处探查清楚，那我也无可奈何。这件事对薰大将和浮舟两方都很不利，但这人生性如此，我实在无力阻止。一旦生出事来，我是浮舟的姐姐，自然更觉羞惭。但无论怎样，我绝不可轻举妄动，惹是生非。”她暗自如此想定，心中虽然担忧，但嘴上不发一言。她也不另外捏造理由来哄骗搪塞，只装出世间女子嫉妒的模样，默不作声。

薰大将从容自在地在那里打算。他猜想浮舟在宇治一定等得心焦，很可怜她；但因自己身份高贵，行动不便，若无适当机会，不能轻易前去与她相聚，真比“神明禁相思”②更觉痛苦。但他心想：“不久我就会将她接进京来的。眼前我暂且让她住在宇治，作为我入山时的同伴。我不妨捏造一件事由，说是必须在山里逗留多日才能完成，那时便可以和她从容相聚了。暂时把这无人注意的地方作为她的住所，让她渐渐了解我的意图，安下心来，这样我也不致受到世人非难。如此稳步实行，方为上策。不然，我如果马上迎她入京，则世人一定要喧哗惊怪：‘真是突如其来！她是谁？这事是几时成功的？’这就违反了我当年到宇治学道的本愿了。被二女公子知道了，又不免怪我舍弃旧游之地，忘了昔日的交情。”他如此抑制这段恋情，又是过分迂腐的念头。他已经着手准备浮舟迁居京都时的住所，命人悄悄地新建了一所宅院。近来于公于私尽皆十分忙碌，少有余暇。但对于二女公子，他还是同以前一样竭尽心力，不曾稍有懈怠，旁人看了不免奇怪。二女公子现已渐渐通达人情世故，看到薰大将这种做法，觉得此人的确不忘旧情，自己仅是他恋人的妹妹，也蒙他如此深切关怀，这真是世间少有的多情人。她的感动非常深刻。薰大将年纪渐长，人品和声望愈加优越。而匂亲王对她的情爱却常有不可信赖之时。这时她总是想：“我的宿命多么乖蹇啊！我没有按照姐姐的安排嫁给薰大将，而嫁给了这个经常使我怄气的匂亲王。”但她要和薰大将会面，也不是容易的事。宇治时代的情况，相隔多年，早成往事。不知内情的人说：“普通百姓，因为不忘旧情而来往亲热，原是常有的事；但身份如此高贵的人，为什么不顾常规，轻易地与人交往呢？”世间如此传言，二女公子也不得不心存顾虑。再加上匂亲王一直怀疑她与薰大将的关系，她更感痛苦恐惧，对薰大将自然渐渐疏远了。但薰大将对她还是十分亲切，决不变心。匂亲王天性轻浮，经常做出使她难堪的行为。但小公子逐渐长大，非常可爱。匂亲王想到别人不会替他生下这样出众的儿子，便对二女

① 本回写薰君二十七岁春天的事。

② 古歌：“恋苦何妨来共叙，神明原不禁相思。”可见《伊势物语》。

公子格外重视，把她看作一位真心相爱的夫人，待她比六女公子更为情深义重。因此二女公子的忧虑略比从前减少，可以安心度日。

过了正月初一，匂亲王从六条院来到二条院。小公子又长大了一岁。一天白天，匂亲王正在和小公子玩耍游戏，只见一个幼年女童姗姗走来，手中拿着一个用绿色晕渲的纸包好的大信封、一根附有小须笼[①]的松枝，此外还有一封不加装饰的普通立文式的信。她正要把这些东西送给二女公子。匂亲王问道："这是哪里送来的？"女童答道："是宇治那边送来给大辅君的。使者找不到大辅君，交不出去。我想从宇治来的东西一向是交给夫人的，就接了过来。"她说时上气不接下气，接着又笑着说："这须笼是用铁做的，上面又涂成彩色。这松枝也做得非常巧妙，几乎同真的一样。"匂亲王也笑了，说道："你拿过来，让我也玩赏一下。"二女公子心中暗急，说道："这封信你去交给大辅君吧。"说时脸上微微泛红。匂亲王想道："大概是薰大将寄给她的信，故意说成是给大辅的。用的又是宇治的名义，一定是他了。"就把信拿在手中。但他毕竟有些顾虑：如果这信真是薰大将寄给她的，岂不要使她难堪。便说道："我若拆开，你不会怨我吗？"二女公子说："真太不像话了！女侍们私下里的通信，你怎么可以拆看呢？"说时并未显露出狼狈之色。匂亲王说："既然如此，那么我就拆看了。不知女人之间写的信是什么样子的？"他把那封信展开一看，只见笔迹非常幼稚，信中写道："阔别多时，不觉岁历云暮。山中荒居寂寞，峰顶云封雾罩，不知何处是京华。"在信纸一端又附记曰："此许粗陋之物，谨奉小公子哂纳。"这信写得并不十分漂亮，也看不出是谁的手迹。匂亲王心中起疑，便把那封立文式的信也拆开来看，果然也是女子手书。信中写道："岁历更新，尊府想必上下平安，贵体亦必康泰纳福。这里环境幽雅，照顾周到，但毕竟不适于小姐[②]居住。我等经常奉劝：与其在这里沉思坐，不如常到尊处拜访，以慰岑寥。但小姐因上次所遭遇的可耻可怕之事，深怀戒心，不敢前来，每一提及不胜愁叹。卯槌[③]一柄，是小姐奉赠小公子的，请于亲王不在家时代为奉呈。"此外信中又不顾新年忌讳，写了许多哀伤的话语。匂亲王觉得这封信透着怪异，便反复查看，不胜讶异，便问二女公子："你快些告诉我吧，这究竟是谁写来的信？"二女公子答道："是从前宇治山庄中一个女侍的女儿，最近不知为了何事，正借住在那边。"匂亲王觉得这一定不是普通女侍的女儿。又看到信中写着"上次所遭遇的可耻可怕之事"，便恍然大悟这就是以前邂逅的那个女子。他看看那卯槌，制作得非常精致，显然是由寂寞无聊的人用心制成。形成丫杈的小松枝上，插着一只手工制成的山橘，附有诗云：

"松枝虽幼前程远，
敬祝贤郎福寿长。"

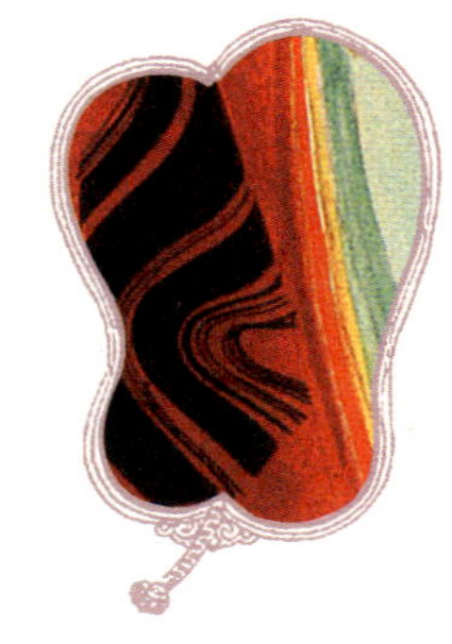

① 笼子编剩的竹条不剪去，而像须子一般保留着的，叫作须笼。

② 此信是浮舟的女侍写给二女公子的女侍大辅君的。小姐指浮舟。

③ 卯槌，是用桃木或玉、犀角、象牙等物制成的一个小槌，长约三四寸，用五色丝线装饰。正月里第一个卯日用以辟邪。

这首诗并不十分出众，但匂亲王既然觉得是他思念的那个女子所咏，自然更为留意。他对二女公子说道："你给她写回信吧。不作复太无情了。其实这种信不必对我隐瞒，你又何必生气呢！好，我就到那边去吧。"匂亲王走后，二女公子悄悄地对少将君说："这件事弄坏了！这些东西交给这小孩子，你们怎么都没看见？"少将君说："我们若看见了，怎么会让她交到亲王手里呢！这孩子老是傻里傻气，多嘴多舌。一个人就是从小看大的，小时候谨慎小心，大起来才能办事稳当呢。"她埋怨这个女童。二女公子说："算了吧！不要埋怨小孩子了！"这个女童是去年冬天别人推荐来的，容貌非常漂亮，匂亲王也颇喜欢她。

微露端倪

冷泉为恭　枕草子绘卷

幕府后期（约19世纪）

宇治山庄的来信被匂亲王拦下，隐约猜测到自己要追寻的浮舟应该被薰君隐藏在宇治山庄。图中的云雾缭绕下，右下侧白衣男子表情困惑，房屋里近处的女子与远处隐约而远离的另一女子的对应，显现出在匂亲王的猜测下，被隐藏的浮舟去处已微露端倪。

匂亲王回到自己室中，想道："这事真奇怪啊！我早就听说薰大将近来不断地到宇治那边去。还有人说他有时悄悄地在那里宿夜。虽说是为了纪念大女公子，但他这千金之体在那种地方夜宿，毕竟不太相称。原来他在那里藏着这样一个女子！"他想起一个掌管诗文的大内记[①]，名叫道定，经常在薰大将邸内出入，便召唤他。大内记马上来了。匂亲王叫他把做掩韵游戏时所用的诗集挑选出来，一起堆在书架上，趁机问他："右大将近来还是经常到宇治去吗？听说那座佛寺造得非常壮观漂亮。我也想去看一看呢。"大内记答道："佛寺造得实在庄严堂皇。听说右大将还在计划着建造一所讲究的念佛堂呢。从去年秋天起，右大将到宇治的次数比以前更多了。他家的仆从私下曾对我说：'大将在宇治藏着一个女子，看来不像一般的情妇，附近庄园里的人都得到大将的吩咐，要去替她服役，或者值夜。京中本邸也经常悄悄地派人去照料打点。这女子真有福气！但一个人住在山乡总是非常寂寞的。'这话是去年十二月时他们对我说的。"匂亲王听得津津有味，说道："这女子是谁，他们没有说起吗？我听说他到宇治，是去拜访一向住在那里的老尼姑的。"大内记说："老尼姑住在廊房里。而这女子住在刚刚建成的正殿里，身边有许多漂亮的女侍服侍，生活优雅而阔绰呢。"匂亲王说："这件事真耐人寻味！但不知他藏着的究竟是怎样一个人，如此隐藏起来又有什么打算？右大将毕竟与普通人性情不同，对这种事另有一套做法。夕雾左大臣等人以往批评他，都说他学道之心太重，动辄前往山寺，有时还在那里夜宿，实在太轻率了。当初我想：其实，他如此频频出门，哪里是为了什么佛道！还不是因为牵挂昔日恋人的旧居！哪里知道我们猜得都不对，原来竟是这么一回事！算了吧！貌似比别人诚实而道貌岸然的人，其实反而隐藏着别人想不到的秘密勾当。"他对这件事非常有兴趣。这大内记是薰大将邸内一个亲信家臣的女婿，因此薰大将的隐事他都清楚。匂亲王心想："这女子是不是我邂逅的那个人呢？总得我亲自去看一下才好。薰大将如此郑重其事，想必此人绝非平凡的女子。但不知她有何因缘而与我家夫人也这般亲近。夫人和薰大将齐心协力地隐藏这女子，真叫我气死了！"从此他便一心一意地琢磨这件事。

正月十八日的竞射和二十一日的内宴过后，匂亲王闲暇无事。此时正逢地方官任免之期，人人竭力钻营，却与匂亲王毫无关系，他所考虑的只是怎样才可以秘密地赴宇治一行。这大内记盼望升官，时常来讨好匂亲王。匂亲王也比往日更亲切地召唤他。他对大内记说："无论多么困难的事，你都能照我的意思去办吗？"大内记恭恭敬敬地表示愿意遵命。匂亲王又说："这话说出来，有些不好意思。实不相瞒：我与住在宇治的那个女子，曾有一面之缘。后来她便行迹不明，我听人说是右大将把她找出来藏在那边的。这消息是否确实，不得而知。但我只希望从缝隙中窥看一下，到底是否就是我见过的那个人。这事必须十分隐秘，绝不能让别人知道，你可有什么办法？"大内记一想：这件事的确困难。但他答道："由此间到宇治去，山路崎岖难行。其实里程倒不很远，傍晚出发，亥子时间[②]即可到达，再于破晓动身返京即可。这样一来，除了贴身的随从，不会再有人知道。不过那边详细的情况，我也不得而知了。"匂亲王说："你说的是。这条路我以前也曾走过。我

① 大内记，是起草田命的文官。

② 亥子时间，即夜晚十时至十二时之间。

所顾虑的不在道路远近，倒在于外间世人的非议，就怕有人讥评我举止轻率。”他自己心中也反复考虑，以为这事万不可行，但一经说出，似乎就欲罢不能，终于挑选出了几个随从：以前曾经陪他去过而熟悉那边情况的二三人，这大内记，还另有一个青年人，是他的乳母的儿子，本来是六位藏人而刚刚升为五位的，这些都是他的亲信。他又派大内记去打听清楚：薰大将于今明两日之内是不会到宇治去的。出发时，他想起从前的往事：当时薰大将与他十分亲密，还曾引导他到宇治去。今日此行，实在对不起他。他又想起各种往事来。但不管怎样，这位即使在京中也不敢微服出门的尊贵人物，今天竟也穿起了粗布衣服。他过去一想起骑马就觉得可怕，以为是一件极其痛苦之事。但今日色胆包天，毅然入山，越走越深，一路上只是想着：“快点儿赶到吧！不知结果究竟怎样？如果看不到那女子而空手归来，多么扫兴，那这一次更是荒唐之举了。”他心头跳个不停。从京中到法性寺是乘车的，以后又换乘马。一行人急急忙忙地赶路，于傍晚时分到达宇治。大内记先去找一个熟悉内情的薰大将的家臣，向他探问情况。他避开了值夜人，走到西面围着苇垣的地方，把苇垣稍稍拆毁些，从里面钻了进去。他以前不曾来过这里，不免有些慌张。幸而这里一向人迹罕至，无人注意。他匍匐着摸索前进，只见正殿南面尚有幽暗的灯光，传来轻微的人声。他就转回来，向匂亲王报告说：“她们还没有入睡，您可以从这里进去。”便替他引路。匂亲王走进里面，跨到正殿的廊上，看见格子窗上有缝隙。但挂在那里的伊豫帘子[①]簌簌地响个不停，他不由得屏住呼吸。这屋子虽是新建，且又非常讲究，但因竣工未久，有些缝隙尚未补好。女侍们以为谁也不会到这来窥探，毫不戒备，那些窟窿也不想着填塞。匂亲王向内察看，只见帷屏的垂布已经掀起，灯火亮着，三四个女侍正在灯下缝纫，一个容貌姣好的女童正在一旁搓线。匂亲王首先看到这女童，依稀记得正是上次在二条院灯光之下见过的。但疑心或许看错了。又见那时看到的一个女侍，名字也叫作右近[②]的，也在那里。浮舟以肘代枕，斜倚着凝视灯火。眼角眉梢和低垂的额发非常高尚优雅，与二女公子十分肖似。右近一面折叠手中的衣物，一面说道：“小姐若去石山进香，来去要好几天呢。昨天我听京中的使者说：‘过了地方官任免之期，二月初一左右，大将一定到这里来。’不知大将给小姐的信上是怎么说的？”浮舟并不作答，满脸愁容。右近又说：“这事真不凑巧，倒像有意逃避似的，很不好意思。”坐在右近对面的女侍说：“小姐是去进香的，只要写一封信通知大将就好了。怎么能轻易出门，不声不响地逃避呢？进香之后，小姐不要到常陆守夫人家里耽搁，马上回到这里吧。这里虽然沉寂，倒也安稳自在，可以悠闲度日。住在京中时反而好像在做客似的。”另一个女侍说：“还不如暂不出门，在这里等待大将回来，又是安稳，又是得体。不久大将就会迎接小姐进京，那时从从容容地去探望常陆守夫人，岂不更好？那位乳母性子太急，何必匆匆忙忙地劝请小姐进香呢？自古至今，做什么事情都要有耐性，结果才会幸福。”右近说：“为什么不劝阻乳母呢？一个人年纪大了，头脑总是不清不楚。”她们都埋怨那乳母。匂亲王记得那天邂逅浮舟时，旁边确有一个很惹人厌烦的老婆子，觉得那时好似梦中似的。女侍们信口谈论，有些话十分刺

① 伊豫国所产的帘子。

② 二女公子有一个女侍也叫右近。

耳难听。有一人说："二条院的匂亲王夫人真好福气！六条院左大臣威势赫赫，待女婿又如此优厚，但二条院这位夫人生了小公子之后，亲王对待她可比六条院那位夫人重视多了。这也是因为她身边没有像这里的乳母那样多管闲事的人，所以夫人可以贤明地安排一切事务。"又一人说："至于我们这里，只要大将真心怜爱我家小姐，永不变心，那么我家小姐也不会比二条院夫人逊色的。"浮舟微微坐起身来，说道："你们说得多难听啊！若是别人，尽由你们去说，但对二条院夫人，你们千万不要说这种话。如果被她听到了，该多难为情！"匂亲王听了，心想："不知她与我家夫人有什么亲戚关系？看这容貌确是非常肖似的。"他就在心中暗暗比较两个人，觉得就优雅高贵而言，二女公子远胜于此人；而她只是一味娇艳，五官生得柔媚可爱。照匂亲王的脾气，凡是魂牵梦萦地想见的人，一旦见到了，纵使那人确有缺点，也决不肯轻易放手。何况现在他已把这浮舟看得清清楚楚，他心中所想的只是怎样才能把这人占为己有。他想："看这模样她就要出远门。又好像是有母亲的女子。那么除了这里，我还能到哪里去找她呢？今晚不知有没有什么办法可以到手？"这时他已神魂颠倒，只管向洞内窥看。

只听右近说道："唉，我想早些睡了。昨夜也是不知不觉地做到天明。剩下这一点活儿留到明天早上再做也不迟。常陆守夫人虽然性子很急，但来迎接小姐的车子总不会拂晓就到。"便将手中的衣物收起，把帷屏挂好，横卧着睡了。浮舟也走进内室。右近站起身，到北面自己房中去转了一下，马上回来，躺在小姐身旁。女侍们都已困倦，不久就都睡着了。匂亲王看到这种情景，觉得没有其他办法，便轻轻地敲打格子门。右近听见了，问道："是谁？"匂亲王轻轻咳嗽了两声。右近觉得这声音像是贵人的口吻，以为是薰大将来了，便起身走过去。匂亲王在门外说道："先把门打开！"右近答道："真奇怪，再想不到大人会这时回来，夜已经很深了！"匂亲王说："仲信[1]告诉我说：小姐明天要出远门。我吃了一惊，急忙赶了回来。不想路上出了些事情。快开门吧！"这声音很像薰大将，而且他说得很轻，不易辨识，所以右近全然想不到是另外一人，便把门打开。匂亲王进了门，又低声说道："我在路上碰到了可怕的事情，衣服弄得奇奇怪怪，你不要把灯点得太亮了。"右近说道："哎呀！真可怕啊！"她战战兢兢地把灯火移到远一些的地方。匂亲王叮嘱她："不要让别人看到我，也不要让人知道我回来了。"真亏他想得如此周到。他的声音本来就与薰大将很相像，这时又用心模仿薰大将的举止，竟就这样混进了内室。右近听他说"在路上碰到了可怕的事情"，不知究竟是怎么回事，很是担心，就俯伏在暗处窥看。只见他装束华丽整齐，衣香浓烈。他走近浮舟身边，脱下衣服，装出早已习惯的样子躺了下去。右近说道："请到以前住的那个房间去吧。"匂亲王并不理睬。右近便送上衾枕，叫起睡着的女侍，大家退出去了。随从人员一向不由女侍们负责招待，所以她们全无怀疑。还有自作聪明的人说："这么夜深时分还特地赶来，足见大将的情义啊！小姐只怕不懂得体会他这一片好心吧。"右近说："喂，静些！夜静时分低声说话反而听得清楚。"于是大家都睡了。浮舟发觉身旁的人不是薰大将，惊慌失措。但匂亲王默不作声。他在众目睽睽时尚且毫无忌惮，这时更

① 大藏大辅仲信，是薰大将的家臣，是大内记的岳父。

隐秘寻访 佚名 源氏物语绘卷 平安时代（约12世纪）

匂亲王趁薰君不在，微服偷偷来到宇治山庄，意图再见浮舟。他此行甘冒大不韪，带着对薰君的负疚，身着粗衣、骑马疾行、潜钻苇垣等，可见对浮舟的执着。图为屋内三四个侍女正在缝纫的情景。

加不顾一切了。浮舟如果一开始就知道不是薰大将，多少还可设法推拒。但现在全无办法，只觉得像做梦一般。匂亲王这时才开口说话，对她诉说上次不得亲近的遗憾，以及别后相思之苦。浮舟这时才知道是匂亲王。她愈加觉得羞惭，想起以后被姐姐知道了如何是好，痛苦不堪，只管哭个不停。匂亲王想起今后无法再与她会面，也悲伤起来，陪着她一起哭了。

天色渐明。匂亲王的随从来请主人动身返京。右近这时才知道是匂亲王。匂亲王不想返京，他恋慕浮舟，永无厌时，又想今后再到宇治，谈何容易，想道："不管京中怎样喧哗扰攘地找我，至少我今天必须住在这里。有道是'生前欢聚是便宜'[①]，今天就此告别，真要使我'为恋殉身'了！"便唤来右近，对她说道："我这人实在太不体谅人了！不过今天我决心不回京去。你去安排我的随从，让他们在附近躲藏起来。再叫我的家臣时方到京里去走一趟，若有人问起我的行踪，就说'微服到山寺中进香了'，一定要巧妙对付。"右近听了又惊又惧，想起昨夜一不小心，闯下这等大祸，十分懊悔。只得勉强镇静，又想道："事已至此，吵闹也是无用，匂亲王面上又不好看。那天在二条院他见了小姐就眷恋不舍，原来两人早有这段不可回避的宿世因缘。这是不能怪人的了。"她如此宽慰自己，答道："今天京中要派车子来迎接小姐呢。不知亲王在此有什么打算？你俩既有这段不可回避的宿世因缘，我们也无话可说了。只是今天时候实在不巧，还请亲王回京为是。如果有意，不妨下次再请过来。"匂亲王觉得她这话说得真漂亮，说道："我对小姐魂牵梦萦，头脑已经发昏，所以外人怎样非难，我一概不理，只知道今日一定要如此。稍能顾虑自己地位声誉的人，难道愿意不畏艰险，偷偷地到这里来吗？京中来人迎接，只要对他们说：'今天是禁忌之日，不宜出行。'这件事万万不可让人知道，请你为我和她两人考虑。其他的事都无须再想了。"可知匂亲王这时已经迷恋浮舟，把世间一切讥评都抛诸脑后了。右近便走出去，对催促动身的随从说："亲王就这样交代的。这件事实在太不像话，还望你们去劝谏一番。这种荒唐行径，纵使他本人要做，你们这些随从也应该尽力劝阻，怎么可以糊里糊涂地引导他来呢？若是让这里的村夫俗子得罪了这位皇子，可怎么得了！"大内记心知这件事的确糟糕透顶，哑口无言地站着思量。右近又问他："名叫时方的是哪一位？亲王吩咐他如此如此。"时方笑道："被你大骂了一顿，我已经吓死了，纵使亲王不吩咐，我也想逃走了。老实告诉你：亲王这种荒唐行径，我们早已心知肚明，大家都是拼着性命来的！你们这里的值宿人员就要起身了，我赶快溜吧。"他马上出去了。右近挖空心思，想要将这件事隐瞒过去。这时众女侍都已起身。右近对她们说道："大将昨夜出了些事情！他回来的时候非常隐秘。看那模样大概是途中遇到了匪徒。他曾吩咐我：不要叫人知道，衣服也必须在夜间悄悄地送进去。"女侍们说："哎呀！真可怕啊！木幡山一带特别荒凉。大概这次不像平时那样开路喝道，而是悄悄经过，所以才出了事情吧。哎呀！真可怕极了！"右近说："喂！不要高声叫嚷，静些吧。要是被那些仆役们听见风声，就不得了了。"她如此骗过了众女侍，心里却非常焦灼：如果大将的使者赶巧来了，可怎么办呢？便虔诚地祷告："初濑观世音菩萨！请您保佑我们今天平安无事！"

① 古歌："为恋殉身何裨益？生前欢聚是便宜。"可见《拾遗集》。

宿命的因缘

歌川广重 蓝鸟与花 江户时代（1835年）

大胆的匂亲王模仿薰君的声音和动作，骗过侍女，钻入浮舟的卧室占有了她。惊惶的浮舟只觉得像做梦一般，认为这是宿命中的因缘，无法逃避。这种宿命观就像图中自然界的鸟儿啜饮花蜜般，在平安时代的社会环境下十分普遍。

清風秋氣爽露裏日南葵
大暑去酷吏衛足示何為

太阳高升之时，格子窗都打开了，右近陪在浮舟身边。正厅的帘子一律挂下，贴上“禁忌”的字条。她打算如果常陆守夫人亲自来接，就骗她说“小姐昨夜梦见不祥之物”，请她不要会面。送进来的盥洗物品同往日一样，唯有一份。匂亲王觉得太不周全，便对浮舟说：“你先洗吧。”浮舟看惯了斯斯文文的薰大将，如今看到了这位片刻不见她便心焦欲死的匂亲王，想起所谓的多情种子，大概就是这样的人了。又想到这一生命运乖蹇，如果这件事传了出去，不知外人将怎样讥评。她最担心的就是被姐姐知道。但匂亲王并不知道她的来历。他不停探问：“我屡次问你，你总不肯说，让人好气恼啊！还望你把姓名告诉我吧。无论你出身多么卑贱，我一定越来越怜爱你。”但浮舟决不肯向他说明。至于其他的事情，她都和蔼亲切地回答，态度十分柔顺。因此匂亲王更加怜爱她。

正午时分，京中常陆守夫人派来迎接的人到了。有两辆车子，以及七八个骑马的人，照例都是雄赳赳的武夫。此外尚有许多随从的男子，形容十分粗蠢，操着东国刺耳的方言纷纷走了进来。众女侍厌烦他们，将他们安排在另一侧的屋子里去。右近想道：“怎么办呢？如果骗他们说薰大将在这里，身份如此高贵的人物不在京中，外人自然知道，是无法瞒过的。”她也不同众女侍商议，独自写了一封信给常陆守夫人，信中说道："小姐昨夜月信忽至，今日不便进香，实在遗憾。再加上昨日夜梦不祥，今日必须实行斋戒。出行之日适逢禁忌，真是不巧。只怕有鬼怪故意妨碍吧。"她把这封信交给来人，招待他们吃过酒饭，回返京都。她又叫人去告诉老尼姑弁君："今日适逢禁忌，小姐不到石山去进香了。"

浮舟平日怅对云山，只觉长日漫漫。但今天匂亲王生恐日暮之后即将永别，看得寸阴如金，浮舟同情他，也觉得转瞬之间天色已暗。在这万物欣欣向荣的春天，匂亲王细细察看浮舟，但觉妩媚可亲，毫无瑕疵，真所谓"相看终日厌时无"①。其实浮舟的容貌毕竟不及二女公子，而比起青春正盛的六女公子来，相差更远。只因匂亲王对她极为迷恋，便把她看成举世无双的美人。浮舟也一向以为薰大将是举世无双的美男子，如今看到这位风流俊俏的匂亲王，方知薰大将远远及不上他。匂亲王取过笔砚，随意挥洒书写。他的随手戏书非常美妙，而绘画也十分生动，使得这青年女子对他倾心仰慕。画罢，他对浮舟说道："如果我今后不能随意前来与你相会，在此期间你不妨看看这幅画。"画中所绘的是一对互相依偎的美貌男女。他指着这幅画说："但愿我俩能经常如此。"说罢流下泪来，吟诗云：

"纵然订得千春约，
　寿命无常总可悲。

我心中这种念头，实在不祥。但今后我若力不从心、千方百计无法与你会面，恐怕真的会失恋而死呢！当初你对我这般冷淡，其实我何必来找你，如今反而更添痛苦。"浮舟就用他那蘸了墨的笔写道：

"如若无常惟寿命，
　世间不必叹人心。"②

匂亲王看了想道："如果我的心无常而易变，确是可叹的了。"便觉浮舟十分可怜，笑着问她："曾经有人对你变心吗？"又频频探问薰大将当初送她到此的细节。浮舟不胜其烦，答道："我不愿意说的事，你为什么一定要盘问？"那种娇嗔的样子愈加天真可爱。匂亲王心想这件事以后自会明白，便不强迫她说了。

夜晚时分，赴京的使者左卫门大夫时方回来了。他找到右近，回报说："明石皇后也派使者到处探询亲王的下落，那使者说皇后非常焦急，说道：'左大臣也在生气。亲王谁也不告诉，擅自出游，行为实太轻率了，况且也难保不发生意外。若被皇上知道，我也难辞其咎。'我对别人说：'亲王到东山去探访一位高僧了。'"接着时方又说："女人真是罪孽深重的东西啊！害得我们这些毫不相干的人也跟着受累，还逼得我说谎。"右近说："你把女人说成高僧，妙啊！这份功德足可抵消你说谎的罪过了！你家亲王的脾

① 古歌："貌似山樱春雾罩，相看终日厌时无。"可见《古今和歌集》。

② 诗意是说：无常的不仅是寿命，男子的心也是无常的。

相看两不厌　歌川广重　富士山下的平原　江户时代（1851—1852年）

虽然起初并非自愿，但匂亲王焦灼炙热的爱慕也打动了浮舟的心。不思返回京都的匂亲王对浮舟爱得入迷，浮舟也觉得这风流俊俏的匂亲王远胜薰君。两人此刻的心态可以套用李白的诗"相看两不厌，只有敬亭山（富士山）"来形容。

气实在可怕，怎么会有这种性情？如果我们提早知道他要来，这件事关系如此重大，一定会设法应付。这样蛮不讲理，随性而为，叫我们可怎么办呢！"她如此对答之后，便走进去见匂亲王，把时方的话如实传达。匂亲王早已料到京中要为他着急，但他对浮舟说道："我为身份所拘，行动难以自由，太痛苦了！我真想做个平凡的殿上人，纵使一时片刻也好。像这一类理应顾虑的事，我一向不加理会，怎么办呢？若被薰大将知道了，不知他会做何感想。我同他原属近亲，再加上从小就是要好的朋友，现在我做出这种背义的事，被他知道了，我多么难堪呐！今后又怎样见面呢？我还想道："世人一向有'责人则明，恕己则昏'之说，只怕薰大将不知道自己劳人盼待，反而责备你不贞。

所以我很想带你离开，迁居到绝无人知的地方去。”匂亲王今天不便再在这里夜宿，只得准备返京，但他的灵魂似乎已经落入浮舟怀袖[1]。天色尚未大亮，他的随从在外面大声咳嗽，催促动身。匂亲王牵着浮舟的手来到边门口，并不马上出去，吟诗曰：

“平生不识生离苦，
泪眼昏花别路迷。”

浮舟也十分伤心，答吟云：

“袖小实难收别泪，
身微无力挽行人。”

天色渐亮，风声惨厉，严霜载途，行人只觉身上衣衫皆已结冰。匂亲王上马之后，兀自频频回头，眷恋不舍。但因有许多随从在旁，不便任意回马，只得急急忙忙地赶路，恋恋不舍地离开了宇治。两个五位官员——大内记道定和左卫门大夫时方——起初随侍在匂亲王马头两旁步行，走过一段险峻的山路之后，这才跨上自己的马。匂亲王只觉耳畔马蹄践踏岸边薄冰的声音，听着也很凄凉悲惨。他想起从前也曾为了恋人而走过这条山路，觉得自己与这山乡似有奇妙的因缘。

匂亲王回到二条院，想起二女公子故意隐瞒浮舟的下落，心怨恨，因此不去她的房中，而是走到自己那间舒适的房中躺下。但无论如何也难以入睡，独自寻思，十分痛苦，心肠终于软了下来，走进二女公子房中。二女公子心无挂碍，正安详地坐着。匂亲王一看，她比起那个最近被他看成稀世之宝的浮舟来，毕竟更为端丽。而浮舟又与此人非常肖似，便觉满怀热恋，极为痛苦，径自走进帐中去睡觉了。二女公子也跟着他进去。他对二女公子说道：“我心情非常恶劣！只觉寿命将尽，实在可悲。我真心实意地爱你，但一旦弃你而去，你一定会马上变心。因为那人[2]对你蓄谋已久，早就想达到他的目的。”二女公子想道：“这种荒唐的话，怎么他如此郑重地说出来？”答道：“你这话真难听啊！若传了出去，被那人听到，要疑心我在你面前说了什么呢。真是太荒唐了！我是饱经忧患的人，你的一句戏言，也要使我伤心呢。”便背转过身子。匂亲王又认真地说：“如果我真的恨你，你心中将做何感想？我对你总算十分宠爱了，外人都嗔怪我宠爱过分呢！但在你心中，只怕我比不上那人吧。这算是前世因缘，也无可奈何了。但你处处对我隐瞒，叫我好恨啊。”这时他想起自己与浮舟有缘，终于找到了她，不觉掉下泪来。二女公子见他态度格外严肃，心中十分惊讶：不知道他从哪里听了些谣言？她只是沉默着，想道：“我当初原是受了那人摆布而轻率地与他结缘的。如今他处处怀疑我和那人有暧昧关系。那人与我非亲非故，而我一向对那人无比信任，也接受那人的照顾，这确是我的过失。因此他就不肯信任我了。”她思前想后，悲伤不已，那神情实在可怜。匂亲王不把找到浮舟的事告诉她，而找出其他的借口来埋怨她，二女公子以为他是真的怀疑她与薰大

① 古歌：“别时似觉魂离舍，落入伊人怀袖中。”可见《古今和歌集》。

② 指薰大将。

将之间不清白，才说出这种气话，她就猜想大概是有人造谣。在事情尚未水落石出之前，她见了匂亲王自然有些羞惭。这时明石皇后从宫中派人送信来了。匂亲王大吃一惊，马上回到自己房中，脸上还带着怒容。只见明石皇后的信上写道："昨日你不曾进宫，皇上很是惦记。如果身体安健，望你即刻入宫。我也许久不曾看到你了。"他想起自己害得母后、父皇为他担心，自觉不好意思。但心情实在非常不好，这一天终于没有入宫。许多高官贵族前来拜见，但匂亲王一概婉拒，在帘内闭居了整整一天。

黄昏时分，薰大将来访。匂亲王说："请里面坐。"就亲切地与他会面。薰大将说道："我听说你身体不适，皇后很担心呢。现在可好些吗？"匂亲王一见薰大将，便觉心中扑通乱跳，话也不能多说。匂亲王想："他本来就像个得道的和尚，但道行未免太高深了：把那么可爱的人藏在山里，让她望穿秋水，自己却满不在乎。"若在平时，纵使一些小事，他看见薰大将假作诚实模样或自称诚实人时，必然极力嘲笑他，揭露他；如果发现他在山中隐藏着女人，不知道将怎样肆意地挖苦他呢。但今天他一句戏言也不说，只是流露出非常痛苦的神情。薰大将被他蒙在鼓里，说道："我看你极不舒服呢。虽然不是什么重病，但拖得太久毕竟不好。你务必善自珍重，当心受风。"他关切地慰问了一番，就辞别而去。匂亲王暗自寻思："此人风度翩翩，令人看了自觉羞惭。山中那个女子将我与他相比，不知心中做何感想？"他思来想去，对那山中女子片刻不能遗忘。

却说宇治山庄中，因为不能去石山进香，大家百无聊赖。匂亲王派人送来一封长信，倾诉相思之苦。他派人送信，也觉颇不放心，特别找了一个全不知情的人，是时方大夫的家臣。右近对其他女侍解释说：这是我从前认识的人，最近当了薰大将的随从，上次到宇治来时恰好相遇，因此依旧互相来往。万事全靠右近说谎维系。正月匆匆而过。匂亲王心中慌乱，但也不便再到宇治去，只觉长此以往，性命也保不住了。因此苦恼更甚，终日苦叹。薰大将公务稍暇，微服来到宇治。他先到寺中拜佛，命僧众诵经，布施了各种物品，黄昏时分才悄悄地来到浮舟房中。他虽然是微行打扮，但并不十分朴素，头上戴着乌帽，身着常礼服，姿态异常清雅。缓步入室之时，风度十分可爱。浮舟无颜以对，即使向着天空也觉得可耻。她心中不由得浮现出那个非礼相犯的人的容貌来，想起今天又要逢迎这个男子，心中只觉痛苦难言。她想："匂亲王信中曾说：'我自从与你相识，只觉以前见惯的女子都可厌弃了。'听说他近来情绪的确非常不好，无论哪位夫人那里都不再去。他家中正在忙着举办祈祷呢。如果他知道我今天又在这里接待薰大将，不知又将做何感想。"她十分痛苦。但她又想："这位薰大将一表人才，风度含蓄，举止优雅。在为自己久不来访而解释时，话语也不很多。他并不滥用'相思''悲伤'等语，只是巧妙地诉说别离之后的痛苦，却又比声泪俱下的万语千言更加令人感动。这正是此人行事的风格。至于风流冶艳，他自然不及那人，但说到忠厚可靠、永不变心，则远远胜过那人。我这回意外地爱上了那人，若被大将得知，该如何是好！那人丧心病狂地爱我，而我竟会怜惜他，实在是荒唐之极！如果大将以为我是轻浮女子而遗弃了我，我就孤苦伶仃，抱恨终身了。"她暗自警惕，满怀愁肠。薰大将并不知情，瞧着她的神情，想道："多日不见，她已成了大人模样，深通人情世故了。住在这么沉寂的地方，想必心中一定有诸多愁恨吧。"他很怜惜她，比往日更加殷切地和她谈话，说道："我为你新造的宅邸即将完工。前日我视察了，地点也在水畔，但不似这里这般荒凉，还有樱花可供赏玩。那里距我住的三条宫邸非常近。

你迁居之后，我们自然可以不用再忍受这相思之苦了。如果进展顺利，今春你可以迁居了。”浮舟想道：“匂亲王昨日来信，也说已为我准备好一个清静的去处。薰大将全不知情，还在为我如此打算，用心实在可怜。但我怎能追随匂亲王而去？”她一想到此处，匂亲王的面容又不觉浮现在眼前，但觉孽由自身而作，此生何其不幸，便嘤嘤地哭泣起来。薰大将百般抚慰她说：“你不要这么闷闷不乐，你快乐的时候，我的心情也觉安乐。是不是有人在你面前造谣？我若对你略有一点儿冷淡之心，绝不会不顾身份，跋山涉水而来。”天色渐暗，天空挂着一弯如眉的新月，两人来到窗前，躺着眺望月色，各自怀着愁思。男的想起大女公子，不胜伤逝之情；女的忧虑今后更添苦患，叹自己命运乖蹇，两人心中各有苦衷。夜雾笼罩山峰。站立在寒汀上的鹊鸟，由于被四周环境映衬着，姿态特别美好。宇治长桥遥遥在望。川上到处是来来去去载柴的船只。这种景色都是别处一向少见，因此薰大将每次看到，都难免回忆往事，似觉历历在目。纵使身边这个恋人并不肖似大女公子，今天难得相聚，也是令人欣慰的。何况这浮舟酷似大女公子，比她毫不逊色，而且渐通人情世故，习惯京都生活，举止态度都很风雅，薰大将觉得她比以前更加可爱了。但浮舟满怀愁苦，眼泪不时地想夺眶而出。薰大将无法安慰，便赠以诗云：

“千春不朽无忧患，
结契长如宇治桥。

今日你应该看见我的真心了吧。”浮舟答曰：

“宇治桥长多断石，
千春不朽语难凭。”

这次薰大将与浮舟别离更觉难舍，他本想在此驻留数日，但又考虑到世人非议，堪可忧虑。反正不久便可长相聚首，今日何必贪一时之欢。便转过念头，在破晓时分启程回京。一路上想着浮舟这次忽然变成大人模样，对她的牵挂比往日更深了。

二月初十左右，宫中举行诗歌之会，匂亲王与薰大将双双出席。会上演奏与时令相宜的各种曲调。匂亲王演唱催马乐《梅枝》，声音非常优美。他在各个方面都远胜于常人，唯有一事罪孽深重，便是耽好女色。天上忽然降下大雪，风势非常狂猛，音乐演奏停止了。大家都去匂亲王的值宿室，吃过酒饭，暂作休息。薰大将要找一个人说话，便步出檐前，在星光之下隐约看见地上积雪渐厚。他身上的香气随风飘散，真有古歌所谓“春夜何妨暗”之感。他闲咏“绣床铺只袖……今夜盼待劳”[①]的古歌，随口吟出寥寥数句，姿态极为潇洒，意味特别深长。匂亲王正要躺下就寝，听见了他的吟诵之声，埋怨他“可吟之歌很多，何必选这一首”！心中非常不快。他想：“看来他同宇治那个女子关系非常。我一向以为这女子‘铺只袖’‘独寝’而‘盼待’的，唯有我一个人。哪里知道他竟也有同感，真可恨啊！这女子抛下一个如此关怀她的男子而更热烈地爱我，不知是什么缘故？”他吃起醋来。

① 古歌：“绣床铺只袖，独寝正无聊。宇治桥神女，今夜盼待劳。”可见《古今和歌集》。古人独寝时，把睡衣的一只衣袖铺在席上，睡在这上面，表示思念情人。

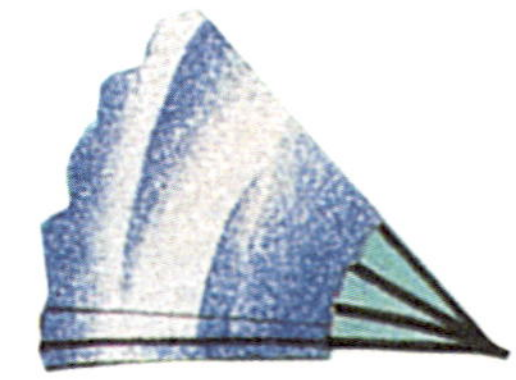

催马乐

在平安时代，贵族宫廷的乐宴除了正规的雅乐，还有歌谣式的“催马乐”等音乐盛行。在赏藤夜、贺茂祭，以及踏歌节会等节日娱乐时，清秀的贵族公子们唱着催马乐，吹着横笛，拍着纸扇迤逦而行，也是平安时代的一道风景。

发源

平安中期（约 8 世纪），日本民间流行一种俗称“催马乐”（saybala）的歌谣俗曲，主要是将唐乐（也即当时的雅乐）填上日语和歌而成，内容包括俗调、祝歌、恋歌等。“催马乐”起初在民间流行，后来逐渐发展成为宫廷雅乐。

特点

催马乐以和歌为词，谱以乐曲。演唱时，以第一歌手“句头”的独唱开始，用笏拍子作为节拍器；接着其他歌手“付所”加入到演唱中来；齐唱时，笙、筚篥、龙笛、琵琶、筝等乐器也开始演奏。

盛行

催马乐取材于民谣、和歌，其内容广泛、曲调高雅，迅速成为上至贵族，下至平民尽皆喜爱的乐曲种类。由民间俗曲而至宫廷雅乐，这些纯洁质朴的歌曲，附上雅乐管弦的伴奏，与“风雅”者的朗吟交织在一起，变得更加动听。

《源氏物语》中的催马乐

第八回“花宴”	催马乐《贯川》：“莎草生在贯川边，做个枕头软如绵。郎君失却父母欢，没有一夜好安眠……”	源氏以这个多情女子来与冷淡的葵姬对比。
第二十一回“少女”	催马乐《安名尊》：“猗欤美哉，今日尊贵！古之今日，未有其例。猗欤美哉，今日尊贵！”	这是宴会赞歌，安名是赞叹之词。
第三十三回“藤花末叶”	催马乐《苇垣》：“拆开芦苇垣，越垣偕郎逃。谁在父母前，有意把舌饶？此家大轰动，弟妇最唠叨……”	此是男子引诱女子的歌，讥讽从前夕雾引诱云居雁。
第四十七回“总角”	催马乐《总角》：“总角呀总角！请你听我唱：你我分开睡，相隔约寻丈。双方滚拢来，从此长相傍。”	此处用以比喻编织流苏。又，总角代表少女。
第四十九回“寄生”	催马乐《伊势海》：“伊势渚清海潮退，摘海藻与拾海贝？”	图为二女公子与匂亲王弹唱相和，唱催马乐《伊势海》的情景。

第二天早晨，雪已积得很厚。大家把昨日写的诗歌呈请御览。匂亲王这时正值盛年，站在御前，风姿极为优美。而薰大将年纪与他相仿，只怕是稍长二三岁的缘故，态度神情比他略显老成，仿佛故意做作似的，竟是一个高尚贵公子的范本。世人都夸赞他，说他当皇帝的女婿毫不逊色。他在学问和政治方面都极为优秀。诗歌披诵完毕，大家自御前退出。人人都称赞匂亲王此次的诗歌格外优秀，大声吟诵。但匂亲王本人并不觉得高兴。他想："这些人怎么有闲情来吟诵诗歌？"他对诗歌全不在意，一味想着浮舟。

匂亲王看出薰大将也在思念浮舟，愈加不能放心。他就更加努力筹划，有一天居然又去访问宇治了。京中的雪已渐消融，地上唯有少许残雪。但入山既深，积雪愈来愈厚。那些羊肠小道埋在雪中，全无人迹可寻，与平日光景大不相同。随从等人又是慌乱，又是费力，几乎要哭出来。带路的人道定，身为大内记，又兼任式部少卿，两者都是高贵的官职，但今天也不得不适应眼前的情况，撩起衣裾而步行护驾，那姿态十分可笑。

宇治方面虽已得到亲王今日要来的通知，但想到如此大雪，未必成行，大家都未在意。谁知到了夜深时分，果然有人来向右近通报。浮舟听说之后，对亲王的诚意也非常感动。右近近来经常忧心这个局面如何了结，心中非常痛苦。但今夜她看见亲王雪夜入山，只好暂时放下一切顾虑。事已至此，总不好让他回去，她就找来一个同自己一样，为浮舟一向亲信而通情达理的女侍，名叫侍从的，同她一起商议："这件事非常难办！只盼你和我齐心协力，严守秘密。"两人就设法引导匂亲王进入内室。他那在路上被雪打湿的衣服，香气四溢，使得两人非常担心。全靠这香气与薰大将的相似，才可以马虎遮掩过去。

匂亲王早有打算：既然来了，当夜立即返京，还不如不去的好。但山庄中耳目众多，极感拘束，所以他预先安排：叫时方在对岸找了一所房屋，准备将浮舟带到那里去。时方比他先出发，在对岸安排好一切，于夜深时分来山庄复命："一切都已准备停当。"右近在睡梦中被唤醒，不知道亲王要把小姐怎么样，极为狼狈，昏昏沉沉地帮忙收拾所需物品，好像玩雪的顽童一般浑身发抖。匂亲王不让别人问明情由或是提出抗议，只管抱着浮舟出门。右近只得自己留守，让侍从跟着小姐前去。

匂亲王抱着浮舟上船，就是浮舟早晚都能望见的那种危险的小船。这船驶向对岸时，浮舟只觉行驶迅捷，仿佛要遥赴东洋大海，心中惊恐，紧紧地抱住匂亲王，匂亲王觉得她这样子非常可爱。这时天空中挂着残月，月光照彻四方，水面明净如镜。舟子报道："这个小岛叫作橘岛。"便暂时停船，以便欣赏。这座小岛形似一大岩石，上面长着许多四季常青的橘树，枝叶繁茂。匂亲王对浮舟说："你看那些橘树！虽然微不足道，但那绿色却千年不变。"便吟诗曰：

"轻舟来橘岛，结契两情深。
似此常青树，千年不变心。"

浮舟也觉得这一路上景色十分新奇，答诗云：

"岛上生佳橘，常青不变心。
浮舟随叠浪，前途不分明。"[1]

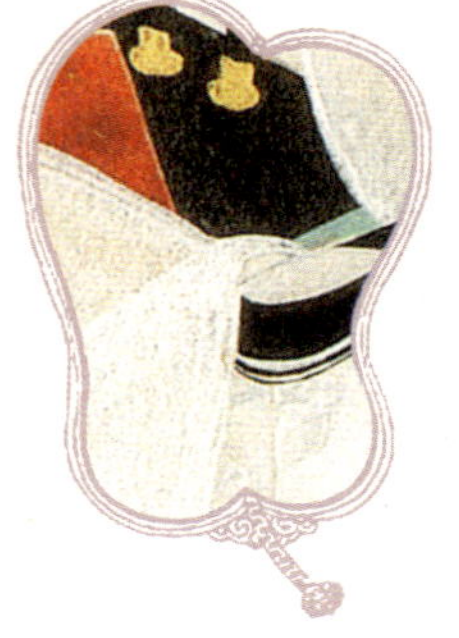

① 本回题名"浮舟"即据此诗。浮舟这名字也由此而来。

由于风景和人两皆可爱，匂亲王觉得这首诗颇具趣味。

不久小舟驶到对岸。下船之时，匂亲王不舍得让别人抱浮舟，亲自抱着她上岸，而叫别人扶着自己。看见的人想道："这模样可真难为情啊！这女子究竟是谁，值得如此宠爱？"这屋子是时方的叔父因幡守领地内的庄院，建筑不很讲究，而且尚未竣工。因此室内陈设十分简陋，那些竹编的屏风等物，都是匂亲王从未见过的粗劣货色，连风也挡不住。屋角墙根的雪已经消融得斑斑驳驳，但这时天色阴晦，又开始下雪了。

不久太阳露了出来，照着檐前的冰凌，闪烁着晶莹的光辉。浮舟的面容映着这光辉，愈发显得娇艳可爱。匂亲王微行出门，身上的服装十分轻便。浮舟也因入睡时已经卸装，这时只穿衬衣，娇小可爱，风姿更美。她担心自己毫无修饰，而以随意的姿态对着这位清丽无比的贵公子，非常羞惭。但也无法回避。她身着五件白色的家常内衣，连袖口和衣裾上都流露出娇艳之色，反比平日灿烂的盛装更美。匂亲王在常见的两位夫人身上，从未见过如此随意的姿态，今天看见浮舟这般打扮，反而觉得新鲜妩媚。侍从也是个姿色不凡的青年女侍。浮舟想到自己这种行为不仅被右近知道，连这侍从也全都看到了，颇感难为情。匂亲王对侍从说："你又是谁？你千万不可把我的名字告诉别人啊！"侍从觉得这位亲王风度十分优美。这庄院的管理人把时方当作主人，殷勤款待。时方所住的房间和匂亲王的住所只隔着一扇拉门，他住在那里得意扬扬。管理人非常尊敬他，低声下气地与他说话。时方见他不识亲王而只认主人，觉得非常可笑，并不与他谈话。后来吩咐他："据阴阳师占卜，我这几天有可怕的禁忌，京中也不宜居住，所以暂到这里避凶。你切切不可让外人走近。"于是匂亲王和浮舟放心地欢聚了一天，无人打扰。匂亲王猜想薰大将来时浮舟是否也会这样对他，便觉妒火中烧。他就把薰大将怎样重视并且宠爱二公主的情形讲给浮舟听。而关于薰大将吟诵古歌"绣床铺只袖"的事，则绝口不提。其用心也可谓不良了。时方派人送进盥洗器具及食用的果物来。匂亲王同他开玩笑："这么尊贵的客人，可不该做这种下贱的差使啊！"侍从是个多情的人，爱慕这位时方大夫，便与他相对晤谈，直到红日西沉。匂亲王在雪景中遥望浮舟原来的居所，只见在云霞断续之间露出几处树梢。雪山映着夕阳，像一面悬镜一般闪闪发亮。他就把昨夜来时一路上的艰险情景讲给浮舟听，加以夸张，耸人听闻。遂吟诗曰：

"马踏山头雪，车行渚上冰。
不曾迷道路，为汝却迷心。"

又取过做工粗劣的笔砚来，随手写下"山城木幡里，原有马可通"的古歌。浮舟也在纸上题诗一首：

"乱舞风中雪，犹能冻作冰。
我身两不着，转瞬即消泯。"

写罢她又马上勾去。匂亲王看到"两不着"三字，流露出不快之意。浮舟一想，这三字的确失策，羞惭之余，就把纸撕了。匂亲王的丰姿本就令人百看不厌，这时更加深深打动了浮舟的心。他对浮舟说尽万千情话，其风度之优美不可言喻。

匂亲王对京中人说自己要外出两天避凶，在此期间可以与浮舟从容欢聚，两人的情爱

共渡橘岛　歌川丰国　源氏香之图·浮舟　江户时代（约1844—1847年）

一味心思迷恋浮舟的匂亲王按捺不住，趁雪夜来访宇治，并将浮舟抱走，共同乘船渡向对岸的橘岛。伶仃的小舟上两人同舟异梦，浮舟深怀对薰君的愧疚和难以抉择的痛苦，而痴狂的匂亲王则深感私奔富有情趣。图为匂亲王与浮舟乘舟驶向橘岛的情景。

就越来越浓。右近留守山庄，又百般捏造借口，给浮舟送去衣服。浮舟今天把睡乱的头发稍加修整，换上了深紫色和红梅色的衣服，色彩搭配非常可爱。侍从也脱去旧衣，换上一件华丽的新装。匂亲王玩笑着把侍从的新上装[①]给浮舟换上，叫她捧着盥洗盆。他想："把她送给大公主当女侍，大公主定然对她百般宠爱。大公主身边虽有不少出身高贵的女侍，但容貌这么漂亮的只怕没有吧。"这一天两人恣意地把玩各种游戏，有的不堪入目。匂亲王再三地对浮舟说，要秘密带她到京中藏匿。并且要她对天发誓："在此期间决不与薰大将相见。"浮舟十分困窘，一句话也答不出，甚至流下泪来。匂亲王看到她这般模样，想道："她在我面前，也忘不了那人！"思之不胜伤心。这一晚他一时诉恨，一时哭泣，直到天明。天色尚未大亮之时，他带着浮舟返回对岸的山庄，同来时一样，亲自抱她上船，对她说道："你所牵挂的那人，对你总不会如此亲切吧！你如今懂得我的真心了吗？"浮舟想来确实如此，便对他点点头，匂亲王觉得她非常可爱。右近打开边门，放他们进来。匂亲王就此告辞，心中犹未满足。

匂亲王返京之后，依旧回到二条院。他身心困乏，饮食也不吃。过了几天，脸色发青，身体消瘦，模样完全变了。自皇上以下所有亲朋好友，都深深为他担忧，每天有许多人上门问病，喧嚣纷扰。因此给浮舟的信，也无法写得更为详细。在宇治这方面，那个爱管闲事的乳母，因为女儿分娩要她去照顾，出门去了一段时间，这时才回来。浮舟害怕她，不敢放心地仔细阅读匂亲王的来信。浮舟住在如此荒僻的山乡，所指望的只是薰大将的悉心照顾，静待他来迎接。她母亲也颇为欣慰，以为这件事虽然尚未公开，但薰大将既已决心于近期来接，不久一定能迁居京中，这真是既体面又高兴的事。因此她提早物色适当的女侍，选取容貌漂亮的女童，送到宇治山庄。浮舟心中也觉得这种安排理所当然，从一开始就是这样指望的。但她每当想起那个狂热的匂亲王，他那妒恨的神情和诉说的情话都一起浮现到她脑海之中，便觉昏沉欲睡，一合眼又梦见匂亲王的姿态，连她自己也觉得厌烦。

一连多日，雨下个不停。匂亲王对再度入山已经绝望，相思之苦实在难以忍受。他想起"慈亲束我如蚕茧"[②]，叹息自己太不自由。真是难为了他！他就写了一封长长的信寄给浮舟，内有诗曰：

"遥望君家云漠漠，
长空暗淡我心悲。"

信笔写来，却非常漂亮，富有情趣。浮舟青春年少，性情本不十分稳重，读了这封恳切的情书，对他的爱慕之心愈加深重了。但她一想起与之最初结契的薰大将，又觉得此人毕竟修养深厚，人品优越。大约薰大将是最初使她经历人事的人，所以她非常重视，想道："我那暧昧的隐事如果被他听到，一定会疏远我，那时叫我怎样才好？母亲正在日夜盼望他早日接我入京，遇到了这种意外，一定非常伤心。而这个狂热的匂亲王呢，我早就听说他是一个本性轻浮的男子，眼前虽然如此爱我，日后怎样却不得而知。纵使他依旧爱

① 这种上装规定是宫中女侍穿的。
② 古歌："慈亲束我如蚕茧，欲见姣娘可奈何！"可见《拾遗集》。

我，把我藏匿在京中，长久地作为他的侧室，我又怎么对得起我的姐姐呢？而且世上的事终不能长久隐瞒。比如那天傍晚在二条院，我偶然被他撞见，后来虽然藏到了宇治山中，也终于被他找到。更何况让我住在京中，无论怎样隐秘，岂有不被薰大将得知的道理？”她思前想后，终于悟得：“我自己也有过失。若为此而被大将遗弃，实堪痛心！”正在对着匂亲王的信胡思乱想，薰大将也派使者来送信了。两封信一同比看，实在太难堪。她便依然躺在那里阅读匂亲王的长信。侍从对右近使个眼色：“她终于喜新弃旧了。”这句话虽未出口，但两人心知肚明。侍从说道：“这是自然的呀！大将的容貌固然漂亮，但亲王的风度毕竟更加俊俏风流。他放任不拘的时候，神情真娇艳呢！换我做了小姐，受过了他这等怜爱，也决不肯待在这里。一定要设法到皇后那里去当个宫女，才能经常看到他。”右近说：“你这个人也是不可靠的。在这世上，到哪里去找比大将人品更高尚的人啊？容貌且不说，他那性情和仪态，多么端庄优雅！亲王

左右为难

《源氏物语绘卷·东屋二》复原图

近代

自从与匂亲王共渡橘岛、欢爱偷情之后，浮舟便对他念念不忘，倾心爱慕。但同时浮舟也很看重薰君的优雅庄重。图中只见背影和一头长发的女子正低头哭泣。主要人物被刻意简化的身影与侍女清楚的面容形成鲜明对比，这也是绘卷的独特手法。

的事，毕竟太不像话了！以后怎么办呢？”两人随口谈论着。右近本来独自一人担心，现在有了侍从，说起谎来也方便得多了。

薰大将的信中说：“多日不见，相思极苦。常蒙赐书，不胜喜慰。纸短情长，书难尽意。”信的一端题着一首诗：

“苦雨添愁绪，心头久不晴。
川中春水涨，遥念远方人。

我的相思之情比往日更深切了！”这信写在白纸上，封成立文式。笔迹虽然不甚工整，但书法显见确有真实功夫。匂亲王的信则写得很长，信笺折得十分小巧。两者各有佳趣。右近劝道：“趁左右无人，先给亲王写回信吧。”浮舟羞答答地说：“今天我不想写回信。”她便随手题诗一首：

“里名宇治人忧患，
渐觉斯乡不可居。”①

近来她经常拿出匂亲王所绘的画来欣赏，每次总是对画饮泣。她思前想后，觉得与匂亲王的因缘不会长久，但又觉得被薰大将一人独占而和匂亲王断绝关系，是可悲的。她赋诗复匂亲王曰：

“身如萍絮难留住，
欲上山头化雨云。

但愿‘没入’②而已。”匂亲王看了这诗，号啕大哭。他想：“如此看来，她毕竟是有几分爱我的。”浮舟那忧郁的面容一直在他眼前浮现。那端庄的薰大将呢，从容不迫地细读浮舟的来信，想道：“可怜啊！她在那里多么寂寞无聊！”便觉得此人非常可爱。浮舟的答诗是：

“知心雨③降无休止，
袖上也愁水位高。”

薰大将反复阅读，爱不释手。

有一天薰大将和二公主一起谈话，趁机对二公主说：“有一件事，说出来只怕对你不起，所以一直不敢启齿。实不相瞒：我早年就有一个女子养在外面。她一向被抛舍

① 日文中“宇治”与“忧”发音相同。

② 古歌：“此身化灰烬，没入白云里。君欲觅我时，只见荒烟起。”可见《花鸟余情》。又：“此身投沧海，没入荒波里。消失同水泡，谁复思念你？”可见《新敕撰集》。此处所引用“没入”二字，出自这两首古歌。前者与复诗中“化雨云”相关联；后者与浮舟后来投水相关联。

③ 古歌：“君心思我否，但看晴与雨。欲问知心雨，雨降竟如注。”可见《古今和歌集》。她引用这首古歌，是怨恨薰君不思念她。

在荒僻山乡，十分孤苦，我见她可怜，想叫她到附近地方来居住。我的脾气一向与常人不同，不爱家庭生活，而时常怀有遗世独立的念头。但自从与公主结缡，就只觉不便随意抛舍这尘世了，连这个一向外人不知的女子也关切起来，觉得舍弃她便是罪过一般。”二公主答道：“我不知道有什么可以使我嫉妒的。”薰大将说：“只怕有人会在皇上面前说我的坏话。世人性喜搬弄是非，实在可恶！为了这样一个女子，怎值得大惊小怪。”

薰大将打算于近期就让浮舟迁居到新造的宅邸里，又担心外人纷纷宣扬，说“这屋舍是专为小夫人而建的”。因此装饰屏门等事务皆非常隐秘。能办这件事的人其实很多，他却派了一个亲信的大藏大夫，名叫仲信的，以为他最可靠，吩咐他去装饰房屋。这仲信是大内记道定的岳父，因此辗转相传，这边的事情全被匂亲王知道了。大内记对匂亲王说：“绘屏风的画师，从随从人员中选出，全是亲信的家臣。一切陈设非常讲究。”匂亲王听说之后，愈发着急了。他想起自己有一个乳母，是一位远方国守的妻子，即将要跟丈夫一起到任地去，其任地在下京方面。他就再三嘱托这国守：“有一个极秘密的女子，想暂时藏在你家里。”国守不知道这女子是什么人，十分为难，但也不敢轻易拒绝匂亲王，便答道：“遵命。”匂亲王安排好了这隐藏之处，稍觉放心。国守定于三月底动身前往任地，匂亲王准备就在这天去接浮舟。他派人通知右近：“我已如此布置停当，你们务须严守秘密。”但他自己不便亲至宇治。同时右近也回信来说，那个爱管闲事的乳母正在家中，叫他不要亲自来接。

薰大将方面则定于四月初十将浮舟接入京中。浮舟不愿“随波处处行”[①]，她想：“我的命运真乖蹇！不知以后结局如何？”但觉心绪纷乱，打算先到母亲那里暂住，以便从容考虑。但常陆守家里因为少将的妻子产期临近，正在诵经祈祷，人声喧哗。纵使去了，也不方便与母亲一起到石山进香。于是常陆守夫人到宇治来了。乳母出来迎接，对夫人说：“大将送了许多衣料来给女侍们做衣服。各种事情总要办得尽善尽美才好。叫我这老婆子一人做主，只怕办得全然不成体统呢。”她兴致勃勃地谈东道西。浮舟听了，想道：“如果做出惹人嘲笑的怪事，母亲和乳母又有怎样的想法呢？那蛮不讲理的匂亲王今天也寄信来，说‘你纵然遁迹到层云里[②]，我也一定要寻到，与你同归于尽。还望你安下心来，随我去隐居吧。’这叫我怎么办呢？”她心情恶劣，躺卧在床。母亲看见她这般愁苦，很是吃惊，问道：“你为什么今天和往日不同？面色发青，又消瘦了不少呢！”乳母答道：“小姐近来身体一直不大舒服，饮食也很少进，整日愁眉不展。”常陆守夫人道：“真奇怪！难道是有鬼魂作祟？说是有喜呢，看来也不像，石山进香不就是因为身子不净而作罢的吗？”浮舟听着她们议论这话，心中十分难过，头也抬不起来。

天色已晚，明月当空。浮舟想起那天晚上在对岸看到残月时的情景，眼泪流个不停，自己想想也觉得太过荒唐。常陆守夫人和乳母在一起闲谈往事，又把老尼姑弁君也叫来共话。弁君回忆起已故的大女公子，说她极有修养，一切应有的事务，件件都考虑

---

① 古歌：“寂寥难忍受，愿化作浮萍。但得川流导，随波处处行。”可见《古今和歌集》。

② 古歌：“纵然遁迹层云里，定要寻时绝不难。”可见《古今和歌集》。

得非常周到。但眼看着她青春夭逝了。她说："如果大小姐还在人世，一定也像二小姐那样做了高贵的夫人，与你通信往还。那么你多年以来的孤苦生涯，也会变成无上的幸福了。"常陆守夫人想道："我的浮舟和她们是亲姐妹呢。只要宿命亨通，称心如意，以后也不会比她们逊色吧。"便对弁君说："我多年来一直为这孩子操心担忧，现在才稍稍放下心来。今后她迁居京都，我们就难得再到这里来了。所以我要趁今天会面，大家聚在一起互相谈谈旧话。"弁君说："我总觉得出家为尼的人是不吉祥的，不应该经常打扰小姐，所以很少与她见面。但现在小姐将舍下我而乔迁京都，我反倒不胜依恋了。但这种地方毕竟荒僻，不宜久居，乔迁京都真是可喜可贺的事。而且薰大将身份高贵、品性敦厚，实为世间罕有。他如此一心一意地找寻小姐，这一番诚意也非常人可比。我早就对你这么说过，如今可见我不是胡言乱语的人吧。"

常陆守夫人道："今后怎样，现在也不得而知，但大将的确对她十分怜爱。这都是仗着你老人家的说合之功，我们十分感谢。辱承匂亲王夫人垂青，我们也非常感激。只因发生了意外的事，几

何去何从

歌川广重　杜鹃与船　江户时代（1840年）

薰君在京都安排营造新屋，决定于四月迎接浮舟进京；匂亲王则安排浮舟三月底偷偷逃走，他派人接应。面对两方的安排，浮舟彷徨于是如飞鸟般隐匿逃走，还是如小舟栖息港湾般等待薰君的迎娶，何去何从让她心绪烦乱。画中的飞鸟与船，可以看作浮舟难以抉择的显现。

乎让这孩子流离失所，未免可叹。”老尼姑笑道：“这位亲王如此好色，实在令人厌烦。他家几个略为聪明一点儿的青年女侍都在那里叫苦呢。大辅姐姐的女儿右近[①]对我说：‘亲王大体上说是一位不错的主人，只是这件事惹人厌烦。如果被夫人知道，还要埋怨我们轻狂，那可真是受罪了。’”浮舟躺着听她诉说，想道：“他对女侍尚且如此，更何况对我。”常陆守夫人说：“唉，想想觉得有些可怕。薰大将虽然已有今上的女儿为妻，不过浮舟与公主关系毕竟疏远一些。我想，今后无论是好是坏，也只能听天由命了。如果再碰到匂亲王，发生不应有的事，那么无论我多么悲伤，只怕也见不到我的浮舟了！”浮舟听了两人的话，只觉心胆俱裂。她想：“我还是死了罢。不然，终会流传出丑闻来。”这时宇治川中水势汹涌，声音凄厉可怕。常陆守夫人说：“别的河边水声并不如此可怕。这地方实在是世间少有的荒僻。所以薰大将才舍不得叫我们浮舟长期住在这里。”她说时显出得意扬扬的样子。于是大家又谈论起自古以来这河中所发生的可怕故事。有一个女侍说：“前些日子，这里船夫的一个孙子，是个小孩，划船时一不小心，竟失足掉进河里淹死了！这条河里淹死了不少人呢。”浮舟想道：“我若也投入河中，不知去向，大家不免大失所望，但这失望毕竟不过是暂时的。我若活在世间，只怕早晚闹出丑事，惹人耻笑，忧患就永无绝期了。”这样想来，只要自己一死，则忧惧全部消除，万事圆满解决。但转念一想，又觉十分悲伤。她躺在一旁听母亲诉说替她操心的种种事项，只觉心乱如麻。母亲见她精神不振，身体消瘦，非常担心，对乳母说：“你去找个地方，为她举办祈祷吧。还得祭祀神明，举行祓禊。”她们不知道她正在打算“祓禊洗手川”[②]，还在那里喧嚣忙碌。母亲又吩咐乳母：“这里的女侍太少了，还要继续找寻适当的人。新来的人不可马上带到京中去。大凡身份高贵的女子，虽然本人气度宽宏，但一旦有了争宠之事，两方女侍总是难免发生纠纷。所以你要仔细挑选，在这一点上尤其要留心。”她无微不至地叮嘱了一番，又说：“那边的产妇不知怎么样了，我也颇为担心呢。”意思是马上就要回去。浮舟非常忧伤，意气消沉，想到今后再也不能与母亲见面了，说道：“女儿心情恶劣，只觉一离开母亲便孤苦无依，让我暂时跟母亲回去住几天吧。”她表示出依依难舍的神色。母亲说道：“我也是这样想啊。但是那边也嘈杂忙乱得很。你的女侍们到那边去，要做缝纫也不方便，地方又十分狭窄。你怕什么呢！纵使你迁居到了遥远的‘武生国府’[③]，我也会悄悄地去探望你的。我身份卑微，害得你处处要受委屈，实在可怜。”说着流下泪水。

薰大将今天也寄了一封信来。他听说浮舟身体不适，不知近来怎样，特别来信慰问。信中说道：“我本想亲自前来探望，只因无法回避的事太多，以致未能成行。眼下你迁京的日子将近，我对你的期盼反而更加迫切了。”匂亲王因为昨天的信未曾得到浮舟的答复，今天又写了一封信来，其中说道：“你为什么这般犹豫？我担心你‘随风漂

① 这右近是匂亲王家的女侍，不是浮舟的右近。

② 古歌：“祓禊洗手川，誓不谈恋情。神明闻此誓，掩耳不要听。”可见《古今和歌集》。洗手川是寺院门前的河流。引用此句，暗指浮舟将断绝恋情而投水自尽。

③ 催马乐《道口》歌词：“还乡诸公听我一言，请君转告我的双亲：我在道口武生国府，盼望彼此互通音信。”武生国府是地名。

泊去’[①]，已经气得要发疯了！”他的信总是写得很长。每逢下雨的日子，两家的使者经常在此相逢，今日又碰到了。薰大将的随从和匂亲王的使者以前经常在式部少辅[②]家会面，彼此认识。薰大将的随从问道：“你老兄经常到这里来干什么？”匂亲王的使者答道：“我是来拜访一个私人朋友的。”薰大将的随从说：“拜访私人朋友，难道还亲自带情书[③]来？你这位老兄真奇怪，何必故意隐瞒呢？”那人答道：“老实对你说：是那位出云权守[④]的信，要送给这里一个女侍的。”薰大将的随从看见他说话颠三倒四，觉得奇怪。但在这里追根究底，也不成样子，便各自回京去了。薰大将的随从是个机灵的人，到了京中，就吩咐与他同行的小童说：“你偷偷地跟着这个人，看他是否到左卫门大夫[⑤]家里去。”小童回来报道：“他到匂亲王家里，把回信交给式部少辅了。”匂亲王的使者比较愚笨，没有觉察有人在跟踪他，又不详知这件事的内情，以致被薰大将的随从看出底细。这随从回到三条院，正赶上薰大将即将出门，他就把回信交给一个家臣，让他转呈。这一天明石皇后要回六条院省亲，因此薰大将穿了官袍要去服侍。前驱的人不多。这随从把回信交给家臣时对他说道：“有一件事很奇怪，我要探究明白，所以直到这时才回来。”薰大将大略听见，向外走时就随口问这随从：“什么事情？”随从觉得这件事不便让家臣知道，只是默默地站立致敬。薰大将心知其中定有缘故，也不再细问，乘车出门去了。

明石皇后身体非常不舒服，各皇子都来侍候，许多公卿大夫也赶来问候，殿内非常杂乱。其实皇后并无特别的重病。大内记道定负责内务部的政治，公事繁忙，来得较晚。他想把宇治的回信送呈匂亲王。匂亲王便来到女侍的值事房，将他唤到门口，取了回信。薰大将也从里面走出来，瞥见匂亲王正躲在女侍值事房里看信，想道：“这一定是特别重要的情书！”好奇心起，就站在那里偷看。只见匂亲王展信阅读，那信写在红色的薄纸上，非常详细。匂亲王专心致志地看信，一时间忘了其他的事情。这时夕雾左大臣也从里面走出来，马上就到女侍值事房了。薰大将便从纸隔扇门口走了出来，装作大声咳嗽，以提醒匂亲王左大臣要来了。匂亲王马上把信藏了起来。左大臣向室中张望。匂亲王十分惊慌，急忙整理袍上的衣带。左大臣就在那里屈膝坐下，对他说道：“我要回去了。皇后这个老毛病虽然许久不发作了，却很令人担心。你马上派人去请比叡山的住持僧来吧。”他说罢就匆忙地走开了。到了夜深时分，大家陆续从皇后御前退出。左大臣叫匂亲王先走，又带了许多皇子、公卿大夫、殿上人等，一起同赴自邸。

薰大将最后退出。他想起临出门时那个随从的态度，心中觉得有些奇怪。便趁前驱人走到庭中去点灯的时候，唤来这个随从，问道：“刚才你说的是什么事？”随从答道：“今天早上小人在宇治山庄里，看见出云权守时方朝臣家的一个男仆，拿着一封结在樱花枝上的紫色信件，从西面的边门里交给一个女侍。小人向这男仆探问了一番，但他的回答先后不符，好像是在说谎。小人觉得奇怪，便让一个小童跟着他往回返，小童看见他到了兵部

① 古歌：“盐灶须磨渚，青烟缥缈扬。随风漂泊去，不管到何方。”可见《古今和歌集》。
② 大内记道定，兼任式部少辅，见前文。
③ 情书总是附有花枝，因此看得出来。
④⑤ 时方是左卫门大夫，又兼任出云权守。

宇治川的水　歌川广重　富士三十六景　江户时代（1858年）

听着母亲的担忧之语和宇治川凄厉可怕的水声，处于薰君和匂亲王之间两难选择的浮舟，感觉自己唯有一死，才能避免与匂亲王的私情流传于世。图中波涛汹涌的水势，犹如此刻难以决断的浮舟的心情。

卿亲王府上，把回信交给了式部少辅道定朝臣。”薰大将觉得非常惊讶，又问：“山庄里送出来的回信是什么样的？”随从答道：“这个小人不曾看见，因为是从另一扇门里送出来的。但据小童说，是红色的，非常漂亮。”薰大将想起刚才匂亲王手里拿的信，觉得一点儿不错。这个随从能够如此细心查问，实在能干。但因身边人多，他便不再细问。在归途中他想道：“这位亲王连这种角落都能找到，真令人吃惊啊！不知道他因什么机会而知道这个人的，又不知道是怎样地爱上她的。当初我以为在荒僻的山乡之中绝不会出这种乱子，真是太幼稚了！按理来说，这女子若与我漠不相关，你要爱她悉听尊便。但是我和你从小如此亲密，我曾经千方百计地为你拉线，替你带路，你对我难道可以做出这种负心之事？回想起来，实在痛心不已！我对你家中那二女公子，虽也倾心爱慕，但多年以来，一直清清白白，足见我心何等稳重。而且我与二女公子，并不是从眼下开始的不成体统的恋爱，而是原本早就相识的。只因我心存顾虑：如果用心不良，对人对己两皆不利，所以严守规矩。现在想来，实在太迂了。最近匂亲王连日身上不适，家中问病的来客极多，纷乱异常，不知他怎么还能抽出工夫写信遥寄宇治。或许他们已经开始往来了吧。宇治这条路，对恋人来说实在太遥远了。前些日子我曾听说，有一天匂亲王突然失踪，大家四处找寻他。他原来是为了这件事而心烦意乱，并不是生了什么病。想起从前他爱二女公子时，因为不能到宇治去，那种忧愁苦闷的样子叫人看了心里发慌呢。”他历历回思，再想起前日浮舟愁眉不展、神情恍惚的样子，突然恍然大悟，原来是这番道理！诸事既已看清，心中好不悲凉！又想：“世间最靠不住的，莫过于人心了！浮舟看着端庄温雅，却原来是个水性杨花的女子，和匂亲王倒是志同道合的一对。”他想到这里，便打算自己退出，把浮舟让给匂亲王。但又想道：“如果我当初想娶她为正夫人，此事倒要讲究一番。但我也并非如此设想，不如把她当作一般的情妇，听其所为吧。若让我从此与她断绝往来，是断舍不得的。”如此反复思量，让人觉得可笑。他又想：“我若因此而嫌恶她，将她抛弃，则匂亲王必然接了她去，据为己有。但他绝不会考虑到这女子日后的生涯。起初热烈爱慕，后来玩腻了又送给大公主当女侍的女子，至今已有二三人。如果浮舟也被他如此处置，叫我看到听到，该多么难过啊！”他终于舍不得她。为了查明情况，他就写一封信，趁左右无人时，唤来那个随从，问他：“道定朝臣近来还是常和仲信家的女儿来往吗？”随从答道：“是。”又问：“派到宇治去的，经常是你提起的那个男仆吗？……那边的女子一时家境衰落，道定不知底细，也想去向她求爱呢。[①]”他长叹一声，又叮嘱他说：“你把这封信送去，千万不可叫别人看见！看见了不得了的！”随从遵命，心想：“少辅道定经常查问大将的行踪，又打听宇治方面的详细情况，原来是有这番打算。”但他不敢在大将面前饶舌。大将也不想让仆人们确知详情，所以不再问他。宇治方面，看见薰大将的使者来得比往日更加频繁，忧虑更添。他的信中唯有寥寥数语：

“妄想美人盼待我，
不知波越末松山。[②]

① 在随从面前，故意不说匂亲王，而推在那天代接回信的道定身上。

② 古歌：“我若负君怀异志，海波越过末松山。”可见《古今和歌集》。末松山是日本高山的名称。

千万不要做出惹人耻笑的事！”浮舟觉得这封信很奇怪，心中万分忧惧。如果回信中表明理解这诗的含意，不免太难为情；如果说他言语乖戾，不能明白，也不成样子。她只好把来信照原样折好，在上面加注数字：“这封信只怕是误送至此，特此退还。今日身体不适，难以作复。”薰大将看了，想道：“她这番应付实在巧妙，想不到竟这样机敏。”他微微一笑而罢，对她并未生起嫌恶之心。

浮舟见薰大将信中隐约表示对那件隐事略有所知，心中更添忧惧。她想：“终于要弄出荒唐可耻的事来了！”正在愁苦之时，右近走了过来，说道：“大将的信为什么退了回去？退回信件是不吉祥的啊！”浮舟答道：“我见信中言语乖戾，难以理解，想是送错了，所以便退了回去。”原来右近看出蹊跷，在将信交给使者的途中便已打开来看过了。右近这种做法实在不好。她并不表露自己已经看过那信，只说道：“哎呀，怎么办呢！这件事情叫大家都很痛苦！大将似乎已经略有所知了。”浮舟听了顿时满脸红晕，一句话也说不出来。她没想到右近已经看过那信，还以为是另有知道薰大将情况的人告诉她的，但也不便追问她是从何得知的。她想：“这些女侍看到我这番情景，不知心中做何感想？真可耻啊！虽然是自作自受，但我的命运也未免太苦了。”她不堪忧苦，便躺卧下来。

右近和侍从两人在一起谈话。右近说：“我有一个姐姐，在常陆国时和两个男子一同相好。人生在世，不论身份贵贱，这种事情总是难免的。这两个男子都对我姐姐一样情深，不分高下。我姐姐被弄得无所适从，心迷意乱。有一次她对后相好的那个人略微多表示了一点儿好感，那先相好的一个就发起狂来，终于把后一个杀死，他自己也和我姐姐断绝了来往。可惜的是，国守府里损失了一个能干的武士。而那个凶手呢，虽然也是国守府里出色的家臣，但是犯了这种过失，怎么还能留用呢？他就被驱逐出境。这都是女人惹下的祸事，因此我姐姐也不能留在国守府内，只得去当了东国的民妇。直到现在，我母亲想起她还要大哭一场呢。这真是罪孽深重啊！我说这些话虽然不祥，但无论身份贵贱，在这些事情上稀里糊涂，实在是很不好的。纵使不致丢掉性命，迟早也要按各人身份而饱尝痛苦。身份高贵的人，有时反会受到比丢掉性命更加痛苦的耻辱呢！所以小姐必须及早确定一方面才好。匂亲王比薰大将情深，只要他是诚心诚意的，小姐不妨就追随了他，也不必如此忧苦了，如今作践身体也是于事无补的。夫人对小姐如此深切关怀，我母亲[①]又一心一意地准备迁居之事，妄想着薰大将要来迎接入京。哪里知道匂亲王提早下手。这真是糟糕透顶！”侍从说：“哎呀，你不要说这种可怕的话了！世事都是宿命中早就注定的。只要小姐心中稍有倾慕，那便是前世与之有缘。说实在话，匂亲王那种诚恳狂热的模样，叫人看了不忍拒绝他呢。薰大将虽然如此急着迎娶入京，但小姐恐怕不会倾向他吧。据我看来，还不如暂时躲开薰大将，追随那位多情的匂亲王。”她一向热诚赞美匂亲王，这时便信口胡言。但右近说：“据我看来，我们还是到初濑或石山去求求观世音菩萨：无论追随哪一方面，总要保佑我们平安无事。薰大将在这儿领地内各庄院的办事人，都是粗野的武夫。宇治地方更到处都是他们一族的人。在这山城国和大和国境内，大将领地的各处庄院里的人，都是这里那个内舍人[②]

① 乳母是右近的母亲。

② 内舍人是宫中司理杂务的官员。

平安时代的私奔

在平安时代，虽然有不可消去的门第观念，但贵族男女之间也常有恋爱结婚的。而那些恋爱了也无法结合的，只有私奔了。当然，有私奔未遂的，有本该私奔而没有私奔的，也有像浮舟这样，计划好了私奔而半途放弃的。

私奔未遂

平安时代最有名的歌仙、《伊势物语》的主人公在原业平，广受当时贵族女性的仰慕。他曾带着后来的二条皇后藤原高子私奔，但被其兄堵截回来，高子被送入宫，在原业平被流放东国。图为在原业平背着藤原高子私奔的情景。

最有潜质的私奔

本书第十回中，源氏与胧月夜大胆偷情，被其父左大臣撞见，之后源氏被迫流放须磨。如果当时他们直接私奔，在风流至上的平安时代，大概更能成就一番佳话，可谓最有潜质的私奔。图为源氏在窥看胧月夜的内室。

最颓废的私奔

匂亲王在得知薰君将于四月迎接浮舟入京的消息后，与浮舟密谋在三月即离家私奔。但浮舟既痛苦两人之间难于选择，又对薰君颇多愧疚，无奈之下颓然放弃所有，投川自尽。图为匂亲王与浮舟共渡橘岛、欢爱偷情的情景。

最恐怖的私奔

本书第四回中，源氏私下带着夕颜来到一处荒宅偷情，却于午夜受到妖魔所祟，夕颜暴死。逢此恐怖至事，尚年少的源氏恐惧而又伤心至极。图为茫然的男子和受惊吓的侍女。

的亲戚。大将任命他的女婿右近大夫当总管，吩咐他打点一切事务。身份高贵的人不会任性蛮干，但不明事理的田舍人，经常轮流在这里值更守夜。尽管人人希望在当值期间不出一点儿乱子，还是难免会发生意外之事。像那天夜间乘小舟渡河，每次想起都让人不寒而栗！亲王格外小心谨慎，连随从也不带一个，衣服也穿得很简朴。如果当时被这些人看见，后果真是不堪设想啊！”浮舟听到她们的谈话，想道：“归根到底，都是由于我的心倾向了匂亲王一边，所以她们才说这样的话。我真可耻啊！其实在我心中，对双方都不恋慕。只是每次一看到匂亲王那焦灼万状的样子，不知道他为何这般思念我，因而像做梦一般吃惊，不免对他更为注意。但对于久蒙照顾的薰大将，我决不想突然地离开他。如今我为此弄得心绪纷乱。正如右近所说，如果闯出祸事来，可该怎么办呢？”她思前想后，说道：“我真想死了算了！世间再没有像我这样命苦的人！如此不幸的人，即使在下等人中也是少见的吧！”说罢便只管俯伏着身子。两个深知内情的女侍劝说道：“小姐不要这样伤心！我们都是为了要让你安心，才说这些话的。从前，你纵使有了忧虑的事，也满不在乎，泰然自若。自从发生亲王这件事后，你一直愁苦不堪，我们看了非常担心呢。”她们都心烦意乱起来，忙着商议善后的办法。那乳母只管兴冲冲地染衣料，缝衣服，准备迁居的诸项事宜。她把新来的几个美貌女童叫到浮舟面前，对她说道：“小姐看看这些可爱的孩子，散散心吧。只管躺在那里发愁，只怕是有鬼魂作祟呢。”说罢叹息一声。

却说薰大将收到了那封退回的信后，并不作复，匆匆过了数日。有一天，那个威势十足的内舍人到了山庄。正如右近所说，他看上去非常粗野，是个体格魁梧的老人，声音嘶哑，说起话来语调特别吓人。他叫人传言：“有话要对女侍说。”右近就出来接见。他说：“我蒙大将宣召，今日入京参见，这时才赶回来。大将叮嘱我各种杂事，其中又提起一事：近来有一位小姐住在这里，夜间警卫的事务，因一向由我等担当，京里也不曾派值宿人至此。但据说最近有来历不明的男子常与这里的女侍来往，大将严厉地责问了我，他说：‘这件事实在太疏忽了。守夜人理应查明情况。你们怎么会不知道呢？’但我并未听说这种事情，便禀告大将：‘我因一直身患重病，许久未曾担任守夜之职，确实不知此事。但我曾派出干练的男子，令其轮班守夜，不得稍有懈怠。如果真有这种非常事件发生，为什么我至今不知道？’大将说道：‘今后务须小心在意！如果再发生这种荒谬的事，一定严加惩办！’不知大将为什么突然说这些话，我真是不胜惶恐。”右近听了这话，比听到猫头鹰叫更觉惊恐，一句话也说不出。她急忙回到内室，传达了内舍人的话，叹道：“小姐请听他的话！与我预料的一点儿也不差！多半大将已经听到风声了。他近日连信也不写一封来。”乳母恍惚听到这些话，说道：“大将如此叮嘱，我听了可真高兴！这一带地方有许多盗贼，那些值夜人都不像从前那样认真，找一些吊儿郎当的下属来代为值勤，近来愈发连巡夜也没有了。”她说时满脸喜色。

浮舟看到这一幕，想道：“厄运果然即将来临了！”再加上匂亲王频频来信追问“何日可以相逢”，诉说“缭乱似松苔”[①]的心情，更使得她痛苦不堪。她想：“总而言之，我无论追随哪一方，另一方一定会发生可怕的事。唯有我一人赴死，是最安全的办

① 古歌：“何日逢君盼待久，芳心缭乱似松苔。”可见《新敕撰集》。

法。从前曾有为了两个情夫同样热爱、难以解决而投水的事例[1]。我如果活在世间，一定会遭逢痛苦。既然如此，一死又何足惜？我死之后，母亲虽然当时悲伤，但她要忙着照顾许多子女，以后自会渐渐忘怀。如果我活在世间，因为行为不端而惹人讥笑，忍辱偷生，母亲不免更加为我悲伤。”浮舟为人天真烂漫，落落大方而又十分柔顺，但因从小不曾受过高深的教养，缺乏一定涵养，因此一遇困境，顿时便萌生短见。她想毁灭过去的信件，不让后人发现，但她并不众目昭彰地一次毁灭，而是逐渐毁掉，有的就在灯火上烧毁，有的扔在水里。不知内情的女侍，以为她即日就要迁居京中，就把这些往日无聊时随意涂抹的字稿尽皆毁弃了。侍从看见了，劝道：“小姐何必如此！情侣之间真心诚意的通信，若是不愿让别人看见，尽可将之藏起，闲时私下取出观看，每一封信都有其情趣。这些信笺如此讲究，而且满纸都是情深义重、令人感激的言语。这样一封封地毁灭，岂不可惜！”浮舟答道：“有什么可惜的！这是都是不能让人看见的。我在这世上也不长久了。这些信留在世间，对亲王有所不利。而若被大将知道了，也将怪我恬不知耻地保存这些情书，多难为情啊！”她思前想后，极其悲伤，又有些犹豫不决。因为她也隐约记得佛教中有一句话：背亲而死，罪孽最重。

匆匆过了三月二十日。匂亲王约定的那家人将于二十八日动身远赴任地。匂亲王在寄给浮舟的信上说：“那天晚上我一定前来接你。望你及早准备，不要让仆从窥破形迹。我这里严守秘密，绝不会走漏风声，请勿怀疑。”浮舟想道：“亲王微服而来，但这里戒备森严，势必不能与我相见。徒劳往返，真是可悲之事！有什么办法可以与他相聚片刻呢？看来只得让他抱恨空回了。”匂亲王的面容又不时地浮现在她眼前。她不堪悲伤，便拿起那封信来遮住脸，虽然竭力隐忍，但终于放声大哭。右近急忙劝解：“哎呀，小姐啊！你这副模样，要被人家疑心了。现在已经渐渐有人怀疑了呢。你不要只顾着伤心，应该好好地写封回信给他。有我右近在这里，无论什么事都不怕的。你这么小小的一个身体，纵使要从空中飞走，亲王也一定能带得走你。”浮舟略微镇定一下，拭泪答道：“你们一味地说我爱他，真使我伤心！如果事实如此，也就任由你们说吧。但是我一向以为这事十分荒唐。那人蛮不讲理，硬要说我爱他。我若坚决拒绝，不知他会做出多么可怕的事情来。我每次想到这里，深感自身命苦！”她把匂亲王的信置之不理。

匂亲王猜想：“她始终不愿跟我出走，而且近来连回信也没有一封，大概是因为薰大将劝诱她，她相信依靠他比依靠我更能长久，就决心跟他走了。”他明知这是理所当然之事，但依然十分惋惜，妒火燃炽起来。他暗自琢磨：“虽然如此，但她的确曾经倾心爱我。一定是和我别离期间，侍女们在她面前说我的坏话，她就变心了。”便觉“恋情充塞天空里”，无可忍耐，又不顾一切地到宇治去了。

将将走近山庄，只见篱垣外面警卫森严，气象与往日大不相同。这时便有人走出来连声盘问：“来者是谁？”匂亲王急忙退开，另派一个熟悉情况的仆人前往，但连这仆人也受

---

① 从前津国有一名女子，两个男子（菟原氏、智努氏）同样地爱着她。她的母亲难以决定，便命两个男子到生田川上射水鸟，射中的就做她的女婿。结果一人射中鸟头，一人射中鸟尾。女儿吟诗曰：“住世多忧患，投身愿自沉。生田川水好，毕竟是空名。”就投身川中而死。两个男子也投身川中，一人执女子手，一人执女子足，三人俱死。可见《大和物语》。《万叶集》中也有类似的故事。

到盘问。可见如今情形与往日不同了。仆人十分狼狈，急忙答道："京中有要函派我送来。"便说出右近的一个女仆的名字，叫她出来相见，把详细情形告诉了她。女仆进去转告右近，右近大为狼狈，叫她出去回复："无论怎样今晚也不行，实在对不起得很！"仆人将此言回报了匂亲王。匂亲王想道："为什么忽然这样疏远我了？"他无法忍受，对时方说："还是由你进去找侍从吧。总要想个办法才行。"便派他前往。时方是个机灵人，他信口开河地搪塞了一会儿，果然让他进去找到了侍从。侍从说："我听说，不知为了什么，薰大将突然下达紧急命令，因此最近守夜人戒备森严，实在毫无办法。我家小姐也十分忧虑。她担心让亲王受委屈，更加令人忧虑的是：今晚亲王如果被守夜人看到了，以后事情就更加不好办了。还是等不久以后亲王定下了来迎的日子，到那天晚上我们在这里就悄悄地预先准备，再通知你们来吧。"又提醒他这里的乳母晚上容易醒来，叫他千万小心。时方答道："亲王远来此地，一路上颇不容易。看他那模样，一定要与小姐相见呢。我若回报他事情办不成功，他必将责备于我。不如你和我同去，我们一起把详细的情形向他说明吧。"便催侍从一起去。侍从说："这太没道理了！"两人争执半天，这时夜色已经很深。

匂亲王骑着马，站在稍远的地方。几只声音粗俗的村犬，跑出来向他狂吠，非常可怕。几个随从都很担心，他们想："我们人数这么少，亲王又打扮得如此卑贱，若真走出几个不分青红皂白的暴徒来，可怎么办呢？"时方只管催促着侍从："快走吧，快走吧！"终于带着她来了。侍从把长长的头发挟在胁下，让发端挂在前面，风姿非常清新可爱。时方劝她乘马，她断然拒绝。时方只好捧着她的长裾，给她当跟班。又把自己的木屐给她换上，自己穿了同来的仆人那双粗鄙的木屐。等到走到匂亲王面前，时方便把详细的情况向他报告。但这样站在外面，说话也极不方便。众人只好在一处草舍的墙阴下，找了一块野草繁茂的地方，铺上一块鞍鞯，请匂亲王下马，暂且席地而坐。匂亲王心中暗自寻思："我这般模样多丢人啊！眼看着我这性命就要毁在这情场中，无法好好地做人了。"眼泪便流个不停。侍从心肠软，看了他这模样更是悲伤不已。匂亲王的风姿非常优美，纵使是可怕的敌人所变成的鬼怪看见他，也不忍将之抛舍。他略微镇定了一下，对侍从说道："难道连与她说一句话都不行吗？为什么这里的戒备忽然森严起来？想必是有人在薰大将面前毁谤我了。"侍从便把具体的情况详细地告诉他，说道："您决定了来迎的日子，务请预先妥善地准备好。我们看到亲王如此不顾身份，屡次枉顾，纵使粉身碎骨，也一定想方设法玉成其事。"匂亲王也觉得自己这模样难看，便不怪怨浮舟这一方面了。这时夜已很深，村犬不停地狂吠，随从想把它们赶走。那些守夜人听到了，便拉动弓弦，发出很大的声响。一个男子怪声怪气地叫喊："小心火烛！"匂亲王非常慌张，只得返驾回京，这时他心中的悲伤自然难以言喻，对侍从吟道：

"白云遮断山山路，
无处舍身饮泣归。

那么你也早点儿回去吧。"便劝侍从回返。匂亲王风姿俊俏，态度优美，夜露打湿了他的衣裳，衣香随风四散，美妙无法言喻。侍从饮泣吞声地回到山庄去了。

却说右近将谢绝匂亲王拜访一事告诉了浮舟。浮舟听后，心中更加混乱，一直躺在那里。正在这时，侍从回来，也把情况一一告知了浮舟。浮舟一言不发，但流出的眼泪

探问受阻 狩野永德 洛外名所游乐图屏风 安土桃山时代（16世纪后期）

浮舟的杳无音信让匂亲王十分不安，匆忙赶至宇治山庄查探。在山庄外却受阻于新添加的守卫，他十分不甘。图为山庄外守卫来回巡视的情景。

却几乎使枕头浮了起来。又担心女侍们看见了惊怪，只得竭力隐忍。第二天早晨，她自知双目红肿难以见人，一直躺着不肯起来。后来勉强披衣，坐起来诵经。她一心指望着减除先亲而死的罪孽。又拿出那天匂亲王所绘的画来看，只觉他描绘此画时的姿态和俊俏的面容，历历如在眼前。想起昨夜竟不能和他交谈一语，今天倍觉悲痛，伤心无限。又想起那薰大将，"他指望将我接入京中，从容相会，长相聚首。一旦听闻我的死讯，不知将做何感想，实在对不起他。我死之后，世间恐怕也会有非难我的人，想起来深觉可耻可恨。但与其活在世间，被人指点为轻浮女子，当作笑柄，恶评传入薰大将耳中，还不如死了算了。"便独自吟道：

"忧患多时身可舍，
却愁死后恶名留。"

她觉得对母亲也颇为留恋。平时并不特别关心而容貌丑陋的弟妹，也可留恋。又想起匂亲王的夫人二女公子……愿今生再见一面的人很多。众女侍正准备薰大将来迎之事，忙着缝衣染帛，说东道西，但在浮舟听来全不入耳。到了晚上，她就思量办法，怎样才可以避人耳目而走出门去，因此通夜不眠，心绪不佳，元气尽丧。到了白天，她就朝着宇治川眺望，觉得死期将至，堪比那步入屠场的羊。

这里，匂亲王写了一封缠绵悱恻的情书来。浮舟现在不愿再让别人看到她的书札，所以连回信也不写，只写了一首诗交给使者带回去：

"尸骨不留尘世里，
使君何处哭新坟？"

她本想让薰大将也知道她即将赴死的决心，但她又想："我给双方都写信通知，他们原是亲密好友，最后自会互相说出，未免乏味，还是不让任何人知道我的去向才好。"就决定不告诉薰大将。

母亲也从京中写信来了。信中说道："昨晚我做了一个梦，见你的模样与平日大异。今天正在各处寺院举办诵经祈祷。想是昨夜梦后不曾再睡的缘故，今天白天想睡，结果又做了一个梦，梦见你遇到不祥之事。我醒后马上写信给你，务望你小心在意。你的住所荒凉冷僻，薰大将又时常到访，只怕他家二公主心中常怀怨恨，若受其祟，极为可怕①。你身体恰逢不适，而我又做这种噩梦，实在非常担心。我很想到宇治来看你，但你的妹妹产前疾病缠绵，似有鬼怪作祟。我只要有片刻离开她，常陆守就要大发脾气，因此不能前来。希望你在附近寺院中也举办诵经祈祷。"此外又附有各种布施物品及写给僧侣的请托书。浮舟想道："我命将绝，母亲兀自不知，信中提到这些关怀之语，实在可悲！"便趁这使者到寺院去的工夫，写了一封回信给母亲。想说的话很多，而无勇气落笔，结果只写了一首小诗：

"此生如梦何须恋，
且待来生再结缘。"

① 当时的人迷信生魂能作祟于人。第九回葵姬即其一例。

山寺钟声　狩野永德　洛外名所游乐图屏风　安土桃山时代（1565年）

山寺中诵经的钟声随风飘来，心存死念的浮舟对匂亲王的迷恋、对薰君的愧疚等，都随着钟声而飘散。图中的钟楼、行人、山脚的樱花以及寺院的一角，都隐藏在弥漫的雾色里，形成一种格外的宁静，有如浮舟此刻赴死的心情。

随风传来寺中诵经的钟声，浮舟躺在床上静听，又赋一诗：

“钟声尽处添呜咽，
为报慈亲我命终。”

她把这首诗写在从寺中取来的诵经卷数记录单上。那使者说：“今晚只怕不能回京了。”便把记录单依旧系在那枝条①上。乳母说道：“我心突突地跳得厉害呢！夫人也说做了噩梦。记得要吩咐守夜人小心在意！”浮舟躺着听她说话，心中无限痛苦。乳母又说：“你一点儿东西也不吃，这可不好。吃些羹汤吧。”她在浮舟身边说东道西，百般照顾。浮舟想道：“乳母一向自以为清健，其实早已年老貌丑，我死之后，让她到哪里去安身呢？”她替这乳母担心，觉得她很可怜。她很想把自己即将离世之事隐约告诉她。但尚未出口，泪已先流，生恐引人疑心，终于未能说出。右近躺在她旁边，对她说道：“忧愁的人，灵魂就会飘荡出身体。小姐近来这般愁苦，所以夫人才会做那噩梦。小姐应该及早打定主意跟从哪一方面，然后就听天由命吧。”说罢不停叹息。浮舟只是用她常穿的便服衣袖遮住脸，默默地躺着。

① 诵经卷数记录单是结在一根树枝上的，这是当时风习。

第五十二回　蜉蝣①

第二天清晨，宇治山庄中到处找不见浮舟，众女侍万分惊恐，东寻西找。浮舟小姐终于下落不明。这正像小说中千金小姐被劫后的情景，无须详述。京中母夫人的使者昨日不曾回去，母夫人不能放心，今天又派来一个使者。这使者说："鸡鸣时分我就奉命出发了。"上至乳母下至众女侍，一个个狼狈万分，不知该怎样回复。乳母等不知底细的人，只管惊慌哭喊。而知道内情的右近和侍从，想起浮舟近日的愁苦之状，心里猜她只怕已经投水自尽。右近哭哭啼啼地打开母夫人的信，只见信中写道："恐怕是我为你太过操心，不能安枕，昨夜在梦中也无法清楚地看见你，一合眼就被梦魇住，因此今天心情异常难过，时时刻刻惦记着你。眼见薰大将即将迎你入京，我想在这之前先接你到我这里。但今日下雨，此事容后再定。"右近再打开浮舟昨夜答复母亲的信来看，读了那两首诗，不禁号啕大哭。她想："果然不出我的所料！这诗句的深意多么令人伤感啊！小姐下了这种决心，为什么决不让我知道呢？她从小信任我，对我无话不谈。我对她也一向毫无避讳。今当永别之时，她竟遗弃了我，不向我透露一点儿风声，真叫我好恨啊！"她捶胸顿足地大哭，竟像一个孩子一样。浮舟忧愁的神态，她一向早已看惯。但这位小姐一向性情柔顺，她万万想不到小姐会走上绝路。因此惊骇万状，悲痛不已。乳母平日自作聪明，今天却呆若木鸡，嘴里只管念着："这可怎么办呢？怎么办呢？"

匂亲王看了浮舟的诗，只觉诗中口气与往日不同，似乎另有深意，想道："她到底有什么打算呢？她原是很爱我的。大概是怕我变心，心怀疑虑，所以逃到别的地方去躲藏了吧？"他不能放心，便派一个使者去探问。使者到了山庄，只见满屋子的人都在大哭，信也无法呈上。他向一个女仆询问情由，女仆答道："小姐昨夜忽然离世，大家正在惊慌呢。能做主的人偏偏又都不在这里，我们这群底下人真弄得束手无策了。"这使者并不详悉内情，因此也不细问，就回京去了。他把所闻所见一一报告了匂亲王。匂亲王只觉身在梦中，惊诧万分。他想："我并未听说她患了重病。只知道她近来经常闷闷不乐。但昨天的回信中全然看不出这种迹象，笔致反而比平时更加清秀呢。"他满腹疑团，便召唤时方，对他说道："你再去查问一下，问明确实情由。"时方答道："只怕薰大将已经听到什么风声了，所以他才严厉申斥守夜人，说他们怠忽职守。近来连仆役们出入山庄，都要拦阻下来仔细盘问。我时方若无适当的借口，贸然到那宇治山庄去，如果被大将得知，只怕他要怀疑呢。而且那边突然死了人，一定喧哗扰攘，出入的人很多。"匂亲王说："你的话也不错，但我总不能听其自然，置之不理呀。你还得替我想个办法，去找那详知底细的侍从，问明究竟是怎么一回事。刚才这仆人所回报的只怕有误。"时方见主人如此可怜，觉得不能违命，便在黄昏时分动身前往宇治。

时方行动便捷，很快便到达了宇治山庄。这时雨势已稍停息，但因山路崎岖难行，他不得不穿着便装，好似一个仆从。他刚一走进山庄，就听见许多人在大嚷，有人说："今晚应当举行一个葬礼！"时方一听便吓呆了。他要求与右近会面，但右近不肯听命，只

① 本回接续前一回，写薰君二十七岁春天至秋天的事。

叫人对他传言说："我如今茫然若失，无法起身。大夫大驾光临，今晚只怕是最后一次了。我有失远迎，不胜惭愧。"时方说道："这样说来，我不能问明情况，今晚怎么回去复命呢？至少让那位侍从姐姐出来和我说一句话呀。"他再三恳切要求，侍从只得膝行出来与他会面，对他说道："真是万万意想不到啊！小姐之死，仿佛连她自己也不曾预料似的。请你转告亲王：我们这些人说是悲伤也好，说是什么也好，总之全如做梦一般，茫然不知所谓了。且待心情稍为安定之后，再把小姐近来的愁苦，以及亲王来访那夜她的痛苦模样一一奉告吧。丧家不吉，等到四十九日忌辰过后，再请大夫来此晤谈。"说罢流泪不止。内室之中也听见许多人的哭声。其中有一人在哭喊，大约就是那个乳母吧："我的小姐啊！你到哪里去了？快点儿回来呀！连尸骨也找不见，叫我好伤心啊！往日里朝夕相见，还嫌与你不够亲近。我日日夜夜盼望小姐交上好运，因此我这条老命才能拖延到今天。想不到小姐忽然抛弃了我，连去向也无法得知。鬼神不敢夺走我的小姐。大家所深深爱惜的人，帝释天也会让她还魂。夺走我家小姐的人，无论是人是鬼，都应该赶快把她还给我们！至少也得让我们看看她的遗骸。"她一五一十地哭诉着。时方听见其中有尸骨不见踪影等话，觉得十分奇怪，便对侍从说道："还请你将实情告诉我。或许是有人把她藏起来了吧？亲王一定要知道确实情况，我是替他来的，算是他派来的使者。现在无论小姐是死去或是被人隐藏起来，总是没有法子了。但日后若终于水落石出，而实际情形与我今天回去报告的不相符合，亲王一定要向我这使者问罪。亲王以为事已至此，或许传闻失实，尚有一线希望，所以特意派我来向你们询问清楚，这难道不是一番好意吗？耽好女色之人，在中国古代朝廷里也有不少，但像我们亲王这样一往情深，据我看是世间少有的。"侍从想道："这真是个细心的使者！我纵使想要隐瞒，这种天大的事情以后也自会揭穿的。"便答道："大夫疑心有人将小姐隐藏起来，如果有一点儿可能，我们这些人为什么个个如此伤心痛哭呢？实在是我家小姐近来心绪非常愁苦，薰大将也为此说了她几句。小姐的母亲和这个高声哭叫的乳母，近来都在忙着准备，要让小姐迁居到最初结缘的薰大将那里去。亲王的事情，小姐决不肯让别人知道，只在自己心中感激思慕，因此她非常苦恼。我万万没想到她会起了这种舍身赴死的念头，所以我们才这么悲伤，那乳母一直怪声怪气地哭喊不住。"这话虽不详细，总算大致把前后事实说明了。但时方还是难以相信，说道："那么，以后再见吧。我们在此立谈，实在难以说得详尽。以后亲王自当亲自来访。"侍从答道："唉，那是不敢当的。小姐与亲王的姻缘，如果现在被世人得知，对于已故的小姐来说，倒是一件光荣幸运的事。但这件事一向严守秘密，所以现在还是不可轻泄，这才不负死者的遗愿。"这里的人都在尽力设法，以免这罕见的横死事件让外人知道。时方若在这里驻留久了，难免会被别人看到，因此侍从劝他早点儿回去。时方就走了。

大雨滂沱之时，母夫人自京中赶来，她的悲痛难以言喻。她哭道："你若在我面前死去，虽然我也十分痛心，但死生毕竟是世间常事，如今尸骨不见踪影，叫我怎么甘心啊？"浮舟为了匂亲王不断纠缠而忧愁苦闷等事，母夫人全不知情，因此她万万没想到浮舟会投水自尽。她只疑心浮舟是被鬼吞食，或者被狐狸精摄去了。因为她记得古代小说中曾记载过这种诡异的事件。她东猜西想了一会儿，终于想起了她一向担心的二公主：她身边或许有用心不良的乳母，听说薰大将即将迎接浮舟入京，以为深可痛恨，便暗中勾结这里的仆人下了毒手，亦未可知。于是她疑心这里的仆人，问道："近来有没有新进来的陌生仆人？"

探询死讯　歌川丰国　源氏香之图·蜉蝣　江户时代（约1844—1847年）

初闻浮舟死讯，匂亲王十分怀疑，便命时方前去探其中真假。然而宇治山庄内悲哭一片，只有侍从出来，再次告知浮舟的死讯，但详细情形因心绪混乱而无法说清。图为穿着便装的时方与浮舟的侍从在门口交谈的情景，屋内侍女们正背向而哭。

侍从等答道："没有。这地方荒凉冷僻，住不惯的人一刻也待不住，总是推说'我暂去一下就来'，便卷起铺盖回乡去了。"她的话也确是实情，就连本来在此任职的人，也有几个辞职而去，所以这时山庄中仆从极少。侍从等人想起小姐近几日来的神情，记得她经常哭着说"我真想死了算了"。又翻看她平日所写的字，在砚台底下发现了"忧患多时身可舍，却愁死后恶名留"的诗句，更加确信她已投水。她们朝着宇治川凝眸眺望，听到那汹涌澎湃的水声，只觉得既可怕又可悲，便与右近商议："如此看来，小姐的确是投水了，而我们还在东猜西测，使得各方关心她的人都难消疑虑，实在对不起他们。"又说："做那件秘密的事，原本不是出于小姐自愿。做母亲的纵使在她死后知道了这件事，对方毕竟也不是令人可耻的等闲之辈。我们不如把事情真相告诉她吧。她因为见不到小姐的遗骸而东猜西测，万般疑惑，若能知道实情，或许可以稍稍减轻疑虑。而且殡葬亡人，必须有个遗骸，才是世间常态。这没有遗骸的奇怪丧事若这样延续下去，一定会被外人看破情由，所以我们还不如把实情告诉她，大家一起竭力隐讳，也许可以遮蔽世人耳目。"两人便把诸般前事悄悄地告诉了夫人，说话的人悲痛欲绝，几乎说不完整。而夫人听后更是伤心，想道："如此看来，我这女儿确已投身在这荒凉可怖的川流之中了！"心中悲痛之极，恨不得自己也投身其中。后来她对右近说："我想派人到水里去找找，至少总要把她的遗骸好好地找回来，才好入葬。"右近答道："此刻才到水里去寻找，哪里还找得到呢？小姐的遗骸早已流到去向不明的大海里去了。况且做这些无益之事，只能令世人纷纷传说，多难听啊！"母夫人思前想后，悲伤之情充塞心中，实在无法排遣。于是右近与侍从二人一起推着一辆车子到浮舟的房间门口，把她平日所铺的褥垫、身边常用的器具，以及她身上脱下来的衣服等，尽皆装到车上，又叫乳母家做和尚的儿子及其叔父阿阇梨、平素熟悉的阿阇梨弟子、一向相识的老法师，以及七七四十九日中应邀来做功德的僧人，假装搬运亡人遗骸的模样，一起把车子拉了出去。乳母和母夫人万分悲痛，伏在地上大声号哭。这时那个内舍人——就是以前为了值夜之事来警告右近的那个老人——也带了他的女婿右近大夫来了。他说："小姐的殡葬事宜，应该先去禀明大将，择定日期，郑重举行才好。"右近答道："只因其中有个缘故，务求避人耳目，所以特地赶在今晚以前办了才好。"就把车子拉到对面山麓的草原上，不让别人走近，仅由几个知道实情的僧人举办了火葬。这火葬非常简单，烟气一会儿就消散了。乡下人对于殡葬一事，反而比城市的人更为看重，迷信也更深，就有人讥评："这葬丧可真奇怪！规定的礼节和应有的事项都不完备，竟像是身份卑贱人家的做法，草草了事。"又有一人说道："京都的人，凡有兄弟的人家，是故意做得这般简单的。"此外还有各种令人不安的讥评。右近想道："这种乡下人的讥评，已足令人心生警惕，何况这种消息无法隐瞒，不久就会传开。以后薰大将若是得知小姐死后没有遗骸，一定会疑心匂亲王将人隐藏了起来，匂亲王也会同样怀疑薰大将。但他与大将过从甚密，虽然暂时疑心，不久自会知道小姐是否在他那里。而大将也一定不会永久疑心亲王。于是他们只怕会猜想另有一人把小姐带走藏起。小姐生前有福气，备受高贵之人怜爱。她死后如果被人疑心跟着下贱人逃走，实在太委屈了。"她很担心，于是仔细观察山庄之中所有仆役，凡是在今天的混乱中偶然看破实情的人，她都郑重叮嘱其万万不可泄露。而那些不知实情的人，她也绝不让他们知道，防备得非常严密。两人互相告诫道："再过一段时间，咱们自当把小姐寻死的诸般情由悄悄地告知大将和亲王。现在就让他们知道内详，反会削减他们的哀思。

所以眼下若有人走漏了风声，我们就太对不起死者了。”这两人心中深为内疚，所以极力隐瞒。

却说薰大将因为母夫人尼僧三公主患病，这时正闭居在石山佛中大办祈祷。他离京愈远，对宇治的关念就愈深。但并无一人马上前往石山报告宇治近来发生的奇事。首先是浮舟死后，不见薰大将的使者前来吊唁，宇治的人都以为没有面子，于是领地庄院内就有一人前往石山，将事情如实报告。薰大将听了大吃一惊，茫然不知所措，便派了一向亲信的大藏大夫仲信前往吊唁。仲信于浮舟死后第三天清晨到达宇治。他传达了大将的话：“我听说这件不幸之事，很想马上亲自赶来。只因母夫人患病，正在举办祈祷，功德期限自有规定，以致不能如愿。昨夜殡葬之事，理应先来告知，延缓日期，郑重举办。为何如此匆忙，草草了事？人死之后，丧事或繁或简，固然同属徒劳，但这毕竟是人生最后一事，你们如此简慢操持，竟使亡人受到乡村小民的讥评，连我也失了面子。”众女侍听说薰大将的使者来了，更觉悲伤。听了这话，无言以对，只得以哭昏为由，不作明确的答复。

薰大将听了仲信的回报，回想前事，不胜伤感。他想：“这宇治真是一个可恶的地方！我为什么让浮舟住在那种地方呢？最近这件意外，也是由于我把她放在那里，又自以为可以安心，因而别人才去侵犯的。”他深深懊悔自己疏忽大意，不通世故，心中不胜悲恸。母夫人正在患病，他在这里因这种不吉之事而伤感，极不相宜，便下山返京。他并不去二公主的房中，而是让人传言：“有一个和我素来亲近的人遇到不幸。虽无重大关系，我却不免为之悲伤。只怕有所不吉，暂不进房。”就独自在室中悲叹人世无常。他想起浮舟生前的风姿，实在非常娇美可爱，便更增悲伤之情。他想：“她活在世上时，我为什么不去热切地爱她，而任由岁月虚度呢？如今想起来，真是百思不得其解。在恋爱的事上，我这一生是命中注定要遭受痛苦的。我本来立志要与众人不同，常想出家为僧。哪里知道事出意外，一直随俗浮沉，大约我因此而被佛菩萨嗔怪吧？或许是佛菩萨为了使我再起求道之心，这才行了个方便办法：隐去慈悲之色，故意使人痛苦。”于是更加潜心修行佛道。

匂亲王更为受苦：他自从听闻了浮舟的死讯，于二三日间一直神志昏迷，似乎已经魂升天外。旁人都以为鬼怪作祟，十分慌张。后来他的眼泪逐渐哭干，心情才略微镇定下来。他想起浮舟生前模样，更增悲伤之情。对于外人，他只说自己身患重病，但无端哭肿双眼，不便叫人看见，便百般设法隐蔽，但悲伤之色自然会流露出来。也有人追问道：“亲王为了什么如此伤心？看他几乎忧伤得性命垂危呢！”薰大将详知匂亲王忧伤的情状，想道：“果然如我所料，他和浮舟的关系绝不仅仅是通信而已。浮舟这样的人，只要被他一见，定然牵惹他的神魂。如果她活在世上，一定会做出比过去更加令我难堪的事情来。”这样一想，他对浮舟的悼念之情也就略微消减了。

到匂亲王家问病的人非常多，天天门庭若市。几乎无人不到，举世纷扰。这时薰大将想：“他为了一个身份并不高贵的女子之死而幽闭在家，诚致哀悼，我若不去慰问，似乎太乖戾了。”便前往拜访。这时有一位式部卿亲王逝世了，薰大将为这叔父服丧，穿着淡墨色的丧服。但他心中只当作是在为他所痛惜的浮舟服丧，色彩倒也相称。他的面庞稍显瘦削，但容貌更添俊俏。其他的问病之人听见薰大来了，一一退出。这时正值幽静的黄昏。匂亲王并非经常卧床。疏远的人虽一概不见，但一向出入帘内的人则并不拒绝会面。只是此时和薰大将相见颇觉有些顾虑，不好意思。一看到他，未曾说话，眼泪便要夺眶而出，难以抑制。好容易才镇定下来，说道："我其实并无什么大病，只是别人都说这病一定要特别小心。父皇与母后也替我担心，真不敢当。我只是见到世事无常，心中不胜感伤罢了。"说罢，眼中泪如泉涌，他不愿被人看见，急忙举袖擦拭，但泪珠早已纷纷落下。他觉得非常不好意思，但以为薰大将未必知道这眼泪是为浮舟而流的，不过笑我怯弱而已，便觉得十分可耻。但薰大将想道："果然如此！他一直在为浮舟伤心。不知两人什么时候开始来往的。这几个月以来，他一直在笑我是个大傻瓜吧。"这样一想，他对浮舟的哀悼之情便荡然无存了。匂亲王细看他的神情，想道："此人多么冷酷无情啊！一般的人心中哀愁之时，纵使那哀愁不是因为死别，即使只看到天空中飞鸣的鸟也会引起悲伤的。我如今无端伤心哭泣，如果他知道我的心事，绝不会不为之感动而洒下同情之泪的。只因此人一向深悟人世无常，所以泰然无动于衷。"便觉薰大将甚可钦羡，把他看作美人曾经倚靠过的"青松柱"①。他想象薰大将与浮舟相对而坐的情状，觉得此人正是死者的遗念。

两人谈了一些闲话，薰大将觉得浮舟之事不必过分隐讳，便说道："一向以来，我每逢心中有事而暂时无法对你诉说，便觉得格外难过。现在我侥幸升官晋爵，而你身居高位，更是少有闲暇，竟连从容晤谈的机会都没有了。若没有特别的事由，我也不敢擅自来访，不知不觉过了许多时日。今天我要告诉你一件事：有关你曾到过的宇治山庄中那个短命而死的大女公子，原来有一个与她同一血统的人，居住在意料不到的地方。我听说了这件事，就经常去看她，想更多地照顾她。但当时我正值新婚，只怕平白地惹人讥议，便把她暂时寄养在那荒僻的宇治山庄。我并不经常去看她，看来她也似乎并不想专心依靠我。如果我要把她当作高贵的正夫人，当然不能任由她如此。但我并无此念。而再细看她的模样，也并无特别的缺陷，因此我就安心地怜爱她。哪里知道最近她忽然死去。我想起世间的无常，不胜悲痛。这件事想必你这里也听说了吧。"这时他也忍不住流下泪来。他并不想叫匂亲王看到他的悲伤，便觉得有些不好意思。可是眼泪一经流出，再难抑制，脸色不免有些狼狈。匂亲王想："他的态度不太寻常呢，大约已经知道我与浮舟的事情了吧？这可真遗憾。"但仍装作若无其事地说道："这真是可悲的事啊。我昨天也约略听说了。我想派人前去慰问，探询情况，但因听说这是你不愿使人知道的事，因而未曾奉访。"他装出漠不关心的样子，但心中十分悲伤，因此只是一语带过。薰大将说："因为她与我有此关系，我也曾想向你推荐。但你自然已经见过她了吧？她不是曾经在你府上住过吗？"话中略带暗示。继而又说："你身体不适，我却只管对你说这些没有什么意味的琐事，有渎清听，实在冒昧得很。务望多加保重。"他说过这话就辞别而去。薰大将在归途中想道："他对她的思念好深切啊！浮舟不幸短命而死，但命中注定是个高贵之人。这匂亲王是当今皇上、皇后最为宠爱的皇子，无论容貌风姿以至一切，在现今世上都是最出类拔萃的。他的夫人都不是普通之人，在各方面看来都是高贵无比的淑女。但他撇开她们，而对这浮舟倾心热爱。如今世人大张旗鼓，举办祈祷、诵经、祭祀、祓禊，各处忙得不可开交，其实不过是因为匂亲王悼念此女而生病的缘故。我也算是身份高贵了，娶了当今皇家公主为夫人。我对浮舟的悼惜，又何曾不及匂亲王之深切？如今想起她已死去，心中的悲伤依然无法抑

---

①古歌："剧怜座畔青松柱，曾是佳人笑倚来。"可见《源氏物语注释》。

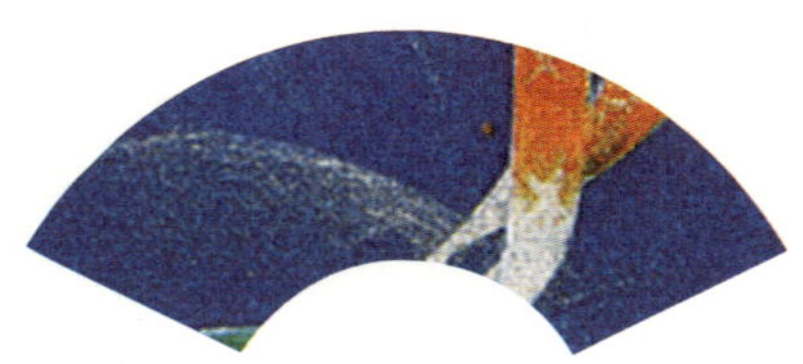

白居易对平安文化的影响

唐朝时，白居易的诗传入日本后，即迅速流传开来，深受当时贵族文人的喜爱。凡谈及汉诗文者，言必称《文选》和《白氏长庆集》。本书作者紫式部作为一条彰子皇后的女官，即为其讲授《白氏文集》。《源氏物语》中，引用白诗也达 106 处之多。

白诗风靡日本的原因

数量丰富、取材广泛，便于学习和借鉴 ➤ 由于白居易人生经历丰富，凡个人生活、做官生涯以及社会民生等，都有记述咏诵，其诗作自然收录最多，也自然成为当时文人学习诗歌创作的首选范本。

通俗浅显、直白流畅，易于理解和模仿 ➤ 平安时代的日本，对汉语的理解有一定难度，更何况诗歌。白诗通俗浅显、直白流畅，正符合他们既能读懂且能模仿的条件，因而深受喜爱。

“感伤”与“物哀”的契合，佛家思想的共鸣 ➤ 白诗中与自然融合、心物一体的精神，对季节变迁的细腻把握，以及沉郁伤感的情调，与平安人敏锐的季节感和“物哀”“风雅”的审美情趣十分契合。而贵族阶层面对衰亡时产生的失落感，深感人世之无常，也使他们对白诗中的佛家思想产生共鸣。

《源氏物语》中的白居易

第一回“桐壶”

桐壶帝反复观看白居易《长恨歌》的画册，想起“在天愿作比翼鸟，在地愿为连理枝”的往事。

第十二回“须磨”

源氏流放须磨前，准备的行装中即“将白居易文集等装了一书箱”。

第二十二回“玉鬘”

乳母等人带着玉鬘逃往京都的路上，平民身份的丰后介触景生情，吟诵白居易《缚戎人》诗句“凉原乡井不得见，胡地妻儿虚弃捐”。

第五十二回“蜉蝣”

薰君在夕阳中眺望庭院里次第开放的秋花，不堪忧伤之情，吟咏白居易的诗句“大抵四时心总苦，就中肠断是秋天”。

歌仙在原业平感伤地望着一川红叶的情景。

制呢！虽然如此，这种悲伤实在是愚笨不堪的。但愿我不再如此。”他努力抑制心中的哀伤，但依然思前想后，心绪纷乱。便独自吟咏白居易“人非木石皆有情……”①的诗句，躺卧在那里。想起浮舟死后葬仪非常简陋，不知她的姐姐二女公子得知后做何感想，薰大将觉得对不起她，又很不安心。他想：“她的母亲身份卑微。这种阶层的人家一向有一种迷信：有兄弟的人死后葬仪必须尽可能地简单，因此才草草了事吧。”这时想起，心中甚感不快。宇治那边的情况如何，他有许多不能详悉之处。为了细查浮舟死时的情形，他很想亲自到宇治去探问。但在那边长久驻留，实不相宜。如果去了又马上回来，又觉得于心不忍。他心中犹豫难决，极为苦恼。

转眼已至四月。有一天傍晚，薰大将突然想起：浮舟如果不死，今日正好应是她乔迁入京的日子，便觉深为悲伤。庭中的花橘散发出可爱的香气。杜鹃在枝头飞过，啼了两声。薰大将独吟“杜宇若能通冥府”②的诗句，犹觉难以慰怀。这一天匂亲王正好来到北院③，薰大将便命人折取一枝花橘，赋诗系在枝上送去。诗曰：

“君若有心怜杜宇，
也当饮泣暗吞声。”④

匂亲王因见二女公子的容貌与浮舟酷似，正自深为感慨。夫妇二人一起对坐沉思。忽然接到薰大将的来书，读后觉得这首诗颇有深意，便答诗曰：

“花橘香时人怀旧，
知情杜宇缓啼声。⑤

多啼更加令人心烦。”二女公子此时已完全知道匂亲王与浮舟的事。她想：“我的姐姐和妹妹都如此薄命，想是她们容易感伤、思虑太深的缘故吧。唯有我一人不知愁苦，大约是因此才能活到今天。然而也不知能苟延到哪一天呢。”一想起来，便不胜伤感。匂亲王心知她早已洞悉缘由，觉得再加隐讳太无情了，便把过去之事略加修饰，从头至尾告诉了她。二女公子说：“你这般隐瞒于我，实在可恨！”两人在谈话中时而哭泣，时而嬉笑。因为对方是死者的姐姐，所以谈起话来比别人更为亲切。那边六条院内，诸事大事铺张。这次为匂亲王的疾病而举办的祈祷，也十分纷忙骚扰。问病之客络绎不绝。岳父夕雾左大臣及诸位舅兄弟不时在旁问讯，实在不胜烦恼。而这二条院里却很安静，匂亲王觉得极好。

匂亲王寻思：浮舟到底为了什么而突然寻死，这件事情竟像做了一场梦。他心中闷闷不乐，便召唤时方等人，派他们到宇治去将右近接来。浮舟之母暂时留在宇治，听着宇治川的水声，自己也恨不得跳进那水里。悲伤难以消解，不胜愁苦，便回京去了。于是右近

---

① 白居易《李夫人》诗：“人非木石皆有情，不如不遇倾城色。”

② 古歌：“杜宇若能通冥府，传言我正哭声哀。”可见《古今和歌集》。当时的人相信杜鹃能与冥府相通。

③ 二条院在薰大将所居三条院的北侧，因此称之为北院。

④ 因相信杜鹃通冥府，故用以比喻已死的浮舟。

⑤ 花橘的香气令人怀旧，根据古歌“乍闻花橘芬芳气，猛忆伊人怀袖香。”可见《古今和歌集》。

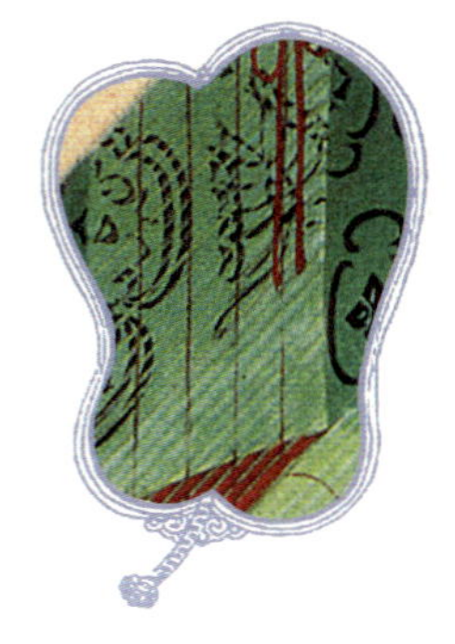

问病 佚名 源氏物语绘卷 平安时代（约12世纪）

匂亲王因悼念浮舟而病倒，薰君前往问病。病榻前匂亲王心怀隐秘，悲痛难于抑止。薰君则表露出知情的样子。图为当年夕雾探访重病的柏木的情景，与此刻薰君探病匂亲王非常类似。

等人只能和几个念佛的僧人做伴，生涯寂寞无聊。正在这时，时方等人来了。以前这里值宿人戒备森严，但现在竟无一人前来阻挡。时方回思往事，想道："真遗憾啊！亲王最后一次来到这里时，竟被他们阻挡在外，不得入内。"便觉得亲王很可怜。他们在京中看见亲王为了这段微不足道的恋情而日夜悲叹，觉得并不值得。但一旦到了这里，想起从前曾有好几个夜晚跋山涉水而来，以及抱着浮舟乘舟时的美妙光景，以及那人的优美，大家都垂头丧气，不胜感伤。右近出来与时方相见，一见面就大哭不止，这原也是难怪的。时方对她说："匂亲王说如此如此，特地派我前来。"右近答道："热丧之中，我就入京去见亲王，别人看了难免奇怪，我也有所顾虑。纵使去见了亲王，也不能清楚明白地报告，使亲

牛车相请　狩野永德　洛中洛外图屏风　安土桃山时代（16世纪后期）

匂亲王心痛于浮舟的身亡，派人将其生前的女侍侍从君请到府中，详细询问浮舟出事前的情况。这种派牛车相请的待遇对于一个女侍来说，在平安时代已经非常隆重，可见匂亲王对浮舟身死消息的重视。图为平安时代贵族阶层才能使用的牛车工具。

王确悉详情。且待这边四十九日丧忌过去之后，我找个适当的借口，对别人说‘我要出门一下’，这才像模像样。如果我能意外地苟延性命，心情稍稍镇定，那时纵使亲王不来召唤我，我也一定要把这有如做梦一般的惨事向亲王详细诉说。”她今天不愿动身。时方大夫也哭了起来，说道：“亲王和小姐的关系怎样，我们并不清楚。虽然不知内情，但看见亲王对小姐无比怜爱，觉得也不必急着和你们亲近，以后自有效劳之时。现在发生了这件无可挽回的惨事，就我们的心情来说，倒是更加盼望同你们亲近了。”又说：“亲王思虑再三，特意派车来接。如果空车返回，岂不令他失望？既然右近姐姐不愿离开此地，就请另一位侍从姐姐前往如何？”右近便呼唤侍从，对她说道：“那么你就去走一遭吧。”侍从答道：“我更不会说话，并且我丧服在身，亲王府中难道不觉禁忌？”时方说：“亲王现在患

病，府中举办了祈祷，原有各种禁忌，但似乎并不禁忌服丧之人。亲王与小姐宿缘如此深厚，他自己也应为小姐服丧。四十九日之期所剩无多，就请你今天劳驾吧。”侍从一向爱慕匂亲王的风采，浮舟死后，她以为再不能见到他了。今天有此机会，私心十分乐意，便动身入京。她身着黑色丧服，打扮得很漂亮。她现已没有主人，不必穿裳[1]，所以没有把裳染成淡墨色。今天她就把一条淡紫色的裳交给随从带着，以便参见亲王时系上。她设想如果小姐尚在人世，今天走这条路进京就必须秘密地走。她私下里对匂亲王与浮舟的恋爱十分同情，一路上不断地流泪，不久就来到匂亲王邸内。

匂亲王听说侍从来了，不胜悲恸。因为这件事不宜公开，所以没有通知二女公子。匂亲王来到正殿，叫侍从在廊前下车。他向她详细询问浮舟临终以前的事由，侍从把小姐那一段时间悲伤愁叹的情状，以及那天晚上哀哀哭泣等事，一一告诉了他。她说：“小姐非常沉默，对万事都打不起精神来。她心中虽有忧虑，但并不大肯告诉人，只是

① 裳即下裙，是系在外面的短裙，是女子礼服。在主人或贵人前必须穿裳。

自己闷在心里。想是这个缘故，连个临终遗言也没有留下。她如此痛下决心，走了绝路，我实在做梦也想不到。"她汇报得很详细，匂亲王听了愈加悲伤，猜想浮舟当时心情，怨她为什么不肯听天由命、随俗浮沉，而偏要如此痛下决心投水自尽呢？又想自己如果当时能看见她投水，拦腰将她抱住，多么好呢！便觉心痛如刀绞，但一切都已无法挽回了。侍从也说："当时她一件接着一件烧毁书信，我们怎么一点儿不加注意，实在太疏忽了。"她一一回答匂亲王的问话，两人谈了一夜，直到天明。又把浮舟写在诵经卷数单上答复母亲的绝命诗读给他听。匂亲王一向对这侍从并不十分在意，这时倒觉得她格外可亲可爱，对她说道："你今后就在这里供职如何？你对我家夫人也并不陌生。"侍从答道："我虽愿意在此供职，但心中悲痛难忍。且待七七过后再说吧。"匂亲王说："盼望你再来。"他连对此人也觉得依依难舍。破晓之时，侍从提出要回去，匂亲王便把以前为浮舟置办的一套栉箱和衣箱赏赐给她。他曾为浮舟置办了许多器物，但赏赐侍从也不宜太过丰厚，所以只把与她身份相称的一些器物送给她。侍从到此，想不到会受赏，如今带着这么多东西回去，只怕别的女侍看了奇怪，倒是有些麻烦。因此她很为难，又不好意思退回，只得带着回去。到了山庄之后，她与右近二人悄悄地打开来看。每逢寂寞无聊之时，看到这许多精致巧妙、新颖可爱的东西，不觉悲从中来，一起痛苦。那些衣服也都是很华丽的。"在这丧忌之中，怎样隐藏这些东西呢？"两人一起发愁。

薰大将也非常挂念宇治这边的情况，不堪其苦，便亲自到宇治来探视。他一路上回思过去的各种事情："当初我是由于什么样的宿缘而来拜访她们的父亲八亲王呢？以至于后来竟替他全家的人操心，连这个意想不到的弃女也照顾到了。我来到此地，本是想向这位道行高深的先辈请教佛法，替自己后世修福的。不想后来违背初心，反而引动凡心。大约正是因此才受到佛菩萨的惩罚吧。"到了山庄，他就唤来右近，对她说道："这里的情况，我所知道的不是十分清楚。这真是令人无限伤心之事！七七丧忌余日不多，我本想于丧忌过后来访，但终于无法自制，就匆匆地赶来了。小姐患了什么重病，而如此突然亡故？"右近见他追问，想道："小姐横死，老尼姑弁君等也都大概知道，以后总会被大将知道。我现在若对他隐瞒，以后他发现与别人所说不同，只怕要埋怨我，所以我应该对他直说。"至于浮舟和匂亲王之间的隐秘事件，右近也曾煞费苦心地想要隐瞒，并且预先准备：如果面对这位态度异常庄严的薰大将时，应该说怎样的话。但今天真的看见了他，她竟将准备好的话全都忘记了。她万分狼狈，便一五一十地把浮舟失踪前后的情况告诉了他。薰大将听了，觉得这真是出人意料，一时之间说不出话来。他想："绝不会真有这种事情！浮舟为人沉默温顺，一般人常说的话她也不肯多说半句，真是个温柔的淑女，怎么可能决心做出这么可怕的事？多半是这些女侍捏造事实想来欺瞒我。"他疑心是匂亲王把浮舟藏匿了起来，心中愈加烦乱。但又想起匂亲王那种哀悼的神色，分明是真实的。他再细看这里女侍们的模样，如果是假装的哀伤，自然看得出来。这时山庄中上下人等都听说薰大将来了，大家一起伤心，号啕大哭。薰大将听到之后，又问道："有没有与小姐一起失踪的人？你还得把当时情况详细地告诉我！我想小姐决不会嫌我冷淡而抛弃我。究竟突然发生了什么不可告人的事，她才因而投身赴水？我始终不能相信这事。"右近看薰大将神情可怜；又见他果然生疑，十分为难，便对他说："大人自然知道：我家小姐自幼不幸，在穷乡僻壤之中长大，最近又寄居在这荒寂的山庄中。自此以后，她平时心中也常怀愁闷。唯有静候大人偶尔光临，方有片刻欢乐，可使她忘怀过去的不幸。她盼望着早日迁入京都，安居逸处，更得以时常侍奉左右。她嘴上虽然不说，但心中无时或忘。后来听说这件事即将如愿，连我们这些当女侍的人也都欢喜万分，忙着准备乔迁。常陆守夫人得遂经年之志，更是兴致勃勃，日夜筹划乔迁。哪里知道后来大人突然寄来一封莫名其妙的信。这里的守夜人也来传达尊意，说女侍中似有人过于放肆，警卫必须森严，等等。那些不通情理的粗野村夫，就妄自猜测，乱造谣言。此后大人又久无音信。于是小姐深感自身不幸，这才萌生出绝望的念头。母夫人一向竭尽心力，务使她这女儿交上好运，不落人后。小姐那时自觉妄图幸福，反而被世人讪笑，十分伤心，于是沦入悲观，日夜悲叹。除了上述这些情况之外，我竟再想不出其他致死的原因。纵使被鬼怪隐藏了去，也总得留下些痕迹才是。"说罢掩面放声大哭，悲伤不已。薰大将便不再怀疑，悲从中来，不停流泪。他说："我因身份所限，一举一动都要引人注目。每逢记挂她时，总是想道：不久即将接她入京，使她有名有分，无忧无虑，与我长久欢聚。全靠此自慰，才虚度了许多日子。她疑心我对她疏远，而实际上是她抛弃了我。真使我伤心啊！有一件事，本来今日我已不想再提，但这里别无外人，不妨说说，便是匂亲王的事情。他和小姐究竟是从什么时候开始来往的？这位亲王对于色情之事一向特别擅长，最会诱惑女人。我想小姐一定是因为不能经常和他相聚，悲伤过度，这才投河自尽的。你可要如实地告诉我，不可有所隐瞒。"右近想道："原来他确已完全知道了。"心中不胜遗憾，答道："这件深可痛心的事，原来大人已经听说了？我原是片刻不离小姐左右的……"她略想一想，又说："大人当然知道，小姐曾经悄悄地在亲王夫人那边住过几天。有一天，亲王突然闯进小姐室内。经我们严词抵御，他终于走了出去。小姐害怕得很，就迁居到三条地方那所简陋的屋子里。此后亲王不见小姐踪影，自然也就无法再来纠缠了。小姐到了此地之后，不知他从哪里得到的消息，就派人送了封信来，这大概是二月间的事。以后又有好几次来信，但小姐连看也不看。我等劝她：'置之不复，太不礼貌了，反而显得小姐不通情理。'于是小姐方才作复，有一二次吧；除此以外，我们再没有看到其他事情。"薰大将听了，想道："她的回答也不过如此，我硬要深究下去，也太乏味了。"于是低头沉思了半天，他想："浮舟看重匂亲王，对他倾心爱恋。而另一方面对我也难以忘情，以至于左右为难，无法决定。她本性优柔寡断，又刚好住在水边，就起了这个可怕的念头。如果我不把她安置在这里，纵使她遇到再大的忧患，未必能找到一个'深谷'[①]而投身自杀。如此看来，这条河水实在可恨！"他便对这宇治川深恶痛绝起来。近年来他为了那可怜的大女公子与这浮舟，时常在这崎岖的山路上奔走往返，如今想起只觉得可悲可怜。连"宇治"这两个字他也不愿再听了。又想："匂亲王夫人最初向我提起此人时，把她比作大女公子的雕像，这就已是不祥之兆了。总而言之，她完完全全是因为我的疏忽才死去的。"他想来想去，又想到浮舟的葬丧仪式，觉得她的母亲毕竟身份卑微，竟将女儿的后事办得如此草率，实在令人遗憾。听了右近的详细报告，又想："那个做母亲的一定非常伤心吧。浮舟作为这样一个母亲的女儿，也算是出类拔萃的人物了。浮舟与匂亲

① 古歌："每逢忧患时，常思投深谷。深谷皆太浅，忧患何残酷！"可见《古今和歌集》。

王之间的隐秘，那做母亲的未必知道。她一定以为我对浮舟突然变心，因而使她自杀，正在怨恨我呢。”便觉对不起她。

浮舟并未死在家中，屋中原无不祥之气。但因随从都在旁边，因此薰大将也不便入内，他命人将架车辕的台搬来当作凳子，坐在边门之外。又觉得这般模样十分难看，就走到树荫之下，以草为席，暂坐休息。他想起今后不会再到这荒凉的地方来，心中甚感悲伤，便向四周环顾打量，独自吟诗：

“我亦长辞忧患宅，
谁人凭吊此荒居？”

阿阇梨现已任律师之职。薰大将将他召唤到山庄来，吩咐他为浮舟举行法事，让他增添念佛僧侣的人数。自杀罪障甚为深重，所以薰大将以为必须举办可以减轻罪孽的法事。每个七日的诵经供养办法，他均有详细的指示。天色已经昏暗，薰大将准备返京，心中反复思量：“如果浮舟尚在人世，我今夜不会就此归去。”他派人去召唤老尼姑弁君。而弁君派人代答道：“此身不祥，为此日夜悲叹，神思愈加昏迷，唯有茫然伏卧而已。”她不肯出来相见。薰大将也不强要进去看她，就此上路。他在归途之中痛悔自己不曾及早迎接浮舟入京，听着耳畔传来的宇治川水声，只觉心如刀割，想道：“连遗骸也找不到，这是多么悲惨的死别啊！不知她现在怎样，在何处海底与贝类为伍？”心中哀思难以自慰。浮舟之母因常陆守邸内正在为女儿安产而举办祈祷法事，而自己刚刚到过丧家，身蒙不祥，所以返京后并不直接回常陆守邸，而暂时寄居在三条地方那所简陋的屋子里。她的哀思也无法排遣。一方面又记挂着邸内的女儿是否平安。后来知道这女儿平安地分娩了。她因为身蒙不祥，不便去看望产妇，对其他子女也无法照顾，只是茫然地昏沉度日。正在这时，薰大将悄悄地派人送来一封信。母夫人虽然神志昏迷，也觉得这信既可喜又可悲。薰大将的信中写道：“这次不幸遭逢意外之变，鄙人首先应向夫人致哀。但此刻我心绪纷乱，泪眼昏花。猜想夫人爱子之情，也必难忍悲伤。因此想待心绪稍宁之时，再行奉候。不觉岁月匆匆，已过多时。我深感世事无常，更觉满怀愁恨难以消除。鄙人但得侥幸存命于世，务请夫人视我为令爱的遗念，随时枉顾为幸。”这信上写得非常诚恳，送信的使者就是那个大藏大夫仲信。薰大将又嘱咐仲信口头传言：“鄙人行事迟缓，以致年关已过而尚未迎接令爱入京，夫人大概会疑心我变心吧？但常言说既往不咎，自今以后，无论何事，鄙人自当竭力效劳。夫人亦请暂记在心。令郎如欲出仕朝廷，鄙人定当尽力提拔。”夫人以为子女之丧并不需要过分忌讳，因此坚持要请使者入内休息。自己挥泪作复，回信中说：“身逢逆事而能苟延残喘，忧伤度日，正因仰承宠锡嘉言的缘故。多年以来，我每次看到小女面露愁苦，深感这是我这做母亲的出身卑贱的过失。近日欣蒙惠许迎接入京，正在暗自庆幸小女从此可得托庇，长享幸福。哪里知道竟然忽遭这无可挽回的灾厄，如今仅是听闻‘宇治’二字，也觉可嫌可恶，悲伤无限。今蒙赐书致问，殷勤抚慰，欣喜之余，自觉寿命或可稍延。若得暂时生存于世，自当仰仗鼎力之助。而眼下泪眼昏花，只怕未能恭敬作复。”送使者的礼品，若按照平时规例，不甚相宜，而不送则又觉招待不周。她便把本想奉呈薰大将的一条斑纹犀角带，以及一把精美佩刀装入袋中，放在使者车上，对仲信说：“这些都是死者的遗念。”即以奉赠。使者返回后，薰大

平安时代的女性美

不同时代有不同的审美，在以华丽奢靡为特色的平安时代，女性美的标准主要体现在黑色的长发、白皙的容貌、艳丽的十二单衣，以及多才多艺的情趣上面。由于男女之间很难见面，故而这种美的标准也显得隐约、婉转。

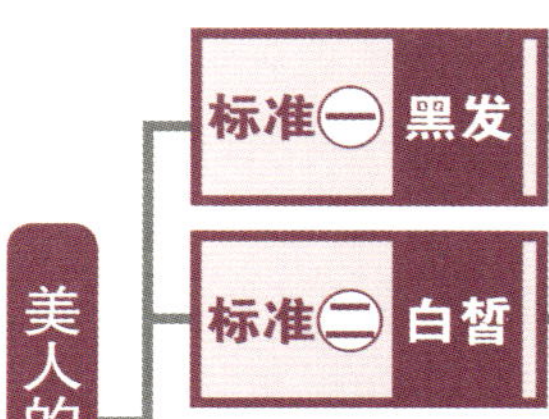

美人的标准

标准㊀ 黑发：按当时风俗，贵族女子们即使对着丈夫也须以扇遮面，所以只能通过背影来评判美丑。而一头乌黑的长发，无疑能够提高美的分值。多、直、乌黑的长发，是美人的先决条件。

标准㊁ 白皙：面容的首要标准是皮肤白、轮廓浅。故为了强调白皙，女性要把牙齿染黑；为了让鼻梁看起来低，面颊上会涂上浓浓的腮红；为了便于涂白粉，不惜把眉毛都拔光。

标准㊂ 服饰：平安时代的女性服饰十二单衣宽松而又重叠，无法显现女性的身材，只得尽力在袖口、下摆、颜色上下功夫，另外以刺绣、螺钿等装饰，呈现自己的风格及才气。

标准㊃ 才情：平安时代的贵族女子一般很难与男子见面，只有通过琴棋书画等才艺来展示自身的高贵、优雅，其中尤以音乐和书法最能显示女子才情之美。

平安时代女性的化妆

1 洗发 平安时代的女性都十分注意保养其长发。但并非每日都洗头，平日里用米汤（将米磨碎，榨取出来的汁液）来梳洗头发。

2 画眉 由于长发使前额显得比较宽阔，因此便将眉画在额头中央，以取得面部五官间的平衡。此外，拔去眉毛也便于在脸上涂抹白粉。

3 扑粉 将面部扑上白粉，以显得白皙。常用的白粉有植物的米粉、矿物质的铅白（铅白粉）和轻粉（水银白粉）。

4 涂红 红是自红花中提取出来的红色染料，平安时代的美人不大用于口红，而是在面颊涂上浓浓的腮红。

5 染齿 为了凸显肌肤的白皙，女子们常把牙齿染成黑色，这也是当时女子必行的成人仪式之一。

平安时代家喻户晓的美女小野小町。

将看了这些赠品，说道："其实大可不必。"使者回报道："常陆守夫人亲自接见，对我哭哭啼啼地说了许多话。她说：'连无知小儿亦蒙大将如此体恤，实在令人诚惶诚恐。何况我乃身份卑微之人，更觉羞惭无地。我自当对外人严守消息，并将所有不肖之子遣到尊邸，令其服役。"'薰大将想道："这些并不是与我关系密切的人。但即便是在天皇的后宫中，也有地方官的女儿。那些女子如果因为有宿世因缘而得蒙皇上宠爱，也不至于受世人讥评吧。至于普通臣下，娶贫贱人家的女儿或嫁过人的妇人为妻，也并不是什么新鲜的事。世人纷纷传说我爱上了一个地方官吏的女儿，但我本就不打算娶她为正妻，所以也不能指为我行为上的污点。而且那母亲失去了一个女儿，不胜悲伤。所以，我必须看在这女儿面上照顾她的家人，以宽慰这母亲的心怀。"

却说常陆守到三条那屋子里来找他的夫人。他怒气冲冲地站着大叫："家中女儿分娩之时，你怎么能一个人躲在这里！"原来夫人并未把浮舟近来的情况告诉他。他一直以为浮舟已经沦入困境。夫人本想等薰大将将浮舟接入京中之后，再把这光彩的事告诉丈夫。但现在弄成这般模样，也无须再隐瞒了，便哭哭啼啼地把诸般事由从头至尾地告诉了他，又取出薰大将的信来给他看。这常陆守性情卑鄙，崇拜高官贵族，看了这信大为一惊，反复把玩，说道："这孩子抛弃了偌大的幸福而死去，真可惜啊！我也算是大将的家臣，经常在他邸内出入，但从未蒙大将召近身边。他是一位非常端庄严肃的贵人啊！现在蒙他关怀我的儿子，我们真要交运了。"他满面喜色。而夫人则痛惜浮舟已离开人世，只管俯伏痛哭。常陆守这时也流下泪来。其实，如果浮舟在世，薰大将反而不会关心常陆守的儿子。只因他自己做错了事，害得浮舟丧命，心中甚感惭愧，眼下至少要略为安慰她的母亲，所以也顾不得世人讥评了。

薰大将为浮舟举办七七的法事，却又怀疑她是否真的死去了。但想到无论死或不死，做功德总不是坏事。于是十分秘密地在宇治那律师的寺院中大做法事。他命令办事的人：赠予六十位法师的布施品必须尽量丰厚。浮舟之母也赶来宇治，另外添办了几种佛事。匂亲王将黄金装入白银壶中，送到右近那里。他担心外人起疑，不便公然为浮舟大办法事，因此这些黄金只当作是右近供养的。不知内情的人都诧异地说："这女侍的供养为什么这么阔气？"薰大将方面，也派了一大批亲信家臣到山寺中来协办法事。许多人又惊诧地问："真奇怪！这女子从未闻名，为什么法事办得如此体面？她究竟是什么样的人？"这时常陆守也来了，他毫不客气地以主人自居。众人看了都觉得非常奇怪。常陆守近来因女婿少将生了儿子，在家中大办庆祝，忙得不亦乐乎。他家中各种珍宝应有尽有，近来又收集了许多自唐土和新罗[①]而来的物品。但由于身份所限，这些物品毕竟不够上乘。这场法事本来是秘密举办的，但排场非常宏大。常陆守看了之后，想道："浮舟如果尚在人世，其命运的高贵绝非我们这些人所能相比！"匂亲王夫人也送来各种布施物品，又命人设筵宴请七僧。皇上也听说薰大将曾有这样一个情妇，猜想他对这人一定非常怜爱，又不便让二公主知道，才将她隐藏在宇治山乡，因此觉得他很可怜。薰大将与匂亲王二人心中，一直为浮舟

① 即中国和朝鲜。

悲伤。匂亲王在情火正炽之时忽然失去恋人，更是极为痛心。但他原是轻浮成性之人，为了排遣悲情，渐渐地向其他女子求爱的事又多起来。薰大将则身兼其咎，虽然对浮舟的遗族多方照顾，但还是难以忘怀这件无可挽回的恨事。

却说明石皇后为叔父式部卿亲王服轻丧，这期间就住在六条院。匂亲王的哥哥二皇子代任了式部卿，这官位非常尊贵，不能常来拜谒母后。匂亲王心绪恶劣，寂寞无聊，就常到与母后同来的姐姐大公主那里去游玩，借以散心。大公主身边有许多美貌的女侍，匂亲王一向不得仔细欣赏，深以为憾。而薰大将也不禁动情，偷偷地爱上了大公主身边的女侍小宰相君，她的容貌非常漂亮。薰大将以为这是一个品性优良的女子。同样是弹奏琴或琵琶，她的爪音、拨音总比别人美妙。写信或说话，也往往添加一些令人意想不到、富有情趣的词句。匂亲王也以为这是一个美人，照例想破坏薰大将对她的恋情而将之据为己有。但小宰相君说："我为什么要像别人那样服从他！"她的态度非常坚决。性情严肃的薰大将就相信"此人异于常人"。小宰相君察觉出薰大将心情悲伤，不忍坐视，便赋诗奉呈，诗曰：

"省识君心苦，同情不让人。
只因身份贱，不敢吐微忱。

不如让我代她死了吧。"这首诗写在一张

独特的宰相君

《源氏物语绘卷·柏木二》复原图 近代

大公主的女侍小宰相君无论容貌还是琵琶演奏、写信说话，都符合美人的标准。同时，虽身为侍女，但她却并不贪恋虚荣，对匂亲王也不假以颜色。因此，深为薰君爱慕。图为绘卷中平安时代的女侍们，她们的不同性情、举止，也成为绘卷上一道亮丽的风景。

雅致的信笺上。在这凄凉的黄昏，她如此善于体会大将心中的隐忧而奉呈此诗，这番用心实在讨人喜爱。薰大将答诗云：

“阅尽无常相，何尝露隐忧？
 无人知我苦，除却汝心头。”

为了酬谢她的好意，走进她房间里，对她说道：“我正在忧伤，得到你的赠诗分外欣慰。”薰大将一向矜持自重，举止庄严，不肯随便在女侍之室中出入，是个高贵人物。而小宰相君的住所十分简陋，又窄又浅，便是宫中所谓“局”①的小屋。薰大将走近那拉门口时，小宰相君觉得有些不好意思。但她并不过分自卑，不慌不忙，从容应对。薰大将想道：“她比我所爱的那人更加优雅风趣呢！为什么要在这里当宫女呢？最好当了我的侍妾，让我来照顾她吧。”但他心中这种秘密的企图绝不让别人知道。

莲花盛开之时，明石皇后举办法华八讲。先是为亡父六条院主，其次是为义母紫夫人。各自分定日期，供养佛经。这法会非常庄严宏大。讲第五卷的那一天，仪式特别隆重，各处通过有亲戚关系的女侍而来到六条院观光的人非常多。第五天朝座讲第八讲，功德圆满。在此期间，殿内要暂作佛堂装饰，现在要恢复原状，因此北厢中的纸隔扇都打开来，以便仆役进去布置装饰。这时就请大公主先暂住在西面的廊房中。众女侍听讲觉得有些疲倦，各自回房休息，大公主身边女侍很少。薰大将因有要事必须与今天退出的法师中的一人商议，便换了便袍走到钓殿里来找他。后来僧众全部从殿中退出，薰大将暂时坐在池塘旁边纳凉。这时人影稀少，小宰相君等人就在附近设置帷屏，隔成小室，略为休息。薰大将想道：“小宰相君只怕就在这里，我听到女子的衣衫之声呢。”便从中廊的纸隔扇的缝隙里向内窥看，只见里面的布置陈设不像普通女侍的房间，非常清爽雅致。自参差的帷屏的间隙中窥探，可以一目了然看清室内的情景。其中有三个女侍和一个女童，把冰块盛在盖子里，正在叫嚷着要把它割开。她们既不穿礼服，又不穿汗衫，一副放任不拘的模样。因此薰大将全然想不到这就是大公主的住所。他忽然看见那边坐着一个穿白罗衫子的女子，正在微笑着闲看众女侍喧哗弄冰，其容貌美不可言。这正是大公主。这一天暑热难堪，大概她嫌自己浓密的头发披在后面太热了，所以略微绾向前面，姿态美妙无比。薰大将想：“我见过的美人不少了，却绝无一人可以比得上此人。”相形之下，她身边的女侍竟像粪土一般了。他略定一定神，又仔细观看，只见一个女侍，身着黄色生绢单衫，外缀淡紫色裙子，手中拿着扇子，打扮得特别整齐。她对弄冰的人说道：“你们这样费力气，反而觉得热了！还不如放着看看吧。”笑起来时眉目娇艳动人。薰大将一听声音，就知道这是他所中意的小宰相君。众女侍费了许多气力，终于把冰割碎，各人手持一块，也有人不成体统地把冰放在头上或贴在胸前。小宰相君用纸包了一块冰，送到大公主面前。大公主伸出那双晶莹洁白的小手，用纸包的冰略为揩拭一下，说道：“我不要拿着，滴下水来很厌烦呢。”薰大将隐约听见她的娇音，也觉得无限欢喜。他想：“她还很小的时候，我曾见过她的。那时我自己也还是个无知小儿，就觉得这女孩容貌真漂亮。后来就被彼此隔绝，连

① 局，是日本古代宫中独立的小屋，宫女等所居。

她的些许情况也不知道了。今天是什么神佛赏赐我这样一个好机会？唉，这是否也会像从前那样，成为我忧愁苦患的起因呢？”他正不安地想着，痴痴地站在那里。这时一个正在北面乘凉的女仆，忽然想起：自己因临时有事，打开了纸隔扇走出来，忘了关上。如果有人在这里窥看，自己不免要大受呵斥。她很担心，马上慌张地跑了回来。只见一个穿便袍的男子站在那里，也不知是谁。她心中害怕，也顾不得自己被人看见，就沿着回廊急急忙忙地跑来。薰大将想：“我这种好色的行为，绝不可叫别人看见。”马上转身离去，藏了起来。那女仆想道：“可不得了啊！连帷屏都没有遮好，望进去全都看得见！这男子大约是左大臣家的公子吧？陌生人不会走到这里来。如果被人发现了，一定会追究：‘是谁把纸隔扇打开的？’幸亏这位大人穿的单衣和裙子都是丝绸的，行动不会发出声响，里面不会有人注意到吧。”她非常担心。薰大将想：“我本来道心已渐坚定，只因宇治之事行错了一步，以致如今变成一个百苦交煎的凡夫！如果当时我早早出家为僧，现在只怕安居深山，更不会如此心烦意乱了。”他辗转反侧，情绪难以按捺。又想：“我为什么多年来一直渴望见到大公主呢？如今真的见了，反而更增痛苦。这真是无可奈何之事。”

薰大将回三条院后，第二天一早起身，他细看夫人二公主的容貌，觉得非常娇美。但他想：“虽说大公主未必比这二公主更胜一筹，但仔细看来，毕竟有些不同，大公主极为高雅，光彩照人，那种美态实在难以言喻！但这或许是因为我心有成见，或者时地不同的缘故吧。”便对二公主说：“天气热得很呢。你还是换一件薄一点儿的衣服吧。女子的衣服必须时常更新，才能显出各种季节的风趣来。”就对女侍说：“到皇后那里去，叫大式[1]替公主缝一件轻罗单衫。”众女侍想：“我们公主青春貌美，大将想要仔细欣赏一番。”大家都很高兴。薰大将照例到佛堂去诵经，然后回到自己室中休息。中午他来到二公主房中，看见刚才吩咐女侍去要的轻罗单衫已经挂在帷屏上了。他对二公主说：“你为什么不穿上呢？人多的时候，穿半透明的衣服似乎太过放肆，但现在就无妨。”便亲自替她更衣。连裙子也换成同昨日大公主所穿的一样，都是红色的。二公主头发很浓密，长长地垂着，其美态也不逊于大公主。但两人各有特色，并不完全相同。他命人拿些冰来，叫众女侍把它割碎，又拿一块送给二公主。如此蓄意模仿，自己心中也觉得可笑。他想：“世人有把心爱的人描入画中、借看画以慰情的。何况眼前这个人是大公主的妹妹，更宜于我慰情。”但他又想：“如果昨日我也能像今天这样，随意地欣赏大公主……”这么一想，不觉长叹一声。便问二公主：“你近来有写信给大公主吗？”公主答道：“没有。在宫中时，父皇若叫我写，我就写给她。但如今已许久不写了。”薰大将说：“你嫁给了臣下，所以大公主不愿写信给你，这真是遗憾。你赶快去拜见皇后，向她诉说：你心中怨恨大公主。”二公主说：“怎么可以这样就怨恨呢？我不去说。”薰大将说：“那么你可对皇后说：大姐因为我是臣下，看不起我，所以我也不想写信给她。”

这一天匆匆而过。第二天早晨，薰大将去参谒皇后。匂亲王照例也到了。他身着丁香汁染的深色轻罗单衣，外罩深紫色便袍，神情格外风流潇洒。他的容貌之美，并不亚

① 大式，是皇后身边的女侍。

爱情从窥看开始

《源氏物语绘卷·桥姬》复原图 近代

薰君从中廊的纸隔扇外窥探到大公主室内的情形，众女子正喧闹着割冰来降温，大公主安静恬淡地观望，其姿态美妙无比。平安时代的爱情很多都从窥视开始，无论以前的源氏，还是柏木、藏人少将，以及图中从绿竹篱外窥视的薰君，尽皆如此。

于大公主[①]，肤色白嫩，眉清目秀，比从前略显着瘦了一些，但仍然非常动人。薰大将一见这个貌似大公主的人，热恋立刻涌上心头。他想："真是岂有此理！"赶快强自镇静下来。但毕竟觉得比从未见过大公主更加痛苦。匂亲王命人取来许多画，吩咐女侍将画送给大公主。过了一会儿，他自己也到大公主那里去了。

薰大将走近明石皇后御前，与她谈论法华八讲的尊严、六条院主与紫夫人在世之时诸事，再看看送大公主后剩下来的一些画幅，顺便说道："我家那位二公主，因为辞别九重，下嫁臣下，心中常感委屈，很可怜呢。她以为大公主不与她通信，是由于她自己已是臣下身份，这才见弃于大公主，为此一向闷闷不乐。只希望类似的图画等物，以后逢着机会也送她一些，由我带去也无不可。不过由我带去就不大稀罕了。"明石皇后说："怪哉！她怎么会见弃于大公主呢？两人在宫中时，住所相距很近，不时通信来往。后来分居两地，音信自然少了。我就劝大公主写信给她吧。你回去也要叫二公主不要多存顾虑。"薰大将说："二公主怎么可以冒昧地写信呢？她虽然不是你亲生的，但我和你有姐弟之谊。若蒙看在这一点儿宿缘而加以青眼，实在欣幸不已。而且她们一向惯于通信来往，如今忽然见弃，不免痛心。"他说这种话，实出于一份好色之心，但明石皇后却无法料到。

薰大将向明石皇后告辞出来，想去看看那天晚上曾入其室的小宰相君，并且再去瞧瞧前天曾窥探

① 匂亲王与大公主皆为皇后所生，二人是嫡亲姐弟。二公主则是已故藤壶女御所生。

过的那间廊房，聊以慰情。他穿过正殿，走向大公主所住的西殿。这里帘内的女侍戒备特别森严。薰大将相貌堂堂，威风凛凛地走了过去，只见夕雾左大臣家的诸公子正在那里和女侍们说话，便也在边门前坐下，说道："我经常到这一带来，却极少与各位见面。真想不到，我只觉自己已经变成了老翁，看来今后非痛下决心，多来亲近亲近不可。你们这些年轻人看了，不会说我不相称吧？"说着向几个侄儿瞧了几眼。有一个女侍说道："如果从今天加紧练习起来，一定会返老还童。"这里的人随便说出的一两句话也有风趣，可见这殿内非常优雅，富有趣味。他来这里并无重要事情，不过和女侍们一起说说闲话，觉得非常舒服，因此坐得特别久。

大公主来到皇后这里，皇后问道："薰大将到你那里去过了吗？"跟着大公主来的女侍大纳言君答道："薰大将是来找小宰相君说话的。"母后说："这个端庄的人也会在意女子而找她说话？如果是个不大伶俐的女子，应付不来，心底里也将被看透了。但小宰相君是可以让人放心的。"她和薰大将虽是姐弟，但一向对他非常客气，希望女侍们也能小心应付他。大纳言君又说："薰大将特别喜欢这个小宰相君，经常到她房中去，谈谈说说，直到夜深时分才会出来。这恐怕不是一般的恋爱吧？但小宰相君说匂亲王是个无情的人，所以连回信也不写，真太委屈他了！"说着笑了起来。明石皇后也笑了，说道："匂亲王那种惹人厌的轻浮性情，小宰相君竟能看出，却也有趣。我真想想个法子，使他改掉这种恶癖才好。这实在是可耻的。这里的女侍们也都在讥笑他呢。"大纳言君又说："我还听到一些怪事呢：薰大将那个最近死了的女子，是匂亲王夫人的妹妹。她们大概不是同一个母亲所生吧。还有一个前常陆守某某的妻子，据说就是这女子的叔母或者母亲，不知到底是怎么一回事。这女子住在宇治，匂亲王和她私通了。薰大将得知后，马上准备将她接进京来，又加派了许多守夜人，戒备非常森严。匂亲王某次又悄悄地去访，竟连门也不能进，只在马上和一个女侍立谈了一会儿就回京了。据说这女子也爱慕匂亲王，而有一天竟忽然失踪了。乳母等人都说她投水而死，哭得很伤心呢。"明石皇后听了也颇吃惊，说道："这种话是谁传出来的？真是荒唐可怕的事啊！不过这样耸人听闻的奇事，世间自会纷纷传说，为什么从来不曾听薰大将说起？他说的只是对人世无常的感慨，以及宇治八亲王一族大多命短等事，为之悲叹而已。"大纳言君说："娘娘请听我说：下等仆役所说的话不大靠得住，我自然知道。但这是在宇治当差的一个女童说的。这女童有一天来到小宰相君的娘家，明明白白地说出这件事来。她还说：'你们切切不要把小姐横死之事告诉别人。其中情节实在离奇可怕，所以大家都在设法隐讳呢。'大概宇治那边的人没有将具体的情形详细地告诉薰大将吧？"明石皇后说："你快去叮嘱那个女童：不可再把这件事说给别人听！匂亲王如此放荡不羁，我担心他以后要身败名裂，这该怎么办呢？"她非常担心。

后来大公主写信给二公主。薰大将看了大公主的手迹，觉得非常秀美，心中不胜欢喜，后悔早就该叫她们通信，自己就能早些欣赏这手迹。明石皇后也给二公主送来许多美丽的图画。薰大将则在四处收集了许多更加美丽的图画，回赠大公主。其中有一幅画的是《芹川大将物语》中的情景：远君爱慕大公主①。在一个秋日的傍晚，他不堪相思之苦，走入大公

①《芹川大将物语》今已失传。远君是一个男子，或曰"十君"。这大公主是这物语中的人物。

宇治桥姬 狩野永德 洛外名所游乐图屏风 安土桃山时代（1565年）

对大公主爱慕而不可言说的痛苦，让薰君又想起那位"宇治桥姬"——宇治的大女公子来。在日本与桥有关的传说中，以"宇治桥姬"最为著名，桥姬通常即指宇治桥的女神，后演变为守桥女子，丈夫为其摘取裙带菜时身亡。图中即为宇治桥。

主室中。画工非常美妙，惟妙惟肖。薰大将看了，觉得这远君很像是自己的写照，他想："我的这位大公主若能像画中的大公主那样爱我就好了。"便悲叹自己命运不幸，赋诗曰：

"秋风吹荻凝珠露，
暮色苍时我恨长。"

他很想将这首诗写在那幅画上送给大公主。但想到在这世间，自己这种念头只要略微吐露一点儿，便会引起极大的麻烦，绝对不能泄露出去才是。他如此思前想后，忧愁苦闷，终于又想起了那个已死的宇治大女公子："她如果不死，我决不会再分心去爱其他女子。纵使当今皇上愿以公主赐我，我也不愿领受。况且皇上如果听说我有如此宠爱的人，也不会将公主嫁给我。总之，害得我如此忧伤苦恼的，还是这'宇治桥姬'①"！如此苦恼了一番之后，又想到了那个匂亲王夫人，觉得又是可恋，又是可恨。当初自己把她让给了匂亲王，多么愚蠢！但现在追悔莫及了。如此痛悔一番，不禁又想到那个突然死去的浮舟，觉得这女子年幼无知，不通世故，轻率地走上绝路，何其愚痴。又想起右近所说浮舟忧愁苦闷的情状，以及得知大将变志之后抱愧于心、悲伤饮泣的样子，又觉得她很可怜。想道："我本来并不打算娶她为正妻，只当她是个忠贞可爱的情妇，这人实在是很讨人怜爱的。这样一想，匂亲王也不可恨，浮舟也不足怪，都怪我自己不擅处理世务。"他经常如此耽于沉思。

薰大将虽然气度从容，举止端详，但一遇到恋爱之事，自然也难免身心交困。更何况那好色的匂亲王，自从浮舟死后，他的哀伤无法慰藉，连可以当作浮舟的遗念而一起倾诉哀伤的人也没有。唯有他的夫人二女公子，有时会提起"浮舟可怜"这样的话。但她和这异母妹妹并非从小一起长大，最近才刚刚见面相识，所以对她的同情并不深切。而匂亲王也不好意思在妻子面前经常提起"浮舟可爱，浮舟可怜"。因此他就把一向待在宇治的侍从接到了二条院。宇治山庄中自浮舟死后，女侍们纷纷散去，唯有乳母和右近、侍从三人，不忘旧情，还留在那里。侍从与浮舟虽然并不特别亲密，但也暂时陪着乳母和右近，当作她们的话伴。当初听到这荒凉的宇治川水声，因为确信希望在前，尚可自慰，而现在只觉得那水声凄凉可怕。后来侍从终于自宇治辞别，来到京都，住在一个粗陋的地方。匂亲王派人去找她，对她说道："你到我这里来当差吧。"她感激匂亲王的好意，但又顾虑这地方与她的旧主人浮舟关系复杂，担心众女侍会纷纷传说不堪入耳的言语，因此不愿住在二条院，而想到明石皇后那里去当女侍。匂亲王说："这样也好。你在那边，我还可以私下召唤你。"侍从觉得到了宫中，可以消遣心中的孤苦无依，便找人说情，到明石皇后那里当了宫女。其他宫女觉得此人身份虽低，但容貌不错，人品也好，所认无人歧视她。薰大将也经常到此，侍从每次见到他，总觉得不胜感伤。她以前听别人说，皇后身边有许多身份高贵、像小说中所描写的那般可爱的千金小姐。现在她留心察看，觉得竟没有一个比得上她的旧主人浮舟的人。

---

① 以宇治桥的女神比拟大女公子。

宇治红叶　《源氏物语绘卷·关屋》复原图　近代

深秋红叶艳丽之时，匂亲王的好色习性不改，又爱慕起那位入宫的式部卿亲王的女儿宫君。而宇治的红叶以及宇治的浮舟，逐渐被淡忘，正如当年所猜测的那样，越冲动的爱慕越难持久。图为当年匂亲王殷勤探访的情景，如今景色依旧而人已渺然。

却说今春逝世的式部卿亲王膝下有个女儿，亲王夫人是她的继母，非常不喜欢她。这继母的哥哥右马头，地位微不足道，却爱慕这个女儿。继母不顾女儿心中委屈，答应把这女儿嫁给他。明石皇后偶然听说了这件事，说道："太可惜了！她父亲在的时候非常怜爱她，如今要被糟蹋了！"这女儿也颇为悲恸，日夜愁叹。女儿的哥哥侍从便说："既然皇后这样慈祥地关怀她……"就找了个机会把妹妹送入宫中。这女子与大公主做伴，最为适当，因此在宫中特别受人尊敬。但身份自有限定，所以给她取了个名字叫宫君，但不穿女侍制服，只添了一条女侍用的短裙，其实也是很委屈她的。匂亲王听说了这件事，想道："只怕唯有这宫君，容貌才比得上我那浮舟。她父亲和八亲王原本是兄弟。"他那好色的老毛病依旧不改，因为爱慕浮舟，便也希望能看看宫君。他时刻惦记，总想早点儿看到她。薰大将听说宫君当了宫女，想道："这真是岂有此理啊！她父亲曾想把她嫁给皇太子，又曾表示想把她嫁给我，还只是眼前的事呢！世事无常，遇到霉运，还不如投身水底，也可免受世人讥评。"他对宫君的命运深深同情。

明石皇后到了六条院后，众女侍都觉得这里比宫中更为宽敞，更具风趣，住得也更舒服。平日不常在身边伺候的女侍，也都跟来，在这里无拘无束地住着。长长的一排边屋，以及回廊、廊房等处，到处住满了宫中的女侍。夕雾左大臣在朝廷中的威势并不亚于源氏当时，凡事都准备得尽善尽美，用以款待皇后。源氏这一族日渐繁荣，比起从前，一切排场反而更加新颖别致了。匂亲王如果依旧十分好色，皇后居住在六条院期间，真不知他会做出多少色情之事来呢。幸而这时他非常安静。别人看了，都以为他生来具有的恶癖已经改掉了。哪里知道近日他那老毛病又发作起来，私下看中了那个宫君，一直在打着主意。

天气渐凉，明石皇后打算返回宫中。青年女侍们都觉得可惜，聚集在皇后殿前恳请："秋色正盛，这里的红叶如此艳丽，难道不再赏玩一下就走吗？"于是天天临水赏月，歌舞不绝，比往常更加喧哗热闹了。匂亲王最擅长音乐一道，经常参与演奏。此人虽然朝夕见惯，但其容貌之艳丽，常像春天初开的花朵。薰大将则不常到此，众女侍都觉得他仪表严肃，难以亲切。这两人一起来参谒皇后时，侍从自屏后看见了，想道："这两个人，都是我家小姐所爱慕的。小姐若能活在世间，享受幸福，该多么好呢！她萌生短见，实在太软弱了。"她假装并不详知宇治那边的事情，绝不向人谈起，只在自己心里痛苦。匂亲王要向皇后详细禀告宫中诸事，薰大将便辞别出来。侍从想道："不要让他看见我吧。小姐周年忌辰尚未过去我就从宇治出来，只怕他会怨我无情呢。"便躲开了。

薰大将走到东面的走廊，看见门口有许多女侍正在低声谈话。他就对她们说："你们应该知道我是可以亲近的人，就算女人也不会像我这样值得信任。我虽然是个男子，却也能把女人须知的事情教给你们。你们一定会逐渐了解我的心情的，所以我很高兴。"众女侍都默默不答。其中有一个名叫弁姐的，是一个熟悉世故而年事较长的女侍，答道："关系不很密切的人，总是不好意思突然亲近起来的。不过世间的事有时恰恰相反。就像我，与你并无密切的关系，也不是一向可以任意不拘地见的人。但我们这种厚着脸皮当女侍的人，假装害羞而不理睬你，不是也很可笑吗？"薰大将说："你坦言对我不必怕羞，我倒又觉得无趣了。"他向里面略加张望，只见几件脱下的唐装堆在一旁，大约正在任情不拘地摆弄书墨。砚台盖里放着一些琐碎的花枝，看来是被她赏玩过的。几个女侍躲进了帷屏后面；另有几个背过身子，向开着的门口眺望。她们的头发都很美丽可爱。薰大将便把那里的笔砚取了过来，题诗一首：

“女郎花烂漫，伴宿卧花荫。
一片冰心洁，不蒙好色名。[①]

有什么不放心的呢？”就把这诗拿给背过身子坐在纸隔扇后面的一个女侍看。这女侍也不转过身来，只是从容不迫地振笔疾书道：

“女郎花名艳，素志自坚贞。
不比闲花草，任情染露痕。”

薰大将看看她的笔迹，觉得虽然不算工整，倒也颇具风趣。他不知道这女子是谁，想必是正要到皇后殿上去，被他挡住了路，暂时滞留在此的。弁姐看了薰大将的诗，说道：“说得硬邦邦的，倒像是老翁口气，太无趣了。”便赠诗曰：

“女郎花艳艳，正值盛开时。
试傍花荫宿，君心移不移？

然后才可以确定这人好不好色。”薰大将答以诗云：

“蒙君留我住，一宿自当陪。
倘是闲花草，余心决不移。”

弁姐看了这诗说道：“请不要侮辱我们！我说的是野宿在别的郊原上，可不是我们要留你宿！”薰大将略微敷衍了几句无关紧要的闲话，女侍们很希望他再说下去。但他已打算离去，说道：“我只管拦住你们的道路，太任性了，现在放你们去吧。今天你们特别害羞，东避西藏，其中一定有个缘故吧？”说罢就站起身来走了。有几个女侍暗想：“他以为我们都像弁姐一样不怕羞，真太冤枉了！”

薰大将倚靠在东面的栏杆上，在夕阳中眺望庭院里次第开放的秋花。不堪忧伤之情，便低声吟咏白居易的诗句“大抵四时心总苦，就中肠断是秋天”。[②]忽然听到女子的衣衫之声，似乎正是刚才背过身子吟诗的那个人。她穿过正殿的门，走向另一侧去了。这时匂亲王走过来，问女侍们：“刚才从这里走过去的是谁？”有一个女侍答道：“是大公主身边的女侍中将君。”薰大将想道：“太不谨慎了。对于怀着好奇心询问的男子，怎么可以随随便便地就把名字告诉他！”他为这女子抱屈。然而看见众女侍对匂亲王都很亲密，又觉得嫉妒。想道：“想必是匂亲王态度蛮横，所以众女侍只得对他服服

① 古歌：“遍地女郎花，伴花宿亦佳。时人讥好色，漫把恶名加。”这首诗即根据这一古歌，以女郎花比喻众女侍。

② 见白居易的《暮立》。

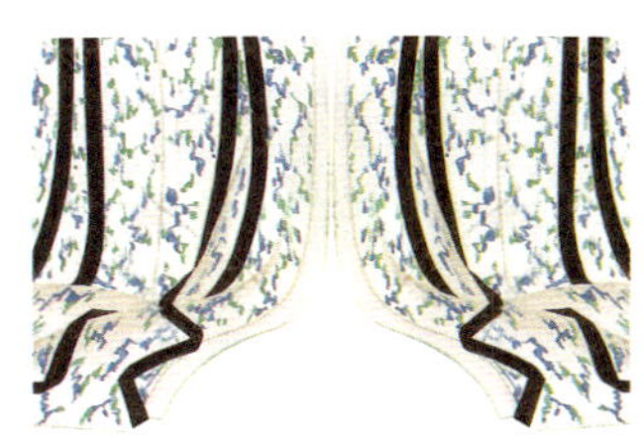

帖帖。我真倒霉，为了这位亲王的痴心狂恋，一直暗中妒恨忧伤，不知吃了多少苦头。这些女侍之中，一定有品貌不凡的女子，是他所倾心爱慕的。我不如设法诱惑这女子，将她占为己有，让他也尝一尝我这种滋味。真正有头脑的女子，一定会倾向于我。但这种人较为少见。这就使我想起那位二女公子来。她经常厌弃匂亲王的行为不适合身份，又明知我和她的恋情不宜公开，被世人讥评起来也不好听，但始终对我怀有友爱之情。能有这种见识，实在是世间难得的贤明女子。但不知这许多女侍之中是否有这样的人呢？我一向与她们生疏，不得而知了。我近来寂寞无聊，夜寝也无法安枕，且让我也来学习一下，做一些风流韵事吧。”他现在这样的想法，也是不适合他的身份的。

薰大将又像前天偷窥那样，特意走向大公主所住的西廊那边去，这种行径自然也是惹人厌烦的。大公主晚上就已到明石皇后那里去了，众女侍正在无拘无束地在廊上看月亮，说闲话。有一人正在弹筝，音色美妙动听，爪音清脆悦耳。薰大将不使她们发觉，悄悄地走过去，说道：“为什么‘故故’地[①]弹得如此美妙？”女侍们大吃一惊，来不及放下掀起的帘子。有一人站起来答道：“‘气调’相似的兄弟[②]不在这里呀！”细辨其声音，便是那个名叫中将君的人。薰大将也引用《游仙窟》中的典故戏答道：“我是‘容貌’相似的母舅[③]呢！”他知道大公主不在此处，觉得十分扫兴，问道：“公主总是常在那边的，她在这归省期间做些什么事呢？”女侍答道：“无论在哪里，都不做什么事情，只是寻常地度日而已。”薰大将想起大公主身份优越，不知不觉地长叹了一声。他担心别人惊诧，努力假装若无其事的样子，拿过女侍们送出来的和琴，不加调理，就弹奏起来。这和琴合着律调，声音与秋天的季候非常适合，音色美妙动人。薰大将弹到半途忽然停手，在旁热心听赏的女侍们非常惋惜，不免觉得难过。薰大将这时心事重重，他正在想：“我母亲的身份不逊于这大公主。不过大公主为皇后所生，仅这一点不同而已，其各自受父帝的宠爱，则完全相同。但这大公主人品特别优越，究竟是什么缘故呢？想来皇后出生的明石浦是个人间胜境，所以人杰地灵吧。”又想：“我能娶得二公主为妻，宿命已属尊贵，但若能兼得大公主，方才更好哩。”这真是痴心妄想了。

已故式部卿亲王的女儿宫君，在大公主所住的西殿那边有她自己的房间。许多青年女侍都在那里赏月。薰大将想：“唉，真可怜！她与大公主同样是皇家血统呢。”他回想起式部卿亲王当年有意将此女许配给他，觉得并非全无瓜葛，便向那边走去。只见两三个容貌娇美的女童，穿着值宿的制服，正在外面闲步。看见薰大将走过来，急忙退入室内，那娇羞的神态非常可爱。但薰大将觉得这不过是眼前常见之事。他走近南面一个角落，在那

①“故故将纤手，时时弄小弦。耳闻犹气绝，眼见若为怜。”是《游仙窟》中的句子。此书为唐代张文成所著，写一男子神游仙境，遇一美女名十娘，最擅弹琴。这四句为该男子描写十娘弹琴的样子。

②③“容貌似舅，潘安仁之外甥；气调如兄，崔季珪之小妹。”也是《游仙窟》中的句子，是女侍在描述十娘的容貌。中将君引用这一故典，意思是说：匂亲王是大公主之弟，你要看大公主，只要去看匂亲王，但他不在这里。薰大将引用此典，意思是说：我是大公主的母舅，不妨亲见大公主。

平安时代贵族的一生

薰君对蜉蝣"似有亦如无"的感叹，是对他与宇治几位女子的感情因缘的感伤。而这种"似有似无"的无常，也是平安贵族们对自己一生的感慨，在慨叹与感伤中，他们奢靡、华丽、颓废而又优雅。

1 诞生

婴儿诞生后要立即举行御汤殿仪式（沐浴）、读书仪式（诵读汉文贺词）和鸣弦（驱魔）仪式。生产后第三、五、七、九日晚上举行产养仪式（接受赠送物品）。另外，五十和百天时要让孩子口含薄饼，并加以庆祝。

2 幼儿

三岁到七岁举行初次穿袴和袴着仪式及开始读书的仪式（由文章博士传授阅读汉籍的方法）。

3 成人

十二岁到十六岁间，男子举行成人式的元服礼（冠礼）。女子十二岁到十四岁时举行着裳。都标志着从此进入成人阶段，可以入仕和婚嫁。

4 结婚

通过窥视或者传闻获得女方情况，男子开始寄送和歌表白，女子亲自回信同意后，男子便可来拜访，并被引入室内与小姐会面。其间，男子只能听闻声音和衣香。婚后女子住娘家，男子走婚住宿。

5 疾病及治疗

认为生病是妖魔侵袭所致，虽然也有请医师开药方的，但大多请僧侣或阴阳师来祈祷驱魔，天数有七日、三十七日、七十七日等。

6 老年

庆祝长寿称为算贺。在当时四十岁就算是初老，做四十之贺，之后按十年一贺进行算贺。

7 死亡

病重时要按西向、北枕的方位布置床铺——这是释迦佛入灭时的姿态，效法此姿以求进入极乐净土。亲属为死者沐浴，装入棺材，放上牛车，徒步跟随送至鸟边野的灵屋，准备火葬。

8 服丧

居丧亲属要穿着墨染丧服，起居用物一律改使黑色。从死后七日开始连续七天进行供养，到第四十九天举办满阴中法会。此后一周，要到河原进行祓禊，并脱去丧服（除服）。

为死者举行的法事。

里咳嗽了几声，便有一个年纪稍长的女侍走出来。薰大将对她说道："我常想对宫君略表同情。但用世人说惯的老生常谈，好像是在不痛不痒地模仿世俗的应酬话，所以正在努力'另外觅新词'①呢。"那女侍并不进去通报宫君，而是自作聪明地答道："我家小姐意外地遭逢这种待遇，经常想起亲王生前对她的宠爱。又蒙大人时常寄予深切的同情，她得知之后不胜欣慰。"薰大将觉得这不过是些应酬话，毫无意味，心中颇感不快，说道："我与你家小姐是嫡亲的堂兄妹，原有难以分离的族谊。特别是小姐如今遭逢这种境遇，更应多加关怀。今后若有任何事务见嘱，定当竭力效劳。但若一味疏远回避，叫人传言通话，则我就不敢再来拜访了。"那女侍觉得的确对他有些怠慢，心中不安，便力劝宫君亲自对答。宫君便在帘内答道："我如今孤苦无依，'苍松亦已非故人'②了。蒙您不忘旧谊，令人铭感五内。"这不是命人传言，而是亲口对答，声音十分娇嫩，且颇富优雅之趣。薰大将想道："如果她是住在这里的一个普通宫女，倒是很有意思的。但她原是亲王家的女公子，只因今日陷此困境，不得不与人直接对答。"他很同情她，猜想她的容貌也一定非常美丽，颇想见她一面。忽然想到这个女子一定也使得那匂亲王心头牵挂，又觉得可笑。他再转念一想，又慨叹世间理想的女子不易多得。他想："这宫君是身份高贵的亲王悉心教养成人的千金小姐，这种环境下产生的美人，并不稀奇。最稀奇的是出生在如高僧一般枯寂的八亲王之家，成长在荒凉的宇治山乡之中，而个个长得美玉无瑕，连那个被人视为身世凋零、意志软弱的浮舟，在对晤之时，也令人觉得非常优雅亲切。"可见他无论何时何地，都忘不了宇治一族。暮色沉沉之时，他历历回思与她们几段不幸的因缘，心中感伤不已。忽见许多蜉蝣忽隐忽现地飞来飞去，遂赋诗云：

"眼见蜉蝣在，有手不能取。
忽来忽消逝，去向不知处。③

世间之事也都像这蜉蝣一般'似有亦如无'④的。"此诗照例是独吟的吧？

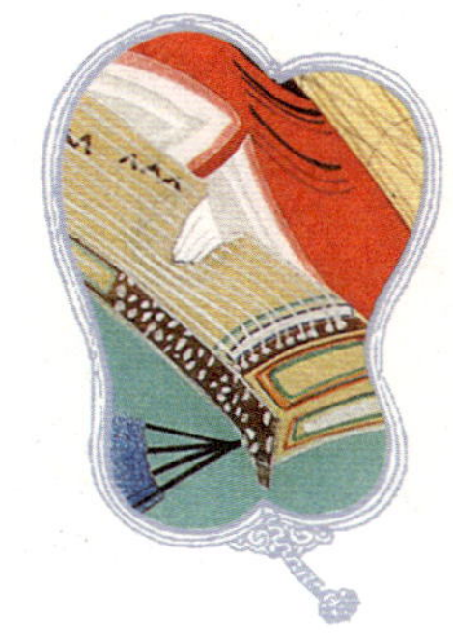

① 古歌："特地钟情汝，专心誓不移。相思字太泛，另外觅新词。"可见《古今和歌六帖》。

② 古歌："谁与话当年？亲友尽凋零。苍松虽长寿，亦已非故人。"可见《古今和歌集》。

③ 本回题名即据此诗。日文是"蜻蛉"，蜻蛉与蜉蝣发音相同，各注释本都确定是蜉蝣。

④ 古歌："蜉蝣生即死，似有亦如无。世事皆如此，莫谈荣与枯。"可见《后撰集》。

第五十三回　习字

这时[1]比叡山横川地方住着一位僧都，是个道行高深的法师。他有一个八十多岁的老母亲和一个五十岁左右的妹妹，也都是尼僧。他的老母亲和妹妹很早以前许下心愿，这时要到初濑的观世音菩萨那里去还愿。这僧都就叫他亲信的弟子阿阇梨陪着同去，办理佛经供养等诸项事务。她们在那里做了许多功德，归途中经过一个叫作奈良坂的山的时候，那老母亲生起病来。年老的人在旅途中生了病，还怎么再走余下的路程安全抵家呢？大家都很担心。幸而宇治那边有一家人素来相识，她们就赶到这人家投宿。那老尼姑休养了一天，病情还是很严重，只得派人到横川去通知僧都。这僧都正幽闭在山中修道，曾经立下誓愿：今年决不下山。但他听到这个消息，非常担心老母亲风烛残年，在旅途中亡故，急忙下山到宇治来探望。高寿之人虽然死不足惜，但这僧都还是亲自同几个道行高深的弟子举行祈祷，忙乱起来。这家的主人知道了，说道："我们要到吉野御岳去进香，正在举行斋戒。这样年老的人在这里生了重病，若有个三长两短呢？"他担心家里死人不吉祥，有碍斋戒。僧都听说之后，觉得确也难怪，实在对不起他。又觉得此处既狭窄又肮脏，很想带老母亲回家去。无奈这时回家方向不利，不宜出行。他忽然想起已故朱雀院的领地中有一所屋子名叫宇治院，刚好就在这附近，那守院人和僧都素来相识，便派了一名使者前去，要求借宿一两天。使者回报道："守院人全家都到初濑去进香了。"他带回一个形容古怪的看家老翁来。这老翁说："如果你们要过来住，就请早点来吧。院中的正屋都空着呢。到这边来进香的人经常来借宿的。"僧都说道："那好极了。这屋子虽然是皇家私产，但既无人居住，倒很舒服。"便先派人去探视。因为这里经常有人借宿，这老翁已惯于招待，设备虽然简陋，也整理打点得很干净。

僧都带了几人先赶到宇治院，环顾四周，这地方实在荒凉得可怕！他就吩咐："各位法师，请诵经吧！"陪赴初濑进香的阿阇梨和另一位同等职位的僧人，想认识附近的环境，便叫一个能干的下级僧侣点起灯火，带着他们到正屋后面人迹罕至的地方去看看。只见树木繁茂，似乎是个森林，阴气逼人。再向树林里张望，只见地上放着一团白色的东西。这是什么呢？大家走过去，又把灯火再挑亮些，站住了仔细察看，好像是一个什么东西坐着的模样。一个僧人说："或者是狐狸精的化身吧？讨厌的东西，看我让它现出原形！"便又走近一些。另一位僧人说："喂，不要走过去吧，只怕是个妖怪。"就举手结起吓退妖魔的印来[2]，眼睛还是死死盯着这东西。如果这些人有头发，此时一定会被吓得根根竖起，幸而都是些光头和尚。拿着灯火的法师毫不惧怕，毅然地走过去。只见这东西长着很长且很有光泽的头发，靠在一株大树根上，正在低声哭泣。这僧人说："这真是奇怪了！快去请僧都来看看吧。"他觉得非常奇怪，急忙去找僧都，把所见的情况告诉他。僧都说："狐狸精变作人形，确有这种传说。但毕竟从未见过。"就特地走出去看。这时因为老尼

① 本回紧接第五十一回"浮舟"，写薰大将二十七岁三月至二十八岁夏天期间所发生的事。第五十二回"蜉蝣"紧接第五十一回，但仅记叙薰大将与匂亲王方面的事。本回则记叙另一方面的事。这里的"这时"是指浮舟失踪前的数日。

② 手指做出各种姿势，叫作结印，是佛教真言宗的一种法术。

僧即将搬过来住，仆役中能干的人，都在厨房等处忙碌着准备各种事务，所以僧都身边仆从颇少，他只带了四五个人同去。一看，这东西并未显露什么变化。他很奇怪，姑且守候着。他希望天快点儿亮，可以看个分明，究竟是人还是什么东西。他一面在心中念动吓退妖魔的真言咒，并且试结手印。后来大概被他看清楚了，对众人说道："这是个女人，并不是什么怪物。你们走过去问问她吧。看来不是一个死人。或许是已经死了，被人丢在这里，自己又苏醒过来的。"僧人说："怎么可以把死人丢在这院子里呢？纵使真的是人，只怕也是被狐狸、林妖之类的东西所迷惑，而带到这里来的。这对病人很不利，只怕这里是个不吉的地方吧。"便唤来那个看家老翁。众人呼唤时，从林中传来的回声非常可怕。那个老翁的打扮极其古怪，帽子掀在后脑上，从屋里慢慢踱出来了。僧人问他："这里有年轻的女人住着吗？怎么竟有这种怪事！"便指给他看。老翁答道："这是狐狸精的花样。这片林子里有狐狸精，经常发生奇怪的事情。前年秋天，住在这里的一个人的孩子，只有两岁，就被狐狸精抓了去。我到这里来找，那狐狸精还不慌不忙，若无其事的。"僧人问："那孩子死了吗？"老翁答道："没死，照样活着。狐狸精不过是为了吓人罢了。它不会真个闹出大事来的。"他说时仿佛这是很普通的事。大概他正在操心着夜深时分款待客人们的饮食吧。僧都说道："如此说来，这大概就是狐狸精之类的东西所做的事吧？只怕还得仔细看看。"便叫刚才那个不惧怕的僧人过去。那僧人上前去大声喝道："你是鬼，是神，是狐狸精，还是林妖？天下闻名的得道高僧在此，你能隐藏吗？快快自己说出姓名来！"便伸手去扯她的衣服。这女人用衣袖遮住了脸，哭得更加厉害。僧人又说："喂！可恶的林妖！你还想隐藏？看你隐藏得了！"他想看清她的面容，又想到这说不定是从前在比叡山文殊楼中所见的那个无目无鼻的女鬼①，觉得有些厌恶。但他要在人前逞强，竟想剥下她的衣服。这女子便俯伏在地上，大声号哭起来。僧人说："不管怎样，世间绝不会有这么奇怪的事。"一定要看个究竟。

这时天上下起滂沱大雨，有一人说："让她丢在这里，只怕快死了。暂时先把她拖到墙脚下去吧。"僧都说道："这看着确是一个人的模样。眼看着她尚未命终而将她丢在这里，太不慈悲了。纵使仅是池中的游鱼、山间的鸣鹿，眼见被人捉去，将要死去，而不设法施救，也是令人悲伤的事。人命原不久长，但纵使那寿命只剩一两天，也务必珍惜。无论她是被鬼神所祟，或者被人驱赶，或者被人诱骗，总是遇到了悲惨之事。这种人一定会蒙佛菩萨救援的。且给她喝些热汤，看看是否有救。如果终于救不过来，那也没有办法。"便吩咐这僧人把她抱到屋子里面去。僧都的徒弟中也有人反对，说道："这件事太不妥当了！屋内有人正患着重病，将这怪物送进去，只怕会发生不吉利的事情。"但也有人说："不管她是否鬼怪的化身，眼见着一个活人，而任由她淋在雨中死去，到底太残忍了。"如此各有各的道理。那些仆役最爱多嘴多舌，总是歪曲事实。因此僧都就让这女子暂时躺卧在僻静的地方，不让他们看见。

① 据《河海抄》说，这件故事载在绘画物语《朱盘》中。但《朱盘》今已失传。

僧都的发现　佚名　信贵山缘起绘卷　平安时代（约12世纪）

僧都在宇治院投宿时，发现了一位濒死的、好像被鬼神所祟的女子，将她救了下来。在传说中妖魔盛行的平安时代，僧人也有通过手印、祈祷、诵经等手段降伏妖魔的能力。图为平安时代的寺院与僧人。

母尼僧迁居到宇治院，下车的时候病势又沉重起来。大家都很担心，忙乱了一会儿。等到病人略为安静之后，僧都问徒弟："刚才那个人怎么样了？"徒弟答道："神智还是昏昏沉沉的，一句话也说不出来，全无生气，只怕是被鬼怪迷住了。"妹尼僧听见了，问道："什么事情？"僧都答道："是这么一回事。我活了六十多岁，今天算是看到了一件怪事。"妹尼僧听了这话哭起来，说道："我在初濑寺中做过一个梦呢。究竟是怎样一个人？快让我看一看。"徒弟说："就在这东面边门的旁边，就请过去看吧。"妹尼僧马上跑过去看，只见她被丢弃在那里，身旁并无一人。这是一个年轻貌美的女子，身着一件白绫衫子，系着一条红裙，衣香非常芬芳，气质无限高雅。她说："这正是我所悲伤哀悼的女儿回来了！"一面流泪，一面召唤女侍，叫她们把这女子抱进室内去。女侍们不曾见过她在树林中的阴沉模样，所以并不害怕，就把她抱进室内去了。这女子虽然生气全无，却还能略微睁开眼睛来看看。妹尼僧对她说道："你说话吧。你到底是谁？为什么来到这种地方？"但她似乎毫无知觉。妹尼僧便取来一些热汤来，亲手喂给她喝。但她一直昏迷着，似乎马上就要断气似的。妹尼僧想："我已认领她，如果她死了，反而要增添我的悲伤。"便对同来的那个有法术的阿阇梨说："这个人就要死了，请你赶快替她祈祷吧。"阿阇梨说："我早就说过救不得了，这是枉费心机。"但他还是向诸神念诵般若心经，又做恳切的祈祷。僧都也走来探视，问道："怎么样了？她究竟是被什么东西作祟？快制伏那妖怪，问个清楚明白。"这女子一直昏迷不醒，似乎即将消逝。僧都的徒弟们一起议论着说："这人活不过来了。我们无端地遇到这种不祥之事而被牵累，实在倒霉。但这女子看来身份高贵，纵使真的死了，也不能随随便便地丢在这里。这真是让人为难了。"妹尼僧喝止他们，说道："静些吧！不要让人听见。会引起麻烦的。"她怜惜这个女子，决心要把她救过来，对她竟比对患病的老母亲更加重视，不顾一切地悉心看护她。这个女子虽然来历不明，但容貌生得异常美丽，因此所有的女侍都希望她不要死去，竭尽全力地服侍她。这女子有时也睁开眼睛，眼泪流个不停。妹尼僧看了，对她说道："唉，真伤心啊！我知道一定是佛菩萨将你引导到此，来代替我所痛惜的那个女儿的。你如果这样死去，我反而更加伤心了！我和你既能在此相遇，定有宿世的因缘。你总得对我说几句话呀。"那女子好容易才开口说道："我纵使能活过来，也是个无用之人了。请你不要让别人看见，趁夜间把我扔进河里去吧。"那声音低微得几乎听不见。妹尼僧说："你好容易说话了，我正为你高兴。想不到你说出这么可怕的话来。你为什么要这么说呢？你究竟是因为什么来到这里的？"但她不再说话了。妹尼僧猜想她身上或许有些残疾，所以不想再活下去。但仔细查看全身，毫无缺陷，长得非常美丽。她就疑心：难道真是变化出来诱惑人心的妖魔？

僧都等一行人在宇治院内住了两天，为母尼僧和这个女子举办祈祷，诵念之声不绝。人们纷纷议论这件怪事。住在这附近的乡人，有几个曾在僧都那里当差，听说僧都来到此地，都来拜访，谈论了许多往事。他们说："已故八亲王家的女公子，与薰大将结了因缘，最近并无大病，一日之间突然亡故，大家都很惊讶。我们要帮着办理殡葬杂务，因此昨天不曾前来拜见。"妹尼僧听了，想道："如此说来，大概是鬼怪取了那女公子的灵魂而化作这个人吧？"便觉眼前这个人不是实体，早晚是会消失的，心中不胜畏怖。女侍们说道："昨夜这里也看见了火光，这火葬仪式似乎并不十分隆重呢。"乡人答道："是啊，他们是故意从简的，办得不很隆重。"乡人因为刚刚参与葬事，身子不洁，所以并不入内，略为交谈一会儿就回去了。女侍们说："薰大将爱上了八亲王家的大女公子，但大女公子多年前就死了。刚才他们所说的女公子又是谁呢？薰大将已经娶了二公主，难道还会另外爱上其他女子吗？"

后来母尼僧的病体痊愈。方向不利的时期也已过去。住在这荒僻的地方十分乏味，众人便准备回家。女侍们说："这个人还是这么虚弱，怎么上道呢？真令人担心呢。"于是找来两辆车子，老人所乘的车子里派了两个尼僧服侍。妹尼僧乘的车子里带着这个人，叫她在车中躺着，由另一名女侍服侍。一路上车子无法快速前行，要不时停下来，给这个人灌服汤药。她们的家住在比叡山西坂本的小野地方，路途很远。大家说，中途应该住宿一夜。但到了夜深时分，总算抵达了。僧都照料母亲，妹尼僧照料这个来历不明的女子，把她们从车上抱下来休息。母尼僧患的是老毛病，平日也时常发作。这次经过一路风霜，又发作了几天，但终于痊愈了。僧都就依旧上山去修道了。

僧都担心外人传说他带回这样一个美人，对他的声誉不利，因此不曾亲眼见到这件事的徒弟，他一概都不告诉他们。妹尼僧也叮嘱大家切勿说出去。她担心有人会来寻找这个女子，很不放心。她暗自诧异这样高贵的人物，怎么会流落在这种田舍人居住的地方。又疑心是入山进香时在途中患病，被继母之类的人偷偷地抛弃的。这女子除了"把我扔进河里去吧"这一句话，再不曾说过其他的话。因此妹尼僧非常担心，一心盼望她早日康复。可是这人老是昏昏沉沉，看不出半点儿起色。她觉得奇怪，疑心她终无生望。但又不忍将她抛弃不管。她就对人宣说她在初濑寺做的梦，并请以前曾为这女子祈祷的阿阇梨悄悄地替她焚芥子[①]做祈祷。

妹尼僧对这女子如此悉心看护，不知不觉地过了四五个月，可是全不见效。她很苦恼，便写一封长信，派人送到山上去给僧都。信中说道："我想请兄长下山来救救这个人。她既能挺到今日，可见是不会死的。一定是可怕的鬼怪缠着她不肯离去。像佛一般慈悲的兄长！若要你入京，当然太不方便，但到这山麓上来总是无妨吧。"言词十分恳切。僧都答书道："这件事实在奇怪！那人竟能延命至今，当时若对她弃之不顾，岂不可惜！我能遇到她，也一定有前世的缘分。我自当试着救她。如果救助无效，那就是她前世注定了。"不久他就下山来。妹尼僧欢喜拜谢，又把几个月以来病人的情况告诉僧都。她说："病了这么久，形容难免憔悴。哪知这个人姿色一点儿也不衰减，看着非常清秀，绝无难看之处。我以为总要完结了，却想不到她竟能活到现在。"她怀着满腔热爱，哭哭啼啼地说出这番话。僧都说："我最初找到她时，就觉得容貌非常漂亮！且让我看一看吧。"便走过去看了一下，说道："容貌的确优越不凡！这是前世积德的福报，才能长得如此美貌。大概是犯了某种过失，才遇到这种灾厄。你曾听到什么消息吗？"妹尼僧说："没有，我一点儿也不曾听到。总之，这个人是初濑的观世音

① 祈祷时焚芥子，是佛教密宗的做法。

菩萨赐给我的。”僧都说：“总是要有某种因缘，所以才赐给你。没有因缘，怎么能成事呢？”他以为这件事极为奇特，便开始替她祈祷。

这僧都一向幽闭深山，连朝廷召唤也不接受，现在轻易下山来替这样一个人大办祈祷，若世人议论起来，实在不太好听。他自己这样设想，他的徒弟们也这样说。因此祈祷只是秘密举办，不让外人知道。他对徒弟们说：“请各位不要声张！我虽是一个不知羞惭的僧人，多次违反过佛戒。但在女人这方面，从来不曾犯错，也从来不曾受人讥评。如今年届六十，若再受人非难，也是前世注定的了。”徒弟们说：“不良之人乱造谣言，不免成了佛法上的瑕疵。”他们都觉得此事不妥。但僧都并不理会，立下庄严的誓言，说：“这次祈祷若不见效，死不罢休！”便彻夜祈祷，直到天明，一定要将这鬼魂移到巫婆身上，然后让它自己说出来：是何方妖魔？为何如此令人受苦？又召唤他的弟子阿阇梨来合力祈祷。于是几个月来不曾显露任何迹象的鬼魂，终于被制服了。这鬼魂借着巫婆之口大声叫道：“我本来是不会到这里来，被你们这样制服的。我在世之时，是个修行深厚的法师。只因死时在人世留有遗恨，一直彷徨鬼途，无法超生。我一向住在有许多美女居住的宇治山庄之中，前些年曾制死了其中一人[1]。现在这个人自己真心厌世，日日夜夜地说‘我要寻死’，我就遂了她的心愿。有一天深夜，她正独自彷徨，我就取了她去。但观世音菩萨对她多方庇护，我终于被这僧都制服了。现在我就离开吧！”僧都便问：“你叫什么名字？”大约是这巫婆较为软弱，并未清楚地说出鬼怪的名字来。

鬼魂离开后，这女子浮舟顿觉心头清爽，知觉也稍稍恢复了些。她环顾四周，一个认识的人也没有，只见许多衰老丑陋的僧人在身边环绕。她觉得仿佛身在陌生的国外，心中非常凄惶。她努力回忆，但连自己住在哪里、叫什么名字也记不起来。她只记得自己不想再活下去，决心投身河中。但现在又来到了什么地方呢？她再三回忆，渐渐地记了起来：“有一天晚上，我深感自身命苦，悲伤难忍，便趁女侍睡熟之后，偷偷打开边门，走了出去。这时风势暴烈，水声凄凉。我一人独行，十分惊恐，全然不知前方的道路，只管沿着廊檐向外走去，最后迷失了方向。这时我想回家也回不去，想前行也不知到哪里去，口中一直念着：‘我坚决要离开这人世！我只怕求死不得而被人发现。鬼也好，怪也好，请你们快来把我吃掉吧！’正在这时，一个容貌非常清秀的男子走过来，对我说道：‘来，到我那里去吧！’我觉得身子被他抱走，心想这大约是匂亲王吧。从此以后我就昏昏沉沉，只觉得他把我放在一个不知什么地方，便全无影踪了。我想起自己求死不成，非常伤心，哭个不停。后来就完全失却知觉，无论什么都记不起来了。听这些人说，我在这里已经住了许

→祈祷伏魔　佚名　玄奘三藏绘卷　镰仓时代（约13世纪）

在妹尼僧的请求下，有高深法力的僧都破例下山，为半途救起的女子举行祈祷，驱逐了附在她身上的鬼怪。从鬼怪所言可知，被救的正是之前失踪的浮舟。图为幽森荒凉的废墟边毫无惧色的两位僧人师徒。

① 指大女公子。下文说“现在这个人”，便是浮舟。

多日子。这些素不相识的人在照顾着我，我的丑态全被他们看到了。”她觉得很羞耻。想起求死不得，终于又醒了过来，觉得非常遗憾，反比昏迷不醒时更加意气消沉了。她毫无知觉的时候，有时还糊里糊涂地吃些东西；如今神志清醒了，反而连一点儿汤药也不肯喝。妹尼僧哭着对她说道：“你怎么生了这么久的重病？如今长时间的热度现已消退，心情也清爽了，我心中正在替你高兴呢。”她片刻不离地守护着她。家里的人看见这女子容貌如此清丽可爱，大家都怜爱她，竭尽心力地照顾。浮舟虽然还是想寻死，但她既能忍耐如此漫长的重病，可知抵抗力很强。后来终于渐渐能够坐起，也开始渐进饮食了，面庞却反而瘦削了些。妹尼僧不胜欣喜，一心盼望她早日痊愈。有一天浮舟对妹尼僧说道：“请你允许我落发吧。不然我就不想活了。”妹尼僧说：“你这般美丽的容貌，别人怎么舍得让你当尼姑呢？”便将她顶上的头发略微剪落几根，暂且让她受了五戒[①]。浮舟心中虽不满足，但她本性一向温顺，所以也不强求。僧都对妹尼僧说：“她今已大致无妨了。以后还得好好调养，才能痊愈。”说完就上山去了。

妹尼僧得到了这样一个美人，觉得仿佛在做梦一般，心中极为喜悦，便硬要她坐起来，亲自替她梳头。浮舟病中全然不顾头发，只是暂时把它束好堆着，但却一丝不乱。这时解开来一看，光彩莹莹，非常美好。这地方“百年缺一岁”[②]的老女人很多，她们看着浮舟，觉得艳光炫目，仿佛天上降下来的仙子，只怕她插翅飞了去呢。她们对她说道：“你为什么愁眉不展？我们大家如此怜爱你，你为什么总是不肯与我们亲近呢？你究竟是谁？家住哪里？为什么来到这个地方？”她们再三向她追问。浮舟觉得非常难为情，答道：“可能是在长期昏迷时遗忘了一切吧，过去的事我都记不起来了。所能隐约想起的唯有这一点：我一心想要离开人世，每天黄昏走到檐前来沉思怅望。有一天，庭前一株大树背后走出一个人来，突然把我带走。除此之外，连我自己的身份也想不起来了。”她的神情非常可怜。后来又说道：“务请不要让外人知道我还活着。如果有人知道了，只怕会有麻烦。”说罢嘤嘤哭泣。妹尼僧觉得过分盘问，使她心中痛苦，便不再追问了。妹尼僧怜爱浮舟，似比竹取翁怜爱赫映姬更甚，时常担心她化成一阵青烟，从缝隙中消失了，因此不能安心。

这家的主人母尼僧，也是一个品质高尚的人。妹尼僧原是一位高贵官员的夫人，后来这官员故去了。她只生了一个女儿，非常怜爱，赘了一位贵公子为婿，悉心照料他们。哪里知道这女儿早年又死了。她心中悲伤之极，便削发为尼，从此隐居在这山乡之中。寂寞无聊之时，她经常愁叹，总想找到一个相似的人，作为她亡女的遗念。这回果然得到了这样一个意想不到的女子，容貌风姿更比她的女儿优秀得多。她觉得十分奇怪，仿佛是做梦一般，心中不胜欢喜。这妹尼僧年纪虽然老大，风姿却很清秀，举止态度也颇文雅。她们所住的小野地方，比浮舟从前所住过的宇治山乡要清雅很多，水声也颇为幽静。房屋建造的式样别具一格，庭前树木姿态优美，花草也颇为可爱，是个极有风趣的住所。

渐渐到了秋天，天色高远，催人感慨。附近的田里正在收割稻子，许多青年女子依照

① 五戒是：杀、盗、淫、妄、酒。

② 古歌：“有女爱慕我，我见其白首。百年缺一岁，芳龄九十九。”可见《伊势物语》。百年缺一岁，乃夸张其年老。

当地农家姑娘的习惯，放声高歌，畅快地欢笑。驱鸟板[①]的鸣声也颇有趣味。这使得浮舟回忆起当年自己住在常陆国时的情景。这里比夕雾左大臣家落叶公主之母所居的山乡更僻静一些，所以松树非常繁茂，每当起风的时候，松涛之声格外凄凉。浮舟闲暇无事，每日只是诵经念佛，悄然度送岁月。月明之夜，妹尼僧也时常弹琴作乐。她的徒弟名叫少将的小尼僧弹琵琶，与她合奏。她对浮舟说："你想来玩玩音乐吗？空闲无事的时候，不妨一起研究。"浮舟想道："我从小命运乖蹇，不曾享受过玩弄管弦的清福。自幼小之时以至成人，一向不识风雅之趣，实在可怜！"她每次看见这些年事稍长的妇人们，以玩弄丝竹来排遣寂寞，总是不胜伤感，觉得此生毫无意义，自己亦深为怜惜。习字的时候便写诗一首：

"我欲投身随激浪，
谁将木栅阻川流？"

她意外得救，反而更添忧伤。她思量今后怎样度日，觉得这条性命实在可嫌可恨。每逢月明之夜，老尼僧等人总是吟咏诗歌，追忆往昔，谈论各种故事。但浮舟无法应对，只是独坐沉思。又写诗云：

"我身流落风尘里，
都下亲朋总不知。"

她经常想："我决心赴死之时，觉得可恋之人很多。但现在并不特别想念其他的人，只是惦记母亲，不知她有多么悲伤！还有乳母，她一心盼望我同别人一样坐享荣华富贵，自我失踪之后，不知她多么失望，又不知她现在身在何处。她们怎么会知道我还活着呢？我身边现在连一个知心的人也没有。从前片刻不离、无话不谈的右近等人，也不知现在怎么样了？"

青年女子隔绝红尘而幽闭在这荒凉的山乡中，是极少见的事，常住在这里的，唯有七八个年纪很老的尼姑。她们的女儿及孙辈，有的在京都宫中服役，有的住在别处，经常到这里来拜访。浮舟暗自担心："这些来客之中，若有人在那些和我有关的人家里出入，则我尚在世间的消息，自会渐渐传入他们的耳中，这岂不让我羞死了。他们将猜想我不知做了什么不端之事，以致流落在此，把我看成世间少有的下流女子。"因此她决不肯与这些来客会面。唯有妹尼僧自己身边的两个女侍，一个也叫作侍从，另一个叫作可莫姬的，在浮舟房中服侍。这两个人的容貌性情，自然无法与她从前所见的京都女子相比。因此每当心中若有所感，总想起她从前咏的诗句"但得远离浮世苦"，恍悟这里便是所谓远离浮世的地方。浮舟一直悄悄地躲在这里。而妹尼僧也怕这个人被别人知道了，会惹出事端，因此对所有的人都不详细说明。

却说妹尼僧从前招赘的女婿，现已升任中将。他的弟弟是个禅师，拜了僧都做师

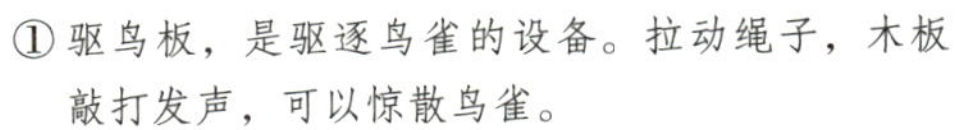

①驱鸟板，是驱逐鸟雀的设备。拉动绳子，木板敲打发声，可以惊散鸟雀。

父，这时正随师父幽闭在山中修道。他的兄弟经常上山去拜访他。从京都到横川，途中必经小野，这一天中将便顺路到此拜访。远远听见开路喝道之声，浮舟看见一个容貌端庄的男子走进山庄。她想起从前薰大将悄悄地来访宇治的情景，历历如在眼前。这小野山庄也是一个非常寂寞荒凉的住所。但住在这里的人，也整治得非常雅洁。墙根的瞿麦花开得很美丽，女郎花和桔梗也开始陆续绽放了。中将带了许多穿各式旅行服装的青年男子，自己也穿着旅装，一起走进这院子。女侍们请他在南面就座。中将坐在那里环顾了一下庭院的景色。他的年纪大约二十七八岁，看来是个老成持重、深通世故的人。妹尼僧在纸隔扇旁边立起一座帷屏，和他会面，尚未开口就先哭泣，后来说道："年月易逝，往日的情景只觉愈来愈远了。贤婿不忘旧情，至今犹蒙枉顾，实为山乡添色，深感欣慰。却又觉得这是一段奇缘。"中将懂得尼僧岳母这一番苦心，答道："往日情景，无时不在怀念。只因尊处远离尘俗，因此不敢常来叨扰。舍弟入山修道，私下时常羡慕，所以也经常前往探视。然而每次入山之时，总是有人请求同行，因此不便造访。今日我将这些人一概谢绝，才能前来晋谒。"尼僧岳母说："你说羡慕入山修道的人，反而像是模仿时下流行的言语。若说不忘过去的旧情，不随浇薄的世俗，则感谢不尽了。"便用泡饭等物招待随从，请中将吃的是莲子一类的东西。中将因这里是从前惯住的地方，也觉得不必客气。忽然天上降下一阵雨来，把客人留住，岳母女婿两人便从容叙谈往事。

岳母想道："女儿已死，悲伤也是枉然。倒是这个女婿，人品如此优越，而终为他人所有，实在可悲。我的女儿为什么连一点儿遗念也不留给我呢？"她私心怜爱这女婿，觉得他虽然难得来访，却也颇可欣慰，便不待他一一探问，径自把心事都说了出来。至于那浮舟呢，也有她自己的许多回忆，沉思冥想的样子，十分可怜可爱。她身着一件毫无风趣的普通白衫。裙子也是黑漆漆的，毫无光彩，大约是模仿着这里的人常穿的桧皮色[①]裙子吧。她自己觉得：如今连服装也大异于往日，这模样多难看啊！但她穿着这种粗陋的衣裳，姿态反而显得更美。妹尼僧身边的女侍说："近来我们都觉得已故的小姐似乎复活了一般。今天竟又看到中将大人来访，真叫人感慨不尽！反正都是要婚嫁的，不如就叫他娶了现在这位小姐吧！这两个人真是一对天生佳偶呢。"浮舟听到这话，想道："哎呀，不好了！我活在这世上，如果又嫁了人，不管那人怎样，总要使我想起当时的恨事。今后我一定要将其完全忘却。"

妹尼僧返身回到内室去了。客人枯坐等待天晴，不免心烦意乱。他听见一个名叫少将君的尼僧的声音，知是旧日相识之人，便呼唤她，对她说道："我猜想从前的故人都已散去了，所以一向懒得来访。你们会怪我无情吗？"这少将君曾多年服侍已故的小姐，是小姐亲信的女侍，便回忆往事，对他说了许多伤心的话。中将问道："刚才我从回廊那边走进来的时候，恰巧一阵大风把帘子吹了起来，我从帘隙中看见一个人，长长的垂发，似乎和普通女侍不同。出家人的住所之中怎么会有这样的人？此人是谁？我正诧异呢。"少将君知道他看见的正是浮舟的背影，想道："如果再让他仔细看看，更要牵惹他的心呢。从前的小姐容貌比现在这人差得很远，尚且使他不能忘怀。"她心中盘算

①桧皮色，是带黑的红色。

平安时代的日本神道与佛教

在平安时代中期（11世纪），日本本土的神道与传入的佛教完美地融合在一起，形成了既有神又有佛，神即是佛、佛即是神的宗教局面。在传说妖魔盛行的平安时代，伴随着灾难与异象、疾病与物忌、鬼神与菩萨的，就是神道的鬼神与佛教的僧侣。

神道

日本神道的发源地出云大社

日本的神道起初没有正式的名称，一直到公元5世纪至8世纪佛教传入日本后，为了与其相区别而创造了“神道”一词。神道以自然崇拜为主，认为世间万物皆有灵，神灵无所不在。同其他宗教不同，它没有所谓的教义或戒律典籍，一切善恶完全由个人自行判断。

佛教

最澄法师

佛教在公元6世纪中叶经朝鲜传入日本后，在平安时代之前已经产生了三论宗、法相宗、俱舍学派、成实学派、华严宗和律宗等六宗，平安时又由最澄在比叡山创立日本天台宗，空海在高野山创立日本真言宗。后来又相继产生了净土宗、真宗、禅宗、日莲宗等许多宗派。

神道与佛教的融合

在平安时代约11世纪，天台与真言宗僧人提出了“本地垂迹说”：神就是佛，佛为了普度众生，才以神的姿态出现在日本。这就使本土固有的神祇崇拜，与外来的崇拜佛、菩萨相融合。在佛寺的境内可以建神社，在神社的境内也可以建佛寺。这种思想一直到明治维新时期提出“神佛分离”之说后才结束。对于平安时代贵族生活中的疾病、物忌、妖魔作祟等情况，僧侣与神道的结合体现得淋漓尽致。

僧形八幡神像

- 冲撞鬼神与物忌
  - 僧人、法师举行祓禊仪式
- 为妖魔鬼怪所祟
  - 僧人念诵《法华经》驱魔
- ……

着，答道："太太思念小姐，片刻不忘。正在她无可慰怀之时，忽然找到了这么一个意想不到的人。近来让她与太太朝夕相伴，以慰寂寞。若有良机，大人不妨和她从容地见一次面。"中将想不到会有这种事情，心中纳闷。但不知道是怎样的一个人，想必一定非常美貌。这偶然的一瞥，使他心神难以宁定。他很想探问个究竟，但少将君始终不肯坦率相告，她只是说："再过几时自然会明白的。"中将觉得：这样一味追问下去，也不成体统。这时他的随从叫道："雨停了！天色也不早了！"中将被催促，只得动身离去。他走过庭前，折取一枝女郎花，站着信口独吟道：

"缁衣修道处，何用女郎花？……"①

中将去后，几个老尼僧坐在一起称赞道："他顾虑到'人世多谣诼'②，到底是个规矩的孩子。"妹尼僧也说道："他容貌庄严，老成持重，真是个好男子啊！我反正总是还要招个女婿的，就同从前一样招了他吧。"又说："他现在入赘在藤中纳言家，虽然经常到那里去，但听说和那女子感情不太和睦，大多是宿在他父亲那里的。"她就对浮舟说："你的心情一直愁苦，也不肯和我们开诚布公地相处，叫我好伤心啊！这五六年来，我时刻难忘我那死去的女儿。但自从遇到你，我竟全然把她忘记了。这世间自有记挂你的人，但现在他们只怕都以为你已亡故，将你渐渐忘怀了。世间无论何事，一时的心情总是不会长久的。"浮舟听了这话，愈发悲伤起来，含泪答道："我对妈妈绝不存心欺瞒。只因身逢奇遇，死而复生，只觉万事都像做梦，自己仿佛已重生在另一世界，竟记不起世间还有曾经照顾我的人。现在我所依赖的，就唯有妈妈一人了。"她说时态度十分天真，做妈妈的也满面笑容地看着她。

中将离开小野草庵，上山去拜访僧都。僧都将他奉为稀客，与他一起畅谈世事。这天晚上他就在那里夜宿，请来几位声音庄严的法师诵经，又合奏管弦，直至天明。他与那个当禅师的弟弟谈论各种事情，趁机说道："这次途经小野，曾到草庵去拜访，引起心中无限感慨。出家离世的人，尚有这种风雅情怀，真是难得啊！"后来又说："那时刚好刮起一阵风，把帘子吹开，我从帘隙中看见一个长发美女。大概她担心外面有人看见吧，马上转身入内。我看那背影，绝不是一个普通的女侍。这种地方竟养着美貌的女子，太不相宜了。她早晚所见的都是一些尼僧，日子一久自然和她们同化，这实在不是一件好事。"禅师答道："听说这个女子是她们今春到初濑进香时，偶遇一段奇缘而带回的。"这件事并非禅师亲眼所见，所以无法详述。中将说道："这真是一件可悲之事。不知她是怎样的一个人。想必是遭遇惨事，心中伤怀，这才隐身在那荒僻的地方吧。倒很像是古代小说中的传奇人物呢。"

第二天，中将下山返京。途经小野时，他说："不可过门不入。"便又进草庵拜访。妹尼僧猜到他要再来，便同女儿在世时一样热情地招待他。在旁伺候的小尼僧少将君等人，虽然已经改装，风韵依然优美。妹尼僧今天更觉悲伤难忍。谈话之中，中将趁机问道："听说有一个女子在这里躲避，不知究竟是谁？"妹尼僧有些为难，但想到中

①② 古歌："缁衣修道处，何用女郎花？人世多谣诼，传闻殊不佳。"可见《后撰集》。

庵堂里的背影

狩野永德　洛外名所游乐图屏风

安土桃山时代（16世纪后期）

大风吹起帘子时，来访的中将看到了浮舟的背影。在尼僧修行之处看到美貌的女子，令他十分奇怪。在平安时代，身份高贵的贵族女子即使出家，也大多在自家府邸内建造佛堂修行，像图中这种尼僧修行的庵堂，则多为平民、低等贵族等的居处，因此惊讶。

将大概已隐约看见，故意瞒他反而不好，便答道："我因时刻不忘亡女，只怕更增罪孽，因此最近抚养了这个孩子，算是聊以自慰罢了。但她心中似有极为伤心的事，一直愁眉不展。她唯恐有人知道她还活在这世上，所以藏在这荒凉僻静的地方，希望外人无法找到她。但不知你怎么知道了这件事？"中将说道："纵使我是怀着轻浮之心来访，也能以长途跋涉之艰劳为由而蒙原谅。何况我想将她比拟成我的亡妻，更不应把我看作外人。她究竟为了什么事而如此厌弃人世？我很想去安慰她呢。"他表示深愿一见。临行时在便条上写了一首诗：

"女郎花艳艳，切勿向他人！

我寓虽遥远，设防守护君。”

命少将君将这纸条送给浮舟。妹尼僧也看到了这首诗，便劝浮舟：“你应该答复他。这个人非常文雅，你大可不必心怀顾虑。”浮舟答道：“我的字难看死了，怎么可以写复诗呢？”她坚决不肯作复。妹尼僧说：“这是失礼的！”便代她写道：“适才我曾对你说过：此人厌弃人世，不能与常人相比。

女郎花厌世，移植草庵中。
不肯随人意，忧思乱我胸。”

中将心想这是初次寄信，不复倒也难怪，便原谅了她，辞别归京。

中将回京之后，想再次写信给这女子，但又觉得有些唐突。而那隐约的一瞥，竟一直无法忘怀。那女子心中忧虑的是什么事，虽然不得而知，但总觉得她身世非常可怜。于是在八月十日过后，入山狩猎之时，顺便又来拜访这小野草庵。他照例唤来小尼僧少将君，叫她传言：“自从那天隐约瞥见芳姿，至今心绪不宁……”妹尼僧知道浮舟是不肯应答的，便代答道：“这孩子好似待乳山上的女郎花，另有意中人[①]吧。”中将和妹尼僧会面之后，告道：“前日听说这位小姐有不少伤心之事，不知她身世如何，颇想详悉一二。我也时常愁恨万事不能称心，常思入山遁世，只因父母不许，以致身受阻碍，因循迁延至今。大概是自己心情郁结的缘故，觉得快乐宽宏的人，性情与我不合。正想找个伤心之人，对她诉说衷肠呢。”他这话表示出对浮舟的爱慕之心。妹尼僧答道：“你要找一个伤心之人，她倒的确适当。但她厌世之心十分深切，不愿像普通女子那样婚嫁，只想出家为尼……纵使是余寿已稀的老人，到了落发之时，也不免暗自伤怀，何况她这妙龄少女，出家之后如何结局，实在令人担心。”这是做母亲的口吻。她就走入内室，对浮舟劝道：“你这样子太无情了。总得稍稍应酬一下才好。幽居寂处的人，对些许小事寄予风趣，也是世间常情。”她苦口婆心地劝说，但浮舟只是冷淡地答道：“我连对人说话的方法也不知道，已是个不中用的人了。”说罢就躺了下来。外边的客人说道：“怎么全无回音？真太无情了！‘约会在秋天’这话一定是骗我。”他不胜愁苦，遂吟诗曰：

“为有幽人待，寻芳到草庵。
衣沾原上露，惆怅空停骖。”

妹尼僧听见了，对浮舟说道：“哎呀，真太对不起他了。至少这一首诗你总得答复。”她力劝浮舟复诗。但浮舟实在不愿意作这种牵动情思的诗。又想今天若勉强和了一首，以后势必每次要求和诗，不胜其烦，因此只管默不作答。妹尼僧等人都觉扫兴。这妹尼僧年轻时原本是个风流人物，如今虽已年老，情思犹存，就代答一诗云：

① 古歌：“好似女郎花，生在待乳山，另有意中人，约会在秋天。”可见《新古今和歌集》。

“秋郊征途远，冷露满双骖。
沾湿君衫袖，非关我草庵。

这首诗要使你扫兴了。”

帘内的众女子，并不深知浮舟不愿让别人知道她还意外地活在世间的真心，她们想起过去，觉得这个男子和已故的小姐一样可惜可恋，便对浮舟说道：“今天偶有机会，你与这中将说几句话，绝不会引发意外的后患。你大可不动风情之念，只装作知情识趣的样子，和他说几句普通的应酬话就是了。”她们想打动浮舟的心。这些女子虽然当了尼姑，毕竟不够老成持重，爱好时髦，有时还唱唱粗鄙的恋歌，装出一副少女的模样，因此浮舟很担心，唯恐她们会暗暗放那男子进来。她想：“我命里注定是个世上最苦恼的人，不幸又苟延残喘，不知以后会沦落到什么地步呢！我但愿别人都看不见我，听不到我，完全把我抛弃吧。”她便倒身横卧下来。那中将大约另有伤心的隐事，便在外面沉痛地长叹，又低声吹笛，独吟“鹿鸣凄戚”①的古歌，确是一个颇具风趣的人。后来恨恨地说：“我因思念故人而来到此地，却不承想到来了反而更添伤心。看来我无法找到可慰我情的新欢，可知这里并不是‘无忧山路’②！”说罢就想回去。妹尼僧说：“不如暂在此处欣赏这‘良宵花月’③吧！”便膝行而出。那中将无精打采地答道：“有什么可欣赏呢？我现已知道这里不是慰我情怀的地方了。”他想：“过分贪慕女色，毕竟不成样子。我只是因为恰巧瞥见那女子的背影，本想借此慰我悼亡之情，但这女子对我过分推拒，好像一位深闺中的千金小姐，与这草庵生涯大不相称，令人乏味。”就准备回去。妹尼僧十分惋惜，想起他的笛声也觉得甚可留恋，便赠诗曰：

“望月山边近，何妨一宿停？
清光深夜好，君岂不知情？”

她作了这首粗浅的诗，却对中将说：“这是我家小姐所咏。”中将又有了兴致，答诗曰：

“蒙君留我住，坐待月西沉。
若得窥香阁，不虚此一行。”

那个八十多岁的母尼僧隐约听见笛声，也颇想欣赏，便从里面走了出来。她的声音颤抖得厉害，又不停地咳嗽。她并不谈论往事，大概没有认清这是她的外孙女婿吧。她对女儿说道：“喂喂，让我们来弹七弦琴吧。在这样的月夜吹奏横笛，实在很有情趣。怎么样？女侍们！快拿七弦琴来！”中将在帘外猜想这大概是那母尼僧。他想：“这样年老的人不知一向住在哪里，她怎么会一直活到今天的？她的外孙女反而早早夭亡。人世夭寿无定，真是可悲啊。”便在笛上用盘涉调吹出一个美妙的曲子。曲罢说道：“怎么样？现在请你们弹

① 古歌：“秋到荒山添寂寞，鹿鸣凄戚扰人眠。”可见《古今和歌集》。
② 古歌：“欲向无忧山路去，碍难舍弃意中人。”可见《古今和歌集》。
③ 古歌：“良宵花月清如此，欲与知心人共看。”可见《后撰集》。

奏七弦琴吧。”妹尼僧本来是个风流的人，说道：“你的笛声比我以前记忆中的美妙得多，大概是我这耳朵听惯了山风的缘故吧。”又说：“哎呀，我的琴只怕弹得不入调呢。”说罢就弹了起来。按当时的风俗，一般人爱弹奏七弦琴的日渐稀少，因此她的琴声倒令人觉得新颖可喜。松涛与琴声相互和合。月亮似乎也随着这琴声而清澄起来。那老尼僧愈发感动，深夜也不想入睡，只管坐着听赏。她说：“我这老太婆年轻时也曾弹过和琴。但只怕现在这种琴的弹法已经改变了，所以我家僧都老是劝阻我，他说：‘母亲的和琴弹得真难听！老年人除了念佛之外，不要做这些无聊的事吧！’我被他这么一说，就丢下不弹了。但我这里藏着一张声音极好听的和琴呢。”看她的模样，很想一试身手。中将在帘外偷笑，对她说道：“僧都阻止你，真太没道理了！就是极乐净土之中，菩萨们也都演奏音乐，天人也表演歌舞，都是很庄严的。这怎么会有碍修行，增添罪障呢？我今晚一定要听一听岳祖母的妙技！”老尼僧被他这么一捧，更加来了兴致，叫道：“喂，主殿[1]！快把我的和琴拿来！”说时又不停咳嗽。众人都觉得为难，但又想僧都阻止她弹和琴，她尚且要痛恨他而向人诉苦，这老妇人也算可怜了，便任其为所欲为。和琴取到之后，她也不配合刚才笛声的调子，只管任意在和琴上拨弄曲调。这时其他乐器都停了下来，她自以为人们是要单独欣赏她的和琴，便得意扬扬地用快速的拍子反复弹奏几个曲调：“塔里当那，契里契里塔里当那……”真是奇怪的古风。中将赞道：“弹得真妙啊！这是现今世人不曾听到过的曲调。”她的耳朵有些聋了，又问了别人才明白，便说道：“现今的年轻人不会喜欢这种音乐吧。几个月前来的那位小姐，容貌生得非常漂亮，但完全不懂这种风雅之事，只知道一天到晚躲在房间里呢。”她自以为贤明，在中将面前嘲笑浮舟，妹尼僧等人都觉得丢脸。老尼僧弹奏和琴尽兴之后，中将就告辞返京了。他一路上吹着笛子，山风将那笛声一直送到草庵，闻者无不赞叹，竟彻夜未眠，坐以待旦。

第二天，中将派人送了一封信来。信中说道：“昨夜因为伤悼旧侣，爱慕新人，只觉心绪纷乱，匆匆告别而归。

旧欢终不忘，新友苦难求。
彻夜高声哭，难消万斛愁。

还望劝请小姐，使她稍稍体谅我心。我若能忍耐，又何必以此风情之事相托？”妹尼僧读了来信，只觉比中将更为难过，眼泪流个不停，便写回信：

“闻君吹玉笛，猛忆旧时情。
目送君行后，青衫涕泪零。

我家小姐像是一个全然不知情趣的人。这件事昨夜老太太曾向你不问自告，想必此刻你已详悉了吧。”中将觉得回信平平，毫不足观，看罢就丢在一边了。

此后，这中将的情书像风吹荻叶一般不断地飞来，浮舟觉得非常厌烦。她只觉男人的用心都十分荒唐可恶。这时，她渐渐回忆起与匂亲王初见时的情形。她对众人说：

[1] 主殿，是一个女侍的名字。

尼僧的劝说 佚名 信贵山缘起绘卷 平安时代（12世纪）

偶然相逢的中将一厢情愿地向浮舟表白衷情，尼僧们也劝说这种书信往来是一种情趣。然而这种所谓的情趣，不禁让浮舟回想起以往痛苦的感情经历。图为僧堂前来访的贵族与尼僧在交谈的情景，在平安时代，即使出家的僧人，也很看重书信往来的情趣。

“还是快些让我出家，好叫他断了这种念头。”于是刻苦学习佛经，常常诵读，又在心中念佛。她将世间万事尽行抛舍，因此虽然是个妙龄少女，却全无风流之趣。妹尼僧等人心想她大概本性如此阴郁，但其容貌美丽，令人越看越爱。因此妹尼僧原谅她的一切缺陷，日夜陪伴着她，借以宽慰情怀。浮舟每次微露笑容，她便如获至宝，欢喜无限。

到了九月，妹尼僧又要到初濑去进香。她多年以来寂寞无聊，无时无刻不在思念爱女。如今得到了这个胜似亲生女儿的美人，以慰暮年，她以为全靠初濑观世音菩萨的保佑，为此再去进香，以表答谢。她对浮舟说道：“你和我一起去吧。绝不会有人知道的。各处佛菩萨虽然同一，但到初濑进香，特别灵验。世上的实例多得很呢。”她力劝浮舟随她同行。但浮舟想道：“从前母亲与乳母也这样说，经常带我到初濑去进香。但我看并无效验，甚至连求死也不能如意，又遭逢了世无罕有的苦难，真使我痛心不已。如今跟着这些素不相识的人作此旅行，又有什么意义呢？”她心中害怕，不愿随行，但嘴上并不坚拒，只是答道：“我总觉心绪不佳。长途旅行，担心路上有所不便，因此有所顾虑。”妹尼僧知道她一向非常胆小，便也不勉强她。浮舟的习字纸中夹着一首诗：

“身生此世浑如梦，
不赴古川看二杉。”①

妹尼僧看见了，戏言道：“你说起‘二杉’，大概是有希望‘再相见’的人吧。”这话触动了浮舟的心事，使她心惊肉跳，脸色马上变红了。那副模样非常娇美。妹尼僧也吟诗曰：

“杉木根源虽不识，
也应看作旧时人。”

这首答诗随口吟出，并不出色。妹尼僧本打算轻装简从，悄悄前去，但这里的人都希望随行，因此留在家里的人极少。她怕浮舟在家中寂寞，便派能干的尼僧少将和另一名叫左卫门的年长女侍陪伴她，此外唯有几个女童而已。

浮舟将众人送出门后，寂寞地回到房内，想道：“我身世孤零，除了依靠此人之外，毫无办法。现在连她也不在家中，我好孤单啊！”正在无聊之时，中将派人送来一封信。少将说：“请小姐拆看。”但浮舟理也不理。此后她更少与人见面，只是茫然地枯坐沉思。少将对她说道：“小姐如此愁闷，连我也觉得痛苦。让我们来下棋吧。”浮舟答道：“下棋我也不大会呢。”她嘴上虽这么说，但好像有意尝试。少将便把棋盘取了出来。她自以为善弈，便让浮舟先下。哪里知道浮舟手段非常高明。于是第二次她就自己先下了。她说：“我希望师父早日回来看看小姐下棋的手段。师父下棋特别厉害呢！僧都年轻时非常喜欢下棋，自以为手段高明，不亚于棋圣大德②。有一次对他妹妹说道：‘我虽不以棋道著称，但你的棋绝胜不了我。’两人便对弈起来，结果僧都输了二子。如

① 这首诗根据古歌：“初濑古川边，二杉相对生。经年再相见，二杉依旧青。”可见《古今和歌集》旋头歌。

② 延喜年间（901年—922年）日本有个棋道名人，名橘贞利，后来出家，法名宽莲，人称之为棋圣大德。

下棋难遣怀　歌川丰国　源氏香之图·匂宫　江户时代（18世纪）

侍女少将为排解浮舟的消沉，两人下棋娱乐。然而对于处境的担忧，让浮舟毫无安全感，即使曾经爱好的棋艺，也难以对不堪的往事释怀。围棋自唐时传入日本以来，就是贵族们的娱乐，图为平安时代的贵族女子下棋为乐的情景。

此看来，师父下棋比棋圣大德还厉害呢！唉，真了不起啊！”她说得兴高采烈。此人年事已高，额发又很难看，玩这种技艺实在很不相称。浮舟觉得今天开了这个例，纯是自找麻烦，只下了一会儿，就推说精神不好，躺下来休息了。少将说：“小姐应当经常找些乐趣，放开胸怀。你这样花容月貌的人，只管沉闷度日，岂不太可惜了！这正好比是美玉微瑕呢。”秋夜风声凄凉，浮舟心中百感交集，独吟云：

“心虽不识秋宵苦，
冥想沉思泪自流。”

月亮出来了，天色幽艳可爱。正在这时，白天寄信来的中将到草庵来拜访了。浮舟想道："哎呀，不好了，这可怎么办呢？"马上躲进最深的内室里去。少将对她说道："这未免太不近情理了。月白风清之夜远来造访，仅是这份心意也应体谅。还请小姐约略听听他说的话吧。不要以为听听男人说话就会玷污身体的。"浮舟听了这话，担心她会带那男人进来，很是惊恐。她本想推说出门去了，但白天那个使者曾经问明浮舟一人留在家中，早已报告了主人。因此中将说了许多埋怨的话。只听他又说道："我并不指望听小姐亲口对答，只希望她愿意稍稍接近我一些，听听我的诉说，说得对不对，再请她指教。"他说得口焦唇烂，但始终得不到答复，便口出怨言道："气死我了！住在这种风雅的山乡，应该更加懂得情趣才是。如此对人不理不睬，太冷酷了！"随即赋诗曰：

"山乡秋色厉，深夜更凄清。
唯有多愁者，真心知此情。

小姐心中应与我有共通之感。"少将就责备浮舟："师父不在家，也没有可以出去应酬的人。一直对客人置之不理，也太不通人情世故了！"浮舟不得已，只得低声吟诵了两句诗：

"不识忧思虚度日，
时人误解作愁人。"

这不是特地答复中将的口气。少将将这诗转告中将，中将深为感动，说道："还望你们再去劝劝她，请她稍稍走出来一些。"他对这些女侍也颇为怨恨。少将答道："我家小姐原本对人就是异常冷淡的。"她走到里面一看，浮舟竟已逃进她从来不曾窥探过一下的老尼僧房里去了。她不胜惊讶，只得出来向中将如实禀告。中将说道："幽闭在这山乡之中耽于沉思的人，心中一定有诸多愁事。但大体看来，她并不是不知风趣的人。为什么她对我如此冷淡呢？或许她在恋爱上曾经有过痛苦的经历吧？她为什么如此厌世而一直消沉？还请你详细地告诉我。"他很想知道浮舟的底细，便再三恳切地询问。但少将怎能告诉他真情呢？她只好答道："她本是我们师父应该抚养的人。多年以来疏远了，上次到初濑进香时忽然遇上，就带了她回来。"

浮舟走进一向以为阴沉可怕的老尼僧房中，躺在她身边，只觉难以入睡。老尼僧晚上睡着了，鼾声响得吓人。而前面还睡着两个年纪很老的尼僧，其鼾声响亮并不稍让。浮舟听了非常恐怖，唯恐今晚将被这些人吃掉。她虽已不惜生命，但因一向胆小，正如赴水的人怕走独木桥而再度折回来一样①，心中万分惶恐。她是带了女童可莫姬到这里来的。但可莫姬生性轻浮，看见这难得一见的男子在那里诉说愁肠，便逃回那边去了，真是个不可靠的使女。中将又等候了半天，无可奈何，只得回京去。少将等都讥评浮舟："真是一个不通情理、畏手缩脚的人！白白糟蹋了这么美丽的容貌！"大家都去睡了。

大约是在半夜吧，老尼僧咳嗽得厉害，醒了过来。浮舟在灯光中看见她脸色发白，身

① 当时传说的故事：有一人要到海边投水自尽，走独木桥时，觉得害怕，便折了回来。

上却披着一件黑衣。她发现浮舟睡在她旁边，很是惊诧，做出一个像鼬鼠之类的动作[1]，以手加额，叫道：“真奇怪了，这是谁呀？”声音凄厉，眼光凝注，仿佛马上就要过来吞食她。浮舟想道：“从前我在宇治山庄被鬼捉去的时候，因为失却知觉，反而全无痛苦；如今这个鬼不知道又将怎样对付我了，实在可怕！我由于离奇的遭遇，死而复生，又重新做人。想起从前各种痛苦之事，心情烦乱，如今又遇到这些可厌可怕之事，真是命苦啊！但我若真的死去，或许会遇到比这更加可怕的厉鬼呢。”她躺着无法入睡，更多地追想起往事，更觉此生命运可悲可叹。她想：“我也有个父亲，但我不曾见过一面，一向在远东的常陆国度送时光。后来在京中偶然遇到了一个姐姐，正在庆幸此生有所依靠，却不料又遇到意外之变，与她断绝了来往。薰大将与我定下终身，我这苦命之人渐渐有了幸福的希望，哪里知道又发生可恨之事，断送了我这一生。回想起来，我当时对匂亲王略有一点儿爱慕之情，实在太不应该！全是因为他，才使我沦落飘零。这样想来，那时他以‘橘岛常青树’为比喻而和我‘结契’，我为什么竟会相信他呢？这匂亲王实在可恶至极！薰大将起初对我较为淡漠，但爱我之心始终不变，想起他的种种情况，实在更值得爱慕。如今我还活在世上，如果被他得知，我只觉比被别人知道更加可耻。只要我活在这世上，或许还能有机会偷偷窥见他的风采吧。哎呀！我这念头怎么行呢！这种事情是想也不应该想的。”她在心中反复思量。好容易听到了鸡鸣之声，她非常高兴，又想如果能听到母亲的声音[2]，更是何等欢喜！她一直想到天明，心情非常恶劣。陪她到此的可莫姬还是不见踪影，她只得继续躺着。几个打鼾的老尼僧很早就起身了，要粥啦，要什么啦，一时之间啰唣不清。她们对浮舟说：“你也快来一起吃点儿吧。”说着，就把饮食送到她身边来。浮舟从未见过这样笨拙的伺候，感到十分不快，便说：“此刻心情不好……”委婉地加以拒绝。哪里知道她们硬要劝她饮食，实在太不识相。正在这时，许多身份较低的僧人从山上下来，禀报道：“僧都今日下山。”这里的尼僧问：“为什么忽然下山？”僧人答道：“一品公主[3]突遭鬼怪作祟，今上宣召山上座主到宫中举行祈祷，但没有僧都参加，不能奏效。所以昨天两次派人来召请。左大臣家的四位少将昨夜夜深之时上山恳请；明石皇后也派人送信来。因此僧都今天要下山来。”说时现出神气活现的样子。浮舟想道：“我不要怕难为情，赶去拜见僧都，请他替我落发吧。现在家里人少，无人阻拦，正是绝好机会。”她就起身，对老尼僧说：“我心情异常恶劣，想趁着僧都下山，请他给我落发受戒。请您老人家代为要求。”老尼僧稀里糊涂地便答应了。浮舟回到自己房中。她的头发一向是妹尼僧给她梳的，现在也不让别人触碰，但自己梳又很不方便，于是只将发端稍微解开一点儿。她想起现在这样子无法再叫母亲见上一面，虽然自己已经决心出家，实在也很可悲。想是由于大病初愈，她的头发略有脱落，但并不显得稀疏，依然非常浓密，长达六尺左右，发端特别艳丽，根根头发都闪着光泽，非常美观。她独自吟唱“我母预期我披鬀”[4]的古歌。

① 鼬鼠疑惑时，以足加额而注视。

② 此语根据行基诗：“山鸟吱吱鸣，闻声忆远人。思念我老父，思念我母亲。”

③ 一品公主，即大公主。

④ 古歌：“我母预期我披鬀，自幼不抚我黑发。”是素性法师剃度时他的父亲遍照僧正所咏的歌。可见《后撰集》。

黄昏时分，僧都来到了小野草庵。女侍们早已把南面的屋子打扫干净，请他入座。只见许多光头的和尚乱哄哄地在院子中走来走去，情景与平日大异。僧都走到母亲房中，问道："母亲近来身体好吗？"又问："妹妹到初濑进香去了吗？在路上找到的那个人还住在这里吧？"母尼僧答道："正是，她还留在这里。她说心情恶劣，想请你给她剃度受戒呢。"僧都便走到浮舟房间门口，问道："小姐住在这里吗？"说着，便在帷屏外面坐下。浮舟虽然有些难为情，也只得膝行而出，亲自对答。僧都对她说道："你我于无意之中相遇，一定前世有缘，因此我为小姐禳解之时，极为虔诚。不过我既是法师，若无要事，也不便致书问候。因此一向少来问候。这里住的尽是一些拙陋的出家人，不知小姐住在这里，能否适应？"浮舟答道："我早已决心离此尘世，只是由于奇特的遭遇，至今尚在苟延残喘，实在伤心。承蒙多方照顾，我虽愚笨不堪，自知感激盛情。但我心中仍然厌此俗世，自觉无法与俗人为伍，恳求僧都为我剃度受戒，让我出家为尼吧。我纵使身在俗世，也无法再过普通女子那样的生涯了。"僧都说："你年纪轻轻，来日方长，为什么一定要出家呢？这反而会增添你的罪孽。此刻你发心出家，固然自觉道心坚强，但经过一些岁月，为女子者不免意志松懈。"浮舟答道："我从小就是个苦恨极多的苦命之人。母亲也曾说过：'不如早日让她出家吧。'年纪渐长之后，更是厌恶世俗生活，一心想为后世修福。想是我的死期渐渐迫近，我近来时常觉得精神虚弱。还望僧都允我所请。"她哭哭啼啼地请求。僧都想道："真奇怪！容貌如此美丽的一个少女，为什么偏偏怀着厌世之心？那天我所降伏的鬼怪，也曾说她真心厌世。这样想来，或许她确有出家的因缘吧。此人若非经我禳解，只怕活不到今天。曾被鬼怪所缠的人，若不出家，只怕以后还会遇到更危险的事。"便对她说："无论什么情由，大凡决心出家，皈依三宝[①]，总是诸佛菩萨所赞善的事。我既是法师，当然不能反对。但受戒一事，必须从容举行。我今晚必须赶到一品公主那里，明日宫中就要开始祈祷，七天期满之后退出，那时再给你受戒吧。"浮舟一想，如果那时妹尼僧已赶回家中，一定要百般阻拦，就不免遗憾无穷了。她因心情非常恶劣，一定要马上出家，便再次恳请："我近来非常痛苦。如果以后病势加重，那时受戒只怕也全然无效了。幸喜今日得以拜见，正是绝好的机会。"僧都慈悲为怀，很可怜她，答道："夜已深了。我从山上下来，从前年轻时不当一回事。现在年纪渐老，实在不堪辛劳，正想略为休息一下，再赶入宫去。你既如此性急，我就今晚给你受戒吧。"

浮舟不胜喜慰，便取出一把剪刀，放在梳栉箱的盖子里，呈了出来。僧都叫道："来，法师们都到这里来！"最初在宇治找到浮舟的两个和尚，今天也跟僧都一同来到这里。僧都叫进来的便是这两个人。他对其中一个阿阇梨说："请你给小姐落发吧。"这阿阇梨想道："此人的确身世不幸，在这世间一定有诸多痛苦。"他以为她应该出家。浮舟将一头乌发从帷屏垂布的缝隙里送了出来。这头发非常美丽可爱，那阿阇梨拿着剪刀，一时不忍下手。

这时少将因为她那当阿阇梨的哥哥跟僧都一同前来，她正在自己房间里与他谈话。左卫门也在招待一个相识的人。住在这山乡里的人，难得遇到熟人，所以都很兴奋，正

① 三宝，是佛宝、僧宝、法宝。

回想往事　俵屋宗达　伊势物语图纸笺·芥川图　江户时代（约17世纪）

处于无所依靠处境的浮舟，不禁回想种种可悲的往事。对于背离薰君的婚约，而与匂亲王结契，直至橘岛的私会，此刻想起深感痛悔。图为平安时代的歌人在原业平与情人私奔而被追逐的情景，与浮舟和匂亲王橘岛幽会，后被薰君察觉十分相似。

在热心地同他们谈论家常琐事。浮舟身边唯有可莫姬一人。她跑到少将那里，将这件事报告给她。少将大吃一惊，急忙跑过来看，只见僧都正脱下自己的袈裟，披在浮舟身上，说道：“以此略表仪式。”又对浮舟说道：“请小姐对着父母所在的方向叩拜三次！”浮舟不知母亲所在之处是哪一个方向，难忍悲痛，竟自放声大哭起来。少将说：“哎呀！真想不到啊！怎么做出这种没道理的事呀！师父回家时一定要大骂我们了！”僧都以为事已至此，这种话反而使浮舟意乱心迷，极不应该，便严厉地斥责少将。少将终于不敢走过来干涉。只听僧都念偈语道：“流转三界中，恩爱不能断。弃恩入无为，真实报恩者。”[①]浮舟听了，想到我如今恩爱已断，但毕竟不胜伤感。阿阇梨替她剪发，非常费力。剪罢，他说：“以后再请尼僧们为你慢慢修整吧。”额发则由僧都亲自剪落。落发既毕，他对浮舟说道：“你这美丽的容貌，今已改变，千万不可后悔啊！”便对她述说庄严的教义。浮舟想道：“这件事不易办成，大家一向都阻拦我，今天幸得办成，实在值得欢喜。”她觉得只要能够如此，以后便有做人的意义了。

僧都等离去后，草庵之中静悄悄的。夜风凄咽之时，少将等说道：“小姐在此处生涯孤寂，不过是暂时的事。今后的荣华富贵，正指日可待。如今你当了尼姑，来日方长，可怎么度送光阴呢？纵使是年老的人，到了断绝俗缘的时候，也是难忍悲痛呢。”浮舟听见了想道：“现在我真是安心了。再不必考虑为人处世的各种事务，正是莫大的幸福呢。”她只觉胸怀开朗了许多。第二天，浮舟想道：“我削发为尼这事，毕竟是别人不赞许的。如今我改穿尼装，被人见了很难为情。我的头发剪后，末端忽然松散，且又剪得毫不整齐，怎么能找一个不反对我的人，来替我修整一下呢？”她处处有所顾虑，便把窗子关好，独自躲在幽暗的房间里。她本就沉默寡言，纵使在以前，也不肯把自己的心事告诉别人。何况现在，身边连亲密的人也没有。因此她每逢心中困惑，唯有对着砚台信手书写。其中有诗云：

“不分人与我，都作子虚看。
　此世曾捐弃，今朝又弃捐。

如今一切都结束了。”话虽如此，心中总是暗自伤感的。又有诗曰：

“曾逢大限辞人世，
　今日重新背世人。”

她把同一意义写成不同的诗句。正在这时，中将又派人送信来了。这里的人正在为浮舟的事议论纷纷，茫然不知所措，便把这事告诉了来使。来使回去禀告中将，中将大为失望，想道：“此人意志如此坚定，所以一向连无关紧要的回信也不肯写，一直疏远我。这样一来，毕竟使我大为扫兴。前天晚上我还同少将商议，想要仔细看一看她那美丽的头发。少将还回答我说‘且待适当机会’呢。”他觉得非常惋惜。便再派使者送去一封信，信中说道：“事已至此，夫复何言！

① 出家落发之前，须向父母、氏神、国王三拜。这时法师念此偈语。

习字的心情

佚名　源氏物语画帖

平安时代（约12世纪）

落发的浮舟从痛悔的往事中解脱出来，带着出尘的轻松和了断恩爱的淡淡伤感。心情的转变，也让浮舟对纠缠许久的中将略假颜色，将如同平日习字的诗句送给中将，以示超脱之意。图为未落发时的浮舟在尼僧陪伴下习字，与出家后的清朗相比，屋外汹涌蜿蜒的宇治川暗喻她出家前痛苦消沉的心情。

轻舟远向莲台去，
我欲追随步后尘。"

这次浮舟反而破例地拿起信来了。她正值感伤之时，看到中将绝望的语气，更添心中哀怜。这时她不知转了怎么一个念头，就在一小片纸的一端写道：

"心已远离浮世岸，
轻舟犹未辨去向。"

她就如同平日习字那般随意写出，让少将另用纸张包好，送给中将。少将说："要送给他，总得抄写清楚。"浮舟答道："再抄一遍反而会写坏的。"于是少将就这样送给了中将。中将终于得到了浮舟的答诗，非常珍视，但已经无可奈何，只是心中暗自悲伤而已。

到初濑进香的妹尼僧回来了，看见浮舟已经出家，不胜痛心，对她说道："我自己身为尼僧，本应劝你出家。但你年纪这么轻，来日方长，今后怎样度日呢？我世寿不多了，今日明日殊难预料。因此我多方考虑，向佛祖祈祷，只盼能保佑你平安无事。"说罢伏地痛哭，悲伤不已。浮舟猜想：自己的生身母亲得知她的死讯而又不见遗骸的时候，大概也是这样悲伤吧？便觉心如刀绞，照旧转过身子，一言不发，姿态非常娇美。妹尼僧又说："你这举动太轻率了，好忍心啊！"便哭哭啼啼地为她准备尼装。淡墨色的法衣是她一向裁剪惯了的，而其他褂子、袈裟则另央他人缝制。其他尼僧也都来帮她缝制法衣，教她穿着。她们说："小姐来了，这山乡之中平添光彩，我们喜出望外。正想朝夕晤谈，以慰岑寂。岂知小姐也成了出世之人，真是遗憾事啊！"她们觉得大为惋惜，大家都埋怨僧都不该给她落发。

却说一品公主突患重病，而僧都的禳解果真如他的徒弟们所称颂的那般灵验，不久便痊愈了。于是世人愈发赞叹僧都的法力高深。因唯恐愈后再度复发，又特将祈祷的日期延长。僧都不能马上回山，便留住在宫中。一个岑寂的雨夜，明石皇后宣召僧都到公主寝处附近做整夜祈祷。女侍们值宿看护了许多天，都十分疲劳，大多早早回房休息去了，因此御前女侍很少，随侍身旁的人也不多。明石皇后便也进入一品公主帐内，对僧都说："皇上以前就特别信任你，而这次的效验尤为显著。我愈发想把后世之事也托付给你了。"僧都回禀道："贫僧世寿无多，曾蒙佛菩萨屡次预示。而今年明年，尤难度过。因此近来一直幽闭深山，专心修持。这次因蒙宣召，这才破例下山。"以下又谈及这次作祟的鬼怪怎样顽强、曾招出各种姓名等等一些可怕的事。又说："贫僧最近遇到一件非常奇怪的事情呢。今年三月间，老母到初濑观音寺处还愿，在归途中突然患病，借宿在一个名叫宇治院的宅邸之中，暂作休养。那是一座多年无人居住的广大宅院，贫僧等担心有鬼怪栖息其中，为重病之人作祟，哪里知道果然……"便把在宅邸附近找到一个女子的情形如实说出。明石皇后说："这确是一件稀奇的事！"她觉得十分害怕，便把身边睡着了的女侍们都叫醒了。薰大将所怜爱的女侍小宰相君不曾睡着，也听到僧都所述之事。而其他后来被叫醒的人则不曾听到。僧都发觉明石皇后有些害怕，后悔不该说这件事，便不再详叙，只略谈了一下后来的事："这次贫僧下山，顺路拜访住在小野草庵中的尼僧。一进庵室，这女子就哭哭啼啼地向贫僧诉说出家的决心，恳切地请求我为她受戒，贫僧就给她剃度了。那里的尼僧是贫僧的妹妹，已故卫门督的妻子，她曾有一个女儿，早年死了。她找到这个女子后非常欢喜，想拿她来代替她的女儿，一心一意地抚养她。贫僧给她剃度，她就埋怨贫僧。这原是难怪她的，因为这个女子的容貌生得非常漂亮，为了修行而损毁芳容，实在也很可惜。但毕竟不知这个女子来历如何。"这僧都能言善道，只管滔滔不绝地讲述。小宰相君问道："这种荒凉僻静的地方，怎么会有这样一个美人呢？她究竟是谁？现在想已知道了吧。"僧都答道："不知道。现在或许她已经说出了。若真是个身份高贵的人，总不能隐瞒到底。但田舍人家的女儿，也有生得这般美丽的。龙中不是也会生出佛来的吗？[①]这女子

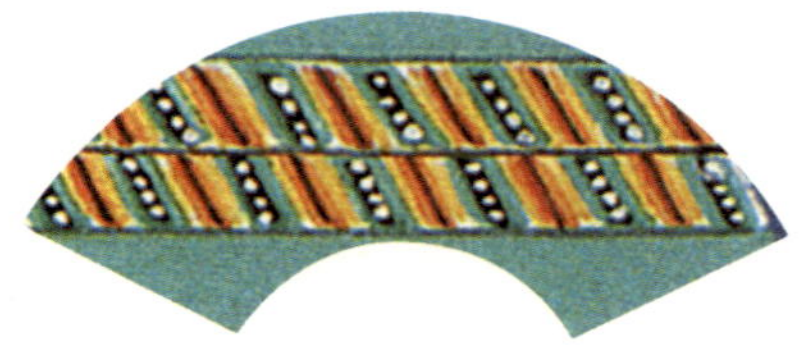

① 龙女成佛，事可见《法华经》。

如果身份低微，那一定是前世罪孽轻微，方能得此美貌。”明石皇后便想起了以前宇治那边失踪的浮舟。小宰相君也曾从匂亲王夫人那里听说过那人死得非常奇怪，猜想僧都所说的大概正是此人，但也无法确定。僧都又说：“这女子曾经说过：不愿别人知道她还活在世间。看来她在这世上似乎有凶恶的敌人，所以必须躲藏吧。因为事情太过稀奇，所以顺便略为谈论。”明石皇后对小宰相君说：“一定是这个人了。你可去告诉薰大将。”但她不知这件事是否薰大将和浮舟双方都想隐瞒，觉得又有些不便告诉薰大将，因此终于不曾叫小宰相君去说。

一品公主的病痊愈了。僧都也辞别归山。途中到小野草庵略作停留，妹尼僧大大地埋怨他：“这样一个妙龄少女，你让她出了家反而会给她增添罪障呢！你也不同我商议一下，就擅自行事，实在太不讲道理了。”但这一切毕竟已属徒劳。僧都说道：“事已至此，现在只管念佛修行吧。世人无论老少，夭寿都无定数。她深感人生无常，也是有些道理的。”浮舟听了这话，回想往事，颇觉可耻。僧都说：“给她做一些法服吧。”便拿出一些绫、罗、绢等物来送给她。又对她说：“我在世期间，一定会好生照顾你，你不必担忧。凡是生在这无常世间而又醉心于荣华富贵的人，无论是谁，都觉得对这人世恋恋难舍。但你只管在山林之中念佛修行，有何可恨，又有何可耻呢？人生原是‘命如叶薄’①的啊！”说罢又吟咏下面的诗句：“松门到晓月徘徊……”他虽是一名法师，却也深具风雅之趣。浮舟想道：“这才是我所愿闻的话。”今天整日刮着大风，声音甚为凄厉。僧都说道：“这种风声‘萧瑟’的日子，深藏山林的人也容易堕泪呢。”浮舟想道：“我也是深藏山林的人，流泪不止正是理所当然。”便临窗远眺，远远望见山谷之中有许多穿旅装的人，正向这里走来。要到比叡山而经过此处的人，并不多见。唯有从名叫黑谷的山寺方向步行而来的僧人，有时或可偶然看到。今天看到这许多身穿旅装的俗人，浮舟觉得非常奇怪。原来那是为了她而暗自伤情的中将。他想为这无可挽回的事发些牢骚而特意到此拜访的。他看见这里的红叶分外美丽，比别处的红叶色彩更为艳丽，一进门来便觉意趣盎然，心想若能在这里找到一位志趣相投的女子，又该多么欢喜！便对妹尼僧说：“我因寂寞难耐，便想来看看这里的红叶。我总觉难忘旧情，想在这里求借一宿。”便坐下欣赏红叶。妹尼僧照例容易落泪，哭着赠诗云：

“山麓寒风吹木落，
游人欲憩树无阴。”②

中将答道：

“山乡无复幽人待，
不忍行过坐看林。”

① 白居易新乐府《陵园妾》诗中有云：“陵园妾，颜色如花命如叶。命如叶薄将奈何……”下文又云：“松门到晓月徘徊，柏城尽日风萧瑟……”

② 暗指浮舟已出家，中将在此泊宿已无风趣。

对于那个无可挽回的浮舟，他还是不能忘情，对少将说道："请让我约略窥看一下她改装后的姿态吧。"又责备她道："这是你曾经答应我的，总得践约才是。"少将走进去一看，只见浮舟打扮得端端正正，似乎故意想叫人窥看似的。她身着淡墨色的绫衫，内衬暗淡的萱草色衣服。身材十分小巧，体态玲珑有致，打扮新颖入时。头发末端异常艳丽，犹如一把打开的折扇。那端正清秀的面容，妆化得恰到好处，两颊略现红晕。在佛前做着功课，念珠并未拿在手中，而是挂在身旁的帷屏之上。那潜心诵经的模样，简直可以绘入画中。少将每次看到她这般模样，总是心中暗自为她惋惜，眼泪流个不停。设想对她怀着爱慕之心的中将看见了，更不知做何感想。这时正是难得的机会，少将便把纸隔扇钩子旁边的一个洞指给中将看，又将阻碍视线的帷屏拉开。中将自洞中窥看了一会儿，想道："如此美貌，大大出乎我的意料。这真是一个绝代佳人啊！"便以为浮舟出家是由于他自己的过失，既觉可惜，又觉后悔，终于不胜悲恸。忍无可忍之时，竟觉自己像要发疯似的。他担心里面听见动静，便立即退出。他想："走失了一个如此美貌的女子，难道没有家人来找？比如某人的女儿逃走不知去向，某人的女儿厌世出家，等等，世间自会纷纷传说……"他反复思量，莫名其妙。又想："如此美人，穿了尼装也并不觉得难看，却反而更增清丽，令人魂牵梦萦。我总还得设法偷偷地得到此人。"便恳切地向妹尼僧请求，对她说道："小姐身在俗世之时，不便与我会面。如今她已出家为尼，尽可放心地与我晤谈了。务请如此向她多方劝导。我一再来访，本来只为不忘令爱的旧情，今后将要再添一种新情了。"妹尼僧答道："此人命运孤苦，我正担心她以后的生涯。你若能真心不忘旧情，时常来访，令我心不胜欣喜。一旦我某日亡故，她的命运实在可怜呢！"中将听了这话，想见这女子与妹尼僧一定有密切的关系，但究竟是谁，还是不得要领。便说道："要当小姐终身的保护人，则我寿数难知，并不可靠。但既蒙如此叮嘱，今后我决不变心。到此找寻而欲认领的人，果真没有吗？我不明此人底细，虽然无须顾虑，但总觉有些隔阂。"妹尼僧答道："如果她以俗家人的身份生活在世间，外人都知道有这么一个人，那么或许如你所说，有人会来找她。但她现在已出家为尼，与俗世完全隔离了。这正是她本人的愿望呢。"中将又作诗一首，叫人转达浮舟：

"君因厌世离尘俗，
我被疏嫌抱恨长。"

少将便把中将深切恳挚的慰问之情向浮舟传达。又向她转述中将的话："请将我视为兄长一样的人，与我谈谈人世无常的琐事，也可聊慰情怀。"浮舟答道："你所谓深切恳挚的情感，我连听也听不懂，实在遗憾。"她对这"我被疏嫌"的诗并不作复。她想："我遇到意外的忧患，世间之事早已置之度外。但愿我身心皆如朽木，见弃于世，以此长终罢。"她的心意如此。因此她一直心情郁闷，诸多愁苦。但自从成遂了出家之志，心情也舒畅起来，有时也肯与妹尼僧戏咏诗歌，或者下一局棋，愉悦轻松地度送晨昏。她修行起来也非常用功，《法华经》就不必说了，其他佛经也读了不少。不久到了冬季，积雪渐深，行人绝迹之时，这小野草庵的环境实在非常寂寥。

新年到了，但小野草庵中并不见春的踪影。溪流尚未解冻，听不到流水之声，十分寂寥。那个咏"为汝却迷心"的人，浮舟早已深恶痛绝，但当时的情景，她还是难以忘

平安时代的家居与陈设

从《源氏物语绘卷》的画面中，我们不仅能看出平安时代贵族生活的风俗、礼数，还能看到当时的室内家居与陈设，进而从中看出主人公的审美风格、生活态度。这对我们更为细致地了解平安时代弥足珍贵。

《源氏物语绘卷》中柏木的卧室

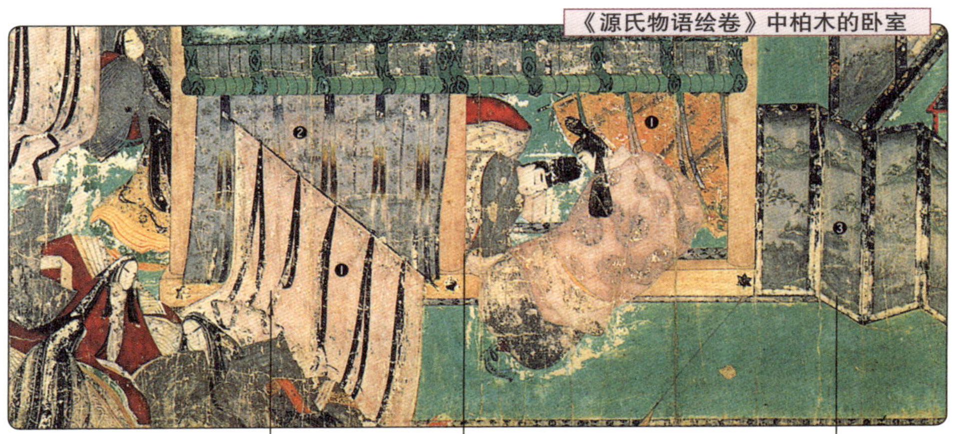

几帐 是一种可移动的室内屏障，通常放置于座位前方。将两根细长圆柱固定在土居（一种木制四角台）上，顶端搭以横木，用来悬挂帷帐。绘卷中帷帐上黑色的细长布带是“幅筋”。

御帘 一种以细竹片编制，外缘处还包裹染有纹路的绢布而成的屏障。通常安装在母屋和厢房之间、厢房与立柱之间等处。

屏风 屏风在平安时期非常普及，其分割空间、遮挡视线等功能对于阻隔男女会面起到了很大作用。从绘卷上看，山水、花鸟是较受欢迎的屏风画题材。

榻榻米

这是当时室内铺设的主要坐具之一。按照身份和品阶的不同，榻榻米边缘所包裹的布料也有所差别：天皇和上皇使用云间缘，亲王、大臣则用高丽缘，公卿使用高丽小纹，殿上人用紫色，六品官用黄色。

云间缘是在榻榻米边缘使用一种由红、紫、浅绿等不同颜色织出纵向条文的锦缎。

高丽缘是在榻榻米边缘使用白底上用黑色织出四叶草等花纹的白绫。

御帐台

是供贵族坐卧的床具，后来则变为身份和权威的象征。一般放置在主屋，高约30厘米的黑漆底座上，铺两层榻榻米，四角的支柱搭起白绢帐子，四周围以垂帐。

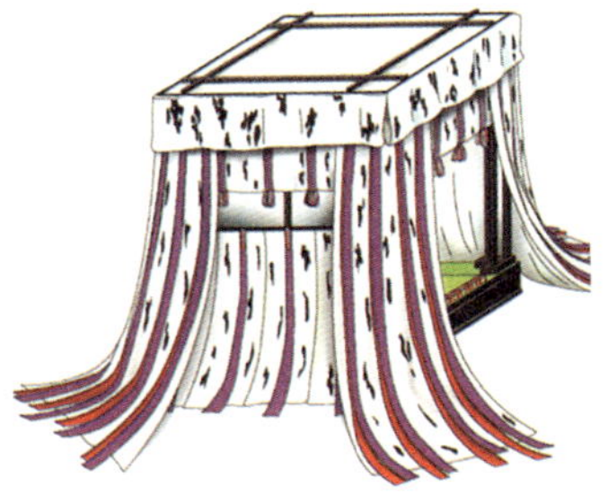

另外，室内还摆放有橱柜与架子，上面搁着乐器、文房四宝、香炉等用品。而这些东西的摆放也是有规矩的，形成一种生活中的礼节与礼仪。这些家居与陈设反映出屋主的情趣与生活态度。如柏木的房间装饰富丽堂皇，反映出他继承其父的梦想家个性。

却。念佛诵经的闲暇时候，她经常随意习字，其中有诗云：

“彤云蔽白日，山野雪花飘。
对景思前事，旧愁今未消。”

她想：“我从这个世上消失已有一年了，但只怕还有人在思念我吧。”她有时也会如此回忆往事。有一天，有一个人用一只普通的篮子盛了些新出的嫩菜，送来给妹尼僧。妹尼僧将之转赠浮舟，附一诗曰：

“山乡新菜嫩，带雪摘来初。
愿汝长安乐，青青似此蔬。”

浮舟答诗曰：

“山野深深雪，新蔬寂寂青。
从今延岁月，只为慰君情。”

妹尼僧觉得诗中大有深意，心中感动，说道：“若得你身着常人服饰，前途有望，那才好呢！”说罢伤心地哭起来。浮舟房檐前的红梅已经绽放，香色与往年无异，使她想起“春犹昔日春”的古歌。她对红梅比对其他的花更加喜爱，不知是否因为恋念“遗恨不能亲”[①]的衣香。后夜做功课时，在佛前供净水，她命一个年轻的下级尼僧到庭前去折取一枝红梅。那红梅仿佛怀恨似的散落了几片花瓣。浮舟独自吟诗曰：

“谁将衫袖拂？人影已茫茫。
着意怜春晓，梅香似袖香。”

却说母尼僧有一个孙子，一向在纪伊国当国守，这次从任地返回京都。他大约三十岁左右，容貌端庄，气宇轩昂。他向祖母致意：“孙儿离京已有两年，这期间祖母身体安好吗？”老祖母年已老耄，回答不清。他就去拜访姑母，即妹尼僧，对她说道：“老祖母竟全然昏聩了，真可怜啊！看来寿数无多了。我不能时常在旁侍奉而长年远游，实在太不应该！我自父母双亡之后，一直把这位老祖母当作父母看待呢。常陆守夫人[②]常来拜访吗？”所谓的常陆守夫人，大概是这纪伊守的妹妹吧。妹尼僧答道：“这里一年一年地过去，总是过着冷清的日子，越来越寂寥。常陆守夫人长久没有音信了。恐怕你的祖母等不到她回来呢。”浮舟听见他说起“常陆守夫人”，以为是她的母亲，不知不觉地侧耳倾听。纪伊守又说：“我返回京中已有好些时日，只因公事繁忙，一直不得脱身。昨天本想到这里来拜访，又因薰大将要去宇治，我不得不奉陪，以致又未成行。他在已

---

① 古歌：“君衣香可恋，遗恨不能亲。只为梅香似，折来聊慰情。”可见《拾遗集》。引用这首古歌，是指匂亲王的衣香。

② 这常陆守夫人是当时的国守夫人，并非浮舟之母。多数注释家皆如此说，唯有《花鸟余情》说是浮舟之母。此外，这常陆守夫人是纪伊守之妹，但又有一说是妹尼僧之妹。

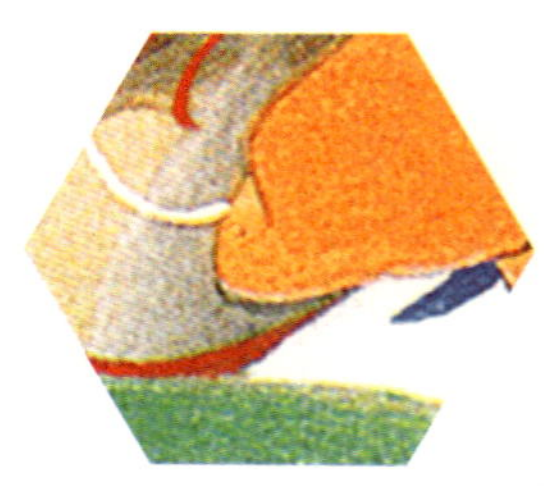

故八亲王的山庄里驻留了一天。这是因为薰大将曾和八亲王家大女公子交好，而这大女公子于前年亡故了。后来他又爱上了她的妹妹，悄悄地将她藏在山庄里，哪里知道这妹妹也在去年春天亡故了。这回他是为了筹办她周年忌辰的佛事，特意去找那山寺里的律师，吩咐应有的事宜。我也想奉赠一套女子服装，作为布施品。不知可否在你这里缝制？衣料可以叫他们赶紧织起来。”浮舟听了这话，怎能不生感慨呢！她怕被别人看见，连忙转过身子，朝里面坐了。妹尼僧问道：“听说这位得道的八亲王膝下有两位女公子，不知道匂亲王夫人是哪一位？”那纪伊守只管继续说道：“薰大将后来爱上的那一位，听说是身份卑微的人所生的。大将当时没有重视她，如今追悔莫及，非常伤心。起初那一位大女公子死的时候，他也非常悲伤，几乎要为此出家呢。”浮舟猜想这纪伊守一定是薰大将的亲信，不觉慌张起来。只听纪伊守继续说道：“奇怪得很，这两位女公子都是在宇治亡故的。我看大将昨天的神情，还是非常悲戚呢。他走到宇治川岸边，向着水上眺望，十分伤心地哭泣着。后来回到内室，又在柱子上题诗一首：

湛湛荒江水，佳人影不留。
伤心江上客，泪落更难收。

他不愿说话，但神情格外悲伤。像他这种风流男子，女人看见了一定为之心仪神往。就是我，也从小就真心仰慕这位大人。一品当朝的大官，我也绝不向往。我一向只是心甘情愿地追随这位大将，直到今日。”浮舟想道：“这个修养并不高深的人，竟也能理解薰大将的人品。”又听见妹尼僧说：“这薰大将虽然不能和当年称为光君的六条院主相比，但如今世间，只有他们这一族声望最隆盛了。那位夕雾左大臣怎么样？”纪伊守答道：“这位大臣容貌也十分清丽，才德又高，的确与众不同。还有那位匂亲王，风姿非常优美！我如果是女子，也想到他身边去当女侍呢。”这些话好像是有人让他故意说给浮舟听的。浮舟听了之后，既觉悲伤，又很关切。虽与自身有关，又觉得仿佛不是世间真有的事。纪伊守滔滔不绝地说了一会儿，便回去了。

浮舟得知薰大将至今还不曾忘记她，便愈加记挂她的母亲，想必她也一定还在伤心吧。但现在她已经成了尼僧，纵使能够再见，也很扫兴了。妹尼僧等受了纪伊守的请托，便匆忙地料理染织，缝制女装。浮舟看见她们为她自己的周年忌辰筹备布施品，觉得非常怪异，但嘴上绝不表示出来。她在一旁看着她们缝纫，妹尼僧对她说道：“你也过来帮忙吧。你的针线手段是很高明的。”便把一件单衫递给她。浮舟颇觉不快，碰也不肯碰一下，答道：“我心情不佳。”就躺卧下来。妹尼僧马上放下手中的缝纫活儿，走过来问她：“你怎么了？”她非常担心。另有一尼僧把一件表白里红的褂子套在红色的衫子上，对浮舟说道：“你应该穿这样的衣服才好，那淡墨色的太乏味了。”浮舟便写一首诗：

“身有袈裟护，无心着绣裳。
着时怀往昔，空白恼人肠。”

她想：“可怜我死去之时，世事毕竟无法隐瞒到底，那时她们自会知悉我的真实姓名。她们一定会恨我冷淡，怨我隐瞒吧。”她思前想后，从容地说道：“过去的事我已全都忘记了。唯有看到你们缝制这种女装时，才隐约地想起往事，不胜感伤。”妹尼僧说：

"你虽一直说早已忘记，但记得的事一定很多。你这样对我隐瞒，叫我好生怨恨！这种世俗服装的配色，我久已忘记，而针线手段又很拙劣，再次看见只能使我想起已故的女儿。你在世间大概也有关怀你的母亲吧？像我，明明知道女儿已经亡故，但总还疑心她住在某个地方，盼望着至少要找到这个地方才好。何况你只是去向不明，一定有许多人在思念着你吧。"浮舟答道："我在俗世之时，确有一个母亲。但现在只怕已经亡故了吧。"说罢流下泪来。为了排遣忧伤，她又说道："回忆往事，不免引起悲伤，所以我不愿对你述说，绝不是有意对你隐瞒。"她总是很少说话。

却说薰大将替浮舟举办周年忌辰的法事，想起自己与浮舟的因缘已成空花泡影，不胜伤感，便更加尽力照顾浮舟的异父兄弟，即常陆守的儿子。其成年的尽皆擢升为藏人，或者派到他自己的大将府里去担任将监。而未成年的小童，则打算在其中挑选面貌清秀的作为自己的随从，以供使唤。一个雨夜，薰大将去拜访明石皇后。这时皇后身边女侍很少，两人就随意闲谈起来。薰大将说："前年我爱上了宇治山乡中的一个女子，外人都嘲笑我。但我以为这是前世的因缘，无论何人，既然心爱便是有缘。我相信这个道理，只管常去拜访。想是那地方不太吉祥，遇到了伤心之事。此后我便觉这地方距我极为遥远，已经许久不去了。前几天借机又去了一次，由于我屡次在那里感受世事无常，只觉得那座圣僧的山庄是特地为了引起人的道心才建造的。"明石皇后想起了僧都所说的奇事，觉得薰大将非常可怜。便问："那地方有可怕的鬼怪栖居吧？那女子是怎样死亡的？"薰大将猜想，她大概觉得两人相继死亡的事情很稀奇，所以才这样问吧。便答道："或许是这样。那样荒凉冷僻的地方，难免会有恶劣的东西栖居。刚才我所说的那个女子，死得非常怪异。"但他并不详细说明。明石皇后觉得这件事毕竟是他所隐讳的。如果让他知道别人已经知悉，定然会使他感到不快。她又想起匂亲王当时曾为这个女子忧愁苦闷，甚至生病，虽属荒唐，但也很可怜。可知这两人都讳言这个女子。因此明石皇后也不好意思再追问。她只悄悄地对小宰相君说："我听大将的口气，他为了那个女子非常伤心呢。我很同情他，想把僧都所说的话都告诉他。但只怕不是这个人，所以也不便说出。僧都所说的话你全都听到了，不如由你把其中不好听的话隐去，在谈话中顺便告诉他：僧都曾经说过这样的一件事。"小宰相君答道："这件事连皇后都不便对他说，我怎么能对他说呢？"明石皇后说道："这须得因人因时而定，不可一概而论。况且我还另有不便说的原因。"小宰相君心知是因为匂亲王之事，心中暗自觉得可笑。

她就趁着一次薰大将到她房中来谈话的时候，顺便把僧都的话一一告诉了他。这件事如此离奇古怪，怎能不使薰大将大吃一惊呢？他想："前天皇后曾经问我浮舟的事，大概她也约略听说了吧。当时她为什么不详细告诉我呢？未免可恨。但我也不曾把浮舟的事对她详细说明，倒也难怪她。我当时得知浮舟失踪，只觉得这件事传出去太难听，所以决不泄露。哪里知道，世间反而在纷纷传说了。纵使是活着的人在这世间有了隐事，也难以隐瞒。何况是已死之人的事，人家当然更加毫无顾忌地传说了。"他觉得对这小宰相君，也不好意思告知这事情的来龙去脉，只是说道："照这样看来，这人的模样和我以为死得奇怪的那人非常相像呢。不知现在这人还住在那边吗？"小宰相君答道："僧都下山的那一天，已经给她剃度了。她以前患着重病的时候，就想出家了，旁人都以为可惜，再三劝住了她。但她本人学道之心非常坚决，终于还是出了家。"薰大

安然习字　歌川丰国　源氏香之图·习字　江户时代（约1844—1847年）

一直愁苦沉闷的浮舟出家之后，放下了对往事的痛悔，心态豁然开朗。念佛诵经的闲暇时候，也经常随意习字消遣。图为浮舟在尼僧的陪伴下安心习字，屋外恬静的农家生活更衬托出浮舟出家后归于平静的心情。

将想道：“地方同是宇治。再细想前后的情况，此人与浮舟绝无不同之点。如果把她找到，认明确是本人，真是意想不到的奇事了！只是听人传说，岂可确信？但我若特地去找，只怕外人要笑我乖戾。还有，匂亲王若听说了，一定要纠缠，妨碍她求道的决心。或许他已另有计划，特地关照明石皇后不要对我说明，所以明石皇后即便听到了这种稀奇古怪的事，在我面前也绝不提起。如果明石皇后也已参与他的计划，那么我虽然怜爱浮舟，还不如当她已经死去，从此与她断绝吧。只要她还活着，那么以后到了黄泉路上，或许自有重逢的机会。但那时我绝不会再想要把她据为己有了。”他思前想后，心绪纷乱。他明知明石皇后不会把这件事告诉他，但总想探察她的神情，便找了个机会，对明石皇后说道：“有人告诉我：我以为死得奇怪的那个女子，并不曾死，沦落在世间某个地方呢！我很惊诧，怎么会有这种事情？但我也一直在寻思：那个女子性情软弱，似乎不会自己下决心干这种可怕的事。照那人所说的，她似乎是被鬼怪迷住了。或许真是如此吧。”便把浮舟的情况稍稍详细地告诉了明石皇后。关于匂亲王的事，他说得非常客气，并不流露怨恨之色：“匂亲王如果知道我又找到了这女子的下落，只怕要以为我是顽劣的好色之徒吧。所以我想假装并不知道这件事。”明石皇后说道：“僧都说起这件事的时候，正值阴暗可怕的深夜，所以我并没有仔细地听。匂亲王怎么会知道呢！我听了别人的话，觉得匂亲王的性情实在不好。这件事如果被他知道，还不知要惹出多少麻烦。世人都在传说他在男女恋情方面行为轻率讨厌。我正在替他担心呢。”薰大将觉得明石皇后的品性实在非常稳重，无论什么秘密的事情，只要人家是私下告诉她的，她绝不泄露出去，他就放下心来。

他想：“她所居的山乡在哪里呢？我总要想个办法到那里去看一看。首先要设法见到那僧都，才可知道确实的情况。看来我必须去拜访那僧都。”他满心只是考虑着这件事情。每月初八，规定要举办法事，上比叡山供养药师佛，有时也要参拜山上的根本中堂。这次他准备下山后即刻到横川去，再由横川返京。并且带着浮舟的弟弟小君同行。至于浮舟家中其他的人，他并不马上通知，打算看以后的情形再说。他之所以带上小君，大约是想为这做梦一般的传奇再增添一些哀趣吧。他在一路上作各种猜想：“如果认明了确是浮舟，而其人已经改装，混杂在许多尼僧之中。或者，听到她另有情夫等不快之事，该叫我多么伤心啊！”他的心情非常不安。

《源氏物语》与和歌

和歌，是相对汉诗而言的日本的一种诗歌体。《源氏物语》全书总共使用了约 790 多首和歌，随着故事情节的发展，几乎每一回都有和歌的描写，可见平安时代和歌的兴盛。而这些穿插、交织在情节之间的和歌，加强了人物之间、场景之间的关系，使得故事的情节更富有感染力，人物或者场景也具有了更具内涵的魅力。

什么是和歌

和歌一般指短歌、唱歌等形式中的短歌。它以和音为基础，格式为五七五七七的排列顺序，其声调庄重、流丽。历史上《万叶集》《古今集》《新古今集》并称三大歌集。

平安时代和歌的盛行

在平安时代，和歌大多是没有敬语的，这使它跨越了阶层与地位等因素，受到所有人的喜爱。同时，恋人们的主要交往方式就是相互赠答和歌，也使得和歌成为一种完美的爱情语言。

三十六歌仙

平安初期的六歌仙：在原业平、小野小町、大伴黑主、喜撰法师、文屋康秀、僧正遍昭。平安时代中期，藤原公任编选《三十六人撰》，其中包括初期六歌仙在内的 36 位和歌名人，总称“三十六歌仙”。

平安初期的六歌仙之一小野小町

物语中和歌的作用

在《源氏物语》中，和歌的作用有很多，其共通点在于和歌与恋爱、两性之间的情感诱惑联系在一起。

一种求爱的方式

无论是书信中的，还是即景吟唱的和歌，它们都成为跨越自己与心上人之间的桥梁。

一种社交能力

在当时，能轻松地写出一首至少是普通水准的和歌，是众多社交技巧中不可或缺的、基本的能力。

一种过渡

作为一种过渡，和歌也会大量出现在场景变换之间。

一种氛围

如果某一回中和歌突然增多，就代表了作者希望营造出一种特别的氛围。

一种媒介

和歌也是人物表达他们内心世界的重要媒介。

一种指代

也用来指代一些特定的关系、地位或名称，如章回名称、人物姓名等。

第五十四回　梦浮桥[1]

薰大将来到比叡山上，按照每月例规供养经佛。第二天他来到横山，僧都见有贵人大驾光临，很是惊慌。薰大将因为举办祈祷等事，早年就与这僧都相识，但一向并不特别亲热。这次一品公主患病，僧都为她举办祈祷，效验非常显著，薰大将目睹之后，便十分尊敬他，对他的信任比以前更加深厚了。像薰大将这种贵人特地来访，僧都自然竭诚招待。两人谈了一会儿佛法，僧都便请薰大将吃些泡饭。等到四周人声渐静之时，薰大将问道："你在小野那边有熟识的人家吗？"僧都答道："有的，但那地方非常简陋。贫僧之母是一个老朽的尼僧，因为京中没有合适的住所，而贫僧又经常幽闭在这山中，所以叫她住在附近的小野地方，便于不时前往探望。"薰大将说："我记得那地方以前很热闹，但现在衰落了。"然后向僧都凑近一些，低声说道："有一件事，我也不太确定，想要问你，又怕你茫然不知缘由，多有顾虑，因此不曾启齿。实不相瞒：我有一个心爱的女子，听说正隐藏在小野山乡。如果确是如此，我颇想探询她的近况如何。最近忽然听闻：她当了你的弟子，你已给她落发受戒了，不知这是否是事实？这个女子年纪尚轻，家里现有父母等人，有人说是我害她失踪的，正在怨恨我呢。"

僧都听了这话，想道："果然如我所料。我看那女子的模样，就知道不是平常的人。薰大将如此说，可知他对这女子十分宠爱。我虽然是法师，岂可不分青红皂白，马上答应而替她改装落发呢？"他暗觉狼狈，不知道该怎样回答。又想："他一定知悉实情了。既然详知情况而又向我询问，我已无法隐瞒。硬要隐瞒，反而不好。"他大略想了一想，便答道："确有这样一人，贫僧近来心中时常觉得此事令人惊讶，不知此人究竟为了何事而厌弃俗世。大将所说的大概就是她吧？"便继续说道："住在那边的尼僧们，去年曾到初濑去进香还愿，归途中在一所叫作宇治院的宅子里夜宿。贫僧的老母由于旅途劳顿，忽然生起病来。她的随从赶到山上报告，贫僧得知后马上下山，刚到宇治院，就遇到一件怪事。"他放低了声音，悄悄地叙述了找到这女子的前后经过，又说："当时老母的病已经濒危，但贫僧也顾不得了，只管忧虑怎样才能把这女子救活。看这女子的模样，也已濒临死亡，只剩奄奄一息了。我记得古代小说中，曾有灵堂之中死尸还魂复活的故事，如今我遇到的难道就是这种怪事吗？这实在是非常稀奇。我便把弟子之中法术灵验的人从山上招来，轮流地为她祈祷。贫僧的老母已经到了死不足惜的高龄，但既在旅途中患上重病，总得竭力救治，才能回到家中安心念佛，往生极乐。因此贫僧专心为老母祈祷，不曾详细看视这女子的病况。只是按照常情推量，大概是天狗、林妖之类的怪物迷惑她，把她带到那地方的吧。将她救活了，又带到小野之后，曾有大约三个月不省人事，几乎同死人一样。贫僧的妹妹，是已故卫门督的妻子，现也已出家为尼。她膝下唯有一个女儿，已经死了多年，她至今还是悼念不已，时常伤心悲叹。这个女子，年纪和她女儿相仿，而且容貌非常美丽，她以为是初濑观世音菩萨所赐，不胜喜慰。她唯

① 本回接续前回，写薰大将二十八岁五月的事。回名"梦浮桥"三字，在本回文中并未提起，想是要将这一长篇故事比作梦中浮桥的意思。此外，本回别名"法师"，是根据回末薰君的诗命名的。

恐这女子死去，焦虑万分，哭哭啼啼求贫僧设法救治。于是贫僧就下山来到小野，替她举行护身祈祷。这女子果然渐渐有了好转的迹象，一点点地恢复了健康。但她心中还是倍感悲伤，向贫僧恳求道：‘我觉得迷住我的鬼怪尚未离开。请你给我受戒为尼，让我借此功德来摆脱鬼怪的侵扰，为后世修福。’贫僧既然身为法师，对这种事情理应赞赏，便给她受戒出家了。至于她是大将心爱之人，则全然无从得知。贫僧只知这是世间罕有的事，可以作为世人闲谈之资。但小野那些老尼僧担心传扬出去，引起不必要的麻烦，所以一向严守秘密，数月以来不曾告诉任何人。”

薰大将只因偶得消息，特意到此探询。现已证实这个以为死去的人确实还活在人世，吃惊之余，但觉犹如做梦一般，忍不住要落下泪来。但在这道貌岸然的僧都面前，岂好意思流露出这种儿女情态，便转过念头，装出一副若无其事的样子。但僧都早已体察他的心事，想起薰大将如此怜爱这个女子，而她在现世已变得犹如亡人，这都是自己的过失，获罪非浅，便说道：“她被鬼怪缠附，也是前世孽缘。想来她一定是高贵人家的小姐，但不知因何沦落至此？”薰大将答道：“以出身而论，她也算得上是皇家的后裔吧。我本来也并不是特别爱她的，只因偶然的一段机缘，做了她的保护人，却绝想不到她会沦落到这个地步。奇怪的是她有一天突然消失了。我以为她已投身水中，但毕竟仍有许

求证僧都　佚名　信贵山缘起绘卷　平安时代（约12世纪）

薰君略闻浮舟的消息后，来到横山向僧都求证。僧都如实向他讲述了如何发现浮舟，以及她出家等事，让本指望探询一番的薰君大为吃惊。证实了浮舟还在人世，他却感觉犹如做梦。图为薰君与僧都对面而谈的情景。

多可疑之处，在这之前一直不甚了了。现在知道她已出家为尼，正可减轻她的罪孽，真是一大好事，我心实在甚为安慰。只是她的母亲正在为她悲伤悼惜，我打算把这个消息告诉她。但你的妹妹数月以来严守秘密，如今传了出去，岂不违反了她的本意？母女之情是绝不会断绝的。她母亲不堪悲伤，一定会前来探访的。”接着又说：“我如今有一个不情之请：可否请你陪我到小野一行？我既已知道此女的确切消息，又怎能漠然置之不理？她虽已出家为尼，我也想和她略为谈论如梦的往事。”僧都看见薰大将神色非常凄惶，想道：“出家之人，自以为已经改装，断绝尘缘了，然而纵使是须发剔光的法师，也难保不动凡心。更何况一个年轻女子，更不可靠。我若将他引去与这女子相会，定会造成罪孽，这该如何是好？”他心中十分烦恼，终于答道：“今日明日我事务缠身，不能下山。且待下月再当奉陪，如何？”薰大将甚觉不快。想要对他说明“今天定欲劳驾”，又

觉得太不成体统，便说："那么再见吧。"就准备回去。

薰大将来时随带着浮舟的弟弟小君童子。这小童的容貌生得比其他兄弟清秀。这时薰大将将他唤来，对僧都说道："这孩子与那人是一奶同胞，不如先派他去吧。可否请你写一封介绍的信函？不必说出我的名字，只说有人要来拜访就行了。"僧都答道："贫僧若做介绍，势必造成罪孽。这件事的前后情况，贫僧既已详细奉告，大将只需自行前往，依照尊意行事，又有何不可？"薰大将笑道："你说做此介绍势必造成罪孽，真使我颇感惭愧。我沉浮于俗世之中，直至今日，真是意外之事。我自幼深怀出家之志，只因挂念三条院家母生活寂寞，唯有我这一个不肖之子与之相依为命，这就成了我难以摆脱的羁绊，身缠各种俗务。这期间官位渐渐升高，行动愈加不能随心所欲，空自怀着道心而因循度日。于是世俗之事日渐增多。无论公私，凡是不可避免之事，我都尽量随俗应酬。若是可以避免的，则竭尽我所有的浅陋知识，恪守佛法戒律，务求不犯过失。自问学道之心，并不亚于高僧大德。何况为了这区区儿女柔情，岂肯干犯重罪！这是绝不会有的事，请勿怀疑。只因我可怜她的母亲正在伤心愁叹，所以想把所探得的情况尽皆传告，使她确切得知。但得如

循迹探访 **佚名 信贵山缘起绘卷 平安时代（12世纪）**

从僧都那里获得浮舟的消息后，薰君带着浮舟的弟弟小君便赶往小野。闻听远处的开路喝道之声，浮舟猜到是薰君找寻而来，感到十分痛苦。图为平安时代贵族出行时的情景，侍从们负责吆喝开道、随侍马前等职责。

此，我心足矣。”他叙述了自己自幼时以来深信佛法的心愿。僧都以为确是实情，心甚赞善，又对他述说了许多庄严的佛理。这时天色渐黑，薰大将心想这时顺路到小野去投宿，正是机会。但突然贸然前往，毕竟有所不便。心烦意乱了一会儿，便觉不如暂且返回京都。这时僧都注视着浮舟的弟弟小君，正在夸赞他。薰大将便说道：“不如就委托给这孩子，请你略写数行由他送去吧。”僧都便写了信，交给小君，对他说道：“以后你经常到山上来玩吧。须知我与你不是没有因缘的①。”这孩子不知道这句话的意思，只是接受了信，随着薰大将出门到小野去。到了那里，薰大将叫随从稍稍散开，叮嘱大家静些。

① 是她姐姐的师父。

却说小野草庵之中，浮舟对着树木丛生的青山，正在寂寞地望着池塘上的流萤，回思往事，聊以慰情。忽然自那遥远的山谷之间，传来一片威势十足的开路喝道之声，又看见参差的火把光焰。那些尼僧便走到檐前来张望，其中一人说道："不知道是谁正在下山，看来随从多得很呢。白天送干海藻到僧都那里去，回信中说大将正在横川，他忙于招待，送去的海藻正可用得上呢。"另一尼僧说："他所说的大将，就是二公主的驸马吗？"这正是穷乡僻壤的田舍人的口吻。浮舟想道："恐怕就是他了。过去他经常走这山路到宇治山庄来，我听到几个相熟的随从的声音，分明就夹杂在里头。许多岁月过去了，从前的事虽然难以忘记，但在今日又有什么意义呢？"她觉得伤心，便念诵阿弥陀佛，借以排遣愁绪，愈发沉默了。这小野地方，唯有到横川去的人才由此经过。这里的人也唯有见人经过时才能听见一些俗世的声息。薰大将本想这时就派小君前往，但顾虑到耳目众多，极为不便，就决定明日再派小君来。

第二天，薰大将只派了两三个一向亲信又不甚重要的家臣护送小君，又加上一个从前常到宇治送信的随从。他趁人不注意的时候，将小君唤到面前来，对他说道："你还记得你那姐姐吗？大家都以为她现在已经不在世间了，其实她还活着呢。我不想让外人知道，只派你去探察一下。暂时也不要让你的母亲知道，因为一旦告诉了她，她慌张惊讶起来，反而使得不该知道的人都知道了。我看见你母亲伤感，很是可怜，所以要去把她找寻出来。"小君还是一个小童，但也知道自己兄弟姐妹虽多，却没有一人及得上这姐姐的美貌，所以一向爱慕她。后来听说她死去了，他的心里一直十分悲伤。现在听了薰大将这番话，高兴得流下泪来。他觉得有些难为情，为了掩饰，故意大声答应："是，是！"

这一天早上，小野草庵里收到了僧都的来信，信中说道："薰大将的使者小君，昨夜想必已到这里访问过了？请你告诉小姐：'薰大将向我询问小姐的情况。我给小姐受戒，本是无上功德，如今反而弄得无味，使我不胜惶恐。'我自己有许多话很想说说，且待过了今明两日，再到你那里走访面谈。"妹尼僧不知这是什么意思，很是吃惊，便来到浮舟房中，把这信拿给她看。浮舟看了，脸红起来。想起世人已经得悉她的下落，又不胜痛苦。又想到自己一向讳莫如深，这妹尼僧定然怀恨在心，只得沉默不答。妹尼僧满怀怨恨地对她说道："你还是把实情告诉我吧。如此对我隐瞒，叫我好痛苦啊！"她因不知实情，慌张得手足无措。正在这时，小君来了，叫人传言："我是从山上来的，带着僧都的信件呢。"妹尼僧想：怎么僧都又有信来？颇觉奇怪，说道："我先去看了这封信，或许就可以知道实情了。"便叫人传言："请到这里来吧。"只见一个眉清目秀、举止端详的小童，穿着一身漂亮的衣服，缓缓步入。帘内送出一个圆坐垫，小君就在帘旁跪下，说道："僧都吩咐，不要叫人传言。"妹尼僧便亲自出来对答。小君将信呈上，妹尼僧一看，封面上写着："修道女公子亲启——自山中寄。"下面署着僧都的姓名。妹尼僧便把信交给浮舟。浮舟无法否认，只觉十分狼狈，愈发向内室躲避，不肯和人相见了。妹尼僧对她说道："你平日原就不苟言笑，但今天如此愁苦，实在令我伤心！"便把僧都的来信拆开来看，只见信中写道："今天薰大将到此，询问小姐的情况，贫僧已将事情缘由从头到尾详细地奉告了。据大将说：背弃深恩重爱，而藏身于田舍之中，出家为尼，反将深受诸佛怪罪。贫僧听后不胜惶恐，但已无可奈何。还请不背前盟，重修旧好，借以消减迷恋之罪。一日出家，功德无量[①]。因此纵使还俗，也非徒劳之罪，出家的功德仍属有效。其余详情，且待他日面谈。小君想必另有言语奉告。”这封信中已经分明说出浮舟与薰大将的关系了，但外人依然全然不知。

妹尼僧责备浮舟：“这送信的小童不知是什么人。你到现在还是硬要隐瞒，实在叫人不快！”浮舟只得稍稍转向外面，隔帘窥看那使者。原来这孩子便是她决心投河那天晚上眷恋不舍的那个小弟。她和他一起长大，当时这孩子很淘气，娇惯成性，有些惹人厌烦。但母亲非常怜爱他，经常将他带到宇治来。后来他渐渐长大，姐弟二人互相亲爱。浮舟想起童年时的心情，只觉得浑如做梦一般。她想先问问他母亲的近况。其他诸人的情况，以后自会慢慢得知，唯有母亲音信全无。如今她看见了这弟弟，反而更加悲伤，眼泪簌簌地落了下来。妹尼僧觉得这小童很清秀可爱，容貌与浮舟相像，说道：“他想必是你的弟弟吧。你要同他谈话，就叫他到帘内来吧。”浮舟想道：“我现在又何必再见他呢？他一直以为我不在世间了。况且我已削发改装，再与亲人相见，也不免自惭形秽。”她犹豫了一下，对妹尼僧说：“你们以为我硬要对你们隐瞒，我每次想起，实在很痛苦，没有话可说了。请想想你们将我救活过来那时候，我的样子多么奇怪吧！自从那时候起，我就尽失常态，只怕是灵魂也已经变换过了吧，过去之事无论怎样也记不起来，自己也觉得纳闷。前些时候那位纪伊守的谈话，使我隐约想起往事。但后来我再细细回想，终于无法清晰地回忆起来。只记得我的母亲，她曾经悉心教养我，希望我出众超群，不知母亲现在是否安健？我心中唯有这一件事始终不忘，并且时常为此悲伤。今天我看到了这小童的面貌，只觉小时候仿佛看见过，对他十分依恋。但纵使是这个人，我也不想让他知道我还活在世间，直到我死。唯有我的母亲，如果她还在世上，我倒很想与她再见一面。至于僧都信中所提起的那个人，我决不愿让他知道我还活着。务必请你想个办法，只说是弄错了人，依旧把我隐藏起来吧。”

妹尼僧答道：“这件事实在困难！僧都的性情，在法师之中也是十分坦率的，他一定已将这件事毫无保留地说出来了。所以纵使我想隐瞒，不久就会被拆穿的。而且薰大将身份尊贵，怎么能欺瞒他呢？”她着急了，吵嚷起来。其他的尼僧都说：“真是从来不曾见过这样倔强的人！”于是在正屋旁边设个帷屏，将小君请进帘内。这小童虽已听说姐姐住在这里，但因年纪幼小，不敢直接提及。他说：“我这里还有一封信，务请本人拆阅。据僧都说，我的姐姐确实就在此处。但她为什么对我这么冷淡呢？”说时双目俯视。妹尼僧答道：“唉，的确如此，你真是怪可怜的啊！”接着又说：“可以拆阅这封信的人，的确住在这里。但我们外人，也不清楚是怎么一回事。希望你能对我们说明。你年纪虽小，但既能担任使者，一定知道详细情由。”小君答道：“你们对我这么冷淡，把我当作外人，叫我说什么呢？既被疏远，我也无话可说了。只是这一封信，务必直接交到本人手上。请让我亲手奉呈吧。”妹尼僧对浮舟说：“这小郎说得很有道理。你不该如此无情。这真是太忍心了。”她竭力怂恿，把浮舟硬拉到帷屏旁边。浮舟茫然地坐在那里，小君隔着帷屏窥看她的模样，分明认得是姐姐，便走近帷屏，将信呈上。说道：

---

① 《心地观经》云：“若善男子善女人发阿耨多罗三藐三菩提心，一日一夜出家修道，二百万劫不堕恶趣。”

如梦浮桥　歌川丰国　源氏香之图·梦浮桥　江户时代（约1844—1847年）

出家的浮舟本意就此礼佛终老，薰君却派遣弟弟小君携信前来探访。看着熟悉的弟弟和薰君的信，浮舟不由得又想起过去如梦般的往事，痛苦不堪回首，坚决不愿相见。图为浮舟展读薰君的来信，弟弟小君在屋外等候消息的情景。

"务请快快赐复，我好回去复命。"他怨恨姐姐对他冷淡，向她催索回信。

妹尼僧把信拆开，拿给浮舟看。这信的笔迹像从前一样优美，信笺照例熏上浓香，其馥郁芬芳难以言喻。少将、左卫门等少见多怪的好事之人，在一旁隐约窥看，心中赞叹不已。薰大将的信中说："你过去犯了不可言喻的过失，我看在僧都面上，一概原宥。现在我只想和你谈谈噩梦一般的往事，心甚焦灼。自觉愚痴可悯，不知他人更将怎样讥笑于我。"尚未写完，即附诗云：

"寻访法师承引导，
岂知迷途入情场。

这孩子你还认得吗？我因你去向不明，把他当作你的遗念，正在悉心教养他呢。"信中言语非常恳切。薰大将既已寄来如此详明的信件，浮舟更无法推诿了。但想到自己已经改装，不再是从前的样子，突然被那人看到，实在难为情。因此情绪纷乱，本来愁闷的心变得更加忧郁，弄得全无办法，终于俯伏着大哭起来。妹尼僧觉得她的脾气实在奇怪，心中焦急，便责问她："你打算怎样回复呢？"浮舟答道："我心情恶劣，且请容我暂缓，不久自当奉复。我回想往事，竟全然想不起来，所以看了这封信心里很诧异。他所谓'噩梦'，我竟不知所指何事，莫名其妙。且待我心情稍稍平复之后，或许能够理解信中所指。今天还是叫他先把信件拿回去吧。如果弄错了人，两方都不稳当。"便把展开的信交还妹尼僧。妹尼僧说："这真是太难堪了！这样过分失礼，连我们这些侍奉你的人也不好交代呢！"她就啰唆起来。浮舟很厌烦，觉得十分刺耳，只好用衣服遮住了脸躺卧着。

做主人的妹尼僧只得出来应酬，对小君说道："你姐姐想是因被鬼怪迷住的缘故，竟没有一刻爽健的时候，常是疾病缠身。自从削发为尼之后，她只怕被人找到，徒然引起各种苦恼。我看了这模样很担心。果然如我所料，今天才算知道她心中藏着这许多伤心失意，实在对不起薰大将了！近来她一直心情恶劣，大约是看了来信之后，更增苦恼的缘故吧，今天似乎比往常更加神志昏沉了。"她便按照山乡风俗招待小君饮食。小君心中但觉兴味索然，惶恐不安。他说："我特地奉命前来，回去怎么复命呢？哪怕有一句话也好啊。"妹尼僧说："你说得有道理。"便将小君的话转告浮舟。但浮舟一言不发。妹尼僧无可奈何，只好出来对小君说道："你只能回去说'本人神志不清'了。这里山风虽然猛烈，但与京都相距并不算远，还请以后再来吧。"小君觉得若长久驻留在此，毫无意趣，便辞别回京。他私心爱慕的姐姐终于不得相见，又是懊恼，又是可惜，满怀幽怨地回来见薰大将。薰大将正在盼着小君早归，见他垂头丧气地回来，觉得特地派人去问，反而扫兴。他思前想后，不禁猜测：自己从前曾把她藏匿在宇治山庄，现在或许另有男子模仿了他，将她藏匿在这小野草庵中吧？